KB115518

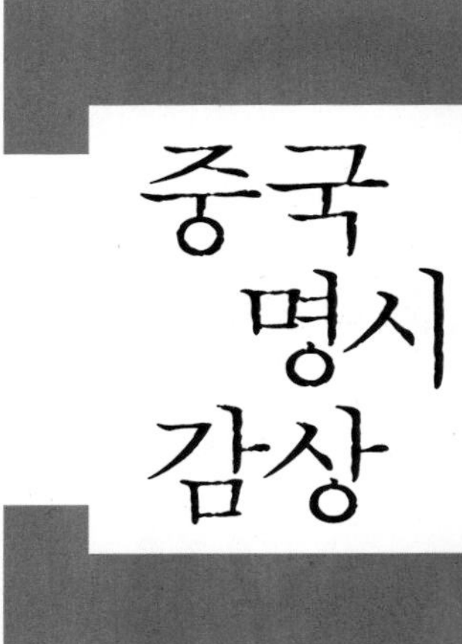

역대 중국의 주옥같은 시편들과 그 탄생에 얽힌 이야기.
시를 통해 역사를 본다. 세상의 거대한 이치와 진리를 깨닫는다!

이석호 · 이원규 共著

明文堂

陶淵明

도연명(陶淵明)

도연명 기념관

귀거래도(歸去來圖)

李白

이백(李白)

이백의 고향(현재 사천성 강유현에 위치)

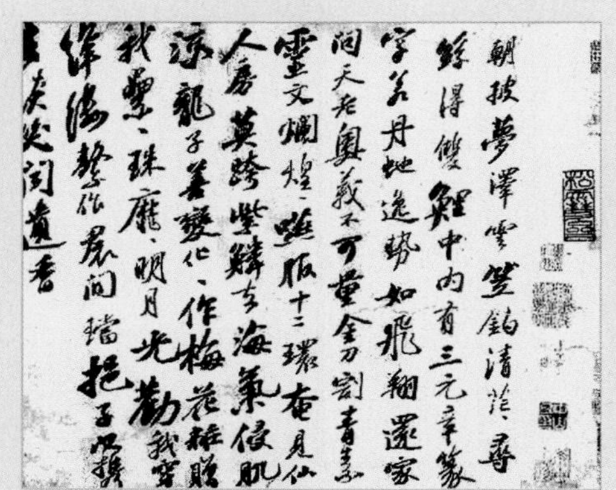

이태백선시권(李太白選詩卷)

이백시(李白詩) 소식필(蘇軾筆)

杜甫

두보(杜甫)의 소릉초당(少陵草堂)

두보(杜甫)

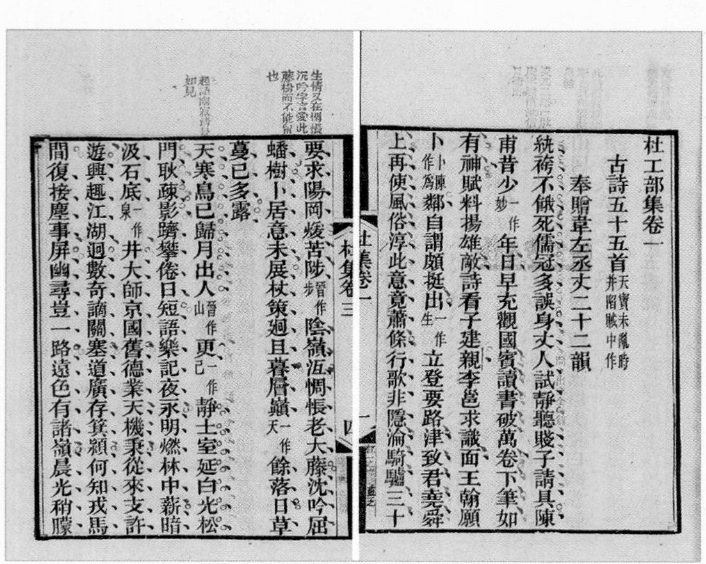
杜工部集卷一

古詩五十五首 天寶未亂時并陷賊中作

奉贈韋左丞丈二十二韻

紈袴不餓死儒冠多誤身丈人試靜聽賤子請具陳甫昔少(一作妙)年日早充觀國賓讀書破萬卷下筆如有神賦料揚雄敵詩看子建親李邕求識面王翰願卜(一作為)鄰自謂頗挺出(一作生)立登要路津致君堯舜上再使風俗淳此意竟蕭條行歌非隱淪騎驢三十

要求陽岡煖苦陟(一作步)陰嶺沍惆悵老大藤沈吟屈蟠樹卜居意未展杖策迴且暮層巔(一作天)餘落日草蔓已多露

天寒鳥已歸月出人(一作山)更(一作已)靜士室延白光松門耿疎影躋攀倦日短語樂記夜永明燃林中薪暗汲石底泉(一作井)大師京國舊德業天機秉從來支許遊興趣江湖迥數奇謫關塞道廣存箕潁何知戎馬間復接塵事屏幽尋豈一路遠色有諸嶺晨光稍朦

두공부집(杜工部集)

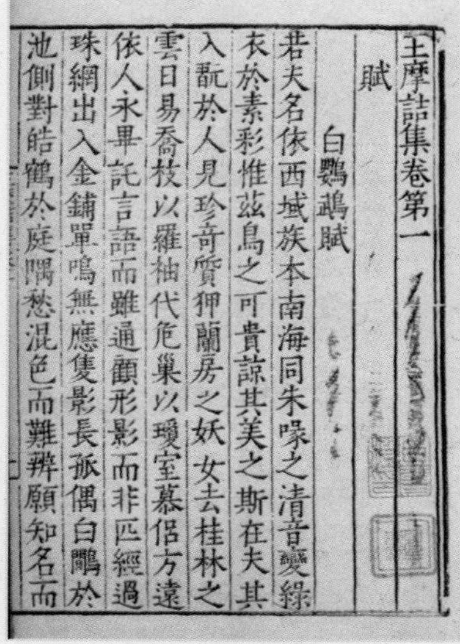

王摩詰集卷第一

賦

白鸚鵡賦

若夫名依西域族本南海同朱喙之清音變綠衣於素彩惟茲鳥之可貴諒其美之斯在夫其入翫於人見珍奇質狎蘭房之妖女去桂林之雲日易喬枝以羅袖代危巢以瓊室慕侶方遠依人永畢託言語而雖通顧形影而非匹經過珠網出入金鋪單鳴無應隻影長孤偶白鷳於池側對皓鶴於庭隅愁混色而難辨願知名而

▣ 왕유(王維)의 왕마힐집(王摩詰集)

▣ 여산(廬山)에 위치한 백거이(白居易) 초당(草堂)

▣ 두목(杜牧)의 장호호(張好好) 시권(詩卷)

郊字東野湖州人年五十擢 調溧陽尉 鄭餘慶為東都留守表為水陸運判官 鎮興元表為

孟東野詩集卷第一

山南西道節度參謀試大理評事平昌孟郊

樂府上

列女操

梧桐相待老鴛鴦會雙死貞婦貴徇夫捨生亦如此波瀾誓不起妾心井中水

灞上輕薄行

長安無緩步況值天景暮相逢灞滻間親戚不相顧自嘆方拙身忽隨輕薄倫常恐失所避化為車轍塵此中生白髮疾走亦未歇一作不得歇

▣ 맹교(孟郊)의 맹동야시집(孟東野詩集)

증공(曾鞏)의 시문집 원풍유고(元豐類稿)
대만 국립고궁박물원 소장.

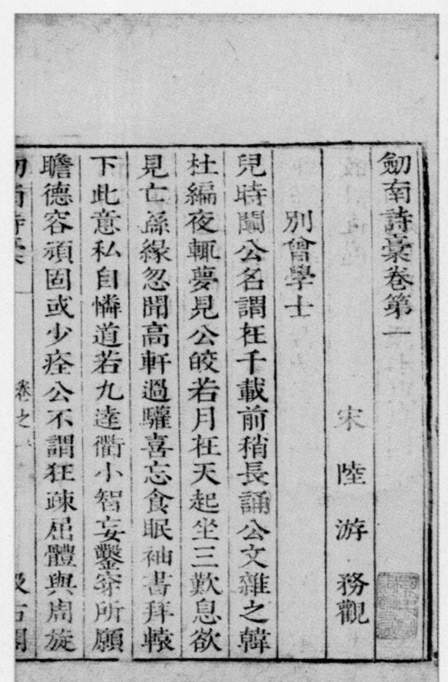

劍南詩藁卷第一

宋 陸游 務觀

別曾學士

兒時聞公名謂在千載前稍長誦公文雜之韓
杜編夜輒夢見公皎若月在天起坐三歎息欲
見亡繇緣忽聞高軒過驩喜忘食眠袖書拜轅
下此意私自憐道若九達衢小智妄鑿穿所願
瞻德容頑固或少痊公不謂狂疏屈體與周旋

육유(陸游)의 검남시고(劍南詩藁)

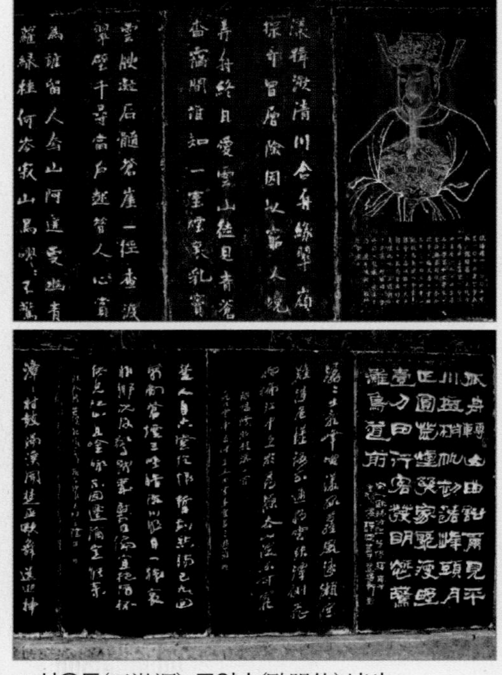

삼유동(三游洞) 구양수(歐陽修)시비
중국 호북성(湖北省)에 위치한 서릉산(西陵山) 북쪽 산봉우리의 절벽에 위치한 동굴.

소식(蘇軾)의 적벽부(赤壁賦)

詩卷之九 朱熹集傳

小雅二

雅者正也正樂之歌也其篇本有大小之殊而先儒說又各有正變之別以今考之正小雅燕饗之樂也正大雅會朝之樂受釐陳戒之辭也故或歡欣和說以盡羣下之情或恭敬齊莊以發先王之德詞氣不同音節亦異多周公制作時所定也及其變也則事未必同而各以其聲附之其次序時世則有不可考者矣

鹿鳴之什二之一

주희(朱熹)의 『시집전』 소아(小雅)

범성대(范成大)의
증불조선사시비(贈佛照禪師詩碑)

악양루(岳陽樓)

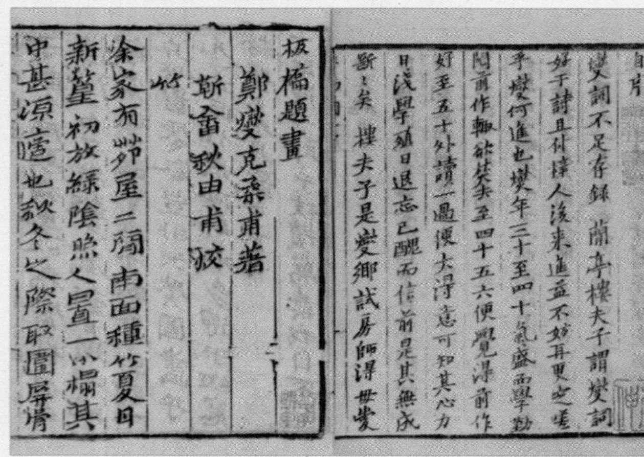

自序

燮詞不足存録 蘭亭樓夫子謂燮詞好于詩且付梓人後來進益不妨再更也嗟乎燮何進也燮年三十至四十氣盛而學勤閱前作輒欲焚去至四十五六便覺得前作好至五十外讀一過便大得意可知其心力日淺學殖日退忘已醜而信前是其無成斷斷矣 樓夫子是燮鄉試房師諱毋黌

板橋題畫

鄭燮克柔甫著

靳畬秋田甫校

竹

余家有茅屋二間南面種竹夏日新篁初放綠陰照人置一小榻其中甚涼適也秋冬之際取圓屛骨

정섭(鄭燮)의 판교집(板橋集)

전겸익(錢謙益)의 열조시집(列朝詩集)

중국 명시 감상

中國名詩鑑賞

{머리말}

한시의 매력에 빠져 보자

모든 나라는 말과 글을 가지고 있다. 그러나 말은 있으면서 글자가 없는 겨레가 있다. 우리나라도 옛날에는 말은 있었는데 글자는 없었다.

그래서 이웃나라 중국의 글자인 한자漢字의 음훈音訓을 빌어 우리말을 표기했으니 그것이 향찰鄕札 · 이두吏讀 등으로 불리었다. 이윽고 중국의 한자가 우리말의 표기수단이 되어 조선까지 모든 기록이 한문漢文으로 기록되다가, 위대하신 세종대왕께서 우리의 한글을 만듦으로써 우리의 떳떳한 문자가 있게 된 것도 누구나 다 아는 사실이다. 그러나 중국의 한자가 들어오면서 중국의 한시漢詩도 들어와 우리의 시마냥 읽히고 한시작법으로 우리의 사상과 감정을 읊어 중국시와 구별이 없는 형식의 시가 되었다. 그래서 우리나라 지도자 지식층은 모두 중국 시에 매료되어 중국의 명시를 모르는 사람이 없고 한두 수라도 대개 외우고 다녔다.

특히, 중국 문학사상의 유명한 시인의 시는 우리나라 언해본諺解本까지 나왔다. 〈이태백시집李太白詩集〉도 출간되었고 두보杜甫의 시, 특히 그의 율시律詩는 모든 시작詩作의 본보기가 되어 〈두율杜律〉이라고, 두보의 중요한 율시律詩만 골라 출간하여 과거 공부의 교재로 쓰이기도 했다. 이외에도 도연명, 소동파 등 중국의 유명한 시인들의 시는 그 제목과 운자韻字까지 본떠 차운시次韻詩를 짓는 일도 많았었다.

현재도 우리나라에서 동양 서양 각국의 시들이 우리들의 입에 회자膾炙되지만 아직도 중국의 명시는 우리들의 교양의 척도로 암송되는 것들이 많다.

옛날 대학에 들어가 처음으로 한시를 배운 뒤로, 또 대학에 남아 중국의 고전시古典詩, 곧 한시를 가르치면서 중국의 율시만큼 내용과 형식이 알차게 꽉 짜인 시는 없다고 생각되었다. 영시英詩를 비롯한 서양의 시들, 교양적으로 유명한 시는 대체로 감상해 보았지만 한시만큼이나 흡족함을 느끼지 못했다.

우선 한시는 형식에서 운韻과 평측平仄까지 맞추니 마치 가사歌詞와 곡조曲調를 겸비한 멋진 노래를 듣는 느낌이 든다. 따라서 한시를 지어 보면 매우 어려움을 느낀다. 또 고사성어故事成語 등 전고典故를 많이 써서 은유隱喩와 상징象徵을 활용하므로 이해하기가 어려운 것도 사실이다. 이런 점에 한시의 매력이 더 있다 할 것이다.

이 책은, 중국의 방대한 역대 시 중에서 오늘날까지 널리 애송되는 명시를 시대별 작가별로 골라 풀이해 보았다. 원래부터 유명한 것만 골랐으되 한 제목의 시는 몇 수이든 간에 모두 실었다. 한漢나라부터 청淸까지의 유명한 시를 골라 감상하되 벽자僻字를 찾고 전고를 찾는 번거로움을 줄이기 위하여 주석註釋과 해설解說에 제한을 두지 않았다. 또 우리나라 한시 중 제목이 같거나 내용이 닮은 시도 곁들여 이해를 돕게 했다. 따라서 이 명시들을 감상하는 데는 따로 사전을 찾는 일이 없게 하였다. 중국의 역대 명시를 나 홀로 다 풀이할 수 없어서 한漢부터 성당盛唐까지는 내가 풀이했고, 만당晩唐부터 청시淸詩까지는 이원규 교수가 풀이함으로써 일을 마쳤다.

몇 년 전에 이 책이 CD롬으로 나왔으나 이번에 다시 책으로 발행하게 되어 다시 한 번 훑어보았다. 이 방대한 책이 나오기까지 많은 분들의 노고가 있었다. 그분들께 깊이 감사한다.

2012. 4. 이석호

{차례}

남북조시 南北朝詩

당시 唐詩 1

당시唐詩 ❷

송시 宋詩

원시元詩

명시 明詩

청시 清詩

한시 漢詩

B.C. 206~220

아름다운 만남은 다시 오기 어려워라,
헤어지면 3년이 천 년 같으리라.
강가에 이르러 눈물에 젖은 긴 갓끈을 씻고
그대를 생각하니 서글프기 그지없네.

항우 項羽

B.C. 232～202

원 이름은 적籍, 우羽는 자이다. 지금의 강소성 숙천현宿遷縣 서쪽에 있는 하상下相 사람이다. B.C. 209년 군사를 일으켜 진나라를 멸한 뒤 자립하여 서초패왕西楚霸王이 되었다. 뒤에 한왕漢王 유방劉邦(B.C. 247～195)과 불화하여 천하를 다투다가 마침내 이 해하垓下 전투에서 완패하여 오강烏江에서 자살했다.

해하가 垓下[1]歌

항우(項羽)

힘은 산을 뽑아버리고 기운은 세상을 뒤덮겠노라.
때가 이롭지 못하여 추마騅馬도 나아가지 않네.
추마가 나아가지 않으니 어떻게 해야 좋은가?
우미인虞美人이여 우미인이여 그대를 어찌할 것인가?

역 발 산 혜 기 개 세　시 불 리 혜 추　불 서
力拔山兮氣蓋世　時不利兮騅[2]不逝
추 불 서 혜 가 내 하　우　혜 우 혜 내 약　하
騅不逝兮可奈何　虞[3]兮虞兮奈若[4]何

1 垓下(해하) : 땅이름. 안휘성 영벽현(靈壁縣) 동남 타하(沱河) 북안에 있다. 고해하취(古垓下聚)라고도 부른다. **2** 騅(추) : 항우가 타던 애마(愛馬)의 이름. 검푸른 털에 흰털이 섞인 말, 즉 청백잡모(青白雜毛)의 말로, 오추마(烏騅馬)라고도 한다. **3** 虞(우) : 항우 애첩의 이름. 우희(虞姬)라고도 한다. **4** 若(약) : 2인칭 대명사. '너'라는 뜻으로 여(汝)와 같다.

감상

천하에서 가장 힘이 센 사람을 항우로 친다. 지금도 기운이 항우 같다는 말을 한다. 항우의 힘은 산봉우리를 송두리째 뽑아 버리고, 그의 기개는 한 세대 또는 온 세상을 뒤덮을 만하다.

그의 힘과 기상이 이렇게 크건만, 적을 무찌를 때 분신처럼 자신을 태우고 적진을 누비던 오추마마저 지쳐 더 전진하지 않고 있다. 분신 같은 애마마저 나아가지 않으니 별 도리가 없다. 아! 만사가 절망인

가운데 사랑하는 우희 너를 어찌해야 좋단 말인가?

제1구에선 항우 자신의 기고만장한 기개를 읊은 양揚의 수사법을 썼으나, 제2구에선 절망으로 내려가 움츠리는 억抑의 수사를 썼다. 이 시는 중국 칠언시七言詩의 효시嚆矢로 『초사楚辭』의 영향이 짙다고 평해져 왔다.

여설

항우는 어릴 적 막내숙부 항량項梁에게서 가르침을 받았다. 항량의 아버지, 곧 항우의 조부는 항연項燕인데, 초나라 장군이었다. 항연은 진나라 장군 왕전王翦에게 죽임을 당했다. 항우의 집안은 대대로 초나라 장군으로 항項(하남성) 지방을 봉읍封邑으로 받았기 때문에 항씨項氏로 성姓을 삼았다.

항우는 어려서부터 공부하기를 싫어하여 검술을 익혔으나 신통치 않았다. 이에 숙부 항량이 나무라자, "글은 자기의 이름자만 쓰는 정도면 족하고, 칼은 한 사람을 대적할 뿐입니다. 만인을 대적할 수 있는 법을 가르쳐 주세요."라고 대답하였고, 그래서 항량은 항우에게 병법을 가르쳤다. 이에 항우는 매우 기뻐하였다. 그러나 조금 알면 그 이상 배우려 들지 않았다. 여기서 "글은 제 이름만 써도 족하다(書足以記姓名)."는 말이 생겨났다.

항우가 24세 때 고향인 강동에서 8천 명의 의용군을 거느리고 진나라를 치러 나아가니 군사가 30만 명까지 늘었다. 마침내 진을 멸하고 스스로 초패왕이라 일컬으며 봉기군의 장수 18인에게 분봉을 하는 등 패업을 이루는 듯했으나, 부하들의 말을 안 듣고 고집만 세우다 점차 궁지에 몰려 B.C. 203년 유방과 천하를 양분하기로 합의하였다.

그러나 B.C. 202년 한왕 유방이 30만의 제후병을 이끌고 항우를 유인하여 공격했다. 군대를 세 길로 나누어 이 해하에서 항우를 둘러쌌다. 그때 한신韓信은 겹겹으로 항우를 포위, 복병을 설치하고, 장량張良은 사방에서 초나라 노래를 부르게 했다. 항우의 군사들은 이 고향 노래를 듣고 마음이 변하여 모두 적에게 투항했다.

항우는 우미인과 장막 안에 있다가 낙담한 나머지 이 해하가를 부르니 우미인도 이렇게 화답하고, 곧 자살했다.

한나라 군사가 이미 우리 땅을 침략해	한 병 이 략 지 漢兵已略地
사방에는 초나라 노랫소리 뿐입니다.	사 방 초 가 성 四方楚歌聲
대왕께서 의기가 다했으니	대 왕 의 기 진 大王意氣盡
천첩이 어찌 무료히 살아 있겠나이까?	천 첩 하 료 생 賤妾何聊生

이에 항우는 울부짖으며 우미인을 가매장해 놓고 포위망을 뚫고 달아났다 한다. 일설에는 항우가 우미인의 머리를 오추마에 함께 태우고 도망갔다고도 한다.

그러나 지금의 안휘성 영벽현 동쪽 7.5km 숙사공로宿泗公路가에 우희의 묘가 있다. 묘 앞에는 한 돌비가 있는데 전면에는 '건괵천추巾幗千秋' 라고 새겨 있고, 양 곁에는 '虞兮奈何自古紅顔薄命, 姬耶安在獨留青塚向黃昏(우미인이여 어째서 옛부터 홍안으로 박명하며, 우희여 어째서 홀로 푸른 무덤 속에 있으면서 황혼을 향하고 있는가?)' 라고 새겨져 있다. 전설에 의하면, 우미인의 무덤에서 한 송이 꽃이 피어나니 우미인의 넋이라 하여 우미인초虞美人草라고 부르는데, 여춘화麗春花·선인초仙人草라고 부르며 우리나라에서는 개양귀비라고 한다.

또 전설에 의하면, 이 꽃은 우미인곡虞美人曲이란 노래를 부르면 가지와 잎이 덩실덩실 춤을 추지만 다른 곡을 부르면 절대로 움직이지 않는다고 한다.

해하에서 우미인을 잃은 항우는 오강烏江에서 자살한다. 오강은 안휘성 화현和縣에 있는 지금의 오강현인데, 『사기史記』에 의하면 항우가 죽는 장면을 이렇게 표현하고 있다.

해하에서 수십 겹의 포위망을 뚫고 나올 때 부하는 겨우 8백여 명, 5천 기마병의 한병漢兵이 뒤를 추격하는 중에 항우는 회수淮水를 건너는데, 그때 따르는 자는 1백여 명이었다. 다시 음릉陰陵(안휘성)에 이르자 길을 잃었다. 한 농부에게 물으니 농부가 속여 다른 길을 일러 주었다. 그곳은 늪지대라 발이 푹푹 빠지고 한군漢軍의 추격은 가까워졌다. 간신히 탈출하여 동쪽으로 가 차성車城(안휘성)에 이르니 따르는 부하가 28명이었다. 또 쫓겨 오강에 이르자 정장亭長이 배를 준비해 놓고 항우를 만나자 말했다.

"강동江東이 좁다지만 사방 천 리에 인구도 수십만입니다. 강을 건너가 재기하십시오."

그러자 항우는,

"내가 강동을 떠날 때 8천의 자제를 데리고 서진西進했다가 이제 혼자 돌아가면 그들의 부형이 무엇이라 하겠소. 나를 다시 왕으로 추대하려 한다 해도 내가 어찌 그들을 대면하겠소. 나는 부끄러워 갈 수가 없소." 하고 그 정장에게 오추마를 잘 기르라고 부탁하며 건네주었다. 여기에서 무면도강동격無面渡江東格 · 무면도강無面渡江이란 숙어가 생겨났다. 출세하려고 고향을 떠났다가 실패하여 고향에 돌아갈 마음이 없을 때 쓰는 말이다.

이제 항우는 죽음이 임박함을 알고 백병전白兵戰을 시작했다. 한병漢兵 수백 명을 죽이고 자신도 여러 군데 상처를 입었다. 이때 항우 앞에 나타난 자가 여마동呂馬童이었다. 여마동은 항우와 죽마고우竹

馬故友로 항우를 배반하고 유방에게 넘어가 항우의 목을 베러 왔다. 항우는 여마동에게 '너는 내 친구가 아닌가?' 하니, 여마동은 왕예王翳에게 '이 자가 초왕楚王이다' 라고 일러 주었다. 항우가 말하기를 '한왕이 내 목에 천금의 상을 걸고 만호萬戶의 읍邑을 준다 하니, 내 너를 위하여 은덕을 베풀리라.' 하고 목을 찔러 자살했다.

이때 왕예가 재빨리 항우의 머리를 취하고 이어 양희楊喜·여마동·여승呂勝이 사지를 쪼개어 나누어 갖고 나머지는 살 한 점이라도 가지려고 저희들끼리 싸워 수십 명이 죽었다. 그래서 5명이 천금과 만호를 나누어 가지는 상을 받았다.

오강(烏江)의 패왕묘(霸王廟)

이 항우가 죽은 곳에 묘를 세우니 그것이 패왕묘霸王墓이고, 그 앞에 사당인 패왕사霸王祠를 세웠다.

패왕사는 항왕사項王祠·서초패왕사西楚霸王祠라고도 부른다. 안휘성 화현 오강진 동남쪽 1km에 있는 봉황산鳳凰山 위에 있다. 당나라 명필 이양빙李陽氷이 '서초패왕영사西楚霸王靈祠' 라고 전액篆額했다. 현재에는 정전正殿·청룡궁青龍宮·행궁行宮 등 99칸間 반半의 건물이 있는데, 전설에 의하면 제왕帝王은 100칸의 사당을 세울 수가 있으나 항우는 완전한 제왕의 업을 이루지 못했으므로 반칸半間을 뺐다는 것이다. 사당 안에는 항우·우희 등 인물의 소상塑像과 종·솥·편액·비석 등 문물文物도 있다. 편액에 유명한 시인들의 제시題詩도 있다. 1986년 새로 단장하여 장관이다.

패왕묘는 이 사당 뒤에 있다. 물론 의관총衣冠塚이다. 항왕묘項王墓라고도 한다. 묘가 우뚝 솟아 있고 푸른 돌로 꾸몄는데 타원형을 하고 있다. 묘 앞에는 명나라 만력萬曆 년간年間에 화주지사和州知事 담지풍譚之風이 쓴 '서초패왕지묘西楚霸王之墓' 라는 제자題字가 새겨져 있다. 또 우미인은 우희虞姬라고도 하는데 이때의 미인美人은 한나라 여자 관직의 이름으로 본 것이다. 한초에 왕의 부인의 명칭이 여러 가지가 있었다. 즉 왕후를 비롯하여 부인夫人 · 미인美人 · 양인良人 · 팔자八子 · 칠자七子 · 장사長使 · 소사少使 등 8등급으로 나누었다. 이 중의 미인이다. 이름은 우虞, 따라서 우희라고도 부른다. 『사기史記』에는 '미인이 있어 이름은 우이며 항상 사랑을 받으며 따랐다(有美人名虞常幸從).' 고 되어 있다.

당송팔대가唐宋八大家의 한 사람인 증공曾鞏(1019~1083)이 우미인을 노래한 장편시 '우미인초虞美人草' 가 유명하다.

조선조 숙종 때 주의식朱義植이란 사람이 있었다. 그는 무과에 급제하여 현감까지 지냈는데 매화를 잘 그리고 시조도 잘 지어 시조 14수가 전해지고 있으며, 한시漢詩에도 능했다. 그가 지은 시 중에도 '항우' 란 시가 있다.

영웅은 운수가 다하면 하늘이 망친다고 한탄하니	英雄運去嘆天亡 (영웅운거탄천망)
8년 전쟁이 일장춘몽으로 끝났구나.	八載干戈夢一場 (팔재간과몽일장)
오직 강동의 부로에게 부끄러울 뿐 아니라	不獨江東羞父老 (부독강동수부로)
황천에 가 초회왕楚懷王을 무슨 면목으로 볼 것인가?	泉臺何面拜懷王 (천대하면배회왕)

항우(項羽) 만소당화인전(晩笑堂畵人傳)

유방劉邦

B.C. 247~195

한나라 고조高祖. 강소성 패현沛縣. 사람. 진말秦末에 군사를 일으켜 진을 멸하고 항우項羽를 이겨 천하를 통일하여 한나라 4백 년의 기초를 닦았다.

대풍가 大風歌

유방(劉邦)

센 바람이 부니 구름이 높날리네.
위엄을 해내에 더하고 고향으로 돌아가네.
어떻게 용맹한 군사들을 얻어 사방을 지킬까?

대 풍 기 혜 운 비 양
大風[1]起兮雲飛揚[2]

위 가 해 내 혜 귀 고 향
威加海內兮歸故鄉

안 득 맹 사 혜 수 사 방
安[3]得猛士兮守四方

1 大風(대풍) : 큰 바람. 센 바람. 유방 자신을 비유. **2** 雲飛揚(운비양) : 구름이 날아 올라가다. 세상 난리를 평정함을 비유. **3** 安(안) : 어찌, 어떻게라는 뜻의 의문사.

감상

강하고 센 바람이 부니 모든 구름이 흩어져 달아나 없어진다. 바로 유방이 군사를 일으켜 세상의 난리를 평정함이 마치 바람이 구름을 날려 없애는 것과 같다는 의미다. 내가 제위帝位에 올라 위세를 사방에 떨치고 득의양양하여 고향에 돌아간다. 곧 창업創業을 이룬 것이다. 다음에는 어떻게 용맹한 사람들을 초빙하여 사방을 지킬까? 창업은 했는데 어떻게 해야 수성守成을 잘 할까 하는 내용이다.

여설

이 시는 파격破格의 시詩로서 유방의 포부를 피력한 것이다. 유방은 지금의 강소성 패현 풍읍豊邑의 중양리中陽里 사람이다. 성은 유劉, 이름은 방邦, 자는 계季다. 아버지는 태공太公, 어머니는 유씨劉氏인데, 유씨가 큰 연못 뜰에서 쉬다가 조는데 꿈속에서 신을 만났다. 그때 천둥번개가 치면서 암흑천지가 되었다. 태공이 가서 보니 교룡蛟龍이 유씨의 배 위에 올라 있었다. 유씨는 이윽고 임신하여 유방을 낳았다.

그는 진나라 폭정에 반기를 들고 봉기군이 되어 항우項羽와 판도를 다투다 장량張良 · 소하蕭何 등의 걸출傑出한 부하를 잘 부려 마침내 항우를 죽게 하고 천하를 차지했다. 그러나 부하들의 잇단 반란이 이어졌다.

B.C. 196년, 회왕淮王의 반란을 평정하고 장안長安으로 돌아가는 도중에 고향인 패현에 들렀을 때 고향의 일가친척 · 친구자제 등 120명이 모여 환영회를 열어 주었다. 유방은 술이 취하여 축筑을 치며 이 노래를 부르고 춤까지 추었으며, 120명의 고향 자제들에게 이 노래를 부르게 했다고 한다.

이 시는 제왕의 기상을 읊은 시로, 후세에 제왕이 되려는 이는 누구나 이 시를 애송했다. 이 시의 제1구는 바람과 구름을 자신과 군웅으로 비유하여 자신이 군웅을 제거하고 천하를 통일한 웅혼한 기세를 흥興으로 나타냈고, 제2구에서는 개선장군이 되고 마침내 제위에 올라 천하를 호령하는 늠름한 모습을 나타내어 앞의 구절의 승承으로 이어가고 있다. 제3구는 창업도 중요하지만 수성은 더 어렵고 중요함을 강조하면서 자신의 각오를 피력하고 있다.

이 시를 새겨 놓은 비를 대풍가비大風歌碑라고 한다. 이 비는 강소성 패현문화관沛縣文化館 안에 두 개가 있다. 하나는 높이 1.7m, 너비 1.23m인데 풍마우세風磨雨洗하여 글자가 흐릿하며 언제 새긴 것인지 알 수 없으나 전설에는 동한東漢 때 채옹蔡邕 혹은 조희曹喜가 비문을 썼다고 한다. 또 하나는 원元나라 대덕大德 10년(1306)에 새긴 것인데, 높이 2.35m, 너비 1.23m로 모두 이 대풍가大風歌를 새긴 것이라 한다. 비각碑閣을 세워 보호하고 있다.

조선 숙종 때 학자 홍만종洪萬宗(1643~1725)이 쓴 '소화시평小華詩評' 에는 이런 구절이 있다.

'조선조 태조 이성계李成桂가 지금의 경복궁 뒷산인 백악白岳, 곧 북악산北岳山에 올라,

우뚝한 높은 봉우리 북극성에 접했는데	돌올고봉접두괴 突兀高峰接斗魁
한양의 명승이 하늘로부터 열렸네.	한양형승자천개 漢陽形勝自天開
북악산은 큰 들에 서리어 삼각산을 받들고	산반대야경삼각 山盤大野擎三角
바다는 긴 강을 끌어 오대산에서 나오네.	해예장강출오대 海曳長江出五臺

라는 시를 읊었는데, 이 시의 필력筆力이 호장豪壯하여 한나라 고조의 '대풍가大風歌' 와 더불어 그 웅장함을 다툴 만하다.' 하였다. 그 기개가 비슷하다는 뜻이리라.

1380년 고려 우왕 6년 9월에 왜장倭將의 목을 베어 대승한 황산대첩荒山大捷이 있었다. 이성계는 왜구를 완전히 토벌하고 개선장군이 되어 조상의 고향인 전주全州로 돌아왔다. 전주에 사는 집안 사람들이 모두 오목대梧木臺란 곳에 모여 대환영의 잔치를 베풀고 의기 등등하여 이성계를 장차 이 나라 임금으로 모시려는 뜻이 꿈틀대고 있

가풍대(歌風台)
한(漢)나라를 세운 유방(劉邦)이 지은 〈대풍가(大風歌)〉를 기념하여 세운 고대(高臺).

었다. 그중에는 한나라 고조의 '대풍가' 를 부르며 분위기를 고조시키기도 하였다. 이때 종사관從事官으로 같이 갔던 정몽주鄭夢周(1337~1392)가 이 광경을 보다가 흥분한 나머지 자리를 피하여 홀로 말을 타고 산골짜기로 들어갔다.

포은은 비분한 심정을 암벽에다 시로 썼다. 후에 그 시의 글씨를 암각岩刻한 것이 오늘날까지 전하여 현재는 문화재로 지정되어 있다. 이른바 '등전주망경대登全州望京臺' 라는 시다.

	천 인 강 두 석 경 횡
천길 뫼 뿌리 돌길 가로 했는데	千仞岡頭石徑橫

올라가니 나로 하여금 감정을 이길 수 없게 하네. 등림사아불승정 登臨使我不勝情
푸른 산은 은근히 부여국임을 약속하고 청산은약부여국 青山隱約扶餘國
누른 잎은 어지러이 백제성에 떨어지네. 황엽빈분백제성 黃葉繽紛百濟城
9월의 높은 바람은 나그네를 근심케 하고 구월고풍수객자 九月高風愁客子
10년의 호탕한 기운은 서생임을 말해 주네. 십년호기어서생 十年豪氣語書生
하늘가 해가 지고 뜬구름이 합치는데 천애일몰부운합 天涯日沒浮雲合
고개 들어 까닭 없이 서울만 바라보네. 교수무유망옥경 翹首無由望玉京

끝 연에 망국亡國의 기운과 한을 잘 나타내고 있다.

풍패豊沛 또는 풍패지향豊沛之鄕이란 말은 제왕의 고향을 말하는 것이다. 유방이 고향인 지금의 강소성 패현 풍읍에서 기병起兵하여 천하를 통일하고 제위帝位에 오르자 고향 사람들에게 세금과 부역을 면해 준 일이 있다. 그 뒤부터 임금님의 고향은 모두 풍패라고 대칭代稱한다. 전주는 조선왕조의 풍패지향이고 풍패루豊沛樓가 있다.

탁문군 卓文君

B.C. 179～117

사마상여 司馬相如(B.C. 179～117)의 아내. 임공臨邛의 부자富者 탁왕손 卓王孫의 딸.

백두음 白頭吟

탁문군(卓文君)

희기는 산 위의 눈과 같고
밝기는 구름 사이의 달과 같네.
듣자니, 그대 두 맘이 있다 하여
일부러 와서 이별을 고하려 하오.
오늘은 말술을 마시며 모였지만
내일 아침엔 도랑 물가에서 헤어지오.
저벅저벅 도랑가로 나아가니
도랑물은 동과 서로 흐르오.
처량하고 또 처량하나
시집 왔으니 반드시 울지 않으리라.
원컨대 한 마음의 사람을 만났으면
백발이 되도록 헤어지지 말아야 하오.
낚싯대는 어째서 그리 하늘하늘하고,
물고기 꼬리는 어째서 그리 간들간들하나요?
남자는 의기가 중한데
어째서 돈에 팔리어 가오?

애 여산상설 교약운간월
皚[1]如山上雪 皎若雲間月

문군유양의 고래상결절
聞君有兩意 故來相訣絕

금일두주회 명단구수두
今日斗酒會 明旦溝水頭[2]

섭 접 어 구 상　구 수 동 서 류
躞蹀[3]御溝上　溝水東西流

처 처 부 처 처　가 취 불 수 제
凄凄復凄凄　嫁娶不須啼

원 득 일 심 인　백 두 불 상 리
願得一心人　白頭不相離

죽 간 하 요 뇨　어 미 하 사 사
竹竿何嫋嫋[4]　魚尾何簁簁[5]

남 아 중 의 기　하 용 전 도 위
男兒重意氣　何用錢刀[6]爲

1 皚(애) : 희다. 깨끗하다. 2 溝水頭(구수두) : 도랑물이 흐르는 물가. 3 躞蹀(섭접) : 저벅저벅 걷는 모습. 4 嫋嫋(요뇨) : 가늘고 긴 것이 간들거리는 모양. 5 簁簁(사사) : 간들거리는 모양. 6 錢刀(전도) : 돈. 옛날에는 돈을 칼 같은 모양으로 만들었다.

감상

내 몸과 마음의 깨끗함은 저 산 위의 눈과 같고, 구름 사이를 비추는 달과 같소. 그런데 당신은 나를 버리고 새 사람을 사랑하는 두 맘이 있다 하는 소문이 있기에 일부러 와서 결판을 내려는 것이오.

따라서 오늘은 술을 실컷 마시면서 하소연을 해보지만 내일 아침엔 저 개울가에서 헤어져야 할 것이오. 할 수 없이 미적미적 저 도랑가로 가니 도랑물은 동서로 갈라져 흐르고 있소. 이렇게 우리도 서로 떨어져 바다로 갈 것이오.

생각하니 슬프고 처량하여 하염없이 눈물이 나오. 당신에게 시집온 것이 후회스럽지만 결코 울지는 않을 것이오. 한 마음을 가진 사람을 만났다면 흰머리 파뿌리 될 때까지 이별하지 말아야 할 것 아니겠소?

마치 낚시꾼이 긴 낚싯대를 간들간들 연못 속에 던지니 물고기가 꼬리를 하늘하늘 흔들면서 미끼를 채려 드는 것 같소. 남자란 의기가 가장 중한 법, 어찌 금전의 노예가 된단 말이오?

오언고시이다.

여설

전한前漢의 대시인大詩人 사마상여司馬相如는 경제景帝 때 젊은 나이에 무기상시武騎常侍가 되었으나 병으로 면직되었다. 양나라 땅을 유랑하다가 촉나라로 돌아올 때 지금의 사천성 임공현의 책임자인 그의 친구를 방문했다가 임공현의 부자 탁왕손을 만나 그의 집에 초대되었다. 그때 탁왕손의 무남독녀無男獨女 탁문군이 청상靑孀이 되어 집에 와 있었다. 한눈에 반한 사마상여는 그녀에게 '봉구황鳳求凰'이라는 연가戀歌를 불렀다. 그 노래는 다음과 같다.

	독음	원문
수봉황이여 수봉황이여, 고향으로 돌아가도다.	봉혜봉혜귀고향	鳳兮鳳兮歸故鄕
사해를 멋대로 돌면서 그 암봉황을 찾노라.	오유사해구기황	遨遊四海求其凰
그러나 때를 만나지 못하여 찾지를 못하였네.	시미우혜무소장	時未遇兮無所將
어찌 알았으랴 오늘 저녁 이 집에 와서	하오금석승사당	何悟今夕升斯堂
아름다운 숙녀가 이 방에 있을 줄을.	유염숙녀재규방	有艶淑女在閨房
그러나 방은 가까우나 사람은 멀어 나의 애를 태우니	실이인하독아장	室邇人遐毒我腸
어떤 인연으로 목을 비비며 원앙이 될까.	하연교경위원앙	何緣交頸爲鴛鴦
어찌 목을 빼며 함께 하늘을 날 수 있을까.	호힐항혜공고상	胡頡頏兮共翶翔
암봉황이여 암봉황이여, 나하고 살자꾸나.	황혜황혜종아서	凰兮凰兮從我棲

자식 낳고 사랑하여 영원히 아내가 되어 다오.	득탁자미영위비 得託孳尾永爲妃
정이 통하고 한 몸 되어 마음도 하나 되어	교정통체심화해 交情通体心和諧
밤중에 서로 따른들 아는 자 그 뉘요?	반야상종지자수 *半夜相從知者誰
함께 깨어나 같이 일어나 번득여 높이 날고 싶은데	쌍익구기번고비 雙翼俱起飜高飛
느낌이 없으니 나의 마음 서글퍼지네.	무감아사사여비 無感我思使餘悲

*半夜(반야) : 中夜(중야)라고 된 판본도 있으나 같은 뜻이다.

이들은 부부가 된 다음 함께 사마상여의 고향인 성도成都로 도주했다. 그러나 생활비가 없어 살 수가 없어 다시 둘은 임공으로 돌아와 술장사를 시작했다. 탁왕손이 이를 부끄러이 여겨 그들에게 노비 백 명과 돈 백만 전을 주어 눈앞에서 사라지게 하니 그들은 일약 부자가 되었다.

사마상여는 무제武帝 때 불려가 랑郎이 되었다가 이윽고 효문원령孝文園令까지 됐지만 또 병으로 사직하고 무릉 섬서성 흥평현에 와 살았다. 그는 사부辭賦에 뛰어나 그의 '자허부子虛賦', '상림부上林賦', '대인부大人賦' 등은 한위육조漢魏六朝 문인文人들의 모범이 되었다. 사마상여가 무릉에 살 때 그곳에서 다른 여자를 사귀어 첩으로 삼으려 할 때, 탁문군이 이 시를 지어 깨우치자 사마상여는 그녀를 첩으로 맞아들이지 않았다 한다. 사마상여가 소갈병消渴病을 앓다가 죽자 탁문군은 남편의 뇌사誄詞를 지었다 한다.

이들이 임공에서 술장사할 때의 모습을 묘사한, 청나라 때 이루어진 '탁녀당로卓女當罏'란 작품이 전한다. 사천성 임협현 성 안에는 '문군정文君井'이란 우물이 있는데, 옛날 사마상여와 탁문군이 술장사할 때 퍼 쓰던 우물로서, 그 옆에 거문고를 뜯던 금대琴臺가 있고, 그 금대 앞에 월지月池 · 가산假山 · 원림園林 등이 남아 있다. 두보杜

甫(712~770)가 성도成都에 머물러 있을 때 지은 '금대琴臺'란 시가 바로 여기를 읊은 것이다.

금대琴臺

무릉 사마상여가 병이 많아진 뒤 | 茂陵多病後(무릉다병후)
오히려 탁문군을 사랑했네. | 尙愛卓文君(상애탁문군)
인간 세상에 술집을 차렸는데 | 酒肆人間世(주사인간세)
금대에 날 저문 구름이 이네. | 琴臺日暮雲(금대일모운)
들꽃은 보조개에 머물러 있고 | 野花留寶靨(야화류보엽)
넝쿨풀은 비단 치마에 보이는 듯 | 蔓草見羅裙(만초견라군)
돌아가 수봉황이 암봉황을 찾는 뜻은 | 歸鳳求凰意(귀봉구황의)
쓸쓸히 다시는 들리지 않네. | 寥寥不復聞(요요불부문)

조선조 중기에 강취주姜就周란 사람이 있어 '사마상여'란 제목으로 시를 읊었다.

사마상여의 명성은 천하에 들려 | 司馬聲名天下聞(사마성명천하문)
지금도 그의 사부는 맑은 향기 퍼뜨리네. | 至今詞賦播淸芬(지금사부파청분)
임금을 바로잡는 말은 한 마디 없어도 | 生無一字匡君語(생무일자광군어)
궤짝 속에 부질없이 봉선문만 남았네. | 篋裏空留封禪文(협리공류봉선문)

한나라 무제는 사마상여의 시를 몹시 사랑하여 사마상여가 죽으면 그의 저술이 모두 없어질 것이 걱정되어 소충所忠이란 사신을 보내어 사마상여의 저작을 가져오게 했다. 그러나 산문으로는 '봉선서封

禪書' 란 단 한 편만이 남아 있어 무제에게 바쳤다. 오늘날 『사기史記』에 그 글이 남아 있다.

이 사마상여와 탁문군의 애정일화愛情逸話는 우리나라 신라시대의 원효대사元曉大師와 요석공주瑤石公主의 애정담을 연상케 한다.

이릉李陵

B.C. ?~74

전한의 무장武將. 자는 소경少卿. 무제 때 기도위騎都尉가 되어 흉노를 쳤으나 패하자 항복하여 흉노왕의 사위가 되어 우교왕右校王이 되었다. 호지胡地에 있은 지 20여 년만에 죽었다. 소무와는 호지에 들어가 친해져 소무가 한나라로 돌아갈 때 이 시를 지어 보냈다 하나 이것도 후인의 의작으로 본다.

여소무시 與蘇武[1]詩 3수 三首

이릉(李陵)

제1수

좋은 시절 다시 오지 않나니
이별은 순간에 있네.
갈래길에서 주저하다가
손을 잡고 들판에서 머뭇거리네.
우러러 뜬구름 달려가는 것을 보니
문득 서로 지나쳐 버리네.
풍파에 한번 장소를 잃으면
각기 하늘 한 끝쪽에 있게 되네.
길이 마땅히 여기에서부터 헤어져야 할 것,
바야흐로 다시금 잠깐 동안 여기 서 있노라.
새벽 바람이 불 때를 틈 타
이 천한 몸으로 그대를 모셔 보냈으면 하네.

양시부재지 이별재수유
良時不再至 離別在須臾

병영 구로 측 집수야지주
屛營[2]衢路[3]側 執手野踟躕[4]

앙시부운치 엄홀 호상유
仰視浮雲馳 奄忽[5]互相踰

풍파일실소 각재천일우
風波一失所 各在天一隅

장당종차별 차부립사수
長當從此別 且復立斯須[6]

욕 인 신 풍 발　송 자 이 천 구
欲因晨風[7]發　送子以賤軀[8]

1 蘇武(소무) : B.C. 142～60 전한(前漢)의 장군(將軍). 자는 자경(子卿). B.C. 100년 무제(武帝) 천한(天漢 1) 흉노(匈奴)에 사신으로 갔다가 19년 동안 구금(拘禁)되었으나 굴하지 않았다. 후에 소제(昭帝) 때 흉노와 화친(和親)하여 비로소 귀국, 전속국(典屬國)에 임명되었다. 이 시는 이릉이 소무에게 준 시라 하나, 후인의 의작(擬作)이라는 것이 사실에 가깝다. **2** 屛營(병영) : 방황하다. 두려워하며 불안해하다. 마음이 갈팡질팡하여 편하지 않은 모양. **3** 衢路(구로) : 길거리. 갈래길. 기로(岐路)로 된 판본도 있다. **4** 踟躕(지주) : 주저하다. 머뭇거리다. **5** 奄忽(엄홀) : 갑자기. 문득. **6** 斯須(사수) : 수유(須臾)와 같음. 잠깐. **7** 晨風(신풍) : 새벽바람. 아침바람. 새 이름이라고도 함. **8** 賤軀(천구) : 천한 몸. 자기 겸칭(謙稱).

제2수

아름다운 만남은 다시 오기 어려워라,
헤어지면 3년이 천 년 같으리라.
강가에 이르러 눈물에 젖은 긴 갓끈을 씻고,
그대를 생각하니 서글프기 그지없네.
멀리 슬픈 바람이 불어오는 것을 바라보며,
술을 따라 그대에게 권할 수가 없네.
떠나는 그대도 갈 길을 생각하며
어떻게 내 근심을 위로할까?
다만 여기 잔에 가득한 술이 있으니
이것으로 그대와 정분을 영원히 유지하기로 하세.

가 회　난 재 우　삼 재 위 천 추
嘉會[9]難再遇　三載爲千秋

임하탁장영　념자창유유
臨河濯長纓[10]　念子悵悠悠[11]

원망비풍지　대주불능수
遠望悲風至　對酒不能酬[12]

행인회왕로　하이위아수
行人懷往路　何以慰我愁

독유영상주　여자결주무
獨有盈觴酒　與子結綢繆[13]

9 嘉會(가회) : 아름다운 모임. 호회(好會)와 같음. 즐거운 회합. **10** 濯長纓(탁장영) : 긴 갓끈을 씻다. 눈물에 젖은 갓끈을 강물에 씻다. **11** 悵悠悠(창유유) : 창은 슬픔, 섭섭하다는 뜻. 유유는 아득한 모양, 곧 슬프기 그지없다는 뜻. **12** 酬(수) : 반배(返杯)하다. **13** 綢繆(주무) : 미리 용의주도하게 준비함. 여기서는 애정의 친밀함을 표현한 말.

제3수

손을 잡고 강의 다리에 오른다.
나그네는 저물녘에 어디로 가는가?
서로 길가에서 배회하면서
섭섭하고 서글퍼 떠날 수가 없네.
나그네 오래 머물 수 없어
각기 서로 잊지 말자고 강조하네.
어찌 알려나, 해와 달이 아니지만
그믐과 보름이 스스로 때가 있는 것을.
노력하여 밝은 덕을 높이면서
백발이 되어도 꼭 만나기를 기약하세.

휴수상하량　유자모하지
攜手上河梁[14]　游子暮何之

배 회 혜 로 측 양 량 불 능 사
徘徊蹊路[15]側 悢悢[16]不能辭

행 인 난 구 류 각 언 장 상 사
行人難久留 各言長相思

안 지 비 일 월 현 망 자 유 시
安知非日月 弦望[17]自有時

노 력 숭 명 덕 호 수 이 위 기
努力崇明德 皓首以爲期

14 河梁(하량) : 물 위의 다리. 강 위에 놓인 다리 위에서 사람을 배웅하는 것이 옛 풍습이었다. **15** 蹊路(혜로) : 지름길. 작은 길. **16** 悢悢(양량) : 서글피 돌아보는 모양. 이별을 서러워하는 모습. **17** 弦望(현망) : 현은 반월(半月), 망은 만월(滿月). 보름달이 뜰 때 달은 동쪽에, 해는 서쪽에 있지만 멀리 서로 바라볼 수 있어 재회를 기약한다는 뜻.

감상

제1수

지금 이별하면 재회의 즐거움은 두 번 다시 오기 어려운데, 진실로 이별의 때가 왔도다.

정말로 헤어지기 서러워 길거리에서 서성이고, 들판에서 손을 잡고 머뭇거리며 헤어지지를 못하네.

이때 하늘을 보니 뜬구름들이 지나가는데 서로 달려 순식간에 지나쳐 가는 것이 우리들의 이별과 같구나. 그 구름들 바람결에 한번 머물 곳을 잃으면 각기 흩어져 따로따로 하늘 끝에 떨어져 있는 것이 우리들 사이와 비슷하네.

우리도 이와 같이 헤어져야 하므로 바야흐로 잠깐 동안 이렇게 서 있는 것이네. 내 마음은 지금 새벽바람에 편승하여 비록 천한 몸이지만 그대를 멀리까지 배웅하고 싶네.

평성平聲 우운虞韻의 오언고시다.

제2수

한번 헤어지면 다시 만나기는 매우 어려운 법. 이별한 뒤는 3년이 일각여삼추一刻如三秋라. 이제 강가에 가 이별하는데 슬픈 눈물이 긴 갓끈을 적셔 세탁을 해야 할 지경이네. 그대와의 이별을 생각하니 그 서글픔이 끝이 없네. 마침 멀리서 가을바람마저 불어오니 차마 이별의 술잔을 권할 수가 없네. 길 떠나는 그대도 갈 길을 생각하면서 어떻게 나의 근심을 위로해 줄까 걱정하겠지?

자 여기 술잔에 술이 넘치네. 이 술을 들고 우리의 우정을 영원히 유지하도록 하세나.

평성 우운尤韻의 오언고시다.

제3수

손잡고 강가 다리 위에서 이별을 한다. 그것도 저물녘에. 이별이 서러워 길가에서 머뭇거리며 영영 떠날 줄을 모른다. 그러나 헤어져 있는 동안 서로 영원히 잊지 말자고 맹세한다. 마치 해와 달의 사이 같이 때가 되면 만날 수 있음을 믿어 의심치 않는다. 그리하여 서로 마지막 부탁을 한다. 피차간 각기 몸조심하고 수양해서 덕을 쌓으면서 백발이 되어서라도 꼭 만나기를 기약한다.

평성 지운支韻의 오언고시다.

여설

중국 역사상 또는 문학상 소무와 이릉의 이야기는 너무나도 유명하다.

소무는 한무제 때 중랑장中郎將으로서 부절符節을 가지고 흉노匈奴에게 사신으로 갔다. 흉노의 우두머리 선우單于가 소무를 항복시키고자 큰 움막 속에다 가두고 먹을 것을 일절 주지 않았다. 소무는 굶다가 눈이 내리면 담요를 뜯어 눈을 싸서 먹곤 했다. 그래서 며칠이 되어도 죽지 않자 흉노들은 그를 신으로 여겼다.

다음에는 그를 북해北海 바이칼호 가로 보내어 숫양을 치게 하면서 숫양이 새끼를 치면 살려 보낸다고 했다. 먹을 것이 없어 쥐를 잡아 먹으면서도 소무는 항상 한나라 부절을 세워 놓고 양을 치면서 지조를 지켰는데 그 부절의 장식품인 새털이 다 닳아도 개의치 않았다.

이윽고 한무제 다음 소제昭帝 때에 한나라가 흉노와 화해하게 되자 소무를 돌려보내라 했다. 그러나 흉노는 소무가 이미 죽었다고 한다. 이때에 소무의 부관副官이었던 상혜常慧가 한나라 사신에게 귀띔하기를 '천자가 상림원上林苑에서 사냥하다가 기러기를 잡았는데 그 기러기발에 편지가 매달려 있고, 거기에 소무가 어떤 못 가에 있다.'고 암시했다. 한의 사신이 이를 추궁하자 놀란 선우는 소무를 석방했다. 여기에서 안족서雁足書, 안서雁書란 말이 생겨 편지를 뜻하게 되었다.

소무가 살아 돌아오자 한나라에서는 소무를 전속국에 임명하고 별봉別俸이 2천 석, 하사품이 2백만 전, 공전公田 2경, 주택 1구역 등을 하사하였다.

결국 소무는 흉노 땅에 19년간 있었으니 젊어서 출국하여 백발이 되어 돌아왔다. 선제宣帝 때에 이르러 소무는 절개를 지킨 노신老臣이라 하여 초하루와 보름에만 조회에 나아가고 좨주祭酒 벼슬에 있다가 80여 세에 죽었다. 후에 그의 관직과 성명이 기재되었다.

이릉은 전장군 前將軍 이광李廣의 손자다. 기사騎射를 잘하고 사람들을 사랑하며 항상 겸손하여 명예를 드날렸다. 무제가 이광의 기풍이 있다 하여 기도위騎都尉에 임명했다. 천한天漢 2년(A.D. 99)에 군사 5천 명을 데리고 흉노를 치러 갔다. 싸움에 승승장구하며 수천 명을 격살했다. 흉노가 불리하자 후퇴하려 할 때 군후軍候 관감管敢이란 자가 한군漢軍에 불만을 품고 흉노 진영으로 달아나 이릉에게 후원군이 없다고 일러 주어 흉노가 반격하는 바람에 이릉은 패하고 항복했다. 이에 무제는 이 소식을 듣고 크게 노하여 이릉의 일족을 도륙했다. 이때 사마천司馬遷이 이릉을 변호하다 궁형宮刑을 당했고, 이 치욕으로 발분해서 사마천이 『사기史記』를 완성한 이야기는 너무도 유명하다.

한편 흉노의 왕 선우單于는 이릉을 사위로 삼아 우교왕右校王에 임명하고 융숭히 대접했다. 이에 이릉은 흉노 땅에서 20여 년을 살다 죽었다.

五帝本紀第一　史記一

黃帝者

사기(史記)

소무가 흉노에 사신으로 온 지 1년 후에 이릉이 항복하고, 그 뒤 소제 때 한과 흉노가 화해하여 소무가 소환될 때 이릉이 소무에게 준 시가 바로 이 시다. 오늘날 소무의 시라고 하여 송별送別을 내용으로 한다. 이 3수의 시 외에 4수의 시가 있지만 이때 소무에게 준 시는 아니고, 이 시도 후인의 의작擬作으로 본다.

하여간 이 두 사람의 시는 오늘날 중국시사상中國詩史上 오언고시의 효시嚆矢로 보며 이별을 노래한 시로 매우 유명하다.

소무와 이릉의 고사는 『몽구蒙求』의 표제 '이릉초시李陵初詩' · '소무지절蘇武持節' 등에 기재되어 내려오면서 더욱 유명해졌다.

소무의 묘는 지금의 섬서성 무공현 옛 현성 북쪽 1.5km 지점인 무공현 용문촌에 있다. 원추형圓錐形으로 높이 4m, 남북 약 30m, 동서 약 20m이다. 봉분封墳 앞에는 청나라 강희康熙 · 건륭乾隆 · 도광道光 때 세운 '한전속국漢典屬國' · '중수소무묘문重修蘇武墓門'이란 비석 몇 개가 있다.

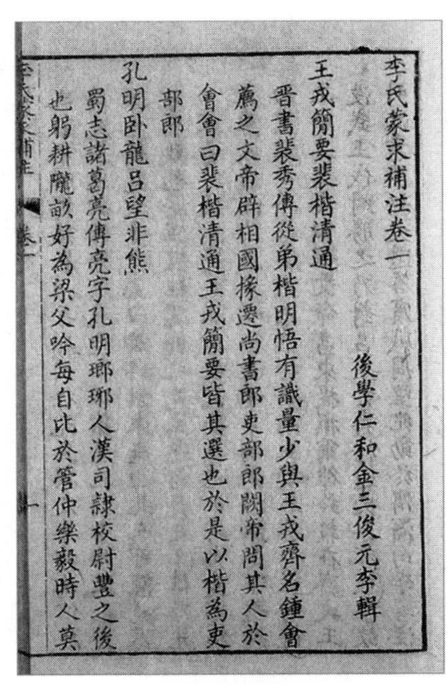
李氏蒙求補注卷一　後學仁和金三俊元李輯
王戎簡要裴楷清通
晉書裴秀傳從弟楷明悟有識量少與王戎齊名鍾會
薦之文帝辟相國掾遷尚書郎吏部郎闕帝問其人於
會會曰裴楷清通王戎簡要皆其選也於是以楷為吏
部郎
孔明卧龍呂望非熊
蜀志諸葛亮傳亮字孔明瑯琊人漢司隸校尉豐之後
也躬耕隴畝好為梁父吟每自比於管仲樂毅時人莫

몽구(蒙求)

위시 魏詩

220~265

슬을 마실 땐 마땅히 노래 불러라.
사람의 삶이 그 얼마나 되는가?
비유컨대 아침의 이슬과 같아
지나간 나날이 훨씬 많도다.

제갈량諸葛亮

181～234

중국 삼국시대三國時代 제일의 인물. 유비劉備를 도와 충성을 다한 정치가이며 전략가였다. 『제갈량집諸葛亮集』이 전한다.

양보음 梁甫[1]吟

제갈량(諸葛亮)

걸어서 제나라 성문城門을 나와
멀리 탕음리蕩陰里를 바라본다.
그 마을에는 세 무덤이 있는데
올망졸망 정히 서로 비슷하네.
묻노니 누구의 묘인가?
전개강田開疆과 고야자古冶子 등이네.
그들의 힘은 남산南山을 밀어제칠 만하고
글은 천지를 진동할 만했도다.
그런데 하루아침에 참언을 입어
두 복숭아로 세 무사가 죽었다네.
누가 이런 꾀를 냈는가?
제나라 재상 안자晏子로세.

보출제성문 요망탕음리
步出齊城[2]門　遙望蕩陰里[3]

이중유삼분 누루정상사
里中有三墳　纍纍[4]正相似

문시수가묘 전강고야자
問是誰家墓　田疆古冶子[5]

역능배남산 문능절지기
力能排南山　文能絶地紀[6]

일조피참언 이도살삼사
一朝被讒言　二桃殺三士[7]

수능위차모 국상제안자
誰能爲此謀　國相齊晏子[8]

1 梁甫(양보) : 태산(泰山) 기슭에 있는 산. 2 齊城(제성) : 제나라의 고성(古城). 지금의 산동성 임치현(臨淄縣). 3 蕩陰里(탕음리) : 제나라 성(城) 부근의 동네 이름. 4 纍纍(누루) : 서로 이어진 모양. 5 田疆古冶子(전강고야자) : 춘추시대(春秋時代) 제나라 경공(景公) 때 장수인 전개강(田開疆) · 고야자(古冶子)를 일컫는다. 여기에 공손접(公孫接)을 합해 삼사(三士)로 침. 6 地紀(지기) : 땅의 벼리. 지유(地維)와 같다. 대지(大地)를 버티어 주는 밑받침. 옛날 전설에 천주지유(天柱地維)라 하니 하늘은 기둥이 버티고, 땅은 벼리가 떠받쳐 천지가 안정을 취하게 되었다고 하였다. 이에 지기(地紀)를 끊으니 천지가 진동한다는 뜻. 7 二桃殺三士(이도살삼사) : 두 개의 복숭아로 세 무사를 죽인다. 제나라 재상 안자(晏子)가 경공(景公)에게 청하여 세 장군을 죽인 일화는 이러하다. 경공이 안자가 시키는 대로 복숭아 두 개를 세 장군 앞으로 보내면서 '공로가 제일 많은 자가 이것을 먹어라' 고 했다. 이에 공손접과 전개강은 저희들이 공로가 제일 크다고 그 복숭아를 먹으려 했다. 그러나 이때 고야자가 나서며 내 공로가 제일이라 하자 두 사람이 부끄러워하며 공로도 낮으면서 이것을 먹으려고 욕심을 냈으니 부끄럽다 하고 복숭아를 내려놓고 자살했다. 이에 혼자 남은 고야자는 이 광경을 보고 두 친구가 죽는데 나 홀로 남음은 불인불의(不仁不義)하다 하고 또한 자살했다. 그래서 세 사람이 두 개의 복숭아 때문에 모두 죽었다. 8 晏子(안자) : 제나라 재상(宰相). 이름은 영(嬰). 자는 평중(平仲). 경공을 도와 명상(名相)이 되었다. 저서에 『안자춘추(晏子春秋)』가 있다. 위 고사(故事)는 『안자춘추』 권2에 실려 있다.

감상

어슬렁어슬렁 걸어 제나라 성문을 나와 멀리 탕음리를 바라보니 무덤이 세 개가 있는데 서로 비슷하고 차례로 이어져 있다. 이들은 누구의 무덤일까? 춘추시대 제나라 경공의 신하 전개강 · 공손접 · 고야자의 무덤이다. 그들의 힘은 제나라 성문 밖의 남산南山을 밀어 제칠 만하고, 그들의 문장은 천지를 진동振動할 만하다. 그런데 하루 아침에 참소하는 말을 듣고 두 개의 복숭아 때문에 세 무사가 죽었으니 이것은 안자가 낸 꾀 때문이다.

그러면 안자가 왜 이런 꾀로 이들을 죽였는가? 이 세 장군이 안자에 무례한 일이 있어 안자가 경공에게 말하기를, '군신지의君臣之義도 모르는 용사勇士를 양성養成하는 것은 나라를 위태롭게 하는 범죄입니다' 하고 이런 꾀를 내어 경공을 움직여 세 장군을 죽였다. 그러니 제갈량은 안자의 아량이 적음을 꾸짖고 있는 것이다.

여설

제갈량의 자는 공명孔明이다. 원래 낭야 양도 (산동성 기수 이남) 사람이다. 아버지 제갈규諸葛珪는 일찍이 태산泰山 군승郡丞을 지냈다. 제갈공명은 9세에 어머니를 잃고 12세에 또 아버지를 잃었다. 그래서 형 제갈근諸葛瑾은 계모를 따라 오나라로 가 손권孫權을 모셨다. 그러나 제갈량과 동생 제갈균諸葛均은 숙부 제갈현諸葛玄에게 의지하여 형주荊州로 가서 살았다.

제갈량이 17세 때 숙부가 전사하자 그는 아우와 양양 (호북성 부근)의 융중 땅으로 가서 초려草廬를 짓고 청경우독晴耕雨讀의 생활을 했다. 융중에서 그는 친구를 널리 사귀어 석굉원石宏元·맹공위孟公威 등과 특히 친했고, 그중에서도 방통龐統과 병칭竝稱되어 '와룡臥龍·봉추鳳雛' 라고 일컬어진다.

207년, 즉 헌제獻帝 건안建安 12년에 유비에게 삼고초려三顧草廬를 받고 군사가 되니 그때 나이 27세였다. 이에 유비를 도와 적벽赤壁에서 조조曹操를 물리친 뒤 승상丞相이 되고, 유비 사후死後 유선劉禪을 도와 위魏를 쳤으나 오장원五丈原 진중陣中에서 병사病死했다. 그의 출사표出師表는 천하의 명문으로 중국의 3대 문장의 하나로 일컬어진다.

곧 이런 말이 전한다. '이밀李密의 진정표陳情表를 읽지 않으면 효

적벽(赤壁)

자孝子가 아니고, 제갈량의 출사표出師表를 읽지 않으면 충신이 아니며, 한유韓愈의 제십이랑문祭十二郎文을 읽지 않으면 인자한 부모가 못 된다' 하였다. 이 외에도 제갈량의 신출귀몰한 재주는 너무도 유명하여 '돈이 제갈량이다' 라는 속담도 생겨났고, '죽은 공명이 산 중달仲達을 쫓는다' 는 고사까지 생겨났다.

옛날 어떤 동홍冬烘(어리석음의 비유) 선생이 『사략史略』의 이 대목을 가르치는데 오장원 고사를 잘 몰랐던 모양이다. 가로되 '죽은 공명이 달아나다가 중달을 낳았다' 하니, 제자가 묻기를 '죽은 사람이 어떻게 사람을 낳습니까?' 하였다. 이에 선생이 말하되 '그러니까 제갈공명이지' 라고 하니, 가가대소呵呵大笑 하였다.

원문原文은 「死諸葛走生仲達」이다. 이글의 독어 번역문은 이러하다. 'Der toten Kongmyung macht der lebendigen Chungdal laufen.'

일인日人 세키구지關口存男가 쓴 책에서 처음 본 문장이다.

조조 曹操

155～220

삼국시대 위나라 무제武帝. 자는 맹덕孟德, 패국沛國 초楚 안휘성 박현亳縣 사람. 아들 조비曹丕가 문제文帝가 되어 아버지 조조를 무제로 추시追謚 하였다. 『조조집 曹操集』이 전한다.

단가행 短歌行[1]

조조(曹操)

술을 마실 땐 마땅히 노래 불러라.
사람의 삶이 그 얼마나 되는가?
비유컨대 아침의 이슬과 같아
지나간 나날이 훨씬 많도다.
강개慷慨하고 마땅히 의분하고
깊은 근심을 잊기 어렵구나.
어떻게 근심을 풀까?
오직 두강이 있을 뿐이로다.
푸르고 푸른 그대의 옷깃
아득하고 먼 나의 마음.
다만 그대들 때문에
나는 지금까지 침울하도다.
사슴은 유유하고 울며
들의 쑥을 먹네.
나에게 아름다운 손님이 있어
비파 뜯고 생황을 부네.
밝고 밝은 저 달을
언제 잡아 올까?
근심이 속마음으로부터 나와
끊어 버릴 수가 없네.
논두렁을 넘고 밭두렁을 건너

굽혀 찾아서
서약을 맺으며 잔치하면서
마음속으로는 옛 은혜를 생각하네.
달이 밝으니 별이 드물고
까마귀와 까치는 남으로 날아가네.
나무를 세 바퀴 돌아
어느 가지에 의지할 수 있나?
산은 높음을 싫어하지 않고
바다는 깊음을 싫어하지 않으며,
주공은 한 번 식사에 세 번씩 수저를 놓아
천하인의 마음이 그리로 돌아왔다네.

대주당가 인생기하
對酒當歌 人生幾何

비여조로 거일고다
譬如朝露 去日苦[2]多

개당이강 우사난망
慨當以慷 憂思[3]難忘

하이해우 유유두강
何以解憂 惟有杜康[4]

청청자금 유유아심
靑靑子衿[5] 悠悠我心

단위군고 침음지금
但爲君故 沈吟至今

유유녹명 식야지평
呦呦鹿鳴[6] 食野之苹

아유가빈 고슬취생
我有嘉賓 鼓瑟吹笙

명명여월 하시가철
明明如月 何時可掇

우종중래 불가단절
憂從中來 不可斷絶

월맥도천 왕용상존
越陌度阡[7] 枉用相存[8]

결활담연 심념구은
契闊談讌[9] 心念舊恩

월명성희 오작남비
月明星稀[10] 烏鵲南飛[11]

요수삼잡 하지가의
繞樹三匝 何枝可依

산불염고 해불염심
山不厭高[12] 海不厭深[13]

주공토포 천하귀심
周公吐哺[14] 天下歸心

1 短歌行(단가행) : 가행은 시의 한 체재(體裁). '백석도인시설(白石道人詩說)' 에 '법도(法度)를 지키는 것을 시(詩)라 하고, 시말(始末)을 기재하는 것을 인(引)이라고 하며 체재가 행서(行書)와 같은 것을 행(行)이라 하고, 정(情)을 터놓는 것을 가(歌)라 하며, 행과 가를 겸한 것을 가행이라 한다. 귀뚜라미 · 쓰르라미 같이 슬픈 것을 음(吟)이라 하고, 이속(俚俗)과 통한 것을 요(謠)라 하며, 간곡하게 정을 다하는 것을 곡(曲)이라 한다.' 하였다. 단가행은 장가행(長歌行)의 대(對)로 장가행이 오언(五言)인데 비해서 단가행은 사언(四言)이기 때문에 이런 이름이 생겼다고 한다. 2 苦(고) : 많이. 심히. 더욱. 부사(副詞)로 쓰였다. 3 憂思(우사) : 깊은 생각. 근심. 4 杜康(두강) : 옛날 술을 만든 사람의 이름. 따라서 술의 별칭. 5 靑靑子衿(청청자금) : 『시경(詩經)』 정풍(鄭風) 자금편(子衿篇)에서 나온 말. 옛날 학생은 푸른 옷깃의 옷을 입었다. 유비(劉備)나 손견(孫堅) 등을 비유하여 가리킨 것이다. 6 呦呦鹿鳴(유유녹명) : 『시경』 소아(小雅) 녹명편(鹿鳴篇)에 나오는 말. 유유는 사슴의 울음소리. 사슴이 들에서 쑥을 뜯어먹을 때 소리 질러 동아리를 모으듯이 여러 어진 사람을 모아 즐김을 나타낸다. 7 越陌度阡(월맥도천) : 맥은 동서로 통하는 길, 천은 남북으로 통하는 길. 도(度)는 도(渡), 또는 길을 넘고 건넌다는 뜻. 8 枉用相存(왕용상존) : 왕은 굽히다. 용은 이(以). 상존은 존문(存問) · 방문(訪問)한다는 뜻. 굽혀 나를 방문해 준다면. 9 契闊談讌(결활담연) : 결

활은 부지런히 일하다, 노력하다라는 뜻. 담은 이야기하다, 연은 잔치하다. **10** 月明星稀(월명성희) : 월은 영웅(英雄), 성은 군소세력(群小勢力)의 비유. **11** 烏鵲南飛(오작남비) : 오작은 군소세력, 곧 유비 등을 비유했다. **12** 山不厭高(산불염고) : 산은 높을수록 좋다. **13** 海不厭深(해불염심) : 바다는 깊을수록 좋다. 이 두 구는 현재(賢才)를 얼마든지 초대한다는 비유. **14** 周公吐哺(주공토포) : 토는 숟가락을 입에서 꺼내는 것. 포는 입에 넣고 씹는 것. 옛날 주공이 어린 조카 성왕(成王)을 도와 섭정할 때 어진 이가 찾아오면 반가이 맞느라고 세 번씩이나 숟가락을 놓고 나가 맞이한 고사. 삼토삼악(三吐三握)의 술어가 생겨났다.

감상

술을 마실 때는 한껏 노래도 불러라. 인간의 일생이란 순간적이다. 비유컨대 아침의 이슬 같은 것이다. 지나간 세월이 훨씬 많아 이를 생각하니 감개무량하여 근심을 잊을 수가 없다. 이 근심을 어떻게 풀까? 오직 술이 있을 뿐이다. 어진 이를 초대하고 싶은 내 마음은 끝이 없다. 다만 그대들 때문에 지금까지 침음沈吟하고 있다.

들에서 동아리를 불러 모으면서 풀을 뜯어 먹는 사슴처럼, 나에게 훌륭한 손님들이 온다면 악기를 뜯으면서 잔치를 베풀 것이다. 저 밝은 달을 잡기가 어렵듯이 현재賢才를 초대하기 어려우니 마음속 깊은 곳에 서린 근심을 끊어 버릴 수가 없다. 만일 어진 이들이 모든 길을 지나 굽혀 방문해 준다면, 나는 최선을 다해 모시고 잔치하면서 마음속으로 옛 은혜를 생각하리라.

달이 밝으니 달빛에 가려 별이 드문데 이때 까막까치가 남쪽으로 날아 머물 나무를 찾아 세 바퀴나 돌았으나 의지할 가지가 없다. 산은 높을수록 좋고 바다는 깊을수록 좋듯이 어진 인재들은 많을수록 좋은 법, 나는 옛날 주공이 삼토삼악하듯이 어진 이를 모아 천하인의 마음이 나에게로 돌아오기를 바란다.

삼국의 나라들을 통일하기 위하여 하루 속히 많은 현재賢才를 얻어, 세월은 유수 같지만 힘써 노력하여 속히 왕업王業을 세우고 싶은 포부抱負를 드러내고 있다.

여설

재래로 조조를 '치세治世의 능신能臣, 난세亂世의 간웅奸雄'이라 평해 왔다. 조조는 정치·군사·문학에도 뛰어나 싸우면서 글을 짓는 시인으로도 불린다. 그래서 횡삭시인橫槊詩人이라고도 부른다. 창을 겨드랑이에 가로로 끼고 붓을 잡고 시를 쓴다는 뜻이다. 그러나 잔인한 면도 있어 자신이 피해 다닐 때 자신을 융숭하게 대접하려고 친구 여백사呂伯奢가 하인에게 돼지를 잡기 위해 칼을 갈게 하였는데, 여백사가 술을 사러 간 사이 자기를 죽이려고 칼을 가는 줄 알고 오인하여 여백사의 식구 여덟 명을 죽이고 도망간 일이 있다.

후한말後漢末 출사한 이래 숱한 고비를 넘기고 마침내 중원中原을 차지하여 천자天子를 끼고 승상丞相·위공魏公·위왕魏王에까지 올라 천자와 나란히 행세하다가 66세로 낙양洛陽에서 병사했다. 그는 독서와 작시作詩를 좋아하여 현재 문장 150편, 시 30편이 남아 있다.

노자(老子)

큰아들 조비가 위魏 문제文帝가 된 뒤 추존하여 무제武帝라 시호를 올렸다. 이 시에서 조조는 어진 이를 초청하는 태도를 주공에 견주었다. 주공은 중국 고대 주周나라 문왕文王의 아들로 어린 조카 성왕成王을 도와 훌륭한 제왕으로 만들고 주나라 정치제도政治制度를 서술한 『주례周禮 : 주관周官』의 저자이기도 하다. 그가 선비를 대접하는 태도를 읊은 무명씨無名氏의 '군자행君子行'은 다음과 같다.

군자행君子行

군자는 미연에 방지防止하고	君子防未然(군자방미연)
혐의를 두는 곳에는 처하지 않는다.	不處嫌疑間(불처혐의간)
외 밭에서는 신을 고쳐 신지 않고	瓜田不納履(과전불납리)
오얏나무 아래에서는 갓을 바로잡지 않는다.	李下不正冠(이하부정관)
형수와 시동생이 직접 전달하지 아니하고	嫂叔不親授(수숙불친수)
어른과 어린이는 어깨를 나란히 하지 않는다.	長幼不比肩(장유불비견)
공로가 있어도 겸양해야 수덕의 근본을 잡은 것이다.	勞謙得其柄(노겸득기병)
재주의 빛을 조화시키기는 매우 어려운 법이다.	和光甚獨難(화광심독난)
주공이 흰 갈대 집에 살면서	周公下白屋(주공하백옥)
밥숟갈 뱉느라 식사할 시간도 없었다.	吐哺不及餐(토포불급찬)
한 번 머리 감는데 세 번씩이나 움켜쥐고 나가 맞으니	一沐三握髮(일목삼악발)
후세에 그를 성현이라 칭하게 된 것이다.	後世稱聖賢(후세칭성현)

주공의 겸손한 태도, 인재를 중시한 정신을 나타낸 그야말로 군자의 노래다. '화광동진和光同塵'이란, 재주의 빛을 조화시켜 먼지에 휩싸인 것같이 흐릿하게 보이게 한다는 뜻으로, 자기의 지덕智德의 빛을 싸 감추고 드러내지 않는다는 의미인데, 줄여 화광이라 하며 노자老子의 처세훈處世訓이다. 『노자老子』 제4장에 나오는 말이다.

조비 曹丕

187～226

자는 자환子桓. 조조의 차남. 아버지를 이어 220년(건안 25)에 한나라를 멸하고 제위에 올라 문제文帝가 되어 7년을 다스렸다. 아버지 조조, 아우 조식과 더불어 3부자가 문학으로도 유명하다. 오늘날 그의 시는 약 40수가 남아 있는데 각체各體의 시를 다 썼고 특히 서정이 두드러진다.

연가행 燕歌行[1]

조비(曹丕)

가을바람 쓸쓸하고 날씨가 차서
초목은 흩날리고 이슬이 서리 되네.
제비 떼 떠나가고 기러기 남쪽으로 오는데
그대의 객지 생활 생각하니 애간장이 타누나.
근심스러이 돌아가기를 생각하니 고향이 그리운데
그대는 어째서 오래도록 타지에서 머물고 있는가요?
천첩은 외로이 빈방을 지키는데
근심되어 그대 생각 잊을 수가 없소이다.
얼결에 눈물이 옷을 적시고
거문고 당겨 줄을 뜯으나 슬픈 가락만 쳐지고
짧은 노래 가는 가락이 길어질 수 없소이다.
밝은 달이 환히 내 침대를 비추는데
은하수는 서쪽으로 흐르면서 밤이 끝나지를 않네.
견우와 직녀가 멀리 서로 바라보듯이
너희들만 무슨 죄로 은하수 다리 양쪽에서 오도가도 못하는가.

추풍소슬천기량 초목요락로위상
秋風蕭瑟天氣凉 草木搖落露爲霜

군연사귀안남상 념군객유사단장
群燕辭歸雁南翔 念君客遊思斷腸

겸겸 사귀련고향 군하엄류 기타방
慊慊[2]思歸戀故鄉 君何淹留[3]寄他方

천 첩 경 경 　 수 공 방 　 우 래 　 사 군 불 감 망
賤妾煢煢[4]守空房　憂來[5]思君不敢忘

불 각 루 하 점 의 상 　 원 금 명 현 발 청 상
不覺淚下霑衣裳　援琴鳴弦發清商[6]

단 가 미 음 불 능 장 　 명 월 교 교 조 아 상
短歌微吟不能長　明月皎皎照我牀

성 한 　 서 류 야 미 앙 　 견 우 직 녀 요 상 망
星漢[7]西流夜未央[8]　牽牛織女遙相望

이 독 하 고 　 한 하 량
爾獨何辜[9]限河梁

1 燕歌行(연가행) : 연은 지명(地名). 연가행은 북쪽으로 군인 간 남편을 생각하는 아내의 정을 대신 읊은 형식으로 지었다. 북정(北征)한 남편을 그리는 아내의 연가(戀歌). **2** 慊慊(겸겸) : 불만족스러운 모습. 근심하는 모양. **3** 淹留(엄류) : 오래 머물다. 체재(滯在). **4** 煢煢(경경) : 외로운 모습. 근심하는 모양. **5** 憂來(우래) : 래는 조자(助字)로 뜻이 없다. 우래는 근심한다는 뜻. **6** 淸商(청상) : 상은 오음(五音: 宮商角徵羽)의 하나. 청상은 맑고 서글픈 노래 곡조. **7** 星漢(성한) : 별의 개울. 은한(銀漢) · 은하수(銀河水)를 말한다. **8** 未央(미앙) : 말이 아직 끝나지 않았다는 뜻. 앙은 극(極)의 뜻. **9** 辜(고) : 죄. 죄과. 잘못.

감상

가을바람 솔솔 불고 날씨마저 차서 나뭇잎도 우수수 떨어지고 이슬은 서리가 되어 차다. 여름에 신나던 제비 떼도 강남으로 가고 북쪽으로부터는 기러기 떼가 날아든다. 이때 군인 가 있는 당신을 생각하니 간담이 녹고 그대 생각하니 그대 또한 고향 생각 간절하리라.

그대는 어째서 타향에 그리 오래 머물러 있나요? 이 못난 저는 외로이 독수공방하면서 근심에 싸여 그대 생각을 잊지 못합니다. 그대를 생각하다가 문득 눈물이 흘러 옷을 적시고 거문고 뜯기 위해 잡아당겨 쳐보나 슬픈 가락인 청상곡만 타게 되네요. 그런 짤막한 노래,

작은 소리만 나와 길게 불러지지도 않네요.

공중의 저 밝은 달이 나의 침상을 비추고, 은하수 서쪽으로 비끼는데 밤은 끝나지 않네요. 저 은하수 양쪽에서 견우와 직녀가 서로 멀리 바라보면서 슬퍼하듯 너희들은 무슨 죄가 있어 저 은하수 양쪽으로 나뉘어 그것을 벗어나지 못하고 서 있는단 말인가?

평성平聲 양운陽韻의 칠언고시다.

여설

조비는 아버지 조조의 뒤를 이어 승상丞相 · 위왕魏王이 되었다. 후한後漢 건안建安 말년에 한나라 헌제獻帝를 폐해서 산양공山陽公으로 삼고, 한나라를 찬탈했다. 도읍을 낙양으로 옮겨 국호를 위라 정하고, 연호를 황초黃初라 개원改元했다.

두 번이나 오吳를 쳤으나 별 성과가 없었다. 그는 천성이 문학을 좋아하여 박람강기博覽强記한데 예술에 힘써 『전론典論』과 시부詩賦 1백여 편이 남아 있다.

이 연가행은 칠언고시七言古詩다. 당시에는 오언시五言詩가 유행하던 때라 이런 칠언시七言詩는 비교적 드물다. 한나라 말년에 이루어졌다고 생각되는 칠언시가 이 조비 시대에 이미 문인들의 손에 의해 많이 완성되었음을 엿볼 수 있다.

조비는 주정적主情的인 시를 잘 썼다. 이 시는 출정出征한 남편을 그리는, 고향에 홀로 남아 있는 아내의 애절한 상사相思의 정을 견우 · 직녀에 견주어 잘 나타낸 멋진 시로서 섬세한 특징이 있다.

조식 曹植

192～232

조조 曹操의 4남男. 조비 曹丕와 한 어머니에게서 난 아우. 자는 자건 子建. 『조자건집 曹子建集』 10권이 전함.

우차편 吁嗟[1]篇

조식(曹植)

아, 이 굴러다니는 다북쑥아
세상살이 어찌 너만 홀로 그러한가?
길이 뿌리를 떠나 돌아다니느라고
아침저녁으로 쉴 사이도 없구나.
동서로 일곱 밭둑을 지나고
남북으로 아홉 논두렁을 넘는구나.
그러나 갑자기 회오리바람 만나
나를 불어 구름 사이로 들어가게 하누나.
스스로 하늘로 올라가는 길을 끝냈다고 했더니
문득 깊은 샘 속으로 내리치네.
놀라운 폭풍이 나를 데리고 나와
일부러 저 밭 가운데로 돌려보내네.
당연히 남쪽으로 향하는가 했더니 다시 북쪽으로 불고,
동쪽으로 보낸다더니 반대로 서쪽으로 돌리네.
넓고 넓으니 마땅히 어디에 의지할까?
문득 없어졌다가 문득 나타나네.
펄렁거리며 팔택으로 돌아다니고
펄떡이며 오산을 지나는데
굴러가며 항상 일정한 곳이 없으니
나의 이 괴로움을 누가 알 것인가?
원컨대 숲 속의 풀이 되어

가을에 들불에 휩쓸려 태워졌으면.
타 버리는 것 어찌 아프지 않을까만
줄기와 뿌리가 이어지기를 원하노라.

우 차 차 전 봉　거 세 하 독 연
吁嗟此轉蓬[2]　居世何獨然

장 거 본 근 서　숙 야 무 휴 한
長去本根逝　夙夜無休閒

동 서 경 칠 맥　남 북 월 구 천
東西經七陌[3]　南北越九阡

졸 우 회 풍 기　취 아 입 운 간
卒遇回風起　吹我入雲間

자 위 종 천 로　홀 연 하 침 천
自謂終天路[4]　忽然下沈泉[5]

경 표 접 아 출　고 귀 피 중 전
驚飇[6]接我出　故歸彼中田[7]

당 남 이 갱 북　위 동 이 반 서
當南而更北　謂東而反西

탕 탕 당 하 의　홀 망 이 부 존
宕宕[8]當何依　忽亡而復存

표 요 주 팔 택　연 편 역 오 산
飄颻周八澤[9]　連翩歷五山[10]

류 전 무 항 처　수 지 아 고 간
流轉無恒處　誰知我[11]苦艱

원 위 중 림 초　추 수 야 화 번
願爲中林[12]草　秋隨野火燔

미 멸 기 불 통　원 여 주 해 련
糜滅[13]豈不痛　願與株荄[14]連

1 吁嗟(우차) : 아, 아이구라는 뜻의 감탄사. 첫 두 글자로 제목을 삼았다. **2** 轉蓬(전봉) : 바람에 이리저리 굴러다니는 쑥. 뿌리가 잘리어 줄기와 잎은 붙어 있으면서 말라버린 쑥. **3** 七陌(칠맥) : 동서로 난 길은 맥, 남북으로 난 길은 천(阡). 두렁, 두렁길. 둘 다 논밭 사이의 두렁 위

로 난 길. 칠(七)과 구(九)는 수가 많음을 뜻한다. **4** 終天路(종천로) : 하늘로 올라가는 길의 종점까지 이른다. 천로를 끝낸다는 뜻. **5** 沈泉(침천) : 침연(沈淵). 옛날 전욱씨(顓頊氏)가 들어가 목욕했다는 전설의 연못. 원래는 침연으로 돼 있었는데, 당 고조(高祖) 이연(李淵)의 이름을 피휘(避諱)해서 천으로 고쳤다 한다. **6** 驚飈(경표) : 뜻밖에 불어닥치는 폭풍. 놀라운 회오리바람. **7** 中田(중전) : 전중(田中). 밭 가운데. 운을 맞추기 위하여 돌려놓았다. **8** 宕宕(탕탕) : 탕탕(蕩蕩)과 같다. 광대한 모양. **9** 飄颻周八澤(표요주팔택) : 표요는 바람에 나부낀다는 뜻. 팔택은 옛날 중국에 있었다는 8개의 못. **10** 連翩歷五山(연편역오산) : 연편은 계속 날린다는 뜻. 오산은 오악(五嶽). 중국에서 나라의 진산(鎭山)으로 받들어 천자가 제사를 지내던 다섯 명산. 곧 태산(泰山) · 화산(華山) · 형산(衡山) · 항산(恒山) · 숭산(嵩山) · 오진(五鎭). **11** 我(아) : 吾(오)와 같은 뜻이다. **12** 中林(중림) : 임중(林中). 숲 속. **13** 糜滅(미멸) : 미는 물크러지다라는 뜻으로, 곧 타버려 없어진다는 뜻. **14** 株荄(주해) : 근해(根荄)로 된 곳도 있다. 해는 풀뿌리, 근해는 나무뿌리와 풀뿌리, 주해는 줄기와 뿌리.

감상

아, 저 바람에 굴러다니는 쑥 다발, 세상에 살면서 어째서 너만 그리 사는가? 영원히 근본인 부모형제를 떠나 종일 굴러다니느라고 쉴 틈이 없네. 동서로 밭도랑을 굴러다니다가 이번에는 남북으로 논두렁을 넘네. 그러다가 회오리바람을 만나면 구름 속까지도 떠올라 간다. 그래서 하늘 끝까지 마지막으로 올라갔나 했더니 문득 깊은 연못 속에 빠뜨려 버리네.

이번에는 폭풍에 휘말려 다북쑥의 고향인 저 밭 가운데로 되돌려 놓네. 그러다가 이번에는 남쪽으로 굴리는 줄 알았더니 이어서 북쪽으로 또 동서로 이렇게 사방으로 굴려대니 이 넓고 넓은 천지에 어디에 의지해 있을 수 있는가? 결국 갑자기 없어졌다 문득 나타났다 하여 저 여덟 군데의 연못이나 다섯 개의 큰산에까지 굴러다니는 신세가 되어 일정하게 머물 곳이 없네. 누가 내 이런 고생을 알겠는가?

원컨대 숲 속의 보통 풀이 되어 가을에 불에 탈 때 함께 타 없어졌으면 좋으련만. 타버리는 것이 어찌 고통스럽지 않겠는가마는 재가 되어 뿌리에 거름이 되어 다시 이어지는 것이니 제발 줄기와 뿌리가 이어져 동기지정을 지니게 해 주기를 바라노라.

조식이 자신을 바람에 날려가는 다북쑥의 신세에 비유하여 자신의 괴로움을 나타낸 시다. 평성平聲 선先·산刪·원元 운韻 혼용의 오언고시다.

여설

조식은 어려서부터 영리하여 열 살 때부터 글을 지었고, 붓을 잡으면 곧 문장을 이루어 아버지 조조의 사랑을 독차지했다. 조조는 자신의 지위까지 조식에게 물려주려 했다고 한다. 그러나 동복형同腹兄인 조비曹丕가 시기하여 많은 괴로움을 겪었다. 마침내 형 비가 식을 죽이려고 칠보시七步詩를 짓게 한 일화는 너무나도 유명하다.

식은 처음에 아버지가 살아 있을 때 211년(건안 16)에 평원후平原侯(산동성 평원현)에 봉해졌다가 214년(건안 19) 임치후臨淄侯(산동성 제성현)로 개봉改封되었다. 아버지가 죽고 형인 조비가 위 문제文帝가 되자 221년(황초 2) 안향후安鄕侯(하북성)로 이봉移封되었다가 그 해에 견성후鄄城侯(산동성 견성현)에 옮겼다가 견성왕으로 오르고 이어 옹구왕雍丘王이 되었다. 다음 명제明帝(227~238 재위) 때 준의왕浚儀王, 다시 옹구왕, 이어 동아왕東阿王이 되고, 232년(태화 6) 진왕陳王에 봉해졌다. 이렇게 그는 귀양가듯이 11년간에 세 번이나 봉지封地를 옮겨다니다 보니 매우 쇠약해진 나머지 41세에 병사했다. 죽은 뒤 시호諡號를 사思로 올려 보통 진사왕陳思王이라 불린다.

후에 사영운謝靈運(385~433)이 평하기를 '천하의 문장이 1석石이라고 하면 조식이 8두斗에 당한다' 하였다. 또 세인世人은 그를 수호繡虎라고 하니 수놓은 호랑이라 하여 아름다운 글을 민첩하게 잘 짓는 이라는 의미이다. 그는 건안문학建安文學의 대표자로 기골이 빼어난 강개慷慨의 시풍詩風을 지녀 굴원屈原 이후의 제 일인자로 부르기도 한다.

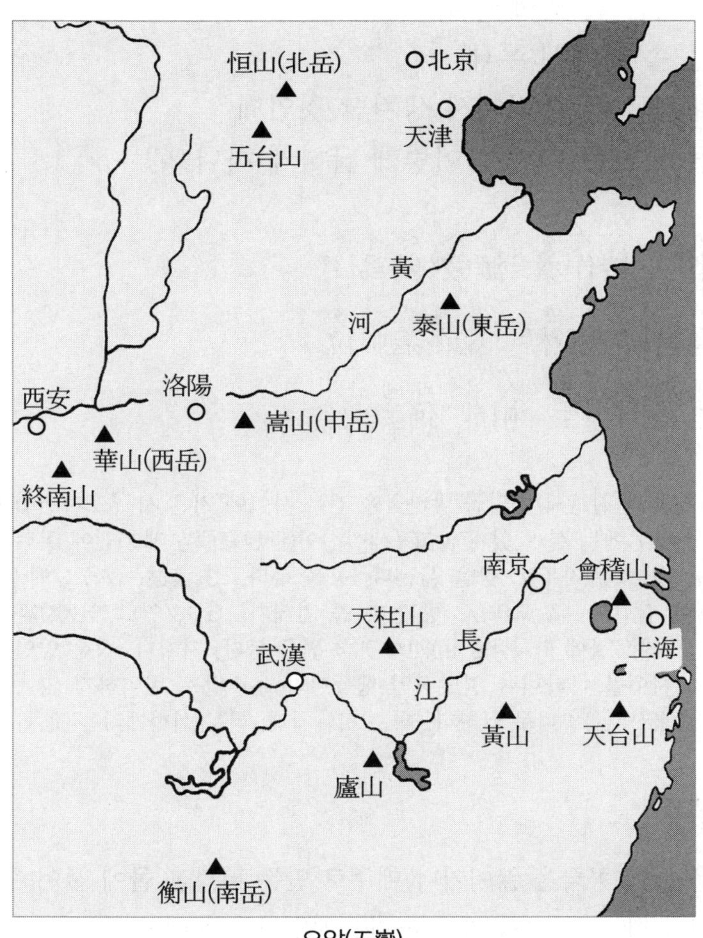

오악(五嶽)

칠보시 七步詩[1]

조식(曹植)

콩을 삶아 가지고 국을 끓이고
메주를 물에 담가 즙을 만드는데
콩깍지는 솥 밑에서 타고
콩은 솥 속에서 우네.
본래는 같은 뿌리에서 생겨난 것인데
들들 볶기를 어째서 이렇게 급하게 하나요?

자두 지작갱 녹시 이위즙
煮豆[2]持作羹 漉豉[3]以爲汁

기 재부하연 두재부중읍
其[4]在釜下然[5] 豆在釜中泣

본시동근생 상전 하태급
本是同根生 相煎[6]何太急[7]

1 七步詩(칠보시) : 일곱 발자국을 걷는 사이에 지은 시. 『조자건집(曹子建集)』에는 실려 있지 않고 『세설신어(世說新語)』 제20권에 실려 있다. 2 煮豆(자두) : 콩을 삶는다. 콩을 볶다. 3 漉豉(녹시) : 메주를 물에 담그다. 4 其(기) : 콩깍지. 콩 껍데기. 5 然(연) : 연(燃)과 같다. 타다. 불에 타다. 6 相煎(상전) : 전은 볶다, 지지다. 상은 양인(兩人) 사이를 나타내나 일방적인 행동이라 우리말로 번역하지 않는다. 7 太急(태급) : 너무 급하다. 태는 지나치게, 너무 심하게라는 뜻.

감상

콩을 삶아 콩국을 끓이거나 메주로 만든 된장을 물에 풀어 찌개를 끓이거나 할 때는 불을 때게 된다. 그때 나무를 때야 하지만 만일 콩깍지나 콩대로 불을 때는 경우를 생각해 보라.

콩깍지는 솥 밑에서 훨훨 타고, 솥 가운데 있는 콩은 뜨거워서 엉엉 운다. 콩과 콩깍지는 원래 같은 뿌리에서 생겨난 것인데, 어찌 콩깍지가 콩알을 들들 볶듯 이렇게 심하게 하는가?

같은 뿌리에서 생겨난 것이니 서로 잘 어울려 도와야 하는데, 콩깍지가 콩알을 못살게 구는 것을 견주어 형제지간의 알력을 잘 비유하고 있다.

측성仄聲 집운緝韻의 오언고시다.

여설

이 시로 인해 시를 잘 짓는 사람을 칠보지재七步之才라고 일컫게 되었다. 그리고 이 시는 너무나도 유명하다. 그러나 이 6구의 시가 4구로 줄어들어

콩을 삶는데 콩깍지로 불을 때니	자두연두기 煮豆燃豆萁
콩이 솥 가운데 있으면서 웁니다.	두재부중읍 豆在釜中泣
본래는 같은 뿌리에서 생겨났는데	본시동근생 本是同根生
들볶기를 어째서 이렇게 급하게 하십니까?	상전하태급 相煎何太急

라는 오언사구시五言四句詩가 더 널리 유행하고 있다. 이 시를 짓게 된 동기는 조비와 조식 형제의 갈등에서 생긴 것이다. 아버지의 사랑을 받던 동생 조식을 형인 조비가 시기한 나머지 제거하려는 수단으로 이런 시를 짓게 한다. 그 배경의 일화는 다음과 같다.

조식이 젊었을 때 견씨甄氏 집 아가씨를 사랑했고, 견양甄孃도 조

식을 사모하여 장차 중매인을 움직여 혼인하려 했다. 그러나 이런 사랑을 모르는 아버지 조조는 견양이 훌륭하다는 소문을 듣고 큰아들 조비의 배필로 삼아 버렸다. 조비의 아내가 된 견양은 조식을 잊지 못하고 흠모했고, 조식도 한마디 말은 못하고 있었으나 이심전심以心傳心으로 그녀를 사랑하고 있었다.

조조가 죽고 조비가 아버지의 왕위를 계승해서 이윽고 한나라를 멸망시키고 황제가 되니 견씨는 자연히 황후皇后가 되었다. 그러나 조비가 곽귀비를 맞이한 뒤 견황후甄皇后에 대해서는 자연히 소홀해졌다. 곽귀비는 자신이 황후가 되고자 음모를 꾸몄다. 조비의 형상을 나무로 만들어 조비의 사주四柱를 써 넣은 저주물咀呪物을 견황후가 사는 궁전 뜰에 묻었다. 그리고 사람을 놓아 견황후가 사랑을 뺏긴 원한으로 조비를 저주한다는 소문을 내니, 조비가 조사해 보고, 화가 치밀어 견황후를 죽이고, 대신 곽귀비를 황후에 봉했다.

조비는 질투가 심한 자다. 어머니 변씨卞氏가 낳은 동복제同腹弟 조식이지만, 어려서부터 총명하고 유능한 데다 견황후와의 은근한 사랑을 알자, 이를 제거하려고 생각한 것이 바로 이 칠보시다. 조비가 문제를 내기를 '내가 일곱 발자국을 걷는 동안 시를 한 수 지어라. 제목은 형제다. 그리고 시 안에 형 자와 제 자를 넣어서는 안 된다. 만일 칠보 이내에 시를 짓지 못하면 엄벌에 처하겠다' 하자, 곧 위의 시를 써서 보이니 조비가 부끄러워하고 눈물을 흘리며 위로한 뒤로는 형제의 정의情誼가 좀 나아졌다 한다.

견황후가 죽던 해에 조식은 낙양으로 와 문제文帝 조비를 배알했다. 이때 문제는 견황후가 낳은 아들 조예曹叡, 곧 후의 명제明帝를 데리고 조식과 함께 식사를 하게 되었다. 조식이 조카 조예를 보고 견황후가 생각나 눈물을 흘렸고 조비도 후회스러워 식사 후에 견황후가 쓰던 옥루금대침玉鏤金帶枕(옥을 박고 술을 붙인 베개)를 조식에게 주었다.

이 옥루금대침을 가지고 낙양성을 나오다 조식은 낙수洛水 가에서 수레를 멈추고 쉬고 있었다. 조식이 낙수 깊은 물속을 응시하니 한 선녀가 나타나 말을 해 보니 바로 견황후의 넋이었다. 이에 서로 귀걸이와 패물을 교환하고 유명幽明을 달리하는 인연因緣을 재다짐한 뒤 헤어졌다.

후에 조식은 이때의 광경을 글로 지어 '감견부感甄賦'라 했었는데, 조비가 죽고 조예가 보위寶位에 오르자 이 글을 보고 제목을 '낙신부洛神賦'라 고치게 했다 한다. 그러니 저 유명한 조식의 '낙신부'는 바로 억울하게 죽은 견황후가 낙수의 신이 된 내용을 기술한 것이다.

이 칠보시는 비록 『조자건집曹子建集』에는 실려 있지 않지만 너무나도 유명한 시로 널리 회자될 뿐 아니라 수사법상修辭法上 은유隱喩와 의인擬人의 대표적인 예로도 널리 인용되고 있다.

우리나라 광해군光海君의 세자世子 질桎이 강화 교동에 유배되었을 때 지은 시 3수가 전하는데, 그중에 '재위롱중음在圍籠中吟'이란 시가 있다.

본래는 같은 뿌리인데 어째서 지나치게 박대합니까? 本是同根何太薄(본시동근하태박)
이치로는 서로 사랑하고 서로 애달파 해야죠. 理宜相愛并相哀(이의상애병상애)
어떻게 이 조롱 속을 벗어나 緣何脫此樊籠去(연하탈차번롱거)
녹수청산을 마음대로 오갈까? 綠水青山任去來(녹수청산임거래)

참으로 애처로운 시다. 1623년에 인조반정仁祖反正이 일어나자, 질은 붙잡혀 폐세자가 되어 강화로 유배를 가서 위리안치圍籬安置되었다. 어머니와 함께 있게 되었는데 울 안에 갇혀 있어 살 길이 막막하니 머리를 짜낸 것이 지하로 굴을 파고 탈출하는 것이었다. 연장이라고는 궁녀가 시중들 때 쓰는 다리미와 인두뿐이었다. 이것으로 몰래 밤에만 울타리 밑으로 굴을 파 보름만에 간신히 밖으로 빠져나갔으나 간수看守들에게 곧 붙들리어 도리어 죽임을 당해 26세의 청춘을 마감해야 했다.

이 광해군의 세자 질도 조식의 칠보시를 읽었음이 틀림없으니, 첫 귀 '本是同根何太薄' 은 바로 '本是同根生' 을 변형시킨 것이다. 동기지정同氣之情의 끈끈함을 강조하고 있다.

진시 晉詩

265~420

젊어서부터 속세의 풍조에 맞지 않았으니
천성이 본디 구산을 사랑하기 때문.
먼지 그물 속에 잘못 떨어져
한 번 가니 30년이 되었구나.

육기 陸機

261～303

진晋나라 문인. 삼국시대 오나라 대사마大司馬 육항陸抗의 아들로 아우 육운陸雲과 쌍벽雙璧을 이룬다. 자는 사형士衡, 오군吳郡(강소성 오현吳縣) 사람. 오나라가 멸망한 뒤 진으로 가 평원내사平原內史를 지내고, 하북대도독河北大都督이 되었으나 반란을 토벌하다가 실패하여 죽임을 당하였다. 『육사형집陸士衡集』이 전한다.

맹호행猛虎行[1]

육기(陸機)

목 말라도 도천의 물은 아니 마시고
뜨거워도 악목의 그늘에는 쉬지 않네.
악목이라고 어찌 가지가 없겠냐마는
지사는 그래서 고심이 많도다.
수레를 정비하고 시대의 사명使命을 받들어
채찍을 잡고 장차 멀리 찾아 나서려 하네.
배 주리면 사나운 범의 굴에 가 먹고
추우면 들새들이 깃드는 숲에 가 잔다.
해가 넘어가도 공을 이루지 못하고
시절은 가서 그 해가 곧 저물도다.
높은 구름은 언덕을 따라 피어 오르고
울창한 나뭇가지는 바람을 따라 읊조리네.
그윽한 골짜기 숲에서는 조용히 말하고
높은 산마루에서는 길게 읊조리네.
다급한 거문고 줄에서는 나약한 울림이 없고
신의 있는 절개는 속인들의 공명共鳴을 얻기 어려운 법.
인생살이 참으로 쉽지 않으니
어떻게 이 흉금胸襟을 열어 놓을 수 있을까?
내 이 깨끗한 마음속을 돌아보매
부앙하여 고금에 부끄럽도다.

갈불음도천수 열불식악목음
渴不飮盜泉[2]水 熱不息惡木陰

악목기무지 지사다고심
惡木豈無枝 志士多苦心

정가숙시명 장책장원심
整駕肅時命 杖策[3]將遠尋

기식맹호굴 한서야작림
饑食猛虎窟 寒棲野雀林

일귀공미건 시왕세재음
日歸功未建 時往歲載陰[4]

숭운임안해 명조수풍음
崇雲臨岸駭[5] 鳴條隨風吟

정언유곡저 장소고산잠
靜言幽谷底[6] 長嘯高山岑

급현무나향 양절난위음
急絃無懦響 亮節難爲音[7]

인생성미이 갈운개차금
人生誠未易 曷云開此衿[8]

권아경개회 부앙괴고금
眷我耿介[9]懷 俯仰愧古今[10]

1 猛虎行(맹호행) : 사나운 범의 노래. 옛 낙부시(樂府詩). 맹호행의 시구(詩句)를 인용한 까닭에 이런 제목을 붙였다. 지사(志士)는 객유(客遊)하면서 출세할 것이나, 혹 득의(得意)치 못하더라도 절의(節義)를 지켜야 할 것임을 읊었다. **2** 盜泉(도천) : 샘물 이름. 이름이 나쁘기 때문에 근처에 가지도 않는 것이다. 다음의 악목(惡木)도 같은 뜻이다. **3** 杖策(장책) : 채찍을 잡다. 장이 '잡다 · 짚다 · 기대다' 라는 뜻의 동사(動詞). 책은 채찍. **4** 歲載陰(세재음) : 재는 곧, 허사(虛詞). 그 해가 저물다라는 세모(歲暮)의 뜻. **5** 崇雲臨岸駭(숭운임안해): 숭운은 하늘 높이 나는 구름, 해는 급히 일어나다라는 뜻. 일설에는 하늘 높이 떠돌아다니는 구름이 언덕에 다다라 아래를 굽어보고 밑에 흐르는 물결에 놀랐다고 새기기도 한다. 이때는 의인법(擬人法). **6** 靜言幽谷底(정언유곡저) : 일설에는 언을 허사로 보아, 그윽한 골짜기 속에서 조용히 사색한다고 새기기도 한다. 그러나 다음의 장소(長嘯)와 대(對)로 볼 때는 언은 실사(實辭)이다. **7** 亮節難爲音(양절난위음)

: 양절은 신의(信義) 또는 정절자(貞節者). 정절이 있는 사람은 남의 찬성〔共鳴〕을 얻기 어렵다는 뜻. **8** 此衿(차금) : 이 흉금(胸襟). 가슴 속에 품은 포부. **9** 耿介(경개) : 깨끗함. 정직함. **10** 俯仰愧古今(부앙괴고금) : 굽어보아 옛사람에 부끄럽고 우러러 지금 사람들에게 부끄럽다.

감상

아무리 목이 말라도 도적놈의 우물이라는 이름의 물은 마시지 않고, 제 아무리 더워 죽겠어도 나쁜 나무라는 이름을 가진 나무의 그늘에서 쉬지 않는다. 나쁜 나무라도 그늘이 있으련만, 지사는 아무리 더워도 그런 나무 밑에서 쉬지 않아야 하므로 고심함이 많겠다.

그래서 지사는 상사上司의 영을 이행하려 만반의 준비를 해 놓고 오랜 시간이 걸려도 반드시 그 임무를 수행해야 한다. 그 영을 받드느라고 전신을 바치다 보니 때로는 맹호의 굴에 가서 먹거리를 찾기도 하고, 집 없이 자는 들새들이 깃들인 숲에 가 자기도 해야 한다. 그러나 세월만 흐를 뿐, 아무런 업적을 나타내지 못할 때도 있다. 마치 하늘 높이 떠돌아다니는 구름이 높은 언덕에 부딪치자 놀라듯이, 메마른 나뭇가지가 가을 바람에 읊조리듯이, 깊은 골짜기에서는 조용히 사색하고, 높은 산마루에서는 길게 읊조리듯이 한다.

거문고의 급한 줄에서는 나약한 소리가 나지 않듯이, 훌륭한 절개를 가진 자는 속인俗人의 공감을 받지 못한다. 이렇게 인생사人生事는 매사가 흡족한 것은 아니다. 그래서 인생은 진실로 쉽지 않으니 이 가슴 속을 어떻게 털어놓을까? 이 모든 것을 내 양심에 비추어 볼 때 천하고금天下古今에 두루 부끄럽게 느껴진다.

평성平聲 침운侵韻의 오언고시다. 첫 두 구가 6자씩으로 되어 있어 약간의 파격破格이나 그래도 오언시로 보아야 한다.

여설

옛 악부시에 맹호행이 있는데, 맹호행은 악부시 상화가사相和歌辭 평조곡平調曲의 이름이다. 이 시는 지사가 출세하기 위하여 객지를 떠돌아다니다가 뜻을 얻지 못하고 귀향歸鄕을 생각하는 내용이다. 옛 악부시의 맹호행은 이러하다.

주려도 사나운 범을 따라가 같이 먹지는 않고	기부종맹호식 饑不從猛虎食
저물어도 들새를 따라서 깃들이지는 않는다.	모부종야작서 暮不從野雀棲
들새라고 어찌 보금자리가 없을까마는	야작안무소 野雀安無巢
나그네가 그런 시시한 짓을 누구를 위하여 자랑할까?	유자위수교 遊子爲誰驕

출세를 못하여 고향으로 돌아갈지언정 허풍으로 출세를 자랑하지 않겠다는 뜻이다. 마찬가지로 육기의 맹호행도 지사는 출처진퇴出處進退를 신중히 할 것이고, 만일 상사의 영에 할 수 없이 따랐다가 공명功名을 세우지 못하고 고민에 빠지게 된다면 평생 후회로 남는다는 뜻을 나타내고 있다.

이 시의 제목은 맹호행의 첫 구 '饑不從猛虎食'에서 맹호를 따다가 쓴 것이며, 육기는 이 첫 두 구의 말을 바꾸어 '饑食猛虎窟, 寒棲野雀林'이라고 고치고, 거기에서 맹호를 따다가 제목을 삼았다.

육기의 집안은 대단했다.

육기 형제들은 오吳가 망하자 진晋에 귀의하여 각기 출세했다가 육안陸晏과 그의 바로 밑의 동생은 진장晋將 왕준王濬에게 패하여 함께 죽음을 당했고, 육기 · 육운陸雲 · 육탐陸耽은 성도왕成都王 영穎에게 세 명이 같이 죽음을 당했다.

육기 형제들은 외증조外曾祖가 손책孫策이다. 손책은 오나라 시조 손견孫堅의 장남이요, 오나라 황제가 된 손권孫權의 형이다. 따라서 육기의 조부 육손陸遜은 손책·손권 형제와 내외종간內外從間이다. 이 손책의 딸이 육기의 할머니이니 그들은 진외가陳外家 덕에 모두 일찍이 출세하여 이름을 날렸으나 모두 나라를 위하여 일찍 죽음을 당했다.

그중에도 육기와 육운 그리고 육탐이 문학에 뛰어나 기機와 운雲을 합쳐 이륙二陸이라 부르기도 하고, 탐까지 합쳐 삼륙三陸이라 칭하기도 한다.

손권(孫權, 吳 大帝)

도연명 陶淵明

365~427

중국 제일의 전원 · 자연 시인. 동진東晋 때 지금의 강서성 구강현 서남방 심양潯陽 시상리柴桑里 사람. 이름은 잠潛. 자는 연명, 또는 이름이 연명. 자는 원량元亮, 사시私諡는 정절靖節로 부르기도 한다. 『도연명집陶淵明集』 10권이 있다.

귀원전거 歸園田居[1]

도연명(陶淵明)

제1수

젊어서부터 속세의 풍조에 맞지 않았으니
천성이 본디 구산〔自然〕을 사랑하기 때문.
먼지 그물〔속세의 관리생활〕 속에 잘못 떨어져
한 번 가니 30년이 되었구나.
새장 안의 새는 옛 숲을 사랑하고
웅덩이의 물고기는 옛 연못을 사모한다.
남쪽 들가에서 황무지를 개척하고자
졸렬拙劣함을 지켜 전원으로 돌아왔다.
사방 집터는 10여 무인데
초가는 8, 9칸이다.
느릅나무 버드나무는 뒤란을 그늘 지우고
복숭아와 오얏나무는 집 앞에 늘어서 있다.
아스라이 사람들이 사는 마을과는 멀고
모락모락 마을 거리에서는 연기가 피어난다.
개는 깊은 골목 안에서 짖고
닭은 뽕나무 위에서 운다.
집 뜰에는 속세의 잡됨이 없고
빈방에는 여유 있는 한가로움이 있다.
오랫동안 새장 속에 갇혔다가

다시 자연으로 돌아가게 되었구나.

소 무 적 속 운　　성 본 애 구 산
少無適俗韻[2]　性本愛丘山[3]

오 락 진 망 중　　일 거 삼 십 년
誤落塵網[4]中　一去三十年[5]

기 조 련 구 림　　지 어 사 고 연
羈鳥[6]戀舊林　池魚思故淵

개 황 남 야 제　　수 졸 귀 원 전
開荒南野際　守拙[7]歸園田

방 택 십 여 묘　　초 옥 팔 구 간
方宅[8]十餘畝[9]　草屋八九間[10]

유 류 음 후 첨　　도 리 나 당 전
楡柳蔭後簷[11]　桃李羅堂前

애 애 원 인 촌　　의 의 허 리 연
曖曖[12]遠人村　依依[13]墟里[14]煙

구 폐 심 항 중　　계 명 상 수 전
狗吠深巷中　鷄鳴桑樹顚[15]

호 정 무 진 잡　　허 실 유 여 한
戶庭無塵雜　虛室有餘閑[16]

구 재 번 롱 리　　부 득 반 자 연
久在樊籠[17]裏　復得返自然

1 歸園田居(귀원전거): 전원생활로 돌아오다. 귀전원거(歸田園居)로 쓰기도 한다. 전원에 거주하고자 돌아왔다. 지은이가 41세 되던 해 11월에 팽택령(彭澤令)을 사임했으니 그 이듬해쯤 지었을 것으로 본다. '귀거래사(歸去來辭)' 와 같은 취지의 시다. **2** 俗韻(속운) : 속된 운치, 세속의 취미 · 풍조. 일설에는 적속운(適俗韻)을 세속에 맞는 기질(氣質)로 풀기도 한다. **3** 丘山(구산) : 언덕과 산. 자연 또는 자연의 풍경을 말한다. **4** 塵網(진망) : 먼지 그물. 풍진(風塵)의 그물. 관직에 나가 벼슬한 것을 비유한다. **5** 三十年(삼십년) : 십삼 년으로 보기도 한다. 어떤 판본(板本)에는 '踰十年' '已十年' 으로 되어 있다 하여, 29세 때 강주(江州)의 좨주(祭酒)가 되었다가 바로 그만두고, 41세 때 오두미절요(五斗米折腰: 닷말 쌀에 허리를 굽히는 것)는 못하겠다고

팽택령을 팽개칠 때까지 약 13년을 지칭한 것으로 보기도 한다. **6** 羈鳥(기조) : 기는 나그네살이의 뜻으로, 기조는 '나그네 새' 곧 떠돌이 새로 본다. 그리고 '구속받는 새, 곧 조롱 속에 갇혀 있는 새'로 보기도 한다. 왕찬(王粲)의 〈잡시(雜詩)〉에 '人情懷舊鄕 羈鳥思故林 : 인정은 고향을 생각하고, 떠돌이 새는 옛 숲을 생각한다.'고 한 것이 있다. **7** 守拙(수졸) : 세상살이에 졸한 것을 지키면서 고치지 아니한다. 분수를 지킨다는 뜻. 노자의 말. **8** 方宅(방택) : 네모진 택지(宅地). 택지 사방(四方)의 넓이. **9** 畝(묘) : 원음은 '무', 6척을 1보, 100보를 1묘라 한다 했다. 지금은 땅 넓이의 단위로 1묘는 30평, 단(段)의 10분의 1이다. 10묘는 300여 평에 해당한다. **10** 八九間(팔구간) : 간(칸)은 기둥과 기둥 사이를 말한다. 따라서 8칸이나 9칸은 그리 크지 않은 집을 말한다. **11** 簷(첨) : 처마 첨, 檐[동자] : 처마, 추녀로 된 판본도 있다. **12** 曖曖(애애) : 햇빛이 희미함, 침침함. 안개 따위가 짙어 아득함. **13** 依依(의의) : 모락모락 피어오르는 모습. 멀어 흐릿한 모양. **14** 墟里(허리) : 마을. 시장이 서는 곳. **15** 顚(전) : 전(巓)과 통자(通字)로 같다. 산꼭대기. 여기서는 나무 꼭대기. **16** 閑(한) : 한가할 한, 같은 뜻 閒(한가할 한)으로 된 판본도 있다. **17** 樊籠(번롱) : 새장. 조롱(鳥籠). 벼슬살이를 비유한다.

제2수

들 밖은 사람들의 일상이 드물고
궁벽한 골목에는 수레가 적다.
대낮에도 싸리문을 닫아 두고
빈방에는 속세의 생각이 끊겼네.
때로는 다시 후미진 길 가운데로
풀을 헤치며 서로 왕래는 하지만
서로 보고 잡소리는 없고
다만 뽕과 삼이 자람을 말한다.
뽕과 삼은 날로 더 자라고

우리 농토는 날로 이미 넓어지네.
항상 두렵기는 서리와 싸락눈이 와서
잡초와 함께 시들어 버릴까 걱정이네.

야 외 한 인 사　　궁 항 과 윤 앙
野外罕人事[18]　窮巷寡輪鞅[19]

백 일 엄 형 비　　허 실 절 진 상
白日掩荊扉[20]　虛室絶塵想

시 부 허 곡 중　　피 초 공 래 왕
時復墟曲[21]中　披草[22]共來往

상 견 무 잡 언　　단 도 상 마 장
相見無雜言　但道[23]桑麻[24]長

상 마 일 이 장　　아 토 일 이 광
桑麻日已長　我土日已廣

상 공 상 산 지　　영 락 동 초 망
常恐霜霰[25]至　零落同草莽[26]

18 人事(인사) : 속세 사람들과의 관계. **19** 輪鞅(윤앙) : 수레바퀴와 쇠굴대. 수레나 말을 뜻함. **20** 荊扉(형비) : 사립문. **21** 墟曲(허곡) : 마을 근처 후미진 길. **22** 披草(피초) : 풀을 헤치다. 우거진 풀숲을 갈라 헤치다. **23** 但道(단도) : 다만 말하다. **24** 桑麻(상마) : 뽕과 삼. 농작물(農作物)을 뜻한다. **25** 霜霰(상산) : 서리와 싸락눈. 추위. **26** 草莽(초망) : 풀숲. 잡초.

제3수

콩을 남산 밑에 심었더니
풀이 무성하여 콩 싹이 드무네.
새벽에 일어나 김을 매고
달빛을 지고 호미 메고 돌아온다.
길이 좁고 초목은 길어

저녁 이슬이 내 옷을 적신다.
옷이 젖는 것은 아깝지 않지만
다만 소원이 어긋나지 않게 되어라.

종두남산하　초성두묘희
種豆南山下　草盛豆苗稀

신흥리황예　대월하서　귀
晨興理荒穢[27]　帶月荷鋤[28]歸

도협초목장　석로첨아의
道狹草木長　夕露沾我衣

의첨　부족석　단사원　무위
衣沾[29]不足惜　但使願[30]無違

27 理荒穢(이황예) : 우거진 잡초를 다스리다. 김을 매다. **28** 荷鋤(하서) : 호미를 메다. **29** 沾(첨) : 적실 첨, 霑(젖을 점)으로 된 판본도 있다. 霑(적시다 점)은 沾과 통자(通字)이다. **30** 願(원) : 소원(所願). 콩싹이 잘 자라는 것. 더 나아가 전원생활.

제4수

오랫동안 산과 못을 거니는 일을 버려
숲과 들의 즐거움을 소홀히 했다.
시험삼아 아들 조카들을 데리고
잡목을 헤치며 거친 촌락을 거닐어 본다.
언덕 사이를 배회하니
옛사람이 살던 곳이 아련하네.
우물과 부엌의 남은 자리가 있고
뽕과 대나무의 썩은 그루터기가 남아 있네.
나무꾼에게 묻노니

이 사람들 어디로 갔나요?
나무꾼이 나에게 말하기를
죽어 버린 뒤 다시 남은 것이 없지요.
한 세대면 조정과 시장이 바뀐다.
이 말이 참으로 거짓이 아니네.
인생은 환상과 같은 것
끝내는 공으로 돌아가네.

구거산택유 낭망 림야오
久去山澤游 浪莽[31]林野娛

시휴 자질배 피진 보황허
試携[32]子姪輩 披榛[33]步荒墟[34]

배회구롱 간 의의 석인거
徘徊邱壟[35]間 依依[36]昔人居

정조 유유처 상죽잔후주
井竈[37]有遺處 桑竹殘朽株

차문채신자 차인개언여
借問採薪者 此人皆焉如[38]

신자향아언 사몰무부여
薪者向我言 死沒無復餘

일세이조시 차어진불허
一世異朝市[39] 此語眞不虛

인생사환화 종당귀공무
人生似幻化[40] 終當歸空無[41]

31 浪莽(낭망) : 소홀하게 하다. 조략(粗略)하게 하다. **32** 携(휴) : 끌 휴, 이끌다, 잇다, 연(連)하다. 攜(본자), 㩦(동자), 携(속자), 擕(속자). **33** 披榛(피진) : 개암나무를 제친다는 뜻으로, 여기서는 잡목을 헤치다. **34** 荒墟(황허) : 잡초 우거진 언덕. **35** 邱壟(구롱) : 작고 큰 언덕. 또는 언덕과 무덤. **36** 依依(의의) : 마음이 끌리는 모습. 아련하다. **37** 井竈(정조) : 우물과 부엌. **38** 焉如(언여) : 어디로 갔는가? 여는 행(行)의 뜻. **39** 一世異朝市(일세이조시) : 한 세대, 곧 30년 사

이에 조정과 시장이 바뀐다는 뜻. 변화무쌍함을 뜻함. **40** 幻化(환화) : 환상(幻想). **41** 空無(공무) : 허무(虛無)로 된 곳도 있다. 인생은 공(空)으로 돌아간다. 공수래공수거(空手來空手去)의 도가사상.

제5수

쓸쓸히 홀로 지팡이 짚고 돌아오는데
울퉁불퉁 잡초 구비를 지난다.
산골 물은 맑고도 얕아
내 발을 씻을 만하다.
우리의 새로 빚은 술을 거르고
닭 마리로 이웃을 부른다.
해가 지니 방 안이 어두워
땔나무로 밝은 촛불을 대신한다.
즐거이 모두 왔는데 밤이 짧음이 괴롭더니
벌써 하늘에는 다시 해가 떠 빛나네.

창한 독책환 기구력진곡
悵恨[42]獨策還[43] 崎嶇歷榛曲[44]

산간청차천 가이탁오족
山澗清且淺 可以濯吾足

녹아신숙주 척계초근국
漉我新熟酒 隻鷄招近局[45]

일입실중암 형신대명촉
日入室中暗[46] 荊薪代明燭

환래고석단 이부지천욱
歡來苦夕短[47] 已復至天旭[48]

42 悵恨(창한) : 슬퍼하고 한탄하다. **43** 策還(책환) : 지팡이 짚고 돌아오다. 책은 장(杖)의 뜻. **44** 榛曲(진곡) : 잡목이 우거지는 구부러진

곳. **45** 近局(근국) : 근처 사람. 국은 구역(區域). **46** 暗(암) : 어두울 암, 闇(어두운 모양 암)은 통자(通字)이다. **47** 苦夕短(고석단) : 저녁이 짧은 것을 괴로워하다. 밤이 짧은 것이 괴롭다. **48** 天旭(천욱) : 하늘이 밝아오다. 욱은 일출을 뜻한다.

감상

제1수

젊어서부터 속세에 어울리지 못하는 신세이니 천성이 자연을 몹시 좋아하기 때문이다. 그러나 살기 위하여 벼슬길에 나아간 것이 이미 30년이 되었다. 그간의 심정은 새장에 갇힌 새가 옛날 놀던 숲을 그리워하듯이, 웅덩이에 갇힌 물고기가 옛날 놀던 큰 연못을 생각하는 것과 같다 하겠다.

그래서 고향으로 돌아와 남쪽 들가의 황무지를 일구며 전원생활을 한다. 사방의 집 넓이는 300여 평, 그 안에 초가가 8~9칸, 느릅나무 · 버드나무 등은 뒷정원을 그늘지게 하고, 복숭아나무 · 오얏나무 등은 집 앞에 늘어서 있다. 여기서 앞을 바라보면 인가人家들이 멀리 아득히 보이고 동리에서 밥 짓는 연기가 아스라이 일어난다. 개는 깊은 골목 안에서 짖고 닭은 뽕나무 위에 올라가 울어댄다.

결국 집 뜰에는 속세의 잡스러움이 없고, 텅 빈 방에는 여유로운 한가함이 있다. 오래도록 관리생활에 구속되었다가 이제서야 다시 자연으로 돌아올 수 있게 되었다.

산운(刪韻 : 山, 間)과 선운(先韻 : 年, 淵, 田, 前, 煙, 顚, 然)을 통용通用한 오언고시다.

제2수

들판에 사니 속세의 일이 거의 없고, 궁색한 골목에는 고관들의 출입도 없다. 대낮에도 사립문이 닫혀 있고, 빈방에는 속세에 대한 생각마저 끊어졌다. 사람이 드물고 왕래가 드문지라 동리 굽은 길이 풀로 뒤덮여 있다. 그러나 때로는 그 길에서 우거진 풀숲을 헤치면서 서로 만나려고 왕래할 때가 있다. 그래서 서로 만나도 잡된 소리는 하지 않고, 오직 농사에 관한 일만 말한다. 애써 가꾼 농작물은 날로 날로 다르고, 또 우리 땅은 매일 개간하여 날로 넓어진다. 항상 걱정하기는 서리나 싸락눈이 내려 저 잡초들과 같이 시들까 봐 걱정이로다.

양운(養韻 : 夢, 想, 往, 長)과 양운(陽韻 : 廣, 莽)을 통용한 오언고시다.

제3수

남산 밑에는 콩을 심었는데 풀만 무성하고 콩 싹은 드문드문 나 있다. 그래서 새벽 일찍 일어나 콩밭에 가 김을 매다가 저녁에 달빛을 띠고 호미를 메고 집으로 돌아온다. 좁고 초목이 우거진 길을 돌아오려니 저녁 이슬이 나의 옷을 적신다. 옷이 젖는 것은 아깝지 않지만 콩 잘 자라 좋은 결실이 있기를 바라는 소원이 어긋나지 않았으면 좋겠다.

미운微韻의 오언고시다.

제4수

오랫동안 벼슬살이 한답시고 산천 유람을 멀리했으므로 자연히 그 즐거움을 소홀히 했다. 오늘은 시험삼아 아이들을 데리고 잡목을 헤치며 황폐한 언덕을 거닐어 본다. 구릉 사이를 배회하다 보니 옛사람이 살던 곳이 분명하다. 우물 · 부엌이 있던 자리가 남아 있고, 뽕나무 · 대나무의 썩은 뿌리가 아직도 남아 있다. 마침 나무꾼이 있어 그에게 물었다. "여기 살던 사람들은 모두 어디로 갔는고?" 나무꾼이 나에게 대답하기를, "그들이 죽은 뒤 남은 것이라곤 아무 것도 없지요" 한다. 옛말에 30년이면 조정과 시장이 바뀐다더니 상전벽해桑田碧海라는 말이 진실로 거짓이 아니구나. 인생도 이와 같이 변화무쌍한 것, 곧 환상에 지나지 않는 것, 마침내는 공수래공수거하게 되는 것이로다.

우운(虞韻: 娛, 株, 無)과 어운(魚韻 : 墟, 居, 如, 餘, 虛)을 통용한 오언고시다.

제5수

서글픈 생각이 들어 지팡이를 짚고 돌아오는데, 구불텅구불텅 잡목이 우거진 굽이를 지난다. 그곳에 산골 물이 있어 맑고 얕으니 마침 내 발을 씻을 만했다. 집으로 돌아와 우리 집 새로 익은 술을 거르고, 닭을 잡아 이웃들을 초청한다. 서로 모여 즐기는데 해가 지니 방안이 어두워진다. 그래서 땔나무에 불을 붙여 환히 밝힌다. 그리고 계속 놀았으나 아쉽게도 밤은 짧아 벌써 해가 동천에 떠오른다.

측성仄聲 옥운沃韻의 오언고시다.

여설

참으로 소박한 전원생활의 한 토막 풍경이다. 도연명은 중국뿐 아니라 세계적으로 제일 가는 전원시인이다. 그의 시는 오늘날 동서 시인이 모두 암송하고 존경한다. 벼슬로 출세하지 않아 시호諡號도 없어 후인이 그의 사상과 생애에 맞게 '정절靖節' 이라는 사시私諡를 올린 것으로도 알 수 있다. 오늘날 그의 남은 시는 130여 수, 이에 소식

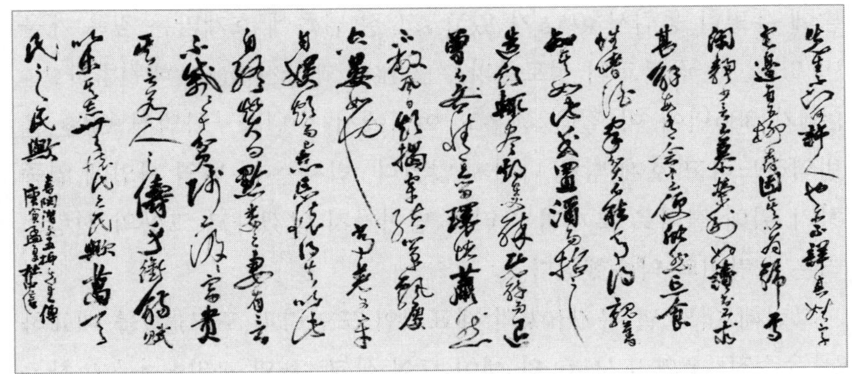

오류선생전(五柳先生傳)

蘇軾(1036~1101)이 이 도연명의 시에 차운次韻하여 지은 화도시和陶詩가 남아 있고, 우리나라에서는 근래에 화도시를 지어 도연명의 정신을 답습하고 있다

도연명에게는 일화도 많다. 집 주위에 버드나무 5그루를 심어 놓고 살아 오류선생五柳先生이라고 불려 스스로 '오류선생전五柳先生傳'이란 글을 지어 자화상을 남겨 놓고 있다. 우리나라 『삼국사기』 백결선생전百結先生傳의 체재體裁가 이 글을 그대로 닮고 있다.

또 '불위오두미절요不爲五斗米折腰' 라는 고사故事로도 유명하다. 도연명이 고향에서 그리 멀지 않은 여산廬山 동북쪽에 있는 팽택의 현령縣令으로 갔을 때다. 부임한 지 80여 일만에 상부上部 군郡에서 관리를 파견했다. 서리胥吏가 도연명에게 정장正裝하고 나아가 맞이하라 하니, 도연명이 '하찮은 봉록俸祿 오두미五斗米 때문에 시골 소인배小人輩에게 허리를 굽힐 수는 없다.' 하고 관직을 내던지고 귀거래사를 부른 일은 너무나도 유명하다.

또 도연명에게는 '호계삼소虎溪三笑'란 고사가 있다. 여산 서쪽 기슭에 유명한 동림사東林寺가 있고, 그 절 남쪽에 호계라는 깊은 개울이 있다. 중국 불교의 정토종파淨土宗派의 개창자開創者 혜원법사慧遠法師가 386년에 이 절을 세우고 여기에서 30년간 『화엄경華嚴經』을 번역하느라고 호계 밖을 나가지 않았다. 법사는 이 번역 사업에 열중하기 위해 절대로 호계의 다리를 넘어가지 않겠다고 그곳의 신령스러운 호랑이와 약속했었다.

그런데 어느 날 유가儒家의 대표격인 도연명과 도교道敎를 대표하는 육수정陸修靜 도사道士와 셋이 모여 삼교三敎의 교리敎理를 논하고 주연酒宴을 베풀어 즐기다가 헤어졌는데, 세 사람은 헤어지기가 아쉬워 자신들도 모르게 호계에 걸려 있는 다리를 넘었다. 이에 신령스러운 호랑이가 울부짖자 세 사람은 서로 바라보면서 웃었다는 이야기이다.

지금 이 동림사 안에 '호계삼소'란 석각石刻이 남아 있고, 삼소당三笑堂이란 건물도 남아 있다.

음주飮酒[1]

도연명(陶淵明)

나는 한가히 사노라니 기쁨이 적고 겸하여 요즘은 밤도 길다.

우연히 유명한 술이 있어 저녁마다 마시지 않는 날이 없다.

내 그림자를 돌아보면서 혼자 다 마시어 문득 또 취한다.

이미 취한 뒤에는 문득 시 몇 귀를 지어 스스로 즐긴다.

마침내 종이와 먹이 많이 소비되었지만 말에는 순서도 없다.

애오라지 친구에게 명하여 이것들을 베껴 웃어볼 뿐이다.

여 한 거 과 환　겸 비 야 이 장
余閑居寡歡　兼比夜已長

우 유 명 주　무 석 불 음
偶有名酒　無夕不飮

고 영　독 진　홀 언 부 취
顧影[2]獨盡　忽焉復醉

기 취 지 후　첩 제 수 구 자 오
旣醉之後　輒題數句自娛

지 묵 수 다　사 무 전 차
紙墨遂多　辭無詮次[3]

료 명 고 인 서 지　이 위 환 소 이
聊命故人書之　以爲歡笑爾

1 飮酒(음주) : 술을 마심. 도연명의 대표작으로 20수로 되어 있다. 그런데 그 내용을 보면, 술을 마시는 음주시와 술을 마시는 장면이나 표현이 아닌 다만 음주 후의 회포를 읊은 듯한 영회시(詠懷詩)로 나눌 수 있다. 20수 중 1·3·7·8·9·13·14·18·19·20의 시는 음주시며,

2·4·5·6·10·11·12·15·16·17의 시는 영회시다. 꼭 반반씩이다. **2** 顧影(고영) : 그림자를 돌아보다. 등불에 비치는 자신의 그림자를 돌아보다. **3** 詮次(전차) : 말의 차례. 말의 분명한 순서. 전은 명(明)의 뜻.

제1수

쇠퇴와 번영이 일정하게 존재하는 것 아니니
이것과 저것이 다시 갈마들어 바뀌네.
소생이 외밭에 있을 때가
어찌 동릉후 東陵侯 시절과 같겠느냐?
추위와 더위가 교대로 바뀌듯이
인생의 길도 매양 이와 같도다.
통달한 사람만은 도리에 맞는 이치를 알아
이후로는 또다시 의심하지 않는다네.
문득 한 단지의 술로
낮과 밤을 기쁘게 버티는 것일세.

쇠 영 무 정 재　피 차 갱 공 지
衰榮無定在　彼此更共之
소 생 과 전 중　녕 사 동 릉 시
邵生[4]瓜田中　寧似東陵[5]時
한 서 유 대 사　인 도 매 여 자
寒暑有代謝　人道每如玆
달 인 해 기 회　서 장 불 부 의
達人解其會[6]　逝[7]將不復疑
홀 여 일 준 주　일 석 환 상 지
忽與一樽酒　日夕歡相持

4 邵生(소생) : 한나라 때 사람 소평(邵平)을 일컫는다. **5** 東陵(동릉)

: 동릉후(東陵侯). 관명(官名). 소평은 진나라의 동릉후였는데, 진이 망한 뒤 서민이 되어 장안성 밖에서 외를 재배해 먹고 살았다. **6** 其會(기회) : 그런 이치. 회는 이치에 맞는 것. **7** 逝(서) : 지금부터 뒤. 금후(今後). 발어사(發語辭)로 아무 뜻이 없다고도 한다.

제2수

선을 쌓으면 보답이 있다고 했는데
백이 伯夷 · 숙제 叔齊는 서산에 숨어 살았도다.
선악이 진실로 보응 報應하지 않는데
무슨 일로 쓸데없는 말을 남겼는가?
90세에도 새끼줄을 허리띠 삼고 다녔는데
주림과 추위를 젊은 내가 겁낼 것인가?
군자의 절개를 지키지 않는다면
백 년 후까지 당연히 누가 전하겠는가?

적선운유보 이숙 재서산
積善云有報 夷叔[8]在西山[9]
선악구불응 하사공립언
善惡苟不應 何事空立言
구십행대삭 기한황당년
九十行帶索[10] 飢寒況當年[11]
불뢰고궁절 백세당수전
不賴固窮節[12] 百世當誰傳

8 夷叔(이숙) : 백이(伯夷)와 숙제(叔齊). 은나라 고죽국(孤竹國)의 두 왕자. 주무왕의 혁명에 반대하다가 은나라가 망하자, 수양산(首陽山)에 들어가 고사리를 캐 먹으며 숨어 살다 죽었음. **9** 西山(서산) : 수양산을 가리킨다. **10** 九十行帶索(구십행대삭) : 춘추시대 영계기(榮啓期)가 90세 노인이 되었어도 새끼줄로 띠를 삼아 허리에 매고 가난한 모습으로 걸어다녔다는 뜻. **11** 當年(당년) : 그 당시의 해. 젊은

시절을 뜻한다. **12** 固窮節(고궁절) : 군자의 곤궁을 분수로 지키는 절의.

제3수

도가 없어진 지 천 년이 되어가는데
사람들은 그들의 진정眞情을 아끼네.
술이 있어도 즐겨 마시지 않고
다만 속세의 명예名譽만 돌아보네.
내 몸을 귀하게 여기는 까닭이
어찌 내 일생에 있지 않는가?
일생은 또한 얼마나 되는가?
빠르기가 흐르는 번개 같아 놀랍네.
빠르게 지나가는 백 년 안에
이 명예를 지녀 무엇에 쓰려 하는가?

도상향천재 인인석기정
道喪向千載[13] 人人惜其情[14]

유주불긍음 단고세간명
有酒不肯飮 但顧世間名

소이귀아신 기불재일생
所以貴我身 豈不在一生

일생부능기 숙여 류전경
一生復能幾 倏如[15]流電驚

정정 백년내 지차 욕하성
鼎鼎[16]百年內 持此[17]欲何成

13 向千載(향천재) : 천 년을 향한다는 뜻에서, 천 년이 되려 한다는 의미. **14** 惜其情(석기정) : 그 정을 아낀다. 진심의 토로(吐露)를 꺼린다는 뜻. **15** 倏如(숙여) : 숙연(倏然)과 같다. 문득, 갑자기, 빠른

모양. **16** 鼎鼎(정정) : 광음(光陰)이 세차게 지나가는 모습. **17** 持此(지차) : 차는 세상의 평판(評判). 세평(世評)을 중요하게 간직한다는 뜻.

제4수

헐레벌떡거리며 무리를 잃고
해질 무렵인데도 홀로 나네.
배회하다가 일정한 멈출 곳이 없어
밤마다 그 울음소리 더욱 처량하네.
사나운 울림은 맑고 아득함을 생각함인데
가고 옴이 어찌 그리 머뭇거리나?
그러다가 외롭게 서 있는 소나무를 만나자
날개를 접고 멀리서 돌아가 쉬네.
사나운 바람에는 무성한 나무가 없는데
이 나무의 그늘만이 홀로 쇠하지 않았네.
몸을 의탁하는데 이미 적당한 장소 얻었으니
천 년이 지나도록 서로 어긋남이 없으리라.

서서 실군조 일모유독비
棲棲[18]失群鳥 日暮猶獨飛

배회무정지 야야성전비
徘徊無定止 夜夜聲轉悲

여향 사청원 거래하의의
厲響[19]思淸遠 去來何依依[20]

인치고생송 염핵 요래귀
因值孤生松 斂翮[21]遙來歸

경풍 무영목 차음독불쇠
勁風[22]無榮木 此蔭獨不衰

탁 신 이 득 소　천 재 불 상 위
託身已得所　千載不相違

18 栖栖(서서) : 바쁜 모양. 서두르는 모양. 허둥지둥 초조해하는 모양. 19 厲響(여향) : 사나운 소리의 울림. 뭇 새들의 시끄러운 소리를 말한다. 20 依依(의의) : 마음이 끌리는 모습. 차마 떨어지지 못하는 모양. 21 斂翮(염핵) : 날갯죽지를 거두다. 날개를 접다. 22 勁風(경풍) : 센 바람. 거친 바람.

제5수

초가를 짓고 사람들이 사는 경내에 있지만
수레나 말이 드나드는 시끄러움은 없네.
그대에게 묻노니 어떻게 그럴 수가 있는가?
마음이 속세와 머니 땅도 저절로 치우쳐 있네.
동쪽 울타리 밑에서 국화를 꺾고
아득히 남산을 바라보니
산 경치는 해질 무렵에 더욱 좋고
날던 새들도 서로 더불어 돌아오누나.
이 가운데 참뜻이 있는데
말하려다가 이미 말을 잃었네.

결 려　재 인 경　이 무 거 마 훤
結廬[23]在人境[24]　而無車馬喧[25]

문 군　하 능 이　심 원 지 자 편
問君[26]何能爾[27]　心遠地自偏[28]

채　국 동 리 하　유 연 견 남 산
採[29]菊東籬下　悠然見南山[30]

산 기　일 석　가　비 조 상 여 환
山氣[31]日夕[32]佳　飛鳥相與還

차 중 유 진 의　　욕 변 이 망 언
此中有眞意[33]　欲辯已忘言

23 結廬(결려) : 초가(草家)를 짓다. 은자풍(隱者風)의 소주택(小住宅)을 짓다. 24 人境(인경) : 사람이 사는 경내(境內). 보통 사람이 사는 마을. 25 車馬喧(거마훤) : 수레나 말의 시끄러움. 방문객이 많이 찾아오는 시끄러움. 귀족이나 고관은 거마를 타고 다니므로, 그 행차(行次)의 소란함을 뜻한다. 26 問君(문군) : 군은 지은이 자신을 말한다. 자문자답(自問自答)의 형식. 27 何能爾(하능이) : 어찌 그럴 수 있는가? 이는 연(然)과 같다. 위의 동작을 받는 말. 28 地自偏(지자편) : 땅이 저절로 변두리가 되다. 마을 속에 있지만 심리적으로 외따로이 있는 것 같다는 뜻. 29 採(채) : 캘 채, 캐다, 따다. 采(캘 채, 따다, 뽑다)로 된 판본도 있다. 30 南山(남산) : 남쪽의 산. 여산(廬山)을 지칭한다고 보기도 한다. 31 山氣(산기) : 산의 경치. 또는 산에 피어오르는 물안개. 32 日夕(일석) : 해가 지는 저녁 때. 낮과 밤이라는 뜻은 아니다. 33 眞意(진의) : 자연과 인생의 참된 의미. 진미(眞味)로 된 판본도 있다.

제6수

행동거지 行動擧止가 천 가닥 만 가닥이니
누가 옳고 그름을 알겠는가?
옳고 그름이 구차하게 서로 형성되지만
*부화뇌동 附和雷同이 *훼예포폄 毁譽褒貶을 같이 하네.
삼대 三代 이후로 이런 일이 많으나
전진하는 선비는 그렇지 않을 것이다.
쯧쯧 속세의 바보들아
또한 마땅히 하황공 夏黃公과 기리계 綺里季를 따라야 한다.

*附和雷同(부화뇌동) : 주견도 없이 무조건 남의 주장에 동조하여 움직임.
*毁譽褒貶(훼예포폄) : 남을 헐뜯음과 칭찬함.

행지천만단 수지비여시
行止千萬端 誰知非與是

시비구상형 뇌동공예훼
是非苟相形 雷同共譽毁

삼계 다차사 진사 사불이
三季[34]多此事 進士[35]似不爾

돌돌 속중우 차당종황기
咄咄[36]俗中愚 且當從黃綺[37]

34 三季(삼계) : 삼대(三代). 하은주(夏殷周) 시대(時代). **35** 進士(진사) : 전진한 인사. 교양을 쌓은 사람. **36** 咄咄(돌돌) : 꾸짖는 소리. 혀 차는 소리. **37** 黃綺(황기) : 하황공(夏黃公)과 기리계(綺里季). 중국 진시황 때 난리를 피하여 섬서성으로 들어가 숨어 산 네 은사(隱士) 중의 두 사람.

제7수

가을 국화가 아름다운 빛을 띠었는데
이슬에 젖으면서 그 꽃봉오리를 따도다.
그 꽃봉오리를 이 근심을 잊는다는 술에 띄우니
나에게 속세를 멀리하는 정을 갖게 하네.
한 잔은 비록 나 홀로 들이켜지만
술잔이 비면 술병은 저절로 기울이게 되지요.
해가 지자 모든 움직임이 쉬고
돌아가는 새도 숲으로 가면서 우네.
동쪽 처마 밑에서 휘파람 불며 오만해 하니
애오라지 다시 이 멋진 삶을 얻는가 보다.

추국유가색 읍로 철기영
秋菊有佳色 裛露[38]掇其英

범 차 망 우 물　원 아 유 세 정
汎此忘憂物[39]　遠我遺世情

일 상 수 독 진　배 진 호 자 경
一觴雖獨進　杯盡壺自傾

일 입 군 동 식　귀 조 추 림 명
日入群動息　歸鳥趨林鳴

소 오　동 헌 하　료 부 득 차 생
嘯傲[40] 東軒下　聊復得此生

38 裛露(읍로) : 이슬에 젖다. **39** 忘憂物(망우물) : 근심을 잊게 하는 물건, 곧 술. **40** 嘯傲(소오) : 휘파람 불며 오만하게 굴다. 구속으로부터 해방된 심정을 나타내는 말.

제8수

푸른 소나무 동쪽 정원에 있는데
뭇 초목이 그 나무의 자태를 가리우도다.
엉긴 서리가 다른 종류의 것들을 죽이니
우뚝이 소나무는 높은 가지를 나타내네.
숲 속에 있을 때는 사람들이 알지 못하다가
홀로 된 뒤에야 사람들은 기이하게 여기네.
술병을 가져다 찬 소나무 가지에 걸어 놓고
멀리 바라보다가 때때로 다시 바라본다.
우리 일생은 꿈속의 환상 같은데
무슨 일로 속세의 일에 매인단 말인가?

청 송 재 동 원　중 초 몰 기 자
青松在東園　衆草沒其姿

응 상　진 이 류　탁 연 견 고 지
凝霜[41] 殄異類[42]　卓然見高枝

연림 인불각 독수중내기
連林[43] 人不覺 獨樹衆乃奇

제호괘한가 원망시부위
提壺掛寒柯 遠望時復爲[44]

오생몽환간 하사설진기
吾生夢幻間 何事紲塵羈[45]

41 凝霜(응상) : 엉긴 서리. 찬 서리. 42 異類(이류) : 다른 종류, 곧 소나무 이외의 초목(草木). 서리에 낙엽 지고 시드는 것들. 43 連林(연림) : 쭉 이어진 숲. 숲 속에 파묻혀 있다. 44 復爲(부위) : 다시 행위하다, 곧 다시 바라본다. 45 塵羈(진기) : 먼지와 굴레. 속세(俗世).

제9수

맑은 새벽에 문 두드리는 소리를 듣고
옷을 뒤집어 입고 가서 스스로 문을 열었다.
그대에게 묻노니 '누구신가요?'
농부가 좋은 생각이 있어
술병을 가지고 멀리서 와서 문안하네.
그러면서 내가 시대와 어긋나고 있다고 의심하네.
'남루한 모습으로 초가 추녀 밑에 살면
고고한 삶이 되기에는 부족하도다.'
'온 세상이 모두 같아지기를 바라니
그대는 그 진흙으로 진흙탕을 만드시오.'
그 노인의 말에 깊이 느껴우나
타고난 성품이 조화력調和力이 부족하네.
고삐에 얽힘이 진실로 배울 만하지마는
나를 어기니 어찌 홀리는 것이 아닌가요?

바야흐로 함께 이 술을 마시며 즐깁시다.
내 수레를 돌이킬 수가 없소이다.

청신문고문 도상 왕자개
淸晨聞叩門 倒裳[46]往自開

문자위수여 전부유호회
問子爲誰歟 田父有好懷

호장 원견후 의아여시괴
壺漿[47]遠見後[48] 疑我與時乖

남루모첨하 미족위고서
繿縷茅簷下 未足爲高栖[49]

일세개상동 원군골기니
一世皆尙同[50] 願君汨其泥[51]

심감부로언 품기 과소해
深感父老言 稟氣[52]寡所諧[53]

우비 성가학 위기거비미
紆轡[54]誠可學 違己詎非迷

차공환차음 오가불가회
且共歡此飮 吾駕不可回

46 倒裳(도상) : 옷을 거꾸로 입다, 곧 상하의를 바꾸어 입다. 앞뒤를 뒤집어 입다. **47** 壺漿(호장) : 병 안에 든 장, 곧 술. **48** 見後(견후) : 와서 보면서 문안(問安)하다. 후는 방문(訪問)한다는 뜻. **49** 高栖(고서) : 고상(高尙)한 주거(住居). 고답적(高踏的)인 주택(住宅). **50** 尙同(상동) : 같아지기를 바란다. 모두가 똑같은 생활을 희망한다. **51** 汨其泥(골기니) : 골은 굴(掘)과 같다. 그 진흙을 긁어 흙탕물을 일으키다. **52** 稟氣(품기) : 타고난 기질. **53** 所諧(소해) : 해는 조화(調和). 조화를 이루는 바. **54** 紆轡(우비) : 고삐에 매이다. 속세에 구속되다. 벼슬아치가 되다.

제10수

옛날 멀리 놀러 가
곧장 동쪽바다 귀퉁이에 이르렀네.
도로는 돌아가며 또 길고
풍파가 중도를 막았네.
'이번 여행을 누가 그렇게 만들었는가?'
'굶주림에 몰린 때문인 것 같네.'
전신을 기울여 한번 배불리고자 하면
조금은 여유가 있게 마련.
이번 여행은 훌륭한 계획이 아닐 것 같아
수레를 멈추고 휴거休居로 돌아왔노라.

재석증원유 직지동해우
在昔曾遠遊　直至東海隅[55]
도로형차장 풍파조중도
道路迴且長　風波阻中塗[56]
차행수사연 사위기소구
此行誰使然　似爲飢所驅
경신 영일포 소허 편유여
傾身[57]營一飽　少許[58]便有餘
공차비명계 식가 귀한거
恐此非名計[59]　息駕[60]歸閑居

55 東海隅(동해우) : 동해안(東海岸). 육조시대(六朝時代) 송나라 남동해안(南東海岸), 곧 강소성 단양현(丹陽縣) 곡아(曲阿) 땅을 가리킨다. 도연명이 유뢰지(劉牢之)의 참모(參謀)가 되어 이곳에 와 있었다. **56** 中塗(중도) : 도중(道中). 길 중간. **57** 傾身(경신) : 몸을 기울이다. 온몸의 힘을 기울이다. **58** 少許(소허) : 조금. **59** 名計(명계) : 유명한 계획. 훌륭한 꾀. **60** 息駕(식가) : 수레를 멈추다. 벼슬살이를 그만두다.

제11수

안회顏回는 인을 행했다고 칭했고,
영계기榮啓期는 도를 깨달아야 한다고 했다.
그러나 안회는 자주 굶어 제 나이를 살지 못했고
영계기는 길이 굶으면서 90세까지 살았다.
그들이 비록 죽은 뒤 이름을 남겼지만
살아 일생은 고목 마냥 고생 투성이였다.
죽은 뒤 무엇을 알겠는가?
마음에 맞음이 진실로 좋은 것이다.
나그네가 천금으로 몸을 꾸몄지만
죽은 뒤엔 그 보배로운 몸도 사라지는 법.
나체로 장례 지냄이 어찌 반드시 나쁜가?
사람들은 마땅히 그의 생각을 이해할 것이다.

안생 칭위인 영공 언유도
顏生[61]稱爲仁 榮公[62]言有道

누공불획년 장기지우로
屢空不獲年[63] 長飢至于老

수류신후명 일생역고고
雖留身後名 一生亦枯槁[64]

사거하소지 칭심 고위호
死去何所知 稱心[65]固爲好

객양천금구 임화 소기보
客養千金軀[66] 臨化[67]消其寶

나장 하필악 인당해의표
裸葬[68]何必惡 人當解意表[69]

61 顏生(안생) : 공자의 제자 안회(顏回). 가난하게 살면서도 인을 행하기에 힘썼다. **62** 榮公(영공) : 춘추시대 은사(隱士) 영계기(榮啓

期). 낙천주의자로 가난하게 살면서도 90여 세를 생존했다. **63** 屢空不獲年(누공불획년) : 누공은 자주 빈다는 뜻으로, 자주 굶는다는 뜻. 획년은 연세를 누린다는 뜻으로 자기의 천수(天壽)를 산다는 의미. **64** 枯槁(고고) : 말라 죽은 나무, 또는 나무가 말라 죽음. 기아(飢餓)에 허덕이다가 바짝 야윈 모습. **65** 稱心(칭심) : 마음에 맞음. 심중(心中)의 만족을 뜻한다. **66** 千金軀(천금구) : 천금의 비싼 값이 나가는 몸. 귀한 몸. 한의 양왕손(楊王孫)이 평생을 호화롭게 살았으나 죽은 뒤에 나체장을 지냈다. **67** 臨化(임화) : 죽음에 다다르다. 죽은 뒤엔. **68** 裸葬(나장) : 나체로 장사지내다. 시체에 옷을 입히지 않고 알몸으로 장사지내다. **69** 意表(의표) : 생각. 마음.

제12수

장공〔장지張摯의 자〕이 일찍이 한 번 벼슬하고
젊은 시절에 문득 때를 잃자
문을 닫고 다시는 출세하지 않고서
종신토록 세상과 사직했다.
중리〔양륜楊倫의 자〕가 대택으로 돌아가
고답한 풍격이 비로소 이때부터 있었다.
한번 갔으면 문득 마땅히 그만둘 일
어째서 다시 여우처럼 의심할까?
가고 또 가는데 마땅히 어떤 길로 갈까?
세속이 오래도록 속였도다.
아득한 말들 다 떨쳐 버리고
청컨대 나 자신을 따라갈지어다.

장 공 증 일 사 장 절 홀 실 시
長公[70]曾一仕 壯節忽失時
두 문 불 부 출 종 신 여 세 사
杜門不復出 終身與世辭

중리 귀대택 고풍시재자
仲理[71]歸大澤 高風始在玆

일왕편당이 하위부호의
一往便當已 何爲復狐疑

거거당해도 세속구상기
去去當奚道[72] 世俗久相欺

파락 유유담 청종여소지
擺落[73]悠悠談 請從余所之

70 長公(장공) : 한나라 사람 장지(張摯)의 자. 장택지(張釋之)의 아들로 벼슬이 대부(大夫)에 이르렀으나 뜻에 어긋나자 벼슬을 버리고 종신토록 불사(不仕)했다. **71** 仲理(중리) : 후한의 양륜(楊倫)의 자. **72** 奚道(해도) : 어떤 길인가의 뜻. 갈 길이 어딘가? **73** 擺落(파락) : 떨어 버리다.

제13수

한 나그네 있어 항상 함께 머물러 있지만
바라는 것이 나와는 아주 다른 지경이네.
한 양반은 항상 혼자 취해 있고,
한 사나이는 평생 술이라곤 모르네.
안 취했다 취했다 또한 서로 비웃지만
발언은 각기 받아들이지 않는다.
꼬장꼬장 어찌 한결같이 어리석은가?
우뚝하고 오만한 이가 약간 영리한 것 같네.
술에 취해 있는 나그네가 붙이는 말,
'해가 지니 촛불을 마땅히 켜야지.'

유객상 동지 취사 막이경
有客常[74]同止 取舍[75]邈異境

일 사 상 독 취　일 부 종 년 성
一士常獨醉　一夫終年[76]醒

성 취 환 상 소　발 언 각 불 령
醒醉還相笑　發言各不領[77]

규 규　일 하 우　올 오　차 약 영
規規[78]一何愚　兀傲[79]差若穎[80]

기 언 감 중 객　일 몰 촉 당 병
寄言酣中客　日沒燭當秉

74 常(상) : 다른 판본엔 장(長)으로도 되어 있다. **75** 取舍(취사) : 취사(取捨). 취하고 버림. 행동거지. **76** 終年(종년) : 일생. **77** 不領(불령) : 영수(領受)하지 않는다. 받아들이지 않음. 용납 안함. **78** 規規(규규) : 잣다른 모습. 꼬장꼬장함. **79** 兀傲(올오) : 우뚝하고 오만함. 의젓하고 두드러짐. **80** 若穎(약영) : 영은 빼어나다는 뜻. 빼어난 것 같다. 영리한 듯하다.

제14수

친구들이 내 취미를 칭찬하며
술병을 들고 함께 찾아온다.
잡초를 깔고 소나무 밑에 앉아
몇 잔 기울이니 또다시 취한다.
늙은이들 뒤섞어 어지러이 말하고
술잔을 돌리는 순서도 잊었다.
내가 있는 줄을 깨닫지도 못하니
사물이 귀한 줄을 어찌 알리오?
아득히 머물 곳을 잃었지만
술 가운데는 깊은 맛이 있네.

고 인　상 아 취　설 호　상 여 지
故人[81]賞我趣　挈壺[82]相與至

반형 좌송하 수짐이부취
班荊[83]坐松下 數斟已復醉
부로잡란언 상작실행차
父老雜亂言 觴酌失行次[84]
불각지유아 안지물위귀
不覺知有我 安知物爲貴
유유미소류 주중유심미
悠悠迷所留 酒中有深味

81 故人(고인) : 친구. **82** 挈壺(설호) : 설은 제(提)의 뜻. 끌다. 술병을 들다. **83** 班荊(반형) : 반은 포(布)의 뜻. 형(荊)은 땔나무. 잡목. 잡초와 잡목을 쓰러뜨리거나 꺾어 깔다. **84** 行次(행차) : 술잔을 돌리는 차례.

제15수

가난한 삶이라 인력이 모자라
관목이 우리 집을 거칠게 만들었네.
끼리끼리 나는 새는 있으나
적적하여 나를 찾아오는 사람 자취는 없도다.
우주는 한결같이 어찌 그리 유구한가?
인생은 백 년까지 사는 이도 적도다.
세월은 달리고 날아가
귀밑머리 가에는 벌써 흰빛이 완연하네.
만약에 곤궁과 영달에 맡기지 못한다면
소박한 포부를 깊이 아까워할 것이다.

빈거핍인공 관목황여택
貧居乏人工[85] 灌木荒余宅
반반 유상조 적적무행적
班班[86]有翔鳥 寂寂無行跡[87]

우 주 일 하 유　인 생 소 지 백
宇宙一何悠　人生少至百

세 월 상 최 핍　빈 변 조 이 백
歲月相催逼　鬢邊早已白

약 불 위 궁 달　소 포　심 가 석
若不委窮達　素抱[88]深可惜

85 人工(인공) : 사람의 노력. 남을 부려 집 치장 등을 하다. **86** 班班(반반) : 죽 늘어선 모습. 나란히 날아가는 모양. **87** 跡(적) : 자취 적, 발자취, 흔적. 迹(자취 적, 발자국, 발자취, 행적)으로 된 판본도 있다. **88** 素抱(소포) : 소박한 포부. 본래의 포부.

제16수

소년 적부터 사람들과의 관계가 드물어
오직 좋아함이 육경에만 있었다.
흘러흘러 불혹이 되어 가는데
오래 머물러 있어도 드디어 이루어 놓음 없네.
마침내 고궁의 절개를 품어
굶주림과 추위를 싫도록 겪었다.
헐어진 초가에는 가을바람이 불어오고
거친 풀은 앞뜰을 파묻네.
베옷을 걸치고 긴 밤을 새우는데
새벽닭조차 울려 들지 않네.
맹공이 여기에 있지 않으니
끝내 나의 진정을 가리우네.

소 년 한 인 사　유 호　재 육 경
少年罕人事[89]　遊好[90]在六經[91]

행 행 향 불 혹　　엄 류　수 무 성
行行向不惑[92]　淹留[93]遂無成

경 포 고 궁 절　　기 한 포 소 경
竟抱固窮節[94]　飢寒飽所更[95]

폐　려 교 비 풍　황 초 몰 전 정
敝[96]廬交悲風　荒草沒前庭

피 갈 수 장 야　신 계 불 긍 명
披褐守長夜　晨鷄不肯鳴

맹 공　부 재 자　종 이 예 오 정
孟公[97]不在玆　終以翳吾情[98]

89 人事(인사) : 속세의 대인관계. **90** 遊好(유호) : 노닐며 좋아하다. 친애하다. **91** 六經(육경) : 시(詩) · 서(書) · 예(禮) · 악(樂) · 역(易) · 춘추(春秋). **92** 向不惑(향불혹) : 불혹은 40세. 향은 향하다, 곧 40대가 되어 가는데. **93** 淹留(엄류) : 오래도록 머물다. **94** 固窮節(고궁절) : 군자는 가난하다고 믿는 절개. 군자는 본디부터 가난한 것이라고 『논어(論語)』에도 말한 바 있다. **95** 飢寒飽所更(기한포소경) : 굶주림과 추위가 갈마드는 일에 물렸다, 곧 실컷 굶주리고 추워 떨었다. 또는 경은 경(經)으로 보아 '겪었다' 고 보기도 한다. **96** 敝(폐) : 해어질 폐, 옷이 떨어지다. 敝廬(폐려) : ①허술한 집. 廢屋(폐옥). ②자기 집에 대한 겸칭. 敝居(폐거). 弊(해질 폐, 옷이 낡다, 자신의 사물에 붙이는 겸칭)으로 된 판본도 있다. **97** 孟公(맹공) : 전한(前漢) 진준(陳遵)의 자이기도 하고, 후한(後漢) 유공(劉龔)의 자이기도 하다. 진준은 친구를 좋아하여 친구 수레의 멍에를 풀어 놓고 붙들어 들여 같이 술을 마셨다. 유공은 가난한 문인을 도와 주었다. **98** 翳吾情(예오정) : 예는 가리우다, 곧 나의 진정(眞情)을 감춘다는 뜻.

제17수

그윽한 난이 앞뜰에서 자라
향기를 품고 맑은 바람을 기다린다.
맑은 바람이 휙 불어오면
쑥대밭 속에서 달리 보인다.

가고 가다 보니 옛길을 잃었으나
도리에 맡기면 혹 통할 수도 있으련만.
마땅히 돌아갈 것을 생각하는 마음 깨달으니
새들이 다 잡히자 훌륭한 활을 없애기 때문이네.

유란생전정 함훈대청풍
幽蘭生前庭 含薰待清風
청풍탈연 지 견별소애 중
清風脫然[99]至 見別蕭艾[100]中
행행실고로 임도혹능통
行行失故路 任道或能通
각오당념환 조진폐량궁
覺悟當念還 鳥盡廢良弓[101]

99 脫然(탈연) : 솔솔 부는 모습. 기운이 세찬 모습. **100** 蕭艾(소애) : 쑥. **101** 鳥盡廢良弓(조진폐량궁) : 『사기(史記)』 회음후전(淮陰侯傳)에 나오는 한신(韓信)의 말. '狡兔死, 走狗烹. 高鳥盡, 良弓藏' 에서 나온 말.

제18수

자운〔양웅 揚雄의 자〕은 천성이 술을 몹시 좋아했으나.
집이 가난하여 그것을 구할 방법이 없었다.
때마침 일을 떠벌리기 좋아하는 사람이
술을 가져와 의혹된 바를 풀려 했다.
술잔이 오자 오는 족족 마시고
질문을 모두 시원스레 해결했다.
그러나 때로는 즐겨 말하지 않으니
어찌 이웃 나라 정벌이 관심 문제가 아니겠는가?

어진 사람이 그런 마음씨를 갖는다면
어찌 일찍이 진퇴에 실수가 있겠는가?

자 운 성 기 주 가 빈 무 유 득
子雲[102]性嗜酒 家貧無由[103]得

시 뢰 호 사 인 재 료 거 소 혹
時賴好事人[104] 載醪祛所惑[105]

상 래 위 지 진 시 자 무 불 색
觴來爲之盡 是諮無不塞[106]

유 시 불 긍 언 기 부 재 벌 국
有時不肯言 豈不在伐國[107]

인 자 용 기 심 하 상 실 현 묵
仁者用其心 何嘗失顯默[108]

102 子雲(자운) : 후한의 학자 양웅(揚雄: B.C. 53～A.D. 18)의 자. **103** 無由(무유) : 방법이 없다. 경유(經由)가 없다. **104** 好事人(호사인) : 일을 잘 벌이기를 좋아하는 사람. **105** 載醪祛所惑(재료거소혹) : 재료는 막걸리를 실어 오다. 거는 제거하다라는 뜻. 거(去)와 같다. 막걸리를 가져와 의혹된 바를 풀어 제거하려 한다는 뜻. **106** 是諮無不塞(시자무불색) : 시자는 자문(諮問). 색은 채우다. 이 자문이 채워지지 않음이 없다, 곧 모든 질문을 만족스럽게 대답한다는 뜻. **107** 伐國(벌국) : 남의 나라를 치다. 춘추시대 노나라 임금이 유하혜(柳下惠)에게 제나라를 치는 것이 좋겠느냐고 묻자, 그런 질문은 인자에게는 하지 않는 것이라고 대답하지 않았다. **108** 顯默(현묵) : 나타내거나 침묵함, 곧 진퇴(進退).

제19수

옛날에 오래도록 굶주림이 괴로워
농기구 내던지고 벼슬 살려 갔었네.
그러나 가족 부양하기에도 적합하지 못하고
추위와 주림이 진실로 내 몸을 감싸게 되었네.

이때가 이립(而立: 30세)이 돼 가는 때라
내 뜻에 부끄러운 바가 많았다.
드디어 깨끗히 분수를 차려
옷을 떨치고 전원으로 돌아왔다.
뉘엿뉘엿 세월은 흘러가
그럭저럭 12년이 지나갔네.
세상 길은 넓고 아득하여
양주가 갈래 길에서 멈춘 바일세.
비록 돈을 뿌리는 일은 없지만
탁주만이 애오라지 믿을 만하네.

주석 고장기 투뢰 거학사
疇昔[109]苦長飢 投耒[110]去學仕[111]

장양부득절 동뇌고전기
將養不得節 凍餒固纏己

시시향립년 지의다소치
是時向立年 志意多所恥

수진개연분 불의귀전리
遂盡介然分 拂衣歸田里

염염 성기류 정정 부일기
冉冉[112]星氣流 亭亭[113]復一紀

세로곽유유 양주 소이지
世路廓悠悠 楊朱[114]所以止

수무휘금사 탁주료가시
雖無揮金事[115] 濁酒聊可恃

109 疇昔(주석) : 주는 지난번이라는 뜻. 따라서 옛날이라는 뜻. **110** 投耒(투뢰) : 보습을 던지다. 농기구를 던지다. 농사일을 그만두다. **111** 學仕(학사) : 처음으로 벼슬하다. 학은 처음으로 익힌다는 뜻. **112** 冉冉(염염) : 해와 달이 점점 기울어져 가는 모양. **113** 亭亭(정정) : 우뚝 높이 솟은 모양. 굳세고 강건한 모습. **114** 楊朱(양주) : 전국시

대 사람. 양자(楊子)라고도 한다. 이기주의를 주창한 사람. 갈림길에서 어느 길로 갈지 몰라 운 일이 있다. **115** 揮金事(휘금사) : 돈을 뿌리는 일. 전한 때 소광(疎廣)과 그의 조카 소수(疎受)가 퇴직금을 흩어 여러 사람을 후원한 일을 말한다.

제20수

복희伏羲 · 신농神農이 우리를 버리고 간 지 오래 되어
세상에는 진眞(참됨)으로 돌아가는 길이 적도다.
갖은 애를 다한 노나라 늙은이〔孔子〕가
미봉하여 순박淳朴하게 만들어
봉황새는 비록 와 멈추지 않았으나
예악은 잠시 새로워졌네.
수수洙水와 사수泗水가 가느다란 물줄기를 멈추고
표류하다가 미친 진나라에 이르렀네.
시경과 서경은 또한 무슨 죄가 있어서
하루아침에 잿더미가 되었단 말인가?
자상하게 한나라의 여러 노학자들이
유학儒學을 위해 은근히 최선을 다했네.
그러나 어째서 성인의 세상과 멀다고 해서
육경六經에 대하여 한 사람도 친한 자가 없는가?
종일 수레를 몰고 달려도
나루를 묻는 자를 발견할 수가 없네.
만약 다시 내가 쾌음하지 않는다면
머리 위의 수건은 공연히 저버리는 것이네.
다만 말하노니, 잘못이 많을 것이나,
그대는 마땅히 술 취한 이 사람을 용서하게나.

희농 거아구 거세소복진
羲農[116]去我久 擧世少復眞

급급노중수 미봉 사기순
汲汲魯中叟[117] 彌縫[118]使其淳

봉조수부지 예악잠득신
鳳鳥雖不至[119] 禮樂暫得新

수사철미향 표류체광진
洙泗輟微響[120] 漂流逮狂秦

시서부하죄 일조성회진
詩書復何罪 一朝成灰塵

구구제노옹 위사성은근
區區諸老翁[121] 爲事誠殷勤

여하절세하 육적 무일친
如何絶世下[122] 六籍[123]無一親

종일치거주 불견소문진
終日馳車走 不見所問津[124]

약부불쾌음 공부두상건
若復不快飮 空負頭上巾[125]

단한다류오 군당서취인
但恨多謬誤 君當恕醉人

116 羲農(희농) : 복희(伏羲)와 신농(神農). 삼황(三皇) 중의 이인(二人). **117** 汲汲魯中叟(급급노중수) : 급급은 바삐 노래하는 모습. 노중수는 노중의 노인이란 뜻으로 공자를 지칭한다. **118** 彌縫(미봉) : 미는 널리, 봉은 꿰매다라는 뜻. **119** 鳳鳥雖不至(봉조수부지) : 성인의 치세(治世)에는 서조(瑞鳥)인 봉황새가 나타난다는 전설이 있다. 천하에 성인의 정치가 행해지지 않고는 있지만. **120** 洙泗輟微響(수사철미향) : 수수(洙水)와 사수(泗水)는 공자가 육경(六經)을 가르치던 곳. 미향은 가는 울림, 곧 이 구절은 공자의 영향이 멈추었다는 뜻. **121** 諸老翁(제노옹) : 한대(漢代)에 남았던 모든 유자(儒者)를 지칭한다, 곧 복생(伏生) · 모장(毛萇) 등. **122** 絕世下(절세하) : 성인(聖人)이 살던 세대와 멀어진 이후. **123** 六籍(육적) : 육경. 시 · 서 · 예 · 악 · 역 · 춘추. **124** 問津(문진) : 나루를 묻다. 학문의 길을 묻는 일의 비유. **125** 頭上巾(두상건) : 머리 위에 쓰는 수건. 도연명은 머리에 갈건(葛巾)을 쓰고 있다가 술이 익으면 그것으로 술을 거르고, 끝나면 다시 머리에 썼다.

감상

제1수

영고성쇠榮枯盛衰는 일정하지 않은 법, 옛날 동릉후東陵侯까지 올랐던 소평邵平은 그런 이치를 잘 알아, 퇴임 후 장안성 밖에 외를 심어 팔아 생활하고 있었다. 춘하추동이 교대로 진행하듯이 인생의 길도 기복이 잇따른다. 이런 이치를 아는 자는 달인達人이다. 그는 한번 겪으면 다시는 의심하지 않는다. 나도 이런 이치를 깨달아 인생무상을 달래는 방법으로 주야로 술을 마시며 세월을 보내는 것이다. 술만이 세월과 인생의 무상을 달랠 수 있으니 음주야말로 인생의 최락사最樂事라고 강조하는 것이다.

오언고시 평성平聲 지운支韻이다.

제2수

적선지가積善之家에 필유여경必有餘慶이란 말이 있지만, 이 말이 어찌 꼭 맞는가? 백이숙제는 그렇다면 왜 서산인 수양산에서 굶어 죽어야 한단 말인가? 인과응보란 말도 헛말인가 싶다. 그렇다고 자기의 분수를 지키지 않을 수는 없다. 춘추시대 영계기가 90세를 살면서도 항상 가난하여 새끼줄로 허리띠를 삼아 매고 다녔다. 그런데 나는 아직 장년이니 배고프고 추운 것을 못 견디겠는가? 이렇게 고궁절固窮節을 지켜야 천만 년 그 이름이 전하는 것이다. 취후醉後에 감상을 적어 놓은 시일 것이다.

오언고시 평성의 산刪, 원元, 선先 운의 통운시다.

제3수

인간이 행할 도가 없어진 지 천 년이 되어 가니 사람들은 진정을 토로하기를 꺼린다. 술이 있어도 마시지 않고 세간의 명예만 생각한다. 자신을 귀하게 여기는 것은 그의 일생 동안인데, 그 일생이 얼마나 긴가? 번개 지나가듯이 빠를 것이다. 그러니 길어야 백 년 사는 인생에 이 명예를 중시함이 무슨 필요가 있겠는가? 자신을 귀히 여겨 진실하게 살 뿐이다.

이 시도 술을 마시며 인생은 무상한 것이니 짧은 동안이라도 진실하게 살아야 함을 강조한 것이다.

평성 경운庚韻의 오언고시다.

제4수

무리를 잃은 한 마리 새가 해질 무렵인데도 홀로 날면서 배회하나 머무를 곳이 없다. 그래서 밤마다 그 새의 울음소리 처량도 하다. 그 외로운 새는 바로 도연명 자신의 화신化身이다. 그 새는 밤마다 서글픈 소리로 울고, 자신의 청원淸遠함을 생각하며 홀로 거처를 주저한다. 그러다가 외따로 서 있는 소나무를 만나니 날개를 접고 그 소나무에 앉는다. 거친 풍상에 무성한 나무들이 없지만 이 나무의 그늘만이 은신처이다. 이 몸을 의탁할 곳을 얻었으니 길이 소원대로 살아갈 것이다.

도연명의 조국 동진이 망하고 유송劉宋이 되자 모든 사람들은 새떼같이 송으로 넘어갔다. 그래서 도연명은 홀로 진의 유신遺臣을 자처하며 이 시를 쓴 것이다. 그러다가 자신이 의지할 곳을 찾으니 거기에 의지하여 자신의 분수를 지키면서 살겠다는 뜻이리라.

전 시가 비유법으로 쓰였는데, 음주 후에 감상을 노래한 것이다.

오언고시 평성 지支, 미微 운의 통용이다.

제5수

이 제5수는 도연명의 '음주' 시 중에서 가장 유명하고 널리 회자되는 시다.

초가를 사람이 사는 동네 안에 지었지만, 사람과의 왕래는 드물다. 왜 그러냐고 물으면, 마음이 속세와 멀면, 사는 구역도 속세와 떨어진 것으로 생각된다는 뜻이다. 다만 외딴 집에 숨어 홀로 파묻혀 사는데, 어느 날 동쪽 울타리 밑에 핀 국화를 한 송이 꺾어 들고 문득 남산 쪽을 바라보니 저녁 노을이 아름다운데 새들은 끼리끼리 둥지로 돌아오고 있다. 이 자연의 멋, 이 풍경 속에 천지조화의 진리가 있는데 그것을 표현해 보려 했더니 문득 표현할 말을 잊었도다.

공자의 말 '書不盡言 言不盡意'는, 곧 '글은 말을 다 기록할 수 없고, 말은 뜻을 다 표현할 수 없다'는 뜻이다. 불가형언不可形言이란 바로 이런 것이다. 진리가 인간의 언어로 완전히 표현이 되겠는가? 바야흐로 득도의 경지에 이른 말이다. 그래서 세상에서 널리 애송되는 시구이다.

평성의 원元, 선先, 산刪 운을 통용한 오언고시다.

제6수

행동거지도 천차만별, 시비도 분명하지 않은 것, 시비는 상대적인 것인데, 부화뇌동이 더 문제이다. 툭하면 남을 비방하고 시비를 따지는데 그런 풍습은 삼대三代 이후로 심해진 것이다. 그러니 교양인은 그런 무리 속에 들지 말아야 할 것이다. 속물俗物들이 더욱 그렇다. 옛날 상산사호商山四皓의 본을 받을 것이다.

이 시도 도연명이 음주 후에 느낌을 적어 놓은 것이리라.

측성仄聲 지운紙韻의 오언고시다.

제7수

국화주를 마신 뒤에 거나한 모습으로 처마 끝에 서 있는 도연명의 자화상일 것이다.

국화꽃이 아름다워지니 그 꽃봉오리를 따 술에 띄우고 그것을 마시니 나로 하여금 세상을 잊게 한다. 한 잔 두 잔 마침내 술병을 다 비우고 뭇 새가 둥지를 찾아 돌아갈 무렵, 동쪽 마루 밑에서 휘파람 불며 거나해 하니 인생의 참맛을 만끽하는 심정이다.

도연명다운 음주시라 할 것이다.

평성 경운庚韻의 오언고시다.

제8수

푸른 소나무가 동산에 있는데 여름에는 늘 초목 때문에 모습이 잘 안 보인다. 모든 초목이 다 시들어야 이 소나무는 우뚝이 그 가지를 펼치고 서 있다. 그런데 사람들은 소나무가 숲 속에 묻혀 있을 때는 잊었다가 혼자 서 있는 소나무를 오히려 더 기이하게 여긴다. 이 차가운 소나무 가지에 술병을 걸어 놓고 먼 곳을 바라보다가 때로는 다시 또 바라본다. 우리의 일생은 꿈속 같은 것, 이 짧은 인생을 어째서 속세의 굴레 속에 얽매이게 한단 말인가?

평성 지운支韻의 오언고시다.

제9수

이른 새벽에 문 두드리는 소리가 나서 옷을 뒤집어 입을 지경으로 빨리 나가 맞으니 이웃 농부가 호의好意를 가지고 술을 들고 와 기다린다. 그는 내가 속세와 괴리되어 있다고 의심하고 '남루한 옷을 입고 초라한 초가집에 살면서 고답적인 생활을 꿈꾸는 것은 현실에 맞지 않소. 온 세상이 모두 썩었으니 그대도 그 진흙 속에 들어가 같이 노는 것이 나을 것이오.' 라고 하는 듯했다. 나는 그 농부의 권고하는 말에 감격하면서도 나의 천성의 조화로움이 적어 속세에 구속됨이 옳은 줄 알지만, 나의 분수를 어기니 틀린 것으로 여겨진다. 그래서 그와 함께 이 술을 마실 뿐, 내 갈 길을 속세로 돌리지는 못하는 것이다.

이 대목은 술을 가져 온 농부와 대작하면서 자신의 갈 길과 그 길로 감이 나의 천성이요, 분수임을 역설하고 있다.

평성 회灰, 가佳, 제齊 운 혼용의 오언고시다.

제10수

도연명은 35세 때 진군장군鎭軍將軍 유뢰지劉牢之의 참군參軍이 되어 동해안으로 가 있었다. 이것을 먼 여행으로 비유한 것이다. 그 길이 멀고 험난하여 이듬해 중도에서 벼슬을 버리고 돌아왔다. 왜 이런 여행을 하려 들었는가? 모두가 가난 때문이었다. 노력하면 살 수 있고, 전력투구하면 다소 여유도 있게 마련이다. 이것이 최상의 방법이고 벼슬살이는 유명한 계책이 아니다. 그래서 관직을 버리고 전원으로 돌아왔다.

한때나마 말단 관직에 있었음을 후회하는 심정을 음주 후에 기록한 시다.

평성의 우虞, 어魚 운 혼용의 오언고시다.

제11수

공자의 수제자 안회는 인을 실천한 제일인자이지만 늘 가난하게 살다가 32세에 요절했다. 또 춘추시대 은자隱者 영계기는 낙천주의 자로 득도했으나 가난하게 90평생을 살았다. 그래서 안회와 영계기는 죽은 뒤에 이름을 남겼지만 살아 있는 일생 동안은 고목처럼 파리한 몸으로 살았다. 그러나 죽은 뒤에 무엇을 알겠는가? 평생을 마음에 맞게 사는 것이 제일 좋은 것이다. 인간은 이 세상에 나그네로 나타나 천금 같은 몸으로 살다가 가지만 죽을 때는 그 보배로운 몸도 부질없이 사라지는 것이다. 그러나 공수래공수거하는 나체장이 반드시 나쁘다고 할 수는 없는 법, 그 사람의 의중을 이해함이 최선의 방법일 것이다.

측성 호皓, 조篠의 오언고시다.

제12수

한나라 때 장장공張長公은 한번 벼슬길에 나갔으나 뜻에 맞지 않아 젊은 시절에 그만두고 두문불출하며 세상을 등졌고, 또 한나라 학자 양중리楊仲理는 벼슬을 버리고 대택大澤(강호)으로 돌아와 제자를 기르며 은사로서의 고상한 기풍을 세웠다. 그래서 그들은 한번 결심하면 그 길로 치달아 다시는 속세에 대한 미련을 가지지 아니하였다. 인생의 행로는 끝없이 가고 또 가는 것, 그러나 속세의 길은 어디로 가나 속임수의 길이 된 지 오래 되었다. 그러니 속세의 달콤한 유혹의 이야기일랑 접어 두고 내 소신대로 내 길을 가는 것이다.

평성 지운支韻의 오언고시다.

제13수

한 나그네가 있어 주인과 두 사람이라, 이 둘은 생각과 행실이 정반대로 달라 행동거지 · 취사선택이 판이하다. 한 사람은 항상 취해 있고, 또 한 사람은 술이라곤 몰라 죽을 때까지 맨숭맨숭하다. 그러나 취했느니 안 취했느니 하고 비웃으면서 서로 상대방의 말을 받아들이지도 않는다. 술 안 마시는 꼬장꼬장한 친구는 어찌 그리 째째한가? 차라리 술 마시며 오만한 친구가 좀 더 영리해 보인다. 술 취한 나그네에게 말하노니 해가 지면 촛불을 켜 놓고 술을 마실지어다.

곧 도연명의 양면성을 나타낸 시이다. 벼슬을 버리고 전원으로 돌아가 은거하면서 이전에 벼슬을 살던 길과 농사를 지으면서 낙천적으로 살아가는 두 길을 비교하면서 출사出仕했을 때를 술 안 취한 사람으로, 전원에 은거하는 때를 취한 사람으로 묘사하면서 차라리 술에 취한 사람이 더 영리하다고 술 취한 사람의 편, 곧 전원에 은거해 사는 것이 낫다고 말하고 있다.

측성 경운梗韻의 오언고시다.

제14수

도연명이 전원으로 돌아와 사는 취미를 가상히 여겨 동리 친구들이 술을 가지고 몰래 왔다. 그들과 소나무 밑에 앉아 술을 마시는데 술잔을 기울이니 벌써 거나해진다. 그 촌로 친구들도 술에 취하여 주절주절 떠들어 대고 주례酒禮도 다 잊어버린다. 술에 취하자 내 존재까지 잊게 되니 사물이 귀한 줄도 모른다. 따라서 그때 심정은 아득히 머물 곳을 잊은 경지다. 다만 술 가운데 인생의 진미가 있게 느껴진다. 술에 취하니 물아일체物我一體가 되어 피아彼我의 구별이 없어진다. 이는 도연명이 술을 좋아하는 구실이 되는 것이다.

측성의 치寘, 미未 운 혼용의 오언고시다.

제15수

삶이 궁색하니 손질할 능력이 없어 집이 황폐하게 되어 초목만이 정원을 덮었다. 그래서 새들은 끼리끼리 날아와 놀지만, 찾아오는 사람이라곤 없다. 저 무한한 우주에 비해 인생은 백 년 사는 이도 드물다. 또 세월은 쉴 새 없이 몰아쳐 흘러 내 머리도 벌써 희어졌다. 사람이란 각기 운명이 다른 것, 곤궁과 영달이 원래 정해진 것이라, 나의 곤궁하게 살라는 팔자를 어기면 본디부터 가지고 있던 포부, 곧 고고한 삶을 잃게 되어 무척이나 후회하게 되리라. 그래서 전원에 돌아와 분수를 지키며 술을 즐기는 것이다.

측성 맥운陌韻의 오언고시다.

제16수

어려서부터 속인들과 어울리지 않고 유교 경전만 공부하며 40대에 이르렀으나 맨날 제자리에 멈추어 있고 마침내 이루어 놓은 것이 없다. 그래서 끝내는 고궁절을 지키느라 기한飢寒에 흠뻑 젖어 살고 있다. 따라서 엉성한 집에는 서글픈 바람이 들이닥치고, 앞뜰에는 거친 풀만 우거졌다. 다 해진 옷을 입고 긴긴 밤을 새우는데 새벽닭도 울지 않으니 이 밤이 길기도 하다. 후생後生을 알아 주던 맹공孟公마저 여기에는 없으니 나의 진정은 끝내 가려지고 말 것이다.

도연명의 실의에 찬 모습을 그리고 있다.

평성 경庚, 청靑 운 혼용의 오언고시다.

제17수

그윽한 난이 앞뜰에 자라는데 향기를 품고 맑은 바람이 불기를 기다리는 것 같다. 그러다가 맑은 바람이 휙휙 불어오면 그 은은한 향기가 사방으로 퍼져 근처의 쑥 다발들과는 완연히 구별이 된다. 이 난이 바로 도연명의 화신이다. 이 난 같은 자신이 사람의 길을 가다

보니 고상한 옛 길을 잃은 지가 오래 되었다. 그러나 지금부터라도 도에 맡겨 만사를 행하면 능히 도에 통할 수 있을 것이다. 이제라도 깨달았으면 마땅히 돌아갈 것을 생각해야 한다. 왜냐하면 속세는 새를 다 잡으면 활을 버리듯이, 사람을 시켜 목적을 달성하면 그 사람을 내치는 일이 허다한, 매정한 곳이기 때문이다.

군자지향에 비유되는 난과 같은 존재인 도연명이 쑥대밭 같은 속세에 어울리지 않아 벼슬을 버리고 전원으로 돌아왔다. 원래 지향했던 길을 버리고 가난 때문에 출세했다가 속세의 비정함을 보고 본래의 갈 길로 돌아온 이유를 말하면서 자신의 고고함을 역설하고 있다.

평성 동운東韻의 오언고시다.

제18수

양웅(楊雄)

한나라의 유명한 학자 양웅楊雄(B.C. 53~A.D. 18)은 술을 좋아했으나 집이 가난하여 좀처럼 술을 얻어 마실 수가 없었다. 그러나 때로는 배우고자 하는 사람들이 술을 가지고 와서 대접하며 질문하니 술잔마다 들이키고 그들의 질문에 만족스럽게 대답해 주었다. 그리하여 무불통지無不通知로 자문에 응했으나, 남의 나라를 정벌하는 침략의 계획 · 시기 등에는 절대로 입을 열지 않았다. 곧 어진 사람은 남의 불행을 바라지 않는 것이다. 따라서 어진 이가 제 마음을 제대로 쓰면 출사와 은퇴에 실수가 없을 것임을 강조하고 있다. 도연명이 양자운에 비유하여 자신의 소신을 피력한 글이다.

측성 직운職韻의 오언고시다.

제19수

옛날에 오래도록 하도 가난하여 농사일을 팽개치고 처음으로 벼슬살이를 갔었다. 그러나 그 봉급으로는 식구 부양도 못하여 기한이 몸에 배고 있었다. 이때 나이 30세로 본래의 뜻을 생각하고는 매우 부끄러움을 느꼈었다. 그래서 깨끗하게 분수를 지켜 벼슬을 버리고 전원으로 돌아온 것이다. 그러나 세월은 별빛 흐르듯이 지나 어느덧 12년이 지나갔다. 세상 길은 막연하고 아득하여 어느 길로 갈지 갈피를 잡기 어렵다. 그래서 옛날에 양주楊朱가 갈림길에서 방향을 잃고 울었던 것이다. 나도 양주의 입장과 같다 할 것이다. 그러나 소광疎廣과 소수疎受마냥 돈을 흩어 한판 쓸 수도 없는 몸, 애오라지 술만이 의지할 대상이로다. 그래서 또 술을 마신다.

측성 지운紙韻의 오언고시다.

제20수

옛날 이상적인 세상이던 삼황시절三皇時節과는 떨어져 있어 세상에는 참〔眞〕을 회복할 수가 없다. 아마도 노나라 늙은이〔孔子〕가 어렵사리 그 옛날의 순박함을 유지시키려 했을 것이다. 그래서 이상시대에 나타난다는 봉황새는 내려오지 않았지만 예악禮樂 등 인간생활의 도덕이 잠시 새로워졌었다. 그러나 공자의 영향이 미약해지자 세월은 흘러 진나라가 되고 시황이 나타나 분서갱유 사건이 발생했다. 이어 『시경詩經』·『서경書經』 등 도덕 교재가 하루아침에 잿더미로 변했다. 그 후 한나라의 많은 노학자들이 최선을 다하여 유학을 발전시켰다. 그러나 시대가 자꾸 내려갈수록 육경을 공부하는 사람이 없고, 종일 수레를 타고 쫓아다녀도 진리의 문을 두드리는 자는 없다.

이런 때 통쾌하게 마시지 않는다면 머리 위에 쓰고 다니는 갈건에 미안하리라. 도연명은 머리에 갈건을 쓰고 다니다가 술을 거를 때 그것을 사용했기 때문에, 술을 안 마시면 갈건을 사용하지 못하니 갈건을 실망시키는 결과가 되는 것이다. 다만 한탄하노니 내 말에는 잘못도 많으려니, 제발 술 취한 사람의 말로 흘려듣고 용서를 바란다.

도연명의 솔직한 심정이 토로되어 있다.

평성 진운眞韻의 오언고시다.

여설

도연명의 '음주' 시는 술을 마실 때 광경이나 기분을 읊기도 하고, 술을 마시고 나서 술에 취한 기분이나 감상을 적어 놓은 것들이다. 술과 진정에 얽힌 역대인물의 예를 들어 자신을 견주기도 하고, 또 그들의 이상을 자신의 소원으로 갈망하기도 했다.

도연명과 술 · 국화 · 시는 떼려야 뗄 수 없는 존재이다. 이 '음주' 시에서 이들의 관계가 잘 나타나 있으며, 취중에 깨달은 진리를 최고의 것으로 여겼다.

이 '음주' 시 중에서 '客養千金軀 臨化消其寶'의 구절은 "7천 권의 '대장경大藏經'에 맞먹는 명언이다."라고 양계초梁啓超(1873~1930)는 갈파했고, '採菊東籬下 悠然見南山', '嘯傲東軒下 聊復得此生', '客養千金軀 臨化消其寶'의 세 구절은 '도를 터득한 경지의 시구이다'라고 소동파(1036~1101)는 언급하고 있다. 도연명의 자전自傳인 〈오류선생전五柳先生傳〉에서도 언급하고 있지만 도연명과 술은 아주 긴밀하다. 그래서 도연명에게는 취석醉石이 있다.

취석은 여산廬山 남쪽 기슭 호조애虎爪崖 밑에 있다. 도연명이 술이 취하면 드러누웠다는 곳이다. 이 취석이 있는 계곡에는 탁영지濯纓池가 있는데 도연명이 몸을 씻던 곳이다. 이 탁영지 아래 한 돌이 있어 높이가 거의 2m, 사방이 약 3m 넓이인데 위가 평평하다. 전설에 이 평면의 돌 위에는 은연중에 사람의 자취가 보인다고도 하고, 심지어는 도연명이 누워 잤기 때문에 도연명의 귀의 자욱이나 도연명이 토했던 흔적이 남아 있다 한다.

송나라 주희朱熹(1130～1200)의 〈발안진경취석시跋顔眞卿醉石詩〉에 말하기를, '율리栗里는 지금의 남강군南康軍의 치소治所 서쪽 50리에 있는데, 골짜기 가운데 큰 돌이 있어 도연명이 취하면 가서 누웠던 곳이라 한다. 내가 일찍이 가서 생각해 보니 그 곁이 바로 귀거래관을 세웠던 곳이구나.' 라고 하였다. 돌 위에는 '귀거래관' 이라고 네 글자의 큰 석각이 있는데 송나라 주희의 필적이다. 또 명나라 곽파징郭波澄의 '발취석시跋醉石詩' 가 돌에 새겨져 있다. 이 '귀거래관' 을 '취석관' 또는 '오류관五柳館' 이라고도 한다 .

취석(醉石)

걸식乞食

도연명(陶淵明)

굶주림이 다가와 나를 몰아보내니
마침내 나는 어디로 갈지 모르겠네.
가고 가다가 이 마을에 이르러
문을 두드리며 서투른 말을 했네.
주인은 내 말을 이해하고
베풀어주니 어찌 헛되이 왔는가?
이야기하며 어울려 저녁이 되니
술이 나와 문득 잔을 기울이네.
마음은 새로 아는 이와의 기쁨에 즐거워
말하며 읊조리다 드디어 시를 짓네.
그대에게서 표모의 은혜를 느끼지만
내가 한신韓信의 재량이 없음이 부끄럽네.
가슴에 새겨두고 어떻게 갚아야 하나?
저승에서나 보답하여 갚아 드리리라.

기래구아거 부지경하지
飢來驅我去 不知竟何之

행행지사리 고문 졸언사
行行至斯里 叩門[1]拙言辭[2]

주인해여의 유증 기허래
主人解余意[3] 遺贈[4]豈虛來

담해 종일석 상지첩경배
談諧[5]終日夕 觴至輒傾杯

정흔신지환 언영수부시
情欣新知歡[6] 言詠遂賦詩

감자표모혜 괴아비한재
感子漂母惠[7] 愧我非韓才[8]

함즙 지하사 명보 이상이
銜戢[9]知何謝 冥報[10]以相貽[11]

1 叩門(고문) : 문을 두드리다. 2 拙言辭(졸언사) : 서투른 말을 사뢴다. 창피해서 말이 더듬어진다. 3 解余意(해여의) : 나의 말을 이해하다. 4 遺贈(유증) : 두 글자는 모두 준다는 뜻, 곧 베풀어주다. 5 談諧(담해) : 이야기하고 어울리다. 담화(談話)로 쓰기도 한다. 6 情欣新知歡(정흔신지환) : 정은 새로 사귄 지기(知己)와 즐기는 기쁨. 마냥 즐겁다. 7 感子漂母惠(감자표모혜) : 그대에게서 빨래하는 할미의 은혜 같은 고마움을 느낀다. 옛날 한신이 굶주릴 때 강가에서 빨래하는 할미에게서 음식을 얻어 먹었는데, 한신이 나중에 초왕이 되어 은혜를 갚았다. 그대에게서 이런 은혜를 느낀다는 뜻. 8 我非韓才(아비한재) : 내가 한신과 같은 인재가 아니다. 9 銜戢(함즙) : 머금을 함〔銜 : 含〕, 거둘 즙(戢). 마음속에 간직해 두다. 10 冥報(명보) : 저승에서의 갚음. 사후의 보은. 11 貽(이) : 주다.

감상

기아에 허덕이다 보니 마침내 내가 어디로 갈지를 알지 못하겠다. 할 수 없이 정처 없이 떠돌아다니다가 이 동네에 이르렀네. 대문을 두드리며 익숙하지 못한 서투른 말로 구걸하니 집주인이 나의 뜻을 알아 한 상 차려 준다. 그러니 어찌 헛되이 온 것인가? 우선 시장기를 채우고 주인과 이야기가 벌어져 어울려 날이 저물도록 대화했다. 그때 술상이 들어와 잔을 기울이다 보니 정이 두터워져 새로 사귄 지기를 얻은 양 기쁘기 그지없다. 그래서 말하고 읊조리고 하다가 마침내 시를 써 주었다.

옛날 한신이 어려서 고생할 때 먹을 것이 없어 강가에서 빨래하는 할미의 도시락을 얻어 먹고 자랐는데, 나중에 성공하여 그 은공을 갚으러 강가로 가니 그 할미는 이미 세상을 떠나고 없었다. 이에 강에다 보은의 돈을 던지고 제사를 지냈다는 전설이 있다. 지금 이 주인에게서 그런 빨래하는 할미의 은덕을 느끼매, 내가 한신과 같은 인재가 되지 못함을 부끄러워한다. 하여튼 이 고마운 은혜를 마음속에 잘 간직해 두고 그것을 어떻게 갚아야 하나? 이 세상에서 못 갚으면 저 세상에서라도 꼭 갚아 드릴 것이다.

여설

이 시는 도연명이 실제로 거지가 되어 구걸하면서 쓴 시가 아니고, 구걸을 가정해서 써 본 것이라 한다. 그러나 도연명이 너무 가난했으니까 혹시 어떤 경우에 구걸해서 기갈을 채울 때 느낌을 적은 것인지도 모른다. 종일 잘 얻어 먹고 그 은혜 죽어도 잊지 않겠다는 고마움을 잘 나타내고 있다.

구걸시로는 우리나라 김삿갓金笠(본명은 김병연金炳淵, 1807~1863)의 것이 유명하다.

	이십수하삼십객
스무 나무 밑의 서러운 나그네가	二十樹下三十客
	사십촌중오십식
망할 마을에서 쉰 밥이로다.	四十村中五十食
	인간기유칠십사
인간에 어찌 이런 일이 있는가?	人間豈有七十事
	불여귀가삼십식
집에 돌아가 선 밥을 먹는 것만 같지 않구나.	不如歸家三十食

또 어떤 산촌의 아낙네가 가난하여 멀건 죽을 쑤어 대접하니 받아 먹고 써 준 시가 있다.

네 다리 소반 위의 한 그릇의 죽에	사각송반일기필 四脚松盤一器粥
하늘의 빛과 구름의 그림자가 함께 어른거리네.	천광운영공배회 天光雲影共徘徊
주인이여 미안하다고 말하지 마소.	주인막도무안색 主人莫道無顔色
나는 청산이 물에 거꾸로 비치는 것을 사랑하외다.	오애청산도수래 吾愛靑山倒水來

멀건 죽에 하늘과 청산이 비치는 광경을 사랑한다는 말로 주인의 무안을 위로했다.

도연명은 가난을 숙명으로 받아들여 고궁절을 잘 지킨 것으로 유명하다. 도연명하면 가난 · 술 · 시 · 거문고 · 국화 · 대나무 · 버드나무 등 여러 가지를 연상케 한다. 또 도연명은 남을 가르치기를 좋아했다. 그가 전원으로 돌아와 있을 때 동네 소년들이 와서 학습의 묘법을 물었다. 이에 대답한 일화가 전한다.

학습의 묘법이란 없는 것이다. 저 벼의 이삭을 보라. 아무리 응시해도 자라는 것이 보이지 않지만 봄에 싹이 터, 여름 동안 자라 키가 커져 가을에 곡식이 달려 익는다. 학문도 은연중 부지중에 증진되는 법, 쉬지 않고 정진하는 수밖에 없다. 또 저 숫돌을 보아라. 농부들이 낫을 갈아 자주 패이듯이 학습도 중지하면 저 숫돌 마냥 자꾸 실력이 줄어드는 법이다.

그리고 학문에는 '근면하면 전진하고, 중지하면 후퇴한다.'는 뜻으로 이런 명언을 남겼다.

학문에 부지런하면 봄에 트는 싹과 같아 그 자라는 것을 순간적으로 보지 못하나 날로 크고, 학문을 물리치면 칼을 가는 숫돌과 같아 그 갈아지는 것을 보지 못하지만 날로 이지러진다.(勤學如春期之苗 不見其增 日有所長. 輟學如磨刀之石 不見其損 日有所虧.)

책자 責子

도연명(陶淵明)

흰 머리카락이 양쪽 귀밑을 덮었고,
살결은 이전같이 실하지 않네.
비록 다섯 아들이 있지만,
모두 종이와 붓을 좋아하지 않네.
서舒는 16세가 되었어도
게으르기가 짝이 없고,
선宣은 15세가 되어가지만
학문하기를 사랑하지 않네.
옹雍과 단端은 13세지만
6과 7도 분간하지 못하네.
통通이란 놈은 9세가 가깝지만
다만 배와 밤이나 찾아 먹네.
하늘이 준 자식 복이 이러하니
바야흐로 잔 속의 술이나 들이키네.

백발피양빈　기부불부실
白髮被兩鬢[1]　肌膚不復實[2]

수유오남아　총불호지필
雖有五男兒　總不好紙筆[3]

아서 이이팔　라타고무필
阿舒[4]已二八　懶惰故無匹

아선행지학　이불애문술
阿宣行志學[5]　而不愛文術[6]

옹 단 년 십 삼 불 식 육 여 칠
雍端[7] 年十三 不識六與七

통 자 수 구 령 단 멱 리 여 률
通子[8] 垂[9] 九齡 但覓[10] 梨與栗

천 운 구 여 차 차 진 배 중 물
天運苟如此 且進杯中物[11]

1 被兩鬢(피양빈) : 양쪽 살쩍을 덮다. 피는 입다 · 가두다 · 덮다 라는 뜻. **2** 不復實(불부실) : 다시는 실팍하지 않다. **3** 紙筆(지필) : 종이와 붓, 곧 학문의 대명사. **4** 阿舒(아서) : 아는 '사랑하는, 귀여운' 의 뜻의 접두어. 서는 이름. **5** 志學(지학) : 학문에 뜻을 둔다는 뜻으로, 15세. 『논어(論語)』에서 공자가 '吾十有五而志于學' 이라 했다. **6** 文術(문술) : 글재주란 뜻으로 학문의 대명사. **7** 雍端(옹단) : 둘 다 이름. 쌍둥이일 것이다. **8** 通子(통자) : 통이란 아들, 곧 통이란 놈의 뜻. **9** 垂(수) : 드리우다. 되어 간다. **10** 覓(멱) : 엿보다. 찾다. **11** 杯中物 (배중물): 잔 속의 물건, 곧 술의 대명사.

감상

흰 머리카락이 양쪽 귀밑까지 덮고 살결은 거칠어져 다시는 실팍해지지 않을 것이다. 아들은 다섯이나 있으나 모두 시원치 않아 모두 공부하기를 싫어한다. 맏이인 서는 나이가 벌써 16살이나 되었는데 게으르기가 짝이 없고, 둘째 선은 15살인데 학문을 싫어하며, 셋째 · 넷째인 쌍둥이 옹과 단은 13살인데도 6과 7을 구분 못할 정도로 어리석고, 막내인 통이란 놈은 9살인데 그저 배나 밤 같은 먹을 것만 찾고 있다. 하늘이 내려준 자식 복이 이런 지경이니, 나는 술이나 마셔 실컷 취함으로써 위안을 삼는다.

여설

도연명은 동진의 대사마大司馬를 지낸 도간陶侃의 증손이다. 도연명은 다섯 아들을 두니, 아명兒名은 서舒 · 선宣 · 옹雍 · 단端 · 통通이요, 본명은 엄儼 · 사俟 · 빈份 · 일佚 · 동佟이다.

도연명은 전원시인 · 은일시인으로서 전원의 풍경과 농사의 즐거움을 나타낸 시인 중에서 제일로 유명하다. 그는 높은 벼슬에 오르지 않았기 때문에 그의 생졸년生卒年도 정확하지 않고, 그의 시도 많이 남아 있지 않다. 그러나 중국을 비롯하여 우리나라 문학에 영향을 끼치기는 제일로 유명하다. 그의 생애의 기록도 충분하지 않아 불확실한 면도 많지만 죽은 뒤의 그의 명성은 영원무궁하다.

그의 묘소는 지금의 강서성 구강현성 동남 25km에 있다. 이곳 남쪽 언덕에 자좌오향子坐午向으로 자리 잡았는데, 길이가 7.9m, 넓이가 4.1m, 높이가 1.62m의 벽돌 무덤으로 되어 있다. 묘의 왼쪽에는 묘지墓誌와 오류선생전五柳先生傳이 새겨져 있고, 오른쪽에는 귀거래사가 새겨져 있다. 묘 앞에는 돌난간이 있고 벽돌계단을 따라 둥글게 돌아 올라가고, 묘 사방에는 울창한 소나무가 우거져 있다.

도연명은 벼슬이 낮아 나라에서 시호를 받지 못했으므로 후인이 사시私諡로 '정절징사靖節徵士'라고 불러, 그 뒤부터 도정절선생陶靖節先生이라 부르게 되었다. 도연명의 묘는 원나라 말년 병란에 허물어졌던 것을 명나라 정덕正德에서 가정嘉靖 사이인 1522년~1566년에 보수했다. 청나라 건륭乾隆과 중화민국 성립 후에 여러 차례 보수하여 현재는 성급省級의 문화재로 지정되어 있다.

지금의 강서성 구강현 명사하진 동쪽에는 도연명 기념관이 세워져 있다. 이 기념관은 명나라 정덕 6년(1512)에 세워졌는데, 명대의 건축양식을 보유하고 있다. 벽돌과 나무로 지어져 있는데, 면적이 25m², 정전正殿 · 전전前殿으로 나누어져 있고 중간에 천장이 있으며 끝에 묘당이 있다. 대문에는 명나라 때 쓴 '도정절사陶靖節祠'란 돌로 된 편액이 붙어 있다. 그리고 양쪽 곁문 위에는 '菊園'이라고 씌어 있다. 정전에는 도연명의 소상塑像이 있고 그 위에는 청말 구강의 한림이 수서手書한 '羲皇上人' · '望古遙集'이란 편액이 씌어 있다. 그리고 벽에는 민국초 이금환李錦煥이 써서 기증한 64자 장련長聯이 있고, 당 안에는 또한 〈도정절사축문陶靖節祠祝文〉과 〈도정절선생사당기陶靖節先生祠堂記〉의 비가 새겨져 있다. 도연명사陶淵明祠는 1989년에 이리로 옮겨온 것이다. 이 때문에 중심을 이루는 도연명 기념관은 면적이 약 400m²가 되었다. 도연명 사당과 도연명 기념관은 고색창연한 소박한 건물로 주위에는 청산이 둘러 있고 수목이 울창하여 풍치가 아름답다.

도연명(陶淵明) 기념관

유사천 遊斜川 병서 并序

도연명(陶淵明)

신축년 정월 오일 날씨가 따뜻하고 풍물이 한미閑美하다.
두세 이웃들과 함께 사천에서 놀았다.
긴 물굽이에서 층을 이룬 성을 바라보면
방어와 잉어가 장차 저녁이 되려는 때에 비늘을 번쩍이고
물 갈매기가 온화한 때를 타서 퍼득이면서 난다.
저 남쪽 언덕이란 이름이 실로 옛스럽다.
그렇다고 다시 차탄嗟歎하지는 않는다.
저 층을 이룬 성은 곁에 의지하거나 인접한 것도 없이
가운데 언덕에 홀로 빼어나다.
멀리 영산을 상상하니 아름다운 이름이 사랑스럽다.
기꺼이 대하기가 부족하여 문득 시를 짓는다.
해와 달이 마침내 가 버림을 슬퍼하고
내 나이가 머물러 있지 않음을 애도한다.
그래서 각자 나이와 고향을 적고 또 그 날짜를 적는다.

신축 정월오일, 천기징화, 풍물한미.
辛丑[1]正月五日, 天氣澄和, 風物閒美.

여이삼인곡, 동유사천 림장류, 망증성.
與二三隣曲[2], 同遊斜川[3]臨長流, 望曾城[4].

방리약린어장석, 수구승화이번비.
魴鯉躍鱗於將夕, 水鷗乘和以翻飛.

피남부자, 명실구의, 불부내위차탄.
彼南阜者, 名實舊矣, 不復乃爲嗟歎.

약 부 증 성　방 무 의 접　독 수 중 고
若夫曾城, 傍無依接, 獨秀中皐.

요 상 영 산　유 애 가 명
遙想靈山[5], 有愛嘉名.

흔 대 부 족　솔 이 부 시
欣對不足, 率爾[6]賦詩

비 일 월 지 수 왕　도 오 년 지 불 류
悲日月之逡往, 悼吾年之不留.

각 소 연 기 향 리　이 기 기 시 일
各疏年紀[7]鄕里, 以記其時日.

1 辛丑(신축) : 401년(동진 안제 隆安 5). 도연명 37세. 일설에는 신유년(辛酉年)으로 되어 있기도 하다. 신유년은 421년(유송 무제 永初 2). 도연명 57세. **2** 隣曲(인곡) : 곡은 가까운 부락, 곧 인곡은 이웃 동네. 또는 이웃 사람들. **3** 斜川(사천) : 도연명이 살던 동리인 율리(栗里) 남쪽에 있는 작은 개울 이름. **4** 曾城(증성): 증은 층(層)과 같다. 층을 이룬 성. 또는 층을 이룬 산의 모양. **5** 靈山(영산): 선인이 산다는 산, 곧 곤륜산(崑崙山)을 뜻한다. **6** 率爾(솔이) : 솔연(率然)과 같다. 즉석에서. 생각나자 곧. **7** 各疏年紀(각소연기) : 각소는 각각 기록한다는 뜻. 연기는 나이.

새해가 시작되어 문득 초닷새
내 일생이 가다가 돌아가 멈추려 한다.
그것을 생각하면 가슴이 움직여
때가 되자 이 놀이를 하는 것이다.
날씨가 온화해 하늘도 맑은데
늘어 앉아 멀리 흘러가는 냇가에 의지했네.
약한 물결에는 무늬 있는 방어가 달리고
한가한 골짜기에는 울어대는 물오리가 날아오른다.
먼 연못 쪽으로 유람遊覽의 눈을 돌리니

아득히 층이 진 언덕이 보이네.
비록 아홉 겹의 빼어남은 없어도
돌아보고 바라보매 이에 짝할 것이 없다.
술병을 들어 손님들 접대할 때
가득 부어 서로 주고 받네.
지금으로부터의 앞일은 알 수가 없으니
마땅히 다시 이런 일이 있을까, 없을까?
술잔을 돌리는 가운데 속세와 떠난 아득한 정을 터놓아
저 천 년 세월의 근심을 잊노라.
바야흐로 오늘의 즐거움을 다할 것이요
내일에 다시 요구할 바는 아니로다.

개세 숙오일 오생행귀휴
開歲[8]倏五日 吾生行歸休

념지동중회 급신 위자유
念之動中懷[9] 及辰[10]爲茲遊[11]

기화천유징 반좌 의원류
氣和天惟澄 班坐[12]依遠流

약단치문방 한곡교명구
弱湍馳文魴 閒谷矯鳴鷗

형택산유목 면연제증구
迥澤散游目[13] 緬然睇曾丘[14]

수미구중수 고첨무필주
雖微九重秀 顧瞻無匹儔

제호접빈려 인만 갱헌수
提壺接賓侶 引滿[15]更獻酬

미지종금거 당부여차부
未知從今去 當復如此不

중상 종요정 망피천재우
中觴[16]縱遙情[17] 忘彼千載憂[18]

차극금조 락 명일비소구
且極今朝[19]樂 明日非所求

8 開歲(개세) : 새해가 열리다, 곧 해가 시작되다. 9 中懷(중회) : 회중(懷中). 속마음. 10 及辰(급신) : 신은 시(時)와 같다. 때에 미쳐. 때를 당하여. 기회를 놓치지 않고. 11 玆遊(자유) : 이 놀이. 위자유(爲玆遊)는 이 놀이를 행한다는 뜻. 12 班坐(반좌) : 반열(班列)로 앉아. 늘어앉아. 13 散游目(산유목) : 놀이의 시선을 발산하다, 곧 즐거운 눈초리로 사방을 둘러본다는 뜻. 14 睇曾丘(제증구) : 층이 진 언덕을 바라본다. 15 引滿(인만) : 끌어다가 가득 채워. 16 中觴(중상) : 상은 술잔. 중은 중간, 또는 채운다는 뜻. 술잔을 돌리는 중에, 또는 술잔을 가득 채워. 17 縱遙情(종요정) : 요정은 속세와 떨어져 먼 진정(眞情). 종은 풀어놓다라는 뜻. 속세를 떠난 진실한 세상의 정을 마음껏 나타낸다는 뜻. 18 千載憂(천재우) : 천재는 천 년. 천 년 동안의 근심. 많은 근심. 19 今朝(금조) : 금일(今日)이란 뜻. 반드시 오늘 아침만은 아니다.

감상

신축년 정월 5일 날씨도 화창하고 천지풍경이 아름다운데, 두세 명의 이웃 친구와 사천에서 야유회를 한다. 긴 개울가에서 층을 이룬 성 같은 구름을 바라보다 보면 또한 물고기는 물속에서 비늘을 번득이고 물오리는 온화한 날씨에 푸드득 날아오른다. 저 남으로 보이는 언덕, 곧 여산廬山은 이름 그대로 옛스러워 다시는 감탄하지 않아도 된다. 저 층을 이룬 산은 소택지대沼澤地帶에 서 있어 곁에 의지할 것이 없이 홀로 중앙의 언덕 위에 빼어난 모습을 나타내고 있다. 이 산을 보면 멀리 영산인 곤륜산이 연상되어 그 아름다운 이름이 더욱 사랑스럽다. 그래서 기꺼이 이 산 경치를 보다가 아쉬움을 느껴 갑자기 시를 쓰게 된다. 이런 영산을 대하자니 세월이 빨리 감을 슬퍼하고, 내 나이가 멈추어 있지 않음을 애도하게 된다. 이에 각기 나이와 출신지를 적고 또 날짜도 적는 바이다.

곤륜산(崑崙山)

이 해가 시작되어 닷새 만인데, 생각하니 내 생애도 죽음이 하루하루 가까워지는구나. 이런 것을 생각할 때 내 마음은 움직여 이 기회에 놀이나 한번 해 보는 것이다. 날씨가 화창하고 하늘은 맑은데, 멀리 흘러가는 물가에 늘어앉아 사방을 보니, 물속에는 잔잔한 물결 속에 무늬가 있는 방어가 뛰고 저 앞의 한가한 골짜기에는 끼륵끼륵 우는 물새들이 높이 날아가네. 저 멀리 아득한 늪지대를 한번 바라보니 까마득히 층을 이룬 산들이 보인다. 비록 아홉 겹으로 훌륭한 산봉우리들은 없지만 이 산들을 바라보매 필적할 만한 산들도 없는 듯하다.

술병을 가져다 친구들과 잔을 나눌 때 잔에 철철 넘치게 부어 다시 수작한다. 앞으로의 일은 알 수가 없으며 또다시 이런 멋진 놀이가 있을 수 있을까? 술잔을 돌리는 중에 속세를 벗어난 기분에 싸여 천 년 동안 쌓인 근심이라도 다 잊을 것 같다. 노세 노세 젊어서 놀아, 늙어지면 못 노나니로 시작하는 노랫가락같이 오늘의 즐거움은 오늘로 다할 것이요, 내일은 내일이니, 내일로 미루어 다시 찾을 것이 없는 것이다.

평성 우운尤韻의 오언고시다.

여설

이 유사천시는 우리나라에서도 많이 읽히고, 많이 모방되어 차운次韻돼 온 시이다. 현 경기도 양평군 북마유산北馬遊山 하에 사천장斜川莊이 있었다. 이 별장은 연안이씨 문중의 이호민李好閔(1553~1634) 부자의 것이었는데, 특히 이호민의 아들은 만 권의 장서를 비치하고 독서와 청유淸遊로 한거閑居했다. 그때 여러 유명인의 시문을 받아 놓았고, 이 글을 춘하추동 사계절로 나누어 엮어 사천장의 팔경도八景圖를 비롯한 그림을 곁들여 아름답게 만들어 놓은 〈사천시첩斜川詩帖〉이 전한다.

이 시첩 안에는 도연명의 유사천시를 차운한 시가 약 30수가 있는데 그중에서 인조 때 영상領相 이경석李景奭의 시를 보면 이러하다.

우주 백 년 안에	宇宙百年內(우주백년내)
몇 사람이 돌아가 쉴 수 있었는가?	幾人能歸休(기인능귀휴)
옛사람의 취미를 알지 못하니	不知古人趣(부지고인취)
어찌 옛사람의 놀이를 따를 수 있는가?	焉追古人遊(언추고인유)
그대가 지금 팽택령 도연명을 배워	君今學彭澤(군금학팽택)
집을 사천의 흐름에 가까이 지었네.	宅近斜川流(택근사천류)
냇물 위에는 무엇이 있는가?	川上有何物(천상유하물)
흰 갈매기 쌍쌍이 날도다.	汎汎雙白鷗(범범쌍백구)
물속에 잠겼던 물고기 맑은 여울 위로 뛰어 오르고	潛鱗躍淸漪(잠린약청의)
날다 지친 새들은 숲 언덕으로 돌아가네.	倦翮赴林丘(권핵부림구)
굽어보고 우러러보매 그윽한 뜻이 흡족하니	俯仰愜幽意(부앙협유의)

시골 늙은이 너희들과 짝이 되고 싶어라. 野老與爲儔(야로여위주)

한 잔 마시고 한 수 읊조리며 一觴復一詠(일상부일영)

아름다운 계절에 또한 수답酬答하기 만족하네. 佳節亦足酬(가절역족수)

이런 재미 나 혼자만이 아나니 此味獨自知(차미독자지)

곁 사람이 또한 아는지 모르는지? 傍人還解不(방인환해부)

시험삼아 〈귀거래사〉 외우니 試誦歸去來(시송귀거래)

낙천적이라 또한 무엇을 근심하리? 樂天又何憂(낙천우하우)

부귀는 내가 바라는 것이 아니니 富貴非所願(부귀비소원)

담담히 경영하거나 구하는 것이 없어라. 澹然無營求(담연무영구)

1628년(인조 6)에 지은 시다. 그러나 후에 문집 〈백헌집 白軒集〉에는 첫 두 귀가 '擾擾多形役 疇能罕處休' 로 되어 있고, 다음의 '俯仰' 이 '逍遙' 로, '幽意' 가 '幽懷' 로, '佳節' 이 '芳景' 으로, '此味獨自知 傍人還解不 試誦歸去來 樂天又何憂' 를 '請誦歸去來 此辭君愛不 君看辭中意 樂天又何憂' 로 바꾼 것을 보아 먼저 시를 교정해 간행한 것으로 보인다.

이렇게 도연명의 유사천시는 우리나라 풍류에 지대한 영향을 미쳤다.

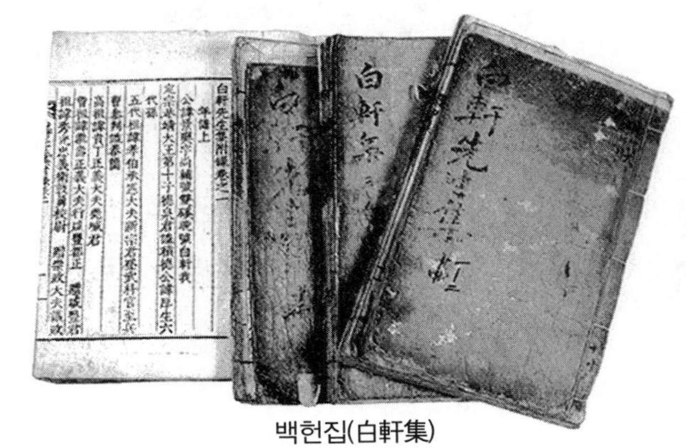

백헌집(白軒集)

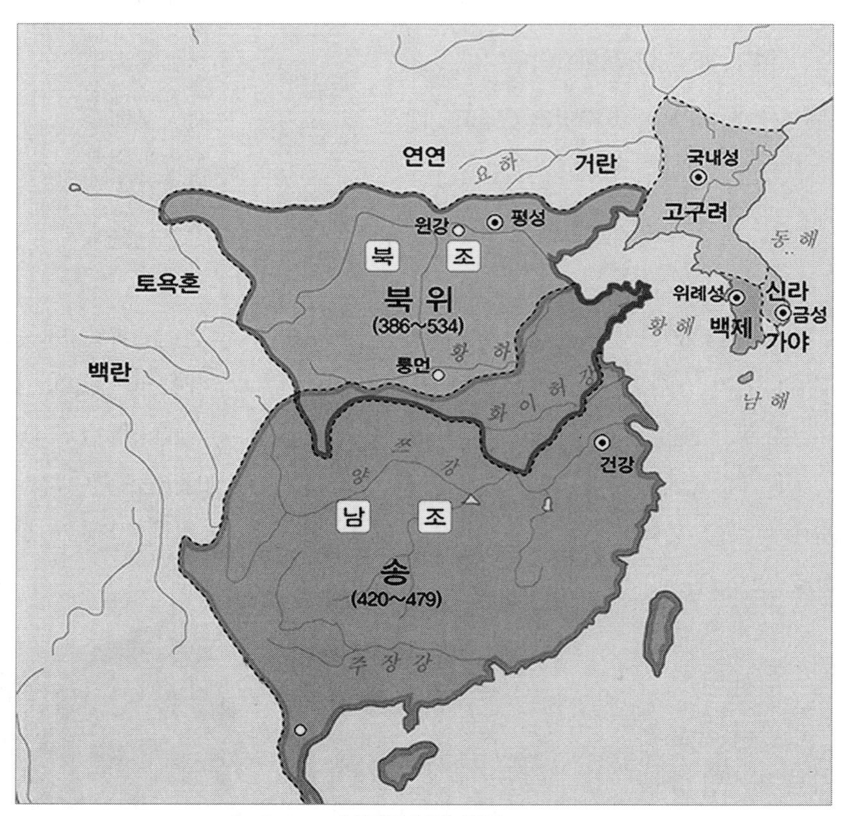
연연
요하
거란
국내성
고구려
평성
원강
북 조
북위
(386~534)
토욕혼
동해
신라
위례성
금성
황해
백제
가야
황하
룽먼
백란
화이허강
남해
건강
양쯔강
남 조
송
(420~479)
주장강

남북조시대 지도

남북조시 南北朝詩

420~581

새가 우니 밤이 깃든 것을 알겠고
나뭇잎 떨어지니 바람이 부는 것을 알겠노라.
서로 다른 소리들이 함께 들려오고
수상한 울림이 모두 맑고 세차도다.

사령운謝靈運

385~433

동진 때 산수시인. 하남성 진군陳郡 양하陽夏(현재는 태강太康) 사람. 진나라 때는 조부 사현謝玄의 강락공康樂公이란 작위를 이어 받았으나 송나라가 되어 강락후康樂侯로 강등되었다. 후에 시중까지 되었으나 성질이 오만하여 불만이 많았다. 나중에 회계로 이전했는데 심중의 불만을 달래기 위하여 산수에 노닐었다. 주로 회계會稽·영가永嘉·여산廬山 등지의 산수 명승을 잘 나타내어 중국 산수시의 새 영역을 개척했다. 그래서 도연명과 쌍벽을 이루어 도사陶謝로 병칭되는데 도연명은 산수에 대한 주관적인 이미지를 잘 표현한 반면, 사령운은 산수의 객관 묘사에 뛰어났다. 433년(宋文帝 元嘉 10) 죄를 짓고 광주廣州에서 49세로 사형 당했다. 『사강락집謝康樂集』이 전한다.

석벽정사환호중작 石壁精舍[1]還湖中[2]作

사령운(謝靈運)

아침저녁으로 기후는 변하고
산과 물은 맑은 빛을 머금었네.
맑은 빛은 능히 사람을 즐겁게 하니
나들이꾼 흡족하여 돌아가기를 잊네.
골짜기를 나올 때는 해가 아직 일렀는데,
배에 오르니 태양이 이미 저무네.
숲이 우거진 곳에는 어둠이 깔리고,
구름과 노을은 저녁 아지랑이를 거두네.
마름과 연꽃은 서로 무성하게 빛나고
부들과 피는 서로 의지하며 무성하네.
초목을 열어제치며 남쪽 오솔길로 나아가
기꺼이 동쪽 사립문 안에 가 눕네.
생각이 맑으니 만물이 스스로 가볍고
뜻이 흡족하니 이치에 어긋남이 없네.
섭생을 강조하는 나그네에게 말하노니
시험 삼아 이런 방법을 써서 밀고 나가소.

혼 단 변 기 후　산 수 함 청 휘
昏旦變氣候　山水含淸暉

청 휘 능 오 인　유 자 담 망 귀
淸暉能娛人[3]　游子憺忘歸

출곡일상조 입주양이미
出谷日尚早 入舟陽已微

임학염명색 운하수석비
林壑斂暝色[4] 雲霞收夕霏[5]

기하 질영울 포패 상인의
芰荷[6]迭映蔚[7] 蒲稗[8]相因依[9]

피불 추남경 유열언동비
披拂[10]趨南逕 愉悅偃東扉

려담물자경 의협리무위
慮澹物自輕[11] 意愜理無違[12]

기언섭생객 시용차도 추
寄言攝生客[13] 試用此道[14]推

1 石壁精舍(석병정사) : 절강성 여수지구(麗水地區) 청전현성(青田縣城) 서북쪽 35km 지점에 있는 석문동 석벽 안에 있는 정사. 정사는 서재(書齋) 또는 절을 일컫는 말이다. **2** 湖中(호중) : 호는 무호(巫湖). 사령운(謝靈運)의 '유명산지(遊名山志)'에 '무호는 삼면이 높은 산으로 둘러싸여 물가에 닿아 있는데 산골짜기가 다섯 곳이다. 남쪽 첫째 골짜기에 석벽정사가 있다.' 하였다. **3** 娛人(오인) : 사람을 즐겁게 하다. **4** 斂暝色(염명색) : 어두운 빛을 거두어 들이다. 깜깜해진다. **5** 夕霏(석비) : 저녁 아지랑이. **6** 芰荷(기하) : 마름과 연(蓮). **7** 迭映蔚(질영울) : 질은 번갈아, 서로의 뜻. 영울은 비치며 울창하다. **8** 蒲稗(포패): 부들과 피. **9** 因依(인의) : 모여 의지하고 있다. 기생한다. **10** 披拂(피불) : 나무나 잡초를 헤쳐 밀치다. **11** 物自輕(물자경) : 만물이 저절로 중하게 여겨지지 않는다. 사물에 대한 욕심이 없어지다. **12** 理無違(이무위) : 자연의 이치에 어긋나지 않는다. **13** 攝生客(섭생객) : 생명을 중히 여기고 보양하는 사람. **14** 此道(차도) : 이런 도리, 곧 자연을 사랑하고 인간의 욕심을 버려 도리에 귀일하는 방법.

감상

조석으로 기후가 달라져 산수가 맑은 빛을 발휘하고 있다. 맑은 빛은 사람들을 즐겁게 만들어 나들이꾼이 편안을 느껴 집에 가는 것조차 잊고 있다. 석벽정사가 있는 산골짜기를 나올 때는 제법 이른 때였는데 도중에 산수구경을 하다 보니 배를 탈 때는 이미 태양이 지고 있었다. 그래서 숲이 우거진 산골짝에는 어두운 빛이 드리우고, 노을이 낀 구름 위에는 저녁 아지랑이조차 없어진다. 배 근처에는 마름과 연이 서로 아름답고 무성하게 자라 있고, 언덕 위에는 부들과 피가 서로 어울려 무더기로 자라고 있다. 이런 풀들을 헤치고 남쪽으로 난 오솔길을 걸어가 즐겁게 우리 집 동쪽 문가에 가 누웠다. 이때 나의 마음은 담담하여 맑아지니 만물이 모두 가벼이 여겨지고 맘이 흡족해져서 천리에 어긋남이 없어진다. 이런 천리에 따라 섭생을 즐기는 이에게 이르노니, 이런 방도를 이용하여 매사를 추진해 나아갈 것이로다.

평성平聲 미운微韻의 오언 배율排律이다.

여설

사령운은 동진의 안서장군安西將軍 사혁謝奕의 현손玄孫이요, 회계내사會稽內史 사현謝玄의 손자다. 종증조從曾祖 정토대도독征討大都督 사안謝安과 조부 사현은 다 같이 부견苻堅의 군대를 비수肥水에서 대파하여 나라를 건진 공으로, 안은 건창현공建昌縣公에, 현은 강락현공康樂縣公에 봉해졌다. 사령운은 조부 현의 봉작 강락현공을 세습하여 일반적으로 사강락이라 부른다.

사령운의 집안은 중국문학사상에서도 대단한 위치를 차지하니, 사혜련謝惠連(397~435)은 족제族弟요, 사조謝朓(464~499)는 족질族姪이며, 여류 시인 사도온謝道韞은 대고모大姑母이다. 또 사장謝莊(421~466)은 9촌 조카다.

사령운은 아버지를 일찍 여의고 한때 남의 손에서 컸기 때문에 아명을 객아客兒라고 했다. 그러나 조부인 거기장군車騎將軍 현은 이 손자를 매우 사랑하여 '내가 아들 환을 낳았지만, 환이 진짜로 영운을 낳았는지 의심스러워' 라는 말을 할 정도로 모자라는 아버지에 비해 몹시 영리했다. 그래서 후에 조부의 작위를 아버지를 건너 뛰어 손자인 자신이 이어받은 것이다.

사령운은 어려서 책을 많이 읽었고 집안이 부유하여 좀 사치스럽게 자랐다. 그러다 보니 호사와 아집我執이 강하여 공작公爵에서 후작侯爵으로 강등되기도 했고, 여러 벼슬을 지내면서도 공무에 충실치 않고 집안을 꾸미는 사치와 명승의 유람에 빠져 있다가 마침내 반역이라는 모함에 걸려 49세의 아까운 나이에 참형을 당했다.

특히 그는 등산을 좋아하여 산에 오를 때 신는 나막신을 특별히 고안해 만들어 신은 일화가 유명하다. 곧 등산할 때는 앞 굽을 떼고, 반대로 하산할 때는 뒷굽을 떼고 신는 나막신을 개발하여 신고 다녔다는 것이다.

이 시는 423년(송 소제 경평 1)부터 426년(문제 원가 3) 사령운이 영가태수직을 사임하고 고향인 시녕현始寧縣으로 돌아와 있을 때 지은 것으로 본다. 석벽정사石壁精舍를 떠나 무호 안에서 배를 타고 흥겨워 신선한 감정을 읊은 것이다.

이 시는 산골짜기를 나와 배에 오를 때까지, 하루 동안의 유쾌한 여정을 잘 표현하고 있다. 아름다운 경치의 묘사, 진지한 감정의 서술, 고상한 이치의 추구는 시인의 독특한 작시법인 서사敍事 · 사경寫景 · 설리說理의 삼위일체를 이루어 놓아 중국 산수시의 특장特長을 잘 나타내고 있다.

석문암상숙 石門[1]巖上宿

사령운(謝靈運)

아침에 정원 안의 난을 캐니
저 서리발 아래 시드는 것을 두려워함이로다.
저물녘 구름 낀 숙소로 가지고 돌아와
이 돌 위의 달빛에서 감상하네.
새가 우니 밤에 깃든 것을 알겠고
나뭇잎 떨어지니 바람이 부는 것을 알겠노라.
서로 다른 소리들이 함께 들려오고
수상한 울림이 모두 맑고 세차도다.
훌륭한 안주를 칭찬하지 않으니
꽃다운 술을 누구에게 자랑할까?
미인이 마침내 오지 않으니
볕 바른 언덕에서 부질없이 머리만 말리네.

조 건 원 중 란 외 피 상 하 헐
朝搴[2]苑中蘭 畏彼霜下歇[3]

명 환 운 제 숙 농 차 석 상 월
暝[4]還雲際宿 弄此石上月

조 명 식 야 서 목 락 지 풍 발
鳥鳴識夜棲[5] 木落知風發

이 음 동 지 청 수 향 구 청 월
異音同至聽 殊響俱淸越[6]

묘 물 막 위 상 방 서 수 여 벌
妙物[7]莫爲賞 芳醑[8]誰與伐[9]

미인경불래 양아 도희발
美人竟不來 陽阿[10]徒晞髮[11]

1 石門(석문) : 절강성 여수지구(麗水地區) 청전현(靑田縣) 서쪽 35㎞에 있는 지명. 사령운의 별장이 있다. 2 搴(건) : 취하다. 캐다. 잡다. 3 歇(헐) : 말라 비틀어지다. 말라 죽다. 4 暝(명) : 어둘 녘. 저물녘. 5 夜棲(야서) : 밤에 숲에서 자다. 6 淸越(청월) : 가락이 맑고 높다. 7 妙物(묘물) : 훌륭한 물건. 좋은 안주. 산해진미. 8 芳醑(방서) : 맛있는 술. 9 伐(벌) : 자랑하다. 10 陽阿(양아) : 해가 비치는 산언덕. 구양(九陽)의 언덕. 부상(扶桑) 근처에 있다는 전설적인 지명. 11 晞髮(희발) : 머리를 말리다. 『초사(楚辭)』〈구가 소사명(九歌 少司命)〉편에 '그대와 함지(咸池)에서 목욕하고 그대의 머리를 양아에서 말리게 하려네. 미인을 바라는데도 아직 오지 않으니 바람 앞에 근심스러이 크게 노래 부르네.' 란 구절이 있다.

감상

아침나절에 뜰 안의 난을 캐니 앞으로 서리가 내리면 시들 것이 걱정되기 때문이다. 이윽고 저녁이 되어 구름 속의 석문산으로 돌아와 돌 위에 비치는 달빛을 감상하네. 때는 고요한 밤이라 새가 지저귀니 새들이 깃든 것을 알겠고, 바람이 불어 낙엽이 듣는 것을 알겠다. 또한 이때 여러 가지 소리가 동시에 다발적으로 들려오고, 그 소리의 울림은 맑고도 가락이 높네. 이때 흥에 겨워 술 한 잔 하는데 안주는 산해진미, 알아 주는 이 없으니, 이 맛있는 술을 누구에게 자랑할까? 혼자 자작하려니 외롭기 그지없다.

이때 『초사』의 한 대목이 생각난다. 미인과 함지에서 목욕하고 양아에서 머리를 말리려 했는데 끝내 미인이 오지 않으니 바람결에 서글피 노래 불렀다는 그 대목과 같이, 나 홀로 이 멋진 경치 속에 혼자 자작하는데 친구라곤 아무도 오지 않으니 내 심사 매우 서글프도다.

측성仄聲 월운月韻의 오언배율이다.

여설

석문산에 혼자 자면서 밤중의 정경과 외로움을 잘 나타낸 시이다. 이 시는 제목을 또 '야숙석문夜宿石門'이라고도 한다. 이 시 중에서 '鳥鳴識夜棲 木落知風發. 異音同至聽 殊響俱淸越'의 시구는 널리 인구에 회자되는 구절로, 감각이 매우 섬세한 표현으로 유명하다. 끝부분 『초사』〈소사명小司命〉편을 인용한 구절은, 이런 좋은 석문산 야경을 혼자 보는 고독감을 잘 나타내고 있다.

석문산은 전술한 대로 절강성 청전현 서북쪽 35㎞ 지점인 구강甌江 가에 있다. 이 산의 골짜기를 석문동이라 하는데 동구 앞쪽에는 석벽의 높이가 30m가 넘는다. 이 석문동에는 높이 96.3m의 폭포가 있고, 그 폭포 밑에는 적은담積銀潭이 있다.

이 외에 석문동은 중국 도교의 제12동천으로 전하기도 한다. 전설에 이 석문동은 사령운이 처음으로 개발하여 석문폭포石門瀑布 양측 석벽에는 왼쪽에 유송劉宋 이래의 제각題刻 78곳이 있고, 그의 전篆·예隸·행行·초서草書 등이 두루 갖추어져 잘 보존되어 있기 때문에 절강성 지방문화재로 지정되어 있다.

석문동에는 다음과 같은 전설이 있다. 영가태수永嘉太守로 있던 사령운이 이 석문동을 개발할 때 비바람이 몰아쳐 동구 밖 바위에서 자는데 꿈에 황제가 나타나 바둑을 두자고 하여 함께 바둑을 두었다. 이때 선녀가 차를 내와 그 차를 마시니 신선이 된 기분이었다.

바둑이 끝나 이곳이 어디냐고 물으니 황제가 대답하기를 '문이 있으나 문이 없는 것이 흡사 불문과 같고, 골 같으면서 골이 아닌 것이 마치 선동보다 나으리라.(有門無門恰似佛門, 似洞非洞勝似仙洞.)' 하였다. 이때 놀라 깨니 일장춘몽이었다.

이튿날 날씨가 좋아 일꾼들과 산속으로 들어갈 때 도중에서 한 나무꾼을 만났다. 이에 그 안의 광경을 물으니 자세히 가르쳐 주었다. 이윽고 깊이 들어가니 어제 꿈속에서 황제와 바둑 두던 곳과 꼭 같은지라, 사령운이 감탄불이感歎不已하다가 한 언덕을 보니 어제 꿈에 바둑 두던 곳이었다. 그리고 이곳 이름을 석문동이라 하고, 나무꾼에게 길을 묻던 곳에 문진교問津橋 · 문진정問津亭을 세웠다 한다.

포조 鮑照

약 421～466

자는 명원明遠, 상당上黨(강소성江蘇省) 사람. 후에 동해(산동성 句縣 서남)에 살았다. 임천왕臨川王 유의경劉義慶에게 불려가 국시랑國侍郎을 지냈다. 후에 송 문제文帝 때 중서사인中書舍人·전군참군前軍參軍이 되어 서기의 임무를 맡았다. 임해왕臨海王 유자욱劉子頊이 난을 일으켰을 때 피살되었다.

증부도조별 贈傅都曹[1]別

포조(鮑照)

가벼이 나는 큰 기러기가 강가 연못에서 놀고
외로운 작은 기러기 강 복판 모래톱에 모였네.
우연히 만나 둘이 서로 친해지니
인연이란 생각이 함께 끝나지 않네.
비바람에 따로 동서를 날게 되면
한번 떨어져 문득 만 리 밖에 있도다.
깃들이고 잘 때를 추억하면
소리와 모습이 마음과 귀에 가득하오.
지는 해에 개울 모래톱이 차고
수심 어린 구름이 하늘을 둘러싸고 일어난다.
짧은 날갯죽지로 멀리 비상할 수가 없어
안개 연기 속을 어정어정 배회하네.

경홍희강담　고안집주지
輕鴻戲江潭　孤雁集洲沚[2]

해후량상친　연념　공무이
邂逅兩相親　緣念[3]共無已

풍우호　동서　일격돈만리
風雨好[4]東西　一隔頓萬里

추억서숙　시　성용만심이
追憶棲宿[5]時　聲容滿心耳

낙일천저한　수운요천기
落日川渚寒　愁雲繞天起

단핵 불능상 배회연무리
短翮[6]不能翔 徘徊煙霧裏

1 傅都曹(부도조) : 부는 부량(傅亮), 자는 계우(季友), 도조는 관명. 부량이 426년(元嘉 3)에 죽고, 당시 포조는 19세였으므로 이런 시를 쓴 것이 합당하지 않다고 하여 부량이 아닌 것으로 보기도 한다. 『송서(宋書)』 백관지(百官志)에 '도관상서(都官尙書)는 도관(都官) · 수부(水部) · 고부(庫部) · 공부(功部)의 사조(四曹)를 거느린다.' 고 했다. 군사 · 형법을 관장했다. 2 洲沚(주지) : 물가. 섬. 모래톱. 3 緣念(연념) : 불교용어. 세상의 모든 일이 전생의 인연으로 얽혀 있다는 생각. 4 風雨好(풍우호) : 바람과 비 때문에. 호는 허락한다는 뜻. 5 棲宿(서숙) : 새가 나무에 깃들이는 것을 서라고 하고, 물에 깃들이는 것을 숙이라고 함. 6 短翮(단핵) : 짧은 날개. 자신을 겸손하게 비유한 말.

감상

가볍게 나는 큰 기러기들은 강가 못 속에서 놀고, 무리에서 떨어져 혼자 외로운 작은 기러기는 개울 가운데 모래톱에서 거닐고 있다. 이 기러기들은 우연히 만나 서로 친해져 천생 인연이란 생각이 그치지 않는다. 이때 갑자기 비바람이 몰아치면 큰 기러기는 동쪽으로, 작은 기러기는 서쪽으로 날아올라, 한번 멀어지면 만 리나 떨어져 있게 된다. 그러나 서로 숲 속에 깃들어 있을 때를 생각하면 그 울음소리와 모습들이 눈에 삼삼 귀에 역력하다

지금 해는 서산으로 지고 냇가는 찬데, 수심에 잠긴 구름은 하늘을 휘돌아 일어난다. 나는 작은 새이니 짧은 날개로 멀리는 날 수가 없어 그저 연무 속을 배회하고만 있다.

측성仄聲 지운紙韻이다.

여설

부량傅亮을 큰 기러기〔鴻〕에, 포조 자신을 작은 기러기〔雁〕에 비유하여 두 사람 사이를 잘 묘사하고 있다.

첫 4구는 두 사람이 우연히 만나 서로 친해져 인연이 끝이 없음을 비유하고, 다음 4구는 풍우를 만나 한꺼번에 두 사람이 만 리 밖에 떨어져 있지만 같이 있던 때를 생각하면서 그리워하는 모습을 나타내고 있다. 그리고 끝 4구는 나 혼자 떨어져 날이 저물고 구름 낀 하늘을 홀로 나는 외로움을 토로하고 있다. 이런 비유법은 『시경』 이래 한漢 악부樂府 민가民歌에서 더러 보였지만 이렇게 완연하게 의인법으로 비유하는 것은 포조에 와서 새로워져 면목을 일신했다.

현재 포조의 시는 2백여 수가 있다. 그중에 악부시가 80여 수이다. 그는 한 악부시 중 민가의 전통정신을 계승 개발하여 당시 민중의 생활상을 잘 나타내고 있다. 또 그는 칠언시七言詩에 능하여 당대의 이백李白 · 고적高適 · 잠삼岑參 등에게 큰 영향을 미쳤다. 그는 칠언시를 대담하게 채용하여 풍부한 내용을 담았고, 격구운隔句韻 등에도 통달하여 남북조南北朝 시대 시인 중 제일로 친다. 그가 참군 벼슬을 지냈기 때문에 그의 문집을 『포참군집鮑參軍集』 10권이라 한다.

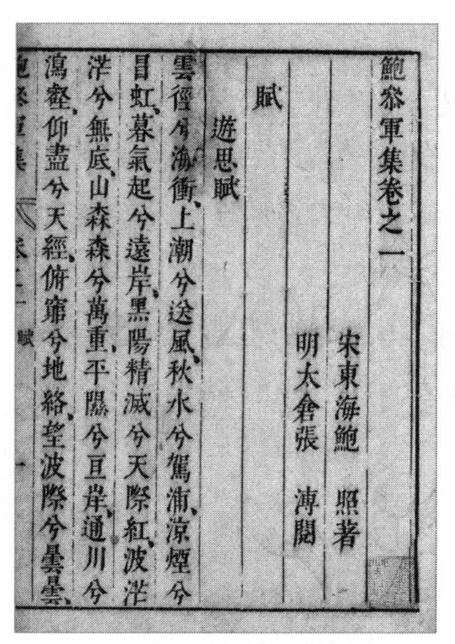
鮑參軍集卷之一
宋東海鮑　照著
明太倉張　溥閱
賦
遊思賦
雲徑兮海衝、上潮兮迭風、秋水兮駕浦、涼煙兮
目虹、暮氣起兮遠岸、黑陽精滅兮天際紅、波洋
洋兮無底、山森森兮萬重、平隰兮亘岸、通川兮
瀉壑、仰盡兮天經、俯窮兮地絡、望波際兮曇曇、
鮑參軍集　卷之一　賦

포참군집(鮑參軍集)

영사 詠史

포조(鮑照)

다섯 도읍지에서는 재산이 많음을 자랑하고,
세 강이 있는 곳에서는 명성과 이익을 키웠네.
부자는 저잣거리에서 사형 당하는 일이 없고,
경서에 밝은 이는 높은 지위를 차지했네.
도성에는 열두 거리가 있고
날아갈 듯한 지붕 용마루는 고기비늘처럼 늘어섰네.
벼슬살이 관원은 화려한 갓끈을 장식하고
유람하는 나그네는 가벼운 말고삐를 올려치네.
밝은 별이 새벽에 아직 사라지지 않았는데,
관리들의 마차가 벌써 구름처럼 모여 오네.
손님과 마부들이 어지러이 몰려오고
안장 얹은 말이 땅에 빛을 비추네.
추위와 더위가 한꺼번에 공존하니
번잡한 꽃들이 봄에 아양떠는 것 같도다.
그런데 엄군평嚴君平만이 적막하니
그 자신과 세상은 서로 버려져 있네.

오도 긍재웅 삼천 양성리
五都[1]矜財雄 三川[2]養聲利

천금불시사 명경유고위
千金不市死[3] 明經有高位

경성십이구 비맹 각린차
京城十二衢[4] 飛甍[5]各鱗次

사 자 표 화 영　유 객 송 경 비
仕子彯華纓[6]　游客竦輕轡

명 성 신 미 희　헌 개　이 운 지
明星晨未晞[7]　軒蓋[8]已雲至

빈 어 분 삽 답　안 마 광 조 지
賓御紛颯沓[9]　鞍馬光照地

한 서 재 일 시　번 화 급 춘 미
寒暑在一時　繁華及春媚

군 평　독 적 막　신 세 량 상 기
君平[10]獨寂寞　身世兩相棄

1 五都(오도) : 한대의 5대 도시. 낙양(洛陽)·한단(邯鄲)·임치(臨淄)·완(宛)·성도(成都). **2** 三川(삼천) : 황하(黃河)·낙수(洛水)·이수(伊水), 곧 하남(河南)을 뜻한다. **3** 千金不市死(천금불시사) : 千金之子 不死於市의 준말. 옛날 도주공(陶朱公)이 말하기를, '갑부의 자제는 살인을 했어도 돈으로 보상하기 때문에 저잣거리에서 사형 당하지 않는다.' 고 하였다. 돈만 있으면 죽음도 면한다는 뜻. **4** 十二衢(십이구) : 열두 개의 십자로. **5** 飛甍(비맹) : 날아갈 듯이 치솟은 지붕의 용마루. **6** 仕子彯華纓(사자표화영) : 사자는 벼슬아치. 표(彯)는 단청하다, 꾸미다. 화영은 갓끈. 치렁치렁 내려뜨린 갓끈. **7** 未晞(미희) : 아직 햇빛이 치밀어 오르지 않는다. 본래는 희(晞)가 희(稀)로 되어 있으나 『고시원(古詩源)』과 『고시상석(古詩賞析)』에는 희(晞)로 되어 있다. **8** 軒蓋(헌개) : 수레 뚜껑. 수레와 비단으로 장식한 수레의 지붕. **9** 颯沓(삽답) : 겹쳐 모이다. 한꺼번에 몰려오다. **10** 君平(군평) : 엄군평(嚴君平). 한나라 때 촉지방에 엄군평이란 자가 살았는데, 그는 성도(成都)의 거리로 나아가 점을 쳐서 먹고 살았다. 날마다 그날의 생활비만 벌면 가게의 문을 닫고 들어가 책을 읽었다. 빈거은일(貧居隱逸)의 대표적 인물.

감상

낙양·한단·임치·완·성도의 한대漢代 5대 도시에는 갑부들이 몰려 있고, 황하·낙수·이수 등 3천이 흘러가는 하남 지방은 명성과 이익을 찾는 땅으로 유명하다. 이곳 갑부의 자제들은 살인을 해도 사형 당하지 않고, 경서에 밝은 자들은 전부 고위직에 올라 있다. 도성 안에는 12곳의 사거리가 있어 날아갈 듯한 지붕을 한 고대광실의 집들이 고기비늘을 늘어놓은 것 같이 즐비하다. 벼슬아치들은 화려한 옷을 입고 다니고, 나들이꾼들은 경쾌한 수레를 타고 다닌다. 새벽에 반짝이는 별들이 아직 사라지지도 않았는데 관원들의 수레가 구름처럼 몰려 나오고, 귀빈들의 말몰이꾼들이 어지러이 쇄도해 오니 말안장의 장식들이 광채를 발하고 있다. 마치 추위와 더위가 한꺼번에 와 변화함이 봄을 만나 아양을 떠는 것 같다. 다만 엄군평만이 홀로 적막하여 몸과 세상이 서로 내버린 것 같다. 그야말로 진짜 훌륭한 인물이로다.

측성仄聲의 오언 배율이다.

여설

역사를 읊는다는 제목으로 당시 도성과 인근지역의 화려함과 번화함을 묘사하면서 엄군평이야말로 이런 속세를 초월한 훌륭한 인물임을 나타내고 있다. 이 시에 나오는 '千金之子不死於市(부자의 자식은 저잣거리에서 죽음을 당하지 않는다)'는 도주공陶朱公의 고사故事다. 도주공은 범려范蠡의 별호다. 치이자피鴟夷子皮라는 별명도 있다. 춘추시대 범려는 월왕越王 구천句踐의 참모였다. 월나라를 떠나 제齊나라로 가서 치이자피라고 이름을 바꾸고, 도陶(산동성) 지방으로 가서 주공朱公이라 자칭했다. 그는 거기에서 19년 동안 부지런히 돈을 모아 천하의 갑부가 되었는데, 세 번이나 천금을 모아 두 번은 빈민과 친지를 위하여 쾌척하고, 한번은 자식에게 넘겨 주어 부를 늘리게 했다.

주공은 도에 거주하며 막내아들을 낳았다. 말자가 장년이 되었을 때 차남이 초에서 살인하여 구속되었다. 이에 주공은 옛날에 '千金

之子不死於市'라 하였으니, 말자더러 차남을 구해 오라 하였다. 그때 장남이 나서 자기가 가서 아우를 구해 오겠다고 우기고, 안되면 자살할 양을 하니 아내가 장남을 보내라고 우겼다.

할 수 없이 주공은 장남을 통해 거금을 초나라에 있는 친구 장생莊生에게 보냈다. 장생은 돈과 편지를 받고 초왕을 설득하여 대사령을 내려 친구 주공의 아들을 살리려 했다. 그러나 주공의 장남은 대사령이 내리면 아우가 자연히 석방될 것을, 공연히 돈을 주었다고 생각하여 장생에게서 돈을 도로 받아왔다. 이에 화가 난 장생이 초왕에게 권유하여 주공의 차남을 대사령에서 제외시켜 사형에 처했다. 주공의 장남은 아우의 시체를 인수해 갖고 돌아왔다.

온 가족이 슬피 우는데 주공은 껄껄 웃으며 그럴 줄 알았다 한다. 까닭인 즉 말자는 주공이 재산을 모아 흥청망청 쓸 때 태어나 돈을 아낄 줄 몰라 형을 살려올 것이나, 장남은 반대로 집을 일굴 때 가난하게 태어나 구두쇠로 돈을 쓸 줄 몰라 아우를 죽여 돌아올 줄 알았다는 것이다.

포조는 범려와 엄군평의 고사를 인용, 대조시켜 번화한 수도의 모습을 잘 묘사했으면서도 엄군평 같은 이야말로 진실한 역사적 인물임을 제고하고 있다.

당시의 여류시인 포령휘鮑令暉는 바로 포조의 여동생이다.

포령휘(鮑令暉)

사조 謝脁

464～499

자는 현휘 玄暉. 진군 陳郡 양하 陽夏(하남성 태강) 사람. 사령운의 족질 族姪로 제나라 때 중서이부중랑 中書吏部中郎을 지냈다. 동혼후 東昏侯 영원 永元(499～501) 초에 강우 江祏 등이 시안왕 始安王 요광 遙光을 왕으로 세우려 할 때 불응하다가 죽임을 당하니 36세 때였다.

유동전 遊東田[1]

사조(謝朓)

시름겨워 즐거움이 없는 것을 괴로워하여
손을 잡고 함께 즐거움을 행하네.
구름을 찾아 겹쳐진 정자에 오르고
산을 따라 이층집 누각을 바라보네.
먼 나무는 아득히 무성하고
피어나는 안개는 어지러이 자욱하네.
물고기 희롱하니 새 연잎이 움직이고
새가 흩어지니 남은 꽃이 떨어지네.
꽃다운 봄의 술을 대하지 않고
도리어 청산의 성곽을 바라보네.

척척 고무종　휴수공행락
戚戚[2]苦無悰[3]　攜手共行樂

심운척누사　수산망균각
尋雲陟累榭[4]　隨山望菌閣[5]

원수애천천　생연분막막
遠樹曖阡阡[6]　生煙紛漠漠[7]

어희신하동　조산여화락
魚戲新荷動　鳥散餘花落

부대방춘주　환망청산곽
不對芳春酒[8]　還望青山郭[9]

1 東田(동전) : 지은이가 살던 종산(鍾山) 동쪽에 있는 밭. 여관영(余冠英)의 주(註)에 '제나라 혜문태자(惠文太子)가 누관(樓觀)을 종산 밑에 짓고 동전이라 명명했다.' 한다. **2** 戚戚(척척) : 근심이 깊은 모

양. 3 無悰(무종) : 즐거움이 없다. 悰은 즐거울 종. 4 累榭(누사) : 겹쳐진 정자, 여러 층으로 된 정자. 5 菌閣(균각) : 향나무로 만든 이층 누각. 균은 향초. 6 阡阡(천천) : 수목이 울창한 모양. 천천(仟仟)·천천(芊芊)으로 쓰기도 한다. 7 漠漠(막막) : 얇고 넓게 퍼져 있는 모양. 8 不對芳春酒(부대방춘주) : 꽃 피는 봄철 놀이의 주연(酒宴)에 참석하지 않음. 9 靑山郭(청산곽) : 청산은 청림산(靑林山)이라고도 하는데, 안휘성 당도현(當塗縣) 동남에 있다. 선성태수(宣城太守) 사조(謝朓)가 이 산 남쪽에다 집을 짓고 연못을 팠었는데, 지금도 그 터가 남아 있다. 이 산 북쪽에 이백(李白)의 묘가 있다. 곽은 곽(廓)과 통한다, 곧 성곽.

감상

몹시 시름겨워 즐거움이 없는 것이 괴로워서 친구와 손을 잡고 함께 행락차 야외로 나간다. 높은 구름을 바라보느라고 높이 솟은 정자 위에도 올라가 보고, 산길을 따라 향나무로 만든 높은 누각도 바라본다. 그때 멀리까지 늘어선 나무들은 아득히 무성하고, 모락모락 일어나는 연기 같은 안개는 까마득하게 아스라이 퍼져 있다. 그리고 눈앞에 있는 연못에는 물고기들이 뛰어 노니 새로 난 연잎을 건드려 그 연잎들이 슬쩍슬쩍 움직이고, 숲 속에 있는 새들이 푸드득 나니 떨어지다 남은 꽃이 떨어져 버린다.

그러나 나는 꽃다운 봄철의 술을 대하지 않고, 도리어 초여름 푸른 산 위에 걸쳐 있는 성곽을 바라보고 있다.

늦봄에 동전東田에 노닐면서 계절의 모양을 감각적으로 잘 표현한 시다. 그러나 춘흥春興이 마음껏 느껴지지 않아 고향에 대한 아련한 회포를 느끼면서 봄 술을 마시지 않고 청산의 성곽만 바라보는, 어딘지 서글픈 심정이 곁들여진 시라 하겠다. 또 '魚戲新荷動, 鳥散餘花落.'의 시구는 고래로 인구에 회자되는 명구로도 유명하다.

측성 약운藥韻의 오언고시이다.

여설

사령운을 대사大謝라고 부르는 반면에 사조謝朓는 소사小謝라고 부른다. 또 사령운에 대하여 사혜련을 소사라고 부르기도 했다. 사령운과 사혜련의 관계는 족형제간族兄弟間이고, 사령운謝靈運과 사조와의 관계는 족숙질간族叔姪間의 관계이다. 그리고 회계會稽와 진군陳郡에 집성촌을 이루어 사씨 집안에서는 사안謝安 · 사현謝玄의 두 공신 외에 문인으로도 사혼謝混(?~412)이 사령운의 재당숙이고, 사첨謝瞻(387~421)이 사령운과 8촌간이며, 사장謝莊(421~466)이 사령운의 9촌 조카이고, 사세기謝世其(?~426)도 집안이다.

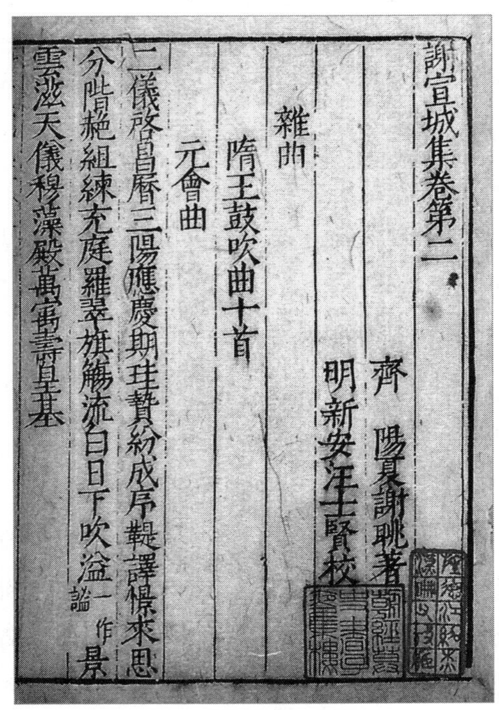

謝宣城集卷第二
齊 陽夏謝朓著
明新安汪士賢校
雜曲
隋王鼓吹曲十首
元會曲
二儀啓昌曆三陽應慶期珪贄紛成序鞮譯憬來思
分階赩組練充庭羅翠旗觴流白日下吹溢(一作謚)景
雲滋天儀穆藻殿萬宇壽皇基

사선성집(謝宣城集)

사조는 이런 귀족 집안 출신으로 어려서부터 총명한 데다 학문을 좋아하여 일찍이 이름을 날렸다. 유송이 망하고 제나라가 되자 여러 왕 밑에서 참군 · 공조 · 문학 · 자의 등의 직책을 맡았었는데, 특히 수왕隋王 소자륭蕭子隆과 경릉왕竟陵王 소자량蕭子良의 사랑을 받았다. 495년 선성태수로 나가 있을 때 많은 걸작시를 남기고 조정에 돌아와 이부랑吏部郎이 되었다. 그 후 모반에 연루되어 아까운 나이에 세상을 떴다.

사조는 영명체永明體 시인 중에서 제일인자이다. 그의 시는 공허한 내용과 번잡한 형식을 버리고 청신清新 · 수일秀逸한데 그중에서도 산수시가 가장 아름답다. 그의 산수시는 사령운의 계통을 이었는데, 훨씬 더 발전시켜 후의 이백李白과 두보杜甫 등에 큰 영향을 미쳤다. 문집에 『사선성집謝宣城集』이 있다.

잠사하도 暫使下都[1] 야발신림 夜發新林[2] 지경읍 至京邑[3] 증서부동료 贈西府[4]同僚

사조(謝朓)

큰 강〔長江〕은 밤낮으로 흐르는데
나그네 마음은 슬프기가 그지없네.
부질없이 금릉 관소의 산이 가까운 것을 생각하다가
마침내 강릉江陵 형주荊州까지 돌아갈 길이 먼 것을 알겠네.
가을철 은하수는 새벽에 초롱초롱 빛나고
차가운 모래톱은 밤에 어둑어둑 컴컴하네.
고개를 빼어 경실을 바라보니
궁궐의 담장이 정면으로 바라보이네.
황금 파도〔月光〕는 지작관에 이어져 있고,
구슬실〔星名〕은 건장궁 밖에 드리워져 있네.
수레를 몰아 정문 밖으로 달려나가
소왕의 능 남쪽을 보려고 생각하네.
달리는 햇빛을 붙잡을 수 없고
더군다나 남경南京과 강릉, 두 고을이 떨어져 있음에랴?
바람과 구름 속에서도 새가 날아가는 길은 있는데
장강長江과 한수漢水에 가로막혀 다리조차 없구나.
항상 매들의 진격을 두려워하고,

때로는 국화가 엄한 서리에 버려지는 것 같네.
그물을 치는 자들에게 말하노니
넓은 공산에 이미 높이 날아가 버렸노라고.

대 강 류 일 야　객 심 비 미 앙
大江流日夜　客心悲未央[5]

도 념 관 산 근　종 지 반 로 장
徒念關山近　終知返路長

추 하 서 경 경　한 저 야 창 창
秋河曙耿耿[6]　寒渚夜蒼蒼[7]

인 령　견 경 실　궁 치　정 상 망
引領[8]見京室　宮雉[9]正相望

금 파 려 지 작　옥 승 저 건 장
金波麗鳷鵲[10]　玉繩低建章[11]

구 차 정 문　외　사 견 소 구　양
驅車鼎門[12]外　思見昭丘[13]陽

치 휘　불 가 접　하 황 격 양 향
馳暉[14]不可接　何況隔兩鄉[15]

풍 운 유 조 도　강 한 한 무 량
風雲有鳥道　江漢限無梁

상 공 응 준　격　시 국 위 엄 상
常恐鷹隼[16]擊　時菊委嚴霜

기 언 위 라 자　요 확　이 고 상
寄言罻羅者[17]　寥廓[18]已高翔

1 下都(하도) : 금릉(金陵), 지금의 남경. **2** 新林(신림) : 금릉 성외의 포구명. 백로주(白鷺州)의 서쪽에 있었다. **3** 京邑(경읍) : 서울, 곧 금릉. **4** 西府(서부) : 강릉, 곧 형주(荊州)의 수왕부(隋王府). **5** 未央(미앙) : 다하지 않는다. 그치지 않는다. **6** 耿耿(경경) : 밝은 모양. 번쩍번쩍 빛나다. **7** 蒼蒼(창창) : 멀고 아득한 모양. 까마득한 모양. **8** 引領(인령) : 고개를 길게 빼고 바라보다. **9** 宮雉(궁치) : 궁전의 담장. 치는 성 윗담 치. **10** 麗鳷鵲(려지작) : 려는 이어져 있다는 뜻. 지는 까치 지, 작은 까치 작. **11** 建章(건장) : 한나라 궁전의 이름. **12** 鼎

門(정문) : 『제왕세기(帝王世紀)』에 '주 성왕이 주나라 왕의 상징인 솥〔鼎〕을 겹욕(郟鄏 : 지명)에다 정했다' 고 하였다. 그리고 황보밀(皇甫謐)은 말하기를 '그곳의 남문을 정정문(定鼎門)이라 했다' 고 하였다. 여기서는 금릉의 남문을 말한다. **13** 昭丘(소구) : 초나라 소왕(昭王)의 묘. 형주(荊州) 당양(當陽) 동쪽에 있다. 『방언(方言)』에 '무덤이 큰 것을 구라 하고, 구의 남쪽을 양이라 한다' 고 했다. **14** 馳暉(치휘) : 달려가는 해 그림자, 곧 해. **15** 兩鄉(양향) : 금릉과 형주(荊州). **16** 鷹隼(응준) : 매와 새매. 참언(讒言)을 비유함. **17** 罻羅者(위라자) : 그물을 치는 사람. 적인 왕수지(王秀之)를 말한다. **18** 寥廓(요확) : 탁 트여 막힘이 없는 공간. 하늘.

감상

장강이 주야로 흐르듯이 나그네의 근심도 끊임이 없다. 나는 지금 다만 금릉의 관산關山이 가까운 것을 생각하니 여기까지 멀리 와 강릉으로 돌아가는 길이 먼 것을 알겠다. 가을의 은하수는 새벽인데도 초롱초롱 빛나고, 차가운 모래톱은 숲이 밤이라 더욱 컴컴하다. 고개를 빼어 궁성을 바라보니 궁성의 담장이 정면으로 바라보인다. 황금의 파도 같은 지작관鳷鵲館은 쭉 이어져 공중에서 빛나고, 구슬실은 건장궁에 낮게 드리워져 있다. 지금 수레로 금릉의 남문 밖을 달리면서도 멀리 형주荊州에 있는 초소왕의 능의 남쪽을 보고 싶어한다.

그러나 지는 해는 붙잡아 맬 수도 없는데, 서울과 형주의 두 나라는 멀리 떨어져 있으니 일러 무엇할까? 풍운이 몰아치는 속에서도 새가 나는 길은 있는데, 서울과 강릉 형주 사이에는 장강과 한수漢水가 가로막아 건너갈 다리조차 없구나.

내 처지는 비유컨대 항상 새가 매들에게 공격을 받고, 가을날의 국화가 된서리를 맞는 격이라 하겠다. 그러나 새를 잡으려고 그물을 치는 자王秀之에게 이른다. 나는 이미 높은 하늘을 내 멋대로 높이 날고 있으니 부질없는 일 하지 말라고.

오언고시 평성平聲 양운陽韻이다.

여설

이 시는 작자가 강릉에서 수왕隋王 소자륭蕭子隆을 섬기고 있었는데, 형주 장사長史 왕수지의 이간질로 제 무제武帝의 칙령을 받아 서울로 불려올 때, 전에 있었던 석부石府(강릉)의 동료에게 보내는 형식을 취한, 작자의 나이 30세경에 지은 시다. 자신의 심경을 새에 비유하여 잘 표현하고 있다.

작자가 무제의 소환으로 서울인 금릉에 온다. 밤에 금릉 근처인 신림에서 출발하여 서울에 오는 도중의 풍경과 그때의 심정을 표현했는데, 서울 근처의 밤 풍경, 고개를 빼 바라보는 서울의 광경 등을 잘 표현하고 있다. 또 서울에서 전에 있던 강릉을 바라보면서 아득한 거리와 그곳에 있는 다정한 동료들을 그리는 심정, 마침내 호구를 벗어나 자유로운 몸이 된 신분의 의기양양한 모습도 잘 곁들여 표현하고 있다.

특히 첫 구절인 '大江流日夜 客心悲未央'은 유명한 시구로 알려져 있다. 끝없이 흘러가는 물에다 슬픈 생각을 이입시킨 것은 공자가 처음으로 '지나가는 것은 모두 이것〔물〕과 같아 밤낮을 가리지 않는구나.(逝者如斯, 不舍晝夜.)' 라고 한 데서 유래한다. 『논어論語 · 자한子罕』

만등삼산환망경읍 晩登三山[1]還望京邑

사조(謝朓)

파수 가에서 장안을 바라보고,
하양에서 서울을 보았네.
석양이 날아갈 듯한 용마루를 비추니
들쑥날쑥한 것들이 모두 보이네.
남은 노을은 흩어져 무늬 놓은 비단을 이루고
맑은 강은 조용하기가 고운 비단 같네.
시끄러운 새들은 봄의 모래톱을 덮고
잡된 꽃들은 꽃다운 밭에 가득하네.
갈지어다. 바야흐로 너무 오래 머물렀다.
그리워라. 그래서 즐거운 잔치도 끝냈네.
아름다운 기간이 슬프지만 얼마나 되나?
눈물을 흘림이 싸라기눈 오듯 하네.
정이 있으면 고향을 바라볼 줄 아는 법,
누가 능히 검은 머리카락을 변하지 않게 할 수 있는가?

파 사 망 장 안 하 양 시 경 현
灞涘[2]望長安 河陽[3]視京縣[4]

백 일 려 비 맹 참 치 개 가 견
白日[5]麗飛甍 參差皆可見

여 하 산 성 기 징 강 정 여 련
餘霞散成綺 澄江靜如練

훤 조 부 춘 주　잡 영 만 방 전
喧鳥覆[6]春洲　雜英滿芳甸

거 의 방 체 음　회 재 파 환 연
去矣方滯淫[7]　懷哉罷歡宴

가 기 창 하 허　누 하 여 류 산
佳期悵何許　淚下如流霰

유 정 지 망 향　수 능 진 불 변
有情知望鄉　誰能鬒[8]不變

1 三山(삼산) : 남경시(南京市) 서남 양자강 남안에 있는 산 이름. 양자강을 따라 세 산이 남으로 나란히 이어져 있다. **2** 灞涘(파사) : 파수는 장안〔西安〕 동쪽에서 위수(渭水)로 흘러 들어가는 강. 사는 물가. 왕찬(王粲: 177～217)의 '칠애시(七哀詩)'에 '南登灞陵岸 回首望長安'이란 구절이 있다. 여기에서 장안은 금릉을 비유한 것이다. **3** 河陽(하양) : 현명. 지금의 하남성 맹현(孟縣) 서쪽에 있었다. **4** 京縣(경현) : 황제의 서울. 낙양. 반악(潘岳: 247～300)의 '하양현시(河陽縣詩)'에 '引領望京室 南路在伐柯'란 구절이 있다. 경실(京室)도 금릉을 비유한 것이다. **5** 白日(백일) : ①한낮, 대낮. ②빛나는 태양. ③석양(夕陽), 석일(夕日). **6** 覆(부) : 가리우다. 덮다. 覆 ①뒤집힐 복. ②덮을 부와 동자로 쓰임. **7** 滯淫(체음) : 오랫동안 머물다. **8** 鬒(진) : 검은 머리.

감상

왕찬王粲의 칠애시七哀詩에 '남쪽 파릉의 언덕에 올라 고개 돌려 장안을 바라보네.(南登灞陵岸, 回首望長安.)'라는 시구와 같이 나도 파수 비슷한 장강 가에서 서울인 금릉을 바라보고, 또 반악潘岳의 '하양현시河陽縣詩'에서 '고개를 빼어 서울 낙양을 바라본다(引領望京室).'란 표현대로 나도 서울 금릉을 바라본다. 서울 금릉엔 저녁 때 궁성의 높은 집들의 용마루가 빛나는데 들쑥날쑥 높낮이가 다른 집들이 즐비하게 보인다.

또 저녁 노을이 하늘에 퍼져 비단을 펼쳐 놓은 듯이 보이고, 맑은 강은 조용하기도 한데 마치 잘 다듬은 비단을 깔아 놓은 것 같다. 또 새들은 어지러이 울어대는데 봄날의 모래톱을 덮는 듯하고, 여러 종류의 꽃들이 아름다운 밭에 가득 피어 있다. 이제 떠나자, 너무나 오래 여기에 머물러 있었다. 고향이 그립다. 서글픈 생각에 잔치마저 파한다. 지금 마냥 좋은 시절이 슬프지만 얼마나 남았는가? 고향을 생각하니 눈물이 싸라기눈이 오듯 한다. 유정한 자는 고향을 그릴 줄 아니, 누가 고향 생각에 검은 머리가 흰머리로 변하지 않을 것인가?

오언고시 측성仄聲 산운霰韻이다.

여설

사조는 선성태수宣城太守로 나가는 등 서울을 떠나 본 적이 많다. 그는 어느 봄날 삼산에 올라 서울의 광경을 바라보면서 심중에 용솟음치는 감개를 묘사했다. 왕찬과 반악의 시구로 자신의 입장을 대신하며 삼산에서 서울 금릉의 풍경을 핍진逼眞하게 잘 묘사하고, 이어 고향이 그리워 고향의 생각과 지난 일을 회상하며 더 늙기 전에 귀향하고 싶은 심정을 서정의 표현과 상생호응相生呼應 시키며 생생하게 묘사하고 있다.

사조의 산수시는 후에 당나라 왕유王維 · 맹호연孟浩然뿐 아니라 특히 이백에게 큰 영향을 미쳐 이백도 일생 동안 사조를 몹시 사모하였다. 이백의 시 '金陵城西樓月下吟'에서 '맑은 강이 깨끗하기가 비단과 같다고 설명한 것이 사람들로 하여금 길이 사조를 기억하게 하네.(解道澄江淨如練, 令人長憶謝玄暉.)'라고 하여 사조를 매우 흠모했음을 알 수 있게 한다.

이백은 위 시 외에도 사조를 언급한 시가 많다.

위 시에서 5 · 6구 '餘霞散成綺 澄江靜如練'은 유명한 시구로 섬세한 묘사가 한 폭의 그림 같다.

중국 남북조시대에 시인도 많지만 사조를 제일로 친다. 이백이 두보는 무시했지만 사조는 대단히 사모하여 '一生低首謝玄暉'라고 표현하고 있다. 뿐만 아니고 심약沈約도 '二百年來無此作也'라고 했고, 소연蕭衍도 '三日不讀, 卽覺口臭'라고 했으며, 종영鍾嶸도 크게 칭찬했다.

사조는 우리나라에도 크게 영향을 미쳐 조선 중기의 여류시인 이옥봉李玉峯의 시에 '음수飮水는 탁문군卓文君의 댁宅이요, 청산은 사조의 집이다.(飮水文君宅, 靑山謝脁廬.)' 란 구절이 보인다.

사조는 사안謝安의 종손從孫 사술謝述(자 경선 · 오흥태수)의 손자다. 어머니는 유송 무제의 딸 장성공주長城公主이다. 그래서 그는 명문 귀족출신으로 19세 때 예장왕 밑에서 태위행참군太尉行參軍을 지내고 경릉왕 소자량蕭子良 막하에서 문학으로 이름을 날려 경릉팔우竟陵八友인 소연蕭衍 · 심약沈約 · 왕융王融 · 소침蕭琛 · 범운范雲 · 임방任昉 · 육수陸倕 · 사조謝脁 중의 한 사람이 되었다. 495년(제 명제 건무 2)에 선성태수로 나갔기 때문에 그를 사선성이라 부른다. 3년이 지나 그가 남동해태수로 전직되었을 때 왕경칙王敬則의 모반이 있었다. 이 사건을 몰래 명제에게 밀고하여 왕경칙이 죽음을 당했다. 왕경칙은 곧 사조의 장인이다. 그래서 사조는 아내와 원수지간이 되고, 명제에게 공로가 인정되어 그는 상서이부랑尙書吏部郎이 되었다.

명제가 죽고 동혼후東昏侯가 즉위했는데 사치하고 무도하여 정치가 부패하자 강석江祏 등이 동혼후를 폐위시키고 시안왕始安王을 옹위하려 하였다. 이에 시안왕이 친한 사람 유풍劉渢을 시켜 이런 뜻을 알려 왔다. 그러나 사조의 생각은 달랐다. 그는 명제의 은혜를 입었기 때문에 동혼후가 명제의 아들이므로 동혼후 편에 서서 강석 등의 모의를 타인에게 알렸다. 그래서 강석 등의 원한을 샀다. 사조는 강석을 원래부터 무시했다. 한번은 강석 · 강사江祀 형제와 유풍 · 유안劉晏이 한꺼번에 방문해 왔다. 이에 사조는 희롱 삼아 '두 강〔二江〕의 쌍류〔二劉〕를 대동해 왔네(可帶二江之雙流).' 라는 시구로 놀린다. 두 강은 강석 · 강사 형제로, 유流와 유劉는 음이 같음으로 유풍 · 유안을 쌍류라고 표현한 것이다. 이런 재치가 상대방에게는 오만으로 여겨져 그들은 마침내 시안왕과 연합하여 사조를 모반으로 무고誣告하여 죽이니 그때 그는 36세의 아까운 나이였다.

소사 사조는 대사 사령운의 산수시를 이었지만, 새로 일어나는 성률聲律을 응용하여 산수묘사山水描寫에 있어 사령운의 조탁彫琢에 고심하는 경지를 넘어서 작자의 성정性情과 자연스러운 의경意境을 표출하는데 청려준수淸麗俊秀해서 또 다른 격식을 갖추어 놓았다.

심약沈約

441～513

자는 휴문休文. 오흥吳興 무광武康(절강성 무강현) 사람. 남조시대 송·제·양 삼조에 벼슬하여 송나라 채흥종蔡興宗의 기실참군記室參軍, 제나라 태자의 가령家令, 오병상서五兵尙書, 양나라의 상서령尙書令을 지냈다. 시호는 은후隱侯이다. 『진서晋書』·『송서宋書』·『사성보四聲譜』를 지었다. 특히 사성팔병설四聲八病說을 지어 당나라 이후의 율시의 기초를 만들었다.

별범안성 別范安成[1]

심약(沈約)

일생 중 소년시절에는
이별하고 다시 앞으로 만나기도 쉬웠었네.
그대와 더불어 다 같이 늙어가는 지금은
다시 이별할 때는 아닐 걸세.
지금 한 동이 술뿐이라고 말하지 말게나.
내일이면 다시 권하기 어려우리.
꿈속에서도 그대를 만나는 길을 알지 못하니
어떻게 서로 위로할 수 있겠는가?

생 평 소 년 일　분 수 이 전 기
生平[2]少年日　分手易前期

급 이 동 쇠 모　비 부 별 리 시
及爾同衰暮　非復別離時

물 언 일 준 주　명 일 난 중 지
勿言一樽酒　明日難重持[3]

몽 중 불 식 로　하 이 위 상 사
夢中不識路[4]　何以慰相思

1 范安成(범안성) : 『양서(梁書)』에 '범수(范岫)의 자는 번빈(樊賓), 제나라 때 안성군(安成郡)의 내사(內史 : 장관)를 지냈다' 고 씌어 있다. 곧 작자의 친구인 범수. **2** 生平(생평) : 평생 · 일생. 살아 있는 동안. **3** 重持(중지) : 거듭 들다. 다시 권하다. **4** 夢中不識路(몽중불식로) : 전국시대 때 장민(張敏)과 고혜(高惠)라는 두 사람이 있었는데, 장민이 고혜와 이별한 뒤 꿈속에서 고혜를 찾았으나 길을 잃어 되돌아왔다 한다. 『한비자(韓非子)』에 실려 전한다.

감상

소년시절은 앞날이 창창하여 한 번 이별한 다음 다시 약속하여 만날 수가 있다. 그러나 늙으면 언제 죽을지 몰라 한 번 헤어지면 다시 만나기는 쉽지 않다. 그래서 이번에 헤어지면 다시 만나지 못하리라. 이에 이별주를 나누는데 이 한 잔의 술이나마 투정하지 말게나. 다음 날 다시 술을 권할 수 있다고 누가 보증하나? 꿈속에서조차 만날 수 없으리니 어떻게 위로하면 좋겠나? 비록 술이 부족하겠지만 기꺼이 마시고 헤어지세.

오언고시 평성平聲 지운支韻이다.

여설

이 시는 노년기에 이른 친구들과 헤어지기 서러운 감정을 소박하게 표현하고 있다. 범수范岫는 작자보다 한 살이 위인데, 그들은 모두 문재가 뛰어나 문혜태자에게 등용되어 문직文職을 지낸 사이다. 그래서 그들은 일생 동안 변함없이 우정을 유지한 절친한 친구였다.

사람이 늙으면 '이별하기는 쉬워도 만나기는 어렵다(別時容易見時難).'는 속담에 걸맞은 친구간의 그리움을 잘 나타낸 이별시라 하겠다. 심약은 주지하는 대로 당시唐詩의 기초를 만들어낸 문인이다. 평상거입平上去入의 4성을 구분하고 이를 평측平仄으로 이분한 데다 팔병설八病說까지 곁들여 시의 격률을 창조한 것을 심전기沈佺期(?~713)·송지문宋之問(?~712)이 발전시켜 오늘의 율시, 곧 당시唐詩의 기초를 닦은 것이다.

그의 아버지는 심박沈璞인데 유송劉宋 때 회남태수淮南太守를 지냈으나 후에 죄를 지어 죽임을 당했다. 그때 심약의 나이는 13세였다. 그는 집을 떠나 피해 있다가 나중에 사면을 받아 귀가했다. 그러나 집안이 몰락하여 끼니를 이을 수 없어 부자인 먼 일가 집에서 양식을 얻어다 먹었다. 그러나 나중엔 그 일가가 눈살을 찌푸리므로 그는 받아든 쌀을 팽개치고 빈 몸으로 돌아와 불철주야로 공부만 했다. 그의 어머니는 그가 몸이 약해서 병이 들까 늘 걱정했다.

그는 유송 때 영주자사郢州刺史 채흥종蔡興宗의 천거로 안서외병참군겸기실安西外兵參軍兼記室이 되었다. 제나라가 세워지고 나서 문혜태자는 그를 좋아하여 서기의 일을 관장시켰으므로 그는 영가성永嘉省에서 사부도서四部圖書를 교정한다. 그때 태자궁 안에는 문인들이 매우 많았지만 태자가 특히 그를 좋아하여 매일 함께 한담하였으므로 그는 밤늦게 퇴근하곤 했다.

양나라가 된 후 무제를 도와 등극하게 한 공으로 건창현후建昌縣侯가 되었다. 그는 양나라에서 12년간 고관을 지냈는데, 그는 간관諫官이 되어 국사를 간하기를 바랐지만 무제는 그의 재주를 알아 그런 보직을 주지 않았고, 지방직을 원해도 허락하지 않고 허울 좋고 실속 없는 한직에만 있게 했다. 한번은 무제를 모시고 식사를 하는데, 한 우두머리 기생이 있었다. 그녀는 원래 제나라 문혜태자 때 궁인이었다. 무제가 그녀에게 묻기를 '이 좌석에서 누구를 아는가?' 하니, 그녀가 심약을 안다고 하자, 심약은 마침내 불안해 자리를 떠났다. 그 후로 심약은 무제가 해칠까 봐 무던히 고민하다가 마침내 병들어 죽으니 73세 때였다. 죽은 뒤 무제는 은隱이란 시호를 내려 주었다. 그래서 그를 은후공隱候公이라고도 부른다.

조발정산 早發定山[1]

심약(沈約)

젊었을 때부터 깊은 골짜기를 사랑했는데
만년에 임지任地에 닿아 기이한 산을 보네.
높다란 봉우리가 채색 무지개 밖에 솟아 있고
흰 구름 사이에 높은 고개가 놓여 있네.
기울어진 절벽이 문득 비스듬히 서 있고,
산의 맨 꼭대기는 또한 홀로 둥그네.
바다로 들어가는데 흐름이 아득하고
포구를 나가니 물이 세차다.
들 아가위는 피어 아직 떨어지지 않고
산 벗꽃은 피어 불타는 듯하네.
돌아감을 잊으니 난이나 두약杜若에 속한 것 같고,
봉록俸祿을 생각하니 꽃다운 향초에 의지하고 싶네.
돌아보매 이에 삼수를 꺾어 들고
배회하면서 구선을 바라보겠노라.

숙령 애원학 만리 견기산
夙齡[2]愛遠壑 晩莅[3]見奇山

표봉 채홍외 치령백운간
標峰[4]綵虹外 置嶺白雲間

경벽홀사수 절정부고원
傾壁忽斜豎[5] 絕頂復孤圓

귀류해만만 출포수천천
歸流海漫漫[6] 出浦水濺濺

야당개미락 산앵발욕연
野棠開未落 山櫻發欲然

망귀속난두 회록기방전
忘歸屬蘭杜[7] 懷祿寄芳荃[8]

권언 채삼수 배회망구선
眷言[9]採三秀[10] 徘徊望九仙[11]

1 定山(정산) : 절강성 항현(杭縣) 동남쪽 40리에 있는 산. 절강에 수백 척으로 돌출했는데, 높이가 70길〔丈〕이나 되어 작자가 '기산(奇山)' 이라 부르기도 했다. **2** 夙齡(숙령) : 젊은 나이. 어릴 때. **3** 리(涖) : 닿다. 임하다. 임지에 닿다. **4** 標峰(표봉) : 봉우리를 표시하다. 높은 봉우리를 들어내어 솟아오르게 하다. **5** 斜豎(사수) : 비스듬히 서 있다. **6** 歸流海漫漫(귀류해만만) : 『문선(文選)』에는 '歸海流漫漫' 이라고 되어 있다. **7** 蘭杜(난두) : 난과 두약(杜若). 덕이 높은 사람의 비유. **8** 芳荃(방전) : 꽃다운 전초(荃草). 전초는 향풀 이름. 높은 인격의 군주를 비유. **9** 眷言(권언) : 권은 돌아보다. 언은 허사. **10** 三秀(삼수) : 향초 이름. 1년에 세 번 꽃이 피기 때문에 이런 이름이 붙었다. **11** 九仙(구선) : 태청(太淸 : 天)에 산다는 9명의 선인.

감상

나는 젊어서부터 깊은 골짜기를 사랑했었으나 만년에 임지에 다다라 기이한 산인 정산을 보았다. 높이 솟은 봉우리가 채색 무지개 밖으로 솟아 있고, 흰 구름 사이로 산마루가 놓여져 있다. 경사진 절벽이 갑자기 비스듬히 서 있고, 절정絕頂은 또한 홀로 둥글게 솟아 있다. 골짜기 물은 바다로 돌아가는데 그 흐름이 출렁출렁해서 포구를 나가자 그 물이 세차게 흐른다. 산속의 들아가위는 꽃이 피어 아직 떨어지지 않고, 산앵〔산벚나무〕은 꽃 핀 것이 마치 불에 타는 것 같이 새빨갛다. 이런 경치를 구경하노라니 돌아갈 것도 잊어 난이나 두약의 무리에 섞여 살고 싶고, 봉록俸祿을 생각할 때는 훌륭한 황제에게 의탁하고도 싶어진다. 한편 이곳은 최고의 명승이라 나는 이 산을 사랑하는 나머지 여기서 삼수라는 영약을 캐어 먹고 배회하면서 하늘에 산다는 9명의 신선을 만나고 싶도다.

정산의 아름다움을 최고의 찬사를 다하여 묘사하고 있다.

오언고시 평성平聲 산운删韻과 선운先韻의 통용通用이다.

여설

이 시는 심약이 494년(제 隆昌 1) 이부랑에서 동양태수로 나갈 때 도중에 정산에 들러 그 경치를 읊은 것이다. 제나라는 고제 · 무제가 재위한 12년간은 송나라의 폭정을 개혁하고 정치를 잘하여 안정국면을 유지해 왔었다. 그러나 494년 무제가 죽자 왕실에 다시 알력이 생겨 반란이 일어나 '경릉팔우竟陵八友'의 한 사람인 왕융이 그 와중에 휩쓸려 죽음을 당하기도 했다. 이를 본 심약은 도성을 떠나 동양태수로 나간 것이다.

첫 두 구는 작자가 산수를 좋아하는 취향을 나타내며, 다음 4구는 정산의 참모습을, 다음 두 구는 정산의 흐르는 물을 읊었다. 그리고 다음 2구는 정산에 자라는 초목을 읊었고, 마지막 4구에 작자의 소망이 깔려 있다. 특히 출사出仕와 구선求仙의 두 감정이 갈등하는 모습과 마침내 속세를 떠나 이 정산에 묻혀 살고 싶다는 구선의 정서가 강함을 비치고 있다. 그러나 전체적으로 볼 때 대구對句가 철저하여 당 율시의 효시嚆矢가 된다 할 것이다.

심약은 시 운율에 밝을 뿐 아니라 박학博學하여 무소부지無所不知의 학자였다. 일찍이 유협劉勰(약 465~532)이 『문심조룡文心雕龍』을 지었으나 처음에는 알려지지 않아 유협이 이 책을 누구한테 기증하려고 이 책을 짊어지고 차를 기다리는데 심약이 노상에서 한번 보고 크게 칭찬하여 이 『문심조룡』이 유명해지기 시작했다는 일화가 있다.

도홍경 陶弘景

457~537

자는 통명通明. 말릉인秣陵人(강소성 남경). 구곡산句曲山에 숨어 스스로 화양은거華陽隱居로 호를 지었다. 양나라 무제가 불렀지만 출사하지 않았다. 그가 죽자 정백선생貞白先生이라 시호를 내렸다. 이 시는 제나라 고제高帝 소도성蕭道成이 부르자 이에 답한 것이다.

조문산중하소유 詔問山中何所有 부시이답 賦詩以答

도홍경(陶弘景)

산속에 무엇이 있는가?
고개 위에는 구름이 많도다.
다만 스스로 기뻐할 수는 있으나
가져다가 그대에게 줄 수는 없노라.

산중하소유 영상다백운
山中何所有 嶺上多白雲[1]
지가자이열 불감 지증군
只可自怡悅[2] 不堪[3]持贈君[4]

1 白雲(백운) : 흰 구름. 백운향(白雲鄕), 곧 천국(天國)으로 보기도 한다. 또는 신선향(神仙鄕)이라 하기도 한다. 2 怡悅(이열) : 기뻐하다. 즐거워하다. 3 不堪(불감) : 불능(不能)과 같다. 4 贈君(증군) : 기군(寄君)으로 된 것도 있다. 군은 제나라 고제(高帝)를 가리킨다. 그대 또는 임금에게 증정한다.

감상

산이 좋아 산속에 사는데, 산에 무엇이 있기에 그렇게 떠나지 않고 살고 있느냐 물으시니, 고개 위에 흰 구름이 많기 때문이라고 답했다. 산속이야말로 신선세계가 있고 천국이 있으며, 속세와는 다른 별천지가 있어, 그 속에서 즐기느라고 떠나지를 못하고 산다.

이 산속의 풍경과 즐거움은 나 스스로는 즐길 수 있으나 이를 모르는 속인들에게는 이 즐거움과 아름다움을 가져다 드릴 수가 없다는 것이다.

나만이 느끼는 이 아름다움은 남들이 알 수 없으니 나 홀로 즐길 뿐, 누구에게 이 즐거움을 줄 수 있겠는가?

오언고시 평성平聲 지운支韻이다.

여설

이 시의 전 · 결구는 특별히 인구에 회자하는 시구이다. 옛사람이 꽃잎에다 이 시구 10자를 멋지게 새긴 도장을 책마다 찍어 장서인藏書印으로 대용한 것을 보았다. 그는 아마도 책들이 자기만이 즐기는 기호물嗜好物이요, 또 자신만이 소유하는 애장품이므로 타인에게 빌려줄 수 없다는 독점의식의 징표가 될 수도 있을 것이다. 애장되는 명구로 잘 쓰이는 구절이다.

도홍경은 육조시대 제일의 도가사상가로 의학자요 문인이었다. 송 · 제 · 양 삼대에 걸쳐 살았다. 송나라에서는 제왕시독帝王侍讀으로 대우받았고, 제나라 때는 우위전중右衛殿中 장군에 이르렀으나 후에 구곡산(句曲山 : 茅山)에 은거하여 화양은거華陽隱居로 자호한다. 그래서 그의 문집을 『도화양집陶華陽集』이라 한다. 양나라 때는 무제가 계속 불렀으나 출사하지 않았다. 그러나 국가대사를 자주 그에게 물어 산중재상山中宰相이라 불렀다. 그는 산수를 사랑했고 도술을 좋아했으며 음양오행과 지리 · 의약에까지 무불통지無不通知였다.

그가 은거했던 모산은 원명이 구곡산이었다. 강소성 진강시鎭江市 남방 60km 지점에 있다. 총면적 32km², 주봉인 대모봉大茅峰의 높이는 해발 372.5m이다. 전설에 의하면, 서한西漢 때 모영茅盈이라는 사람이 위성渭城(섬서성 함양)에서 출가하여 이곳에 와 수도하니 그의 아우 모고茅固와 모충茅衷도 벼슬을 버리고 찾아와 세 사람이 함께 득도하여 신선이 되었다. 그래서 구곡산을 삼모산이라고 했다가 모산으로 줄인 것이다. 당송 이후 이 산은 강남 제일 복지福地가 되어 동남 도교의 중심지가 되었다.

1938년 진의陳毅가 신사군新四軍의 1지대를 거느리고 이 산으로 들어와 항일의 근거지로 삼았다. 모산에는 원래 3궁 5관이 있었는데, 전에는 많이 파괴되었었으나 지금은 많이 원형대로 복원되어 장경루藏經樓 · 용왕전龍王殿 · 태원보전太元寶殿 · 영관전靈官殿이 중건되고, 대전 안에 도금신상渡金神像이 다시 만들어졌으며, 산마루에 세워진 모산도관茅山道觀은 이미 대외적으로 개방되고 있다.

서릉 徐陵

507~583

자는 효목孝穆. 동해의 담현郯縣(현 산동성 담현) 사람. 양나라에 벼슬한 아버지 서리徐摛(477~551)와 함께 문명이 높았고, 유견오庾肩吾·유신庾信 부자와 나란히 서유徐庾라고 병칭竝稱된다. 서릉은 후에 진陳나라에서 광록대부光祿大夫·태자소부太子少傅에까지 올랐다. 『옥대신영玉臺新詠』의 편자編者로 유명하고 문집에 『서효목집徐孝穆集』이 있다.

관산월 關山[1]月

서릉(徐陵)

관산의 보름달에
나그네는 진천을 생각하네.
나를 생각하는 아내 높은 누각 위에서
창을 향하고 마땅히 잠을 이루지 못하리라.
별 중의 기성旗星은 소륵 땅을 비추고
구름은 진지陣地 모양으로 기련산맥祁連山脈 위에 떠 있네.
전쟁 기운이 지금 이와 같으니
군대에 종사함이 또한 몇 년이나 더 남았는가?

관 산 삼 오 월　객 자 억 진 천
關山三五月　客子憶秦川[2]

사 부 고 루 상　당 창 응 미 면
思婦高樓上　當窓應未眠

성 기　영 소 륵　운 진　상 기 련
星旗[3]映疏勒[4]　雲陣[5]上祁連[6]

전 기 금 여 차　종 군 부 기 년
戰氣今如此　從軍復幾年

1 關山(관산) : ①고향의 산, ②고향, ③관소(關所) 가까이에 있는 산. 여기서는 ③의 뜻. 관산월이란 악부의 횡취곡(橫吹曲)의 가요 제목으로, 관산에 비치는 달빛에 집에 두고 온 아내를 생각하는 노래이다. **2** 秦川(진천) : 관중(關中)이라고도 부르는데, 함곡관(函谷關) 안의 지명이다. 장안 부근. **3** 星旗(성기) : 별 중의 기성(旗星). 『사기(史記)』〈천관서(天官書)〉에 '방성(房星)과 심성(心星) 등 동북곡(東北曲)의 12성을 기라 한다(房心東北曲十二星曰旗).' 라고 했다. **4** 疏勒(소륵) : 한나라 때 서역 여러 나라 중의 한 나라. 지금의 신강성 위구

르 자치구 소륵현. **5** 雲陣(운진) : 구름의 모양이 전쟁 시 진지(陣地) 모양으로 펴져 있는 모습. **6** 祁連(기련) : 산명. 천산이라고도 함. 중국 신강성에 있는 산.

감상

국경지대 관산에는 보름달이 환하게 비치는데 고향을 떠나온 나그네인 나는 장안 근처 고향인 진천을 생각한다. 지금 나를 생각하는 사랑하는 아내는 높은 누각 위에서 창을 향해 서서 잠을 이루지 못하고 나를 생각하고 있을 것이다. 하늘에는 기성이 전쟁터인 소륵국을 비치고 있고, 구름마저 전쟁의 진형陣形 모양으로 기련 산맥 위에 떠 있다. 전운이 지금도 이와 같이 천지에 충만되어 있으니 어느 날에나 병역을 마치고 고향으로 돌아갈까? 앞으로 몇 년이나 더 남았을까?

평성平聲 선운先韻의 오언율시다.

여설

지은이 서릉은 『옥대신영玉臺新詠』의 편찬자로 유명하다.

중국 고대부터 육조 양梁에 이르는 동안의 사랑의 시를 총망라하여 10권으로 편찬했는데, 최초의 명칭은 『옥대집玉臺集』이었다. 양나라 간문제簡文帝가 태수로 있을 때 염시艷詩 짓기를 좋아해서 많은 시를 지어 경내에다 유포시켰다. 그러나 만년에 이것들을 개작해 보려다 이루지 못하자 서릉에게 『옥대집』을 만들어 이전 유類의 시를 확장시키려고 한 데서 비롯되었다.

옥대란 벽대璧臺 · 요대瑤臺 · 금옥金屋이라고도 하는데, 후궁 미인들의 거소를 뜻하는 말이다. 옥대에서 나온, 또는 옥대에서 읊은 시들을 모은 시집이다. 따라서 후세 여인들이 좋아하는 염려艷麗한 시풍을 영명체永明體 · 궁체宮體 혹은 서유체徐庾體라고 부르기도 한다. 영명은 제나라 무제의 연호요, 궁체란 동궁에서 유행한 시체란 뜻이다.

따라서 『옥대신영』은 여인들의 지분脂粉의 시, 남녀상사시男女相思詩 등 사랑의 시를 총집한 시집인 바, 고대의 유명한 서사시 '공작동남비孔雀東南飛', 일명 위초중경처시爲焦仲卿妻詩가 이 시집에 처음으로 기재되어 있다. 남녀 간의 애정을 다룬 연애시의 총집으로 정서의 섬세함이나 음률의 정치함이 잘 나타나 있어, 재래로 양나라 소명태자가 편찬한 『문선文選』과 쌍벽을 이루고 있다.

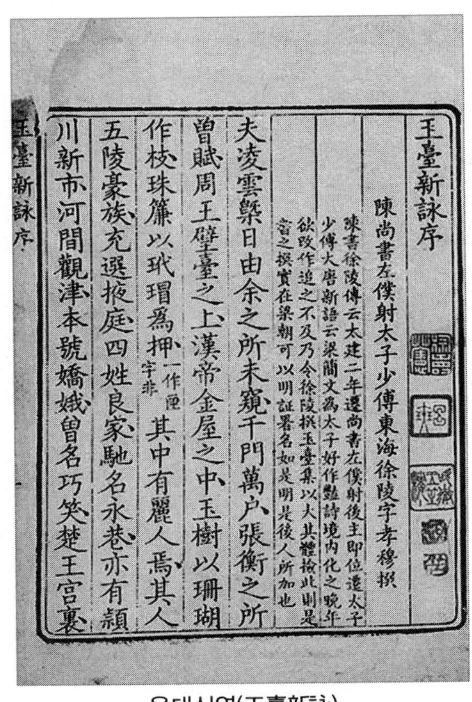
玉臺新詠序

陳尚書左僕射太子少傅東海徐陵字孝穆撰

陳書徐陵傳云太建二年遷尚書左僕射後主即位遷太子少傅大唐新語云梁簡文爲太子好作豔詩境內化之晚年欲改作追之不及乃令徐陵撰玉臺集以大其體據此則是書之撰實在梁朝可以明證署名如是明是後人所加也

夫凌雲槩日由余之所未窺千門萬户張衡之所曾賦周王璧臺之上漢帝金屋之中玉樹以珊瑚作枝珠簾以玳瑁爲押(一作匣字非)其中有麗人焉其人五陵豪族充選掖庭四姓良家馳名永巷亦有潁川新市河間觀津本號嬌娥曾名巧笑楚王宮裏

玉臺新詠序

옥대신영(玉臺新詠)

당시 唐詩 1

618~762

두 사람이 대작하는데 산꽃 피어 있네.
한 잔 한 잔 또 한 잔,
나는 취해 자려니 그대는 돌아가게.
내일 아침 생각 있으면 거문고 갖고 오게나.

위징 魏徵

580~643

초당의 명신. 자는 현성玄成. 곡성曲城(현 산동성) 사람. 수말隋末 난리 때 이밀李密을 따랐으나 후에 당 고조에 귀부해 산동을 평정하고 비서승秘書丞 · 간의대부諫議大夫 · 문하시중門下侍中 등을 지냈다.

술회 述懷[1]

위징(魏徵)

중원에는 또 사슴을 쫓으니
붓을 거두고 군사軍事를 일삼네.
합종연횡合縱連橫을 꾀하였으나 이루지 못하고
감개하나 뜻은 오히려 남았도다.
채찍을 잡고 천자를 알현하고
말을 달려 관문을 나가네.
갓끈을 청하여 남월왕南越王을 붙잡아 오고
수레 앞 가로막이나무에 의지하여 동쪽 번방藩邦을 함락시키네.
꾸불꾸불 높은 산봉우리에 올라
울퉁불퉁한 산을 오르내리다가 평평한 들판을 바라보네.
고목에는 추위 속의 새가 울고
공산에는 밤의 원숭이가 우네.
이미 천리 밖 고향을 바라보는 눈을 아프게 하고,
또한 구절양장九折羊腸의 산길은 나의 혼을 놀래키네.
어찌 어려움과 위험을 꺼리지 않으리오마는
국사로 대접해 주는 은혜를 깊이 느끼네.
계포는 두 번 승낙하는 법이 없고
후영은 한 마디를 중하게 여겼네.
인생은 의기에 감개하노니
공명을 누가 다시 논할 것인가?

중원 환축록 투필사융헌
中原[2]還逐鹿[3] 投筆事戎軒[4]

종횡 계불취 강개지유존
縱橫[5]計不就 慷慨志猶存

장책알천자 구마출관문
仗策謁天子 驅馬出關門[6]

청영계남월 빙식하동번
請纓繫南越[7] 憑軾下東藩[8]

울우 척고수 출몰 망평원
鬱紆[9]陟高岫[10] 出沒[11]望平原

고목명한조 공산 제야원
古木鳴寒鳥[12] 空山[13]啼夜猿

기상천리목 환경구절혼
既傷千里目[14] 還驚九折魂[15]

기불탄간험 심회국사은
豈不憚艱險 深懷國士恩[16]

계포 무이낙 후영 중일언
季布[17]無二諾 侯嬴[18]重一言

인생감의기 공명수부론
人生感意氣 功名誰復論

1 述懷(술회) : 회포를 서술함. 자신의 생각을 서술한 시로, 감우(感遇) · 영회(詠懷) 등과 비슷한 말이다. 위징의 이 시는 산동의 강적(强敵) 서세적(徐世勣)을 설득하기 위해 여양(黎陽 : 현 하남성 위휘현〈衛輝縣〉)으로 가는 도중 동관(潼關)을 나갔을 때 지은 것이다. **2** 中原(중원) : 중국 한족이 나라를 세웠던 황하 유역의 평원일대로서 수도에 가까운 중심지를 뜻한다. 후에는 중국 본토 · 천하의 뜻으로 쓰인다. 우리나라의 중원은 충주 근방을 말한다. **3** 逐鹿(축록) : 사냥꾼들이 사슴을 쫓는다는 뜻으로, 여기서 사슴은 천자(天子) · 제위(帝位)를 뜻한다. **4** 戎軒(융헌) : 병거(兵車). 융헌은 군무에 종사한다는 뜻. **5** 縱橫(종횡) : 변설(辯舌)로써 제후를 유세(遊說)하는 일. 소진(蘇秦)의 합종책(合縱策)과 장의(張儀)의 연횡책(連橫策)을 의미한다. **6** 關門(관문) : 장안 동쪽에 있는 동관, 또는 더 동쪽에 있는 함곡관(函谷關)을 가리킨다. **7** 請纓繫南越(청영계남월) : 영은 갓끈 또는 말 가슴걸이. 남월은 지금의 광동 · 광서성에 있던 나라. 전한 때 종군(終軍)이 남월

로 사신으로 갈 적에 갓끈을 청하니 남월왕을 잡아와 궐하에 꿇리기 위해서라 했다. 마침내 종군이 가서 설득하여 남월을 내속(內屬)시켰으나 종군은 남월왕의 부하에게 죽임을 당했다. **8** 憑軾下東藩(빙식하동번) : 식은 수레 앞에 가로 댄 나무, 동번은 동방에 있는 제후국. 여기서는 제나라를 가리킴. 역이기(酈食其)가 한나라 고조를 위하여 제나라에 사신으로 가 수레의 가로막대기에 의지한 채로 제왕을 설복시켜 70여 성을 항복시킨 일을 뜻한다. 하는 굴복 · 항복시켰다는 뜻. **9** 鬱紆(울우) : 산길이 구부러진 모양. **10** 高岫(고수) : 수는 산의 구멍을 뜻하나, 여기서는 봉우리를 말한다. 곧 높은 산봉우리. **11** 出沒(출몰) : 길이 올라갔다 내려갔다 함. **12** 寒鳥(한조) : 추위 속의 새. 추위를 느끼는 새. 겨울 새. **13** 空山(공산) : 텅 빈 산, 곧 사람이라곤 없는 산. **14** 旣傷千里目(기상천리목) : 천리기상목(千里旣傷目)의 도치. 고향 천 리를 생각하니 바라보는 눈이 아프다는 뜻. **15** 還驚九折魂(환경구절혼) : 구절환경혼(九折還驚魂)의 도치. 아홉 번 꺾어진 고개에 또한 혼이 놀랜다는 뜻. **16** 國士恩(국사은) : 국사는 그 나라에서 제1류의 인물이란 뜻. 국사은은 국사로서 대접받는 은혜. **17** 季布(계포) : 한나라 초지방 사람으로 의협심이 강하고 신의를 잘 지켰다. 그래서 사람들이 '황금 백 근을 얻는 것이 계포의 한번 승낙을 얻는 것만 못하다(得黃金百斤不如得季布一諾).' 하였다. 그래서 '계포일락(季布一諾)', '계포무이락(季布無二諾)' 이란 말이 생겼다. **18** 侯嬴(후영) : 전국시대 사람. 속세를 피해 위나라 성문지기가 되었으나 위나라 공자 신릉군(信陵君)에게 발탁되어 예우를 받자, 생명을 바쳐 신릉군을 도왔다.

감상

이 시는 대표적인 오언고시로 평성平聲 원운元韻이다. 수양제隋煬帝의 실정 후 세상이 어지러워지자 군웅群雄이 할거하여 중원에는 한 마리 사슴을 여러 사냥꾼이 쫓듯이 서로 투쟁하고 있다. 그래서 나는 일개 문사이지만 붓을 던지고 전쟁에 종사하게 되었다. 그래서 나는 소진蘇秦 · 장의張儀가 합종合縱 · 연횡책連橫策을 내세워 천하를 통일하려 했듯이 군웅을 설득하여 천하통일의 비책을 바쳤지만 그 계획이 이루어지지 못했다. 그러나 천하를 걱정하는 진심은 변하지 않았다. 그래서 채찍을 들고 황제를 뵙고서 말을 달려 동관潼關·함곡관函谷關을 나가는 것이다.

옛날 한漢나라 종군從軍이란 학자가 무제의 명으로 남월을 귀순시킬 때 긴 갓끈을 요청해서 남월왕을 잡아다가 대령하겠다고 하더니 마침내 남월을 복속시켰고, 또 역이기酈食其란 사람이 한고조의 명을 받들고 제왕齊王에게 가, 수레 앞 가로지른 막대기에 의지하고 유세하여 군대 하나 움직이지 않고 70여 성을 동쪽 번방으로 만들었는데, 나도 그런 임무를 띠고 사신으로 가는 것이다.

꾸불꾸불한 길을 통하여 높은 산에 오르고 나니 평평한 평야가 바라다보인다. 오래된 골목에는 추위 속의 새가 울고, 인적 없는 산에는 밤에 원숭이가 울어댄다. 고향 천 리 먼 길을 바라보니 눈이 아프고 구절양장의 산길을 가노라니 나의 혼이 놀란다.

나도 사람이니 어찌 어렵고 험난한 것을 꺼리지 않으리오마는, 천하가 나를 국사로 대우함을 깊이 느낄 때 이런 일이 뭐 어렵게 느껴지겠는가? 옛날 초나라 계포는 두 번 승낙함이 없었고, 위나라 후영은 한 마디 약속을 중히 여겨 목숨을 바쳤으니, 인생은 의기意氣에 감격하는 존재라, 나도 공명 같은 것은 다시 따지지 않으리라.

이 시에서 첫 두 구와 끝 두 구는 명언으로도 유명하다. 처음의 '中原還逐鹿 投筆事戎軒'은 우국개세憂國慨世의 격앙한 의분심을 잘 나타낸 명구로 치고, 끝의 '人生感意氣 功名誰復論'은 의리의 중요함을 강조하는 처세의 교계의 구로 인구에 많이 회자되고 있다.

여설

이 시의 지은이 위징은 어려서 고아가 되어 낙백落魄해 있었는데 깨달은 바 있어 학문하면서 시기를 기다려 큰 뜻을 펴려 했다. 수나라 말기의 난리 때는 한때 편의상 도사가 되어 있기도 했다. 군웅群雄 중의 한 사람인 이밀李密에 붙어 있다가 함께 당에 귀순했다. 이밀은 진나라 때 '진정표陳情表'로 유명한 그 이밀이 아니고, 당나라 때 사람이다. 이밀은 인물이 천하의 주인이 될 수 없는 사람인데, 그렇다고 남의 신하되기를 즐기는 자도 아니었다. 이밀은 618년(당 고조 무덕 1) 10월에 당에 귀복했는데 그해 12월에 반란을 꾀하다가 체포되어 죽음을 당했다. 따라서 위징의 입장도 매우 난처하게 되었다. 이때 이밀의 부하인 명장 서세적徐世勣이 이밀을 위하여 여양성黎陽城을 지키면서 그 근방의 넓은 구역을 지배하고 있었다. 위징은 이연李淵(고조)의 눈에 들어 서세적을 투항시키기 위하여 비서승秘書丞이라는 관직을 받고 사신이 되어 여양으로 향했다. 서세적을 만나 대의로 설득하자 서세적이 옛 주인 이밀의 시신을 요구하므로 이를 내어주자, 서세적은 잘 장사 지내고 상을 마친 다음 모든 것을 당에 바치고 귀순했다.

위 시는 위징이 칙령을 받들고 동쪽으로 동관을 나가면서 지은 시라 한다. 따라서 이 시는 무덕 2년(619) 초에 지은 것으로 본다.

여양에 머물고 있는 동안 두건덕竇建德의 군대에 습격 당하여 서세적과 위징은 포로가 되었다. 두 사람은 마침내 기어이 탈출하여 위징은 황태자 이건성李建成에게, 서세적은 진왕秦王 이세민李世民에게 귀의했다. 위징은 태자세마太子洗馬에 임명되었다. 그때 진왕 이세민은 전공이 커 날로 명성을 떨쳤다. 이를 본 위징은 빨리 진왕을 제거할 것을 태자에게 권한다. 그러나 태자는 우물쭈물하다가 뒤늦게 그 아우 제왕齊王 이원길李元吉과 합작하여 진왕을 제거하려다가 도리어 진왕에게 당한다.

무덕 9년(626) 6월, 진왕 이세민의 군대가 현무문으로 쳐들어가 태자와 제왕 이원길을 죽였다. 아버지인 고조 이연은 매우 두려워하여 진왕 이세민을 황태자로 삼고 8월에 양위하여 이세민은 태종 황제가 되었다. 이때 위징은 진왕 이세민으로부터 '너는 어째서 우리 형제들의 사이를 갈라 놓으려 했느냐?' 하니, 위징은 '태자께서 일찍이 제 말을 들었더라면 오늘날 이런 화를 당하지는 않았을 것이다.' 라고 답했다. 진왕은 이 솔직한 대답에 감동하여 위징을 용서하고 도리어 위징을 간의대부諫議大夫로 임명하고 거록현남鉅鹿縣男에 봉했다. 이때 태자 편에 섰던 사람들은 불안하여 전전긍긍했다. 이에 위징이 태종에게 이번 일을 공평무사하게 처리해야 다시는 화가 일어나지 않을 것이라고 충고하여 태종은 이를 승낙했다. 그래서 이때 아직도 불안정한 상태에 놓여 있던 하북도河北道 일대에 위징을 선무사宣撫使로 삼아 파견했다. 이때 이 시를 지었다고도 한다. 그러면 이 시를 지은 해는 무덕 9년(626)이 된다.

위징은 직언을 잘하여 면전에서 반박하기를 서슴지 않았다. 이에 태종의 신임은 날로 두터워져 태종이 때로는 침실로 불러들여 천하의 일을 자문하기도 했다. 한편 위징은 성은에 감복하여 최선을 다했다. 그래서 상서우승겸간의대부尙書右丞兼諫議大夫가 되고, 정관貞觀 3년(629)에는 비서감秘書監이 되어 조정에 참여했다. 이어 검교시중檢校侍中이 되어 군공郡公의 작위에 나아가고, 정관 10년(636)에 시중侍中이 되고, 좌광록대부左光祿大夫 정국공鄭國公에 봉해졌다. 정관 17년(643)에 사망하니 황제가 친림親臨하여 통곡하고 5일간 조회를 파하였다. 사후에 사공司空 · 상주도독相州都督에 추증되고 문정文貞이란 시호를 받았다. 이때 태종이 말했다. '구리로 거울을 만들면 의관을 바로잡을 수 있고, 옛일로 거울을 삼으면 흥망성쇠를 알 수 있으며, 사람으로 거울을 삼으면 이해득실을 알 수 있다. 짐은 일찍이 이 세 거울로써 내 최선의 방패를 삼았다. 그런데 지금 위징을 잃으

니 거울 하나가 없어진 것이다.'

현재 남아 있는 위징의 시는 35수, 그중에서 악부시樂府詩 류類 31수를 빼면 오언시 4수가 있는데, 그중에서 이 술회시를 제일 걸작으로 친다. 또 『북주서北周書』·『수서隋書』를 편찬했고, 『유례類禮』·『군서치요群書治要』란 저술이 있다.

진자앙陳子昂

661~702

자는 백옥伯玉. 재주梓州 사홍射洪(현 사천성) 사람. 초당의 유명한 시인으로 당시에 한대의 웅혼雄渾한 풍골을 되살려 면모를 새롭게 했다. 그의 작품은 웅혼하고 호방한데 『진백옥집陳伯玉集』 10권이 전한다.

백제성회고 白帝城[1]懷古

진자앙(陳子昂)

해가 져 장강長江이 저무는데
배를 멈추고 이 땅의 풍속을 묻노라.
성은 주대의 파자국 때까지 거슬러 올라가고
누대는 촉한의 영안궁永安宮의 것인데 없어졌네.
거친 시골은 그대로 주나라 땅이요
깊은 산에는 아직도 우임금의 공로가 그냥 남아 있네.
바위는 매달렸는데 푸른 암벽이 끊어진 듯 험하고
땅은 위험한데 푸른 물이 용솟음쳐 흘러가네.
옛 나무는 구름 가에서 살아 있고
돌아가는 돛단배는 안갯속에서 나타나네.
장강의 물줄기는 끝없는 곳으로 흘러가는데
나그네 생각이라고 홀로 어찌 끝이 있으리오?

일락창강만　정요문토풍
日落滄江晚　停橈問土風

성림파자국　대몰한왕궁
城臨巴子國[2]　臺沒漢王宮[3]

황복 잉주전　심산상우공
荒服[4]仍周甸[5]　深山尙禹功[6]

암현청벽단　지험벽류통
巖懸靑壁斷　地險碧流通

고목생운제　귀범출무중
古木生雲際　歸帆出霧中

천 도 거 무 한　객 사 좌 하 궁
川途去無限　客思坐[7]何窮

1 白帝城(백제성) : 지금의 사천성 동부 기주(夔州)에 있던 성. 지금은 기주를 가리킴. 전한 말의 공손술(公孫述)이 촉에다 성(成)이란 나라를 세우고 황제라 칭했다. 촉은 서방이요 백색(白色)이 서방의 색이므로 자신을 백제라 칭했다. 그 뒤 촉군(蜀郡)을 고쳐 백제성이라 했다. 한때 떨쳤으나 곧 후한의 광무제에게 멸망 당했다. 2 巴子國(파자국) : 주나라 때의 땅이름. 이곳을 파나라라고 부르고 이곳 임금에게 자작(子爵)을 주었다. 3 漢王宮(한왕궁) : 촉한의 유비(劉飛: 160～223)가 살던 궁. 유비가 오나라와 싸우다가 지고 이곳에 물러나와 영안궁(永安宮)을 짓고 거처했다. 제갈량(諸葛亮: 181～234)이 유명(遺命)을 받은 곳도 이곳이다. 4 荒服(황복) : 우공(禹公) 오복(五服)의 하나. 수도를 중심으로 가까이에서부터 먼 곳까지 5구역으로 나누어 전복(甸服)·후복(侯服)·수복(綏服)·요복(要服)·황복(荒服)이라 불렀다. 따라서 황복은 먼 황야(荒野)의 땅을 뜻한다. 복은 복속(服屬)의 뜻. 5 周甸(주전) : 주나라 전복(甸服), 곧 주나라의 판도(版圖). 6 禹功(우공) : 우임금의 공적. 하나라 시조 우왕은 천하의 치수공사(治水工事)에 일생을 바쳤는데, 이곳 파(巴) 동쪽의 협곡(峽谷)도 우가 파낸 것이라는 전설이 있다. 7 坐(좌) : 홀로. 혼자서.

감상

해는 져 가고 넓은 강, 곧 장강은 어두워 가는데 노를 멈추고 이곳의 풍토를 물어본다. 이 백제성은 저 옛날 주나라의 파자국에까지 연관되어 있는데, 삼국시대 촉한의 유비가 영안궁을 짓고 살 때 세운 누대는 지금은 모두 없어졌다. 황폐한 시골도 그대로 주나라 판도였었고, 저 깊은 산에는 우임금이 판 수로가 지금도 뚜렷이 남아 있다. 공중에 매달린 듯한 바위 밑에는 푸른 석벽이 잘라 세운 듯 서 있고, 험난한 땅을 푸른 물결이 뚫고 흐른다. 오래된 고목은 구름 끝에 솟아나 있고, 돌아가는 배의 돛은 안갯속에 솟아 있다. 장강의 여로는 끝없이 계속되는데, 나그네의 생각이 홀로 어찌 끝이 있겠는가?

곧 백제성에서 옛날을 회상하면서 만사의 무상함을 읊었다.

평성平聲 동운東韻 오언배율五言排律 시다.

여설

당초의 오언고시五言古詩는 아직도 육조의 기려綺麗한 작풍作風을 이어 오고 있었다. 이에 반발하여 한위의 풍골을 되찾자고 강력히 주장하며 실천에 옮긴 이가 바로 진자앙陳子昻이다. 그의 감우시感遇詩(38수)는 완적阮籍(210~263)의 영회시詠懷詩(82수)의 영향을 받은 시로, 이 두 시는 진자앙의 시 중에서 쌍벽으로 친다.

그는 시가혁신詩歌革新의 주장을 실천하여 많은 수작을 내고 시에 있어 내용과 형상이 있고 강건하고 질박한 시풍을 만들어냈다. 그래서 당대 시가 발전에 큰 공헌을 했으며 후대에 깊은 영향을 주었다. 따라서 그의 친구 노장용盧藏用은 〈진자앙별전陳子昻別傳〉에서 '경사백가經史百家에 두루 해박하고 더욱이 문장을 잘 지어 사마상여司馬相如와 양웅의 풍골이 있다.'라 평했고, 두보도 〈진습유고택陳拾遺故宅〉에서 '공은 양웅·마융 이후에 이름이 해나 달과 같이 나란하다(公生揚馬名與日月懸).'라고 했으며, 한유韓愈(768~842)는 〈천사薦士〉에서 '국조에 문장이 성했는데, 진자앙이 처음으로 높이 두드러졌다.(國朝盛文章, 子昻始高踏.)'라고 평했다. 또 왕적王適(585~644)은 진자앙의 감우시 38수를 보고 '이 사람은 반드시 천하의 문장의 조종祖宗이 된다(此子必爲天下文宗).'고 평하기도 하였다. 곧 진자앙의 시풍은 이백·두보에 이어져 당대시의 면모를 새롭게 했다.

등유주대가 登幽州臺[1]歌

진자앙(陳子昂)

앞으로는 옛사람을 보지 못하고,
뒤로는 미래의 사람도 볼 수 없구나.
천지의 아득함을 생각할 때
홀로 서글퍼 눈물이 흐르네.

전 불 견 고 인　후 불 견 래 자
前不見古人　後不見來者
념 천 지 지 유 유　독 창 연 이 체 하
念天地之悠悠[2]　獨愴然[3]而涕[4]下

1 幽州臺(유주대) : 유주의 고대(高臺). 유주는 지금 북경시 대흥현(大興縣)이다. 대는 누대. 유주에 나라를 세웠던 옛 연나라 소왕(昭王)이 악의(樂毅) · 추연(鄒衍) 등 어진 이를 모셔와 거처하게 하기 위하여 지은 황금대(黃金臺), 일명 초현대(招賢臺)를 뜻한다. 2 悠悠(유유): 아득한 모양. 무궁무진한 모양. 3 愴然(창연) : 서글픈 모양. 슬픔으로 아파하는 모양. 4 涕(체) : 눈물.

감상

이 시는 5언 2구, 6언 2구로 이루어진 파격破格의 시다. 운은 측성仄聲 마운馬韻이다.

여설

진자앙은 일생 동안 뛰어난 재주를 가졌으면서도 불우하여 그의 시에는 당시 사회의 모순이 잘 드러나 있다. 이 시도 유주의 고대高臺에 올라가 천지를 부앙俯仰하며 자신의 존재를 알아 주는 이 없어 서글피 눈물이 나는 심정을 토로한 시이다.

이 시는 재래로 유명하여 천관우千寬宇의 기행문 '그랜드캐년'에도 인용되어 과거에 우리나라 국어 교과서에 실리기도 했다. 이 시의 첫 두 구는 이퇴계李退溪(1501～1570)의 『도산십이곡陶山十二曲』 중의 한 수인 '고인도 날 못 보고 나도 고인 못 뵈, 고인을 못 뵈도 예던 길 앞에 있네. 예던 길 앞에 있으니, 아니 예고 어떨고?' 라는 시조를 연상케 한다.

진자앙은 재자불우才子不遇에다 신체 허약까지 겹쳐 매우 불행한 일생을 살았다. 그는 본디는 부호의 아들로 태어나 가난을 몰라 멋대로 굴어 17, 8세까지는 사냥 · 도박 등의 난봉꾼 생활을 하면서 독서할 줄도 몰랐다. 그러던 어느 날 향교에 가 놀다가 남이 책 읽는 것을 보고 문득 깨달아 과거의 폐습을 버리고 공부에 열중하니 원래 재주가 있어 일취월장하였다. 그래서 21세 때 그가 쓴 시문을 가지고 서울로 가 고관들을 만나려 했다. 그러나 아무도 소개해 주는 사람이 없었다. 그래서 한 방법을 찾아냈다. 어느 날 길거리에서 깡깡이〔胡琴〕를 파는 사람을 만났다. 그 장사꾼이 깡깡이 하나를 백만 금에 팔겠다 하니 여러 사람들이 둘러싸고 구경하면서도 한 사람도 사는 사람이 없었다. 이때 진자앙이 군중을 헤치고 들어가 돈 천 꾸러미를 주고 샀다. 많은 사람들이 무엇하러 그것을 사느냐고 물으니, 자기는 이 깡깡이 연주를 몹시 좋아한다고 했다. 그래서 여러 사람들이 곧 연주해 보라 하니 그는 큰 소리로 웃으면서 '오늘은 일이 있어 연주할 수 없으니, 내일 선양리宣陽里에 오면 한번 멋지게 연주할 것이다.' 라고 했다.

이에 사람들이 다음날 선양리로 가니 그는 광장에다 주효酒肴를 베풀어 놓고 그 앞에 깡깡이를 가져다 놓았다. 손님들이 오자 우선

술과 안주를 대접하고, 술이 거나해지자 그는 깡깡이를 들고 일어나 말하는데, '나는 사천 사람 진자앙입니다. 제가 쓴 시문 일백 편을 가지고 서울로 왔는데 봐 주는 사람이 없습니다. 이 깡깡이는 천한 공인들이 만든 것인데, 제가 어찌 이것을 탈 줄 알겠습니까?' 하고, 일거에 그 깡깡이를 부숴버리고 자신이 지은 글을 사람들에게 나누어 주었다. 그래서 하루 동안에 진자앙의 이름은 서울 장안에 쫙 퍼졌고, 이 소식이 경조京兆의 사공참군司功參軍 벼슬에 있던 왕적王籍에게 전해졌다. 왕적은 진자앙의 감우시를 읽은 후 감탄하면서 '이 사람은 반드시 천하 제일의 문종이 될 것이다.' 하였다.

진자앙이 24세 때 진사에 급제했으나 그때는 측천무후가 정권을 잡고 있을 때였다. 이때는 고종이 붕崩하여 장지 문제로 논란이 있을 때로 서경西京으로 천장遷葬해서는 안된다고 상서上書했다가 도리어 측천무후에게 알려져 처음으로 인대정자鱗臺正字라는 관직에 임명되었다. 이어 우습유右拾遺에까지 올라갔으나 여인 밑에 있는 것이 탐탁하지 않게 여겨지고, 여러 번 정책을 제안했으나 큰 효과가 없자 관직을 물러나기로 결심했다. 때마침 무유의武攸宜가 거란군을 치러 나갈 때 진자앙을 참모로 부르니 이때가 기회라 여기고 나아가 무유의를 도왔으나 무유의가 그의 말을 듣지 않아 패배했다. 뿐만 아니라 그는 군조軍曹로 강등까지 되었다. 이에 진자앙은 관직을 떠났는데 장열張說(667~730) · 장구령張九齡 등은 재상에까지 올랐다.

이후 그는 유주幽州 등지를 돌아다니며 비분강개한 회고시를 많이 썼다. 699년(측천무후 성력 2) 그의 아버지 원경元敬이 죽어 슬퍼하며 장례를 치렀다. 이때 사홍현射洪縣 현령으로 단간段簡이란 자가 있었는데, 진자앙이 부자이나 관직이 없는 것을 알고 엉터리 죄명을 씌워 옥에 가두었다. 목숨을 건지기 위하여 20만금을 장만하여 바쳤으나 단간의 욕심은 한이 없어 출옥하지 못하고 옥중에서 죽으니 그의 나이 43세였다.

지금 사천성 사홍현 금화진金華鎭 금화산金華山에 가면 진자앙 독서대가 있다. 진자앙이 공부하던 곳이다. 산이 우뚝 솟아 있고, 밑에는 부강涪江이 수려하게 굽어 흐르는데 송나라 황정견黃庭堅(1045～1105)이 쓴 울람동천蔚藍洞天이란 글씨가 있다. 처음에 금화산관金華山觀이란 도관道觀을 남조 양나라 때 창건했는데, 송나라 때 옥경관玉京觀이라 했다. 진자앙의 독서대는 이 도관 뒤에 있었는데 송나라 때는 습유정拾遺亭이라 하였다. 『습유정기拾遺亭記』에 보면, '진자앙 독서대의 옛 터에 네 기둥의 큰 집을 세우고 습유정이라 한다.' 고 했고, 청나라 도광道光(청 8대 선종 연호 : 1821～1850) 때 독서대를 금화산 뒤 오강梧江으로 옮겨 왔다 했는데, 명나라 때 조각한 진자앙의 석상 한 구와 청나라 때 나무에 새긴 진자앙의 약전略傳이 담장 위에 세워져 있다.

장구령 張九齡

678～740

자는 자수子壽 또는 박물博物. 곡강曲江(광동성 내) 사람. 세상에서 곡강공이라 한다. 시호는 문헌文獻. 상서우승상尙書右丞相까지 지냈다. 이임보李林甫를 누르다 도리어 배척당하여 재상에서 물러나 집에 있다 죽었다. 『곡강집曲江集』이 있다.

조경견백발 照鏡見白髮

장구령(張九齡)

옛날의 청운의 뜻이
시기를 잃어 흰머리의 나이가 됐네.
누가 알랴? 밝은 거울 속에서
몸과 그림자가 서로 불쌍히 여길 줄을.

숙석 청운지 차타 백발년
宿昔[1]青雲志[2] 蹉跎[3]白髮年
수지명경리 형영 자상련
誰知明鏡裏 形影[4]自相憐

1 宿昔(숙석) : 옛날. 2 青雲志(청운지) : 청운의 뜻. 입신 출세의 대망. 3 蹉跎(차타) : 미끄러져 넘어짐. 시기를 잃음. 일을 이루지 못하고 나이만 많아짐. 4 形影(형영) : 형은 자신, 영은 그림자. 또는 거울 속에 비친 자신의 모양.

감상

옛날 젊었을 때는 출세하려는 야망에 차서 들떠 있었는데, 험난한 세상을 살다 보니 모든 것은 실패하고 머리가 허연 늙은이가 되어 버렸다. 지금 거울을 들여다보며 내가 내 자신을 보고 슬퍼하게 될 줄이야 누가 상상이나 했겠나?

제1·2구는 대구를 이루고 있다. 특히 '青雲志'와 '白髮年'은 썩 좋은 대구다. 제3구 수지誰知에서 전환轉換의 묘를 나타냈다.

오언절구 평성平聲 선운先韻이다.

여설

이 시를 읽으면 이백의 '추포가秋浦歌'를 연상하게 한다. 이 '추포가'는 17수로 되어 있는데, 그 제15수에 이 시와 흡사한 것이 있다.

흰 머리털이 삼천 길이 되니	白髮三千丈 (백발삼천장)
근심으로 연연해서 이렇게 자랐구나.	緣愁似箇長 (연수사개장)
알지 못하겠구나. 밝은 거울 속의 모습	不知明鏡裏 (부지명경리)
어디에서 가을 서리를 맞았는가?	何處得秋霜 (하처득추상)

두 시가 다 백발탄이다. 부질없이 몸만 늙어 백발이 되었음을 한탄하고 있다. 장구령의 시는 청운지시靑雲之志를 이루려다 이루지 못하고 몸만 늙고 백발이 된 인생무상을 읊었고, 이백은 근심 때문에 이렇게 늙었다 했는데 그 근심도 주로 출세를 못한 근심이리라.

誰知明鏡裏와 不知明鏡裏에서는 글자가 하나 다를 뿐이다. 형식이 매우 비슷한데, 장구령 시의 시기가 조금 빠를 뿐이다.

조선조의 대문장가 박지원朴趾源(1737~1805)의 '원조대경元朝對鏡'이란 시가 있다.

문득 몇 가닥 턱수염이 났는데	忽然添得數莖鬚 (홀연첨득수경수)
다행히 여섯 자 몸뚱이 만큼 길지는 않네.	全不加長六尺軀 (전불가장육척구)
거울 속의 모습은 해마다 달라지는데	鏡裏容顔隨歲異 (경리용안수세이)
어리석은 마음에 지난날의 나인 줄만 여겨지네.	穉心猶自去年吾 (치심유자거년오)

또 조선 말기 신응조申應朝(1804～1899)의 시에 이런 구절이 있다.

오늘 아침 자주 술을 마신다고 괴상히 여기지 마라.	막괴금조파주빈 莫怪今朝把酒頻
내일 아침에는 칠십 세가 되는 새해로다.	명조칠십세화신 明朝七十歲華新
꿈속에서는 여전히 젊었을 적 일 생각하건만	몽중유작청년사 夢中猶作靑年事
세상에 부질없이 백발의 몸만 남았구나.	세상공류백발신 世上空留白髮身

이 모두가 늙어감을 한탄하는 내용의 시들이다.

장구령은 재상을 지낸 시인이다. 그는 7세에 글을 지을 줄 알아 13세에 광주자사廣州刺史 왕방경王方慶에게 편지를 보냈다. 광주자사가 탄복하며 앞으로 큰 인물이 될 것이라 했다. 그 뒤 영남에 귀양 와 있던 장열張悅(667～730)의 추천으로 출세했다. 『곡강집曲江集』 20권이 있다.

곡강집(曲江集)

『전당시全唐詩』에는 그의 시가 3권으로 수록되어 있다. 그는 명재상에다 문학적으로 큰 공을 세웠다. 그의 시는 초기 작품에는 사채詞采가 화려하여 대각체臺閣體가 남아 있고, 응제시應製詩가 많다. 그러나 그의 시풍은 만년에 정치적 시련을 겪고 난 뒤 소박하고 경건한 쪽으로 많이 변했다. 예컨대 그의 '감우感遇' 12수는 비흥의 수법을 사용하여 진자앙陳子昂의 '감우'와 함께 병칭 되는 명시이다. 그것들은 초당 이래의 형식주의 시풍을 일소하는 데 크게 공헌하여 세상에서 진·장이라 일컫는다. 이들은 이백과 두보에게 영향을 미쳐 당시唐詩 발전에 크게 공헌했다. 지금 광동성 소관시韶關市 서북 10km 지점에 장구령의 묘가 있다. 그가 죽어 이곳에서 장례를 치를 때는 나원촌羅源村 취주령翠珠嶺이라 불렀었다. 1960년 7월, 8일 간에 걸쳐서 광동성 문물관리위원회와 화남사범학원 역사과 사람 14명이 발굴했다. 발굴 당시 무덤 평면의 모양은 고古자 모양이었는데, 묘실墓室·통로通路·부속실附屬室 등으로 나뉘어 있었다. 묘실의 길이는 4.82m, 너비는 4.80m, 높이는 5.85m였다. 벽화壁畵가 남아 있었다. 묘비는 1919년에 중수重修할 때 다시 새긴 것이다. 묘 곁에는 그의 처 노씨盧氏와 아우 구고九皐·구장九章의 무덤도 있다.

왕발 王勃

649～676

자는 자안子安. 강주絳州 용문龍門(현 산서성) 하진현河津縣 사람. 초당사걸 중 제일인자. 『왕자안집王子安集』이 있다.

등왕각 滕王閣[1]

왕발(王勃)

높은 등왕각이 강가에 솟아 있어
패옥과 명란소리가 요란했건만 지금은 가무도 그쳐 있네.
채색한 지붕의 용마루엔 아침에 남포의 구름이 날고
구슬 발은 저녁 때 걷어올리니, 서산엔 비.
한가한 구름은 못 속에 잠기우고 해는 유유히 지나가는데
만물의 변함과 세월의 흐름이 몇 해를 지냈는가?
이 누각 안에 있던 황제의 아들은 지금 어디에 있는가?
난간 밖의 긴 강은 부질없이 저절로 흐르도다.

등 왕 고 각 림 강 저　패 옥 명 란 파 가 무
滕王高閣臨江渚[2]　佩玉[3]鳴鸞[4]罷歌舞

화 동 조 비 남 포 운　주 렴 모 권 서 산 우
畫棟[5]朝飛南浦[6]雲　珠簾暮捲西山雨

한 운 담 영 일 유 유　물 환 성 이 기 도 추
閑雲潭影日悠悠　物換星移幾度秋

각 중 제 자 금 하 재　함 외 장 강 공 자 류
閣中帝子[7]今何在　檻外[8]長江空自流

1 滕王閣(등왕각) : 당(唐)나라 때 등왕 이원영(李元嬰)이 지은 누각. **2** 江渚(강저) : 물가. **3** 佩玉(패옥) : 사대부들이 허리에 차는 옥. 허리에 부딪혀 아름다운 소리를 낸다. **4** 鳴鸞(명란) : 수레에 다는 방울. 왕후 귀족들의 차에 매달아 아름다운 소리를 내게 함. **5** 畫棟(화동) : 여러 가지 아름다운 칠을 한 도리나 대들보. 또는 채색한 지붕이나 용마루. **6** 南浦(남포) : 지명(地名). 남창(南昌) 성 밖에 있다. **7** 帝子(제자) : 황제의 아들, 곧 당고조의 아들 등왕 이원영. **8** 檻外(함외) : 난간 밖.

감상

오언고시로 측성仄聲 우운麌韻(舞 · 雨)과 평성平聲 우운尤韻(秋 · 流)을 혼용했다.

당나라 고조 이연의 아들이요, 태종 이세민의 아우인 이원영李元嬰이 등왕에 봉해져 이곳에 온 이듬해 지은 등왕각이 공강贛江 물가에 우뚝하게 솟아 있구나. 당시 왕공 귀인들이 모여드느라고 구슬과 방울소리도 요란했었는데, 지금은 가무조차 그쳐 있네. 지금도 아침엔 남포南浦로부터 몰려오는 구름이 잘 채색된 등왕각 지붕으로 날아오고, 저녁 땐 서산에서부터 몰려오는 비에 구슬발을 말아 올리네. 하늘에 떠도는 한가한 구름과 연못에 비치는 햇빛과 산천 그림자는 날마다 여전한데, 세상은 바뀌고 세월이 흘러 몇 해가 지나갔는가? 따라서 이 누각에서 놀던 그 황제의 아들 등왕은 지금 어디에 가 있는가? 이 등왕각 난간 밖으로는 기나긴 공강만이 부질없이 예전대로 흘러가고 있노라.

여설

이 시는 왕발의 명문 '등왕각서(원명 : 추일등홍부등왕각서문 秋日登洪府滕王閣序文)' 말미에 결론적으로 함축하여 등왕각을 읊은 시다.

왕발은 수나라 때 학자 왕통王通의 손자로 태어났다. 아버지는 왕복치王福峙로 면勔과 거勮의 두 형이 있고, 조助 · 할劼 · 권勸의 세 아우가 있다. 그는 6세 때 글을 지을 줄 알았다. 9세 때 안사고顔師古가 주를 단 『한서漢書』를 읽고 틀린 곳을 모아 『지하指瑕』란 책을 내기도 했다. 14세 때 태상백太常伯 유상도劉祥道가 관내를 지나갈 때 글을 올려 그의 추천으로 조산랑朝散郎에 임명되었다. 건봉乾封(고종 연호 : 666~667) 초에 대궐에 나아가 '신유동악송宸遊東岳頌' 이란 글을 올리고, 그때 동도에 건원전乾元殿을 지었으므로 '건원전송乾元殿頌' 를 지어 올렸다. 이에 패왕沛王 이현李賢이 데려다가 우대했다. 그때는 여러 왕들이 닭싸움을 좋아할 때로, 왕발이 장난 삼아 '격영왕계문檄英王鷄文' 을 지었는데, 고종이 이 글을 보고 왕자들을 이간질한다 하여 왕발을 파면했다. 후에 괵주참군虢州參軍에 보임되었으나 재주를 믿고 오만하여 동료들의 질투를 받았다. 이때 관노 조달曹達이란 자가 범죄한 것을 숨겨 주었다가 나중에 발각되면 큰일이라 여겨 아주 조달을 죽여 후환을 없애려 했다. 그러나 이 일이 발각되어 죽음을 당할 뻔하다가 겨우 특사되어 살아났다. 그때 교지령交趾令으로 좌천되어 가 있던 아버지 왕복치를 찾아 지금의 월남으로 떠난다.

675년(고종 상원 2) 9월 9일 중양절에 왕발은 지금의 강서성 남창南昌(옛 紅州)에 있는 등왕각에 올라 저 유명한 '등왕각서' 를 지었다.

이때 홍주도독 염백서閻伯嶼가 등왕각을 중수하고 대연회를 열어 사위 오자장吳子章의 글재주를 자랑하려 했다. 그래서 유명한 사람들을 모두 초청해 놓고 중수한 등왕각에 걸 글을 짓는 현장을 연출한 것이다. 물론 사위 오자장에게 미리 작문을 부탁해 놓은 것이다. 염백서는 연회석에서 지필묵을 가져다 놓고 내빈들에게 글을 지어 달라 하니 전부 겸양한다. 그런데 이때 참석한 왕발은 무엄하게도 용감히 나타나 붓을 들고 이 '등왕각서' 를 쓴 것이다.

염백서는 괘씸하게 여기는 심정을 누르고 하인을 시켜 왕발이 짓는 글을 수시로 와 보고하게 하였다. 하인은 들락날락하며 문장의 단락이 이루어지는 대로 수시로 보고하였는데, 처음에는 우습게 여기던 염백서도 '지는 노을은 외로운 따오기와 더불어 가지런히 날고, 가을 물은 긴 하늘과 함께 길이 한 빛이다.(落霞與孤鶩齊飛, 秋水共長天一色.)' 란 구절에서 두 손을 든다. 그래서 끝까지 짓게 하여 왕발은 명문을 남길 수 있었다. 이에 왕발은 갑자기 천하에 문명을 날리게 된다.

그런데 일설에는 이런 일화도 있다. 일사천리로 이 서문을 완료하고, 끝에 '강주용문왕발제絳州龍門王勃題'라 쓰고 붓을 놓고 자리를 떠나 강가로 내려갔다. 이런 보고를 받은 염백서는 왕발이 있는 한 자기 사위 오자장이 문명을 날릴 수 없을 것을 걱정하다 화가 치밀어 당장 왕발을 체포해 오라 했다. 그러나 부하들이 급히 말려 노여움을 풀고, 왕발의 글을 읽으니 참으로 명문이었다. 그러나 끝에 있는 등왕각 시 중 끝 귀 '檻外長江○自流'에서 한 글자가 비어 있었다. 이에 다시 화가 난 염백서는 자기를 비롯한 강남인 중에는 사람이 없다고 업신여기는 것이라 하여 다시 화를 내며 왕발을 잡아 오라 했다. 그러나 주위에서 왕발을 변명하는데, 급히 짓다 보니 '독獨'자 또는 '일一'자를 빼놓은 것이리라고 하였다. 이때 사위 오자장이 장인을 달래며 왕발에게 사례비 2백냥을 주고 그 빼놓은 글자를 물어 오자고 했다. 그래야 장인의 체면도 서고 선비를 우대한다는 평을 들을 것이라 극구 변명하여 염백서의 허락을 받았다.

왕발은 등왕각에서 내려가 곧장 강으로 가 배를 빌려 타고 교지交趾로 떠나는 중이었다. 그때 뒤를 돌아보니 추격군이 먼지를 날리면서 쫓아오고 있었다. 왕발은 사공에게 배를 더 빨리 저으라고 부탁한다. 그러나 뒷배로 쫓아온 염백서의 부하에게 붙잡힌다. 그런데 뜻밖에 추격대 속에서 오자장이 나타나 위로하고 사례금 2백냥을 주며 종구終句의 빈 글자를 묻는다. 이에 왕발은 오자장의 손바닥에 한 글자를 써 주고 장인 염백서가 먼저 본 뒤에야 보라고 했다. 그래서 오자장이 등왕각에 돌아와 장인에게 손을 펴 보였으나 빈 손바닥이라 또다시 화를 내면서 왕발을 잡아 오라 야단이다. 오자장이 손바닥을 이리저리 살펴보았으나 글자가 없었다. 이에 깨달은 바 있어 오자장은 즉시 '여기에 있는 글자는 저에게만 보입니다. 그 글자는 공空입니다.' 하고 그 글자를 채워 생색을 냈다.

왕발은 즉시로 다시 배를 타고 아버지를 뵈러 가다가 폭풍을 만나 배가 뒤집혀 죽으니 그의 나이 29세였다.

왕발은 평소에 여간해서는 글을 잘 짓지 않았다. 그러나 명문을 지으려면 먼저 먹을 몇 되나 갈아 놓고 술을 실컷 마신 뒤 이불을 두껍게 푹 덮고 한숨 늘어지게 잔 다음 일어나 일필휘지로 내려 갈기는데 한 글자도 고치는 일이 없었다 한다. 그래서 사람들이 그의 글을 '복고腹稿' 라고 하였다.

지금도 강서성 남창시 연강로沿江路 공강贛江 가에 등왕각이 서 있다. 659년(당 고종 현경 4)에 고조 이연의 아들이요, 태종 이세민의 아우인 등왕 이원영이 홍주도독으로 와서 이 누각을 세웠다. 17년이 지나 675년(고종 상원 2)에 염백서가 여기 홍주도독으로 와서 다시 중수하고 준공식 때 왕발의 서문을 받은 것이다. 그 후 여러 번의 흥폐를 거쳐 명나라 경태 연간(1450～1456)에 순무도어사巡撫都御使 한옹韓雍이 중수하고 서강제일루西江第一樓라 했다.

옛 등왕각은 규모도 커서 3층 누각에 높이 27m, 앞이 26m, 옆이 14m인데, 그 곁에 세 정자가 더 있으니, 남쪽의 것을 '압강정壓江亭' 이라 하고, 북쪽 것을 '읍취정挹翠亭' 이라 하며, 뒤에 또 '영은정迎恩亭' 이 있다. 중간에 왕발의 서序가 옹방강翁方綱의 글씨로 새겨져 있고, 상층 앞 편액이 '서강제일루', 뒤쪽에는 한유韓愈의 소전小篆으로 '강남에는 구경할 만한 곳이 많은데 등왕각이 제일이다.(江南多臨觀之美, 以滕王閣獨爲第一.)' 라고 씌어 있고, 편액은 '선인구관仙人舊館' 으로 씌어 있다. 이춘원李春園의 글씨다. 등왕각 안에는 등왕각을 읊은 시문 · 비석 · 그림 등 작품이 많다. 등왕각의 역사 1300여 년간에 26차례나 흥폐가 있었는데, 1926년 북양군벌北洋軍閥 우여탁郵如琢 부대의 방화로 전소되었다가, 1983년 강서성과 남창시에서 중건하여 오늘의 모습을 갖추었다.

양형 楊炯

650~692

화음 華陰(섬서성 내) 사람. 어려서부터 총명하여 신동과 神童科 에 합격하여 여러 벼슬을 지냈다. 초당사걸 初唐四傑 중 1인이다. 현재 33수의 시가 전하는데 『양영천집 楊盈川集』 30권이 있다. 그의 변새시 邊塞詩 는 풍격이 웅장하고 격정적이며 애국적이라 수작으로 친다.

종군행 從軍行[1]

양형(楊炯)

봉화가 서경을 비추니
마음속이 저절로 평안하지 않네.
아장은 봉궐을 떠나고
철기는 용성을 둘러싸네.
눈이 어두컴컴하게 내려 깃발의 그림이 희미하고
바람 소리 많아 북소리에 뒤섞이네.
차라리 백부의 장이 되는 것이
하나의 서생 되는 것보다 낫네.

봉화조서경　심중자불평
烽火照西京[2]　心中自不平
아장　사봉궐　철기요용성
牙璋[3]辭鳳闕[4]　鐵騎繞龍城[5]
설암조기화　풍다잡고성
雪暗凋旗畫[6]　風多雜鼓聲
녕위백부장　승작일서생
寧爲百夫長　勝作一書生

1 從軍行(종군행) : 종군의 노래. 악부의 제목으로 군대의 괴로움을 읊고 있다. 행은 시체(詩體)의 일종. 시의 가락이 뛰어 달리듯 하면서도 성기어 막힘이 없는 것을 행이라 한다.(步驟馳騁, 疎而不滯者日行.) 하였다. 곧 비교적 긴 시인데 행을 보통 노래라고 번역한다. 2 西京(서경) : 장안. 지금의 서안(西安). 낙양(洛陽)을 동경이라 함에 대하여 서안을 서경이라 한다. 3 牙璋(아장) : 아는 어금니, 장은 구슬을 말한다. 장군이 천자로부터 받는 부신(符信)이며 구슬로 만들었는데 어금니 마냥 요철(凹凸)로 나뉘어 합하면 하나가 될 수 있게 만든

신용의 표시물. **4** 鳳闕(봉궐) : 천자(天子)의 궁전. 한대 건장궁(建章宮) 동쪽에 봉궐(鳳闕)이란 궁전을 세웠는데 그 높이가 20여 길이었다. 그 궁전을 구리로 만든 봉황으로 꾸몄기 때문에 이런 이름이 생겼다. 그 뒤 천자의 궁궐의 대명사로 쓰인다. **5** 龍城(용성) : 흉노 땅에 있는 성의 이름. 고장성(姑藏城)이라고도 함. 땅이 용 모양으로 생겼기 때문에 이런 이름이 생겼다. **6** 旗畵(기화) : 깃발에 그린 그림.

감상

오언고시 평성平聲 경운庚韻이다.

외적이 변경을 침범했음을 알리는 봉화가 장안까지 이르렀다. 이에 사람들의 심중이 평안치 않아 흥분하여 들썩인다. 대장군은 병부兵符를 받아 궁궐을 떠나 호지胡地로 가고 갑옷을 입은 기마병들은 흉노의 소굴 용성龍城을 둘러싼다. 추운 곳이라 눈이 많이 내려 낮에도 어둡고, 깃발에 그린 그림도 얼어 시들어 버린 것 같으며 바람도 많이 불어 북소리가 뒤섞여 요란하다. 이런 데서 싸우는 장정들은 비록 지위가 낮은 1백 명의 사병의 우두머리인 분대장쯤 되어도 하나의 좀팽이 서생보다는 훨씬 낫겠다. 이런 때는 군대가 제일이다.

상무정신尙武精神이 깃들어 있는 시이며 애국주의적 격정이 발로된 시로, 전쟁의 모습과 애국심을 절묘한 표현으로 잘 묘사한 시로 평해진다. 특히 승전련承轉聯의 대구對句는 매우 훌륭하다.

여설

양형은 교서랑校書郎으로 있다가 숭문관학사崇文館學士가 되고 이어 첨사사직詹事司直에 전임되었다. 측천무후 때 작은할아버지의 손자로서 육촌 아우인 양신양楊神讓의 죄에 연루되어 재주사법참군梓州司法參軍으로 좌천되었다. 기한이 차자 영천현령盈川縣令에 임명되었다. 692년(무후 여의 1) 7월 보름에 궁중에서 우란분孟蘭盆을 내어 각 절에 나누어 보낼 때 측천무후는 낙양洛陽 남문에 와 모든 신하들을 데리고 이 모임을 관람했다. 양형이 이때 '우란분부孟蘭盆賦'를 지어 올렸는데 그 글이 매우 아름다웠다.

그는 행정에서 지나치게 잔혹하여 하리들의 행동이 마음에 들지 않으면 때려 죽이기도 했다. 영천령으로 재직 중에 죽자, 중종이 즉위하여 옛 관료라 하여 저작랑著作郎에 추증追贈했다. 그는 왕양노락王楊盧駱이라는 초당사걸初唐四傑에 자기 이름이 들어가자, 자신이 노조린盧照鱗 앞에 있는 것은 미안하고, 왕발 뒤에 있는 것은 부끄럽다 하니, 장열張說은 말하기를 '양형의 문사文思는 매달린 폭포의 물을 쏟는 것 같아 이를 아무리 퍼 써도 줄지 않는다. 따라서 노盧보다는 낫고 왕王보다도 못하지 않다.' 고 평했다.

측천무후(則天武后)

노조린 盧照鄰

637～689

자는 승지升之, 유주幽州 범양范陽(현재 하북성 아현鴉縣) 사람. 초당사걸 중의 한 사람. 관직은 전첨典籤·신도위新都尉를 지냈다. 풍병을 앓다가 영수에 투신자살했다.

장안고의 長安古意[1]

노조린(盧照鄰)

제1절

장안의 큰 길은 좁은 길과도 이어졌는데
푸른 소와 흰말이 끄는 수레 중에는 칠향거도 있네.
옥으로 장식한 연은 세로 가로로 달려 공주의 집으로 들어가고,
황금안장을 한 말은 계속 이어져 왕후의 집으로 향하네.
용을 장식한 보배로운 일산日傘은 아침햇살을 받아 번쩍이고,
봉황에 달린 아름다운 술이 저녁놀을 띠어 아름답네.
백 척이나 되는 아지랑이는 다투어 나무들을 둘러싸고
한 떼의 아름다운 새들은 함께 꽃밭에서 우지지네.

장안대도련협사 청우백마칠향거
長安大道連狹斜[2] 青牛白馬七香車[3]

옥련종횡과주제 금편락역향후가
玉輦縱橫過主第[4] 金鞭絡繹向侯家[5]

용함보개 승조일 봉토유소 대만하
龍銜寶蓋[6]承朝日 鳳吐流蘇[7]帶晚霞

백척유사 쟁요수 일군교조공제화
百尺遊絲[8]爭繞樹 一群嬌鳥共啼花

1 長安古意(장안고의) : 장안의 옛 뜻. 장안은 지금의 서안 부근에 있던 중국의 옛 수도. 전한 때부터 당에 이르기까지 여러 왕조의 수도였다. 고의란 옛 뜻이란 의미인데, 여기서는 시제(詩題)의 이름이다. 곧

의고(擬古) · 방고(倣古)와 같다. 그 당시의 일을 직설적으로 표현하지 않고 옛날의 고사(故事)를 읊음으로써 당시를 풍자하는 내용이 많다. 이 시도 바로 그런 내용이다. **2** 狹斜(협사) : 좁고 비탈진 골목길. 이런 곳에 창기 집이 많았으므로 홍등가를 뜻하기도 한다. **3** 七香車(칠향거) : 일곱 가지 향나무로 만든 수레, 또 사방에 일곱 가지 향을 넣은 주머니를 매단 수레라고도 함. **4** 主第(주제) : 주는 공주, 제는 집. 곧 공주 등 왕족의 저택. **5** 侯家(후가) : 제후의 집, 곧 고관대작의 집. **6** 龍銜寶蓋(용함보개) : 보개는 보배로 장식한 덮개 또는 가리개 혹은 우산이나 양산. 그 위에 용이 틀어 앉아 마치 용이 보배를 물고 있는 듯이 보임. **7** 鳳吐流蘇(봉토유소) : 유소는 깃발이나 가마 등에 다는 술. 봉황새가 유소를 토해 낸다는 뜻은 술이 봉황에 붙어 있음을 의미함. **8** 遊絲(유사) : 아지랑이.

제2절

꽃에서 우는 새, 꽃을 희롱하는 나비, 모든 문 앞에서 날고,
푸른 옥 같은 나무, 은빛의 누대는 만가지 빛을 띠었네.
복도의 교창은 모두가 잘 어울리고
한 쌍의 대궐은 용마루가 이어진 것이 봉황의 날개 접은 듯.
양기 梁冀 장군의 그림 같은 누각이 하늘 속에 솟아 있고,
한무제가 세운 승로반 承露盤 의 황금기둥은 구름 밖에 곧게 솟았네.
누각 앞에서 가까이 바라보아도 알지 못하거늘
골목길에서 만난 사람을 어찌 알 수 있는가?

제화희접 천문전 벽수은대만종색
啼花戲蝶[9] 千門前 碧樹銀臺萬種色

복도교창 작합환 쌍궐연맹 수봉익
複道交窓[10] 作合歡[11] 雙闕連甍[12] 垂鳳翼

양가 화각중천기 한제금경 운외직
梁家[13] 畫閣中天起 漢帝金莖[14] 雲外直

루 전 상 망 불 상 지　맥 상 상 봉 거　상 식
樓前相望不相知　陌上相逢詎[15]相識

9 啼花戲蝶(제화희접) : 꽃에서 우는 새와 꽃을 희롱하는 나비의 뜻. **10** 交窓(교창) : 분합문 위에 가로 길게 짜서 끼우는 빛받이 창. 횡창(橫窓). **11** 合歡(합환) : 원래는 기쁨을 같이한다는 뜻인데, 여기서는 잘 어울린다는 뜻이다. **12** 連甍(연맹) : 맹은 대마루. 지붕 위의 가장 높게 마루진 부분. 연맹은 대마루가 이어지다, 혹은 용마루가 이어졌다고도 볼 수 있다. **13** 梁家(양가) : 후한 양기(梁冀)의 집. **14** 漢帝金莖(한제금경) : 한제는 한나라 무제. 금경은 쇠붙이로 만든 버팀 기둥. 무제는 신선이 되고자 하늘의 이슬을 받아 먹기 위하여 승로반(承露盤)을 만들었는데 승로반의 둘레가 7아름, 그것을 떠받치는 기둥의 높이가 20길이나 되었다. 그 기둥은 구리로 만들었기 때문에 금경이라 했다. **15** 詎(거) : 어찌, 어떻게. 의문사. 또는 모른다는 뜻도 있다.

제3절

묻노니, 퉁소를 불면서 자연을 향하여 신선이 되고자
일찍이 춤을 배우며 꽃다운 나이 몇 해를 보냈는가?
비목어가 될 수 있다면 어찌 죽음을 사양하겠는가?
한 쌍의 원앙이 되고 싶을 뿐, 신선은 부럽지 않네.

차 문　취 소 향 자 연　증 경 학 무 도 방 년
借問[16]吹簫向紫煙[17]　曾經學舞度芳年
득 성 비 목　하 사 사　원 작 원 앙 불 선 선
得成比目[18]何辭死　願作鴛鴦不羨仙

16 借問(차문) : 묻는다. 묻노니. 자문자답의 경우, 먼저 묻겠다 할 때 쓴다. **17** 向紫煙(향자연) : 자연은 신선 세계에는 자줏빛 안개가 자욱히 낀다는 뜻에서 선계를 나타내는 말. 자연을 향한다는 말은, 신선이 되고자 선계에 들어간다는 뜻이다. **18** 比目(비목) : 비목어의 준말. 보통은 넙치를 말하나, 여기에서는 전설적인 뜻이 들어 있다. 원

래 눈이 한쪽에 한 개만 있어 이것으로 사물을 보지 못하고, 암수 한 쌍이 나란히 서서 양쪽의 각각 한 눈을 함께 뜨고 봐야 사물을 본다는 물고기. 다정한 부부를 상징하는 말.

제4절

비목어와 원앙이 진실로 부럽구나.
쌍으로 가고 쌍으로 오는 것을 그대는 못 보는가?
공교롭게도 휘장 머리에는 외로운 난새를 수놓았으나,
좋다, 문에 친 발에는 한 쌍의 제비가 붙어 있네.

비 목 원 앙 진 가 선　쌍 거 쌍 래 군 불 견
比目鴛鴦眞可羨　雙去雙來君不見[19]

생 증　장 액 수 고 란　호 취　문 렴 첩　쌍 연
生憎[20]帳額繡孤鸞　好取[21]門簾帖[22]雙燕

19 君不見(군불견) : 그대는 보지 못하는가? 의문문으로 보아야 한다. 그대는 보지 못한다라고 긍정으로 보면 의미가 달라진다. **20** 生憎(생증) : 당대의 속어(俗語). 공교롭게도. 짓궂게. 얄궂게. **21** 好取(호취) : 마음에 들다. 호감이 가다. 취는 조자(助字). **22** 帖(첩) : 풀로 종이 등을 바른다는 뜻. 붙어 있다, 혹은 그려져 있다.

제5절

한 쌍의 제비는 쌍으로 날아 채색한 대들보를 돌아날고,
비단 휘장, 비취색 이불, 울금 향내 나는 방안에
가닥가닥 구름 같은 머리는 매미 같은 살쩍에 닿고
가늘고 가는 초생달 같은 눈썹 위에 누런 분을 바르는 여인이 있네.

쌍 연 쌍 비 요 화 량　나 유　취 피　울 금 향
雙燕雙飛繞畵梁[23]　羅帷[24]翠被[25]鬱金香[26]

편 편 행 운　착 선 빈　섬 섬 초 월　상 아 황
片片行雲[27]著蟬鬢[28]　纖纖初月[29]上鴉黃[30]

23 畵梁(화량) : 잘 칠해진 대들보. 그런 곳에 제비가 집을 짓고 깃들임. 24 羅帷(나유) : 비단으로 만든 휘장. 25 翠被(취피) : 푸른 색깔의 이불. 피는 이불 또는 침구. 26 鬱金香(울금향) : 서양에서 생산되는 울금이라는 식물에서 만들어진 향. 27 行雲(행운) : 원래는 열구름이라는 뜻인데, 여기서는 여인의 머리카락의 아름다움을 구름에 비유한 것임. 28 蟬鬢(선빈) : 매미 날개 같은 얇은 살쩍. 아름다운 귀밑머리. 29 初月(초월) : 초월은 3일 달, 곧 여인의 눈썹 모양을 뜻함. 30 鴉黃(아황) : 누런 분으로서 이마에 바르는 화장품.

제6절

아황과 백분을 바른 여인이 수레 속에서 나오니
그 교태를 부리는 모습이 한 가지만이 아니네.
요염한 동자의 보배로운 말은 검은 돈 모양의 무늬가 있는 말이요,
기녀의 용이 서리어 있는 것 같은 비녀는 비녀 다리가 금으로 만들어졌네.

아 황 분 백　차 중 출　함 교 함 태　정 비 일
鴉黃粉白[31]車中出　含嬌含態[32]情非一[33]

요 동 보 마 철 연 전　창 부 반 룡　금 굴 슬
妖童寶馬鐵連錢[34]　娼婦盤龍[35]金屈膝[36]

31 粉白(분백) : 백분과 같음. 흰색의 분. 32 含嬌含態(함교함태) : 함교태를 나누어 쓴 것임. 교를 머금고 태를 머금다. 즉 교태를 부리다. 33 情非一(정비일) : 그 정황이 한 가지가 아니다, 곧 가지가지 정경이다. 34 鐵連錢(철연전) : 검은 돈 모양의 반점이 있는 말. 혹은 말

의 장식으로 보기도 한다. **35** 盤龍(반룡) : 서리어 있는 용. 비녀의 모양을 나타내는 말. 또는 반룡계(盤龍髻)의 준말로 보면 서려 있는 용같이 쪽을 말아 올린 머리 모양으로 볼 수도 있다. **36** 金屈膝(금굴슬) : 비녀의 다리가 금으로 만들어진 것.

제7절

어사의 부중에는 까마귀가 밤에 울고
정위의 문 앞에는 참새가 깃들이고자 하네.
은은한 붉은 성은 옥을 깐 길에 닿아 있고,
아득한 비취색 휘장은 쇠같이 단단한 뚝방 쪽으로 사라지네.
탄알을 재우고 매를 날려 두릉 북쪽에서 사냥하고
탄알을 찾아 객을 도와 청부살인이 위교 서쪽에서 행해지네.
협객과 부용검을 함께 맞이하다가
도리 핀 길에 있는 기녀의 집에서 함께 묵네.

어사부 중오야제　정위 문전작욕서
御史府[37]中烏夜啼　廷尉[38]門前雀欲栖

은은주성 림옥도　요요취헌 몰금제
隱隱朱城[39]臨玉道　遙遙翠幰[40]沒金堤[41]

협탄비응두릉 북　탐환차객 위교 서
挾彈飛鷹杜陵[42]北　探丸借客[43]渭橋[44]西

구요협객부용검　공숙창가도리혜
俱邀俠客芙蓉劍[45]　共宿娼家桃李蹊[46]

37 御史府(어사부) : 어사가 사무 보는 곳. 어사는 요사이의 검찰총장 격이니 검찰청과 비슷한 곳. **38** 廷尉(정위) : 범죄를 수사하여 형법에 적용하는 관리. 경찰청장 같은 벼슬. **39** 朱城(주성) : 붉은빛의 성. 단봉성(丹鳳城), 곧 장안의 황성. **40** 翠幰(취헌) : 푸른 색을 띤 수레의 휘장. **41** 沒金堤(몰금제) : 금제는 금속으로 만든 것 같이 단단한 제방. 몰은 사라지다, 곧 여기서는 장안성 밖으로 나감을 말함.

42 杜陵(두릉) : 장안 동남에 있는 들판. **43** 探丸借客(탐환차객) : 탐환은 탄환을 찾아낸다는 뜻인데, 변하여 청부살인의 뜻으로 쓰인다. 『한서(漢書)』〈윤상전(尹賞傳)〉에서 나왔다. 여기서 환은 활에 재워 쓰는 돌구슬을 뜻한다. 유협의 무리들이 탄알을 골라 심지 대신 뽑아서 살인하는데 적색의 탄환을 찾으면 무관을, 흑색은 문관을, 백색을 찾으면 장례를 주관하는 역할을 했다. 물론 돈을 받고 남의 일을 대신해 주는 것이다. 차객의 차는 돕는다는 뜻. 객은 청부살인을 의뢰한 사람. **44** 渭橋(위교) : 장안 서북쪽 위수에 놓은 다리. **45** 芙蓉劍(부용검) : 칼에 부용의 무늬가 그려져 있는 칼. **46** 桃李蹊(도리혜) : 복사꽃 · 오얏꽃이 핀 작은 길.

제8절

기생 집에서는 날이 저물면 붉은 비단 치마들이
맑은 노래 한 곡조 부를 때마다 그 목소리 우렁차네.
북쪽 홀에서는 밤마다 사람들이 달같이 밤에 왔다가 새벽에 가는데
남쪽 거리에는 아침마다 말 탄 사람들이 구름떼 같이 빠져나가네.

창 가 일 모 자 라 군　청 가 일 전　구 분 온
娼家日暮紫羅裙　淸歌一轉[47]口氛氳[48]
북 당　야 야 인 여 월　남 맥　조 조 기 사 운
北堂[49]夜夜人如月[50]　南陌[51]朝朝騎似雲

47 一轉(일전) : 전은 전(囀)과 같다. 일전은 한번 지저귄다는 뜻에서, 한 가락 노래 부른다는 뜻. **48** 분온(氛氳) : 기운이 우렁차다. **49** 北堂(북당) : 북쪽에 있는 방. 유락가의 이름으로 보기도 한다. **50** 人如月(인여월) : 사람이 달과 같다, 곧 밤에 나타났다가 새벽에는 사라진다는 뜻. **51** 南陌(남맥) : 유곽 남쪽의 한 길거리.

제9절

남맥과 북당이 모두 북리로 연해 있고
오거리 · 삼거리가 세 시장으로 통해 있네.
약한 버들 · 푸른 느티나무는 땅을 쓸며 늘어져 있고,
아름다운 분위기와 붉은 먼지가 하늘이 어둡게 일어나네.

남 맥 북 당 련 북 리　오 극　삼 조　공 삼 시
南陌北堂連北里[52]　五劇[53]三條[54]控三市[55]

약 류 청 괴 불 지 수　가 기 홍 진　암 천 기
弱柳靑槐拂地垂　佳氣紅塵[56]暗天起

52 北里(북리) : 동네 이름. 『북리지(北里志)』에 의하면, '평강방(平康坊)의 북문으로부터 들어가 동쪽에 창기 거리가 세 골목이 있는데 총칭하여 북리라고 한다.' 했다. 남맥북당(南陌北堂)은 곧 이 북리 안에 있다. 53 五劇(오극) : 극은 갈랫길, 곧 다섯으로 나뉜 길. 오거리. 54 三條(삼조) : 세 가닥의 큰 길. 55 三市(삼시) : 세 개의 시장. 한대에는 장안에 9개의 시장이 있어 중앙 큰 거리 동쪽에 세 시장, 서쪽에 여섯 시장이 있었으나, 당대에는 동 · 서에 2개의 시장만 있었다. 56 佳氣紅塵(가기홍진) : 가기는 아름다운 분위기, 홍진은 붉은 먼지. 또는 속세의 티끌.

제10절

한대의 근위병들이 천 필의 말을 타고 와서
비취색의 도소주를 앵무 잔에 따라 마시네.
비단 저고리 보석 허리띠도 그대를 위해 풀고
연나라 노래 조나라 춤도 그대를 위해 벌이네.

한 대 금 오　천 기 래　비 취 도 소　앵 무 배
漢代金吾[57]千騎來　翡翠屠蘇[58]鸚鵡杯

나유보대위군해 연가조무 위군개
羅襦寶帶爲君解 燕歌趙舞[59]爲君開

57 金吾(금오) : 천자(天子)의 호위와 서울의 치안 유지를 담당했던 관원. 한나라 때 관명이고 당대에는 금오위(金吾衛)라 했다. 조선에서는 의금부를 금오라 했다. 58 屠蘇(도소) : 술에 넣는 약의 이름으로, 여기서는 술을 가리키는 말. 59 燕歌趙舞(연가조무) : 연나라 노래와 조나라 춤. 일류의 가무를 나타내는 말인 듯하다.

제11절

따로 호화로운 자 있어 대장과 재상이라 칭하고,
지는 해를 되돌리고 하늘을 역전시키면서 서로 양보하지 않네.
그들의 의기는 재래在來로 관부를 배격하고
그들의 전권은 판연히 소망지蕭望之를 용납하지 않았다.

별유호화칭장상 전일회천 불상양
別有豪華稱將相 轉日回天[60]不相讓
의기유래배관부 전권판불용소망
意氣由來排灌夫[61] 專權判不容蕭望[62]

60 轉日回天(전일회천) : 지는 태양을 되굴려 오게 하고, 하늘의 운행을 되돌리게 한다는 뜻으로 권력과 위세가 절대적임을 의미한다. 61 灌夫(관부) : 한나라 장군 이름. 매우 강직하여 어떤 세력에게도 굽히지 않았다. 62 蕭望(소망) : 전한(前漢)의 소망지(蕭望之). 원제 때 재상으로 청렴 강직했다. 후에 홍공(弘恭)과 석현(石顯)의 모함에 걸려 자살했다.

제12절

전권과 의기는 본디 호웅의 것이라

청규 · 자연 같은 명마에 앉기만 해도 바람이 이네.
가무는 천년을 이어 간다고 스스로 말하고,
교만하고 사치스러운 오공을 능가한다고 스스로 말하네.

전권의기본호웅 청규자연 좌생풍
專權意氣本豪雄 靑虯紫燕[63]坐生風[64]
자언가무장천재 자위교사릉오공
自言歌舞長千載 自謂驕奢凌五公[65]

63 靑虯紫燕(청규자연) : 청규는 푸른 올챙이인데, 검은색의 준마(駿馬)를 뜻한다. 자연은 한문제 때의 명마의 이름. 둘 다 훌륭한 말이라는 뜻. **64** 生風(생풍) : 바람이 생겨난다. 위세 있는 권력을 의미한다. **65** 五公(오공) : 전한의 장탕(張湯) · 소망지 · 풍봉세(馮奉世) · 사단(史丹) · 장안세(張安世) 등 5명의 고관.

제13절

사계절의 사물과 자연풍광은 언제까지나 그대로 있지는 않아
뽕나무밭이 푸른 바다가 되는 것도 잠깐 동안에 바뀜이라네.
옛날의 황금 계단에 흰 옥으로 만든 집도 다 없어지고
지금은 오직 푸른 소나무만이 그 자리에 서 있네.

절물 풍광불상대 상전벽해 수유개
節物[66]風光不相待 桑田碧海[67]須臾改
석시금계백옥당 지금유견청송재
昔時金階白玉堂 只今惟見靑松在

66 節物(절물) : 사계절의 사물. 만물. **67** 桑田碧海(상전벽해) : 뽕나

무밭이 변하여 푸른 바다가 된다는 뜻으로, 천지 자연도 자꾸 변한다는 뜻.

제14절

적막하고 고요한 양웅의 집에는
해마다 해마다 책상 위에 가득히 책만 쌓여 있네.
다만 남산에 계수나무 꽃이 피면
그 꽃은 날아 행인들의 옷 뒷자락에 가서 붙네.

적적요요양자거 년년세세일상서
寂寂寥寥揚子[68]居 年年歲歲一床書

독유남산계화발 비래비거습인거
獨有南山桂花發 飛來飛去襲人裾[69]

68 揚子(양자) : 전한의 학자 양웅(揚雄)을 높여 부르는 말. 자는 자운(子雲), 촉군(蜀郡) 성도(成都) 사람. 대학자였다. 69 襲人裾(습인거) : 습은 덮입다, 붙는다. 인거는 사람의 옷 뒷자락. 곧 사람들의 옷 뒷자락에 가서 붙는다. 계화(桂花)가 바람에 이리저리 날리다가 사람들의 옷 뒷자락에 가서 붙어버린다는 뜻.

감상

제1절

장안의 큰길은 바둑판같이 반듯반듯한데, 사이사이로 골목길이 이어져 있다. 그런 길로 푸른 소가 끄는 수레, 흰말이 끄는 수레 등이 지나가는데, 그중에 일곱 가지 향나무로 만든 아름다운 수레도 있다. 또 옥으로 꾸민 연을 탄 여인들이 이리저리 공주의 집을 찾아가고, 황금 안장을 단 말을 탄 사람들이 끊임없이 고관 등의 집을 향하여 달린다. 보배로 꾸민 일산 위에 장식된 용은 아침 햇살을 받아 찬란하고, 오색 술을 토해내는 것 같은 봉황은 저녁놀이 서려 있는 것 같다. 끝없는 아지랑이는 다투듯이 나무들을 둘러싸고, 한 무리를 이루는 아름다운 새들은 함께 꽃 속에서 울고 있다.

제2절

꽃 속에서 우는 새와 꽃 속에서 나는 나비들은 모든 고대광실의 문 앞에 모여 놀고, 푸른 옥으로 만든 것 같은 나무와 은빛을 칠한 누대는 여러 가지 색을 섞어 도색한 듯이 아름답다. 한 큰 건물의 복도에는 교창交窓이 잘 어울리게 끼워져 있고, 궁궐문 양쪽에 있는 대궐의 이어진 용마루는 봉황새가 날개를 드리운 듯이 보인다. 그런 중에서도 후한의 양기 장군 집의 채색된 누각은 높이 하늘 가운데 솟아 있고, 전한 무제가 하늘의 이슬을 마시려고 만든 승로반의 지주支柱는 구름 밖으로 삐죽 나와 있다. 인구가 2백만이나 되고 누각 앞에서 만난 이웃 사람도 보고서 모르겠거늘, 더군다나 길거리에서 만난 그 많은 사람들을 어떻게 알 수가 있는가.

여기까지는 장안의 화려하고 사치스러움을 묘사하여 당대의 도성 장안의 호사를 풍자한 것이다.

제3절

저 퉁소 부는 사람에게 묻노니 신선세계를 동경하여 일찍이 신선술을 배운 것이 꽃다운 나이 몇 년이나 되었는고? 그러나 이 세상에서 비목어가 될 수 있다면, 어찌 죽음인들 사양하겠는가? 원컨대 한 쌍의 원앙이 되고 싶으니, 그렇게만 된다면 신선도 부럽지 않으리라.

제4절

진정 비목어와 원앙의 신세가 부럽구나. 쌍쌍이 오고 가는 것을 보려무나. 얄궂게도 휘장 윗부분에는 한 마리 난새가 외로이 수놓아져 있구나. 그러나 문에 친 발 위에는 한 쌍의 제비가 그려져 있으니 참으로 보기에 좋다.

제5절

그림으로 장식한 대들보에 깃든 제비는 쌍쌍이 날아드는데, 그 밑의 방안에는 비단휘장, 푸른 빛 침구, 울금향의 향수 내가 나누나. 그곳에 한 아름다운 여인이 있어 가닥가닥 늘어진 열구름 같은 머리는 매미털 같은 살쩍에 닿아 있다. 그녀의 가늘고 가는 초승달 같은 눈썹 위에 누르스름한 화장을 하고 있다.

제6절

아황과 백분을 바른 여인이 수레로부터 나와 갖은 교태를 부리는데 그 모양이 한두 가지가 아니다. 그때 아름다운 동자童子는 좋은 말을 탔는데 그 말에는 검은 돈 모양의 무늬가 있고, 그 기녀의 머리에는 용이 서려 있는 모양의 비녀를 꽂았는데 그 다리가 황금으로 장식되어 있다.

제7절

어사의 부중에는 한가하여 밤에 까마귀가 울고, 정위의 집 문 앞에는 참새들이 깃든다. 은은한 붉은 황성은 옥 같은 길에 닿아 높이 솟아 있고, 멀리 아스라이 보이는 푸른 빛 휘장을 한 수레들은 쇠로 만든 제방처럼 단단한 황성 밖으로 사라지고 있구나. 뿐만 아니라, 성 밖 교외로 나가면 활을 끼고 또는 매를 날리며 사냥하는 무리들이 두릉 북쪽 벌판에 법석거리고, 탄환으로 청부 살인하는 행동이 위교 서쪽에서 빈번히 일어나고 있다. 이곳에서 부용검을 찬 협객들을 모두 맞이하다가 도리화가 만발한 기녀 집에서 함께 어울려 묵기도 한다.

제8절

기방에서는 해가 질 무렵이면 붉은 비단 치마를 입은 계집들이 모여들어 청아한 목소리로 한 곡조씩 노래를 부르는데 그 목소리 힘차고 잘 어울린다. 그래서 북당에는 밤마다 사람들이 저녁이 되면 달같이 모여들었다가 새벽이면 돌아간다. 따라서 홍등가 남쪽 길에는 아침마다 말 탄 사나이들이 구름같이 몰려다닌다.

홍등가의 생활상을 단적으로 나타내는 부분이다.

제9절

홍등가 남쪽의 길과 북쪽 동리는 모두 북리로 통하고, 또 오거리와 삼거리도 모두 세 시장으로 이어진다. 이런 번잡한 곳인데도 여린 버들의 가지와 파란 느티나무 가지는 휘어져 땅에 한들거리고, 아름다운 대기 속에 붉게 일어나는 티끌들은 하늘이 캄캄해지게 한다.

제10절

한나라 시대의 근위병들이 무수히 말을 타고 홍등가로 나타나 그들은 먼저 푸른색이 감도는 맛있는 술을 앵무새 무늬를 새긴 술잔에 따라 마신다. 그리하여 신나게 먹고 마신 뒤에 기녀들은 비단 저고리 · 보석 허리띠 등 의복을 그 군인들을 위하여 벗고, 연나라 노래 · 조나라 춤도 그들을 위하여 벌인다.

남녀 간의 질탕한 퇴폐적 유혹을 묘사하고 있다.

제11절

유별나게 호화로운 족속이 있었으니 장수와 재상이라 칭하는 부류였다. 그들의 권력과 위세는 지는 해를 되돌이키고, 하늘의 운행을 돌이키는 기세와 같은데도 양보라고는 추호도 없다. 그들의 위세는 원래부터 한나라의 강직한 장군 관부灌夫도 쉽게 배척하고 그들이 가진 권력은 청렴결백한 소망지 같은 재상도 용납하지 않았다.

제12절

전권이나 의기는 본디 호걸이나 영웅들이 부리는 것이다. 그들이 청두 · 자연 같은 명마를 타면 말 등에만 앉아도 생바람이 나듯이 그들의 위세는 이루 표현할 수가 없다. 그래서 그들은 스스로 말하기를, '우리들의 가무歌舞는 천 년 동안 영원하고, 교만한 호사는 오공을 능가한다.' 고 했다.

제13절

사계절의 사물이나 자연의 풍광은 자꾸 변하여 한 가지 상태가 영구함이 없다. 그래서 상전이 벽해가 되고 벽해가 상전이 되는데, 그 변화가 금방금방이라 오래 가는 법이 없다. 옛날에 지은 황금계단에 백옥으로 장식한 고대광실들도 모두 허물어져 없어지고, 지금은 그 자리에 푸른 나무만 우뚝이 서 있음을 볼 수 있다.

제14절

옛날 전한의 학자 양웅揚雄(B.C. 53~A.D. 18)이 살던 집에는 해마다 책이 늘어 온갖 서가가 책으로만 쌓여 있었는데, 지금은 그 자취가 다 없어지고, 홀로 남산에 계화만 피어 그 꽃이 바람에 흩날려 행인들의 소매 속으로 스며들어갈 뿐이다.

이 시는 7언 68구 476자로 된 장편 칠언고시이다. 14회 운을 바꾸어 단락을 이루는데, 그 환운換韻한 내용은 이렇다.

제1절 8구는 평성平聲 마운麻韻, 제2절 8구는 입성入聲 직운職韻, 제3절 4구는 평성 선운先韻, 제4절 4구는 거성去聲 산운霰韻, 제5절 4구는 평성 양운陽韻, 제6절 4구는 입성 질운質韻, 제7절 8구는 평성 제운齊韻, 제8절 4구는 평성 문운文韻, 제9절 4구는 상성上聲 지운紙韻, 제10절 4구는 평성 회운灰韻, 제11절 4구는 평성 양운, 제12절 4구는 평성 동운東韻, 제13절 4구는 상성 회운賄韻, 제14절 4구는 평성 어운魚韻으로 되어 있다.

옛 한나라 시대상을 인용하여 당대의 장안의 모습과 환락歡樂을 풍자하고 있다.

여설

이 시 안에는 한대의 인물이 주로 등장한다.

양기는 후한 때 양상梁商의 아들이며, 양황후梁皇后의 오빠다. 자는 백거伯車, 관직은 처음에 황문시랑黃門侍郎으로 있다가 영화永和(순제 연호, 136~141) 초에 하남윤河南尹이 되고, 후에 대장군이 되어 갖은 횡포를 다 부렸다. 순제順帝와 충제冲帝가 연이어 붕어崩御하자, 그는 146년 8세의 질제質帝를 제위에 앉혔다. 질제는 어리면서도 총명했다. 조회 때 양기를 지목해서 발호跋扈 장군이라 했다. 이에 양기는 황제를 미워하여 떡에다 독을 넣어 황제에게 먹여 죽였다. 그리고 15세인 환제桓帝를 제위에 앉혔다. 그리고 다른 후보를 민 이고李固와 두교杜喬를 잡아 죽였다. 이에 국내가 모두 그의 위엄에 떨어 매년 세공도 양기에게 먼저 바치고 그 다음에야 제실帝室로 들어갔다. 따라서 그의 집안에서 7명이나 후에 봉해지고 3황후, 6귀인, 2장군과 부마 3인, 경卿 · 윤尹 · 장교將校 57인을 배출했다.

그는 웅장한 건물에 단청을 잘 하고 신선도를 그려 놓고, 창고는 보배로 가득 채웠다. 그리고 부인 손씨와 함께 금은보화로 장식한 연을 타고 집안의 연못 · 정자 등을 돌볼 때 많은 종과 배우들의 풍악을 잡히고 밤낮없이 흥청망청 놀며 즐겼다.

그러나 그는 20년 동안 권력을 잡고 발호跋扈하므로 황제도 친정親政을 펼 수가 없었다. 마침내 황제가 28세가 되자 중상시中常侍 단초單超 등과 모의하여 그가 자살하게 함으로써 그의 부하 3백여 명과 내외 친척이 모두 죽임을 당하거나 쫓겨나고 30여만 금의 재산도 몰수되었다. 이 돈으로 전국 조세의 반을 채웠다 한다. 그래서 '양기발호梁冀跋扈' 라는 〈몽구蒙求〉의 표제標題까지 생겨났다.

그리고 무제는 전한의 제7대 황제인 유철劉徹(B.C. 156~87)이다. 그는 53년간을 통치하면서 중국의 영토를 최대한으로 넓히고 우리나라에도 한사군漢四郡을 설치하기도 했다. 그가 6세 때 고모인 내친왕內親王(館陶長公主)의 궁에 가 놀 때 내친왕이 우스갯소리로 물었다. '너 장가가고 싶니?' 하니, '예' 하고 대답했다. 이에 내친왕이 곁에 있는 백 명의 시녀 중에서 고르라 하니, 무제는 고개를 저으면서 싫다고 했다. 그래서 내친왕이 자기 딸인 아교阿嬌를 가리키며 '얘는 어떠냐?' 하니, '좋아요, 만일 아교가 나에게 시집온다면 황금으로 집을 지어 놓고 모실 것입니다.' 라고 하였다. 수년 후에 무제가 태자가 되자 아교를 아내로 취하니 그녀가 훗날의 진황후陳皇后이다. 그래서 좋은 집에 사는 귀인이나 왕비를 금옥귀金屋貴라 하고, 궁인이 사랑을 독차지하는 것을 금옥총金玉寵이라고 하며, 훌륭한 집에서 미인을 살게 하는 것을 금옥저교金屋貯嬌 또는 금옥장교金屋藏嬌라 한다. 그는 16세 때 장건張騫을 서역에 있던 대월지국에 보내 함께 흉노를 치려 했다. 그 해에 무제의 누님이 노래하는 시녀 위자부衛子夫를 바치니 그녀가 바로 위황후衛皇后로 무제의 둘째 부인이 되었다. 장건이 마침내 대월지에 당도하여 동맹을 맺고 함께 흉노匈奴를 치자고 제의했으나 실패하고 만다. 이때 위황후의 동생 위청衛青과 위청의 생질 곽거병霍去病이 등장한다. 이들이 흉노를 정벌하고 영토확장에 최대의 노력을 경주했다. 측근이 협률도위 이연년李延年에게 미모의 여동생이 있다 하자 궁으로 데려와 후궁을 삼으니 그녀가 이부인李夫人이다. 이부인은 미인박명이라 아이 하나 없이 병사한다. 무제는 그녀를 잊지 못하여 그녀의 또 다른 오빠 이광리李廣利를 이사장군貳師將軍에 임명한다. 또 무제는 문학을 좋아하여 사마상여司馬相如와 동방삭東方朔을 사랑했고, 만년에는 도교를 좋아하여 신선이 되고자 승로반을 세운다. 여기서 뜻을 얻어 금단을 먹고 영생불사하려 했다.

또 전한 말의 대학자 양웅이 등장한다. 자는 자운子雲, 사천성 성도成都 사람이다. 그는 대학자로 안빈낙도하며 책을 많이 읽었으나 말을 더듬어 유창하지 못했다. 성제成帝 때 불려 가 '감천부甘泉賦', '하동부河東賦', '장양부長楊賦'를 지어 바쳤는데, 사마상여를 많이 모방했다. 그래서 문학사에서는 양마揚馬로 병칭된다. 왕망王莽 때 말직을 지냈을 뿐이나 저술이 많고, 특히 『주역周易』을 본떠 『태현경太玄經』을 짓고, 『논어』를 모방하여 『법언法言』을 지었으며, 당시 사투리를 모아 『방언方言』이란 책을 짓는 등 일생을 저술로 보냈다 할 수 있어 『몽구』에도 '양웅초현揚雄草玄' 이란 표제로 등장한다. 그의 묘는 오늘날도 남아 전한다.

사천성(비현성庇縣城) 서남 11km 지점 삼원장三元場 부근에 높이 수 미터의 원형의 무덤이 언덕과 같이 솟아 있다. 묘지가 널찍한데 동서에 농가와 죽림으로 둘러싸여 있다. 명나라 때 사천안찰사 곽자장郭子章이 묘비를 세웠었는데 그 비석은 없어졌다. 이곳이 자운정子雲亭이 있던 곳이었는데, 후에 묘를 썼다고 전한다.

그리고 『열선전列仙傳』에 있는 이야기다. '소사簫史는 진목공秦穆公 때 사람인데 통소를 잘 불어 공작孔雀과 백학白鶴을 불러 모으기도 했다. 진목공의 딸 농옥弄玉이 그를 좋아하여 그가 아내로 삼고 통소를 가르쳐 봉황鳳凰을 불러 모았고, 그들은 봉대鳳臺를 지어 봉황새가 와서 머물게 했다. 후에 그들은 그 봉황새를 타고 하늘로 날아가 신선이 되었다.'

이렇게 많은 고사故事를 이용하여 당대의 시대상을 풍자하고 자신을 양웅에 비유하여 자존을 나타낸 노조린盧照麟의 일생은 기구한 운명이었다. 그는 10세 때 조헌曹憲과 왕의방王義方에게서 옛 자서字書를 배웠다. 등왕鄧王 이원유李元裕의 궁으로 들어가 전첨典籤이란 벼슬을 하는데 등왕이 애지중지하며 '나의 사마상여다' 라고 했다. 신도현新都縣(사천성)의 위尉에 임명되었으나 병으로 관직을 버리고 태백산太白山(섬서성)으로 들어가 도사가 만들었다는 현명고玄明膏라는 약을 복용했다. 마침 아버지의 상을 당하여 호곡號哭하다가 그가 먹은 단약丹藥을 토해 버렸다. 따라서 병이 더 심해졌다. 이에 동용문산東龍門山(하남성)으로 들어가 베잠방이 차림에 채식으로 생활했다. 이때 배근지裵瑾之 · 위방질韋方質 · 범이빙范履氷 등이 때때로 옷과 약을 보내 주었다. 그러나 병은 더하여 다리가 마비되고 한 손을 못 쓰게 되었다. 그래서 다시 구자산具茨山(하남성) 기슭으로 가서 몇

십 평의 땅을 사고 영수穎水를 끌어들여 집 주위로 흐르게 해서 집을 외부와 단절시키고, 다시 무덤을 만들고 그 속에서 누워 살면서 유우자幽憂子라 자칭하였다. 그는 생각하기를, '고종 시대(649~683)는 관리를 존중했는데 자기는 유가儒家였고, 측천무후 시대(684~705)는 법률을 숭상했는데 자기는 도교에 귀의했다. 그래서 무후가 숭산崇山에서 제천의식을 행할 때 자주 어진 이를 초빙했는데 자기는 폐인이 되어 버렸다.' 하며, '오비문五悲文'을 지어 자신의 입장을 밝혔다. 그리고 병이 오래 되자 가족들과 영영 이별하고 스스로 영수에 투신 자살했다. 그때 나이가 40세였다 한다. 원래 그에게는 문집 20권이 있었으나 이미 흩어져 없어지고 후인이 수집하여 만든 『유우자집幽憂子集』이 있어 현재 90여 수의 시가 남아 있다.

이 '장안고의' 시는 당시 봉건귀족의 사치스러운 생활상을 폭로하고 있는데, 이 시는 초당 시풍의 변천에 촉진 작용을 일으킨 시라 평가받고 있다.

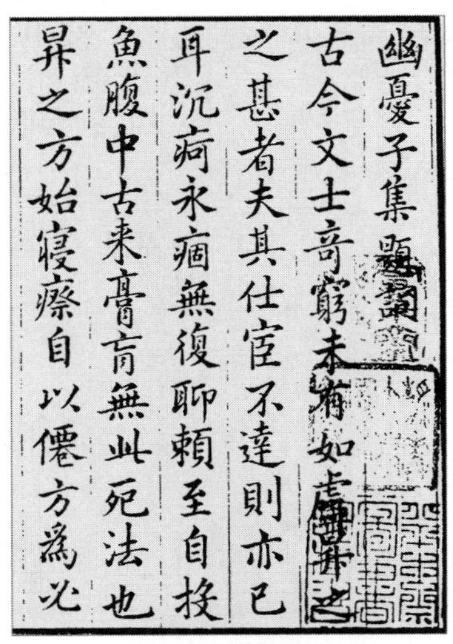
幽憂子集題
古今文士奇窮未有如盧昇之
之甚者夫其仕宦不達則亦已
耳沉痾永痼無復聊賴至自投
魚腹中古來膏肓無此死法也
昇之方始寢療自以僊方爲必

유우자집(幽憂子集)

낙빈왕駱賓王

640~684

자는 관광觀光. 무주婺州 의오義烏(절강성 의오현) 사람. 7세에 글을 지은 신동인데 벼슬은 임해현승臨海縣丞을 지냈다. 『낙임해집駱臨海集』 10권이 전한다.

재옥영선 在獄詠蟬

낙빈왕(駱賓王)

가을에 매미 소리 울어대는데
감옥 속의 나그네 근심도 깊도다.
견딜 수가 없네, 검은 머리의 그림자가
나를 상대해 백두음 부르는 소리를.
이슬이 무거우니 날아 전진하기 어렵고
바람이 세니 그 울림이 쉬 사라지네.
성품이 고결함을 믿어 주는 이 없으니
누가 내 마음을 표명해 줄 것인가?

서륙 선성창 남관 객사심
西陸[1]蟬聲唱 南冠[2]客思深

불감현빈영 내대백두음
不堪玄鬢[3]影 來對白頭吟[4]

노중비난진 풍다향이침
露重飛難進 風多響易沉[5]

무인신고결 수위표여심
無人信高潔 誰爲表予心

1 西陸(서륙) : 가을의 별칭. 성좌(星座)를 동서남북으로 사분(四分)하여 태양이 북륙(北陸)에 있을 때가 겨울이고, 서륙에 있을 때가 가을이기 때문이다. 2 南冠(남관) : 옥중 죄수의 별칭. 옛날 초나라 대신이 포로가 되었을 때 남쪽 나라인 초나라의 특유한 모양의 모자를 쓰고 있었다. 그래서 옥에 갇힌 사람을 남관이라 불렀는데, 낙빈왕은 남방인이라 죄수의 몸이 되고 이렇게 자칭했다. 3 玄鬢(현빈) : 원래는 검은 살쩍. 검은 귀밑머리란 뜻인데, 여기서는 매미의 얇은 날개를 가리킴. 여자의 얇은 귀밑머리를 선빈(蟬鬢)이라고 부른 데서 나왔음.

4 白頭吟(백두음) : 악부 시제명. 사마상여(司馬相如)의 처 탁문군(卓文君)이 이런 제목의 시를 지은 이후 포조 · 장정견(張正見) · 유희이 · 이백 · 장적 등 많은 시인들이 이 제목으로 시를 읊었다. 여기서는 작자 낙빈왕의 억울함을 암시하는 비유로 쓰였다. **5** 響易沉(향이침) : 매미 소리의 울림이 쉬 잠기어 버린다. 곧 바람 때문에 매미 소리가 자주 안 들린다는 뜻.

감상

이 시에는 원래 서문이 붙어 있다. 678년(당 고종 儀鳳 3) 낙빈왕이 측천무후의 비위에 거슬리는 상소문을 올렸다가 감옥에 갇혀 있을 때 매미 소리를 듣고 매미 소리에 비유하여 자신의 억울함을 묘사하는 내용의 시를 써서 친구들에게 돌리면서 구원을 요청했다는 내용이다.

가을철에 감옥 안에 갇혀 밖에서 들려오는 매미 소리를 들으니, 죄수로서 나그네의 근심도 깊다. 밖으로부터 매미의 그림자가 감옥 안의 나에게 다가와 '백두음'이란 노래를 불러 주는 것 같아 견딜 수가 없다. 저 매미는 밤새 이슬을 받아 그 이슬이 무거워 날아 앞으로 나아가기가 힘들 것 같고, 바람마저 세게 자주 불어 그 울음소리가 자주 끊겨 들리기도 하고 안들릴 때도 있다. 저 매미같이 고고하고 깨끗한 이 내 심정을 믿어 주는 이 없으니, 누가 내 이 마음을 대신 변명해 주겠는가?

매미에게 자신을 비유하여 깨끗하면서도 억울하게 갇혀 고생하는 자신의 심정을 토로한 평성平聲 침운侵韻의 오언율시다. 자신의 불우함을 매미의 가냘픈 호소에 얹어 은유적으로 잘 표현하고 있다.

여설

낙빈왕은 초당 사걸 중의 한 사람이다. 그의 생졸生卒은 정확하지 않다. 7세 때부터 글을 지은 천재였다. 처음 도왕道王 이원경李元慶의 궁가宮家에 속관屬官으로 있었고 그 뒤 무공현武功縣(섬서성 안) 주부主簿를 지냈다. 배행검裴行儉이 조주총관潮州總管이 되어 글 짓는 일을 시키려고 그를 불렀으나, 그는 응하지 않았다. 이어 장안현長安縣(섬서성 안) 주부가 되었다. 그러나 측천무후(684~709) 때 자주 상소를 올려 임해현臨海縣(절강성 안)의 승丞으로 좌천되었다. 그래서 불만이 대단하던 중 684년 서경업徐慶業이 반란을 일으켜 낙빈왕을 막료幕僚로 삼았다. 이에 낙빈왕은 서경업을 위하여 무후를 탄핵하는 격문을 지었다. 이 격문을 읽은 무후는 처음에는 대수롭지 않게 웃다가 '한 줌의 흙이 마르지도 않았는데, 6척의 어린 왕손은 어디에 있는가?' 라는 구절에 이르러서는 놀라 누가 이 글을 지었는가 묻고 낙빈왕이라 하니, '재상은 어째서 이런 사람을 놓쳤는가?' 하였다.

서경업이 패망하자 낙빈왕은 도망하여 행방불명이 되었다. 일설에는 낙빈왕이 체포되어 사형되었다, 물에 빠져 죽었다, 도망하여 중이 되었다는 등 제설이 분분하다.

중종中宗 때(705~709) 칙명으로 그의 글을 모으니 수백 편이 되었다. 오늘날의 『낙임해집駱臨海集』이 여기에서 나왔다. 그의 시 중에서 '제경편帝京篇'은 오·칠언을 뒤섞어 쓴 장편시로 서울 궁전의 화려함과 고관들의 사치스러운 생활을 서술했는데, 노조린盧照鱗의 '장안고의長安古意'와 쌍벽을 이루는 역사 풍자의 시다. 그는 오언율시에 뛰어났고, 당시唐詩 발전에 초석이 되었다.

지금 절강성 의오현성義烏縣城 동쪽 15km 지점 풍당楓塘에 낙빈왕 묘가 있다. 묘 앞에 있는 비석은 명나라 숭정 13년(1640)에 중건되었다.

하지장 賀知章

659~744

자는 계진季眞. 소흥紹興(절강성 안) 사람. 일찍이 문명文名을 날렸다. 이태백과 친했고, 중년 이후 고향에 돌아가 사명광객四明狂客이라 자칭했다.

회향우서 回鄕偶書 2수 二首

하지장(賀知章)

제1수

젊어서 고향을 떠났다가 늙어서 돌아오니
말씨는 변하지 않았는데 머리털은 쇠했네.
아이들이 보고서 알아 보지도 못하고
손님은 어디서 왔소 하고 웃으며 묻네.

소 소 리 가 노 대 회 향 음 무 개 빈 모 쇠
少小[1]離家老大[2]回 鄕音[3]無改鬢毛[4]衰

아 동 상 견 불 상 식 소 문 객 종 하 처 래
兒童相見不相識 笑問客從何處[5]來

1 少小(소소) : 나이가 젊고 체구가 작다. 젊었을 때. **2** 老大(노대) : 나이가 많고 체구가 크다. 늙었을 때. **3** 鄕音(향음) : 고향 말씨. 사투리. 원래는 울림 소리. **4** 鬢毛(빈모) : 귀밑머리 털. 살쩍. 머리카락. **5** 從何處(종하처) : 어느 곳으로부터. 종은 자(自) 같이 '으로부터'의 뜻이 있다.

제2수

고향을 떠난 후 세월이 많이 흘러
요사이 사람의 일이 태반이나 변했네.
다만 문 앞 경호의 물만이
변함없이 옛날처럼 봄바람에 물결치네.

이별가향세월다 근래인사반소마
離別家鄉歲月多 近來人事半消磨[6]

유유문전경호 수 춘풍불개구시파
惟有門前鏡湖[7]水 春風不改舊時波

6 消磨(소마) : 지우고 갈다, 닳아 없어지다. 여기서는 변하고 없어졌다는 뜻. **7** 鏡湖(경호) : 호수 이름. 절강성 소흥 남방 1.5km에 있다.

감상

제1수

젊어서 청운의 꿈을 품고 타향으로 나아가 살다가 늙어서 고향에 돌아와 보니 산천은 의구한데 인사는 많이 변해 있다. 나도 아직 고향 말씨를 쓰고 있지만 머리는 백발이 되어 기력조차 쇠해 버렸다. 고향 사투리도 여전한 동네 아이들이나 나나 피차간에 알지 못하고 아이들이 나보고 '할아버지, 어디서 오셨시유?' 하고 깔깔대며 묻는다.

제2수

고향을 떠난 뒤 세월이 많이 흘러 강산도 변하니 근래에 사람들의 일은 태반이나 변해 버려 옛 모습이 많이 바뀌었다. 다만 우리 집 앞에 있는 경호의 물결만이 예나 지금이나 봄바람에 잔잔히 움직이고 있는 모습이 그대로구나.

이 시의 제1수는 평성 平聲 회운 灰韻 의 칠언절구고, 제2수는 평성 平聲 가운 歌韻의 칠언절구다.

여설

두보杜甫의 '음중팔선가飮中八仙歌'의 제1수에 이렇게 하지장을 표현했다.

하지장은 말을 타는데 배 타듯이 하여	지장기마사승선 知章騎馬似乘船
눈꽃이 우물 속에 빠져 물속에서 졸더라.	안화락정수저면 眼花落井水底眠

말을 탈 때는 몸을 꼬아 몸의 균형을 잡아야 하는데 술이 만취하여 배 바닥에 털썩 주저앉듯이 타니 낙마하지 않을 수 없다. 마침 물가를 지나다 떨어져 물에 빠져 목까지 물이 찼는데도 그것도 모르고 물속에서 조는데 술기운에 빨개진 눈을 굴리는 모습을 연상할 수 있겠다. 그 모양에 음중팔선 중 으뜸으로 친 것이리라.

하지장은 695년 무후武后(證聖 1) 37세 때 진사에 급제한 뒤 장열張說 등의 추천으로 여정서원麗正書院에 들어가 저술 활동을 하다가 개원 년간開元年間(713~741)에 마침내 비서감秘書監까지 지냈다. 그는 시와 서에도 뛰어났는데 천보天寶(742~755) 초에 도사가 되기 위하여 사직하고 자칭 사명광객四明狂客이라 했다. 또 스스로 비서외감秘書外監이라 부르기도 했는데 남들은 하감賀監이라 칭했다. 일찍이 이백을 장안에서 만났을 때 이백의 '촉도난蜀道難' 시를 보고 적선인謫仙人이라 부르고 현종玄宗에게 추천하여 이백의 출세 길을 터주기도 했다. 그는 만년에 고향인 사명산四明山 밑으로 들어가 자택을 도관道觀으로 삼고 도교에 귀의했다. 86세에 졸했는데, 그의 시가 『전당시全唐詩』에 한 권 분량으로 실려 있다.

위의 시는 그가 37세에 진사에 급제하여 고향을 떠나 장안으로 갔다가 80고개에 귀향할 때 지은 시로 보이는데, 일반적으로 인심이란 출세하여 금의환향하는 기세를 읊는 시가 많은데, 그는 평민으로 돌아가 옛 고향의 상전벽해의 변을 느끼는 겸허한 자세가 곁들여져 있다. 그가 사직하고 귀향할 때 황제가 경호와 섬계일대剡溪一帶를 주어 넓은 땅을 갖게 되었다.

이때의 경호는 거울같이 맑다는 뜻의 이름이다. 역사가 있는 연못이나 하지장의 소유가 되었으므로 하감호賀監湖라고도 불렀다. 그 호수는 옛 회계현성會稽縣城 남쪽 3리에 있는데, 옛날에는 강남 최대의 수리시설의 하나였다. 140년 후한後漢 순제順帝 영화永和 5년 회계태수會稽太守 마진馬臻이 처음으로 방죽을 쌓아서 저수貯水하기 시작했는데, 그때 산음과 회계 두 고을의 36개 수원水源을 끌어들여 호수를 만들 때 동으로는 조아강曹娥江, 서로는 전당강錢塘江에 이르러 길이가 127리, 둘레가 358리, 면적이 206㎢였다. 그래서 그 혜택이 두 고을 백성들에게 컸었는데, 그 지방의 토호土豪들이 태수 마진을 중상모략하여 죽였으므로 후인이 애석히 여겨 소흥성외紹興城外 남방 2리 되는 곳에 마진의 묘와 사당을 세웠다. 그러나 당나라 중엽 때부터 퇴적물이 쌓이기 시작했고 북송北宋 대중상부大中祥符 연간(1008~1016)에 토호들이 호수 안에 둑을 쌓고 몰래 논을 만들어 호수 면적이 줄기 시작하여 오늘의 모습이 되었다. 지금 소흥의 호당湖塘·원석호原石湖·용산호容山湖·백탑양白塔洋 등이 모두 옛날 경호의 옛 터이다. 이 호수에서 배를 타고 주위를 바라보면 먼 산과 호수들이 어울려 별천지를 이루고 거울 속에서 유람하는 것 같다 하여 경호란 명칭이 생겼다. 이 호수 둘레에는 명승고적이 많으니 육유陸游(1125~1210)가 만년에 음주작시飮酒作詩하던 쾌각快閣의 유지遺趾와 그의 고향인 삼산三山, 마진의 묘, 태종묘太宗廟·사룡교泗龍橋·가암柯巖 등이 유명하다. 이 경호는 오늘날 농공·수산· 교통 등 여러 면에서 중대한 역할을 하고 있으며 오늘날 저 유명한 소흥주紹興酒

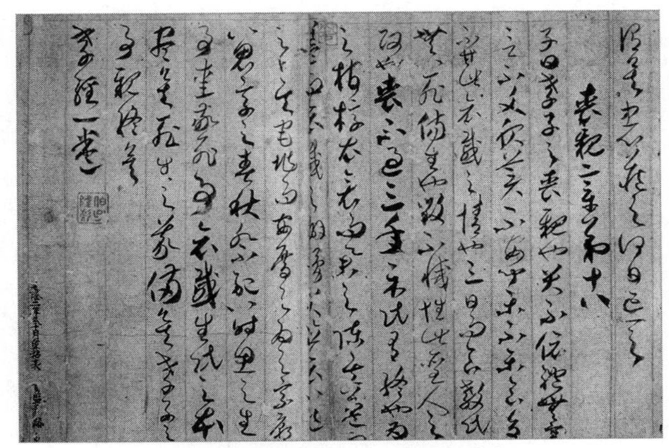

하지장(賀知章)이 쓴 효경(孝經)

도 이 호수의 물을 이용하여 빚는다 한다.

하지장은 남쪽에 있는 사명산을 좋아했다. 그래서 벼슬을 버리고 고향에 돌아와 자기 집을 도관으로 내놓아 천추관千秋觀이라 명명하고 여기서 여생을 보냈다.

이 사명산은 또 사창암四窓岩으로도 불린다. 사방이 낭떠러지로 된 천연적인 석실石室인데, 중앙에 3개의 돌이 있어 사방이 밝은 창 같이 내다보이므로 이런 이름이 생겼다. 주봉主峰은 승현嵊縣 명산향明山鄉 북쪽에 있는데, 해발 1,012m로 승현·은현垠縣·봉화현奉化縣·자계현慈溪縣·여요현余姚縣·상우현上虞縣·신창현新昌縣 사이에 동서로 40km, 남북으로 약 20km, 총면적 약 230㎢이고 281개의 산봉우리가 있다. 또한 1940년대 절강지방 동쪽의 유명한 항전抗戰 근거지로 사명호반에 사명산 혁명열사기념비도 세워져 있다.

하지장은 시와 초서를 잘 썼다. 그의 '용서궁기龍瑞宮記'라는 마애석각이 남아 있다. 소흥시 우릉향寓陵鄉 망선교 비래석飛來石 위에 있다. 이 작품은 그의 만년의 작으로 높이가 1m, 너비가 80여cm, 정자로 12행, 매행 15자로 새겨져 있는데 지방문화재로 지정되어 있다.

송지문宋之問

650~712

자는 연청延清. 분주汾州(현재 산서성 분양현汾陽縣) 사람. 측천무후에게 잘 보여 출세했다가 예종 때 실각해 귀양가 흠주欽州에서 죽었다.

조발시흥강구지허씨촌작 早發始興江[1]口至虛氏村[2]作

송지문(宋之問)

새벽을 기다려 민 지방의 고개를 넘고
봄을 타서 월대를 바라보네.
묵은 구름은 아득한 바닷가로 떨어지고
남은 달은 조개 안에서 열리네.
벽려는 푸른 공기를 움직이고
광랑은 푸른 이끼를 가리우네.
계수나무 향기는 맑은 이슬에 배고
돌의 울림은 가는 샘물에 돌아가네.
잎을 안고 검은 원숭이는 휘파람 불고
꽃을 머금고 물총새는 날아오네.
남방 땅 안이 비록 즐겁기는 하나
북쪽 생각이 날로 아련해지네.
숱 많은 머리털이 문득 흰색으로 변하고
붉은 마음은 이미 회색 빛이 되었네.
언제나 당당히 고향으로 향해 가
고향의 옛 정원 쑥대를 전지剪枝할 거나.

후 효 유 민 장　승 춘 망 월 대
候曉逾閩嶂[3]　乘春望越臺[4]
숙 운 붕 제 락　잔 월 방 중 개
宿雲鵬際[5]落　殘月蚌中[6]開

벽려 요청기 광랑 예 벽태
薜荔[7]搖靑氣 桄榔[8]翳[9]碧苔

계향다로읍 석향세천회
桂香多露裛[10] 石響細泉回

포엽현원 소 함화비취 래
抱葉玄猿[11]嘯 銜花翡翠[12]來

남중수가열 북사일유재
南中雖可悅 北思日悠哉

진발 아성소 단심이작회
鬒髮[13]俄成素 丹心已作灰

하당수 귀로 행전고원래
何當首[14]歸路 行剪故園萊[15]

1 始興江(시흥강) : 시흥은 지금의 광동성 서북쪽에 있고, 그 왼쪽에 강구(江口)란 곳이 있다. 대유령(大庾嶺) 바로 남쪽에 있다. 시흥강은 또 곡강(曲江) · 상강이라고도 부름. 2 虛氏村(허씨촌) : 마을 이름인데, 현재 위치는 알 수 없다. 3 閩嶂(민장) : 민은 복건성의 별칭. 장은 높은 산. 송지문이 민지방 소주(韶州)를 거쳐 다시 남하할 때 넘은 험한 산. 4 越臺(월대) : 광동성 광주의 월수산(越秀山)에 있는 대. 남월왕 위타(尉佗)가 쌓았다 한다. 5 鵬際(붕제) : 붕새가 날아 앉은 지경, 곧 남해의 넓은 경치를 말함. 『장자(莊子)』에 '붕새는 남해로 갈 때 9만 리를 날아 올라 여섯 달을 계속 난다.' 라고 한 데서 나온 말. 6 蚌中(방중) : 조가비 안에. 『사기(史記)』 구책전(龜策傳)에 '명월지주는 강해로부터 나와 조개 안에 감추어져 있다.' 고 한 데서, 진주 같은 달이 공중에 떠 있는 것을 비유한 것이다. 7 薜荔(벽려) : 향초의 일종. 혹은 담쟁이. 목련이라고도 한다. 8 桄榔(광랑) : 야자과에 속하는 상록 교목. 9 예(翳) : 가리다. 덮다. 10 裛(읍) : 향내가 옷에 배다. 11 玄猿(현원) : 검은 빛깔의 원숭이. 12 翡翠(비취) : 물총새. 13 鬒髮(진발) : 숱이 많은 머리카락. 검은 머리. 14 首(수) : 머리 두다. 향하다. 15 萊(래) : 원래는 쑥이나, 여기서는 잡초를 일컬음.

감상

날이 밝기를 기다려 시흥강 입구를 떠나 민閩 지방의 높은 고개를

월수산(越秀山)

넘어 귀양지로 가는데, 때는 봄철이라 봄기운을 타고 현 광주廣州의 월수산越秀山에 있는 월왕대를 바라본다. 이때 엊저녁부터 드리워져 있던 구름은 붕새가 날아가 멈춘다는 남쪽 바다로 사라져 가지만, 조개 속에서 나온다는 진주와 같은 달은 아직도 남아 있는 것이 보인다. 길 옆에 있는 벽려는 미풍에 흔들리면서 주위의 공기를 파랗게 물들이는 것 같고, 비쭉 솟은 광랑나무는 그 넓은 잎으로 푸른 이끼 위를 가리우고 있다. 계수나무의 향기는 이슬마다 배어들고, 길 옆은 돌 사이를 흐르는 가는 도랑물이 졸졸졸 소리를 내고 흘러간다. 또 나뭇잎에 가리운 검은 원숭이는 나무 위에서 부르짖고, 물총새는 입에 꽃을 물고 날아 지나간다.

그래서 이 남쪽 지방이 좋을 만도 하지만, 그러나 북쪽 고향을 그리는 생각은 날로날로 끝이 없이 더해진다. 이번 귀양으로 검은 머리는 갑자기 희어지고, 나의 이 붉은 마음도 이미 식은 재가 되었구나. 언제 고향으로 돌아가 황폐해진 옛 동산의 잡초를 빨리 가서 잘라줄 수 있을까?

이 시는 평성平聲 회운灰韻의 오언고시다. 703년(장안 5) 장간지張柬之의 쿠데타로 측천무후가 물러나고 중종이 즉위하매, 측천무후의 총신들이 물러날 때, 송지문은 남방으로 귀양가는데, 이때 중도에 시흥강구 근방의 허씨촌에 이르러 이 시를 지어 귀양가는 도중의 감회를 읊은 것이다.

제10구까지는 도중의 정경을 서술했는데, 새벽에 출발하여 시차를 두고 광경을 기술했다. 날이 밝자 떠나 험준한 고개를 넘어 옛 유적지 월왕대를 바라볼 때 위로 하늘에는 구름과 달이 남아 있었다. 다음 지상의 풍경으로 벽려 · 광랑 · 계수나무 향기 · 석간수 소리, 원숭이와 물총새 등 동식물의 묘사를 대구로 이루며 잘 묘사하고 있다.

다음 제11구부터는 귀양가는 도중의 감회로 고향을 그리는 애타는 심정이 잘 표현되고 있다.

여설

송지문 하면, 우리는 『당음唐音』의 첫 시 '도중한식途中寒食' 이란 시를 생각한다.

말 위에서 한식날을 맞으니	마상봉한식 馬上逢寒食
길 가는 도중에 때는 늦봄에 속하였네.	도중속모춘 道中屬暮春
가련히 강가 포구에서 바라보나	가련강포망 可憐江浦望
낙교의 사람이 보이지 않는구나.	불견락교인 不見洛橋人

『전당시全唐詩』에는 권51～권53까지가 송지문의 시다. 거기에는 이 시가 '도중에서 한식을 만나 황매임강역黃梅臨江驛에서 지어 최융에게 부친다.(途中寒食, 題黃梅臨江驛, 寄崔融.)' 고 되어 있고, '황매임강역에 처음 도착하여(一作初到黃梅臨江驛)' 라고도 되어 있다.

그리고 제2구의 '도중途中'이 '수중愁中'으로 되어 있고, 후반부가 더 있다. 곧,

북쪽에서는 밝은 임금을 생각했는데	북극회명주 北極懷明主
남방에서는 내몰린 신하가 되었다.	남명작축신 南溟作逐臣
고향을 생각하니 애가 끊어지는데	고위단장처 故園斷腸處
밤낮으로 버들가지는 새로워지네.	일야류조신 日夜柳條新

라고 되어 있다. 이를 합해 보면, 평성平聲 진운眞韻 오언율시가 분명하다. 그런데 앞 전반부만 잘라 유행하고 있는 것이다. 뜻도 도중보다는 수중이 낫고, 하반부의 내용으로 보아 이 시도 송지문이 귀양간 이후의 작품일 것이다.

송지문은 한마디로 궁정시인이다. 그는 3형제인데 각기 특장이 하나씩 있었다.

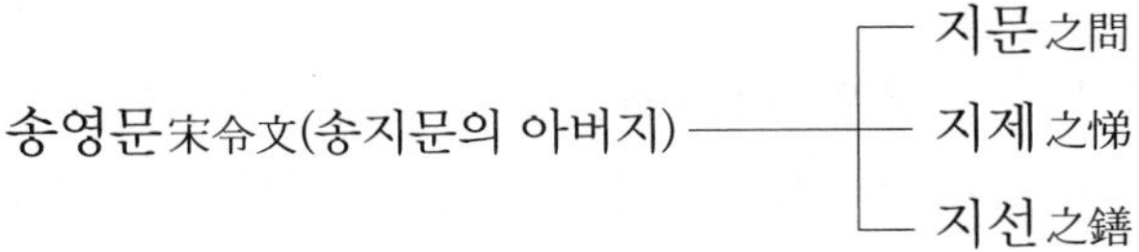

아버지 송영문은 고종 때 홍문관의 학사를 지냈는데, 글을 잘 짓고, 글씨를 잘 썼으며, 힘이 매우 세니, 이 세 가지를 세상에서 '삼절三絕'이라 하였다. 한번은 서울에서 큰 소가 놓여 종횡무진 날뛰는데 아무도 그 소를 붙잡지 못했다. 그는 대뜸 소에게 달려가 맨손으로 쇠뿔을 뽑아 버리고 목을 분질러 소를 죽였다.

아우 지제之悌는 키가 8척에 힘이 장사인데, 개원 연간開元年間에 검남절도사劍南節度使·태원윤太原尹을 지내다가 죄를 지어 주연朱鳶

에 유배되었으나 마침 침입한 외적을 물리친 공로로 살아났고, 막내 아우 지선은 노래를 잘 불러 연천참군連川參軍으로 있을 때 자사刺史가 그 노래를 좋아하여 종들에게 노래를 가르치게 하였다. 송지문은 시로 유명하고, 두 아우는 힘과 노래로 유명하여 아버지의 삼 절을 일 절씩 나누어 가졌다고 일컬어졌다.

송지문은 생김이 잘 생겼고 웅변을 잘했는데, 675년(상원 2) 진사에 급제했고 약관에 측천무후에 불려가 양형楊炯과 습예관習藝館의 학사로 같이 근무했었다. 이어 상방감승尙方監丞과 좌봉신내공봉左奉宸內供奉에 올랐다. 어느 날 측천무후가 낙양洛陽 남쪽 용문에서 신하들에게 시를 짓게 했는데, 좌사左史 동방규東方虬가 먼저 시를 완성하여 측천무후는 상으로 비단도포를 그에게 내렸다. 그러나 이윽고 송지문이 시를 바쳤는데, 매우 잘 지어 무후는 그 비단도포를 빼앗아 송지문에게 준 일도 있다.

당시 측천무후의 정인情人 역할을 하던 장역지張易之가 정권을 장악하고 있었는데, 송지문은 염조은閻朝隱 · 심전기沈佺期 · 유윤제劉允濟 등과 장역지에게 붙어 한껏 아부했다. 전설에는 송지문이 장역지 대신 무후의 정인 역할까지 하는데, 송지문은 잇병을 앓아 구취가 심하여 무후가 싫어했다고도 한다. 하여간 송지문은 장역지를 위해 서라면 요강을 떠받치는 일까지 할 정도였다 한다. 그러나 장역지가 실권하자, 송지문은 농주瀧州(廣東省 羅定縣 남쪽)로, 염조은은 애주崖州(廣東省 瓊山縣과 海南島 동북부 사이)에 귀양감과 동시에 둘이 다 참군사參軍事로 강등되었다. 그러나 송지문은 낙양으로 도망가 장중지張仲之의 집에 숨었다. 그때는 무삼사武三思가 전권專權할 때인데, 장중지가 왕동교王同皎와 힘을 합쳐 무삼사를 죽여 당황실을 안정시키려 했다. 송지문이 이 비밀을 탐지하고 조카인 송담宋曇을 시켜 무삼사에게 일러바쳐 그 대가로 죄를 면하고 홍려시鴻臚寺 주부主簿로 승진하니 세상이 매우 추악한 자로 무시했다. 경룡연간景龍年間(707~709)에 그는 고공원외랑考工員外郎이 되었는데 태평공주에 아첨한 덕이었다. 그러나 다음에 안락공주가 권세를 부리자 그리로 붙어 태평공주의 미움을 샀다.

중종 때 중서사인中書舍人으로 승진하려는데 태평공주의 방해로 강등되어 변주장사騈州長史로 부임 도중 다시 월주장사越州長史가 되었다. 월주에 도착하여 행정에 힘쓰는 한편 꽤 많은 시도 지어 그 시가 장안에서 한때 유행하기도 했다.

710년 예종이 즉위하자 송지문의 죄가 완전히 드러나 흠주欽州(광동성 안)로 귀양갔다가 계주桂州(현재 광서성 계림시)로 옮겨가 자살을 명받아 죽었다.

그는 심송체沈宋體라 불릴 만큼 심전기와 더불어 당시唐詩의 기초를 만드는 데 큰 역할을 했으나, 측천무후에 붙어 갖은 아양의 응제시를 써 궁정시인이란 별칭을 들었고, 출세하려는 욕심에 누구에게나 붙어 온갖 수단을 부려 아첨했으므로 인간적으로 매도의 대상이 되었다. 그가 관직에 있을 때 지은 시는 아첨과 찬사로 일관된 시였으나, 귀양살이하는 동안의 시작詩作은 명품이 꽤 많아 당시사唐詩史의 한쪽을 차지할 만하다. 그의 문집은 본디 10권으로 되어 있었으나 지금은 전하지 않고 명나라 사람이 편했다는 『송지문집宋之問集』이 있을 뿐이다.

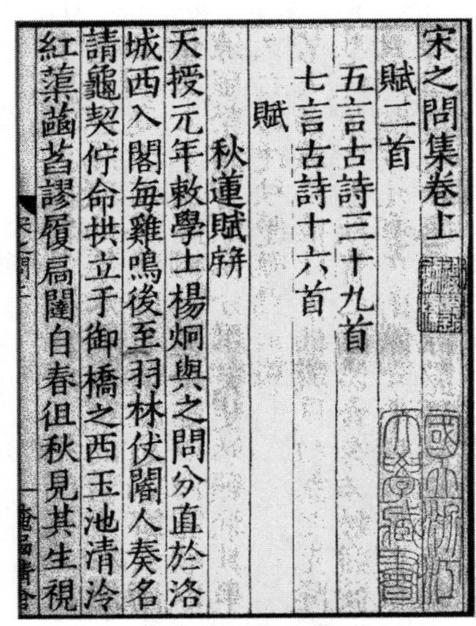

宋之問集卷上
賦二首
五言古詩三十九首
七言古詩十六首
賦
秋蓮賦并
天授元年敕學士楊炯與之問分直於洛
城西入閣每雞鳴後至羽林仗閣人奏名
請龜契佇命拱立于御橋之西玉池清泠
紅蕖菡萏謬履扃闥自春徂秋見其生視

송지문집(宋之問集)

심전기 沈佺期

656~714

자는 운경雲卿. 상주相州 내황內黃(현재 하남성 창덕彰德) 사람. 측천무후에 붙어 출세했다가 장역지張易之가 죽자 환주驩州로 귀양갔다. 후에 태자첨사太子詹事에 올랐다. 송지문宋之問과 나란히 당시唐詩 발전에 공로가 컸다.

요동두원외심언과령 遙同杜員外審言[1] 過嶺[2]

심전기(沈佺期)

하늘이 길고 땅이 넓은데 고갯마루에서 나뉘어지네.
나라를 떠나 집을 떠나 흰 구름만 보는구나.
낙포의 풍광이 어느 곳과 같을까?
숭산의 장기瘴氣를 들어 견딜 수가 없네.
남쪽으로 넓은 바다에 뜬 사람은 어디에 있는가?
북쪽으로 형양을 바라보니 기러기가 몇 마리나 되는가?
양쪽 땅의 강과 산은 만여 리나 되는데,
어느 때나 다시 성명한 군주를 배알할까?

천장지활령두분 거국리가견백운
天長地闊嶺頭分　去國離家見白雲

낙포 풍광하소사 숭산 장려 불감문
洛浦[3] 風光何所似　崇山[4] 瘴癘[5] 不堪聞

남부창해 인하처 북망형양 안기군
南浮漲海[6] 人何處　北望衡陽[7] 雁幾群

양지 강산만여리 하시중알성명군
兩地[8] 江山萬餘里　何時重謁聖明君

1 杜員外審言(두원외심언) : 원외랑(員外郎) 두심언(646~708). 자는 필간(必簡), 두보의 조부. 선부원외랑(膳部員外郎)직을 지냈으므로 이렇게 부른다. **2** 령(嶺) : 고개. 대유령(大庾嶺)을 뜻한다. 강서성에서 광동성으로 넘어가는 고개 이름인데, 왼쪽의 호남성이 가까움. 한나라 무제 때 유승(庾勝) 장군이 남월을 칠 때 이곳에 성을 쌓았으므로 대유령이란 이름이 생겼다. 또 당나라 때 장구령이 이 고개에 길을 새로 내고 매화를 많이 심어 매령이라고도 하며 매화의 명소로 유명하다. **3** 洛

浦(낙포) : 낙양 앞을 흐르는 낙수에 있는 포구. **4** 崇山(숭산) : 여러 곳에 있다. 『서경(書經)』·〈요전(堯典)〉편에 보면 '순임금이 환두(驩兜)를 숭산으로 추방했다.' 했는데, 지금 그 땅이 어디인지 확실하지 않다. 그러나 환두의 이름에서 환주(驩州)가 생겼고, 심전기가 귀양간 환주는 지금의 월남국의 청화(淸化: Thanh Hoa)이다. **5** 瘴癘(장려) : 축축하고 더운 땅에서 일어나는 독기로 생기는 병. 남국에 흔하다. **6** 漲海(창해) : 물이 넘치는 바다, 곧 남해를 의미한다. **7** 衡陽(형양) : 호남성에 있는 형산(衡山)의 남쪽. 형산은 중국 오악(五嶽) 중의 남악(南嶽)으로 회안봉(回雁峰)이 있는데 기러기도 여기까지 왔다가 되돌아간다고 한다. **8** 兩地(양지) : 심전기가 귀양가는 환주와 두심언이 귀양가는 봉주, 월남 북부. 이 두 곳이 도성으로부터 1만 리 이상 떨어져 있다는 말.

감상

넓고 넓은 천지 안에서 이 대유령을 넘어 오니 길이 각기 갈라져 나간다. 나라와 고향을 떠나 귀양길에서는 매일 흰 구름만 보는구나. 낙수의 포구와 같은 풍경이 있을까 하고 찾지만 그런 곳은 없고, 숭산 근처에는 장기의 독으로 앓는 병이 무성하다는 소리를 듣기에 견디기가 어려울 지경이다. 남쪽으로, 저 넓은 남해로 떠난 그대는 지금 어디에 있는가? 북쪽으로, 형산 남쪽을 바라보매 기러기도 거기까지 왔다만 그대로 되돌아간다 하니 몇 마리나 왔다 갔는가?

그대가 가는 봉주峯州나, 내가 가야 할 환주驩州나, 두 곳이 모두 서울로부터는 1만 리 떨어진 곳, 언제나 다시 거룩하고 밝은 임금을 다시 만나볼까?

측천무후가 물러나고 장역지 · 장창종張昌宗 형제가 주살되자, 이들에게 붙어 출세했던 신하들 중, 영남으로 귀양간 자는 두심언(봉주) · 심전기(환주) · 송지문(농주) · 왕무경王無競(광주廣州) · 염조은(경산瓊山) 등이었다. 이들은 모두 각기 떠났는데, 심전기가 두심언이 거쳐간 역을 지나면서 두심언이 써 놓은 시에 창화唱和한 것이다.

다행히 심전기는 707년(신룡 3) 8월에 석방되어 낙양으로 돌아왔다.

이 시는 평성平聲 문운文韻의 칠언율시인데 귀양가면서도 연군戀君의 뜻이 간절하다.

여설

심전기는 송지문과 함께 당시의 기초를 닦은 시인이다. 그래서 심송체沈宋體라는 시체가 생겨났다. 그는 675년(상원 2)에 진사에 급제한 후 협률랑協律郎으로부터 급사중給事中과 고공원외랑考功員外郎에까지 올라갔으나 뇌물을 받아 탄핵 당하였는데 그 일이 결말이 나기 전에 장역지가 실각함으로써 그는 환주로 유배되었다. 그러나 707년(신룡 3) 8월에 석방되어 대주臺州(절강성 임해현臨海縣)의 녹사참군사錄事參軍事가 되었다. 그는 장부를 가지고 보고하러 상경했다가 중종을 배알하자 기거랑起居郎에 임명되어 수문관직학사修文館直學士를 겸임했다. 이윽고 중종이 연회석에서 수문관 학사들에게 회파回波라는 춤을 추게 했다. 이때 심전기는 중종의 마음을 사서 아홀牙忽과 비의緋衣를 하사 받았다. 이어 그는 중서사인中書舍人·태자소첨사太子少詹事에까지 올랐으나 개원開元 초에 죽었다.

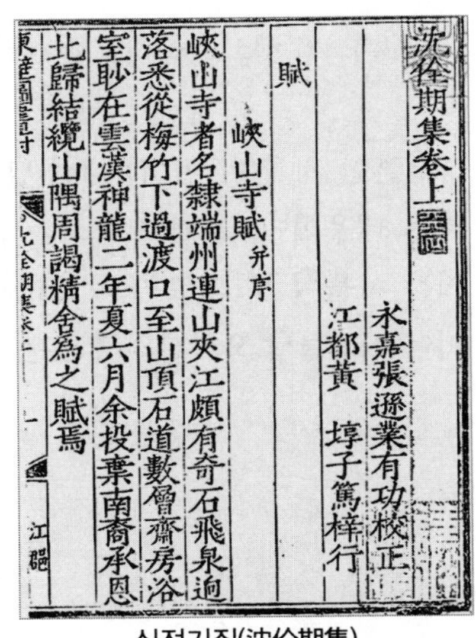
沈佺期集卷上

永嘉張遜業有功校正

江都黃 埻子篤梓行

賦

峽山寺賦 幷序

峽山寺者名隸端州連山夾江頗有奇石飛泉迴落悉從梅竹下過渡口至山頂石道數層齋房浴室眇在雲漢神龍二年夏六月余投棄南裔承恩北歸結纜山隅周謁精舍為之賦焉

심전기집(沈佺期集)

두 아우 심전교沈全交·심전우沈全宇가 있었는데, 그들도 문재

文才가 있었으나 형만은 못했다. 원래 그의 문집은 10권이 있었으나 없어지고 명나라 때 만들어진 『심전기집沈佺期集』이 있다. 『전당시全唐詩』에는 그의 시가 3권으로 실려 있다.

송지문이 오언율시에 능한 반면, 심전기는 칠언율시에 뛰어났다.

이 시의 첫 구의 '天長地闊'이 우리나라에서는 다음과 같이 쓰인 것이 있다. 병자호란 때 끝까지 척화론斥和論을 주장하다가 청나라 서울 심양에 끌려가 죽은 삼학사, 곧 홍익한洪翼漢(1585~1637)·윤집尹集(1606~1637)·오달제吳達濟(1609~1637) 중 오달제의 시를 보기로 한다. 죽음을 당하기 직전에 아내에게 보내는 '기내남씨寄內南氏 심양瀋陽'란 시의 후반부는 이러하다.

땅이 넓으니 편지도 부치기 어렵고	地闊書難寄 (지활서난기)
산이 기니 꿈에도 또한 더디더라.	山長夢亦遲 (산장몽역지)
나의 삶을 점칠 수 없으니	吾生未可卜 (오생미가복)
모름지기 뱃속의 아이나 보호하시오.	須護腹中兒 (수호복중아)

결혼한 지 얼마 안 된 계배 남씨 부인의 몸에 잉태한 아이를 부탁하는 내용이며, 그때 오학사는 29세였다. 그러나 공교롭게도 그 아이는 아들이 못 되고 딸이었고 어려서 죽었다. 그래서 양자로 대를 이어서 오늘날 오학사의 후손은 면면히 이어오고 있다.

유희이劉希夷

651～680

자는 연지延之 또는 연지延芝. 여주汝州(현재 하남성 임안臨安) 사람. 어려서부터 문재文才가 있어 675년(上元 2) 진사에 급제했으나 관직을 지내지 않았다. 문집 10권이 있었으나 없어지고 『전당시全唐詩』에 그의 시가 1권으로 실려 있다.

대비백두옹代悲白頭翁*

유희이(劉希夷)

*代悲白頭翁(대비백두옹) : 흰머리를 슬퍼하는 노인을 대신하여 대백두음(代白頭吟)이라 된 곳도 있다. 백두음은 옛부터 전해오는 악부 제목이고, 대는 비기다 · 본뜨다의 뜻이다.

제1절

낙양성 동쪽의 복숭아꽃과 오얏꽃은
날아오며 날아가 뉘 집으로 떨어지는가?

낙 양 성 동 도 리 화　비 래 비 거 낙 수 가
洛陽城東桃李花　飛來飛去落誰家

제2절

낙양의 여아들은 빛깔을 아끼고 자랑하는데
가다가 떨어지는 꽃을 만나면 길이 탄식하네.

낙 양 녀 아 석 안 색　행 봉 낙 화 장 탄 식
洛陽女兒惜顔色　行逢落花長歎息

제3절

금년에 꽃이 떨어지면 나의 얼굴빛도 달라지니
명년에 꽃이 피면 또한 누가 남아 있는가?
소나무 · 잣나무도 꺾이어 땔나무가 됨을 이미 보았고,
뽕나무밭이 변하여 바다가 됐다는 이야기도 들었네.

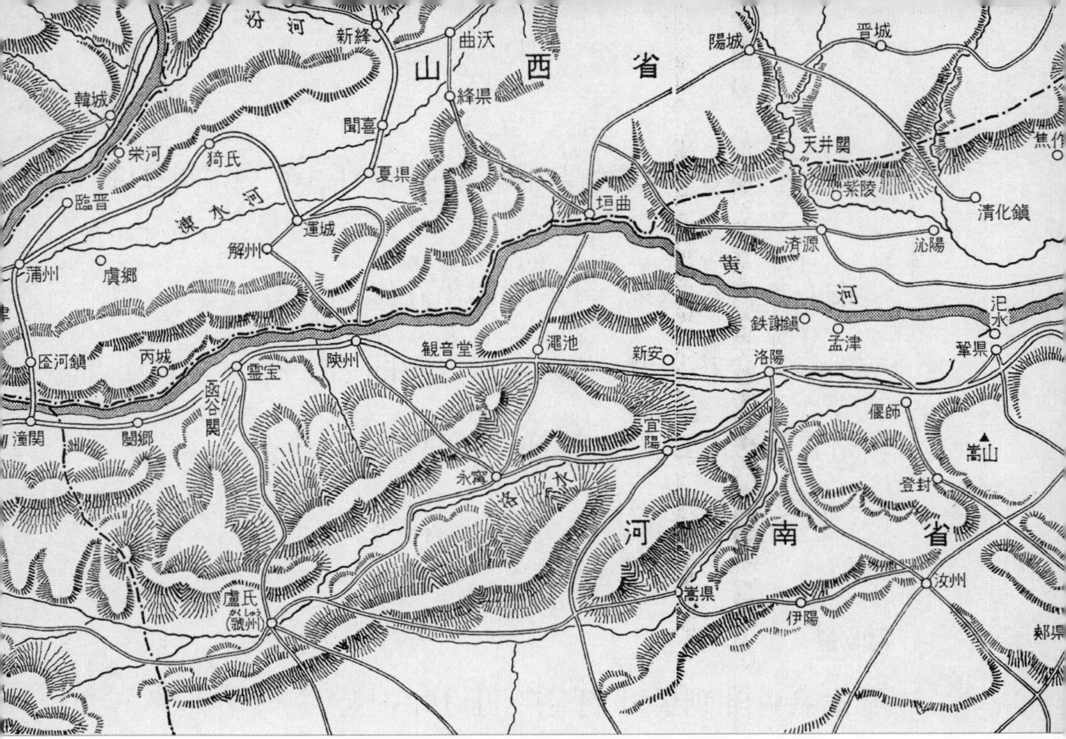

낙양부근도(洛陽附近圖)

금년화락안색개　명년화개부수재
今年花落顔色改　明年花開復誰在

이견송백최위신　갱문상전변성해
已見松柏摧爲薪　更聞桑田變成海

제4절

옛사람은 다시는 낙양성 동쪽에 없고,
지금 사람 또한 꽃을 떨어뜨리는 바람을 대하고 있도다.
해마다 해마다 꽃은 서로 비슷한데
해마다 해마다 사람들은 같지 않네.
말을 부치노니, 아주 싱싱한 홍안의 젊은이들이여,

반은 죽은 흰머리의 늙은이를 응당히 가련히 여기려므나.

고인무부락성동 금인환대락화풍
古人無復洛城東 今人還對落花風

년년세세화상사 세세년년인부동
年年歲歲花相似 歲歲年年人不同

기언 전성홍안자 응련반사백두옹
寄言[1]全盛紅顏子 應憐半死白頭翁

1 寄言(기언) : 말을 부치다. 잠깐 말한다는 뜻.

제5절

이 늙은이의 백발이 진실로 가련하구나.
이분도 전에는 홍안의 미소년이었네.
귀공자나 왕손들과 수려한 나무 아래
꽃이 떨어지는 앞에서 맑은 노래 부르고 교묘한 춤도 추었단다.
광록대부光祿大夫의 지대에는 비단을 펴놓고,
장군의 누각에는 신선을 그렸었지.
그러나 하루아침에 병들어 누우면 서로 아는 이도 없으니
봄철의 행락에 누가 곁에 있는가?

차옹백두진가련 이석 홍안미소년
此翁白頭眞可憐 伊昔[2]紅顏美少年

공자왕손방수하 청가묘무락화전
公子王孫芳樹下 淸歌妙舞落花前

광록 지대개금수 장군 누각화신선
光祿[3]池臺開錦繡 將軍[4]樓閣畵神仙

일 조 와 병 무 상 식　　삼 춘 행 락 재 수 변
一朝臥病無相識[5]　三春行樂在誰邊

2 伊昔(이석) : 저 옛날. 전에. 옛적에. 3 光祿(광록) : 광록대부. 전한의 곡양후(曲陽侯) 광록대부 왕근(王根)을 가리킴. 연못 가운데 가산(假山)을 만들고 그 위에 누대를 쌓고 그 안에 비단을 깔고 다녔으므로 그의 호화로운 생활을 묘사하기 위하여 인용한 것임. 4 將軍(장군) : 후한의 양기(梁冀)가 대장군(大將軍)으로서 누각에다 신선도를 그리고 온갖 사치를 다했음을 뜻함. 5 相識(상식) : 서로 알다. 여기서는 아는 사람. 지인(知人).

제6절

멋지게 굽은 눈썹 능히 얼마나 갈까?
이윽고 흰머리가 어지럽게 실타래 같네.
다만 보이나니, 옛날 노래하고 춤추던 곳,
오직 황혼에 새들만이 슬피 지저귀네.

완 전　아 미 능 기 시　　수 유 학 발　란 여 사
宛轉[6]蛾眉能幾時　須臾鶴髮[7]亂如絲
단 간 고 래 가 무 지　　유 유 황 혼 조 작 비
但看古來歌舞地　惟有黃昏鳥雀悲

6 宛轉(완전) : 완곡하게 구부러진 모습. 7 鶴髮(학발) : 두루미의 깃처럼 하얀 머리털. 백발의 비유.

감상

낙양성 동쪽에 도리화가 만발했다가 때가 되어 져서 흩날려 누구의 집으로 떨어지는가? 그 아름답던 꽃들은 낙양에 사는 아가씨들의 얼굴 같고, 아가씨들은 그 아름다운 안색을 영원히 보전하려 드는데,

길을 가다가 도리화가 지는 것을 보고는 세월의 무상함을 느끼고 길이 탄식한다. 금년에 저 꽃이 떨어지면 저 아리따운 아가씨들의 얼굴빛도 달라지고, 나이 든 사람은 세상을 뜨기도 하니, 내년에 저 꽃이 다시 필 때는 누가 또한 살아 있을 것인가? 저 장수한다고 칭송 받던 소나무 · 잣나무도 세월이 가면 사람들이 베어다가 땔나무를 만들어 태워 버리고, 또 상전벽해라는 말도 익히 들은 바이노라.

따라서 옛사람은 낙양 동쪽에서 다시는 못 볼 것이니, 지금 사람들은 바람에 떨어지는 꽃을 바라보며 부질없이 서글퍼만 하는 것이다. 해마다 피는 저 꽃은 그 모양이 똑같아 변함이 없지만, 해마다 사람들은 늙거나 죽어 한결같지가 않도다. 그래서 한창 왕성하고 희망 찬 홍안의 청년에게 말하노니, 부디 저 반은 죽은 백발의 늙은이를 불쌍히 여기라.

이 늙은이들의 흰머리는 진실로 가련하다. 그들도 옛날에는 너희들과 같이 홍안의 미소년이었다. 그들도 귀공자나 왕손들과 같은 고귀한 신분으로 아름다운 나무 밑에서 꽃이 떨어지는 광경을 보면서 노래하고 춤추며 놀았었고, 광록대부인 왕근王根이 고대광실을 호화롭게 꾸미고 비단을 바닥에 깔고 다녔으며, 양기梁冀 장군 같은 이는 호화로운 집에다 신선도를 그려 놓고 아내와 구슬을 장식한 연을 타고 수백 명의 종을 거느리고 살았지만, 하루아침에 병들어 누우면 누가 아는 체나 하겠는가? 아름다운 봄철 한껏 즐기는 자리에 누구 곁에 그들이 또다시 있을 수 있는가?

그러니 멋지게 그린 눈썹과 아름다운 화장으로 예뻤던 시절이 얼마나 길 것인가? 이윽고 백발이 되어 흰머리가 실타래같이 늘어질 것이다. 그러니 보라, 옛부터 노래하고 춤추던 땅에 있는 복숭아 · 오얏나무에는 오직 황혼에 온갖 새들만 모여 지저귀는 슬픈 광경이 있을 뿐이로다. 무상한 것은 인생이로다.

이 시는 칠언고시로 6회나 환운換韻했다. 제1절은 2구로 평성平聲 마운麻韻이요, 제2절은 2구로 입성入聲 직운職韻이며, 제3절은 4구로 상성上聲 회운賄韻이요, 제4절은 6구 평성平聲 동운東韻이며, 제5절은 8구 평성平聲 선운先韻이고, 제6절은 4구 평성平聲 지운支韻이다.

제1절은 눈앞의 풍경을 묘사하여 전시全詩 전개의 무대를 열었고, 제2절은 한 여성을 등장시켜 인생의 문제를 제기시켰으며, 제3절은 앞의 여인이 탄식하는 내용을 나타냈다. 제4절은 인생무상의 대표적인 예인 노옹老翁을 등장시켰고, 제5절은 인간의 호화도 찰나라는 무상감을 거쳐 제6절에서 인생도 다시 공空으로 끝나 자연으로 돌아간다는 결론을 내리고 있다.

그러나 내용상으로는 크게 제12구까지 1단락, 이후 끝까지 2단락으로 나눌 수 있다. 제1단락에서는 낙화가 중심화제로 꽃은 또 피지만 사람은 변해만 간다는 내용이고, 제2단락에서는 젊은이들에게 부탁하는데 늙은이를 위하라는 내용이라고 볼 수 있겠다.

여설

이 시는 재래로 '今年花落顔色改, 明年花開復誰在'와 '年年歲歲花相似, 歲歲年年人不同'이라는 명구 때문에 유명하고, 또 이 뒷구 때문에 일찍 죽어야 하는 시참詩讖의 시로도 유명하다.

유희이는 유정지劉廷芝로 많이 알려져 있고, 또 자도 연지延之·연지延芝로 기록된 곳도 있다. 그리고 여주인汝州人이라고도 하고, 영주인潁州人이라고도 한다. 675년(상원 2) 진사에 급제했다고도 하나, 관직을 지내지 않아 사서史書에는 기록이 없고, 『당재자전唐才子傳』이나 『전당시』에 짤막한 기록이 있을 뿐이다.

이 시의 배경에는 다음과 같은 전설이 들어 있다.

유정지는 송지문의 사위라고도 하고, 또는 생질이라고도 한다. 그의 이 시가 하도 좋고 그중에서도 '年年歲歲花相似, 歲歲年年人不同' 이란 구절이 마음에 들어 송지문이 자기의 작품으로 하자 하니 유정지가 면전에서는 대답하고, 후에는 후회하고 자작품으로 공포해 버렸다. 이에 송지문의 체면이 말이 아니게 되자, 화가 난 송지문은 종을 시켜 유정지를 토낭土囊으로 눌러 죽였다 한다. 그래서 그는 30세도 안 되어 죽었으므로 사람들이 매우 애석해 하였다 한다. 그러나 이 시는 당시 매우 유명하여 널리 유행했던 것으로 생각된다. 『전당시』에 보면 송지문 작품에도 '유소사有所思' 라는 제목으로 이 시와 여섯 자만 틀리고 완전히 같은 작품이 실려 있고, 송지문의 친구 가증賈曾 작품이라 하여 이 작품의 전반부가 몇 자만 틀린 채로 기재되어 있다.

남의 시를 자작으로 하고 싶어 달랬다가 안 주자 사람을 죽인 예는 우리나라에도 있다. 고려 때 저 유명한 김부식金富軾(1075～1152)과 정지상鄭知常(?～1135)의 관계가 그렇다. 두 사람이 문장文章으로 일세一世에 이름을 날렸는데, 정지상의 시구에,

琳宮〔절〕에서 梵語〔讀經〕를 파하니	琳宮梵語罷(임궁범어파)
하늘빛이 밝기가 유리 같도다.	天色淨琉璃(천색정유리)

라는 구절이 있어, 김부식이 자작으로 하게 달라 했으나 정지상이 주지 않자 정지상을 묘청의 난의 주모자로 몰아 죽였다. 후에 김부식이 어느 날 봄을 읊는 시에,

버들 빛은 천 가닥 실같이 푸르고	柳色千絲綠(유색천사록)

복사꽃은 만 점으로 붉어 　　　도화만점홍 桃花万點紅

라고 하였다. 이때 죽은 정지상의 귀신이 나타나 김부식의 뺨을 갈기면서 '천사千絲 만점万點 누가 세어 봤느냐?' 하므로, '그러면 안 되느냐?' 하니, 정지상이

버들 빛은 실실이 푸르고 　　　유색사사록 柳色絲絲綠
복사꽃은 점점이 붉네. 　　　도화점점홍 桃花點點紅

라고 해야 한다 하니, 김부식이 이 뒤로는 더욱 정지상을 미워했다.

그 후 김부식이 어떤 절에 갔다가 측간에 가 뒤를 보는데 정지상의 귀신이 나타나 뒤로부터 김부식의 음경을 움켜잡으면서 '술도 안 마셨는데 어째서 얼굴이 그리 붉으냐?' 하므로, 김부식이 '건너편 단풍이 얼굴에 비쳐 붉은 것이다.' 하였다. 이에 정지상이 더욱 세차게 잡아당기면서 '꼭 가죽 주머니 같구나' 하자, 김부식이 '너의 아비 음낭은 쇠로 되었니?' 하면서 안색도 변하지 않으므로 정지상이 그것을 확 잡아당겨 김부식이 마침내 측간에서 죽었다.

이는 이규보李奎報(1168~1241)의 〈백운소설白雲小說〉에 나오는 이야기이다. 시 한 구절 때문에 친구를 죽인 예지만 매우 전설적이다.

장약허 張若虛

660～720

양주(현재 강소성 양주시楊州市) 사람. 일찍이 곤주병조袞州兵曹를 지냈다 한다. 하지장賀知章 · 장욱張旭 · 포융包融과 함께 '오중사사吳中四士'로 칭해진다. 『전당시全唐詩』에 그의 시가 2수 실려 있는데, 이 시가 제일 유명하다.

춘강화월야 春江花月夜[1]

장약허(張若虛)

봄 강의 조수가 바다에 이어져 평평한데
바다 위의 밝은 달이 조수와 함께 떠오르네.
어른어른 파도를 따라 천만 리나 뻗어 비치니
어느 곳엔들 봄 강에 달의 밝음이 없으리오?
강의 흐름은 완만하게 꺾이어 꽃다운 들판을 휘어 감고
달은 꽃 숲을 비추어 모두가 싸락눈이 내린 것 같네.
공중에 흐르는 서리는 그 날아감을 깨닫지 못하겠고,
물가에 있는 흰모래는 보아도 보이지를 않네.
강과 하늘이 한 빛이라 눈곱만 한 먼지도 없고
밝고 밝은 공중에는 홀로 달만 휘영청.
강가에서 어떤 사람이 첫 번째로 달을 보았을까?
또 강의 달은 어느 해에 처음으로 사람을 비추었을까?
인생은 대대로 이어져 끝남이 없고
강의 달도 해마다 다만 똑같을 뿐이네.
알지 못하겠네, 강 위의 달은 누구를 기다리는지?
다만 보이나니 장강이 흐르는 물을 보낼 뿐이라.
한 조각 흰 구름은 유유히 흘러가는데
청풍포구 가에서 근심 견디기 어렵구나.
오늘 밤 일엽편주에 몸을 싣고 바장이는 사람은 누구인가?
밝은 달이 비치는 누각에서 상사相思하는 이가 있는 곳은 어디인가?

가련하다, 달은 누상을 배회하면서
마땅히 떨어져 홀로 있는 여인의 화장대를 비치리라.
옥으로 장식한 문에 친 발을 걷어올려도 달빛은 떠나지 않고
옷을 다듬은 다듬는 돌 위에서 쫓아도 달빛은 도로 오네.
이때 둘이는 서로 달을 통해 바라볼 뿐 소식은 듣지 못하니
원컨대 달빛을 좇아 흘러 보내어 그대를 비추게 하고 싶네.
편지 전하는 기러기도 멀리 날아가 달빛이 비출 수 없고
소식 전한다는 물고기는 잠겼다 뛰어올라 물에 무늬만 놓네.
엊저녁 한가한 연못 가에서 꽃이 떨어지는 꿈을 꾸니
가련하다, 봄이 반이 지났는데도 집에 돌아가지 못하네.
강물은 봄을 흘려 보내어 아주 가 버리려 하고,
강과 연못에 지는 달은 또다시 서쪽으로 아주 기울려 하네.
기우는 달은 침침하여 바다 안개에 감추어지고
갈석과 소상 사이는 끝이 없는 길이네.
알지 못하겠네, 달빛을 타고 몇 사람이나 돌아갔을지?
지는 달이 정을 움직여 강가 나무에 가득 차네.

춘강조수련해평 해상명월공조생
春江潮水連海平 海上明月共潮生

염염 수파천만리 하처춘강무월명
灩灩[2]隨波千萬里 何處春江無月明

강류완전 요방전 월조화림개사산
江流宛轉[3]繞芳甸[4] 月照花林皆似霰[5]

공리 유상 불각비 정상백사간불견
空裏[6]流霜[7]不覺飛 汀上白沙看不見

강천일색무섬진 교교 공중고월륜
江天一色無纖塵[8] 皎皎[9]空中孤月輪[10]

강반하인초견월 강월하년초조인
江畔何人初見月 江月何年初照人

인생대대무궁이 강월년년지 상사
人生代代無窮已 江月年年祇[11]相似

부지강월대하인 단견장강송류수
不知江月待何人 但見長江送流水

백운일편거유유 청풍포 상불승수
白雲一片去悠悠 青楓浦[12]上不勝愁

수가금야편주자 하처상사명월루
誰家今夜扁舟子[13] 何處相思明月樓[14]

가련루상월배회 응조리인 장경대
可憐樓上月徘徊 應照離人[15]粧鏡臺

옥호렴중권불거 도의침 상불환래
玉戶簾中卷不去[16] 搗衣砧[17]上拂還來[18]

차시상망불상문 원축월화 류조군
此時相望不相聞[19] 願逐月華[20]流照君

홍안 장비광부도 어룡 잠약수성문
鴻雁[21]長飛光不度[22] 魚龍[23]潛躍水成文[24]

작야한담몽락화 가련춘반불환가
昨夜閑潭夢落花 可憐春半不還家

강수류춘거욕진 강담락월부서사
江水流春去欲盡 江潭落月復西斜

사월침침장해무 갈석소상 무한로
斜月沈沈藏海霧 碣石瀟湘[25]無限路

부지승월기인귀 낙월요정만강수
不知乘月幾人歸 落月搖情滿江樹

1 春江花月夜(춘강화월야) : 봄 강에 꽃 피고 달 밝은 밤. 원래는 악부(樂府) 제목으로 진 후주(後主)가 맨 처음 지었다 함. 여기서는 춘·강·화·월·야의 다섯 가지 소재를 활용하여 남녀 이별의 정서를 읊었음. **2** 灩灩(염염) : 달빛이 수면에 번쩍번쩍 빛나는 모양. **3** 宛轉(완전) : 완만하게 구부러짐. 느릿하게 굽다. **4** 芳甸(방전) : 꽃다운 풀이 질펀한 들. 행락(行樂)의 장소(場所). **5** 霰(산) : 싸라기눈 산. 본

음(本音)은 선. **6** 空裏(공리) : 공중. **7** 流霜(유상) : 흐르는 서리, 곧 공중을 나는 서리 기운 찬 밤의 낌새. **8** 纖塵(섬진) : 작은 먼지. **9** 皎皎(교교) : 달빛이 희고 밝은 모양. **10** 孤月輪(고월륜) : 외로운 둥근 달. 단 하나의 둥근 달. **11** 祗(지) : 지(只)와 같다. 다만. **12** 青楓浦(청풍포) : 푸른 단풍나무가 있는 물가. 지명으로 보기도 한다. **13** 扁舟子(편주자) : 편주는 조각배, 자는 남자. 일엽편주를 젓는 사나이. **14** 明月樓(명월루) : 밝은 달이 비치는 다락. 여인이 거처하는 방. **15** 離人(이인) : 남편을 이별한 여인. **16** 卷不去(권불거) : 권은 권(捲). 말다. 걷어올리다. 권불거(卷不去)는 발을 걷어 올려도 달빛이 떠나가지 않는다. **17** 擣衣砧(도의침) : 옷을 다듬이질하는 돌, 곧 다듬잇돌. **18** 拂還來(불환래) : 떨어도 다시 오다. 달빛을 떨어 버려도 달빛이 없어지지 않는다. 환은 또 · 다시라는 뜻. 돌아오다의 뜻이 아니다. **19** 相聞(상문) : 서로 듣는다는 뜻에서, 서로 소식을 전한다는 뜻. **20** 月華(월화) : 월광. 달빛. **21** 鴻雁(홍안) : 홍은 큰 기러기. 안은 작은 기러기. 기러기는 편지를 전한다는 이야기에서 유래된 것이다. **22** 光不度(광부도) : 재래로 여러 설이 있다. 기러기 떼가 날아가며 달을 막아 달빛이 두 사람 사이를 건너지 못한다고 해석하기도 하고, 기러기가 지평선 너머로 멀리 가버려 달빛이 소식 전하는 기러기를 비출 수 없다고 풀기도 한다. **23** 魚龍(어룡) : 물고기의 총칭. 용의 뜻이 없이 씌어서 물고기란 뜻이라고도 한다. 옛날 잉어 뱃속에 편지를 전했다는 이야기가 깔려 있다. **24** 水成文(수성문) : 문은 문(紋). 물이 무늬를 이루다. 물이 파도쳐 어른거릴 뿐이다. **25** 碣石瀟湘(갈석소상) : 갈석은 하북성 영평부(永平府) 창려현(昌黎縣)에 있는 산의 이름. 소상은 호남성에 있는 강 이름, 곧 소수와 상수. 북쪽의 갈석과 남쪽의 소상강 사이는 남북간의 극지점(極地點)으로 매우 멀리 떨어져 있음을 의미한다.

감상

봄날 강물이 풍부한데 밀물과 맞닿아 바다에까지 평평하고, 때마침 밤이라 바다 위에 뜬 밝은 달이 조수 위에도 떠 있다. 달은 어른어른 물결 따라 천만 리에까지 비치니 어느 곳이라고 봄 강에 달이 밝지 않은 곳이 있겠는가? 이 강이 완만하게 굽어 흘러 꽃다운 들을 둘러싸니, 달빛이 꽃 수풀에 비쳐 마치 초목 위에 싸락눈이 내려앉은 것 같구나. 공중에는 서릿발이 흐르는데 미처 그 이동함을 보지 못하겠고, 강가 백사장도 아스라하여 모래가 보이지 않네. 강과 하늘은 한 빛으로 먼지 하나 없는데, 희고 흰 공중에는 외로운 달 한 덩이만 떠 있네.

이 강가에서 누가 맨 처음으로 저 달을 보았을까? 저 강가의 달은 언제 처음으로 누구를 비추었을까? 사람은 대를 이어 끝없이 이어지고, 저 강가의 달 또한 해마다 늘 같은 모습이로다. 강가의 달이 누구를 기다리는지는 알지 못하겠으나 다만 긴 강이 물을 계속 흘려보내는 것을 볼 뿐이로다.

흰 구름 한 조각이 유유히 흘러가는데, 푸른 단풍나무 깔린 나룻가에서 근심을 이기지 못하네. 오늘 저녁 일엽편주에 몸을 싣고 근심에 싸인 사나이는 누구인가? 임 생각에 밝은 달이 비치는 누각에서 잠 못 드는 여인이 있는 곳은 어디인가? 가련하다. 저 다락 위의 밝은 달은 배회하다가 남편과 이별한 여인이 화장하는 경대도 비추겠지. 아름다운 문에 친 발을 걷어 말아 올려도 달은 없어지지 않고, 다듬잇돌 위로 비치는 달빛은 털어내도 여전히 비추기만 하네.

이제 남녀 사이는 서로 달빛을 통하여 바라다볼 뿐, 서로 소식을 들을 수는 없네. 원컨대, 저 달빛을 몰아 낭군에게 비추어 보내고 싶네. 옛말에 기러기가 편지를 전한다고 했는데, 기러기는 멀리 날아가 달빛조차 찾아갈 수 없고, 잉어 속에다 편지를 전한다 하는데, 지금 물속 고기는 텀벙 뛰어 올라 물에 무늬만 만들어 내네.

엊저녁 한가한 연못가에서 꽃이 떨어지는 꿈을 꾸더니 가련하도다, 봄철이 반이 지나갔는데도 임은 집으로 돌아오지 않네. 강물은 봄을 흘려 보내어 봄은 아주 가려 하고, 강과 호수의 지는 달은 다시 서쪽으로 아주 넘어가려 하네. 지는 달은 어두컴컴한 바다 안갯속으로 들어가는데, 북쪽의 갈석산과 남쪽의 소상강은 극에서 극으로 가는 끝이 없는 길, 알지 못해라, 이 달빛을 타고 고향에 돌아온 이 몇 사람인가? 지는 달이 임 그리는 정을 흩어 강가의 나무에 가득 채우네.

달밤의 풍경을 보면서 애틋한 남녀의 상사의 정을 잘도 묘사한 시이다. 이 시는 칠언고시 36구 252자의 장편시로 4구씩 9회 환운換韻했다. 4구 1해解 씩 운이 다른데, 제1해는 평성平聲 경운庚韻, 제2해는 거성去聲 산운霰韻, 제3해는 평성平聲 진운眞韻, 제4해는 상성上聲 지운紙韻, 제5해는 평성平聲 우운尤韻, 제6해는 평성平聲 회운灰韻, 제7해는 평성平聲 문운文韻, 제8해는 평성平聲 마운麻韻, 제9해는 거성去聲 어운御韻으로 되어 있다.

고시라 글자를 얼마든지 중복할 수가 있는데, 이 시에서는 춘春이 4회, 강江이 12회, 화花가 2회, 월月이 15회, 야夜가 2회 반복되어 나온다. 강에 관계되는 단어는 해海 · 조潮 · 파波 · 유流 · 정汀 · 사沙 · 포浦 · 담潭 · 소상 · 갈석 등이고, 월月을 뒷받침하는 글자는 천天 · 공空 · 산霰 · 상霜 · 운雲 · 누樓 · 장粧 · 대臺 · 염簾 · 침砧 · 어魚 · 안雁 · 해海 · 무霧 등이다. 대대로 끝없이 이어지면서 달빛을 타거나 달을 바라보는 사람들 속에서 편주에 있는 사나이와 누상에 있는 여인을 등장시켜 애정을 묘사하는데 누상에는 달이 어울리고 편주는 강에 있으니, 이런 두 사람이 춘 · 강 · 화 · 월 · 야가 어우러지는 장면에 있음으로써 그 상사는 더욱 독특해 보인다.

이 시의 앞 2해는 기起이니 주제를 전개해 가고, 끝 2해는 결結이니 차차로 묶어 끝을 맺는다. 중간의 5해는 몸뚱이로 말이 비록 끊어졌다 이어졌다 하나 의미는 계속 이어져 나간다. 중간 '江畔何人初見月, 但見長江送流水'의 6구에 시인이 인생을 대하는 철리적哲理的 사고가 들어 있다고 평한다.

옛부터 남녀 사이의 소식을 전해 주는 전령사로 기러기와 잉어가 등장한다. 그래서 안서雁書 · 안백雁帛 · 안신雁信이라 하여 편지의 대명사로 쓰이니 전술한 소무蘇武의 고사에서 유래한 것이다. 또 리鯉는 잉어를 뜻하는 동시에 편지란 뜻도 있으니, 이서鯉書 · 이소鯉素라고 쓴다. 이소鯉素란 이어척소鯉魚尺素의 준말인데, 쌍어雙魚 · 쌍리雙鯉라고도 한다. 고악부古樂府의 〈음마장성굴행飮馬長城窟行〉이란 시에서,

나그네가 먼 곳으로부터 와서	객종원방래 客從遠方來
나에게 한 쌍의 잉어를 주네.	유아쌍리어 遺我雙鯉魚
아이를 불러 이 잉어를 삶으라 하였더니	호아팽리어 呼兒烹鯉魚
배 안에서 비단에 쓴 긴 편지가 나왔네.	중유소척서 中有素尺書
무릎 꿇고 비단 편지 읽어 보니	장궤독소서 長跪讀素書
편지의 내용은 어떤 것인가?	서중경하여 書中竟何如
위에는 식사를 많이 하라 하였고,	상언가찬식 上言加餐食
아래에는 길이 상사한다 하였네.	하언장상사 下言長相思

라고 한 데서 나온 말이다.

이런 애정 전달을 이 시에서는 기러기와 물고기로 빗대었으며, 또 두 애인 사이의 떨어져 있는 먼 거리를 북의 갈석산과 남의 소상강으로 표현하여 당시로서는 무한한 원거리遠距離로 비유하고 있다.

갈석산의 소재는 여러 곳이나 주로 한유韓愈(768~842)의 선대 고향인 오늘날의 하북성 당산지구 창려昌黎 근처에 있는 갈석산으로 본다.

소상강은 소수와 상수의 두 강인데, 상수가 소수의 지류로 상수의

근원은 광서성 흥안현興安縣의 해양산解洋山인데, 계림의 이수灕水도 여기에서 발원한다. 이 강은 흥안령 동쪽에서 이수와 갈라져 호남성 영릉현零陵縣의 서쪽에 이르러 소수와 함께 소상강이 된다. 한편 소수는 이강泥江 · 이수泥水라고도 하는데, 호남성 영원현 남쪽의 구의산九疑山에서 발원하여 영릉현 서쪽에서 상수와 만나 합쳐 흐르다가 형양衡陽에 이르러 증수蒸水와 합쳐 증상강蒸湘江이 된다.

여설

이 시는 1200년이 지난 오늘날까지 불후의 명성을 떨치고 있는 명시다. 장약허는 지금의 강소성 양주시, 곧 옛날 오吳 지방 사람이다. 그때 이 오 지방 인물로 4명을 일컬었으니, 바로 하지장賀知章 · 장욱張旭 · 포융包融 · 장약허를 '오중사사吳中四士'라 칭했다.

하지장은 전술한 바 있고, 장욱은 두보의 '음중팔선가飮中八仙歌'에 나오는 사람이다.

장욱은 술 석 잔 마시고 초서의 성인이 되어	장욱삼배초성전 張旭三杯草聖傳
임금과 공경公卿 앞에서 모자를 벗어 이마를 드러내도다.	탈모로정왕공전 脫帽露頂王公前
그러나 붓을 휘둘러 종이에 대면 글씨가 마치 구름과 연기 같네.	휘호락지여운연 揮毫落紙如雲煙

초서草書를 잘 써 초서의 성인이라고 불린다. 그는 그 실력을 발휘하는데 꼭 지켜야 할 예절, 곧 모자를 쓰는 일도 무시하고 멋대로 편리한 자세로 글씨를 쓴다. 그러나 그가 써 놓은 글씨는 마치 구름과 연기같이 약동한다는 뜻이다.

장욱은 오, 현재 강소성 소주 사람으로, 자는 백고伯高이다. 술을 좋아했고 초서를 잘 써 초성草聖이라 불렸다. 술이 취하면 고래고래 소리를 지르며 미친 듯이 뛰어다녔다. 그러나 글씨를 쓸 때는 혹 머리를 헤쳐 먹을 찍어 휘둘러 글씨를 써 놓고, 술이 깬 다음 보고서 신기하게 여기고 다시는 이렇게 못 쓸 것이라 하였다.

또 그를 장전張顚이라 불렀다. 처음에 상숙위常熟尉를 지냈다. 문종 때 이백의 시가, 배민裵旻의 검무, 장욱의 초서를 삼절이라 칭했다. 『전당시』에 시 6수가 남아 있다.

포융은 오흥吳興 사람으로, 또는 윤주인潤州人이라고도 한다. 장구령이 이끌어 주어 회주사마懷州司馬를 거쳐 집현원학사集賢院學士·대리사직大理司直을 지냈다. 그는 문재文才가 뛰어나 오중사사 중 한 사람으로 그의 글은 사람들 사이에 많이 읽혔는데 하지장이 가장 알아 주었다. 『전당시』에는 지금 포융의 시가 8수 실려 있는데, 그의 아들 포하包何와 포길包佶도 유명하여 세칭 이포二包라 한다. 이 삼부자가 모두 문집이 있었다 한다.

또 소수·상수·증수를 합쳐 삼상三湘이라 부른다. 이 소상강이 북쪽으로 흘러 장강長江 근처에서 동방으로 흘러 들어가 멱라수汨羅水를 흡수하여 동정호洞庭湖로 들어간다. 이 멱라수와 소상강이 만나는 곳을 멱라연汨羅淵 또는 굴담屈潭이라 하니, 곧 굴원屈原(B.C. 340~278)이 빠져 죽은 곳으로 유명하다. 원래 강 이름은 멱수汨水였는데 이곳이 옛날의 나성羅城이었으므로 멱라라고 한다. 또 한나라 때 장사왕 태부 가의賈誼(B.C. 200~168)가 '조굴원부弔屈原賦'를 지어 수중에 던진 곳도 이 근처이다. 또 상수로부터 30리 거리에 있는 구의산 순원봉舜源峯 밑에는 순묘舜廟가 있다. 옛날 순임금이 천하를 순수하다가 이곳에 이르러 붕崩하자 이곳에 묻어 영릉零陵이란 지명이 생겼다 한다. 지금 순묘는 1371년(홍무 4)에 세워져 청대淸代에 여러 번 수리했는데 예서隷書로 '帝舜有虞氏陵'이라고 돌비에 새겨져 있다.

이 순임금 부인 아황娥皇·여영女英은 요임금의 두 딸인데, 남편인 순임금이 창오蒼梧(구의산)에서 붕어했단 소식을 듣고 남편을 만나러 지금의 동정호 안의 군산君山까지 왔다가 더 전진하지 못하고 울다 지쳐 피눈물이 대나무에 맺혔는데 그 핏자국이 남은 대나무가 소상반죽瀟湘斑竹이 되었다고 하며, 지금도 군산에 '이비묘二妃墓'가 있다. 이 이비묘를 상비묘湘妃墓라고도 하며, 1881년(광서 7) 서강총독겸병부우시랑西江總督兼兵部右侍郎 팽옥린彭玉麟이 세웠는데 갖은 석물이 갖추어져 있고 묘비에는 '虞帝二妃之墓'라고 새겨져 있다. 묘 앞 20m 지점에 한 쌍의 돌기둥이 서 있는데, 높이는 2.8m로 위에 대련對聯이 이렇게 새겨져 있다. '君妃二魄芳千古, 山竹諸斑淚一人'

이 소상강 근처는 고래로 중국 제일의 명승지로 유명하다. 그 중 8경이 뛰어나 보통 소상팔경이라 한다. 곧 평사낙안平沙落雁·원포귀범遠浦歸帆·산시청람山市晴嵐·강천모설江天暮雪·동정추월洞庭秋月·소상야우瀟湘夜雨·연사만종煙寺晚鐘·어촌석조漁村夕照이다.

이 팔경을 모방하여 우리나라 각지에도 팔경이 있다. 곧, 관동팔경關東八景·단양팔경丹陽八景·수원팔경水原八景 등 그 수효를 전부 합치면 굉장할 것이다.

이비묘(二妃墓)

맹호연 孟浩然

689～740

호북성 양양 襄陽 사람. 일찍이 녹문산 鹿門山 에 은거하며 독서작시 讀書作詩 하다가 40세에 장안 長安 에 나아가 응시했으나 떨어져 귀향하여 전원시인으로 일생을 보냈다. 왕유 王維 와 쌍벽으로 중국 자연시의 대종 大宗 을 이루었는데, 특히 오언시에 능했다. 『맹호연집 孟浩然集』이 있다.

춘효 春曉[1]

맹호연(孟浩然)

봄 잠이라 새벽임을 깨닫지 못하더니
곳곳에서 새 울음 소리 들리네.
엊저녁 비바람 소리에
꽃 떨어짐이 얼마인 줄 알리오.

춘 면 불 각 효　처 처 문 제 조
春眠不覺曉　處處聞啼鳥[2]
야 래　풍 우 성　화 락 지 다 소
夜來[3]風雨聲　花落知多少[4]

1 春曉(춘효) : 봄 새벽. 봄의 새벽이지만, 봄날의 아침이라고 봐도 좋다. 2 啼鳥(제조) : 우는 새. 우는 새 소리. 조제(鳥啼: 새가 지저귀다)를 운(韻)과 평측(平仄)을 맞추기 위해 도치한 것으로 보아도 좋다. 3 夜來(야래) : 어제 저녁 이래. 밤새껏. 4 知多少(지다소) : 다소에는 ①적다, ②많다, ③얼마의 세 뜻이 있다. 여기에서는 얼마나 될까? 꽤 많다는 뜻. 지는 안다, 알까? 곧 긍정보다 의문으로 본다.

감상

봄철은 고단한 때다. 그래서 봄날에는 곤히 잠이 들어 날이 밝는 것도 모르고 자고 있는 때가 많다. 그런데 갑자기 새들의 지저귀는 소리에 잠을 깼다. 그 새 소리는 집 앞뒤 여기저기에서 시끄럽게 들린다. 그런데 엊저녁에 비 오고 바람 부는 소리를 들었는데, 밖에 활짝 핀 꽃들이 얼마나 떨어졌을까? 아마도 많이 떨어졌을 것이다.

이 시는 상성上聲 소운篠韻의 오언절구다.

여설

소동파蘇東坡(1036~1101)도 '춘하春夜' 란 시에서 '봄밤은 한 시각이 천 금의 가치가 있다(春宵一刻値千金).' 라고 했다. 달 밝고 꽃 피는 봄밤을 즐기노라니 한 시각이 새롭다 함이나, 계절 중에 봄철과 같이 고단한 때도 없다. 한 시각의 잠이 천 금의 가치가 있다 해도 과언이 아니리라.

이 시는 고래로 널리 인구에 회자되어 온 너무나도 유명한 시다. 비록 5언 20자로 짧지만 매우 쉬운 글자로만 씌어졌고, 내용은 단순하나 봄의 감각을 잘 표현한 시다. 요란한 새 소리로 봄날에 아침잠에서 깨어나, 다시 청각적인 연상으로 엊저녁 비바람 소리를 상기시키고, 이어 시각으로 꽃이 떨어졌어도 꽤 많이 떨어졌을 것이라는 상상으로 봄날의 아침 풍경을 그리고 있다. 그러나 몸은 아직도 침상에 누워서 추측한 것이다.

맹호연은 중국의 자연시인 중 대표적인 사람으로 도연명陶淵明 · 사령운謝靈運의 영향을 받고 왕유와 더불어 멋진 자연시를 써냈으며, 특히 오언시에 능하여 이백 · 두보에게도 큰 영향을 미쳤다.

그러나 일반적으로 왕맹王孟이라 하여 왕유와 맹호연을 쌍벽으로 치는데 맹호연이 왕유보다 12세가 위이다. 왕유는 높은 관직에까지 올라 부귀영화를 다 겪은 뒤에 자연으로 돌아가 시를 즐겼고, 맹호연은 본디 은사隱士로 처세하다가 불혹이 되어 관직 진출을 의도했으니 두 사람의 길은 서로 역逆으로 병행竝行한 경우다. 그러나 맹호연은 40세 전후에 장강長江 지방을 두루 유람하면서 많은 산수시를 써놓아 왕유 못지 않게 명성을 날리게 되었다.

오늘날 그가 은거했던 양양襄陽의 녹문산鹿門山은 명승지로 유명하다. 이 산의 원명은 소령산蘇嶺山이었다. 호북성 양양현 동남쪽

20km 지역에 있다. 북쪽으로는 한수漢水에 닿아 있고 남쪽으로는 패왕산覇王山에 접해 있다. 기암괴석에 울창한 숲으로 경치가 매우 아름답다. 후한 건무연간建武年間(25~56)에 이 산꼭대기에다 소령산신사蘇嶺山神祠를 세울 때 문 앞에다 두 마리의 돌사슴을 만들어 놓았으므로 이 사당을 녹문묘鹿門廟라고도 하고, 산 이름도 녹문산이라 부르게 된 것이다. 한말漢末의 방덕공龐德公, 당대의 맹호연과 피일휴皮日休 등이 모두 이 산에 은거했었다. 명나라 이전에는 방공사龐公祠만 세워 방덕공의 상만 모셔 있었는데, 1525년(가정 4)에 또 사당을 세워 세 사람을 함께 모시니 사람들이 삼고사三高祠라고 불렀다.

그러면 우리나라 사람이 쓴 '춘효春曉'란 시를 보자. 조선 후기 영정조 때 사람으로 여겨지는 김해 사람 김덕형金德炯(자 明三)의 오절시다.

시냇가 버들에는 바람이 녹색 잎을 흔들고	계류풍요록 溪柳風搖綠
산의 꽃은 비에 봉오리를 터뜨리네.	산화우탄홍 山花雨綻紅
새벽 하늘에 연기 같은 안개가 자욱하니	효천연무암 曉天烟霧暗
봄빛이 있는 듯 없는 듯.	춘색유무중 春色有無中

봄날 새벽 안개가 자욱하여 봄 경치를 제대로 느끼지 못하는 아쉬움을 그렸다. 맹호연의 '춘효'는 비 개인 뒤의 화창한 봄날을 연상하게 한다. 참으로 대조적인 시라 하겠다.

임동정호상장승상 臨洞庭湖上張丞相[1]

맹호연(孟浩然)

8월이라 호수 물이 평편하여
허공을 담아내어 하늘과 어울렸다.
수증기는 운몽택까지 뻗었고
파도는 악양성을 흔드네.
건너고자 하나 배와 노가 없고
한가히 사니 성명에 부끄럽네.
앉아서 낚시 드리운 자를 보니
부질없이 고기를 부러워하는 정이 생기네.

팔 월 호 수 평　함 허 혼 태 청
八月湖水平　涵虛[2]混太淸[3]

기 증 운 몽 택　파 감 악 양 성
氣蒸雲夢澤[4]　波撼岳陽城[5]

욕 제 무 주 즙　단 거 치 성 명
欲濟無舟楫[6]　端居[7]恥聖明[8]

좌 관 수 조 자　도 유 선 어 정
坐觀垂釣者　徒有羨魚情[9]

1 臨洞庭湖上張丞相(임동정호상장승상) : 동정호에 이르러 장승상에게 올림. 제목이 '암동정(臨洞庭)', '망동정호증장승상(望洞庭湖贈張丞相)' 으로 된 곳도 있다. 장승상은 장구령(張九齡)을 뜻한다. **2** 涵虛(함허) : 허공을 담다. 하늘을 담다. **3** 太淸(태청) : 하늘. **4** 雲夢澤(운몽택) : 호북성 남부에 있던 소택지(沼澤地). 지금은 많이 메워졌으나 아직도 더러 호수와 늪이 남아 있다. **5** 岳陽城(악양성) : 지금의 호남성 악양시. 천악산(天岳山) 남쪽에 있어 악양이라 부른다. 동정호

동북단. 장강(長江)으로 들어가는 입구에 있다. **6** 舟楫(주즙) : 배와 노. 관직에 나아가게 해 줄 인연(因緣)을 암시한다. **7** 端居(단거) : 한거(閑居). 아무 것도 하지 않고 있다. **8** 聖明(성명) : 천자(天子)의 밝은 덕. 거룩한 황제. **9** 羨魚情(선어정) : 물고기를 부러워하는 감정. 물고기는 관직의 비유.

감상

8월 여름철이라 호수가 불어 호수의 언덕에까지 물이 차니 아득하게 평탄한데, 하늘이 물에 잠겨 하늘과 물이 한 빛이다. 호수 위의 수증기는 저 멀리 운몽택에까지 뻗쳐 있고, 바람 불 때 센 파도는 악양성을 뒤흔든다. 이런 호수를 건너고 싶지만 배와 노가 없어 건너지 못하고, 한가로이 먹고 노니 황제에게 부끄럽다. 무엇이든지 구실을 하여 세상에 공헌하고 싶다. 지금 호숫가에서 낚시 잘 하는 사람을 보니 부질없이 나도 고기가 부러운 생각이 든다.

이 시는 평성平聲 경운庚韻의 오언율시다. 733년(개원 21) 장안長安에서 장구령을 만났을 때 지어 올린 시로 구관求官의 뜻이 숨어 있다. 이 시의 승련承聯 '氣蒸雲夢澤, 波撼岳陽城'은 두보의 '등악양루登岳陽樓' 중의 '吳楚東南坼, 乾坤日夜浮'와 함께 동정호를 읊은 시 중의 명구로 널리 알려져 있다.

여설

동정호는 중국 제일의 담수호淡水湖로 현재 면적은 2,820㎢이다. 그러나 옛날에는 800리 동정호라 하여 '동정천하수洞庭天下水'란 칭호가 있었다. 이 호수 북쪽을 호북성, 남쪽을 호남성이라 부른다. 동정호는 넓고 아득한데 호수 밖에 또 호수가 있으며 호수 안에는 섬이 많은데 그중에서 군산君山이 제일 유명한다. 이 동정호는 경치가 매

동정호(洞庭湖)

우 좋아 소상팔경瀟湘八景 중에서 어촌석조漁村夕照 · 동정추월洞庭秋月 · 원포귀범遠浦歸帆 · 평사낙안平沙落雁의 4경을 차지하고 있다. 옛부터 동정호를 어미지향魚米之鄕이라 불렀다. 물고기와 쌀이 풍부한 곳이란 뜻이다. 곡식과 차茶 · 귤橘 · 죽竹 등의 식물과 110종의 물고기와 85종의 새도 있어 정말로 중국의 보고寶庫로 여겨져 왔다.

이 동정호 동북쪽 물가에 있는 악양루는 강남의 3대 명승지의 하나다. 곧 황학루黃鶴樓 · 등왕각滕王閣을 합해 이르는 말이다.

옛부터 '동정천하수洞庭天下水, 악양천하루岳陽天下樓' 라고 병칭竝稱되었다. 본디는 전국시대 오나라 장수 노숙魯肅이 수군을 사열하던 연병대였다. 그러나 716년(개원 4) 당나라 중서령中書令 장열張說이 악주태수岳州太守로 왔을 때 이 누각을 수리하고 정식으로 악양루로 명명했다. 그 후 1045년(경력 5) 송나라 등자경滕子京이 파릉군수巴陵郡守로 와 있을 때 다시 중수하고, 범중엄范仲淹(989~1052)에게 '악양루기岳陽樓記' 를 짓게 함으로써 더욱 유명해졌다. 그 후 여러 번

흥폐를 겪다가 1880년(광서 6)에 재건했다. 중심 누각은 장방형으로 되어 있는데 앞 넓이가 17.24m, 옆 폭이 14.54m, 3층의 총 높이가 19.72m이다. 이 누각 우측에는 삼취정三醉亭이 있고, 좌측에는 선매정仙梅亭이 있다. 1984년 다시 중건되었다. 원래 병사들의 열병閱兵 장소였기 때문에 이 악양루 3층의 맨 꼭대기 지붕이 군인들이 쓰는 투구 모양으로 된 것도 이 건물만의 특징이다. 이 누각 안에는 이백·두보·백거이白居易·이상은李商隱·유우석劉禹錫·맹호연 등 유명한 시인들의 명시가 편액으로 남아 있고, 청나라 때 서예가 장조張照가 쓴 범중엄의 '악양루기'가 목판木板에 새겨져 있다. 지금은 여기가 공원이 되어 악양루에 올라가 보면 800리 동정호를 다 볼 수 있는데, 이 누각은 호남성 문화재로 지정되어 있다.

운몽택은 중국 최대의 늪지대의 이름이다. 늪과 물이 많기로 유명하고 사방 900리에 걸쳐 있었다 하나, 지금은 대부분 메워져 육지가 되매 지금은 이름만 남았다 해도 과언이 아닐 것이다. 이에 대하여 여러 설이 있다. 강북에 있는 것은 운택雲澤이라 하고, 강남에 있는 것은 몽택夢澤이라 하여 합쳐 운몽택이라 부른다고 한다. 지금의 호남성 익양현益陽縣 상음현湘陰縣 이북과 호북성의 강릉현江陵縣 안릉현安陵縣 이남, 동으로 무한시武漢市 이서以西의 광활한 지역을 가리키는 것이라 한다. 이렇게 보면 동정호가 그 안에 들어 있고, 너무 넓어 사방 900리 땅이 더 되는 것 같다. 단, 일설에는 강남의 공안公安·석수石首·건녕建寧(현재 華容 땅)과 강북의 옥사玉沙·감리監利·경릉景陵 등지의 범위로 보기도 한다. 그리하여 이 땅들의 둘레를 따져 보면 옛날의 방方 800~900리에 걸맞지 않을까 생각된다. 이렇게 본다면 동정호는 남쪽에 있고, 운몽택은 북쪽에 있는 것이 된다.

세모귀남산 歲暮歸南山[1]

맹호연(孟浩然)

북궐에서 상서하는 일 그만두고
남산의 허름한 집으로 돌아온다.
재주가 없어 밝은 임금이 버리고
병이 많아 친구마저 소원해졌네.
백발이 나이 늙음을 재촉하는데
봄빛은 세밑으로 다가오네.
길이 생각하면 근심하노라 잠 못 자는데
소나무 위에 걸린 달이 창가로 비쳐든다.

북궐 휴상서 남산귀폐려
北闕[2]休上書 南山歸敝廬[3]
부재 명주 기 다병고인 소
不才[4]明主[5]棄 多病故人[6]疎
백발최년로 청양 핍세제
白髮催年老 靑陽[7]逼歲除[8]
영회수불매 송월야창 허
永懷愁不寐 松月夜窓[9]虛

1 南山(남산) : 현산(峴山)이라고도 하고, 녹문산(鹿門山)이라고도 한다. 이 시제가 '귀고원작(歸故園作)'으로 된 곳도 있다. 또 '귀종남산(歸終南山)'으로 된 곳도 있으나, 종남산(終南山)은 장안의 남산이므로 맞지 않다. **2** 北闕(북궐) : 북쪽의 궁문. 한나라 때 미앙궁(未央宮)의 북문으로, 상서(上書)하거나 천자를 알현할 때 출입하던 문. **3** 敝廬(폐려) : 허름한 집. 다 망가진 집. **4** 不才(부재) : 재주가 없음. 시인 자신을 겸손하게 자칭하는 말. **5** 明主(명주) : 밝은 임금. 현종 황제를 가리킨다. **6** 故人(고인) : 친구. **7** 靑陽(청양) : 봄날. 양춘(陽

春). **8** 歲除(세제) : 연말. 세밑. **9** 窓(창) : 창문 창. 囱(본자), 窗(窓의 본자), 牕(속자). 字源 穴+囱→窗→窓 '囱(창)' 이 음을 나타낸다.

감상

북궐에 가 상서하는 일 그만두고 내 고향의 남산에 있는 허름한 내 집으로 돌아가자. 내가 원래 재주가 없으니 밝으신 임금이 나를 멀리 했고, 병마저 많아 친구들도 소홀히 여기는구나. 백발은 늙어감을 재촉하는데, 세밑이라 봄날이 다가오는구나. 길이 이 생각 저 생각에 근심하느라 잠 못 자는데, 송림松林에 비치는 달은 밤에 창 밖에서 고요하네.

평성平聲 경운庚韻의 오언율시다. 벼슬 찾는데 지쳐 포기하는 심정이 들어 있다.

여설

맹호연은 인물이 훤칠하였고 벼슬을 하지 못하면서도 고관대작들과 사귀었다. 장구령張九齡 · 왕유王維 · 배비裴朏 · 노복盧僎 · 배총裴摠 · 정천지鄭倩之 · 독고책獨孤冊 등은 맹호연과 망형지교忘形之交의 사이였다.

한번은 왕유가 맹호연을 궁내로 초청했다. 옛날에 평민은 궁궐 안에 들어갈 수가 없었으나 맹호연은 워낙 발이 넓어 특별히 왕유의 근무처로 불려간 것이다. 왕유는 맹호연과 한참 문학을 논하는데 때마침 공교롭게도 현종 황제가 그곳을 방문했다. 맹호연은 얼결에 책상 밑으로 가서 숨었다. 현종이 눈치를 채자 왕유는 이실직고하고 맹호연은 기어나와 사죄했다. 그런데 뜻밖에 현종은 벌을 주지 않고 대신 그의 시를 보여 달라 했다. 이때 지은 것이 이 '세모귀남산'이란 시라 한다. 현종은 이 시를 읽어 나가다가 승련承聯의 '不才明主棄'란 구절에 이르러 '경이 벼슬을 요구하지 않는 것이지 짐이 언제 너를 버렸느냐? 왜 짐을 모함하는가?' 하고 돌려 보내라고 호령하고 나가 버렸다. 이에 그는 돌아와 은둔 생활을 계속했다. 이 시구에 얽힌 고사故事로 이 시는 더욱 유명해졌다.

맹호연은 젊어서는 녹문산鹿門山에 오래 은거하다가 40세가 넘어 진사시進士試에 낙방하고부터 더욱 구관求官의 욕심이 생겨 장구령에게 추천해 달라는 시를 올린 것이 바로 '임동정호시臨洞庭湖詩'다.

그래서 장구령이 형주자사荊州刺史로 와 있을 때 불려가 종사從事하여 말단 관리를 지냈다. 일이라곤 장구령과 매일 시나 짓고 토론하는 것이었다. 그러나 그것도 얼마 안 되어 사직했다.

한번은 산남채방사山南採訪使 양양태수襄陽太守 한조종韓朝宗(686~750)이 맹호연의 실력을 잘 알아 천자에게 추천하려고 함께 가기로 날짜를 정했다. 그러나 맹호연은 친구들과 술을 마시다 늦어 기회를 놓쳤지만 후회하지 않았다. 그는 구관을 포기하고 장강長江·회수淮水·오吳·월越 등지를 유람하면서 많은 자연과 산수에 대한 시를 썼는데, 특히 오언시에 뛰어났고, 지금 260여 수가 남아 전한다. 740년(개원 28) 왕창령王昌齡(698~757)이 양양에 찾아왔는데 그때 맹호연은 등창을 앓고 있었다. 그러나 반가운 친구를 만나 한껏 마시고 즐겼으나 생선을 먹고 병이 더하여 52세에 죽었다.

왕유 王維

701 ~ 761

자는 마힐摩詰. 태원太原(산서성)에서 태어나 포주蒲州(산서성 영제현〈永濟縣〉)으로 이주했다. 이백 · 두보와 함께 성당(盛唐)의 3대 시인 중의 한 사람이다. 『왕우승집(王右丞集)』 28권이 있다.

구월구일억산동형제九月九日[1]憶山東[2]兄弟

왕유(王維)

홀로 타향에 떠도는 나그네,
명절을 만날 때마다 육친의 그리움 배나 더하네.
아득히 알겠노니, 형제들이 높은 곳에 오를 때,
두루 산수유 가지 꽂으면서 한 사람이 적은 것을.

독 재 이 향 위 이 객　매 봉 가 절 배 사 친
獨在異鄕爲異客[3]　每逢佳節倍思親
요 지 형 제 등 고 처　편 삽 수 유 소 일 인
遙知兄弟登高處　遍揷茱萸[4]少一人

1 九月九日(구월구일) : 음력 9월 9일. 중양절(重陽節). 중구절(重九節)이라고도 한다. 2 山東(산동) : 화산(華山) 동쪽, 또는 함곡관(函谷關) 동쪽. 왕유의 고향이 화산 동쪽에 있어서 그리 표현했다. 3 異客(이객) : 이향(異鄕), 곧 타향의 나그네. 집을 떠나 객지에 나와 있는 사람. 4 茱萸(수유) : 운향과(芸香科)에 속하는 나무 이름. 중양절 때 붉고 작은 열매를 맺는데 향기가 있다. 그 가지를 꺾어 모자에 꽂고 높은 곳에 올라 질병이나 재난을 피하는 등고행사(登高行事) 때 사용한다.

감상

홀로 타향에 나가 나그네가 되니, 매양 명절을 만날 때마다, 특히 이번 중양절 같은 날은 친족 생각이 보다 더해진다. 그러나 고향에 갈 수 없는 몸, 오늘 우리 형제들이 산수유를 머리에 꽂고 액을 피하려 산에 오를 때, 산수유를 꽂은 사람이 한 명 없는 것을 아쉬워하는

함곡관고지(函谷關故址)

것은 멀리 있는 나 역시 상상하고도 남음이 있다.

왕유가 17세 때 고향을 떠나 장안에 가 있으면서 부모형제가 그리워서 이 시를 지었다 한다. 평성平聲 우운虞韻의 칠언절구다.

제1구는 처량한 나그네 심사를 표현했고, 제2구는 명절을 만나자 가족 생각이 배나 더한 간절한 동기지정을 나타냈으며, 제3구는 오늘 형제들이 등고登高하는 광경을 상상했고, 제4구는 산수유를 머리에 꽂고 등고할 때 내가 빠지는 것을 상상했다.

여설

두보의 '등고登高'라는 시가 있다. 등고는 높은 곳에 오른다는 말인데 중국의 한 민속이다. 후한 때 어떤 사람이 비장방費長房에게 도술을 배우는데, 중양절이 되자 비장방이 그에게 말했다. '9월 9일에 집안에 재앙이 닥칠 것이니 모든 가족에게 빨간 주머니에다 수유를 채워 팔에다 붙들어 매고, 산으로 올라가 국화주를 마시면 이번의 화를 면할 수 있다.' 그래서 그 말대로 가족을 데리고 산 위에 가 있다가 저녁에 집으로 오니 집에 있던 가축들이 몰살을 당했다 한다. 이때 비장방이 말하기를, '이 짐승들이 너희 가족 대신 죽은 것이다' 라고 했다. 이 뒤로 중양절에는 사람들이 모두 수유 가지를 모자에 꽂고 높은 곳에 올라가 국화주를 마시며 재앙을 피하는 풍습으로 변했는데, 꼭 중구절에만 등고하는 것이 아니고, 음력 정월 7일인 인일人日이나 15일인 상원일上元日에도 등고하는 풍습이 있었다 한다.

후한의 여남인汝南人인 비장방은 호공壺公이란 스승에게 도술을 배웠다. 어느 날 시장에서 약을 파는 늙은이가 한 개의 병을 추녀 끝에 매달아 놓고 장사가 끝나면 그 병 속으로 들어가 버리는 광경을 보았다. 그래서 그 도사를 병 속에 들어가 사는 노인이란 뜻으로 호공이라 불렀다. 비장방이 호공에게 도술을 가르쳐 달라고 간청해서 호공은 비장방을 심산深山으로 데리고 들어가 도술을 가르쳤다. 특히 의술을 배웠는데 비장방이 일취월장하여 기한이 다 안되었는데도 자신이 생겨 굳이 하산하겠다고 고집했다. 이에 호공이 할 수 없이 내려보냈다. 호공은 지팡이 하나와 부적 한 개를 주며 말했다. '이 지팡이는 급한 환자가 생겼을 때 이 지팡이에 올라타면 도술을 부려 아무리 먼 거리라도 순식간에 갈 수가 있다. 그리고 이 부적은 몸에 늘 간직하고 다녀라, 잊어서는 안되느니라.' 하였다. 이에 스승과 작별한 비장방은 고향에 돌아와 질병을 치료하니 백발백중 못고치는 병이 없었다. 그래서 천하의 명의로 소문이 나 재산도 많이 모았다. 그러나 때가 있는 법, 10년이 지난 뒤 어느 날 몸에 지녔던 부적을 잃고는 의술도 신통치 않고 지팡이도 도술을 부리지 않았다. 그래서 그 지팡이를 갈피葛陂란 곳에서 연못 속에다 던지니 용으로 변하여 하늘로 날아가 버렸다 한다. 이에 낙담하고 있을 때 뭇 귀신이 나타나 하는 말이 '너 때문에 우리가 10년을 굶어 이 꼴이 되었다. 이제는 우리가 너를 잡아 먹을 차례다.' 하면서 덤벼드니 비장방은 그날로 일생을 마쳤다.

우리나라 홍만종洪萬宗(1643~1725)이 쓴 『명엽지해蓂葉志諧』에 '호고파산好古破産' 이란 소화笑話가 들어 있다. 옛것을 좋아하다가 가산을 탕진한다는 뜻이다.

옛날 어떤 골동품에 현혹된 사람이 있었다. 재산이 꽤 많았는데, 골동품을 모으다 집안을 망친다. 어떤 사람이 그가 골동품에 혹했다는 소식을 듣고 케케묵은 표주박 한 개를 가져와 옛날 허유許由가 영수潁水 가에서 귀를 씻은 물을 뜨던 바가지라 하니, 천금을 주고 샀다. 이윽고 또 어떤 사람이 다 떨어진 방석 한 개를 가지고 와서 옛날 공자님이 행단杏壇에서 강의할 때 깔던 방석이라 하니, 또 천금을 주고 샀다. 그리고 이번에는 어떤 사람이 지팡이 하나를 가지고 와서 옛날 비장방이 갈피에서 연못에 내던졌던 그 지팡이라 하니, 또 천금을 주고 샀다.

재산이 다 없어져 집을 넘겨 주고 나갈 때 왼손으로 표주박을 쥐고, 오른손으로는 지팡이를 짚고, 겨드랑이에는 방석을 끼고 비실비실 걸어 나가니 하릴없는 거지라, 사람들이 입을 가리면서 호고이파산好古而破産한 자라고 비웃었다.

송원이사안서 送元二[1]使安西[2]

왕유(王維)

위성의 아침 비는 가벼운 먼지를 적시고
여관에는 푸르고 푸른 버드나무의 빛이 새롭도다.
그대에게 권하노니, 다시 한 잔 술을 비우게나.
서쪽으로 양관을 나가면 친구도 없네.

위성 조우읍 경진 객사 청청류색신
渭城[3]朝雨浥[4]輕塵 客舍[5]青青柳色新
권군갱진일배주 서출양관 무고인
勸君更盡一杯酒 西出陽關[6]無故人

1 원이(元二) : 원은 성(姓). 이는 배항(排行). 배항은 당내간(堂內間) 형제(兄弟)들의 순서. 8촌 이내의 형제들이 나이 순서대로 차례로 부르는 항렬(行列)의 배열(排列)이란 뜻. 따라서 원이는 이름은 모르고 원씨(元氏)네 둘째란 뜻이다. **2** 安西(안서) : 지금의 신강성(新疆省) 고차현(庫車縣). 당나라 때 안서도호부(安西都護府)가 구자(龜玆)에 있었다. 구자는 고차(庫車)이다. **3** 渭城(위성) : 위수(渭水) 가에 있는 성, 곧 함양(咸陽). **4** 浥(읍) : 적시다. **5** 客舍(객사) : 여관. **6** 陽關(양관) : 서역(西域)으로 통하는 문. 감숙성 돈황현 서남에 있었고, 옥문관(玉門關)의 양(陽: 남방)에 있었기 때문에 양관이라 하였다.

감상

이별의 장소인 위성에 아침비가 살짝 와서 가벼운 먼지를 적시니 길이 깨끗하다. 그리고 비가 온 뒤로 여관 마당에 있는 버드나무는 봄빛이 새롭다. 여기서 우리는 이별을 해야 한다. 이별주를 마시자. 그대에게 권하노니 한 잔만 더 하게나. 여기서 이별하고 서쪽 양관으

옥문관(玉門關)

로 가면 친구라고는 없어 술 한잔을 권할 이도 없다. 자, 잔을 비우세.

이 시는 재래로 대표적인 이별시다. 평성平聲 진운眞韻의 칠언시로 '양관삼첩陽關三疊'이라고도 하여 이별할 때 부르는데 3, 4구를 세 번 더 계속하여 부른다고도 하며, 일설에는 4구, 곧 '西出陽關無故人'만 세 차례 연거푸 이어 부른다고도 한다. 하여간 후렴後斂을 삼창三唱한다는 것이다. 그래서 이 시의 원제原題는 '송원이사안서送元二使安西'이나, 이 시가 하도 유명해지자 별칭으로 '위성곡渭城曲'·'양관곡陽關曲'이라고도 하는데, 특히 악부시樂府詩로 편입되어 악보에 실려져 이별할 때 부르는 필순必順의 노래가 되자, 결구結句를 세 번 더 불러 '양관삼첩陽關三疊'이란 이름이 굳어진 것 같다.

백거이白居易(772~846)의 '대주오수對酒五首'에

서로 만났으니 취했다고 밀치며 사양하지 말고, 相逢且莫推辭醉(상봉차막추사취)

양관곡陽關曲 네 번째 소리 부르는 것이나 듣게나. 聽唱陽關第四聲(청창양관제사성)

이라고 한 것으로 보아 제사성第四聲, 곧 '勸君更盡一杯酒' 시구를 세 번 복창하는 것이 일반적인 통례이다.

제1 · 2구는 송별연送別宴을 여는 장소의 분위기를 묘사하고 있다. 동시에 시간과 장소를 나타내기도 한다. 특히 비가 두 구절에 걸쳐 공통적인 촉매재觸媒材로 등장한다. 비가 와서 길도 깨끗해지고, 버들잎도 싱싱해 보인다. 제3 · 4구는 서정抒情으로 서출양관西出陽關하면 술을 권할 친구마저 없으니 여기서 한 잔이라도 더 들고 가라는 애틋한 우정을 잘 나타내고 있다. 고래로 이 3 · 4구가 더 널리 유행되어 전해진다.

여설

옛사람들은 송별할 때 버들가지를 꺾어 둥글게 휘어지도록 구부려 쥐어 주었다. 그 버들가지 끝을 놓으면 도로 일자一字로 펴지면서 원형原形으로 돌아온다. 이 버들가지처럼 빨리 갔다가 되돌아오라는 의미라 한다. 위 시에서 '柳色新'이라고 버들이 언급되었지만 이별에는 버들가지가 좋은 선물이다. 그래서 절지折枝 · 절류折柳 · 절양류折楊柳라면 이별을 의미하는 용어로 쓰인다.

조선 중기의 유명한 문인 고죽孤竹 최경창崔慶昌(1539～1583)이 북해평사北海評事로 경성鏡城에 가 있을 때, 홍랑紅娘이란 기생과 사랑하게 되었다. 그러나 곧 고죽이 체직되어 상경하게 되면서 홍랑과 작별하니, 홍랑이 쌍성雙城의 함관령咸關嶺에까지 따라왔다가 마침내 이별할 때, 홍랑이 버들가지 하나를 꺾어 고죽에게 주면서

묏버들 가려 꺾어 보내노라 임의손대
자시는 창밖에 심거 두고 보소서
밤비에 새 잎 나거든 날인가도 여기소서

하는 시조로 배웅했다. 우리나라 절양류시折楊柳詩이다.

다음 기회를 기약했던 고죽은 서울에 와 내직에 부임했으나 곧 병이 들어 3년이 넘어도 홍랑을 다시 찾지 못했다. 고죽이 병들었다는 소식을 전해 들은 홍랑은 7일 밤낮을 꼬박 걸어 서울로 올라와 고죽을 만났다. 그러나 그동안 맺힌 그리움을 제대로 풀지도 못하고 홍랑은 되돌아가야 했고, 이런 창기를 두었다는 소문이 퍼져 고죽은 관직을 내놓아야 했다.

고죽은 진심으로 홍랑을 잊을 수 없었다. 그의 시조를 한역漢譯하여 간수하니 이러하다.

절류기여천리인 위아시향전정종
折柳寄與千里人 爲我試向前庭種
춘우일야신생엽 초췌수미시첩신
春雨一夜新生葉 憔悴愁眉是妾身

고죽과 홍랑의 애절한 사랑은 버들가지를 통하여 영원히 전해지고 있다.

송별 送別

왕유(王維)

말에서 내려 그대에게 술을 마시게 하며
그대에게 어디로 가느냐고 묻노라.
그대는 말하기를 '뜻을 얻지 못하여
남산 기슭으로 돌아가 눕겠다' 한다.
'다만 가게나, 다시는 묻지 않겠네.
거기에는 흰 구름이 없어질 때가 없겠지.'

하마음군주 문군하소지
下馬飮君酒 問君何所之[1]
군언부득의 귀와 남산수
君言不得意[2] 歸臥[3]南山陲[4]
단거막부문 백운 무진시
但去莫復問 白雲[5]無盡時

1 何所之(하소지) : 가는 곳이 어디인가? 어디로 가는가? 소는 조사. 하소견(何所見) · 하소문(何所聞) · 하소사(何所思) · 하소유(何所有) 등이 다 같은 뜻이다. **2** 不得意(부득의) : 뜻을 얻지 못하다. 세상일이 뜻대로 되지 않다. **3** 歸臥(귀와) : 돌아가 눕다, 곧 은거한다는 뜻이다. **4** 南山陲(남산수) : 남산은 종남산(終南山). 수는 기슭, 변방. **5** 白雲(백운) : 흰 구름. 은둔의 상징으로 흔히 쓰인다. 도홍경(陶弘景)의 시에서 '山中何所有, 嶺上多白雲' 이라 할 때, 그 백운은 은사(隱士)들의 거처의 상징으로, 흰 구름 속에 은사와 도사들이 살고 있는 것으로 본다.

감상

친구를 배웅하기 위해 이별하는 장소에서 떠나는 친구를 붙잡아 말에서 내려 술을 권한다. 그러면서 묻기를, '지금 가면 어디로 가나?' 하니, 그 친구 대답하기를, '속세俗世에서 뜻을 얻지 못하여 남산 기슭으로 돌아가 숨어 살겠네.' 라고 한다. 이에 나는 '그러면 가게, 다시는 가는 곳이나 이유를 묻지 않겠네. 그곳에는 흰 구름이 없어지는 때가 없이 늘 자욱히 끼어 있어 그야말로 신선세계를 이루겠지.' 라고 하였다.

이 시는 6구로 된 오언고시로서 평성平聲 지운支韻이다. 왕유가 남산 기슭으로 가는 친구를 배웅하며 쓴 시로 볼 수도 있고, 자신의 자문자답의 시로 볼 수도 있다.

여설

왕유는 성당盛唐 삼대 시인의 한 사람으로, 시선詩仙 이백 · 시성詩聖 두보와 함께 시불詩佛 왕유로 불려지고 있다. 그는 불교를 매우 좋아해서 자를 마힐摩詰이라 하였는데, 이는 유마힐維摩詰을 나누어 쓴 것이다. 유마힐은 비마라힐毘摩羅詰이라고도 하는데, 범어梵語 Vimalakiriti의 음역音譯이다. 석가모니와 같은 시대의 사람으로 집에 있으면서 보살의 행업行業을 닦았으므로 유마거사維摩居士라고도 부른다. 그는 원래 비야리성毘耶離城의 장자長者로 묘희국妙喜國으로부터 와서 석가모니의 교화敎化를 도왔다. 그가 설법한 경經을 유마경維摩經이라 하는데, 원명原名은 유마힐소설경維摩詰所說經이다. 이렇게 석가모니와 같이 짝 지을 수 있는 유마힐과 같은 왕유인지라 불교에 돈독했다.

왕유의 아버지는 왕처렴王處廉인데 분주사마汾州司馬로 관직을 끝냈다. 어머니는 최씨이고 왕진王縉을 비롯한 네 아우가 있었다. 왕유는 산서성 태원시 서남쪽에 있는 기현祈縣에서 태어났는데 아버지가 기현 서쪽에 있는 분주汾州(현재 汾陽) 사마司馬를 지내고, 산서성 서남부

끝 황하黃河가 직각으로 구부러지는 현재 영제현永濟縣 근처 포주蒲州로 이사해 살았으므로 황하 동쪽 지방 사람이라 하여 하동인河東人이라 부른다. 721년(개원 9) 진사에 급제, 우습유右拾遺 · 감찰어사監察御使 · 좌보궐左補闕 · 고부랑중庫部郎中을 지내고 모친상을 당하여 애통한 나머지 피골이 상접할 정도로 야위었다. 복상服喪을 마치자 이부랑중吏部郎中이 되고, 천보天寶 말년에 급사중給事中이 되었다. 그러나 755년(천보 14) 안록산安祿山의 난이 일어나 현종이 촉으로 몽진할 때 왕유는 미처 따라가지 못하고 안록산에게 잡혔다. 이에 왕유는 약을 먹고 설사를 하면서 꾀병을 앓았다. 그러나 안록산은 왕유를 아꼈으므로 그를 낙양 보시사普施寺에다 가두고 관직을 받으라고 공박했다.

이때 안록산이 응벽궁凝碧宮에서 부하들을 모아 잔치하는데 천자가 부리던 이원梨園의 제자와 악공樂工들을 동원하여 음악을 연주하게 했다. 이 이야기를 듣고 왕유는 슬퍼하면서 몰래 시를 지었다.

	만 호 상 심 생 야 연
만 백성 마음 아파하며 들판엔 연기만 자욱,	萬戶傷心生野煙
	백 관 하 일 재 조 천
모든 관리들이 어느 날에야 다시 천자를 뵈올까?	百官何日再朝天
	추 괴 엽 락 공 궁 리
가을 느티나무 잎은 먼 궁궐 속에서 떨어지고,	秋槐葉落空宮裏
	응 벽 지 두 주 관 현
응벽궁 연못가에서는 관현악을 연주하네.	凝碧池頭奏管絃

반란이 평정되자, 왕유는 부역죄附逆罪로 처벌을 받게 되었다. 그러나 마침 위 시를 본 숙종이 재고하려 하고, 아우 왕진이 자기의 형부시랑직刑部侍郎職을 걸며 형의 죄의 사면을 요청했다. 그래서 특별히 왕유는 용서되어 태자중윤太子中允으로 강등되었다. 건원乾元 연간에 태자중서자 太子中庶子 중서사인中書舍人을 거쳐 다시 급사중給事中이 되었다가 상서우승尙書右丞에까지 올랐다.

위수전가渭水[1]田家

왕유(王維)

석양이 촌락을 비추는데
궁벽한 마을로 소와 양이 돌아오네.
촌 노인은 목동을 생각하며
지팡이 짚고 사립문에서 기다리네.
꿩은 울고 보리 싹 패어나는데
누에는 잠들어 뽕잎이 드무네.
농부가 삽을 메고 오다가 서서
서로 만나 오가는 말이 은근하네.
여기서 한가하고 안일함이 부러워지니
쓸쓸히 식미를 노래 부르네.

斜光[2]照墟落[3]　窮巷[4]牛羊歸
(사광 조허락　궁항 우양귀)
野老[5]念牧童　倚杖[6]候荊扉[7]
(야로 념목동　의장 후형비)
雉雊[8]麥苗秀　蠶眠桑葉稀[9]
(치구 맥묘수　잠면상엽희)
田夫荷鋤立　相見語依依[10]
(전부하서립　상견어의의)
卽此[11]羨閑[12]逸　悵然吟式微[13]
(즉차 선한 일　창연음식미)

1 渭水(위수) : 감숙성 위원현(渭源縣) 서북 조서산(鳥鼠山)에서 발원하여 동남으로 흘러 섬서성 경내로 흐르다가 동쪽으로 흘러 동관(潼關)에 이르러 황하로 들어간다. **2** 斜光(사광) : 사양(斜陽)으로 된 곳

도 있음. 비낀 햇볕, 곧 석양. **3** 墟落(허락) : 촌락(村落). 허는 큰 언덕, 혹은 옛 성이란 뜻이 포함되어 있다. **4** 窮巷(궁항) : 막힌 골목, 좁은 길거리. **5** 野老(야로) : 마을의 노인. **6** 倚杖(의장) : 지팡이에 의지하다. 지팡이를 짚다. **7** 荊扉(형비) : 사립문. 싸리나무로 엮어 만든 문. **8** 雉雊(치구) : 장끼가 울다. **9** 桑葉稀(상엽희) : 뽕잎이 드물다. 누에가 뽕잎을 다 먹고 잠을 자니, 그때는 뽕잎이 남아 있지 않아 드물다. **10** 依依(의의) : 차마 떠나지 못하는 모양. **11** 卽此(즉차) : 여기에 이르니. **12** 閑(한) : 한가(閑暇)하다 한＝閒(한가할 한)으로 된 판본도 있다. **13** 式微(식미) : 『시경(詩經)』 패풍(邶風) 식미편(式微篇)에 나오는 구절. 식은 발어사(發語辭), 미는 쇠(衰)의 뜻. 패의 여후(黎侯)가 적인(狄人)에게 쫓겨 위(衛)에 가 기우(寄愚)하고 있을 때 그의 신하가 귀국을 권하면서 읊은 시인데, '式微, 式微, 胡不歸?' 로 시작된다. '국세가 쇠했으니 어찌 돌아가지 않으리요?' 란 뜻인데, '식미' 는 '아, 쇠했구나!' 의 뜻이다.

감상

석양이 마을을 비끼는데 막힌 골목으로 소와 양을 목동이 몰고 돌아간다. 이때 이 집 노인이 목동을 생각하면서 지팡이를 짚고 사립문 밖에서 기다리고 있다. 그때 장끼는 꿩꿩꿩 울고, 보리밭에는 보리 이삭이 패어 오른다. 또 누에는 뽕을 다 먹고 고치를 짓기 전에 잠을 자고 있고, 누에에게 주느라고 몽땅 따버린 뽕나무에는 뽕잎이 드문드문 남아 있다. 마침 한 농부가 일을 마치고 삽을 메고 오다가 이 노인을 만나자 두런두런 이야기하며 떠나기를 싫어하는 것 같다. 내 이런 광경을 보고 이렇게 한가하고 안일한 것이 부러워 처량히 '나도 하릴없으니, 어찌 이런 데로 돌아가지 않을 것인가.' 하고 노래를 부른다.

741년(개원 29) 왕유가 벼슬을 내놓고 전원으로 돌아와 저녁 시골 풍경을 한 폭의 그림같이 묘사한 멋진 전원시다. 도연명陶淵明의 '귀원전거歸園田居' 시의 기풍을 엿볼 수 있다. 그래서 소동파蘇東坡도 왕유의 시에는 '시 속에 그림이 있고, 그림 속에 시가 있다.' 고 평한 것이다. 이 시는 평성平聲 미운微韻의 오언고시다.

여설

우리나라 여한십가麗韓十家 중의 한 사람인 연천淵泉 홍석주洪奭周(1774～1842)의 어머니는 감사監司 서형수徐迥修(1725～1779)의 딸이며, 승지承旨 홍인모洪仁謨(1755～1812)의 아내다. 그녀는 달성達城 서씨徐氏(1753～1833)로서 당호堂號가 영수각令壽閣인데 경사經史에 두루 통하고 시문을 잘하여 『영수각고令壽閣稿』란 문집도 있다.

그녀는 중국의 명시인의 걸작을 차운次韻한 것이 많은데, 그중에 왕유의 이 '위천전가渭川田家' 시를 차운하여 쓴 것이 있다.

차왕유위천전가 次王維渭川田家

밭두둑 가 마을에는 연기 피어 오르는데	壟頭村煙起(롱두촌연기)
소를 몰고 산을 내려 오네.	將牛下山歸(장우하산귀)
돌아오니 날이 이미 저물어	歸來日已夕(귀래일이석)
나무 사이의 달빛이 사립문에 가득하네.	蘿月滿荊扉(라월만형비)
숲은 무성하여 새 소리 요란하고	林茂鳥聲亂(임무조성란)
들은 넓어 사람 그림자 드무네.	野闊人影稀(야활인영희)
어부와 나무꾼이 함께 짝하고	漁樵共爲伴(어초공위반)
고라니와 사슴이 와서 서로 의지하네.	麋鹿來相依(미록래상의)
앉아 소나무 그늘이 옮겨감을 보니	坐看松陰移(좌간송음이)
어스름한 나무에 싸락눈이 내리는 듯.	暝樹轉霏微(명수전비미)

이로 볼 때 '위천전가渭川田家'는 우리나라에도 많은 영향을 미쳐 많은 차운시次韻詩가 있을 것으로 여겨진다. 그녀는 또 도연명의 '귀거래사歸去來辭'를 차운하여 지은 '차귀거래사次歸去來辭'가 있어 근세 여류문호女流文豪임을 입증하고 있다.

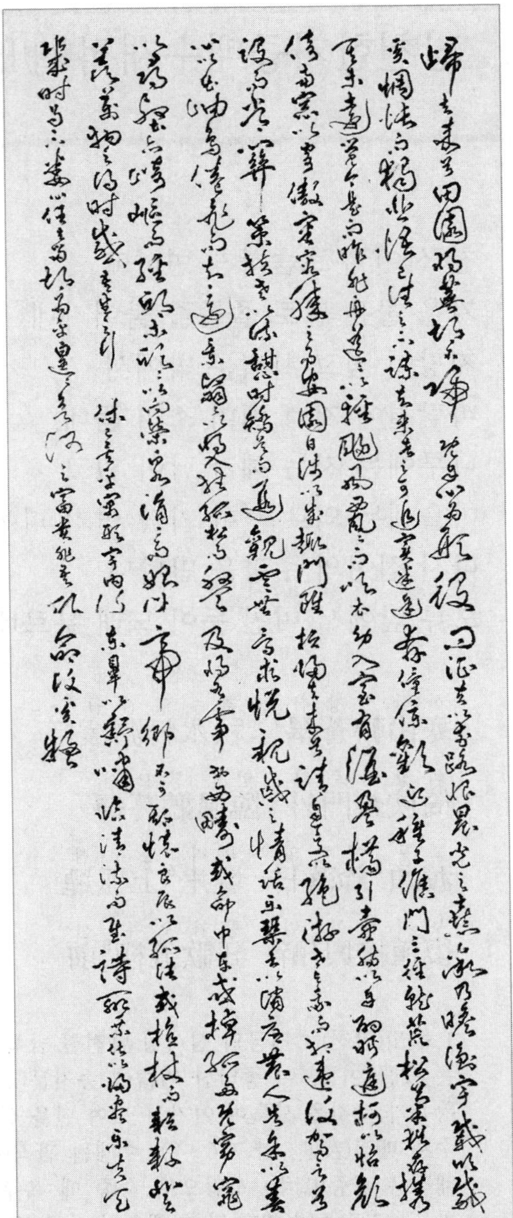

귀거래사(歸去來辭)

망천한거증배수재적 輞川[1]閑居贈裴秀才[2]迪

왕유(王維)

찬 산이 푸르슴하게 변하고
가을 물은 날로 졸졸졸 불어가네.
지팡이 짚고 사립문 밖에서
바람결에 저녁 매미 소리 듣네.
나루에는 지는 해가 남아 있고
마을에는 외로운 한 가닥 연기 피어오르네.
다시 접여의 주량을 만나니
오류 앞에서 미친 듯이 노래 부르네.

한 산 전 창 취　추 수 일 잔 원
寒山轉蒼翠[3]　秋水日潺湲[4]
의 장 시 문 외　임 풍 청 모 선
倚杖柴門外　臨風聽暮蟬
도 두 여 락 일　허 리 상 고 연
渡頭[5]餘落日　墟里[6]上孤煙
부 치 접 여 취　광 가 오 류 전
復値接輿[7]醉　狂歌五柳[8]前

1 輞川(망천) : 지금의 섬서성 남전현 남쪽 종남산(終南山) 밑을 흐르는 냇물 이름. 이 종남산 기슭에 송지문(宋之問)의 별장이 있었는데, 왕유가 그것을 사들여 여기서 30여 년을 살았다. **2** 裴秀才(배수재) : 수재 배적(裴迪, 약 716~?). 수재는 관직이 없는 일반 문인의 칭호. 배적은 관중(關中) 사람으로 숙종 때 촉주자사(蜀州刺史)를 지냈다. 왕유 · 최흥종(崔興宗)과 친했으며 촉주(蜀州)에 있는 두보와 교유(交遊)했다. 『전당시(全唐詩)』에 그의 시가 29수 전하는데, 주요 작품은

『망천집(輞川集)』 20수로 모두 오언절구이다. **3** 蒼翠(창취) : 푸릇푸릇하다. 짙푸르다. 심녹색(深綠色). **4** 潺湲(잔원) : 시냇물의 졸졸 흐르는 소리. **5** 渡頭(도두) : 배가 건너다니는 나루. 나룻가. **6** 墟里(허리) : 마을. 촌장(村莊). **7** 接輿(접여) : 춘추시대 초나라 은사(隱士). 여기서는 배적을 비유한다. **8** 五柳(오류) : 다섯 그루의 버드나무. 도연명(陶淵明)이 자칭 오류선생(五柳先生)이라 하여 도연명을 지칭한다. 여기서는 왕유 자신을 비유한 것이다.

감상

가을이라 빛이 더욱 선명한 까닭에 쓸쓸한 산에는 시간이 갈수록 푸른빛이 더 짙고 가을 물은 날로 졸졸졸 소리 내며 불어 흘러간다. 이러한 철에 지팡이 짚고 사립문 밖에 서니 바람결에 저녁 때 우는 매미 소리를 듣는다. 저 멀리 나룻가에 지는 햇빛이 남아 있고, 마을에는 한 줄기 외로운 저녁 연기가 피어 오른다. 이런 때 접여가 술이 취하여 다섯 그루 버드나무 앞에서 미친 듯이 노래 부르는 것을 다시 보겠네.

이 시는 평성平聲 선운先韻의 오언율시다. 시와 그림과 음악이 함께 잘 어우러져 있다. 기련起聯과 승련承聯은 경치를 묘사한 대목으로 망천輞川 부근의 산수 · 촌락의 일모광경日暮光景을 나타내고 있다. 또 전련轉聯과 결련結聯은 사람을 묘사한 대목으로 자신과 배적裴迪의 두 은사隱士의 형상形象을 나타내고 있다. 한산寒山 · 추수秋水 · 시문柴門 · 임풍臨風 · 모선暮蟬 · 도두渡頭 · 낙일落日 · 허리墟里 · 고연孤煙 · 오류五柳 등의 낱말을 늘어놓아 계절과 시간상의 특징을 잘 나타냈으며, 성聲 · 색色 · 동動 · 정靜을 뒤섞어 시 속에 그림이 있고 그림 속에 시가 있으며, 정 중에 동이 있고 동 중에 정이 있는 멋진 시를 이루었다. 한 폭의 그림을 보는 느낌이다.

여설

이 시에서 왕유는 도연명을 자신에 비유하고 있다. 도연명은 다섯 그루의 버들을 집 가에 심어 놓고 자신을 오류선생五柳先生이라 부르고 그 전기를 써 〈오류선생전五柳先生傳〉이라 했음은 주지周知의 사실이다. 이 〈오류선생전〉은 너무나도 유명해서 후대에 영향을 크게 미쳐 백낙천白樂天의 〈취음선생전醉吟先生傳〉 등 후인後人의 모방작이 많고, 우리나라 『삼국사기三國史記』에서도 〈백결선생전百結先生傳〉이 이 글을 많이 본뜨고 있다.

옛날에 '五柳先生本在山(오류선생은 본래 산속에 있었다)'이라는 구절이 있는데, 오류선생이 무슨 뜻인지 모르는 어떤 어리석은 선비가 제자들에게 해석하기를 '봄이 되자 다섯 그루의 버드나무가 먼저 살아나는데, 그 뿌리는 산속에까지 뻗어 있다.'라고 번역하여 웃겼다는 소화笑話가 있다.

왕유는 자신을 도연명에게, 친구 배적을 접여接輿에게 비유했다. 이 접여의 이야기는 『논어論語』에 나온다. 『논어』 〈미자편微子篇〉 제5장에 초나라 미치광이 접여가 공자 앞을 지나면서 노래 부르기를, '봉황새야, 봉황새야, 어찌 그리 덕이 쇠했는가? 지난 일은 간할 수 없지만, 오는 일은 오히려 따를 수 있으니, 그만 두소, 그만 두소, 오늘날 정치하는 사람은 위태로울 뿐이로다.'라고 한 대목에서 인용하고 있다. 『고사전高士傳』에는 '접여는 초나라 사람으로, 성은 육陸, 이름은 통通, 자가 접여다. 소왕昭王 때 정치가 엉망이라 머리를 풀고 미친 척하며 벼슬을 하지 않아 그때 사람들이 초나라 미치광이란 뜻으로 초광楚狂이라 불렀다.' 하였다. 그런데 그의 부인도 같은 생각이어서 임금의 사자가 금金과 차車를 가지고 남편을 맞이해 가려 하자, '임금의 명을 좇지 않는 것은 충忠이 아니요, 또 이런 바르지 않은 정치에 따르는 것은 의義가 아니다.' 라고 하며, 남편과 함께 변성명變姓名하고 사라져 버렸다 한다. 이 부인의 성명은 잘 몰라 접여처接輿妻라고만 전해진다. 부창부수의 좋은 본보기라 할 수 있다. 그러나 정다산丁茶山은 접여가 육통陸通이라는 것은 근거가 없다고 부정했다.

송구위낙제귀강동 送丘爲[1]落第歸江東[2]

왕유(王維)

그대가 뜻을 얻지 못한 것이 안타까운데
하물며 또 버들가지 늘어지는 봄임에리오?
나그네 되어 지녔던 돈 다 써 버리고
집에 돌아갈 때 백발 희뜻희뜻 새로 나오리.
오호에 있는 3무畝 터에 있는 작은 집으로
만 리 길을 홀로 돌아가는 사람이 되었네.
예형禰衡인 줄 알면서도 추천하지를 못하니
의견을 헌납하는 신하라는 것이 부끄럽네.

연군부득의 황부유조춘
憐君不得意[3] 況復柳條春[4]
위객 황금진 환가백발신
爲客[5]黃金盡 還家白髮新
오호 삼무택 만리일귀인
五湖[6]三畝宅[7] 萬里一歸人
지예 불능천 수위헌납신
知禰[8]不能薦 羞爲獻納臣[9]

1 丘爲(구위) : 강소성 소주(蘇州) 사람. 오호(五湖) 근처에 살았다. 계모에게 효도하여 효자로 알려졌고, 벼슬은 태자우서자(太子右庶子)에 이르렀다. **2** 江東(강동) : 장강 동쪽. **3** 不得意(부득의) : 뜻을 얻지 못하다. 과거에 급제하지 못함을 뜻한다. **4** 柳條春(유조춘) : 유조는 버들가지, 곧 버들가지가 싹트는 봄이란 뜻이다. **5** 爲客(위객) : 손님이 되다. 수험생이 되어 객지인 서울에 와 머물러 있다는 뜻한다. **6** 五湖(오호) : 강소성에 있는 태호(太湖) 부근의 다섯 호수. 또는 태호의 별

명. 오호는 격호(滆湖)·조호(洮湖)·사호(射湖)·귀호(貴湖)·태호(太湖)를 가리킨다. 그러나 이 외에도 여러 설이 있다. **7** 三畝宅(삼무택) : 작은 집이란 뜻. **8** 禰(예) : 후한 때 사람 예형(禰衡)을 뜻함. 공융(孔融)은 예형보다 20세나 위였으나 망년지교(忘年之交)를 맺어 예형을 황제에게 추천하여 벼슬길을 열어 주었다. **9** 獻納臣(헌납신) : 임금에게 좋은 의견을 건의하는 신하.

감상

구위가 과거시험에 낙방하고 귀향하는 것이 불쌍한데, 더군다나 시절이 만물이 소생하는 봄철이라 감회가 더욱 절실하다. 그는 시험을 보려고 객지에 나와 나그네가 되어서 가지고 온 돈도 다 써 버리고 외로운 몸으로 고향으로 돌아갈 때 머리털도 한두 개 희어지는 것 같네.

오호 근처에 있는 초라한 집으로 돌아가는 만 리 길을 혼자 가는 신세이네. 그대가 저 후한의 예형 같은 인물인 줄을 나는 알고 있으면서도 황제에게 추천하지 못하는 형편이니, 내가 소위 임금에게 좋은 의견을 내는 신하라고 불려지는 것이 참으로 부끄럽다. 참으로 미안하다.

이 시는 평성平聲 진운眞韻의 오언율시다. 승련承聯과 전련轉聯은 대구對句가 잘 되었고, 오五·삼三·만萬·일一 등 숫자를 잘 써서 대구를 이루었음도 교묘하다. 낙방생落榜生을 위로하는 안타까운 진정이 잘 토로되어 있다.

여설

왕유는 721년(개원 9) 20세 때 진사進士에 급제했다. 그 뒤 여러 벼슬을 지냈다. 그러나 그는 시인으로 더 유명하여 개원開元·천보天寶

연간에 명성을 날렸다. 그는 여러 왕가와 부마택駙馬宅과 권문세가에서 대환영을 받았다. 특히 영왕寧王(李憲, 현종의 형)과 설왕薛王(李業, 현종의 아우)은 그를 친구로 대했다.

왕유는 특히 오언시에 능했고, 글씨와 그림에도 뛰어났으며 특히 그의 산수화는 타인의 추종을 불허했다. 그래서 그는 문인화文人畫·남종화南宗畫의 시조가 되었다. 그는 음악에도 뛰어나 어떤 사람이 음악을 연주하는 그림을 가져와 보이는데, 아무도 그 그림이 무슨 음악을 연주하는 것인지를 몰랐다. 그러나 왕유는 한번 보고 그 그림은 예상우의곡霓裳羽衣曲의 제삼첩第三疊 제일박第一拍의 그림이라고 했다. 호사자好事者가 악공을 동원하여 그림대로 연주해 보니 조금도 틀림이 없었다 한다. 그래서 모든 사람들이 왕유의 재주에 탄복했다.

왕유는 불교를 독실하게 믿어 만년에는 채식을 주로 했고 무늬 있는 옷도 입지 않았다. 또 남전藍田에 있는 송지문宋之問의 별장을 사들여 망천輞川의 물을 집 둘레로 끌어들여 연못을 파고 명승지를 만들어 도우道友 배적裴迪과 배를 띄워 놓고 작시作詩·탄금彈琴으로 세월을 보냈다. 그때 지은 시들을 모아 『망천집輞川集』이라 하였다.

도성에 있을 때는 날마다 10여 명의 명승名僧에게 공양했고 현담玄談을 즐겼으며, 재실齋室 안에는 아무 것도 없고 다만 차를 다리는 도구, 약을 만드는 기구, 불경을 올려 놓은 책상, 좌선坐禪에 필요한 도구 뿐이었다. 그는 퇴청 후에는 재실에서 혼자 향을 피우고 좌선에 힘썼다. 아내가 죽자 다시 장가가지 않고 30여 년을 혼자 살다 죽었다. 임종할 때 아우 왕진王縉을 비롯한 평소에 친했던 여러 친구들에게 유서를 써 놓고 하세下世했다.

이 시에서 구위를 예형禰衡에다 비했는데, 〈몽구蒙求〉 표제에 '예형일악禰衡一鶚'이라 하고, '예형고리禰衡鼓吏'란 고사의 주인공인 예형이 그 사람이다. 예형은 후한 반현般縣 사람으로, 자는 정평正平

이다. 그는 젊어서부터 재변才辯이 있고, 성질이 강직하고 오만하여 공융孔融 · 양수楊修와 친했다. 20세나 위인 공융孔融이 그를 추천할 때 '새매 백 마리가 한 마리 독수리만 못하다(鷙鳥累百不如一鶚).' 라고 그를 독수리에 비유하여 천거했으므로 그의 뛰어남을 나타내는 '예형일악' 이란 속어가 생겨났다.

이 예형이 재주가 있다는 소문을 듣고 조조曹操가 만나려 했으나 즐겨하지 않았다. 조조는 이어 그의 재주를 아껴 차마 죽이지는 못하고, 그가 북을 잘 친다는 소식을 듣고 불러다가 북잡이인 고리鼓吏로 삼았다. 그가 평상복으로 북을 치며 춤을 추니, 제복으로 갈아입으라 호령하매, 그는 입었던 옷을 몽땅 벗어 놓고 나체로 서 있다가 천천히 제복으로 갈아입고 또 북춤을 추었다. 이에 조조가 무안하여 '내가 저 자를 욕보이려다 도리어 내가 창피를 당한다.' 하고, 차마 죽이지는 못하고 유표劉表에게 보냈다. 그러나 그도 예형의 오만함을 용납하지 못하여 이번에는 황조黃祖에게 보냈다. 황조는 그를 관용寬容하지 못하고 마침내 죽이니, 예형의 나이 26세였다. 예형은 문필文筆에 능하여 붓을 잡으면 천 마디를 쉴 틈 없이 써 내려갔다 한다.

망천집 輞川集* 병서 并序

왕유(王維)

내 별장은 망천輞川이 흐르는 산골짜기에 있다. 그곳의 놀이 장소로는 맹성요孟城坳·화자강華子岡·문행관文杏館·근죽령斤竹嶺·녹채鹿柴·목란채木蘭柴·수유반茱萸沜·궁괴맥宮槐陌·임호정臨湖亭·남탁南垞·의호欹湖·유랑柳浪·난가뢰欒家瀨·금설천金屑泉·백석탄白石灘·북탁北垞·죽리관竹里館·신이오辛夷塢·칠원漆園·초원椒園 등이 있다. 여기에서 배적裴迪과 더불어 한가할 때 각기 절구絕句를 지을 따름이다.

* 망천집(輞川集) : 앞에서 예거(例擧)한 망천(輞川) 20경에서 왕유가 도우(道友) 배적(裴迪)과 각기 오절(五絕)을 지어 도합 40수를 실은 시집. 왕유가 20수, 배적이 20수를 지었다. 원래는 독립된 시집이었는데, 왕유의 연작(連作) 20수는 왕유 시집에, 배적의 것은 배적의 시집에 편입시켰다. 그 서문은 앞에서 보인 것과 같다. 참고로 배적의 시도 각 시의 끝에 기록해 둔다.

배적(裴迪)

제1수 맹성요 孟城坳[1]

맹성 입구에 새로 집을 지으니

고목이라곤 쇠한 버드나무만 남아 있네.
앞으로 이 집에 와 살 사람은 누구인가?
옛사람 살았던 일 생각하니 공연히 슬프네.

신가맹성구　고목여쇠류
新家孟城口　古木餘衰柳
내자　부위수　공비석인　유
來者[2]復爲誰　空悲昔人[3]有

1 孟城坳(맹성요) : 옛 성터 이름. 요는 우묵하게 파인 곳, 곧 와지(窪地). 2 來者(내자) : 장래, 또는 앞으로 올 사람이라는 뜻이다. 3 昔人(석인) : 옛사람. 이 별장의 전 소유자, 곧 송지문(宋之問)을 지칭하는 것으로 볼 수도 있다. 또 앞으로 나도 과거의 소유자가 될 것이니 앞사람의 입장에서 보면 또한 나를 슬퍼할 것이라고도 볼 수 있다.

맹성요(孟城坳)

제2수 화자강華子岡[4]

나는 새는 끝없이 날아가고
주욱 이어진 산은 또한 가을의 빛이네.
화자강을 오르락내리락 하니
서글픈 감정은 어찌 끝이 있으랴?

비조거불궁　연산부추색
飛鳥去不窮[5]　連山復秋色
상하화자강　수창　정하극
上下華子崗　愁悵[6]情何極

4 華子崗(화자강) : 별장 입구에 있는 맹성요로부터 조금 떨어져 있는 소산(小山)의 이름. 화자는 화자기(華子期)라는 선인(仙人) 이름에서 따온 말. 5 去不窮(거불궁) : 날아가는 데 끝이 없음. 또는 새가 계속 날아가 끝이 없음. 6 愁悵(수창) : 실심(失心)하는 모습. 섭섭한 모양. 슬픈 모습.

제3수 문행관文杏館[7]

문행목文杏木을 말라 대들보로 삼고
향모를 결어 지붕을 만드네.
아지 못게라, 도리 속의 구름이
떠나가 인간의 비가 될 것을.

문행재위량　향모　결위우
文杏裁爲梁　香茅[8]結爲宇[9]
부지동리운　거작인간우
不知棟裏雲[10]　去作人間雨[11]

7 文杏館(문행관) : 화자강을 지나간 곳에 있는 건물 이름. 문행은 나

뭇결이 바른 살구나무. 따라서 문행관은 문행목으로 지은 집. **8** 香茅(향모) : 풀의 이름. 향기가 높다고 한다. **9** 宇(우) : 지붕. **10** 棟裏雲(동리운) : 도리 속에 있는 구름. 동진(東晋)의 곽박(郭璞 : 276~324)의 '유선시(遊仙詩)' 14수 중 제2수 3 · 4구 '구름은 대들보와 도리 사이에서 생겨나고, 바람은 창과 문 속에서 나온다(雲生梁棟間 風出窓戶裏).' 에서 따온 말이다. 신선이 사는 집이라 높고 엉성하여 대들보에 구름이 걸려 있고, 모든 문으로부터 바람이 불어오니 이 문행관을 마치 신선이 사는 집인 양 표현한 것이다. **11** 人間雨(인간우) : 인간 세상에 내리는 비. 도사는 호풍환우(呼風喚雨)하는 도술이 있어 신선이 사는 집 대들보에 얽혀 있는 구름을 불러다가 인간 세계에서 갈망하는 단비로 변화시키는데, 이 집이 그런 도사가 사는 집 같다는 뜻이다.

제4수 근죽령 斤竹嶺[12]

대나무가 아름답게 빈 골짜기 굽이를 비추고
그 푸르고 푸르름이 물결에 출렁거리네.
그런 속으로 슬그머니 상산의 길로 들어서니
나무꾼은 알 수가 없네.

단란 영공곡 청취양연의
檀欒[13]映空曲 青翠漾漣漪[14]
암입상산로 초인불가지
暗入商山路[15] 樵人不可知

12 斤竹嶺(근죽령) : 문행관(文杏館) 뒤에 있는 산 이름. 근죽은 대나무 이름. 껍질이 흰 대나무이다. **13** 檀欒(단란) : 대나무의 아름다운 모양. 대나무가 길게 뻗어 무리를 이룬 모양. **14** 漣漪(연의) : 물결치다. 물이 출렁거리다. **15** 商山路(상산로) : 상산으로 가는 길. 상산은 장안 남쪽 종남산(終南山 : 2,604m) 속의 한 봉우리 이름이다. 옛날 진시황의 학정(虐政)을 피하여 동원공(東園公) · 기리계(綺里季) · 하황공(夏黃公) · 녹리선생(甪里先生) 등의 사호(四皓)라 불리는 고사(高士)들이 이 산에 숨어 살았다. 한고조가 여러 차례 불렀으나 오지 않

았다. 이들을 상산사호(商山四皓)라 부르는데 사호란 이 4인의 머리와 수염이 아주 하얀 데서 붙은 이름이다.

제5수 녹채 鹿柴[16]

빈 산이라 사람은 아니 보이고
다만 사람의 말소리만 들리네.
지는 햇빛 깊은 숲으로 들어와
다시 푸른 이끼 위에 비치네.

공산　불견인　단문인어향
空山[17]不見人　但聞人語響[18]
반경　입심림　부조청태상
返景[19]入深林　復照靑苔上

16 鹿柴(녹채) : 사슴을 기르는 장소. 채(柴)는 '땔나무'의 뜻일 때는 '시'라 발음하고, '울타리 · 막는다'는 뜻일 때는 '채'로 읽는다. 채(砦) · 채(寨)와 같다. **17** 空山(공산) : 사람이 없는 산. **18** 人語響(인어향) : 사람 소리의 울림, 곧 분명치 않는 사람의 소리. **19** 返景(반경) : 석양의 되비치는 햇빛. 저녁 때 햇빛.

제6수 목란채 木蘭柴[20]

가을 산은 저녁 노을을 거둬들이고
날아가는 새는 앞에 간 짝들을 따라간다.
고운 비취색 때때로 분명하니
저녁 이내는 낄 곳이 없구나.

추산렴여조　비조축전려
秋山斂餘照[21]　飛鳥逐前侶[22]

채취 시분명 석람 무처소
彩翠[23]時分明 夕嵐[24]無處所[25]

20 木蘭柴(목란채) : 근죽령(斤竹嶺)·녹채(鹿柴)를 조금 지난 곳에 있다. 목란 울타리. 목란은 나무 이름. 계수나무와 비슷하고 향기가 있다. **21** 餘照(여조) : 석양. 저녁 때 남은 햇빛. **22** 前侶(전려) : 앞서 날아간 짝. **23** 彩翠(채취) : 가을이 되어 여러 가지로 물든 초목의 푸른 빛. **24** 夕嵐(석람) : 저녁 때 산에 낀 초목의 푸른 빛. 저녁 때의 아지랑이. 이내. **25** 處所(처소) : 곳. 있는 장소.

목란출진도(木蘭出陣圖)

제7수 수유반 茱萸沜[26]

열매 맺으니 그 빛깔 붉고 또 푸르러
다시 꽃이 또 핀 것 같네.
산중에 만약 손님이 머물러 준다면
이 수유로 빚은 술잔을 준비하리라.

결실홍차록　부여화갱개
結實紅且綠　復如花更開
산중　당　류객　치　차수유배
山中[27]倘[28]留客　置[29]此茱萸杯[30]

26 茱萸沜(수유반) : 수유는 나무 이름. 그 열매도 수유라 한다. 반은 물가 언덕. 반(泮)과 통한다. 수유반은 목란채로부터 다시 더 들어가 있다. 수유나무가 많아 이런 이름이 붙었다. **27** 山中(산중) : 망천장(輞川莊)을 의미한다. **28** 倘(당) : 문득, 갑자기, 아마도. **29** 置(치) : 준비하다. 치주(置酒 : 술을 준비하다)라고 쓴다. **30** 茱萸杯(수유배) : 수유의 열매를 술에 띄운 술잔.

제8수 궁괴맥 宮槐陌[31]

비탈진 오솔길에 궁괴 나무 그늘지니
깊숙한 그늘에는 푸른 이끼가 많네.
문지기야, 다만 손님맞이 청소하라,
혹시 산의 스님 오실까 두렵다.

측경　음궁괴　유음다록태
仄徑[32]蔭宮槐　幽陰多綠苔
응문　단영소　외유산승래
應門[33]但迎掃　畏有山僧來

31 宮槐陌(궁괴맥) : 수유반으로부터 의호(欹湖)로 가는 도중의 장소. 궁괴는 궁정(宮庭)에 자라는 괴목(槐木)이란 뜻으로 느티나무의 일종. 맥은 밭도랑 길. **32** 仄徑(측경) : 기울어진 작은 길. 경사진 오솔길. **33** 應門(응문) : 문에 응대해 있음, 곧 문지기.

제9수 임호정 臨湖亭[34]

가벼운 배로 훌륭한 손님을 맞이하여
유유히 호수 위를 저어 모셔 오네.
창을 향해 마주 앉아 술을 마시는데
사면에는 연꽃이 아름답게 피었네.

경가 영상객 유유호상래
輕舸[35]迎上客[36] 悠悠湖上來
당헌 대준주 사면부용 개
當軒[37]對樽酒 四面芙蓉[38]開

34 臨湖亭(임호정) : 정자 이름. 궁괴맥으로부터 더 나아가 호수 안에 있는 정자. **35** 輕舸(경가) : 가볍고 안전하며 빠른 배. 가는 큰배를 말한다. **36** 上客(상객) : 중요한 손님. 상빈(上賓). 존객(尊客). **37** 當軒(당헌) : 마루 쪽 창을 대하고, 바깥쪽으로 난 창 앞에서. **38** 芙蓉(부용) : 연꽃.

제10수 남탁 南垞[39]

가벼운 배를 타고 남쪽 집으로 가니
북쪽 집은 아득하여 가기가 어렵네.
나무를 사이에 두고 인가를 바라보니
아득하여 서로 알 수가 없네.

경 주 남 탁 거　북 탁　묘　난 즉
輕舟南垞去　北垞[40]淼[41]難卽[42]

격 포　망 인 가　요 요 불 상 식
隔浦[43]望人家　遙遙不相識[44]

39 南垞(남탁) : 탁(垞: 작은 언덕 탁)의 원음(原音)은 타다. 그러나 여기에서는 택(宅)의 고자(古字)로 본다. 임호정으로부터 더 들어가 호숫가에 있는 저택으로 본다. **40** 北垞(북탁) : 북택(北宅). 북쪽에 있는 집. **41** 淼(묘) : 물이 넘치다. 물이 넘치는 모양. **42** 難卽(난즉) : 나아가기가 어렵다. 도착하기가 어렵다. 즉은 동사. **43** 隔浦(격포) : 나루를 사이에 두고, 나루가 막히어. **44** 不相識(불상식) : 알지를 못하다. 보이지 않는다.

제11수 의호 欹湖[45]

통소를 부니 그 소리 먼 나루를 넘어가는데
해질 무렵에 친구를 배웅하네.
호수 위에서 한번 고개를 돌려 보니
푸른 산에는 흰 구름이 말려 가네.

취 소 능 극 포　일 모 송 부 군
吹簫凌極浦[46]　日暮送夫君[47]

호 상 일 회 수　산 청 권　백 운
湖上一迴首　山青卷[48]白雲

45 欹湖(의호) : 호수 이름. 망천장의 중심일 것이다. 의는 '아름다울 의' 자이나 '물놀이 칠 의(漪)' 자와 통자(通字)로 본다. 잔물결 치는 호수라는 뜻일 것이다. **46** 凌極浦(능극포) : 극포는 멀리 떨어져 있는 물가. 능은 넘어서다. **47** 夫君(부군) : '남편'의 공대말인데, 여기서는 친구라는 뜻이다. **48** 卷(권) : 권(捲)과 같다. 말다. 둘둘 말다.

제12수 유랑 柳浪[49]

줄을 나누어 아름다운 나무들이 늘어섰는데
그 거꾸로 된 그림자가 맑은 물결 속으로 들어오네.
배우지 않아도 되리라, 궁성의 도랑 가에서
봄바람에 이별을 마음 아파할 일을.

분항 접기수 도영입청의
分行[50]接綺樹[51] 倒影入青漪[52]
불학어구 상 춘풍상별리
不學御溝[53]上 春風傷別離

49 柳浪(유랑) : 버드나무가 심어져 있는 물가. 버드나무에 호수의 물결이 부딪치는 곳. 버들가지들이 파도같이 움직이는 곳. 여러 뜻으로 해석된다. **50** 分行(분항) : 줄을 나누다. 두 줄로 서 있다. **51** 綺樹(기수) : 아름다운 나무, 곧 버드나무들을 표현한 말. **52** 青漪(청의) : 맑은 물결. **53** 御溝(어구) : 어는 임금을 뜻함. 곧 궁전에 있는 도랑. 그 도랑 가에는 버드나무가 늘어서 있고, 여기서 이별할 때 버드나무 가지를 꺾어 떠나는 이에게 주었다.

제13수 난가뢰 欒家瀨[54]

후둑후둑 내리는 가을비 속에
찰찰 돌 위의 여울이 쏟아지네.
튀는 물결은 절로 서로 뿌려대니
백로는 놀라 날아갔다 다시 내려오네.

삽삽 추우중 천천 석류사
颯颯[55]秋雨中 淺淺[56]石溜瀉[57]
도파 자상천 백로경부하
跳波[58]自相濺 白鷺驚復下

54 欒家瀨(난가뢰) : 여울 이름. 유랑에서 더 가서 의호로 들어오는 지류(支流)에 있을 것이다. **55** 颯颯(삽삽) : 원래는 바람 소리의 표현이나, 여기서는 빗소리를 나타냈다. **56** 淺淺(천천) : 물이 빨리 흐르는 모양. **57** 石溜瀉(석류사) : 석류는 돌 위를 흐르는 물. 사는 물이 쏟아진다는 뜻. **58** 跳波(도파) : 물이 돌에 부딪혀 튀는 파도.

제14수 금설천 金屑泉[59]

날마다 금가루 샘물을 마시니
조금만 마셔도 천 년을 더 살겠네.
취봉을 문리로 끌게 하고
우절을 갖추고 옥황상제에게 조회 朝會하네.

일 음 금 설 천　소 당　천 여 세
日飮金屑泉　少當[60]千餘歲
취 봉　상 문 리　우 절　조 옥 제
翠鳳[61]翔文螭[62]　羽節[63]朝玉帝[64]

59 金屑泉(금설천) : 금가루 샘물이란 뜻인데, 난가뢰 근처에 있는 샘물 이름. 물빛이 금가루를 뿌린 듯 맑고 아름다운 영천(靈泉)이란 뜻이다. **60** 少當(소당) : 조금만 마셔도 ~에 합당하다. **61** 翠鳳(취봉) : 푸른 봉황새란 뜻. 서왕모(西王母)가 타는 수레를 뜻함. **62** 文螭(문리) : 무늬가 있는 교룡(蛟龍). 리는 뿔 없는 용. **63** 羽節(우절) : 우개(羽蓋)와 모절(毛節). 우개는 새 깃으로 만든 일산(日傘)의 일종. 모절은 털로 만든 창. 의장(儀仗) 도구의 하나. **64** 朝玉帝(조옥제) : 옥제는 옥황상제. 조는 동사로 조회하다, 참내(參內)하다, 뵙는다는 뜻이다.

제15수 백석탄 白石灘[65]

맑고 얕은 흰 돌이 깔린 여울

푸른 부들은 거의 손으로 잡을 만하네.
집들이 이 물 동서에 있어
밝은 달 아래 빨래를 하네.

청천백석탄 녹포 향 감파
清淺白石灘 綠蒲[66]向[67]堪把[68]
가주수동서 완사 명월하
家住水東西 浣紗[69]明月下

65 白石灘(백석탄) : 흰 돌 위를 흘러가는 물의 여울이란 뜻으로, 난가뢰, 금설천 다음에 있는 여울목. **66** 綠蒲(녹포) : 푸른 부들. 부들은 수초(水草) 이름. 그것을 베다가 말려 자리나 부채 등을 만들어 쓴다. **67** 向(향) : 거의 ~에 이르다. 막 ~이 되려고 하다. 거의. **68** 堪把(감파) : 감은 능(能). 파는 손으로 움켜잡다. 다발로 묶다. **69** 浣紗(완사) : 원래는 비단을 빨다라는 뜻이다. 세탁한다는 뜻으로 흔히 쓰인다.

제16수 **북탁** 北垞[70]

북쪽 집은 호수 북쪽에 있는데
여러 뒤섞인 나무가 붉은 난간을 비추네.
구불구불 남쪽으로 흐르는 개울물은
푸른 숲 끝에서 나타났다 사라졌다 하네.

북탁호수북 잡수영주란
北垞湖水北 雜樹映朱欄[71]
위이 남천 수 명멸 청림단
逶迤[72]南川[73]水 明滅[74]靑林端

70 北垞(북탁) : 의호 북쪽에 있는 집. 백석탄 다음에 있다. **71** 朱欄(주란) : 붉은색을 칠한 난간. 호숫가의 건물이라 난간을 했다. **72** 逶

迤(위이) : 구부러진 모양. **73** 南川(남천) : 망천(輞川)을 뜻한다. **74** 明滅(명멸) : 보였다 안 보였다 한다.

제17수 죽리관竹里館[75]

깊숙한 대나무 숲 속에 홀로 앉아
거문고를 타다가 또 길게 읊조리네.
깊은 숲이라 사람들은 알지 못하고
밝은 달만 와서 비추어 주네.

독좌유황 리 탄금부장소
獨坐幽篁[76]裏 彈琴復長嘯[77]
심림인부지 명월래상조
深林人不知 明月來相照[78]

75 竹里館(죽리관) : 북탁으로부터 더 나아간 곳에 대나무로 둘러싸인 가운데 있는 건물. **76** 幽篁(유황) : 속세에서 떨어진 깊숙한 대나무 숲. **77** 長嘯(장소) : 길게 휘파람 불다. 또는 길게 시 등을 읊조리다. **78** 相照(상조) : 상은 상대적이지만 일방적일 때도 쓴다. 따라서 '서로' 라고 번역하지 않는다. 상조는 달이 일방적으로 나를 비추어 준다는 뜻이다.

제18수 신이오辛夷塢[79]

나무 끝의 연꽃
산속에서 붉은 꽃잎 피었네.
골짜기 집 조용하여 사람이라곤 없는데
어지러이 피고 또 지네.

목말부용 화 산중발홍악
木末芙蓉[80]花 山中發紅蕚[81]

간호 적무인 분분개차락
澗戶[82]寂無人 紛紛開且落

79 辛夷塢(신이오) : 신이는 목련, 오는 둑. 목련이 핀 둑. **80** 芙蓉(부용) : ① 연꽃, ② 목부용(木芙蓉). **81** 紅蕚(홍악) : 붉은 꽃받침. 여기서는 붉은 꽃이란 뜻으로 쓰였다. 자목련을 의미한다. 악은 낙(落)과 같은 운자(韻字)라 이 글자를 쓴 것이다. **82** 澗戶(간호) : 산골짜기 시냇가에 있는 집.

제19수 칠원 漆園[83]

옛사람은 오만한 관리가 아니고
스스로 세상을 경영할 일을 피한 것이네.
우연히 한 미관말직 微官末職에 있었지만
편안히 몇 그루 옻나무 밑에서 지냈다오.

고인 비오리 자궐 경세무
古人[84]非傲吏[85] 自闕[86]經世務[87]

우기일미관 파사 수주수
偶寄一微官 婆娑[88]數株樹

83 漆園(칠원) : 옻나무를 심어 놓은 동산. 죽리관 · 신이오를 지나 별장 깊숙이 있는 곳. **84** 古人(고인) : 옛사람. 여기서는 장주(莊周 : B.C. 365~290)를 의미한다. **85** 傲吏(오리) : 오만한 관리. 제멋대로 거만하게 행동하는 관원. **86** 自闕(자궐) : 스스로 없애다. 궐은 결(缺). 스스로 피하다. **87** 經世務(경세무) : 세상을 다스릴 임무. 세상을 경영하는데 힘씀. **88** 婆娑(파사) : 자유롭게 사는 모양. 춤추는 모양.

제20수 초원椒園[89]

계수나무 술잔으로 황제 자손 맞이하고
두약을 아름다운 사람에게 증정하네.
산초山椒의 장을 구슬 방석에 바쳐
구름의 신을 내려오게 하고 싶네.

계준　영제자　두약　증가인
桂尊[90]迎帝子[91]　杜若[92]贈佳人
초장　전요석　욕하운중군
椒漿[93]奠瑤席[94]　欲下雲中君[95]

89 椒園(초원) : 초(椒: 분디나무 초)를 심은 정원. 칠원 곁에 있다. 분디나무는 산초나무와 비슷하고, 호초(胡椒)나무와도 비슷한 것이다. 열매를 향료로 쓴다. **90** 桂尊(계준) : 준은 준(樽). 계수나무로 만든 술 단지. **91** 帝子(제자) : 임금의 자식. 옛날 요임금의 딸 아황(娥皇)과 여영(女英), 곧 상군(湘君)과 상부인(湘夫人). **92** 杜若(두약) : 향초 이름. **93** 椒漿(초장) : 분디가루를 섞은 장. 산초의 액. **94** 瑤席(요석) : 구슬 자리. 구슬로 장식한 자리. **95** 雲中君(운중군) : 구름 속의 임금이란 뜻으로 운신(雲神).

감상

제1수

이번에 새로이 맹성 옛터 가에 집을 지었다. 거기에는 옛 흔적이라곤 쇠한 버드나무만이 남아 옛 정취를 조금이나마 나타내고 있다. 그러나 내가 살다 죽으면 앞으로 누가 와서 살까? 이 터에 옛사람이 살았고, 나도 살다가 가면 또한 옛사람이 되니, 앞으로 여기서 살 사람은 오늘날 내가 여기서 옛사람을 생각하고 인생무상을 느끼며 슬퍼하듯이 할 것이니 또한 서글프지 아니한가?

상성上聲 유운有韻의 오언절구다.

제2수

높은 하늘엔 새들이 끝이 없이 날아가고, 눈앞에 보이는 모든 산은 가을빛이 완연하다. 이런 풍경 속에 별장에 가느라고 이 화자강을 몇 번이고 오르내리다 보면 대자연에 비해 인간의 존재가 너무나도 미미해 보인다. 또 영원한 자연에 비해 인간의 삶은 너무나 짧게도 느껴진다. 따라서 서글퍼지는 감정이 끝없이 솟구친다.

입성入聲 직운職韻의 오언절구다.

제3수

세상에서 제일 값나가는 나무질이 좋은 문행목으로 재목을 삼고, 향기 나는 풀로 지붕을 한 것이 이 문행관이다. 그러니 이 집의 대들보와 도리에 끼여 있는 구름을 변화시켜 인간 세계의 비로 만들어 내리게 할 수 있을까? 이 집은 꼭 이런 도술을 부리는 신선이 사는 집과 같다.

상성 우운虞韻의 오언절구다. 위爲가 겹치어 요체拗體로 볼 것이다.

제4수

무성한 대숲이 아름답게 퍼져 있는데 마침 맑은 시냇가의 굽은 곳에 총생叢生한다. 그 대나무숲의 푸르름이 그 밑을 흐르는 맑은 개울의 여울에 비쳐 찰랑거린다. 그 옆으로 길이 나 있는데 상산사호가 지나간 길같이 그윽하고 컴컴하여 나무들도 도저히 알아내지 못한 그런 신비경神秘境이다. 근죽령의 아름다움을 단적으로 잘 표현하고 있다.

평성平聲 지운支韻의 오언절구다.

제5수

공허한 산속이라 숲만 우거지고 사람이라곤 보이지 않으면서 다만 사람들의 도란도란 지껄이는 소리는 무슨 말인지는 모르지만 분명히 나직이 들려 온다. 또 때는 저녁 때라 서산으로 넘어가는 햇빛이 깊은 숲 속으로 들어오고, 또다시 그 햇빛은 돌 위에 끼어 있는 이끼에까지 비추어 주고 있다.

상성 양운養韻의 오언절구다.

제6수

날씨 맑은 가을이라, 산 빛은 찬 듯한데 온 산이 가을의 석양을 거두어 들인다. 그때 공중에는 새들이 앞서 날아간 제 짝들을 찾아 날아간다. 온 산의 가을철의 아름다운 푸른빛이 때때로 분명하게 나타난다. 워낙 깨끗한 가을 산이라 저녁 때 흔히 끼는 아지랑이같이 뿌연 산의 이내가 통 끼지 않는다. 매우 맑고 깨끗한 저녁 때의 가을 산을 묘사하고 있다.

거성去聲 제운霽韻과 상성 어운語韻을 통운通韻한 오언절구다.

제7수

수유는 열매가 여는데 그 빛깔이 붉은 것도 있고, 아직 푸른 것도 있다. 그래서 그 울긋불긋한 색이 마치 봄에 꽃이 다시 핀 것같이 아름답다. 만일 이 산속의 망천장에 손님이 와서 묵는다면 액을 쫓는

이 수유 열매를 넣은 술을 준비해 두겠다. 물가에 좀 높은 언덕에 수유를 심는 밭을 이루고 그 수유나무가 열매를 맺었는데 그 열매의 빛이 붉으락푸르락한다. 이 열매로 술을 담가 놓고 손님이 오면 수유배를 나누며 인생을 즐기리라.

평성 회운灰韻의 오언절구다.

제8수

궁괴의 그늘이 그 밑으로 난 비탈진 오솔길을 가리울 뿐 아니라 그 근처 푸른 이끼가 낀 곳에도 대부분 그늘져 있어 그윽함이 속세와 같지 않다. 그렇지만 깨끗해야 하니, 문지기야, 손님 맞을 준비로 말끔하게 청소를 하려무나. 산에 있는 스님이 혹시 찾아올지도 모르니 만반의 준비를 해 두어라.

평성 회운의 오언절구다.

제9수

호숫가에 정자가 있어 배로 손님을 모셔 온다. 배는 크지만 경쾌하고 안전하여 멋진 배인데, 그 배에 훌륭한 손님을 앉히고 유유히 호수 위를 노 저어 모셔 온다. 이 손님을 정자 위로 모시고 나서 창 앞에 앉아 창으로 밖을 바라보면서 손님과 대작할 때 정자 사방을 바라보니 연꽃이 만발하여 마치 별천지와 같다.

평성 회운의 오언절구다.

제10수

가볍고 빠른 배를 타고 남쪽 집으로 가니, 여기서 북쪽 집까지는 아득히 멀어 곧장 갈 수가 없다. 또 저기 배 타는 나루 저 너머 사람이 사는 집이 있는데 한참 멀어 그 집에 사는 사람들의 얼굴을 알아볼 수가 없다. 남쪽 별장으로 가면서 바라본 주위의 정경을 묘사하고 있다.

입성入聲 직운職韻의 오언절구다.

제11수

퉁소를 부니 그 소리 저 끝에 있는 나무 저편까지 퍼져 넘어가고, 해는 지는데 친구를 전송한다. 친구를 보내고 호수 위에서 고개를 들어 한번 주위의 산을 보니 산은 푸른데 흰 구름이 둘둘둘 말리듯 흘러가고 있다.

친구를 떠나 보내고 주위를 돌아볼 때 의호의 아름다움을 단적으로 나타내고 있다.

평성 문운文韻의 오언절구다.

제12수

의호 가에는 버드나무들이 두 줄로 죽 줄을 서 있는데 그 나무들이 매우 아름답다. 그 버드나무의 그림자가 거꾸로 호수에 비치니 그 호수의 물이 매우 맑기 때문이다. 여기는 궁성이 아니니, 궁성 버드나무 밑에서 봄날에 이별할 때 버들가지를 꺾어 가는 이에게 주며 이별을 슬퍼할 그런 일은 없으리니, 그런 풍습을 배울 일도 없을 것이다.

평성 지운支韻의 오언절구다.

제13수

후둑후둑 가을비가 살짝 내리는데 난가뢰에서는 돌 위를 흐르는 세찬 여울이 내리 쏟아 물소리 요란하고, 이 바위 저 바위에 부딪는 물결은 치솟아 순간순간 서로 부딪는다. 이 튀는 물결 곁에서 고기를 엿보던 백로는 그 튀는 물결에 놀라 공중으로 높이 올랐다가 다시 내려앉는다.

마치 한 폭의 그림 같다. 가을비 내리는 속에 물이 불은 여울의 치솟음, 덩달아 치솟다가 내려앉는 백로, 정말로 시 속에 그림이 있다.

상성 마운馬韻의 오언절구다.

제14수

매일 마시는 금설천의 물은 조금만 마셔도 천 년 이상 살리라. 이렇게 하여 신선이 되면 푸른 봉황새가 끄는 수레를 타고 무늬도 아름다운 교룡으로 끌게 하며 각종 의장기구儀仗器具를 갖춘 가운데 옥황상제를 만날 것이다. 즉, 이 천수泉水를 마시면 신선이 되는 물이라, 매일 마시면 신선이 되어 옛날 서왕모 같이 취봉을 타고 문리더러 끌게 하여 장엄한 의장대열에 둘러싸인 채로 옥황상제 앞에 나아가서 조회에 참석할 수 있다. 곧 이 샘물은 신선들이나 마시는 것 같은 훌륭한 샘물이다.

평성 제운齊韻의 오언절구다.

제15수

흰 돌 위를 맑고 깨끗하게 흐르는 여울이 닿는 곳에 푸른 부들이 무성하게 자라 있다. 이 부들은 적당하게 자라면 베어다 말려 수예手藝할 때 쓴다. 그것을 낫으로 벨 때 한 움큼씩 손으로 잡아 벤다. 따라서 여기서는 부들이 베어 쓰기 알맞도록 자랐다는 뜻이다.

그런데 이 여울의 동쪽과 서쪽에 집들이 있고, 백석탄은 거기에 사는 여인들이 달빛 아래 빨래하는 곳이기도 하다.

백석탄의 깨끗한 모습과 우거진 부들과 달빛 아래 빨래하는 여인들의 모습이 아련히 떠오르는 한 폭의 그림이다.

상성 마운馬韻의 오언절구다.

제16수

북탁은 의호 북쪽 호숫가에 있는데, 여러 종류의 정원수를 심어 나무들이 빽빽하고 그 집 붉은 난간에 여러 나무들이 뒤섞여 비춰지고 있다. 또 꾸불꾸불 흐르는 남천의 물은 푸른 숲 끝에서 보이다가 안 보이다가 하며 흘러간다.

호수 · 나무 · 난간 · 개울 · 숲 등이 점철點綴되어 한 폭의 그림을 이루고 있다.

평성 한운寒韻의 오언절구다.

제17수

대나무 숲 속에다 별채를 지어 놓고 조용히 살면서 때로는 거문고도 타고 때로는 시도 읊조리면서 진실한 자연 속의 생활을 영위하고 있다. 더욱이 속세와 떨어져 있고, 또 깊은 숲 속이라 사람들은 이런 집이 있는 줄도 모르는데, 다만 밝은 달빛이 비추어 주고 있다. 내성內省과 관조觀照의 세계를 상징적으로 잘 표현하고 있어 재래로 각종 교과서를 비롯한 여러 책에 인용되는 왕유의 대표적인 시다.

거성去聲 소운嘯韻의 오언절구다.

제18수

나뭇가지 끝마다 연꽃이 달린 것 같은 목련 나무들이 늘어서 있는 둑, 이 둑 위에 자목련이 만발해 있다. 목련 앞으로 골짜기의 물이 흐르고 그 옆에 집이 있는데 고요하니 사람이라곤 없다. 그러나 사람이야 있건 없건 자목련은 어지러이 피고 또 진다.

입성入聲 약운藥韻의 오언절구다.

제19수

옛사람인 장주는 오만한 관리가 아니고, 스스로 세상일을 피하여 힘쓰지 않았을 뿐이다. 우연히 칠원리漆園吏라는 말직을 지냈지만, 그것으로 만족하여 몇 그루 옻나무를 심어 놓고 그 밑에서 편안히 지냈다.

장주는 왕유 자신을 비유한 것이다. 분수分數를 지켜 편안히 사는 것이 자연의 본성인 것이다.

거성 우운遇韻의 오언절구다.

제20수

향기나는 계수나무로 만든 술 단지에다 술을 준비해 두고 상군과 상부인을 맞이해다가 모셔 놓고 두약 같은 향초를 그 아름다운 사람들에게 드린다. 또 향기 좋은 산초 가루가 들어간 장을 아름답게 꾸민 자리 위에다 벌여 놓고 운신雲神을 맞이하고자 한다.

평성 우운虞韻의 오언절구다.

여설

제1수

마치 진자앙陳子昂의 '등유주대가登幽州臺歌'를 연상하게 한다. '前不見古人 後不見來者 念天地之悠悠 獨愴然而涕下'를 읊은 심정과 비슷하다. 우주의 영원성에 비해 찰나적인 존재인 인간의 덧없음을 한탄한 모습이 역력하다.

같은 제목의 배적의 시는 다음과 같다.

옛 성 밑에다 집을 짓고	결려고성하 結廬古城下
때때로 옛 성터 위로 올라가네.	시등고성상 時登古城上
옛 성은 이미 저 옛날의 그대로가 아닌데	고성비주석 古城非疇昔
지금 사람은 자연스러이 내왕하네.	금인자래왕 今人自來往

제2수

화자기華子期는 옛날 선인의 이름인데 자세히는 알 수 없다. 사령운謝靈運의 '入華子崗是麻源第三谷 一首(화자강에 들어가니 이곳은 마원麻源의 셋째 골짜기이다)'라는 시가 있고, 여기에 당나라 이선李善이 주를 달기를 '사령운의 산거도山居圖에, 화자강華子崗은 마산麻山의 셋째 골짜기로 고로故老들이 전하기를, 화자기는 녹리祿里의 제자인데, 이 화자강 정상에 모였으므로 이런 명칭이 생겼다(謝靈運山居圖曰 華子崗麻山第三谷 故老相傳 華子期者 祿里弟子 翔集此頂 故華子爲稱也)고 한 데서 유래했을 것이다.'라고 하였다. 같은 제목의 배적의 시는 다음과 같다.

	낙일송풍기
해가 지는데 솔바람 일고	落日松風起
	환가초로희
집으로 돌아오는데 풀 위의 이슬 드무네.	還家草露稀
	운광침리적
구름 빛이 신 자욱에 스며들고	雲光侵履跡
	산취불인의
산의 푸르름이 사람의 옷을 스치네.	山翠拂人衣

제3수

곽박의 '유선시'는 14수인데 그 제2수 첫 머리에,

	청계천인여
푸른 계곡 천 길이 넘는데	靑谿千仞餘
	중유일도사
그 안에 한 도사가 있다.	中有一道士

라는 구절이 있다. 옛날 어떤 글방 선생이 이 시를 아동들에게 열심히 가르치다 감탄한 나머지 이 시보다 더 멋진 시를 짓는 학생에게는 후한 상을 준다 하였다. 기지機智를 잘 발휘하는 어떤 학생이, 자기는 이 시보다 배나 더 나은 시를 짓겠다 하였다. 이에 선생이 기특히 여겨 지어 보라 하니,

	청계이천인
푸른 계곡이 2천 길인데	靑谿二千仞
	중유량도사
그 안에 두 도사가 있네.	中有兩道士

라고 하고서 앞 시보다 배나 더하지 않느냐고 하였다. 곧 천 길이 2천 길이 되고, 한 도사가 두 도사로 변했으니 배가 된다 하였다. 그래서 좌중座中은 가가대소呵呵大笑하였다 한다.

문행관은 우리나라에도 있었다. 서울 남산 밑 회현동은 옛날에는

회동會洞이라 했는데, 동래정씨東萊鄭氏의 본거지로 조선시대 동래정씨 17명 정승이 대부분 여기에서 나왔다. 그 집에는 은행나무가 유명한데 그 은행나무 밑에 집을 짓고 거기에서 인재를 배출했으므로 이 집을 문행관이라 불렀다.

이 시 제목으로 쓴 배적의 시는 다음과 같다.

높고 높은 문행관 迢迢文杏館(초초문행관)
오르고 오르기를 날마다 자주하네. 躋攀日已屢(제반일이루)
남쪽 고개와 북쪽 호수 南嶺與北湖(남령여북호)
앞으로 보고 다시 돌아보네. 前看復迴顧(전간부회고)

제4수

상산은 섬서성 상현商縣 동쪽에 있다. 이곳에는 칠반십이쟁七盤十二⿰糹爭이 있다. 곧 일곱 번 구부러지고 열두 번 휘어진 길이란 뜻이다. 상령商嶺·상파商坡·남산南山이라고도 부른다. 진나라 말년 난을 피하여 들어간 네 노인 곧, 동원공·기리계·하황공·녹리선생를 말하는데, 그들의 머리와 수염이 모두 희므로 사호라 부르고, 상산에 살기 때문에 상산사호라 했다.

동원공은 원공園公이라고도 하는데 하내河內 지현軹縣 사람으로 성은 당唐, 명은 병秉, 자는 선명宣明이다. 동산 가운데 살았기 때문에 동원공東園公이라 부른다.

하황공은 한나라 사람으로 성은 최崔, 이름은 광廣, 자는 문통文通이다. 하리夏里에 살아 하황공이라 부른다. 황은 광廣이 변한 것인 듯하다. 일설에는 최곽崔廓으로 자가 소통少通이라고도 한다.

녹리선생은 하내河內 지인軹人으로 일설에는 오인吳人이라고도 한다. 성은 주周, 명은 술術, 자는 원도元道이다. 녹리祿里에 살았기 때문에 그렇게 부른다 한다. 각角은 '뿔 각', '사슴뿔 록', '꿩 우는 소리 곡'의 세 뜻이 있다. 여기서는 '녹리'로 읽어야 한다. 녹甪으로 쓰는 것도 잘못이라 한다.

기리계는 한인漢人으로 기리綺里에 살았기 때문에 기리가 복성複姓이 되고, 계季가 자라고 한다. 그러나 혹은 성은 송宋, 명은 휘暉라고도 한다.

이 네 사람이 상산에 가 은거했는데, 한나라 고조 때 하마터면 태자 자리를 빼앗길 뻔했던 혜제惠帝(劉盈, 재위 B.C. 195~188)를 돕기 위해서 하산하여 혜제의 태자 자리를 보존해 주었다는 기록이 있다.

같은 제목의 배적의 시는 다음과 같다.

맑게 흐르는 물은 휘었다가 곧고,	명류우차직 明流紆且直
푸른 대나무 가지는 빽빽하고 깊네.	녹소밀부심 綠篠密復深
한 오솔길로 산길을 통하여	일경통산로 一逕通山路
가며 노래하며 옛날 고개 바라보네.	행가망구잠 行歌望舊岑

제5수

이 시는 왕유의 시 중에서도 널리 읽혀지는 시로 묘사가 치밀하다. 깊은 숲 속이라 사람의 소리도 잘 안 들리고, 햇빛도 잘 안 비친다. 그래서 사람의 소리는 들릴락 말락 다만 도란도란 소리만 들리고, 서산으로 지는 햇빛이 직접 숲 속까지는 안 비치는데, 그 햇빛이 다른 암벽 같은 곳을 비친 것이 꺾이어 숲 속까지, 더 나아가 땅 위나 돌 위의 이끼까지 뚜렷하게 비친다고 묘사했으니, 참으로 세밀한 관찰이요 섬세한 표현이라 하겠다. 사슴 울짱의 조용한 모습과 석양夕陽

이 비치는 풍경은 한 폭의 그림같이 느껴진다.

이와 똑같은 제목의 배적의 시는 다음과 같다.

해 저녁에 찬 산을 보며　　日夕見寒山(일석견한산)
문득 홀로 머무는 나그네가 되었네.　　便爲獨住客(편위독주객)
솔숲의 일은 알지 못하겠고　　不知松林事(부지송림사)
다만 사슴들의 자취만 있네.　　但有麏麚跡(단유균가적)

제6수

목란은 우리나라에서는 목련과 같은 것으로 본다. 봄이 되면 개나리 진달래 다음에 나무에 하얀 꽃이 아름답게 피고, 그 꽃이 진 다음에 잎이 나는 매우 고급스러운 관상수다. 이 꽃은 이명異名도 많아 목필木筆·생정生庭·영춘화迎春花라고도 한다. 자목련紫木蓮과 백목련白木蓮이 있어 매우 아름답게 피지만 며칠 안 가게 잠깐 피는 것이 흠이라면 흠이다.

중국의 목란은 잎이 계수나무와 같이 두껍고 크며, 꽃의 빛깔은 홍紅·황黃·백색白色이며 화심花心은 황심黃心인데, 두란杜蘭·임란林蘭·목란木蘭이라고도 한다. 그 향기는 난蘭과 같고, 꽃은 연꽃과 같아 목련木蓮이라 부른다고 했다.

같은 제목의 배적의 시는 다음과 같다.

푸르스름하게 해가 질 때　　蒼蒼落日時(창창락일시)
새소리 시냇물을 어지럽히네.　　鳥聲亂溪水(조성란계수)
시내를 따라 길이 점점 깊숙하니　　緣溪路轉深(연계로전심)

그윽한 흥이 언제 끝이 날까? 　　幽興何時已(유흥하시이)

제7수

수유는 중국 원산의 운향과芸香科에 속하는 낙엽落葉 활엽闊葉의 교목喬木이다. 높이 10m가량이고 잎은 우생羽生 복생複生하여 소엽小葉은 난형卵形이다. 여름에 녹백색綠白色의 꽃이 취산화서聚繖花序로 정생頂生하여 피고, 삭과蒴果는 가을에 청록색으로 익는다. 과실은 제유용製油用 또는 새의 사료飼料로 쓰고 목재木材는 신탄재薪炭材로 쓴다.

수유 중에서 약재로 쓰는 것을 약수유藥茱萸라 하며, 일명 오수유吳茱萸라고도 하고, 약칭 오유吳萸라 한다. 또 산수유가 있다. 석조石棗라고도 부르는데 봄이 되면 맨 먼저 노란 꽃이 피고, 가을에는 1.5cm의 긴 타원형의 빨간 열매를 맺는다. 이 열매를 말린 것을 한방漢方에서 산수유라고 하여 약재로 쓴다.

중국 풍속에 음력 9월 9일 중양절에는 빨간 주머니 속에다 수유를 넣어 팔에 매고 높은 산에 올라 국화주菊花酒를 마시며 재액災厄을 피하는 행사가 있다. 한나라 때 비장방費長房의 고사에서 나온 풍속이다. 그래서 9월 9일을 등고절登高節이라고도 한다. 전술한 왕유의 '구월구일억산동형제九月九日憶山東兄弟' 시에도 수유가 언급되어 있다.

같은 제목의 배적의 시는 다음과 같다.

나부끼는 향기는 산초나 월계수와 뒤섞이고 　　飄香亂椒桂(표향란초계)

펴져 있는 잎은 아름다운 대나무와 사이했네. 　　布葉間檀欒(포엽간단란)

구름 속의 햇빛이 비록 비끼어 비치지만 　　雲日雖回照(운일수회조)

깊고 그윽하여 도리어 저절로 서늘하네.　　森沈猶自寒(삼침유자한)

제8수

왕유는 지나치게 깔끔하여 망천장을 날마다 10여 회씩 청소하게 했다. 그래도 부족하여 청소부 두 사람을 두고 수시로 청소하여 먼지 하나 없도록 돌보게 했다 한다. 또 그는 불교를 좋아하여 아는 중도 많았기 때문에 중들이 늘 와서 법담法談을 논하기를 좋아했다 한다.

그래서 청소를 강조하고 승려僧侶를 등장시킨 것이다.

왕유의 망천장의 입구가 여기까지이고, 다음의 임호정臨湖亭부터가 중심부인 주거지로 여겨진다. 같은 제목의 배적의 시는 다음과 같다.

문 앞의 궁괴목 늘어선 길　　門前宮槐陌(문전궁괴맥)
이곳이 바로 의호로 향하는 길이라네.　　是向欹湖道(시향의호도)
가을이 와 산속의 비 많이 내렸는데,　　秋來山雨多(추래산우다)
낙엽을 쓰는 사람이 없네.　　落葉無人掃(낙엽무인소)

제9수

이 정자는 의호가에 세워 놓은 것으로 여기서부터가 망천장의 심장부일 것이다. 호수에는 연꽃이 만발하고 그 꽃 속을 경쾌한 배로 손님을 실어 나르는 광경은 한 폭의 그림 같다. 자연 지형을 이용하여 아름다운 못을 만들고, 그 물가에 정자를 짓고 그 호수 위에 배를 띄워 손님을 맞고, 존객들과 술을 나누며 담론하는 풍경에 바로 여기가 무릉도원이요, 극락정토라 여겨진다.

같은 제목의 배적의 시는 다음과 같다.

창 앞의 호수는 출렁출렁 아득한데	당헌미황양 當軒彌滉漾
외로운 달이 정히 배회하네	고월정배회 孤月正徘徊
골짜기 입구에서 원숭이 소리 들리는데,	곡구원성발 谷口猿聲發
그 소리 바람결에 문으로 들어오네.	풍전입호래 風傳入戶來

제10수

남탁이 먼저 나오고 나중에 북탁北垞이 나오며, 배적의 문행관文杏館 시에 '남령북호南嶺北湖' 라는 말이 있으니, 왕유의 별장인 망천장을 남쪽으로부터 들어가 북쪽으로 향하여 진입함을 미루어 알 수 있겠다.

같은 제목의 배적의 시는 다음과 같다.

외로운 배 바람에 맡겨 정박하니	고주신풍박 孤舟信風泊
남탁은 호숫가에 있네.	남타호수안 南垞湖水岸
지는 해가 엄자崦嵫(日沒處)로 내려가니	낙일하엄자 落日下崦嵫
맑은 파도가 특별히 아득하게 출렁거리네.	청파수묘만 淸波殊淼漫

제11수

극포란 말은 『초사楚辭』 '구가九歌 · 상군湘君' 에서, '잠양을 극포에서 바라본다(望涔陽兮極浦)' 라고 했는데, 후한 왕일王逸의 주註에 '극極은 멀다는 뜻이고, 포浦는 물가다' 라 했다. 따라서 능극포는 '먼 물가를 넘어서' 라는 뜻인데, 이 '吹簫凌極浦' 를 '퉁소를 불며 타고 가는 배가 저 먼 나루까지 넘어가서' 거기서 친구를 배웅하는 것으로 해석한 이도 있다.

부군이란 말은 우리나라에서는 아내에 대한 남편의 존칭으로 흔히 남의 남편을 지칭할 때 많이 쓴다. 그러나 중국에서는 ① 임금의 뜻, ② 남편의 공대말, ③ 친구의 뜻으로 쓰인다. 맹호연의 '유정사관회왕백운재후시遊精思觀回王白雲在後詩'에서 '빗장문 아직 닫지 않고 우두커니 서서 친구를 기다리네(衡門猶未掩 佇立待夫君).'라는 구절에서 유래한 것이다.

같은 제목의 배적의 시는 다음과 같다.

공활한 호수 넓기도 한데	空闊湖水廣(공활호수광)
파랗게 빛나니 하늘색과 같네.	靑熒天色同(청형천색동)
배를 세우고 한번 길게 휘파람 부니	艤舟一長嘯(의주일장소)
사방에서 많은 바람이 불어오네.	四面來淸風(사면래청풍)

제12수

〈절양류折楊柳〉는 원래 악부시樂府詩의 제목이었다. 한나라 때 횡취곡橫吹曲의 하나로서 고향을 떠날 때 버들가지를 꺾어 떠나는 이에게 주면서 이별의 정을 표시했으므로 그 뒤로는 이별가離別歌의 대명사로 쓰였다. 현재 『악부시집』에는 〈절양류〉 21수가 기재되어 있는데, 양원제梁元帝 · 유운柳惲 · 유막劉邈 · 진후주陳後主 · 잠지경岑之敬 · 서릉徐陵 · 장정견張正見 · 왕차王篠 · 강총江總 · 노조린盧照隣 · 심전기沈佺期 · 교지지喬知之 · 유헌劉憲 · 최식崔湜 · 위승경韋承慶 · 구양근歐陽瑾 · 장호張祜 · 장구령張九齡 · 여연수余延壽 · 이백李白 · 맹교孟郊 · 이단李端 · 옹수翁綬의 것이 실려 있다.

예로 양원제蕭繹(508~554)의 '절양류'를 보면 다음과 같다.

무산 밑의 무협은 길기도 한데 巫山巫峽長(무산무협장)
그 곁에 늘어진 버들 또 늘어진 버들. 垂楊復垂楊(수양부수양)
나와 그대 같은 마음으로 함께 꺾었으니 同心且同折(동심차동절)
그 사람 고향 생각 간절하겠지. 故人懷故鄕(고인회고향)
산은 연꽃의 아름다운 나와 같고 山似蓮花貌(산사련화모)
물은 밝은 달빛의 그대와 같구려. 流如明月光(유여명월광)
찬 밤 원숭이 소리 구슬프니 寒夜猿聲徹(한야원성철)
나그네 눈물 옷을 적시리. 遊子淚霑裳(유자루점상)

먼저 애인의 행선지인 무협의 버들을 생각해 내고 우리들이 한마음으로 함께 버들을 꺾던 이별할 때를 생각한다. 애인은 저 버들을 보고 고향에 있는 나를 생각할 것이다. 산은 꽃 같은 모습의 나요, 물은 달빛 같은 그대에 비유하여 원숭이 슬피 우는 차가운 밤에 나를 생각하다 눈물이 옷을 적실 것으로 추량하는 애틋한 이별의 정을 서술하고 있다.

같은 제목의 배적의 시는 다음과 같다.

연못에 비치는 것이 동일한 빛인데 映池同一色(영지동일색)
부는 바람을 따라 실실이 흩어지네. 逐吹散如絲(축취산여사)
그늘을 만든 땅이 제법이니 結陰既得地(결음기득지)
어찌 도연명 집 버들에 사양할까? 何謝陶家時(하사도가시)

第13수

왕유는 작시作詩만 잘한 것이 아니고, 그림에도 뛰어나 문인화文人畵의 비조鼻祖가 되었다 함은 전술前述한 바이나, 그림을 그려 남에게 주는 데는 매우 인색하였다. 여간해서는 남을 위해 그림을 그리는 일이 없었다.

그가 망천장에 살 때 그곳 태수가 왕유의 그림을 갖고 싶어 백방으로 요구했으나 들어 주지 않았다. 그래서 왕유와 친한 장원외張員外를 시켜 잔치를 베풀되 왕유를 꼭 초청하도록 했다. 이에 왕유가 장원외의 집에 가보니 태수도 와 있었다. 그제서야 낌새를 안 왕유는 그대로 돌아갈까 하다 체면도 있고 해서 참고 같이 술을 마셔 거나해졌다. 왕유는 늘 만취해야 일필휘지一筆揮之하는 습관이 있어 이를 잘 아는 장원외는 별채로 들어가 쉬게 했다.

왕유가 그 방으로 들어가니 깨끗하게 단장한 방에 지필묵紙筆墨이 고루 갖추어져 있고 화구畵具도 전부 준비가 되어 있었다. 그래서 화선지를 펴놓고 그림을 그리려 하니 태수의 고약한 마음씨가 생각나 그림 그리려는 생각이 달라졌다. 종이에다 그리면 태수가 가져갈 것이 뻔한지라, 마침 새로 단장한 흰 벽에다 그리기로 했다. 그러나 벽 전체에다 그리려니 붓이 너무 작아 신고 있던 버선을 벗어 먹을 찍어 가로 세로로 굵게 그어 내렸다. 그리고 인사도 없이 가 버렸다.

태수 일행이 그 방에 들어가 보니 그림도 아닌 낙서가 요란해 보였다. 태수가 어안이 벙벙했을 때 장원외가 '불빛이라 잘 모르겠으니 불을 끄고 자세히 보라' 하므로 실내의 불을 끄니 창 밖의 달빛이 벽위를 비추었다. 시냇가에 포도나무가 한 그루 서 있는데 주렁주렁 알이 굵은 포도가 가득 달려 있어 사람들이 침을 줄줄 흘리는 멋진 포도 그림이었다. 태수가 처음에는 벽에다 종이를 대 놓고 그린 그림인 줄 알고 가져 가려 했으나, 벽에다 그린 것인 줄 알고는 낙담해서 돌아갔다는 전설이 전한다.

같은 제목의 배적의 시는 다음과 같다.

여울 소리 먼 나루에까지 시끄러운데	瀨聲喧極浦(뢰성훤극포)
물가를 따라 걸어 남쪽 나루로 걸어가네.	沿步向南津(연보향남진)
넘실넘실 물오리와 갈매기들은 날다가	汎汎鳧鷗渡(범범부구도)
때때로 사람들에게 가까이 다가오려 하네.	時時欲近人(시시욕근인)

제14수

서왕모는 옛날 여자 신선의 이름이다. 성은 양楊 또는 후侯, 이름은 회回 또는 완금婉衿, 곤륜산崑崙山에 살았다. 주나라 목왕穆王이 서쪽으로 갔다가 요지瑤池 위에서 만나 대접을 받았었다고 하고, 또 한나라 무제는 그녀로부터 선도仙桃 세 개를 받았었다고도 한다. 이 선녀가 외출할 때는 취봉翠鳳의 수레를 탔고, 문호文虎(무늬가 있는 범)와 문표文彪(무늬가 있는 표범)가 앞에서 끌며 조린雕麟(무늬가 있는 기린)과 자주紫麈(붉은빛의 사슴)가 뒤를 따랐다고 했다.

왕유가 이 금설천 물을 마시고 신선이 되어 옥황상제를 만나는 상상으로 비약해 본 시다.

같은 제목의 배적의 시는 다음과 같다.

찰랑찰랑 맑은 물은 흐르지 않고	瀅渟澹不流(형정담불류)
물밑 황금빛 청미석靑美石은 주울 것 같네.	金碧如可拾(금벽여가습)
새벽이 되면 정화수 뜨려고	迎晨含素華(영신함소화)

홀로 가서 아침 급수汲水 일 삼네. 　　독왕사조급 獨往事朝汲

제15수

완사에서 완사계浣紗溪 ·『완사기浣紗記』등의 말이 파생했다. 완사계는 원래 절강성 청전현靑田縣 장수봉長壽峰 밑에 있는 계곡 이름인데, 서시西施가 빨래하던 약야계若耶溪의 별명으로 더 알려져 있다.

완사석은 지금의 절강성 저기현 성남에서 1km쯤 떨어져 있는 완사계浣紗溪 인근 저라산苧蘿山 밑에 있다. 춘추시대 월나라 미녀 서시가 빨래하던 곳이다. 서시의 이름은 이광夷光으로 저라산苧蘿山 밑에 시씨施氏 성을 가진 사람들이 두 마을에 살았다. 이광은 서쪽 마을에 살았기 때문에 서시라 부른 것이다. 이백의 시에 '西施越溪女 明艷光雲海 未入吳王宮殿時 浣紗古石今猶在' 라고 했는데, 그 빨랫돌의 높이는 2m쯤 되고, 그 위에 '완사' 라는 두 글자가 새겨져 있다. 왕희지王羲之가 이곳을 유람할 때 쓴 것이라 한다. 그리고 이 돌 위에 완사정浣紗亭이라는 정자가 있고, 그 안에 이곳 내력來歷을 기록한 비갈碑碣이 세워져 있다.

같은 제목의 배적의 시는 다음과 같다.

돌을 발돋움하고 다시 물에 다다라 　　기석부림수 跂石復臨水

파도를 희롱하니 감정이 끝이 없네. 　　롱파정미극 弄波情未極

햇빛 아래에서도 개울가는 찬데 　　일하천상한 日下川上寒

뜬구름은 담담하여 아무런 빛이 없네. 　　부운담무색 浮雲淡無色

제16수

왕유의 이 『망천집輞川集』 시에 나오는 남산南山 · 남천南川은 망천장을 중심으로 한 방위方位가 아니고 장안을 중심으로 할 때 남쪽에 있어 남산 · 남천이라 부르는 것이다. 여기까지 망천 16경을 지나오는 동안 의호는 여기서 끝나고 다음부터는 본격적인 망천장 핵심부를 언급한다.

같은 제목의 배적의 시는 다음과 같다.

남산 밑에 북탁北坨이 있는데	南山下北坨(남산하북탁)
의호 가에다 집을 지었네.	結宇臨欹湖(결우림의호)
늘 나무를 하러 갈 때	每欲採樵去(매욕채초거)
일엽편주를 고미와 부들 사이에서 띄우네.	扁舟出菰蒲(편주출고포)

제17수

이 시에서 대 숲이 나온다. 어떤 종류의 대일까? 대나무의 종류를 보면, 키가 큰 대나무와 조릿대마냥 작은 대나무가 있다. 그 종류도 매우 많다. 큰 대나무로는 맹종죽孟宗竹 · 귀갑죽龜甲竹 · 금명죽金明竹 · 은명죽銀明竹 · 진죽眞竹 · 추죽皺竹 · 금죽金竹 · 담죽淡竹 · 묵죽墨竹(烏竹) · 운문죽雲紋竹 · 포대죽布袋竹 · 육절죽六折竹 · 당죽唐竹 · 방죽方竹 · 한죽寒竹 · 시죽矢竹 · 한산죽寒山竹 · 나절죽螺節竹 · 봉래죽蓬萊竹 · 봉황죽鳳凰竹 등이 있고, 조릿대 같은 작은 대도 종류가 매우 많다.

대나무는 소나무와 더불어 송죽松竹이라 하여 절개를 상징하기도 하고, 사군자四君子 매란국죽梅蘭菊竹이라 하여 겨울철 화초의 대표로 꼽기도 한다.

'강호에 병이 깊어 죽림에 누웠더니'의 죽림과 죽림칠현竹林七賢 등에서의 죽림은 야인野人의 은거지를 상징한다. 죽엽주竹葉酒·죽염竹鹽 등 음식의 재료로도 쓰이고, 죽장竹杖·죽기竹器 등 생활도구로도 쓰이는 나무도 아니고 풀도 아닌 것이다. 윤선도尹善道의 '오우가五友歌'의 대나무를 상상해 보라.

같은 제목의 배적의 시는 다음과 같다.

죽리관에 와서　　　　　　　　　　　내과죽리관 來過竹里館
날마다 도와 친하네.　　　　　　　　일여도상친 日與道相親
오직 산새만 출입할 뿐　　　　　　　출입유산조 出入惟山鳥
그윽하고 깊숙하여 세상 사람은 없네.　유심무세인 幽深無世人

제18수

신이는 신치辛雉·후도候桃·방목房木·목필木筆·영춘迎春이라고도 하는데, 낙엽교목落葉喬木으로 봄에 일찍 꽃부터 피고 잎이 나중에 난다. 꽃은 마치 나무 끝에 연꽃이 핀 것 같은데, 백색白色과 자색紫色 두 종류가 있다. 꽃이 아직 피지 않았을 때 꽃망울이 작은 복숭아 같으면서 털이 있어 후도候桃라 하고, 처음 필 때는 붓 끝 같다고 해서 북방인들은 목필木筆이라 하며, 봄에 그 꽃이 제일 먼저 피므로 남방인들은 이것을 영춘迎春이라 한다고 했다. 기타의 명칭은 그 유래를 자세히 알 수가 없다.

같은 제목의 배적의 시는 다음과 같다.

푸른 둑에는 봄 풀이 모여 있는데　　　녹제춘초합 綠堤春草合

왕손(귀공자)이 저절로 머물며 완상하네. 　王孫自留翫(왕손자류완)

더군다나 목련이 피어 있고 　況有辛夷花(황유신이화)

그 빛깔이 연꽃과 혼동할 지경에랴. 　色與芙蓉亂(색여부용란)

제19수

장주는 장자莊子로 존칭되며 노자老子의 뒤를 이어 도가사상道家思想을 발전시킨 사상가다. 『사기史記』〈장자전莊子傳〉의 기록이다.

장자는 몽蒙 사람으로 이름은 주周인데, 주나라의 몽 지방의 칠원에서 관리가 되었다. 초나라 위왕威王이 장주가 어질다는 소문을 듣고 사신을 보내어 폐백을 후하게 가지고 가서 맞이해 오게 했다. 그래서 재상으로 임명하려 했다. 그러나 장주는 웃으면서 초나라 사신에게 말하기를 "빨리 되돌아가게, 나를 더럽히지 말게."라고 하여 물리쳐 버렸다. 이에 기초하여 진나라 곽박郭璞의 '유선시遊仙詩'에 '칠원유오리漆園有傲吏'라는 시구가 있다. 곧 '칠원에 오만한 관리가 있었다.'는 뜻을 부정하고 '고인비오리古人非傲吏'라고 하여 장자를 두둔한 것이다.

또 파사와 사바娑婆는 원래는 같은 말이었다. '婆娑'는 '파사'라고 읽고 '娑婆'는 '사바'라고 읽는데, 원 뜻은 다 같이 '춤추는 모양'을 표현하는 낱말이었다. 여기에서 파생하여 '걸어 다니는 모양', '방일放逸한 모양', '느른한 모양', '분산分散한 모양', '시들어 떨어지는 모양' 등 널리 쓰인다. 그러나 사바라고 글자를 뒤바꾸어 쓰면 범어梵語 saha의 의역意譯으로 쓰인다. 사바세계娑婆世界의 준말이다. 소하索訶·사하娑訶라고도 하는데, 삼천대천국토三千大千國土의 속칭이다. 인토忍土·인계忍界·능인能忍 등의 뜻인데, 곧 인간이 여러 가지 고뇌를 참고 기다리는 곳, 또는 부처가 설법說法하는 곳이란 뜻이다.

전轉하여 인간계人間界 · 차세此世 · 현세現世를 나타낸다.

같은 제목의 배적의 시는 다음과 같다.

한가함을 좋아함이 일찍이 습성이 되었거니	호한조성성 好閑早成性
과연 이에 지난 승낙承諾과 조화를 이루네.	과차해숙낙 果此諧宿諾
오늘 칠원을 유람遊覽하니	금일칠원유 今日漆園遊
또한 장자의 즐거움과 같네.	환동장수락 還同莊叟樂

제20수

망천 20경 중 최후의 명승名勝이요, 가장 핵심부인 초원에서 왕유는 이제 신선이 되고 싶은 욕망을 서술하고 있다.

이 시에는 『초사楚辭』의 내용이 깔려 있다. 요의 두 딸이요, 순의 두 아내인 아황과 여영이 천하를 순수巡狩하다가 붕어崩御한 순을 만나려고 소상강까지 달려왔다가 피눈물을 흘리고 투신자살하여 상군과 상부인으로 불리는 여신女神이 되었는데, 이들을 만나 선계仙界로 가고 싶은 욕망이 밑에 깔려 있다고 볼 수 있다.

계주 · 제자 · 두약 · 초장 · 운중군 등이 모두 『초사』에서 나온 낱말로, 『초사』 〈동황태일東皇太一〉에 '계주桂酒와 초장을 바친다(奠桂酒兮椒漿).' 라고 했고, 제자는 〈구가九歌 · 상부인〉에서, 두약은 〈구가 · 상군〉에서, 운중군도 〈구가〉에서 따온 말들이다.

같은 제목의 배적의 시는 다음과 같다.

붉은 가시 사람의 옷에 걸려	단자견인의 丹刺罥人衣
아름다운 향기가 지나가는 나그네에 멈추네.	방향류과객 芳香留過客

다행히 조리용調理用으로 쓸만하다면 | 행감조정용 幸堪調鼎用

원컨대 그대는 마음껏 따 가시지요. | 원군수채적 願君垂採摘

이렇게 망천장 20경을 두고 왕유와 배적은 각기 20수씩의 오언절구를 지어 남겼다. 왕유의 시가 스승이라면 배적의 시는 제자 격에 해당된다고 역대 평가가 내려진 명편名篇들이다.

그중에서도 왕유의 맹성요 · 녹채 · 백석탄 · 죽리관 · 신이오는 『당음唐音』에 실려 전하여 인구에 널리 회자되어 왔고, 특히 녹채 · 죽리관은 천하의 명시로 널리 알려져 있다.

우리나라 강화학파江華學派의 중심 인물인 이충익李忠翊(1744~1816)의 호 초원椒園은 아마도 여기에서 유래했을 것이다.

잡시雜詩[1] 3수三首

왕유(王維)

제1수

집이 맹진 강가에 있어
문이 맹진 하구河口를 대하고 있소.
항상 강남으로 가는 배가 있으니
집으로 보내는 편지가 있던가요, 없던가요?

家住孟津河[2] 門對孟津口
(가주맹진하 문대맹진구)
常有江南船[3] 寄書家中[4]否
(상유강남선 기서가중부)

1 잡시(雜詩) : 잡된 시라는 뜻이나, 여성의 규원(閨怨)을 읊은 시다. 장사하러 나간 남편을 생각하는 아내의 마음을 제1수와 제3수에서 읊었고, 제2수는 반대로 남편이 아내의 소식을 묻는 내용이다. 내용이 좀 복잡하게 느껴져 잡시라고 제목을 지었을 것이다. **2** 孟津河(맹진하) : 맹진은 지금의 하남성 낙양 동북쪽 지명. 황하 북안의 맹현(孟縣)인데, 거기에 나루가 있어 맹진이라 한다. 하는 강이란 뜻. 황하(黃河)의 한 부분이라 하(河)로 표현한 듯. **3** 江南船(강남선) : 장강 남쪽으로 가는 배. 수나라의 양제(煬帝)가 운하(運河)를 뚫어 남북을 배로 다니게 했으므로 무역이 성해졌다. 이에 남편도 그 배를 타고 강남에 가 있다. **4** 寄書家中(기서가중) : 집으로 편지를 부치다. 여기서는 의문문으로 보아야 한다.

제2수

그대가 고향으로부터 왔으니

응당히 고향의 일을 알리라.
그대 오던 날 우리 집 비단 창 앞에
추위 속의 매화가 피었던가, 안 피었던가?

군자고향래　응지고향사
君子故鄕來　應知故鄕事
내일 기창 전　한매 착화 미
來日[5]綺窓[6]前　寒梅[7]着花[8]未

5 來日(내일) : 오늘 다음의 내일이 아니고, 당신이 오던 날. 고향을 떠나던 날. 6 綺窓(기창) : 비단으로 꾸민 창. 비단 휘장을 친 창. 아내의 방 창을 뜻한다. 窓을 窗(창)으로 쓴 판본도 있다. 같은 뜻을 가진 자. 7 寒梅(한매) : 겨울에 피는 매화. 추위 속에 피는 매화. 8 着花(착화) : 꽃을 피우다.

제3수

이미 한매(매화꽃)가 핀 것을 보고
다시 우는 새 소리를 듣나이다.
수심 어려 봄 풀을 보니
옥계를 향하여 자랄까 두렵나이다.

이견한매발　부문제조성
已見寒梅發　復聞啼鳥聲
수심시춘초　외향옥계생
愁心視春草　畏向玉階生[9]

9 畏向玉階生(외향옥계생) : 외는 동사로 '두렵다' 라는 뜻이다. 향옥계생이 외의 목적어이다. 옥계는 옥으로 장식한 계단, 곧 궁중의 섬돌. 여기서는 님이 계신 곳의 섬돌의 미화(美化)로 볼 것이다. 봄 풀이 옥계 쪽으로 향해서 자라는 것이 두렵다는 뜻.

감상

제1수

집에 홀로 남아 있는 아내의 말이다. 우리 집은 맹현孟縣 강가에 있어 집의 대문이 맹진의 입구를 마주보고 있다. 그런데 이 맹진에서 항상 강남으로 다니는 객선客船이 늘 출입한다. 오늘은 혹시 남편이 우리 집으로 보내는 편지를 보내왔는가? 아니 왔는가? 장사하러 떠난 남편을 기다리는 여인의 심정이 잘 묘사되어 있다.

상성上聲 유운有韻의 오언절구다.

제2수

남편이 아내의 소식을 묻는 내용이다. 고향에 갔다 오는 동료에게 묻는 형식이다.

당신이 고향에서 왔으니 마땅히 고향의 소식을 잘 알 것이다. 그래 당신이 오던 날 우리 집에도 들러 봤는가? 혹 내 아내의 방 앞에 있던 한매가 꽃을 피웠던가? 아직 안 피웠던가?

아내의 소식을 간접적으로 묻는다. 그 감정이 솔직하고 표현이 평이하며 음률이 부드러워 재래로 애송되는 시이다.

거성去聲 치운寘韻과 미운未韻을 통운通韻한 오언절구다. 옛날에는 치寘·미未가 통운했다.

제3수

아내가 집 떠난 남편을 걱정하며 빨리 돌아오기를 기다리는 심정이 깔려 있다.

봄이 되어 이미 추위 속의 매화도 피었고, 또 새 우는 소리도 제법

입니다. 당신이 떠나고 홀로 남은 저는 근심에 차서 봄 풀을 봅니다. 그 봄 풀이 당신이 머무는 집 섬돌 쪽으로 자라 올라가면, 당신도 봄 깊음을 느껴 더욱 고향 생각에 젖고, 그러면 한층 고향 생각에 빠져 괴로워하실까 걱정이 됩니다.

일설에는 전구 · 결구를 '내 수심이 봄 풀과 같아 봄 풀이 자라 퍼지듯이 내 근심이 당신이 있는 곳까지 미칠 만큼 심해질까 걱정입니다' 라고 새기기도 한다.

평성平聲 경운庚韻의 오언절구다.

여설

제1수

결구結句 '寄書家中否' 에서 '부否' 는 '불不' 과 다르게 쓰인다. '불不' 은 뒤에 오는 용언을 부정하는 뜻으로 쓰이나, '부否' 는 앞 문장 전체를 부정한다. 그리고 '부否' 는 '부' 라는 발음밖에 없지만, '불不' 은 'ㄷ · ㅈ' 초성初聲 앞에서는 'ㄹ' 발음이 탈락하여 '부' 로 읽는다. 부정不正 · 부동자세不動姿勢가 그 경우다. 다만 '부실不實' 만은 두 가지로 다 읽는다.

우리나라에는 봄 색시를 읊은 작자미상의 춘규사春閨詞라는 시가 있다.

비단 휘장 가에서 포옹하고 희롱함을 그치지 않으니 抱向紗窓弄未休(포향사창롱미휴)

반은 교태를 머금고 반은 부끄러움을 품었도다. 半含嬌態半含羞(반함교태반함수)

낮은 소리로 슬그머니 나를 진정 사랑하냐고 물으니 低聲暗問相思否(저성암문상사부)

손으로 금비녀를 매만지며 조금 고개를 끄덕이더라. 手整金釵少點頭(수정금차소점두)

젊은 남녀의 연애 장면이다. 포옹하고 사랑을 고백하는 장면이다. 여기에서 '부 否' 는 '상사 相思' 의 반대인 '불상사 不相思' 를 줄인 말이다. 곧 상사? 불상사? 우리말에서 긍정과 의문이 겹치면 묻는 말이 된다. '그가 있나 없나' 라고 하면 '그가 있느냐?' 는 뜻이다. 따라서 '부' 자는 '가부 可否' 를 막론하여 명사적으로 쓰이되 부정문 不定文의 축약형 縮約形으로 볼 것이다.

제2수

이 시는 너무나도 유명하여 서예의 대상 對象 시로도 널리 씌어 여러 집 벽에서도 흔히 볼 수 있다. 여기서 '미 未' 자가 문제이다. '불 不' 과 다른 것은 '미래 未來' 의 뜻이 들어 있다는 것이다. 그래서 '아직 ~하지 않는다' 라고 새긴다. 이 결구도 '寒梅着花 寒梅未着花' 의 준말이다. 이 시구도 긍정 · 부정을 겹쳐 놓은 의문문이다.

제3수

이 시는 『초사 楚辭』 〈초은사 招隱士〉 편에 나오는 구절과 연관지어 보아야 한다. 곧 〈초은사〉 편 중간에 이런 구절이 있다.

왕손은 유람하며 돌아오지 않는데　　王孫遊兮不歸(왕손유혜불귀)
봄 풀은 자라 무성하네.　　春草生兮萋萋(춘초생혜처처)
세모가 된 것도 헤아리지 못하지만　　歲暮兮不自聊(세모혜부자료)
이응고 쓰르라미 소리도 요란할 것입니다.　　蟪蛄鳴兮啾啾(혜고명혜추추)

계수나무 가지를 휘어잡고 오래 머물지만　　攀援桂枝兮聊淹留(반원계지혜료엄류)

범과 표범은 싸우고 곰들이 울부짖으니 — 虎豹鬪兮熊咆哮 (호표투혜웅료포)

짐승들은 놀라 그 무리를 이탈합니다. — 禽獸駭兮亡其曹 (금수해혜망기조)

왕손이여 돌아오소서 — 王孫兮歸來 (왕손혜귀래)

산속에는 오래 머물 수가 없습니다. — 山中兮不可以久留 (산중혜불가이구류)

굴원屈原이 왕족이므로 왕손이라 불렀는데, 그 뒤 왕손은 왕의 자손뿐 아니라 귀공자 · 남편의 대명사로도 쓰였다.

굴원이 험악한 속세를 떠나 산속에 사는데 산속은 위험하니 속히 궁중으로 돌아오라는 내용으로 보인다.

위 왕유의 시에서는 왕손이라는 말이 없지만, 왕손에 비유되는 남편이 있는 곳을 옥계로 보아 옥계에 봄 풀이 자라듯이, 남편의 고향 생각이 봄 풀같이 자라게 하는 것도 두렵고, 또 집에 홀로 남은 아내의 수심이 무성해짐도 두렵다는 뜻으로 해석할 수 있겠다.

하여간 남편은 객지에 오래 머물 수 없으니 빨리 돌아오기를 바라는 여인의 애절한 마음이 깃들어 있는 시라 할 것이다.

송별 送別 2

왕유(王維)

산속에서 배웅을 끝내고
해 저물어 사립문 닫네.
봄 풀은 내년에 다시 푸르겠지만
왕손은 돌아올까, 아니 올까?

산중상송파　　일모엄시비
山中相送罷[1]　日暮掩柴扉[2]
춘초명년록　　왕손　귀불귀
春草明年綠　王孫[3]歸不歸

1 相送罷(상송파) : 서로 보내기를 끝내다. 그러나 상대방을 보내는 것을 끝냈다는 뜻으로, 주인이 나그네를 송별하고의 뜻. **2** 掩柴扉(엄시비) : 엄은 닫다. 시비는 사립문. 나뭇가지로 만든 문. **3** 王孫(왕손) : 친구.

감상

내가 있는 산속으로 찾아와 묵던 친구를 이 산속에서 배웅하고, 해가 지니 사립문을 닫으며 생각해 본다. 내년에 봄이 오면 봄 풀은 다시 자라 푸르련만, 오늘 간 친구는 내년에 다시 올 수 있을까?

친구를 보내 놓고 내년을 기약해 보는 우정이 간절하다.

평성 平聲 미운 微韻 의 오언절구다.

여설

왕유의 '송별'이란 제목의 시가 세 수 있다. 혼동을 피하기 위해 번호를 붙여 둔다. 위 시도 왕유의 대표적인 시다. 오언절구로 짧아 세 수 중 제일 많이 인용된다. 산속에서 친구를 배웅하고 세월은 무상한 것이라, 명년明年 상봉相逢을 걱정하며 친구를 위하는 간곡한 심정이 들어 있다. 이 시에서도 『초사楚辭』〈초은사招隱士〉 편의 왕손王孫 구절을 깔고 있다.

왕손이란 전술한 대로 왕의 아들, 귀공자, 남편 등 이 외에도 일종의 원숭이 이름, 귀뚜라미의 이명異名, 매미 비슷한 벌레의 이름, 풀이름 등으로 쓰이고, 특히 왕손이란 복성複姓이 있다. 두 글자 성인데 왕손경王孫慶 · 왕손어王孫圉 · 왕손경王孫卿 등은 사람의 이름이다.

처음에 왕족인 굴원屈原을 지칭한 말이 이렇게 여러 가지로 파생되어 쓰여 왔다.

굴원(屈原)

산거추명 山居秋暝[1]

왕유(王維)

인기척 없는 산에 새로이 비 온 뒤
날씨는 저물어 가을 기운 도네.
밝은 달은 소나무 사이로 비치고
맑은 샘물은 돌 위로 흐르네.
댓잎 시끄러우니 빨래하는 여자는 돌아가고,
연꽃이 움직이니 고기 잡는 배 내려가네.
멋대로 봄꽃은 지지만
왕손은 스스로 머물 수 있네.

공산신우후 천기만래 추
空山新雨後 天氣晚來[2]秋

명월송간조 청천석상류
明月松間照 淸泉石上流

죽훤 귀완녀 연동하어주
竹喧[3]歸浣女[4] 蓮動下漁舟

수의 춘방헐 왕손 자가류
隨意[5]春芳歇[6] 王孫[7]自可留

1 秋暝(추명) : 가을 저녁. 가을의 저물녘. 2 晚來(만래) : 저물다. 늦어지다. 3 竹喧(죽훤) : 대나무 잎끼리 부딪혀 시끄럽게 소리가 나다. 4 浣女(완녀) : 빨래하는 여인. 세탁녀. 5 隨意(수의) : 뜻에 따라. 제멋대로. 6 春芳歇(춘방헐) : 춘방은 춘화(春花), 곧 봄꽃. 헐은 지다, 떨어지다. 7 王孫(왕손) : 왕유 자신을 가리킨다.

감상

사람이라곤 없는 산에 새로 비가 오자 날씨가 저물녘부터 가을 기분이 나네. 밤이 되어 달빛은 소나무 사이로 비치고, 맑은 샘물은 돌 위를 졸졸졸 흐른다. 그 뒤 호숫가에서 대나무 움직이는 소리가 시끄러우니 이는 빨래하는 여인들이 지나갈 때 스쳐나는 소리요, 호수 속의 연꽃이 움직이니 이는 고기 잡는 배들이 내려오기 때문에 움직이는 것이다. 봄이 다 가 제멋대로 꽃들이 떨어져 보기가 흉해지지만, 이런 산속이 좋아 왕손(나)은 홀로라도 머물려 한다.

산속 호수 주위의 풍경을 그림같이 묘사하고 있다.

평성平聲 우운尤韻의 오언율시다.

여설

망천장輞川莊에서 지은 시이다. 『초사楚辭』 〈초은사招隱士〉 편에 나오는 왕손 구절句節의 내용을 거꾸로 이용한 것이다. 『초사』에서는 왕손더러 산에서 내려오라 하였는데, 이 시에서는 왕손이 산에 남아 있는다 하였다.

승련承聯과 전련轉聯은 대구對句도 멋있다. 자연과의 조화를 잘 나타내고 있다. 비온 뒤에 산천이 맑아 만물이 더 생생하고 뚜렷하게 나타난 것을 잘 묘사했다. 이런 곳에 살면 천석고황泉石膏肓이 절로 생길 것 같다.

과향적사 過香積寺[1]

왕유(王維)

향적사를 알지 못하고
몇 리를 구름 낀 봉우리 속으로 들어가네.
고목이 우거져 사람 다니는 지름길도 없는데
깊은 산속 어디에서 종소리 나나?
샘물 소리는 높은 돌에 부딪혀 오열하고
햇빛은 푸른 소나무에 비쳐 차네.
엷은 저녁 어스름에 빈 연못 굽이에서
편안히 좌선坐禪하며 독룡을 누르는 중이 보이네.

부지향적사 수리입운봉
不知香積寺 數里入雲峰

고목무인경 심산하처종
古木無人徑 深山何處鐘

천성열위석 일색랭청송
泉聲咽危石[2] 日色冷靑松

박모공담곡 안선 제독룡
薄暮空潭曲 安禪[3]制毒龍[4]

1 香積寺(향적사) : 서안 남쪽 종남산(終南山) 속에 있는 절. 2 危石(위석) : 우뚝 솟은 돌. 높은 돌. 3 安禪(안선) : 좌선(坐禪)하여 잡념을 없앰. 4 毒龍(독룡) : 독한 용. 마음속에 생기는 잡념의 비유.

감상

향적사가 어디에 있는지도 모르고 구름에 싸인 봉우리 속으로 몇 리를 갔다. 그곳에 고목이 우거지고, 사람이 다니는 길이라곤 없다. 산이 매우 깊은데 어디서 종소리가 들린다. 아마도 향적사의 종소리일 것이다. 개울물은 우뚝 솟은 돌에 부딪쳐 목멘 소리를 하고, 햇빛은 푸른 소나무를 비추는데 차갑게 느껴진다. 그때는 저녁 때라서 엷은 어둠이 깔리는데, 텅 빈 연못가에는 한 중이 있어 좌선하면서 연못 속에 사는 독룡을 제어하듯이, 마음속의 잡념을 없애느라 조용히 생각에 잠겨 있다.

평성平聲 동운冬韻의 오언율시다.

여설

향적사는 지금도 유명한 절이다. 지금의 섬서성 장안현의 휼수潏水와 호수鎬水가 만나는 향적촌香積村에 있다. 불교 정토종淨土宗의 문도門徒들이 그들의 제2대 선도조사善導祖師의 무덤과 탑이 있는 곁에다 기념으로 세운 절이다. 절 안에 높이가 13층, 둘레가 2백 보百步나 되는 벽돌 탑이 있다. 위 왕유 시의 '不知香積寺 數里入雲峰 古木無人徑 深山何處鐘'의 구절이 이곳의 표현이다. 절은 현재 이미 거의 다 허물어지고, 청나라 때 세운 불전佛殿과 당나라 때 세운 전탑磚塔이 있을 뿐이다. 대전 안에는 선도대사善導大師의 불상이 있는데, 1980년 중일 양국의 불교도들이 선도대사의 원적圓寂 1300주년을 기념할 때 일본 신도들이 기증한 것이다. 탑은 일부 허물어져 11층만 남았는데 그 높이가 33m이다. 그 동쪽에 자그마한 벽돌 탑이 하나 있는데, 선도대사의 묘탑墓塔이라 전한다. 서안 중심부에서 이 향적사까지는 30km라 한다. 『문원영화文苑英華』에는 이 시가 왕창령王昌齡(약 698~756)의 것이라 했다.

향적사(香積寺)

적우망천장작 積雨[1]輞川莊作

왕유(王維)

장마 중 빈 숲에 연기 더디 피어 오르고
명아주나물 삼고 기장밥 지어 동쪽 밭으로 나르네.
아스라한 무논에는 백로가 날고
침침한 여름 숲에는 꾀꼬리 지저귀네.
산속에서 좌선坐禪하면서 아침에 핀 무궁화를 보고
소나무 밑에서 맑게 재계齋戒하면서 이슬 맞은 아욱을 꺾네.
촌 노인들 남들과 자리 다툼 끝냈는데
갈매기는 무슨 일로 또한 의심하는가?

적 우 공 림 연 화 지　증 려　취 서　향 동 치
積雨空林烟火遲[2]　蒸藜[3]炊黍[4]餉東菑[5]

막 막 수 전 비 백 로　음 음 하 목 전 황 려
漠漠水田飛白鷺　陰陰夏木囀黃鸝

산 중 습 정　관 조 근　송 하 청 재　절 노 규
山中習靜[6]觀朝槿[7]　松下清齋[8]折露葵[9]

야 로　여 인 쟁 석 파　해 구　하 사 갱 상 의
野老[10]與人爭席罷[11]　海鷗[12]何事更相疑

1 積雨(적우) : 장마 때 오는 비. 장맛비. **2** 烟火遲(연화지) : 연기가 더디게 사라진다. 장마철이라 기압이 낮아서. **3** 蒸藜(증려) : 명아주를 찌다. 명아주 나물을 쪄서 무치다. **4** 炊黍(취서) : 기장밥을 짓는다. **5** 餉東菑(향동치) : 향은 먹이다, 점심으로 나르다. 동치는 동쪽 밭. 치는 원래 개간한 지 1년이 되는 밭을 뜻한다. 그러나 여기서는 논밭이라는 뜻이다. **6** 習靜(습정) : 고요함을 익힘. 좌선하며 깨달음을 구함. **7** 朝槿(조근) : 무궁화는 아침에 피었다가 저녁에 진다 하여 무궁화로 인생의 짧음을 비유한 것이다. **8** 清齋(청재) : 맑게 재계함.

몸과 마음을 깨끗하게 하다. **9** 露葵(노규) : 이슬 맞은 아욱. 아욱은 이슬을 맞았을 때 가장 맛이 있다고 한다. **10** 野老(야로) : 촌 노인. 시인 자신을 가리킨다. **11** 爭席罷(쟁석파) : 자리다툼을 끝내다. 자리다툼을 안하다. 『장자(莊子)』 〈잡편(雜篇)〉 우언(寓言)에 있는 고사(故事). 양주(楊朱)가 처음에 여관에 가 묵을 때 거만하게 행동하니, 사람들이 모두 공경하면서 상좌(上座)를 내주었다. 그 뒤 그는 장자의 가르침을 받고 다시 그 여관에 가 묵을 때 겸손한 태도를 보이니 이번에는 반대로 사람들이 자리를 다투어 양보함이 없었다 한다. 곧 쟁석은 자리다툼으로 속인들의 아귀다툼을 뜻하는데, 자리다툼을 끝냈다 했으니 벼슬을 그만두어 속세의 갈등을 벗고, 초연한 경지에 이르렀음을 비유한 것이다. **12** 海鷗(해구) : 갈매기. 『열자(列子)』 〈황제편(黃帝篇)〉에서 나온 고사. 갈매기를 매우 사랑하는 소년이 있어 그가 바닷가에 가면 수많은 갈매기들이 몰려와 함께 놀았다. 그러나 그의 아버지의 갈매기를 잡아오라는 명령을 받들고 바다로 가니 갈매기들은 하늘만 날 뿐, 몸에 와 붙는 것이 한 마리도 없었다 한다. 곧 갈매기가 소년의 뜻을 미리 알아 의심하며 다가오지 않은 것이다.

장자상(莊子像)

감상

계속되는 장마 속에 집 뒤 빈 숲에는 밥 짓는 연기 어리어 더디 흩어진다. 점심으로 기장밥 짓고 나물 반찬을 만들어 동쪽 들 밭으로 밥을 내간다. 그때 저 넓은 논에는 백로가 날고, 침침한 여름 숲 속에서는 꾀꼬리가 지저귄다.

나는 산속에서 조용히 관조觀照하다가 아침에 핀 무궁화를 보고, 또 소나무 밑에서 맑게 재계하다가 이슬 맞은 아욱을 꺾기도 한다. 이렇게 나는 야인野人이 되어 속세의 분쟁紛爭은 생각조차 않는데, 갈매기는 어째서 나를 의심하면서 다가오지 않는가?

전반부는 바라보는 정경을 잘 묘사했고, 후반부는 은둔생활의 회포를 잘 묘사했다. 왕유가 조용히 산속에 묻혀 전원생활을 즐기면서 수도생활을 하겠다는 뜻이 나타나 있다. 다시는 속인들과 자리다툼을 하지 않겠으니 의심하지 말기를 바라는 심정이 절실하다.

전고典故도 잘 인용하며 대구對句를 잘 쓴 시로, 평성平聲 지운支韻의 칠언율시다.

여설

『전당시全唐詩』 제207권 끝에 성당盛唐 시인 이가우李嘉祐의 '水田飛白鷺 夏木囀黃鸝'이란 시구가 있다. 워낙 유명해서 인구에 회자되지만 시 전체는 없고, 다만 이 두 시구만 전한다. 위 시의 승련承聯 '漠漠水田飛白鷺 陰陰夏木囀黃鸝'는 바로 이 이가우의 시구를 도용했다고 말하는 자가 있었다. 그러나 여기다 첩어疊語 2자구字句 막막漠漠과 음음陰陰을 더 보태어 명구를 만듦으로써 왕유는 이가우의 시구에 화룡점정畵龍點睛했다고 평해지고 있다. 그러니 막막·음음의 표현에 무게를 두고 감상해야 할 것이다.

송별 送別 3

왕유(王維)

그대를 남쪽 포구로 보내니 눈물은 줄줄 흘러내리고
그대는 동쪽 고을로 향하면서 나를 슬프게 하네.
꼭 알리게나, 이 친구는 매우 야위어서
지금은 낙양에 있을 때완 같지 않더라고.

송군남포 누여사 군향동주 사아비
送君南浦[1]淚如絲[2] 君向東州[3]使我悲
위보고인 초췌 진 여금불사락양시
爲報故人[4]顦顇[5]盡 如今不似洛陽時

1 南浦(남포) : 남쪽 물가. 2 淚如絲(누여사) : 눈물이 실타래가 엉기듯이 이리저리 떨어지다. 3 東州(동주) : 현재의 산동 · 산서 · 하남 · 하북 등지의 고을을 이른다. 4 故人(고인) : 옛 친구. 왕유 자신을 가리킨다. 5 顦顇(초췌) : 파리하다. 야위다. 병들다.

감상

자네를 남쪽 물가에서 배웅하는데 눈물이 실타래 엉키듯 떨어지니 자네가 동쪽 지방으로 가느라고 나를 슬프게 하기 때문이라네. 제발 그곳에 도착하거든 '자네들의 옛 친구 이 왕유는 매우 초췌해져서 지금은 옛날 낙양에 있을 때와 다르다' 고 알려 주게나.

친구와 이별하며 저쪽 친구들에게 나의 오늘의 모습과 친구를 그리는 심정을 자세히 일러 달라는 간절한 우정을 읊은 시다.

평성 平聲 지운 支韻 의 칠언절구다.

여설

이 시를 읽으면 고려 때 명시인 정지상鄭知常(?~1135)의 시가 생각난다.

송인 送人

비 갠 긴 둑엔 풀빛 푸른데	우헐장제초색다 雨歇長堤草色多
그대를 남포로 보내니 슬픈 노래 절로 나네.	송군남포동비가 送君南浦動悲歌
대동강 물이 언제 마르리?	대동강수하시진 大同江水何時盡
이별의 눈물이 해마다 초록 물결에 더해지는 것을.	별루연년첨록파 別淚年年添綠波

위 시에서 송군남포는 왕유의 시구를 그대로 이용하고 있다. 대동강 물이 눈물 때문에 마르지 않는다는 착상着想은 재기가 넘친다.

식부인 息夫人[1]

왕유(王維)

지금의 총애 때문에
능히 옛날 은혜를 잊지 말라
꽃을 보자 눈에 가득한 눈물
초왕과 함께 말하지 않는다.

막 이 금 시 총　능 망 구 일 은
莫以今時寵　能忘舊日恩[2]
간 화 만 안 루　불 공 초 왕 언
看花滿眼淚　不共楚王言[3]

1 息夫人(식부인) : 식은 나라 이름. 부인은 제후(諸侯)의 처. 2 舊日恩(구일은) : 옛날의 애정. 윗사람에게 받는 사랑을 은혜라 부른다. 3 不共楚王言(불공초왕언) : 춘추시대 초왕과 식부인이 자식을 둘이나 낳을 때까지 말하지 않았다.

감상

지금 윗사람에게 극진한 총애를 받는다고 하여 옛날 가난할 때 또는 평범한 사람에게 받았던 사랑을 잊어서는 안된다. 첫 정이 더 중한 법, 옛 정을 그리면 꽃을 보고도 눈물이 가득 흐르나니, 옛날 식부인은 자신을 잡아 간 초왕과는 끝내 말도 하지 않았다 한다.

식부인(息夫人)

여인의 지조를 강조한 시라 하겠다.

평성平聲 원운元韻 오언고시다.

여설

이 시는 왕유가 20세 때 지었다 했는데 고사故事가 숨어 있다. 『좌전左傳』 〈장공莊公 14년〉에 이런 이야기가 있다.

옛날 초나라 문왕이 식규息嬀(息夫人. 嬀는 성)의 아름다움을 듣고, 그녀를 얻고자 지방을 순회한다고 핑계 대고 식나라에 이르러 복병을 숨겼다가 식나라 임금을 생포하고 식나라 왕비인 식규를 데리고 귀국했다. 그 뒤 식부인은 초왕과의 사이에서 도오堵敖와 성왕成王 두 아들을 낳았으나 초왕과 말을 하지 않았다. 그래서 초왕이 그 이유를 물으니 '한 여자로서 두 남편을 섬겼으니 비록 죽어 수절을 못할망정 어찌 남과 말할 수 있나이까?' 하고 눈물을 줄줄 흘렸다. 그러나 『열녀전列女傳』에는 식부인이 잡혀 오게 되자 자살했다 한다.

왕유가 이 시를 쓴 유래가 전한다. 당나라 맹계孟棨의 『본사시本事詩』에 이런 이야기가 적혀 있다.

당나라 영왕寧王(李憲, 현종의 이복형)이 여색을 좋아하여 총기寵妓 수십 명을 거느렸다. 그런데 그 집 곁에 떡장수 부인이 있어 매우 미녀라 영왕이 한 번 보고 반하여 그 남편에게 많은 뇌물을 주고 그녀를 빼앗아 왔다. 그래서 특별히 사랑하여 1년이 지났을 때, 그녀에게 아직도 전 남편을 사랑하느냐고 물었다. 그러나 그녀는 묵묵부답이었다. 영왕이 그 떡장수를 불러다가 대면시키니 그녀는 옛 정을 못 잊어 눈물이 주르르 흘렀다. 이때 영왕의 좌객座客 10여 명이 모두 문사文士였으므로 그 광경을 시로 짓게 했다. 이에 왕유가 맨 먼저 위 시를 지어 올렸다 한다. 이 시를 본 영왕은 감동하여 재물을 주어 그 떡장수 부부를 다시 살게 했다는 것이다.

수장소부 酬張少府[1]

왕유(王維)

만년에 오직 고요함을 좋아하니
만사가 관심 밖이라네.
스스로 돌아보아 장한 계책이 없으니
부질없이 옛 숲으로 돌아올 줄을 아네.
소나무 바람이 허리띠 풀라고 불고
산 위의 달은 거문고 타라고 비추네.
그대가 궁함과 통함의 이치를 묻지만
어부의 노래는 나루 깊숙이 들어오네.

만 년 유 호 정　만 사 불 관 심
晩年惟好靜　萬事不關心
자 고 무 장 책　공 지 반 구 림
自顧無長策[2]　空知返舊林[3]
송 풍 취 해 대　산 월 조 탄 금
松風吹解帶[4]　山月照彈琴
군 문 궁 통 리　어 가 입 포 심
君問窮通[5]理　漁歌[6]入浦深

1 張少府(장소부) : 장은 성, 소부는 관명. 현위(縣尉), 곧 현의 원님을 보좌하는 관리. 2 長策(장책) : 장한 계책. 훌륭한 계책. 3 舊林(구림) : 옛 수풀. 옛 집. 옛 고향을 가리킨다. 4 解帶(해대) : 허리띠를 풀다. 느른한 삶을 영위하다. 자유로운 삶을 살다. 5 窮通(궁통) : 빈궁(貧窮)과 영달(榮達). 6 漁歌(어가) : 어부의 노래. 『초사(楚辭)』 〈어부편(漁父篇)〉에 있는 창랑가(滄浪歌)를 뜻한다.

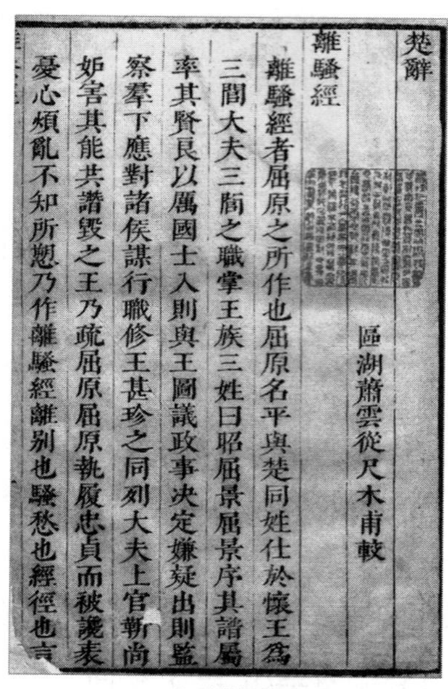

楚辭

離騷經

區湖蕭雲從尺木甫較

離騷經者屈原之所作也屈原名平與楚同姓仕於懷王爲
三閭大夫三閭之職掌王族三姓曰昭屈景屈景序其譜屬
率其賢良以厲國士入則與王圖議政事決定嫌疑出則監
察羣下應對諸侯謀行職修王甚珍之同列大夫上官靳尚
妒害其能共譖毀之王乃疏屈原屈原執履忠貞而被讒衺
憂心煩亂不知所愬乃作離騷經離別也騷愁也經徑也言

초사(楚辭)

감상

늘그막에는 오직 고요한 것이 좋아 모든 세상 일에 관심이 없다. 내 자신을 돌이켜봐도 별 훌륭한 계책이 없으니, 옛 고향으로 돌아가 사는 것이 좋은 것임을 알게 되었다. 고향 산천으로 돌아가니, 솔솔 소나무 바람 부는 가운데 허리띠를 풀고, 곧 모든 긴장을 풀고 편안히 살며, 산 위에 달이 휘영청 밝을 때 거문고 타면서 즐긴다. 그대가 속세의 빈궁과 통달에 대하여 묻지만, 여기서는 그런 것이 통하지 않고 어부의 노랫소리만이 강가로 깊숙이 들려온다네.

고향에 돌아와 자연 속에 묻혀 속세의 번민을 잊어가는 심정을 잘 나타냈다 하겠다.

평성平聲 침운侵韻의 오언율시다.

여설

옛날 초나라 대부大夫였던 굴원屈原(B.C. 340~278)이 간신들의 모함으로 조정에서 쫓겨났다. 그는 비쩍 마른 몸으로 강가를 소요할 때 한 어부가 쫓겨나게 된 동기를 물었다. 대답하되 '세상이 모두 흐리지만 나는 홀로 깨끗하고, 세인이 모두 취했는데 나만 혼자 취하지 않았기 때문에 중상을 받았소.' 하니, 그 어부 말하기를, '세상이 혼탁하면 그 속에 휩싸여 함께 혼탁해져야 할 것이오.' 하였다. 굴원이 다시 말하기를, '머리를 새로 감은 사람은 갓의 먼지를 털고, 몸을 깨끗이 씻은 사람은 옷을 털어 입는다오. 이와 같이 깨끗한 몸에 어찌 더러운 먼지를 씌울 수 있겠소. 그럴 바엔 차라리 상수湘水에 투신하여 강 속 물고기의 뱃속이나 채워 주는 것이 더 낫겠소.' 하자, 그 어부 빙그레 웃으면서 말했다. '창랑滄浪의 물이 맑거든 내 갓끈을 씻을 것이요, 창랑의 물이 흐리거든 내 발을 씻을 것이라.' 『초사』〈어부편〉에 나오는 이야기다. 『공자가어孔子家語』에도 '水至淸則無魚 人至察則無徒' 라고 했다. 곧 물이 너무 맑으면 물고기가 없고, 사람이 너무 자세하게 살피면 친구들이 모이지 않는다고 했다. 두루뭉술하게 살아야 남과 어울리게 된다는 뜻이다. 그러나 굴원의 성격에는 이 말이 맞지 않아 결국 세상을 등지고 투신자살하여 만고의 충신이 되었다.

위 시에서는, 이 어부편의 내용에서 굴원의 의견을 존중하여 그런 생활태도로 세상을 살겠다는 청렴결백한 고답적인 생각이 담겨 있다.

종남별업 終南別業[1]

왕유(王維)

중년에 제법 불도佛道를 좋아하다가
만년晩年에 남산 기슭에 집을 지었네.
흥이 나면 매양 홀로 가니
훌륭한 일을 부질없이 스스로 알 뿐이네.
걸어서 물이 끝나는 곳에 이르러
앉아서 구름이 일어나는 때를 보도다.
우연히 나무 베는 늙은이를 만나자
담소하느라 돌아가는 때가 없네.

중 세 파 호 도 만 가 남 산 수
中歲[2]頗好道[3] 晩家[4]南山陲[5]
흥 래 매 독 왕 승 사 공 자 지
興來每獨往 勝事[6]空自知
행 도 수 궁 처 좌 간 운 기 시
行到水窮處 坐看雲起時
우 연 치 임 수 담 소 무 환 기
偶然値林叟[7] 談笑無還期[8]

1 終南別業(종남별업) : 종남산의 별장. 별업은 별장. 곧 망천장(輞川莊). **2** 中歲(중세) : 중년. 30세 때쯤. 왕유는 이때 상처(喪妻)했다. **3** 好道(호도) : 도를 좋아하다. 도는 불도. 이때부터 그는 불교에 열중했다. **4** 晩家(만가) : 만은 만년. 40세 이후. 가는 '집을 짓다' 라는 동사. **5** 陲(수) : 기슭. 산언저리. **6** 勝事(승사) : 자연으로부터 생겨나는 훌륭한 일. 자연미. **7** 林叟(임수) : 숲 속에서 나무하는 노인. 나무 베는 늙은이. **8** 還期(환기) : 돌아가는 때.

감상

나이 중년에 접어들어 불도를 좋아하기 시작하다가 만년에는 아주 남산 기슭에다 집을 짓고 은거하기도 했다. 그래서 흥이 나면 늘 혼자 가서 돌보는데 그곳의 자연미를 남들은 모르고 나만 홀로 만끽한다.

물이 흘러가 끝나는 곳, 곧 수원지水源地에 이르러 앉아서 산 위쪽으로 구름이 일어나 움직이는 것을 보느라고 우두커니 시간을 보내기도 한다. 그러다가 나무 베는 늙은이를 만나면 이야기하고 웃느라고 시간 가는 줄을 몰라 돌아올 시간을 모른다.

도연명陶淵明의 '귀원전거歸園田居'를 읽는 느낌이 나는 멋진 자연시다.

평성平聲 지운支韻의 오언율시다. 오언고시로 보기도 한다.

여설

'종남별업終南別業'이란 제목 외에 '입산기성중고인入山寄城中故人(산에 들어가 성 안의 친구에게 부침)', '초지산중初至山中(처음으로 산속에 이르러)'이란 제목도 있다.

송나라 위경지魏慶之가 지은 『시인옥설詩人玉屑』 권 15 왕유조王維條에 보면 이 시를 이렇게 평했다.

이 시의 조의造意(뜻의 표현)의 묘미는 조물造物과 서로 표리表裏가 되는 경지에 이르니, 어찌 바로 시 속에 그림이 있을 뿐이겠는가? 그 시를 볼 때 매미가 티끌 속에서 허물을 벗고 나와 만물의 표면에 떠 있는 것과 같음을 알겠다. 산곡노인山谷老人(黃庭堅)이 말하기를, '내가 근년에 등산임수登山臨水할 때 일찍이 왕유의 시를 읽었는데, 이 노인의 가슴속에는 분명히 천석고황泉石膏肓의 병이 있음을 알겠다(此詩造意之妙 至與造物相表裏 豈直詩中有畵哉 觀其詩 知其蟬脫塵

埃之中 浮遊萬物之表者也 山谷老人云 余頃年登山臨水 未嘗不讀王摩詰詩 顧知此老胸次 定有泉石膏肓之疾)."

왕유는 시詩·화畵·금琴 등 온갖 풍류에 능했다. 그의 그림은 문인화文人畵·남종화南宗畵의 비조鼻祖가 됨은 전술한 바 있다. 그런데 그림에 있어 이런 전설이 전해 오고 있다. 왕유화석王維畵石이란 제목이다.

당 현종 때 봉상鳳翔 지방의 왕인 기왕岐王이 대화가인 왕유가 그곳을 지난다는 말을 듣고 왕유를 맞이해다가 극진히 예우하고 그림 한 점을 요구했다. 이에 왕유는 쾌히 승낙하고 궁 안 벽에다 남산의 괴석怪石 한 덩이를 그리고 낙관落款하고 돌아갔다. 그 뒤 어느 날 일진광풍一陣狂風에 폭우가 쏟아지고 뇌전雷電이 진동하더니 그 그림 속의 괴석이 없어졌다. 기왕은 백방으로 신하를 풀어 찾았으나 찾을 길이 없었다. 근 백 년이 지나 헌종 때 고려에서 사신이 왔는데 국서國書와 적색赤色 칠을 한 나무 상자 한 개를 가지고 왔다. 국서에 보니, '모년某年 모월某月 모일某日에 천둥번개가 치고 비바람이 몰아치는 가운데 한 개 괴석이 떨어져 살피니 중국 봉상이란 지명과 왕유의 제시題詩 낙관이 있어 중국의 것이라 이번에 보냅니다.' 하였다. 이에 그 돌을 가져다 기왕 궁전의 그림에 맞추니 빈틈없이 꼭 맞았다 한다. 좀 황당무계한 이야기이나 왕유의 그림이 굉장히 유명했음을 나타내는 일화다.

왕유는 도연명의 전원시와 사령운謝靈運의 산수시를 합하고 자신이 더 자연미를 조화시켜 멋진 자연시를 읊어냈다. 그래서 당시 맹호연孟浩然과 더불어 자연시인으로 병칭竝稱되는데, 맹호연은 자연에 은둔하다가 나이 들어 관직을 열망했고, 왕유는 젊어서 관직에 나아가 우승상右丞相까지 지내고 만년에 자연으로 돌아와 불교를 독실하게 믿으며 자연시를 읊은 점에 차이가 있다 하겠다.

왕지환 王之渙

688～742

자는 계릉季凌. 진양晉陽(현재 산서성 太原) 사람. 젊어서부터 기절氣節이 뛰어났고, 지함之咸·지분之賁 두 형과 함께 문명文名을 날렸다. 그러나 『전당시全唐詩』에는 6수만 남아 있다. 왕창령王昌齡·고적高適과 함께 창화唱和하여 당시 그의 시가 유행했다.

등관작루 登鸛鵲樓[1]

왕지환(王之渙)

흰 해는 산을 의지해 지고
황하는 바다로 들어가며 흐르네.
천 리 밖까지 바라보려고
다시 한 층 누각을 오르네.

백 일 의 산 진　황 하 입 해 류
白日依山盡　黃河入海流[2]
욕 궁 천 리 목　갱 상 일 층 루
欲窮千里目[3]　更上一層樓[4]

1 鸛鵲樓(관작루) : 관작루(鸛雀樓)로 쓰기도 한다. 황새가 날아와 깃들어 이런 이름이 생겼다 한다. 산서성 포주성(蒲州城 : 현재 永濟縣) 서남쪽에 있던 누각. 현재는 하류(河流)의 변화로 없어지고 성각루(城角樓)에 이름만 남아 전한다. 이 누각은 3층 집으로 동남쪽의 중조산(中條山)을 마주 바라보며 황하를 굽어볼 수 있어 경치가 아름다웠다. 그래서 이 관작루를 두고 읊은 시도 많다. **2** 入海流(입해류) : 유입해(流入海)이나 유가 운자(韻字)이므로 뒤에 놓았다. **3** 窮千里目(궁천리목) : 천 리 밖까지 보는 시력을 다 소비하다. 곧 천 리 밖 먼 데까지 바라본다. **4** 一層樓(일층루) : 한 층 높이의 누각. 누각의 한 층을 더. 3층 누각이니 1층에서 2층으로인지, 2층에서 3층으로인지는 확실치 않다.

감상

석양은 저 산너머로 지고, 황하는 저 멀리 바다로 흘러 들어간다. 그러나 더 멀리 저 천 리 밖까지 바라보고 싶어 이 관작루를 한 층 더 올라가 본다.

앞 두 구는 현재 바라보이는 실경實景이다. 그러나 이 관작루에서 황하가 바다로 들어가는 부분은 보이지 않는다. 입해入海는 상상이다. 그러나 3 · 4구는 희망을 상상하는 허구虛句이다. 한없이 먼곳까지도 다 보고 싶어하는 욕망이 들어 있다. 즉 정감情感과 철리哲理가 조화된 시다. 1 · 2구와 3 · 4구가 서로 대구對句를 이룸도 묘하다.

평성平聲 우운尤韻의 오언절구다.

관작루(鸛鵲樓)

여설

이 관작루에 올라 시를 지은 시인은 많다. 당나라 때 유명한 시인 중에서도 이익李益(748?~827?)의 '同崔頒登鸛雀樓(최반과 함께 관작루에 올라)'와 창당暢當(?~?)의 '登鸛鵲樓(관작루에 올라)'와 은요번殷堯藩(약 780~855)의 '和趙相公登鸛鵲樓(조상공의 등관작루에 화답하며)' 등의 시가 있는데, 창당의 시는 오언절구로 다음과 같다.

날아다니는 새들의 위를 빙빙 돌다가	회림비조상 廻臨飛鳥上
속세의 공간을 더 높이 솟아 오른다.	고출세진간 高出世塵間
하늘의 형세는 평야를 에워싸고	천세위평야 天勢圍平野
황하는 흘러 끊어진 산속으로 들어간다.	하류입단산 河流入斷山

왕지환은 지금의 산서성 태원현인 진양晋陽 사람인데, 나중에 강현絳縣(현재 산서성 新絳縣)으로 옮겨가 살았다. 개원開元 초에 기주冀州 형수현의 주부主簿를 맡았다가 모함을 당하여 관직을 버렸다. 만년에 문안현위文安縣尉에 있을 때는 학교를 세우고, 왕명을 기다리지 않고 양곡을 풀어 백성을 구제하기도 하는 선정善政을 베풀다가 임지任地에서 죽었다.

그는 왕창령王昌齡·고적高適과 친하여 그들과 함께 변새시邊塞詩의 작가로도 유명하다.

출새 出塞[1]

왕지환(王之渙)

황하는 멀리 흰 구름 사이로 오르고
한 조각 외로운 성은 만 길의 산 위에 있네.
오랑캐 피리는 어째서 절양류곡 折楊柳曲 을 원망하나?
봄빛이 옥문관을 넘어오지도 못하는데.

황하원상백운간 일편고성만인 산
黃河遠上白雲間 一片孤城萬仞[2]山
강적하수원양류 춘광 부도옥문관
羌笛何須怨楊柳[3] 春光[4]不度玉門關[5]

1 出塞(출새) : 변새를 나가며, 변방(邊方)으로 나간다. '양주사(凉州詞)'라고 제목하기도 한다. '양주사(凉州詞)'는 악부(樂府) 제목이다. 당나라 현종(玄宗) 개원연간(開元年間)에 서량(西凉)의 도독(都督) 곽지운(郭知運)이 채집(採集)하여 진상한 것이라 한다. 양주(凉州) · 이주(伊州) · 감주(甘州) 등 일련의 곡으로 되어 있다. 양주는 지금의 감숙성 무위(武威)에 해당한다. 2 萬仞(만인) : 1인은 옛날의 8척(尺). 만 길. 매우 높다는 뜻이다. 3 楊柳(양류) : 절양류(折楊柳). 이별할 때 버들가지를 꺾어 주었으므로, 이별을 원망하는 곡조이다. 4 光(광) : 光을 風(풍)으로 쓴 판본도 있다. 봄바람이 아예 옥문관을 넘지도 않거늘! 이라고 되어 있다. 5 度玉門關(도옥문관) : 옥문관은 감숙성 돈황 서쪽에 있는 관문. 서역(西域)으로 통하는 요로(要路)이다. 도는 도(渡). 건너다. 넘어서다.

감상

황하는 길게 흐르고 있는데, 그 상류를 보면 멀리 구름 사이에서 흘러내리는 것 같다. 그것이 마치 황하의 상류가 흰 구름 사이로 치올라 가는 것같이 보인다. 또 만 길이나 되게 높은 산 위에 외로운 성

한 채가 덩그러니 솟아 보인다. 그때 오랑캐 피리 소리가 들리는데 그 곡조는 '절양류'를 원망하는 것 같다. 그러나 버들가지를 꺾으며 원망할 필요도 없다. 여기는 버드나무조차 자라지 않는다. 봄이 되었지만 봄빛이 이 옥문관을 넘어 이 황무지까지 넘어오지는 않는다.

변새邊塞의 풍경과 정서를 읊은 처량한 시다.

평성平聲 산운刪韻의 칠언절구다.

여설

이 시는 당시唐詩 중에서도 최고 걸작의 하나로 친다. 또 다음과 같은 전설이 당나라 설용약薛用弱이 지은 『집이기集異記』에 전한다.

왕창령 · 고적 · 왕지환 3인이 어느 눈 내리는 날, 요정에 들어가 술을 시키고 있는데, 이원梨園의 영관伶官(악단원) 10여 명이 같은 요정으로 와서 같은 층으로 올라왔다. 세 사람은 자리를 피하여 난롯가에서 추위를 녹이며 바라보고 있었다. 이윽고 아름다운 가기歌妓 4명이 올라와 합세하여 음악을 연주하기 시작했다. 이때 이 세 사람의 시에는 많은 사람들이 곡조를 붙여 읊을 때로, 이들은 저 가기들이 누구 노래를 많이 부르는가로 우열을 따지자고 하였다. 이에 맨 먼저 한 가기가 노래를 부르는데 그것은 왕창령의 시 '부용루송신점芙蓉樓送辛漸'이었다.

찬비가 강물에 이어져 밤에 오지방吳地方으로 들어가고	寒雨連江夜入吳 (한우련강야입오)
아침 밝을녘에 손님을 보내는데 초나라 산은 외롭구나.	平明送客楚山孤 (평명송객초산고)
낙양의 친구들이 만일 나에 대해 묻는다면	洛陽親友如相問 (낙양친우여상문)
한 조각 얼음 같은 마음이 옥병 속에 있다고 전하게나.	一片氷心在玉壺 (일편빙심재옥호)

왕창령은 기뻐하며 벽에 한 획을 그어 '한 번' 하고 표시했다. 이어 다음 가기가 부르는데 이번에는 고적의 '곡선보양구소부哭單父梁九少府' 시의 첫 대목이다.

상자를 열자 눈물이 가슴을 적시니	개협루첨억 開篋淚沾臆
그대가 전날 보내준 편지를 보기 때문이오.	견군전일서 見君前日書
이 밤이 이리 적막하니	야대금적막 夜臺今寂寞
양웅揚雄의 거처가 바로 여기로다.	독시자운거 獨是子雲居

이번에는 고적이 벽에다 '한 번' 하고 일壹 자를 그었다. 이어 세 번째 가기가 노래를 부르니 또 왕창령의 '장신추사長信秋詞' 시다. 이 시는 원작原作이 5수인데 그중에서 제3수를 불렀다.

비를 받들고 평명에 금란전金鸞殿 열고	봉추평명금전개 奉帚平明金殿開
또 둥근 부채로 잠시 배회하네.	차장단선잠배회 且將團扇暫徘徊
옥안이 한아색에 미치지 못하는데	옥안불급한아색 玉顔不及寒鴉色
오히려 소양전昭陽殿에서 해 그림자가 띠고 옴에랴.	유대소양일영래 猶帶昭陽日影來

그래서 왕창령은 또 벽에다 일壹 자를 더 그었다. 왕지환은 좀 당황했으나 "저 제일 예쁜 네 번째 가기마저 내 시를 부르지 않으면 내가 굽힐 것이고, 만약 저 미인이 내 시를 읊거든 자네들은 내 앞에 무릎을 꿇게."라고 하여 내기를 했다. 과연 그 네 번째 미인은 바로 왕지환의 이 '출새' 시를 노래했다. 그러자 세 사람은 박장대소했다. 이에 놀란 그 악단원들이 다가와 이유를 물으므로 사실대로 답하니 그들은 놀라, 몰라 뵈어 죄송하다고 굽신거리며 합석하여 놀자고 하여 함께 대취하며 하루를 잘 놀다가 돌아왔다 한다.

왕창령 王昌齡

698~755

자는 소백少白. 장안長安(현재 섬서성 서안) 사람. 또 산서성 태원 사람이라고도 하고, 강소성 강녕江寧 사람이라고도 한다. 727년(개원 15) 진사進士로 율수현위溧水縣尉·교서랑校書郎을 지내고, 742년(천보 1) 강녕현령江寧縣令이 되었다가 748년(천보 7) 귀주성貴州省 용표위龍標尉로 좌천되었다. 그래서 왕강녕王江寧·왕용표王龍標라 부른다. 안록산安祿山 난 때 피살되었다. 칠언절구에 능하여 이백과 병칭並稱된다. 『전당시全唐詩』에 시집 4권이 수록되어 있다.

규원 閨怨[1]

왕창령(王昌齡)

안방의 어린 색시 근심을 알지 못하여
봄날 화장 짙게 하고 푸른 누각 오르네.
문득 길가의 버들 빛을 보고는
남편을 출세하라고 내보낸 것 후회하네.

규중 소부부지수 춘일응장 상취루
閨中[2]少婦不知愁 春日凝粧[3]上翠樓[4]
홀견맥두 양류색 회교부서 멱봉후
忽見陌頭[5]楊柳色 悔教夫壻[6]覓封侯[7]

1 閨怨(규원) : 새색시의 한. 규방(閨房)의 원한. 곧 새색시의 근심 · 걱정. 규는 여자가 거처하는 곳이나, 여기서는 거기에 사는 아가씨를 뜻한다. 2 閨中(규중) : 여자들이 거처하는 규방 안, 곧 안방. 3 凝粧(응장) : 화장을 짙게 하다. 4 翠樓(취루) : 푸른 칠을 한 다락. 청루(青樓). 부인의 거실. 5 陌頭(맥두) : 길가. 도로 언저리. 6 夫壻(부서) : 남편. 7 封侯(봉후) : 제후(諸侯)로 봉하다. 귀족으로 승격되다. 곧 벼슬한다, 출세한다는 뜻이다.

감상

깊숙한 규방에 사는 젊은 아내는 근심할 줄도 모르는 천진한 색시다. 오직 소일거리는 화장하는 일이다. 시절은 봄철이라 오늘은 보통 때보다 더 짙게 화장을 하고 2층 난간에 올라가 바깥 풍경을 본다. 죽 둘러보는데 갑자기 길가 버드나무에 새싹이 돋음을 본다. 지난날 남편이 변방으로 출정할 때 저 버들가지를 꺾어 이별의 징표로 주면서 작별한 그 버드나무에 봄이 되어 새싹이 파랗게 돋으니 갑자기 남편이 보고 싶은 생각이 몇 갑절 더한다. 그래서 후회한다. 공연히 출세하라고 남편을 외지로 내보낸 것이 잘못된 것임을 깨닫는다. 보고 싶은 임이여, 언제나 벼슬을 그만두고 돌아올 것인가?

외지에 보낸 남편을 그리는 젊은 여인의 마음과 회한이 잘 묘사되어 있는 명시다.

평성 우운尤韻의 칠언절구이다.

여설

왕창령은 전술한 대로 이백과 병칭되는 대시인이다. 이백 · 맹호연孟浩然 · 고적高適 · 왕지환王之渙 등과도 모두 교유交遊가 있었다. 그러나 그는 안사安史의 난을 만나 고향에 돌아와 있을 때, 자사刺史 염구효閭丘曉의 미움을 받아 죽임을 당했다. 후에 장호張鎬가 하남에 군대를 주둔시켰을 때 염구효가 기한을 어긴 일이 있다. 이에 염구효를 죽이게 되었는데, 염구효가 늙은 부모가 있다고 살려 달라 애걸했다. 이때 장호가 말하기를, "왕창령의 노친老親은 누구에게 부탁하여 봉양奉養하게 하느냐?" 하니, 염구효가 매우 부끄러워했다는 일화가 전한다.

그는 '시가천자詩家天子'라 불리는데 곧 시의 대가란 말을 강조한 것이다. 또 칠언절구에 능하여 '칠절성수七絕聖手'라 불리기도 한다. 그의 시는 총 180여 수로 그 중 절구가 80여 수이다. 『왕창령 시집』 5권 외에, 『시격詩格』 1권, 『시중밀지詩中密旨』 1권, 『고악부해제古樂府解題』 1권도 전해 온다.

그의 시는 내용이 비교적 풍부하며 당시의 사회적 현실을 잘 반영하고 있다. 그의 시는 전형적인 구성을 통하여 예술적인 함축에 뛰어났는데, 정감이 진지하고 완곡하며, 의경意境이 그윽하고 풍부하다. 그의 시는 변방의 풍경과 군영 생활을 묘사한 변새시邊塞詩와 부녀자의 생활을 반영한 규원시閨怨詩가 대종大宗을 이룬다.

출새 出塞[1] 2수 二首

왕창령(王昌齡)

제1수

진나라 때 밝은 달, 한나라 때 관문關門,
만 리 밖으로 나간 군인 아직 돌아오지 않네.
다만 용성 땅에 비장군이 있다면
오랑캐 말로 하여금 음산을 넘어오지 못하게 했었을 것을.

진 시 명 월 한 시 관　만 리 장 정　인 미 환
秦時明月漢時關　萬里長征[2]人未還

단 사 용 성　비 장　재　불 교 호 마 도 음 산
但使龍城[3]飛將[4]在　不教胡馬度陰山[5]

1 出塞(출새) : 국경지대로 나가며. 국경에 있는 요새(要塞)로 나가다. 군대간다는 뜻. **2** 長征(장정) : 먼 곳으로 길이 출정(出征) 나감. **3** 龍城(용성) : 한대(漢代) 흉노(匈奴)의 근거지. 지금의 감숙성 민주(岷州) 동북쪽. **4** 飛將(비장) : 날아다니는 듯한 장수. 한나라 때 이광(李廣)이 흉노를 대파했기 때문에 흉노들이 이광을 무서워하여 비장군(飛將軍)이라 불렀다. 이광을 지칭한다. **5** 陰山(음산) : 지금의 산서성 북쪽부터 내몽고(內蒙古)의 북부에 있는 산맥. 만리장성(萬里長城)과 고비사막 중간쯤에 있다.

이광(李廣)

제2수

유마에 새로 백옥 안장을 얹었는데
전쟁이 끝난 모래밭에는 달빛도 차네.
성 머리에서 쇠북소리 지금도 울리고
갑 속의 황금빛 칼에는 피가 아직 마르지 않았네.

유 마 신 과 백 옥 안　전 파 사 장 월 색 한
騮馬[6]新跨白玉鞍[7]　戰罷沙場月色寒
성 두 철 고 성 유 진　갑 리 금 도 혈 미 건
城頭鐵鼓[8]聲猶振　匣裏[9]金刀血未乾

6 騮馬(유마) : 갈기는 검은 빛이고 몸 털은 붉은 말. 훌륭한 말. **7** 白玉鞍(백옥안) : 흰 옥으로 장식한 말 안장. **8** 鐵鼓(철고) : 쇠북. 또는 징과 북. 철로 만든 징과 가죽으로 만든 북. **9** 匣裏(갑리) : 갑 속. 칼을 넣어 두는 칼집 속.

감상

제1수

저 달은 진나라 때 비추던 밝은 달이요, 저 관문은 한나라 때부터 있어 왔던 관소이다. 그동안 만 리나 먼 변방으로 정벌 나간 사람들은 아직도 돌아오지 못하고 있다. 만약에 흉노와 대치하고 있는 용성 땅에 비장군으로 불리는 이광과 같은 장수들이 그곳을 지키고 있다면, 오랑캐의 기마부대가 음산을 감히 넘어오지는 못하리라.

용장勇將의 필요성을 역설한 시로, 변새邊塞의 고난과 작자의 우국충정憂國衷情이 담겨 있다.

평성平聲 산운刪韻의 칠언절구다.

제2수

말 전체의 털빛은 붉은색인데 목 뒤의 갈기 빛은 검은색인 유마에다 흰 구슬을 붙여 잘 꾸민 안장을 얹고, 그 말을 타고 전쟁에 나갔다. 적과 대진對陣하여 한바탕 싸우고 난 모래사장에는 밤의 달빛도 차게 느껴진다. 전쟁이 아주 완전히 끝나지 않아 일단 전투가 끝났음을 알리는 징소리는 아직도 여운이 있는데, 적을 베고 난 다음 칼집에 넣어 두려는 번쩍거리는 칼은 아직도 피가 마르지 않은 것같이 느껴진다.

일장一場의 격전激戰 직후 그 감개感慨를 서술한 시다.

평성平聲 한운寒韻의 칠언절구다.

여설

일반적으로 왕창령의 변새시邊塞詩 중 이 출새시出塞詩 제1수만 예거例擧하는 경우가 많은데, 원래 2수로 되어 있어 모두 소개한다.

이 외에 왕창령에게는 '종군행從軍行', '출새행出塞行', '호가곡胡家曲', '영사詠史' 등 변방의 풍경과 출정한 군인들의 고난을 묘사한 걸작이 많다.

당시唐詩 중에서도 성당盛唐 때 변새시는 한 파派를 이룰 정도로 유명하고, 또 대표적인 시인으로는 잠삼岑參·고적高適·왕창령 등이 있다.

그는 이렇게 여성에 관한 시와 군대 생활에 관한 시를 잘 썼지만 잔달은 행실을 돌보지 않다가 남의 구설에 올라 두 번씩이나 귀양을 간 흠이 있어 사람들을 실망시킨 일이 있다.

부용루송신점 芙蓉樓[1]送辛漸[2] 2수 二首

왕창령(王昌齡)

제1수

찬비 장강에 이어져 밤에 오로 들어가는데
평명에 손님을 보내니 초산도 외롭구나.
낙양 친구들이 만일 나에 대해 묻거든
한 조각 빙심이 옥호 속에 있는 것 같다 하게나.

寒雨連江夜入吳[3](한우련강야입오)　平明送客楚山[4]孤(평명송객초산고)
洛陽親友如相問(낙양친우여상문)　一片氷心在玉壺[5](일편빙심재옥호)

1 芙蓉樓(부용루) : 당나라 윤주(潤州: 지금의 강소성 鎭江市) 성내(城內) 월화산(月華山) 서남쪽에 있는 누각 이름. 서북쪽에 위치한 만세루(萬歲樓)와 상대(相對)해서 양자강을 조망하기에 좋은 곳. **2** 辛漸(신점) : 성은 신(辛), 이름은 점(漸). 약력 미상. **3** 夜入吳(야입오) : 밤에 오로 들어간다. 작자와 그 친구 신점(辛漸)이 양자강을 타고 오 지방으로 들어간다고 풀이함이 재래의 설이었으나, 지금은 찬비가 강물에 섞여 밤에 오 지방으로 흘러 들어간다고 하는 것이 현대의 풀이이다. 오(吳)가 상(湘)으로 된 곳도 있다. **4** 楚山(초산) : 고유명사로 보기도 하고, 초 지방의 산으로 보기도 한다. **5** 玉壺(옥호) : 옥으로 만든 병. 육조시대(六朝時代) 포조(鮑照)의 '백두음(白頭吟)' 시에 '맑기가 옥병 속의 얼음 같다(淸如玉壺氷).' 라고 한 데서 인용한 시어(詩語).

옥호(玉壺)

제2수

단양성 남쪽 가을 바다는 음침하고,
단양성 북쪽의 초나라 구름은 깊숙하네.
높은 누각에서 나그네 배웅하니 취해지지 않고
적막한 찬 강에 밝은 달만 비치네.

단 양 성 남 추 해 음 단 양 성 북 초 운 심
丹陽[6]城南秋海陰 丹陽城北楚雲深
고 루 송 객 불 능 취 적 적 한 강 명 월 심
高樓[7]送客不能醉 寂寂寒江明月心[8]

6 丹陽(단양) : 지명(地名). 진(晋)나라 때는 군명(郡名)으로 강소성 강녕현 남쪽이었는데, 당나라 때는 현명(縣名)으로 강소성 단도현(丹徒縣) 동남쪽, 지금의 진강현 남쪽에 속했다. 운하(運河)에 닿아 있고, 호녕철도(滬寧鐵道)가 통과한다. **7** 高樓(고루) : 높은 누각, 곧 부용루. **8** 明月心(명월심) : 강 속에 비치는 밝은 달과 같은 맑고 깨끗한 마음.

감상

제1수

부용루에서 낙양으로 떠나는 친구 신점辛漸을 배웅하는 자리에서 지은 시다.

찬비가 내리는데 그 빗물이 양자강으로 이어져 밤에 오 땅으로 들어간다. 평명에 친구를 보내니 초산만 외롭게 서 있구나. 지금 떠나 혹시 낙양에 갔을 때, 만일 친구들이 나에 대하여 묻거든 얼음같이 깨끗한 일편단심이 옥으로 만든 병 속에 간직되어 있다고 말해 주기를 바란다.

강물이 흘러감을 친구가 떠나가는 것에, 외로운 초산을 홀로 남은

부용루(芙蓉樓)

자신에, 옥호 속의 빙심을 자신의 지조志操에 비유하고 있다.

비록 이곳에 좌천되어 강녕승江寧丞이란 하찮은 벼슬에 있지만 관로官路에 큰 미련을 갖지 않고 깨끗한 마음을 간직하고 살고 있다는 심경을 전하고 있다.

평성平聲 우운虞韻의 칠언절구다.

제2수

이곳 단양성 남쪽은 가을이라 바다가 컴컴하고, 이 단양성 북쪽은 옛날 초나라 땅인데 지금 구름이 짙게 드리워 있다. 이런 정경 속에 이 높은 부용루에서 친구를 배웅하자니 아무리 마셔도 취하지는 않고, 적막한 찬 강에 비치는 밝은 달은 마치 내 마음의 상징인 양 맑고 깨끗하게만 느껴진다.

친구를 전송하면서 갖게 되는 태도와 마음의 경지를 읊고 있다. 평성平聲 침운侵韻의 오언고시다.

여설

왕창령이 좌천되어 간 곳이 용표龍標 땅이다. 용표위龍標尉로 좌천되어 왕창령은 왕용표王龍標 또는 용표라고 부른다. 그런데 이 용표란 지명에 대하여 두 가지 설이 있다.

첫째는 현재 귀주성 여평현黎平縣의 서북쪽이요, 용리사龍里司의 동북에 있는 산 이름에서 나와 당나라 왕창령이 용표위로 좌천되어 와 있었다는 것이다. 이 산을 용표산龍標山으로 적기도 한다고 했다.

그러나 일설에는 호남성 서부지방인 현재 회화지구懷化地區의 검양현黔陽縣의 옛 이름이 용표현龍標縣이라 이 검양으로 좌천되었다고 한다. 따라서 중앙에서는 귀주성의 용표가 호남성의 용표보다 더 멀다.

그런데 현재 왕창령이 신점을 배웅했다는 부용루는 호남성 검양에 있다. 따라서 그가 두번째로 좌천돼 간 용표위는 호남성의 현 검양으로 보아야 할 것이다.

이 부용루에는 전설이 깃들어 있다.

현재 호남성 검양현 검성진黔城鎭 성 서쪽으로 한 줄기 무수潕水가 원강沅江으로 유입되는 곳에 임강루臨江樓가 있었다. 이 임강루는 남쪽으로 원강에 닿아 있고, 서쪽으로 무수 북쪽에 하나의 연못이 있어 이 용표 땅에서 가장 아름다운 곳이었다. 이리로 왕창령이 좌천되어 온 것이다.

이리로 올 무렵 왕창령은 상처喪妻한 후였다. 그들 부부는 모두 부용화芙蓉花를 좋아하여 정원에다 잘 가꾸어 키웠었다. 그래서 그는 아내는 죽었지만 부용화 한 그루를 이리로 가져와 원강 가에다 심었다.

어느 날 부용화가 만발하자 그 꽃 앞에서 그는 거문고를 탔다. 그때 잎이 뚝뚝 떨어지고 꽃나무가 말라가 왕창령은 놀라 거문고를 멈췄다. 그리고 부용화를 붙들고 한바탕 울었다. 아내 생각이 복받친 것이다. 이윽고 고개를 돌리니 뒤에 초록색으로 상하의를 입은 색시가 서 있었다. 이름을 물으니 부용이라 했다. 그녀는 아버지를 따라 이곳으로 옮겨왔는데, 아버지 명령으로 불우不遇하게 와 있는 그를 위하여 차를 대접하라고 해서 왔다 한다.

이튿날 그가 부용화를 보니 다시 싱싱하게 자라고 있었다. 그런데 밤에 왕창령이 와 보면 그 꽃은 시들고 부용은 영락없이 와서 차를 대접하곤 했다.

이때 이 임강루 앞 원강 속에 오리가 죽어 변신한 물귀신이 있어 도사로 변신해 왕창령 앞에 나타나 부용이 요정妖精이라며 단약丹藥을 만들어 주면서 이 약을 먹고 그 요정에게 홀리지 말라 했다. 그래서 그 약을 먹을 때 부용화가 정지하라고 소리치더니 그때 부용이 나타나 손으로 환약을 쳐버리고 발로 그 환약을 구워 낸 향로를 차 버렸다. 이에 놀란 왕창령은 까무러치고, 도사는 옆구리에 찼던 쇠뿔을 부용에게 던지고 강물 속으로 몸을 던져 제자리로 돌아갔다. 그러나 여기서 그치지 않고 부용과 오리 귀신과의 싸움은 계속되었다.

부용화의 꽃잎 하나가 원강 속으로 떨어져 소라가 되니 오리가 한입에 삼켰다. 그 소라는 오리 뱃속에 들어가 계란 만한 돌로 변했으니 오리는 이를 으깨어 물로 만들어 버린다. 다시 부용 꽃 한 송이가 강물 속으로 떨어져 조개가 되니 오리가 성큼 삼켰다. 이 조개는 오리 뱃속에서 구리 떡으로 변한다. 그러나 오리 귀신은 이것도 녹여 물로 만든다. 이때 공중을 날던 쇠뿔이 일진광풍을 불어 부용꽃 한 송이가 또 떨어졌고 그 꽃이 큰칼로 변하여 오리 귀신의 목을 쳐죽이고, 그 칼은 원강 속으로 빠진다. 동시에 쇠뿔도 오리 귀신 시체 옆으로 와 떨어져 버린다. 이때 오리목을 벤 칼에서 흘린 피가 원강 60리를 붉게 물들여 이곳을 홍강紅江 또는 홍강洪江이라 부른다.

이렇게 오리 귀신과 부용이 밤새 싸우는 사이 어느덧 날이 밝아 오며 부용화에서 떨어지는 아침 이슬이 왕창령의 입으로 흘러들어 그는 깨어난다. 눈을 뜨니 부용은 곁에서 간호해 주고, 흩어진 환약은 모두 구더기와 똥이었다.

이런 일이 있은 뒤, 용표의 백성들은 부용을 임강루 앞에 심었다. 부용화가 변한 여인이라 하여 그녀를 부용선녀芙蓉仙女라 부르고, 왕창령이 살던 곳에 누각을 다시 고쳐 세워 부용루라 한 것이 지금도 남아 있다.

이 부용루는 청나라 때 나무로 지은 정면正面 삼칸三間의 2층 누각이다. 또 주위에는 옥호정玉壺亭 · 능파사凌波祠 · 향현사鄉賢祠 · 남취정覽翠亭 등의 고적이 있는데, 자연의 산석山石 · 강물 · 숲 등이 교묘히 어우러져 있어 장관을 이루고, 암벽에는 역대 비각碑刻 60여 개가 있으며, 특히 부용화가 아름답게 피어 있어 '초남상유제일승지楚南上遊第一勝地'라고 불려지고 있다.

고적 高適

707～765

자는 달부達夫, 발해渤海의 수蓨(현재 하북성 창현) 사람. 늦게 출세하여 벼슬이 산기상시散騎常侍에 이르러 발해현후渤海縣侯에 봉해졌다. 『고상시집高常侍集』이 있다.

제야작 除夜作

고적(高適)

여관 찬 등불에 홀로 잠 못 이루니
나그네 마음 무슨 일로 처량해지는가?
고향은 오늘밤 천 리 밖으로 생각되고
서리 맞은 귀밑머리 내일 아침 또 한 살 더하네.

여관한등 독불면 객심하사전처연
旅館寒燈[1]獨不眠 客心何事轉凄然[2]
고향금야사천리 상빈 명조우일년
故鄉今夜思千里 霜鬢[3]明朝又一年

1 寒燈(한등) : 찬 등불. 쓸쓸한 등불 밑에서. 2 轉凄然(전처연) : 전은 옮기다. 차츰차츰. 처연은 처량한 모습, 괴로운 모양. 3 霜鬢(상빈) : 서리 맞은 것같이 하얀 귀밑머리. 흰머리.

감상

객지를 떠돌다가 제석除夕에 여관에 묵으면서 고향을 생각하고 내일이면 또 새해가 되는데, 백발만 늘어감을 한탄한 시로 재래로부터 많이 읽힌 시다.

선달 그믐날 밤 여관에서 차갑게 느껴지는 등불 밑에 홀로 앉아 있노라니 나그네 심정이 무슨 일로 이렇게 점점 처량해져 가는가? 지금 고향의 일가 친지들은 이 그믐날 밤을 어떻게 지내고 있을까를 생각하니, 오늘따라 고향이 천 리 밖의 먼 곳으로 생각된다. 오늘밤이 지나면 내일 아침부터는 새해라, 나도 한 살 더 먹게 되고, 따라서 흰

머리털도 더 늘어갈 것이다.

평성平聲 선운先韻의 칠언절구다.

여설

이 시는 너무나도 유명하여 우리나라에도 큰 영향을 미쳤다. 병자호란丙子胡亂 때 끝까지 척화斥和를 주장하다가 심양瀋陽에 끌려가 참형斬刑을 당한 삼학사三學士 중 윤집尹集(1606~1637)의 '제야除夜'란 시를 보자.

반 벽에 매달린 잦아든 등불 비치는데 잠 못 이루어	반벽잔등조불면 半壁殘燈照不眠
밤이 깊은 텅 빈 여관에서 생각이 처량해지네.	야심허관사처연 夜深虛館思悽然
어머님 혼정신성昏定晨省 지금 편안하신지요?	훤당정성금안부 萱堂定省今安否
흰머리 내일 아침엔 또 한 살 잡수시겠네.	학발명조우일년 鶴髮明朝又一年

동일운同一韻에 같은 시어詩語가 그대로 인용되고 있다.

또 섣달 그믐 날 밤을 자지 않고 지새우는 풍습이 있었다. 이 날 밤에 잠을 자면 눈썹이 센다는 전설이 있기 때문이다. 그래서 집안을 환히 밝히면서 밤을 줄곧 새우곤 했다. 이를 수세守歲 또는 별세別歲라고 했다. 이 수세의 느낌을 쓴 시도 많다.

조선 중기 시인 손필대孫必大(1599~?)의 '수세守歲'란 시가 있다.

찬 서재에서 홀로 촛불 밝히고 앉아 새벽까지 있으면서	한재고촉좌침신 寒齋孤燭坐侵晨
남은 해 다 보내니 슬그머니 정신이 손상되었네.	전파잔년암손신 餞罷殘年暗損神
흡사 강남에서 나그네 되었던 날에	흡사강남위객일 恰似江南爲客日

석양의 정자 가에서 가인을 보낼 때 같네. 夕陽亭畔送佳人(석양정반송가인)

고적은 소주자사韶州刺史를 지낸 고종문高從文의 아들인데, 젊어서는 방탕과 호협으로 양梁·송宋·연燕·조趙 지방을 돌며 세월을 보내다가 이백과 두보를 만나 깨달은 바 있어 50세 가까이 되어 학문에 힘써 출세의 가도를 달렸다. 그의 시는 일취월장日就月將 날로 급진하여 송주자사宋州刺史 장구고張九皐가 그의 시를 보고 유도과儒道科에 추천하여 합격하고 봉구현위封丘縣尉에 임명되었다. 그러나 잠시 후 사직하고 하서河西 지방을 유람할 때, 하서절도사河西節度使 가서한哥舒翰을 만나 좌청위병서左聽衛兵書가 되어 가서한 막부幕府의 서기書記가 되었다.

안록산의 난이 일어나자 가서한이 토벌사령이 되었을 때 고적은 좌습유左拾遺가 되었다가 감찰어사監察御史로 전직하여 가서한을 도와 동관潼關을 지켰다. 그러나 가서한 군대가 패하자 고적은 낙곡駱谷으로부터 행재소行在所로 달려가 현종을 뵙고 동관전潼關戰 패배의 경과를 아뢰었고, 고적은 시어사侍御史로 옮겨갔다. 숙종이 즉위하자 어사대부御史大夫·회남절도사淮南節度使 등을 지냈고, 대종 때는 산기상시散騎常侍에 은청광록대부銀青光祿大夫가 더해지고 나아가 발해현후渤海縣侯가 되어 식읍食邑 700호에 봉해졌다. 죽은 뒤 예부상서禮部尚書로 추증되었다. 시호는 충忠이다.

그는 당唐나라 시인 중에서도 꽤 출세한 사람이고, 사천四川에 있을 때는 두보杜甫에게 물질적 후원을 한 것으로 전해진다.

봉구현 封丘縣[1]

고적(高適)

나는 본디 맹저 들판의 어부요 나무꾼이라
일생을 스스로 유유히 지내는 자로다.
풀 무성한 늪에서 이따금 미친 듯이 노래 불렀는데
어찌 풍진 밑에서 벼슬아치가 될 수 있었을까?
다만 작은 고을이라 하는 일 없다 하지만
관청의 온갖 일엔 모두 기약이 있는 법.
상관을 마중하다 보면 마음이 찢어지는 듯,
백성을 채찍질하다 보면 사람으로 하여금 슬퍼지네.
집으로 돌아와 처자에게 물으니
온 집안이 크게 웃으며 지금 세상이 그렇다 한다.
생활은 응당히 남쪽 몇 이랑 밭이면 족하고
세상 사정은 동으로 흐르는 물에 부쳐 두자.
옛 산이 어디에 있을까를 꿈속에서 상상하나
임금님 명령을 받았으니 바야흐로 망설여지네.
곧 매복의 부질없었음을 알게 되고
도연명의 '귀거래사' 가 문득 생각난다.

아 본 어 초 맹 저 야 　일 생 자 시 유 유 자
我本漁樵孟諸[2]野　一生自是悠悠者

사 가 광 가 초 택 중 　녕 감 작 리 풍 진 하
乍可狂歌草澤中　寧堪作吏風塵下

지 언 소 읍 무 소 위 　공 문 백 사 개 유 기
祗言小邑無所爲　公門百事皆有期

배영관장심욕쇄 편달여서 령인비
拜迎官長心欲碎 鞭撻黎庶[3]令人悲

귀래향가문처자 거가진소금여차
歸來向家問妻子 擧家盡笑今如此

생사응수남무전 세정부여동류수
生事應須南畝田 世情付與東流水[4]

몽상구산안재재 위함군명차지회
夢想舊山安在哉 爲銜君命且遲廻

내지매복 도위이 전억도잠귀거래
乃知梅福[5]徒爲爾 轉憶陶潛歸去來[6]

1 封丘縣(봉구현) : 봉구작(封丘作)으로 쓰기도 한다. 봉구현은 지금의 하남성 개봉시 북쪽에 있는데, 고적이 뒤늦게 이곳에 봉구현위(封丘縣尉)로 처음으로 부임했었다. 2 孟諸(맹저) : 늪의 이름. 중국 구수(九藪)의 하나. 하남성 상구현(商丘縣) 동북방 40km 지점에 있다. 시대에 따라 맹저(孟豬) · 망저(望渚) · 맹저(盟渚)로 불리기도 했다. 3 黎庶(여서) : 여민(黎民). 일반 백성. 4 東流水(동류수) : 중국은 대체로 모든 강이 동쪽으로 흐르므로, 물이 흘러가는 대로 맡긴다는 뜻. 5 梅福(매복) : 한나라 수춘(壽春) 사람. 자는 자진(子眞). 젊어서 장안에 유학하여 『상서(尙書)』『곡량춘추(穀梁春秋)』에 정통했다. 군문학(郡文學)이 되고, 남창위(南昌尉)에 있었다. 왕망(王莽)이 집권하자 처자도 버리고 구강(九江)으로 가 신선이 되었다 한다. 일설에는 변성명(變姓名)하고 오시(吳市)의 문졸(門卒)이 된 것을 회계(會稽)에서 보았다고도 한다. 매생(梅生) · 매선(梅仙)이라고도 한다. 6 歸去來(귀거래) : 도연명(陶淵明)의 '귀거래사(歸去來辭)'를 말한다.

왕망(王莽)

감상

고적이 맨 처음으로 얻은 봉구현위封丘縣尉란 벼슬에 있을 때 지은 시다. 얼마 안 있다가 그만두었지만 그때의 심정을 솔직하게 잘 표현하고 있다.

나는 본디 부임지 봉구현 근처 맹저 늪지대에서 고기도 잡고 나무도 하면서 일생을 유유히 한가롭게 사는 자로서, 때로는 늪 초원 지대에서 미친 듯이 노래도 불렀는데, 어찌 뜻밖에 관리가 되어 속세의 먼지 속에 끌려 들어갈 줄 알았겠는가? 사람들은 봉구현이 작은 고을이라 별 할 일이 없을 것이라 말하지만, 모든 공무에는 기간과 기약이 있는 법, 자연히 세밀하게 모든 규칙을 지켜야 하고, 때론 상관이 온다 하여 그들을 마중하느라고 마음 쓰다 보면 가슴이 터지는 것 같기도 하다. 그리고 백성들을 다그치다 보면 내 자신이 서글퍼질 때도 있다. 그래서 집에 와서 가족들에게 물어 보니, 온 식구들이 정치란 그런 것이라 한다. 아서라, 호구지책은 남쪽에 있는 밭만 가져도 충분하니, 세상에 대해선 동류수마냥 세월 가는 대로 오불관언吾不關焉하자.

꿈속에 고향을 생각하니 그립기만 하나, 군명君命으로 관직에 있으니 마음대로 어쩔 수가 없네. 이제야 옛날 매복의 고사故事가 의미 있음을 알겠고, 도리어 도연명의 '귀거래사'가 간절해지는도다.

부질없는 관직을 버리고 대자연 속으로 다시 들어가 자기 멋대로의 생활을 즐기고 싶은 충동을 솔직하게 잘 토로하고 있다.

상성上聲의 마馬 · 지운紙韻과 평성平聲 지支 · 회운灰韻을 통운通韻한 칠언고시다.

여설

757년(至德 2) 영왕永王 이린李璘이 강동江東에서 군사를 일으켜 양주에 거점을 두려 했다. 전에 상황上皇(현종)이 황자皇子들을 각지의 군정장관軍政長官으로 임명하려 할 때 고적이 극력 반대한 일이 있다. 이제 영왕이 반란을 일으키자 이런 사실을 들은 숙종은 고적을 불러 의견을 물었다. 고적은 강동의 정세로 보아 영왕이 반드시 패한다고 답했다. 숙종은 고적의 답변에 감동해서 고적을 어사대부御史大夫·양주대도독부장사揚州大都督府長史·회남절도사淮南節度使에 임명하고, 강동절도사江東節度使 내진來瑱과 함께 군사를 이끌고 가서 강회江淮의 난리를 평정하고 안주安州를 치게 했다. 군사들이 양자강을 건너려는데 벌써 영왕은 패배했다. 그래서 역양歷陽에 있는 적장敵將 계광종季廣琮을 항복시켰다.

전쟁이 끝나자 이보국李輔國(환관)이 고적의 직언直言을 미워하여 황제 앞에서 헐뜯어 고적은 태자소첨사太子少詹事로 좌천되었다. 얼마 안 있어 촉에서 반란이 일어나자 고적은 촉주자사蜀州刺史가 되었다가 팽주자사彭州刺史로 옮겼다.

그 뒤 재주부사梓州副使 단자장段子璋이 반란을 일으켜 동천절도사東川節度使 이환李奐을 공격하자, 고적은 군사를 이끌고 서천절도사西川節度使 최광원崔光遠을 따라가 단자장을 쳐 참斬했다. 그러나 단자강이 죽자 용맹을 자랑하는 서천아장西川牙將 화경정花驚定이 동천지구東川地區에서 갖은 약탈 행위를 다했다. 이렇듯 최광원崔光遠의 군대가 기율紀律이 문란하여 엉망이었으므로 황제는 최광원의 목을 베고 고적을 대신 성도윤成都尹·검남서천절도사劍南西川節度使에 임명했다.

대종代宗이 즉위하자 토번吐蕃이 국경을 침입하므로 고적으로 막게 했으나 실패하자 엄무嚴武에게 대신케 했다. 고적은 서울로 돌아와 형부시랑刑部侍郎이 되고, 산기상시散騎常侍에 전임되어 은청광록대부銀青光祿大夫가 더해지고 다시 발해현후渤海縣侯로 식읍食邑 7백호百戶에 봉해졌다. 765년(永泰 1) 정월에 사망했다. 예부상서禮部尙書에 추증되고 시호가 충忠으로 내려졌다.

연가행 燕歌行[1]

고적(高適)

한나라 전쟁이 동북에서 일어나니
한나라 장수는 집을 떠나 잔악한 적을 깨뜨리네.
남자는 본디 용맹을 중히 여기니
천자도 비상하게 체면을 차려 주네.
징 치고 북 울리며 유관으로 내려가니
각종 깃발 즐비하게 갈석산에 펄럭이네.
교위의 우서는 한해로 날아가고
선우의 엽화는 낭산을 비추네.
산천의 쓸쓸함이 변방까지 이었는데
호인의 기마대는 난폭하게 풍우를 뒤섞네.
전사들은 싸움에서 태반이 죽었는데
미인은 휘장 아래에서 오히려 가무하네.
대 사막의 늦가을 변방의 풀은 말랐는데
외로운 성 지는 해에 싸울 군사는 적네.
몸이 은우를 받고도 늘 적을 경시하더니
관산에서 힘이 다하여 포위를 풀지 못하네.
철갑 옷 입고 먼 곳 수자리에서 고생도 오래 하는데
옥 젓가락은 이별 후에 응당히 울었으리라.
젊은 아내 성남에서 애간장 끊어질 때
출정한 남편은 계북에서 부질없이 돌아만 보네.
변경까지 아득하니 어떻게 통과할 수 있으며

지극히 먼 곳 창망하니 다시 무엇을 바라리요?
살기가 삼시로 전운을 만들어 대고
차가운 소리는 온 밤 동안 조두를 전하는 것이네.
흰 칼날에 눈이 펄펄 날림을 바라보노라니
절개 지켜 죽는 것이 종래부터 어찌 공훈을 돌봐서인가?
그대는 보지 못했는가? 전장에서 싸움하는 괴로움을
지금도 오히려 이장군을 기억하네.

한가 연진 재동북 한장사가파잔적
漢家[2]煙塵[3]在東北[4] 漢將辭家破殘賊[5]

남아본자 중횡행 천자비상사안색
男兒本自[6]重橫行[7] 天子非常賜顏色[8]

창금벌고 하유관 정기위이 갈석 간
摐金伐鼓[9]下榆關[10] 旌旗逶迤[11]碣石[12]間

교위 우서 비한해 선우 엽화 조낭산
校尉[13]羽書[14]飛瀚海[15] 單于[16]獵火[17]照狼山[18]

산천소조극 변토 호기빙릉 잡풍우
山川蕭條極[19]邊土 胡騎憑陵[20]雜風雨

전사군전 반사생 미인장하유가무
戰士軍前[21]半死生 美人帳下猶歌舞

대막궁추 새초쇠 고성락일투병희
大漠窮秋[22]塞草衰 孤城落日鬪兵稀

신당은우상경적 역진관산미해위
身當恩遇常輕敵 力盡關山未解圍

철의원수신근구 옥저 응제별리후
鐵衣遠戍辛勤久 玉箸[23]應啼別離後

소부성남 욕단장 정인계북 공회수
少婦城南[24]欲斷腸 征人薊北[25]空回首

변정표요나가도 절역 창망갱하유
邊庭飄颻那可度[26] 絕域[27]蒼茫更何有

살기삼시 작진운 한성일야전조두
殺氣三時[28]作陣雲 寒聲一夜傳刁斗[29]

상 간 백 인 설 분 분　사 절 종 래 기 고 훈
相看白刃雪紛紛[30]　死節從來豈顧勛

군 불 견 사 장 정 전 고　지 금 유 억 이 장 군
君不見沙場征戰苦　至今猶憶李將軍[31]

1 燕歌行(연가행) : 연나라 노래. 원래는 악부시제(樂府詩題)였다. 연은 현재 하북성 일대. 이 시는 연지방(燕地方)에서의 군대 생활과 출정한 남편과 고향에 남아 있는 아내의 그리운 정을 담고 있다. 이 시에는 다음과 같은 서문이 붙어 있다. '개원(開元) 26년(738년) 어사대부(御史大夫) 장공(張公 : 명 守珪)을 따라 군대에 나갔다가 돌아온 친구가 연가행을 지어 나에게 보이므로 전쟁에 관심이 있는 나인지라 나도 한 수 지어 화답하는 것이다(開元二十六年 客有從御史大夫張公出塞而還者 作燕歌行以示 適感征戍之事 因而和焉).' 2 漢家(한가) : 한조(漢朝). 한나라. 실은 한나라를 빌려 당나라를 가리킴. 3 煙塵(연진) : 연기와 먼지. 전쟁 때의 봉화, 곧 전쟁. 4 東北(동북) : 당나라의 동북지방. 지금의 하북지방(河北地方). 5 殘賊(잔적) : 잔혹한 도적, 곧 잔악한 외적(外敵). 6 本自(본자) : 본디부터 스스로. 본래. 7 重橫行(중횡행) : 중은 중하게 여기다. 횡행은 거리낌없이 제멋대로 행동함. 용맹함. 8 賜顔色(사안색) : 안색을 주다, 곧 명예와 벼슬을 하사한다는 뜻. 9 摐金伐鼓(창금벌고) : 징을 두드리고 북을 치다. 창(摐)-두드릴 창. 벌(伐)-칠 벌. 10 下榆關(하유관) : 하는 내려가다. 진출하다. 유관은 산해관(山海關). 현재 하북성 임유현(臨榆縣). 11 逶迤(위이) : 죽 이어진 모습. 연이어진 모양. 12 碣石(갈석) : 갈석산(碣石山). 현재 하북성 낙정현(樂亭縣) 서남, 창려현(昌黎縣) 북쪽에 있는 산. 13 校尉(교위) : 관명(官名). 장군 다음으로 가는 무관직(武官職). 14 羽書(우서) : 닭털을 꽂은 군사상의 긴급 문서. 15 瀚海(한해) : 대사막(大沙漠). 16 單于(선우) : 흉노(匈奴)의 수장(首長). 17 獵火(엽화) : 사냥할 때의 불. 전쟁의 불길을 가리킨다. 18 狼山(낭산) : 낭거서산(狼居胥山). 현재의 내몽고 서북

갈석산(碣石山)

부에 있다. **19** 極(극) : 끝까지 다하다. **20** 憑陵(빙릉) : 의지할 곳이 있어 남을 능욕함. 형세가 무성하여 남을 핍박함. 날래고 거칠다. **21** 軍前(군전) : 전장(戰場)에서. **22** 大漠窮秋(대막궁추) : 대막은 대사막. 궁추는 심추(深秋). 대사막의 깊은 가을. **23** 玉箸(옥저) : 옥으로 만든 젓가락. 두 줄기 눈물의 비유. 남편을 전쟁터로 보내고 집에 남아 있는 아내의 눈물. **24** 城南(성남) : 성 남쪽. 아내가 거처하는 곳. **25** 薊北(계북) : 현 하북성 북부. 군인 나가 있는 남편이 있는 곳. **26** 那可度(나가도) : '나는 어찌' 라는 뜻의 의문사. 도는 도(渡)로 건너다, 지나다. 어찌 통과할 수 있으랴? 일설에는 어찌 그날, 그날을 편안히 지낼 수 있으랴로 풀기도 한다. **27** 絕域(절역) : 극히 먼 곳. **28** 三時(삼시) : 춘하추(春夏秋) 3시(時). 아침 · 점심 · 저녁 하루 세 번. **29** 刁斗(조두) : 군중(軍中)에서 야경(夜警) 돌 때 치는 동라(銅鑼). **30** 雪紛紛(설분분) : 혈분분(血紛紛)으로 쓰기도 한다. 눈이 펄펄 날다. 핏방울이 묻어 있다로 풀이하기도 함. **31** 李將軍(이장군) : 한나라 때 비장군(飛將軍)이라 불린 이광(李廣). 그는 병법에도 능했고, 전투에도 용감했으며 부하들과 생사고락을 같이하여 매우 존경을 받았다. 하도 용맹하여 적이 이 장군만 보면 비장군이 나타났다고 도망쳐 국경지대가 늘 평온했다 한다.

감상

한나라 때 중국 동북지방에서 전쟁이 일어나서 장수들은 집을 떠나 모두 전쟁터로 나갔다. 남자들은 본성이 용감하고 의협심이 강한 존재라 주저 없이 군대에 나아가고, 이를 뒷받침하는 천자는 특별히 우대하여 명예와 체면을 지켜 주었다. 출정出征하는 날 징 치고 북 울리며 유관榆關 지방으로 내려갈 때 기치旗幟 · 창검槍劍이 갈석산에까지 뻗어 펄럭이며 빛나고 있었다. 마침 적과 부딪치자 사령관인 교위의 전령은 한해 지방으로 달려가고 적인 오랑캐의 수장 선우의 봉화는 낭산이 훤히 들여다보일 정도로 비춘다. 전투가 벌어지자 산천은 쑥밭이 되어 변방 끝까지 초토화되고, 오랑캐의 말발굽은 난폭하게 비바람을 몰아치듯 달려온다. 이에 군사들이 태반이나 죽어 가는데, 지휘본부에는 대장이 휘장 안에서 미인을 데리고 춤추며 부하들을 아끼는 생각이라곤 추호도 없다.

대사막의 늦가을이라 풀도 모두 마르고, 외로운 성에 해는 지는데 싸울 병사는 모자란다. 일찍이 천자의 은혜를 온몸에 받아 영광을 누렸던 장군은 늘 적을 경시하더니, 막상 전쟁을 당해서는 온 힘을 다 썼으나 관산關山의 포위를 풀지 못하니 안타깝다. 갑옷 입은 병사들은 먼 수루戍樓에서 장기간 된 고생을 하니, 고향에 남은 아낙은 이별의 서러움이 눈물로 쏟아져 두 줄기 옥 젓가락마냥 흘러내린다. 젊은 아내는 성남에서 애간장이 끊어지는데, 군인 간 남편은 계북에서 부질없이 고향 쪽으로 멀리서 고개만 돌려 바라본다. 국경까지는 아득한 길, 갈 수도 또 편안히 지낼 수도 없고, 끝간 곳이라 오직 바라기는 무사히 군무를 마치고 돌아오기를 기다릴 뿐, 다른 무슨 소원이 있겠는가?

전쟁터라 무시로 살기가 가득한 전운이 감도는데, 밤새도록 경계하느라고 조두 치는 소리가 추위 속에 끊임없이 들려 온다. 적과 백병전白兵戰이 벌어지면 칼날에 서릿발 같은 핏방울이 서리니, 싸우다 죽음은 예부터 의무이지 무슨 공훈을 바라서 싸웠는가?

전장에서의 전쟁의 괴로움을 그대는 보지 못했는가? 제발 전쟁이 없어야지. 적이 보기만 하면 달아났던 비장군 이광 장군이 이런 때 있었으면 얼마나 좋을까? 지금까지 이 장군 이야기는 신화처럼 전해 내려온다.

이 시는 칠언고시로 입성入聲의 직운職韻과 상성上聲의 우虞·유운有韻과 평성平聲의 산刪·미微·문운文韻의 통운通韻으로 이루어졌다.

여설

이 시의 서에서 밝힌 대로 출정했다 돌아온 친구의 전쟁터 광경을 전해 듣고 자신이 전쟁에 나아가 실제로 겪은 이상의 전황과 정경을 잘 읊고 있다.

이 시는 738년(개원 26) 북부 국경을 지키고 있던 장수 장수규張守珪의 무능을 풍자한 것이다. 장수규의 부하 조감趙堪이 경망되게 국경 충돌을 일으켜 처음에는 승전했으나 나중에는 졌는데, 이긴 것으로 거짓 보고한 사건이 있었다. 이런 때 싸우지 않고 이기는 이광 장군이 생각난다. 전쟁의 참상, 아까운 장정이 수없이 죽는데도 장군은 주색에 빠져 부하들을 돌보지 않는 매정함, 그리고 전쟁의 피비린내 나는 처참한 광경을 절실하게 잘 묘사하여 당시 변새시邊塞詩의 대표작으로도 꼽히고 있다.

고적은 의혈남아義血男兒로 시인이면서도 정치가를 겸하여 당대唐代 시인 중 가장 영달榮達을 누린 사람이다. 그는 천하를 다스리는 정책을 논하기를 좋아하고, 공명심功名心에 불타고 절의節義를 숭상하여 어려운 때를 당하면 살신성인殺身成仁하는 자세를 지녔으며, 부하를 사랑하고 백성을 아껴 명관名官으로도 소문났던 이다. 시문집詩文集도 20권이나 되었으나 산일散逸되어 지금 송대인宋代人이 모아 놓은 『고상시집高常詩集』이 있을 뿐이다.

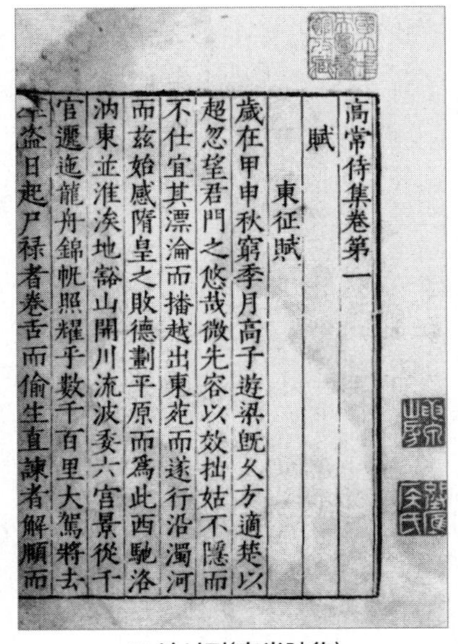

高常侍集卷第一
賦
東征賦
歲在甲申秋窮季月高子遊梁既久方適楚以
超忽望君門之悠哉微先容以效拙姑不隱而
不仕宜其漂淪而播越出東苑而遂行沿濁河
而茲始感隋皇之敗德劃平原而爲此西馳洛
汭東並淮涘地豁山開川流波委六宮景從千
官邐迤龍舟錦帆照耀乎數千百里大駕將去
乎益日起尸祿者卷舌而偷生直諫者解顯而

고상시집(高常詩集)

잠삼 岑參

715～770

호북성 강릉江陵 사람. 744년(천보 4) 진사進士가 된 뒤, 벼슬길에 올랐으나 국경지대에 가서 오랫동안 근무했으므로, 원정遠征 · 별리別離의 정을 경험하여 그의 시는 비장미悲壯味를 띤 변새시邊塞詩로 유명하다. 『잠가주집岑嘉州集』 4권이 있다.

견위수사진천 見渭水[1]思秦川[2]

잠삼(岑參)

위수는 동쪽으로 흘러가는데
어느 때에 옹주에 도착할까?
그 편에 두 줄기 눈물을 보태어
고원을 향하여 흘려 보내려네.

위 수 동 류 거　하 시 도 옹 주
渭水東流去　何時到雍州[3]
빙 첨 량 행 루　기 향 고 원 류
憑[4]添兩行淚　寄向故園[5]流

1 渭水(위수) : 감숙성 위원현 조서산에서 발원하여 함양 · 위남을 지나 화음에 이르러 황하(黃河)와 합류하는 강. 2 秦川(진천) : 장안을 중심으로 한 평야지방(平野地方)의 범칭(汎稱). 3 雍州(옹주) : 장안 지방(長安地方)을 예스럽게 부른 말. 우하구주(禹夏九州) 중 옹주(雍州)에 속했기 때문이다. 4 憑(빙) : 의지하다. 위수에 의지하여. 5 故園(고원) : 고향.

감상

위수가 동쪽으로 흘러가니 언젠가는 내 고향 옹주에 도착하겠지. 그러나 지금 나는 고향을 떠나 객지에 와 있는 몸. 이 위수 편에 고향을 그리는 두 줄기 눈물을 보내어 내 고향으로 흘려 보내 소식을 알리고 싶구나.

위수를 보고 고향 산천을 생각하는 망향시望鄕詩다.

평성平聲 우운尤韻의 오언절구다.

여설

잠삼은 749년(천보 8) 안서사진절도사安西四鎭節度使 고선지高仙芝 장군 막하幕下의 장서기掌書記로서 우위위녹사참군右威衛錄事參軍의 직함을 겸임하고 안서安西로 나아갔다. 안서는 서방을 안정시킨다는 뜻으로 원래의 치소治所인 구자龜茲(현재 신강성 천산남로의 庫車)에 도호부를 두고 서역西域을 진무鎭撫하고 있었다. 당나라 영토의 서쪽 끝이었다. 아마도 그때 위주渭州 근처 위수 상류를 보고 감개무량함을 읊은 시일 것이다.

2년 후인 751년(천보 10) 고선지가 이끄는 당나라 군사가 대식국大食國의 침입군과 당군에 속해 있던 번족蕃族의 반란군과의 협격挾擊에 의해 대패하고 고선지가 귀국했기 때문에 잠삼도 6월에 임조臨洮에서 후퇴하여 초가을에 장안으로 돌아왔다. 그 뒤 754년(천보 13) 잠삼은 북정도호北庭都護·이서절도한해군사伊西節度瀚海軍使 봉상청封常清의 요청으로, 대리평사大理評事·섭감찰어사攝監察御史·겸절도판관兼節度判官에 임명되어 북정北庭으로 출발했다. 이듬해인 755년에 윤대輪臺에 주둔하면서 북정과의 사이를 왕래했다. 북정도호부는 현재 천산북로天山北路의 적화迪火, 곧 우루무치烏魯木齊에 있었는데 안서의 북방을 관할했다.

이 해 11월 안록산安祿山이 반란을 일으키자 봉상청은 이를 막기 위하여 장안으로 소환되었다. 잠삼은 다음 해인 756년(천보 15 : 지덕 1) 윤대에서 이서북정지도부사伊西北庭支度副使로 있었으나 연말에 동쪽으로 돌아와 진창晉昌·주천酒泉으로 왔다. 757년(지덕 2) 2월에 숙종이 봉상鳳翔으로 돌아왔을 때 두보 등 5인이 잠삼을 추천하여 우보궐右補闕에 임명되어 중앙관직中央官職에 나아가게 된 것이다.

목숙봉기가인 苜蓿[1]烽寄家人

잠삼(岑參)

목숙 봉화대烽火臺 가에서 입춘을 만나
호로하 가에서 수건에 눈물 적시네.
그대는 규중에서 부질없이 나만 생각하고
사막의 모래밭이 사람 근심케 함을 보지 못하노라.

목 숙 봉 변 봉 립 춘　호 로 하　상 루 첨 건
苜蓿烽邊逢立春　葫蘆河[2]上淚沾巾
규 중　지 시 공 상 억　불 견 사 장　수 쇄　인
閨中[3]只是空相憶　不見沙場[4]愁殺[5]人

1 苜蓿(목숙) : 풀 이름. 개자리 · 거여목. 옥문관(玉門關) 서쪽 지방은 사막지대로 역사(驛舍)도 야산(野山)도 없고 다만 봉화대를 쌓아 봉화로 여인(旅人)의 지표를 삼았다. 봉화대는 같은 거리로 5개가 이어져 한 역(驛)이 되었다 한다. 2 葫蘆河(호로하) : 개울 이름. 호리병처럼 위는 좁고 아래는 넓어 이런 이름이 생겼다. 감숙성 고원현(固原縣) 서남쪽으로부터 발원하여 북류(北流)해서 영하(寧夏)를 지나 황하(黃河)로 흘러 들어감. 3 閨中(규중) : 여인들이 거처하는 방. 4 沙場(사장) : 사막. 5 愁殺(수쇄) : 근심하다. 쇄는 조자(助字).

감상

목숙이란 봉화대 근처에서 마침 새 봄이 온다는 입춘을 만나, 호로하라는 강가에서 고향 생각을 하며 수건을 눈물로 흠뻑 적신다. 이 괴로움과 슬픔을 누가 알랴? 고향 규방 안에 있는 사랑하는 아내는 오로지 나만 생각할 뿐 저 끝없는 사막이 사람을 근심에 싸이게 하는 것을 보지 못하니 다행이로다.

아내를 그리며 새외塞外의 서글픈 정경을 한탄하는 시다.

평성平聲 진운眞韻의 칠언절구다.

여설

결구結句 '不見沙場愁殺人'에서 쇄殺자가 문제다. 보통 '죽인다' 할 때는 '살'로 읽고, '덜다, 감하다, 빠르다'의 뜻일 때는 '쇄'로 읽는다. 살인殺人·살생殺生과 상쇄相殺·쇄도殺到가 그것이다. 그런데 이 '쇄'가 앞의 용언의 강도를 나타내는 '조'자로 쓰일 때가 있다. 이런 때는 주로 '쇄'로 읽었으나 '살'로 읽기도 하여 혼동하고 있다. 이백의 고시古詩 중에 '笑殺陶淵明 不飮杯中酒(우습다, 도연명이 술잔 속의 술을 안 마시다니)'라는 구절이 있는데, 어떤 사람이 이 소쇄笑殺를 '우스워 죽겠다'라고 새겨 사람을 웃긴 일이 있다. 우리 말로는 말이 되지만, 이 쇄자는 소笑를 강조하기 위하여 쓴 허자虛字다. 따라서 '되게 웃긴다'는 뜻이지, 웃다가 죽는다는 뜻이 아니다. 대체로 소쇄笑殺·수쇄愁殺 등으로 읽는다.

봉입경사 逢入京使

잠삼(岑參)

고원을 동으로 바라보니 길은 아득한데
두 소매 흥건히 눈물 마르지 않네.
말 위에서 만났으니 종이와 붓이 있나?
그대에 의지해 평안을 알린다고 말이나 전해 주오.

고원 동망로만만 쌍수용종 루불건
故園[1] 東望路漫漫[2] 雙袖龍鍾[3] 淚不乾
마상상봉무지필 빙군 전어보평안
馬上相逢無紙筆 憑君[4] 傳語報平安

1 故園(고원) : 고향. 2 漫漫(만만) : 길이 멀고 아득한 모양. 3 龍鍾(용종): 눈물 흘리는 모양. 4 憑君(빙군) : 그대에 의지하여. 당신 편에.

감상

동방東方 고향 쪽을 바라보니 고향까지의 길은 아득히 멀다. 그리운 고향을 생각하니 눈물이 쏟아져 주체할 수가 없어 도무지 마를 순간이 없다. 때마침 나와 반대로 서울로 돌아가는 사신이 있어 우연히 만났는데, 갑자기 마상馬上에서 만났으니 지필묵紙筆墨이 있나? 편지로 안부를 적어 보내야 하나 방도가 없으니 그대는 꼭 우리 집에 가서 내가 여기서 잘 지내고 있다고 반드시 일러 주기를 바란다.

서역西域으로 가는 길인데 우연히 서울 장안으로 되돌아가는 사신이 있어 그 편에 내 안부를 고향에 보내는 간절한 사향심思鄉心을 읊고 있다.

평성平聲 한운寒韻의 칠언절구다.

여설

용종이란 말은 여러 뜻이 있다. ①늙어 야위고 병든 모양, ②뜻을 잃은 모양. 실의모失意貌, ③눈물 흘리는 모양, ④차마 가지 못하는 모양, ⑤강건한 모양, ⑥대나무 종류의 이름. 이때는 농종籠種이라 쓰기도 한다.

위 시에서는 ③의 뜻으로 쓰였다.

용종은 원래 농종隴種에서 변한 말이다. 농종은 '밭두렁에다 씨를 뿌린다'는 뜻인데, '잃어버리는 모양, 재촉하여 실패하는 모양' 등으로도 쓰였다. 이 농종이 글자 모양이 비슷한 용종으로 변하여 의미가 여러 가지로 달리 쓰이고 있다.

산방춘사 山房[1] 春事[2] 2수 二首

잠삼(岑參)

제1수

바람이 편안하고 날씨 따뜻하여 봄빛이 방탕하니
희롱하는 나비와 유람하는 벌이 어지러이 방으로 들어오네.
몇 가지의 문 앞 버들이 옷 횃대에 나직하게 드리우고,
한 조각 산 꽃은 지필묵 올려 놓는 책상으로 떨어지네.

풍 념 일 난 탕 춘 광　희 접 유 봉 란 입 방
風恬日暖蕩春光　戲蝶遊蜂亂入房
수 지 문 류 저 의 항　일 편 산 화 락 필 상
數枝門柳低衣桁[3]　一片山花落筆牀[4]

1 山房(산방) : 산속의 방, 또는 절. 이 절은 양원(梁園)의 폐허지에 세워진 것이라고도 함. 2 春事(춘사) : 봄의 흥겨움. 춘흥(春興). 3 衣桁(의항) : 옷을 걸어 두는 횃대. 4 筆牀(필상) : 지필묵(紙筆墨)을 올려 놓는 책상.

제2수

양원에 날이 저무니 어지러이 나는 까마귀,
눈길이 닿는 곳 모두 쓸쓸한데 두세 채의 집뿐이네.
뜰 안 나무는 사람들이 다 가버린 것도 알지 못하고
봄이 오자 또 옛날의 그 꽃을 도로 피우네.

양원 일모란비아 극목 소조삼량가
梁園[5]日暮亂飛鴉 極目[6]蕭條三兩家

정수부지인거진 춘래환발구시화
庭樹不知人去盡 春來還發舊時花[7]

5 梁園(양원) : 한나라 문제의 차남 양효왕(梁孝王)의 별장. 토원(兎園)이라고도 함. 사방의 호걸과 학자들을 모아 놀던 곳. 6 極目(극목) : 시력이 미치는 범위. 눈길이 닿는 끝까지. 7 舊時花(구시화) : 옛날로부터의 꽃. 옛날과 똑같은 꽃.

감상

제1수

바람이 잔잔하고 날씨마저 따뜻하여 바야흐로 봄빛이 한창 무르익으니, 꽃밭을 희롱하던 나비와 벌들이 어쩌다 산사山寺의 방안까지 어지러이 들어오기도 하네. 문 앞에는 버드나무가 서 있고, 봄이 한창이라 푸른 버들가지가 죽죽 늘어져 몇 가지가 문안의 횃대에까지 나직이 드리우기도 한다. 한편 창 너머로는 뒷산에 피어 있는 산 꽃의 꽃잎이 흩날려 책상 위로 떨어지기도 한다.

산방의 봄 풍경을 소묘素描한 평성平聲 양운陽韻의 칠언절구의 시다.

제2수

양원에 봄날이 저무는데 까마귀는 어지러이 날고, 눈으로 보이는 곳의 모든 풍경이 다 쓸쓸한데 두세 집만 남아 있다. 옛날 양원은 대단히 호화롭고 웅장했었는데 이제는 폐허가 되어 집이라곤 두세 채만 남아 있고, 일모에 까마귀만 날아드는 처량한 모습이다. 그러나 정원수는 그대로 남아 옛날 여기 살던 사람들은 다 가버려 없어졌는데도 봄이 오자 옛날에 피우던 꽃을 다시 아름답게 피우니, 참으로 무정하도다.

인간유정人間有情 화심무정花心無情이라 할까? 폐허가 된 양원에서 회고한 내용이다.

평성 마운麻韻의 칠언절구의 시다.

여설

양원은 양원梁苑으로 쓰기도 한다. 양은 지금의 하남성 귀덕부歸德府 상구현商丘縣에 있다. 옛날 춘추전국시대 송나라 땅을 전한 때 개칭한 것이다. 이 땅은 주周가 은殷을 멸한 후 은의 충신 미자微子를 여기에 봉하고 송나라로 칭했다. 전국시대가 되자 B.C. 286년(난왕 29)에 제나라에게 망했다. 송은 857년간 계속된 나라였다. 한나라 때 문제 유항劉恒(B.C. 180~157 재위)이 B.C. 178년에 이곳에 양나라를 세워 제4남 유승劉勝을 왕으로 봉했다. 그러나 10년 만에 병사病死했다. 시호諡號를 양회왕梁懷王이라 했다.

그 이듬해인 B.C. 177년에 회양왕淮陽王이 된 차남 유무劉武를 B.C. 168년에 양왕梁王으로 개봉改封했다. B.C. 157년에 문제가 붕崩하고 경제景帝(劉武의 同母兄)이 즉위하여 3년 뒤 오초吳楚 등 7개 국이 대반란을 일으켰다. 그 이듬해 바로 그 난리는 평정되었는데, 양왕 유무가 이 난리 평정에 큰 공을 세워 모든 예우를 천자天子와 같이 받게 되었다. 양나라는 이제 부강하기가 천자보다도 더 나았다. 그래서 천하의 호걸과 유세객과 학자, 문인들이 모두 이 양원으로 모여들었다. 세월이 흘러 이 양원은 폐허가 되고, 당나라 때 이곳에 개원사開元寺가 세워졌었다 한다.

이 양원에서 성경省境을 넘어 산동성으로 들어가면 그리 멀지 않은 곳에 선현單縣이 있다. 옛 이름은 선보單父였다. 이 선현의 위尉로 와 있던 이가 바로 잠삼의 형 잠황岑況이었다. 따라서 잠삼은 형의 치소治所에 자주 갔는데, 그때 이곳을 지나며 이 시를 지었다 한다.

양원(梁園)

위원외가화수가 韋員外[1]家花樹歌

잠삼(岑參)

올해 꽃은 지난해와 같이 좋으나
지난해 사람은 올해가 되어 더 늙네.
사람은 늙어 꽃과 같지 않음을 비로소 알겠으니
아깝도다, 떨어진 꽃을 그대는 쓸지 마소.
그대 집안 형제들은 당해낼 수 없으니
열경 · 어사 · 상서랑의 지위에 있네.
조정에서 돌아오면 꽃 밑에서 항상 손님을 모아
꽃이 옥잔에 부딪치니 봄 술의 향기 더하네.

금년화사거년호 거년인도금년로
今年花似去年好 去年人到今年老

시지인로불여화 가석락화군막소
始知人老不如花 可惜洛花君莫掃

군가형제불가당 열경 어사 상서랑
君家兄弟不可當[2] 列卿[3]御史[4]尚書郎[5]

조회 화저항회객 화박옥항 춘주향
朝回[6]花底恒會客 花撲玉缸[7]春酒香

1 韋員外(위원외) : 위는 성(姓), 원외는 관명(官名). 원외랑(員外郎)의 준말. 정원외(定員外)의 관리라는 뜻. 위원외가 누구인지는 확실치 않다. **2** 不可當(불가당) : 감당해 낼 수 없다. 도저히 따라가지 못한다. **3** 列卿(열경) : 당대(唐代)의 태상시(太常寺) · 광록시(光祿寺) · 위위시(衛尉寺) · 종정시(宗正寺) · 태복시(太僕寺) · 태리시(太理寺) · 홍려시(鴻臚寺) · 사농시(司農寺) · 태부시(太府寺) 등 9개 관청의 장관을 말한다. 이 여러 경(卿) 중에서 태상경(太常卿)은 정3품, 나머지 경은

종3품이었다. **4** 御史(어사) : 관리를 감찰 · 재판하는 관리. **5** 尙書郎(상서랑) : 상서성(尙書省)의 6조(曹)에 각기 속한 낭중(郎中) · 원외랑 등의 총칭. **6** 朝回(조회) : 조정에서 근무를 마치고 귀가(歸家)하다. **7** 玉缸(옥항) : 옥으로 만든 술항아리.

감상

금년에 핀 꽃은 작년에 피었던 꽃과 똑같이 아름다운데, 사람은 작년 사람과 금년 사람이 달라 해가 갈수록 늙어만 간다. 따라서 이제야 깨닫노니 사람은 늙어가 항상 변화가 없는 꽃과 같지를 못하니, 저 아까운 꽃, 낙화라고 쓸어버리지 말 것이다.

이렇게 사람이란 저 꽃과는 달라 늘 변해 가는 존재지만 그대 집안의 형제들은 모두 출중出衆하게 잘나서 조정에 나아가 온갖 벼슬을 하여 남들이 도저히 따를 수 없는 존재들이다. 그들은 이렇게 고위직에 있을 뿐 아니라, 조정에서 돌아오면 항상 꽃나무 밑에서 잔치를 베풀고 손님들을 초청하여 즐긴다. 그때 꽃나무 위에서 떨어지는 꽃이 옥 항아리에 부딪치니 봄 술의 향기는 더 한층 무르익어 멋있는 풍경을 자아내는도다.

잠삼이 위원외댁韋員外宅에 초청받아 가서 꽃나무 밑에서 꽃이 떨어져 봄 술에 잠기는 광경을 보고, 늙음의 무상함과 위원외댁의 번창을 부러워하며 찬미한 시다.

칠언고시로 전반前半은 상성上聲 호운皓韻, 후반後半은 평성平聲 양운陽韻으로 이루어져 있다.

여설

이 시의 첫 두 구 '今年花似去年好 去年人到今年老'는 유정지劉庭芝의 '대비백두옹代悲白頭翁' 시의 11 · 12구의 '年年歲歲花相似 歲

歲年年人不同' 이란 구절과 함께 널리 인구에 회자되는 시구이다. 꽃과 사람을 견주어 해마다 변함없는 꽃과 해마다 달라지는 사람을 견주어 인생무상의 서러움을 나타내는 구절로 유명하다.

이 시의 끝구 '花撲玉缸春酒香' 도 명구名句로 친다.

호가가 胡笳[1]歌 송안진경사부하롱 送顔眞卿[2]使赴河隴[3]

잠삼(岑參)

그대는 듣지 못했는가? 호가의 소리가 가장 슬픈 것을,
붉은 수염 푸른 눈의 호인이 부네.
불어 한 곡조 아직 안 끝났는데
누란에서 지키는 군사는 시름에 겹네.
서늘한 가을 8월의 소관의 길,
북풍이 천산의 풀을 불어 끊는다.
곤륜산 남쪽에서 달은 지려 하는데
호인은 달을 향하여 호가를 분다.
호가가 원망하는 가운데 바야흐로 그대를 보내려니
진산에서 농산의 구름을 아득히 바라보네.
변방의 성에서 밤마다 근심 어린 꿈도 많은데,
달을 향한 호가를 누가 듣기 좋아할까?

군불문호가성최비 자염록안호인취
君不聞胡笳聲最悲 紫髥綠眼胡人吹

취지일곡유미료 수쇄 누란 정수아
吹之一曲猶未了 愁殺[4]樓蘭[5]征戍兒[6]

양추팔월소관 도 북풍취단천산 초
涼秋八月蕭關[7]道 北風吹斷天山[8]草

곤륜산 남월욕사 호인향월취호가
崑崙山[9]南月欲斜 胡人向月吹胡笳

호가원혜장송군 진산 요망농산 운
胡笳怨兮將送君 秦山[10]遙望隴山[11]雲

변성야야다수몽 향월호가수희문
邊城夜夜多愁夢 向月胡笳誰喜聞

1 胡笳(호가) : 호인(胡人), 곧 북방 이민족(異民族)이 갈대 잎을 말아 불던 피리. 후에는 대나무로 만들었음. 2 顔眞卿(안진경) : 709~785. 현종 · 숙종 · 대종 · 덕종 4대를 역사(歷仕)한 충신. 현종 때 평원(平原 : 하북성) 태수(太守)가 되었다. 안록산(安祿山)의 난이 일어나자 맨 앞에서 토벌군을 지휘하여 큰 공을 세워 평란(平亂) 후 형부상서(刑部尙書)가 되어 노국공(魯國公)에 봉해졌다. 덕종 때 이희열(李希烈)의 반란(反亂)을 선무(宣撫)하려다가 죽임을 당했다. 서도(書道)에도 대가(大家)로 특히 해서(楷書)에 장(長)하여 안진경체(顔眞卿體)를 만들어 냈다. 이 시를 받았을 때 그는 아직 유명하지 않았었다. 748년(천보 7) 40세 때 감찰어사(監察御史 : 정8품)로서 하서농우군시복둔교병사(河西隴右軍試覆屯交兵使)에 충원(充員)되어 하서농우지방(河西隴右地方)에 주둔한 장병이나 관리의 근무 상황이나 치안 · 재판의 양부(良否)를 감찰하기 위하여 출장갔을 때 받은 시다. 3 河隴(하롱) : 당대(唐代)의 하서(河西)와 농우(隴右). 지금의 감숙성 난주부(蘭州府) 적도(狄道). 4 愁殺(수쇄) : 매우 근심하다. 쇄는 강의(强意)의 조자(助字). '죽는다' 는 뜻이 아니다. '살' 로 읽기도 한다. 5 樓蘭(누란) : 한나라 때 있었던 서역(西域)의 국명. 후의 선선(鄯善)이다. 지금의 신강성 로프 노르하(Lop Nor 河) 부근에 있었다. 원명은 크로라이나로 누란은 Kroraina의 음역(音譯). 6 征戍兒(정수아) : 정벌 나가 수자리 사는 아이란 뜻으로, 국경 수비병사(守備兵士). 대부분이 앳된 청년들이다. 7 蕭關(소관) : 지금의 감숙성 진원(鎭原)과 고원(固原)과의 사이에 있던 관소(關所). 장안으로부터 서역(西域)에 이르는 요충지였다. 8 天山(천산) : 설산(雪山) · 백산(白山) · 기련산(祈連山)이라고도 한다. 일 년 내내 눈을 이고 있기 때문에 이런 이름이 생겼다. 신강성의 중앙에 동서로 가로놓인 산맥. 9 崑崙山(곤륜산) : 중국 전설 속에 나오는 산 이름. 처음에는 하늘에 이르는 높은 산, 또는 아름다운 옥이 나오는 산으로 알려졌다. 이 산을 중심으로 티베트와 신강성 경계를 달리는 곤륜산맥(崑崙山脈)은 아시아에서 제일 높은 산맥이다. 세계의 지붕 파미르에서 동쪽으로 뻗어 황하와 양자강의 발원이 된다고도 한다. 서쪽은 높고 동쪽은 낮은 산맥을 이룬다. 예부터 여러 전설과 신화가 얽혀 있다. 10 秦山(진산) : 장안 남쪽에 있는 진령(秦嶺)을 말한다. 장안 근처의 산들을 지칭한다. 평지(平地)를 말할 때는 진천(秦川)으로 쓰기도

한다. **11** 隴山(농산) : 섬서성과 감숙성에 걸쳐 있는 산. 섬서성을 서쪽으로 나와 감숙성의 농주(隴州)에 이르는 산맥. 고대 중국 내지인(內地人)이 변방으로 군인 나갈 때 이 산에 올라 뒤를 돌아보고 슬피 울었다 한다.

감상

저 슬프고 슬픈 호가의 소리를 그대는 듣지 못했는가? 그것은 붉은 수염에 푸른 눈을 한 호인이 불어대는 것이다. 그 소리 한 곡조를 불어 끝내기도 전에 누란에 머물고 있는 수비병들은 한없이 서글퍼진다. 서늘한 가을 8월에 그대가 가야 할 소관의 길은 벌써 북풍이 불기 시작하여 천산의 풀들을 불어 끊어 공중으로 날려보낼 것이네. 그리고 곤륜산 남쪽에서는 달이 지려고 하는데 호인은 달을 향해 호가를 불어댈 것이오. 나는 지금 호가의 원망 속에 그대가 하농으로 가는 것을 배웅하는데, 여기 진산에서 저 멀리 농산 쪽을 바라보니 망망대해같이 보이는 것이라곤 없고, 다만 지평선 위로 구름만 둥실 떠 있는 것이 보이네. 그대가 변방의 성마다 가 잘 때면 수심 어린 꿈도 많을 터인데, 달을 향해 호가를 부니 그 소리를 누가 즐겨 듣겠는가? 그 소리를 듣고 좋아할 이는 아무도 없을 것이네.

1～4구는 평성平聲 지운支韻, 5～6구는 상성 호운皓韻, 7～8구는 평성 마운麻韻, 9～12구는 평성 문운文韻으로 이루어진 칠언고시다.

잠삼이 일찍이 변방에서 겪었던 이국정조異國情調의 풍물에서 느낀 서글픈 생각을 호가의 서글픈 가락에 곁들여 변방으로 가는 안진경을 배웅하고 있다. 그의 변새시인邊塞詩人으로서의 본령本領을 잘 발휘하고, 송별시送別詩로서의 격조도 높은 절품絕品이라 일컬어진다.

여설

지금 세계에서 가장 높아 세계의 지붕이라고 불리는 곳은 파미르 Pamir 고원이다. 중국 · 러시아 연방 · 아프가니스탄의 세 나라의 접경에 있고, 이곳으로부터 히말라야Himalaya · 곤륜崑崙 · 천산天山 · 힌두쿠시Hindukush 등의 대산맥大山脈이 사방으로 뻗어나 있다. 히말라야 산맥에서 가장 높은 봉우리인 에베레스트산Everest(8,848m)을 비롯하여 7,200m 이상의 고봉高峰이 50개가 넘으며 빙하氷河가 현저히 발달되어 있다.

총령(蔥嶺)

곤륜산은 본래 신화에서 나온 산인데, '곤륜'이란 옛날 페르시아에서 달을 'Kuling'이라 음역音譯하였다. 그래서 곤륜은 월산月山으로 천제天帝가 도읍한 곳이요, 이 천제는 곧 월신月神이라고도 한다.

중국의 곤륜산은 매우 넓고 길어 동서로 신강新疆 · 서장西藏 · 청해靑海 등의 제성諸省에 걸쳐 있고, 해발 평균 5,000m~7,000m로 높다. 그리고 실크로드에서는 타클라마칸 사막 아래쪽이 곤륜산이라 남산이라 부르고, 북쪽은 천산이 둘러싸니 이 천산산맥天山山脈을 북산이라 부른다. 그리고 이 천산과 곤륜산은 모두 서쪽 파미르 고원의 총령蔥嶺에서 갈라져 뻗어 나가고 있다. 이 총령에는 옛날부터 자연생 파(총: 蔥)가 무더기로 잘 자라고 있어 총령이란 이름이 생겨났다고 한다.

그런데 이 곤륜산이란 명칭에는 여러 뜻이 담겨져 있다.

① 산명山名

옛부터 중국 서쪽에 있다고 생각하던 영산靈山. 서방의 낙토樂土로서 서왕모西王母가 살았던 곳이라 불리며 주나라 목왕이 8두의 준마駿馬를 몰고 천하를 주유周遊할 때, 이곳에 이르러 서왕모와 요지瑤池에서 잔치를 베풀었다고도 하며, 또 아름다운 옥을 생산하는 곳이라고도 한다.

② 산맥의 이름

중국 최대의 산맥. 서쪽은 파미르 고원에서 시작하여 동쪽으로 바닷가에 이르는데, 서 · 중 · 동 3부로 나뉜다. 서곤륜西崑崙은 파미르 고원 동쪽 총령으로부터 시작하여 두 지맥支脈으로 나뉘어 하나는 후장後藏을 지나 카라코륜 산맥이 되고, 다른 하나는 후장後藏 · 신강新疆의 사이로부터 비스듬히 동진東進해서 청해靑海 · 전장前藏으로 들어가 탕구라 대산맥大山脈이 된다. 탕구라 대산맥 북쪽을 중곤륜中崑崙이라 한다. 또 동쪽 내지內地로 들어간 것을 동곤륜東崑崙이라 칭한다.

③ 섬 이름

인도차이나 반도의 남쪽 북위 8도 40분, 동경 106도 42분에 있는 작은 섬 Pulas condor에 대한 원명시대元明時代의 칭호. 온 섬이 암석으로 되어 있고 높이가 1,800척尺이다. 옛부터 교지지나해交趾支那海를 항해하는 사람들의 지표가 되었다. 당대에는 군돌농산軍突弄山, 원대元代에는 일명 군둔산軍屯山이라 불렀다.

④ 관소關所의 이름

광서자치구 옹녕현邕寧縣 동북쪽 곤륜산 위에 있어 빈양현賓陽縣과 경계를 이룬다. 송나라 황우皇祐 4년(1052) 적청狄青이 농지고儂智高를 칠 때, 빈주賓州에 군대를 주둔시켰다가 다시 옮겨 이곳에 머물러 원나라 군사를 크게 무찌른 일이 있다.

⑤ 국명國名

중국 서역국西域國의 하나.

중세에 남해 제국諸國을 막연히 부르던 이름.

⑥ 피부색이 검은 자의 별명. 곤륜노崑崙奴라고도 했다. 남해로부터 수입한 흑인 노예를 말한다.

⑦ 술잔의 이름.

⑧ 도가道家의 말로 뇌腦의 이칭異稱.

⑨ 배꼽의 이명異名.

⑩ 머리의 이명.

⑪ 약초의 이름. 백렴白蘞의 이명. 가위톱의 뿌리.

주마천행走馬川行[1] 봉송봉대부출사서정奉送封大夫[2]出師西征

잠삼(岑參)

그대는 보지 못했는가?
주마천이 설해 가로 흐르는 것을,
평평한 사막이 아득한데 황사黃沙가 하늘로 치솟는 것을.
윤대의 9월, 바람은 밤에도 울부짖고
온 개울이 부서진 돌 투성이, 큰 것은 모말 만한데,
바람 따라 땅 위 가득하게 어지러이 구르네.
흉노의 땅엔 풀이 누렇고 말이 정히 살찌는 때,
금산 서쪽에선 연기와 먼지가 날리는 것이 보이고,
한나라 대장은 서쪽으로 군사를 출동시키네.
장군은 갑옷을 밤에도 벗지 않고
밤중 군대 행렬에 창이 서로 부딪치며
바람이 칼날 같아 얼굴이 쪼개지는 것 같네.
말의 털은 눈에 덮이고 땀 기운이 서리니
오화마五花馬 · 연전마連錢馬엔 갑자기 얼음이 어네,
천막 안에서 격문을 짓는데 벼룻물도 어네.
적의 기마병이 이 소식 듣고 간담이 서늘해져
백병전白兵戰은 감히 못하리라 짐작되고,
차사 서문에서 첩보捷報가 오기를 기다리네.

군불견 주마천행설해 변
君不見 走馬川行雪海[3]邊

평사 망망황입천 윤대 구월풍야후
平沙[4]莽莽黃入天[5] 輪臺[6]九月風夜吼

일천쇄석대여두 수풍만지석란주
一川碎石大如斗 隨風滿地石亂走

흉노초황마정비 금산 서견연진비
匈奴草黃馬正肥 金山[7]西見煙塵飛[8]

한가대장 서출사 장군금갑 야불탈
漢家大將[9]西出師 將軍金甲[10]夜不脫

반야군행과상발 풍두 여도면여할
半夜軍行戈相拔[11] 風頭[12]如刀面如割

마모대설한기증 오화연전 선작빙
馬毛帶雪汗氣蒸 五花連錢[13]旋作氷

막중초격 연수응 노기문지응담섭
幕中草檄[14]硯水凝 虜騎聞之應膽懾

료지단병 불감접 거사 서문저헌첩
料知短兵[15]不敢接 車師[16]西門佇獻捷[17]

1 走馬川行(주마천행) : 주마천의 노래. 주마천은 지명. 지금의 신강위구르자치구(新疆維吾爾自治區)에 있음. 장마철에만 물이 흐른다 한다. 행은 한시(漢詩)의 한 체재 이름. 비교적 긴 노래다. 주마천행은 주마천에서 지은 시, 또는 주마천의 노래라는 뜻이다. 2 封大夫(봉대부) : 봉은 성, 대부는 관명(官名). 당시 안서사진절도사(安西四鎭節度使)를 지낸 봉상청(封常淸)을 말한다. 3 雪海(설해) : 중국 신강성 안에 있는 땅 이름. 『신당서(新唐書)』 서역전(西域傳) 하(下)에 '안서(安西)에서 서북쪽으로 천 리를 가면 발달령(勃達嶺)이 나오는데, 여기서 발원하는 강물 중에 북으로 호지(胡地)를 지나 바다에 들어가는 물이 있다. 이 하천을 따라 북으로 3일을 가면 설해가 나온다. 그런데 그곳은 봄과 여름에도 눈으로 덮여 있다' 고 했다. 4 平沙(평사) : 평평한 모래 땅. 사막. 5 黃入天(황입천) : 황사가 하늘로 치솟아 올라감. 6 輪臺(윤대) : 한대(漢代)의 서역(西域) 지명. 당나라 때는 북정도호부(北庭都護府)에 예속되었었다. 지금의 신강위구르자치구의 성도(省都) 오루무치(烏魯木齊 : 舊名은 迪化)의 서북쪽 미천현(米泉縣)이다. 7 金山(금산) : 신강성과 몽골 공화국 사이에 걸쳐 있는 알타이(Altai) 산

맥을 가리킨다. 몽골어로 금(金)을 알타이라 부른다. **8** 煙塵飛(연진비) : 봉화대에서 올라오는 연기와 군마가 달리며 일으키는 먼지가 합해 하늘로 날아오름. 곧 전쟁이 일어났음을 뜻한다. **9** 漢家大將(한가대장) : 한나라 대장군. 한은 당(唐)의 대칭(代稱). 곧 당시의 대장군(大將軍) 봉상청(封常淸)을 뜻한다. **10** 金甲(금갑) : 철 갑옷. **11** 戈相拔(과상발) : 창을 서로 뽑는다는 뜻에서 병기(兵器)가 서로 부딪친다는 뜻. **12** 風頭(풍두) : 바람이 부는 곳. 바람의 모양. **13** 五花連錢(오화연전) : 검은빛에 흰 꽃이 피어 있는 것같이 반점(斑點)이 있는 말을 오화마(五花馬)라 하고, 동전을 이어 놓은 것같이 무늬가 있는 말을 연전마(連錢馬)라 한다. 그러나 한 종류의 말로 보아 오화마 털에 땀과 눈이 엉켜 얼어 붙은 것이 마치 엽전이 달려 있는 것 같다고 보아 연전을 오화마의 형용어로 보기도 한다. **14** 草檄(초격) : 격문(檄文)을 초하다. 곧 격문을 짓다. **15** 短兵(단병) : 짧은 병기(兵器)란 뜻으로, 가까이에서 싸우는 백병전 때 단병접전(短兵接戰)에 쓰인다. **16** 車師(거사) : 나라 이름. 한나라 때 서역 36국 중의 하나. 일명 고사(姑師). 지금의 신강자치구의 투르판〔吐魯番〕의 창길(昌吉) · 기태현

금산(金山)

(奇台縣) 등지. 당나라 때는 북정도호부가 오늘날의 길목살이현(吉木薩爾縣) 북쪽에 있어 이 시에서 언급한 전쟁의 지휘본부가 있었다 함. 일설에는 차사(車師)를 군사(軍師)로 보아, 곧 아군(我軍)의 총사령(總司令)이 서문(西門)에서 승전보고를 기다린다고 보기도 한다. **17** 佇獻捷(저헌첩) : 저는 기다리다. 헌첩은 승첩(勝捷)을 바치다. 승리했다고 보고하며 포로와 전리품을 바치다.

감상

그대는 지금 전쟁터로 나가면 주마천이 설해 가로 흘러가고, 아득하고 평평한 사막의 황사가 하늘로 치솟아 올라가는 것을 볼 것이네.

윤대에 도착하면 9월 가을인데 바람이 밤에도 세차게 울부짖고 온통 개울에는 부서진 돌이 날아가는데, 그 돌들의 크기가 어떤 것은 모말 만큼 큰 것도 있고, 바람에 따라 땅 위로 가득히 굴러다니네.

거기는 흉노 땅, 가을이라 풀은 누렇고 말은 그때 정말로 살찌는데, 금산 서쪽으로 연기와 먼지를 일으키며 적군이 달려오니, 중국의 장군도 서쪽으로 군사를 움직이네.

전쟁에 돌입하여 아군의 장수는 철 갑옷을 밤에도 입고 있으며, 밤중에 행군하니 무기가 서로 부딪쳐 요란한 소리를 내며, 바람은 칼날같이 에어 얼굴이 칼날에 찢어지는 것 같네.

그때 타고 다니는 군마는 눈을 맞고 땀에 젖어 오화마와 연전마는 다 같이 몸뚱이에 얼음 투성이고, 천막 안에서 격문을 짓는데 벼룻물이 얼어 글씨를 쓰지 못할 지경이네.

그러니 적군이 이런 추위 소식을 듣고는 간담이 서늘해져 감히 백병전을 벌여 오지는 못할 것이니, 아군은 차사 서문에서 승전고가 울리기만 기다리고 있네.

754년(천보 13) 9월 봉상청이 서역 정벌에 나서고, 당시 안서북정절도사판관安西北庭節度使判官으로 있던 잠삼이 출정하는 봉상청을 배웅하면서 이 시를 썼다. 전장戰場의 모습과 병사들의 고통을 여실히 잘 표현한 이 시는 변새시邊塞詩 중에서도 대표적인 작품일 것이다.

3구씩 단락을 나누어 6절로 이어지는데, 매구每句마다 운을 달았고, 매절每節마다 환운換韻한, 좀 색다른 기교의 시다.

제1절은 평성平聲 선운先韻, 제2절은 상성上聲 유운有韻, 제3절은 평성 미운微韻, 제4절은 입성入聲 갈운曷韻, 제5절은 평성 증운蒸韻, 제6절은 입성 엽운葉韻으로 이루어져 있다.

여설

잠삼은 원래 명문가名門家의 후예였다. 증조부 문본文本, 종조부從祖父 장천長倩, 백부伯父 희羲가 모두 학문과 인격이 뛰어나 재상宰相의 반열班列에 올랐던 인물들이다. 그는 어려서 아버지를 잃어 집안이 가난해졌지만 열심히 공부하여 744년(천보 3)에 진사進士가 되었다. 우내솔부병조참군右內率府兵曹參軍에 이어 우위위녹사참군右威衛錄事參軍이 되었다. 749년(천보 8) 대리평사겸감찰어사大理評事兼監察御史의 직함을 달고 안서도호부의 절도판관節度判官이 되어 고선지高仙芝 장군의 서기書記가 되었다가 751년(천보 10)에 장안으로 돌아왔다. 754년(천보 13) 다시 안서북정절도사安西北庭節度使 봉상청의 막부幕府의 판관이 되어 윤대에 머물렀는데, 그때 위의 시를 쓴 것으로 알려졌다. 그 후 그는 중앙으로 돌아와 우보궐右補闕·기거랑起居郎으로 있다가 괵주장사虢州長史로 나가 다시 태자중윤太子中允이 되고, 전중시어사殿中侍御史의 직함으로 관서절도판관關西節度判官이 되었다. 그 뒤 중앙으로 다시 들어와 사부원외랑祠部員外郎·고공원외랑考功員外郎이 되고, 우부정랑虞部正郎·고부정랑庫部正郎으로 전직되었다가 지방으로 나아가 가주자사嘉州刺史가 되었다. 그래서 그의 문집을 『잠가주집岑嘉州集』이라 부른다.

그는 문장에 뛰어나 그가 짓는 시는 즉시로 뭇 사람들에게 읽혔고, 특히 6~7년이나 변방에 가 군영생활軍營生活을 했으므로 변새시에 능하여 고적高適과 더불어 고잠高岑이라 칭해지는 변새시의 두 거목 중 하나가 되었다.

그는 말년에 장안 서남쪽 종남산終南山 기슭에 은거했는데, 지금 그곳에는 그의 좌상坐像과 정자亭子가 있는 것을 몇 년 전 중국 여행에서 보고 온 일이 있다.

왕한 王翰

687～726

자는 자우子羽, 진양晉陽(현재 산서성) 태원太原 사람이다. 젊어서부터 호탕하여 재주를 믿고 술을 좋아했다. 710년(예종 景雲 1) 진사進士에 급제, 창락위昌樂尉가 되었다. 장열張說에게 인정받아 비서정자秘書正字가 되고, 가부원외랑駕部員外郎에 승진되었으나, 장열이 재상宰相을 그만둔 뒤 여주장사汝州長史로 전출되었다. 후에 어떤 사건에 연루되어 도주사마道州司馬로 폄적貶謫되었다가 얼마 안 있어 임지에서 죽었다. 원래 문집文集 10권이 있었으나 지금은 『전당시全唐詩』에 그의 시가 13수 남아 있을 뿐이다.

양주사 涼州詞[1] 2수 二首

왕한(王翰)

제1수

맛 좋은 포도주를 야광배에 담아
마시려는데 비파 소리 말 위에서 재촉하네.
취해 사막 위에 누웠다고 그대 비웃지 말라,
고래로 전쟁에 나아가 몇 명이나 돌아왔는가?

포도 미주야광배 욕음 비파 마상최
葡萄[2]美酒夜光杯[3] 欲飮[4]琵琶[5]馬上催[6]
취와사장 군막소 고래정전기인회
醉臥沙場[7]君莫笑 古來征戰幾人回

1 涼州詞(양주사) : 양주의 노래. 『악부시(樂府詩) · 근대곡사(近代曲辭)』 중 시제(詩題). 원래 양주현 감숙성 무위현(武威縣) 지방의 가요인데, 현종 개원간(開元間)에 서량부(西涼府) 도독(都督) 곽지운(郭知運)이 바쳐 중원(中原)에 전파되었다. **2** 葡萄(포도) : 원래는 서역(西域)이 원산(原産)인데 한나라 무제(武帝) 때 중국에 전해졌다고 한다. **3** 夜光杯(야광배) : 흰 옥으로 만든 술잔. 밤에는 빛이 더 아름답게 빛나 야광배라 불렀다. 지금의 유리컵일 것이라 한다. **4** 欲飮(욕음) : 마시려고 하는데. **5** 琵琶(비파) : 서역에서 전래(傳來)한 악기인데, 원래는 말 위에서 연주했다 한다. **6** 催(최) : 재촉하다. 술 마시기를 재촉하다. 비파를 뜯으며 주흥을 돋우어 빨리 술을 마시게 하다. **7** 沙場(사장) : 사막(沙漠). 전장(戰場).

제2수

진 지방의 꽃과 새는 이미 응당히 다해 가는데

국경 밖의 바람과 모래는 오히려 저절로 차구나.
밤에 호가로 '절양류折楊柳' 노래 부르니
사람들은 기운이 다하여 장안을 생각케 하네.

진중 화조이응난 새외풍사유자한
秦中[8]花鳥已應闌[9] 塞外風沙猶自寒

야청호가 절양류 교인기진 억장안
夜聽胡笳[10]折楊柳[11] 敎人氣盡[12]憶長安

8 秦中(진중) : 옛 진(秦)나라 땅인 지금의 서안(西安) 근처 땅을 의미하나, 광의(廣義)로 새외(塞外)에 대하여 국내 곧, 중국 내부(內部)의 땅을 의미한다. 9 난(闌) : 늦다〔晩〕, 다하다〔盡〕는 뜻이 있다. 곧 무르익어 끝나간다는 뜻이다. 10 胡笳(호가) : 오랑캐의 피리. 변방(邊方) 외적(外敵)이 불어 대는 피리 소리. 11 折楊柳(절양류) : 이별할 때 버드나무 가지를 꺾어 동그랗게 휘어 주면, 받자마자 펴져 곧아지는데, 이는 곧 돌아오기를 바라는 풍습이라 한다. 그 뒤로 이별의 곡, 이별가를 뜻하게 되었다. 12 氣盡(기진) : 기운이 다하다. 기진맥진하다. 의기(意氣)로 표현된 곳도 있다.

감상

제1수

포도로 담근 맛 좋은 술을 아름다운 야광배에 담아 막 마시고자 하는데 말 위에서 연주하는 비파 소리는 흥을 돋우어 더욱더 마시게 한다. 흠뻑 취해 이 사막에 누워 버렸다고 당신들은 웃지 말라. 옛부터 전쟁에 나가 돌아온 사람이 그 몇이나 되는가?

술에 취하여 술기운을 빌어 용감히 싸움터로 나아가는 병사들이 전장에서 출격出擊 직전 폭음하고 죽음에 직면하여 개탄하는 비탄의 감정을 솔직히 토로하는 시라 하겠다.

자고自古로 유명하여 인구에 널리 회자되는 평성平聲 회운仄韻의 칠언절구다.

제2수

중원中原 땅에는 벌써 봄이 되어 꽃과 새가 어우러져 화창한 봄날이 이미 무르익었다가 바야흐로 여름이 되어 봄이 사라지려는데, 변방에서는 풍사風沙가 아직 겨울철같이 차고 매섭구나. 더구나 밤중에 외적들이 부르는 호가로 '절양류折楊柳' 라는 이별곡을 듣자니 저절로 의기가 줄어 고향 땅인 장안 생각이 간절해지는구나.

접경 지대의 풍경과 호인胡人들의 서글픈 피리 소리에 고향 생각이 간절해 기진맥진해지며 의기소침해지는 심리를 잘 표현하고 있다.

평성 한운寒韻의 칠언절구다.

여설

왕한의 '양주사' 하면 제1수만 있는 줄 알고, 그것이 전부인 것으로 생각한다. 물론 제1수가 걸작이라 제1수는 대유행大流行하고, 제2수는 알려져 있지 않기 때문이다.

그러나 제2수는 전사戰士들의 사향심思鄕心을 솔직하게 잘 표현한 것으로, 매우 평이平易한 표현 속에 장병將兵들의 절망감이 '절양류' 소리에 더해가는 것을 잘 드러내고 있다.

이 '양주사 '는 왕한의 대표작으로 군인 나간 병사들의 공통적인 감정을 사실적으로 묘사하여 전쟁을 반대하는 시인의 정서를 함축적으로 잘 나타냈다. 특히 앞 제1수는 지금도 끊임없이 널리 읽히고 있는 시다.

또 경위耿湋의 '양주사' 도 유명하다. 경위는 왕한보다 반세대半世代 쯤 늦은 중당시인中唐詩人인데 대력大曆 10재자才子인 노륜盧綸·길중부吉中孚·한굉韓翃·전기錢起·사공서司空曙·묘발苗發·최동崔峒·경위耿湋·하후심夏候審·이단李端 중의 한 사람으로 자연스러운 기풍의 시를 잘 썼으며 그의 '양주사' 도 칠언절구로 되어 있다.

나라의 사신으로 펄럭이며 깃발들을 따라가	국사동동수액정 國使潼潼隨扼旌
농서의 갈래 길 황폐된 성에서 머무네.	농서기로족황성 隴西岐路足荒城
털가죽 옷 입고 말 기르는 오랑캐 어린 목동이	전율목마호추소 氈汨牧馬胡雛小
저물녘에 부르는 오랑캐 노래 두세 마디 들려오네.	일모번가삼량성 日暮蕃歌三兩聲

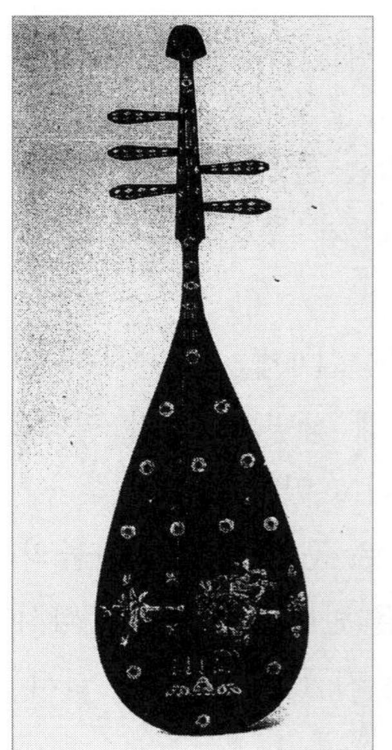

당대(唐代) 비파(琵琶)

최호 崔顥

?~754

변주汴州(현재 하남성 개봉) 사람. 723년(개원 11) 진사에 합격. 태부시승太傅寺丞을 지내고, 천보연간天寶年間에 사훈원외랑司勳員外郎을 지냈다. 『전당시全唐詩』에 그의 시가 1권으로 전한다. 그의 시풍은 소장시대少壯時代에는 부박浮薄했었으나, 만년晩年에는 고고해져 풍골風骨이 늠연凜然했다고 전해진다.

황학루 黃鶴樓[1]

최호(崔顥)

옛사람이 이미 황학을 타고 가버리니
이 땅에는 부질없이 황학루만 남았구나.
황학은 한번 가서 다시 돌아오지 않고
흰 구름만 천 년 동안 부질없이 유유히 떠도네.
비 개인 강가엔 뚜렷이 한양의 나무가 보이고
꽃다운 풀은 무성히 앵무주에 우거졌네.
해 저물녘 내 고향은 어디에 있는가?
강 위에 있는 안개 낀 파도가 사람을 근심하게 하네.

석인 이승황학거　차지공여황학루
昔人[2]已乘黃鶴去　此地空餘黃鶴樓

황학일거불부반　백운천재공유유
黃鶴一去不復返　白雲千載空悠悠

청천 역력 한양 수　방초처처 앵무주
晴川[3]歷歷[4]漢陽[5]樹　芳草萋萋[6]鸚鵡洲[7]

일모향관 하처시　연파강상사인수
日暮鄕關[8]何處是　煙波江上使人愁

1 黃鶴樓(황학루) : 지금의 호북성 무한시(武漢市) 무창성(武昌城) 안을 동서로 가로지르는 사산(蛇山) 서단(西端)에 있는 팔각루(八角樓). 악양루(岳陽樓)·등왕각(滕王閣)과 더불어 강남(江南) 삼대 누각(樓閣)의 하나. 2 昔人(석인) : 선인(仙人)을 가리킴. 왕곡(王穀)의 전기소설(傳奇小說) 『보응록(報應錄)』에 나오는 인물. 3 晴川(청천) : 비 개인 개울. 곧 비 온 뒤의 맑은 양자강을 뜻한다. 4 歷歷(역력) : 뚜렷한 모양. 분명하게 볼 수 있는 모습. 5 漢陽(한양) : 장강(長江)을 사이에 두고 무창(武昌)의 대안(對岸)에 있는 도시. 지금의 무한시 한양.

6 萋萋(처처) : 풀이 무성한 모습. 7 鸚鵡洲(앵무주) : 한양에서 서남향으로 2리 되는 곳에 있는 장강 한복판의 모래톱. 동한(東漢) 말년 강하태수(江夏太守)로 있던 유명한 문인 예형(禰衡)이 황조(黃祖)에게 살해되어 묻힌 곳. 예형의 글 '앵무부(鸚鵡賦)' 가 워낙 유명하여 이런 명칭이 생겼다. 8 鄕關(향관) : 향리(鄕里). 고향.

감상

옛사람이 이미 황색의 학을 타고 가버려 이곳에는 공연히 황학루란 유명한 건물만 남아 있다. 황색의 학은 한번 날아가 다시는 돌아오지 않고 흰 구름만 천 년 동안 부질없이 아득하구나.

비 갠 맑은 양자강에는 뚜렷이 저 건너편 한양의 나무들이 보이고, 또 꽃다운 풀들이 앵무주에 무성하게 우거져 있음도 보이네. 저녁 해는 뉘엿뉘엿 서산으로 기우는데 내 고향은 어느 쪽에 있는가? 장강 위에 안개 낀 파도가 나를 근심하게 하는도다.

전반부는 황학루의 경치와 그에 얽힌 전설을 그렸고, 후반부는 여기에서 내다보는 광경을 핍진逼眞하게 잘 묘사하고 있다.

재래로 천하의 명시라 칭송 받는 평성平聲 우운尤韻의 칠언율시다.

심덕잠沈德潛은 『당시별재唐詩別裁』에서 이 시는 '천고千古의 걸작傑作' 이라 했고, 엄우嚴羽는 『창랑시화滄浪詩話』에서 '당인唐人 칠율시七律詩 중에서 이 시가 제일이다' 하였다. 신문방辛文房의 『당재자전唐才子傳』 권1에도 재미있는 일화가 적혀 있다.

이백이 이 황학루에 올라가 아름다운 경치를 바라보고 시를 쓰려할 때, 머리를 들어 벽을 보니 최호의 이 시가 걸려 있었다. 이에 이백이 '눈 앞의 멋진 경치를 보고서도 시를 짓지 못함은 최호의 시가 있기 때문이다(眼前有景道不得 崔顥題詩在上頭)' 라 하고서 붓을 접었다 한다.

여설

황학루(黃鶴樓)

황학루에는 여러 전설과 일화가 얽혀 있다. 황학에 대한 전설은 이러하다.

옛날 이곳에 신씨辛氏가 운영하는 술집이 있었다. 어느 날 남루한 옷차림의 어떤 선비가 찾아와 술을 청했다. 주인은 지체없이 술을 대접했다. 값은 외상外上이었다. 그 뒤 그 선비는 매일 와서 술을 마시고 외상으로 달아놓으라 하였다. 주인은 조금도 싫어하는 빛이 없이 극진히 대접했다. 그 뒤 반년쯤 지나 그 선비는 주인에게 '그동안 외상값이 많이 밀렸을 것이오, 그러나 갚을 길이 없으니 미안하오.' 하면서 술안주로 까먹고 버린 귤 껍데기로 벽에다 누런빛의 학을 그려 놓고, 주인 보고 지워버리지 말고 내버려두게 하였다. 그날부터 손님들이 와서 술을 마시고 노래를 부르면 그 누런 학은 박자에 맞추어 덩실덩실 춤을 추었다. 그 소문이 퍼져 매일 사람들이 인산인해人山人海를 이루자 주인은 금방 부자가 되었다. 한 10년쯤 지나 그 선비가 다시 나타났다. 주인은 무척 반기며 그를 맞았다. 그러나 그가 곧 품에서 피리를 꺼내어 몇 곡조 불자 하늘에서 흰 구름이 몰려와 자욱하게 끼고, 또 벽에서 누런 학이 날아와 앞에 앉는데, 그 선비는 그 학을 타고 하늘로 날아가 버렸다.

주인은 정신없이 바라보다가 이윽고 깨달아 그곳에 황학루를 지었다 한다. 이 선인仙人을 『남제서南齊書』 〈주군지州郡志〉 하下에서는 황자안黃子安이라 하였고, 『태평환우기太平環宇記』에서는 비문위費文褘란 신선이라고 하였다.

이 황학루 시는 원래 심전기沈佺期의 〈용지편龍池篇〉 시를 본떴고, 또 이 시를 본 떠 이백이 '등금릉봉황대登金陵鳳凰臺' 시를 썼다고 한다.

이에 심전기의 〈용지편〉과 비교해 보고, 다음 이백의 시 '등금릉봉황대登金陵鳳凰臺'와 견주어 봄이 좋을 것이다.

용지龍池는 당나라 측천무후則天武后 때 장안의 융경방隆慶坊 후後의 흥경방興慶坊에 있던 연못 이름인데, 그 시는 다음과 같다.

용지가 용을 날뛰게 하니 용은 이미 날아가고	용지약룡룡이비 龍池躍龍龍已飛
용의 덕은 하늘에 앞서니 하늘이 어기지 못하네.	용덕선천천불위 龍德先天天不違
연못은 하늘의 개울을 열고, 황도태양의 길도 나누고	지개천한분황도 池開天漢分黃道
용은 천문을 향하여 자미궁紫微宮으로 들어갔네.	용향천문입자미 龍向天門入紫微
제왕帝王의 저택邸宅과 누대에는 어울리는 기색이 많고	저제루대다기색 邸第樓臺多氣色
군왕의 이궁離宮 가에 있으니 오리 · 기러기도 빛나네.	군왕부안유광휘 君王鳧雁有光輝
알리노니 천하天下의 모든 개울들아	위보환중백천수 爲報寰中百川水
모두 이곳으로 모이고 동해東海로 흘러가지 말라.	내조차지막동귀 來朝此地莫東歸

이백李白

701～762

자는 태백太白. 촉 청련향青蓮鄕(현재 사천성 면양현綿陽縣 서북) 사람. 그래서 청련거사青蓮居士라 부름. 그러나 출생지는 오늘날 러시아의 키르기즈스탄 공화국 쇄엽碎葉이라 한다. 그는 중국 역사상 최고의 시인으로 두보와 쌍벽을 이루며 시선詩仙이라 불리운다. 『이태백집李太白集』 30권이 전한다.

방대천산도사불우 訪戴天山[1]道士不遇

이백(李白)

개는 물소리 가운데 짖고
복사꽃은 비를 띠어 짙네.
나무가 깊은데 때로는 사슴이 보이고
계곡엔 오정午正인데도 종소리 안 들리네.
들판의 대나무는 푸른 아지랑이를 가르고
튀는 샘물은 푸른 봉우리에 걸려 있네.
도사가 간 곳을 아는 이가 없으니
근심스러이 두세 소나무에 기대어 서 있네.

견폐수성중 도화대우농
犬吠水聲中 桃花帶雨濃

수심시견록 계오 불문종
樹深時見鹿 溪午[2]不聞鐘

야죽분청애 비천 괘벽봉
野竹分青靄[3] 飛泉[4]挂碧峰

무인지소거 수의량삼송
無人知所去 愁倚兩三松

1 戴天山(대천산) : 사천성 강유현(江油縣) 서쪽에 있는 산 이름. 대광산(大匡山)·강산(康山)이라고도 부름. 이백의 고향인 사천 면주 창명현(彰明縣) 북쪽 30리에 있어 이백이 여기에서 독서했다 한다. 2 溪午(계오) : 계곡(溪谷)의 정오(正午). 3 青靄(청애) : 푸른 아지랑이. 4 飛泉(비천) : 날아가는 샘물, 곧 폭포.

감상

계곡 물이 힘차게 흘러가는데, 개 짖는 소리가 들리고 이 근처의 복숭아꽃은 살짝 온 비에 젖어 그 빛이 더욱 짙다. 나무들이 우거졌는데, 때로는 그 사이로 사슴이 뛰노는 모양이 보이고, 이런 계곡에 때는 오정이 되었는데 시각을 알리는 종소리는 들리지 않는다. 들판에는 대나무 숲이 있어 그 위를 푸른 아지랑이가 뽀얗게 덮었는데, 그 푸른 대숲이 그 아지랑이를 갈라놓은 듯이 보이고, 그 앞의 푸른 봉우리에서는 폭포가 내리 쏟는다. 그러나 그곳의 도사는 간 곳이 없고, 그의 행방을 아는 이도 없어 나는 수심에 싸여 두세 그루 서 있는 소나무에 기대어 있다. 큰 기대를 가지고 찾아간 도사가 부재중이라 실망하는 기분을 읊은 시다.

평성平聲 동운冬韻 오언율시다.

여설

이 시는 이백이 719년(개원 7) 20세 때 지은 시라 한다. 그가 고향인 사천성 면주 창명현 청련향에 있을 때 근처의 대천산으로 하모何某라는 도사를 찾아갔다가 만나지 못하고 그때의 서운한 심경을 읊은 시다.

이백은 이후 사천의 향리鄕里를 떠나 양자강의 중류 내지 하류 지방에서 유랑생활流浪生活을 한다.

옛날에 절이나 도관道觀에서는 중이나 신도信徒가 많아 중식中食 때 종을 쳐서 시각을 알렸다. 정오에 종소리가 나는 것이 통례인데, 이 도관에는 도사가 홀로 있어 종소리를 들을 수 없었던 것이다.

아미산월가 峨眉山[1]月歌

이백(李白)

아미산 달이 반원半圓인 가을,
달 그림자 평강강에 비춰 물 따라 흐르네.
밤에 청계를 떠나 삼협으로 향하는데
그대를 생각하나 보지 못하고 유주로 내려가네.

峨眉山月半輪[2]秋(아미산월반륜추) 影入平羌江[3]水流(영입평강강수류)
夜發淸溪[4]向三峽[5](야발청계향삼협) 思君[6]不見下渝州[7](사군불견하유주)

1 峨眉山(아미산) : 사천성 성도(成都)의 서남 가정(嘉定)에 있는 산. 높이 3,099m. 옛부터 영산(靈山)으로 일컬어짐. 일명 아산(峨山). 대아(大峨)·이아(二峨)·삼아(三峨)로 나뉜다. 역도원(酈道元)의 『수경주(水經注)』에 '아미산은 성도로부터 천 리 밖에 있다. 그러나 가을날 맑을 때는 두 산이 대치하고 있는 모습이 꼭 눈썹〔蛾眉〕 같다' 고 한 데서 이름이 생겼다. 2 半輪(반륜) : 반월(半月). 초승달을 가리킨다. 3 平羌江(평강강) : 사천성 아안현(雅安縣) 부근을 흐르는 청의수(靑衣水)가 아미산 동북 기슭을 지나가는 근처를 평강강, 일명 평향강(平鄕江)이라 하는데, 강이(羌夷 : 오랑캐)가 침입했을 때 제갈공명(諸葛孔明)이 이곳에서 평정(平定)했기 때문에 이런 이름이 붙었다. 4 淸溪(청계) : 아미산 동남지방 평강강이 민강(岷江)과 합치는 하류 언덕에 있는 마을 이름. 5 三峽(삼협) : 장강(長江)이 사천성에서 호북성으로 흘러가는 중간에 있는 험한 산골짜기. 구당협(瞿塘峽)·무협(巫峽)·서릉협(西陵峽)을 일컫기도 하고, 무협·구당협(옛 이름은 서릉협)·귀향협(歸鄕峽)이라고도 하고, 무협·파릉협(巴陵峽)·명월협(明月峽)이라고도 한다. 6 思君(사군) : 군은 달을 가리킨다. 7 渝州(유주) : 지금의 중경(重慶).

아미산(峨眉山)

감상

아미산 위에는 반달이 떠 있고, 때는 가을이라 서늘한데, 저 달 그림자는 평강강에 비치어 물속에도 달이 떠서 흘러간다. 밤에 청계에서 떠나 삼협으로 향할 때, 달이 협곡峽谷에 가리어 보이지를 않는다. 이제나 다시 달을 볼까, 저제나 달을 구경할까 하며 달을 생각하나 영영 보이지 않고 그대로 유주渝州로 내려간다.

이백이 배로 청계를 떠나 삼협을 지나면서 아미산의 달을 읊은 서정시로 평성平聲 우운尤韻의 칠언절구다.

여설

재래로 이 시는 이백의 대표적 작품이라 일컫는데, 특히 칠절七絕 28자 중에 아미산 · 평강강 · 청계 · 삼협 · 유주 등 5종의 지명을 열거했으면서도 조금도 어색함이 없는 표현은 이백이 아니면 불가능하다고 평한다.

망여산폭포수 望廬山[1]瀑布水 2수 二首

이백(李白)

제1수

서쪽으로 향로봉에 올라
남쪽으로 폭포수를 바라본다.
물줄기 걸려 있기 3백 길,
수십 리 골짜기로 뿜어낸다.
갑자기 번개가 날아 스치는 것 같고
은연히 흰 무지개가 일어난 것 같다.
처음엔 놀랐네, 은하수가 떨어져
구름 낀 하늘 속에 반쯤 걸려 있는 것으로.
우러러보니 형세가 갑자기 웅장해지네,
장하다 조화옹造化翁의 공로功勞로다.
바닷바람이 불어 멈추지 않으니
장강의 달은 비추면서 또 공허하다.
공중에서 쏘아대는 물줄기는 어지러이
좌우로 푸른 벽을 씻어댄다.
나는 구슬은 가벼운 노을에 흩어지고
흐르는 물거품은 커다란 돌에 스치네.
그리고 나 이런 명산을 즐기노니
이런 광경을 보자 마음이 더욱 한가롭다.
구슬 같은 물에 양치질함은 물론이고,

또한 먼지에 묻은 얼굴도 씻을 수 있다.
바야흐로 원래부터 좋아하던 바에 맞으니
인간 세속 떠나기를 영원히 바란다.

서등향로봉 남견폭포수
西登香爐峰[2] 南見瀑布水

괘류삼백장 분학수십리
挂流三百丈 噴壑數十里

훌여비전래 은약백홍기
欻如飛電[3]來 隱若白虹起

초경하한락 반쇄운천리
初驚河漢落 半灑雲天裏

앙관세전웅 장재조화공
仰觀勢轉雄 壯哉造化功

해풍취부단 강월조환공
海風吹不斷 江月照還空

공중란총사 좌우세청벽
空中亂潀射[4] 左右洗青壁

비주산경하 유말불궁석
飛珠[5]散輕霞 流沫[6]沸穹石[7]

이아락명산 대지심익한
而我樂名山 對之心益閑

무론수경액 차득세진안
無論漱瓊液[8] 且得洗塵顏

차해숙소호 영원사인간
且諧宿[9]所好 永願辭人間

1 廬山(여산) : 강서성 이자현(里子縣) 서북 구강현(九江縣) 남쪽에 있는 중국의 명산(名山). 옛 이름은 남장산(南障山). 일명 광려(匡廬) · 광산(匡山). 2 香爐峰(향로봉) : 여산의 북봉(北峰). 그 봉우리 모양이 향로 같다 하여 이런 이름이 붙었다. 3 飛電(비전) : 번쩍번쩍 날아가는 번개. 곧 급속히 번쩍이며 내리치는 번개. 4 潀射(총사) : 물줄기가 쏘다. 곧 물이 솟구치다. 5 飛珠(비주) : 나는 구슬. 곧 튀는 물방

울의 비유. **6** 流沫(유말) : 흐르는 물방울. **7** 穹石(궁석) : 궁은 대(大). 곧 큰 돌. **8** 漱瓊液(수경액) : 경액으로 양치질하다. 경액은 방사(方士)들이 먹는다는 액. 선인(仙人)의 약. 곧 아름다운 물의 비유. **9** 宿(숙) : 본디. 본래.

여산(廬山)

제2수

해가 향로 비치니 붉은 연기가 생겨나고,
멀리 폭포를 바라보니 앞내에 걸려 있네.
날아 흘러 곧장 밑으로 3천 척이나 되니
아마도 은하수가 하늘에서 떨어지는 듯.

일조향로 생자연 요간폭포괘전천
日照香爐[10]生紫煙[11] 遙看瀑布掛前川[12]
비류직하삼천척 의시은하락구천
飛流直下三千尺 疑是銀河落九天[13]

10 香爐(향로) : 향을 피울 때 쓰는 화로. 여기서는 여산의 주봉(主峰)인 향로봉을 뜻한다. **11** 紫煙(자연) : 자색(紫色)의 연기(煙氣). 곧 산

기운이 햇빛에 비쳐 자색으로 뿌옇게 보이는 아지랑이 등. **12** 前川(전천) : 앞개울. 앞에 놓여 있는 냇물. 장천(長川)으로 쓰기도 한다. **13** 九天(구천) : 구중천(九重天)의 준말. 하늘 전체. 곧 천공(天空).

감상

제1수

서쪽으로 향로봉에 올라 남쪽으로 여산 폭포를 바라보니, 그 폭포가 백 길이나 걸쳐 걸려 있는 듯이 흘러내려 근처 골짜기 수십 리에 뿜어댄다. 그 폭포가 문득 번쩍이는 번개같이 다가오더니 어느 결에 흰 무지개가 걸쳐 있다. 처음에는 하늘에 있는 은하수가 떨어져 내려 구름 낀 하늘 속에서 반쯤 쏟아 내리는가 하고 놀랐었는데, 우러러보니 그 형세가 갑자기 웅장해져 조화造化의 공功이 위대함을 보겠다. 그때 바닷바람은 쉴 새 없이 불어오고 강 속에는 달이 비치는데, 또한 공허하다. 공중에서는 폭포수가 어지러이 쏟아져 좌우의 푸른 절벽을 씻어 대고, 구슬 같은 튀는 물방울은 가볍게 낀 노을에 흩어지며, 그 흐르는 물거품이 큰 바위를 덮는다.

나는 원래 명산을 즐기는데, 지금 이 여산 폭포를 대하자 마음은 더욱 한가롭고, 그 아름다운 폭포수로 양치질함은 물론, 또한 속세의 때가 묻은 얼굴을 말끔히 씻어낸다. 이런 경치를 내가 본디 좋아하니, 영원히 인간 세계를 버리고 여기 와 살고 싶네.

상성上聲의 지운紙韻과 평성平聲의 동운東韻, 입성入聲의 맥운陌韻과 평성의 산운刪韻을 혼용한 5언 22구의 오언고시다.

제 1 · 2구는 폭포의 위치를, 제3~16구는 웅장한 폭포 주위의 경색景色을, 제17구 이하는 작자의 심경을 묘사하고 있다.

제2수

햇빛이 향로에 비치니 향로에서 붉은 연기 나는 듯, 향로봉 위에는 붉은 안개가 끼어 있는데, 멀리 여산 폭포가 앞내에 걸려 있는 듯이 보인다. 그 폭포의 내리 쏟는 것이 3천 척이나 되듯이 곧장 흘러내리니 혹시 하늘 높이 있던 은하수가 한 쪽이 내려져 공중에 걸려 있는 것 같구나. 여산 폭포의 웅장한 모습을 묘사한 평성平聲 선운先韻의 오언절구다.

재래로 전구轉句 '飛流直下三千尺'을 이백의 '추포가秋浦歌'의 한 구절인 '白髮三千丈'과 더불어 중국 과장법誇張法 표현의 대표적인 시구로 인구에 널리 회자되고 있다.

여설

일반적으로 이백의 여산 폭포 시에서 제2수가 유명하여 이것이 이백의 여산 폭포 시의 전부인 줄 안다. 시가 짧고 워낙 유명하기 때문이다. 그러나 제2수 못지 않게 제1수도 훌륭한 시로서 이백의 웅장한 시재詩才를 엿볼 수 있다.

여산은 주나라 때, 광속匡俗이란 자가 이 산에 숨어 정왕定王의 부름에 응하지 않으므로 사자使者를 보내어 방문하게 했더니, 이미 등선登仙하고 빈 초려草廬만 남았다 하여 여산 · 광산匡山 · 광려匡廬로도 부른다. 해발 1,474m. 풍경이 매우 아름답고 기후가 온화하여 피서지로 유명하다. 이 산 안에는 적수암滴水岩 · 불수암佛手岩 · 천지天池 · 사신애捨身崖 · 백록승선대白鹿昇仙臺 · 문수대文殊臺 · 신룡궁神龍宮 · 금죽평金竹坪 · 청옥협靑玉峽 · 황룡담黃龍潭 · 황룡사黃龍寺 · 대목산大目山 · 오로봉五老峰 · 백석사白石寺 · 모과동木瓜洞 · 은덕령恩德嶺 · 옥천문玉川門 · 삼첩천三疊泉 · 동방사東方寺 · 해회사海會寺 · 백록동白鹿洞 · 만삼사萬杉寺 · 향로봉 · 쌍검봉雙劍峯 · 소천지小天地 · 수봉사秀峰寺 · 선인동仙人洞 · 황암사黃岩寺 · 귀종사歸宗寺 · 우군묵지右軍墨池 · 삼협간三峽澗 · 옥연玉淵 · 누현사樓賢寺 · 동림사東林寺 · 서림사西林寺 등의 명승名勝이 많다.

이백의 여산폭포 시는, 726년(개원 14) 그의 26세 때의 작품으로 본다.

망여산오로봉 望廬山五老峰[1]

이백(李白)

여산 동남쪽 오로봉은
푸른 하늘에 깎여 솟아 있는 연꽃 같네.
구강의 빼어난 경치가 가히 손에 잡힐 듯,
나는 바야흐로 이 땅에서 구름 속 소나무에 깃들리라.

여산동남오로봉　청천삭출금부용
廬山東南五老峰　靑天削出金芙蓉[2]
구강　수색가남결　오장차지소운송
九江[3]秀色可攬結[4]　吾將此地巢雲松[5]

1 五老峰(오로봉) : 여산(廬山)에서 가장 험한 봉우리. 해발 1,358m. 5명의 노인이 서로 멀리 서 있는 모양 같아 이런 이름이 생겼다. 2 金芙蓉(금부용) : 황금빛의 연꽃. 곧 연꽃 모양의 오로봉이 햇볕에 황금빛으로 빛나고 있음을 나타낸다. 3 九江(구강) : 여산 북쪽에 있는 땅 심양(潯陽), 곧 오늘날의 강서성 구강시. 양자강의 9개의 지류가 이곳에서 모이므로 구강이라 했다. 4 攬結(남결) : 잡아당겨 이어 줌. 곧 시계(視界)에 완전히 들어온다는 뜻. 5 巢雲松(소운송) : 구름 속 소나무에 깃들이다. 소가 동사(動詞). 곧 구름 속에 서 있는 솔숲에서 거주한다는 뜻.

감상

여산 동남쪽에 솟아 있는 오로봉은 황금빛의 연꽃을 푸른 하늘 속에 깎아 세운 것같이 높이 솟아 있다. 여기 올라가 앞을 바라보면 구강의 수려한 경치가 손에 잡힐 듯이 분명하게 눈에 들어온다. 이렇게 멋지고 아름다운 곳, 나는 여기에다 거주지를 정하고 구름 속 소나무 숲에서 살겠다. '망여산폭포수望廬山瀑布水'와 같은 시기에 지은 이백의 속세 이탈의 이상理想을 읊은 평성平聲 동운冬韻의 칠언절구다.

여설

오로봉은 여산 동남부에 위치하며, 다섯 봉우리가 천 길이나 되는 절벽으로 되어 있다. 산줄기가 수십 리에 걸쳐 뻗어 있으며, 스스로 봉우리를 이루고 있다. 이 산 기슭에 있는 해회사海會寺에서 올려다 보면 마치 다섯 늙은이가 옷깃을 나란히 하고 앉아 있는 것같이 보여 오로봉이라 한다. 5봉 중 가장 험한 곳은 제3봉이고, 정상頂上에 '去天尺五(하늘까지의 거리가 5자)', '俯視大千(굽어보면 대천세계大千世界

오로봉(五老峰)

다)' 라고 석각石刻되어 있다. 제일 높기는 제4봉이요, 해발 1,358m이다. 이 오로봉이 여산에서 파양호鄱陽湖의 일출을 가장 아름답게 볼 수 있는 곳이다. 이 오로봉은 높고 아름다워 새벽 햇살이 비칠 때는 황금자색黃金紫色을 띠어 청천靑天의 백운白雲을 바탕으로 마치 만발滿發한 부용화芙蓉花같이 보인다. 그래서 이백이 금부용이라 표현한 것이다. 이 산봉우리에는 기이한 소나무가 많아 그것들이 바위 틈에 끼어 서 있고, 아래를 굽어보면 흰 구름이 물가에 걸려 있으며, 매 떼가 발 밑을 날고, 파양호가 가끔 보인다. 이 오로봉 밑에는 다섯 작은 봉우리가 있는데, 사자봉獅子峰 · 금인봉金印峰 · 석함봉石艦峰 · 능운봉凌雲峰 · 기간봉旗竿峯이요, 또 관음애觀音崖 · 사자애獅子崖도 있다.

오로봉 뒷 골짜기가 청련곡靑蓮谷으로 청련거사靑蓮居士 이백이 소운송巢雲松하며 은거했던 곳이라 한다. 지금도 이곳에 청련사靑蓮寺가 있다.

황학루송맹호연지광릉黃鶴樓[1] 送孟浩然之廣陵[2]

이백(李白)

내 친구 서쪽에서 황학루를 떠나
안개 끼고 꽃 피는 3월에 양주로 내려가네.
외로운 돛의 먼 그림자 푸른 산속으로 사라지고
오직 보이나니 장강이 하늘 끝에서 흐르네.

고 인 서 사 황 학 루 연 화 삼 월 하 양 주
故人[3] 西辭黃鶴樓 煙花[4] 三月下揚州[5]
고 범 원 영 벽 산 진 유 견 장 강 천 제 류
孤帆遠影碧山盡 唯見長江[6] 天際流

1 黃鶴樓(황학루) : 호북성 무창 서남쪽 황학산에 있는 누각. **2** 之廣陵(지광릉) : 광릉으로 가는 것. 지는 '간다' 는 동사. 광릉은 현재 강소성 양주(揚州)의 다른 이름. **3** 故人(고인) : 친구. 곧 맹호연을 가리킨다. **4** 煙花(연화) : 연기 같은 안개 속에 꽃이 피다. **5** 揚州(양주) : 광릉(廣陵). 당시 번화한 도시로 유명했다. **6** 長江(장강) : 양자강. 길이 5,800㎞. 세계 제4위의 강.

감상

내 친구 맹호연이 서쪽 지방에 있는 무창의 황학루를 떠나 안개와 노을 자욱하고 꽃이 만발한 3월에 동쪽에 있는 양주로 배를 타고 떠나간다. 내가 황학루에서 이 친구를 배웅하는데, 그 배는 외로운 돛을 달고 아스라이 떠나 그 배의 먼 그림자가 푸른 산속으로 사라져 버리고, 다만 양자강이 하늘 끝으로 흐르는 것만이 보인다.

친구를 떠나 보내고 그리는 정을 잘 나타낸 평성平聲 우운尤韻의 칠언절구다.

여설

제3구의 벽산碧山이 벽공碧空으로 된 판본板本도 있다. '외로운 돛의 먼 그림자가 푸른 하늘 속으로 사라지고'로 해석해도 좋다. 시력에는 한계가 있어 보이는 것은 한정이 있지만 보내는 정은 끝이 없어 바라보며 그리는 정을 말로 다 표현할 수 없는 시인의 심정을 잘 나타낸 시로 유명하다. 특히 전구轉句 · 결구結句는 유명한 시구로 꼽히어 널리 알려져 전해 오고 있다.

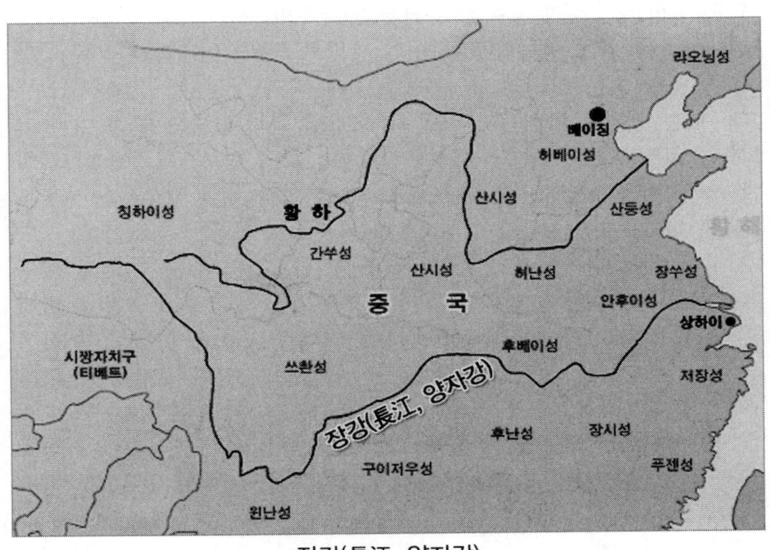

장강(長江, 양자강)

추하형문 秋下荊門[1]

이백(李白)

서리가 형문에 내려 강가의 나무도 잎이 졌는데
베 돛은 탈없이 가을 바람에 걸려 있네.
이번 여행 농어회를 먹기 위함이 아니고
스스로 명산을 사랑하여 섬중으로 가는 것이네.

상락형문강수공　포범무양　괘추풍
霜落荊門江樹空　布帆無恙[2]挂秋風
차행불위농어회　자애명산입섬중
此行不爲鱸魚鱠[3]　自愛名山入剡中[4]

1 荊門(형문) : 현재 호북성 중남부의 강릉의 구명인 형주(荊州)를 뜻함. 형문은 원래 형문산(荊門山)의 준말로 『수경주(水經注)』에는 '강물 동쪽이 형문이요, 호아(虎牙)란 곳을 지나 형문산은 남쪽에 있는데, 위는 막히고 아래는 열리어 그 모양이 문과 같다고 하여 이런 이름이 생겼다' 고 했다. 오늘날에는 강릉(江陵 : 형주) 북쪽에 따로 형문시(荊門市)가 있다. 2 布帆無恙(포범무양) : 베로 만든 돛이 무사(無事)하다. 여행을 무사히 계속한다는 뜻으로 쓰임. 『진서(晉書)』〈고개지전(顧愷之傳)〉에 '고개지가 은중감(殷仲堪)의 참군(參軍)이 되었다. 은중감이 형주에 있을 때 고개지가 휴가를 얻어갈 때 포범을 빌려주었더니 파총(破冢)이라는 곳에 이르러 대풍(大風)을 만나 크게 사고가 났다. 고개지가 은중감에게 편지하기를, 그 지명이 또 파총이라, 진짜로 총(冢 : 무덤 총)을 깨고 나오니 행인(行人)이 안온(安穩)하고, 포범이 무양(無恙)하였습니다.' 라고 한 데서 나온 말이다. 양은 '근심할 양, 병 양' 자이다. 3 鱸魚鱠(농어회) : 농어를 저미어 만든 회. 우리말에 생선 이름의 한자는 좀 다르게 읽는 단어가 있다. 부어(鮒魚) → 붕어. 사어(沙魚) → 상어. 수어(秀魚) → 숭어. 백어(白魚) → 뱅어 등. 이 농어의 원음은 노어이다. 4 剡中(섬중) : 절강성 회계군에 속했던

지명. 현재 절강성 승현(嵊縣). 조아강(曹娥江) 가에 있으며, 소흥(紹興)의 동남쪽에 있다. 옛날에 이 근처에 명산(名山)이 많고, 은둔자(隱遁者)가 많았기 때문에 이 지명을 인용한 것이다.

감상

가을이라 서리가 형문 지방에도 내려 나뭇잎이 모두 떨어져 나무들도 쓸쓸한 때, 나는 베로 만든 돛을 단 배를 타고 무사히 가을 바람을 이용하여 오 지방으로 내려간다. 이번에 이렇게 가는 것은 오 지방의 유명한 농어회를 먹으러 가는 것이 아니고, 나는 특히 유명한 산을 사랑하여 섬중으로 들어가기 위함이다.

평성平聲 동운東韻 칠언절구다. 725년(개원13) 25세 때 호북 형문에서 동정호洞庭湖 방면으로 향할 때 지은 것으로, 산수山水를 몹시 사랑하는 이백의 마음이 단적으로 잘 나타나 있다. 결구結句의 표현이 단순하며 진실하다.

여설

형주는 강릉이라고 더 알려져 있어, 현재 지도에는 강릉 형주라고 표기된 것이 많다. 더러는 형주라고만 표기되기도 하고 강릉이라고만 기록한 곳도 있다. 이 형주는 여러 모로 유명한 곳으로, 춘추전국시대 초나라 서울 영郢이 바로 이곳이다.

기산紀山 남쪽에 영이 있었다 하여 지금 기남성紀南城이 유적으로 보존되어 있다. 특히 삼국시대 때 관우關羽가 지키던 곳으로도 역사상 유명한 곳이다. 따라서 형荊은 초楚와 불가분不可分의 관계라 육조시六朝時 종름宗懍이 이 근방의 민속民俗을 모아 『형초세시기荊楚歲時記』를 썼고, 이 책은 우리나라 『동국세시기東國歲時記』의 모태가 되었다.

농어회는 장한張翰의 고사故事다. 『세설신어世說新語』 식감識鑑·임탄편任誕篇과 『진서晉書』 열전列傳 62 문원전文苑傳의 기록에 의하면 장한은 자가 계응季鷹인데 오吳(강동) 사람이다. 재주가 뛰어나고 문장에 능했다. 또 기질이 예절에 구속받지 않았으므로 그때 사람들이 진류陳留 출신의 완적阮籍과 비교하여 강동江東의 보병步兵이라 불렀다. 보병은 보병교위步兵校尉란 벼슬의 준말로 완적이 지낸 벼슬 이름이다. 장한은 낙양으로 들어가 제왕齊王 사마경司馬耕에게 알려져 대사마大司馬(국방장관)의 동조東曹(동부사무국)의 연掾(속관)이 되었다. 그러나 제왕의 교만함을 보고 화가 미칠 것을 예견하고 가을바람이 불자 고향인 오 지방의 줄〔菰〕과 순채蓴菜와 농어회 생각을 하고 즉시 관직을 팽개치고 귀향했다. 그때 그는 말하기를 "인생이란 뜻에 맞는 일을 귀하게 여겨야 하는데, 천 리 밖에까지 가서 말단 벼슬로 이름과 지위에 얽매일 필요가 있는가" 하였다. 그리고 나서 죽은 뒤에 이름을 남기기보다는 당장의 술 한 잔이 낫다고 했다.

섬중剡中의 섬剡은 섬산剡山의 준말이다. 섬산은 절강성 승현嵊縣 현치縣治 서북쪽에 있다. 주봉主峰은 이자봉里子峰이고, 조금 아래에 백탑강白塔岡이 있다. 그 산줄기가 수십 리에 뻗쳐 있는데 진시황이 동유東遊할 때 사람을 시켜 굴을 파 왕기王氣가 새어 나가게 했는데 지금의 산남山南의 섬갱剡坑이 그것이다.

이 섬산 기슭에 섬계剡溪라는 곳이 있다. 진나라 때 왕자유王子猷(왕휘지 : 왕희지의 아들)가 이곳에 살고 있던 친구 대규戴逵(자는 安道)가 보고 싶어 눈 오는 밤에 급히 찾아갔다가 문전門前에서 되돌아서니, 사공沙工이 이유를 묻자 다음과 같이 말한 것이 유명하다. "흥을 타고 왔다가 흥이 다하여 가니 어찌 반드시 만날 필요가 있겠는가(乘興而來 興盡而去 何必見)?"라고 하였다. 이곳은 또 대규戴逵가 살던 곳이라 대계戴溪라고도 한다.

조선 순조 때 학자 겸 정승 연천淵泉 홍석주洪奭周(1774~1842)의 어머니 영수각令壽閣 서씨徐氏(1753~1823)의 '차이백추하형문次李白秋下荊門' 시가 있다.

	상천요락담운공
서릿발 치는 날씨 쓸쓸하고 맑은 구름 공활한데	霜天寥落淡雲空
	독상고주만리풍
홀로 외로운 배에 오르니 만 리의 바람이 불어오네	獨上孤舟万里風
	어적수성추포만
어부의 피리 소리 몇 마디에 가을 포구는 저물고	漁笛數聲秋浦晩
	오산초수석양중
오나라 산, 초나라 물은 석양 속에 비치네.	吳山楚水夕陽中

참으로 섬세한 표현이 이백을 따를 만하다. 이백의 영향이 이렇게 큼을 새삼 느낄 수 있다.

제원단구산거 題元丹丘[1]山居

이백(李白)

친구는 동산에 살면서
스스로 산의 아름다움을 사랑한다네.
청춘에 텅 빈 숲 속에 누워
대낮에도 오히려 일어나지 않네.
솔바람이 옷깃과 소매를 맑게 하고,
돌 연못에서 마음과 귀를 씻네.
부럽다, 그대는 번잡하고 시끄러움이 없는 가운데
푸른 노을 속에서 높이 베고 누웠구나.

고인서동산 자애구학미
故人棲東山 自愛丘壑美
청춘와공림 백일유불기
靑春臥空林 白日猶不起
송풍청금수 석담세심이
松風淸襟袖 石潭洗心耳[2]
선군무분훤 고침벽하리
羨君無紛喧 高枕碧霞裏

1 元丹丘(원단구) : 이백의 친구. 도사. 경력 미상. 2 洗心耳(세심이) : 마음과 귀를 씻다. 요(堯) 임금이 영수(潁水) 가에 살던 허유(許由)에게 천하를 양여(讓與)하려 하자, 허유는 거절하고 더러운 속세의 말을 들었다고 영수의 물로 귀를 씻은 고사(故事)에서 유래한 말.

감상

나의 친구 원단구는 동산에 살면서 스스로 산수의 아름다움이 좋아 거기 묻혀 산단다. 그는 아직 젊은 나이에 공허한 산림 속에 누워 해가 높이 솟은 대낮인데도 아직 기상하지 않고 있다. 거기에서 불어오는 솔바람에 옷 속까지 시원한데, 돌로 이루어진 연못 물에 속세에서 때묻은 마음과 귀를 씻어낸다. 내가 그대의 삶을 부러워하는 것은 거기에는 도무지 속세의 번잡함이나 시끄러움이 없고, 푸르스름하게 끼어 있는 안개 낀 산속에서 높이 베개를 베고 편안히 쉴 수 있다는 것이네. 선우仙友 원단구의 수도생활을 부러워하는 이백의 심정을 잘 표현한 시다.

상성上聲 지운紙韻 오언고시다.

여설

원元은 성, 단구丹丘는 이름으로, 이백 시에 10여 번이나 나오는 이백의 도우道友이다. 일찍이 원단구가 도사 수업에 들어가 속세와 등지고 선경 생활을 하는 것을 이백이 부러워함을 묘사하고 있다. 이백이 34세 때 지은 시라 한다. 이백도 도사가 되고자 수양도 하고, 오균吳筠이란 도우의 권유로 출사하여 벼슬도 한다. 그러나 이백은 출세하여 사직社稷을 편안케 한 이후에 구선求仙을 지향한 것이 원단구와 다르다.

춘야낙성문적 春夜洛城[1]聞笛

이백(李白)

뉘 집에서 옥피리 소리가 은은히 울려 나와
봄바람에 낙양성 안으로 퍼져 들어가는가?
이 밤 여러 곡조 중에 절양류곡 折楊柳曲 소리 들리니
어느 사람이 고향에 대한 향수를 느끼지 않는가?

수가옥적[2]암비성 산입춘풍만락성
誰家玉笛[2]暗飛聲 散入春風滿洛城
차야곡중문절류[3] 하인불기고원[4]정
此夜曲中聞折柳[3] 何人不起故園[4]情

1 낙성(洛城) : 낙양성. 당나라 때 수도. **2** 玉笛(옥적) : 옥으로 만든 피리. **3** 折柳(절류) : 절양류곡의 준말. 이별할 때 버드나무 가지를 꺾어 주어 정을 표시한다고 해서 이별곡을 뜻함. **4** 故園(고원) : 옛 동산. 고향.

감상

누구의 집에서 누가 부는지는 알 수 없으나 오늘 어두운 밤에 옥피리 소리 들려 온다. 그 소리 봄바람을 타고 낙양성 안으로 퍼져 들어오고 있다. 그 곡들을 자세히 들어보니 거기에는 '절양류곡' 이 들어 있다. 이 곡을 듣고 오늘 밤 누구라고 고향 생각을 하지 않는 사람이 있을까? 나도 그 소리에 고향 생각이 간절해지는구나.

이백이 34세 때 지은 평성 平聲 경운 庚韻의 칠언절구다.

여설

위 시에서 암暗 자는 부사副詞로 쓰여 어디에서인지도 모르며, 어둠 속에서 분명치 않은 상태로의 말이다. 이 암 자는 '수가誰家'에 응應하고, 더 나아가 '비飛 · 산散 · 풍風'에 조응照應하여 피리 소리가 전 낙양성으로 은은히 가득히 퍼지고, 그 곡조가 또한 이별 곡이니 이 소리를 듣는 사람이면 누구나〔하인何人〕 고향 생각이 나게 하는 옥적玉笛의 신비스러운 소리를 듣는 속마음의 상태를 잘 표현한 명시名詩로 널리 읽혀지고 있다. 문聞이라는 글자에 시안詩眼이 있다고 평하는 이도 있다.

장간행 長干行[1] 2수 二首

이백(李白)

제1수

저의 머리가 처음으로 이마를 덮었을 때
꽃을 꺾어 문 앞에서 놀았죠.
신랑은 죽마를 타고 와서
침대를 돌면서 푸른 매실을 가지고 놀렸죠.
장간의 마을에 함께 살았으나
둘이는 어려서 거리낌과 시기가 없었죠.
14세에 그대의 아내가 되었으나
부끄러운 얼굴을 일찍이 펴본 적이 없었네.
고개를 숙이고 어둑한 벽을 향하여 있으면서
천 번 불러 한 번도 대답하지 않는 형상이었죠.
15세에야 비로소 눈썹을 펴고
함께 먼지나 재가 되기를 원했었죠.
항상 기둥을 껴안는 믿음을 가졌지,
어찌 망부대에 오를 줄 알았나요?
16세 때 남편은 멀리 행상行商을 떠나
구당협瞿塘峽의 염여퇴를 지나게 되지요.
5월이라 그곳은 접촉이 불가한 곳
원숭이 울음소리 하늘 위에서 애달픈 곳이죠.
집 문 앞 옛날 남편이 거닐던 발자국에는

한 곳 한 곳에 푸른 이끼가 생겨나지요.
이끼가 깊어 쓸 수도 없는데
낙엽은 가을 바람에 일찍도 떨어지네요.
8월에 나비가 날아와
쌍쌍이 서쪽 동산 풀 위를 날지요.
이에 느껴워 저의 마음은 아파
곧 근심에 잠기고 홍안은 늙어만 가네요.
조만간 삼파로 내려가실 모양인데
미리 편지를 집으로 알려 주세요.
맞이하기에 멀다고 말하지 않겠어요.
곧장 장풍사까지 가겠어요.

첩 발 초 부 액　절 화 문 전 극
妾[2]髮初覆額[3]　折花門前劇[4]

낭 기 죽 마 래　요 상 롱 청 매
郎[5]騎竹馬來　遶牀弄靑梅

동 거 장 간 리　양 소 무 혐 시
同居長干里　兩少無嫌猜

십 사 위 군 부　수 안 미 상 개
十四爲君婦　羞顏未嘗開

저 두 향 암 벽　천 환 불 일 회
低頭向暗壁　千喚不一廻

십 오 시 전 미　원 동 진 여 회
十五始展眉[6]　願同塵與灰

상 존 포 주 신　기 상 망 부 대
常存抱柱信[7]　豈上望夫臺[8]

십 륙 군 원 행　구 당 염 여 퇴
十六君遠行　瞿塘灩澦堆[9]

오 월 불 가 촉　원 성 천 상 애
五月不可觸　猿聲天上哀

문전구행적　일일생록태
門前舊行跡　一一生綠苔

태심불능소　낙엽추풍조
苔深不能掃　落葉秋風早

팔월호접래　쌍비서원초
八月胡蝶來　雙飛西園草

감차상첩심　좌 수홍안로
感此傷妾心　坐[10]愁紅顏老

조만하삼파　예장서보가
早晚下三巴[11]　預將書報家

상영부도원　직지장풍사
相迎不道遠[12]　直至長風沙[13]

구당협(瞿塘峽)

1 長干行(장간행) : 장간의 노래. 장간은 지명(地名). 현 남경 남쪽에 있는 작은 마을 이름. 행상(行商)들이 많이 살고 대장간(大長干) · 소장간(小長干)으로 나뉘어 있다 한다. 행은 시(詩)의 형식. 노래라는 뜻. 2 妾(첩) : 여자가 자기를 가리키는 1인칭. 3 覆額(부액) : 이마를 덮다. 부는 덮을 부, 가리울 부. 4 劇(극) : 놀다. 장난치다. 5 郎(낭) : 남자의 2인칭. 신랑(新郎). 6 展眉(전미) : 눈썹을 펴다. 근심하는 마음을 놓다. 7 抱柱信(포주신) : 옛날 미생(尾生)이란 남자가 여자와 다리 밑에서 만나기로 약속했는데 여자는 오지 않고 홍수가 닥치므로 다리 기둥을 껴안고 물에 빠져 죽었다고 한다. 이에 굳고 변함없는 믿음을 뜻한다. 8 望夫臺(망부대) : 산명(山名). 집을 떠난 남편이 돌아오기를 기다리며 남편 쪽을 바라보고 서 있다가 돌로 화석(化石)이 된 망부석(望夫石)이 있는 곳. 9 瞿塘灩澦堆(구당염여퇴) : 구당협(瞿塘峽)에 있는 염여퇴란 수중의 바위. 구당협은 양자강 삼협(三峽) 중의 하나. 염여퇴는 이 구당협 가운데에 있는 암석. 물이 불면 물속에 파묻혀 보이지 않으므로 배가 모르고 지나다가 전복되어 파산하는 일이 많았다. 근래에 폭파하여 지금은 없어졌다. 10 坐(좌) : 까닭없이, 공연히. 부사(副詞). 11 三巴(삼파) : 파군(巴郡) · 파동(巴東) · 파서(巴西)의 총칭. 현재 사천성 동부. 파군은 현재 중경(重慶), 파동은 기주(夔州), 파서는 합주(合州). 12 不道遠(부도원) : 멀다고 말하지 않는다. 도(道)는 말하다. 13 長風沙(장풍사) : 지명(地名). 안휘성 지주(池州) 부근에 있었다 한다.

제2수

생각건대 제가 깊은 규방閨房 속에서
연진을 일찍이 알지 못하다가
장간長干 사람에게 시집가서
사두에서 풍색을 기다리네.
5월에 남풍이 일어
그대가 파릉으로 내려간 일을 생각하고,
8월에 서풍이 일어나자

그대가 양자를 출발할 줄로 상상하네.
거래에 슬픔이 어떠할까?
만남은 적고 이별은 많도다.
상담에는 며칠 만에 도착할까?
저는 풍파를 넘는 꿈을 꾸도다.
어젯밤에는 광풍이 닥쳐 와
강가의 나무들을 분질러 버렸네.
강물은 출렁출렁 어둑히 끝이 없으니
행인은 어느 곳에 있을까?
뜬구름같이 달리는 준마를 잘 타고 가서
난이 피어 있는 모랫가 동쪽에서 아름답게 만나고 싶네.
원앙새는 푸른 부들 위에서 다정히 놀고
비취새는 비단 병풍 속에서 사랑하고 있네.
스스로 가련히 여기노니, 저도 15세 때에는
얼굴빛이 복사꽃같이 아리따웠다네.
어쩌다 장사꾼의 아내가 되어
물에 근심하고 또 바람에 근심해야 하는가?

억첩심규리 연진 부증식
憶妾深閨裏 煙塵[14]不曾識

가여장간인 사두 후풍색
嫁與長干人 沙頭[15]候風色

오월남풍흥 사군하파릉
五月南風興 思君下巴陵[16]

팔월서풍기 상군발양자
八月西風起 想君發揚子[17]

거래비여하 견소별리다
去來悲如何 見少別離多

상담　기일도　첩몽월풍파
湘潭[18]幾日到　妾夢越風波

작야광풍도　취절강두수
昨夜狂風度　吹折江頭樹

묘묘　암무변　행인재하처
淼淼[19]暗無邊　行人在何處

호승부운총　가기난저　동
好乘浮雲驄[20]　佳期蘭渚[21]東

원앙록포상　비취금병중
鴛鴦綠蒲上　翡翠錦屛中

자련십오여　안색도화홍
自憐十五餘　顔色桃花紅

나작상인부　수수부수풍
那作商人婦　愁水復愁風

14 煙塵(연진) : 연기와 먼지. 곧 속세(俗世). **15** 沙頭(사두) : 모랫가. 곧 선착장(船着場). **16** 巴陵(파릉) : 현재 호남성 악양(岳陽). **17** 揚子(양자) : 지명(地名). 강소성 의징현(儀徵縣) 동남. 강도현(江都縣) 남쪽. 양자교(揚子橋)가 있던 나루 이름. 후에 여기에 현(縣)을 두어 양자진(揚子津)이라 부르고, 이 근처 오늘날의 강도(江都)로부터 단도(丹徒) 사이를 양자강이라 불렀는데, 그 뒤 서양인이 장강을 잘못 양자강이라 불러 지금은 장강=양자강으로 통한다. **18** 湘潭(상담) : 지명(地名). 현재 호남성 성도 장사 아래에 있다. **19** 淼淼(묘묘) : 물이 넓게 넘치는 모양. **20** 浮雲驄(부운총) : 공중에 떠도는 구름처럼 빠른 준마(駿馬)라는 뜻. 총은 청백색의 말. **21** 蘭渚(난저) : 난이 피어 있는 물가.

감상

제1수

내 앞머리가 겨우 이마를 덮었을 때 나는 꽃을 꺾어 손에 들고 문 앞에서 놀았다. 그대는 대나무 말을 타고 와서 침대 가를 돌면서 푸른 매실을 가지고 나를 놀렸었다. 우리 둘이는 같이 장간리에 살아 어려서부터 별 거리낌이 없었다. 그러다가 14세에 내가 그대의 아내가 되자 부끄러워 얼굴도 들지 못했었다. 고개를 푹 숙이고 컴컴한 벽 쪽을 향하여 앉아 천 번 불러야 한 번 대답할 정도로 여간해선 대답도 못했었다. 1년이 지나 15세가 되어서야 겨우 눈썹을 펴고 오직 검은머리 파뿌리 되도록 백년해로百年偕老하며 함께 먼지나 재가 되기를 바랄 뿐이었다. 항상 맹목적으로 그대를 믿고 살아왔는데, 어찌 오늘날 망부대의 망부석의 신세가 될 줄 알았으리오? 곧 16세 때 그대는 행상을 떠난다고 구당협의 염여퇴를 지난다니, 그곳은 5월에는 장마철이고 갈 수도 없는 곳, 원숭이의 애달픈 울음소리만이 하늘가에서 들리는 듯 험한 곳이라 한다. 우리 집 문 앞에 그대가 다니던 발자국 하나 하나에는 푸른 이끼가 끼어, 이끼가 웃자라자 쓸어낼 수도 없고, 가을 바람이 일찍 불면 낙엽이 쌓일 것이다. 8월에는 나비들이 날아와 쌍쌍이 서쪽 정원 풀 위를 나는데, 나는 이런 광경을 보고 마음이 아파 곧 수심에 어리니 홍안이 저절로 늙어진다. 내 남편이 조만간 삼파로 내려간다니, 미리 집으로 편지를 보내주시오. 길이 멂을 불평하지 않고 그날로 만나러 단걸음에 달려 곧장 장풍사까지 마중가리이다.

입성入聲 맥운陌韻과 평성平聲 회운灰韻과 상성上聲 호운皓韻과 평성平聲 마운麻韻을 환운換韻한 오언고시다.

제2수

생각해 보니 나는 젊어서 깊숙한 규방에 처박혀 세상이 어떻게 돌아가는지도 모르고 살았는데, 장간 사람인 장사꾼 남편에게 시집가다 보니 부두에서 날씨를 보면서 남편을 기다리는 것이 예사였다. 5월에 남풍이 불어오면 남편이 파릉으로 내려갈 것을 생각하고, 8월에 서풍이 불면 남편이 양자진을 떠나는 것으로 짐작하였다. 남편은 상거래商去來할 때 그 서글픔이 어떠했을까? 우리들은 만나는 날은 적고 이별하는 날이 많다. 또 상담까지는 며칠만에 도착할까? 나는 늘 남편이 풍파를 근심스러이 건너는 꿈을 꾼다. 엊저녁에는 광풍이 불어닥쳐 강가에 서 있는 나무들이 모두 부러지고, 강물은 불어 아득히 끝이 없는데, 지금 남편은 어디에 가 있을까? 나는 날아가는 구름같이 빠른 준마를 잘 타고 가서 남편이 머무는, 난 피는 모랫가 동쪽에서 남편을 멋지게 만나고 싶다.

원앙새 한 쌍이 푸른 부들가에서 놀고, 물총새 한 쌍이 비단 병풍 속에서 속삭이는 것을 보니 몹시 부럽다. 그러나 내 스스로 가련한 생각이 드는 것은 내 나이 15세경에는 얼굴빛이 복사꽃같이 어여뻤는데, 어쩌다 장사꾼의 아내가 되어 남편을 떠나 보내고 홍수 날까 걱정, 폭풍이 불까 하는 걱정 속에 나날을 보내야 하는가?

입성入聲 직운職韻과 평성平聲 증운蒸韻과 상성上聲 지운紙韻과 평성平聲 가운歌韻과 거성去聲 우운遇韻과 평성平聲 동운東韻을 환운換韻한 오언고시다.

여설

이백이 장간에 사는 상인商人의 부인으로 자처自處하여 남편을 행상 보내고 그리며 걱정하는 심정을 잘 표현한 장편의 걸작이다. 재래로 이 '장간행長干行'의 제1수만이 이백의 것이고, 제2수는 중당中唐 시인 이익李益(748?~827?)의 작품인데 잘못 이백의 작품 속에 들어 있는 것이라 한다. 그러나 『이태백집李太白集』이나 『전당시全唐詩』에는 이백의 작품으로 되어 있어 그대로 이백의 작품으로 싣기로 한다.

증맹호연 贈孟浩然

이백(李白)

나는 맹부자를 사랑하노니
그의 풍류는 천하에 소문이 났네.
홍안에 벼슬을 버리고
백수에는 송운에 누워 있네.
달빛에 취하여 자주 청주淸酒에 빠지고
꽃에 홀려 임금을 섬기지 않네.
높은 산 같아서 어찌 우러러볼 수 있는가?
다만 그 맑은 향기에 읍할 뿐이네.

오애맹부자 풍류천하문
吾愛孟夫子[1] 風流天下聞

홍안기헌면 백수와송운
紅顔棄軒冕[2] 白首臥松雲[3]

취월빈중성 미화불사군
醉月頻中聖[4] 迷花不事君

고산안가앙 도차읍청분
高山安可仰[5] 徒此揖淸芬[6]

1 孟夫子(맹부자) : 맹호연(孟浩然 : 689~740)을 높여서 부르는 말. 부자는 선생(先生)이라는 존칭. **2** 軒冕(헌면) : 수레와 모자. 헌은 옛날 대부(大夫)들이 타는 수레. 면은 대부 이상이 쓰는 갓. 합쳐 벼슬, 관직의 뜻. **3** 松雲(송운) : 구름 속에 싸인 소나무, 곧 산림(山林) 속. **4** 中聖(중성) : 옛날 술의 은어로 청주를 성인(聖人), 탁주(濁酒)를 현인(賢人)이라 불렀다. 중은 적중하다, 빠지다라는 뜻의 동사. 따라서 중성은 술에 취한다는 은어. **5** 高山安可仰(고산안가앙) : 『시경(詩經)』 소아(小雅) 〈거할편(車舝篇)〉에서 나온 말. '높은 산을 우러러보

고, 큰길을 따라간다(高山仰止, 景行行止).' 에서 따온 말. 안은 '어찌' 라는 의문사. **6** 揖淸芬(읍청분) : 맑은 향기에 읍한다. 훌륭한 덕행(德行)을 공경한다는 뜻.

감상

나는 맹부자를 사랑한다. 그는 풍류로 세상에 소문난 분이다. 젊어서부터 벼슬을 저버리고 늙어선 산림 속에 은거한다. 달빛에 취하여 자주 술에 취하고, 꽃에 홀려 임금을 섬기지도 않는다. 그는 마치 높은 산과 같으니 그 산을 어찌 우러를 수 있는가? 다만 그 분의 깨끗한 향기에 존경을 표시할 뿐이다.

평성平聲 문운文韻의 오언율시다.

여설

맹호연은 왕유王維와 더불어 성당시대盛唐時代 자연파 시인의 쌍벽雙璧임은 누구나 다 안다. 이백보다 선배로 이백이 매우 존경하던 시인이다. 그에 관한 일화는 '재주가 없으니 밝으신 임금께서 버리신다(不才明主棄).' 란 시구로 널리 알려져 있다. 맹호연은 735년(개원 23) 재차 양양의 녹문산鹿門山으로 들어가 은거했는데, 739년(개원 27)에 이백이 이 시를 지은 것으로 보고 있다. 맹호연에 대한 이백의 존경심이 잘 나타나 있다.

월중람고 越中[1]覽古

이백(李白)

월왕 구천이 오나라를 격파하고
의사들이 고향으로 돌아올 때는 모두 비단옷을 입었었네.
또 꽃과 같은 궁녀들도 봄날 궁전에 가득 했었는데,
지금은 오직 자고새만이 펄펄 날고 있네.

월 왕 구 천　파 오 귀　의 사　환 향 진 금 의
越王句踐[2]破吳歸　義士[3]還鄕盡錦衣
궁 녀 여 화 만 춘 전　지 금 유 유 자 고　비
宮女如花滿春殿　只今惟有鷓鴣[4]飛

1 越中(월중) : 전국시대(戰國時代) 월왕(越王) 구천(句踐)이 도읍했던 곳. 현재 절강성 소흥현. **2** 句踐(구천) : B.C. 449～465 춘추시대(春秋時代) 월나라 왕. B.C. 496년에 오나라의 합려(闔閭)를 무찔렀으며, B.C. 494년 오왕(吳王) 부차(夫差)에게 대패(大敗)하여 회계산(會稽山)에서 굴욕적인 화의를 체결했다. 그 후 와신상담(臥薪嘗膽)하고 범려(范蠡) 등의 보필에 힘입어 재기하여 B.C. 473년 부차를 죽이고 오나라를 벌하여 회계의 치욕을 씻었다. **3** 義士(의사) : 충성을 다한 전사(戰士). **4** 鷓鴣(자고) : 새 이름. 메추라기와 비슷한 꿩과에 속한 새.

감상

월왕 구천이 회계지치會稽之恥를 씻기 위해 20년 간 와신상담臥薪嘗膽하며 실력을 길러 마침내 오나라 부차를 죽이고 돌아올 때 그 전쟁에 나갔던 모든 전사들이 금의환향錦衣還鄕했었다. 그리고 구천을 섬기던 꽃 같은 궁녀들이 봄날의 궁전에 가득했었는데, 지금은 이도

저도 다 없어지고 오직 그 자리에는 자고새만이 날고 있다. 월중에 와 옛날 구천의 전성시대를 회고하며 오늘의 쓸쓸한 정경情景을 읊은 회고시다.

평성平聲 미운微韻의 칠언절구다.

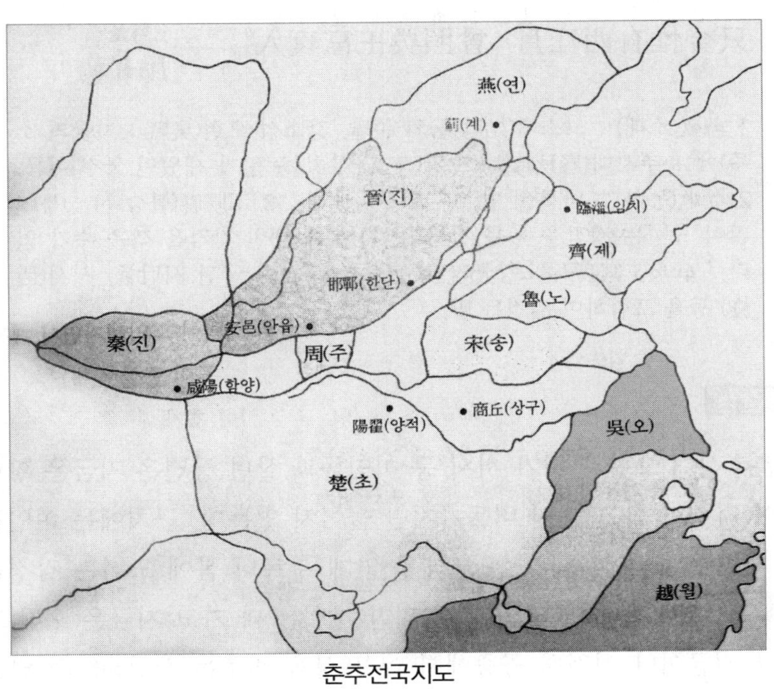

춘추전국지도

소대람고 蘇臺[1]覽古

이백(李白)

옛 궁원宮苑 황폐한 소대蘇臺엔 버들만 새로운데
마름 노래 맑게 부르니 봄을 누를 길이 없구나.
지금은 오직 서강의 달만 남았는데
일찍이 오왕의 궁중宮中의 여인들을 비춰 주었었지.

구 원 황 대 양 류 신　능 가　청 창 불 승 춘
舊苑荒臺楊柳新　菱歌[2]淸唱不勝春[3]
지 금 유 유 서 강 월　증 조 오 왕 궁 리 인
只今惟有西江月　曾照吳王宮裏人[4]

1 蘇臺(소대) : 고소대(姑蘇臺)의 준말. 강소성 오현(吳縣 : 지금의 소주)에 춘추시대(春秋時代) 오왕(吳王) 부차(夫差)가 세웠던 궁전 이름. 2 菱歌(능가) : 마름을 딸 때 부르던 노래. 3 不勝春(불승춘) : 봄에 많이 느끼는 정감을 누를 길이 없다. 봄에 대한 감각을 꺾을 수가 없다. 4 吳王宮裏人(오왕궁리인) : 오왕 부차의 궁전 사람들. 서시(西施) 등을 포함하여 일컫는 말.

감상

춘추시대 오왕 부차가 서시 등 미인들과 살던 궁전은 지금은 황폐하여 자취만 남고 대신 버들가지만 늘어져 있는데, 근처에는 여인들이 마름을 따며 마름 따는 노래를 맑게 부르니 봄에 느끼는 감정을 억누를 수가 없다. 옛날의 그 화려한 자취는 다 가고 지금은 오직 그때나 지금이나 여전히 공중에서 이 세상을 비추는 서강西江의 달만이 변함없이 떠 있는데, 저 달은 일찍이 부차의 궁전에 살던 사람들,

특히 서시 같은 미인들도 비춰 주었던 달이로다.

소대에서 옛날을 회고하는 노래로 평성平聲 진운眞韻의 칠언절구다.

여설

이 시는 앞의 시 '월중람고越中覽古'와 마찬가지로 옛날을 회고하는 시다. 오나라의 궁전 터 고소대姑蘇臺에 와 보니 그 화려했던 궁궐과 궁녀들은 간 곳이 없고 오직 버드나무만 우거졌고, 근처에서 마름 따는 여인들의 맑은 노랫소리만이 들려 봄의 감정을 이길 수가 없는 가운데 변함없는 것은 저 서강의 달뿐이다.

짧은 칠언절구에서 고금古今을 대비對比시키는 구舊-신新, 금今-증曾의 표현과 서강→서시의 연상은 이백다운 표현이라 하겠다.

앞의 '월중람고'에서 기승전起承轉 3구句는 옛날의 화려함을 읊고, 결구結句는 눈앞의 황량한 모습을 그린 반면에, 이 '소대람고' 시에서는 기승전 구가 참담한 현실을 묘사하고, 결구에서 옛날의 화려함을 읊은 수법으로 대조적對照的이다. 그러나 옛 고적古蹟 위에서 옛날을 회고하는 태도는 같다.

망천문산望天門山[1]

이백(李白)

천문이 중간에 끊어져 초강이 열리고
푸른 물 동쪽으로 흐르다 여기에서 휘네.
초강 양쪽 푸른 산 서로 마주 솟았는데
외로운 돛 하나 해 옆에서 나오네.

천문중단초강 개　벽수동류지차회
天門中斷楚江[2]開　碧水東流至此廻[3]
양안청산상대출　고범일편일변래
兩岸青山相對出　孤帆一片日邊來

1 天門山(천문산) : 안휘성 당도현(當塗縣) 서남에 있는 산 이름. 박망산(博望山)과 양산(梁山)이 양자강을 사이에 두고 서로 마주 서 있는 것이 마치 하늘의 문 같다 하여 이런 이름이 생겼다. 2 楚江(초강) : 호북(湖北) · 호남(湖南) · 안휘성 내를 흐르는 양자강의 일부를 일컫는 말. 이곳이 옛날 초나라 땅이었기 때문에 이런 명칭이 생겼다. 3 至此廻(지차회) : 지북회(至北廻)로 된 곳도 있다. 양자강이 여기에서 북으로 꺾여 흐른다고 이렇게 표현하기도 한다.

감상

천문산, 곧 박망산과 양산이 이어지는 중간이 끊겨 그곳으로 양자강이 열려 흘러나오니 이곳 강을 초강이라 부른다. 여태까지 시퍼런 강물이 동쪽으로 흐르다가 여기에 와서 흐르는 방향을 바꾸어 북류北流하기 시작한다. 이 양자강 양안兩岸에는 청산이 서로 상대相對하고 돌출突出하여 마치 천문天門과 같은데, 그 사이로 외로운 돛배 하나가 마치 하늘에 떠 있는 태양 근처에서 이리로 다가오는 것같이 보인다. 천문산 근처 장강의 풍경의 신비함을 한 폭의 그림으로 묘사한 것 같다.

평성平聲 회운灰韻의 칠언절구다.

여설

결구結句의 '孤帆一片日邊來'는 명구名句로 널리 알려졌는데, 거기에서 '일변日邊'에 대하여 여러 설이 있다. '일日'은 해로, 임금의 비유로 보고, 태양 근처를 임금님 곁으로 본다. '일변래日邊來'를 '장안으로부터 온다'고 풀이하는 것이다. 즉 외로운 돛단배가 장안을 떠나 양자강을 내려가는 것으로 보는데, 이 배는 누구의 배인가? 혹은 이백이 탄 배라고도 보고, 또 다른 사람이 탄 배로 보기도 한다. 이백이 황제가 있는 장안을 떠나 양자강을 내려가는 것으로 보는데 반하여, 이백 아닌 다른 사람이 장안을 떠나 양자강을 내려가는 것을 이백이 바라보는 것으로 보고 이백의 장안을 그리워하는 사군思君의 염念이 깃들었다고 보는 것이 재래在來의 유교적儒教的 통념의 해설이었다. 그러나 지금은 단순하게 하늘 가 저 멀리 태양 근처로부터 외로운 배 하나가 이 천문산을 지난다고 본다.

궁중행락사宮中行樂詞 8수八首

이백(李白)

제1수

어려서부터 황금의 저택에서 태어나
몸이 풍만해져서는 궁전宮殿에서만 사네.
산의 꽃을 보물로 장식한 쪽에 꽂고
패랭이꽃을 비단 옷에 수놓았네.
매양 깊은 궁전 속에서 나올 때마다
항상 보련을 따라 돌아오네.
다만 근심하노니 가무가 끝난 뒤
채운이 되어 날아가 버릴까 하는 것이네.

소소 생금옥 영영 재자미
少少[1]生金屋[2] 盈盈[3]在紫微[4]
산화삽보계 석죽 수라의
山花揷寶髻[5] 石竹[6]繡羅衣
매출심궁리 상수보련 귀
每出深宮裏 常隨步輦[7]歸
지수가무산 화작채운 비
只愁歌舞散 化作綵雲[8]飛

1 少少(소소) : 나이가 어리고 몸이 작음. 곧 유년시절(幼年時節) 2 金屋(금옥) : 황금으로 만든 집. 곧 훌륭한 저택. 3 盈盈(영영) : 몸이 크고 풍만해짐. 곧 성년시절(成年時節). 4 紫微(자미) : 원래는 성좌(星座)의 이름. 여기서는 궁성(宮城)을 말한다. 5 寶髻(보계) : 보물로 장식한 머리. 보물로 꾸민 여인들의 쪽. 6 石竹(석죽) : 패랭이 꽃. 천

국(天菊)이라고도 한다. 옛사람들은 수놓을 때 꼭 이 꽃을 자수(刺繡) 했었다. **7** 步輦(보련) : 손으로 끄는 수레. **8** 綵雲(채운) : 채색 구름. 아름다운 구름.

제2수

버들 빛은 황금빛으로 아름답고
배꽃은 흰눈 같으며 향기롭네.
옥루에는 비취새가 깃들고
금전에는 원앙을 가두었네.
기생을 뽑아 조각한 연을 따르게 하고
가수歌手를 불러 동방에서 나오게 하네.
궁중에서 누가 제일인가?
조비연趙飛燕이 소양궁昭陽宮에 있네.

유색황금눈 이화백설향
柳色黃金嫩[9] 梨花白雪香

옥루 소비취 금전 쇄원앙
玉樓[10]巢翡翠[11] 金殿[12]鎖鴛鴦

선기수조련 징가 출동방
選妓隨雕輦[13] 徵歌[14]出洞房[15]

궁중수제일 비연 재소양
宮中誰第一 飛燕[16]在昭陽[17]

9 嫩(눈) : 어리고 아름답다는 뜻. 갓 피어난 잎을 눈엽(嫩葉)이라 한다. **10** 玉樓(옥루) : 옥으로 장식한 누각이란 뜻으로 훌륭한 누각을 뜻한다. **11** 翡翠(비취) : 물총새. **12** 金殿(금전) : 황금으로 장식한 궁전이란 뜻에서 훌륭한 궁전. **13** 雕輦(조련) : 아름답게 꾸민 연. **14** 徵歌(징가) : 가수를 징발(徵發)한다. 가수를 부르다. **15** 洞房(동방) : 잠자는 방. 침방(寢房). **16** 飛燕(비연) : 전한(前漢) 성제(成帝)의 애희(愛姬) 조비연(趙飛燕). **17** 昭陽(소양) : 조비연이 살던 궁전 이름.

제3수

노귤은 본디 진나라 나무요
포도는 한나라 궁전으로부터 나왔네.
연하에 싸인 꽃은 낙조에 더 어울리고,
관현악이 울리는 가운데 봄바람에 취하네.
피리가 연주되니 용이 물속에서 울부짖고
퉁소가 울리니 봉황이 하늘로부터 내려오네.
군왕은 즐거운 일도 많은데
또한 천하 인민과 함께 하네.

노귤 위진수 포도 출한궁
盧橘[18]爲秦樹[19] 蒲桃[20]出漢宮

연화 의낙일 사관 취춘풍
煙花[21]宜落日 絲管[22]醉春風

적주용명수 소음봉하공
笛奏龍鳴水[23] 簫吟鳳下空[24]

군왕다락사 환여만방 동
君王多樂事 還與萬方[25]同

18 盧橘(노귤) : 금귤(金橘)의 일종. 노(盧)는 검다〔黑〕는 뜻. 금귤이 자랄 때는 청흑색(青黑色)이라 이렇게 부른다 한다. **19** 秦樹(진수) : 진은 장안지방(長安地方). 장안에서부터 퍼져 나간 나무라는 뜻이다. **20** 蒲桃(포도) : 포도(葡萄). 페르시아가 원산지인데, 서역(西域)을 통해서 들어온 게 한나라 무제(武帝) 때였다. 그 뒤 전 세계로 퍼졌다. **21** 煙花(연화) : 연기 같은 노을과 꽃. **22** 絲管(사관) : 현악기(絃樂器)와 관악기(管樂器). 곧 음악. **23** 笛奏龍鳴水(적주용명수) : 피리를 불자 용이 물속에서 운다. 후한(後漢) 마융(馬融 : 79～166)의 '장적부(長笛賦)' 에서 나온 말이다. 서방 오랑캐인 강족(羌族)의 어느 사람이 대나무를 베고 있는데 용이 나타나 물속에서 울다가 곧 사라졌다. 강인이 잘라낸 대나무로 피리를 만들어 불자 그 피리 소리가 용이 우는 소리와 같았다 한다. **24** 簫吟鳳下空(소음봉하공) : 퉁소가 울리자

이백(李白)의 열선전(列仙傳)

봉황새가 하늘로부터 내려온다. 『열선전(列仙傳)』에서 나온 말이다. 소사(蕭史)라는 사람이 퉁소를 잘 불었다. 그는 진나라 목공(穆公)의 딸 농옥(弄玉)과 결혼하여 농옥에게 퉁소를 가르쳤다. 퉁소에 익숙한 농옥이 퉁소를 불자 봉황이 하늘에서 날아와 지붕 위에 와 앉았다. 이에 농옥은 봉황새를 타고, 소사는 용을 타고 함께 하늘로 날아갔다 한다. **25** 萬方(만방) : 만국(萬國). 곧 천하.

제4수

옥 같은 나무에 봄이 돌아오는 날엔
황금 궁전에 즐거운 일도 많도다.
후정에 아침에는 들어가시지 않지만

가벼운 연으로 밤에는 통과하네.
웃음은 꽃 사이에서 재잘거리다가 나오고,
아리따움은 촛불 아래 노래 속에서 나타나네.
밝은 달을 지지 않도록 하라,
머물러 두어 항아를 취하게 만들리라.

옥수 춘귀일 금궁 낙사다
玉樹[26]春歸日 金宮[27]樂事多

후정 조미입 경련야상과
後庭[28]朝未入[29] 輕輦夜相過

소출화간어 교래촉하가
笑出花間語 嬌來燭下歌

막교명월거 유저 취항아
莫教明月去 留著[30]醉姮娥[31]

26 玉樹(옥수) : 옥으로 만든 나무. 아름다운 나무의 형용. **27** 金宮(금궁) : 황금의 궁전. 아름답고 훌륭한 궁전. **28** 後庭(후정) : 후궁(後宮). 궁중(宮中) 뒤편에 있는 건물. **29** 朝未入(조미입) : 황제는 아침에 정무를 보느라고 후궁에 들어가지 않는다. **30** 留著(유저) : 저는 현재를 나타내는 조자(助字). 따라서 유저는 머물러 둔다는 말. **31** 姮娥(항아) : 상아(孀娥)로 쓰기도 한다. 전설에 의하면 옛날 명궁(名弓) 예(羿)의 처(妻)로, 남편이 서왕모(西王母)에게 얻어 온 불사약(不死藥)을 훔쳐먹고 달나라로 도망가 월정(月精)이 되었다 한다.

제5수

수놓은 문에는 향기로운 바람이 따뜻하고
비단 친 창에는 새벽빛이 새롭네.
궁성의 꽃들 다투어 해를 향해 웃고
연못의 풀은 남몰래 봄에 자라나네.

푸른 나무에는 노래 부르는 새 소리 들리고
푸른 누각에서는 춤추는 사람들이 보이네.
소양궁昭陽宮에서는 도리에 달이 밝은데
비단 옷 입은 여인들이 서로 친하게 담소하네.

수호 향풍난 사창 서색 신
繡戶[32]香風暖 紗窓[33]曙色[34]新

궁화쟁소일 지초암생춘
宮花爭笑日 池草暗生春

녹수문가조 청루 견무인
綠樹聞歌鳥 靑樓[35]見舞人

소양 도리월 나기 자상친
昭陽[36]桃李月 羅綺[37]自相親

32 繡戶(수호) : 수놓은 휘장을 내려뜨린 방문. 궁녀들의 방을 가리킨다. 33 紗窓(사창) : 비단 휘장을 친 창. 34 曙色(서색) : 날이 밝아 오는 새벽빛. 35 靑樓(청루) : 청색을 칠한 누각. 『남사(南史)』에 제나라 무제가 흥광루(興光樓)에다 처음으로 청색을 칠한 데서 기인했다 한다. 36 昭陽(소양) : 궁전 이름. 37 羅綺(나기) : 나는 얇은 명주, 기는 무늬 있는 비단. 여기서는 이런 비단을 입은 사람들.

제6수

오늘 명광궁明光宮 안에서는
또 무리를 나누어 놀이하네.
봄바람이 자전을 열면
하늘 나라 음악이 화려한 누각으로 내려오네.
아름다운 춤은 지혜와 기교를 다하고
아름다운 노래는 반쯤은 수줍어하네.
더욱 아름다운 것은 꽃에 달이 비치는 밤이면

궁녀들이 장구 놀이를 하며 웃어대는 것이네.

금 일 명 광 리 환 수 결 반 유
今日明光[38]裏 還須結伴遊

춘 풍 개 자 전 천 악 하 주 루
春風開紫殿[39] 天樂[40]下珠樓[41]

염 무 전 지 교 교 가 반 욕 수
艶舞全知巧 嬌歌半欲羞

갱 련 화 월 야 궁 녀 소 장 구
更憐花月夜 宮女笑藏鉤[42]

38 明光(명광) : 명광궁(明光宮). 궁전 이름. 한나라 무제가 신선을 구하여 명광궁을 짓고, 연(燕) · 조(趙)의 미인 2천 명을 모아 그 안에서 살게 했다 한다. **39** 紫殿(자전) : 한나라 성제(成帝)가 세운 궁전. **40** 天樂(천악) : 천상의 신선이 연주하는 음악. **41** 珠樓(주루) : 구슬로 장식한 누각. 화려한 누각이란 뜻. **42** 藏鉤(장구) : 갈고리를 감춘다는 뜻으로 놀이의 일종. 한나라 소제(昭帝)의 어머니 구익부인(鉤弋夫人)이 시작했다는 놀이로, 사람들을 2조로 나누어 한 조 사람들은 모두 손아귀를 쥐고 그중에 누군가가 손바닥 안에 고리를 감추고 있으면, 다른 한 조 사람들이 그것을 맞추어내는 놀이이다. 많이 맞추는 편이 이긴다.

제7수

찬 눈이 매화 속에서 녹으니
봄바람이 버들가지 위로 돌아오네.
궁성 꾀꼬리 교태부리며 봄에 취하여 울고
처마 밑 제비는 지저귀며 또한 날아가네.
느릿한 해 노래 부르는 자리를 밝게 비추고
새 꽃 춤추는 무희들의 옷을 아름답게 꾸미네.
날 저물자 화려한 의장대儀仗隊를 옮기니

행락은 절정에 달해가는 듯.

한 설 매 중 진　춘 풍 류 상 귀
寒雪梅中盡　春風柳上歸

궁 앵 교 욕 취　첨 연 어 환 비
宮鶯嬌欲醉　簷燕語還飛

지 일　명 가 석　신 화 염 무 의
遲日[43] 明歌席[44]　新花艷舞衣

만 래 이 채 장　행 락 호 광 휘
晩來移綵仗[45]　行樂好光輝[46]

43 遲日(지일) : 느긋한 봄날. 『시경(詩經)』〈빈풍(豳風)〉에 '봄날이 더디고 더디다(春日遲遲)' 라는 구절이 있다. **44** 歌席(가석) : 노래 부르는 자리. 곧 음악회. **45** 綵仗(채장) : 화려한 의장병(儀仗兵). **46** 行樂好光輝(행락호광휘) : 호가 니(泥)로 된 판본(板本)도 있다. 광휘는 빛나다, 찬란하다는 뜻. 따라서 행락의 마지막 화려함을 장식한다는 뜻일 듯하다. 재래(在來)로 의문을 갖는 구절이다.

제8수

물은 남훈전에서 푸르고
꽃은 북궐루에서 붉네.
꾀꼬리 노래는 태액지太液池에서 들리고
피리 소리는 영주 섬을 휘감네.
소녀는 구슬 패물을 쩔렁이고,
천인은 아름다운 공을 희롱하네.
오늘 아침 풍광이 좋으니
마땅히 미앙궁未央宮으로 가 놀 만하네.

수 록 남 훈 전　화 홍 북 궐 루
水綠南薰殿[47]　花紅北闕樓[48]

앵 가 문 태 액　봉 취　요 영 주
鶯歌聞太液[49]　鳳吹[50]遶瀛洲[51]

소 녀　명 주 패　천 인　롱 채 구
素女[52]鳴珠佩　天人[53]弄綵毬[54]

금 조 풍 일 호　의 입 미 앙　유
今朝風日好　宜入未央[55]遊

47 南薰殿(남훈전) : 당나라 흥경궁(興慶宮) 용지(龍池) 남쪽에 있는 전각 이름. **48** 北闕樓(북궐루) : 원래는 한나라 미앙궁 안에 있던 누각 이름이다. 당나라 때도 이를 본 떠 흥경궁 안에 이런 명칭의 대궐을 지었을 것이라 한다. **49** 太液(태액) : 태액지(太液池). 한대(漢代) 궁중에 있던 연못 이름. **50** 鳳吹(봉취) : 봉은 봉생(鳳笙)의 준말. 봉황새 모양을 한 생황(笙簧). 피리 이름. 취는 불다. **51** 瀛洲(영주) : 태액지 안에 만들어 놓은 삼신산(三神山)인 봉래산(蓬萊山) · 방장산(方丈山) · 영주산(瀛洲山) 중의 하나. **52** 素女(소녀) : 선녀 이름. 비파를 잘 탔다 한다. 여기서는 궁녀들을 비유했다. **53** 天人(천인) : 선녀. 이것도 궁녀를 비유한 말. **54** 綵毬(채구) : 아름다운 모양의 공. **55** 未央(미앙) : 미앙궁. 한나라 때 황제가 살던 정전(正殿)의 이름. 한나라 고조(高祖)가 장안 용수산(龍首山) 위에다 지었다 한다.

감상

제1수

어려서부터 훌륭한 저택에서 태어나 크다가 성인이 되어 궁중으로 들어와 임금을 섬기는 몸이 되었다. 산에 피는 아름다운 꽃을 머리에 꽂고 패랭이꽃을 수놓은 비단 옷을 입었으며, 늘 깊은 궁궐로부터 나갈 때는 항상 손으로 끄는 수레를 타고 갔다가 돌아오곤 한다. 이런 궁중의 삶에 아무런 불평불만도 없지만, 근심하는 것은 가무가 끝난 뒤 흩어지면 선녀로 변하여 채색 구름 속에 싸여 날아가 버리지 않을까를 걱정한다.

궁궐 안에서 임금님을 모시는 궁녀들의 화려한 생활과, 그런 생활이 끝이 날까봐 근심하는 궁녀들의 행락行樂을 묘사하고 있다.

평성平聲 미운微韻의 오언율시다.

제2수

궁궐에는 황금빛의 새 잎이 돋은 버들이 무성하고, 배꽃은 흰눈 같으며 또한 향기롭다. 옥으로 장식한 누각에는 아름다운 물총새가 깃들고, 금으로 장식한 궁전에는 원앙새가 살고 있다. 이런 환경에서 기녀를 불러 아름답게 꾸민 연을 따르게 하고 가수를 불러 깊숙한 거실로부터 나오게 명한다. 이런 여인 천하 또 누가 있을까? 조비연이 소양궁에 있는 격이다. 아름다운 궁궐에서 온갖 기예를 가진 여인들에 둘러싸인 황제의 모습과 이에 온갖 사랑을 받는 양귀비楊貴妃가 조비연에 비유되어 잘 묘사된 시다.

평성平聲 양운陽韻의 오언율시다.

제3수

감귤의 일종인 노귤은 진나라 지방의 과수果樹이고, 포도는 페르시아 원산原産이지만 지금은 한나라 궁전에서 나온다. 안개와 노을에 싸인 꽃들은 해 넘어갈 때 더욱 아름답고, 관현악이 울려 퍼지는 가운데 황제는 봄바람에 취해 몽롱해 한다. 피리를 불면 용이 물속에서 울고, 관현악을 연주하면 봉황이 하늘로부터 내려오는 정경이다. 군왕君王은 이런 즐거움이 많지만, 또 만민과 더불어 함께 하고 있다. 앞 4구는 눈 앞의 풍경이요, 뒤 4구는 상상의 세계를 묘사하고 있다.

궁중의 호화로운 행락을 묘사한 평성平聲 동운東韻의 오언율시다.

제4수

옥수들이 우거진 궁중에 봄이 오면 황궁에는 즐거운 일도 많아진다. 황제는 조정의 정무를 보느라고 낮에는 후궁에 들어가지 못하다가 밤이 되어서야 가벼운 연을 타고 후궁으로 거둥한다. 이에 후궁들의 웃음소리가 꽃 사이의 속삭임에서 나오고, 갖은 교태가 촛불 아래 노래 부르는 가운데서 나타난다. 그러니 제발 저 밝은 달을 지지 않게 하라, 저 달 속의 월정인 항아를 머물게 해 놓고 취하게 만들리라.

황제와 후궁들의 즐기는 모습을 상상케 하는 평성平聲 가운歌韻 오언율시다.

제5수

수놓은 장막을 내린 문으로는 향기로운 바람이 온화하게 풍겨나고, 비단 휘장을 진 창으로는 날이 밝아 오는 새벽빛이 새롭다. 날이 밝자 궁정의 꽃들은 해를 향해 다투어 웃고, 연못에서는 풀이 봄이 되니 어느 겨를에 쑥쑥 자라난다. 푸르른 나무숲에서는 새들의 즐거운 노랫소리 들리고, 청색을 칠한 누각에서는 무희舞姬들의 춤추는 모습이 보인다.

소양궁에서 복숭아나무 · 배나무에 달빛이 비칠 때는 비단 옷 입은 궁녀들이 저절로 서로 친해져 담소談笑하고 있다.

봄날의 궁중 풍경을 묘사한 평성平聲 진운眞韻의 오언율시다.

제6수

오늘 명광전 안에서는 궁녀들이 편을 갈라 놀이를 한다. 봄바람이 자전을 열어 놓아 천상의 음악이 구슬로 장식된 누각으로 내려와 연주되는 것 같다. 아름다운 무희들은 온갖 교예巧藝를 다 부리고, 아리따운 가수들은 반쯤 부끄러워하면서 노래 부른다. 더욱 볼 만한 것은 꽃밭에 달이 비치는 밤에 궁녀들이 웃으면서 장구 놀이를 하는 것이다.

궁녀들의 교태와 장기長技를 묘사한 평성平聲 우운尤韻의 오언율시다.

제7수

매화가 피니 찬 눈도 사라지고 추위도 가고 봄이 되어 따뜻한 봄바람이 버들가지에서부터 불기 시작한다. 궁궐에도 봄은 와 꾀꼬리는 갖은 아양을 다 떨며 봄빛에 취해 있고, 처마 끝으로 날아오는 제비들은 지저귀며 날아간다. 봄의 긴긴 해는 연회장을 환히 비추고 사방에 새로 핀 꽃들은 무희의 모습을 더 아름답게 돋우네.

이렇게 질탕하게 벌어졌던 놀이도 날이 저물자 황제의 의장병들을 이동시킴으로써 행락은 마지막을 잘 장식할 것이다.

궁중에서의 행락의 모습을 묘사한 평성平聲 미운微韻의 오언율시다.

제8수

용지의 물은 남훈전에 비쳐 푸르고, 북궐루에 피어 있는 꽃은 붉고 화려하다. 꾀꼬리 소리는 태액지에서 들리고 생황 부는 소리는 영주산을 휘도네. 선녀 같은 후궁들은 구슬로 꾸민 패물들을 울리며 걷고, 하늘 나라 사람 같은 궁녀들은 공치기 하느라 정신없네. 오늘 아침같이 풍광이 좋은 날에는 황제는 마땅히 미앙궁에 들어가 놀 만하다.

궁중의 화려한 생활을 묘사한 평성平聲 우운尤韻의 오언율시다.

여설

이상이 이백의 '궁중행락사宮中行樂詞'이다. 이 시를 지은 동기를 당나라 사람 맹계孟棨는 『본사시本事詩』란 책에서 다음과 같이 적고 있다.

그때는 천보天寶 3년(744년) 이백이 한림학사翰林學士로 있을 때였다. 현종玄宗이 궁녀들과 어원御苑에서 행락할 때 측근의 고력사高力士에게 말하기를, '오늘같이 좋은 날에 어찌 묵은 노래만 매번 부르게 하는가? 이왕이면 새롭고 멋진 노래를 불러 후세에 자랑함이 어떠한가?' 하였다. 그리고서 현종은 이백을 불렀으나 이백은 그날 이미 현종의 형인 영왕寧王 이헌李憲의 관저官邸에 가서 만취해 있었다. 이백이 갑자기 불려 왔으나 몸을 가누기도 힘들 지경이었다. 그래서 현종이 이백을 골리려고 격식이 까다로운 오언율시로 '궁중행락사'를 지으라고 명했다 한다. 이에 이백은 돈수頓首하고 아뢰기를, '영왕이 술을 내려 주어 신은 이미 취했습니다. 신의 무례를 용서해 주신다면 변변치 못한 재주이나 명령에 따르겠습니다.' 하니, 현종이 가하다 하고, 궁인 두 사람에게 먹을 갈아 이백에게 주게 하고, 또 두 사람에게는 붉은 발을 이백 앞에 쳐주게 했다. 이에 이백은 망설임 없이 일필휘지一筆揮之로 써내려 가는데, 한 글자의 고침도 없이 줄줄 써 놓은 것이 바로 이 시라 한다. 원래는 10수였는데, 지금은 8수만 전한다.

그러나 영왕 이헌은 개원開元 29년(741년)에 이미 죽었고, 또 이 시의 편수篇數와 순서順序가 여러 책에 틀리게 기재되어 있어 의문을 제기하는 학자도 있다. 그럼에도 이 시는 다음의 '청평조사淸平調詞'와 함께 이백이 궁중행락을 읊은 대표작으로 널리 읽혀지고 있다.

청평조 淸平調[1] 3수 三首

이백(李白)

제1수

구름은 의상을 연상케 하고 꽃은 얼굴을 상상케 하는데
봄바람이 난간으로 불어드니 꽃이슬 짙어가네.
만약에 군옥산 위에서 보지 못하면
마땅히 요대 달빛 아래에서 만나리.

운상의상화상용　춘풍불함 노화 농
雲想衣裳花想容　春風拂檻[2]露華[3]濃
약비군옥산 두견　회 향요대 월하봉
若非群玉山[4]頭見　會[5]向瑤臺[6]月下逢

1 淸平調(청평조) : 악부(樂府)의 가락 이름. 중국 악부 악곡(樂曲)에 청조(淸調) · 평조(平調) · 슬조(瑟調)의 세 가지가 있었는데, 이백이 처음으로 청조와 평조를 합친 이 청평조(淸平調)를 만들었다 한다. **2** 檻(함) : 난간(欄干). **3** 露華(노화) : 이슬의 빛, 또는 빛나는 이슬. **4** 群玉山(군옥산) : 여선(女仙) 서왕모(西王母)가 산다는 곳. **5** 會(회) : 마땅히. **6** 瑤臺(요대) : 오색(五色)의 구슬로 꾸민 누대(樓臺). 역시 신선이 산다는 곳.

제2수

한 가지 붉고 아름다운 모란꽃이 이슬과 향에 엉기니
구름과 비로 변하는 무산 선녀 때문에 공연히 애가 끊어지네.
묻노니 한나라 궁궐에서 누가 이와 같은가?

아리따운 조비연趙飛燕이 새 단장을 했을 때만일세.

一枝紅艶[7]露凝香　雲雨巫山[8]枉[9]斷腸
借問漢宮誰得似　可憐[10]飛燕倚[11]新粧

7 一枝紅艶(일지홍염) : 한 가지의 붉고 아름다움. 곧 모란꽃을 표현했다. 모란꽃은 양귀비의 비유. **8** 雲雨巫山(운우무산) : 옛날 초나라 양왕(襄王)이 꿈에 고당(高唐)에서 묵을 때, 무산(巫山) 선녀(仙女)와 교회(交會)했는데 새벽에 그 여인이 떠나면서 '저는 아침에는 무산의 구름이 되고, 저녁에는 비가 됩니다.' 하고 가니, 양왕은 애만 태웠다는 고사(故事)에서 나온 말. 송옥(宋玉)의 『고당부(高唐賦)』에서 인용했다. 따라서 무산에서의 사랑을 뜻한다. **9** 枉(광) : 부질없이. 공연히. **10** 可憐(가련) : 어여쁘다. 귀엽다. **11** 倚(의) : 의지하다. 자신(自信)하다.

제3수

명화와 경국은 둘 다 좋아하니
임금은 항상 웃음을 띠고 바라보네.
봄바람에 끝없는 한을 풀어 버리고
침향정 북쪽에서 난간에 기대어 있네.

名花[12]傾國[13]兩相歡　長[14]得君王[15]帶笑看
解釋春風無限恨　沈香亭[16]北倚欄干

12 名花(명화) : 모란을 뜻한다. **13** 傾國(경국) : 경국지색(傾國之色)의 준말. 온 국민의 관심을 쏠리게 하는 여인이란 뜻으로, 미인을 말한다. **14** 長(장) : 길이. 영원히. 항상. 상(常)으로 된 판본(板本)도 있

다. **15** 君王(군왕) : 임금. 현종(玄宗)을 말한다. **16** 沈香亭(침향정) : 용지(龍池) 동쪽에 있는 정자(亭子) 이름. 침향목(枕香木)으로 만들었다.

감상

제1수

양귀비楊貴妃의 모습을 볼 때 그녀의 옷은 구름을 연상케 하고, 그녀의 얼굴은 모란꽃을 보는 것 같다. 봄바람이 어전御殿의 난간으로 불어오면 이슬이 맺힌 꽃이 더 아름답듯이 화장한 양귀비는 더 아름답다. 이런 미인은 이 세상 사람이 아니니, 혹 군옥산 위에서 만날 것이요, 그러지도 못한다면 마땅히 요대에서 달밤에나 만날 수 있으리라.

풍만하고 탐스러운 양귀비의 모습을 묘사한 평성平聲 동운冬韻의 칠언절구다.

제2수

탐스러운 한 가지의 모란꽃, 그 꽃에는 이슬이 내리니 향기가 더욱 짙다. 바로 양귀비의 비유다. 양귀비는 아름다움에서 옛날 초나라 양왕襄王이 꿈속에서 시침侍寢했던 무산 선녀와 헤어진 뒤 공연히 애태우던 일이 연상된다. 또 아름다운 양귀비가 옛날 한나라 궁전에서 누구와 비교가 될까? 바로 어여쁜 조비연이 새 단장을 하고 나섰을 때나 비슷하다 하리라.

역시 양귀비를 칭송하는 평성 양운陽韻의 칠언절구다.

제3수

명화인 모란과 경국지색인 양귀비를 둘 다 사랑하느라고 현종은 항상 싱글벙글 웃으며 바라보고 있다. 그래서 양귀비는 봄바람에 끝없이 한 또는 소망을 풀면서 침향정 북쪽 난간에 기대어 서 있다.

현종과 양귀비의 즐거워하는 모습을 읊은 평성 한운寒韻의 칠언절구다.

여설

이 시는 이백의 대표적인 시로, 한림학사翰林學士로 있으면서 40대에 쓴 당나라 현종과 양귀비의 모란꽃 감상회를 찬미한 궁중시宮中詩다. 이 시에는 이런 일화逸話가 곁들여져 있다.

당나라 현종 때 궁중에 처음으로 모란을 심었다. 그 꽃은 네 가지 색깔이었다. 곧 홍색紅色 · 자색紫色 · 천홍색淺紅色 · 순백색純白色의 모란을 흥경지興慶池, 즉 용지龍池 동쪽에 있는 침향정沈香亭 앞에 심었다. 그 꽃들이 만발하자 모란 감상회를 열었다. 그때 이원제자梨園弟子(궁정악단)의 우두머리 이구년李龜年이 음악을 연주하려 하자 현종이 말하기를, "비자妃子(양귀비)와 명화를 감상하는데, 어찌 옛날 노래만 부를 것인가?" 하고, 이구년을 시켜 이백을 불러다가 새로 시를 짓게 하니 바로 그것이 이 '청평조사淸平調詞' 3수라 한다. 이때 이백은 이미 술에 취해 있어 인사불성의 지경이었는데도 한번 붓을 잡자 일필휘지一筆揮之로 이 시를 써서 바치니 이구년이 악곡에 맞추어 연주하여 성대히 감상회를 마치었다 한다.

그러나 이 시의 제2수의 전결구轉結句, 곧 '借問漢宮誰得似 可憐飛燕倚新粧' 이라는 시구詩句가 문제가 된다. 양귀비를 조비연에 비유했다고 고력사高力士가 모함함으로써 이백은 마침내 파직 당하여 이른바 사금환산賜金還山(돈을 받고 산속으로 돌아감)하게 되는 것이다.

양귀비는 양원염楊元琰의 딸로 아명兒名은 옥환玉環이요, 귀비貴妃

는 비빈妃嬪의 품계 중 하나이다. 16세 때 현종의 제18남 수왕壽王 이모李瑁의 비妃로 태진太眞이라 불렸다. 후에 여산驪山의 화청궁華淸宮에서 환관宦官 고력사의 눈에 띄어 그의 후원으로 현종의 후궁後宮이 되고, 22세 때 귀비가 되었다. 그 후 안록산安祿山의 난亂이 일어나 마외파馬嵬坡에서 목을 매어 죽을 때는 38세 때였다. 그러나 그의 사촌 오빠인 양국충楊國忠은 재상宰相에 이르고, 세 자매는 진국부인秦國夫人, 한국부인韓國夫人, 괵국부인虢國夫人에까지 올랐었다.

화청궁(華淸宮)

한편 조비연은 원래 장안 사람으로 함양후咸陽侯 조림趙臨의 딸이었다. 양아왕陽阿王의 집에서 가무를 배울 때, 춤을 추는 것이 제비가 날아가는 것 같다 하여 비연飛燕이란 별호가 붙었다. 성제成帝가 어느 날 미행微行해서 누님인 양아공주陽阿公主의 집에 갔을 때, 조비연을 보고 마음에 들어 후에 궁 안으로 불러들여 첩여婕妤로 삼았다가 허황후許皇后를 폐하고 조비연을 황후로 승격시켰다. 그녀의 동생 소의昭儀(趙合德)는 성제를 현혹시켜 성제가 후사後嗣가 없이 폭사暴死하게 했다.

B.C. 7년(綏和 2) 봄날 성제가 조합덕과 동침同寢한 밤에 갑자기 죽자 조합덕이 황제 살해 혐의를 받게 되고, 이에 고민하던 그녀는 자살했다. 성제는 후사가 없어 조카가 등극하니 이가 애제哀帝다. 이 애제가 등극하는 데는 조비연이 힘을 썼다 하여 그녀가 태후太后가 되었다. 그러나 6년 만에 애제가 죽고 평제平帝가 등극하자 조비연은 평민으로 강등되었다가 자살했다.

옛부터 환비연수環肥燕瘦라는 말이 있다. 환環(양옥환楊玉環), 즉 양귀비는 살찌고, 연燕(조비연)은 야위었다는 뜻으로 중국 미인의 체격을 대변하는 말이 되었다. 곧 양귀비는 통통한 미인이고, 조비연은 날씬한 미인이었다. 서로 대조적인 타입이었다.

그런데 이백이 양귀비를 조비연에다 견준 구절을 고력사가 양귀비에게 일깨워 양귀비로 하여금 이백의 출세를 막게 했다. 환관宦官의 최고 지위에 있어 재상 못지 않던 고력사는 일찍이 현종의 명에 의하여 술에 취하여 불려와 몸을 가누지 못하는 이백의 신을 벗긴 일에 철천지한徹天之恨을 품고 있던 중, 이 '청평조사淸平調詞' 제2수의 그 구절을 인용하여 양귀비의 수치심을 불러일으켰고 양귀비의 베갯머리 송사訟事로 이백은 쫓겨나게 된 것이다.

양귀비 상(楊貴妃 像, 화청지)

또 두보의 '음중팔선가飮中八仙歌' 중의 '李白一斗詩百篇 長安市上酒家眠 天子呼來不上船 自稱臣是酒中仙'도 바로 이 '청평조사'를 지을 때의 고사로 보기도 한다.

송하빈객귀월 送賀賓客[1]歸越[2] 이백(李白)

경호의 흐르는 물 맑은 파도 출렁이는데
광객 돌아가는 배에는 멋진 흥도 많겠네.
만약에 산음의 도사를 만나게 되면
마땅히 황정경 黃庭經을 베껴 흰 거위와 바꾸겠지.

경호 유수양청파 광객 귀주일흥다
鏡湖[3]流水漾淸波 狂客[4]歸舟逸興多
산음 도사여상견 응사황정 환백아
山陰[5]道士如相見 應寫黃庭[6]換白鵝[7]

1 賀賓客(하빈객) : 하는 하지장(賀知章), 빈객은 관명(官名). 태자빈객(太子賓客). **2** 越(월) : 월주(越州), 곧 지금의 절강성 소흥현. **3** 鏡湖(경호) : 절강성 소흥현 치소(治所) 남쪽 3리에 있었던 못 이름. 일명 감호(鑑湖). 하지장이 조정에서 하사(下賜) 받았던 호수. **4** 狂客(광객) : 하지장이 만년(晩年)에 자호(自號)를 사명광객(四明狂客)이라 불렀다. 사명은 그의 고향에 있는 사명산(四明山)의 준말. **5** 山陰(산음) : 지명(地名). 지금의 절강성 소흥현. **6** 黃庭(황정) : 도가(道家)의 성전(聖典)인 황정경(黃庭經). **7** 換白鵝(환백아) : 흰 거위와 바꾸다. 명필 왕희지(王羲之)가 『황정경』을 써서 거위와 바꾼 일이 있다.

감상

경호로 흐르는 물이 맑은 파도를 넘실거리는데, 사명광객 하지장이 고향으로 돌아가는 도중에는 흥겹고 멋진 일이 많을 것이다. 귀향歸鄕 후 혹시 산음山陰 땅의 도사를 만난다면 마땅히 그대는 글씨를 잘 쓰니 황정경을 베껴서 거위와 바꾸겠지.

744년(천보 3) 이백의 나이 44세 되던 해 이른 봄에 지은 시이다. 전년前年12월 태자빈객 하지장은 86세의 고령으로 조정에 상소하여 도사가 되어 고향으로 돌아갈 것을 요청했다. 다음 해, 곧 744년 정월 5일 모든 대관大官들이 장락파長樂坡에서 송별연을 열었다. 현종玄宗은 어제시御製詩를 하사하고 모든 정승들이 송별시를 지을 때 이백은 이 시와 함께 '송하감귀사명응제送賀監歸四明應制'란 시를 지었다.

이 시는 평성平聲 가운歌韻의 칠언절구다.

여설

『진서晉書』〈왕희지전王羲之傳〉에 '왕희지는 우군장군右軍將軍으로서 회계會稽 내사內史란 관직을 겸임하고 있었다. 그런데 천성이 거위를 좋아했다. 그때 산음에 한 도사가 있어 거위를 잘 기르고 있었다. 왕희지가 그 도사에게 가서 그 거위를 팔라 하니, 그 도사는 『도덕경道德經』을 베껴 주면 그 거위를 주겠다 했다. 이에 왕희지는 『도덕경』을 써 주고 그 거위를 가져와 즐겼다.'는 내용이 있다.

이백은 이 내용을 '왕우군王右軍'이란 제목으로 시를 써 남겼다. 위 시에서는 『도덕경』을 『황정경』으로 바꾸어 변화를 보이고 있다.

하종남산 下終南山[1] 과곡사산인 過斛斯山人[2] 숙치주 宿置酒

이백(李白)

저물녘에 푸른 산으로부터 내려오는데
산속의 달이 사람을 따라 돌아오네.
문득 지나온 길을 돌아보니
푸르스름하게 비탈에 가로놓였네.
서로 이끌고 시골집에 도착하니
아이들이 사립문을 여네.
푸른 대나무 숲 지나 그윽한 길로 들어서니
푸른 새삼 넝쿨이 행인의 옷을 스치네.
기꺼이 말하며 쉴 곳을 얻어
아름다운 술을 애오라지 함께 드네.
긴 노래를 소나무 바람에 읊는데
곡이 끝나자 은하수의 별도 드무네.
나 취하고 그대 또한 즐거우니
얼큰히 함께 속된 기운을 잊네.

모종벽산하 산월수인귀
暮從碧山下 山月隨人歸

각고소래경 창창횡취미
却顧所來徑 蒼蒼橫翠微[3]

상휴급전가 동치개형비
相携及田家 童稚開荊扉[4]

녹죽입유경 청라 불행의
綠竹入幽徑 青蘿[5] 拂行衣

환언득소게 미주료공휘
歡言得所憩 美酒聊共揮[6]

장가음송풍 곡진하성희
長歌吟松風 曲盡河星稀

아취군부락 도연 공망기
我醉君復樂 陶然[7] 共忘機[8]

1 終南山(종남산) : 섬서성 장안현 남쪽에 있는 산. 높이 2,604m. 동쪽은 남전현(藍田縣), 서쪽은 미현(眉縣)에 걸쳐 있다. 2 斛斯山人(곡사산인) : 곡사는 복성(複姓), 이름은 불명. 산인은 산에 사는 사람, 곧 은자(隱者) · 처사(處士)의 뜻. 3 翠微(취미) : 산에 엷게 낀 푸른빛의 기운. 산기(山氣)가 푸르러서 아롱다롱한 빛. 4 荊扉(형비) : 시비(柴扉). 사립문. 5 青蘿(청라) : 여라(女蘿)라고도 한다. 담쟁이 넝쿨. 새삼 넝쿨. 6 共揮(공휘) : 휘는 술을 따른다는 뜻. 따라서 함께 술을 든다는 뜻. 7 陶然(도연) : 술이 취하여 거나한 모습. 8 忘機(망기) : 속기(俗機)를 잊음. 곧 속세(俗世)의 일에 관심이 없어짐.

감상

저녁 때 푸른 종남산을 따라 내려오노라니 산 위에 떠 있는 달도 사람을 따라 함께 내려온다. 그때 문득 지나온 길을 돌아보니 푸른 산 기운이 아스라이 산 중턱에 걸려 있다. 서로 이끌고 곡사산인의 산장山莊인 시골집에 도달하니 아이들이 사립문을 열어 준다. 마당에는 푸른 대숲이 있고, 그 옆의 그윽한 길로 들어가노라니 푸른 담쟁이 넝쿨이 행인의 옷을 스친다. 기쁜 언행言行으로 맞이하여 쉴 곳을 얻고, 또 맛 좋은 술까지 함께 들이켠다. 술기운이 올라 긴 노래를 솔바람 결에 부르니, 그 노랫소리 끝날 무렵 하늘에는 은하수도 드물어 보인다. 밤이 매우 깊은 모양이다. 이에 나는 술에 취하고 그대도 또한 즐거워하니 다 같이 거나해져서 속세의 일을 모두 잊어버린다.

이백이 44세 때 종남산에 올라갔다가 곡사산인의 산장에 묵으면서 주객主客이 대취大醉하여 망기忘機하는 기분을 읊은 평성平聲 미운微韻의 오언고시다.

종남산(終南山)

월하독작 月下獨酌 4수 四首

이백(李白)

제1수

꽃 사이의 한 병 술을
혼자 마시는데 친구라곤 없네.
잔 들어 밝은 달 맞이하니
그림자 이루어 세 사람이 되었네.
달은 본디 술 마실 줄을 모르고
그림자는 다만 내 몸을 따라다닐 뿐이네.
잠시나마 달과 그림자를 데리고
봄철에 마음껏 놀아 보세.
내가 노래하니 달이 어정이고
내가 춤추니 그림자는 멋대로이네.
취하지 않을 때는 함께 서로 즐기다가
취한 뒤에는 각기 서로 흩어지네.
영원히 무정의 교유交遊를 맺어
아득한 은하수를 두고 서로 기약하네.

화 간 일 호 주　독 작 무 상 친
花間一壺酒　獨酌無相親[1]
거 배 요 명 월　대 영 성 삼 인
擧杯邀明月　對影成三人
월 기 불 해 음　영 도 수 아 신
月旣不解飮　影徒隨我身

잠 반 월 장 영　　행 락 수 급 춘
暫伴月將影[2]　行樂須及春[3]

아 가 월 배 회　　아 무 영 릉 란
我歌月徘徊　我舞影凌亂[4]

성 시 동 교 환　　취 후 각 분 산
醒時同交歡　醉後各分散

영 결 무 정 유　　상 기　막 운 한
永結無情遊[5]　相期[6]邈雲漢[7]

1 無相親(무상친) : 곁에 친한 이가 없다. 2 月將影(월장영) : 달과 그림자. 장은 여(與)와 같다. 3 及春(급춘) : 봄에 미치다. 봄을 한껏 누리다. 4 影凌亂(영릉란) : 영영란(影零亂)으로 되어 있기도 함. 능란(凌亂)은 순서 없이 어지러운 모양. 5 無情遊(무정유) : 속정(俗情)이 없는 놀이. 곧 달이나 그림자같이 인간의 감정이 없는 것들과 교유하는 일. 6 相期(상기) : 서로 기약한다. 재회(再會)를 약속한다. 7 雲漢(운한) : 하늘의 개울. 은하수.

제2수

하늘이 만약 술을 사랑하지 않는다면
주성은 하늘에 없을 것이고,
땅이 만일 술을 사랑하지 않는다면
땅에는 응당 주천이 없을 것이네.
천지가 이미 술을 사랑했으니
술을 사랑함이 하늘에 부끄럽지 않네.
이미 청주를 성인聖人에 비유함을 들었고,
다시 탁주를 현인賢人에 견줌을 말하네.
현인 성인이 이미 술을 마셨으니
어찌 반드시 신선神仙을 구할 것인가?
석 잔 술에 대도와 통하고

한 말 술에 자연과 합치네.
다만 술 가운데 멋만 얻을 뿐이니
술 모르는 이에게는 전하지 말게나.

천약불애주 주성 부재천
天若不愛酒 酒星[8]不在天

지약불애주 지응무주천
地若不愛酒 地應無酒泉[9]

천지기애주 애주불괴천
天地旣愛酒 愛酒不媿天

이문청비성 부도 탁여현
已聞淸比聖[10] 復道[11]濁如賢

현성기이음 하필구신선
賢聖旣已飮 何必求神仙

삼배통대도 일두합자연
三盃通大道[12] 一斗合自然[13]

단득주중취 물위성자 전
但得酒中趣[14] 勿爲醒者[15]傳

8 酒星(주성) : 술을 맡아 다스린다는 별. 『진서(晋書)』〈천문지(天文志)〉에 '헌원(軒轅)의 우각(右角), 남(南) 삼성(三星)을 주기(酒旗)라고 하는데 연향주식(宴享酒食)을 주관(主管)한다' 고 했다. **9** 酒泉(주천) : 술이 줄줄 솟아난다는 샘물 이름. 중국에는 감숙성 주천현(酒泉縣)이 있고, 우리나라에는 강원도 영월군 주천면(酒泉面)과 전북 임실군 둔남면 주천리(酒泉里)가 있다. **10** 淸比聖(청비성) : 맑은 술을 성인에 비유함. 후한말(後漢末) 위왕(魏王)인 조조(曹操)가 금주령(禁酒令)을 내리자 사람들이 몰래 암호를 사용하여 탁주를 현인이라 하고, 맑은 술을 성인이라 불렀다. 따라서 청은 약주, 탁(濁)은 막걸리의 비유. **11** 復道(부도) : 다시 말한다, 또한 말한다, 도는 말하다. 언(言)과 같다. **12** 大道(대도) : 위대한 도. 도가(道家)의 도. 무위자연(無爲自然). **13** 自然(자연) : 무아(無我)의 경지(境地). **14** 酒中趣(주중취) : 술이 취한 중의 멋. 술의 흥취. **15** 醒者(성자) : 술이 깨어 있는 사람. 곧 술을 마실 줄 모르는 사람.

제3수

삼월의 함양성에
온갖 꽃이 대낮에 비단과 같네.
누가 능히 봄에 홀로 근심하는가?
이런 풍경 대하면 곧장 술을 마시네.
빈궁과 영달, 장수와 단명은
조화에 의하여 일찍이 마련된 것.
한 잔 술에 죽음과 삶이 같아지니
모든 일이 진실로 헤아리기 어렵네.
취한 뒤에는 천지도 잃어버려
멍하니 외로운 베개를 베는구나.
내 몸이 있는 것조차 알지 못하니
이런 즐거움이 최고의 기쁨이로다.

삼월함양성 천화 주여금
三月咸陽城[16] 千花[17]晝如錦
수능춘독수 대차경 수음
誰能春獨愁 對此徑[18]須飮
궁통여수단 조화숙소품
窮通與修短 造化夙所稟[19]
일준제사생 만사고난심
一樽齊死生 萬事固難審
취후실천지 올연 취고침
醉後失天地 兀然[20]就孤枕
부지유오신 차락최위심
不知有吾身 此樂最爲甚

16 咸陽城(함양성) : 함양의 성. 진나라의 수도였다. 지금의 섬서성 장안현 동쪽 위성(渭城)에 옛 성이 있다. **17** 千花(천화) : 온갖 초목(草

木)의 꽃. **18** 徑(경) : 곧장. 곧바로. **19** 造化夙所稟(조화숙소품) : 조화옹(造化翁)에게서 일찍이 받은 바다. 품은 조화로부터 받다. **20** 兀然(올연) : 홀로 오똑하게, 멍하니. 부지(不知)의 모양(模樣).

제4수

궁핍한 근심 천만 갈래이니
맛 있는 술 3백 잔을 들 것이라.
근심은 많고 술이 비록 적지만
술을 기울이니 근심이 오지 않네.
술을 성인에 비유함을 아는 바이라
술이 거나해지자 마음이 스스로 한가하네.
곡식을 사절하고 수양산首陽山에 누웠고
자주 텅텅 비어 안회는 굶으면서
당대에 술 마시기를 즐기지 않았으니
그 헛된 이름을 무엇에 쓸 것인가?
게와 가재가 곧 금액이요,
술지게미 언덕이 바로 봉래산蓬萊山이네.
바야흐로 반드시 아름다운 술을 마시고
달빛을 타고 높은 누대에서 취할지어다.

궁수 천만단 미주삼백배
窮愁[21] 千萬端 美酒三百杯

수다주수소 주경수불래
愁多酒雖少 酒傾愁不來

소이지주성 주감심자개
所以知酒聖 酒酣心自開

사속와수양 누공기안회
辭粟臥首陽[22] 屢空飢顏回[23]

당 대 불 락 음　허 명 안 용 재
當代不樂飮　虛名安用哉

해 오　즉 금 액　조 구　시 봉 래
蟹螯[24]卽金液[25]　糟丘[26]是蓬萊[27]

차 수 음 미 주　승 월 취 고 대
且須飮美酒　乘月醉高臺

21 窮愁(궁수) : 궁한 근심. 가난하여 궁핍한 생활 때문에 생기는 근심. **22** 辭粟臥首陽(사속와수양) : 은말(殷末) 충신 백이숙제(伯夷叔齊) 형제가 은(殷)을 멸망시킨 주나라의 곡식을 거절하고 수양산에 숨어 살면서 고사리를 캐어 먹다가 굶어 죽은 고사(故事)를 인용한 표현. 그 뒤로 백이숙제는 의인(義人)의 표본이 되었다. **23** 屢空飢顔回(누공기안회) : 공자(孔子)의 수제자(首弟子) 안회(顔回)는 가난하여 자주 양식이 떨어져 굶기를 자주했다. 그러나 현자(賢者)의 대표로 꼽는다. **24** 蟹螯(해오) : 게와 가재. 또는 오를 집게다리로 보아 게의 집게발이라고도 한다. 암게는 알이 많이 있고, 숫게는 집게발의 살이 맛이 좋아 그렇게 풀이하기도 한다. **25** 金液(금액) : 선약(仙藥)의 일종. 신선이 먹는 약 중에 제일 귀한 구전환(九轉丸) · 태을금액(太乙金液)이 있는데, 이것을 먹으면 즉시로 하늘로 올라간다 한다. **26** 糟丘(조구) : 하나라 폭군 걸왕(傑王)과 은나라의 폭군 주왕(紂王)의 고사인 주지육림(酒池肉林)의 고사를 인용한 말. 술찌끼가 쌓여 언덕이 됨. **27** 蓬萊(봉래) : 삼신산(三神山)의 하나. 봉래산(蓬萊山) · 방장산(方丈山) · 영주산(瀛洲山)을 삼신산이라 한다.

감상

제1수

봄에 꽃이 만발한 가운데 한 단지의 술을 놓고 친구도 없이 홀로 술을 마신다. 잔을 들어 밝은 달을 맞이해 오니 그림자도 생겨 나와 그림자와 달로 세 사람이 되었다. 그러나 달은 본래 술 마실 줄을 모르고, 그림자는 다만 내 몸을 따라다닐 뿐이다. 그러니 나는 곧 달과 그림자를 데리고 봄이 다하도록 마음껏 즐길 것이다. 내가 노래하니 달이 어정이고, 내가 춤을 추니 그림자는 어지러이 움직인다. 술이 취하지 않았을 때는 함께 서로를 즐겼으나, 술이 취하니 각자 흩어져 버린다. 아무쪼록 영구히 속세의 감정이 없는 무정無情의 교유를 맺어 아득한 저 은하수에서 다시 만나기를 기약하자.

744년(천보 3) 이백이 44세 때 지은 것으로 평성平聲 진운眞韻·한운寒韻과 거성去聲 한운翰韻을 환운換韻한 오언고시다.

제2수

하늘도 술을 사랑하여 하늘에는 주성이 있고, 땅도 술을 사랑하여 땅에도 주천이 있다. 이렇게 천지가 모두 술을 사랑하여 주성·주천이란 말도 생겼으니 나라고 술을 사랑함이 어찌 하늘에 부끄러운 일인가? 옛날 금주령이 내려 술을 못 마시게 되자 사람들이 막걸리를 현賢, 약주를 성聖이라 하여 은어를 사용하여 음주를 했으므로 현인·성인도 모두 술을 마셨으니, 뭐 꼭 신선이 될 것까지 있겠는가? 술에 취하면 신선이지.

술 석 잔으로 대도에 통하고, 술 한 말로 자연에 합치合致할 수 있다. 이 좋은 술 속의 멋을 깨닫기 위해 술을 마시는 것이니, 술 못 마시는 맨숭이에게는 이 술 가운데의 멋을 전해 주지 말 것이다.

주덕酒德이 신선보다 낫다는 이백의 술에 대한 본심을 토로한 평성 선운先韻의 오언고시다.

제3수

춘삼월 함양성 안에는 온갖 꽃들이 피어 있어 낮 경치가 비단을 펴놓은 것같이 아름답다. 누가 이런 봄철에 혼자 근심할 것인가? 이런 좋은 경치 속에서는 모름지기 술을 마실 것이다. 인생의 궁하고

함양성(咸陽城)

통달함, 장수하고 단명하는 것은 조물주造物主의 조화로 선천적先天的으로 타고난 것이다. 그러니 사람의 힘으로는 어찌할 수 없는 것이다. 다만 한 동이 술을 마시면 생사生死가 같아지고, 온갖 일도 진실로 헤아리기 어려워지는 것이다. 술이 취한 뒤에는 천지의 존재마저 있는지조차 모르게 되니, 이 술에 취하는 즐거움이 모든 즐거움 중에서도 최고인 것이다.

술의 효용效用을 읊은 시로, 술에 취하면 궁통窮通 · 장단長短 · 사생死生 · 만사萬事 · 천지天地 · 자신自身마저도 잊는 최고의 즐거움에 이름을 강조하고 있다.

상성上聲 침운寢韻의 오언 배율시排律詩다.

제4수

근심 걱정은 천 가지 만 갈래인데 아름다운 술은 겨우 3백 잔이로다. 그대의 근심은 많고 술은 적지만 술을 마시면 근심은 다가오지 못한다. 따라서 술을 성인이라고 하는 까닭을 알겠고, 그래서 술에 취하면 마음이 스스로 한가해진다. 옛날 백이숙제가 주나라 곡식을 안 먹겠다고 수양산에 들어가 고사리나 캐어 먹다가 죽었고, 공자의 수제자 안회는 가난하여 자주 굶었으나 의인義人이란 명예만 남겼다. 그러나 명예를 이루고도 그들은 즐겨 술을 마시지 못했으니 그 남긴 허무한 이름이 무슨 소용이 있는가? 게살 같은 좋은 안주가 곧 신선액인 금액이요, 술찌끼를 모아 놓은 언덕이 곧 삼신산이로다. 선약과 삼신산이 따로 있는 것이 아니라, 맛 좋은 술과 훌륭한 안주가 바로 그것들이다. 그러니 반드시 맛 좋은 술을 마시고 높은 누대에 올라가 달빛 아래 취함이 천하 제일의 즐거움이로다.

평성 회운灰韻의 오언고시다.

여설

이 '월하독작月下獨酌'은 이백의 음주시飮酒詩 중에서 대표작이다. 음주의 풍류風流와 술의 효용을 잘 표현하여 자주 인구에 회자되는 시다. 그중에서도 전체적으로는 제1수가 제일 유명하고, 명구名句로는 '花間一壺酒 獨酌無相親', '擧杯邀明月 對影成三人', '我歌月徘徊 我舞影凌亂', '三盃通大道 一斗合自然', '窮通與修短 造化夙所稟', '蟹螯卽金液 糟丘是蓬萊' 등이 있어 명언名言으로도 많이 쓰인다.

대체로 음주는 모든 근심을 잊고 즐거움을 누리자는 뜻에서 행해진다. 이백도 현실에서 근심을 잊고 즐거움을 찾는 방법으로 술을 마셨다. 비록 신선의 세계에 가서 금단金丹을 복용하고 장생불사長生不死하고 싶은 이상적인 생각을 가지지 않은 것은 아니지만, 그것은 실현 불가능한 이상이요, 이 세상에 머무는 동안이라도 주중선酒中仙이 되고자 노력한 시인이다. 따라서 이백은 술·달·시를 소재로 쓴 시가 많다. 이 시는 그중의 대표적 시의 하나다.

장진주 將進酒[1]

이백(李白)

그대는 보지 못했는가? 황하의 물이 하늘로부터 내려와
세차게 흘러 바다에 이르렀다가는 다시 되돌아가지 못하는 것을.
그대는 못 보았는가? 고대광실 밝은 거울 속에서 백발을 슬퍼하니
아침에는 푸른 실 같더니 저녁에는 백설白雪같이 되었네.
인생은 득의했을 때 모름지기 맘껏 즐기고
황금 술단지로 하여금 부질없이 달빛을 대하게 하지 말라.
하늘이 나의 재능을 마련했음은 반드시 쓰임새가 있나니
천금을 다 써 버려도 다시 돌아올지로다.
양 삶고 소 잡아 바야흐로 즐기세,
마땅히 한번 마신다면 3백 잔은 비워야 하네.
잠선생岑先生, 단구씨丹丘氏여,
바야흐로 술을 올리려 하니
그대들은 멈추지 마시오.
그대들을 위하여 한 곡조 노래하리니
그대들 나를 위해 귀를 기울여 들어 주소.
종과 북, 찬과 옥이 귀한 것이 아니라
다만 길이 취함을 원하고 술이 깸을 원하지 않노라.
예로부터 성인聖人, 현인賢人들은 모두가 다 적막하고
오직 술 마시던 자만이 그 이름을 남겼도다.

진왕이 옛날 평락관平樂觀에서 잔치할 때
한 말에 만전萬錢이나 하는 술을 마시며 멋대로 즐겼었네.
주인은 어째서 돈이 없다고 말하는가?
곧바로 술을 사다가 그대와 대작對酌하리라.
오화의 말, 천금의 갖옷.
아이 불러 가져 가서 맛난 술과 바꾸어 오게 하여
그대와 더불어 함께 만고의 근심을 녹여 볼까 하노라.

군불견황하지수천상래 분류도해불부회
君不見黃河之水天上來　奔流到海不復迴

군불견고당명경비백발 조여청사모성설
君不見高堂明鏡悲白髮　朝如靑絲暮成雪

인생득의수진환 막사금준 공대월
人生得意須盡歡　莫使金樽[2]空對月

천생아재 필유용 천금산진환부래
天生我材[3]必有用　千金散盡還復來

팽양재우 차위락 회수일음삼백배
烹羊宰牛[4]且爲樂　會須一飮三百盃

잠부자 단구생 진주군막정
岑夫子[5]丹丘生[6]　進酒君莫停[7]

여군가일곡 청군위아경이청
與君歌一曲　請君爲我傾耳聽

종고찬옥 부족귀 단원장취불원성
鐘鼓饌玉[8]不足貴　但願長醉不願醒

고래성현개적막 유유음자류기명
古來聖賢皆寂寞　惟有飮者留其名

진왕 석시연평락 두주십천 자환학
陳王[9]昔時宴平樂[10]　斗酒十千[11]恣讙謔[12]

주인하위언소전 경수고취 대군작
主人何爲言少錢　徑須沽取[13]對君酌

오화마 천금구 호아장출환미주
五花馬[14]千金裘[15]　呼兒將出換美酒

여이동소만고수
與爾同銷萬古愁[16]

1 將進酒(장진주) : 장차 술을 바치려고. 고악부(古樂府) 제목(題目). 술을 가져다가 드린다는 뜻. 음주유락(飮酒遊樂)의 내용을 담은 것이 많다. 2 金樽(금준) : 황금빛의 술단지. 황금으로 만든 술통. 3 我材(아재) : 나의 재능(才能). 4 宰牛(재우) : 소를 잡음. 재는 잡는다, 삶는다는 뜻. 5 岑夫子(잠부자) : 잠은 당나라 때 시인 잠삼(岑參 : 715~770)이라 한다. 부자는 존칭어. 그러나 잠삼은 이백보다 후배로 이 잠삼인지 불확실하다. 6 丹丘生(단구생) : 이백의 친구 원단구(元丹丘). 생은 높임의 뜻으로 쓰인 접미사. 7 君莫停(군막정) : 배막정(杯莫停)으로 되어 있기도 함. 그대는 멈추지 말라. 8 饌玉(찬옥) : 구슬같이 보배로운 반찬, 곧 산해진미(山海珍味). 찬진(饌珍)과 같은 말. 찬은 음식, 옥은 장신구(裝身具)로 보는 이도 있다. 9 陳王(진왕) : 조조(曹操)의 아들 조식(曹植). 232년(태화 6) 진왕에 봉해졌다. 10 平樂(평락) : 평락관(平樂觀)이라는 건물 이름. 낙양(洛陽)에 있었다. 11 斗酒十千(두주십천) : 두주는 한 말의 술. 십천은 일만(一萬). 한 말 술 값이 일만(一萬) 전이나 되는 좋은 술. 조식의 〈명도편(名都篇)〉에 '歸來宴平樂 美酒斗十千'이라 했다. 12 恣讙謔(자환학) : 자환학(恣歡謔)으로 되어 있기도 함. 讙謔은 시끄럽게 제멋대로 떠들고 놂. 13 沽取(고취) : 사오다. 고주(沽酒 : 술을 사오다)로 된 판본(板本)도 있다. 14 五花馬(오화마) : 말의 털 빛이 오색(五色)으로 된 좋은 말. 15 千金裘(천금구) : 천금이나 값이 나가는 좋은 갖옷. 옛날 맹상군(孟嘗君)이 가졌었다는 천하에 하나밖에 없는 흰여우의 가죽으로 만든 옷. 16 萬古愁(만고수) : 만고의 근심. 역사상 계속 쌓였던 걱정.

감상

저 황하의 물이 하늘에서 내려와 세차게 흘러 바다에 이르지만 다시는 되돌아가지 않는 것을 그대는 보지 못했는가? 마찬가지로 고대광실 훌륭한 집 방안에서 밝은 거울을 대하고 백발이 되었음을 슬퍼하는 늙은이가 그 자신이 젊었을 때는 머리카락이 푸른 실처럼 싱싱했는데 지금은 백설같이 하얗게 변해 버렸다고 슬퍼하는 것을 보지 못했는가?

그러니 인생은 득의得意했을 때 진탕 기뻐하고 놀 것이다. 그러하니 황금 술 단지로 하여금 부질없이 달빛만 대하고 있게 하지 말 것이다. 하늘이 나를 낳았을 때는 반드시 필요가 있어서 낳은 것이리라. 돈이란 있다가 없는 법, 천금을 다 써 버리면 다시 또 모이는 것이니라. 양고기를 삶고 소를 잡아 즐길 것이니, 모름지기 한번 마시면 3백 잔을 들어야 한다.

잠선생이여, 단구 도사여! 술을 드리오니 그대들은 멈추지 마시오. 그대들을 위해 내 한 곡조 부르리니 그대들은 나를 위해 귀를 기울여 들어 주소.

'멋진 풍악風樂, 산해진미가 귀한 것이 아니오. 다만 길이 취해 있으면서 이 술이 깨지 않기를 바랄 뿐이로다. 고래古來로 이름난 성현聖賢들은 모두 적막한데, 오직 술을 마신 자만이 그 이름을 영원히 남겼도다. 예컨대 진왕이 옛날 평락관平樂觀에서 잔치할 때, 한 말에 일만一萬 전이나 하는 값비싼 술을 마시며 떠들고 놀기를 멋대로 하였소. 그러니 주인이여 어째서 돈이 적다고 말하는가? 곧바로 술을 받아다가 그대들과 대작하리라. 오화마와 천금구를 아이 불러 내다 팔아 술을 사오게 하여 그대와 더불어 그 술을 마시며 만고에 쌓인 근심을 녹여 봄세 그려.'

이 시는 2단으로 나뉘어, 제1단은 처음부터 '請君爲我傾耳聽' 까지이고, 나머지는 제2단으로 부르는 노래의 내용이라고 본다. 제1단에서는 인간만사人間萬事는 찰나적刹那的이고 영원한 것이 없음을 개탄했고, 제2단에서는 음주의 효용을 강조하고 있다.

이 시는 평성平聲의 회灰 · 경庚 · 청靑 · 우尤 운韻과 입성入聲의 월月 · 약藥 운을 두루 섞어 쓴 장단구長短句 고시古詩다.

여설

이백의 '장진주將進酒'는 음주시飮酒詩의 대표작으로 너무나도 유명하여 우리나라에도 많은 영향을 끼쳐 왔다. 일반적으로 이백의 '장진주' 하면 정송강鄭松江(1536~1593)의 '장진주사將進酒辭'를 연상한다. 그러나 우리나라 고시조古時調를 보면, 이백의 '장진주'를 비롯하여 '파주문월把酒問月' 등의 음주시의 구절과 시상詩想을 인용한 것들이 많다.

원래 '장진주'는 위나라에서는 '평관중平關中'이라 하여 조조가 마초馬超를 정벌征伐하여 관중關中을 평정平定하는 내용이고, 오나라에서는 '장홍덕章洪德'이라 하여 손권孫權의 덕을 칭송한 것이며, 양나라에서는 〈석수편石首篇〉이라 하여 수도首都를 평정하고 동혼東昏(南齊 제4대 왕, 동혼후東昏侯)을 폐위하는 내용이었다 한다. 이렇게 원래는 공적公的이거나 국가에 관련된 일을 읊었던 가곡歌曲이었는데, 이백에 와서 이런 전통을 따르지 않고 사적私的인 인생관에 기인起因한 음주의 효용을 읊은 것으로 변했다 한다.

몽유천모음유별 夢遊天姥[1]吟留別[2]

이백(李白)

바다의 나그네 영주산瀛洲山을 말하지만
연기와 파도가 아득하여 진실로 찾을 길이 없네.
월越나라 사람들은 천모산天姥山을 말하는데
구름과 무지개 사이로 나타났다 사라졌다 간혹 볼 수가 있네.
천모산天姥山은 하늘에 닿아 하늘을 향해 가로 놓였고,
그 형세는 오악보다 빼어나고 적성산赤城山을 누르도다.
천태산天台山의 높이는 4만 8천 길, 이 산도
천모산天姥山을 대하자 동남쪽으로 기울어지려 하네.
나는 이 천모산으로 인하여 오월 땅을 꿈에 보려는데
하루 저녁에는 경호의 달빛을 타고 건너게 되었네.
그 경호의 달빛은 나의 모양을 비추어
나를 섬계에 이르도록 보내 주었네.
사령운謝靈運이 묵던 곳이 지금도 아직 남아 있고,
맑은 물은 출렁출렁, 맑은 소리로 잔나비가 우네.
다리에는 사령운이 신던 나막신을 신고
몸은 푸른 구름 속에 닿아 있는 사다리를 오르네.
절벽 중간쯤에서 바다에서 떠오르는 해가 보이고
하늘 가운데에는 하늘 나라 닭소리 들리네.
천 개의 바위를 만 번 휘돌아 길도 정해 있지 않은데,

꽃에 홀려 바위에 의지할 때 갑자기 이미 저물어
곰이 부르짖고 용이 읊조림이 바위 틈 샘물 소리에 섞여 더욱 크며
그 소리 깊은 숲을 떨게 하고 층이 진 산마루를 놀라게 하네.
구름은 푸르고 푸르러 비가 오려 하고
물은 맑고 맑아 연기가 생겨나네.
번개와 벼락에 산등성이들이 무너지고
동굴의 돌문이 꽝하고 중간이 열리네.
그 안에는 푸른 하늘이 끝이 없어 밑이 보이지 않고
해와 달은 금빛 은빛의 누대樓臺를 찬란하게 비추네.
그곳 사람들은 무지개로 옷을 만들어 입고 바람으로 말을 삼고
구름의 신들이 어지러이 내려오는데
호랑이는 비파를 뜯고 난새는 수레를 돌리며
신선들이 삼대와 같이 늘어서 있네.
문득 혼이 놀라고 넋이 움직여
황홀하여 놀라 일어나 깊이 탄식하네.
꿈을 깨니 그때는 베개와 잠자리 뿐
앞서의 연기와 노을은 간 곳이 없네.
세상의 행락도 이와 같으니
고래로 만사는 동쪽으로 흐르는 물과 같네.
그대와 헤어져 가 버릴 때는 어느 때 다시 돌아오겠는가?
바야흐로 흰 사슴을 푸른 언덕 사이에 풀어 놓고
모름지기 갈 때는 곧 그것을 타고

유명한 산을 찾으리라.
어찌 얼굴빛 고치고 허리 굽히면서 권귀를 섬겨
스스로 하여금 마음과 얼굴을 펴지 못하게 하겠는가?

해객 담영주 연도미망신난구
海客[3]談瀛洲[4] 煙濤微茫信難求

월인어천모 운하명멸혹가도
越人語天姥 雲霞明滅或可睹

천모련천향천횡 세발오악 권적성
天姥連天向天橫 勢拔五岳[5]捲赤城[6]

천태 사만팔천장 대차욕도동남경
天台[7]四萬八千丈 對此欲到東南傾

아욕인지 몽오월 일야비도경호 월
我欲因之[8]夢吳越[9] 一夜飛度鏡湖[10]月

호월조아영 송아지섬계
湖月照我影 送我至剡溪[11]

사공 숙처금상재 녹수 탕양청원제
謝公[12]宿處今尚在 淥水[13]蕩漾淸猿啼

각착사공극 신등청운제
脚著謝公屐[14] 身登青雲梯[15]

반벽견해일 공중문천계
半壁見海日 空中聞天雞[16]

천암만전로부정 미화의석홀이명
千巖萬轉路不定 迷花倚石忽已暝

웅포룡음은 암천 율심림혜경층전
熊咆龍吟殷[17]巖泉 慄深林兮驚層巓

운청청혜욕우 수담담혜생연
雲青青兮欲雨 水澹澹兮生煙

열결 벽력구만붕최 동천 석선 굉연 중개
列缺[18]霹靂丘巒崩摧 洞天[19]石扇[20]訇然[21]中開

청명호탕불견저 일월조요금은대
青冥浩蕩不見底 日月照耀金銀臺

예위의혜풍위마 운지군 혜분분이하래
霓爲衣兮風爲馬 雲之君[22]兮紛紛而下來[23]

호 고 슬 혜 란 회 차　선 지 인 혜 렬 여 마
虎鼓瑟兮鸞廻車　仙之人兮列如麻

홀 혼 계　이 백 동　황　경 기 이 장 차
忽魂悸[24]以魄動　怳[25]驚起而長嗟

유 각 시　지 침 석　실 향 래　지 연 하
惟覺時[26]之枕席　失向來[27]之煙霞

세 간 행 락 역 여 차　고 래 만 사 동 류 수
世間行樂亦如此　古來萬事東流水[28]

별 군 거 혜 하 시 환　차 방 백 록 청 애 간
別君去兮何時還　且放白鹿靑崖間

수 행 즉 기　방 명 산
須行卽騎　訪名山

안 능 최 미　절 요　사 권 귀　사 아 부 득 개 심 안
安能摧眉[29]折腰[30]事權貴　使我不得開心顔[31]

1 天姥(천모) : 산 이름. 절강성 신창현(新昌縣) 동쪽 50리에 있다. 천태현 서북쪽에 위치하여 동쪽으로는 천태산(天台山) 화정봉(華頂峯)에 이어졌고, 서쪽으로는 옥주산(沃洲山)에 이어져 있다. 천태산과 마주 보이는 산으로 산정(山頂)에 오르면 천상(天上) 노녀(老女)인 천모(天姥)의 노랫소리가 들린다고 하여 이런 이름이 생겼다. **2** 留別(유별) : 남기고 떠남. 멀리 떠날 때 남아 있는 사람에게 이별하는 기분을 나타내는 시. **3** 海客(해객) : 바다의 뱃사람. **4** 瀛洲(영주) : 삼신산(三神山)의 하나. 동해 바다 위에 있다는 신선들이 사는 땅. **5** 五岳(오악) : 중국을 대표하는 5대산. 동(東) 태산(泰山), 서(西) 화산(華山), 남(南) 형산(衡山), 북(北) 항산(恒山), 중(中) 숭산(嵩山). **6** 赤城(적성) : 산 이름. 절강성 천태현 북쪽에 있는데, 산정에 적석(赤石)이 나열해 있는 것이 성벽과 같다고 하여 이런 이름이 생겼다. **7** 天台(천태) : 산 이름. 절강성 천태현 북쪽에 있는 산. 천모산과 상대(相對)하고 있는 해발 1,138m의 산. 천모산은 천태산 북쪽에 이어져 있다. **8** 因之(인지) : 그것으로 인하여, 그것은 천모산을 가리킴. 천모산이 천하제일 명산(名山)이기 때문에. **9** 吳越(오월) : 지금의 강소성과 절강성. **10** 鏡湖(경호) : 지금의 절강성 소흥현(紹興縣 : 옛날의 회계 서남)에 있던 못 이름. 송대(宋代) 이후 말라 버려 지금은 논이 되었다. **11** 剡溪(섬계) : 지명(地名). 절강성 승현(嵊縣 : 소흥현 남쪽) 부근에 있는데 조아강(曹娥江)의 상류(上流)이기도 하다. 경치가 아름답기로 유명하다. **12**

謝公(사공) : 육조시대(六朝時代) 송나라 시인 사령운(謝靈運). **13** 淥水(녹수) : 맑은 물. **14** 謝公屐(사공극) : 사령운이 신던 나막신. 그는 산수(山水)를 사랑하여 등산을 좋아했다. 그가 고안한 나막신으로 등산할 때는 나막신 뒤쪽에다 굽을 붙이고, 하산할 때는 앞에다 붙여 산을 오르내릴 때 편안하게 사용한 나막신. **15** 靑雲梯(청운제) : 구름에 닿을 듯이 높은 사다리. 산이 높아 구름 속에 솟아 있는 것을 표현한 말. **16** 天雞(천계) : 하늘 나라에 있다는 닭. 중국 고대신화(古代神話)에 동남방에 도도산(桃都山)이란 산이 있고, 그 산꼭대기에 큰 나무가 있어 도도목(桃都木)이라 하는데, 가지와 가지 사이가 3천 리요, 그 나무 꼭대기에 천계가 산다. 매일 아침 태양이 그 나무 끝을 비추면 천계가 울고, 그러면 천하의 닭이 모두 울어 시각을 알린다 한다. **17** 殷(은) : 무성하다. 크다. **18** 列缺(열결) : 번개. 하늘이 쪼개져〔裂〕, 이지러진다〔缺〕는 뜻. **19** 洞天(동천) : 도교(道敎)에서 신선(神仙)이 사는 곳이 〈선경(仙境)〉에 36 동천, 72 복지(福地)가 있다고 했다. **20** 石扇(석선) : 선(扇)이 비(扉)로 된 곳도 있다. 돌문을 말한다. **21** 訇然(굉연) : 큰 소리를 형용한 말. **22** 雲之君(운지군) : 구름의 신. 『초사(楚辭)』 '구가(九歌)' 의 운중군(雲中君)과 같은 말. **23** 而下來(이하래) : 이래하(而來下)로 되어 있기도 함. **24** 悸(계) : 심장이 고동치다. 가슴이 두근거리다. **25** 怳(황) : 당황하다. 실심하다. **26** 覺時(각시) : 꿈을 깨었을 때. **27** 向來(향래) : 앞서부터. 이전(以前) 이래(以來). 전부터의. **28** 東流水(동류수) : 중국에서는 황하(黃河) · 양자강(揚子江) · 회수(淮水) 등 모든 강이 서쪽에서 동쪽으로 흐른다. 그래서 그것들은 한 번 동쪽으로 흘러간 다음에는 다시 돌아오지 않는다. **29** 摧眉(최미) : 눈썹을 찡그린다는 뜻이나, 굽신거리며 아양떤다는 뜻. **30** 折腰(절요) : 허리를 꺾다. 허리를 굽혀 복종하다. 도연명(陶淵明)의 오두미절요(五斗米折腰) 고사(故事)에서 나온 말. **31** 開心顔(개심안) : 마음과 얼굴을 열다. 밝은 표정을 짓다.

감상

바다에서 온 뱃사공이 동해에 있다는 삼신산의 하나 영주산을 일러 주지만 안개와 파도가 자욱하고 아득하여 찾으나 찾을 수가 없다. 또 월나라 사람들이 그곳 천모산에 대하여 말해 주므로 바라보니 구름과 무지개가 나타났다 없어졌다 하는 중에 혹 그 모습을 볼 수가 있다. 그 천모산은 하늘에 닿아 있고, 하늘을 향해 가로놓여 있는데, 그 산세山勢가 저 유명한 오악보다 더 높이 솟아 적성산을 덮고 있는 듯하다. 바로 그 산 옆의 천태산은 높이가 4만 8천 길, 천모산과 대립對立을 하여 동남쪽에 기우뚱하게 서 있다. 나는 이 천모산으로 인하여 오월 땅을 꿈속에 가 노는데, 어느 날 밤 달빛 타고 경호를 넘어 천모산으로 날아간다. 그때 경호의 달빛이 나의 형상을 비춰 주어 나를 섬계에 이르게 해 주었다. 그 섬계 땅에 가 보니 옛날 사령운이 묵던 곳이 지금도 그대로 남아 있고, 맑은 물은 출렁출렁 흐르는데 원숭이들이 맑은 소리로 울고 있다. 사령운이 발명한 등산용 나막신을 신고, 나도 청운의 사다리를 올라간다. 절벽 중간쯤에서 바다로 떠오르는 해를 보고, 공중에서 하늘 닭이 우는 소리를 듣는다. 수많은 바윗돌로 이루어진 길이 천만 번 꺾여 있어 길도 분명치 않고 아름다운 꽃에 홀려 돌에 기대어 있으니 갑자기 날이 저문다.

곰이 울부짖고 용이 읊조리는데 그 소리 바위틈의 샘물에 울려 퍼지니 깊은 숲을 떨게 하고 겹친 산마루를 놀라게 한다. 구름은 푸릇푸릇 모여 비가 내리려 하고, 물은 찰랑찰랑 안개를 내뿜는다. 번개와 벼락에 산들이 무너지고 동굴의 돌문이 쾅하니 중간이 열린다. 푸른 하늘은 아득하여 밑이 없고, 해와 달은 금색, 은색의 누각을 찬란히 비춘다. 무지개를 옷으로 삼고 바람을 말로 삼아 타고 운신雲神이 펄렁펄렁 내려온다. 호랑이는 비파를 뜯고 난새는 차를 끌며 신선들이 삼대밭 같이 진열하여 내려온다. 나는 갑자기 혼이 빠지고 넋이 나가 놀라서 일어나 깊이 탄식한다. 곧 꿈에서 깨어났을 때는 베개와 이부자리 뿐, 아까 그런 안개와 노을은 사라져 버렸다.

세상의 행락 또한 이와 같아 고래로 만사는 동으로 흐르는 물과 같다. 그대들과 헤어져 가 버리면 어느 때 다시 돌아올 것인가? 하여간 앞으로는 흰 사슴을 푸른 벼랑 사이에 풀어 놓고 기르다가 모름지기 여행할 때는 즉시 그것을 타고 명산名山을 방문할 것이요, 어찌 눈썹을 찌푸리고 허리를 굽신거리며 권세가와 귀인貴人을 섬겨 나 스스로 마음과 얼굴을 펴지 못하게 하겠는가? 절대로 권세가와 귀족에게 아첨하며 내 본의를 꺾는 짓은 아니할 것이다.

평성平聲의 우尤·경庚·제齊·선先·회灰·마麻·산운刪韻과 상성上聲의 우麌·지운紙韻과 거성去聲의 제霽·경운徑韻과 입성入聲의 월운月韻을 혼용混用한 장단구長短句 고시古詩다.

여설

이 시는 이백의 대표적 유선시遊仙詩로 장단구長短句 44구로 이루어진 잡언체雜言體 고시古詩다. 전편全篇이 3단으로 구성되어 있다. 제1단은 제1구로부터 제10구까지, 제2단은 제11구로부터 제34구까지, 제3단은 제35구로부터 제44구 끝까지로 되어 있다. 제1단은 서문격序文格이고, 제2단은 꿈속의 광경을, 제3단은 결론 부분이다.

꿈속에 천모산 풍경을 본 본론격本論格인 대목에서 이백의 상상력과 필력筆力을 여실하게 볼 수 있다. 신선 세계를 멋지게 묘사한 그 문장은 이백이 아니면 어려울 천재적 재능이 발휘되었다 할 것이다.

이백은 유교儒教와 도교道教의 양면적兩面的 사상思想을 지니고 있다. 먼저 이 세상에서 입신출세立身出世하여 공성功成·명달名達·신퇴身退한 뒤에 신선이 되어 영생永生하는 이상理想을 지니고 있다. 그래서 출세하여 한림봉공翰林奉供이 되어 궁중시인宮中詩人의 구실도 했고, 말년에 영왕永王을 좇아 부역附逆한 것도 그의 유교적 사상에 기인한 것이다. 그러나 실의失意, 좌절挫折할 때마다 명산대천名山大川을 찾아다니며 실제로 도사道士가 되어 도를 닦으며 신선을 동경하는 시를 남겼음은 그의 도교적 사상을 나타내는 것이다.

산중문답 山中問答

이백(李白)

나에게 묻기를 무슨 일로 푸른 산에 사느냐 하나
웃으며 대답하지 않으니 마음이 스스로 한가롭네.
복사꽃이 물에 흘러 아득히 떠내려가니
따로 천지가 있어 인간 세계가 아니로세.

문 여 하 사 서 벽 산 　 소 이 부 답 심 자 한
問余何事[1]棲碧山[2]　笑而不答心自閑
도 화 류 수 묘 연 거 　 별 유 천 지 　 비 인 간
桃花流水[3]杳然[4]去　別有天地[5]非人間

1 何事(하사) : 무슨 일. 무엇 때문. 하의(何意)로 된 판본(板本)도 있다. 그대는 무슨 뜻으로. **2** 碧山(벽산) : 짙푸른 산. 청산(靑山)보다 더 짙은 모양의 산. 숲 속에 파묻혀 있어 그렇게 느낀 것이다. **3** 桃花流水(도화류수) : 복사꽃이 물에 흐른다. 도연명(陶淵明)의 『도화원기(桃花源記)』에서 인용한 말. **4** 杳然(묘연) : 아득한 모양. **5** 別有天地(별유천지) : 따로 천지가 있다, 곧 별천지(別天地). 속세(俗世)와 다른 이상세계(理想世界).

감상

누가 나에게 묻기를 왜 산속에 묻혀 사느냐 하나 나는 대답할 말이 없어 그저 웃을 뿐, 대답마저 안하니 마음이 저절로 한가하다. 그러나 실은 다음과 같은 이유로 이 산속을 못 떠나는 것이다. 곧 『도화원기』에 나오는 세상 마냥 복숭아꽃은 옥 같은 시냇물에 흘러 속세로 떠내려가지만, 나는 속세가 아닌 별천지인 이곳을 떠나기 싫어 이

푸른 산속에 살고 있는 것이다. '산중답속인山中答俗人' 이라고 시제詩題가 된 판본도 있다.

평성平聲 산운刪韻의 칠언절구다. 평측平仄이 맞지 않아 칠언고시로 보기도 한다.

여설

이 시는 이백이 속인俗人과 대화하는 문답시問答詩로 보기도 하고, 이백 혼자의 자문자답시自問自答詩로 보기도 한다. 하여간 소이부답笑而不答했지만 대답에 해당하는 내용은 전결구轉結句다. 무릉도원武陵桃源 같은 별천지라 속세로 떠나가지 못한다는 내용이다.

이 시에서 나온 명언이 소이부답이다. 그 다음이 전결구轉結句다. 이 시는 우리나라에도 많은 영향을 미쳐 시조를 비롯한 각 체의 문장에도 활용된 곳이 많았고, 현대 시인 김상용金尙鎔(1902~1951)의 시 '남南으로 창窓을 내겠소' 의 끝 구절 '왜 사냐건 웃지요' 에도 바로 소이부답이 녹아져 있다고 할 수 있겠다.

추포가秋浦[1]歌 17수十七首

이백(李白)

제1수

추포는 길이 가을과 같아
쓸쓸하여 사람을 근심하게 하네.
나그네 근심 가눌 수 없어
걸어서 동쪽 대루산大樓山으로 오르네.
똑바로 서쪽으로 장안을 바라보고
아래로 양자강 물이 흐름을 보네.
양자강 물에게 말하노니
너의 마음은 나를 기억하는가? 못하는가?
멀리 이 한 줌의 눈물을 옮겨
나를 위해 양주에 전해 다오.

추포장사추 소조사인수
秋浦長似秋 蕭條使人愁

객수불가도 행상동대루
客愁不可度 行上東大樓[2]

정서망장안 하견강수류
正西望長安 下見江水流

기언향강수 여의억농 부
寄言向江水 汝意憶儂[3]不

요전일국 루 위아달양주
遙傳一掬[4]淚 爲我達揚州[5]

1 秋浦(추포) : 지명(地名). 지금의 안휘성 귀지현(貴池縣)에 있다. 당

대(唐代)에는 지주(池州)라 불렸다. 양자강 연안에 있는데, 추포의 면적은 길이 80리, 넓이 30리라 한다. 이백이 여기의 풍광(風光)이 좋아 3년간 묵으면서 많은 시를 썼다 한다. 호남성 소상강에 비교할 만하다 한다. **2** 大樓(대루) : 산 이름. 지주부성(池州府城) 남쪽 60리에 있다. **3** 儂(농) : 나. 제1인칭 대명사. 오나라 지방(地方) 방언(方言). **4** 一掬(일국) : 한 움큼. **5** 揚州(양주) : 강소성에 있는 지명. 양자강 최하류의 북단에 있는데, 당시부터 화려한 유행의 도시였다.

제2수

추포에는 원숭이가 밤에 근심하므로
황산이 백두가 될 수밖에 없다네.
청계가 농수가 아닌데도
도리어 단장의 흐름이 되네.
가고자 하나 갈 수가 없어
잠깐의 놀이가 오랜 놀이가 되었네.
어느 해가 돌아갈 날인가?
눈물을 비오듯 흘리며 외로운 배로 내려가네.

추포원야수 황산 감백두
秋浦猿夜愁 黃山[6]堪白頭[7]

청계비농수 번작단장류
清溪非隴水[8] 翻作斷腸流

욕거부득거 박유 성구유
欲去不得去 薄遊[9]成久遊

하년시귀일 우루 하고주
何年是歸日 雨淚[10]下孤舟

6 黃山(황산) : 안휘성 흡현(歙縣) 서북에 있는 중국의 제일의 명산. 해발 1,841m. 황악(黃嶽)이라고도 한다. 원래는 북이산(北黟山)이라 했는데, 옛날 황제가 용성자(容成子) · 부구공(浮丘公) 등과 여기에서

선약(仙藥)을 만들었으므로 황산이라 불렀다. **7** 堪白頭(감백두) : 감은 견디다, 감당하다, 맡다. 능(能)과 같은 뜻. 감백두는 백발(白髮)의 머리가 될 수 있다는 뜻. 이 시구(詩句)는 황산을 황발(黃髮)의 노인으로 보고, 이 황발의 노인이 곧 백발의 노인이 될 수밖에 없다는 뜻의 의인법(擬人法)으로 본 것이다. **8** 隴水(농수) : 개울 이름. 고악부(古樂府) '농두가(隴頭歌)' 에 '농두를 흐르는 물은, 울리는 소리가 그윽히 애타는데, 아득히 진천(秦川)을 바라보니, 간장이 갈기갈기 끊어지네(隴頭流水 鳴聲幽咽 遙望秦川 肝腸斷絕).' 라 했다. 농두는 농수라고도 하는데, 산 이름으로 진주(秦州 : 지금의 감숙성 天水縣)에 있다. 이 산을 넘는 데는 7일이 걸리는데, 나그네들이 이 산에 올라 진천을 바라보며 몹시 슬퍼했다 한다. **9** 薄遊(박유) : 잠시의 여행. **10** 雨淚(우루) : 비가 오듯이 흘리는 눈물.

제3수

추포의 비단 타조는
인간 세계나 천상에도 드물 것이네.
산 닭도 맑은 물을 부끄러워하며
감히 털옷을 비취지 못하네.

추포금타조　인간천상희
秋浦錦駝鳥[11]　人間天上稀
산계　수녹수　불감조모의
山鷄[12]羞淥水[13]　不敢照毛衣[14]

11 錦駝鳥(금타조) : 비단 같은 털을 가진 타조. **12** 山鷄(산계) : 금계(錦鷄). 꿩의 한 종류. 원래 중국산(中國産)인데, 매우 아름다운 닭이다. 전설에 의하면, 이 닭은 자기의 아름다운 깃털의 빛을 사랑하여 종일 맑은 물에 자기 모습을 비추어 보다가 마침내는 눈이 멀어 그 물에 빠져 죽는다 한다. **13** 淥水(녹수) : 맑은 물. 푸른 물. 녹수(綠水). **14** 毛衣(모의) : 털옷. 산계의 아름다운 날개.

제4수

양쪽 귀밑머리 추포에 들어와서
하루 아침에 갑자기 이미 쇠해 버렸네.
원숭이 우는 소리가 백발을 재촉하니
길고 짧은 것들이 모두 가는 실같이 되었네.

양 빈 입 추 포 일 조 삽 이 쇠
兩鬢[15]入秋浦 一朝颯[16]已衰
원 성 최 백 발 장 단 진 성 사
猿聲催白髮 長短盡成絲

15 兩鬢(양빈) : 양쪽 귀 밑의 살쩍. 귀밑머리. 곧 머리털을 뜻한다. 16 颯(삽) : 바람 소리를 나타내는 동사이나, 여기서는 머리털이 바람에 어지러이 흩어진 모양으로 보기도 하고, '갑자기'의 뜻으로 보기도 한다.

제5수

추포에는 흰 원숭이도 많아
그 뛰어 넘는 것이 흩날리는 눈과 같네.
나뭇가지 위에 있는 새끼를 끌어당기고
물속의 달을 마시며 희롱하네.

추 포 다 백 원 초 등 약 비 설
秋浦多白猿 超騰[17]若飛雪
견 인 조 상 아 음 롱 수 중 월
牽引條上兒[18] 飮弄水中月

17 超騰(초등) : 넘어 뛰다. 이리저리 뛰어 넘다. 18 條上兒(조상아) : 나뭇가지 위에 있는 원숭이 새끼.

제6수

근심 속에 추포의 나그네 되어
억지로 추포의 꽃을 보노라.
산천은 섬현과 같고,
풍광風光은 장사와 같네

수작추포객 강간추포화
愁作秋浦客 强看秋浦花
산천여섬현 풍일사장사
山川如剡縣[19] 風日似長沙[20]

19 剡縣(섬현) : 지금의 절강성 승현. 남쪽에 섬계(剡溪)가 있어 육조(六朝) 이래로 명승지(名勝地)로 알려졌다. **20** 長沙(장사) : 지금의 호남성 장사현. 소상강·동정호 등이 있어 명승지로 유명하다.

제7수

취했을 때는 산공의 말에 오르고,
추울 때는 영척의 '반우가飯牛歌'를 부르네.
부질없이 '흰 돌이 번쩍이네'를 읊조리니
눈물이 검은 담비 갖옷에 가득하네.

취상산공 마 한가영척 우
醉上山公[21]馬 寒歌甯戚[22]牛
공음백석란 누만흑초구
空吟白石爛[23] 淚滿黑貂裘[24]

21 山公(산공) : 진(晋)나라 산간(山簡)을 말한다. 자는 계륜(季倫). 죽림칠현(竹林七賢)의 한 사람인 산도(山濤)의 아들. 형주지사(荊州知事)로 호북성 양양(襄陽)에 있을 때, 늘 외출하면 술만 마시고 취하면 모

자를 거꾸로 쓰고 말을 타고 마을을 돌아다녔다 한다. **22** 甯戚(영척) : 춘추시대 제나라 사람. 가난하여 쇠뿔을 두드리며 신세 타령의 '반우가(飯牛歌)'를 부르니 제나라 환공(桓公)이 그 소리를 듣고 불러다가 재상을 삼았다. **23** 白石爛(백석란) : 영척의 '반우가'에 나오는 구절. '흰 돌이 번쩍번쩍'의 뜻. **24** 黑貂裘(흑초구) : 검은 담비의 가죽으로 만든 옷. 전국시대(戰國時代) 논객(論客) 소진(蘇秦)이 입었던 옷.

제8수

추포에는 천 겹이 되는 산 고개들이 있는데
그중에서 수차령이 제일 기괴하네.
하늘이 기우뚱 기울어진 곳에 돌은 금방이라도 떨어지려 하고,
물은 그 돌 위에 기생하는 나뭇가지들을 스치네.

추포천중령 수차령 최기
秋浦千重嶺 水車嶺[25] 最奇
천경 욕타석 수불기생지
天傾[26] 欲墮石 水拂寄生枝[27]

25 水車嶺(수차령) : 추포 서남에 있는 산 고개. 물레방아 고개. **26** 天傾(천경) : 하늘이 기울어지다. 『열자(列子)』에 보이는 말. 중국은 서북쪽 땅은 산악지대(山岳地帶)로 높고 동남쪽은 평야(平野)로 얕다. 그래서 하늘이 서북쪽으로부터 기울어진 것으로 본다. **27** 寄生枝(기생지) : 다른 나무나 돌에 기대어 사는 가지. 기생하는 초목(草木)의 가지.

제9수

강조의 한 조각 돌은
청천에 그림 병풍들을 둘러친 듯.
시를 써서 만고에 남기려는데

푸른 글자에 비단 이끼가 생기겠지.

강조　일편석　청천소　화병
江祖[28]一片石　青天掃[29]畫屛

제시　류만고　녹자　금태생
題詩[30]留萬古　綠字[31]錦苔生

28 江祖(강조) : 강조산(江祖山). 지주부성(池州府城)의 서남쪽 25리에 있는데, 한 개의 큰 돌이 물가에 솟아 있다. 그 높이 두어 길 되고, 그 위에 신선이 놀던 자취가 있는데, 그 돌을 강조석(江祖石)이라 한다. 29 掃(소) : 그리다. 쓰다. 30 題詩(제시) : 시를 제(題)하다. 시를 짓다. 시를 쓰다. 31 綠字(녹자) : 녹색(綠色)의 글자. 주위의 초목의 빛이 어려 녹색으로 보이는 글자들.

제10수

수천 그루의 석남의 나무들,
수만 포기의 여정 나무 숲.
산마다 백로가 가득하고
골짝에는 흰 원숭이 울부짖네.
그대들, 추포로는 가지 말게나.
원숭이 소리가 나그네 마음을 부수네.

천천석남　수　만만여정　림
千千石楠[32]樹　萬萬女貞[33]林

산산백로만　간간　백원음
山山白鷺滿　澗澗[34]白猿吟

군막향추포　원성쇄객심
君莫向秋浦　猿聲碎客心

32 石楠(석남) : 나무 이름. 만병초(萬病草)로 더 알려져 있다. 33 女

貞(여정) : 나무 이름. 보통 광나무라 한다. **34** 澗澗(간간) : 냇물이 흐르는 골짜기들.

第11수

나차기 邏叉磯는 새가 나는 길 가로막았고,
강조석은 고기 잡는 통발 위로 우뚝 솟았네.
물이 급하니 나그네 배도 빠르고
산꽃은 얼굴을 스치며 향기롭네.

나 차 횡 조 도 강 조 출 어 량
邏叉[35]橫鳥道 江祖出魚梁[36]
수 급 객 주 질 산 화 불 면 향
水急客舟疾 山花拂面香

35 邏叉(나차) : 기(磯 : 바위 너설이 있는 물가)의 이름. 둔치. 『귀주지(貴州志)』에 '성서(城西) 60리에 이양하(李陽河)가 있는데, 이양하로부터 나와 대강(大江) 중류(中流)에 이르러 돌 무더기가 있어 뚝 삐져 나온 돌들이 어지러이 널려 있다. 난강기(欄江磯)와 나차기(邏叉磯)의 둘로 나뉜다.' 고 했다. **36** 魚梁(어량) : 물살을 한 곳으로 모아 막고, 그 곳에 통발을 쳐서 고기를 잡는 장치.

第12수

물은 한 필의 비단 같은데
이 땅은 곧 하늘과 같이 평편하네.
능히 맑은 달빛을 타고
꽃을 보며 술 마시는 배 위로 오를 수 있네.

수 여 일 필 련 차 지 즉 평 천
水如一匹練 此地即平天[37]

내가 승명월 간화상주선
耐可[38]乘明月 看花上酒船

37 平天(평천) : 하늘과 같이 평편하다. 하늘이 평탄하게 이어져 있다. 38 耐可(내가) : '능가(能可)', '영가(寧可)' 와 같다. '능히 ~할 수 있다', '차라리 ~할 수 있다'.

제13수

맑은 물속에 흰 달이 깨끗한데
달이 밝아 백로가 날아가네.
사나이는 듣는다, 마름 따는 여인들이
이 길로 밤에 노래 부르며 돌아가는 것을.

녹수정소월 월명백로비
渌水淨素月[39] 月明白鷺飛
낭 청채릉 녀 일도 야가귀
郎[40]聽採菱[41]女 一道[42]夜歌歸

39 素月(소월) : 흰 달. 40 郎(낭) : 남자. 남편. 41 採菱(채릉) : 마름을 따다. 42 一道(일도) : 한 가닥의 길, 또는 함께 길을 가면서.

제14수

용광로鎔鑛爐의 불이 천지를 비치니
붉은 별이 붉은 연기 속에서 어지럽네.
부끄럽다, 사나이들 밝은 달밤에
노래 불러 그 곡조 찬 냇가에 움직이는 것이.

노화 조천지 홍성란자연
爐火[43]照天地 紅星亂紫煙

난 랑명월야 가곡동한천
赧[44]郎明月夜 歌曲動寒川

43 爐火(노화) : 용광로의 불. 왕기(王琦)의 설(說)에 의하면, 『당서(唐書)』 지리지(地理志)에 '추포에는 은광(銀鑛)과 동광(銅鑛)이 있었다' 했으니, 이런 광물을 녹이던 용광로의 불일 것이라 했다. 44 赧(난) : 부끄러워 얼굴이 빨개짐.

第15수

흰 머리카락 3천 길,
근심 때문에 이렇게 자랐구나.
알지 못해라, 밝은 거울 속에
어디서 가을 서리를 얻었는가?

백발삼천장 연수 사개 장
白髮三千丈 緣愁[45]似個[46]長
부지명경리 하처득추상
不知明鏡裏 何處得秋霜[47]

45 緣愁(연수) : 근심으로 인해서, 근심 때문에. 46 似個(사개) : 개는 저개(這箇). 이것과 같이, 이렇게. 47 秋霜(추상) : 가을 서리. 백발의 상징.

第16수

추포의 시골 노인
고기 잡으러 물속에서 자네.
처자도 백한을 잡으려고
망을 엮는 것이 깊은 숲 속으로 보이네.

추 포 전 사 옹　　채 어 수 중 숙
秋浦田舍翁[48]　採魚水中宿

처 자 장　백 한　　결 저　영 심 죽
妻子張[49] 白鷳[50]　結罝[51] 映深竹

48 田舍翁(전사옹) : 고루한 시골 늙은이. **49** 張(장) : 그물을 펴다. 그물로 잡는다. **50** 白鷳(백한) : 중국 호남(湖南) 지방에서 나는 꿩과에 속하는 새. 백색으로 등에 가는 검은 무늬가 있다. **51** 結罝(결저) : 짐승 잡는 그물을 만들다.

제17수

도파는 한 발짝 거리의 땅,
뚜렷이 말 소리도 들리네.
말없이 산승과 이별하고
머리를 숙여 백운에 예하네.

도 파　일 보 지　요 료　어 성 문
桃波[52] 一步地　了了[53] 語聲聞

암　여 산 승 별　저 두 례 백 운
闇[54] 與山僧別　低頭禮白雲

52 桃波(도파) : 지명(地名). 도파(桃坡)라고도 쓴다. **53** 了了(요료) : 분명한 모양. 뚜렷이. **54** 闇(암) : 묵(默)과 같다. 말없이. 입을 다물고.

감상

제1수

추포란 땅은 이름 그대로 언제까지나 가을 같아 그 쓸쓸함이 사람의 수심愁心을 자아내게 한다. 하물며 나그네인 나의 근심은 모두 떨어버릴 수 없어 걸어서 동쪽에 있는 대루산에나 오른다. 이 산에 올라 보니 정서正西쪽으로 그리운 장안이 바라다보이고, 밑으로 추포수의 물이 흘러가는 것이 보인다.

저 강물에게 말하노니, 저 강물아! 너는 나의 마음을 아느냐, 모르느냐? 이 한 줌의 눈물을 저 멀리 양주에 떨어져 있는 친구에게 전해줄 수 있겠는가? 꼭 그렇게 해다오.

평성平聲 우운尤韻의 오언고시다.

제2수

추포에서는 원숭이가 밤에도 근심하며 슬피 우니, 아마도 나그네는 말할 것도 없고, 저 황산도 절로 늙어 백두의 산이 될 것이다. 그리고 청계淸溪는 이별의 상징인 농수가 아닌데도 도리어 이 냇물 소리가 단장斷腸의 물소리로 변할 것이다. 이곳을 떠나려 하나 떠나갈 수가 없어 잠깐 머물러 있기로 했던 것이 오랜 머묾이 되었다. 어느 해인가? 내가 돌아갈 날이. 비 오듯이 흘리는 눈물이 나의 외로운 배 안으로 떨어진다. 끝 구句의 '하下' 자는 눈물이 떨어지는 것으로 보기도 하지만, 내가 외로운 배 안으로 '내려간다' 로 풀이하기도 한다. 그럴 때는 '눈물이 비 오듯이 흐르는데, 나는 외로운 배로 내려간다.' 로 번역한다.

평성 우운尤韻의 오언고시다.

제3수

추포에는 금타조라는 진귀한 새가 있어, 이런 새는 인간 세계에서나 천상에서도 드물 것이다. 얼마나 아름다운지, 이 세상에서 제일 아름답다는 저 금계도 이 금타조 앞에서는 감히 잘난 체를 못한다.

전설에 의하면, 금계는 제 모양이 최고의 미를 지녔다고 여겨 밤낮 맑은 물에 자기 모습을 비추며 자랑하다가 눈이 멀어 익사溺死했다고 했는데, 그런 금계조차도 이 금타조 앞에서는 감히 날개 한 번 펴 보지 못할 것이다.

이 추포의 특산特産인 금타조의 아름다운 모습을 형용한 시로 평성 미운微韻의 오언절구다.

제4수

원래 늙어 가는 참인데, 이 추포에 들어오자 여러 근심 때문인지 희기 시작한 머리털이 하루 아침에 갑자기 더 희어져 버린 듯하다. 더군다나 원숭이의 울음소리가 나의 흰머리를 더욱 세도록 재촉하여 지금은 길고 짧음을 가릴 것 없이 내 머리는 몽땅 가는 실처럼 변해 버려 기름기라고는 찾아볼 길이 없다.

평성 지운支韻과 상성上聲 지운紙韻을 통운通韻한 오언고시다.

제5수

이 추포에는 비교적 귀한 백색의 원숭이가 많은데, 그것들이 이리 뛰고 저리 뛰는 모습은 얼마나 잽싼지 마치 바람결에 날리는 눈과 같다. 어떤 놈은 나뭇가지 위에 앉아 있는 제 새끼를 잡아당겨 안고, 물가로 가서 물을 마시며 물속의 달을 희롱하기도 한다.

추포의 흰 원숭이의 재롱을 묘사한 입성入聲 설屑·월운月韻 통운通韻의 오언고시다.

제6수

근심 속에 사는 몸으로 추포의 나그네가 되었으므로 억지로 추포의 꽃들을 감상해 본다. 추포의 산천은 마치 섬계가 있는 고을 같고, 바람과 햇볕들은 장사 지방마냥 아름답다.

추포의 산천 · 풍광을 그린 평성 마운麻韻의 오언절시다.

제7수

나는 술이 취했을 때는 산간이 말을 타고 돌아다니듯, 말을 타 보기도 하고, 추울 때는 영척의 '반우가'를 부르며 궁핍을 노래한다. 그러나 쓸데없이 '흰돌이 번쩍인다'는 '반우가'만 외울 뿐, 이 초라하고 누추한 옷에 눈물만 줄줄 흘린다.

이백이 불우不遇하여 이상理想을 실현하지 못하는 현실의 입장을 옛날 산간과 영척의 불우에 견주어 심정을 간곡하게 표현하고 있다.

평성 우운尤韻의 오언절구다.

제8수

추포에는 많은 산들이 겹쳐 있는데, 그중에서 수차령이란 산 고개가 제일 기괴하다. 그곳은 하늘이 한쪽으로 기울어져 돌이 금방이라도 굴러 떨어질 듯 간신히 얹혀 있는데, 그 바위 위로 흐르는 물이 그 바위에 기생하는 식물의 가지들을 스치고 흘러간다.

수차령의 기괴함과 그 바위틈을 흐르는 세찬 물줄기가 기생하는 나뭇가지를 스치는 모습을 있는 그대로 그린 평성 지운支韻의 오언절구다.

제9수

한 개의 큰돌인 강조석은 공중에 우뚝 솟아 있는데, 저 푸른 하늘을 배경으로 그 돌은 마치 그림 병풍을 펴놓은 것같이 보인다. 내가 그 돌에다 시 한 수를 써서 영구히 남기고 싶은데, 그 글자들은 사방 나무의 녹색에 물들어 녹색의 글자로 보이다가 세월이 흐름에 따라 비단 같은 이끼가 끼어 무척 아름답게 보이겠다.

강조석의 돋보이는 모습은 병풍 속에서나 그려지는 멋진 기암괴석奇巖怪石인데, 그 돌은 너무나도 아름다워 일필휘지一筆揮之로 시를 써 놓고 싶은 충동마저 느끼게 한다. 그러나 세월이 가면 그 글자에도 비단 같은 이끼가 생겨 고색창연古色蒼然한 명품으로 빛날 것이라는 상상을 곁들인 시라 하겠다.

평성 경운庚韻의 오언절구의 시다.

제10수

추포에는 석남 나무가 수천 그루씩 숲을 이루고 있고, 또 그보다도 더 많은 여정목女貞木의 숲이 단지를 이루고 있다. 또 백로도 많아 모든 산에는 백로 떼가 하얗고, 옥 같은 물이 흐르는 산골짜기에는 어디나 백색의 원숭이가 늘 슬피 울어대곤 한다. 이런 추포로 그대들은 들어가지 말지어다. 원숭이의 애끊는 소리가 나그네의 간장을 다 녹인다.

천천千千·만만萬萬·산산山山·간간澗澗의 첩어疊語를 교묘히 써서 추포의 산천경개山川景槪를 단적으로 잘 표현한 기교적技巧的인 작법의 서정시다.

평성 침운侵韻의 오언고시다.

제11수

나차기가 높이 솟아 있는 것이 마치 새가 날아다니는 길을 가로막을 듯이 보이고, 그 곁의 강조석은 고기 잡는 둑 위로 우뚝 솟아 있다. 이곳은 흐르는 강물이 매우 빨라 그 위를 지나는 나그네를 실은 배도 잽싸게 지나간다. 그곳 양안兩岸에 피어 있는 산 꽃들은 배에 탄 사람들의 얼굴을 스치는데, 그 향기 그윽하게 코로 들어온다.

추포에 있는 나차기 근처의 개울 풍경을 읊은 평성 양운陽韻의 오언절구다.

제12수

옥 같은 개울물은 한 필의 잘 다듬은 비단을 깔아 놓은 것 같고, 이 땅은 평편한 것이 마치 하늘과 같다. 또는 하늘에 이어져 쭉 평편해 보인다. 이런 멋진 곳에서 더욱이 밤에 밝은 달빛을 타고 꽃구경을 하면서 배 위에 올라가 술을 마셨으면 좋겠다.

추포의 강가 밤 풍경의 흥취를 노래한 평성 선운先韻의 오언절구다.

제13수

워낙 깨끗한 물이고 그 속에 흰 달이 비치어 더욱 밝다. 이런 밝은 달이 환히 비치자 밤중인데도 백로들이 날아든다. 이런 고요한 밤에 정적을 깨고 마름 따서 돌아오는 여인들이 한 가닥 길을 걸어오면서 밤에 부르는 노래를 듣는다.

추포의 밤 풍경의 한 단면斷面을 묘사한 사경시로 평성 미운微韻의 오언절구다.

제14수

용광로 불이 천지를 비추니, 그 불빛 때문에 하늘에 있는 붉은 별들이 용광로의 붉은 연기 속에서 제자리를 잃어 어지러이 움직이는 듯이 보인다. 이렇게 힘든 일을 하는 사나이들이 밤에는 달이 밝자 그 달빛 속에 노래를 불러 그 곡조가 저 찬 가을 냇물을 움직이는 듯이 울려 퍼지니 노래에 서투른 우리들이 부끄럽구나.

추포에 있는 광부鑛夫들의 모습을 읊은 사경시로 평성 선운先韻의 오언절구다.

제15수

내 흰머리가 3천 길이나 되도록 길어졌으니, 이는 근심 때문에 이렇게 길어진 것이다. 오랜만에 밝은 거울을 들여다보자 마치 흰 서리를 인 것같이 하야니, 어디에서 이런 서리를 뒤집어쓰게 되었는가? 아 참으로 한심스럽구나.

이백의 백발탄白髮歎인 평성 양운陽韻의 오언절구다.

제16수

추포에는 그물로 물고기나 새들을 잡는 일이 흔하다. 그래서 시골 늙은이도 고기를 잡으려고 물 위에 있는 배 안에서 잠을 자기도 한다. 반면 그의 처자들은 그물을 펴놓고 백한을 잡으려고 하는데 그물을 짜는 모습이 깊은 대숲 사이로 어른어른거린다.

어촌漁村 풍경을 그린 입성 옥운屋韻의 오언절구다.

제17수

도피는 여기서 매우 가까운 곳이라, 그곳 절에서 떠드는 소리가 분명히 들린다. 혹 그곳에서 중을 만나도 말을 걸지도 않고, 머리를 숙여 하늘의 흰 구름에 경의의 예를 표시한다.

절 근처에 있으면서 중과는 서로 통하지 않고, 백운에게나 경의를 나타내는 이백의 탈속脫俗한 심정을 암시한 평성 문운文韻의 오언절구다.

여설

제1수

추포란 지명에서 가을의 쓸쓸함을 연상하고, 그 쓸쓸한 심정을 강물에 부쳐 양주의 친구에게 전해 달라는 애소哀訴가 들어 있다. 이백을 사모하여 그의 행적行蹟을 뒤쫓아 만나고 이백의 문집文集을 맨 먼저 편집했던 위호魏顥 일명 위만魏萬이 때마침 양주에 있어 그 친구에게 한 줌의 눈물을 전함으로써 그리움을 전해 달라고 호소하는 시로 보기도 한다. 일설에는 산동山東에 있는 가족을 그리워하며 가족에게 그런 심정을 보냈던 것으로 보기도 한다. 754년(천보 13) 이백이 54세 때 추포에 묵으면서 그 지방의 풍물風物과 그를 보는 심정을 쓴 시다.

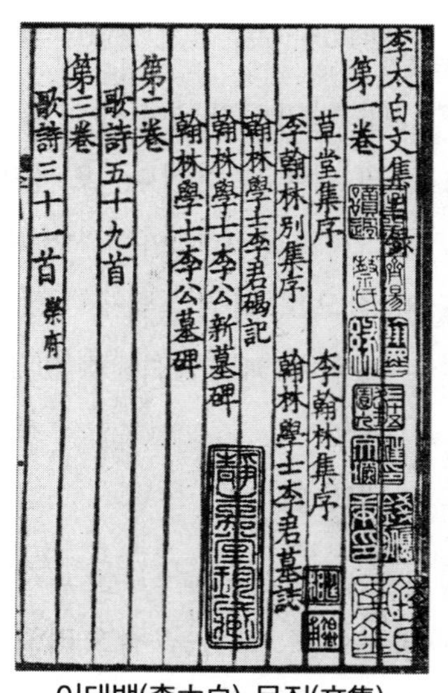
李太白文集
第一卷
草堂集序 李翰林集序
李翰林別集序 翰林學士李君墓誌
翰林學士李君碣記
翰林學士李公新墓碑
翰林學士李公墓碑
第二卷
歌詩五十九首
第三卷
歌詩三十一首 樂府一

이태백(李太白) 문집(文集)

제2수

황산도 추포의 쓸쓸한 풍경과 밤새 우는 원숭이의 슬픈 울음소리 때문에 절로 늙어 백두白頭의 산이 되어 갈 것이라든지, 추포 근처의 청계에서 농隴(감숙성의 별칭 천수현)의 물을 연상하여 단장의 호름이라고 고사故事를 인용하여 추포에서의 서러움을 표현한 것은 이백만의 표현기교表現技巧라 할 수 있다. 천하의 명산 황산에는 취석醉石이란 큰 돌이 있다. 전설에 의하면, 이백이 일찍이 이 돌 위에서 시를 지어 읊고 술에 취하여 샘물 소리를 들었다 한다. 이 돌 옆에는 세배천洗杯泉이란 샘물이 있는데, 이백이 일찍이 술잔을 씻었던 곳이라 한다.

제3수

중국산 닭 중에 매우 작고 아름다워 그림의 소재 로 많이 그려지는 닭이 있다. 지금도 관상용으로 기르는 집이 더러 있다. 그러나 이보다도 은계銀鷄·금계가 있어 닭 중의 왕으로 치는데, 금계를 더 귀하게 여긴다. 그러나 금타조는 본 일이 없다. 아마도 금계가 그 앞에서 행세를 못할 정도로 아름다운 새이니 그 값이 얼마나 갈까?

금타조를 묘사한 이백 사경시寫景詩의 하나다.

제4수

추秋자가 붙은 추포, 추에서 수愁가 연상되는 이 쓸쓸하고 서글픈 추포에 와서 백발이 갑자기 더 늘고 머리털도 쇠해져 힘없이 끊어지는 백발탄白髮歎을 자아내는 시다. 이때 이백의 나이 54세니 그런 감정이 들만 하기도 한때리라. 옛날의 50세는 요사이와 다르기 때문이다.

제5수

흰 빛깔의 원숭이가 제 새끼를 데리고 생활하는 모습을 단적으로 잘 나타내고 있다. 특히 백색의 원숭이가 수중월水中月을 음농飮弄한다는 표현은 매우 감각적인 표현이라 하겠다. 흰 원숭이 · 흰 눈 · 나무 · 물 · 달 등을 인용하여 추포의 깨끗한 광경을 잘 묘사한 사경시의 하나이다. 결구結句의 '飮弄水中月'을 새끼 원숭이의 동작으로 보기도 한다. 어미가 새끼를 나뭇가지 위에서 끌어다가 물을 마시게 하니 '새끼는 물을 마시며 물속의 달을 가지고 논다'로 보는 것이다.

제6수

추포의 아름다움을 섬현이나 장사에 견주고 있다. 섬현에 섬계가 있어 조아강曹娥江의 상류로 경치가 좋고 대안도戴安道의 고사로 유명하며, 장사는 동정호와 소상팔경瀟湘八景이 있어 명승지로 유명하듯이, 추포는 이백이 묵었던 곳이요, 이백이 '추포가' 17수를 지음으로써 소상瀟湘 지방과 같이 명승지로 알려졌다.

『일통지一統志』에 '추포는 지주부성池州府城의 서남西南 80여 리에 있는데, 넓이가 30리, 사시四時의 경물景物이 완연히 소상 · 동정과 같다' 하였다.

제7수

영척은 젊어서 매우 가난하여 남을 위해 수레를 몰며 살았는데, 하루는 수레 밑에서 소에게 먹이를 먹이면서 노래를 불렀다. 때마침 그 곳을 지나던 제나라 환공이 그 노랫소리를 듣고 이상히 생각하고 관중管仲에게 명하여 그를 불러다가 상경上卿의 지위에 앉혀 국사國事를 돌보게 했다. 그 노래가 '반우가飯牛歌'다. 그 시의 앞부분은 다음과 같다.

남산의 돌 깨끗한데, 흰 돌이 번쩍번쩍,	남산찬 백석란 南山粲, 白石爛

짧은 베옷, 홑바지가 겨우 정강이에 이르네.	단포단의재지한 短布單衣裁至骭
살아서 요순堯舜의 선양禪讓을 만나지 못하고,	생불봉요여순선 生不逢堯與舜禪
저녁부터 소를 먹여 야반에 이르는데,	종혼반우박야반 從昏飯牛薄夜半
긴 밤은 느른하니 언제 새벽이 올까?	장야만만하시단 長夜漫漫何時旦

소진蘇秦은 장의張儀와 더불어 중국 역사상 유세객遊說客 중 제일인자다. 전국시대 낙양인洛陽人으로, 자는 계자季子이다. 귀곡자鬼谷子에 사사師事하여 종횡술縱橫術을 배웠는데, 집을 나가 유세遊說한 지 5년 만에 초췌한 모습으로 귀가하니 아내가 베틀에서 내다보지도 않고, 형수가 밥도 해 주지 않고, 부모가 자식으로 여기지도 않았다. 그래서 다시 뛰쳐나가 천하를 돌아다닐 때, 진왕秦王을 만나 자신의 소견을 열 번 이상 진언進言했으나 쓰이지 않았다. 그때 그는 매우 곤궁하여 검은 담비 갖옷이 누더기로 변하였고, 황금 백 근斤도 다 써서 없어져 버린 일이 있다.

이백의 이 시는 산간과 영척과 소진의 고사를 이용하여 자신의 불우를 읊은 자탄自歎의 시다.

제10수

석남石楠은 석남石南으로도 쓰는데, 진달래 속屬에 속하는 상록관목常綠灌木이다. 일명 만병초萬病草라고도 하는데, 속명俗名으로 홍법화紅法花 · 두견杜鵑 · 들쭉나무 · 뚝깔나무라고도 한다. 7월에 백색 또는 홍색의 꽃이 핀다. 그리고 여정목은 서자목鼠梓木 · 동청목冬青木 · 사절목四節木 등 별명도 많은데, 보통 광나무라 한다. 상록관목常綠灌木으로 7~8월에 백색의 꽃이 피고 관상용觀賞用 · 약용藥用으로도 쓰인다.

제14수

이 시는 앞의 제13수의 시와 더불어 난해難解한 구절이 있어 풀이도 제각각이고, 이설異說이 있을 수 있는 시다.

앞 시에서의 '일도一道'와 이 시에서 '난랑赧郎'이 애매한 단어로 여겨진다. 앞의 시를 여성女性의 노동가勞動歌로 보는 반면, 이 시는 남성男性의 노동가로 보는 이도 있고, 난랑을 당대 이 추포지방秋浦地方의 방언으로 보아 여자가 정인情人을 부를 때 이렇게 불렀다고도 한다. 그 증거로 이하李賀 시에 나타난 단랑檀郎과 이 시에서의 난랑赧郎을 같은 용어用語로 보는 이도 있다. 그러나 그렇게 보는 근거는 박약하다.

앞뒤의 두 시가 이 지방의 여자와 남자의 노동을 묘사했다는 점에서는 수긍首肯이 간다. 그러나 여자들이 남자들의 노래에 미치지 못하여 부끄러워한다든지, 또는 노래에 서투른 자들이 광부들의 잘 부르는 노랫소리에 부끄러워한다는 등으로 풀이한 것은 어딘지 어색한 감이 든다.

제15수

'백발삼천장白髮三千丈'은 '망여산폭포시望廬山瀑布詩'의 '비류직하삼천척飛流直下三千尺'과 함께 중국 과장법誇張法을 나타내는 대표적인 구절이다. 실제로 3천 장이나 3천 척은 엄청나지만, 과장해서 이렇게 표현하니 실로 허황된 감도 든다. 그러나 이렇게 표현하는 것이 중국식으로 여겨지게 되어 지금은 정확히 잘 따져 보지도 않고 그대로 숙어熟語가 되다시피 했다.

백발을 추상秋霜에 비유하는 수사修辭는 우리나라에도 영향을 크게 미쳤다. 여말麗末 우탁禹倬(1263~1343)의 시조

청산에 눈 녹인 바람 건듯 불고 간데 없다.
잠간 빌어다가 불리고저 머리 우에.
귀밑의 해묵은 서리를 녹여 볼까 하노라.

에서 '해묵은 서리'는 바로 '추상'을 연상케 한다.

제16수

이 시는 왕유王維의 '망천집輞川集'에 나오는 망천한거輞川閑居의 모습이나 두보의 〈강촌江村〉 시詩의 풍경을 연상케 한다.

결구 '結罝映深竹'에서 왕유의 '녹채鹿柴', '죽리관竹里館' 시 속의 '어촌漁村'이 연상되고, 또 두보 '강촌江村' 시의 전련轉聯 '늙은 아내 종이에다 바둑판을 그리고, 어린 아들은 바늘을 휘어 낚시를 만드네.(老妻畵紙爲碁局, 稚子鼓針作釣鉤.)'의 구절이 연상된다.

이상이 저 유명한 이백의 '추포秋浦' 시 17수다. 대부분 5절絕로 이루어졌으나, 개중에는 6구시句詩 · 8구시 · 10구시 등도 들어 있어 일률적一律的인 시체詩體는 아니다. 또 내용과 시기도 일정치 않아 일시一時의 작作으로 보이지 않는다. 이백이 장안에서 한림翰林의 직을 버리고 50세가 넘어 안휘성 선성 · 추포 등지로 유랑할 때 틈틈이 지은 시로 추포가秋浦歌란 시제 하에 모아 놓은 것으로 여겨진다.

이 시 중에서 제15수 '白髮三千丈' 구는 너무나도 유명하여 그의 추포시를 대표하여 이 시만 인용하므로, 대체로 이 시만을 이백의 추포가로 여기는 사람도 있다.

독좌경정산獨坐敬亭山[1]

이백(李白)

뭇 새들 높이 날아 사라지고,
외로운 구름 홀로 간 뒤 한가하네.
서로 보매 둘이 물리지 않는 것은
다만 경정산敬亭山이 있을 뿐이네.

중조고비진 고운독거한
衆鳥高飛盡 孤雲獨去閑
상간양불염 지유경정산
相看兩不厭[2] 只有敬亭山

1 敬亭山(경정산) : 안휘성 선성현(宣城縣) 북쪽에 있는 산. 일명 소정산(昭亭山) · 사산(査山). 풍경(風景)이 아름다워 남제(南齊)의 사조(謝朓)가 선성태수(宣城太守)로 있을 때 이 산에 올라와 시를 읊어 명승(名勝)이 되었다. 높이 286m. 2 兩不厭(양불염) : 둘이 서로 싫어하지 않는다. 곧 이백과 경정산이 서로 마주 보면서 언제까지 있어도 싫증이 나지 않는다.

감상

모든 새들도 높이 날아 제 집으로 돌아가 조용하고, 하늘에 떠 있는 외로운 구름마저 홀로 있다 옮겨간 뒤에는 천지간이 한가하다. 다만 바라다 보이는 것은 경정산 정상뿐인데, 나와 경정산은 서로 바라보고 있지만 아무리 오래 바라보아도 싫증이 나지 않는구나.

이백이 경정산 중허리나 기슭에서 산마루를 마주해 앉아 있으면서 무심無心한 산을 유심有心한 인간과 견주어 다정하게 느껴지는 심정을 평이하면서도 수식 없이 표현한 이 시는 평성平聲 산운刪韻의 오언절구로 고래古來로 널리 회자되어 오고 있다.

여설

경정산은 그리 크지도 넓지도 않은 산이나 천암만학千岩萬壑의 명승지로 알려져 있다. 이 산은 선성성宣城城 북쪽 5km 지점에 있는데, 옛날에는 취운암翠雲菴 · 광교사廣教寺 · 십현사十賢寺 · 태백루太白樓 · 늑시석勒詩石 · 쌍탑雙塔 등 고적이 많았다. 지금은 겨우 쌍탑과 옛 소정산昭亭山 석방石坊만 남아 있다. 사조謝朓 · 이백 · 맹호연孟浩然 · 왕유王維 · 백거이白居易 · 소식蘇軾 · 탕현조湯顯祖 등 명인名人이 이 산에 올라 시를 지어서 유명해졌다. 1939년 국공전쟁國共戰爭 틈에도 진의陳毅가 이곳에 들러 다음과 같은 시를 지어 걸어 놓은 것이 유명하다.

유선성범호동하 由宣城汎湖東下

– 선성으로부터 호수湖水에 떠서 동쪽으로 내려가며

경정산 아래에선 노 소리도 부드러운데	경정산하로성유 敬亭山下櫓聲柔
비 뿌리는 강과 하늘이 꿈 속 놀이 같아라.	우매강천사몽유 雨霾江天似夢遊
이백 · 사조의 시혼이 지금도 있나 없나?	이사시혼금재부 李謝詩魂今在否
호수 속 햇빛이 만 년 근심 비추어 깨뜨리네.	호광조파만년수 湖光照破萬年愁

촉도난蜀道難[1]

이백(李白)

아아 후후, 위험하고 높도다.
촉으로 가는 길의 어려움은 푸른 하늘에 오르는 것보다 어렵도다.
잠총과 어부가
개국한 지가 어찌 그리 아득한가?
그 뒤로 4만 8천 년,
진나라 변새邊塞와는 인연이 통하지 않았었네.
서쪽으로 태백산을 대하여 새나 날아다니는 길이 있어
아미산 산마루도 가로지를 수가 있네.
땅이 꺼지고 산이 무너져 장사들이 죽자
그런 후에 하늘에 오르는 사다리와 돌 잔도棧道가 서로 이어졌다네.
위에는 육룡이 끄는 해 수레도 돌아가는 고표高標가 있고,
아래로는 부딪치는 파도가 거꾸로 꺾이어 돌아가는 강물이 있네.
황학이 날아도 오히려 이곳을 넘어 가지 못하고,
원숭이들이 건너고자 하나 휘어 감고 오르는 것을 근심하네.
청니는 어찌 그리 구불구불한가?
백 걸음에 아홉 번은 꺾이어 바위들을 돌아가네.
삼성參星을 잡고 정성井星을 지나며 우러러 숨을 쉬는데,

손으로 가슴을 쓰다듬으면서 곧 길이 탄식하네.
그대에게 묻노니, 서쪽으로 여행갔다가 어느 때나 돌아올까?
두려운 길에 있는 높은 바위들을 오를 수도 없다네.
다만 보이나니, 슬픈 새 고목에서 우는데
수놈 날면 암놈 따르면서 숲 사이를 맴도네.
또 들리나니 소쩍새 달밤에 울면서 빈 산에서 근심하는 것이네.
촉도의 어려움은 청천에 오르는 것보다 어려워
사람으로 하여금 이 소리를 듣게 하면 홍안紅顔이 시들어 진다네.
이어진 산봉우리 하늘과의 거리 불과 한 자도 안 되고,
마른 소나무는 거꾸로 걸려 절벽에 기대어 있네.
튀는 여울물과 폭포의 흐름이 다투어 시끄럽게 부딪치고
벼랑에 부딪치고 돌을 굴려 온 골짜기가 우레 소리이네.
그 험함이 이와 같으니
아! 먼 길을 가는 손님이 어째서 여기까지 왔는가?
검각은 가파르고 높아
한 사람이 관문關門을 막으면 만 사람으로도 열지 못한다네.
지키는 이가 친한 사람이 아니라면
변하여 이리와 늑대로 변할 것이오.
아침에는 사나운 범을 피해야 하고,
저녁에는 길다란 뱀을 피해야 하노니,
범은 이빨을 갈고, 뱀은 피를 빨아
사람 죽이기를 삼밭같이 하리라.

금성이 비록 즐겁다 하나
일찌감치 집으로 돌아감만 못하네.
촉도의 어려움은 청천에 오르는 것보다 어렵나니
몸을 돌려 서쪽을 바라보며 길이 탄식하네.

희우희 위호고재 촉도지난 난어상청천
噫吁嚱[2] 危乎高哉 蜀道之難 難於上青天

잠총 급어부 개국하망연
蠶叢[3]及魚鳧[4] 開國何茫然

이래사만팔천세 불여진새 통인연
爾來四萬八千歲 不與秦塞[5]通人煙

서당태백 유조도 가이횡절아미전
西當太白[6]有鳥道 可以橫絶峨眉顚[7]

지붕산최장사사 연후천제 석잔 상구련
地崩山摧壯士死[8] 然後天梯[9]石棧[10]相鉤連[11]

상유육룡회일 지고표 하유형파역절지회천
上有六龍迴日[12]之高標[13] 下有衡波逆折之回川

황학지비상부득과 원노 욕도수반원
黃鶴之飛尚不得過 猿猱[14]欲度愁攀援[15]

청니 하반반 백보구절영암만
青泥[16]何盤盤[17] 百步九折縈巖巒[18]

문삼역정 앙협식 이수무응 좌장탄
捫參歷井[19]仰脅息[20] 以手撫膺[21]坐長嘆

문군서유하시환 외도 참암 불가반
問君西遊何時還 畏途[22]巉巖[23]不可攀

단견비조호고목 웅비자종요림간
但見悲鳥號古木 雄飛雌從繞林間

우문자규제 야월수공산
又聞子規啼 夜月愁空山

촉도지난난어상청천 사인청차조주안
蜀道之難難於上青天 使人聽此凋朱顏

연봉거천불영척 고송도괘의절벽
連峰去天不盈尺 枯松倒挂倚絶壁

비단폭류쟁훤회 빙애 전석만학뢰
飛湍瀑流爭喧豗[24] 砯崖[25]轉石萬壑雷

기험야약차 차이원도지인호위호래재
其險也若此 嗟爾遠道之人胡爲乎來哉

검각 쟁영 이최외 일부당관만부막개
劍閣[26]崢嶸[27]而崔嵬[28] 一夫當關萬夫莫開

소수혹비친 화위랑여시
所守或匪親 化爲狼與豺

조피맹호 석피장사
朝避猛虎 夕避長蛇

마아연혈 살인여마
磨牙吮血 殺人如麻[29]

금성 수운락 불여조환가
錦城[30]誰云樂 不如早還家

촉도지난 난어상청천 측신서망장자차
蜀道之難 難於上靑天 側身西望長咨嗟[31]

1 蜀道難(촉도난) : 촉땅 길의 어려움. 옛 악부(樂府) 상화가(相和歌) 슬조(瑟調) 38곡(曲) 내에 있는 제목인데, 이백은 진(秦 : 섬서성)으로부터 촉(蜀 : 사천성)으로 들어가는 길이 매우 험난함을 읊었다. **2** 噫吁嚱(희우희) : 감탄사. 촉(蜀)의 방언(方言)으로 경이(驚異)의 뜻을 나타낸다. **3** 蠶叢(잠총) : 촉나라를 연 전설상의 제왕 이름. 양웅(揚雄)의 〈촉왕본기(蜀王本記)〉에 '촉왕(蜀王)의 선조(先祖)에 잠총(蠶叢) · 백관(柏灌) · 어부(魚鳧) · 포택(蒲澤) · 개명(開明)이 있었는데, 개명으로부터 위로 잠총에 이르기까지 3만 4천 년이었다.' 했다. **4** 魚鳧(어부) : 촉나라 초기 전설상의 제왕 이름. **5** 秦塞(진새) : 진나라의 국경(國境). 새는 변새(邊塞). 국경을 지키는 요새(要塞). **6** 太白(태백) : 산 이름. 섬서성 미현(眉縣) 남방(南方)에 있다. 진령산맥(秦嶺山脈)의 주봉(主峰)으로 태일(太一)이라고도 부른다. 장안(長安)으로부터 2백여 리. 해발 3,767m. 일 년 내내 산정(山頂)에 백설(白雪)이 쌓여 있어 희게 보여 이런 명칭이 붙었다. **7** 峨眉巓(아미전) : 아미산(峨眉山)의 꼭대기. 아미산은 사천성 아미현 서남쪽에 있다. 해발 3,099m. 두 산이 상대(相對)한 모양이 아미(蛾眉)와 같다 하여 이런 이름이 생겼다. **8** 壯士死(장사사) : 장사들이 죽다. 전설에 의하면, 진(秦)나라 혜왕(惠王)은 촉왕(蜀王)의 호색(好色)함을 알아 미인 5명을 보냈다. 촉왕

은 5명의 장사를 보내어 맞이해 오게 했다. 그들이 재동(梓潼 : 현재 사천성 재동현)에 이르렀을 때 큰 뱀 한 마리가 굴속으로 들어가는 것을 장사들이 일제히 그 뱀의 꼬리를 잡아당기니, 땅이 꺼지고 산이 무너져 남녀 10명이 그 자리에서 파묻혀 죽고, 그 산도 무너져 5령(嶺)이 되었다 한다. **9** 天梯(천제) : 하늘에 이르는 높은 사다리. **10** 石棧(석잔) : 돌로 만든 잔도. 잔도는 절벽과 절벽 사이에 걸쳐 놓은 다리의 길. **11** 鉤連(구련) : 깎아 내려 이어짐. 죽 이어짐. **12** 六龍迴日(육룡회일) : 육룡(六龍)이 해를 돌아가게 한다. 고대(古代) 신화(神話)에 의하면, 일신(日神 : 태양신)은 여섯 마리의 용이 끄는 수레를 타고 다녔다. 희화(羲和)가 이 수레를 몰았다. 하늘을 동쪽에서 서쪽으로 달려가는데, 이 수레가 촉 지방에 와서 산이 하도 높아 수레를 되돌려 갔다 한다. **13** 高標(고표) : 높은 표지(標識). 촉산(蜀山)의 최고봉(最高峰)으로 이 근방의 표지가 되는 봉우리를 뜻한다. 또는 산명(山名)으로 고표산(高標山)·고망산(高望山)이라고도 한다. **14** 猿猱(원노) : 원숭이. **15** 攀援(반원) : 오르면서 끌어당기다. 나무나 풀을 붙잡고 당기면서 오르다. **16** 靑泥(청니) : 고개 이름. 청니령(靑泥嶺). 지금의 섬서성 약양현(略陽縣) 서북이요, 감숙성 휘현(徽縣)의 남쪽에 있는데, 이 고개로 당나라 때에는 진에서 촉으로 들어가는 요도(要道)가 있었다. 이 고개 위에는 구름이 많고 비가 자주 와 진흙 투성이 길이라 청니라 불렀다. **17** 盤盤(반반) : 산길이 구불구불한 모양. **18** 巖巒(암만) : 바위와 산. 바위 산. **19** 捫參歷井(문삼역정) : 삼과 정은 성좌(星座)의 이름. 삼성(參星)은 촉을, 정성(井星)은 진을 나타낸다. 문은 잡다, 어루만지다, 더듬다의 뜻. 역은 지나가다〔過〕의 뜻. 곧 삼성을 잡고 정성을 지나간다. 정의 위치는 삼의 아래쪽에 있으므로, 삼성을 잡으려면 반드시 정성을 지나가야 한다. 곧 이 표현은 산들이 매우 높아 하늘에 손이 닿을 듯하다는 뜻이다. **20** 脅息(협식) : 협은 거두다〔斂〕. 숨을 거두다. 곧 호흡 곤란을 느껴 숨을 몰아쉰다. **21** 撫膺(무응) : 응은 가슴〔胸〕. 곧 가슴을 어루만지다, 가슴을 문지르다. **22** 畏途(외도) : 두려운 길. 험난하여 무서운 길. **23** 巉巖(참암) : 산의 돌이 높고 험한 모양. 높고 험한 바위. **24** 喧豗(훤회) : 시끄럽다. 돌과 물이 부딪쳐 시끄러운 소리. **25** 砯崖(빙애) : 빙은 물이 바위에 부딪는 소리. 애는 낭떠러지, 언덕. 애(崖)와 같다. 따라서 빙애는 물이 부딪는 낭떠러지. **26** 劍閣(검각) : 현재 사천성 검각현 북으로 25km 지점 검문산(劍門山)에 있는 옛 관문(關門). 혹칭(或稱) 검문(劍門)이라고도 한다. 대검산(大劍山)과 소검산(小劍山) 사이에 한 가닥 잔도가 설치돼 있어 검문관(劍門關)이라 불렀다. 이 검문산은 옛날에는 양산(梁山) 또는 고량산(高梁山)이라 불렀다. 동서로 가로 100여 km에 걸쳐 72 연봉(連峰)이 기복(起伏)으로 둘러친 것이 마치 칼을 세운 것 같다 하여 검산(劍山)이라 하고, 그 중간에 끊긴 곳이 문(門)과 같다 하여 검문이라 부른다. 천하에서 제일 험하기로 유명하다. **27** 崢嶸(쟁영) : 산이 높고 험하다. **28** 崔嵬(최외) : 토산(土山)이 돌을 이고 있어 험하다. **29** 如麻(여마) : 삼을 묶은 삼단과 같다. 곧 사람을 죽인 것이 삼단 같이 많다는 뜻. **30** 錦城(금성) : 현재 사천성 성도(成都)를 말한다. 옛날에 비단을 짜는 기관과 그를 관리한 관청(官廳)이 있었다 하여 금관성(錦官城)이라고도 한다. 또는 이곳 산천이 금수강산(錦繡江山)이라 금성이라 부른다고도 한다. **31** 咨嗟(자차) : 길게 탄식하다.

감상

아, 위험하고 높구나. 촉으로 가는 길의 험난함은 푸른 하늘에 오르는 것보다도 더 어렵다. 촉 땅의 옛 임금 잠총과 어부가 나라를 연 것이 아주 아득하여 그 뒤로 4만 8천 년이 흘러갔다. 그동안 이곳은 진나라 국경과는 사람들의 통행이 없었다. 서쪽 태백산 쪽으로 새가 겨우 날아다니는 길이 있어 새나 아미산 마루를 가로지를 수가 있었다.

또 호색하는 촉왕이 진왕이 보낸 5명의 미녀를 맞이하려고 5명의 장사를 보냈는데, 장사들이 산속에서 큰 뱀의 꼬리를 잡아당기다가 땅이 꺼지고 산이 무너져 모두 생매장 당하여 죽었다. 그런 뒤에야 길이 열려 하늘에까지 닿는 사다리나 돌로 만든 잔도가 차례로 놓여지게 되었다.

위를 보면 육룡이 끈다는 태양신이 탄 수레도 넘어갈 수 없어 되돌아가는 높은 산봉우리가 솟아 있고, 아래를 보면 부딪치는 파도가 거꾸로 꺾이어 되돌아가는 강물이 있다. 단숨에 천리를 나는 황학도 오히려 이곳을 넘어갈 수 없고, 잽싼 잔나비도 이곳을 넘어가려면 휘어잡고 넘을 것을 근심하는 정도이다.

청니 고개는 어찌 그리 꼬불꼬불한가? 백 걸음에 아홉 번은 구부러져 바위산을 휘돌아 간다. 이 고개를 넘노라면 하늘의 삼성을 붙잡고 정성을 지나면서 하늘을 우러러보며 숨을 몰아쉰다. 그리고 손으로 가슴을 어루만지며 곧장 길이 탄식한다.

그대에게 묻노라. 이 먼 서쪽으로의 여행에서 언제 돌아올 것인가? 험한 길에는 높은 바위들이 있어 붙잡고 오를 수도 없다오. 다만 보이나니 슬피 우는 새들이 고목 위에서 부르짖는데, 수놈이 날면 암놈이 쫓아가느라고 숲 사이를 빙빙 돌뿐이라오. 또 들리는 것은 소쩍새가 달밤에 울면서 텅 빈 산에서 근심하고 있으니, 촉도의 어려움은 청천에 오르는 것보다 어려워 사람들이 이런 이야기만 들어도 홍안에 주름살이 생길 것이오.

죽 이어진 산봉우리들은 하늘과의 거리가 한 자도 되지 못하고, 마른 소나무들은 거꾸로 걸려 절벽에 의지해 있고, 튀는 여울과 쏟아지는 폭포수는 서로 다투듯이 더욱 시끄럽고, 그것들이 벼랑에 부딪고 바위에 굴려 모든 골짜기에서 우레 소리가 들리는 것 같다오. 그 험하기가 이와 같은데, 아, 먼길을 나그네 그대는 어째서 여기까지 왔는가?

검각은 가파르고 높아 한 사람이 이 관關을 지키면 만 명이 열려 해도 열지 못한다오. 그래서 이곳을 지키는 이는 왕실과 친한 이가 아니라면 지리地利를 이용하여 이리와 늑대로 변해 반란을 일으킬 것이라오.

지금 사람들은 아침에는 사나운 호랑이를 피하고, 저녁에는 길다란 뱀을 피하면서 이곳을 지나가야 하오. 사나운 범은 이빨을 갈고, 길다란 뱀은 피를 빨아 사람들을 죽이기를 삼밭을 베듯 할 것이오.

금성이 비록 즐거운 곳이라 하지만, 일찌감치 집으로 돌아감만 못하오. 촉도의 어려움은 청천에 오르는 것보다 어렵다오. 몸을 돌려 서쪽으로 촉을 바라보면서 길이 탄식한다.

1구~14구는 평성平聲 선운先韻, 14구~25구는 평성 산운刪韻, 26구~35구는 평성 회운灰韻으로 이루어진 칠언七言을 기조基調로 한 장단구長短句 고시古詩다.

여설

이백이 이 시를 쓴 유래由來에 대하여는 재래在來로 제설諸說이 분분하다.

① 장구겸경章仇兼瓊이란 정치가를 풍자하기 위하여 지었다는 설.
② 엄무嚴武가 촉 지방의 절도사節度使로 있을 때, 원래는 재상宰相으로서 순내자사巡內刺史인 방관房琯에 대하여 무례無禮했고, 또 두보에 대하여도 해를 끼치려 하므로 그의 폭거暴擧를 본 이백이 방관 · 두보 2인의 위험을 일깨우기 위하여 지었다는 설.
③ 안록산安祿山의 난이 일어나자 현종玄宗이 촉으로 피난 가려 하므로 이를 말리기 위하여 이 시를 지었다는 설.

그러나 이에 대하여 ①장구겸경이란 인물의 행적이 분명치 않다. ②엄무가 촉의 절도사로 있던 때는 숙종肅宗 지덕至德(756~758) 이후이고, ③현종이 촉으로 행행行幸한 것은 천보天寶 15년(756)이니, 이 시를 지은 해인 천보 13년(754)과는 모두 거리가 있어 서로 모순矛盾이 된다는 것이다.

그리고 이백이 장안에서 하지장賀知章을 만나 이 시를 보임으로써 적선인謫仙人이라고 감탄케 했다는 설 등을 참작하면 꽤 오래전에 이백이 이 시를 지었을 것이라 한다.

하여간 이백은 '蜀道之難難於上青天'이란 구절을 세 번이나 반복함으로써, 이 시를 3단락으로 나누어 촉의 험난함을 읊고 있다.

조발백제성 早發白帝城[1]

이백(李白)

아침에 채운 속의 백제성을 떠나
천 리의 강릉 길을 하루에 돌아왔네.
양안 원숭이 소리 울어 그치지 않는데
가벼운 배는 이미 만 겹이나 되는 산속을 지나왔네.

조사백제채운 간 천리 강릉 일일환
朝辭白帝彩雲[2]間 千里[3]江陵[4]一日還
양안원성제부진 경주이과만중산
兩岸猿聲啼不盡[5] 輕舟已過萬重山

1 白帝城(백제성) : 사천성 봉절현(奉節縣) 기주(夔州) 동쪽 백제산(白帝山)에 있는 성. 양자강 북안에 있는데, 후한(後漢)의 공손술(公孫述)이 쌓았다. 처음에 공손술이 어복(魚復)이라는 곳에 이르니, 백룡(白龍)이 우물 속에서 나와 스스로 한토(漢土)를 계승할 운세(運勢)라고 여겨 자신을 백제(白帝)라 부르고 이곳을 백제성이라 불렀다. 유비(劉備)가 주둔해서는 영안성(永安城)이라 하다가 후에 다시 백제성이라 불렀다. 2 彩雲(채운) : 아름다운 구름. 채색 구름. 3 千里(천리) : 백제성부터 호북성 의창(宜昌)까지 760리, 그 사이에 유명한 삼협(三峽)이 있다. 의창부터 강릉까지 300리. 합계 1,060리. 4 江陵(강릉) : 호북성 강릉현. 형주(荊州)라고도 한다. 전국시대 초나라 수도 영(郢)이 바로 여기였다. 5 啼不盡(제부진) : 울기를 멈추지 않는다. 제부주(啼不住)로 된 곳도 있다.

감상

아침 일찍 채색 구름 속에 있는 백제성을 떠나 강릉까지 천 리 길을 하루만에 단숨에 배를 타고 내려왔다. 삼협은 급류急流라 배가 급하게 지나가는데, 강안江岸 양쪽 절벽에서는 원숭이 우는 소리가 그치지 않는다. 그런 강 위를 가벼운 배는 만 겹의 산속을 순식간에 지나오는 것 같다.

장강 삼협을 통과하는 정감情感을 읊은 평성平聲 산운刪韻의 칠언 절구다.

여설

일사천리一瀉千里의 물줄기를 일필휘지一筆揮之로 내려 갈겨 쓴 이백의 대표적인 시의 하나다. 7절絕 28자 안에 '白'과 '彩', '千'과 '一', '兩'과 '萬', '輕'과 '重' 등 대조적對照的인 글자를 나열한 것도 이백의 독특한 수사법修辭法의 하나라 할 수 있다.

백제성(白帝城)

등금릉봉황대 登金陵[1]鳳凰臺[2]

이백(李白)

봉황대 위에서 봉황이 놀다가
봉황 가고 대만 비었는데 강은 저절로 흐르네.
오나라 궁전의 화초는 그윽한 길을 파묻고
진나라 의관은 오래된 무덤이 되었네.
세 산은 청천 밖으로 반은 떨어져 나가고,
두 물은 백로주에서 중간에 나뉘었네.
온통 뜬구름이 해를 가리워
장안이 보이지 않으니 사람으로 하여금 근심케 하네.

봉황대상봉황유　봉거대공강자류
鳳凰臺上鳳凰遊　鳳去臺空江自流
오궁화초매유경　진대의관성고구
吳宮花草埋幽徑　晉代衣冠成古丘
삼산 반락청천외　이수 중분백로주
三山[3]半落靑天外　二水[4]中分白鷺洲
총위부운능폐일　장안불견사인수
總爲浮雲能蔽日　長安不見使人愁

1 金陵(금릉) : 현재 남경(南京)의 옛 이름. 춘추시대(春秋時代)에는 오나라에 속했었으나 월(越)에 점령되고, 월은 초(楚)에 멸망되어 초나라 땅이 되었다. 이때 왕기(王氣)가 이 땅에 서려 있다 하여 초나라 위왕(威王)은 이 왕기를 없애기 위하여 황금을 땅속에 묻고 이곳에 금릉읍(金陵邑)을 두었다. B.C. 333년(周나라 顯王 36)의 일인데, 이로부터 금릉이라는 명칭이 생겼다. 그러나 진시황(秦始皇)은 말릉(秣陵)이라 고쳤고, 삼국시대(三國時代)에는 오나라의 왕 손권(孫權)이 이리로 도읍을 옮겨 건업(建業)이라 하였다. 그 후 동진(東晋)이 남도(南

渡)해와 도읍을 이리로 옮기고 건강(建康)이라 불렀다. 그 뒤 남북조 시대(南北朝時代) 송(宋)·제(齊)·양(梁)·진(陳) 사조(四朝)가 모두 여기에 도읍 했었다. 그 뒤로 오랫동안 도읍지가 아니었으나 명나라가 일어나 이곳에 도읍을 정하고 응천부(應天府)라 하고, 북의 연경(燕京 : 북경)에 대하여 남경(南京)이라 부르게 되었다. **2** 鳳凰臺(봉황대) : 437년인 유송(劉宋) 원가(元嘉) 14년에 봉황이 무리를 지어 와서 울며 놀자 뭇 새들이 붙좇아 노는 것을 본 왕의(王顗)란 사람이 여기에다 대(臺)를 쌓고 봉황대라 명명(命名)했다. 그 유적은 오늘날 남경 성내(城內)의 서남쪽에 있다. 실제로는 남조시대(南朝時代)에 이루어진 것으로 오나 진 시대에는 존재하지 않았었다. **3** 三山(삼산) : 금릉 서남에 있는 산으로 양자강에 닿아 있고, 세 봉우리가 남북으로 나란히 이어져 있다. **4** 二水(이수) : 진회수(秦淮水)의 두 물줄기. 이 강은 강소성의 구용산(句容山)에서 발원(發源)하여 방산(方山)에서 합류하고, 남경 서남에서 둘로 나뉘어 한 줄기는 성내로 흘러가고 한 줄기는 성외(城外)로 도는데, 모두 백로주(白鷺洲)를 끼고 갈라져 흐른다.

감상

저 유명한 봉황대에는 옛날에는 봉황이 몰려와 놀아 모든 새들의 선망羨望의 대상이 되었었는데, 그 봉황은 날아가 버려 빈 대臺만 남았고, 그 앞으로 양자강은 자연스럽게 흘러간다. 이곳은 옛날 오나라 궁전이 있었던 곳, 그곳에 피어 있는 화초花草는 지금은 깊숙하고 거친 길을 덮었고, 동진시대東晋時代에 활약했던 훌륭한 의관衣冠을 착용着用했던 고관高官들도 이제는 모두 오래된 언덕의 한 줌 흙으로 변해 버렸다.

저 아스라이 보이는 세 봉우리 산은 구름에 가려 반씩 저 푸른 하늘 밖으로 떨어져 나간 듯이 보이고, 두 물줄기가 합쳐 오던 물은 중간中間 백로주에서 다시 나뉘어 흘러간다. 이곳에서 저 해를 바라보니 모두 뜬구름에 가려져 햇빛이 안나와 장안이 보이지 않으니 이 광경은 보는 사람을 매우 슬프게 만든다.

이백이 봉황대에 올라 회고하며 임금을 그리워하는 사군思君의 정을 표현한 평성平聲 우운尤韻의 칠언율시다.

여설

이 시는 이백이 황학루黃鶴樓에 올라 앞에 보이는 아름다운 경치를 시로 읊고자 했으나 미리 써 놓은 최호崔顥의 '황학루' 시를 보고 질리자 그대로 금릉으로 내려와 봉황대에 올라 최호의 시를 본떠 이 시를 지었다는 것이다. 그러나 최호는 먼저 심전기沈佺期의 '용지편龍池篇' 시를 모방하여 '황학루' 시를 지었다 하며, 이백은 최호의 '황학루' 시를 본떠 이 시를 지어 재래在來로 이 세 시를 비교하여 평설評說한 시평詩評이 꽤 많다.

이백의 이 시는 최호의 시와 비교해 볼 때, 기련起聯은 이미지가 거의 같고, 후반부後半部는 운자韻字까지 같으며, 특히 결련結聯에서 '使人愁'는 그대로 이용했으며, 전련轉聯 끝의 '앵무주鸚鵡洲'를 '백로주'로 바꾸어 놓은 것은 멋진 대조를 이룬다. 특히 결련에서 부운浮雲은 간신奸臣을, 해는 군주君主를 비유함은 주지周知의 사실이나 장안불견長安不見이라는 고사故事를 적절히 이용하여 자신의 충성심忠誠心을 나타낸 점은 이백의 유가적儒家的인 사상의 한 면모를 보이고 있다.

장안불견의 고사는 진晋나라 명제明帝의 이야기이다. 명제가 태자太子로 있을 때 아버지 원제元帝가 묻기를, '장안이 가까우냐? 태양이 가까우냐?' 하니, 답하되 '사람들이 장안으로부터 오니 장안이 가깝습니다.' 하였다. 다음날 원제가 다시 같은 질문을 하니 이번에는 대답하기를, '태양이 가깝습니다. 눈으로 태양은 볼 수 있으나 장안은 보이지 않습니다.' 하였다.

이런 고사를 이용하여 고력사高力士 등의 참소로 현종玄宗 곁을 떠나 방랑하면서 임금을 그리는 이백 자신의 충심을 잘 표현한 널리 읽히는 대표적인 시다.

정야사 靜夜思

이백(李白)

침대 앞의 달빛을 보고
아마도 땅 위의 서리인가 여기네.
고개 들어 산 위 달 바라보고
고개 숙여 고향을 생각하네.

상전 간월광 의시 지상상
牀前[1]看月光 疑是[2]地上霜
거두망산월 저두사고향
擧頭望山月 低頭思故鄕

1 牀前(상전) : 침대 앞. 2 疑是(의시) : 아마도 ~이다. 의심컨대 ~같다. 이백의 '망여산폭포시(望廬山瀑布詩)' 에서 '疑是銀河落九天' 이란 구(句)가 있다.

여산폭포(廬山瀑布)

감상

침대 앞에서 밝은 달빛을 보니 매우 밝고 희어 아마도 땅 위에 서리가 내렸나 여길 정도이다. 이때 그 밝은 달빛을 보고자 머리를 들어 공중의 만월滿月을 바라보고 감탄하다가 고개를 숙이니 고향에도 저 달은 비치겠지 하는 생각에 고향 생각이 간절해진다.

평성平聲 양운陽韻의 오언절구다. 그러나 평측平仄이 안 맞아 요체시拗體詩로 본다.

여설

고요한 달 밝은 가을밤에 침상에 앉아 달을 보고 고향을 생각하는 망향望鄕의 정이 잘 깃들어져 있는 시다. 달빛이 하도 밝아 땅 위에 서리가 온 것으로 여겼다든지, 고개를 들어 달빛을 보고 고개를 숙여 고향을 생각한다 등의 표현은 평범하고 자연스러우면서도 또한 여운을 느끼게 하는 이백의 어법語法이라 하겠다.

파주문월 把酒問月[1]

이백(李白)

푸른 하늘에 달이 있은 이래로 얼마나 세월이 흘렀는가?
내가 이제 술잔을 멈추고 물어 보노라.
사람이 달에 오르는 것은 불가능하나
달의 운행은 사람을 따라 쫓아가네.
밝기는 날으는 거울이 붉은 칠한 대궐에 나타난 것 같고,
녹색 연기 없어지자 맑은 빛이 나타나네.
다만 밤에만 바다 위로부터 올라와
새벽에 구름 속에서 한가히 없어짐을 어찌 알랴?
흰토끼 약을 빻는데 가을에서 다시 봄으로 이어지고
항아는 외로이 사니 누구와 더불어 이웃할까?
지금 사람 옛날 달 보지 못했으나
지금의 달은 일찍이 옛사람 비추었다네.
옛사람 지금 사람 흐르는 물과 같으나
함께 밝은 달을 보는 것은 모두 이와 같도다.
오직 원하노니 술을 대할 때는 마땅히 노래하라,
달빛이 길이 황금 술단지 속까지 비추기를.

청천유월래 기시 아금정배일문지
青天有月來[2]幾時 我今停杯一問之

인반 명월불가득 월행 각여인상수
人攀[3]明月不可得 月行[4]却與人相隨

교여비경 림단궐 녹연 멸진청휘발
皎如飛鏡[5]臨丹闕[6] 綠烟[7]滅盡淸輝發

단 견 소 종 해 상 래　녕 지 효 향 운 한 몰
但見宵從海上來　寧知曉向雲閑沒

백 토 도 약 추 부 춘　상 아　고 루 여 수 린
白兎擣藥秋復春　嫦娥[8]孤樓與誰隣

금 인 불 견 고 시 월　금 월 증 경 조 고 인
今人不見古時月　今月曾經照古人

고 인 금 인 약 류 수　공 간 명 월 개 여 차
古人今人若流水　共看明月皆如此

유 원 당 가 대 주 시　월 광 장 조 금 준 리
唯願當歌對酒時　月光長照金樽裏

1 把酒問月(파주문월) : 술잔 들고 달에게 묻노라. 이백의 원주(原註)에는 '친구 가순(賈淳)이 나더러 묻게 하였다(故人賈淳令予問之).' 라고 하여, 친구 가순이 나더러 달에게 물어보라 하여 이 시를 썼노라고 기록하고 있다. **2** 來(래) : 이래(以來), 이후. **3** 攀(반) : 오르다. **4** 月行(월행) : 달이 가다. 달의 운행(運行). **5** 飛鏡(비경) : 공중을 나는 거울. 하늘에서 움직이는 달을 형용한 말. **6** 丹闕(단궐) : 붉은 칠을 한 궁궐. 신선이 사는 궁궐. **7** 綠烟(녹연) : 녹색의 연기. 저녁 안개 · 아지랑이 등. **8** 嫦娥(상아) : 항아(姮娥)로 쓰기도 한다. 달 속에 산다는 전설적인 여인. 옛날 하나라 때 예(羿)라는 무사(武士)가 서왕모(西王母)에게서 선약(仙藥)을 얻어 왔는데, 그의 처(妻)인 항아가 이것을 훔쳐 먹고 달 속으로 날아가 그곳에서 살고 있다 한다.

감상

저 청천靑天에 달이 떠 있는 지가 언제부터인가? 얼마나 많은 세월이 흘렀는가? 술잔을 정지하고 한번 물어나 보자. 사람이 저 달에는 올라가지 못하지만 저 달은 다정하게도 사람을 따라다닌다. 저 달은 마치 공중을 날아다니는 거울이 붉은 칠을 한 대궐에 나타나 있는 것같이 밝은데, 푸르스름한 저녁 안개가 사라지면 맑은 빛을 발휘하며 나타난다. 그래서 다만 보이나니, 밤에 바다 위에서 떠올라 오는 것은 볼 수 있지만, 새벽에 구름 속으로 사라져 버리는 것은 알지를 못한다. 저 달 속에는 사시장춘四時長春 흰토끼가 약방아를 찧고, 항아는 홀로 그 속에 살고 있다. 그런 저 달을 두고 볼 때, 지금 사람들은 옛날 달을 보지 못했지만, 지금의 달은 옛날 사람들을 비추어 주었었다. 지금 사람이나 옛날 사람이나 다 흘러가는 물과 같지만 모두가 저 밝은 달을 보면서 살았었다. 오직 바라노니, 술을 마실 때는 반드시 노래도 불러야 한다. 저 달빛은 항상 황금의 술단지를 비추어 주고 있다.

4구씩 단락이 나누어진 칠언고시다. 제1단락은 평성平聲의 지운支韻, 제2단락은 입성入聲의 월운月韻, 제3단락은 평성의 진운眞韻, 제4단락은 상성上聲의 지운紙韻이다.

여설

이백하면 연상되는 것이 시詩 · 주酒 · 월月이다. 특히 술은 이백의 전용물專用物이다. 그를 주태백酒太白이라 부르기도 하고, 더 나아가 술주정꾼을 그렇게 부르기도 한다. 그가 채석강采石江에서 뱃놀이를 하면서 술과 달빛에 취하여 물속에 비치는 달을 따라 뛰어 들어갔다가 고래를 타고 승천昇天했다는 전설도 바로 그가 술과 달을 좋아하여 생긴 이야기다.

이 시는 술잔을 들고 달에게 묻는 형식으로 무한無限한 자연에 비하여 제한적制限的인 존재인 인생의 비애를 잘 표현하고 있다. 부제副題를 가순賈淳이란 친구의 권유로 짓는다는 양으로 주를 달아 놓은 것도 멋이 있다.

우인회숙 友人會宿

이백(李白)

만고萬古의 근심을 씻으려고
계속 백 잔의 술을 연거푸 마시네.
이런 좋은 밤은 청담이 어울리니
흰 달빛에 잠을 이룰 수도 없네.
취해 빈 산에 누우니
천지가 곧 이부자리네.

척탕 천고수 유련 백호음
滌蕩[1] 千古愁[2] 留連[3] 百壺飮
양소의청담 호월미능침
良宵宜淸談 皓月未能寢
취래 와공산 천지즉금침
醉來[4] 臥空山 天地卽衾枕

1 滌蕩(척탕) : 씻어 버리다. 2 千古愁(천고수) : 만고수(萬古愁)와 같이 옛날부터 지금까지 쌓인 근심. 온갖 근심 걱정. 3 留連(유련) : 계속하다. 차마 떠나지 못하다. 머뭇머뭇 이어진다. 4 醉來(취래) : 취하다. 래는 조자(助字).

감상

사람이란 근심 투성이, 만고의 근심을 씻으려고 셀 수 없을 정도로 술을 마신다. 이렇게 달이 밝고 술이 있는 좋은 밤에는 육조시대六朝時代부터의 청담淸談이 마땅하다. 더군다나 흰 달이 공중에 떠 있어 잠도 오지 않는다. 실컷 마셔 이미 취하여 아무 것도 없는 공산空山

에 대자大字로 누우니, 천지가 바로 이불이요, 요란다.

주덕酒德을 찬미하는 거성去聲 심운沁韻의 오언고시로 이백다운 멋진 시다.

여설

이 시의 끝의 두 구 '醉來臥空山 天地卽衾枕'은 너무나도 유명한 시구詩句이다. 장자莊子의 '호접몽蝴蝶夢'을 연상케 하고, 유령劉伶의 '주덕송酒德頌'을 방불케 한다. 이백다운 면모面貌를 여실히 드러내는 시다.

산중여유인대작 山中與幽人[1]對酌[2]

이백(李白)

두 사람이 대작하는데 산꽃 피어 있네.
한 잔 한 잔 또 한 잔.
나는 취해 자려니 그대는 돌아가게.
내일 아침 생각 있으면 거문고 갖고 오게나.

양 인 대 작 산 화 개　일 배 일 배 부 일 배
兩人對酌山花開　一杯一杯復一杯
아 취 욕 면 경　차 거　명 조 유 의 포 금 래
我醉欲眠卿[3]且去　明朝有意抱琴來

1 幽人(유인) : 은거하여 사는 사람. 2 對酌(대작) : 마주 바라보며 술잔을 들다. 상대하며 마시다. 3 卿(경) : 군(君)으로 쓰기도 한다. 그대 · 자네의 뜻. 2인칭 대명사.

감상

산속 꽃 사이에서 다정한 친구와 대작하여 술을 마실 때, 한 잔 한 잔 또 한 잔하며 계속 마시다 보니 나는 이미 취해 버렸다. 그러니 나는 졸려서 잘 것이네. 따라서 그대는 돌아가게나. 한숨 자고 내일 아침에 또 술 생각이 나거든 이번에는 거문고 끼고 오게나. 그래서 더 멋지게 한 잔 마셔 보세나.

이백이 취중醉中에 꾸밈없는 솔직한 심정을 아주 쉽게 표현한 평성平聲 회운灰韻의 칠언절구다. 그러나 평측平仄이 안 맞는다고 칠언고시로 보는 이도 있다.

여설

이 시의 제2구 '一杯一杯復一杯'는 너무나도 유명한 시구詩句이다. 수사법상 반복법의 예로 흔히 들추어내는 구절이다. 제3구 '我醉欲眠卿且去'는 『송서宋書』〈도잠열전陶潛列傳〉에 나오는 구절을 인용引用한 것이다. 거기에 이런 구절이 있다.

'도연명은 음악을 잘 모르면서도 거문고 하나를 가지고 있었다. 줄이 없는 거문고였다. 그러나 술이 거나하면 그 거문고를 어루만지며 멋지게 뜯는 시늉을 했다. 사람들이 그에게 다가가 술을 내여 놓으면 반색을 하면서 퍼 마시고, 먼저 취하면 손님들에게 말하기를, "나는 취해 졸리니 당신들은 가시오" 하였다. 그의 진솔眞率함이 이와 같았다.

당시 唐詩 2

746~907

나라는 파괴되었지만 산천은 여전하고
성 안에 봄이 오니 초목만 우거졌네.
시절을 느끼니 꽃이 눈물을 흘리게 하고
이별을 한탄하니 새가 마음을 놀라게 하네.

두보杜甫

712～770

자는 자미子美, 호는 소릉少陵. 본적은 양양襄陽(현재 호북성 양양현)인데, 진晋나라 학자 두예杜預의 자손으로 초당初唐의 시인 두심언杜審言의 손자이다. 하남성 공현鞏縣에서 출생했다. 여러 차례 과거科擧에 응시했으나 불합격不合格, 일생을 고난 속에 살았다. 현종玄宗 때 문재文才가 인정되어 말직末職에 나아갔으나 곧 안록산安祿山의 난으로 피난 가다 붙들려 고생했다. 다시 탈출하여 좌습유左拾遺가 되었고, 나중에 공부원외랑工部員外郎을 지내어 그의 시집을 『두공부시집杜工部詩集』이라 한다.

춘일억이백 春日憶李白

두보(杜甫)

이백李白의 시는 천하무적天下無敵
표연히 그 시상詩想이 군속群俗에 속하지 않네.
맑고 새로움은 유개부와 같고,
준수俊秀하고 빼어나기는 포참군과 같도다.
위수渭水 북쪽 봄날 나무 밑에 서 있는 나,
장강長江 동쪽 해 저무는 구름 밑에 있는 그대.
어느 때에 한 동이 술로써
거듭 함께 문학을 세밀히 논할까?

백 야 시 무 적 　표 연 　사 불 군
白也詩無敵　飄然[1]思不群

청 신 유 개 부 　준 일 포 참 군
淸新庾開府[2]　俊逸鮑參軍[3]

위 북 　춘 천 수 　강 동 　일 모 운
渭北[4]春天樹　江東[5]日暮雲

하 시 일 준 주 　중 여 세 논 문
何時一樽酒　重與細論文

1 飄然(표연) : 속(俗)됨을 벗어난 초연(超然)한 모습. **2** 庾開府(유개부) : 육조시대(六朝時代) 양나라 문인(文人) 유신(庾信)을 말한다. 후에 북주(北周)에 억류되어 개부의사삼사(開府儀司三司)의 벼슬을 지냈으므로 유개부라 칭한다. **3** 鮑參軍(포참군) : 육조시대 송나라 문인 포조(鮑照)를 말한다. 임해왕(臨海王)의 전군참군(前軍參軍) 직(職)을 지냈으므로 포참군이라 칭한다. **4** 渭北(위북) : 위수(渭水) 북쪽. 위수는 황하(黃河)의 지류로 장안 북쪽을 흐른다. 여기서는 다만 위수 가란 뜻인데, 북(北) 자는 아래의 강동(江東)에 대구(對句)를 이루기 위한

것이므로 북(北) 자에 구애받을 필요는 없다. 곧 두보가 있는 곳. **5** 江東(강동) : 양자강 동남 지방. 옛 오나라 땅. 당시 이백은 이곳을 여행하고 있었다.

감상

이백이여, 그대의 시는 천하무적이며, 그대의 시상은 자유분방해서 범속凡俗을 멀리 벗어났도다. 그대 시의 청신淸新함은 양나라 유신庾信과 같고, 준일俊逸함은 송나라 포조鮑照와 같도다. 지금 나는 위수 북쪽 봄 하늘 나무 밑에 있으면서 그대를 생각하는데, 그대가 있는 강동의 해 저물녘에는 구름이 자욱히 덮여 있겠지? 우리는 언제 다시 만나 한 동이 술을 마시며, 거듭 자세히 문학을 논해 볼까?

봄날 이백을 생각한 간절한 우정을 읊은 평성平聲 문운文韻의 오언율시다.

여설

두보가 35세 때인 746년(천보 5) 봄날에 지은 것이다. 두보는 이때 낙양에서 장안으로 와 그 후 10년을 여기에서 보냈다. 이백은 이미 강동을 유람할 때였다. 이백은 생전生前에 시명詩名을 날린 시선詩仙이지만, 두보는 사후死後에야 알려져 시성詩聖이란 칭호稱號를 듣는다. 그래서 이백이 두보를 언급한 시는 '반과산두봉두보飯顆山頭逢杜甫' 시 한 수이지만, 두보가 이백을 생각하는 시는 이 시를 비롯하여 10여 수나 된다. 『이백시집李白詩集』에는 수록되어 있지 않지만, 두 시인 사후 백여 년이 지난 당말唐末 희종僖宗 때 사람 맹계孟棨가 당대唐代 시인들의 일시逸詩를 모은 『본사시本事詩』에는 시제詩題도 없이 이런 시가 적혀 있다.

반과산 머리에서 두보를 만났는데　　반과산두봉두보
飯顆山頭逢杜甫

머리에는 삿갓을 썼고 때는 마침 정오正午로다.　　두대립자일탁오
頭戴笠子日卓午

묻노니 이별한 뒤 어찌 그리 너무 말랐는가?　　차문별래태수생
借問別來太瘦生

모두가 전부터 시를 짓는 괴로움 때문이었겠지.　　총위종전작시고
總爲從前作詩苦

맹계보다 조금 뒤의 사람 왕정보王定保는 『척언摭言』이라는 역시 당대 문인들의 일화를 모은 책을 썼는데, 거기에는 첫 구가 '長安坡前逢杜甫(장안파 앞에서 두보를 만나니)' 로 되어 있고, 나머지는 똑같다.

이로 보면 두보는 작시作詩 때 교정校正 · 조탁彫琢이 습성화習性化하여 그런 명작들을 남기게 된 것으로 보인다.

음중팔선가 飮中八仙歌

두보(杜甫)

하지장 賀知章 은 말을 타는데 배 타듯이 하여
눈꽃이 우물 속에 빠졌어도 물속에서 조네.
여양왕 汝陽王 은 술 서 말 마시고 조회 朝會 에 나가는데
길에서 누룩 수레를 만나자 입에 침을 흘린다.
그러면서 주천왕 酒泉王 으로 옮겨 봉해 주지 않는 것을 한탄하네.
좌상은 하루의 유흥비 遊興費 가 1만 전인데
마시는 모양이 마치 큰 고래가 백 개의 냇물을 들이켜듯 한다네.
그러면서도 술잔들 때는 청주 淸酒 를 좋아하고 탁주 濁酒 는 피한다네.
최종지 崔宗之 는 말쑥한 아름다운 소년 같은데
잔 들어 흰 눈으로 푸른 하늘 바라보네.
그 모습 희기가 옥수가 바람 앞에 서 있는 듯
소진은 수 놓은 부처 앞에서 오래도록 재를 올리는데,
취중에는 때때로 도망가서 좌선 坐禪 하기를 사랑한다네.
이백은 술 한 말에, 시가 백 편,
장안 시중 市中 의 술집에서 잔다네.
천자가 불러와도 배에 오르지 아니하고,
자칭 신은 술 가운데의 신선 神仙 입니다 하더라.
장욱은 술 석 잔 마시니 초성이라 전해지는데

왕이나 귀공자貴公子 앞에서 모자를 벗어 이마를 내놓는다네.

그러나 붓을 들어 종이에 글씨 쓰면 마치 구름과 연기가 서리는 듯

초수는 술 닷 말을 마셔야 바야흐로 탁연해지는데,

그때부터 고담 웅변이 사방 주위周圍를 놀래이네.

지장 기마사승선 안화 락정수저면
知章[1]騎馬似乘船 眼花[2]落井水底眠

여양 삼두시조천 도봉국차 구류연
汝陽[3]三斗始朝天[4] 道逢麴車[5]口流涎

한불이봉향주천 좌상 일흥비만전
恨不移封向酒泉[6] 左相[7]日興費萬錢

음여장경흡백천 함배 낙성칭피현
飮如長鯨吸百川 銜杯[8]樂聖稱避賢[9]

종지 소쇄 미소년 거상백안 망청천
宗之[10]瀟灑[11]美少年 擧觴白眼[12]望靑天

교여옥수림풍전 소진 장재 수불 전
皎如玉樹臨風前 蘇晉[13]長齋[14]繡佛[15]前

취중왕왕애도선 이백일두시백편
醉中往往愛逃禪[16] 李白一斗詩百篇

장안시상주가면 천자호래불상선
長安市上酒家眠 天子呼來不上船

자칭신시주중선 장욱 삼배초성전
自稱臣是酒中仙 張旭[17]三杯草聖傳

탈모노정 왕공전 휘호락지여운연
脫帽露頂[18]王公前 揮毫落紙如雲煙

초수 오두방탁연 고담웅변경사연
焦遂[19]五斗方卓然[20] 高談雄辯驚四筵[21]

1 知章(지장) : 하지장(賀知章 : 659～744). 자는 계진(季眞). 절강 소흥 사람. 이백을 처음 만나 적선인(謫仙人)이라 불러준 사람. 만년(晩

年)에는 관직(官職)을 사퇴하고 사명광객(四明狂客)이라고 자칭하며 자기 집을 도관(道觀)으로 만들고 독실한 도교신자(道教信者)가 되었다. **2** 眼花(안화) : 눈알이 번쩍번쩍 빛남. **3** 汝陽(여양) : 여양왕(汝陽王) 이진(李璡). 현종(玄宗)의 형의 아들. 여양은 지금의 하남성 상수현(商水縣). **4** 朝天(조천) : 천자(天子)에게 조회하러 가다. 조정(朝廷)에 출사(出仕)하다. **5** 麴車(국차) : 누룩을 실은 수레. **6** 酒泉(주천) : 지명(地名). 지금의 감숙성 주천현. 그곳 성하(城下)에 술이 나오는 샘물이 있다 하여 생긴 이름. **7** 左相(좌상) : 좌승상(左丞相) 이적지(李適之). 항상 손님을 좋아하여 술을 한 말을 마셔도 취하지 않았다 한다. 746년(천보 5) 4월에 이임보(李林甫)에게 배척 당하여 의춘(宜春)으로 유배되었다가 이듬해 정월(正月)에 음독 자살했다. **8** 銜杯(함배) : 함배(含杯)와 같다. 술잔을 입에 대다, 곧 술을 마시다. **9** 樂聖稱避賢(낙성칭피현) : 성인(聖人)을 즐기고, 현인(賢人)을 피한다. 성은 청주(淸酒), 현은 탁주(濁酒)의 비유. 삼국시대(三國時代) 위나라에서 금주령(禁酒令)을 내리자 애주가(愛酒家)들 사이에 은어(隱語)로 쓰던 말. 이적지도 이 고사(故事)를 이용하여 벼슬을 그만두고 시를 지을 때 '파상작(罷相作)'이라고 제목하고, '현(賢)을 피하다가 처음으로 좌상을 파직 당하고, 성(聖)을 즐겨하여 바야흐로 술을 마시네. 묻노니, 문 앞의 손님들이 오늘 아침엔 몇 명이나 왔는가?(避賢初罷相 樂聖且銜杯 借問門前客 今朝幾個來)'라 한 구절에서 인용했다. **10** 宗之(종지) : 최종지. 이름은 성보(成輔). 최일용(崔日用)의 아들. 제국공(齊國公)을 승습(承襲)하여 좌사낭중시어사(左司郎中侍御史)가 되었으나, 후에 금릉(金陵)으로 유배되어 이백과 시주(詩酒)로 벗이 되었다. **11** 瀟灑(소쇄) : 말쑥하고 깨끗함. **12** 白眼(백안) : 냉대(冷待)할 때 노려보는 눈. 죽림칠현(竹林七賢) 중의 완적(阮籍)의 청안(靑眼)·백안(白眼) 고사에서 유래(由來)했다. **13** 蘇晉(소진) : 소향(蘇珦)의 아들. 문장에 능하여 이부(吏部)·호부(戶部)의 시랑(侍郎)을 거쳐 태자서자(太子庶子)에 이르렀다. 가증(賈曾)과 함께 현종의 조칙(詔勅)을 기초(起草)했었다. **14** 長齋(장재) : 길이 재계(齋戒)함. 연중(年中) 계속 정진(精進)하여 결재(潔齋)하다. **15** 繡佛(수불) : 수를 놓아 만든 불상(佛像). 오색(五色)의 실로 자수(刺繡)한 부처의 상. **16** 逃禪(도선) : 속세(俗世)에서 도망가 좌선(坐禪)함. 또는 선으로 도망가다. 즉 불교(佛教)의 계율(戒律)을 파괴하다. **17** 張旭(장욱) : 오현인(吳縣人). 자는 백고(伯高). 초서(草書)를 잘 썼는데 기행(奇行)이 많다. 술이 취하면 머리에 먹을 묻혀 머리털로 글씨를 썼다고도 한다.

그래서 세상에서 장가(張哥)의 이마란 뜻으로 '장전(張顚)' 이라 불렀다. 벼슬은 상숙위(常熟尉)를 지냈는데, 초서(草書)에 뛰어나 초성(草聖)이라 부른다. **18** 露頂(노정) : 이마를 드러내다. 옛날에는 모자를 써 이마가 드러나지 않는 것이 예의였다. 모자를 벗어 이마를 드러내면 실례다. 여기서는 세상의 형식에 구애받지 않고 제멋대로 행동한다는 뜻이 포함되어 있다. **19** 焦遂(초수) : 인명(人名). 사적불명(事蹟不明). 『당서(唐書)』에 팔선(八仙) 중 이 사람만 전기(傳記)가 없다. 겨우 원교(袁郊)의 '감택요(甘澤謠)' 에 '포의(布衣) 초수' 라고 했으니 평민(平民)이었던 사람일 것이다. 그리고 『당사습유(唐史拾遺)』에 '초수는 술 마실 때는 말 한 마디도 없다가 취한 후에는 현하(懸河)의 변(辯)을 토로했다.' 는 기록이 있다. **20** 卓然(탁연) : 의기(意氣)가 높은 모양. **21** 四筵(사연) : 사방의 자리. 만좌(滿座). 그 자리에 앉은 모든 사람들.

감상

① 하지장은 남방인南方人이라 배는 잘 타지만 말은 잘 타지 못했다. 그런데 그가 취하여 말을 타는데, 배 타듯이 털썩 주저앉아 중심을 잡지 않으니 우물 속으로 빠질 수밖에 없다. 물속에 빠져서도 빠진 것도 모르고 시뻘건 눈알만 껌뻑껌뻑하는 모습이 연상된다. 물에 빠진 것도 모르고 물속에서 자고 있다.

② 여양왕 이진은 잔뜩 술을 마시고 조회에 나가는데, 가는 도중에 술을 만드는 재료인 누룩을 싣고 가는 수레를 보고는 입에 침을 줄줄 흘린다. 그러면서 늘 자신을 여양왕에서 주천왕으로 옮겨 봉해 주지 않는 것을 한탄한다. 주천으로 가면 술 샘물이 있어 돈 안 들이고 마음껏 마실 수 있기 때문이다.

③ 좌상 이적지는 날마다 유흥비로 만 전을 쓰는데, 그의 술 마시는 모습은 마치 커다란 고래가 온갖 냇물을 한꺼번에 들이켜듯 폭음을 좋아한 모양이다. 그렇게 많이 마시면서도 막걸리는 피하고 약주만 골라 마신다.

④ 최종지는 말쑥한 미소년美少年 같은데, 술잔을 들고 저 청천青天을 백안으로 바라볼 때 그 모습은 마치 깨끗하고 해맑기가 옥으로 된 나무들이 바람 앞에 서 있는 모양같이 매우 아름다운 폼이다.

⑤ 소진은 독실한 불교신자佛教信者라 늘 수놓은 부처상을 걸어 놓고 사시사철 그 앞에서 재계하는데, 주량酒量은 적었던 듯 술이 취하면 먼저 술자리에서 떠나 자기 방으로 가 수놓은 부처 앞으로 가 재계하고는 하더라.

⑥ 이백은 시주詩酒로 너무도 유명하여 한 말 술에 시가 백 편이나 나온다. 그러나 그는 시장 안에 있는 술집에서 자는 것이 다반사茶飯事였다. 천자가 불러도 술이 잔뜩 취해 혼자 몸을 가누지 못하여 배를 안타고 주정하되, 자신은 술 세계의 신선이라 하더라.

⑦ 장욱은 술을 별로 못하여 석 잔밖에 못하면서도 초서에는 성인이라고 전해진다. 그러나 그는 석 잔 술에 취하여 왕王과 공公, 곧 신분이 높은 귀인貴人들 앞에서 모자를 벗어 이마를 드러내 놓고 글씨를 쓰는데, 한번 붓을 종이에 대고 휘두르면 그 글씨가 구름과 연기가 서린 듯 필세筆勢가 힘찼다 한다.

⑧ 초수란 사람은 음주飮酒 중에는 일체 말이 없다가 거나하게 취하면 발설發說하기 시작하니, 그 고담高談과 웅변雄辯에 그 자리에 있는 모든 사람들이 감탄할 따름이었다.

평성平聲 선운先韻의 오언고시다. 22구句 전부 운을 맞추었다.

여설

이 '음중팔선가飮中八仙歌'는 너무나도 유명한 시다. 당나라 두보가 살아 있을 때, 당시의 술의 명인 팔선八仙을 골라 그들의 음주 중의 풍취風趣를 연작시連作詩로 엮은 것이다. 그렇다고 이 여덟 사람이 한데 뭉쳐 무리를 이룬 것은 아니다. 각각 시대와 연령도 가지런하지 않다. 이 팔선 중 가장 연장자가 하지장으로 두보보다 52세 위였다. 그리고 맨 끝의 초수는 열전列傳에도 없는 사람이다. 하지장이 가장 위라 맨 앞에 2구로 묘사했고, 또 소진과 초수가 2행으로 서술되었으며, 여양왕 · 좌상 · 최종지 · 장욱이 3행으로 묘사되었는데, 이백만이 4행으로 읊어졌다. 이를 보면 이백에게 가장 많은 비중을 둔 것으로 여겨진다.

그리고 이 팔선의 순서는 시대순時代順 · 주량순酒量順도 아니요, 술 마시는 가운데 각자의 특성을 단적으로 재미있게 잘도 표현해 놓고 있다.

이백이 '배에 오르지 않았다不上船'는 일화는 범전정范傳正의 '이백신묘비李白新墓碑'에 '현종이 백련지白蓮池에서 뱃놀이를 할 때 시를 지으라고 이백을 불렀다. 그러나 이백이 이미 만취滿醉되어 배에 오를 수가 없자, 고력사高力士의 도움을 받아 겨우 상선上船할 수 있었다.'고 한 데서 유래由來한다. 그러나 이백이 '청평조사淸平調詞'를 지을 때의 일화로 보기도 한다.

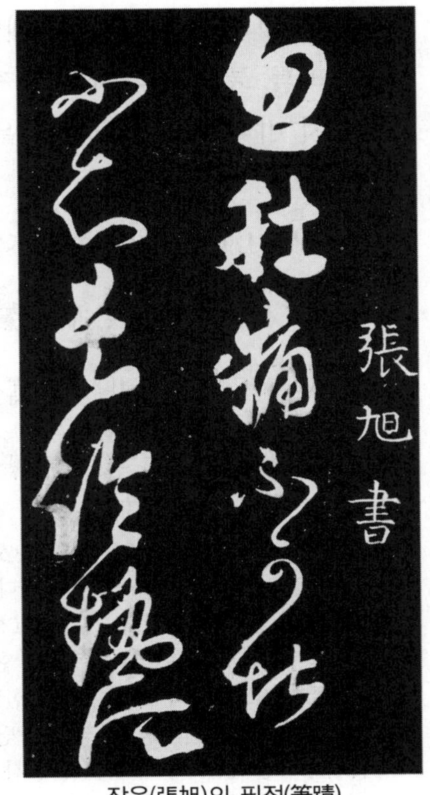

장욱(張旭)의 필적(筆蹟)

춘망 春望

두보(杜甫)

나라는 파괴되었지만 산천은 여전하고
성 안에 봄이 오니 초목만 우거졌네.
시절을 느끼니 꽃이 눈물을 흘리게 하고
이별을 한탄하니 새가 마음을 놀라게 하네.
봉화가 석 달이나 이어졌으니
집에 보낼 편지가 만금에 해당하네.
흰머리를 긁으니 다시 짧아져
오로지 비녀를 꽂기도 어려워지네.

국 파산하재 성 춘초목심
國[1]破山河在 城[2]春草木深

감시 화천루 한별 조경심
感時[3]花濺淚[4] 恨別[5]鳥驚心

봉화련삼월 가서 저 만금
烽火連三月 家書[6]抵[7]萬金

백두소갱단 혼 욕불승잠
白頭搔更短 渾[8]欲不勝簪[9]

1 國(국) : 국도(國都), 곧 장안(長安). **2** 城(성) : 옛날의 도시는 성 안에 있었으므로 도시를 성이라 한다. 곧 장안성. **3** 感時(감시) : 시사(時事)에 슬픔을 느끼다. **4** 濺淚(천루) : 눈물을 흘리다. 눈물을 흘리게 하다. **5** 恨別(한별) : 이별을 한탄하다. 이때 두보의 가족은 부주(鄜州)에 있어 가족과의 이별을 한탄한다는 뜻. **6** 家書(가서) : 가족에게 보내는 편지. **7** 抵(저) : 상당(相當)하다. 당시의 속어(俗語). **8** 渾(혼) : 완전히. **9** 不勝簪(불승잠) : 비녀를 이기지 못하다. 이때 남자들은 머리를 걷어올려 상투를 틀고 그 위에 관을 쓰고 겉에서 비녀

를 꽂아 관을 고정시켰다. 이때 머리카락 숱이 적으면 비녀 꽂기가 나빠 관이 얹혀 있지 못한다. 따라서 비녀조차 꽂을 수 없다는 뜻.

감상

나라가 망했으나 산천은 여전하다. 따라서 이 장안성 안에도 봄이 되니 사람들은 없으나 꽃이 피고 초목은 무성하도다. 이런 난세亂世를 느끼니 꽃을 보아도 눈물이 솟고, 가족과의 이별을 한탄하니 새 소리에도 마음이 놀랜다. 전쟁을 알리는 봉화는 3개월 간 계속 이어지고, 집에까지 보내는 편지는 만금을 주어야 전달할 수 있겠네. 지금 내 백발은 긁을수록 더욱 짧아져 도무지 갓을 쓸 때 비녀 꽂을 머리카락도 없을 지경이네.

난리로 폐허가 된 서울의 모습을 보고 슬퍼하고, 가족과의 이별을 한탄하며, 자신의 초라한 모습을 서글퍼하는 내용의 평성平聲 침운侵韻의 오언율시다.

여설

이 시는 두보가 46세 때인 757년(지덕 2) 봄, 안록산安祿山에게 함락 당한 장안에 있을 때 지은 것이다.

도성은 파괴되고, 조정은 피난 가고, 백성들은 도망가 대부분 없는 도읍지지만, 자연의 변화는 질서가 있어 봄이 되자 꽃이 만발하고 새소리 아름답다. 그러나 난리통의 폐허지에서 보는 꽃은 도리어 눈물이 나고 새 소리는 마음을 놀라게 한다.

이 시의 승련承聯에서의 '花濺淚', '鳥驚心'을 '꽃에서 눈물을 흘리고', '새 소리에 마음이 놀란다'로 풀이하기도 하고, 주어主語+동사動詞+목적어目的語의 문장형식으로 보아 '꽃이 눈물을 뿌리게 하고', '새가 마음을 놀라게 한다'로 해석하기도 한다. 또 전련轉聯에서의 '三月'을 '전쟁이 난 지 삼 개월'로 보기도 하고, 일 년 중 '춘삼월春三月'로 보기도 한다. 학자에 따라 달리 해석한다.

이 시는 우리 민족의 정서에 많은 영향을 끼친 시이다. 특히 일제시대日帝時代 나라를 잃었던 암흑기暗黑期에 독립투사獨立鬪士들의 자위自慰의 애송시愛誦詩이기도 했고, 저 유명한 '황성荒城 옛터'란 유행가가 이 시에서 암시暗示를 받아 생긴 것이라고도 한다.

애강두 哀江頭

두보(杜甫)

소릉의 촌 늙은이 소리를 삼켜 곡하며
봄날 몰래 곡강의 굽이로 스며들었네.
강가의 궁전에는 천 개의 문이 잠겨져 있는데
가는 버들, 새로운 창포는 누구를 위하여 푸르른가?
옛날 생각하니, 무지개 깃발이 남원으로 내려오면
이 궁원宮苑 안의 만물 반색을 했었지.
소양전에서 제일 가는 사람이
연을 함께 타고 임금을 따라 임금 곁에서 시중했었지.
연 앞에서는 재인들 활과 화살을 지니고,
흰말은 황금빛 재갈을 물고 있었었지.
몸을 젖혀 하늘을 향하여 우러러 구름을 쏘면
한바탕 웃음에 정말로 쌍으로 나는 날개가 떨어졌었네.
밝은 눈동자, 하얀 이는 지금은 어디에 있는가?
피로 더럽혀진 떠다니는 혼은 돌아갈 수가 없구나.
맑은 위수渭水는 동쪽으로 흐르고 검각은 깊은데
가고 머무니 피차에 소식이 없도다.
인생은 유정하여 눈물이 가슴을 적시니
강물과 강가의 꽃이 어찌 마침내 끝이 있겠는가?
황혼에 오랑캐 기마병의 먼지 성 안에 가득한데
성남으로 가려고 성 북쪽을 바라보네.

소릉야로 탄성곡 춘일잠행곡강곡
少陵野老[1]呑聲哭[2] 春日潛行曲江曲

강두궁전쇄천문 세류신포위수록
江頭宮殿鎖千門 細柳新蒲爲誰綠

억석예정 하남원 원중만물생안색
憶昔霓旌[3]下南苑[4] 苑中萬物生顔色[5]

소양전리제일인 동련수군시군측
昭陽殿裏第一人[6] 同輦隨君侍君側

연전재인 대궁전 백마작설 황금늑
輦前才人[7]帶弓箭 白馬嚼齧[8]黃金勒[9]

번신향천앙사운 일소 정추쌍비익
翻身向天仰射雲 一笑[10]正墜雙飛翼[11]

명모호치 금하재 혈오유혼귀부득
明眸皓齒[12]今何在 血汚遊魂歸不得

청위 동류검각 심 거주피차 무소식
淸渭[13]東流劍閣[14]深 去住彼此[15]無消息

인생유정누첨억 강수강화기종극
人生有情淚沾臆[16] 江水江花豈終極

황혼호기 진만성 욕왕성남 망성북
黃昏胡騎[17]塵滿城 欲往城南[18]望城北[19]

1 少陵野老(소릉야로) : 소릉(少陵)은 장안(長安) 남쪽 교외(郊外). 한나라 선제(宣帝)의 황후(皇后) 허씨(許氏)의 능이 있는 곳. 선제의 두릉(杜陵) 동남쪽에 있다. 두보의 조상(祖上)이, 또는 두보가 이곳에 살았기 때문에 그는 자신의 별호(別號)를 소릉·두릉이라 부르기도 했다. 야로는 촌 늙은이라는 뜻. 두보 자신의 겸칭(謙稱). **2** 呑聲哭(탄성곡) : 소리를 삼키며 울다. 적군(賊軍)에게 잡힐까 두려워 억지로 소리를 죽이며 운다. **3** 霓旌(예정) : 오색(五色) 깃털로 만든 무지개 같은 깃발. 천자(天子)의 깃발. **4** 下南苑(하남원) : 남원은 남쪽의 동산, 곧 곡강(曲江) 가에 있는 부용원(芙蓉苑). 하는 내려가다. 동사(動詞). **5** 生顔色(생안색) : 안색을 나타내다. 곧 싱싱한 기쁜 빛을 띤다. **6** 昭陽殿裏第一人(소양전리제일인) : 소양전은 한나라 성제(成帝)의 총희(寵姬) 조소의(趙昭儀)가 있었던 궁전 이름. 제일인은 황제의 총애를 받는 첫 번째 사람. 곧 조소의로 양귀비(楊貴妃)를 견준 것이다. **7** 才人(재인) : 비빈(妃嬪) 품계(品階)의 이름. 당나라 제도에는 황후 밑에 부인(夫

人)·빈(嬪)·첩여(婕妤)·미인(美人)·재인 등으로 되어 있다. 재인은 정4품 또는 정5품이었다. **8** 嚼齧(작설) : 물다. 입에 물리다. **9** 勒(늑) : 말 입에 물리는 재갈. 말의 입을 움직이지 못하게 묶어 두는 도구(道具). **10** 一笑(일소) : 한 번 웃는다. 일전(一箭)으로 된 곳도 있다. 이때는 '한 개의 화살로' 의 뜻. **11** 雙飛翼(쌍비익) : 쌍으로 나는 새 날개. 곧 두 마리 새. 부부조(夫婦鳥). 당나라 현종(玄宗)과 양귀비의 후일의 비극을 암시한다. **12** 明眸皓齒(명모호치) : 맑은 눈과 하얀 이. 곧 미인. 양귀비를 뜻한다. **13** 淸渭(청위) : 위수(渭水)의 별칭(別稱). 경수(涇水)나 황하(黃河)는 탁하지만 이에 비하여 위수는 맑기 때문에 이르는 말. 양귀비가 죽은 마외파(馬嵬坡)라는 곳이 위수의 북쪽에 있다. **14** 劍閣(검각) : 사천성 북부에 있는 요해지(要害地). 장안으로부터 촉(蜀 : 사천성)으로 가는 데는 이곳을 통해야 한다. 그런데 그 길은 깊고 험하여 잔도(棧道)를 놓아 다녔다. **15** 去住彼此(거주피차) : 거피주차(去彼住此)의 뜻. 곧 가 버린 그와 머물러 있는 이 사람. 난리를 피하여 촉으로 가 있는 당나라 현종(玄宗)과 이곳에서 죽어 묻힌 양귀비를 나타낸다는 등의 제설(諸說)이 있다. **16** 淚沾臆(누첨억) : 눈물이 가슴을 적시다. 첨은 적시다. 억은 가슴. **17** 胡騎(호기) : 오랑캐 기마병. 안록산(安祿山)의 군대를 뜻한다. **18** 城南(성남) : 장안성 남쪽. 두보의 가족이 있는 곳. **19** 望城北(망성북) : 망성북(忘城北)·망남북(忘南北)으로 된 곳도 있다. 너무 황폐해져 있어 방향 감각을 잃은 상태의 표현으로 본다.

감상

소릉의 야인野人, 이 늙은 나는 소리를 삼키면서 통곡한다. 깨끗한 봄날 나는 몰래 곡강의 굽이진 한 모퉁이를 가 봤다. 이 강가에 있는 궁전宮殿들은 모두 문이 굳게 닫혀 있다. 그러나 봄이라 실버들과 새로운 창포菖蒲는 새싹이 돋아나는데, 이것들은 누구를 위하여 소생蘇生하는가? 옛날 생각이 난다. 그전에 황제가 이 남원에 행행行幸하면 이 동산의 초목草木이나 조수鳥獸 등 만물이 더욱 빛이 났었다. 궁중에서 제일 가는 미인 양귀비가 연을 함께 타고 임금을 모시면서 온갖 수발을 들었었다. 연 앞에는 재인들이 활과 화살을 가지고 백마

白馬에 황금빛 재갈을 물린 채로 그 말을 타고 따랐다. 그 재인들이 몸을 번득여 하늘을 향해 구름 속을 쏘면 그 화살에 한 쌍의 새가 맞아떨어졌고 양귀비가 한바탕 웃곤 하였다(한 개의 화살로 틀림없이 한 쌍의 새를 떨어뜨린다).

저 맑은 눈동자와 흰 이를 가졌던 미인 양귀비는 지금 어디에 있는가? 마외파에서 죽어 피로 더럽혀진 혼은 허공을 떠돌아다니면서 돌아올 수가 없구나. 맑은 위수는 동쪽으로 흐르고 촉의 검각은 깊고도 멀다. 그러니 촉으로 몽진蒙塵간 황제와 이곳에 남아 있는 양귀비와의 사이에는 소식조차 없구나.

사람이란 본래 정이 있어 나는 눈물이 가슴을 적신다. 그러나 저 강물과 강가에 핀 꽃은 무정無情하여 영원히 흐르고 필 것이로다. 해는 저무는데, 적군의 기마병騎馬兵들이 온 성에 먼지를 일으키며 돌아다녀 가족이 있는 성남으로 가려는 발길이 얼떨결에 성북으로 향하고 있다.

1~4구는 입성入聲 옥운沃韻, 5~20구는 입성 직운職韻으로 된 칠언고시다.

여설

757년(지덕 2) 봄, 두보가 46세 때 장안의 동남족에 있는 공원公園 곡강 근처에서 옛날을 추억하며 안록산에게 함락된 장안의 지금을 서글퍼한 시다. 애강두라는 시제詩題는 육조시대六朝時代 대시인大詩人 유신庾信의 '애강남부哀江南賦'를 본 뜬 것이다.

755년(천보 14) 11월에 범양范陽·평로平盧·강동江東 3진鎭의 절도사節度使 안록산이 반란을 일으켜 하북河北의 여러 고을을 함락시키고 파죽지세破竹之勢로 중원中原을 침입하여 12월 13일 낙양洛陽(동경)

이 점령당했다. 이듬해인 756년(천보 15) 정월正月에 안록산은 이곳에서 웅무황제雄武皇帝라 자칭하고 국호國號를 연燕이라 했다. 6월에 안록산을 맞아 싸운 가서한哥舒翰이 영보靈寶에서 패배하고 안록산은 6월 9일에 동관潼關을 함락했다.

이런 비보飛報를 접하자 현종은 몇 명의 종자從者를 데리고 장안을 탈출했다. 6월 15일 마외파에서 잠시 쉬어 가던 차에, 호위를 맡은 좌용무대장군左龍武大將軍 진현례陳玄禮의 부하들이 재상宰相 양국충楊國忠을 죽이라고 반발했다. 병사兵士들은 더 나아가 양귀비도 죽여야 한다고 우겨 마침내 양귀비를 자살로 내몰았다. 그런 뒤에야 현종은 무사히 촉의 성도成都에 도착할 수 있었다.

6월 17일 안록산은 장안을 점령했다. 당나라 황실皇室에 대한 대량 학살이 일어나고 많은 신하들을 붙잡아 항복하기를 강요했다. 이때 황태자皇太子는 뒤처리를 하려고 처져 있다가 도성이 함락 당하자 북방北方으로 도망가 근왕병勤王兵을 모집하면서 섬서성 북쪽 국경에 가까운 영무靈武란 곳에 이르렀다가 백성들의 떠받듦으로 그곳에서 황제의 지위에 올랐다. 그가 바로 숙종肅宗이었으며, 이때가 바야흐로 7월 12일이었다. 현종은 성도에서 8월 12일이 돼서야 비로소 이 소식을 듣게 되었다. 8월 19일 현종은 재상宰相 방관房琯을 시켜 영무로 가서 양위讓位의 조칙詔勅을 전하여 합법화시켰다.

두보는 이 해 봄 장안에 있다가 5월에 가족을 이끌고 봉선奉先으로 가 외가인 최씨崔氏 집안에 의지하고 있었다. 그러다가 6월에 삼천현 동가와同家窪로 이사했다. 숙종이 영무에서 즉위했다는 소식을 듣고 처자妻子를 삼천현에 남겨 두고, 단신單身으로 영무로 가다가 적군賊軍에 잡혀 장안으로 연행連行되었다. 그러나 당시에는 대단한 인물이 아닌 두보라, 8월경부터 이듬해인 757년(지덕 2) 4월까지 장안성내長安城內에 연금당했다.

숙종은 불어난 근왕병의 힘으로 2월에 봉상鳳翔을 회복했다. 이런 소식을 들은 두보는 4월 장안성 서쪽 중광문重光門을 탈출하여 곧장 봉상으로 가 숙종을 배알했다. 5월 16일 그는 좌습유左拾遺에 임명되었다. 그 해 10월 13일에 장안이 회복되자 두보도 숙종을 따라 장안으로 돌아왔다.

강촌 羌村[1] 3수 三首

두보(杜甫)

제1수

높고 험준하게 저녁 붉은 구름이 서쪽에 떠 있는데
햇발이 평평한 땅으로 내리 비치네.
사립문에 참새 떼 지저귈 때
돌아온 나그네 천 리 밖에서 왔네.
처자들 내가 살아 있는 것 괴상히 여기더니
놀람을 진정시키고 또한 눈물을 닦네.
세상이 어지러워 이리저리 흩어졌다가
살아 돌아옴은 우연한 일이로다.
이웃 사람들 담 너머에 가득한데
감탄하며 또한 한숨 짓네.
밤이 깊자 다시 촛불 켜니
서로 마주함이 마치 꿈이련듯.

쟁 영 적 운 서 일 각 하 평 지
崢嶸[2]赤雲[3]西　日脚[4]下平地

시 문 조 작 조 귀 객 천 리 지
柴門鳥雀噪　歸客千里至

처 노 괴 아 재 경 정 환 식 루
妻孥[5]怪我在　驚定[6]還拭淚

세 란 조 표 탕 생 환 우 연 수
世亂遭飄蕩[7]　生還偶然遂

린 인 만 장 두 감 탄 역 허 희
隣人滿牆頭[8]　感歎亦歔欷[9]

야란 갱병촉 상대여몽매
夜闌[10] 更秉燭 相對如夢寐[11]

1 羌村(강촌) : 섬서성 부주(鄜州)에 있는 마을. 두보의 가족이 소개되어 와 있던 곳. 2 崢嶸(쟁영) : 산이 높고 험한 모습. 여기서는 구름의 봉우리가 험한 모습. 3 赤雲(적운) : 저녁 노을에 빨갛게 물든 구름. 4 日脚(일각) : 햇발. 구름 사이로 햇살이 지상(地上)으로 엇비슷하게 떨어지는 광선(光線). 빗줄기가 내리쏟는 것을 우각(雨脚 : 빗발)이라 함과 비슷하다. 5 妻孥(처노) : 처자(妻子). 아내와 자식. 6 驚定(경정) : 놀람이 안정되다. 7 飄蕩(표탕) : 이리저리 표박(漂泊)하다. 사방으로 떠돌아다니다. 8 牆頭(장두) : 담장 위. 9 歔欷(허희) : 훌쩍훌쩍 울다. 흑흑 흐느껴 울다. 10 夜闌(야란) : 밤이 깊어가다. 11 夢寐(몽매) : 잠 속에서 꿈꾸다.

제2수

늘그막에 투생에 쫓기다 보니
집에 돌아와도 즐거움은 적도다.
귀여운 아이 무릎에서 떠나지 않더니
내가 무서워 다시 물러가 버리네.
옛날 생각하니, 잘도 서늘함을 따라
일부러 연못가 나무 밑을 거닐었는데.
쓸쓸히 북풍이 세차자
이런저런 일 때문에 온갖 근심이 애를 태우네.
다행히 수수 · 기장을 거두어 들인다 하니
술 짜는 곳에 술 방울 떨어질 것을 깨닫네.
지금처럼 술잔을 기울일 수 있다면
또한 그것으로 내 만년晩年을 위로 받을 수 있겠지.

만세 박투생 환가소환취
晚歲[12]迫偷生[13] 還家少歡趣[14]

교아 불리슬 외아부각거
嬌兒[15]不離膝 畏我復却去

억석호추량 고요지변수
憶昔好追涼[16] 故繞池邊樹

소소북풍경 무사 전백려
蕭蕭北風勁 撫事[17]煎百慮[18]

뇌 지화서 수 이각조상 주
賴[19]知禾黍[20]收 已覺糟牀[21]注

여금족짐작 차용 위지모
如今足斟酌[22] 且用[23]慰遲暮[24]

12 晚歲(만세) : 만년(晚年). 두보가 이때 46세였지만, 세상살이가 힘들어 자신을 노경(老境)으로 생각한 것이다. 13 偷生(투생) : 죽지 않고 욕되게 살기를 꾀함. 14 歡趣(환취) : 재미 있는 일. 15 嬌兒(교아) : 교아(驕兒)와 같다. 철없는 아이. 16 追涼(추량) : 납량(納涼). 서늘함을 찾다. 17 撫事(무사) : 여러 가지 일을 마음속으로 생각하다. 18 煎百慮(전백려) : 온갖 근심이 가슴을 태우다. 19 賴(뇌) : 다행히. 요행스럽게도. 20 禾黍(화서) : 벼와 기장. 술의 원료. 21 糟牀(조상) : 술찌끼를 거르는 대(臺). 술을 거르는 곳. 22 斟酌(짐작) : 짐은 술이나 기름을 뜰 때 쓰는 국자 모양의 기구. 작은 술잔으로 뜬다는 뜻. 곧 술잔을 기울인다, 술을 마신다는 뜻. 대충 생각한다는 뜻의 짐작은 여기에서 변한 것이다. 23 且用(차용) : 바야흐로 그것으로써, 곧 술로써. 용은 이(以)와 같다. 24 遲暮(지모) : 늦은 저물녘, 곧 만년. 아무 데도 쓸데없이 늙어만 가는 세월이란 뜻.

제3수

뭇 닭이 바로 그때 어지러이 울어대며
손님들이 왔을 때 그 닭들의 싸움 시작됐네.
닭을 쫓자 나무 위로 올라가는데
비로소 사립문 두드리는 소리를 들었네.

촌 늙은이 네댓 사람이
나에게 먼 여행에 대하여 물었네.
손 안에는 각기 지닌 물건이 있었는데
술단지를 기울이니 막걸리와 약주로다.
'술맛이 없다고 물리치지 마소.
기장 밭을 맬 사람도 없습니다.
전쟁이 아직 끝나지 않아
아이들은 모두 동쪽 정벌에 나갔습니다.'
'어르신네들을 위하여 노래 부르리다.
이런 어려운 판에 그대들의 깊은 정이 부끄럽습니다.'
노래 끝내고 하늘 우러러 탄식하니
그 자리의 모든 사람 눈물 바다가 되었네.

군계정 란규 객 지계투쟁
群鷄正[25]亂叫 客[26]至鷄鬪爭

구계상수목 시 문고시형
驅鷄上樹木 始[27]聞叩柴荊[28]

부로 사오인 문 아구원행
父老[29]四五人 問[30]我久遠行

수중각유휴 경합 탁부청
手中各有携 傾榼[31]濁復淸

막사주미박 서지 무인경
莫辭酒味薄 黍地[32]無人耕

병혁 기미식 아동진동정
兵革[33]旣未息 兒童盡東征[34]

청위부로가 간난괴 심정
請爲父老歌 艱難愧[35]深情

가파앙천탄 사좌 루종횡
歌罷仰天歎 四座[36]淚縱橫[37]

25 正(정) : 바로 그때. 부사(副詞). **26** 客(객) : 나그네. 뒤에 나오는 부로(父老). **27** 始(시) : 그때 처음으로. **28** 柴荊(시형) : 시문(柴門). 사립문. **29** 父老(부로) : 시골 늙은이. **30** 問(문) : 위문(慰問)하다. **31** 榼(합) : 술통. **32** 黍地(서지) : 기장 밭. 기장으로 술을 담근다. **33** 兵革(병혁) : 무기(武器)와 갑선(甲腺). 전(轉)하여 전쟁(戰爭)이란 뜻. **34** 東征(동정) : 동방(東方) 정벌. 그때 전쟁이 동쪽 낙양(洛陽) 방면에서 행해지고 있었다. **35** 愧(괴) : 부끄럽다. 과분하게 여기다. **36** 四座(사좌) : 만좌(滿座). 일좌(一座). 온 좌석. 그 자리에 앉은 모든 사람들. **37** 縱橫(종횡) : 가로, 세로. 눈물을 흠뻑 흘리는 모양.

감상

제1수

서쪽의 높고 험한 구름 속, 붉은 저녁 노을 사이로 햇발이 평지平地로 내리 꽂는다. 이때 사립문 쪽에는 새 떼가 지저귀고 천 리 밖에서 나그네 신세였던 주인이 돌아온다. 아내와 아이들은 내가 살아 있는 것을 의심하더니, 곧 놀람을 진정시키고 이어 울어댄다. 난세亂世로 지리멸렬支離滅裂하여 사방으로 흩어졌다가 요행히 살아 돌아오니 모두가 우연한 일이로다. 이웃 사람들은 우리 집 담 밖으로 몰려와 우리 집을 넘겨다보며 감탄하고 또 흑흑 흐느껴 울었다. 밤이 되자 바로 불을 밝히고 서로 상대하니 모든 것이 꿈만 같다.

거성去聲 치운寘韻의 오언 배율排律 시다.

제2수

늙도록 부질없이 살기를 꾀하다가 고향에 돌아오니 기쁜 일이라곤 없다. 귀엽지만 버릇없는 아이 내 무릎 위를 떠나지 않더니, 어쩐 일로 나를 두려워하여 다시 떠나가 버린다. 옛날을 생각해 보니, 곧잘 더위를 피하려고 일부러 연못가 나무 밑을 돌아 걷곤 했는데, 쓸쓸한 북풍이 거세어지자 온갖 일에 대한 근심이 내 가슴을 태운다. 다행히 금년의 곡식을 거두어들이니 그것으로 술을 빚어올 줄을 깨달았다. 그래서 지금은 술을 마실 수가 있으니, 이런 술 마시는 일로써 내 늘그막을 위로받고 싶구나.

거성 우운遇韻의 오언 배율이다.

제3수

한 떼의 닭들이 마구 울고 있다. 그때 손님들이 왔는데, 두 마리 닭이 마침 싸움을 벌이고 있다. 내가 그 싸우는 닭을 쫓으니 그것들은 나무 위로 날아 올라갔다. 그제서야 나는 들었다. 누가 사립문을 두드리고 있는 것을. 시골 늙은이 네댓 명이 내가 멀리 나갔다가 돌아온 것을 위로하러 왔다. 그들 손에는 각기 지니고 온 것이 있는데, 그것은 술단지로 그 속에는 막걸리와 약주가 있었다. 그들은 이렇게 말했다. '술맛이 나쁘다고 물리치진 마시오. 기장 밭을 맬 사람도 없구요, 집안 아이들은 모두 동쪽으로 전쟁터에 나가 있습니다.' 이에 내가 '내 노인들을 위하여 노래 부르리다, 이렇게 어려운 판에 여러분의 후의에 오직 감사드릴 뿐입니다.' 라는 내용으로 노래를 마치고 하늘을 우러러 탄식하니 그 자리에 있던 사람들이 모두 한바탕 통곡하는 것이었다.

평성平聲 경운庚韻의 오언 배율이다.

여설

이 시는 757년(지덕 2) 가을 두보가 46세 때 지은 것이다. 좌습유左拾遺라는 관직官職에 있던 그가 패군敗軍의 재상宰相 방관房琯을 변호하다가 숙종肅宗의 노여움을 샀다. 이윽고 부주鄜州 강촌에 있는 가족에게 돌아가라는 명령을 받았다. 이 시는 오랜만에 가족에게 돌아왔을 때의 정경을 읊은 시다.

재래로 이 강촌 3수는 소박한 정경과 솔직한 심정을 잘 묘사한 명시名詩로 친다. 그 서정敍情의 묘妙함과 사실寫實의 진실함은 한 마디 한 마디가 모두 진정眞情에서 나와 사람들의 폐부를 찌른다.

곡강曲江[1] 2수二首

두보(杜甫)

제1수

한 잎 꽃이 날아가도 봄기운 줄어드는데
바람에 펄펄 나부끼니 정히 사람을 근심케 하네.
바야흐로 지려는 꽃이 내 눈앞을 지나감을 보고,
지나치게 술을 입으로 마신다고 싫어하지 말라.
강가의 작은 집에는 물총새가 집을 짓고
부용원芙蓉苑 가의 높은 무덤에는 기린 석물石物이 누워 있네.
만물萬物의 이치理致를 자세히 살피니 모름지기 즐거움을 행할 뿐,
어찌 헛된 이름으로 이 몸을 묶게 할 것인가?

일편화비감각 춘 풍표만점정수인
一片花飛減却[2]春 風飄萬點正愁人

차간 욕진화경안 막염상다 주입순
且看[3]欲盡花經眼 莫厭傷多[4]酒入脣

강상소당 소비취 원변 고총와기린
江上小堂[5]巢翡翠 苑邊[6]高塚臥麒麟

세추물리수행락 하용부명 반차신
細推物理須行樂 何用浮名[7]絆此身

1 曲江(곡강) : 지명(地名). 장안 동남쪽에 있는 명승지로 봄날에는 장안시민(長安市民)의 행락지(行樂地)로 유명하다. 많은 궁전과 동산이 있었다. **2** 減却(감각) : 덜어 버리다. 줄어들다. **3** 且看(차간) : 바야

흐로 보다. 막 보다. **4** 傷多(상다) : 상은 과(過)의 뜻. 지나치게 많다. 너무 많다. **5** 小堂(소당) : 작은 건축물. **6** 苑邊(원변) : 곡강(曲江) 근처에 있는 부용원 가. **7** 浮名(부명) : 허명(虛名). 부질없는 벼슬 이름.

제2수

조정에서 돌아와 날마다 봄옷을 전당 잡혀
매일 이 곡강 가에서 만취하여 돌아오네.
술빚은 늘상 가는 곳마다 있으니
인생 70세는 예부터 드무네.
꽃 사이를 누비는 나비들은 깊숙한 곳에서도 보이고
물에 꼬리를 찍는 잠자리는 찰랑찰랑 나네.
봄 경치에게 말을 전하노니 우리 함께 유전하면서
잠시라도 서로 칭찬하며 어그러지지 말 것이네.

곡강 풍경(曲江風景)

조회 일일전 춘의 매일강두진취귀
朝回[8]日日典[9]春衣 每日江頭盡醉歸

주채 심상행처유 인생칠십고래희
酒債[10]尋常行處有 人生七十古來稀

천화 협접심심견 점수 청전관관비
穿花[11]蛺蝶深深見 點水[12]蜻蜓款款飛

전어풍광 공유전 잠시상상 막상위
傳語風光[13]共流轉[14] 暫時相賞[15]莫相違[16]

8 朝回(조회) : 조정에서 돌아오다. 9 典(전) : 전당 잡히다. 10 酒債(주채) : 술값의 빚. 술 외상값. 11 穿花(천화) : 꽃 속을 꿰뚫다. 꽃 사이를 누비고 다니다. 12 點水(점수) : 수면(水面)에 꼬리를 살짝살짝 찍다. 13 傳語風光(전어풍광) : 풍광에게 말을 전하다. 14 共流轉(공유전) : 공은 나와 풍광이 함께. 유전은 흘러 굴러가다. 변해 옮겨가다. 15 相賞(상상) : 서로 상주다. 나는 풍광을 칭찬하고 풍광은 나를 중하게 여기다. 16 相違(상위) : 서로 어긋나다.

감상

제1수

꽃 잎 한 잎만 떨어져 날아가도 봄은 벌써 많이 줄어든 것인데, 바람이 많은 꽃잎 나부끼니 정말 사람들이 근심스러워진다. 지금 막 떨어지는 꽃잎이 눈앞으로 지나감을 보고 서글퍼져 술로 달래니 지나치게 많은 술이 입속으로 들어간다고 싫어하지 말라. 세상은 무정無情하고 인생은 무상無常하여 강가의 저 작은 집에는 물총새가 와서 집을 짓고, 부용원 곁에 있는 높다란 무덤 앞에는 훌륭했던 기린의 석물이 자빠져 있다. 세상 이치를 자세히 살펴보니, 인생은 즐길 수 있을 때 맘껏 즐길 것이라, 어찌 헛된 이름에 내 몸을 구속시킬 수 있단 말인가?

인생무상人生無常이니 급시당행락及時當行樂하라는 요지要旨의 평성平聲 진운眞韻의 칠언율시다.

제2수

조정이 파하여 귀가할 때는 날마다 봄옷을 전당 잡혀 그 돈으로 매일 강가에 가서 질탕 마시고 취하여 집에 돌아온다. 그래서 술값 외상은 가는 곳마다 달아 놓았다. 그러나 인생은 예부터 70세가 드물다 한다. 인생 살면 얼마나 사는가? 저 꽃밭 속을 누비며 다니는 나비들은 꽃밭 속 깊숙이에서도 보이고, 물 위에 꼬리를 잣대질하는 잠자리는 공중을 한들한들 날아다닌다.

이런 자연풍광自然風光에 나는 말을 전하고 싶다. 저 풍광들아 나와 함께 변화하면서 잠시라도 서로 추어주기를 어긋나게 하지나 말지어다.

사람도 자연의 유전에 따라 공생共生해야 한다는 자연의 이치를 설파한 평성 미운微韻의 칠언율시다.

여설

758년(건원 1) 47세 때 좌습유左拾遺로서 장안에 있을 때 지은 시다. 지난 해 봄에는 적에게 장안이 함락되어 곡강 머리에서 애달파했는데, 금년 봄에는 다행히도 수복收復되어 조정에 출사出仕했으나 심중에는 남 모르는 고민이 있어 그것을 토로하고 있다. 특히 이 시에서 70세의 별칭別稱인 고희古稀가 나와 널리 유행하는 시다.

신안리 新安吏[1]

두보(杜甫)

나그네 신안의 길을 가는데
시끄럽게 군대 점호하는 소리를 들었네.
신안 관리에게 물었더니
'현이 작아 장정壯丁이라곤 더 없는데
부첩이 엊저녁에 내려 왔다오.
2차로 뽑아 중남이 가게 되었다오' 한다.
중남은 너무나 체구가 작으니
어떻게 왕성을 지킬까?
비대肥大한 사나이는 어머니 배웅을 받고,
야윈 사나이는 홀로 비리비리 사네.
흰 물은 저물녘 동쪽으로 흐르고
푸른 산은 오히려 통곡하는 소리를 내네.
스스로 눈이 마르도록 하지 말라
너의 눈물 펑펑 흘리는 것을 거두라.
눈이 말라 뼈가 나타나 보인다 해도
천지는 끝내 무정한 것이라.
아군이 상주를 취하여
낮이나 밤이나 적이 평정되기를 희망했었네.
그런데 어찌 생각이나 했으랴? 적군을 헤아리기 어려워
돌아오는 아군은 진영陣營에서 별 터지듯이 흩어질 줄을.
식량을 찾아 옛 보루堡壘로 다가가

옛 서울 낙양에 의지해 군졸을 훈련시키네.
참호塹壕를 파되 물이 나오는 데까지 파지는 않고
말을 기르되 그 일이 또한 쉽도다.
더군다나 왕사王師는 순리順理를 따라
병사들을 어루만져 키움이 매우 분명하도다.
그러니 떠나 보냄에 피눈물 흘리지 마소,
복야가 부형같이 친절하도다.

객 행신안도 훤호 문점병
客[2]行新安道 喧呼[3]聞點兵[4]

차문신안리 현소갱무정
借問新安吏 縣小更無丁[5]

부첩 작야하 차선 중남행
府帖[6]昨夜下 次選[7]中男行

중남 절단소 하이수왕성
中男[8]絕短小 何以守王城[9]

비남유모송 수남 독영빙
肥男有母送 瘦男[10]獨伶俜[11]

백수 모동류 청산유곡성
白水[12]暮東流 青山猶哭聲

막자사안고 수여루종횡
莫自使眼枯[13] 收汝淚縱橫

안고즉견골 천지종무정
眼枯即見骨[14] 天地終無情

아군취상주 일석망기평
我軍取相州[15] 日夕望其平

기억 적난료 귀군 성산영
豈憶[16]賊難料[17] 歸軍[18]星散營[19]

취량 근고루 연졸의구경
就糧[20]近故壘[21] 練卒依舊京[22]

굴호부도수 목마역 역경
掘壕不到水[23] 牧馬役[24]亦輕

황내왕사순 무양 심분명
況乃王師順[25] 撫養[26]甚分明

송행물읍혈 복야 여부형
送行勿泣血 僕射[27]如父兄[28]

1 新安吏(신안리) : 신안의 관리(官吏). 신안은 지명(地名). 지금의 하남성 신안현. 낙양(洛陽) 서쪽 지방. 리는 관리. 아전(衙前) 등 지방관리(地方官吏). **2** 客(객) : 나그네. 두보 자신을 3인칭으로 표현한 것. **3** 喧呼(훤호) : 시끄럽게 부름. 떠들썩함. **4** 點兵(점병) : 병사의 이름을 한 명씩 불러 인원수를 파악하다. 병사를 점고(點考)하다. **5** 丁(정) : 장정. 당나라 제도(制度)에 백성을 연령별(年齡別)로 5등급으로 나누어 3세 이하는 황(黃), 4~15세는 소(小), 16~20세는 중(中), 21~59세는 정(丁), 60세 이상은 노(老)로 구별했다. 또 천보(天寶) 연간(年間)에는 23세부터가 정이었다. **6** 府帖(부첩) : 부가 발행하는 소집영장(召集令狀). 당나라는 부병제(府兵制)를 세워 전국에 600의 군부(軍府)를 두었다. **7** 次選(차선) : 둘째 자리에서 뽑음. 제1차에 드는 사람이 없어 제2차에 드는 사람을 뽑음. **8** 中男(중남) : 천보 초년(初年)의 병역제도(兵役制度)에서는 18~22세까지의 남자를 중남이라 했다. **9** 王城(왕성) : 낙양을 뜻한다. **10** 瘦男(수남) : 야윈 사나이. 비남(肥男)의 반대. 바짝 마르고 약한 사나이. **11** 伶俜(영빙) : 비리비리하게 마르다. 매우 야위었다. **12** 白水(백수) : 해 저물녘 하얗게 보이는 냇물. 군인 나가는 사람의 비유. 다음 청산(靑山)은 자식을 군인으로 떠나보내고 통곡하며 서 있는 부형(父兄)을 뜻한다. **13** 眼枯(안고) : 눈이 마르다. 너무 울어 눈물도 말라 안 나옴. **14** 見骨(견골) : 너무 슬퍼한 나머지 얼굴의 광대뼈가 툭 튀어나올 지경임. **15** 相州(상주) : 지금의 하남성 안양현(安陽縣). 낙양에서 물러난 안경서(安慶緖)가 여기에서 세력을 늘리고 있었다. **16** 豈憶(기억) : 어찌 생각이나 했으랴? 뜻밖에. 기의(豈意)로 된 판본(板本)도 있다. **17** 賊難料(적난료) : 난료는 헤아리기 어렵다. 적군(賊軍)의 힘을 예상하기 어렵다. **18** 歸軍(귀군) : 돌아오는 군대. 곽자의(郭子儀) 등 9인의 절도사(節度使)가 20만 대군(大軍)을 이끌고 상주(相州)에서 안경서를 포위했으나, 사사명(史思明)이 파병(派兵)하여 안경서를 도우므로 당군(唐軍)은 대패(大敗)하여 낙양으로 돌아왔다. 패군(敗軍)을 귀군으로 좋게 표현한 것이다. **19** 星散營(성산영) : 별들이 흩어지듯이 군대들이 도망쳐 각 진영(陣營)으로 돌아옴을 뜻한다. **20** 就糧(취량) : 양식이 있는 곳으로 가다. **21** 故

壘(고루) : 옛 보루(堡壘). 낙양의 보루를 뜻한다. **22** 舊京(구경) : 옛 서울. 낙양을 가리킨다. **23** 不到水(부도수) : 수맥(水脈)에 이르지 않는다. 곧 얕게 판다는 뜻. **24** 役(역) : 노역(勞役). 육체적인 노동. **25** 王師順(왕사순) : 왕사는 관군(官軍). 순은 순리를 따른다. 정도(正道)를 행한다. **26** 撫養(무양) : 어루만져 기름. 병사를 사랑하며 대우를 잘한다. **27** 僕射(복야) : 관명(官名). 곽자의(郭子儀)를 지칭한다. **28** 如父兄(여부형) : 부형 같다. 장병(將兵)을 사랑하기를 부형이 자제(子弟)를 사랑하듯이 친절하게 한다는 뜻.

감상

내가 나그네가 되어 신안 길을 가는데, 시끄럽게 군대를 점호하는 소리를 들었다. 그래서 신안의 관리에게 이유를 물었다. 그는 대답하기를, "이 고을은 작은 곳이라 장정이 더 없는데도 엊저녁에 부府에서 소집영장이 내려 왔습니다. 그래서 중남을 제2진으로 내보내는 것입니다." 한다. 이에 중남을 보니 신체가 절대적으로 작고 약한 데 이들이 어떻게 왕성을 지킬 수 있을까?

그나마 살찐 중남은 어머니가 배웅 나와 있고, 야윈 중남은 혼자 나와 비리비리하게 서 있다. 저물녘 허옇게 비치는 냇물은 동쪽으로 흘러가는데, 푸른 산에는 많은 사람의 통곡하는 소리가 울릴 뿐이다. 여러분, 너무 울어 눈물마저 마르게 하지 마시오. 줄줄 흘리는 눈물을 거두시오. 눈물이 마르자 광대뼈가 튀어 나와도 천지는 끝내 무정한 것이오. 아군이 상주를 공략한다고 해서 우리는 낮이나 밤이나 적이 평정되기를 바랐는데, 어찌 적군의 힘이 예측하기 어려워 아군이 패하여 각 진영으로 흩어져 돌아올 줄을 생각이나 했겠는가? 그래서 아군은 식량을 찾아 옛 보루로 와서 옛 서울인 낙양에서 군사 훈련을 받고 있소. 군대들은 거기에서 참호를 파도 물이 안나는 곳까지 얕게 파고, 말을 길러도 그 노역이 심하지 않소. 더군다나 우리 관군은 모든 것이 순리를 따르고, 군사들을 훈련시켜도 모든 제도가 분명하오.

그러니 출정出征 보내되 피눈물은 흘리지 마소. 사령관司令官인 곽자의는 부형과 같이 친절할 것이오.

759년(건원 2) 두보의 나이 48세로 화주華州의 사공참군司功參軍으로 있을 때, 낙양을 떠나 화주로 돌아오는 길에 신안을 지나다가 견문見聞한 사실을 기록한 평성平聲 경운庚韻의 오언고시다.

여설

758년(건원 1) 9월에 삭방도절도사朔方道節度使 곽자의, 진서북정절도사鎭西北庭節度使 이사업李嗣業 등 7인의 절도사가 20만 명의 군대를 거느리고 안경서를 칠 때, 이광필李光弼 · 왕사예王思禮 등이 이를 도와 합쳐 9명의 절도사가 상주相州(鄴城)를 포위했다. 그러나 759년(건원 2) 3월 사사명史思明이 안경서를 응원하자 관군은 대패하여 모든 절도사들이 군사를 물렸다. 곽자의도 낙양의 다리를 끊고 낙양을 지켰다.

두보는 이에 다시 낙양을 떠나 화주華州로 갔다. 그 도중에 신안에 이르렀을 때 군사를 모집하는 장면을 보고 이 시를 쓴 것이다.

두보시의도(杜甫詩意圖) 신안리(新安吏)

동관리 潼關[1] 吏

두보(杜甫)

병사들이 어찌 그리 허덕이는가?
동관 길에 성을 쌓는 중이라네.
큰 성은 쇠도 그만 못하고
작은 성이지만 만 길 남짓 높네.
동관의 관리에게 물었더니
'관문을 수리하고 또한 오랑캐를 대비함이라네.'
나에게 말에서 내려 걸으라며
나를 위하여 저 산모퉁이를 가리키네.
구름 속까지 이어진 방어책이 진열되어 있어
나는 새도 넘을 수가 없겠네.
'오랑캐가 와도 다만 여기만 스스로 지키면
어찌 또 다시 서도 西都(장안)를 근심하겠나이까?
어르신, 저 요새지 要塞地를 보시오,
좁고 험하여 수레 하나 겨우 빠져 나갈 정도입니다.
난리가 났을 때 긴 창만 휘둘러 막아
만고에 한 장부 丈夫면 넉넉히 방어합니다.'
애달프다. 도림의 싸움에서
백만의 군사가 물고기로 변해 버렸으니.
방비하는 장수들에게 부탁하노니
삼가 가서한 哥舒翰의 실수를 배우지 마소.

사 졸 하 초 초　　축 성 동 관 도
士卒何草草[2]　築城潼關道

대 성 철 불 여　　소 성 만 장 여
大城鐵不如[3]　小城萬丈餘[4]

차 문 동 관 리　수 관　환　비 호
借問潼關吏　修關[5]還[6]備胡[7]

요 아 하 마 행　위 아 지 산 우
要我下馬行　爲我指山隅

연 운 열 전 격　　비 조 불 능 유
連雲列戰格[8]　飛鳥不能踰

호 래 단 자 수　기 부 우 서 도
胡來但自守　豈復憂西都[9]

장 인　시 요 처　　착 협　용 단 거
丈人[10]視要處[11]　窄狹[12]容單車[13]

간 난　분 장 극　　만 고　용 일 부
艱難[14]奮長戟[15]　萬古[16]用一夫[17]

애 재 도 림 전　　백 만 화 위 어
哀哉桃林戰[18]　百萬化爲魚[19]

청 촉 방 비 장　신 물 학 가 서
請囑防備將　愼勿學哥舒[20]

1 潼關(동관) : 지명(地名). 섬서성 동단(東端)에 있어 낙양(洛陽)에서 장안(長安)으로 향하는 길의 목구멍에 비유되는 곳. **2** 草草(초초) : 수고(手苦)로운 모습. 고생하는 모양. 『시경(詩經)』〈소아(小雅) · 항백(巷伯)〉에 '노인초초(勞人草草)'라 한데서 나온 말. **3** 鐵不如(철불여) : 쇠도 그와 같지 못하다. 쇠도 못 당할 만큼 견고(堅固)하다. **4** 萬丈餘(만장여) : 산 위에 높이 있음을 뜻한다. **5** 修關(수관) : 관문의 요새(要塞)를 수리함. **6** 還(환) : 또한, 다시. 756년(천보 15) 한 번 안록산(安祿山)의 침입을 막은 일이 있기 때문. **7** 備胡(비호) : 오랑캐를 대비함. 곧 호는 번족(蕃族)으로 안경서(安慶緖) · 사사명(史思明)을 가리킨다. **8** 戰格(전격) : 적을 막기 위해 만들어 놓은 책(柵). **9** 西都(서도) : 서쪽 도읍. 장안을 가리킨다. **10** 丈人(장인) : 어르신. 연장자(年長者)에 대한 경칭(敬稱). 관리가 두보를 부르는 말. **11** 要處(요처) : 요해(要害)의 장소(場所). **12** 窄狹(착협) : 협착(狹窄). 매우 좁다. **13** 單車(단거) : 한 대의 수레. **14** 艱難(간난) : 어려운 때, 난

동관(潼關) 고성古城)

리가 났을 때. 국가(國家) 유사시(有事時). **15** 長戟(장극) : 긴 창. 극은 갈래진 창. **16** 萬古(만고) : 영구(永久). **17** 用一夫(용일부) : 한 사나이만 이용한다. 한 명의 무사(武士)면 족하다. 좌사(左思)의 『촉도부(蜀道賦)』에 '一人守隘 萬夫莫向'에서 유래(由來)한 말. **18** 桃林戰(도림전) : 도림은 하남성 영보현(靈寶縣) 근처. 756년(천보 15) 6월 조정의 독촉을 받은 가서한(哥舒翰)이 동관을 나와 도림에서 안록산 군과 싸워 대패(大敗)한 싸움. **19** 百萬化爲魚(백만화위어) : 영보(靈寶)의 패전(敗戰)에서 당군(唐軍) 20만 명 중 수만 명이 황하(黃河)에 빠져 죽은 일을 나타낸다. 화위어는 익사(溺死)함을 뜻한다. **20** 哥舒(가서) : 가서한(哥舒翰). 가서는 성(姓), 한은 이름. 당나라 장수로 어려서 『춘추(春秋)』를 읽어 대의(大義)에 통했다. 벼슬은 좌복야평장사(左僕射平章事). 안록산의 난 때 적에게 항복하여 죽임을 당했다.

감상

병졸들이 왜 그리 힘겹게 일하는가? 그들은 바로 동관 땅에 성을 쌓는 것이다. 그 큰 성은 쇠로 쌓은 것보다 더 단단하고, 작은 성은 만 길이 넘는 높은 곳에 쌓고 있다. 동관의 관리에게 물어 봤더니, "여기 관문을 수리해서 오랑캐의 침입을 막으려는 것입니다" 한다.

그러면서 관리는 나더러 말에서 내려 걸어가서 보라고 저 산모퉁이를 가리키는 것이었다. 그곳을 보니 구름 속까지 이어진 방책이 늘어서 있어 하늘을 나는 새도 못 넘어갈 것 같다.

관리는 이렇게 말했다.

"오랑캐가 쳐들어 왔을 때, 이곳만 잘 지키면 서도인 장안은 걱정할 것이 없었습니다. 어르신, 저 요새지를 잘 보십시오. 그곳은 매우 좁아서 겨우 수레 한 대만이 지나갈 수 있습니다. 만일 난리가 나서 이곳에서 긴 창을 휘둘러 막으면 혼자서도 영구히 적을 막아낼 수 있습니다."

슬프다. 지난 번 도림의 싸움에서 수만의 군사들이 강에 빠져 고기의 밥이 되었나니 청컨대 관문을 방비하는 장수들에게 부탁하오, 제발 삼가서 도림 싸움에서 대패한 가서한의 전철前轍을 밟지 않도록 조심하시라.

군사들의 근로勤勞하는 모습을 묘사한 평성平聲 어운魚韻·우운虞韻과 상성上聲 호운晧韻을 혼용混用한 오언고시다.

여설

이 시도 앞의 '신안리新安吏'와 같은 때 동관을 지나면서 성을 수리하는 장병들의 노고勞苦를 읊은 것이다. 상주相州에서 패한 관군이 낙양을 다시 잃을까 두려워하며 동관성을 수리하여 만일에 대비하고자 하는 군대에 경거輕擧를 경계警戒하면서 용기勇氣를 돋우는 뜻이 들어 있다 하겠다.

석호리石壕[1]吏

두보(杜甫)

저녁에 석호란 마을에 투숙投宿하니
관리가 있어 밤에 사람을 잡네.
늙은 할아비 담 넘어 달아나고
늙은 할멈 문 앞에 나가 보네.
관리의 부르짖음 한결 어찌 그리 노했으며,
할멈 울음소리 한결 어찌 그리 괴로운가?
할멈 관리 앞에 나와 하는 말을 듣는다.
'세 아들이 업성에서 싸우는데,
한 아들이 편지를 보내오기를,
두 아들이 새로 전사했다 하오.
산 사람은 바야흐로 마지 못해 살기를 꾀하지만
죽은 자들은 길이 끝나 버린 것이오.
집안에는 다시 사람이라곤 없소.
오직 젖먹이 손자 하나가 있소.
손자에게 안떠난 어미가 있지만
출입할 때 입을 완전한 치마 하나가 없소.
이 늙은 할미 기운은 쇠했지만
나으리를 따라 이 밤중으로 가서
급히 하양 싸움터에 따라가서
오히려 새벽밥을 지을 수는 있을 것이오.'
밤이 오래 되자 말소리 끊어지고

울며 목 메인 소리 들리는 것 같네.
날이 밝아 앞길로 오르는데
홀로 늙은 할아범과 이별했을 뿐이네.

모 투 석 호 촌 유 리 야 착 인
暮投[2]石壕村 有吏夜捉人[3]

노 옹 유 장 주 노 부 출 간 문
老翁[4]踰墻走 老婦[5]出看[6]門

이 호 일 하 노 부 제 일 하 고
吏呼一何怒 婦啼一何苦

청 부 전 치 사 삼 남 업 성 수
聽婦前致詞[7] 三男[8]鄴城戍[9]

일 남 부 서 지 이 남 신 전 사
一男附書至[10] 二男新戰死

존 자 차 투 생 사 자 장 이 의
存者[11]且偷生[12] 死者[13]長已矣[14]

실 중 갱 무 인 유 유 유 하 손
室中更無人 惟有乳下孫[15]

유 손 모 미 거 출 입 무 완 군
有孫母未去[16] 出入無完裙[17]

노 구 역 수 쇠 청 종 리 야 귀
老嫗力雖衰 請從吏夜歸[18]

급 응 하 양 역 유 득 비 신 취
急應河陽役[19] 猶得備晨炊[20]

야 구 어 성 절 여 문 읍 유 열
夜久語聲絕 如聞泣幽咽[21]

천 명 등 전 도 독 여 노 옹 별
天明登前途 獨[22]與老翁別

1 石壕(석호) : 지명(地名). 지금의 하남성 섬현(陝縣)의 석호진(石壕鎭). **2** 投(투) : 투숙하다. **3** 捉人(착인) : 징병(徵兵)하기 위해 남자를 잡아감. **4** 老翁(노옹) : 늙은 영감. 할아버지. **5** 老婦(노부) : 늙은 부인. 할머니. **6** 看(간) : 문에 나와서 응대(應待)하다. **7** 前致詞(전치사)

: 앞으로 나와 말씀드리다. **8** 三男(삼남) : 세 남자. 세 아들. **9** 鄴城戍(업성수) : 업성은 지명(地名). 상주(相州). 수는 수자리, 곧 전쟁. **10** 附書至(부서지) : 부서는 편지를 부치다. 지는 그 편지가 여기에 이르다. **11** 存者(존자) : 살아 있는 사람, 곧 편지를 보낸 아들. **12** 偷生(투생) : 죽지 못해 살아 있음. 언제 죽을지 모르는 운명. **13** 死者(사자) : 죽은 사람. 두 아들을 가리킨다. **14** 長已矣(장이의) : 영원히 모든 일이 끝났다. 만사휴의(萬事休矣). **15** 乳下孫(유하손) : 젖 밑에 붙어 있는 손자. 젖먹이 손자. **16** 母未去(모미거) : 모는 손자의 어머니, 곧 할머니의 며느리. 미거는 남편이 전사했으니 그 집을 떠나가야 하는데 아직 가지 않고 있다. **17** 完裙(완군) : 완전한 치마. 나들이옷 한 벌도 없다는 뜻이다. **18** 夜歸(야귀) : 밤에 돌아가다. 귀는 가야할 곳으로 간다는 뜻이다. **19** 河陽役(하양역) : 하양은 지명(地名). 지금의 하남성 맹현(孟縣). 역은 노역(勞役). **20** 備晨炊(비신취) : 비는 몸으로 때우다. 신취는 새벽밥 짓는 일. **21** 泣幽咽(읍유열) : 울면서 속으로 오열(嗚咽)하다. **22** 獨(독) : 홀로. 할머니는 엊저녁 잡혀갔음을 암시한다.

감상

날이 저물어 석호촌에 투숙했는데, 밤중에 관리가 와서 사람들을 잡아간다. 이에 놀란 할아버지는 담 넘어 도망가고, 할머니가 문 앞에 나아가 관리를 맞이한다. 관리는 시종일관 대노하여 떠들어 대고 할머니 꼼짝 못하고 울면서 괴로워한다. 그때 할머니가 관리 앞에 나아가 하는 말을 들으니, "우리 집은 세 아들이 모두 업성의 전투에 참가하고 있다오. 한 아들이 편지를 보내 왔는데, 두 아들이 새로 전사했다 하였소. 그러니 살아 있는 아들도 마지 못해 살고 있는 것이오. 죽은 아들들은 모든 게 끝장난 거지요. 그러니 집안에는 다시 사람이라곤 없소. 오직 젖먹이 손자 하나 있는데, 그 어미는 아직 남편을 따라 죽지 못하고 있으나 출입할 때 입을 변변한 치마 하나 없소. 그러나 이 늙은 할미가 비록 기력은 쇠약하지만, 청컨대 나으리들을 따라 이 밤중으로 급히 가서 하양의 전투장에 급히 당도하면 새벽 군대 밥 짓는 일에 참여할 수도 있을 것입니다" 한다.

밤이 깊어지자 말소리 끊어지고, 울며불며 오열하는 소리만 들렸다. 날이 밝아 다시 여정旅程에 오르는데, 할머니는 보이지 않고 할아버지와만 이별을 고하였다.

무자비無慈悲한 징병의 폐해를 진솔眞率하게 표현한 사회폭로社會暴露의 시다. 위의 시들과 같은 시기에 지은 것이다. 여러 운韻을 통용通用하여 쓴 오언고시다.

여설

759년(건원 2) 두보가 48세 때, 관군은 안록산安祿山의 적당賊黨 안경서安慶緖 · 사사명史思明에 대비하기 위하여 군대를 마구 모으고 있었다. 이 전란으로 인한 민중民衆의 고통을 숨김없이 읊은 것이 바로 이 시다.

이른바 삼리三吏, 곧 '신안리新安吏' · '동관리潼關吏' · '석호리'의 시는 같은 시기에 씌어진 당시의 민생民生의 괴로움을 읊었는데, 대체로 대화체對話體를 썼으며 그중에서도 이 '석호리'가 가장 유명하다.

두보의 진면목眞面目이 이런 시에서 절실히 드러나고 있다.

두보시의도(杜甫詩意圖) 석호리(石壕吏)

신혼별 新婚別

두보(杜甫)

새삼이 쑥이나 삼에 붙었으니
넝쿨을 뻗더라도 길지 못하네.
딸을 시집 보내되 출정하는 군인에게 줌은
길가에 버리는 것만도 못하네.
머리를 땋아 그대의 아내가 되어
잠자리에서 그대의 침상을 따뜻하게도 못해 주고
저녁에 혼인하고 새벽에 이별을 고하니,
곧 너무도 총망한 일이 아닌가요?
그대 떠남이 비록 멀지 않아
변경을 지키러 하양河陽으로 가시지만
이 몸은 신분身分이 분명치 않으니
어떻게 시부모를 뵙나요?
우리 부모 날 기르실 제
낮이나 밤이나 나 잘 되기를 바랐지요.
딸을 낳아 시집 보내니
닭이나 개도 또한 짝을 짓는데
그대 지금 사지로 가니
침통함이 속 창자에까지 치민다오.
맹세코 그대를 따라가고자 하나
형세가 도리어 창황하오.
신혼 생각은 하지도 마시고

군무에만 힘쓰세요.
부인이 군영 안에 있으면
병사들의 기상이 드날리지 못할까 걱정이오.
스스로 한탄하되, 가난한 집 딸이라
오랜만에 비단 저고리 치마를 장만했다오.
비단 저고리 다시는 입지 않을 것이고,
그대를 위하여 화장도 닦아 버리리다.
우러러 온갖 새 나는 것을 보니
크고 작든 반드시 쌍쌍으로 납니다.
사람의 일이란 대부분 착오가 있게 되니
그대와 영원히 바라만 볼 뿐이네요.

토사 부봉마 인만 고부장
兎絲[1]附蓬麻[2] 引蔓[3]故不長[4]

가녀여정부 불여기로방
嫁女與征夫[5] 不如棄路傍

결발 위군처 석불난군상
結髮[6]爲君妻 席不煖君牀

모혼신고별 무내 태신망
暮婚晨告別 無乃[7]太燼忙

군행수불원 수변부하양
君行雖不遠 守邊赴河陽

첩신미분명 하이배고장
妾身未分明[8] 何以拜姑嫜[9]

부모양아시 일야령아장
父母養我時 日夜令我藏[10]

생녀유소귀 계구역득장
生女有所歸 鷄狗亦得將[11]

군금왕사지 침통박중장
君今往死地 沈痛迫中腸[12]

서 욕 수 군 거　형 세 반 창 황
誓欲隨君去　形勢反蒼黃[13]

물 위 신 혼 념　노 력 사 융 행
勿爲新婚念　努力事戎行[14]

부 인 재 군 중　병 기 공 불 양
婦人在軍中[15]　兵氣恐不揚

자 차 빈 가 녀　구 치 나 유 상
自嗟貧家女　久致[16]羅襦裳[17]

나 유 불 부 시　대 군 세 홍 장
羅襦不復施[18]　對君洗紅粧[19]

앙 시 백 조 비　대 소 필 쌍 상
仰視百鳥飛　大小[20]必雙翔[21]

인 사 다 착 오　여 군 영 상 망
人事多錯迕[22]　與君永相望[23]

1 兎絲(토사) : 식물명(植物名). 새삼. 초목(草木)에 기생(寄生)하여 사는 식물. **2** 蓬麻(봉마) : 쑥과 삼. **3** 引蔓(인만) : 넝쿨을 끌다. 넝쿨이 뻗어 나가다. **4** 故不長(고부장) : 본디부터 길지 않다. 본래 길 수가 없다. **5** 征夫(정부) : 출정하는 병사(兵士). 군대 나가는 남자. **6** 結髮(결발) : 머리를 땋다. 성인(成人)이 되다. 남자는 20세, 여자는 15세에 머리를 땋아 올렸었다. **7** 無乃(무내) : 기불시(豈不是)와 같다. 무는 반어(反語), 곧 ~이 아닌가? **8** 妾身未分明(첩신미분명) : 첩은 부인(婦人)이 자기를 낮추어 이르는 말. 첩의 신분이 분명치 않다, 곧 고례(古禮)에 여자가 시집가 3일이 되어야 시가의 사당에 고하여 정식으로 며느리의 신분이 정해지는데, 혼인하고 이튿날 헤어지니 신분이 애매하다는 뜻. **9** 姑嫜(고장) : 시모(媤母)와 시부(媤父). 시부모. **10** 藏(장) : 선(善)의 뜻. 착하다, 잘되다. **11** 鷄狗亦得將(계구역득장) : 닭이나 개도 또한 짝을 얻는다고 해석하여 개는 개끼리, 닭은 닭끼리 짝을 이룬다고 보는 설이 있고, 닭이나 개도 또한 가져간다고 하여 살림에 보태느라고 짐승도 지니고 간다고 해석하는 설이 있다. 그러나 닭이나 개도 제 짝이 있는 법이라고 보는 것이 일반적이다. **12** 中腸(중장) : 가운데 창자. 뱃속. **13** 蒼黃(창황) : 창황(蒼皇). 어찌할 겨를이 없이 매우 급함. **14** 事戎行(사융행) : 군무(軍務)에 전념(專念)하다. **15** 婦人在軍中(부인재군중) : 『한서(漢書)』 〈이릉전(李陵傳)〉의 고사(故事)를 인용(引用)한 것이다. 이릉(李陵)은 한나라 군대

의 사기(士氣)가 떨어진 것을 보고, 그것은 군대 안에 부인들이 있기 때문이라고 여겨 부인들을 모두 찾아내어 참형(斬刑)에 처했다는 기록이 있다. **16** 久致(구치) : 오래 걸려 이루었다. 오랜만에 장만했다. **17** 羅襦裳(나유상) : 나유(羅襦)와 나상(羅裳), 곧 비단 저고리와 비단 치마. **18** 施(시) : 몸에 걸친다. 입는다. **19** 紅粧(홍장) : 붉게 화장하다. 입술 연지 등을 찍는 화장. **20** 大小(대소) : 대조(大鳥) · 소조(小鳥). 큰 새들, 작은 새들. 모든 새. **21** 雙翔(쌍상) : 암수가 쌍으로 날다. **22** 錯迕(착오) : 어그러지다. 불여의(不如意). **23** 相望(상망) : 멀리 떨어져서 서로 바라다보기만 한다.

감상

새삼이 쑥이나 삼에 기생하니 의지할 것이 작은지라 넝쿨을 뻗어 나가려 해도 길게 갈 수는 없다. 그와 마찬가지로 딸을 군인에게 시집 보내는 것은 차라리 길가에 내버리는 것만도 못하다.

머리를 땋아 쪽을 찌고 당신의 아내가 되어 잠자리에서 당신의 침대를 따뜻하게 해 주지도 못하고, 저녁에 혼인하고 새벽에 이별을 고하니 너무도 촉박함이 아닌지요?

당신이 비록 집에서 멀리 떠나지 않고, 하양 전쟁터에 나가 변방邊方을 지킨다고 하지만, 저는 아직 신부로서의 완전한 의식을 마치지 못하여 불분명한 신분이니 어떻게 시부모를 뵈어야 합니까?

우리 친정 부모가 저를 기를 제, 밤낮으로 잘 되기를 빌었지요. 딸을 낳으면 으레 시집을 보내야 하니, 닭이나 개도 제 짝을 찾는 것과 마찬가지지요.

그런데 지금 당신은 죽음의 땅으로 가니 그 침통함이 저의 창자를 끊습니다. 기어코 당신을 따라가고자 하나, 지금의 형편이 도리어 촉박하여 그럴 수도 없습니다. 제발 신혼의 꿈을 버리시고 군 복무에 최선을 다해 주십시오. 부인이 군영 안에 있으면 사기가 떨어질까 두렵습니다.

저 스스로 한탄합니다. 제가 가난한 집안에 태어나 오랜만에 비단 옷을 만들어 왔는데, 앞으로는 비단 옷을 다시는 입지 않을 것이고, 그대를 위하여 화장도 하지 않을 것입니다.

저 온갖 새가 날아감을 볼 때, 큰 새든 작은 새든 모두 암수 쌍쌍이 날건만, 사람의 일이란 대개가 착오錯誤 투성이라 당신과는 영원히 멀리서 서로 바라만 보고 있을 운명이네요.

신혼의 단꿈도 이루지 못하고 전쟁터로 끌려간 남편을 생각하는 신부의 하소연을 읊은 시로 백성들의 괴로움을 기록한 평성平聲 양운陽韻의 오언고시다.

여설

이 시의 첫 두 구는 연상법聯想法을 활용한 이른바 『시경詩經』이나 『악부樂府』에서의 흥체興體에 해당한다. 『고시십구수古詩十九首』의 제8수 '그대와 더불어 혼인하니, 토사가 여라女蘿에 붙은 격이라(與君爲新婚 兎絲附女蘿).' 에서 유래由來한 내용이다.

새삼은 신부에, 쑥이나 삼은 군인 가는 남편에 비유하여 전나무같이 큰 식물에 기생하면 새삼도 넝쿨이 무한정 뻗어 무성할 수 있지만, 키가 작은 쑥이나 삼에 기대면 길게 뻗을 수 없다는 뜻으로, 전쟁터에 가 전사할 남편과는 오래 살지 못할 것을 암시하는 내용이다.

이렇게 흥興으로 시상詩想을 일으켜 놓고, 두보 자신이 시중詩中의 신부가 되어 첫날밤을 치르고 군대에 가는 남편에 대한 당부와 신부 심정을 절실하게 표현한 독백조獨白調의 명작名作이라 하겠다.

수로별 垂老[1]別

두보(杜甫)

사방이 아직 평안하지 않으니
늘그막에 편안할 수가 없네.
자손들 전진戰陣에서 모두 죽었으니
어찌 이 몸만 홀로 안전하겠나?
지팡이 던지고 문을 나서니
동행자同行者도 나 때문에 괴로워한다.
다행히 나는 치아가 있으나
슬픈 것은 뼛골이 마른 것이다.
그러나 사나이로 갑옷 입고 투구 썼으니
길게 읍하며 상관과 작별하네.
늙은 아내 길에 누워 우는데
세모인데도 옷이 홑겹이네.
누가 이것이 사별인 줄 알랴만
또한 아내가 추운 것이 마음 아프네.
이번 가면 반드시 돌아오지 못하니
밥 많이 먹으라고 전하는 소리 들리네.
토문의 성벽은 매우 견고하고
행원에도 적이 건너오기는 어려울 것이라.
형세가 지난 번 업성과는 달라
비록 죽는다 해도 시간적으로 여유가 있다.
인생에는 떠남과 만남이 있으나

어찌 늙었을 때와 젊었을 때의 구분이 있는가?
옛날 젊었을 때를 생각하고
주저하다 마침내 길게 탄식하네.
온 나라가 온통 전쟁중이라
봉화가 모든 산을 덮었네.
시체가 쌓여 초목에서 비린내가 나고
피가 흘러 개울과 언덕이 붉네.
어느 고을이 낙토가 되겠는가?
어찌 감히 아직도 주저하는가?
초가 살림살이 다 버리니
덜컥 가슴이 찢어지네.

사교 미녕정 수로부득안
四郊[2]未寧靜 垂老不得安

자손진망진 언용 신독완
子孫陣亡[3]盡 焉用[4]身獨完

투장출문거 동행 위신산
投杖出門去 同行[5]爲辛酸[6]

행유아치존 소비골수건
幸有牙齒[7]存 所悲骨髓[8]乾

남아기개주 장읍 별상관
男兒旣介冑[9] 長揖[10]別上官

노처와로제 세모의상단
老妻臥路啼 歲暮衣裳單

숙지시사별 차부상기한
孰知是死別 且復傷其寒[11]

차거필불귀 환문권가찬
此去必不歸 還聞勸加餐[12]

토문 벽심견 행원 도 역난
土門[13]壁甚堅 杏園[14]度[15]亦難

세이업성하　종사시유관
勢異鄴城下[16]　縱死時猶寬[17]

인생유리합　기택쇠성단
人生有離合　豈擇衰盛端[18]

억석소장일　지회　경장탄
憶昔少壯日　遲迴[19]竟長歎

만국　진정수　봉화피강만
萬國[20]盡征戍[21]　烽火被岡巒[22]

적시초목성　유혈천원단
積屍草木腥　流血川原丹[23]

하향위락토　안감상반환
何鄕爲樂土　安敢尙盤桓[24]

기절봉실거　탑연　최폐간
棄絕蓬室居[25]　塌然[26]摧肺肝

1 垂老(수로) : 늘그막. 늙음이 드리우다, 곧 늙어간다는 뜻. 늙마. 2 四郊(사교) : 사방 교외(郊外). 왕성(王城) 사방 주위의 들. 여기서는 다만 사방의 땅이라는 뜻이다. 3 陣亡(진망) : 전진에서의 사망. 전쟁터에서 죽다. 전사(戰死). 4 焉用(언용) : 하용(何用)과 같다. 어찌 ~하겠는가? 5 同行(동행) : 동행자. 같이 가는 사람. 6 辛酸(신산) : 맵고 시다. 괴로운 생각을 하다. 7 牙齒(아치) : 치아(齒牙). 아는 어금니, 치는 앞니. 8 骨髓(골수) : 뼈와 뼛속 기름. 뼛속. 9 介胄(개주) : 갑옷과 투구. 10 長揖(장읍) : 서서 두 손을 맞잡고 위로부터 아래로 내리는 절의 일종. 진중(陣中)에서의 경례(敬禮). 11 傷其寒(상기한) : 늙은이가 할멈이 추워할 것을 상심(傷心)하다. 12 勸加餐(권가찬) : 찬을 더할 것을 권하다. 할멈이 할아범에게 식사를 많이 하여 몸을 보존하라고 권하다. 『고시십구수(古詩十九首)』의 제3수 '식사를 더할 것을 노력하시오(努力加餐飯)' 에서 나온 말. 13 土門(토문) : 하북성 정경현의 험한 곳. 일설에는 하양(河陽) 부근의 지명(地名)으로 황하(黃河) 남쪽의 땅일 것이라고도 한다. 14 杏園(행원) : 하남성 급현(汲縣) 행원진(杏園鎭). 15 度(도) : 도(渡)와 같다. 적군(賊軍)이 강을 건너와 쳐들어 옴. 16 鄴城下(업성하) : 업성 근처. 업성은 상주(相州)라고도 한다. 안록산 때 곽자의(郭子儀) 등 9인의 절도사가 대패(大敗)한 일이 있던 곳. 17 時猶寬(시유관) : 시간이 오히려 너그럽다. 시간에 또한 여유가 있다. 18 衰盛端(쇠성단) : 쇠는 노년(老年),

성은 장년(壯年), 단은 선택의 단서(端緖). 인생의 이합(離合) · 비환(悲歡)에는 노년(老年) · 장년(壯年)의 구별이 없다는 뜻이다. **19** 遲廻(지회) : 더디게 돌다. 주저주저하다. 머뭇거리다. **20** 萬國(만국) : 온 나라. 천하(天下). **21** 征戍(정수) : 변방(邊方)에 나아가 수비(守備)함. 여기에서는 전쟁(戰爭). **22** 岡巒(강만) : 언덕과 작은 산. 만은 작고 뾰족한 산. 일반적으로 산을 뜻한다. **23** 川原丹(천원단) : 천원은 냇물이 복판에 흐르는 들. 단은 붉다. **24** 盤桓(반환) : 머뭇거리며 떠나지 않음. **25** 蓬室居(봉실거) : 쑥대 집 같은 오막살이. 하찮은 주거(住居). **26** 塌然(탑연) : 땅이 갈라지는 모양.

감상

사방이 평화롭지 못하니 늘그막에 나도 편안할 수가 없다. 아들과 손자는 전쟁에서 모두 죽었으니 어찌 내 몸만 홀로 안전할까? 지팡이 던지고 문을 나서니 동행자가 다 괴로워한다. 나는 다행히 이는 성하지만 뼛골이 말라 버렸음이 슬프다. 그렇지만 나도 남자로서 전투복을 입었으니 경례를 하고 상관에게 고별告別해야 한다. 끌려가는 나를 본 늙은 아내는 길에 누워 우는데, 세모라 추운 때인데도 홑옷만 걸치고 있다. 누가 이것이 사별이 되는 줄 알랴? 또한 아내가 추위에 떠는 것이 안타깝다. 이번 가면 다시는 돌아오지 못할 줄 알면서도 식사 많이 하라는 아내의 당부하는 소리가 들린다.

토문의 성벽은 단단하고, 행원 땅으로는 적군이 건너오기 어렵단다. 지금 형세가 지난번 업성 밑에서 대패했던 때와는 달라 비록 죽는다 해도 그렇게 다급하지 않고 여유가 있을 것이다.

인생에는 이합집산離合集散이 있는 법, 그러나 노년과 장년의 구별은 없는 것이다. 옛날 젊었을 때를 생각하고 주저하면서 길이 탄식한다. 온 나라가 전쟁중이라 봉화는 모든 산에 이어졌고, 초목에는 시체가 쌓여 비린내가 코를 찌르며, 개울과 언덕에는 피가 흘러 붉다.

이런 판국에 어디라고 낙토樂土가 있을 것인가? 왜 주저하고 머뭇거리는가? 저 다북쑥 같은 오막살이일망정 버리고 떠나자니 덜컥 가슴이 찢어지는 것 같다.

늙고 병든 몸으로 마지막 남은 늙은 아내와 초가삼간을 버리고 입대入隊하는 노병老兵의 서러움과 한탄을 그린 평성平聲 한운寒韻의 오언고시다.

여설

이 시도 '삼리三吏' 시와 같은 시기에 지었을 것으로 본다. 다만 이 시 안에 '歲暮'라는 두 글자가 있어 759년(건원 2) 겨울, 진주秦州(지금의 감숙성 天水)에 있을 때 지었을 것이라고 보는 이도 있으나 확실치는 않다. 하여간 노경老境에 징병徵兵되어 하양으로 끌려가는 노인의 슬픔을 절실하게 표현하고 있다. 막바지 싸움에 병사가 모자라 늙은이도 끌려가는 당시의 비참한 사회상社會相을 사실적寫實的으로 잘 표현해 낸 명작名作이다.

두보시의도(杜甫詩意圖) 수로별(垂老別)

무가별 無家[1]別

두보(杜甫)

적막한 천보 이후에
정원과 오두막에는 쑥과 명아주 뿐이라.
우리 동네 백여 호가
난리에 사방으로 흩어졌네.
산 사람은 소식이 없고
죽은 이는 흙이 되었네.
천한 이 몸 전쟁에 패해서
돌아와 옛 오솔길 찾아보네.
오래 떠돌다 와 텅 빈 골목을 보니
햇살도 야위고 공기도 처량해 보이네.
다만 여우와 살쾡이 만나니
털을 세우고 날 보고 우짖네.
사방 이웃에는 무엇이 있는가?
한 두 늙은 과부뿐이라네.
깃들던 새는 본래의 나뭇가지를 사랑하니
어찌 또한 궁핍한 처소라고 사양할까?
바야흐로 봄이 되어 홀로 호미 메고
저물녘에 밭두렁에 물을 대네.
현의 관리가 내가 온 줄을 알고
나를 불러다 북 치는 연습을 시키네.
비록 이 고을 안에서의 일이지만

안을 둘러보아도 데리고 갈 사람이라곤 없네.
가까이 가도 이 한 몸 뿐이라
멀리 가면 마침내 떠돌이 신세일세.
집과 고향이 이미 다 없어졌으니
멀거나 가깝거나 이치는 매한가지네.
영원히 애통하기는 긴 병으로 작고한 어머니를
5년간이나 진구덩이에 버려둔 일이네.
나를 낳아 별 힘도 얻지 못하시고
평생 우리 모자는 슬퍼서 울었을 뿐이네.
사람이 살아 집 없는 이별을 하니
어찌 백성이라 하겠는가.

적막천보후 원려 단호려
寂寞天寶後[2] 園廬[3]但蒿藜[4]

아리백여가 세란각동서
我里百餘家 世亂各東西

존자무소식 사자위진니
存者無消息 死者爲塵泥[5]

천자 인진패 귀래심구혜
賤子[6]因陣敗[7] 歸來尋舊蹊[8]

구행 견공항 일수 기참처
久行[9]見空巷[10] 日瘦[11]氣慘悽[12]

단대호여리 수모 노아제
但對狐與狸 竪毛[13]怒我啼

사린하소유 일이로과처
四隣何所有 一二老寡妻

숙조 련본지 안사차궁서
宿鳥[14]戀本枝 安辭且窮棲[15]

방춘독하서 일모환관휴
方春獨荷鋤[16] 日暮還灌畦[17]

현리지아지 소령습고비
縣吏知我至 召令習鼓鞞[18]

수종본주역 내고 무소휴
雖從本州役[19] 內顧[20] 無所攜[21]

근행 지일신 원거종전미
近行[22] 止一身[23] 遠去終轉迷[24]

가향 기탕진 원근이역제
家鄉[25] 既蕩盡[26] 遠近理亦齊[27]

영통 장병모 오년 위구계
永痛[28] 長病母 五年[29] 委溝谿[30]

생아부득력 종신양산시
生我不得力 終身兩酸嘶[31]

인생무가별 하이위증려
人生無家別 何以爲蒸黎[32]

1 無家(무가) : 집 없는. 집, 곧 가족이 없다. **2** 天寶後(천보후) : 천보는 당나라 현종(玄宗)의 연호(年號). A.D. 742～755. 천보 후는 755년(천보 14) 안록산(安祿山) 난이 일어난 이후. **3** 園廬(원려) : 전원(田園)과 그 안에 있는 오두막집. **4** 蒿藜(호려) : 다북쑥과 명아주. 잡초(雜草). **5** 塵泥(진니) : 먼지와 진흙. 진토(塵土)와 같다. **6** 賤子(천자) : 비천한 남자, 곧 천한 나. 자기를 낮추어 이른 말. **7** 陣敗(진패) : 전쟁에서 패함. 759년(乾元 2) 3월에 당군(唐軍)이 상주(相州 : 鄴城)에서 패한 일. **8** 舊蹊(구혜) : 옛날의 작은 길. **9** 久行(구행) : 오랫동안 여행하다. 오랫동안 객지에 있었다. **10** 空巷(공항) : 사람이 없는 빈 골목. 텅 빈 마을. **11** 日瘦(일수) : 햇빛이 야위다. 태양광선도 약해진 듯 흐릿하다. **12** 氣慘悽(기참처) : 대기(大氣)가 처참하다. 공기도 쓸쓸하다. **13** 竪毛(수모) : 털을 세우다. **14** 宿鳥(숙조) : 묵는 새. 나무에 깃들인 새. **15** 窮棲(궁서) : 궁핍하게 삶. 궁한 대로 살아 나가다. **16** 荷鋤(하서): 호미를 메다. 호미질하여 밭을 맨다는 뜻. **17** 灌畦(관휴) : 밭두렁에 물을 대다. 밭에 물을 댄다. **18** 鼓鞞(고비) : 큰북과 작은북. 모두 전쟁을 알릴 때 쓰인다. **19** 本州役(본주역) : 본주는 자기가 사는 고을. 역은 일. **20** 內顧 (내고) : 가내(家內)를 돌아보다. 집안을 생각해 본다. **21** 所攜(소휴) : 이끌고 갈 바, 곧 가족. **22** 近行(근행) : 가까이 가다, 곧 본주(本州)에서 노역(勞役)하다. **23** 止一身(지일신) : 내 한 몸으로 끝난다, 곧 나 혼자라는 뜻. **24** 終轉迷(종전미) :

마침내 떠돌이로 방황하다. 떠돌이 신세가 될 것이다. **25** 家鄕(가향) : 내 집이나 고향. **26** 蕩盡(탕진) : 모두 없어지다. **27** 理亦齊(이역제) : 이치가 또한 같다. 집도 고향도 없으니 원근(遠近)을 막론하고 외롭기는 마찬가지다. **28** 永痛(영통) : 영원히 아프다. 언제까지나 가슴 아프게 여긴다. **29** 五年(오년) : 5년간. 755년(천보 14)부터 759년(건원 2)까지. **30** 委溝谿(위구계) : 위는 버리다. 구계는 도랑과 골짜기, 곧 돌아가신 어머니의 시체를 정식으로 장사지내지 못하고 임시로 가매장해 두다. **31** 兩酸嘶(양산시) : 양은 어머니와 자신. 산시는 괴로워 울다. **32** 蒸黎(증려) : 증은 중(衆), 려는 흑(黑)의 뜻으로 백성을 가리킨다. 검수(黔首)와 같은 뜻. 일반 백성은 갓을 쓰지 않고 머리를 거멓게 내놓으므로 이런 표현이 생겼다.

감상

천보 14년 안록산의 반란 이후에는 세상이 하도 황폐해져 전장田庄과 농막農幕에는 다북쑥과 명아주 같은 잡초만 우거져 있다. 우리 동네는 원래 백여 가구였는데, 난리가 나자 각자 사방으로 흩어져 버렸다. 그래서 산 사람은 소식이 없고, 죽은 사람은 진흙 속에 묻혀 있는 상태다.

보잘것 없는 나도 전쟁에서 패하고 고향으로 돌아와 동네의 옛 골목길을 찾아보았다. 그러나 오랜 출행 후라 빈 골목만 보이고, 햇빛마저 야윈 듯 공기도 처참하게 느껴진다. 다만 여우와 살쾡이 등 들짐승을 만나니 그 놈들이 털을 곤두세우고 나를 보더니 노려본다.

사방 이웃에는 아무도 없고 한두 늙은 과부만이 있을 뿐이다. 저 나무에 깃들이는 새들은 본래의 나뭇가지를 사랑하는 법, 나도 고향에 왔으니 궁한 살림살이라고 어찌 내버릴 수가 있는가? 바야흐로 때는 봄철이라 나홀로 호미 메고 밭에 나가 일을 하다가 저녁에는 또한 밭에 물을 주기도 한다.

그런데 이 고을의 관리가 내가 돌아온 것을 알고, 나를 데려다 북치는 연습을 시킨다. 전쟁을 알리는 신호로 치는 북이다. 비록 그 북치는 일이 이 고을에서의 일이지만 집안을 둘러봐야 데리고 갈, 또

두보시의도(杜甫詩意圖) 무가별(無家別)

가져갈 것 하나도 없다. 가까이 가도 이 혼자의 몸 뿐이요, 멀리 가도 나 혼자 떠돌이가 되는 것이다. 고향이 이미 다 폐허가 되었으니 원근을 불문하고 외톨이 신세는 마찬가지다.

늘 가슴 아픈 것은 오랫동안 병으로 앓다가 돌아가신 어머니를 5년간이나 골짜기에 방치한 것이다. 어머니는 나를 낳았으나 나에게서 아무런 도움을 받지 못했고, 우리 모자는 둘 다 진탕 고생만 했었다. 사람으로 태어나 가정도 없이 떠나니, 어찌 내가 하나의 백성이라고 할 수가 있겠는가?

전쟁에서 패하고 돌아오자마자 바로 다시 군인으로 끌려가는 외톨이 노병의 신세를 거침없이 표현하여 민중의 괴로움을 폭로한 평성平聲 제운齊韻의 오언고시다.

여설

앞의 '삼리三吏'와 같은 시기에 지은 것으로, 가족도 없는 신세가 되어 두 번씩 입대해야 하는 노병의 서글픈 정경을 읊은 시로 어머니에 대한 효孝로 끝맺음을 하고 있다. 앞의 '수로별垂老別'이 나라에 대한 충忠으로 끝을 맺은 것과 대조를 이루어 재래在來로 『삼백편三百篇(시경)』의 뒤를 이을 만하다고 평가받고 있다.

특히 '삼별三別'은 한 운韻을 써서 일운도저一韻到底로 장편長篇을 이룬 것도 한 장점이라 하겠다.

촉상 蜀相[1]

두보(杜甫)

승상의 사당을 어느 곳에 가 찾을까?
금관성 밖 잣나무 울창한 곳이로다.
계단에 비치는 푸른 풀은 저절로 봄빛을 띠었고
잎 사이의 노란 꾀꼬리는 부질없이 좋은 노래 부르네.
삼고초려로 자주 천하를 안정할 계획을 말했고,
유비劉備 · 유선劉禪 양조兩朝에서 노신의 마음을 다 바쳤도다.
군사를 움직여 승리하지도 못하고 몸이 먼저 죽으니
길이 영웅으로 하여금 눈물이 옷깃에 가득 차게 하네.

승 상　사 당 하 처 심　금 관 성　외 백 삼 삼
丞相[2]祠堂何處尋　錦官城[3]外柏森森
영 계 벽 초 자 춘 색　격 엽 황 리 공 호 음
映階碧草自春色　隔葉黃鸝空好音
삼 고　빈 번 천 하 계　양 조　개 제　로 신 심
三顧[4]頻繁天下計　兩朝[5]開濟[6]老臣心
출 사　미 첩 신 선 사　장 사 영 웅 루 만 금
出師[7]未捷身先死　長使英雄淚滿襟

1 蜀相(촉상) : 촉한의 승상(丞相). 삼국시대(三國時代) 촉한(蜀漢)의 명재상(名宰相) 제갈량(諸葛亮 : 181～234)을 말한다. **2** 丞相(승상) : 천자(天子)를 보좌(補佐)하는 재상(宰相). **3** 錦官城(금관성) : 성도(成都)의 서성(西城)을 말한다. 천자가 이용하는 비단을 짜는 곳이 여기에 있었고, 그 일을 감독하는 관리가 있어 그를 금관이라 부르다가 나중에는 이곳 지명의 별칭(別稱)이 되었다. **4** 三顧(삼고) : 세 번 돌보다. 제갈량이 융중(隆中)에 은둔해 있을 때, 유비가 세 번이나 찾아가

천하통일(天下統一)의 계책을 묻고 그의 출마(出馬)를 애걸했다. **5** 兩朝(양조) : 두 조정. 유비와 유선(劉禪) 부자(父子)의 조정(朝廷). **6** 開濟(개제) : 창업(創業)을 잘 열고, 수성(守成)의 미를 이루었다는 뜻으로 본다. 그러나 고난을 헤치고 구제한다는 뜻으로 보기도 한다. 여러 설(說)이 있다. **7** 出師(출사) : 출병(出兵). 군대를 출동시키는 일. 제갈량이 위나라를 치려고 후주(後主)에게 '출사표(出師表)'를 올리고 출병(出兵)하여 위나라 장수 사마의(司馬懿)와 싸웠으나 마침내 오장원(五丈原 : 현재 섬서성 미현(郿縣) 서남쪽)에서 54세로 병몰(病沒)한 일을 뜻한다.

감상

촉한의 재상 제갈공명의 사당祠堂이 어디에 있는가? 금관성 밖의 잣나무 숲이 바로 그곳이다. 사당의 계단에 비치고 있는 푸른 풀들은 그것들 멋대로 봄빛을 띠고 있고, 나무 위 잎 사이로 넘나드는 꾀꼬리는 들어 주는 사람 없이도 좋은 소리로 울고 있다. 옛날 선주先主 유비는 제갈량을 삼고초려해서 천하를 통일할 계획을 자주자주 물었고, 공명은 유비 · 유선 부자의 두 조정에 걸쳐 창업과 수성을 이루느라고 늙은 신하의 진심을 다했도다.

그러나 위나라를 치러 군사를 출동하여 전선에 나섰으나 승리하기도 전에 자신이 먼저 죽으니, 이 사실을 아는 후세의 영웅들이 길이 눈물을 옷깃에 가득 채우게 된다.

여설

760년(上元 원년) 봄, 두보가 49세 때 지은 것이다. 전년前年 12월에 그는 진주秦州 · 동곡同谷을 지나 성도成都로 와 이듬해 봄에 성도성成都城 서북에 있는 제갈무후사諸葛武侯祠를 찾아보고, 사당의 풍경과 회고의 정을 토로한 시다. 제갈량을 경모하는 심정을 잘 나타낸 평성平聲 침운侵韻의 칠언율시다.

강촌江村

두보(杜甫)

맑은 강이 한 굽이 마을을 안고 흐르는데
긴 여름 강가 마을에는 일마다 한가롭다.
스스로 들락날락하는 대들보 위의 제비,
서로 친해져 가까이 오는 물속의 갈매기.
늙은 아내 종이에다 바둑판을 그리고
어린 자식 바늘 두드려 낚시를 만드네.
많은 병에 필요한 것은 오직 약물이니
보잘것없는 이 몸 이 외에 다시 무엇이 필요한가?

청강일곡포촌류 장하강촌사사유
清江一曲抱村流　長夏江村事事幽

자거자래 양상연 상친상근 수중구
自去自來[1]梁上燕　相親相近[2]水中鷗

노처화지위기국 치자고침작조구
老妻畵紙爲碁局[3]　稚子敲針作釣鉤[4]

다병소수유약물 미구 차외갱하구
多病所須惟藥物　微軀[5]此外更何求

1 自去自來(자거자래) : 제멋대로 갔다 왔다 한다. **2** 相親相近(상친상근) : 나에 대해 친해져 가까이 오다. 『열자(列子)』〈황제편(黃帝篇)〉에 '이쪽에서 해칠 뜻이 없으면 갈매기는 친해져 가까이 오지만, 해칠 뜻이 있으면 가까이 오지 않는다' 고 한 이야기가 있다. **3** 碁局(기국) : 바둑판. **4** 釣鉤(조구) : 낚싯바늘. **5** 微軀(미구) : 미천한 몸. 자신을 겸손하게 이른 말.

감상

맑은 강이 한번 휘어져 시골 마을을 안고 흐르고 있다. 긴긴 여름에 강가 마을은 너무나도 한가하여 모든 일이 그윽하다. 대들보 위에 집을 짓는 제비는 제멋대로 대들보 위를 드나들고 귀여워하니, 친해져 가까이 오는 것은 강물 속의 갈매기다. 늙은 아내는 종이에다 바둑판을 그려 놓고, 어린 아이놈은 바늘을 두드려 낚싯바늘을 만들고 있다. 이렇게 한가한 생활 속에 여러 병이 겹친 나에게 필요한 것은 약뿐이다. 하찮은 이 내 몸이 이 약 외에 다시 무엇을 구할 것이 있겠는가?

강가 한가한 마을에서 보고 느끼는 정경과 대단치 않은 자신의 소원을 토로하고 있다. 평성平聲 우운尤韻의 칠언율시다.

여설

760년(상원 원년) 여름, 두보가 49세 때 성도成都 금강錦江 곁에 초당草堂을 짓고 살 때 강촌의 평화로움을 서술한 시다.

그런데 결련結聯의 첫 구 '多病所須惟藥物'이 '但有故人供祿米'로 된 판본도 있다. 곧 '다만 친구가 있어 녹미祿米를 제공해 주어'라고 한 것은 친구가 생활비를 대주어 잠시나마 평온하게 살며 시작詩作에 열중할 수 있었음을 의미하는 것이다.

춘야희우 春夜喜雨

두보(杜甫)

좋은 비가 시절을 알아
봄을 맞자 곧 오기 시작하네.
바람을 따라 밤에까지 스며들며
만물을 적시되 가늘어 소리도 없네.
들길에는 구름으로 모두 컴컴하고
강의 배에는 불도 홀로 밝네.
새벽에 붉게 젖은 곳을 보니
꽃이 금관성錦官城에 묵직하네.

호우 지시절 당춘내발생
好雨[1]知時節[2] 當春乃發生[3]
수풍잠입야 윤물세무성
隨風潛入夜[4] 潤物細無聲
야경 운구흑 강선 화독명
野徑[5]雲俱黑[6] 江船[7]火獨明
효간홍습처 화중 금관성
曉看紅濕處 花重[8]錦官城[9]

1 好雨(호우) : 봄비. 봄비는 가장 좋은 비라 이렇게 불렀다. **2** 時節(시절) : 내려야 할 때. 비 올 때. **3** 發生(발생) : 나타나다. 비가 오기 시작하다. 만물을 싹트게 한다로 보기도 한다. **4** 潛入夜(잠입야) : 소리 없이 밤까지 계속 오다. **5** 野徑(야경) : 들길. 경은 사람이 겨우 다니는 오솔길. **6** 俱黑(구흑) : 함께 검다. 구름이 짙게 깔려 근처 사물들이 모두 검게 보인다. **7** 江船(강선) : 강에 떠 있는 고기잡이 배. **8** 花重(화중) : 꽃이 비에 젖어 무겁다. **9** 錦官城(금관성) : 성도(成都).

감상

좋은 비가 스스로 올 때를 알아 봄이 되자마자 내려 만물을 싹트게 한다. 비는 바람을 따라 밤으로 이어져 오며, 만물을 적시되 빗줄기가 가늘어 소리도 없이 온다. 들판의 소로小路에는 얕게 드리운 구름이 주위의 모든 것과 함께 컴컴하고, 다만 강 속에 있는 고깃배의 불만이 홀로 반짝이고 있다.

날이 밝아 새벽이 되어 붉게 물든 곳을 보니 금관성 밖의 꽃들이 비에 젖어 묵직하게 느껴진다.

봄비 내리는 밤의 풍경과 비온 뒤의 경치를 생각해 본 감각적인 표현의 시다. 평성平聲 경운庚韻의 오언율시다.

여설

761년(상원 2) 봄에, 두보가 성도의 서쪽 교외郊外의 완화계浣花溪에서 자신이 고심苦心해서 지은 초당草堂으로 이전한 당시에 지은 시로, 비교적 안정된 생활을 할 때 지은 것이다. 자연만물自然萬物에 대한 흥미를 읊었다.

이 시의 기련起聯은 활유법活喩法, 승承·전련轉聯은 명대구名對句로 볼 것이다.

완화계(浣花溪)

절구絶句 2수二首

두보(杜甫)

제1수

더디게 지나가는 햇볕에 강과 산이 곱고
봄바람에 꽃과 풀이 향기롭네.
진흙이 녹으니 제비가 날아와 물어가고
모래밭 따뜻하자 원앙새 앉아 조네.

지일 강산려 춘풍화초향
遲日[1]江山麗 春風花草香
니융 비연자 사난 수원앙
泥融[2]飛燕子 沙暖[3]睡鴛鴦

1 遲日(지일) : 더딘 날. 곧 날이 길어 언제까지도 저물 것 같지 않게 느껴지는 봄날. **2** 泥融(니융): 진흙이 녹다. 진흙이 봄이 되어 녹으면 제비가 그것을 물어 가서 집을 짓는다. **3** 沙暖(사난) : 모래밭이 날씨가 풀려 따뜻하다.

제2수

강이 짙푸르니 새가 더욱 희고
산이 푸르니 꽃이 불타는 것 같구나.
올 봄을 맞는 중에 또 지나가니
어느 날이 곧 돌아갈 해인가?

강벽 조유 백 산청화욕연
江碧[4]鳥逾[5]白 山青花欲燃[6]

금춘간 우과 하일시귀년
今春看[7]又過 何日是歸年

4 碧(벽) : 벽옥(碧玉)같이 짙푸르다. **5** 逾(유) : 유(愈)와 같다. 더욱.
6 燃(연) : 연(然)과 같다. 타다. **7** 看(간) : 보고 있는 중에.

감상

제1수

긴긴 봄날에 강산이 몹시 아름답고, 봄바람에 화초도 향기롭다. 날씨가 완전히 풀려 진흙이 녹자 제비는 그것을 물어다 집을 짓느라고 야단이고, 강가 모래밭에는 모래알이 따뜻하니 원앙이 쌍쌍이 그 위에서 졸고 있다.

평성平聲 양운陽韻의 오언절구다.

제2수

강물이 벽옥 같이 짙푸르니 그 위에 떠 있는 흰 새는 더욱 희고, 산이 푸르니 그 산에 있는 꽃은 마치 불이 타는 듯이 붉다.

이런 봄을 구경하며 또 헛되이 지나가니 어느 날이 내가 고향으로 돌아갈 때인가? 세월도 무심하다.

가는 봄을 아쉬워하며 망향望鄕의 생각에 젖어 있음을 나타낸 평성 선운先韻의 오언절구다.

여설

절구란 한시체漢詩體의 일종인데, 알맞는 제목이 없을 때 대용代用하기도 한다. 이 시의 제목이 바로 그런 것이다.

이 시는 두보가 764년(광덕 4) 봄 53세 때 성도成都의 완화계浣花溪의 초당草堂에 있을 때 지은 것이다.

제1수에서는 봄 풍경의 한 단면을 그림처럼 묘사하여 한 폭의 그림을 감상하는 것 같고, 제2수에서는 봄 풍경과 더불어 망향의 그리움을 곁들여 고향을 그리는 심정을 나타내고 있다. 고래로 명시名詩로 널리 읽혀지고 있다.

두보초당비정(杜甫草堂碑亭)

추흥秋興 8수八首

두보(杜甫)

제1수

옥 같은 이슬 단풍 든 숲을 시들게 하여
무산과 무협에는 가을 기색이 소슬하고 삼엄하네.
장강長江의 파도는 하늘까지 용솟음치고
변방邊方을 덮은 풍운은 땅에 닿아 음침하네.
무더기 국화가 두 번 피니 지난날이 눈물겹고
외로운 배에 한결같이 고향 생각이 매여 있노라.
겨울 옷 마련하느라 곳곳에서 바느질 재촉하니
백제성이 높은데 저녁 다듬이 소리도 급하네.

옥로조상 풍수림 무산무협기소삼
玉露凋傷[1]楓樹林 巫山巫峽氣蕭森[2]
강간파랑겸천용 새상풍운접지음
江間波浪兼天湧[3] 塞上風雲接地陰[4]
총국 양개 타일루 고주일계 고원심
叢菊[5]兩開[6]他日淚[7] 孤舟一繫[8]故園心[9]
한의 처처최도척 백제성고급모침
寒衣[10]處處催刀尺[11] 白帝城高急暮砧[12]

1 凋傷(조상) : 시들고 상하게 하다. 쇠하여 볼품이 없게 하다. 2 蕭森(소삼) : 쓸쓸하고 삼엄하다. 3 兼天湧(겸천용) : 하늘까지 치솟아 오르다. 4 接地陰(접지음) : 땅까지 이어져 음침하다. 5 叢菊(총국) : 다발로 핀 국화. 무리 지어 핀 국화. 6 兩開(양개) : 두 번 피다. 작년 가을과 금년 가을에 두 번 피다. 7 他日淚(타일루) : 타일은 지난날, 또는 후일(後日)로 보기도 한다. 그러나 왕일(往日)로 보는 편이 많다.

작년에도 국화를 보고 눈물 흘렸더니, 금년에 또 보고 눈물을 흘리니, 꽃과 눈물 양쪽을 관련시켜 양개로 봄이 좋을 듯하다고도 한다. **8** 一繫(일계) : 한결같이 매다. 일심(一心)으로 매여 있다. **9** 故園心(고원심) : 고향을 생각하는 마음. **10** 寒衣(한의) : 겨울 옷. **11** 刀尺(도척) : 가위와 자. 재봉(裁縫)을 뜻한다. **12** 暮砧(모침) : 저물녘의 다듬이질. 침은 다듬잇돌.

제2수

기부의 외로운 성에 지는 해가 비끼니
매양 북두칠성에 의지하여 경화를 바라보네.
원숭이 소리를 세 마디 듣고 실로 눈물 흘리니,
사명使命을 받들고 8월의 뗏목을 헛되이 따르네.
화성의 향로는 베개의 엎드림과 어긋나고
산루의 칠한 담벽에서는 슬픈 피리 소리 은은하네.
청컨대 보라, 돌 위의 등나무·댕댕이 넌출에 비치는 달이
이미 모래톱 앞 갈대꽃에 비치는 것을.

기부 고성락일사 매의북두 망경화
夔府[13]孤城落日斜 每依北斗[14]望京華[15]

청원실하삼성루 봉사허수팔월사
聽猿實下三聲淚[16] 奉使虛隨八月槎[17]

화성 향로 위복침 산루 분첩 은비가
畵省[18]香爐[19]違伏枕[20] 山樓[21]粉堞[22]隱悲笳[23]

청간석상등라월 이영주전노적화
請看石上藤蘿月[24] 已映洲前蘆荻花[25]

13 夔府(기부) : 기주성(夔州城). 640년(貞觀 14) 당나라에서는 기주에 도독부(都督府)를 설치했다. **14** 北斗(북두) : 북두칠성. 남두(南斗)로 된 판본(板本)도 있다. **15** 京華(경화) : 화려한 서울, 곧 서울인 장안(長安). **16** 聽猿實下三聲淚(청원실하삼성루) : 『수경주(水經注)』에 이

지방의 어부들의 노래에 '파동(巴東)의 삼협(三峽) 중 무협(巫峽)이 가장 길다. 원숭이 우는 소리 세 마디에 눈물이 옷깃을 적신다(巴東三峽巫峽長 猿呼三聲淚霑裳)' 란 구절이 있다. 이 노래의 내용 그대로 원숭이의 울음 소리가 슬프다는 뜻이다. **17** 奉使虛隨八月槎(봉사허수팔월사) : 『박물지(博物志)』에 바닷가에 사는 어떤 사람이 어느 해 8월에 흘러온 뗏목을 타고 가니, 하늘의 냇물에 도착했다는 이야기가 있다. 또 『형초세시기(荊楚歲時記)』에는 전한(前漢)의 장건(張騫)이 무제(武帝)의 영(令)을 받아 서방(西方) 제국(諸國)에 사신으로 갔을 때, 뗏목을 타고 황하(黃河)의 근원(根源)으로 거슬러 올라가니 하늘의 개울에 도착했다는 이야기가 있다. 두보의 위 시구(詩句)에서는 이 두 가지 전고(典故)를 혼합(混合)하여 인용(引用)했다. 곧 장건은 사명(使命)을 받들어 뗏목을 타고 하늘에 갔었으나, 두보 자신은 그때 검교공부원외랑(檢校工部員外郎)에 있으면서 촉 땅에 와 제구실을 못하고 중도하차(中途下車)한 격이라 헛되이 세월만 보낸다고 해서 허수(虛隨)라고 표현했다. 그리고 8월은 음력 추(秋) 8월로 보기도 하고, 두보가 기주에 온 지 8개월 째라고 보기도 한다. **18** 畵省(화성) : 상서성(尙書省)의 이칭(異稱). 상서성 벽에 옛날 성인(聖人)과 열사(烈士)들의 상을 그려놓았기 때문에 화성이라 불렀다. 두보의 검교공부원외랑 벼슬이 상서성에 속해 있기 때문에 이렇게 표현한 것이다. **19** 香爐(향로) : 향불을 피우는 화로. 상서성의 관리가 숙직(宿直)할 때 시녀(侍女) 2명이 향로를 가져와 그들의 의복을 향내 나게 하기 위하여 향을 피웠다. **20** 違伏枕(위복침) : 위는 어긋나다. 복침은 베개에 엎드려 자다. 곧 상서성에 근무하며 향로에 옷을 쬐어야 하는데, 두보는 지금 상서성을 떠나 기주에 와서 베개를 베고 잠이나 자니 상서성 근무(勤務)와는 아주 어긋나 있다는 뜻이다. **21** 山樓(산루) : 기주성의 성루(城樓). **22** 粉堞(분첩) : 흰 흙을 바른 성벽 위의 작은 담. **23** 隱悲笳(은비가) : 은은 아련하다, 몽롱하다의 뜻. 비가는 슬픈 호루라기 소리, 곧 성 위에서 나는 구슬픈 호루라기 소리가 은은히 들려온다는 뜻이다. **24** 藤蘿月(등라월) : 등나무 · 댕댕이 넌출에 달이 비치다, 또는 등라에 비치는 달. **25** 蘆荻花(노적화) : 갈대꽃.

제3수

천호千戶의 산성山城에는 아침 햇빛 조용한데

날마다 산 중턱에 있는 강가 누각에 앉아 있네.

며칠 전부터 묵고 있는 어부들은 또한 배타고 강 위를 떠다니고

맑은 가을에 모여 있는 제비는 멋대로 펄펄 날고 있네.

광형마냥 상소上疏를 올렸으나, 나는 공명이 박해졌고,

유향과 같이 경전經典을 전하려 하나, 나는 심사가 어긋나 버렸네.

동학 소년들은 대체로 귀한 직위에 올라

오릉 근처에서 가벼운 옷 입고 살찐 말 타고 다니네.

천가 산곽 정조휘 일일강루좌취미
千家[26]山郭[27]靜朝暉[28] 日日江樓坐翠微[29]

신숙 어인환범범 청추연자고비비
信宿[30]漁人還汎汎[31] 淸秋燕子故飛飛[32]

광형 항소 공명박 유향 전경 심사위
匡衡[33]抗疏[34]功名薄[35] 劉向[36]傳經[37]心事違[38]

동학소년다불천 오릉 의마자경비
同學少年多不賤 五陵[39]衣馬自輕肥[40]

26 千家(천가) : 천호(千戶)의 집. **27** 山郭(산곽) : 산에 의지한 성곽(城郭), 곧 기주를 뜻한다. **28** 朝暉(조휘) : 아침 햇살. 조광(朝光). **29** 翠微(취미) : 산 중턱. 산 기운이 파랗게 감도는 곳. **30** 信宿(신숙) : 이틀 밤을 묵음. **31** 汎汎(범범) : 배가 여기저기로 가볍게 떠도는 모양. **32** 飛飛(비비) : 펄펄 날아다니는 모양. **33** 匡衡(광형) : 한나라 원제(元帝) 때 학자. 자주 상소하여 시사(時事)를 논해 광록대부(光祿大夫) · 태자소부(太子少傅)에 이르렀다. 그는 젊어서 몹시 가난하여 등불이 없어 이웃집 벽을 뚫고 거기에서 새어 나오는 불빛으로 책을 읽었다는 일화가 있다. **34** 抗疏(항소) : 상소문(上疏文)을 올리다. **35** 功名薄(공명박) : 공명이 박하다. 광형(匡衡)은 상소하여 출세했으나, 두보는 그렇지 못했다는 뜻. 지난 날 두보는 좌습유(左拾遺)로 있을 때, 실각(失脚)한 재상(宰相) 방관(房琯)을 변호하다가 숙종(肅宗)의 노여움을 사 실직

(失職) 당했었다. **36** 劉向(유향) : 한나라 성제(成帝) 때 학자. 그는 조정(朝廷)의 모든 책을 교정하고 정리했는데, 그의 아들 유흠(劉歆)이 뒤를 이어 그 직책을 계승했다. **37** 傳經(전경) : 경서(經書), 곧 고전(古典)을 후세에 전함. **38** 心事違(심사위) : 마음에 바라는 일이 어긋나다. 유향은 전경의 사업을 완료했으나 두보는 그것도 이루지 못했다는 뜻이다. **39** 五陵(오릉) : 5기(基)의 왕릉(王陵), 곧 한나라 고제(高帝)의 장릉(長陵)·혜제(惠帝)의 안릉(安陵)·경제(景帝)의 양릉(陽陵)·무제(武帝)의 무릉(茂陵)·소제(昭帝)의 평릉(平陵)이 모두 장안에 있다. 이 오릉 근처에는 부귀호협(富貴豪俠)한 사람들이 많이 살았었다. **40** 輕肥(경비) : 가볍고 살찌다. 경구비마(輕裘肥馬 : 가벼운 갖옷과 살찐 말)의 준말. 『논어(論語)』 〈옹야편(雍也篇)〉에 '적(赤 : 인명)이 제나라에 갈 때 살찐 말을 타고, 가벼운 옷을 입었다(赤之適齊也 乘肥馬 衣輕裘).' 라고 한 데서 나온 말. 호사(豪奢)롭다는 뜻.

한무제(漢武帝) 무릉(茂陵)

제4수

듣자니 장안은 바둑 두는 일 같아

백 년의 세상 일이 슬픔을 이기지 못하겠네.
왕후의 저택은 모두 새로운 주인이요,
문무관文武官의 의관이 옛날과 다르네.
곧바로 북쪽 관산에는 쇠북소리 울리고
서방을 정벌하는 군대는 가장 빠른 회신回信을 띄워 오네.
어룡이 적막하고 가을 강이 찬데
고국에 대하여는 평생에 생각하는 바가 있도다.

문도 장안사혁기　백년 세사불승비
聞道[41]長安似奕棋[42]　百年[43]世事不勝悲

왕후제택 개신주　문무의관 이석시
王侯第宅[44]皆新主　文武衣冠[45]異昔時[46]

직북관산금고 진　정서 차마우서 치
直北關山金鼓[47]震　征西[48]車馬羽書[49]馳

어룡 적막추강랭　고국 평거 유소사
魚龍[50]寂寞秋江冷　故國[51]平居[52]有所思

41 聞道(문도) : 말하는 것을 듣는다. 도는 말하다, 곧 들은 바에 의하면. **42** 奕棋(혁기) : 바둑. 바둑과 같다〔사혁기(似奕棋)〕는 뜻은 바둑 내기를 할 때, 엎치락뒤치락하듯이 상태의 변화가 무상함을 가리킨다. 장안은 756년(至德 원년) 안록산에게 점령당했다가 이듬해에 곽자의에 의해 회복되고, 또 763년(廣德 원년)에는 토번(吐蕃)에게 점령되었다가 또 곽자의에 의하여 회복된 것을 비유함. **43** 百年(백년) : 인간의 일생. **44** 第宅(제택) : 제도 집을 나타낸다, 곧 저택. **45** 衣冠(의관) : 옷과 갓. 의관을 한 사람, 곧 정부(政府)의 고관(高官). **46** 異昔時(이석시) : 옛날과 다르다. 안록산의 난 이후에는 티베트의 장수와 환관(宦官)들이 고관을 모두 차지하고 있었다. **47** 金鼓(금고) : 종고(鐘鼓)와 같다. 종과 북. 회흘(回紇 : 위구르)의 침입을 알리는 일. **48** 征西(정서) : 서쪽으로 정벌하다. 토번을 정벌하기 위하여 군대를 출동시키는 일. **49** 羽書(우서) : 새 깃을 붙인 군용(軍用) 문서(文書). 새깃을 붙이는 것은 지급(至急)을 뜻한다. 치(馳)는 달리다. 지(遲)로 된 곳도 있다. **50** 魚龍(어룡) : 물고기와 용. 어룡은 가을을 밤으로 여겨 추분(秋分)

이 되면 깊이 수중(水中)으로 숨는다 한다. **51** 故國(고국) : 고향인 국도(國都). **52** 平居(평거) : 평생(平生)과 같다.

제5수

봉래궁의 문은 남산을 대하고 있고,
승로반承露盤의 쇠기둥은 높은 하늘 사이에 솟아 있네.
서쪽으로 요지를 바라보니 서왕모西王母가 내려오고
동쪽으로는 붉은 기운이 다가와 함곡관函谷關에 가득 차네.
구름이 꿩의 꼬리에 옮기니 궁선宮扇이 열리고
해가 용의 비늘에 어리니 성상聖上의 용안龍顔인 줄 알겠네.
한 번 창강에 누워 해가 늦어감에 놀라니
몇 번이나 청쇄문青瑣門으로 조회반열朝會班列에 참석했는가?

봉래 궁궐 대남산 승로금경 소한 간
蓬萊[53]宮闕[54]對南山[55] 承露金莖[56]霄漢[57]間

서망요지 강왕모 동래자기 만함관
西望瑤池[58]降王母 東來紫氣[59]滿函關

운이치미 개궁선 일요용린 식성안
雲移雉尾[60]開宮扇 日繞龍鱗[61]識聖顔

일와창강 경세만 기회청쇄 점조반
一臥滄江[62]驚歲晚[63] 幾回青瑣[64]點朝班[65]

53 蓬萊(봉래) : 봉래궁(蓬萊宮). 한나라 궁전(宮殿) 이름. 한나라를 빌어 당나라를 말하는 것이다, 곧 장안의 대명궁(大明宮)을 뜻한다. **54** 宮闕(궁궐) : 궁문(宮門). **55** 南山(남산) : 장안 동남방에 있는 종남산(終南山)을 말한다. **56** 承露金莖(승로금경) : 승로반의 구리 기둥을 뜻한다. 승로반은 이슬을 받는 쟁반, 곧 한나라 무제(武帝)가 구리로 선인(仙人)의 거상(巨像)을 만들었는데, 그 선인의 손 위에 큰 쟁반을

올려 놓고 거기에 고인 이슬에 옥 가루를 섞어 마시면 장생(長生)한다고 하여 장수(長壽)하기 위하여 만들었던 기구다. 당나라 때는 이 구리 기둥은 없어졌었다. **57** 霄漢(소한) : 높고 큰 하늘. 대공(大空). **58** 瑤池(요지) : 곤륜산(昆崙山)에 있다는 선녀 서왕모가 사는 곳. 옛날 주나라 목왕(穆王)이 곤륜산에 놀러 갔다가 서왕모에게 초대되어 요지 가에서 대접을 받았다는 이야기가 『열자(列子)』에 보인다. **59** 東來紫氣(동래자기) : 『열선전(列仙傳)』에 노자(老子)가 서방(西方)으로 가려고 함곡관에 이르렀을 때 관윤(關尹)인 희(喜)가 붉은 기운이 동쪽으로부터 다가오는 것을 보고 진인(眞人)이 이곳을 통과할 줄을 알았다. 당나라 조정은 이씨(李氏)로 노자를 선조(先祖)로 여겼기 때문에 이렇게 표현한 것이다. **60** 雲移雉尾(운이치미) : 치미는 꿩의 꼬리털로 만든 큰 부채. 궁에서 쓰는 부채인 궁선(宮扇)의 한 종류. 운이란 좌우로 열리는 궁선을 구름에 비유해 말한 것이다. 옛날 천자가 옥좌(玉座)에 나아가려 할 때, 좌우에서 받쳐들고 가리고 있다가 옥좌에 앉으면 이 궁선을 바로 열었다. 그래서 용안을 볼 수 있었다. **61** 龍鱗(용린) : 용의 비늘. 천자의 옷에는 용이 서려 있는 수를 놓았다. 그 옷을 곤룡포(袞龍袍)라 한다. 일광(日光)이 곤룡포에 비치니 성상의 용안을 알겠다는 뜻이다. **62** 滄江(창강) : 기주 앞을 흐르는 장강을 뜻한다. **63** 歲晩(세만) : 세월이 지나가다. 내 몸이 늙어감을 뜻한다. **64** 靑瑣(청쇄) : 쇄는 쇄(鎖)와 같다. 문에 자물쇠 모양을 조각하고 청색(靑色)으로 칠했기 때문이다. **65** 點朝班(점조반) : 점은 점호(點呼). 조반은 조정(朝廷)의 반열(班列). 조정반열에 나가려고 점호를 받다. 두보가 좌습유의 벼슬로 장안 궁중에 출사(出仕)한 것은 757년(지덕 2) 10월부터 이듬해인 758년 6월까지, 두보의 나이 46～47세 때였다.

제6수

구당협 입구와 곡강의 머리가
만리의 풍연으로 가을에 이어져 있네.
화악루의 협성에는 왕기王氣가 통해 있었으나,
부용원芙蓉苑 작은 동산이 변경邊境을 방황하는 내 근심속으로 들어오네.

구슬 발 · 수놓은 기둥은 황색의 고니를 둘러싸 있고,
비단 닻줄 · 상아 돛대는 흰 갈매기를 날게 했었네.
고개를 돌리니 아리따운 가무하던 곳이었는데
진 지방은 예로부터 제왕의 고을이라.

구당협구 곡강두 만리풍연 접소추
瞿塘峽口[66] 曲江頭[67] 萬里風煙[68] 接素秋[69]

화악협성 통어기 부용소원 입변수
花萼夾城[70] 通御氣[71] 芙蓉小苑[72] 入邊愁[73]

주렴수주 위황혹 금람아장 기백구
珠簾繡柱[74] 圍黃鵠[75] 錦纜牙檣[76] 起白鷗

회수가련 가무지 진중 자고제왕주
回首可憐[77] 歌舞地 秦中[78] 自古帝王州[79]

66 瞿塘峽口(구당협구) : 구당협의 입구(入口). 구당협은 삼협의 하나로 기주 동방(東方)에 있다. **67** 曲江頭(곡강두) : 곡강 가. 곡강은 장안 동남에 있는 유원지로, 여기에는 이궁(離宮)과 어원(御苑)이 있었다. **68** 風煙(풍연) : 바람과 연기. 바람에 나부끼는 안개. **69** 接素秋(접소추) : 소추는 백추(白秋)로 가을을 뜻한다. 오행(五行)에서 가을은 백(白)에 해당한다. 구당협 입구와 곡강 가의 사이가 만 리나 되게 멀지만 가을이라 그 사이에는 안개가 바람에 나부껴 함께 이어져 있다는 뜻이다. **70** 花萼夾城(화악협성) : 화악은 장안 남쪽에 있는 흥경궁(興慶宮)의 서남쪽에 있는 누각 이름. 협성은 좌우를 벽으로 쌓아 길게 만든 낭하(廊下). 양쪽을 성벽으로 만든 복도(複道). 이 협성은 화악루(花萼樓)를 지나 곡강의 부용원까지 통해 있었다. **71** 通御氣(통어기) : 천자가 행차(行次)하여 임금의 기운이 통해 있다. **72** 芙蓉小苑(부용소원) : 부용원의 작은 동산. 곡강 가에 있었는데, 거기에는 부용화(芙蓉花)가 많이 피어 있어 이런 이름이 생겼다. **73** 入邊愁(입변수) : 변방의 수심(愁心) 속으로 들어가다. 난리통에 안록산의 군대가 이곳으로 쳐들어왔었음을 나타낸다고 보기도 하고, 변방을 떠도는 작자의 수심 속에 떠오른다고 보기도 한다. **74** 珠簾繡柱(주렴수주) : 구슬로 꾸민 발과 수를 놓은 천으로 감은 기둥. 화려한 건물들을 뜻한다. **75** 黃鵠(황혹): 황색을 띤 백조(白鳥). 실물로 보기도 하고, 기둥

에 수놓은 그림으로 보기도 한다. **76** 錦纜牙檣(금람아장) : 비단으로 꽣은 닻줄과 상아(象牙)로 장식한 돛대. 훌륭한 배를 뜻한다. **77** 可憐(가련) : ①아리땁다. ②불쌍하다. 여기서는 ①의 뜻이다. **78** 秦中(진중) : 장안 일대의 땅. **79** 自古帝王州(자고제왕주): 서주(西周)·진(秦)·한(漢)·수(隋)·당조(唐朝)가 모두 장안과 그 근방에 도읍했었다.

제7수

곤명지의 물은 한나라 때 토목사업의 공적이요
무제의 깃발들이 지금도 눈 속에 선하구나.
직녀는 베틀에서 실을 밤 달빛에 헛되게 꾸리고
돌고래의 비늘과 껍데기는 가을 바람 속에 움직이네.
파도는 고미를 띄워 물속에 잠긴 구름 같이 검고,
이슬에 연방을 차게 하니 떨어지는 화분花粉이 붉네.
여기 관새에서 하늘에 이르기까지는 오직 새나 다니는 길,
강호 모든 땅에서 하나같이 어부漁夫 신세일세.

곤 명 지 　수 한 시 공 　무 제 정 기 　재 안 중
昆明池[80]水漢時功[81] 武帝旌旗[82]在眼中

직 녀 기 사 　허 야 월 　석 경 인 갑 　동 추 풍
織女機絲[83]虛夜月 石鯨鱗甲[84]動秋風

파 표 고 미 　침 운 　흑 　노 랭 연 방 　추 분 　홍
波漂菰米[85]沈雲[86]黑 露冷蓮房[87]墜粉[88]紅

관 새 　극 천 　유 조 도 　강 호 　만 지 　일 어 옹
關塞[89]極天[90]唯鳥道 江湖[91]滿地[92]一漁翁[93]

80 昆明池(곤명지) : 장안 서쪽 교외(郊外)에 있는 연못 이름. 한나라 무제가 이 못을 파고 수전(水戰)을 연습시켰다. **81** 功(공) : 토목사업. **82** 武帝旌旗(무제정기) : 한나라 무제의 깃발들. 이 곤명지에서 군사훈련을 할 때, 군함 위에 꽂았던 무제의 깃발들. 무제는 당나라 현종의 암

유(暗喻)로도 썼다. **83** 織女機絲(직녀기사) : 곤명지 좌우에 직녀와 견우(牽牛)의 석상(石像)을 만들어 세웠는데, 그 직녀의 손 안에는 베틀에서 쓰는 실 꾸러미를 갖고 있는 모습을 새겼다 한다. **84** 石鯨鱗甲(석경인갑) : 석경은 돌로 만든 고래. 인갑은 비늘과 껍데기. 『서경잡기(西京雜記)』에 '곤명지에는 옥석(玉石)을 깎아 고래를 만들어 놓았는데, 뇌우(雷雨)가 치면 매양 울부짖고, 지느러미와 꼬리가 모두 움직인다' 고 했다. **85** 菰米(고미) : 줄의 열매. 그 빛이 검고 식용(食用)한다. **86** 沈雲(침운) : 물속에 겹쳐 그림자를 드리운 구름. 물속에 잠긴 구름. **87** 蓮房(연방) : 연밥이 들어 있는 송이. **88** 墜粉(추분) : 엎질러 떨어지는 화분(花粉). **89** 關塞(관새) : 관소(關所)의 변새, 곧 기주성을 뜻함. **90** 極天(극천) : 하늘에 이르다. 하늘 끝까지. **91** 江湖(강호) : 강과 호수. 수향지대(水鄕地帶). **92** 滿地(만지) : 가득한 땅. 모든 곳. **93** 一漁翁(일어옹) : 한 고기 잡는 늙은이. 늙은 두보 자신을 뜻한다.

제8수

곤오와 어숙은 자연스럽게 꾸불꾸불
자각봉 북쪽이 미피호에 잠겼어라.
향기로운 벼 나락은 앵무새가 쪼다 남은 것이요,
벽오동 굵은 가지에는 봉황새가 깃들었네.
가인들과 푸른 풀을 따서 봄에 서로 주기로 하고
선인仙人들과 배를 타고 놀다 저물어 다시 갈아타네.
아름다운 문필文筆은 그 전에는 기상에도 간여했었는데
지금 백두로 시나 읊고 서울 바라보며 백발이 흘러내림이 괴롭네.

昆吾(곤오)[94] 御宿(어숙)[95] 自逶迤(자위이)[96] 紫閣峰陰(자각봉음)[97] 入渼陂(입미피)[98]
香稻啄餘鸚鵡粒(향도탁여앵무립)[99] 碧梧棲老鳳凰枝(벽오서로봉황지)[100]

가인습취 춘상문 선려동주 만갱이
佳人拾翠[101]春相問[102] 仙侶同舟[103]晚更移[104]

채필 석증간기상 백두음망 고저수
綵筆[105]昔曾干氣象[106] 白頭吟望[107]苦低垂[108]

94 昆吾(곤오) : 지명(地名). 장안 서남에 있는 곤오정(昆吾亭). **95** 御宿(어숙) : 개울 이름. 장안에서 미피(渼陂)에 이르는 도중에 곤오정과 어숙천(御宿川)이 있다. **96** 逶迤(위이) : 길이 지형에 따라 울퉁불퉁, 꾸불꾸불하다. **97** 紫閣峰陰(자각봉음) : 자각봉의 그늘 쪽. 자각봉은 장안 동남에 솟아 있는 종남산의 한 봉우리로 그 북반분(北半分)을 음(陰)으로 표현한 것이다. **98** 渼陂(미피) : 고원(高原)에 있는 호수 이름. 그 남쪽에 종남산이 솟아 있다. **99** 香稻啄餘鸚鵡粒(향도탁여앵무립) : 앵무훼여향도립(鸚鵡啄餘香稻粒)의 도치형(倒置形). 여(餘)자는 수(殊)자로 된 판본도 있다. 곧 앵무새가 쪼다 남긴 향기로운 벼의 낱알. 남아 있는 벼이삭의 낱알은 앵무새가 쪼아먹다 남은 것이란 뜻이다. **100** 碧梧棲老鳳凰枝(벽오서로봉황지) : 봉황서로벽오지(鳳凰棲老碧梧枝)의 도치형(倒置形). 예부터 봉황새는 꼭 벽오동에 깃든다는 전설이 있어, 봉황새가 벽오동 가지에 깃들어 늙는다는 뜻으로 쓴 것이다. **101** 拾翠(습취) : 푸른 풀을 꺾는다고도 하고, 미인들의 장신구(裝身具)인 비취의 깃을 말한다고도 한다. 후설(後說)은 조식(曹植)의 『낙신부(洛神賦)』에 '혹은 명월주(明月珠)를 따고, 혹은 비취 날개를 품는다(或採明珠 或拾翠羽).' 에서 나온 말이다. **102** 相問(상문) : 두보가 미인들과 서로 말을 건넨다고 풀이하기도 하고, 문을 문유(問遺), 곧 묻기도 하고 주기도 한다는 뜻으로 보기도 한다. 미인들이 서로 취우(翠羽)를 주곤 한다고 보기도 한다. **103** 仙侶同舟(선려동주) : 려는 짝. 신선의 짝이 되어 배를 같이 탄다는 뜻. 『후한서(後漢書)』에 이응(李膺)이 곽태(郭泰)와 배를 같이 타고 건너자, 여러 사람들이 이를 바라보고 신선으로 여겼다는 구절이 있다. **104** 更移(갱이) : 다시 옮기다, 곧 다시 한번 배 타는 장소를 옮겨 논다는 뜻이다. **105** 綵筆(채필) : 아름다운 시문(詩文). 화려한 문필(文筆). **106** 干氣象(간기상) : 간은 간여(干與)하다. 문필의 힘으로 자연현상(自然現象)에 영향을 주다. 문필로 하늘의 기상을 바꾸다. 두보가 일찍이 부(賦)를 지어 올려 조정에서 칭찬 받은 일을 뜻한다. **107** 吟望(음망) : 시를 읊조리며 서울 쪽을 바라보다. 음이 금(今)으로 된 판본도 있다. **108** 苦低垂(고저수) : 백발이 낮게 드리워짐을 괴로워한다.

무산협(巫山峽)

감상

제1수

옥같이 맑은 이슬이 단풍 든 숲을 시들어 떨어지게 하니, 무산 무협의 가을 기운도 쓸쓸하고 삼엄하다. 장강의 거센 물결은 하늘도 삼킬 듯이 치솟아 오르고, 변새邊塞 위의 풍운은 땅에까지 깔려 근방을 컴컴하게 만든다. 성도成都를 떠나 이번에 무더기 국화가 두 번째로 피는 것을 보고, 지난날을 생각하니 눈물뿐이로다. 또 나의 배를 한번 강 언덕에 매어 두고 움직이지 않으니, 한결같이 고향을 그리는 마음을 매어둔 것 같다. 사방에서는 겨울 옷 준비에 바느질을 재촉하는데, 백제성 높은 곳에서는 저물녘 다듬이 소리가 다급하게 들려온다.

가을이 깊어 가는 속에 장강 가의 풍경과 간절한 망향심을 간절하게 읊어낸 평성平聲 침운侵韻의 칠언율시다.

제2수

기부의 외로운 성에 해가 질 무렵, 나는 늘 북두칠성을 기준하여 서울의 하늘을 바라본다. 원숭이 울음소리 세 번만 들으면 이곳 어부들의 노래대로 눈물이 흐르고, 지금 천자의 명령을 받들고 뗏목을 타기는 했으나 장건마냥 사명使命을 다하지 못하고 있다. 저 장안의 벽화壁畫가 그려져 있는 상서성의 향로는 지금 내가 베개에 엎어져 자는 것과는 아주 거리가 멀고, 저 산루의 흰 담 근처에서는 서글픈 피리 소리가 들려오고 있다. 보라, 조금 전까지 정원 돌 위의 등나무 · 댕댕이넝쿨 위를 비추던 달이 벌써 저 강가 모래톱 앞에 피어 있는 갈대꽃에 비치고 있다.

몸은 기주에 있으면서 마음은 서울을 연모戀慕하는 연군戀君의 충심을 피력한 시로, 전반부는 별을 보았을 때의 느낌, 후반부는 달을 보았을 때의 광경을 묘사하고 있다. 평성 마운麻韻의 칠언율시다.

제3수

천 가호쯤이 사는 산에 의지한 성에 아침 햇빛이 조용한데, 나는 매일 강을 향한 산 중턱에 위치한 누각에 앉아 있다. 강 위에는 며칠 전부터 묵고 있는 어부들이 배를 띄워 오락가락하고, 가을이 깊었는데도 제비들은 제맘대로 이리저리 날고 있다. 옛날 광형마냥 나는 천자에게 상소를 올렸다가 도리어 공명이 깎였고, 유향마냥 후대後代에 경전經傳을 전하려 했으나 그런 소원도 어긋났다. 옛날 동문수학同門修學했던 소년들은 지금은 대개 귀하게 되어 오릉 근처에서 화사한 생활을 누리고 살겠구나.

강루江樓에서 자신의 초라함을 자탄하며 출세한 동학同學들을 상상해 보는 시다. 평성 미운微韻의 칠언율시다.

제4수

들은 바에 의하면, 장안은 바둑 내기와 같아 뺏고 뺏기는 곳이다. 백 년도 안 되는 세상일에 슬픔을 이기지 못하겠다. 전의 왕후의 저택들은 지금은 모두 새로 주인이 바뀌고 문무고관文武高官들도 옛날과는 판연히 틀리다.

곧장 북쪽 국경의 산에는 종과 북소리가 사방으로 진동하고, 서방을 정벌하는 군대 편에 위급을 알리는 문서가 치달려 간다.

지금은 물고기나 용도 조용히 잠기는 계절인 가을이라 강이 차가운데, 나는 항상 고향 장안에 대하여 생각하는 바가 많다.

전반前半은 조정朝廷의 변천을, 후반後半은 국경의 불안과 고국에 대한 생각을 나타낸 평성 지운支韻의 칠언율시다.

제5수

봉래궁의 궁문은 종남산을 마주 대하고 있고, 승로반의 구리 기둥은 공중에 높이 솟아 있다. 서쪽을 바라보면 멀리 요지에서 서왕모가 내려오는 것이 보이고, 동쪽을 보면 붉은 기운이 함곡관에 가득 차는 것이 보인다.

이런 궁전 안에서 구름이 움직이는 것 같은 꿩의 꼬리털로 장식한 궁선이 열리고, 햇빛이 곤룡포에 비칠 때 천자의 용안을 배알하는 것이다.

그러나 나는 지금 창강에 누워 금년도 저물어 가는 것에 놀라니, 지난날 몇 번이나 조반에 참석하는 점호에 응하기 위하여 청쇄문으로 드나들었는가?

이 시의 전반은 대궐大闕에 대한 추억이요, 후반은 조회에 참석했던 추억을 묘사한 연궐가戀闕歌로 평성 산운刪韻의 칠언율시다.

제6수

여기 구당협 입구와 저 장안 곡강 근처와의 사이는 만 리나 되게 멀지만 가을이 되어 풍연으로 이어져 있다. 일찍이 천자의 근엄한 분위기는 화악루로부터 협성을 지나 부용원에까지 통해 있었으니, 그 부용의 작은 동산이 변두리를 방황하는 나의 수심 속으로 스며들어 온다.

거기에는 구슬로 장식한 발이나 자수刺繡한 기둥으로 꾸민 건물들이 그 가운데 뜰에서 노는 황색의 백조들을 둘러싸 있고, 비단으로 만든 닻줄과 상아로 꾸민 돛대를 단 멋있는 배들은 연못 속에 있는 흰 갈매기들을 놀라 날게 했었다.

그러나 옛날을 생각하며 고개 돌려 바라보니, 그 아름답던 춤추고 노래하던 곳도 지금은 놀랄 만큼 변해 있겠지. 그러나 저 진 지방은 역대로 여러 왕조의 수도였었다.

서울 장안의 화려했던 추억과 성쇠무상盛衰無常을 읊은 시로 평성 우운尤韻의 칠언율시다.

제7수

장안의 곤명지는 한대漢代 대공사大工事로 이루어진 것으로 그 연못에서 무제가 수군水軍의 배에 달았던 깃발들이 지금도 눈에 선하다.

그러나 지금은 그 연못가에 있는 직녀의 석상이 베 짜는 실타래를 손에 들고 헛되이 밤 달빛 아래 서 있으며, 연못 속에 있는 돌로 만든 고래의 비늘과 껍데기도 가을 바람에 움직이는 것 같다.

그 못의 물결은 줄을 뜨게 한 것이 마치 물속에 그림자 진 구름과 같이 검고, 이슬이 찬 연꽃 화방花房에서는 넘쳐 떨어지는 화분이 붉다.

여기 변방 땅에서 서울 장안 쪽을 바라보니 외가닥 새가 날아다니는 길, 나는 여기 물가 촌락에서 외로이 있는 한 늙은 어부 신세 같다.

한나라를 빌려 당나라를 비유하여 서울 장안의 모습을 떠올리며 그 서울도 못 가는 신세身勢를 표현하고 있다. 평성 동운東韻의 칠언율시다.

제8수

곤오정과 어숙천을 지나가는 길은 꾸불꾸불 지형 그대로 생기고 그 길을 따라가면 자각봉의 북쪽 반쪽이 미피호에 그림자를 던지는 곳에 이른다. 그 도중에는 앵무가 향기로운 벼이삭을 쪼아먹다가 남기기도 하고, 봉황이 벽오동 가지에서 살며 늙어가기도 한다. 나는 봄에는 가인佳人들과 함께 푸른 풀을 뜯으며 서로 문답問答도 하고, 선인의 짝들과 같이 한 배를 타고 놀다가 저물녘에는 배를 바꿔 타고 또 다시 놀이를 시작하기도 했다.

그 당시에 나의 아름다운 문필은 하늘의 기상을 움직일 수 있을 정도로 훌륭했었는데, 지금은 백발로 시나 읊조리면서 서울을 바라보며 흰머리가 내려뜨려지는 것을 괴로워한다.

옛날을 추억하며 현재를 괴로워하는 회고의 시다. 평성 지운支韻의 칠언율시다.

여설

제1수

이 시는 재래로 두보의 '추흥' 8수 중에서도 제일로 친다. 766년(大曆 원년) 55세 때 가을 기주夔州 서각西閣에 있으면서 가슴속에서 치밀어 오르는 가을의 감흥을 누에가 실을 토해 내듯 술술 써 내려간 것이 바로 '추흥' 8수다. 이 두보의 '추흥' 8수는 두보의 시 중에서도 백미白眉로 쳐서 후인들의 차운시가 이루 열거列擧할 수 없을 만큼 많다.

이 '추흥'은 8수의 칠율로 되었으나 서로 연관이 지어진 것으로 본다. 1~3수와 4~8수로 대별大別하여 앞의 시는 기주에 대해 언급한 것이고, 뒤의 시는 장안에 대하여 읊은 것이다.

8수가 각각 독립된 내용이면서 서로를 연결 고리로 묶어 추흥으로 뭉뚱그린 데에 시성詩聖 두보의 특장特長이 있다.

두보의 칠율七律 중에서 가장 으뜸으로 쳐, 우리나라에서도 이를 차운次韻한 무수한 시가 있다.

참고로 조선조 말기 시인詩人 문산文山 이재의李載毅(1772～1839)의 차운시次韻詩를 여기에 기록해 본다.

〈1수〉

묵는 새는 돌아올 줄 알아 옛 숲에 깃들이는데	숙조지환의고림 宿鳥知還倚古林
숲 사이로 달이 돋아 그림자 삼삼하다.	임간월출영삼삼 林間月出影森森
하나의 발이 서풍에 잠깐 움직이자	일렴사동서풍삽 一簾乍動西風颯
온 골짜기에서는 쌓였던 비 그늘이 처음으로 걷히네.	만학초수적우음 萬壑初收積雨陰
서늘한 이슬이 축축하여 밤 기운이 공허하고	양로임리허야기 涼露淋漓虛夜氣
밝은 은하수가 적막하게 하늘 복판에서 돌아가네.	명하적막형천심 明河寂寞迥天心
산창에서 오늘밤이 긴 것을 견디지 못하여	산창미내금소영 山窓未耐今宵永
앉아 원촌에서 들려오는 다듬이소리 헤아리네.	좌수요촌도이침 坐數遙村到耳砧

〈2수〉

맑은 빛 그림 같은 달이 비껴 　 清光如畵一輪斜(청광여화일륜사)

동창에 비치어 작은 촛불 같네. 　 揮却東窓小燭華(휘각동창소촉화)

수정 같은 거울에는 원래 한 점의 찌꺼기 없고 　 晶鏡元無留點滓(정경원무류점재)

은빛 파도는 곧장 신선의 뗏목을 띄우려 하네. 　 銀濤直欲泛仙槎(은도직욕범선사)

뉘 집 게으른 아내가 가을에 베갯머리에서 놀라는가? 　 誰家懶婦秋驚枕(수가라부추경침)

예부터 근심 많은 사람만이 밤에 피리 소리 듣네. 　 自古愁人夜聽笳(자고수인야청가)

보라, 나뭇가지 사방으로 퍼져 그림자 지는 곳, 　 眼看扶疎流影處(안간부소류영처)

남령초는 이미 뜰에 가득 핀 꽃 중에 시드네. 　 南靈已老滿庭花(남령이로만정화)

〈3수〉

준옥봉樽玉峰은 하늘을 받치고 지는 햇빛을 이별하니 　 樽玉擎天餞納暉(준옥경천전납휘)

밤의 서늘함이 물결 같은데 맑은 구름 미미하네. 　 夜凉如水淡雲微(야량여수담운미)

한 소리 맑은 경쇠 소리 빈 산에 울리고 　 一聲淸磬空山落(일성청경공산락)

몇 마리 반딧불이 풀 가까이에서 날아다니네. 　 數點疎螢近草飛(수점소형근초비)

섭섭하다 과거科擧 때라 아우는 떠나고 　 怊悵科時阿弟去(초창과시아제거)

아득하다 작시作詩 약속은 친구가 어겼네. 　 蒼茫詩約故人違(창망시약고인위)

마을마다 기쁜 일은 농부의 노래 끝날 때 　 村村有喜農歌竟(촌촌유희농가경)

들 빛과 벼 · 기장에 가을이 정말로 살찌네. 　 野色稻粱秋正肥(야색도량추정비)

〈4수〉

밤송이와 표주박이 바둑판 같이 뒤섞였는데 　 栗房瓠子錯如棋(율방호자착여기)

벽을 둘러싼 귀뚜라미 소리 절절히 슬프네. 繞壁蛩音切切悲(요벽공음절절비)

세상 일의 어려움과 근심은 가히 짐작할 수 없으니 世事艱虞無可意(세사간우무가의)

사람의 기쁨과 즐거움이 대체로 얼마나 될까? 人生歡樂幾多時(인생환락기다시)

고향에서 정담 나누며 자주 술잔 기울이고 故園情話傾壺數(고원정화경호삭)

먼 들 새벽빛이 나무 위로 천천히 올라오네. 遠野晨光上樹遲(원야신광상수지)

고개 돌려 강남 바라보니 천 리 밖인데 回首江南千里外(회수강남천리외)

홍교의 소식이 아득한 생각 속으로 들어오네. 汞橋消息入遐思(홍교소식입하사)

〈5수〉

서리 오자 한 기러기 먼 산을 넘어가는데 霜前一雁度遙山(상전일안도요산)

남은 기러기 소리 그대로 푸르름 속에 쌓이네. 餘響依依積翠間(여향의의적취간)

즐거운 세월에 마침 이웃집 술이 익어가니 樂歲正當隣釀熟(낙세정당린양숙)

좋은 밤 동리 문을 닫지 못하게 하게나. 良宵不許里門關(양소불허리문관)

이왕지사를 추억하니 모두 묵은 자취요 追思旣往皆陳迹(추사기왕개진적)

친지를 상대하니 이것이 즐거움이라. 相對親知是好顏(상대친지시호안)

오십에 공명을 어디에서 이룰 것인가? 五十功名何所就(오십공명하소취)

곡강에서 녹포반열綠袍班列에 참여함을 꿈꾸네. 曲江如夢綠袍班(곡강여몽록포반)

〈6수〉

곧장 한계에 이르러 밤이 새려는데 直到寒雞夜盡頭(직도한계야진두)

서리맞은 마음 벽오동 잎 지는 가을에 더 늙네. 霜心欲老碧梧秋(상심욕로벽오추)

돌 층대는 완연히 어릴 적 걸터앉았던 곳이요, 石臺宛露兒時踞(석대완로아시거)

술 단지의 술을 나그네 근심 속에 자주 더 마시네. 樽酒空添客裏愁(준주공첨객리수)

옥을 굴리듯 끼릭끼릭 맑은 밤에 학이 울고 戛玉皐音淸夜鶴(알옥고음청야학)

갈대 곁에 조는 강은 서늘한 모래밭 갈매기와 약속한 듯. 眠蘆江約冷沙鷗(면로강약랭사구)

어찌해야 장차 남은 세월 속세를 버리고 那將餘日排塵累(나장여일배진루)

물러나 숲 속 초가 지키며 죽주에 누워 있을까? 退守林廬臥竹州(퇴수임려와죽주)

〈7수〉

만 리에 떨쳐 빛남이 누구의 공로인가? 揚輝萬里是誰功(양휘만리시수공)

맑은 경치가 이 밤중에 널려 펴져 있네. 淸景偏多此夜中(청경편다차야중)

온 땅의 소나무 · 전나무에는 이슬이 맺혔고 滿池松杉凄有露(만지송삼처유로)

하늘에 꽂힌 별과 북두는 조용하여 바람 한 점 없네. 揷天星斗靜無風(삽천성두정무풍)

손님을 접대하려 산의 단풍이 오히려 푸르고 山粧待客楓猶綠(산장대객풍유록)

뜰에는 아이들이 따려는 대추가 붉으려 하네. 庭剝經兒棗欲紅(정박경아조욕홍)

잠시 영지버섯 따다 세모를 맞으니 暫掇靈芝當歲暮(잠철영지당세모)

백두로 헛늙어 이 늙은이에게 부끄럽네. 白頭虛老愧斯翁(백두허로괴사옹)

〈8수〉

구름 가 길이 꾸불꾸불한 것을 근심하지 않노니 不愁雲際路逶迤(불수운제로위이)

들판과 연못과 언덕을 모두 두루 비추어라. 遍照郊原與澤陂(편조교원여택피)

코끼리 코는 시든 연잎을 찾기 어렵고 象鼻難尋敗荷葉(상비난심패하엽)

앵무새는 울면서 늙은 버드나무 가지에 묻네. 鸚啼欲問老楊枝(앵제욕문로양지)

빈 땅 걸으며 점점 가을소리 다가옴을 깨달았고,	步虛稍覺秋聲至 보허초각추성지
계절이 바뀌니 분명히 물색物色이 달라지네.	代序居然物色移 대서거연물색이
사람이 있어 부르며 말하는 것 같은데	若有人兮呼可語 약유인혜호가어
울타리 너머 기장 이삭이 죽죽 늘어져 있네.	隔籬穜穗正垂垂 격리당수정수수

등고 登高

두보(杜甫)

바람 급하고 하늘은 높고 원숭이 울음소리 슬프며
모래톱 맑고 모래는 희며 새는 날아 빙빙 도네.
가 없는 숲에서 낙엽은 쓸쓸히 떨어지고
끝없는 장강은 출렁출렁 흘러오네.
만 리 밖 서글픈 가을에 항상 나그네 되어
백 년 많은 병에 홀로 높은 대에 올랐네.
가난 속 희끗머리 많아 몹시 괴로운데
노쇠老衰하여 새로이 탁주잔을 멈추네.

풍급천고원소 애 저청사백조비회
風急天高猿嘯[1]哀 渚淸沙白鳥飛廻

무변 낙목 소소 하 부진장강곤곤 래
無邊[2]落木[3]蕭蕭[4]下 不盡長江滾滾[5]來

만리 비추상작객 백년 다병독등대
萬里[6]悲秋常作客 百年[7]多病獨登臺

간난고한 번상빈 요도 신정탁주배
艱難苦恨[8]繁霜鬢[9] 潦倒[10]新停濁酒杯

1 猿嘯(원소) : 원숭이가 길게 울어댄다. 2 無邊(무변) : 가이 없음. 끝이 없음. 테두리가 없음. 3 落木(낙목) : 낙엽. 4 蕭蕭(소소) : 낙엽이 떨어지는 소리. 우수수. 5 滾滾(곤곤) : 물이 용솟음치며 흐르는 모양. 출렁출렁. 6 萬里(만리) : 고향과 떨어진 거리가 만 리. 7 百年(백년) : 일생. 한평생. 8 苦恨(고한) : 몹시 한스러워하다. 매우 한탄하다. 9 繁霜鬢(번상빈) : 서리맞은 귀밑머리, 곧 백발(白髮)이 된 살쩍이 무성하다. 번은 번잡하다. 10 潦倒(요도) : 노쇠. 아무 일도 할 수 없어.

감상

오늘 중양절重陽節이라 조금 높은 곳에 오르니, 바람은 세차고 하늘은 높은데 원숭이 울음소리 애달피 들려온다. 내려다보니 양자강 유역 모래톱은 깨끗한데 모래는 희고 새들이 빙빙 돌며 날고 있다. 여기저기 끝이 없는 숲에서 낙엽은 우수수 떨어지고, 끝없이 흘러가는 장강의 물은 출렁출렁 흘러간다.

고향 만 리 떠나 있어 쓸쓸한 가을에 늘 나그네 신세가 되어 일생 동안 많은 병 지녔고 오늘 홀로 이 높은 곳에 올라왔다. 갖은 어려움 속에서 백발이 짙어짐을 몹시 한스러워하는데, 늙고 쇠한 이 몸 또다시 탁주잔에 손이 가 머무네.

객지에서 홀로 등고登高하여 자신에 대한 비감悲感을 읊은 평성平聲 회운灰韻의 칠언율시다.

여설

이 '등고'는 두보의 칠언율시 중에서 제일로 친다. 특히 대구對句를 잘 썼는데 그중에서도 3 · 4구의 대對는 천하天下의 명구名句로 널리 애송되고 있다.

이 시는 767년(대력 2) 9월, 두보가 56세 때 기주夔州에 있으면서 지은 것이다. 등고란 높은 곳에 오른다는 뜻으로, 중국의 중양절 풍속의 하나다. 음력 9월 9일 중양절이 되면 가족이나 친구들과 근처의 산 위로 올라가 산수유山茱萸 가지를 머리 위에 꽂고 국화주菊花酒를 마시며 하루 동안 액厄을 피하고 하산下山하는 풍습이 있었다.

이 등고의 고사故事는 한나라 여남汝南 땅의 환경桓景이 비장방費長房의 가르침을 따라 행해졌던 일에서 유래한다. 『속제해기續齊諧記』에 '여남의 환경이 도사道士 비장방을 따라다니며 수년간 배웠는데, 하루는 비장방이 말하기를, 9월 9일에 자네 집에 재액災厄이 있을 것이니 급히 피하되, 집안 식구들에게 각자 붉은 주머니를 만들어 그 안에 수유茱萸를 채우고 그 주머니를 팔에 차고 높은 산에 올라 국화주를 마시면 이번에 화를 피할 수 있다고 했다. 환경이 그 지시대로 가족을 데리고 산에 올랐다가 저녁 때 귀가해 보니 개·닭·소·양 등 짐승들이 일시一時에 폭사暴死해 있었다. 비장방이 이 소리를 듣고서, 그것들이 자네 식구 대신 죽은 것이라고 했다.'

이것이 풍습이 되어 그 후 중국인들은 중양절이면 등고하는 행사를 꼭 지켰었다. 두보도 객지에서 홀로 등고하여 신세 타령을 담은 이런 명시名詩를 남긴 것이다.

등악양루 登岳陽樓[1]

두보(杜甫)

옛날에 동정호수洞庭湖水에 관해 들었는데
지금에야 악양루에 오르네.
오나라 초나라 동남으로 갈라져 있고
하늘과 땅이 밤낮으로 떠 있네.
친척과 친구에게서는 소식 한 자 없고
늙고 병든 몸에 배 한 척 뿐이로다.
전쟁은 관산 북쪽에서 아직도 일고 있으니
난간에 기대어 눈물만 주루룩 흘리네.

석문동정수　금상악양루
昔聞洞庭水　今上岳陽樓
오초동남탁　건곤일야부
吳楚東南坼[2]　乾坤日夜浮
친붕무일자　노병유고주
親朋無一字　老病有孤舟
융마관산북　빙헌체사류
戎馬[3]關山[4]北　憑軒[5]涕泗[6]流

1 岳陽樓(악양루) : 호남성 악양에 있는 3층 누각(樓閣). 옛 악주부성(岳州府城)의 서문(西門)으로 동정호(洞庭湖)를 내려다보는 절경(絕景)으로 유명하다. 2 吳楚東南坼(오초동남탁) : 오초는 중국 고대 나라 이름. 오는 동정호 동쪽에, 초는 남쪽에 있었다는 뜻이다. 그러나 동남은 각각이 아니고 동남방(東南方)의 한 방향으로 보고, 동정호가 중국 전체의 동남방에 열려 있다고 보기도 한다. 탁은 갈라지다, 쪼개지다, 나뉘다의 뜻이다. 3 戎馬(융마) : 병기(兵器)와 말. 병마(兵馬). 병란(兵亂). 전쟁. 4 關山(관산) : 관소(關所). 곧 요새(要塞)가 있는

산. **5** 憑軒(빙헌) : 난간에 의지하다. **6** 涕泗(체사) : 눈물. 눈에서 나오는 것은 체, 코에서 나오는 것은 사(泗)라 한다.

악양루(岳陽樓)

감상

나는 전부터 동정호에 대해서는 많은 이야기를 들었는데, 아직도 가보지 못하다가 이제야 비로소 동정호 가에 있는 명승名勝 악양루에 올라 본다. 여기서 내려다보니 천하가 탁 트였는데, 이곳의 동쪽은 옛날 오나라 땅이었고, 남쪽은 대체로 초나라 땅이었다. 그리고 하도 넓어서 하늘과 땅이 밤낮으로 이 호수 안에 다 떠 있는 것 같다.

지금 나에게는 친척이나 친구로부터는 편지 한 장 없고, 늙고 병든 이 몸과 외로운 배 한 척이 있을 뿐이다. 지금 고향 쪽을 바라보매 북쪽의 요새마다 전쟁이 일고 있으니, 나는 이 악양루 난간에 기대어 눈물만 줄줄 흘릴 뿐이다.

악양루에서 천지天地를 내다보니 고향 생각과 외로운 신세에 눈물 흘리는 안타까운 감정感情을 읊은 평성平聲 우운尤韻의 오언율시다.

여설

768년(대력 3) 겨울, 57세 때 동정호 동북쪽에 있는 악양루에 올라 지은 시다. 난리가 촉 지방으로 다가오자 두보는 이를 피하여 기주夔州에 가 있다가 이곳으로 와서 이 시를 썼다. 그러나 그때 난리는 완전히 끝나지 않아 전 해인 767년(대력 2) 9월에 토번吐蕃(티베트)이 쳐들어와 1차로 10월에 격퇴했으나, 이듬해인 768년 8월 이후 또다시 여러 번 쳐들어와 승패勝敗가 엇갈렸다. 그래서 고향을 바라보며 눈물을 흘린 것이다.

이 시는 맹호연孟浩然의 '임동정상장승상臨洞庭上張丞相' 시와 쌍벽雙璧을 이룬다.

맹교 孟郊

751~814

당대唐代 시인詩人. 자字는 동야東野이고 호주湖州 무강인武康人이다. 『맹동야집孟東野集』 10권이 전한다.

청금 聽琴

맹교(孟郊)

부슬부슬 가랑비 멈추더니
팔랑팔랑 상수리 나뭇잎 울어댄다.
달은 난봉亂峰 서쪽으로 기울고,
서너 개 남은 별도 희미해졌다.
앞 계곡에서 홀연 거문고 줄 맞추고,
숲 저쪽에서 딩동딩동 차갑게 거문고 소리 울리네.
이제 막 거문고 울리는 소리 듣노라니,
도저히 베개 베고 누워 들을 수 없네.
등불 다시 밝혀 머리 비녀 다시 꽂고,
샘물로 이를 닦고 정원 가운데 선다.
나막신 바닥 깊이 빠져드는데
선禪에 빠진 듯 눈을 감는다.
미풍이 옷소매로 스며드니,
역시나 궁치성宮徵聲인 줄 알겠다.
30년을 배우고 닦았건만,
생사의 근심에서 벗어나지 못했네.
한밤에 연주 소리 들으면서
천지간의 모든 정을 깨닫는다.

삽 삽 미 우 수　번 번 상 엽 명
颯颯微雨收　飜飜橡葉鳴

월 침 란 봉 서　요 락　삼 사 성
月沈亂峰西　寥落[1]三四星

전 계 홀 조 금　격 림 한 쟁 쟁
前溪忽調琴[2]　隔林寒琤琤

문 탄 정 농 성　불 감 침 상 청
聞彈正弄聲[3]　不敢枕上聽

회 촉 정 두 잠　수 천　립 중 정
廻燭整頭簪[4]　漱泉[5]立中庭

정 보 극 치 심　모 선 목 명 명
定步屐齒深[6]　貌禪目冥冥[7]

미 풍 취 의 금　역 인 궁 치　성
微風吹衣襟　亦認宮徵[8]聲

학 도 삼 십 년　미 면 우 사 생
學道三十年　未免憂死生

문 탄 일 야 중　회　진 천 지 정
聞彈一夜中　會[9]盡天地情

1 寥落(요락) : 휑하다. 희미하다. 2 調琴(조금) : 금(琴)을 연주하기 전에 각 현(絃)의 음조를 조율하다. 3 弄聲(농성) : 연주하다. 4 整頭簪(정두잠) : 머리카락을 정리하다. 머리에 꽂은 비녀를 가다듬다. 5 漱泉(수천) : 샘물로 양치질하다. 6 定步屐齒深(정보극치심) : 오래서 있어 나막신이 흙 속으로 빠져들다. 7 貌禪目冥冥(모선목명명) : 입선한 듯이 눈을 감다. 8 宮徵(궁치) : 고대(古代) 오음계(五音階) 중 2개의 음계. 9 會(회) : 이해하다.

감상

밤새 내리던 가랑비 그치더니 바람이 이는지 팔랑팔랑 상수리 나뭇잎 흔들리는 소리가 들려온다. 달도 이제 난봉亂峰 서쪽으로 기울었고 서너 개 남아 있던 별도 이제 희미해졌다. 날이 새는가 보다. 앞개울 어디선가 거문고 줄 맞추는 소리 들리는가 싶더니 숲 저쪽에서 거문고 소리 딩동 울린다. 밤 공기 차가워서인지 거문고 소리마저 차갑게 느껴진다. 시름 가득해 잠 못 이루던 차에 거문고 소리 울리기 시작하니 도저히 누워서 들을 수 없다. 등불 다시 켜 머리카락 단정하게 정리하고 샘물로 이 닦고 정원으로 나선다. 밤새 내린 비에 나막신 굽 땅 속으로 깊이 빠져든다. 나는 선禪에 빠진 듯 가만히 눈감고 거문고 소리를 경청한다. 가벼운 밤바람 옷소매로 스며들 때 거문고 소리도 나지막하게 궁치성宮徵聲으로 울려온다. 도道를 닦느라 30년을 허비했지만 생사生死의 근심에서 벗어나지 못해 오늘 밤 잠을 이루지 못한다. 깊은 밤에 홀로 깨어나 거문고 소리 듣노라니 근심은 사라지고 천지의 이치理致를 깨달을 것 같다.

이 시詩는 평성平聲 경운庚韻과 청운靑韻을 통용한 오언고시이다.

여설

금琴은 거문고, 검은고가 원말이다. 현금玄琴의 역어譯語일 터인데 거문고를 현사금玄絲琴·사동絲桐이라고도 한다. 오동나무와 실로 만들어 사동이라 한다. 고구려의 왕산악王山岳이 중국의 칠현금七絃琴을 개조하여 6줄로 만들었다 하며, 가야국의 우륵于勒이 12줄로 만든 것은 가야금伽倻琴 또는 가얏고라고 한다. 또 서역西域에서 들어와 호인胡人들이 타던 거문고라 하여 두 줄로 된 호금胡琴도 있다. 해금奚琴 또는 깡깡이라고 부르기도 한다.

중국 호북성湖北省 무한시武漢市에 있는 금대琴臺에는 백아伯牙와 종자기鍾子期의 고사가 서려 있다. 이 옛날 금대인 고금대古琴臺는 일명 백아대伯牙臺, 쇄금대碎琴臺라고도 하는데, 동으로 경산景山에 인접해 있고 뒤쪽으로 월호月湖가 둘러싸고 있는 한양漢陽 금대로 서북쪽 공인문화궁工人文化宮 내에 있다. 이곳은 옛날 백아가 금琴을 연주하고 종자기가 그 소리를 들었던 곳이라고 전한다.

백아와 종자기의 고사는 『여씨춘추呂氏春秋』 〈본미本味〉편과 『열자

列子』〈탕문湯問〉편에 실려 있다. 백아와 종자기는 초국楚國 사람으로 굴원屈原과 비슷한 시기에 살았다. 당시 초나라는 정치가 부패해 선비들이 이웃 제후국諸侯國으로 가 살길을 찾을 수밖에 없는 상황이었다. 이 때문에 '초나라의 인재가 진晋에서 등용되었다(楚才晋用).'는 말이 만들어졌다. 백아도 그 중 한 사람으로 그는 진나라에 가서 상대부上大夫가 되었고, 종자기는 산수山水에 마음을 의지하고 세상을 피해 은둔 생활을 하고 있었다. 백아는 금琴에 뛰어나 『회남자淮南子』〈설산훈說山訓〉편에 "백아가 금을 뜯으면 말이 여물을 먹다가도 고개를 쳐들었다.(伯牙鼓琴, 駟馬仰秣.)"라고 평하고 있는데, 이는 백아가 금을 연주하면 수레를 끌던 말들도 감동해 웃는다는 것이다. 그러나 백아가 금에 실어내는 감정을 일반인들은 이해할 수 없었다.

어느 날 백아가 배를 타고 한양漢陽을 지나가다 달빛 아래서 '고산高山'의 정을 실어 금을 연주했는데 종자기가 "뛰어나구나! 금 연주 소리가 태산처럼 높고 높구나.(善哉善哉琴, 巍巍乎若太山.)"라고 말했다. 잠시 후 백아가 '유수流水'의 정情을 금에 실어 연주하자 종자기는 "훌륭하고 훌륭하다, 금 연주가 물처럼 콸콸 흐르는구나.(善哉善哉琴, 湯湯乎若在流水.)"라고 했다. 이에 백아는 종자기를 진정으로 '지음知音'한 인물로 여기게 되었다고 한다. 후에 종자기가 병이 나서 죽자 백아는 '지음'을 잃게 되었음을 애통해하다 금현琴絃을 끊어 버리고 다시는 금을 연주하지 않았다고 한다.

명말청초明末淸初 풍몽룡馮夢龍이 편집한 의화본소설집擬話本小說集『경세통언警世通言』에 있는 '백아가 금을 내던지고 음악音樂을 저버렸다(伯牙摔琴謝知音).'는 이 고사를 각색하고 부연한 작품이다.

주제가 분명하지 않은 음악을 완전히 이해한다는 것은 쉬운 일이 아니고 사람들이 서로를 완전히 이해한다는 일만큼이나 어려운 일이다. 그 때문인지 '지음知音'이란 말은 음악적 '지음'에서 인간人間 간의 이해와 소통이라는 뜻으로 의미가 확대되었다.

고금대의 창건 연도에 대해서는 설이 구구한데, 남북조시대南北朝時代 양梁 간문제簡文帝의 〈등금대登琴臺〉 시詩는 금대가 대략 5세기경에도 있었다는 사실을 말해 준다. 1957년 무한시武漢市는 금대의 전면 보수공사를 시행해 규모가 확충된 지금의 모습으로 만들었다. 현재 금대는 면적이 약 15무畝이고, '정대낭관亭臺廊館'과 '가목수초佳木秀草'가 조화를 이루고 있다. 금대문琴臺門 앞쪽으로 새로 금대로琴臺路를 개통하고 무한武漢의 장강대교長江大橋·강한교江漢橋와 연결시켜 교통을 편리하게 했다.

금대에 오면 채색 기와를 덮은 정문에 '고금대'라는 세 글자 현판이 제일 먼저 눈에 들어온다. 건물 안으로 들어와 북쪽으로 가면 '인심석옥印心石玉'이란 석비石碑를 새겨 넣은 벽이 있는데 '인심석옥'이란 글자는 청淸 도광황제道光皇帝가 양강총독兩江總督 도팽陶澎에게 하사한 것이다. 이 '인심석옥'이 금대의 중심으로 문루門樓와 '금대비랑琴臺碑廊' 등이 있다. 비랑의 비각碑刻은 현재도 보관되어 있어 금대의 역사를 연구하는 데 필요한 귀중한 자료이다.

비랑 서쪽에 '고산유수高山流水'라는 편액이 걸려 있는 건물이 있는데 이곳이 '고산유수'관館으로 금대의 건축물 중 가장 중심이 되는 건물이다. 보수공사를 하면서 대전에 벽와碧瓦와 붉은 기둥을 더하고 벽을 금색으로 칠했는데, 대청 앞에 있는 백옥으로 만든 석대石臺가 바로 금대이다. 그 위에 비석이 하나 서 있는데 송대宋代 주희朱熹가 해서체楷書體로 쓴 '금대'라는 두 글자가 새겨져 있다.

오늘날에도 사람들은 '고산유수'를 깊은 우의寓意를 내포한 말로 사용하고 있으며 '지음'을 마음이 통하는 친구의 대명사로 사용하고 있는데, 이 모두는 금대를 둘러싼 백아와 종자기의 고사에서 비롯되었다.

유화산운대관 游華山雲臺觀[1]

맹교(孟郊)

화산華山은 유달리 신령스럽고 기이해
초목이 항상 신선하구나.
산에는 5색석色石이 가득하고,
계곡 물은 한 가지 색깔에도 물들지 않았다.
선가仙家의 술 마셔도 취하지 않고,
선가의 영지靈芝는 명命을 이어준다.
한밤에 명성관에서 음악 소리가 나더니
때마침 여라가 흔들리며 선악仙樂이 울린다.
이에 잠 못 이루니
경건하게 향백香柏 피우며 도경을 읽는다.

화 악 독 령 이 초 목 항 신 선
華岳[2]獨靈異 草木恒新鮮

산 진 오 색 석 수 무 일 색 천
山盡五色石 水無一色泉

선 주 불 취 인 선 지 개 연 년
仙酒不醉人 仙芝[3]皆延年

야 문 명 성 관 시 운 여 라 현
夜聞明星館[4] 時韻女蘿[5]絃[6]

경 자 불 능 매 분 백 음 도 편
敬玆不能寐 焚柏吟道篇[7]

1 雲臺觀(운대관) : 도교사원(道教寺院, 道觀) 이름. 운대(혹은 운대봉〈雲臺峰〉)는 화산의 북봉(北峰)을 일컫는 말로, 이 산봉우리 정상(頂上)이기 때문에 붙여진 이름이다. 2 華岳(화악) : 산 이름. 섬서성(陝西省)

화양현(華陽縣) 경내에 있는 산. 여설 참조. **3** 仙芝(선지) : 선인(仙人)들의 영지(靈芝). **4** 明星館(명성관) : 옥녀사(玉女祠). 진(秦) 목공(穆公)의 딸 농옥(弄玉)을 명성옥녀(明星玉女)라 부르기도 한다. 여설 참조. **5** 女蘿(여라) : 소나무에 기생하는 넝쿨 식물. 여기서는 여라 줄기가 바람에 흩날리는 모습을 금현(琴絃)의 울림으로 비유했다. **6** 絃(현) : 활시위가 울리는 소리. 여기서는 여라(女蘿) 줄기의 울림소리를 선악(仙樂)에 비유했다. **7** 道篇(도편) : 도교(道教)의 경전(經典).

감상

화산은 얼마나 신령스러운지 그 풀과 나무 모두 신선하고 무성하다. 산 위엔 오색의 바위가 있고, 계곡 물은 무색투명하다. 산 위의 선주仙酒는 마셔도 취하지 않고 선가仙家의 영지초靈芝草는 병자病者도 연명케 해준다. 한밤 옥녀봉玉女峰 정상 명성관에서 울리는 아름다운 선악仙樂을 듣는다. 아름답기 그지없는 이 모든 것에 망상妄想만 떠올라 잠을 이루지 못해 경건하게 향백香柏 피우며 새벽까지 도경道經을 읽는다.

이 시는 평성平聲 선운先韻의 칠언고시이다.

여설

섬서성陝西省의 동쪽 관문 동관潼關을 지나면 '육해지지陸海之地' 섬북고원陝北高原이 펼쳐지고 '팔백리진천八百里秦川' 진령秦嶺의 산지山地가 남북을 가로막고 있다. 중국의 남북南北을 나누는 경계선인 진령을 찾는 이들은 천하명승天下名勝 화산을 먼저 찾곤 한다.

화산華山은 진령의 북쪽 화음현華陰縣 내에 위치하고 있는데 높이는 2,100m에 불과하지만 험준한 산세에 기봉奇峰들이 치솟아 있어 마치 거인이 관중關中의 입구에 서 있는 듯하다.

고인古人들은 화산을 서악西岳이라 일컬어 이 산을 중국 서부의 진산鎭山으로 여겼다. 고대古代 통치자들은 주산主山이나 명산名山을 '진鎭'이라 이름 짓고는 국태민안國泰民安을 기원했다. 삼대三代 때 동서남북중東西南北中의 5방方에 산진山鎭을 봉했는데 오악五嶽이라는 명칭은 여기서 비롯되었다. 당시 동주東周의 수도는 낙양洛陽이었고 남南으로는 초(楚, 湖南과 湖北 지역), 북北으로는 연(燕, 山西와 河北 지역), 서西로는 진(秦, 陝西 지역), 동東으로는 제(齊, 山東 지역)까지가 그 영토였다. 그래서 오방五方의 명산名山인 동악東岳 태산泰山, 남악南岳 형산衡山, 서악 화산, 북악北岳 항산恒山, 중악中岳 숭산嵩山을 진鎭으로 봉했다. 후에 진秦은 함양咸陽에, 서한西漢은 장안長安에 도읍을 정함으로써 국가의 중심이 서쪽으로 이동했기 때문에 화산은 서악이 아니었다. 동한東漢이 낙양洛陽에 도읍을 정함으로써 다시 서악이 될 수 있었고 그 이름이 지금까지 전해지고 있다.

화산이라는 명칭이 근 몇백 년간 사용되다 당대唐代에 그 부근 땅을 태양현太陽縣이라 개칭함에 따라 태양산太陽山이라 불리기도 했다. 또 화산을 태화산太華山이라고도 하는데 화산 서남쪽 40km 지점에 소화산小華山이 있기 때문에 구별하기 위해서 만들어진 이름이다. 화산은 또 화음현華陰縣 경내에 있기 때문에 화음산華陰山이라고도 한다.

고대 중국에서 하늘과 땅에 제사 지내는 일을 봉선封禪이라 했고 봉선은 주로 태산과 그 인근 산에서 행해졌다. 왜냐하면 태산은 동악으로서, 오방 중에 동방東方이 삶을 주관하고 거기서 만물萬物이 발생하고 음양陰陽이 교체한다고 사람들이 여겼기 때문이다. 그러나 후대(後代, 대략 南宋時代)엔 봉선제封禪祭를 동악에서만 거행하지는 않게 되었다. 하지만 서악인 화산은 산세가 험준해서 봉선과 같은 대규모 전례典禮를 치르기가 어려웠다. 두보杜甫의 〈봉서악병부서封西岳并賦序〉에서 "화산에서 봉선제를 하는 일은 헌원씨軒轅氏만이 할 수 있다.(至於封禪之事, 獨軒轅氏得之.)"라 했을 정도여서 화산에선 실제로 봉선제

운대관(雲臺觀)

가 거행되지 않았고 서악묘西岳廟만 당대唐代에 만들어졌을 뿐이다.

서악묘에서 약 6, 7리를 더 걸어가 화산 입구에서 약 3리쯤 되는 곳에 화산의 북봉北峰, 일명 운대봉이 있다. 그리고 이곳에 그 유명한 운대관雲臺觀 유지가 있다. 전설에 의하면, 도가道家의 시조始祖인 노자老子와 제자들이 이곳에 살면서 수도했다고 한다. 북주北周 무제武帝 때(572~578) 초도광焦道廣이라는 도사道士가 운대봉雲臺峰 위에 머물렀는데, 그는 벽곡辟穀(음식물을 먹지 않고 살 수 있는)의 경지에 이른 도사로 인간의 길흉화복과 미래를 점칠 수 있었다고 한다. 북주北周의 무제武帝가 친히 이곳에 와서 가르침을 청하면서 운대관을 건축해 주었다고 한다. 운대관 내에는 신들을 제사 지내던 궁사宮祠가 있었다. 그 중 화악華岳의 산신山神이 가장 중요한 신이었다. 그밖에도 도가道家의 조사祖師인 삼청을 모시는 삼청전三清殿이 있었고, 옥황대제玉皇大帝를 모시는 옥황전玉皇殿, 초도광焦道廣을 모시는 초선사焦仙祠 등등이 있었다. 그러나 대부분의 건물들이 일찍이 허물어졌다. 여러 신들을 제사 지냈던 궁사도 현재는 볼 수 없다. 그 터에 화양현華陽縣 운대중학雲臺中學이 들어섰는데 지금은 학교의 이름도 화산중학華山中學으로 개명되었다고 한다. 그러나 이후 화산은 도가의 성지聖地가 되었고 지금까지도 그 명성이 자자하다.

화산의 중봉中峰(一說에는 東峰이라고 하기도 한다)을 옥녀봉玉女峰이라 하는데 여기에는 진秦 목공穆公의 딸 농옥弄玉의 고사故事가 깃들여 있다. 춘추시대春秋時代 진목공秦穆公은 막내딸의 첫 번째 생일 때 앞에 금金·은銀·필筆·연鉛 등을 놓고 마음대로 선택하게 하여 아이의 장래를 점치는 섬서陝西지방의 풍속인 조세肇歲를 했는데, 벽옥璧玉 덩어리를 가지고 놀아 이름을 '농옥弄玉'이라 했다. 농옥은 음악을 좋아했고 특히 '생笙'을 잘 불었다. 당시 청년靑年 사관史官 '소사蕭史'는 주周 왕조王朝의 벼슬을 버리고 화산 중봉 명성암明星岩으로 도망가 약초를 캐고 편년사編年史를 저술하며 은거 생활을 하고 있었다. 소사는 '소簫'에 뛰어났는데, 그의 소성簫聲은 청풍淸風·채운彩雲·백조白鳥·선학仙鶴을 불러들일 정도였다고 한다.

하루는 그가 중봉中峰 품소대品簫臺(지금의 引鳳亭) 위에서 소를 연주했는데 그 소리가 천뇌성天雷聲과도 같이 명성암明星岩에서 몇백리 밖 농옥이 살고 있던 진궁秦宮까지 전해져 공주의 마음을 움직이고 말았다. 농옥은 평소에 남편을 고를 때 생이나 소를 잘 불지 않으면 안된다고 말하곤 했었다. 이에 소사는 진궁으로 초빙되어 진목공의 사위가 되었다. 그러나 그는 늘 화산華山을 그리워했고 또 편년사編年史를 완성하고 싶은 염원을 버리지 못했다. 이에 소사와 농옥은 적룡赤龍과 자봉紫鳳을 타고 궁궐을 떠나 화산 중봉으로 날아갔다. 농옥이 머물렀던 명성암의 동굴이 오늘날의 '옥녀동玉女洞'이다. 진목공은 딸을 찾지 못하자 사묘祠廟를 세워 제사 지냈는데 이 사당을 '옥녀사(玉女祠, 蕭女祠)'라 했다. 중봉은 공주가 장기간 거주했던 곳이기 때문에 후대 사람들이 옥녀봉玉女峰이라 부르게 되었다. 옥녀사 앞에는 다섯 개의 돌절구가 있는데 옥녀가 여기서 머리를 감았다고 한다. 예전에는 절구에 맑은 물이 가득 차 마르지도 넘치지도 않아 중봉의 일대기관一大奇觀이었다. 이백李白의 〈봉대곡鳳臺曲〉도 소사와 농옥의 고사를 노래했다.

범황하 泛黃河

맹교(孟郊)

누가 곤륜산崑崙山에 물길을 열어
혼돈하混沌河로 흘러가게 했는가?
바람이 이니 깃털을 쌓아 놓은 듯 넘실대고,
용龍이 날아오르듯이 파도를 내뿜는다.
상수湘水 가에서 슬현瑟絃 처량하게 울리니,
월越에서 온 손님 소리치며 쉰 목소리로 노래한다.
한恨이 남아도 씻어내지 못하니,
공허하게 이곳을 지나간다.

수개곤륜 원 유출혼돈하
誰開崑崙[1]源 流出混沌河[2]

적우 비작풍 경룡분위파
積羽[3]飛作風 驚龍噴爲波

상슬 수류 현 월빈 명열가
湘瑟[4]颼飅[5]絃 越賓[6]嗚咽歌

유한불가세 허차래경과
有恨不可洗 虛此來經過

1 崑崙(곤륜) : 고대(古代) 서방(西方)에 있었다고 하는 산으로 정확한 위치에 대해서는 설이 분분하며 황하(黃河)가 이곳에서 발원한다고 한다. 옛날에는 곤륜이라 했는데 지금의 곤륜산맥(崑崙山脈)과는 다른 산이다. **2** 混沌河(혼돈하) : 혼탁한 황하의 강물. **3** 積羽(적우) : 쌓아 놓은 깃털. 거센 파랑 위의 흰 거품이 마치 깃털을 쌓아 놓은 것 같다는 표현이다. **4** 湘瑟(상슬) : '상수(湘水)의 신령(神靈)이 고(鼓)와 슬(瑟)을 연주하다(湘靈鼓瑟)'의 준말. 상수의 영혼(舜妃 娥皇과 女英)이 비파를 뜯었다는 고사가 있다. 황하(黃河)의 풍랑(風浪)과 자신

의 감개비가(感慨悲歌)를 서로 비유하는 표현. **5** 颼飀(수류) : 바람소리. **6** 越賓(월빈) : 월(越)나라 나그네. 맹교(孟郊)의 고향인 무강(武康)이 춘추시대(春秋時代) 월(越)나라의 영토이기 때문에 맹교 자신을 뜻하는 말이다.

감상

황하黃河는 곤륜산崑崙山에서 발원하여 혼돈하混沌河로 흘러 들어간다. 그 출렁출렁 흐르는 물결은 깃털을 쌓아 올린 듯이 넘실대고 마치 용이 거친 파도를 뿜어내는 것 같다. 이 물이 흘러 소상강瀟湘江을 지날 때 순비舜妃가 탄 비파 소리 처량하게 울리니 옛날 월越에서 온 나그네 시인 목멘 소리로 노래한다. 그래도 남은 한 다 씻지 못하고 헛되이 이곳을 지나간다.

맹교孟郊는 세속과 타협할 줄 모르는 성격이었고 시를 지을 때도 한 글자씩 고음苦吟했다. 말단 관리였던 그는 괴로운 체험을 시로 표현해 냈는데 그에게는 시작詩作만이 유일한 업이었다. 이 시는 도도히 흘러가는 황하의 물결에 자신의 한과 근심을 모두 씻어 버리려 했으나 그것도 안돼 더 깊은 한을 가슴에 묻은 채 떠나는 시인의 쓰라린 심정을 표현하고 있다.

이 시는 평성平聲 가운歌韻의 오언고시이다.

여설

군산君山은 호산湖山이라고도 하고, 또 동정산洞庭山이라고도 하는데 동정호洞庭湖에 있는 약 3.5km²의 섬으로서 크고 작은 72개의 봉우리로 이루어져 있다. 이 작은 산에 수많은 명승고적名勝古蹟이 있는데 지금까지 이비묘二妃墓 · 유의정柳毅亭, 용연정龍涎亭, 진시황봉산인秦始皇封山印 등이 남아 있다. 그 가운데 가장 유명한 것이 군산의 동쪽 기슭에 있는 이비묘이다.

이비二妃란 요堯의 딸이고 순舜의 비妃였던 아황娥皇과 여영女英이다. 순이 제위에 오를 수 있게 내조했던 아황과 여영은 순이 창오蒼梧의 들판에서 세상을 떠나자 군산君山에서 식음을 전폐하고 통곡하다 피를 토하며 죽었다고 한다. 이비가 흘린 눈물이 군산의 대나무에 점점이 묻었는데 바람이 불어도 씻겨지지 않았다고 한다. 이로 인해 군산의 대나무를 '상비죽湘妃竹'이라 부르기 시작했으며 다르게는 반죽斑竹이라 칭하기도 한다. 군산엔 이비의 슬픈 전설이 담긴 '반죽' 이외에도 기기묘묘한 모양의 대나무들이 뒤엉켜 절경을 이루고 있다. 또 전설에는 이비가 상강湘江에 몸을 던진 후 상수湘水의 여신女神이 되었다고 한다. 『사기史記』〈진시황본기秦始皇本紀〉에 의하면, 시황始皇이 상산사湘山寺에 이르러 강江을 건너려 할 때 돌연 태풍이 불어 건너지 못했는데 이곳에서 이비의 장례를 치렀기 때문이라는 사람들의 말을 듣고는 상산의 나무를 모두 베어 버렸다. 『동정호지洞庭湖志』에 의하면, 진시황은 이비가 다시 환란患亂을 일으키지 못하게 군산의 석벽石壁에 '봉산인封山印'이라 각인케 했다고 하는데, 이 '봉산인'은 지금도 군산의 용구龍口 동쪽 석벽石壁에 길이 1.2m 너비 0.8m로 선명하게 새겨져 있다.

청말淸末 어떤 사람이 이러한 전설을 근거로 군산 동쪽 기슭에 이비묘를 수축修築했고, 1979년 이를 중수重修했다. 묘 앞의 비석碑石엔 '우제이비지묘虞帝二妃之墓'라 적힌 묘비墓碑가 서 있고, 20m 앞에는 한 쌍의 인주引柱가 세워져 있는데 거기엔 '이비의 영혼 천 년 동안 남아 산죽山竹의 뭇 반점은 한 사람을 향한 눈물이다.(君妃二魄芳千古, 山竹諸斑淚一人.)'라는 구절이 적혀 있어 이비의 고사故事를 짐작케 해주고 있다.

한유韓愈

768～824

중당대中唐代의 시인. 자字는 퇴지退之. 하남河南 하양河陽(지금의 하남성 河南省 맹현孟縣) 사람이다. 『창려선생집昌黎先生集』 40권과 『외집外集』 10권이 있다.

팔월십오야증장공조 八月十五夜贈張功曹

한유(韓愈)

작은 구름 퍼지더니 은하는 사라지고,
맑은 바람 불어오니 달빛이 물결에 흐른다.
넓은 모래밭 강물은 조용하여 소리도 그림자도 끊어졌는데,
술 한 잔에 그대에게 노래를 권하노라.
그대 노랫소리는 시리고 가사도 쓰라려
다 듣지도 않았는데 눈물이 비 오듯하네.
동정호洞庭湖 하늘에 이은 듯 구의산九疑山은 높이 치솟았고,
교룡蛟龍이 출몰하고 원숭이 울어댄다.
구사일생 임지에 다다르니
깊숙한 거처 적막한 게 도망쳐 숨어온 듯.
침상에서 내려오자니 뱀이 무섭고 밥을 먹으려니 독이 두려워
바다 기운 축축하게 스며들고 비린 냄새 풍긴다.
어제 주부州府에서 큰북을 쳤으니
새 임금 등극하고 어진 신하 모이겠지.
사면을 알리는 문서 하루에 만리萬里를 가,
죽을죄를 저지른 사람도 모두 다 살려 주네.
좌천당한 사람 유랑하는 사람 모두 다 돌아오니,
흠을 씻고 때를 벗겨 조정의 반열 깨끗해지겠네.

주부에서 올린 명단 관찰사가 막으니,
불우한 이 신세 겨우 강릉江陵으로 옮겨졌다.
판사判司 벼슬이 낮다 말하지도 못하는 건
잘못하면 땅에 눕혀 매 맞고 쫓겨나기 때문이네.
함께 왔던 친구들 모두 올라가는데,
서울 길 험난하여 따라잡기 어렵구나.
그대 노래 잠시 멈추고 내 노래 듣게나,
내 노래는 그대와는 크게 다를 것이네.
일 년 중 밝은 달 오늘밤이 제일이라,
인생이란 운명일 뿐 다른 게 아니네.
있는 술 마시지 않고 밝은 달 아래 어찌하리오!

섬 운 사 권 천 무 하 청 풍 취 공 월 서 파
纖雲四捲天無河 淸風吹空月舒波

사 평 수 식 성 영 절 일 배 상 촉 군 당 가
沙平水息聲影絕 一杯相屬[1]君當歌

군 가 성 산 사 차 고 불 능 청 종 루 여 우
君歌聲酸辭且苦 不能聽終淚如雨

동 정 련 천 구 의 고 교 룡 출 몰 성 오 호
洞庭連天九疑[2]高 蛟龍出沒猩鼯[3]號

십 생 구 사 도 관 소 유 거 묵 묵 여 장 도
十生九死到官所 幽居默默如藏逃

하 상 외 사 식 외 약 해 기 습 칩 훈 성 조
下床畏蛇食畏藥 海氣濕蟄熏腥臊

작 자 주 전 추 대 고 사 황 계 성 등 기 고
昨者州前搥大鼓[4] 嗣皇繼聖登夔皐

사 서 일 일 행 만 리 죄 종 대 벽 개 제 사
赦書一日行萬里 罪從大辟皆除死

천 자 추 회 류 자 환 척 하 탕 구 조 청 반
遷者追廻流者還 滌瑕蕩垢朝淸班

주 가 신 명 사 가 억　감 가 지 득 이 형 만
州家申名使家[5]抑　坎軻只得移荊蠻[6]

판 사 비 관 불 감 설　미 면 추 초 진 애 간
判司[7]卑官不堪說　未免捶楚[8]塵埃間

동 시 배 류 다 상 도　천 로 유 험 난 추 반
同時輩流多上道　天路[9]幽險難追攀

군 가 차 휴 청 아 가　아 가 금 여 군 수 과
君歌且休聽我歌　我歌今與君殊科

일 년 명 월 금 소 다　인 생 유 명 비 유 타
一年明[10]月今宵多　人生由命非由他

유 주 불 음 내 명 하
有酒不飮奈明何

1 屬(촉) : 촉은 술을 권한다(勸酒)는 뜻. **2** 九疑(구의) : 산 이름. 창오산(蒼梧山)이라고도 함. 호남성(湖南省) 영원현(寧元縣)에 있는 산으로 우순(虞舜)을 장사한 곳이다. **3** 猩鼯(성오) : 성성이와 족제비. **4** 州前搥大鼓(주전추대고) : 장서(張署)가 폄적(貶謫)된 주(州)의 주부(州府) 앞에서 큰 북을 치다. 곧 신황제(新皇帝)가 즉위하여 시행하는 대사면(大赦免)을 뜻함. **5** 使家(사가) : 당시의 방언(方言)으로 '주관(州官)', '사관(使官)' 을 말함. 당시 호남관찰사(湖南觀察使) 양빙(楊憑)이 장서(張署)에 대해 불만이 있어 일부러 그를 괴롭혔다. **6** 荊蠻(형만) : '형(荊)' 은 춘추시대(春秋時代) 초국(楚國)을 뜻하는 말이고, '만(蠻)' 은 고대(古代) 남방(南方)의 소수민족(少數民族)을 뜻하는 말이다. 이 시에서 '형만(荊蠻)' 은 강릉(江陵)을 의미하는데 장서(張署)가 폄적(貶謫)되었던 강릉이 옛 초국(楚國)의 땅이기 때문이다. **7** 判司(판사) : 당대(唐代) 주군(州郡)의 각조(各曹) 참군(參軍)을 통칭하는 말. **8** 捶楚(추초) : 장형(杖刑)으로 당(唐) 형법제도(刑法制度)에 의하면 참군(參軍) 부위(副尉)가 죄를 저지르면 태장(笞杖)의 형(刑)을 받았다고 한다. **9** 天路(천로) : '서울로 돌아가는 길' 을 비유했다. **10** 明(명) : 『전당시(全唐詩)』 주(注)에 '일작월(一作月)' 이라고 해 '명(明)' 은 '명월(明月)' 의 뜻이다.

감상

하늘에 구름 한 점 없는데 맑은 바람 불고, 명월明月이 사방에 비치자 한 조각 남았던 푸른 빛 은하수銀河水도 사라졌다. 두 갈래 작은 강물이 쉬어 가니 강모래도 가라앉았다. 사람 소리, 사람 그림자도 사라졌다. 술 한 잔 그대에게 올리며 노래를 청했더니, 노랫소리 시리고 노래 구절 쓰라려 듣는 사람 모두 눈물을 멈추지 못한다. 동정호洞庭湖 호숫물은 하늘가에 닿았고 구의산九疑山은 그 얼마나 험준한가. 호수에 교룡蛟龍이 출몰하고 산에서는 성성이와 족제비 슬피 울어댄다.

부임赴任 길 험난하고 위험하여 구사일생九死一生으로 임지任地에 도착했으나 집안에서 두문불출杜門不出, 마치 도망쳐 와 숨어 있는 듯하다. 침대에 독사가 기어다니고 밥을 먹으려니 독이 들었을까 두렵기만 하다. 또 축축한 바다 기운도 견디기 힘들고 비린 냄새도 참기 어렵다. 얼마 전에 주부州府에서 북이 울려 모인 사람들 황상皇上의 사면장赦免狀을 들었는데, 태자太子가 황제皇帝의 보위에 올라 요순시대堯舜時代 고요皐陶와 같은 현신賢臣을 임용한다고 한다. 대사면大赦免의 조서詔書가 하루만에 만 리 멀리까지 전해져 목이 달아날 죄인도 용서받았다. 귀양 온 관원들도 장안으로 되돌아가고 백관百官을 깨끗이 정리해 왕숙문王叔文을 처벌했다. 주부의 자사刺史는 날 장안으로 돌아가게 상소했으나 호남관찰사湖南觀察使가 가로막아 겨우 형만荊蠻 땅 강릉江陵의 관속官屬으로 옮겨가게 되었다. 판사判司 벼슬이 낮을 뿐만 아니라 조금이라도 잘못하면 매 맞고 쫓겨나기 십상이다. 같이 귀양 온 친구들 모두들 장안으로 되돌아가는데 어찌해서 나는 조정으로 되돌아가기가 하늘에 오르는 것처럼 힘들단 말인가?

오랜 친구여! 잠시 노래 멈추고 내 노랫소리 들어 보게나! 일년 중 오늘 밤 달이 가장 밝다네. 사람의 운명이란 어쩔 수 없는 것, 밝은 달 아래 술잔 들었으니 마음껏 취하지 않고서 이 시름 어떻게 풀 수 있겠나?

805년(唐 貞元 21) 정월正月, 순종順宗이 즉위해 대사면령大赦免令을 내렸는데, 이때 한유와 장서張署는 함께 강릉으로 부임하게 되었다. 침주郴州에서 황명皇命을 기다리다가 중추절仲秋節날 밤 두 사람이 술 마시며 달을 감상했는데, 돌연 심신心身이 고통스러웠던 지난 몇 년간을 떠올리며 이 시를 지었다. 이 시는 용운用韻의 변화가 심하며 성聲과 정情이 잘 어우러져 있다. 음절音節에 있어서도 고조高調를 사용해 평이하고 솔직한 원진元稹, 백거이白居易 등의 '장경체長慶體'와는 다른 풍격風格을 보인다.

이 시는 칠언고시로 1~4구는 평성 가운歌韻, 5~6구는 상성上聲 우운虞韻, 7~14구는 평성 호운豪韻, 15~16구는 상성上聲 지운紙韻, 17~24구는 평성 산운刪韻, 25~29구는 평성 가운歌韻을 사용했다.

여설

한유韓愈는 일생 동안 두 차례나 원지遠地로 폄적貶謫되었다. 803년(德宗 貞元 元年) 가뭄으로 흉년이 들자, 당시 감찰어사監察御使였던 한유와 장서는 관중關中 지방의 요역徭役을 면제해야 한다는 간언을 했다가 권문귀족權門貴族들의 노여움을 사 한유는 양산陽山(지금의 廣東地方)령令으로, 장서는 침주郴州 임무(臨武, 지금의 湖南地方)령으로 폄적 당했다. 장서는 임지에 도착하자 한유에게 시를 보낸다.

구의봉九疑峰 가 이강二江 앞에서　　구의봉반이강전 九疑峰畔二江前
서울 생각 고향 생각에 한 해를 맞는다.　　연궐사향일저년 戀闕思鄉日抵年
탄핵 상소 조정에 몰려들어 외지로 떠나왔으니,　　백간추조증병명 白簡趨朝曾并命
창오산에 폄적되었지만 한 번은 날아 가겠지.　　창오좌환일련편 蒼梧左宦一聯翩
어부는 배를 멀리 저어 가는지 고깃배에 불 밝고,　　교인원범어주화 鮫人遠泛漁舟火
붕조鵬鳥는 한가로이 이슬 맞으며 하늘을 난다.　　붕조한비노리천 鵬鳥閑飛露里天
언제쯤 황제의 영令 이 땅에 내려　　환한기시류솔토 渙汗幾時流率土
편주扁舟 타고 서쪽으로 함께 전원으로 돌아갈까?　　편주서하공귀전 扁舟西下共歸田

이에 한유가 〈답장십일答張十一〉이라는 제목으로 답시答詩를 보냈다.

산은 청명하고 봄 강은 공활해 물속 모래가 보이고,　　산정강공수견사 山淨江空水見沙
원숭이 슬피 울어대는 그곳에 두세 집이 있구나.　　애원제처량삼가 哀猿啼處兩三家
굵은 대나무에는 앞 다투어 죽순들이 솟아오르고,　　운당경장섬섬순 篔簹競長纖纖筍
철쭉이 한가로이 피어 있는 곳엔 꽃들이 어여쁘다.　　척촉한개염염화 躑躅閑開艷艷花
깊으신 황은皇恩 갚지 못했지만 내 죽을 곳을 아니,　　미보은파지사소 未報恩波知死所
뜨거운 장기의 남방에서 일생을 보내게는 마소서.　　막령염장송생애 莫令炎瘴送生涯
그대 시를 읽고서 양쪽 귀밑머리 보았더니,　　음군시파간쌍빈 吟君詩罷看雙鬢
잠깐 사이 백발이 반이나 늘었다오.　　두각상모일반가 斗覺霜毛一半加

그 후 당唐 헌종憲宗이 사면赦免을 시행할 때도 두 사람은 중앙 관리로 복직되지 못하고 한유는 강릉부江陵府의 법조참군法曹參軍, 장서는 강릉부江陵府의 공조참군工曹參軍이 된다. 이 소식을 듣고 심정이 복잡해진 한유는 보름날 밤에 시를 지어 동병상련의 처지에 있던 장서에게 보냈는데 그 시가 〈팔월십오야증장공조八月十五夜贈張功曹〉이다.

그 후 두 사람은 서로를 위로하며 시주詩酒로 소일했는데, 그 해 2월 한유는 강릉성江陵省 서쪽 지방을 유람하며 이화梨花를 감상하다 와병으로 함께 오지 못한 장서를 생각하며 〈이화증장십일서梨花贈張十一署〉를 보냈다.

알형악묘수숙악사제문루 謁衡岳[1]廟遂宿岳寺[2]題門樓

한유(韓愈)

오악五岳 제전祭典의 제관祭官들 모두 삼공三公이라,
사방이 둘러싼 가운데 숭산嵩山이 우뚝하다.
불에 속한 남방南方의 형산衡山 땅은 거칠고 요괴가 많아
하늘이 악신岳神에 권병權柄을 주어 오로지 이 땅을 다스리게 했다.
뿜어내는 구름 쏟아내는 안개 산허리에 감추고,
최고봉이 있다지만 누가 그 꼭대기에 올라가 보랴?
나 오자 마침 가을 비 오는 때라,
음산한 기운에 어둑어둑 맑은 바람조차 없더라.
마음 가다듬어 기도하니 악신岳神이 응답하는 듯,
이 어찌 신명神明을 통감하지 않는가?
잠깐 사이에 고요히 쓸어내고 뭇 봉우리 드러나는데,
쳐다보니 높고도 큰 봉우리 푸른 하늘을 떠받치고 있네.
자개봉紫蓋峰은 늘어져 천주봉天柱峰과 이어졌고,
석름봉石廩峰은 날아올라 축융봉祝融峰 위로 올라가 있다.
삼엄함에 혼백이 놀란 듯 말에서 내려 경배하고,
송백松柏 샛길로 영궁靈宮으로 달려간다.
분칠한 담, 붉은 기둥 어우러지며 광채가 발하고,
귀물과 그림들 청홍색靑紅色으로 뒤덮였다.

계단에 올라 허리 굽혀서 술과 고기 바치면서
조촐한 제물이나마 충심을 밝히려 한다.
묘廟 안의 노인들 신의神意를 아는 듯이
큰 눈을 뜨고 살피며 허리를 굽힌다.
산통을 잡더니 나에게 던지는 법을 일러 주고,
점괘占卦가 더할 수 없이 제일 좋다 한다.
오랑캐 땅으로 쫓겨온 이 몸 요행히도 살아
근근이 의식을 해결하여 연명하는 것만도 감지덕지.
왕후장상王侯將相이 되겠다는 희망 오래 전에 버렸으니,
신神이 비록 복을 빌지만 공을 이루기 어렵다!
악사岳祠에 잠 자고 높은 누각에 오르니,
별도 달도 가리웠고 구름도 희미하다.
원숭이 울음, 종소리에도 새벽을 모르더니
차가운 해 환하게 동산에 떠오른다.

오악 제질개삼공 사방환진숭당중
五岳[3]祭秩皆三公[4] 四方環鎭嵩當中
화유 지황족요괴 천가신병전기웅
火維[5]地荒足妖怪 天假神柄專其雄
분운설무장반복 수유절정수능궁
噴雲泄霧藏半腹 雖有絕頂誰能窮
아래정봉추우절 음기회매무청풍
我來正逢秋雨節 陰氣晦昧無淸風
잠심묵도약유응 기비정직 능감통
潛心默禱若有應 豈非正直[6]能感通
수유정소중봉출 앙견돌올 탱청공
須臾靜掃衆峰出 仰見突兀[7]撑靑空
자개 련연접천주 석름등척퇴축융
紫蓋[8]連延接天柱 石廩騰擲堆祝融

삼연백동하마배 송백일경추령궁
森然魄動下馬拜 松柏一逕趨靈宮

분장단주동광채 귀물도화전청홍
粉牆丹柱動光彩 鬼物圖畫塡青紅

승계구루 천포주 욕이비박 명기충
升階傴僂[9]薦脯酒 欲以菲薄[10]明其衷[11]

묘내로인식신의 휴우 정사능국궁
廟內老人識神意 睢盱[12]偵伺能鞠躬

수지배교 도아척 운차최길여난동
手持盃珓[13]導我擲 云此最吉餘難同

찬축만황행불사 의식재족감장종
竄逐蠻荒幸不死[14] 衣食才足甘長終

후왕장상망구절 신종욕복난위공
侯王將相望久絕 神縱欲福難爲功

야투불사상고각 성월엄영운동롱
夜投佛寺上高閣 星月掩映雲曈曨[15]

원명종동부지서 고고 한일생우동
猿鳴鐘動不知曙 杲杲[16]寒日生于東

숭산(嵩山)

1 형악(衡岳) : 형산(衡山). 2 岳寺(악사) : 형악묘(衡岳廟). 3 五岳(오악) : 고대(古代) 중국(中國)의 다섯 좌(座)의 명산(名山). 동악태산(東岳泰山), 서악화산(西岳華山), 북악항산(北岳恒山), 남악형산(南岳衡山), 중악숭산(中岳崇山)을 뜻함. 4 三公(삼공) : 고대(古代) 3종의 최고 관직. 주대(周代)에는 태사(太師)·태부(太傅)·태보(太保)가 삼공(三公)이었는데, 일설에는 사마(司馬)·사도(司徒)·사공(司公)을 삼공이라고도 한다. 삼공은 군사행정의 최고 장관이다. 5 火維(화유) : 고대(古代)에 방위(方位)로 지리의 특성을 분류하는 '사유(四維)' 설이 있었는데 남방(南方)이 '화(火)' 에 속했기 때문에 남방을 '화유(火維)' 라 했다. '화유' 는 곧 '화향(火鄕)' 의 뜻이다. 6 正直(정직) : 『좌전(左傳)』 〈장공삼십이년(莊公三十二年)〉에 '신령(神靈)은 총명정직(聰明正直)하고 또 한마음 한뜻으로 행하는 것입니다(神, 聰明正直而壹者也)' 라는 구절이 있는데, '정직(正直)' 은 '신명(神明)' 을 뜻한다. 7 突兀(돌올) : 높이 솟아오른 모양. 8 紫蓋(자개) : 형산(衡山) 72봉 가운데 하나로 부용(芙蓉)·석름(石廩)·천주(天柱)·축융(祝融)과 더불어 가장 높은 '형산오봉(衡山五峰)' 으로 꼽힌다. 9 傴僂(구루) : 몸을 굽혀 경의를 표하다. 10 菲薄(비박) : '미박(微薄)' 의 뜻. 작고 얇다, 보잘것없다. 11 衷(충) : 내심, 진심의 뜻. 12 睢盱(휴우) : 눈을 크게 뜨고 쳐다보다. 13 盃珓(배교) : 산통. 점(占)을 치는 데 사용하는 도구로 옥이나 조개껍질 혹은 대나무로 두 쪽을 만든 다음 땅에 던져 그 모양에 따라 길흉화복을 점친다. 배(盃)는 수(數)를 세는 말. 14 佛寺(불사) : 형악묘(衡岳廟). 15 朣朧(동롱) : 먼동이 트다. 미몽(迷夢)의 은은함. 16 杲杲(고고) : 일출의 광명(光明). 환하고 밝다.

감상

옛날 오악五岳의 봉선제封禪祭는 제왕의 제전과도 같아 삼공三公들이 제관祭冠을 맡았다. 태산泰山·형산衡山·화산華山·항산恒山이 각기 동서남북東西南北의 진鎭이었고 가운데 숭산崇山이 중악中岳이었다. 형산은 덥고 황량한 남방南方에 자리잡아 옛날부터 사람들은 이 산에 요괴妖怪가 많다고 말들 했었는데, 천제天帝가 악신岳神에게 힘을 주면서 오로지 이 산만을 다스리라고 했었다. 운무雲霧가 형산 산허리를 휘감고 쉼 없이 구름을 뿜어대니 구름 속에 정상頂上이 있다지만 누가 올라갈 수 있겠는가? 내가 형산을 오를 때가 마침 가을비 자주 오는 때인지라, 또다시 비가 내리려는지 맑은 바람 한 점 불지 않고 음산한 기운만 가득했다. 마음 가다듬고 기도했더니 정말 형산의 산신山神이 있어 내 기도에 감응했는지, 일순간에 구름이 걷히고 뭇 봉우리들이 제 모습을 드러냈다. 그 모습이 마치 큰 봉우리가 천주天柱처럼 하늘을 떠받치고 있는 것처럼 우뚝 치솟았다. 자개봉紫蓋峰은 길게 뻗어 천주봉天柱峰과 이어졌고 울쑥불쑥 솟은 석름봉石廩峰은 마치 축융봉祝融峰을 껴안고 있는 듯하다. 험준한 산봉우리에 놀란 듯이 가슴이 뛰어 급히 말에서 내려 산신에게 절하고는 소나무 · 측백나무 사이 샛길을 통해 서악묘西岳廟로 간다.

서악묘에 들어서니 분칠한 듯 하얗게 칠한 담과 주홍색 기둥이 서로 비치며 광채가 떠서 움직이는 것 같고, 위쪽에는 온통 청홍색靑紅色으로 그린 괴상한 그림들이다. 계단으로 올라가 악신岳神에게 술과 고기를 바친다. 조촐한 제물이지만 경건하게 허리 굽히며 절했다. 신묘神廟를 지키는 노인이 마음을 아는지 옆에 서서 눈을 크게 뜨고 살피더니 나에게 인사한다. 그 노인 산통算筒을 쥐더니 이렇게 저렇게 던지라고 내게 가르쳐 준다. 산가지를 던지고 나니 나온 점괘 제일로 좋다고 말한다. 양산陽山 오랑캐 땅으로 폄적되었지만 요행히 죽지 않았으니 이후로도 근근이 의식만 해결했으면 되었지 다른 욕심은 처음부터 없었다. 왕후장상王侯將相이 되겠다는 욕심 이미 오래전에 버렸다, 신이 돌본다 해도 이루기 어려운 일인 것을. 잠자리에 들기 전에 야경을 보려고 높은 누각 위로 올라갔지만 구름이 많아서인지 별도 달도 가렸고 구름조차 희미하다. 깊이 잠들었던지 원숭이 울음소리, 새벽 종소리도 듣지 못했는데, 눈을 뜨니 어느새 차가운 새벽 해가 환하게 동쪽 산 위에 떠올랐다.

803년(唐 貞元 19), 한발이 심해 당시 감찰어사監察御使로 있던 한유와 장서는 당唐 덕종德宗에게 관중關中 지방의 요역徭役을 감면해 줄 것을 간언했다. 이로 인해 권문귀족權門貴族들의 노여움을 사 한유는 양산령陽山令(지금의 廣東), 장서는 임무령臨武令(지금의 湖南)으로 좌천된다. 그 후 805년(唐 永貞 元年), 헌종憲宗의 대사면 때 한유는 양산陽山을 떠나 침주郴州(지금의 湖南 什縣)에서 명을 기다렸다. 그곳에서 강릉부江陵府 법조참군法曹參軍으로 임명되었다는 소식을 듣고, 그 해 9월 임지任地로 가는 도중에 형산衡山을 찾았다가 이 시를 지었다. 이 시는 형산의 산수를 묘사한 산수시이다.

이 시는 평성平聲 동운東韻을 사용한 칠언고시로, 구말句末의 세 글자를 모두 평성운平聲韻을 사용한 이른바 '삼평조三平調'이다.

여설

한유의 시 가운데 형산衡山의 산수를 묘사한 시로 이 시 외에 〈구루산岣嶁山〉이 있다. '구루'는 형산 72봉 가운데 하나로 호남湖南 형양시衡陽市 북쪽에 있는데, 고래古來로 형산의 주봉主峰인 구루봉岣嶁峰의 이름을 빌려 형산을 구루산이라고 부르기도 했다.

구루산 정상 신우비는	구 루 산 첨 신 우 비 岣嶁山尖神禹碑
글자는 푸르고 돌은 붉은 기이한 모습이다.	자 청 석 적 형 모 기 字靑石赤形摹奇
문자는 과두문처럼, 필획은 부추 잎처럼 뒤집혀져	과 두 권 신 해 도 피 科斗拳身薤倒披
난새가 날고 봉황이 머물며 호랑이 웅크린 듯.	난 표 봉 박 나 호 리 鸞飄鳳泊拏虎螭
비밀에 붙인 사적事迹 귀신도 찾기가 어려운데,	사 엄 적 비 귀 막 규 事嚴迹祕鬼莫窺

도인道人이 홀로 정상에 올라 우연히 발견했다네. 　도인독상우견지 道人獨上偶見之

나 여기 와 탄식하며 눈물 흘리는 것은 　아래자차체련이 我來咨嗟涕漣洏

수만 번을 찾았지만 어디에 있단 말인가? 　천수만색하처유 千搜萬索何處有

빽빽한 숲에서 원숭이 슬피 우네. 　삼삼녹수원노비 森森綠樹猿猱悲

형산에는 남악묘南岳廟와 축융봉祝融峰이 유명하다. 남악南岳 고진古鎭의 작은 길을 따라가다 보면 거대한 건축물들이 위용을 자랑하며 서 있는데 이곳이 호남성湖南省 최대最大의 고대古代 건축물建築物인 형산 남악대묘南岳大廟이다.

98,500m²의 대지 위에 영성문靈星門 · 규성각奎星閣 · 정천문正川門 · 어비정御碑亭 · 가응문嘉應門 · 어서루御書樓 · 정전正殿 · 침궁전寢宮殿 · 북후문北後門 등 아홉 채의 건축물이 줄지어 서 있고 사면의 붉은색 담과 하늘을 찌를 듯 치솟은 처마 등은 마치 북경北京의 고궁古宮을 연상케 한다.

『형주기荊州記』의 기록에 의하면, 형산이란 이름은 지리地理와 성좌星座에 관계가 있는 것 같다. 또 진성軫星 부근에 인간의 수명을 관장한다고 전해지는 장사성長沙星이 있는데, 형산이 옛날에는 장사에 속했기 때문에 사람들이 형산을 '수악壽岳'이라 칭하기도 하고, '수비남악壽比南岳'이라는 말도 여기서 유래한다.

민간 전설에 의하면, 거인의 시체가 변해 오악五嶽이 되었다고도 한다. 육조六朝 임방任昉의 『술이기述異記』에 '머리는 동악東岳이 되고 배는 중악中岳, 왼팔은 남악南岳, 오른팔은 북악北岳, 다리는 서악西岳이 되었다.(頭爲東岳, 腹爲中岳, 左臂爲南岳, 右臂爲北岳, 足爲西岳.)' 라고 기록하고 있다.

오악五岳은 황제皇帝가 제사 지냈던 곳으로 오악을 관장하는 산신 역시 존귀한 지위를 얻었다. 남악南岳 형산의 신神은 '사천왕司天王', '남악진군南岳眞君'으로 봉해졌고, 송대宋代엔 '사천소성제司天昭聖帝'라 봉해져 인간 세계의 제왕과 같은 반열에 올랐다. 이로 인해 오악신五岳神의 대묘大廟 역시 고궁古宮과 같이 만들었고 강희황제康熙皇帝의 어필로 석비石碑를 세우기도 했는데, 이 비석은 지금도 어비정御碑亭 가운데 서 있다.

그런데 인간 세계의 제왕처럼 추앙 받았던 남악신은 전설에 의하면, 혜사화상慧思和尙의 수하手下와 싸워 패했다고 한다. 혜사惠思는 남북조시대南北朝時代 북제北齊의 승려로 '선정禪定과 지혜智慧를 같이 닦아야 한다(定慧雙修).'라고 주장하면서 남북조南北朝 승려僧侶간의 교리 차이를 조화시키려 했으나 도리어 북방 승려들의 질시를 받아 거의 죽음을 당할 지경에 이르자 어쩔 수 없이 도제徒弟와 함께 서기 567년 형산荊山으로 와 도량道場을 창건한다.

당시 남악에는 도가道家가 성행했기 때문에 그 과정에서 많은 충돌이 발생할 수밖에 없었고 불교와 도교 간의 충돌을 둘러싼 수많은 불교 고사가 전해진다. 악신岳神이 매우 호전적이라는 사실을 익히 알고 있던 혜사는 악신에게서 불교도량佛敎道場을 지을 터를 얻기 위해 내기를 제의한다. 지는 쪽이 승자의 어떠한 요구도 들어주기로 한 악신과 혜사의 싸움에서 혜사는 세 번을 연거푸 이겨 마침내 천주봉天柱峰 남쪽의 땅을 얻어 복엄사福嚴寺를 창건했는데 악신의 배려에 대한 보답으로 불문성지佛門聖地 안에 악신이 쉴 수 있는 곳을 마련해 주었고 악신이 자주 이곳에 들러 혜사의 설법을 듣다 마침내 두 사람은 친구가 되었다. 현재 복엄사福嚴寺 내에는 악신전岳神殿을 찾을 수 있는데 원래 악신전 안에는 동銅 1만3천 근을 들여 만든 악신동상銅像이 있어 불문 제자들도 참배를 했다고 전해지는데 아쉽게도 지금은 사라지고 없다.

남악대묘南岳大廟 북문을 지나 케이블카를 타고 3km 가량 산을 올라가면 남악 형산 72봉 중 가장 높은 축융봉祝融峰에 이른다. 한유韓愈는 시에서 '축융봉은 만장 높이 땅에서 솟았다(祝融萬丈拔地而起)'라 묘사했지만 실은 해발 1,290m에 불과하다. 이백李白은 구름에 휩싸인 축융봉을 장려하게 묘사했다.

푸르디 푸른 형산 천공天空에 들었고, 衡山蒼蒼入紫冥(형산창창입자명)
아래로 남쪽 끝 노인성이 보인다. 下看南極老人星(하간남극로인성)
표풍飄風 산에 불어대더니 오봉五峰에 눈이 쌓였고, 風飄吹山五峰雪(풍표취산오봉설)
왕왕 꽃이 날아 동정호洞庭湖에 떨어진다. 往往飛花落洞庭(왕왕비화락동정)

축융봉 정상에서 바라보면 멀리 부용芙蓉 · 천주天柱 등 형산의 16봉이 마치 새 몸통처럼 이어져 있고, 남쪽의 석름石廩 · 관음觀音 등 12봉과 북쪽의 자개紫蓋 · 향로香爐 등 16봉은 날아가는 새의 양 날개처럼 보인다. 그리고 축융봉은 마치 새머리와도 같다. 형산 72봉의 모습을 청대淸代 학자 위원魏源은 〈형악음衡岳吟〉에서 "항산恒山은 걸어가는 것 같고 태산岱山은 앉아 있는 것 같고, 화산華山은 서 있는 것 같고 숭산崇山은 누워 있는 것 같은데 오직 남악南岳만이 홀로 나는 것 같다. 주조朱鳥가 날개를 펴고 하늘에 드리워 사방四方 각기 110리里에 펼쳐 있으면서 둘러싼 봉우리들이 주봉主峰을 보좌하는 것 같다.(恒山如行, 岱山如坐, 華山如立, 崇山如臥, 惟有南岳獨如飛. 朱鳥展翅垂雲天, 四方各展百十里, 環侍主峰如輔佐.)"라 묘사했었는데 '날다飛'는 형산 산세山勢의 특징을 정확하게 지적한 말이다.

축융봉 정상에는 고대 축융씨祝融氏를 기념하기 위해 만든 축융전

祝融殿이 있다. 중국 신화 전설에는 몇 명의 축융씨가 있는데 그들은 모두 형산과 관계가 있다.

먼저 전설의 고제古帝이다. 나필羅泌의 『노사路史』에 "축융씨는 축화祝龢라고도 하는데, 이 사람이 곧 축융씨이다. ……불로 덕을 베풀어 적제赤帝라는 호칭을 얻었는데 이 때문에 후세後世의 화관火官들을 축융씨라 부르게 되었다.(祝涌氏, 一曰祝龢, 是爲祝融氏, ……以火施火, 號赤帝, 故後世火官因以爲謂.)"라는 기록이 있는데, 축융씨가 바로 적제赤帝로 천하를 백 년 간 다스리다가 형산 남쪽에 묻혔다고 한다. 『수경주水經注』에도 축융씨에 관한 기록이 있는데 "형산 남쪽에 축융씨의 무덤이 있다(衡南有祝融塚)"라는 기록에서 이 전설이 매우 오래 전부터 전해졌음을 알 수 있다.

다음은 황제黃帝의 육상六相 가운데 한 사람이 축융씨이다. 『관자管子』〈오행五行〉편에 "황제黃帝는 여섯 신하를 얻어 천하를 다스렸는데, ……축융에게 남방을 맡겨 사도司徒로 파견했다.(黃帝得六相而天下治, ……祝融辯於南方, 故使爲司徒.)"라는 기록이 있다. 황제는 전설의 삼황오제三皇五帝 중 한 사람으로 그의 수하에는 많은 유능한 인재들이 있었고 축융씨는 그중의 한 사람이라고 한다. 축융은 황제를 대신해 남악 형산의 소재지인 남방을 다스리는 사도의 임무를 담당했었다고 한다.

또 다른 한 사람은 제곡帝嚳의 화관火官 중려重黎이다. 『사기史記』〈초세가楚世家〉에 "중려는 제곡 고신씨高辛氏의 화관火官(火正)이었는데 천하天下를 널리 포용할 만한 큰 공이 있어 이에 제곡帝嚳이 '축융'이라 했다.(重黎爲帝嚳高辛氏火正, 甚有功, 能廣融天下, 帝嚳命曰 : '祝融'.)"라는 기록이 있는데, 여기서 '축祝'은 '축수祝壽', '융融'은 '광명光明'의 뜻이다. 제곡은 이 신하가 영원히 백성들에게 광명을 가져다주길 희망해 '축융'이라 했고, 후인들은 그를 '화신火神'으로 존경하며 형산 남면南面에 장례葬禮 지냈다고 한다.

이처럼 전설상의 '축융祝融'은 한 사람이 아니지만 모두 '화火'와 관계가 있는데 이것은 형산의 위치와 관계가 있다. 점성학占星學에서 형산은 '이궁離宮'에 위치하는데, 이는 '화덕火德'을 의미한다고 하며 팔괘八卦에서도 '이離'는 '화火'를 뜻한다고 한다. 게다가 남방은 기온이 높고 태양 빛이 강했기 때문에 사람들이 일찍부터 남방南方, 또는 형산을 언급하면서 '화火'를 연상해 『회남자淮南子』〈천문훈天文訓〉에 "남방은 화성火星이어서 그 황제를 염제炎帝라 했고 염제의 대신大臣도 화신火臣 주명朱明인데, 주명은 형관衡管을 쥐고 하계下界를 다스린다.(南方火也, 其帝炎帝, 其佐朱明, 執衡而治下.)"라고 하는 등에서 알 수 있듯이 형산의 최고봉을 '화신火神'이라 명명했던 것은 그 나름대로 깊은 까닭이 있었다.

축융봉祝融峰 정상에는 망일대望日臺와 망월대望月臺가 있다. 또 사자암獅子岩에는 고대사高臺寺가 있다. 고대사는 남악의 풍경 가운데 가장 뛰어난 경관을 뽐낼 뿐만 아니라 주변의 관음암觀音岩·벽라봉碧羅峰·연하동煙霞洞·관음천觀音泉에 담겨 있는 고사故事도 유명하다. 그 가운데 고대사高臺寺 좌측에 있는 개운정開雲亭에 얽힌 전고典故는 이후 수많은 시를 통해 오늘날까지도 전해진다.

개운정은 한유를 기념해 건축한 정자다. 당唐 덕종德宗 정원연간貞元年間 감찰어사監察御使를 역임했던 한유가 양산현령陽山縣令으로 폄적 당했다가 2년 후 당 헌종조憲宗朝에 강릉江陵 법조참군法曹參軍으로 이임하면서 가을에 형주衡州를 지나가게 된다. 한유는 도중에 남악에 올랐으나 온 산이 구름에 휩싸여 남악의 진면목을 볼 수 없게 되자 정성스럽게 기도했는데 이 기도를 귀신이 들었던지 과연 구름이 걷혔다고 한다. 이에 한유는 〈알형악묘수숙악사제문루謁衡岳廟遂宿岳寺題門樓〉를 지어 형산의 '운개雲開'를 통해 '정치적政治的 운개'

의 희망을 노래했지만 애석하게도 당조唐朝의 정치적 암흑은 걷히지 않았고 후인들이 이 일을 기념하여 개운루開雲樓, 개운정을 건축했다.

그 밖에도 남악에는 수많은 절경이 있는데, 그 중 '축융봉지고祝融峰之高', '장경전지수藏經殿之秀', '방광사지심方廣寺之深', '수렴동지기水簾洞之奇'를 '남악사절南岳四絶'이라 한다.

화산(華山)

좌천지남관시질손상左遷至藍關[1] 示侄孫湘[2]

한유(韓愈)

아침에 한 편의 상소문을 구중궁궐에 올렸는데,
그날 저녁에 조주潮州 팔천 리 길 귀양 떠나네.
밝으신 임금님을 위해 폐악弊惡을 없애려 했으니,
쇠약한 이 몸이야 여생餘生이 아까울 것 있겠나?
구름이 진령秦嶺에 걸쳤으니 집은 어디에 있는가?
눈이 남관藍關을 막아 말도 나아가지 않는다.
네가 멀리 온 것은 응당 뜻이 있음을 알았을 터,
내 뼈를 장기瘴氣 서린 강가에서 거두었으면 좋겠다.

일 봉 조 주 구 중 천　석 폄 조 주 로 팔 천
一封朝奏九重天[3]　夕貶潮州[4]路八千
욕 위 성 명 제 폐 사　긍 장 쇠 후 석 잔 년
欲爲聖明除弊事　肯將衰朽惜殘年
운 횡 진 령 가 하 재　설 옹 남 관 마 부 전
雲橫秦嶺[5]家何在　雪擁藍關馬不前
지 여 원 래 응 유 의　호 수 오 골 장 강 변
知汝遠來應有意　好收吾骨瘴[6]江邊

1 藍關(남관) : 관문 이름. 남전관(藍田關)으로 지금의 섬서성(陝西省) 남전현(藍田縣) 동남쪽에 있다. 2 侄孫湘(질손상) : 한유와 함께 기거하던 질손 한상(韓湘). 3 九重天(구중천) : 고인(古人)들은 하늘은 '구중(九重)', 즉 '구층(九層)'으로 이루어져 있다고 생각했고, 또 '군주(君主)'를 흔히 '천(天)'에 비유해 '군문구중(君門九重)'의 말이 만들어졌다. 4 潮州(조주) : 옛 주(州)·노(路)·부(府) 이름. 591년(隋開皇 11) 설치되었던 주로 치소(治所)는 해양〔海陽(지금의 廣東省 潮

州市)이다. 원대(元代)에 조로(潮路)로 고쳤고 명대(明代)에 조부(潮府)로 고쳤다가 1911년 폐지되었다. **5** 秦嶺(진령) : 넓은 의미에서 '진령(秦嶺)'은 서쪽의 감숙(甘肅)·청해(青海) 변방에서 동쪽의 하남(河南) 일대까지 이어진 대산맥(大山脈)을 뜻하는데, 이 시에서는 좁은 의미의 진령, 즉 관중(關中) 남부(南部) 일대의 산들을 의미한다. **6** 瘴(장) : '장기(瘴氣)'로 남방(南方) 산속의 습하고 뜨거운 기운인데 고인(古人)들은 이 기운이 전염병의 원인이라고 생각했다. '장강(瘴江)'은 '장기(瘴氣)'가 가득한 남방의 강이라는 뜻이다.

감상

아침에 〈논불골표論佛骨表〉를 올렸더니 반나절 만인 그날 저녁에 조주潮州로 귀양을 떠나게 되었다. 사리에 밝으신 성군聖君 헌종憲宗을 위해 미신을 없애려 했으나 오히려 황제의 노여움을 사서 귀양가게 되었다. 그러나 늙고 쇠약한 이 신세는 아쉬울 것 없고 다만 영명하신 황제 걱정뿐이다. 구름이 걸친 진령秦嶺에 이르니 이제 장안의 집은 보이지도 않고 앞엔 남전관藍田關 관문이 가로막아 말도 지친 듯 걸음을 멈춘다. 한상韓湘 네가 멀리 여기까지 나를 따라온 것은 내 시신이나마 거두라는 뜻임을 알기 바란다.

819년(唐 元和 14) 정월正月, 한유는 〈논불골표論佛骨表〉로 헌종의 노여움을 사 남방 조주자사潮州刺史로 폄적되었는데 죄인의 가속은 경사京師에 머무르지 못한다는 규정 때문에 한유의 가족들도 함께 가게 되었다. 한유는 황명을 받는 즉시 조주로 떠났고, 가족과 함께 기거하던 한상 등이 조금 늦게 떠나 남관藍關에 이르러서야 한유와 만나게 되었다. 한유는 충성을 다했으나 죄인이 되어 버린 자신의 심정을 이 칠언 율시律詩에 담아 한상에게 보였는데, 왜냐하면 한상이 한유의 아들 한창韓昶보다 다섯 살이 많아 한유의 자손 중에서는 제일 나이가 많았기 때문이다.

칠언율시는 함련頷聯과 경련頸聯의 대장對仗을 맞추기가 쉽지 않아 비교적 정채精彩로운 시가 드문데 한유의 이 시는 당시 자신의 솔직한 감정을 유창하게 묘사해 후인들의 찬사를 받고 있다.

이 시는 평성平聲 선운先韻의 칠언율시이다.

여설

조주는 지금의 광동성廣東省 조주시潮州市 일대로 수대隋代에 설치되었던 구주舊州이다. 당대 조주에는 불교佛教가 대성해 영산사靈山寺 등의 고찰古刹이 지금도 남아 있다. 그리고 조주에는 당唐의 문학가 한유의 사적이 남아 있는데 그 이유는 한유가 한때 이곳에 폄적貶謫된 적이 있었기 때문이다.

조주 한강韓江을 건너면 한산韓山이 나타나는데 이 산의 원명은 필가산筆架山이다. 이 산의 서쪽 기슭에 당대 대문호 한유의 사당이 있다. 한유는 조주에 폄적됐던 기간 동안 산수를 사랑하여 이 산에 올라 직접 상목橡木을 심었다고 한다. 1189년(南宋 淳熙 16) 조주 지군주사知軍州事 정륜원丁倫元이 이곳에 사당을 지어 한유를 기념한 지 어언 800여 년이 흘렀다.

당시 한유가 조주로 폄적되었던 데는 이유가 있다. 당대 장안의 서북쪽 봉상현鳳翔縣에는 법문사法門寺라는 사찰이 있었다. 법문사 경내 호국진신탑護國眞身塔에 소장되어 있는 석가모니의 유골인 '불골佛骨'을 30년마다 한 번씩 전시하곤 했는데 그때마다 '풍년豊年이 들고 사람들이 편안했다(人安歲豊)'고 한다. 819년(唐 元和 14) 정월, 미신에 빠져 있던 헌종憲宗은 30명의 궁녀와 환관을 보내 법문사의 '불골'을 황궁皇宮으로 가져 오게 했다. 불골을 황궁에 3일간 모셔 놓고 모든 신하들에게 참배하게 한 후 다시 법문사로 옮겨서 전시했다. 이로 인해 온 장안이 들끓었다.

이렇게 '불골'에 대한 미신이 광적인 상태에 도달했을 때도 한유는 여전히 냉정을 잃지 않고 정통 유가의 입장을 견지하여, 사원과 불교는 국가의 재정을 소모시키고 유교통치儒教統治를 불안하게 하기 때문에 부처에게 복을 기원해도 아무런 복은 오지 않고 결국에는 재앙만 쌓인다는 요지의 〈논불골표論佛骨表〉를 지어 불교에 대한 광적인 열풍을 비판했다. 그러나 무능한 황제는 진노해 한유를 처형하려고 했는데, 다행히 재상 배도裴度 등 대신들의 간청으로 죽음에서 벗어나 조주자사로 폄적되었다. 한유에게 있어 이 일은 말이 폄적이지 사실상 추방이었다.

조주는 장안에서 8천리 길이었을 뿐만 아니라 교통도 매우 불편했다. 게다가 한유는 죄를 지어 폄적되었기 때문에 가족들과 만나지도 못한 채 길을 떠났다. 섬서성陝西省 남전현藍田縣의 남관南關 부근에 이르렀을 때 한유가 부양했던 질손姪孫 한상(일설에는 八仙 중의 韓湘子라고도 함)이 급히 달려와 한유의 시중을 들었다. 때는 이미 초겨울이었고 들판에는 벌써 눈꽃이 날려 만년에 접어든 한유는 가슴속의 번민을 달래지 못하고 이 〈좌천지남관시질손상左遷至藍關示侄孫湘〉을 써내려 갔다.

한유는 한수漢水를 따라 장강長江을 건너 오령五嶺을 넘어 남해南海에 이르렀다. 장안을 떠난 지 2개월 만인 그 해 3월 25일 조주에 도착했다. 한유는 조주에 도착한 후 일신의 불행은 접어둔 채 백성들을 위해 온갖 정성을 다했다. 특히 조주의 인재를 양성하는 데 심혈을 기울였다. 그는 진사進士 조덕趙德이 경사經史에 통달했으나 실의에 빠져 지내는 것을 보고는 그를 발탁해 조주의 인재를 양성하도록 했다. 그 결과 조주의 문화와 교육 수준은 나날이 발전해 100여 년 후 조주는 '바닷가의 학문과 교육이 성한 곳(海濱鄒魯)'이라는 명성을 얻게 되었다.

조주를 지나가는 한강韓江을 당시엔 악계鰐溪라 했는데 수중에 악어鰐魚가 많았기 때문에 붙여진 이름이었다. 당시 악어는 두려움의 대상에서 숭배의 대상이 될 정도로 위협적인 존재였다. 한유는 악어를 퇴치하기 위해서는 먼저 사람들이 정신적으로 악어의 속박에서 벗어나야 한다고 생각해 백성들에게 악어를 퇴치하기 위해 싸우겠다는 신념을 불러일으키는 데 주력했다. 그래서 먼저 악어 퇴치의 여론을 조성한 후에 강변에서 일부러 악어에게 제를 올렸다. 수많은 백성들이 모여 제물을 준비하고는 악어들이 이곳에서 떠나도록 〈제악어문祭鰐魚文〉을 낭독했다. 전설에 의하면, 악어가 그 정성에 감동하여 하룻밤 사이에 서쪽으로 60리쯤 이동해 백성들이 악어의 피해를 입지 않게 되었다고 한다. 그러나 사실은 한유가 악어를 위한 제사를 치른 후에도 여전히 한강에는 악어로 인한 피해가 속출했었다고 한다. 30년 후 재상 이덕유李德裕가 조주에 폄적되었을 때 악어들이 이덕유가 탄 배를 공격해 배에 실려 있던 수많은 고적古籍들이 모두 물에 빠졌다는 기록이 이를 증명한다.

현재 한유사韓愈祠 내에는 모두 36개의 고비古碑가 있는데 그 중 송대宋代의 대문호大文豪 소동파蘇東坡가 짓고 1484년(明 憲宗 成化 20) 중각重刻한 〈조주창려백한문공묘비潮州昌黎伯韓文公廟碑〉가 가장 유명하다. 거의 모든 비석碑石과 한유사 내부의 대련對聯에 모두 '흥학興學'과 '구악驅鰐'의 공적을 기리고 있다. 한유는 겨우 8개월 간 조주에 머물렀을 뿐인데도 거의 모든 산수가 '한韓'씨 성을 따르는 등 최고의 영예를 얻었다.

문화대혁명文化大革命 후 한유사도 많이 파괴되었으나 1984년 당대의 대문학가를 기념하기 위하여 복구했다.

상중湘中[1]

한유(韓愈)

원숭이 수심愁心 가득한데 물고기 뛰어올라 파도를 이루는
이곳이 옛부터 전해오는 멱라강汨羅江이라네.
소반小盤에 수초만 가득하니 제사 지낼 수도 없어
한가로이 어부는 뱃전을 두드리며 노래한다.

원 수 어 용 수 번 파　자 고 류 전 시 멱 라
猿愁魚踊水翻波　自古流傳是汨羅[2]
빈 조　만 반 무 처 전　공 문 어 부　고 현 가
蘋藻[3]滿盤無處奠[4]　空聞漁父[5]叩舷歌

1 湘江(상강) : 광서성(廣西省)에서 발원하여 호남성(湖南省)으로 흐르는 호남성 최대의 강이다. 2 汨羅(멱라) : 강(江) 이름. 상강(湘江)의 지류(支流)로 호남성을 흐르는 멱수(汨水)와 나수(羅水)를 합쳐 멱라수(汨羅水)라 부른다. 전설에 의하면 굴원(屈原)이 이곳에 몸을 던져 자살했다고 한다. 3 蘋藻(빈조) : 수중 식물. 마름. 4 奠(전) : 제사 지내다. 5 漁父(어부) : 굴원의 시 가운데 〈어부(漁夫)〉가 있는데 그 어부는 굴원에게 세상에 대한 근심과 걱정을 버리라고 충고하고는 뱃전을 두드려 장단 맞춰 노래 부르며 가 버린다. 당시 감찰어사(監察御使)에서 양산령(陽山令)으로 좌천되어 왔던 한유(韓愈)의 상황과 무고(誣告)로 귀양 갔던 굴원의 처지를 생각할 때, 이 구절은 선현(先賢) 굴원에 대한 그리움을 표현하고 있다.

감상

원숭이 슬피 울어대고 물고기 뛰어 올라 푸른 물결 파랑을 만드는 이곳을 그대는 들어보았는가? 이곳이 바로 굴원屈原이 몸을 던져 자

상강(湘江)

살했다는 멱라강汨羅江이다. 강물 위엔 마름만 가득해 제사를 치르기도 힘들어 어부가 뱃전을 두드리는 소리에 맞춰 나는 굴원을 조문하는 〈산가山歌〉를 부를 뿐이다.

한대漢代 가의賈誼가 장사長沙에 폄적당해 〈조굴원부弔屈原賦〉를 지은 이후로 자신을 가의에 빗대어 굴원을 조문하며 실의에 빠진 자신의 심정을 표현하는 시가 속출했는데 한유의 이 시 역시 굴원 · 가의와 동병상련의 고통을 담고 있다.

이 시는 평성平聲 가운歌韻의 칠언고시이다.

여설

경광선京廣線 철도 선상에 멱라라 불리는 작은 역이 있는데 이 부근을 흐르는 맑은 강이 멱라강汨羅江이다. 이곳은 굴원이 돌을 품은 채 강물에 몸을 던졌던 곳이다. 시인 한유는 조주潮州로 폄적되어 가는 도중 멱라강을 지나가다 자신의 심정을 굴원에 빗대 〈상중湘中〉 시를 지었다.

멱라강 북안北岸의 흙 언덕을 옥사산玉笥山이라고 하는데 그 위에 굴자사屈子祠가 강에 접해 서 있다. 사祠는 '삼진삼청三進三廳'으로 이루어져 있는데 모든 건물을 전통 중국 건축 양식에 따라 단아하게 만들었다. 정전正殿에는 『사기』 〈굴원열전屈原列傳〉의 목각이 걸려 있으며, 횡액橫額에는 '일월쟁광日月爭光'이란 네 글자가 새겨져 있고 양쪽에는 청대清代 상음인湘陰人 곽숭도郭崇燾가 지은 대련對聯이 걸려 있다.

굴원의 이름은 평平, 자字는 원原인데 전국시대戰國時代 초楚나라 사람이다. 일찍이 좌도左徒·삼려대부三閭大夫 등을 역임했으며 탁월한 식견과 원대한 포부를 품어 인재를 발굴하고 법도를 개정하는 등 내정을 개혁했고, 더불어 대외적으로는 제齊와 연합하여 진秦나라에 대항할 것을 주장했다. 이러한 굴원을 자란子蘭·근상靳尙 등 세족世族들이 시기하게 되었고 처음에 굴원을 총애했던 회왕懷王도 그들의 참언을 믿게 되어 결국 굴원을 강남江南으로 유배 보내게 된다. 굴원은 장기간 원상沅湘 유역을 유랑했기 때문에 멱라강汨羅江변에는 굴원의 흔적이 많이 남아 있다.

굴원이 〈이소離騷〉를 지은 장소는 굴자사屈子祠 옆의 '소단騷壇'으로 알려져 있다. 이 정자亭子는 청清 건륭연간乾隆年間 80노옹老翁 황덕연黃德然이 중수했다. 또 굴자사 우측엔 육각형의 '독성정獨醒亭'이 있는데 『사기』에 굴원이 당시 어부漁夫와 이야기했던 유지遺址로 기록되어 있어 후인들이 정자를 지어 이 일을 기념했다고 한다.

기원전 278년, 진장秦將 백기白起가 영도郢都를 함락시키자 굴원은 조국을 구할 수 없음과 자신의 정치적 이상을 실현할 수 없다는 사실에 절망하다가 마침내 멱라강에서 자살했다. 정사正史에는 굴원이 죽은 후의 뒷이야기에 대해서는 기록하지 않고 있으나 민간의 각종 전설에는 굴원 사후의 많은 이야기들이 전해진다.

먼저 굴원의 시체는 누군가에 의해 건져져 멱라강 남안南岸의 '쇄시돈鎖尸墩'에 안치되었다고 하는데 옥사산玉笥山에서 5리쯤 떨어진 '열녀령烈女嶺' 위에도 굴원묘屈原墓가 있다고 한다. 굴원의 묘라고 알려진 곳만도 12곳이나 돼 이를 '십이의총十二疑塚'이라 한다. 왜 12곳에 의총을 만들었을까 하는 문제에 대해서도 설이 분분한데 진병秦兵의 도굴을 방지하기 위해서 그랬다는 주장도 있고, 여수女嬃가 굴원의 유체에 금으로 만든 머리를 붙였다는 이야기도 전한다. 게다가 이 산의 이름과 주위의 전도지剪刀池·도의석搗衣石(다듬이돌) 등등은 모두 여수의 전설과 관련이 있다.

이러한 전설은 모두 역사를 소재로 한 허구이지만 수많은 사람들의 애호 속에 이천여 년 동안 전해져 오늘날에도 '종자粽子'를 먹고 '용선龍船' 시합을 한다.

'종자粽子'를 먹는 풍속에 대해 『속제해기續齊諧記』에는 다음과 같이 기록하고 있다.

굴원이 5월 5일 멱라강에 몸을 던져 죽었는데 초楚지방 사람들이 이를 슬피 여겨 매년 이 날이 되면 죽간에 쌀을 넣어 강에 던지며 제사를 지냈다. 한漢 건무연간建武年間에 장사長沙의 구회歐回라는 사람이 자칭 삼려대부三閭大夫라는 사람을 우연히 만났는데 그 사람이 "그대가 늘 내 제사를 치르는 것을 보았는데 매우 고맙다. 그러나 매해 교룡蛟龍이 훔쳐 가 제수를 잃어버린다. 만약 금년에도 제사를 지내려면 나뭇잎을 쪄 그 위를 막고 오색 실로 묶으면 되네. 교룡蛟龍은 이 두 가지를 싫어하네!"라고 말했다고 한다. 돌아와서 그 말대로 했고, 세상 사람들은 5월 5일 종자를 만드는데 오색실과 찐 나뭇잎에 싸서 모두들 멱라강에 던지는 풍속이 남게 되었다.(屈原以五月五日投汨羅而死, 楚人哀之, 每於此日以竹筒貯米投水祭之. 漢建武中, 長沙歐回

白日忽見一人, 自稱三閭大夫. 謂曰 : "聞君常見祭, 甚善. 但常年所遺, 并爲蛟龍所奪, 今若有惠, 可以鍊樹葉塞其上, 以五色絲縛之, 此兩物蛟龍所憚也." 回依其言. 世人五月五日作粽, 并帶五色絲及鍊葉, 皆汨羅之遺風.)

그리고 '용선' 시합에 대해서는 『수서隋書』 〈지리지地理志〉에 기록이 있다.

굴원이 5월 15일 멱라강에 몸을 던져 죽었는데 선비들이 동정호洞庭湖까지 찾아왔으나 보이지 않았고 호수는 크고 배는 작아 건널 수 없어, 이에 "어떻게 호수湖水를 건넌단 말인가?"라고 노래했다. 이에 노를 두드리며 앞다투어 되돌아와 정자 위에 올랐는데 이게 풍습으로 전해져 호수를 빨리 건너는 놀이가 되었다. 노를 힘차게 저어 앞서거니 뒤서거니 배가 미끄러지고 도가櫂歌가 어지럽게 울려 퍼져 수륙을 진동했으며 구경꾼이 구름처럼 몰려들었다. 여러 군에서 모두 이 놀이를 즐기게 되었다.(屈原以五月望日赴汨羅, 士人追至洞庭不見, 湖大船小, 莫得濟者, 乃歌曰 : "何由得渡湖?" 因爾鼓櫂爭歸, 競會亭上, 習以相傳爲競渡之戲. 其迅楫齊馳, 櫂歌亂響, 喧振水陸, 觀者如雲. 諸郡率然.)

오늘날도 단오절端午節에는 '종자'를 먹고 '용선' 시합을 하는 풍속이 남아 있다. 한 사람의 위대한 시인이 온 나라에 이처럼 큰 영향을 미친 경우는 아마도 전무후무할 것이다.

굴원은 자살했지만 그의 숭고한 영혼은 중국 민족의 영혼 속에 살아 있다. 한초漢初 가의賈誼는 〈조굴원부弔屈原賦〉를 지어 굴원에 대한 존경심을 표현했다. 궁형宮刑을 당했던 사마천司馬遷 역시 굴원이 자살했던 멱라강을 찾아 조문하면서 '굴원이 추방되고서도 〈이소〉를 지으면서(屈原放逐, 乃賦〈離騷〉)' 품었던 나라를 걱정하는 마음으로 『사기』를 저술했다.

기산하岐山[1]下

한유(韓愈)

누가 있어 나를 부르겠는가?
봉황鳳凰 우는 소리 듣지 못했는데.
기산岐山 아래 왔는데,
해 지니 변방의 기러기조차 놀란다.
단혈산丹穴山에 오색 날개가 퍼덕이니
그 이름 봉황鳳凰이라 말하네.
옛날 주공周公이 성덕을 쌓으시어
이 새가 산山 위에서 울었다 하네.
부드러운 소리 맞춰 상서러운 바람이 불고
모습도 어여쁘게 날갯짓하며 날아갔네.
봉황鳳凰 우는 소리 들은들 무엇 하나,
다만 시절이 태평함을 알 뿐이네.
주공 단이 죽은 이후로,
천년千年 세월 그 빛을 감추어 버렸다.
우리 군왕君王 또한 밝고 부지런하니
봉황鳳凰아, 너 한번 날아와 날갯짓하길 기다린다

수 위 아 유 이　불 문 봉 황 명
誰謂我有耳[2]　不聞鳳凰鳴

걸 래　기 산 하　일 모 변 홍 경
朅來[3]岐山下　日暮邊鴻驚

단 혈　오 색 우　기 명 왈 봉 황
丹穴[4]五色羽　其名曰鳳凰

석주유성덕 차조명고강
昔周有盛德 此鳥鳴高岡

화성수상풍 요조상표양
和聲隨祥風 窈窕相飄揚

문자역하사 단지시속강
聞者亦何事 但知時俗康

자종공단 사 천재비 기광
自從公旦[5]死 千載閟[6]其光

오군 역근리 지 이 일래상
吾君[7]亦勤理 遲[8]爾[9]一來翔

1 岐山(기산) : 산 이름. 섬서성(陝西省) 기산현(岐山縣)에 있는 산으로 일명 '봉황퇴(鳳凰堆)' 라고도 한다. 전설에 의하면 주대(周代) 초년 봉황이 산 위에서 울어 붙여진 이름이라고 한다. 2 有耳(유이) : 소리가 들리다. 3 朅來(걸래) : '도착하다' 의 뜻. 4 丹穴(단혈) : 산 이름. 『산해경(山海經)』에 단혈산(丹穴山) 위에 봉황이 있는데 봉황이 울고 춤추면 천하가 태평해진다고 했다. 5 公旦(공단) : 주공(周公). 주공의 이름이 단(旦). 6 閟(비) : 숨기다. 7 吾君(오군) : 당(唐) 덕종(德宗)을 뜻함. 8 遲(지) : 기대(期待)하다. 9 爾(이) : 너, 즉 봉황(鳳凰).

감상

기산岐山 정상에 봉황鳳凰 울면 태평성대가 올 텐데, 봉황소리 아직 듣지 못했으니 누가 있어 날 다시 장안으로 불러 주겠는가? 기산 아래에 왔더니 인적이 끊어졌다. 해가 지니 정적만 감돌아 변방의 기러기도 놀라 날아 오른다. 단혈산丹穴山에 5색 날개 퍼덕이며 내려앉은 새가 바로 봉황이었다 한다. 옛날 주공周公께서 성덕聖德을 쌓으시고 세상이 태평성대를 누릴 그때 봉황이 단혈산 위에서 울었다는 말을 들었다. 봉황새 부드러운 울음소리에 맞춰 바람조차 상서롭게 불어오고, 봉황은 어여쁘게 날갯짓하며 날아갔단다. 봉황 우는 소리 들리면 시절이 태평함을 알 수 있다. 주공께서 돌아가신 후로 천 년 동안 봉황새 나타나지 않았다. 지금 우리 임금님 현명하고 부지런하시니 태평성대가 다시 왔으면 좋겠다. 봉황새 기산 위에 날아와 한 번 울음소리 냈으면 좋겠다.

기산은 주周의 발상지일 뿐만 아니라 부근 서안西安은 주 이후 10개 왕조王朝가 명멸해 간 천년고도千年古都이다. 당연히 당왕조唐王朝 역시 서안에 도읍했다. 시인은 현실 정치에 대한 불만을 단혈산 위에 봉황이 울면 태평성대가 온다는 전설을 통해 토로했다. 그러면서도 마지막 구에서 "봉황이 한 번 날아와 날갯짓하길 기다린다!"라고 노래해 당왕조唐王朝의 정치적 변화를 갈구하고 희망했다.

이 시는 오언고시로 1~4구는 평성平聲 경운庚韻, 5~6구는 거성去聲 송운送韻, 7~14구는 평성 양운陽韻, 15~16구는 평성 청운青韻을 사용했다.

여설

'강江처럼 길게 이어진 진령秦嶺 자고로 제왕의 땅이라네(秦川自古帝王州).' 란 시구는 두보가 섬서陝西 관중關中을 노래한 시의 한 구절이다. 800리 진천秦川이 중국 민족의 문명의 요람이라면 '금성천리金城千里', '천하지오구天下之奧區'라 칭해지는 서안西安은 찬란한 명주明珠이다.

'서안에 가지 않고서는 중국을 보았더라고 말할 수 없다'라는 말이 있을 정도로 서안에는 다양한 고건축古建築 · 고분묘古墳墓 · 고문물古文物이 있다.

서안은 기원전 11세기부터 서기西紀 10세기까지 10개 왕조王朝의 수도였다. 주유왕周幽王 · 진시황秦始皇 · 한무제漢武帝 · 수양제隋煬帝 · 당태종唐太宗 · 무측천武則天 · 당현종唐玄宗 등 근 백여 명의 제왕帝王이 이곳에서 제국을 지배했다. 중국의 6대 고도古都 가운데 서안은 문자에 기록된 역사의 약 1/4에 해당하는 시간 동안 정치 · 문화 · 경제의 중심지 역할을 해왔다.

비옥한 주원周原(지금의 陝西省 岐山)에서 강성해진 주민족周民族은 기원전 11세기에 지금의 서안시西安市 서남방西南方 10여Km 지점인 풍하반豊河畔으로 천도했다. 주周는 '풍하'의 '풍'자와 주원의 궁성의 이름인 '경京'을 결합해 새로운 수도를 '풍경豊京'이라 명명했다. 이로부터 중국에서는 수도를 '경京'이라 부르기 시작했다. 나중에 주는 풍하豊河 동안東岸에 수도를 확장해 '호경鎬京'이라 했는데, 신神의 도움을 받았다는 의미의 '호경'과 '풍경'을 합해 '풍호豊鎬'라 했다. 이로부터 서안이 고대 국가의 수도로서 1천여 년간의 찬란한 역사를 시작하게 된다.

기원전 4세기 혼란하기 그지없던 전국戰國 말기末期 진秦이 서안 북쪽 10여 리 지점의 위하渭河 부근(지금의 咸陽市 동쪽 10Km 지점)으로 천도했다. 이곳은 산양山陽(北山의 남쪽) 수양水陽(渭河의 북쪽)에 위치해 '함양咸陽'이라 이름 지었다. 100여 년간의 치열한 싸움 끝에 진왕秦王 영정嬴政은 여섯 나라를 멸망시키고 봉건 왕조인 진秦을 수립했다. 그리고 자신은 시황제始皇帝라 자칭했는데 이로부터 중국 역사상 섬서지방陝西地方을 '진'이라 줄여 부르게 되었고, 일국一國의 우두머리를 황제皇帝라 칭하게 되었다.

진이 멸망한 후 초한楚漢이 상쟁相爭을 거듭하다 패현沛縣(지금의 江蘇 西北 지방) 출신의 유방劉邦이 관중關中을 근거지로 승리함으로써 한왕조漢王朝가 수립된다. 유방이 관중에 도읍하기로 결정했을 때는 웅장했던 함양의 궁전이 항우項羽에 의해 완전히 파괴된 뒤였다. 어쩔 수 없이 한漢 왕실王室은 진秦의 이궁離宮을 임시 수도로 정했는데 이곳이 위하渭河의 남쪽에 있었기 때문에 '위남渭南'이라 불렀다고 한다. 7년 후 미앙궁未央宮이 낙성되었는데 한漢 고조高祖는 동생인 장안군주長安君主 성교成嶠의 봉호封號인 '장안'이 마음에 들었던지 아니면 '자손이 오래도록 이곳에서 편안하길 바랐는지(欲其子孫長安於此)' 성교成嶠가 거주했던 함양 동남방東南方의 촌락의 이름을 빌려 한漢 왕조王朝 수도의 명칭으로 사용했다. 이후로 '장안'이라는 이름이 세상에 알려지기 시작했다. 한왕조의 수도 장안의 남단南端은 남두성南斗星 모양이고, 북부北部는 또 북두성北斗星과 닮았기 때문에 고인古人들은 장안을 '두성斗星'이라 부르기도 했다.

서한西漢 말년 왕망王莽이 나라를 찬탈하여 국호를 '신新'이라 하고는 자기가 오랫동안 제위帝位에 있기를 바라는 마음에서 '장안'을 '상안常安'으로 개명했다. 그러나 역사는 무정하여 그는 15년 간 제위에 있었을 뿐이다.

서진西晉에서 북위北魏에 이르는 시기는 중국이 매우 혼란스러웠던 시기로 이른바 5호胡16국國의 시대라 일컫는다. 이 기간 동안 북방의 소수민족이 차례로 장안에서 왕조를 세웠는데 전조前趙·전진前秦·후진後秦·서위西魏와 북주北周가 그것이다.

581년 외척 양견楊堅이 북주의 어린 왕의 수중에서 나라를 빼앗아 수왕조隋王朝를 건립했다. 몇 세기에 걸친 전란으로 장안성長安城은 심하게 파괴되어 수문제隋文帝 양견楊堅은 저명한 건축가 고영高穎과 우문개宇文愷에게 장안성 동남방에 새로 수도를 건설케 하고는 이름을 '대흥大興'이라 했는데, 이는 양견楊堅이 옛날에 대흥군공大興郡公을 지냈기 때문이었고 또 새로운 왕조를 일으킨다는 뜻도 포함되어 있었다.

618년 이연李淵 부자父子가 황음무도荒淫無道한 수양제隋煬帝를 몰아내고 당왕조唐王朝를 수립했는데 당은 여전히 '대흥大興'을 국도로 삼았지만 명칭만은 '장안長安'이라는 명칭을 다시 사용했다. 그것은 한왕조漢王朝와 마찬가지로 '한 가족이 천하를 다스리겠다는(一家天下)' 바람이 있었기 때문이었다. 당왕조의 대대적 건설과 투자로 장안성 내외는 경물景物이 완비되었고, 정치 · 경제 · 문화가 공전의 발전을 거듭해 동방의 대도시로 성장하여 국제 교류의 중심지가 되었다. 당대唐代 이백李白을 비롯한 시인들은 비록 '장안'이란 명칭을 직접 사용치 않더라도 '제도帝都', '경성京城', '제경帝京', '제성帝城'이라는 말을 통해 장안에 대한 절절한 흠모의 감정을 표현했다.

당이 망한 후 송宋에서 청淸에 이르는 기간 동안 그 화려했던 도시의 중요성은 날로 약화되었지만 '장안'이라는 말은 여전히 사람들의 마음속에 또 생활 속에 살아 있었고, 특히 문인들에게 '장안'은 여전히 국도의 동의어同義語였다.

애석하게도 수당대隋唐代에 건축되었던 대도시는 당말唐末의 전란 중에 거의 폐허로 변해 버렸다. 당왕조의 멸망을 목도한 시인 위장韋莊의 시구詩句에 "눈에 띄는 건 비뚤어진 궁궐 담에 깊은 봄 풀, 시절과 세상일에 아파하다 마음까지 아프네. 수레바퀴 말발자국 지금 어디 있나? 십이옥루十二玉樓 찾을 길 없네.(滿目墻匡春草深, 傷時傷事更傷心. 車輪馬迹今何在? 十二玉樓無處尋.)"라 묘사되었듯이 화려했던 장안은 이제 사라져 버렸다.

당대唐代 최후의 황제 소종昭宗이 낙양洛陽으로 동천東遷한 후 장안을 수비했던 우국군절도사佑國軍節度使 한건韓建은 부득불 부스러진 성벽을 정리할 수밖에 없어 장장 70여 리에 달하던 성벽이 대폭 축소되었고 파괴된 중에 남은 황성皇城은 수리하여 관부官府나 민간이 사용하게 되었다. 심지어 국자감國子監 등에 소장되었던 비석도 성밖에 아무렇게나 버려졌다.

전란戰亂을 거친 후 대제국의 성도城都의 풍모를 회복할 수는 없었지만 후대 각 왕조시대에도 장안은 여전히 서북 변방의 중요한 진

鎭으로서의 역할을 담당했다. 후량시대後梁時代 이곳의 명칭을 '대안부大安府'라 개칭했고, 수십 년 뒤 후당後唐은 또 서도西都, 또는 경조京兆로 고쳤다. 경조 혹은 경조부京兆府라는 명칭은 송宋이 멸망할 때까지 350여 년간 사용되었다.

13세기 원元 세조世祖가 중국 역사상 최대의 제국 원왕조元王朝를 수립하고 대도大都(지금의 北京)에 도읍했지만 서안의 중요성을 인정했다. 원 세조는 자신의 셋째 아들을 안서왕安西王으로 봉해 경조를 지키도록 했는데 이때부터 '경조'가 '안서安西'라 불리기 시작했다. '안서'란 명칭은 서부의 안정을 희망한다는 의미였다. 제2대 안서왕이 모반을 일으켰다가 피살된 후 '안서로安西路'는 '봉원로奉元路'로 바뀌었는데 '원元 황실皇室을 받들어 모신다(尊奉元室).'는 뜻을 담고 있다.

1368년 주원장朱元璋이 영도하는 홍건군紅巾軍이 명왕조明王朝를 수립했다. 1369년(明 洪武 2) 관중關中을 수복하고 봉원로를 서안부西安府로 개칭했는데 이때부터 서안이라는 명칭이 정식으로 상용되기 시작했다. 서안은 대명강산大明江山 서부의 평안을 뜻하는 말로 이 도시의 여타 명칭과 일맥상통한다.

명왕조는 봉원성奉元城의 기초 위에 고성古城을 증축하여 원래 성의 동북 양쪽을 1/4 정도 늘려 전체 성 둘레를 24리가 되게 했다. 명왕조 동안 서안성西安城은 여러 차례 수축을 거쳤다. 특히 명말明末에 성의 네 관문을 설치했는데, 서안성의 규모와 형식은 이후로 아무런 변화 없이 지금까지 이어져 오고 있다.

차동관선기장십이각로사군 次潼關[1]先寄張十二閣老使君[2]

한유(韓愈)

형산荊山을 떠나니 화산華山이 앞에 있어
태양 내리비치는 동관, 네 개 관문關門이 활짝 열렸다.
화주華州 자사刺史 멀리 마중 가는 것 언짢게 생각 말게나,
재상께서 친히 채주蔡州를 파하고 돌아오신다네.

형산 이거화산 래 일조동관사선 개
荊山[3]已去華山[4]來 日照潼關四扇[5]開
자사 막사영후원 상공 친파 채주 회
刺史[6]莫辭迎候遠 相公[7]親破[8]蔡州[9]回

1 次潼關(차동관) : 동관에 머물다. 동관(潼關)은 지명(地名). 지금의 섬서(陝西) 동관시(潼關市)로 지세가 험준하며 섬서에서 하남(河南)으로 통하는 교통의 요지이다. **2** 張十二閣老使君(장십이각로사군) : 장십이(張十二)는 장가(張賈)의 '배항(排行)', '각로(閣老)'는 당대(唐代) 중서성(中書省)과 문하성(門下省)의 관원에 대한 호칭이다. '사군(使君)'은 한대(漢代) 주(州)의 자사(刺史)를 사군(使君)이라 했는데 후인들이 자사에 대한 존칭으로 사용했다. **3** 荊山(형산) : 산 이름. 일명 복금산(覆金山). 하남성 문향현(閿鄉縣) 남쪽에 있다. **4** 華山(화산) : 산 이름. 일명 태화산(太華山). 고대 오악 중의 서악(西岳)으로 섬서성 화음현(華陰縣) 남쪽에 있다. **5** 四扇(사선) : '선(扇)'은 대문이나 창문 등을 셀 때 사용하는 양사(量詞). 이 시구에서 '사선(四扇)'은 네 개의 관문(關門)을 뜻한다. **6** 刺史(자사) : 화주자사(華州刺史) 장가(張賈). **7** 相公(상공) : 당대(唐代)의 재상(宰相)을 상공이라 칭했다. 여기서는 당(唐) 헌종(憲宗) 때 재상 배도(裴度)를 뜻함. **8** 親破(친파) : 친히 평정하다. 817년(唐 憲宗 元和 12) 배도가 군대를 이끌고 채주(蔡州)의 반장(叛將) 오원제(吳元濟)를 평정했던 사실을 뜻한다. **9** 蔡州(채

주) : 지금의 하남성 여남현(汝南縣).

감상

형산荊山을 지났더니 앞에 화산華山이 나타난다. 햇살 밝게 비치는 동관潼關의 관문關門 네 개를 모두 활짝 열었다. 화주자사華州刺史는 멀리 마중 나가는 일 귀찮게 생각하지 말게나, 재상宰相께서 친히 채주蔡州의 반군叛軍을 진압하고 돌아오신다고 하는데 더 멀리인들 마중 가지 못하겠나.

재상 배도裴度가 채주에서 난을 일으킨 오원제吳元濟의 반군을 토벌하기 위해 파견되었을 때 한유韓愈가 수행해 행군사마行軍司馬가 되었다. 이는 번진藩鎭에 할거하는 세력에 대한 첫 번째 전쟁으로 시인은 이 전쟁에 적극적으로 참전하면서 통일국가 유지에 대한 열정을 표현했다. 시에서 묘사하고 있는 대군이 개선하는 정경情景은 기개가 넘치고 격정이 흘러나온다.

이 시는 평성平聲 회운灰韻의 칠언절구이다.

여설

동관은 지금의 섬서성陝西省 동관시潼關市로 지세가 험준하고 섬서에서 하남河南으로 통하는 관문이다. 동관 서쪽은 '팔천리진천八千里秦川' 관중평원關中平原이 펼쳐진다. 동관은 예로부터 군사·교통의 요지였다. 동관에서 농해선隴海線 기차를 타고 가다 보면 임동시臨潼市에 이르게 된다. '임동시' 부근에는 여산驪山·화청지華清池 등 수많은 유적이 있지만 그중에서 중국 역사상 처음으로 통일 제국을 건설했던 진시황秦始皇의 무덤인 '진릉秦陵'이 가장 유명하다.

여산驪山에서 동쪽을 바라보다가 넓은 밭 한가운데 작은 산처럼 솟아 있는 흙 언덕을 발견할 수 있는데 이것이 중국 역사상 최초의 봉건 왕조를 수립했던 진시황秦始皇의 능陵이다.

진시황은 '전국칠웅戰國七雄'의 다른 여섯 나라를 정복해 천하를 통일한 후 일련의 개혁 정책을 시행했는데 이로부터 중국에 중앙집권적 봉건 왕조가 수립된다. 이백李白이 "진시황이 6국을 쓸어 합치고는 어디에 영웅이 있나 호랑이 눈으로 주시한다. 비검飛劍은 부운浮雲도 자를 정도이니, 여러 제후 모두 서쪽 진황秦皇에게 굴복하네.(秦皇掃六合, 虎視何雄哉. 飛劍決浮雲, 諸侯盡西來.)"라 묘사한 것처럼 진시황은 천하인天下人에게 자신이 삼황오제三皇五帝를 능가하는 진정한 개국군주開國君主임을 증명이나 하듯이 모든 면에서 파천황破天荒의 장거壯擧를 이루었고 '시황제始皇帝'라 자칭했다. 그는 대장大將 몽염蒙恬을 막북漠北에 보내 만리장성萬里長城을 쌓았고 수십만의 죄수들을 동원하여 아방궁阿房宮을 건축했다. 또 그는 위하渭河에 아치형의 석교를 가설했고 천하의 병기를 수집해 24만 근을 들여 12개의 금동인金銅人과 12개의 편종編鐘을 주조하기도 했다. 그는 도로를 건설하고 확충해 사방을 친히 순시했고 장생불로長生不老를 위해 인력과 재력을 아끼지 않았는데, 서복徐福이라는 방사方士와 동남동녀를 삼천 명이나 보냈다는 전설도 있다.

그런데 제왕들은 자신이 최고의 통치자라는 사실을 만천하에 증명하기 위해 최우선적으로 자신의 능묘를 만들었다. 진시황秦始皇 역시 예외가 아니어서 동원된 인력, 공사 기간, 능陵의 규모 면에서 전무후무한 능을 만들었다. 사마천司馬遷은 『사기』에서 진시황릉秦始皇陵에 금은으로 제작한 오리鳧·기러기雁·곤충蟲蠶, 유리와 보석으로 제작한 거북龜·물고기魚, 벽옥碧玉으로 만든 고래鯨魚 등 각종 귀진이보貴珍異寶가 셀 수 없을 정도이고, 지하에 강을 만들어 수은이 흐르게 했으며, 인어人魚의 기름으로 등불을 밝혀 꺼지지 않고 오랫동안 타올랐다고 기록했다. 그러나 세상 사람들은 사마천의 말에 반신반의했고 또 초패왕楚霸王이 아방궁에 불을 질렀더니 3개월 간 불탔다는 기록도 과장이라고만 여겼다. 그런데 1949년 능묘의 발굴로 세상을 흔들 만한 기진이보奇珍異寶가 출토되어 사마천의 기록을 증명할 수 있었다. 1982년 중국과학원中國科學院 지구물리연구소地球物理研究所가 진시황릉秦始皇陵의 흙을 분석해 본 결과 능 아래에 수은이 있다는 사실도 증명할 수 있었다.

능원陵園은 동서향東西向이고 능원 외벽의 대문은 동향東向이다. 일반적으로 능묘가 남북좌南北坐를 취하는 것과는 완전히 다르다. 이는 진시황이 서방에서 웅거하여 육국六國을 정복하고 천하를 쟁패했던 위세를 보여 주기 위함이라는 설이 유력하다.

진시황릉의 면적은 약 56km²로 진시황의 능을 중심으로 배장묘갱陪葬墓坑·형도묘갱刑徒墓坑·석재가공공장유지石材加工工場遺址·마구馬廄·병마용갱兵馬俑坑·진금이수갱珍禽異獸坑 등 각종 구조물들이 배열되어 있다. 추측에 의하면, 진시황의 침릉寢陵은 능묘 후면이 아니면 서쪽일 것이다. 사서史書의 기록에 의하면, 능원陵園 주위에는 몇 개의 시황묘사始皇廟祠가 있었는데, 하나는 여산驪山 동남쪽 20리里 지점에 있는 '영대사靈臺祠'이고, 또 하나는 여산 정상에 있다. 과거에 목욕재계沐浴齋戒하지 않고 이 사묘祠廟에 참배하면 비바람이 몰아친다는 미신도 전해졌었다.

유종원柳宗元

773~819

당송팔대가唐宋八大家의 한 사람으로, 자字는 자후子厚. 산서성山西省 영제永濟에서 났다. 『유하동집柳河東集』 45권과 『외집外集』 2권이 있다.

신예초사원독선경 晨詣超師院[1]讀禪經

유종원(柳宗元)

물 떠 차가운 이를 닦고,
마음도 맑게 옷을 턴다.
한가로이 불경을 들고,
동재 東齋 로 걸어가 읽는다.
진원은 깨닫지 못하고,
세상은 망적 亡迹 만 쫓는다.
부처님 남기신 말씀 깊이 파고 들어
성품 性品 을 수양하면 이로 정심 精深 에 이르지 않을까?
도인의 정원은 고요하고,
이끼 푸른색 깊은 대나무에 이어졌구나.
해 떠올라도 안개와 이슬은 마르지 않아
청송 靑松 은 마치 기름으로 씻은 듯하다.
평안하고 고요해 말이 필요치 없고,
깨달음에 기뻐 마음이 자족하네.

급정수한치 청심불진복
汲井漱寒齒 淸心拂塵服

한지패엽서 보출동재독
閑持貝葉書[2] 步出東齋讀

진원료무취 망적세소축
眞源了無取 忘跡世所逐

유언기가명 선성하유숙
遺言冀可冥 繕性何由熟

도인정우정　태색련심죽
道人庭宇靜　苔色連深竹

일출무로여　청송여고목
日出霧露餘　靑松如膏沐

담연리언설　오열심자족
澹然離言說　悟悅心自足

1 超師院(초사원) : 이름이 초(超)인 승려(僧侶)의 사원(寺院). 사(師)는 승려의 뜻이다. 2 貝葉書(패엽서) : 불경(佛經).

감상

새벽 일찍 일어나니 공기도 청신하다. 우물물 길어 이를 닦으니 마음마저 깨끗해지는 것 같다. 옷에 먼지를 털며 세속의 진회塵灰마저 털어내어 심신을 가다듬고 한가로이 앉아 불경을 읽는다. 세상 사람들은 불교의 진의는 깨닫지 못하고 불경佛經 속에서 허황한 미신만 믿으려 한다. 부처님 남기신 불경 비록 난해하지만 깊이 생각하고 생각해 내 본성을 수양하고 정통하면 완선完善의 경지에 이르지 않을까? 초사원超師院은 어찌나 고적한지 푸른 이끼 색이 대나무 숲 깊이까지 이어졌다. 아침 해 동쪽 하늘에 떠올랐지만 푸른 소나무에 내렸던 이슬과 안개 아직 남아 햇살 비추자 소나무가 마치 기름으로 씻은 듯 반짝인다. 내 마음 평안하고 고요하니 애써 말할 필요도 없다. 깨달음의 즐거움에 스스로 만족할 뿐이다.

영주永州에 폄적貶謫당했던 시절에 지은 시이다. 유종원柳宗元은 당조唐朝가 부패하고 쇠퇴해 가던 기간에 활약했기 때문에 통치 계층의 일원이면서도 많은 고초를 겪었고 자신의 사상을 펼쳐 보지도 못했다. 그는 당시의 지식인들처럼 사회 정치 이상이나 윤리 도덕에 있어선 유가학설儒家學說을 신봉했지만 동시에 불교佛敎도 애호해

〈송문창상인등오대수유하삭서送文暢上人登五臺遂游河朔序〉 같은 글에서 '유석儒釋'의 통합을 주장하기도 했다. 특히 영주永州에 폄적貶謫되어 정치적으로 실의하고 전도가 난망해지자, 그는 불교를 통해 정신적 안정과 해탈을 추구하게 되는데, 이 시는 유종원의 그러한 경향을 반영하고 있다.

이 시는 입성入聲 옥운屋韻과 옥운沃韻을 통용한 오언고시이다.

여설

유종원柳宗元과 영주永州는 뗄 수 없는 관계이다. 영주는 지금의 호남성湖南省 영릉현零陵縣 일대에 있었던 고주古州로 거기에는 유자묘柳子廟와 우계愚溪가 있고, 유종원의 '영주팔기永州八記'로 유명하다. '영주팔기'는 〈시득서산연유기始得西山宴游記〉, 〈고무담기鈷鉧潭記〉, 〈고무담서소구기鈷鉧潭西小丘記〉, 〈지소구서소석담기至小丘西小石潭記〉, 〈원가갈기袁家渴記〉, 〈석거기石渠記〉, 〈석간기石澗記〉, 〈소석성산기小石城山記〉의 8편으로 유종원이 시詩를 쓰는 신묘한 필치로 영주 성내城內의 산수山水를 묘사한 글이다. 그러나 유감스럽게도 현 서쪽 2km 지점에 있는 서산西山을 제외하고는 '영주팔기'에 묘사된 산수를 찾을 길이 없고 유자묘만이 후인들의 마음을 싣고 있다.

영주성永州城(지금의 湖南省 零陵縣)에서 서쪽으로 소수대교瀟水大橋를 건너 강을 거슬러 2, 3리쯤 올라가면 유자묘柳子廟가 나타난다. 나무와 벽돌을 쌓아 만든 유자묘는 송宋 이전에 이미 건축되었던 것으로 알려져 있는데 현재의 사묘祠廟는 1877년(淸 光緒 3) 중건된 건물이다.

805년 이송李誦이 즉위했는데 이 사람이 순종順宗이다. 그는 즉위하자마자 왕숙문王叔文 · 왕비王伾 · 유종원 · 유우석劉禹錫 등 혁신파

인사를 중용했다. 이때 유종원도 감찰어사監察御使로 발탁되었고 이후 예부禮部 원외랑員外郎이 되었다. 그는 적극적으로 정치 혁신 운동에 참가해 혁신파 인사들과 함께 탐관오리를 숙청하고 폭정을 제거해 권문귀족들에게 큰 타격을 입혔다. 이러한 정치 혁신 운동은 환관계층과 권문귀족 인사들의 이익과 배치되는 것이었다. 그런데 봉건 전제 왕조 하에서 정치 혁신 운동이란 개명開明한 황제의 지지가 있어야만 가능한 일이었는데, 그런데 순종順宗이 즉위한 지 8개월 만에 와병으로 황제皇帝의 지위에서 물러나자 정치 개혁 운동은 실종될 수밖에 없었다. 이에 왕숙문은 피살되고, 유종원 등 8명은 원지遠地의 사마司馬로 좌천되었다.

유종원은 먼저 소주邵州(지금의 湖南省 邵陽)로 폄적貶謫당해 가던 도중에 영주(湖南省 零陵)사마로 전임되었다. 영주사마는 편제만 되어 있을 뿐 아무런 할 일이 없는 한직이었기 때문에 이는 귀양이나 마찬가지였다.

당대唐代 영주는 황량한 벽지였기 때문에 주로 관리들을 귀양 보내던 곳이었다. 그러니 이곳으로 폄적된 유종원의 심정은 가히 짐작할 수 있을 것이다. 그리고 유종원의 이러한 고적감孤寂感은 시에 그대로 드러나 있다.

강설江雪

온 산에 새 한 마리 날지 않고,	천산조비절 千山鳥飛絕
온 길엔 사람의 흔적도 끊겼다.	만경인종멸 萬徑人蹤滅
외로운 배엔 도롱이에 삿갓 쓴 늙은이,	고주사립옹 孤舟蓑笠翁
눈 내린 차가운 강 위에서 홀로 낚시한다.	독조한강설 獨釣寒江雪

그러나 유종원은 실의에 빠져 한탄만 하면서 세월을 보내지는 않았다. 그는 고통 가운데서도 시종 시정과 현실에 대한 관심을 버리지 않았다. 그는 〈삼계三戒〉·〈포사자설捕蛇者說〉·〈동구기전童區寄傳〉 등의 우언寓言을 통해 봉건사회의 암흑을 신랄하게 비판했다.

유종원이 처음 영주에 왔을 때 성내의 용흥사龍興寺 서랑西廊에 머물렀는데 늘 뒷산 법화사法華寺에 가서 노닐었다. 산 위로 올라가면 소수瀟水 서안西岸의 아름다운 풍경이 눈에 들어왔다. 그래서 유종원은 우계愚溪로 이주해 5년간 폄적 기간을 보냈다.

우계는 원래 '염계染溪'다. 유종원이 만년에 상강湘江 서쪽 염계로 이주해 산수를 벗삼아 한적한 생활을 이어가는데 그 후 유종원은 시류時流에 영합하지 못하는 자신이 '정말 바보眞愚'라며 염계를 우계라 개명했다. 우계 일대는 풍경이 정말 아름다웠다. 그는 산수를 오가며 중국 유기산문游記散文의 발전에 큰 공헌을 한 '영주팔기永州八記'를 지었고, 또 산山·수水·수樹·어魚·석石 등을 소재로 시작詩作을 하며 세월을 보냈다. 그 가운데 우계를 소재로 한 시를 소개하면 다음과 같다.

계거溪居

오랫동안 공무에 얽매였다가	구위잠조루 久爲簪組累
다행히 이곳 남방으로 귀양왔다.	행차남이적 幸此南夷謫
한가로이 이웃 농가에 의지하니	한의농포린 閑依農圃鄰
우연히도 산림의 은사 같구나.	우사산림객 偶似山林客
아침이면 이슬 내린 들풀 헤치며 밭 갈고,	효경번로초 曉耕翻露草
저녁이면 배를 저어 시내의 돌을 울린다.	야방향계석 夜榜響溪石

오고가며 만나는 사람 없고,	來往不逢人(내왕불봉인)
홀로 부르는 긴 노래 남방의 하늘은 푸르다.	長歌楚天碧(장가초천벽)

유종원이 영주를 떠난 후 그곳 사람들은 그가 머물렀던 옛집에 사묘를 세우고 유후사柳侯祠라 했는데, 이것이 오늘날의 유자묘柳子廟이다. 유자묘는 원래 '희대戲臺'가 있어 매년 유종원이 태어난 7월 16일이 되면 사람들이 모여 연희를 하며 위대한 문학가를 기념했다. 유자묘에는 '여자비荔子碑'가 아직도 남아 있는데, 이 비석은 유종원의 덕정德政을 한유韓愈가 짓고 소식蘇軾이 써서 세웠기 때문에 '삼절비三絕碑'라 불린다.

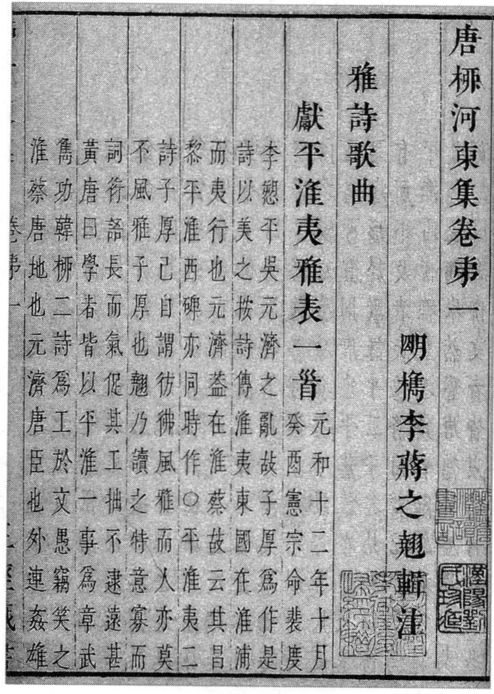

唐柳河東集卷第一

明檇李蔣之翹輯注

雅詩歌曲

獻平淮夷雅表一首 元和十二年十月癸酉憲宗命裴度

李愬平吳元濟之亂故子厚爲作是詩以美之按詩傳淮夷東國在淮浦而夷行也元濟蓋在淮蔡故云其昌黎平淮西碑亦同時作○平淮夷二詩子厚己自謂彷彿風雅而人亦莫不風雅予厚也翹乃讀之特意寡而詞衍語長而氣促其工拙不逮遠甚黃唐曰學者皆以平淮一事爲章武雋功韓柳二詩爲工於文愚竊笑之淮蔡唐地也元濟唐臣也外連姦雄

유하동집(柳河東集)

등유주성루기장·정·봉·연사주 登柳州[1]城樓寄漳汀封連四州[2]

유종원(柳宗元)

성 위 높은 누각은 넓은 들로 이어지고,
수심이 바다인양 아득하게 끝없이 이어진다.
놀란 바람 어지러이 부용 핀 호수에 불어오고,
굵은 비 비스듬히 내려 벽려薜荔 담에 스며든다.
고개에 나무 겹겹이 서 있어 내 눈을 가로막고,
강물은 굽이굽이 흘러가는 게 구절양장九折羊腸이네.
문신文身하는 오랑캐 땅까지 함께 와서
소식도 가로막힌 채 각각 다른 곳에 있네.

성상고루접 대황 해천수사 정망망
城上高樓接[3]大荒[4] 海天愁思[5]正茫茫[6]

경풍란점 부용수 밀우 사침벽려 장
驚風亂颭[7]芙蓉水 密雨[8]斜侵薜荔[9]墻

영수중차천리목 강류곡사구회장
嶺樹重遮千里目 江流曲似九回腸[10]

공래백월 문신 지 유자음서체일향
共來百越[11]文身[12]地 猶自音書滯一鄉

1 柳州(유주) : 지명(地名), 현재 광서자치구(廣西自治區) 유주시(柳州市). 2 漳汀封連四州(장정봉연사주) : 장주(漳州)·정주(汀州)·봉주(封州)·연주(連州). 3 接(접) : '목접(目接)', 즉 '눈으로 본다'는 뜻. 4大荒(대황) : 넓고 황량한 광야. 5 海天愁思(해천수사) : 시인의 수심이 가득하다. 유주(柳州)에서는 바다가 보이지 않지만 장(漳)·정(汀)·봉(封)·연(連) 사주(四州)는 바다에서 멀지 않기 때문에 망망한 바다를

통해 한없는 자신의 근심을 표현했다. **6** 茫茫(망망) : 끝없이 아득하다. **7** 颭(점) : 바람이 불어 일렁이다. **8** 密雨(밀우) : 굵은 비. **9** 薜荔(벽려) : 줄사철나무. **10** 九回腸(구회장) : '구(九)' 는 많다. '회(回)' 는 '만곡(彎曲)' 의 뜻. '구회장(九回腸)' 은 수심이 깊고 많다는 뜻. **11** 百越(백월) : 고대(古代) 남방민족(南方民族)의 통칭으로 영남(嶺南) 소수민족을 뜻하는데 이들은 문신(紋身)하는 풍속이 있었다. **12** 文身(문신) : 몸에 무늬를 놓음. 문신(紋身).

감상

유주성루柳州城樓에 올라 멀리 바라보노라니 수심이 바다처럼 끝이 없다. 여름날의 어지러운 바람 연꽃 가득 핀 연못 위에 불고 줄사철나무 가지 기어오르는 담에 갑자기 비가 내리친다. 고개 위에 수목이 겹겹이 늘어서 고개 너머는 보이지도 않고 하루에도 아홉 번 마음속에 돌아드는 수심愁心은 마치 유강柳江처럼 굽이돈다. 우리들 함께 몸에 문신하는 사람들이 사는 남방으로 왔는데, 모두들 외진 곳에 갇혀 있으니 소식을 전하기도 어렵구나!

805년(唐 永貞 元年) '2왕王8사마사건司馬事件' 으로 함께 원지遠地의 사마司馬가 되었던 한태韓泰 · 한엽韓曄 · 진간陳諫 · 유우석劉禹錫이 815년(唐 元和 10) 유종원柳宗元과 함께 장안長安으로 소환된다. 당시의 집정 대신들이 그들의 재능을 높이 평가해 중용하려 했지만 보수파들의 반대로 이행되지 못하고 이들은 또 다시 외직外職으로 나가게 된다. 유종원은 유주자사柳州刺史, 한태는 장주자사漳州刺史, 한엽은 정주자사汀州刺史, 진간은 봉주자사封州刺史, 유우석은 연주자사連州刺史가 된다. 5인人이 비록 사마에서 자사가 되었지만 정치의 중심이 장안에서 더욱 멀어졌기 때문에 이 사건은 그들에게 또 한 번의 정치적 좌절이었다. 이 시는 815(元和 10) 여름 유주에 도착한 후 지은 작품으로 성루城樓에서 광풍狂風과 급우急雨가 몰아치는 남국南國의 경색을 보다가 불행한 친구들 생각이 절절해 가슴속 울분과 번민을 쓴 것이다.

이 시는 평성平聲 양운陽韻의 칠언율시이다.

여설

805년 당唐 덕종德宗이 붕하고 태자太子 이송李誦(順宗)이 즉위한 영정永貞 원년元年 왕숙문王叔文·유종원柳宗元 등 혁신파 인물을 중용했으나 보수 세력의 반격으로 겨우 5개월 만에 '영정혁신永貞革新'이 좌절되어 왕숙문王叔文·왕비王伾는 사형당했고 혁신파의 주요 인물이었던 유종원·유우석은 원지遠地의 사마司馬로 좌천당하는데 이 일이 '이왕팔사마二王八司馬' 사건이다. 815년(唐 憲宗 元和 10) 초가 되어서야 유종원·한태韓泰·한엽韓曄·진간陳諫·유우석劉禹錫이 황제의 부름을 받아 장안으로 향한다. 그러나 도중에 그들은 다시 더욱 더 변방의 유주柳州·장주漳州·정주汀州·봉주封州·연주連州의 자사刺史로 좇겨가게 되는데 명분은 승진이었지만 사실은 또 한 번의 귀양이었다. 유종원이 처음에 왔을 때 자신의 심경은 매우 고통스러웠지만 유주 주민들의 빈곤한 생활상을 알게 되고는 실의를 잊고 백성들을 위해서 최선을 다하게 된다. 백성들을 위해 자신의 몸을 돌보지 않은 채 일했던 유종원은 4년 만에 병이 들어 47세의 나이로 세상을 떠난다.

당송팔대가唐宋八大家의 한 사람으로 〈영주팔기永州八記〉 등 뛰어난 글과 시를 남기고 귀양지에서 죽은 유종원의 무덤과 사당인 유후사柳侯祠는 유주柳州(현재 廣西自治區 柳州)에 있다. 현재 유종원의 사당과 묘소를 중심으로 유후공원柳侯公園이 조성되어 있다.

유후사 내에는 '용성유龍城柳' 라는 매우 낭만적 색채의 석각이 있다. 세인들은 모두 당대의 문학가요 사상가인 유종원의 필적이라고 믿어 이 비석을 '유후비柳侯碑' 라 부른다. 이 비석이 발견되었을 때 단검 한 자루가 함께 발견되었고 비문 중에도 '구여귀驅厲鬼 출비수出匕首' 라는 구절이 있어 비석을 '검명비劍銘碑' 라고도 한다.

그리고 비석 뒷면에 '명明 천계天啓 3년 공중시龔重始가 이것을 유공정柳公井에서 찾았다.(明天啓三年, 龔重始得此於柳公井中.)' 라는 명나라 사람 공중시의 발문跋文이 적혀 있다.

그런데 사실 '용성유' 석각石刻의 진위 여부는 분명하지 않다. 1628년(明 天啓 3) 공씨龔氏 성을 가진 사람이 유공정柳公井에서 발견한 비석碑石은 전해 오는 말에 따라 원명시대元明時代 사람이 중각重刻한 작품일 가능성이 크다. 이로 인해 석각石刻의 글자에는 약간의 출입出入이 있다.

그 후 이 비석은 다시 실전되었다가 1728년(淸 雍正 6) 유후백자원柳侯柏子園 유지遺址에서 발견되었다. 1763(淸 乾隆 28) 왕금王錦이 유후사를 중수할 때 네 벽면에 각인刻印했는데, 1928년(民國 17) 유후사가 화재로 소실되면서 없어졌다. 1933년 유주의 주요문周耀文이 민간에 유전되던 탁본을 근거로 다시 비석을 세웠는데 이것이 현존하는 '용성석각龍城石刻' 이다.

이 석각은 여러 번의 유실과 중각重刻을 거듭했기 때문에 원래의 모습이 아니고 관련 기록 또한 출입이 크다. 그러나 유주인柳州人들은 이 비석을 숭배하고 있는데, 이 비석이 사악한 기운을 없애고 또한 강을 건너는 사람이 이 비석의 탁본을 휴대하면 풍랑이 아무리 거세도 헤쳐갈 수 있으며 탁본을 집안에 모셔 두면 재앙을 없애고 복을 얻을 수 있다는 전설이 전해 오고 있다. 이는 비록 미신이지만 유주인들의 유종원에 대한 존경심을 반영하고 있다.

유우석劉禹錫

772~842

당대唐代의 시인詩人. 자字는 몽득夢得. 소주蘇州 가흥현嘉興縣에서 태어났는데, 자칭 중산中山(지금의 하북성河北省)사람이라고 한다. 『유몽득문집劉夢得文集』 40권이 있다.

촉선주묘 蜀先主[1]廟

유우석(劉禹錫)

유비는 천하天下에 영웅英雄의 기개氣槪를 떨쳐
천 년이 지나도 오히려 늠름하네.
오吳, 위魏와 천하를 삼분했을 때인데도,
오수전五銖錢을 다시 사용케 했네.
승상 제갈량諸葛亮을 발탁해 촉蜀을 개국했는데,
그 아들 아비처럼 현명하지 못하다네.
처량한 촉국蜀國의 가기歌妓들
위魏나라 궁궐 앞에서 춤을 추네.

천지영웅 기 천추상늠연
天地英雄[2]氣 千秋尚凜然[3]

세분삼족정 업부오수전
勢分三足鼎 業復五銖錢[4]

득상능개국 생아불상현
得相能開國 生兒不象賢[5]

처량촉고기 내무위궁전
凄凉蜀故妓[6] 來舞魏宮前

1 蜀先主(촉선주) : 촉(蜀)의 유비(劉備). 2 天地英雄(천지영웅) : 유비(劉備). 『삼국지(三國志) · 촉서(蜀書) · 선주전(先主傳)』에 '지금 천하 영웅으로는 오직 그대와 이 조조(曹操)만이 있다!(今天下英雄, 唯使君與操耳!)' 라는 기록이 있다. 이 시에서 '천하영웅(天下英雄)' 은 유비를 뜻한다. 3 凜然(늠연) : 경건하고 엄숙하다. 4 五銖錢(오수전) : 한(漢) 무제(武帝) 때 발행한 전폐(錢幣)인데 왕망(王莽)이 한(漢)을 찬탈한 후 사용을 금지시켰다. 5 象賢(상현) : 전대(前代)의 현인(賢人)을 본받다. '상(象)' 은 동사(動詞). 여기서는 유선(劉禪)이 아비

인 유비(劉備)를 계승(繼承)한다는 뜻이다. **6** 蜀故妓(촉고기) : 옛 촉국(蜀國)의 가기(歌妓). 사서(史書)에 의하면, 유선(劉禪)이 위(魏)에 항복한 후 사마소(司馬昭)가 연회를 베풀면서 촉(蜀)의 가기(歌妓)들에게 춤을 추게 해 주위 사람들이 모두 유선의 마음이 상할까 걱정했었는데 유선은 오히려 즐거워했다고 한다. 사마소가 유선에게 '촉국이 생각나지 않습니까?' 라고 묻자, '이처럼 즐거운데 촉국은 생각나지 않습니다' 라고 대답했다고 한다.

유비(劉備)

감상

옛날 천하영웅天下英雄 유비劉備의 기개氣概를 천고이래千古以來 모든 사람이 존경한다. 유비가 촉한蜀漢을 세워 위魏 · 촉蜀 · 오吳 세 나라가 정립했을 때 한漢 왕실王室을 부흥시키고자 오수전五銖錢을 사용했다. 유비는 제갈공명諸葛孔明의 도움을 얻어 나라를 세웠건만, 그 아들 유선劉禪은 아버지를 본받지 않았다. 마침내 촉이 망하니 가기들도 낙양洛陽의 궁궐 앞에서 위왕을 위해 춤을 추게 되었다.

촉 선주先主는 유비이다. 선주묘先主墓는 기주四川(奉節 동쪽)에 있으니, 이 시는 유우석劉禹錫이 기주자사夔州刺史로 있을 때 지었다. 시에서 유우석은 인재를 중시하고 후주後主 유선의 무능함을 질책했던 유비를 찬양했는데, 실은 이를 통해 당시 정치적 상황을 우회적으로 비판한 것이다. 당唐 태종太宗은 현사賢士를 중용해 태평성대를 이루었으나 당시 헌종憲宗은 오히려 환관과 총신寵臣들만 신임했었다. 유우석은 이 시의 마지막 구에서 당조唐朝의 통치자에게 후주 유선의 전철을 밟지 말라고 경고하고 있다.

이 시는 평성平聲 선운先韻의 오언율시다.

여설

구당협瞿塘峽 서쪽 입구에 삼국시대三國時代 촉蜀의 황제 유비의 일화가 서려 있는 고성古城 봉절성奉節城이 있다. '봉절'이란 명칭은 당唐 태종太宗 정관貞觀 23년 '봉황절도奉皇節度'에서 따온 것이고, 고대엔 '어복魚腹', 또는 '기부夔府'라 불렸다. 서한말西漢末 공손술公孫述이 사천四川을 차지했을 때 '전각 앞 우물에서 흰 용이 나왔다(殿前井中白龍出).'는 전설에 따라 기원 25년 백제성白帝城이라 개칭했다. 삼국시대엔 촉 선주先主 유비가 오吳를 정벌하기 위해 군사를 일으켰다가 패하고 난 뒤 백제성으로 퇴각했던 '오 정벌의 실패로 한을 남기고 영원히 고혼孤魂을 묻은(遺恨失呑吳, 永安藏孤魂)' 역사 비극의 무대가 되기도 했다.

221년(蜀漢 章武 元年), 촉한蜀漢의 황제 유비는 관우關羽의 복수를 하기 위해 승상丞相 제갈량과 대신들의 만류를 뿌리치고 70만 대군을 이끌고 오吳를 정벌하기 위해 출군出軍했으나 뜻밖에도 이릉夷陵 일전一戰에서 동오 대장 육손陸遜의 화공火攻에 대패하고 몇백 명의 군사만을 이끌고 백제성으로 퇴각한다. 큰 좌절을 당한 유비는 백제성을 영안현永安縣으로 개칭하고 자기가 머무는 곳을 영안궁永安宮이라 명명했으나 '영안'이라는 말의 뜻과는 달리 울분을 삭히지 못하고 병이 깊어 자리에서 일어나지도 못할 지경이 되자, 자기가 죽은 뒤의 대사를 의논하기 위해 성도成都에 있던 제갈량을 급히 불렀다. 유비는 아두阿斗에게 제위를 물려주며 제갈량에게 "그대의 재간은 조비曹丕의 열 배나 되니 필시 국가를 안정시켜 대업을 이룰 수 있을 것이다. 만약 아두를 보좌할 수 있으면 그대가 보좌하고, 그렇지 못하면 그대가 대신 이 나라를 맡아 주게나"라고 부탁했고, 제갈량은 눈물을 삼키며 "반드시 충절을 다하고 제 온 몸을 바치겠습니다"라고 답했다고 한다. 유비는 또 아들에게 만약 자신이 죽으면 승상을 아버지로 여기고 함께 이 나라를 통치하라는 유언을 남겼다고 한다.

유비가 이 백제성에서 한을 품은 채 죽게 된 것은 오·촉의 연합이 깨어진 결과이다. 먼저 번성樊城을 공격했던 관우가 제갈량의 오촉 연맹吳蜀聯盟을 파괴했고, 유비는 의제義弟의 복수를 위해 오를 정벌하는 큰 실수를 저질렀다. 그래서 사람들은 "유비는 결의結義를 맺어 대업大業을 이뤘고 소의小義로 인해 실패했다.(劉結義而興起, 因小義而失敗.)"라는 말로 유비·관우·장비의 대업을 일컬으니 매우 적절한 평이라는 생각이 든다.

세월은 흘러 유비가 죽은 지 1,700여 년이 흘렀다. 그런데 영안궁永安宮이 도대체 어디인지, 유비가 죽은 후 어디에 묻혔는지 이론이 분분하기만 하다.

그런데 사천四川 성도에 유비릉劉備陵이 있다. 유비릉을 '혜릉惠陵'이라고 한다. 1,700여 년 전에 죽은 고대 제왕의 무덤이 현재 무후사武侯祠 내에 있다. 무후사 대문으로 들어서 좌측으로 '한소열릉漢昭烈陵' 묘도墓道(神道)를 지나면 유비릉의 정전正殿·패방牌坊과 능묘陵墓가 있다. 유비릉은 봉분封墳의 높이가 12m, 둘레가 180m이며 작은 흙 언덕처럼 생겨 다른 제왕릉帝王陵처럼 화려하고 웅장한 모습이 아니다. 이는 당시 재사才士였던 제갈량이 검소했고 게다가 촉국蜀國이 어려운 상황에 있었기 때문이다. 그러나 유비의 능은 사람들의 발길이 잦았고 역대 왕조는 늘 보호에 힘써 당唐나라 때는 수릉호간관守陵戶看官을 설치했고, 명청대明淸代는 사천성四川省 최고 통치자가 친히 능묘를 보수하고 이곳에서 제사를 지냈다고 한다. 명말明末 사천 지방은 전란에 빠져 왕공王公의 분묘 중 도굴 당하고 훼손되지 않은 곳이 없었으나 유독 유비릉만은 아무런 피해도 입지 않았다고 한다.

그런데 유비릉이 과연 진짜 유비의 묘인가? 제갈량이 혹 조조曹操가 한 것처럼 의총疑塚(假墓)을 만든 것은 아닌가 하는 의문은 쉽게 해결되고 있지 않다.

사서史書에서는 유비릉에 대해 전혀 의심하고 있지 않다. 진수陳壽의 『삼국지三國志』에 유비가 군사를 이끌고 오를 정벌하다 패한 후 223년(蜀漢 章武 30) 영안궁永安宮(지금의 四川省 奉節縣 내)에서 죽어 5월 '관이 영안궁에서 성도로 돌아와 소열황제昭烈皇帝라는 시호를 받았고, 8월에 혜릉에 장례 지냈다.(梓宮自永安還成都, 謚曰昭烈皇帝, 秋八月, 葬惠陵.)' 라고 했고, 『화양국지華陽國志』 〈유선주전劉先主傳〉에도 같은 기록이 있다. 또 유비와 감부인甘夫人 · 오부인吳夫人을 합장했는데 감부인은 유선劉禪의 어머니로 유비보다 16년 일찍 죽어 남군南郡(지금의 江陵)에서 장례 치렀다가 장무章武 2년 '황사부인黃思夫人'이란 시호가 내려졌다. 사천으로 이장하려고 했는데 도착하기 전에 유비가 죽어 제갈량의 건의로 '혜릉'에 합장했고, 오부인은 오일吳壹의 여동생으로 유비 사후 22년 뒤에 병사하자 역시 '혜릉'에 합장하고, 시호를 '목황후穆皇后'라 했다는 기록도 있다.

그러나 사서史書의 기록에도 불구하고 세인들은 유비릉의 진위眞僞에 의문을 품고 있다. 첫째, 유비가 4월에 병사했다면 사천지방四川地方의 초여름 기온이 30도에서 35도 이상이기 때문에 시체를 오랫동안 보관하기 어려운데 어떻게 봉절奉節에서 성도까지 한 달여를 이동할 수 있었겠는가? 게다가 8월에서야 비로소 매장했다고 하니 그렇다면 4개월 간 어떻게 보관할 수 있느냐는 두 가지 점을 근거로 의문을 제기한다. 그것은 선제先帝의 사체를 부패하도록 방치한다는 것이 대역죄에 해당하기 때문이다. 둘째, 유비와 감부인을 합장했다고 하는데 유비를 혜릉에 묻었으면 당연히 감부인도 혜릉에 매장했었을 터인데 성도 어느 곳에서도 감부인의 묘를 찾을 수 없다는 점을 들어 의문을 제기하고 있다.

그래서 현재 많은 사람들은 유비의 무덤이 백제성白帝城이라고들 한다. 유비가 죽었던 영안궁이 지금의 백제성 일대라고 하는데 그 이유는 당시 어복현魚腹縣이 백제성 일대에 있기 때문이다. 『삼국연의三國演義』에 "마침내 첩지가 전해져 백제성에 머물렀고 관역館驛을 영안궁으로 개조했다.(遂傳旨就白帝城駐館, 將館驛改爲永安宮.)"라는 구절이 있는데 『삼국연의』가 비록 정사正史는 아니지만 유비가 백제성에 머문 기간은 채 1년이 되지 않았고 전세가 심각했던 당시 사정을 감안하면 궁전을 짓기 위한 대토목공사를 벌이지는 못했을 것이다.

게다가 성도엔 이미 궁실宮室이 있었으니 역관驛館을 영안궁으로 사용했을 가능성이 크다. 그런데 또 어떤 사람들은 현재 봉절사범학교奉節師範學校가 영안궁 유지遺址라고 하는데 이러한 주장은 그곳에서 발굴된 당시 궁전의 기단부基壇部와 고대高臺, 토담을 근거로 한 것이다. 최근 이곳에서는 호랑이 머리에 기린 몸의 석수石獸가 발견되었는데, 그 풍격으로 보아 한대漢代의 석각으로 추정되어 영안궁의 유물일 가능성이 다분히 있다. 이곳에서는 또 '……궁고지宮古址'라 글자가 새겨진 비석이 발견되기도 했다. 이러한 사실로 보아 영안궁 유지는 지금의 봉절사범학교 터로 추정된다.

사실 지금의 백제성이란 백제산白帝山의 백제묘白帝廟 일대를 가리킬 뿐이고 이곳은 당시 백제성의 전방 요새 중 한 곳에 불과했다. 그러나 세인世人들은 유비가 한을 품은 채 죽은 곳을 이야기할 때면 영안궁이 아니라 봉절현奉節縣에서 4km 떨어진 백제성을 떠올리기 시작했다. 현재 백제묘에는 새로 삼국의 역사 인물상을 전시하고 있다.

감부인 묘는 1950년대까지 남아 있었고 묘 앞에는 '한소열감황후지묘漢昭烈甘皇后之墓'라 적힌 비석이 있었다. 현재 묘지는 현 제2초대소 내에 있는데 아쉽게도 1958년 묘와 비석이 훼손되고 망실되었다. 얼마 전 안휘성安徽省 문화재발굴위원회가 감부인의 묘지에서 두 개의 비석을 발굴했는데 하나는 18m이고, 다른 하나는 15m여서 이곳이 감부인과 유비의 무덤일 가능성이 높아졌다. 그러나 유비의 장지葬地에 관한 의문은 여전히 풀리지 않고 있다.

고소대 姑蘇臺[1]

유우석(劉禹錫)

옛 영토 황폐한 고소대姑蘇臺는 여전하고
그 앞 태호太湖엔 파도가 인다.
비단옷 걸친 미녀 세월 따라 사라지고,
미록麋鹿이 노니는 시간이 많구나.
쌓을 땐 수천數千 금金을 들였지만
쥐들이 판 굴로도 허물어진다.
옛날엔 화려하게 장식한 제왕의 수레가 다녔지만
이젠 나무꾼의 노랫소리만 들리누나.

고국황대 재 전림진택 파
故國荒臺[2]在 前臨震澤[3]波
기라 수세진 미록 점시다
綺羅[4]隨世盡 麋鹿[5]占時多
축용금추력 최인석서과
築用金椎力[6] 摧因石鼠窠[7]
석년조연로 유유채초가
昔年雕輦路[8] 唯有採樵歌

1 姑蘇臺(고소대) : 강소성(江蘇省) 오현(吳縣) 서남(西南) 고소산(姑蘇山) 위에 있는 정자로 전설에 의하면 오왕(吳王) 부차(夫差)가 총희(寵姬) 서시(西施)를 위해 지었다고 전해진다. **2** 荒臺(황대) : 황폐화된 누대(樓臺), 곧 고소대. **3** 震澤(진택) : 강소성(江蘇省) 남부의 태호(太湖). **4** 綺羅(기라) : 비단. 이 시에서는 비단 옷을 입은 미녀. **5** 미록(麋鹿) : 고라니와 사슴. 『사기(史記)』〈회남형산열전(淮南衡山列傳)〉에 "신이 듣기로 '자서(子胥)가 오왕(吳王)에게 간언했으나 오왕이 말을 듣지 않자, 이에 지금 고소대에 미록이 놀고 있는 게 보입니

다' 라고 말했다.(臣聞子胥諫吳王吳王不用, 乃曰臣今見麋鹿游姑蘇之臺也.)"라는 기록이 있는데, 여기서 뜻을 빌려 왔다. 이 시에서는 오왕이 충신의 간언을 듣지 않아 결국 나라가 멸망하는 화를 초래했다는 뜻이다. **6** 金椎力(금추력) : '금추(金椎)' 는 금속으로 만든 몽둥이이다. 이 시에서 '금추력' 은 고소대(姑蘇臺)를 축조하는 데 쓴 인부와 재물을 뜻한다. **7** 石鼠窠(석서과) : 석서(石鼠)는 큰 쥐(碩鼠). 과(窠)는 조수(鳥獸)나 곤충(昆蟲)이 서식하는 곳으로, 여기서는 동혈(洞穴)을 뜻한다. **8** 輦路(연로) : 제왕(帝王)의 수레가 다니는 길.

감상

옛 오吳나라의 땅 고소산姑蘇山 위에 올랐더니 고소대姑蘇臺는 허물어졌는데 산 아래 태호太湖는 여전히 출렁인다. 비단 옷 휘감은 서시西施가 춤추는 고소대에 이제 사슴과 고라니들이 뛰어 놀고 있고, 천금千金을 들여 지었다는 고소대 기둥에는 쥐구멍이 가득하구나. 그 옛날 오왕吳王 부차夫差의 수레가 드나들던 이곳에 이젠 나무꾼의 노랫소리만 들려온다.

태호(太湖)

이 시의 사작연대寫作年代는 정확히 알 수 없지만 시인이 소주자사蘇州刺史로 있을 때 지었다고 알려져 있다.

고소대는 지금의 강소성江蘇省 오현吳縣 서남쪽 고소산 위에 있는데 옛날 오왕 부차가 서시西施를 위해 건축하고는 그곳에서 매일 연회를 열었다고 한다. 시인은 눈앞의 황대荒臺를 통해 지난날의 영화를 연상케 해 '망신亡身'·'망국亡國'의 이치를 알려 주고 있다. 고소대의 성쇠盛衰는 곧 한 국가의 흥망興亡의 축소판이다. 이러한 의미에서 이 시를 당시의 정치적 상황에 대한 풍자시諷刺詩라고 할 수 있다.

이 시는 평성平聲 가운歌韻의 오언율시이다.

여설

소주蘇州 영암산靈岩山은 기암괴석奇巖怪石으로 인해 붙여진 이름으로 옛부터 '십팔기석十八奇石', 즉 영지석靈芝石·석마石馬·석구石龜·석고石鼓·석사붕石射棚·피운대披雲臺·망월대望月臺·취승석醉僧石·사두석蛇頭石·우면석牛眠石·석당石幢·불일암佛日岩·석성石城·헌화암獻花岩·가사석袈裟石·묘아석猫兒石·승라석升羅石·출동룡出洞龍 등이 있다는 이야기가 전해졌고 그 중 몇몇은 각종 신화 전설과 함께 지금도 남아 있다. 그러나 가장 많이 알려진 이야기는 오왕 부차와 월국越國의 미녀 서시에 관한 고사이다.

『오월춘추吳越春秋』와 『월절서越絕書』의 기록에 의하면, 오왕 부차는 월국의 미녀 서시를 매우 총애한 나머지 경치가 아름다운 영암산에 관왜궁館娃宮을 지어주었다고 한다. 그리고 현재 영암사靈岩寺 대전大殿이 관왜궁의 유지라고 전해 온다. 궁내에 별치別致가 넘치는 장랑長廊을 설치했는데, 장랑 아래를 파고 질그릇을 넣은 다음 그 위에 탄성彈性이 뛰어난 목판을 덮고 이 위에서 서시와 궁녀들이 춤을 추게 했다. 이렇게 하면 목금木琴과 비슷한 소리가 회랑回廊 전체에 퍼졌기 때문에 이 장랑을 '향섭랑香屧廊'이라 부르게 되었다고 전해진다. 영암탑靈岩塔 서면에 지금도 '향섭'이라는 이름이 남아 있는데 왕우칭王禹偁은 이를 시로 묘사하기도 했다.

향섭랑香屧廊은 무너져도 '향섭'이란 이름은 남아 　廊壞空留香屧名(낭괴공류향섭명)
호기심 많은 사람들 회랑을 돌아다닌다. 　好因西子繞廊行(호인서자요랑행)
가련타, 오자서 죽음을 무릅쓰고 간언했건만, 　可憐伍相終尸諫(가련오상종시간)
누가 그때 신발 끌던 소리를 기억하겠는가? 　誰記當時曳履聲(수기당시예리성)

원元나라 때 의군義軍의 장사성張士誠이 소주蘇州에서 대주정권大周政權을 수립한 후 '향섭랑香屧廊'을 중건했는데 부차夫差의 옛 꿈을 다시 꾸려고 했던 것 같다.

산정山頂의 화원花園은 원래 오궁吳宮의 어화원御花園이다. 그 안에 월지月池와 일지日池라는 큰 우물이 있는데 서시가 이 우물물을 거울로 삼아 머리 빗고 화장을 했다고 전한다. 방지方志의 기록에 의하면 명대明代 한 농부가 우물에서 물을 긷다가 '칙勅'자가 새겨진 금비녀를 발견했는데 이 비녀가 서시가 사용했던 것이라고 한다. 후인들은 이를 믿지 않았지만 나업羅鄴은 시에서 서시의 비녀에 관한 이야기를 묘사하고 있다.

고궁古宮의 황폐荒廢해진 우물 묻혀 버린 후, 　古宮荒井曾平後(고궁황정증평후)
밭 갈던 사람이 또 파냈다고 하네. 　見說耕人又鑿開(견설경인우착개)
'칙勅'자 새겨진 금비녀를 주었다는데, 　拾得玉釵鐫勅字(습득옥채전칙자)
당시 황은皇恩 누구에게 하사했겠는가? 　當時恩澤賜誰來(당시은택사수래)

반산半山 석구石臼 옆에 서면 산 남쪽 기슭에 계천溪川이 보이는데 방향이 태호太湖를 향하고 있다. 이것이 그 유명한 '전경하箭涇河'로 일명 '채향경采香涇'이라고도 한다. 옛날에는 향수가 없었기 때문에 서시西施는 향초香草 연기를 사용했다고 한다. 오왕吳王이 화살에 실을 매어 이 하도河道로 쏘아 보내면 궁녀들이 배를 타고 향산香山에 가서 향초를 뜯어 왔다고 한다. 굴곡이 없이 곧게 이어진 이 수도水道는 분명 인공적으로 만든 것임을 한눈에 알 수 있다.

전설 속의 서시는 얼굴과 몸매만 뛰어난 게 아니라 대의大義에도 밝아 오국吳國에서 정치적 역할까지 담당했었고, 이 때문에 부차夫差는 여색에 빠져 나라를 망쳤다는 오명을 쓰게 되었다. 『사기史記』의 〈오태백세가吳太伯世家〉와 〈월왕구천세가越王勾踐世家〉에 구천勾踐이 미인계美人計를 사용해서 부차를 정복했다는 기록은 없다. 다만 구천이 부차에게 "구천은 신하가 되길 청하옵고, 처는 첩으로 삼아 주십시오.(勾踐請爲臣, 妻爲妾.)"라고 말했다는 기록이 있기는 하다. 혹시 서시가 구천의 처일지도 모르고 부차가 서시의 미모에 매혹 당했을 수도 있다. 그러나 구천이나 범려范蠡가 과연 한 나라의 운명을 일개 여인에게 맡겼을까? 그랬을 가능성은 거의 없다. 당대唐代 시인 나은羅隱도 이러한 생각을 시로 표현했다.

나라가 흥하고 망하는 데는 정해진 때가 있는데,	가국흥망자유시 家國興亡自有時
오인吳人들은 어찌 서시西施만을 원망하는가.	오인하고원서시 吳人何故怨西施
서시가 만약 오국吳國을 망하게 했다면,	서시약능경오국 西施若能傾吳國
월국越國을 망하게 한 사람 또 누구란 말인가?	월국망래우시수 越國亡來又是誰

그런데 세간에 전해 오는 월왕越王 구천과 대부大夫 범려 그리고

오왕 부차와 서시에 관한 고사는 사서史書의 기록과 차이가 있다.

월왕 구천은 전쟁에서 패해 부차의 포로가 되어 갖은 수난을 다 겪다가 겨우 월국越國으로 돌아왔는데 방에 쓸개를 걸어 놓고 수시로 맛을 보며(嘗膽) 복수의 칼을 갈다가 '미인계美人計'를 생각해 냈다. 이에 월국의 대부 범려는 수천 명의 미녀 중에 서시를 선발해 금기서화琴棋書畵를 3년 간 가르친 다음 부차에게 바쳤다. 오왕 부차는 승리에 도취한 나머지 충신 오자서伍子胥의 간언을 무시하고 밤낮으로 서시만을 총애하고 국정에는 관심도 없었다. 음주행락飮酒行樂을 일삼았을 뿐 아무런 대비도 하지 않았던 오나라를 월국의 군사들은 파죽지세破竹之勢로 유린했다. 충신의 간언을 듣지 않고 음주와 향락을 일삼았던 부차는 마지막에 이르러서야 "내가 죽거든 얼굴을 붉은 천으로 가려라, 죽어 구천九泉에서도 오자서의 얼굴을 부끄러워 볼 수가 없다."라는 말을 남겼다고 한다. 이후 이 지역에서는 사람이 죽으면 얼굴을 천으로 가리는 풍습이 전해 내려오고 있다고도 한다.

그런데 월왕 구천은 환난은 같이 할 수 있는 사람이지만 부귀는 함께 할 수 없는 사람이었다. 이러한 사실을 너무나도 잘 알고 있던 범려는 관왜궁館娃宮으로 달려가 서시를 데리고 무석無錫으로 도망가 숨어 살았는데 그들 두 사람이 살았던 곳이 현재 무석無錫의 예원豫園이라고 한다.

재수연주, 지형양, 수유유주증별 再授連州, 至衡陽[1], 酬柳柳州贈別

유우석(劉禹錫)

서울을 떠난 지 10년 만에 함께 부름을 받았다가
천 리 멀리 상수湘水 건너고 또 헤어지네.
두 번 임명되었으나 한漢나라의 황승상黃丞相과는 다르니,
세 번 폄적되었던 유하혜와 다를 바 없네.
눈 돌려 북쪽을 바라보니 기러기 하늘 끝으로 사라지고,
단장斷腸의 근심이 가득할 제 원숭이 울음소리 제대로 이어지지도 않네.
계강桂江은 동東으로 연산連山 아래로 흘러가고,
서로 바라보며 길게 이별 노래를 부른다.

거국 십년동부소 도상천리우분기
去國[2]十年同赴召 渡湘千里又分岐[3]

중림 사이황승상 삼출 명참유사사
重臨[4]事異黃丞相[5] 三黜[6]名慚柳士師[7]

귀목병수회안 진 수장정우단원 시
歸目併隨回雁[8]盡 愁腸正遇斷猿[9]時

계강 동과연산 하 상망장음유소사
桂江[10]東過連山[11]下 相望長吟有所思[12]

1 衡陽(형양) : 지명(地名). '형산(衡山)의 남쪽' 이라는 뜻으로, 지금의 호남성(湖南省) 형양시(衡陽市). 2 去國(거국) : 나라를 떠나다, 곧 서울을 떠나다. 3 分岐(분기) : 길이 나뉘어지다. 4 重臨(중림) : 두 번 임명되다. 유우석(劉禹錫)이 첫 번째는 파주자사(巴州刺史)로 임명

유하혜(柳下惠)

받았으나 실제 부임하지는 않았다. 두 번째 명으로 연주자사(連州刺史)로 부임했기 때문에 '중림(重臨)'이라 했다. **5** 황승상(黃丞相) : '황패(黃霸)'. 한(漢) 선제(宣帝) 때의 승상(丞相)으로 승상이 되기 전에 영천태수(潁川太守)로 두 번 출임(出任)했다가 선제의 중용으로 승상이 되었다. **6** 三黜(삼출) : 세 번 폄적(貶謫)되다. **7** 柳士師(유사사) : 유하혜(柳下惠). 성(姓)은 전(展), 이름은 금(禽). 춘추시대(春秋時代) 노(魯)나라 사람이고 옥관(獄官, 士師)를 지냈는데 『논어(論語)』 〈미자(微子)〉에 유하혜(柳下惠)는 세 번 폄적 당했다는 기록이 있다. 유종원(柳宗元)도 처음에 소주자사(邵州刺史)로 폄적되었으나 부임하기도 전에 영주사마(永州司馬)로 전임되었고 장안(長安)으로 소환되었다가 다시 유주(柳州) 자사(刺史)로 폄적되었기 때문에 세 번 폄적되었다고 표현했다. **8** 回雁(회안) : 산봉우리 이름. 회안봉(回雁峰). 형양(衡陽)에 있는 산봉우리로 북쪽에서 기러기가 이곳까지 날아왔다가 봄이 되면 다시 북쪽으로 날아간다고 한다. **9** 斷猿(단원) : 원숭이 울음소리가 끊어진다는 뜻으로 원숭이가 너무 슬픈 나머지 목이 메어 울음소리가 끊어진다는 의미로 사용되었다. **10** 桂江(계강) : 강 이름. 상류(上流)가 이강(灕江)으로 유종원이 폄적되었던 곳이다. 계강은 비록 광동(廣東)으로 흘러가지만 연산(連山)을 거치지는 않는다. **11** 連山(연산) : 연주(連州) 경내로 유우석이 폄적되었던 곳이다. **12** 有所思(유소사) : 고악부(古樂府)의 편명(篇名)으로 이별의 아픔을 노래했다.

감상

그대와 나 장안을 떠난 지 10년 만에 함께 돌아오라는 황제皇帝의 부름 받았으나 지금은 천리千里 멀리 남방南方에서 상강湘江을 건너 그대와 헤어져야 한다. 비록 두 번이나 연주자사連州刺史에 부임했지만 한漢나라 승상丞相 황패黃霸가 두 번 영천태수潁川太守를 지냈던 것과는 사정이 다르다. 세 번이나 죄 짓고 외직外職으로 나왔지만 춘추시대春秋時代 유하혜柳下惠가 세 번 폄적되었던 것에 비하면 심히 부끄럽기만 하다. 북쪽 하늘 장안을 바라보니 하늘 저 먼 곳에서 기러기 사라지고 구슬픈 원숭이 울음소리 내장을 끊는斷腸 것 같다. 계강桂江 물아! 연주의 산 아래로 흘러가라. 우리들 이처럼 떨어져서도 서로 생각하며 시詩 지을 수 있기만을 바랄 뿐이다.

이 시는 평성平聲 지운支韻의 칠언율시이다.

여설

815년(唐 元和 10) 10월, 유우석과 유종원은 왕숙문王叔文의 혁신 활동에 참여했다가 원지遠地로 폄적당한 지 10년 만에 장안으로 돌아올 수 있었다. 그 해 3월 당시 조정의 실권을 장악하고 있던 무원형武元衡 등의 배척으로 두 사람은 또 동시에 더 먼 곳의 자사로 부임하게 된다. 유종원은 유주자사柳州刺史로 가게 되었다. 유우석은 장안에 있는 현도관玄都觀을 구경하다 〈원화십년元和十年, 자랑주지경自朗州至京, 희증간화제군자戱贈看花諸君子〉라는 시를 지었다.

거리는 온통 붉은색, 홍진紅塵이 얼굴을 스치는데,	자맥홍진불면래 紫陌紅塵拂面來
복숭아꽃 보러 돌아오겠다 말하지 않는 사람 없네.	무인부도간화회 無人不道看花回
현도관玄道觀 안에는 복숭아나무 천 그루가 있지만,	현도관리도천수 玄都觀裏桃千樹
모두 유랑劉郎이 떠난 후 가꾸었다네.	진시류랑거후재 盡是劉郎去後栽

이 시의 마지막 두 구절의 현도관을 조정朝廷으로, 천수千樹를 조정의 백관百官으로 해석하면, 조정 안의 문무백관文武百官은 모두 유우석이 폄적된 후 10년 동안 재상들이 심은 사람들이라는 의미로 해석할 수가 있었기 때문에 당시 국정을 주무르고 있던 세족勢族들의 미움을 사게 되었다. 장안을 떠난 지 10년 만에 돌아온 유우석은 이 시로 인해 더 황량한 벽지인 파주자사巴州刺史로 가게 되었다.

당시 유종원은 연로한 유우석의 모친을 생각해 자신이 대신 파주로 갈 수 있게 해 달라고 청원할 생각이었는데 배도裴度가 유우석의 사정을 조정에 말하며 간청해 유우석의 임지가 연주連州로 변경될 수 있었다. 그 해 4월 유종원과 유우석이 동시에 장안長安을 떠나 남방南方으로 가다 형양衡陽에서 헤어졌다. 그때 유종원은 쓰라린 심정을 담은 〈형양여몽득분로증별衡陽與夢得分路贈別〉을 지어 지우知友 유우석에게 보냈다.

10년 만에 초췌해져 경성京城으로 돌아왔는데,	십년초췌도진경 十年憔悴到秦京
도리어 5영嶺 밖 멀리 갈 줄 누가 알았겠는가?	수료번위령외행 誰料翻爲嶺外行
한漢나라 복파장군이 갔던 길 풍연風烟 여전한데,	복파고도풍연재 伏波故道風烟在

부서지고 남은 석인石人 초목草木으로 뒤덮였다.	옹중유허초수평 翁仲遺墟草樹平
게으르고 소홀해 여러 사람에게 비난非難 받았으니,	직이용소초물의 直以慵疏招物議
다시 문장文章으로 명성을 얻으려 하지 않겠다.	휴장문자점시명 休將文字占時名
오늘 쓰임 받지 못해 강가에서 이별하니,	금조불용림하별 今朝不用臨河別
천 가닥 눈물이 갓 끈을 타고 흐른다.	수루천행편탁영 垂淚千行便濯纓

'비량悲凉'과 '분개憤慨'를 담아 동고동락同苦同樂하던 지우 유우석에게 보냈으니 같은 처지에 있던 시인의 마음 역시 찢어질 듯 아팠을 것이다. 동병상련同病相憐의 아픔을 달래고 있던 유우석은 이 시 〈재수연주再授連州, 지형양至衡陽, 수유유주증별酬柳柳州贈別〉을 지어 유종원에게 화답했던 것이다.

이밖에도 두 사람이 주고 받은 〈중별몽득重別夢得〉, 〈삼증유원외三贈劉員外〉 등의 시에도 당시의 상황과 심경이 잘 드러나 있다. 또 유종원이 유주에서 지은 〈등유주성루기장登柳州城樓寄漳·정汀·봉封·연사주자사連四州刺史〉 시는 앞에서 감상한 바 있다. 5년이 지난 후 장안으로 돌아온 유우석이 다시 형양을 지나가다 이미 세상을 떠난 유종원을 그리워하며 〈중지형양상유의조重至衡陽傷柳儀曹〉를 지어 애도했다.

한신묘 韓信[1]廟

유우석(劉禹錫)

장군의 뛰어난 전략과 용병술 세상의 영웅이었으되,
창황蒼黃한 종실鍾室에서 뛰어난 무예를 한탄했었네.
후대에 이 단壇에 오를 자에게 알리니,
항상 심사숙고深思熟考, 공업功業을 이룬 후엔 두려워하길.

장략 병기 명세웅 창황종실 탄양궁
將略[2]兵機[3]命世雄　蒼黃鍾室[4]歎良弓[5]
수령후대등단 자 매일심사앙립공
遂令後代登壇[6]者　每一尋思殃立功

1 韓信(한신) : 한(漢) 고조(高祖) 때의 장군(將軍). 유방(劉邦)을 도와 항우(項羽)를 물리치고 한을 건국하는 데 공을 세운 개국공신(開國功臣)이었다. 유방은 고조가 된 후 봉후(封侯)의 세력을 약화시키는 정책을 시행했는데, 그 와중에 여후(呂后)에 의해 한신이 제일 먼저 죽임을 당했다. **2** 將略(장략) : 장군의 전략. **3** 兵機(병기) : 용병술(用兵術). **4** 鍾室(종실) : 장락궁(長樂宮) 내에 종(鍾)을 걸어 두는 방. **5** 良弓(양궁) : '명궁(名弓)' 의 뜻이나 이 시에서는 한신(韓信)의 뛰어난 무예(武藝)라는 뜻으로 사용되었다. **6** 壇(단) : 배장단(拜將壇), 또는 배단(拜壇). 대장(大將)을 배수(拜受)하는 단(壇). 한신배장단(韓信拜將壇). 유지(遺地)는 지금의 섬서성(陝西省) 고현(固縣) 북쪽 와수(洼水) 북쪽 언덕에 있다.

감상

한신韓信 장군將軍은 지략智略과 용병술用兵術로 일세의 영웅이 되었으나, 서한西漢의 종실鍾室 내에서 음모로 살해되고 말았다. 후세에 병권兵權을 가진 장군들 이 일을 교훈으로 삼아 뒷일을 생각해야 한다. 적들을 물리치고 전공을 세운다는 게 두려울 수도 있으니까.

이 시는 평성平聲 동운東韻의 칠언고시이다.

여설

양주揚州에서 경항대운하京杭大運河를 통해 북상하면 '회상강남淮上江南'이라 불리는 회안고성淮安古城에 이른다. 이곳은 역대로 경제·군사 요지였다. 회안淮安 고성古城의 중심부에 전아하고 소박한 2층 성루城樓가 있는데 이곳이 송대宋代에 건축된 진강도총사鎭江都總司 주루酒樓이다. 이후 명대明代에 고루鼓樓로 바뀌었고, 청대淸代엔 수재가 끊이지 않자 신령神靈이 현현顯現하기를 기원하여 '진회루鎭淮樓'로 개명했다. 1959년 중건해 지금도 수많은 관광객들이 찾고 있다.

진회루鎭淮樓의 북쪽에 사당祠堂이 하나 있다. 이곳은 장량張良·소하蕭何와 함께 '흥한삼걸興漢三杰'로 병칭竝稱되는 명장名將 한신韓信의 사당이다. 한신은 회음淮陰 사람인데 한漢나라 때 회음은 지금의 회안보다 큰 도시로 현재의 회음·회안 두 현과 청하淸河·청포淸浦와 홍택洪澤·보응寶應 현의 일부를 포함했다. 후에 한고조漢高祖 유방劉邦이 그를 회음후淮陰侯에 봉했고, 그가 죽은 후 그곳 사람들이 한신을 기념하기 위해 사묘祠廟를 지었다. 현재의 한한후사漢韓侯祠는 최근에 중건했지만 당대唐代 시인 허혼許渾의 "유령대劉伶臺 아래엔 도화桃花가 늦게 피었는데, 한신묘韓信廟 앞 단풍잎은 가을이구나.(劉伶臺下桃花晩, 韓信廟前楓葉秋.)"라는 시구로 미루어 보아 당대 이전에 회안에 한신의 사묘가 있었던 것 같다.

후侯에 봉해진다는 일은 본래 매우 영광스러운 일이다. 그러나 한신이 회음후에 봉해진 것은 도리어 불운한 일이었다. 초한楚漢이 쟁패할 때 유방은 한신의 병력을 동원하기 위해 그를 제왕齊王에 봉했었고 해하垓下에서 대승을 거둔 후에는 한신의 병권兵權을 빼앗고 초왕楚王에 봉했었다. 그런데 한왕조漢王朝가 수립된 후 유방은 한신이 모반을 일으킬까 의심하여 그를 얽어매기 시작했다. 이에 한신은 "'약삭빠른 토끼를 잡아 죽이면 좇던 개를 삶아 먹고, 높이 나는 새를 다 잡아 없애면 좋은 활 보관해 두고, 적국이 무너졌으면 모신謀臣이 죽는 법', 천하가 이미 안정되었으니 나도 마땅히 죽이려 하겠지.('狡兎死, 走狗烹, 高鳥盡, 良弓藏, 敵國破, 謀臣亡', 天下已定, 我固當烹.)"라며 탄식했다고 한다. 그 후 유방은 한신을 추방하면서 회음후에 봉했는데 유우석劉禹錫의 〈한신묘〉는 바로 이러한 한신의 처지를 노래한 시이다.

한신은 어린 시절 회음에서 가난하게 살았다. 아랫마을 남창南昌 정장亭長 집에서 기식하면서 정장의 처자로부터 냉대를 받기도 했고 성 아래에서 물고기를 잡아 생계를 유지했는데 이때 표모漂母에게 큰 은혜를 입었다. 또 길거리에서는 남의 사타구니 밑胯下으로 기어가는 욕을 당하기도 했었다. 그러나 그는 회음후가 된 후 옛날 자신에게 밥을 주었던 표모에게는 천금千金을 주어 은혜를 갚았을 뿐만 아니라 남창의 정장에게도 감사의 예를 표했고 자신을 욕보였던 자에게도 중위中尉의 직책을 주었다. 지금도 회안에는 과하가胯下街가 있고, 과하가와 흥문가興文街가 교차하는 지점에는 과하교胯下橋가 있다. 성城 서북쪽 운하 동편에는 한후조대韓侯釣臺가 있고 조대 북쪽에는 표모사漂母祠가 있다. 이러한 유적들은 비록 최근에 중건한 것이지만 상황에 따라 유연하게 대처할 수 있었던 한신의 대장부다움과 표모의 선량한 선행을 알리기에는 충분하다.

처음에 한신은 소하의 적극적인 추천으로 대장이 되었다. 그러나 이후 여후呂后가 한신을 죽이는 데 협력했던 사람도 소하였다. 한신은 소하의 계략에 빠져 장락궁長樂宮 종실鍾室로 유인 당해 삼족三族이 주살 당했는데 이 사실이 '성공한 것도 소하 때문이고 패망한 것도 소하 때문이다.(成也蕭何, 敗也蕭何.)' 라는 전고典故의 내력이다.

그리고 회안淮安에는 중국 현대사에서 지울 수 없는 족적을 남겼던 주은래周恩來의 고거故居가 있다. 주은래는 1898년 3월 5일 진회루鎭淮樓 서북쪽 부마항駙馬巷에서 태어났다. 그러나 이러한 사실은 81년 동안 비밀로 유지되다가 주은래가 죽은 지 3년 후에야 '주은래총리고거周恩來總理故居' 라는 명의로 세상에 공개되었다.

한신(韓信)

구화산九華山

유우석(劉禹錫)

구화산九華山은 지주池州 청양현靑陽縣 서남쪽에 있는데 아홉 개의 산봉우리가 수려함을 뽐내고 신령스러운 자태가 기이하다. 예전에 나는 화산華山을 우러러 보아 이것 외에는 기산奇山이 없는 줄 알았고, 여기산女幾山과 형산荊山을 좋아해 이외에 수려한 산이 없는 줄 알았다. 오늘 처음 구화산에 와 보니 이전에 쉬이 말했던 것이 비로소 후회된다. 아쉽게도 구화산은 먼 벽지에 자리 잡고 있어 세상에 알려지지 않았으므로 시를 지어 그 명성을 높이려 한다.

화 산 재 지 주 청 양 현 서 남 구 봉 경 수 신 채 기 이 석 여 앙 태 화
華山在池州靑陽縣西南 九峰競秀 神采奇異. 昔予仰太華[1]
이 위 차 외 무 기 애 녀 기 형 산 이 위 차 외 무 수 급 금 견 구 화 시
以爲此外無奇 愛女幾[2]荊山[3] 以爲此外無秀. 及今見九華 始
도 전 언 지 용 이 야 석 기 지 편 차 원 불 위 세 소 칭 고 가 이 대 지
悼前言之容易也. 惜其地偏且遠 不爲世所稱, 故歌以大之.

기이한 봉우리 단번에 혼백을 놀라게 하고,
태초太初에 천지가 개벽할 때를 생각케 한다.
아홉 마리 용龍이 뒤틀며 승천昇天할 때
홀연 벽력 일성一聲과 함께 돌로 변한 게 아닐까.
아니라면 왜 지금까지, 아득히 억만 년이 지났어도,
꿈틀대며 솟구치는 그 기세 여전할까.

그윽이 안개구름 품었으니 달빛은 더더욱 차갑고,
태양은 빛으로 모였는지 강물엔 그림자 드리웠다.
요로要路에 뿌리 내리지 않고,
수려한 봉우리 인적 없는 이곳에서 생겨났나.
황제는 봉선제封禪祭 올리려 운운산雲雲山 정정산亭亭山에 오르시고,
대우大禹는 동해 변 회계산會稽山에서 계공計功을 만났다.
구화산九華山에 제왕이 들르지 않았으니 광악光樂도 울리지 않았을 터,
원숭이, 새들 푸른 하늘 쳐다보며 홀로 외로웠다.
그대 보지 못했는가 황량한 경정산敬亭山을,
민둥산을 깎은 듯 절벽 같아 산봉우리도 없구나.
선성태수宣城太守 사조謝朓 시 한 수에
마침내 오악과 함께 명성을 얻게 되었다네.
구화산아, 구화산아,
천지의 조화로 생겨난 빼어난 산인데,
어찌 인간 세계에 그 이름 쉬이 올리겠느냐?

기봉일견경혼백 의상홍로 시개벽
奇峰一見驚魂魄 意想洪鑪[4]始開闢

의시구룡요교 욕반천 홀봉벽력일성화위석
疑是九龍夭矯[5]欲攀天 忽逢霹靂一聲化爲石

불연하지금 유유억만년 기세불사여등헌
不然何至今 悠悠億萬年 氣勢不死如騰仚[6]

운함유혜월첨랭 일응휘혜강양영
雲含幽兮月添冷 日凝輝兮江漾影

결근 부득요로진 동 수장재무인경
結根[7]不得要路津 迥[8]秀長在無人境

헌황 봉선 등운정 대우 회계 림동명
軒皇[9]封禪[10]登雲亭[11] 大禹[12]會計[13]臨東溟

승류 불래광악 절 독여원조수청형
乘樏[14]不來光樂[15]絕 獨與猿鳥愁靑熒

군불견경정지산 황색막 올여단안무능각
君不見敬亭之山[16]黃索漠 兀如斷岸無稜角[17]

선성태수 일수시 수사명성제오악
宣城太守[18]一首詩 遂使名聲齊五岳

구화산구화산 자시조화일우물
九華山九華山 自是造化一尤物

언능적심 호인간
焉能籍甚[19]乎人間

1 太華(태화) : 화산(華山). 오악(五嶽)의 하나로 섬서성(陝西省)에 있는데 그 서쪽에 소화산(小華山)이 있어 태화산(太華山)이라 한다. **2** 女幾(여기) : 산 이름. 여궤(女几)로도 씀. 석계산(石雞山)이라고도 한다. 하남성(河南省) 영보현(靈寶縣) 남쪽에 있다. **3** 荊山(형산) : 하남성(河南省) 의양현(宜陽縣)에 있는데 낙수(洛水)의 발원지이다. **4** 洪鑪(홍로) : '큰 용광로' 라는 뜻으로, 곧 천지(天地). **5** 夭矯(요교): '굴신(屈伸)'. 꿈틀거리는 모양. **6** 㒨(헌) : '높이 솟아오르다' 의 뜻. **7** 結根(결근) : '자리 잡다', '위치하다' 의 뜻. **8** 迥(동) : '수(秀)'. 매우 수려하다. **9** 軒皇(헌황) : 헌원황제(軒轅皇帝)의 준말로 헌원씨(軒轅氏), 곧 전설상의 황제(黃帝). **10** 封禪(봉선) : 제왕(帝王)이 천지(天地)의 신에게 지내는 전례(典禮)로 천신(天神)에게 지내는 제를 '봉(封)', 지신(地神)에게 지내는 제를 '선(禪)' 이라 한다. **11** 雲亭(운정) : 『사기(史記)』〈봉선서(封禪書)〉에 '황제(黃帝)는 태산(泰山)에서 봉제(封祭)를 지내고, 정정산(亭亭山)에서 선제(禪祭)를 지냈고, 전욱(顓頊)은 태산에서 봉제를 지내고, 운운산(云云山)에서 선제를 지냈다.(黃帝封泰山, 禪亭亭, 顓頊封泰山, 禪云云.)' 라는 기록이 있는데 『집해(集解)』에 '운운산(云云山)은 양부(梁部) 동쪽에 있고(云云山在梁部東), 정정산(亭亭山)은 모음(牟陰)에 있다(亭亭山在牟陰).' 라고 해 모두 지금의 산동성(山東省) 경내에 있다. 따라서 시의 '운정(雲亭)' 은 '운정(云亭)' 이며 운운산과 정정산을 뜻한다. **12** 大禹(대우) : 전설상의 고제(古帝) 우왕(禹王). **13** 會計(회계) : '회(會)' 는 '만나다' 의 뜻이고, '계(計)' 는 인명(人名)으로 '계공(計功)', 전설에 의하면 우왕(禹

王)이 회계산(會稽山, 지금의 浙江省 紹興縣 동남쪽)에서 제후(諸侯) 계공(計功)을 만났다고 한다. **14** 樏(류) : 산을 오르는 데 사용하는 기구. **15** 光樂(광악) : 전설(傳說)에 나오는 천상(天上)의 악곡(樂曲)으로 여기서는 '천자(天子)의 악(樂)'을 뜻한다. **16** 敬亭之山(경정지산) : 경정산(敬亭山). 안휘성(安徽省) 선성현(宣城縣) 북쪽에 있는 산. **17** 棱角(능각) : 물체의 변각(邊角)이나 첨각(尖角). **18** 宣城太守(선성태수) : 남제시인(南齊詩人) 사조(謝朓). 사조가 선성태수(宣城太守)를 지낼 때 경정산(敬亭山)에 올라 시부(詩賦)를 지었다고 한다. **19** 籍甚(적심) : 명성(名聲)이 높다.

헌원황제(軒轅皇帝)

감상

누구든지 구화산九華山의 기봉奇峰을 보게 되면 혼백魂魄이 놀라 가슴이 뛴다. 혹시 천지天地가 개벽할 때 아홉 마리 용龍이 하늘에 오르다 돌연 벽력성霹靂聲과 함께 산봉우리로 변한 게 아닐까? 그렇지 않다면 억만년億萬年이 지난 지금에도 어째서 구화산의 기세가 마치 하늘로 치솟으려 한단 말인가. 보라! 안개구름 뒤엉키고 달빛

차갑게 비치는 구화산을, 햇볕 넓게 퍼져 강물에 거꾸로 선 산 그림자를, 그 얼마나 아름다운가! 아쉽게도 외진 이곳에 자리 잡아 지금까지 무인지경無人之境으로 있었구나. 옛날 황제黃帝는 봉선제封禪祭를 올리려 태산泰山에 올랐고, 우왕禹王은 동해변東海邊을 순행했는데, 구화산엔 어가御駕 납신다는 음악 소리는 들리지 않고 차가운 달빛 아래 들리는 원숭이 울음소리, 슬픔이 전해 온다. 황량하기 그지없는 경정산敬亭山, 깎아지른 절벽만 있을 뿐 기이한 봉우리 하나 없는데, 선성태수宣城太守 사조謝朓의 시 한 수에 오악五岳에 비견되는 명성을 얻지 않았느냐? 구화산아, 구화산아! 천지의 조화로 태어난 산인데 인간들이 그 이름 쉽게 입에 올릴 수야 있겠는가?

유우석劉禹錫이 화주로 가는 도중 안휘성安徽省 청양현靑陽縣 서남쪽 구화산에 들렀다가 기위奇偉한 장관壯觀 구화산이 세상에 알려져 있지 않음을 시를 통해 개탄했다. 시인은 큰 뜻을 품고 있었으나 '영정혁신永貞革新'이 좌절되고 여러 차례 폄적당해 당시 정치권의 관심 밖으로 밀려났는데 이러한 시인의 신세가 구화산과 유사하다고 느꼈던 것 같다. 유우석이 구화산을 통해 내뱉은 불평은 바로 자신의 처지에 대한 불평으로 장구한 세월 쌓이고 쌓인 번민煩悶을 토로하고 있는 것이다.

이 시는 잡언고시雜言古詩로 1~4구는 입성入聲 맥운陌韻, 5~6구는 평성平聲 선운先韻, 7~8구는 평성 청운靑韻과 상성上聲 경운梗韻을 통용通用했다. 9~12구는 상성 경운, 13~14구는 평성 청운, 15~18구는 입성 각운覺韻, 19~21구는 평성 산운刪韻을 사용했다.

여설

안휘성安徽省 청양현靑陽縣 구화산은 '동남제일산東南第一山'이라 불릴 만큼 풍광이 아름다워 이곳을 들렀던 이백李白은 구화산을 '하늘 아래 푸른 물 걸고, 빼어난 산 아홉 송이 연꽃이다.(天下棨綠水,, 秀山九芙蓉.)' 라고 했고, 유우석은 '기이한 봉우리 단번에 혼백을 놀라게 한다(奇峰一見驚魂魄).' 라고 찬미했었다. 그러나 구화산을 유람하는 사람들의 눈길을 끄는 것은 산수의 아름다움뿐만 아니라 산 전역에 퍼져 있는 불교 문화의 흔적이다.

구화산은 산서山西의 오대산五臺山, 사천四川의 아미산峨嵋山, 절강浙江의 보타산普陀山과 더불어 중국 불교의 사대명산四大名山으로 병칭되는데, 각 산에는 지장地藏 · 문수文殊 · 보현普賢 · 관음觀音의 네 보살의 설법을 전하는 도량道場이 있다. 그 중 지장보살地藏菩薩의 설법을 전하는 도량이 바로 구화산에 있다.

지장은 범어梵語 Ksitigarbha의 의역意譯이다. 『지장십륜경地藏十輪經』에 의하면, 지장이란 대지大地와 마찬가지로 무량無量의 선善의 씨앗을 감추고 있어서 붙여진 이름이라고 한다. 구화산이 지장보살의 도량이 된 데에는 구화산 불교의 개창자인 김교각金喬覺과 관계가 있다. 『안휘통지安徽通志』〈불문용상전佛門龍象傳〉, 『신승전神僧傳』, 『구화산지九華山志』의 기록에 의하면, 김교각은 신라新羅의 왕족으로 부귀영화를 버리고 24세에 출가하여 승려가 된 인물이다. 당唐 개원천보開元天寶 연간 구화산에 왔다고 한다.

처음에 김교각은 동애봉東崖峰 초벽峭壁 아래 깊이가 수척數尺, 넓이가 1장丈, 높이가 7척尺쯤 되는 동굴에 머물면서 해가 뜨면 동애봉東崖峰 정상의 거석 위에 앉아 수행했다. 이에 사람들이 김교각이 거주했던 동굴을 '지장동地藏洞'이라 부르기 시작했고, 김교각이 앉아서 수행했던 거석을 '안좌암晏坐岩'이라 불렀는데 아직까지 남아 있다.

지덕연간知德年間(756~757) 산골 사람 제갈절諸葛節 등이 산을 오르던 중, 석실에서 눈을 감고 있다가 다리가 부러진 솥에다 백토白土

와 소량少量의 쌀을 삶아 먹는 김교각의 모습을 보았다고 한다. 이처럼 고행을 하고 있는 김교각의 모습에 감동한 산골 사람들은 자발적으로 돈을 거두어 단씨檀氏의 땅을 사들여 절을 지어 주었다. 그러자 승려 승유勝瑜 등이 모여들어 김교각을 스승으로 모시게 되었고, 수년이 지나자 절은 규모를 갖추게 되었다. 이때 군수郡守 장암張岩이 조정朝廷에 상소를 올려 화성사化城寺라는 이름을 받게 되었다.

'화성化城' 이라는 이름은 『법화경法華經』에서 나온 말이다. 석가모니가 어린 제자와 함께 산길을 가는데, 길이 험해 어린 제자가 기갈飢渴에 더 이상 나아가지 못하자 석가모니가 앞쪽을 성城으로 변하게 하여 제자가 계속해서 전진하게 했다고 한다. 구화산의 첫 번째 사원은 고산 분지에 자리 잡아 앞에는 부용봉芙蓉峰, 북으로는 백운산白雲山, 동으로는 동애東崖, 서로는 신광령神光嶺에 접해 마치 사면이 성처럼 산으로 둘러싸고 있는 형국인데, 고인들이 이런 지리적 위치를 감안해 석가모니가 땅을 가리키자 성으로 변했다는 고사를 빌어 사원의 이름을 '화성사化城寺'라 명명했던 것이다. 안휘성 내에는 또 한 곳의 '화성사'라는 삼국시대三國時代에 지은 고찰古刹이 있다. 이백李白이 〈화성사종명문化城寺鍾銘文〉을 지어 화성사의 정황을 기록하기도 했다.

화성사가 낙성된 후 김교각은 주지승이 되었고 명성이 나날이 드높아져 불도가 모여들었지만 고행을 멈추지 않았다. 만년에 이르자 시자侍者 한 명을 데리고 남대南臺에 앉아 독경을 했는데 794년(唐貞元 10) 7월 10일 밤 가부좌跏趺坐한 채로 죽었다고 한다.

김교각은 고행과 고결한 성품으로 승속僧俗을 막론한 모든 이의 존중을 받았는데 그가 생전에 지장보살을 독실하게 믿었고 그의 얼굴 모습이 마치 지장처럼 생겼다고 해서 지장이 현신現身했다고 하여 그를 김지장金地藏이라 부르게 되었다. 또 김교각은 신라新羅의 왕자 신분이었기 때문에 지장왕이라는 별칭을 얻기도 했다. 전설에 의하면 김교각이 임종할 때 화성사의 대종大鐘이 아무런 소리도 없이 땅에 떨어졌다고도 하고, 또 그가 죽은 지 3년 후에도 안색이 마치 살아 있는 것 같았고 몸이 굳지 않아 불경에 기록된 '보살재세菩薩在世'의 특징을 여실히 보여 주었다고도 한다. 이로 인해 세인들은 김교각이 임종을 맞이한 남대에 석탑을 쌓아 김교각의 시신을 안치했는데 이 탑이 바로 원근에 알려진 육신탑肉身塔이다. 또 탑 주위에 집들을 지으니 이게 육신보전肉身寶殿 또는 월신보전月身寶殿이다. 그리고 석탑을 완성한 날 밤 탑 기반부基盤部에서 원광圓光이 분출되어 남대를 '신광령神光嶺'이라고 칭하게 되었다고 한다.

그 후, 세인들은 김교각이 세상을 떠난 7월 30일을 지장보살의 열반일涅槃日로 여기게 되었고 세속에서는 지장왕의 생일이라고들 한다. 민간에서는 매년 이 날을 기념하여 점등행사點燈行事를 벌인다. 이 등을 '지장등地藏燈'이라고 하는데, 이러한 풍속은 불교의 산생지産生地인 인도印度에는 없는 것이다.

월신보전月身寶殿은 불교 성지 구화산을 찾는 불교도들이라면 꼭 방문하는 성지聖地 중의 성지이다. 전 내에는 지장의 소상塑像이 안치되어 있고 지장보살의 다리 아래에는 개 같기도 하고 호랑이 같기도 하고 어떻게 보면 사자 같기도 한 동물의 소상塑像이 미동도 하지 않고 정면을 응시하고 있다. 이는 당시 김교각이 항상 데리고 다녔던 '선청善聽'이라는 개의 모습에 근거해 만든 소상으로 '지청地聽'이라 한다.

구화산의 최고봉인 천태봉天台峰은 해발 1325m로 북으로 장강長江이 굽어 보이고 남으로는 황산黃山을 멀리 볼 수 있다. 이에 '구화산에 오르면서 천태봉을 가 보지 않으면 헛되이 땀 흘리면서 오지 않은 것과 마찬가지이다.(上九華不到天台, 白流汗, 等於沒來.)'라는 말이 전해져 온다.

망동정 望洞庭

유우석(劉禹錫)

호수에 비친 가을 달 서로 조화를 이루어
호수 면은 바람이 일지 않으니 갈지 않아도 거울 같구나.
멀리 동정의 산수 빛깔을 바라보니
하얀 은반 위에 청라青螺가 놓인 듯하구나.

湖光秋月兩相和 潭面無風鏡未磨
(호광추월량상화 담면무풍경미마)
遙望洞庭山水色 白銀盤[1]裏一青螺[2]
(요망동정산수색 백은반리일청라)

1 白銀盤(백은반) : 하얀 은 접시. 맑고 잔잔한 동정호를 뜻한다. 2 青螺(청라) : 푸른 소라. 동정호 가운데 있는 군산(君山)을 뜻한다.

감상

동정호洞庭湖 수면水面 위에 달빛이 비치니 물색과 달빛이 한데 어우러졌다. 바람 한 점 불지 않아 호수 물 잔잔하니 매끄럽게 갈지 않아도 거울처럼 보인다. 멀리 동정호 가운데 떠 있는 산색과 물색을 바라보고 있으니, 마치 하얀 은 접시에 푸른 소라가 있는 것처럼 보인다.

이 시는 시인이 낭주사마朗州司馬로 있을 때 지었는데 경쾌한 필치로 달빛 비친 동정호의 가을 풍경을 마치 한 폭의 그림처럼 묘사했다. '만경창파萬頃蒼波' 넓은 호수 동정호를 작은 은반에, 아름다운 군산을 은반 위에 놓인 작은 '청라青螺'로 비유했는데, 이 시구는 역대로 인구에 회자되는 명구로 송宋 황정견黃庭堅의 〈우중등악양루망

동정호(洞庭湖)

군산이수雨中登岳陽樓望君山二首〉 가운데 '가석부당호수면可惜不當湖水面 은산퇴리간청산銀山堆裏看青山' 이란 시구도 유우석의 이 시詩에서 비롯되었다.

이 시는 평성平聲 가운歌韻의 칠언절구이다.

여설

군산은 호산湖山이라고도 하고 또 동정산洞庭山이라고도 하는데 동정호에 있는 약 3.5km²의 섬이다. 크고 작은 72개의 봉우리로 이루어져 있다. 이 작은 산에 수많은 명승고적이 있는데 지금까지 이비묘二妃墓, 유의정柳毅井, 용연정龍涎亭, 진시황봉산인秦始皇封山印 등이 남아 있다.

군산의 용설산龍舌山 유의정은 유의가 용녀龍女에게 편지를 전하기 위해 용궁龍宮으로 들어갔던 입구로 알려져 있다.

용설산은 군산 72봉 중 산세가 가장 완만한 봉우리로 모양이 용의 혀처럼 생겼다고 해서 붙여진 이름이다. 유의정은 용설산 밑자락에 있는데 우물 주위에 귤나무 한 그루가 있어 '귤정橘井'이라고도 불린다. 이 귤나무는 용궁을 찾아갈 때 표식標識으로 용녀가 유의에게 알려준 나무이다. 우물의 모양이 매우 특이한데 우물에서 5m 정도 떨어진 곳에 우물 쪽으로 기울어진 길이 있다. 전설에 의하면 이 길을 통해 유의가 용궁으로 들어갔다고 한다. 길 양쪽 벽에는 '하병해장蝦兵蟹將(새우 병사와 게 장군)'이 부조되어 있는데 그 옛날 이들이 유의를 영접하기 위해 용궁에서 나왔다고 한다. 우물 벽에는 또 한 손에 보검을 쥔 순해신巡海神이 부조되어 있는데 옛날에 그는 보검으로 유의에게 길을 가르쳐 주었다고 한다. 이러한 유적들은 모두 당唐 이조위李朝威의 전기소설傳奇小說『유의전柳毅傳』에서 비롯되었다.

당唐 의봉연간儀鳳年間(676~679) 서생 유의가 장안長安에 가서 과거에 응시했으나 떨어지고 상강湘江 변 고향으로 돌아오는 길에 경양涇陽을 거쳤는데, 그곳에서 양을 치던 여인을 만났다. 그녀는 어두운 얼굴로 마치 누군가를 기다리고 있는 것처럼 보여 이상하게 여긴 유의가 연유를 물었더니 자신은 동정호洞庭湖 용군龍君의 딸인데 남편인 경양군涇陽君 둘째 아들의 학대로 이곳에서 양을 기르고 있다고 했다. 그리고 용녀는 동정호에 편지를 전해 달라고 간절히 부탁하며 "동정호 북쪽에 큰 귤나무가 있는데 마을 사람들은 '사귤社橘'이라 부른답니다. 당신이 사대絲帶를 풀어 다른 물체에 묶어 놓고, 세 번 두드리면 응답이 있을 것입니다(洞庭之陰 有大橘樹焉 鄕人謂之'社橘' 君當解去絲帶 束以他物 然後叩樹三發 當有應者)."라고 했다.

유의는 당부대로 동정洞庭으로 찾아갔더니 동정 북쪽에 과연 귤나무가 있었다. 의대衣帶를 풀어 다른 물체에 묶어 놓고, 나무를 세 번 쳤더니 정말 무부武夫가 물속에서 나와서는 유의를 동정호 아래 동정군洞庭君에게로 안내했다. 동정군은 용녀의 소식을 듣고 애통해했고, 동정군의 동생 전당군錢塘君은 노한 나머지 천척千尺 크기의 적룡赤龍으로 변해 뇌전雷電을 치며 경양涇陽으로 달려가 경양군 일족을 몰살하고 용녀를 구해 돌아왔다.

궁으로 돌아온 후 전당군은 유의와 용녀를 강제로 혼인시키려고 했다. 유의는 아무런 사심 없이 의로운 일을 행하기 위해 편지를 전했던 것이기 때문에 전당군이 결혼을 강요하면 할수록 반감만 더했다. 그래서 그는 고향으로 되돌아가게 되었고 용녀는 이별의 아쉬움을 감추고 배웅했다.

고향에 돌아온 후 유의는 용궁에서 받은 선물로 거부가 되었으나 생활은 매우 고독했다. 후에 용녀가 여씨녀盧氏女로 변해 유의와 성혼해 행복하게 살았다고 한다.

이 고사는 곡절 많은 줄거리와 아름답고 낭만적인 내용으로 인구에 회자되었다. 원인元人 상중현尙仲賢의 〈동정호유의전서洞庭湖柳毅傳書〉, 명인明人 황열黃說의 〈용소기龍簫記〉, 청인淸人 이어李漁의 〈신중루蜃中樓〉와 현대의 〈용녀목양龍女牧羊〉 등이 모두 〈유의전柳毅傳〉의 고사에서 비롯된 작품들이다.

유의정에서 멀지 않은 곳에 주향산酒香山이 있는데 산정에 살고 있는 등나무를 '주향등酒香藤'이라고 한다. 이 등나무는 그 향기가 몇 리里 밖에까지 풍긴다고 한다. 『박물지博物志』에 "군산 위에 미주美酒 몇 말이 있는데 이를 마시면 죽지 않는다. 승려가 '봄에 때로 술 향기를 맡아 찾아 보았지만 어디 있는지 찾지 못했다.'라 했다.(君山上有美酒斗數 得飮之 卽不死. 寺僧云 春時往往聞酒香 尋之 莫知其處.)"는 기록이 있다.

그런데 산승山僧이 찾지 못한 술을 한무제漢武帝가 찾았다. 『한무제고사漢武帝故事』에 황제가 재칠일齋七日에 남녀 수천 사람을 난파欒巴에 보내 술을 찾아 마시고 장생長生하려고 했다. 그때 동방삭東方朔이 "신이 이 술에 대해서 들은 적이 있으니 신이 마셔 보기를 청합니다"라고 하자, 황제는 노해 그를 죽이려 했는데 동방삭이 "신이 만약 죽으면 이 술이 효험이 없는 것이고, 만약 효험이 있다면 신이 죽지 않을 것입니다."라고 말하는 터에 그를 죽일 수 없었다고 한다.

원진 元稹

779～831

당대唐代의 시인詩人. 자字는 미지微之. 하남河南 낙양洛陽 사람이다.『원씨장경집元氏長慶集』60권이 있다.

직부사 織婦詞

원진(元稹)

베 짜는 아낙네 어찌 그리 바쁜가?
누에가 세 번 잤으니 이제 곧 고치를 틀 텐데.
잠신蠶神이 보우하사 어서 빨리 실을 뽑았으면,
올해는 명주세明紬稅 일찍부터 받아 간다 하오.
일찍 세금 거두는 건 관리들이 악랄한 게 아니라오,
황상皇上이 지난해 변방에서 전쟁을 치러서 그렇지.
전쟁 나간 병졸들 고생이 심해 칼에 벤 상처 동여매고,
장군들 공이 높다 하여 비단 주렴珠簾으로 바꿨다오.
실을 뽑고 명주 짜는 일 힘들고 힘들어
베틀 움직이며 줄 바꿔 무늬 넣기 더욱 힘들다네.
인근 동쪽 집에 두 딸 백발이 되었는데도,
꽃무늬 본 그리느라 시집도 못 갔다네.
처마 앞에 흔들흔들 거미줄 위에
거미는 아슬아슬 왔다 갔다.
허공을 향해 기어가는 저 벌레가 부러워라,
베틀이 없어도 비단 그물 만들다니!

직 부 하 태 망　잠 경 삼 와　행 욕 로
織婦何太忙　蠶經三臥[1]行欲老

잠 신 여 성　조 성 사　금 년 사 세 추 징 조
蠶神女聖[2]早成絲　今年絲稅抽徵早

조 징 비 시 관 인　악　거 세 관 가　사 융 삭
早徵非是官人[3]惡　去歲官家[4]事戎索[5]

정 인 전 고 속 도 창　주 장 훈 고 환 라 막
征人戰苦束刀瘡　主將勛高換羅幕

소 사　직 백 유 노 력　변 집 요 기　고 난 직
繅絲[6]織帛猶努力　變緝撩機[7]苦難織

동 가 두 백 쌍 녀 아　위 해　도 문　가 부 득
東家頭白雙女兒　爲解[8]挑紋[9]嫁不得

첨 전 뇨 뇨 유 사　상　상 유 지 주 교 래 왕
檐前嫋嫋游絲[10]上　上有蜘蛛巧來往

선 타 충 치　해 연 천　능 향 허 공 직 라 누
羨他蟲豸[11]解緣天[12]　能向虛空織羅嫘

1 三臥(삼와) : 세 번 잠자다. 누에는 세 번 잠을 잔 후에 누에고치로 변한다. **2** 蠶神女聖(잠신여성) : 고대 전설로 황제(黃帝)의 비(妃) 누조(嫘祖)가 먼저 누에를 길러 비단실을 뽑아 민간에서는 잠신(蠶神)으로 받들렸다. **3** 官人(관인) : 사세(絲稅)를 징수하는 관리. **4** 官家(관가) : 구어(口語)로 황제(皇帝)를 칭하는 말. **5** 戎索(융삭) : 고대 남방 소수민족의 법. '사융삭(事戎索)'은 변방 소수민족과의 전쟁을 뜻한다. **6** 繅絲(소사) : 누에고치에서 실을 추출하다. **7** 變緝撩機(변집요기) : 직기를 움직이며 사루(絲縷)를 바꾸어 꽃무늬를 만들다. **8** 解(해) : '할 수 있다(能, 會)'는 뜻. **9** 挑紋(도문) : 방직(紡織)의 전문기술로 바늘을 이용하여 화본(花本)을 만드는 일. **10** 游絲(유사) : 거미줄. **11** 蟲豸(충치) : 곤충(昆蟲)의 통칭. **12** 緣天(연천) : 공중(空中)에서 왔다 갔다 움직이다.

감상

누에 치는 아낙네야! 어찌 그리 바쁜가? 누에 벌레 이미 세 번 잠자 곧 고치가 될 터인데. 오직 바라기는 잠신蠶神이 보우하사, 하루 빨리 실을 뽑게 해주시오. 올해는 황상皇上께서 군사를 파병하느라 세금을 일찍 거두어 간답니다. 병사들 상처 입어도 명주로 상처를 감싸지만, 장군將軍님들 전공戰功이 크다 하여 주무시는 천막 비단 휘장으로 바꿨답니다. 실 뽑고 베 짜는 일 아무리 힘들다 해도 베틀 위

당대(唐代)의 직조도(織造圖)

에서 실을 바꿔 끼우며 꽃무늬 비단 짜는 일보다 쉬운 일이라오, 동쪽의 한 아가씨 비단 무늬 그리느라 백발白髮이 되도록 시집도 못 갔으니까 말입니다. 처마 밑에 줄 타고 왔다 갔다 저 거미를 보시오, 허공虛空을 기어오르며 그물 토해내 자기 집을 만드는 저 벌레가 정말 부럽다오.

이 시는 원진元稹의 '악부고제樂府古題' 중 제팔수第八首이다. 당대唐代에는 방직업이 발달했는데 형주荊州의 강릉江陵이 방직업의 중심지로 전문적 가내공업이 발달했고, 꽃무늬를 한 고급 견직품은 황제皇帝에게 진상했다. 이 시는 당시 방직 여공의 고통스러운 생활을 동정하면서 노동 여성을 착취했던 통치 계급을 신랄하게 비판하고 있다. 시의 주제主題가 선명하고 시어詩語 또한 평이해 원진의 "고제古

題에 새 뜻을 깃들여 현실의 여러 가지 일을 보고 선양宣揚하거나 비판批判한다(寓意古題 刺美見事)."는 원진의 문학관을 관철하고 있다.

이 시는 칠언고시로, 1~4구는 상성上聲 호운皓韻, 5~8구는 입성入聲 약운藥韻, 9~12구는 입성 직운職韻, 13~14구는 상성 양운養韻, 15~16구는 평성平聲 양운이며, 제1구는 파격破格이다.

여설

황제黃帝가 치우蚩尤를 살해한 뒤 승리를 축하하는 음악을 들으며 모두가 즐거워하고 있을 때, 말가죽을 걸친 잠신蠶神이 하늘에서 천천히 내려왔다. 그녀는 손에 두 타래의 실을 받쳐 들고 있었는데 한 타래는 황금처럼 노란 빛이었고, 또 한 타래는 순은처럼 빛나는 하얀색이었다. 그녀는 그것들을 황제께 바쳤다.

잠신은 본래 용모가 아름다운 소녀였는데 불쌍하게도 말가죽을 뒤집어쓰고 있었다. 그 말가죽은 소녀의 몸에 붙어 뿌리를 내린 것처럼 몸과 한 덩어리가 되어 어떻게 떼어낼 도리가 없었다. 말가죽의 양쪽 가장자리를 잡아당겨 자신의 몸을 감싸면 즉시 말 모양의 머리를 한 누에로 변해 가늘고 긴 빛을 발하는 실을 입에서 토해낼 수 있었다. 북방의 황야에 높이가 백 길이나 되고 줄기만 있으며 가지가 없는 세 그루의 뽕나무가 있었는데 그녀는 뽕나무 가까운 곳에 있는 또 다른 큰 나무에 올라가서 무릎 꿇고 앉은 채 밤낮을 가리지 않고 실을 토해 사람들은 그 들판을 '실을 토해 내는 들판(嘔絲之野)' 이라고 불렀다.

그렇다면 본래 아름다웠던 이 소녀는 왜 말가죽을 두른 잠신으로 변했을까? 『수신기搜神記』 권14에 이와 관련된 민간전설이 전해진다.

먼 옛날에 어떤 사람이 살고 있었는데 그는 먼 길을 떠나 오랫동안

집에 돌아가지 않았다. 그의 집에는 다른 사람이라고는 없고 다만 어린 딸과 말 한 마리만 있었다. 혼자 남은 어린 딸은 그녀의 아버지를 그리워하다 마구간에 가서 '말아! 네가 가서 우리 아버지를 모시고 돌아오기만 한다면 나는 네게 시집갈 텐데.'라고 농담을 했다. 그러자 말이 벌떡 일어서더니 고삐를 끊고 마구간을 뛰쳐나가 몇날 며칠을 달려 소녀의 아버지가 있는 곳까지 갔고 소녀의 아버지는 천 리 밖의 고향에서 온 말을 보고는 집에 무슨 일이 있는 것은 아닐까 걱정되어 급히 집으로 돌아왔다.

집에 도착하자 딸이 "아버지가 보고 싶다고 했는데 말이 사람의 마음을 헤아려서는 혼자 가서 아버지를 모시고 돌아왔군요."라고 그간의 이야기를 했다. 아버지는 딸의 말을 듣고 총명하고 사람의 마음을 잘 아는 말에게 전과 달리 좋은 사료를 주었다. 그러나 말은 먹는 것도 마다하고 소녀가 마당에서 대문으로 드나들 때마다 소리를 지르고 날뛰었다.

이에 이상한 생각이 든 아버지가 딸에게 "저 말이 왜 너만 보면 흥분해서 날뛰는 거냐?"라고 묻자, 그제서야 딸은 농담 삼아 말에게 했던 말을 아버지께 사실대로 밝혔다. 아버지는 말을 사랑했으나 결코 말을 사위로 삼을 수는 없었기 때문에 활로 말을 쏘아 죽이고는 그 껍질을 벗겨 뜰에 널어 두었다. 마침 그날 아버지가 외출한 사이 어린 딸이 말가죽을 보고는 "이 못된 짐승아, 감히 인간을 네 마누라로 삼으려 하다니, 가죽이 벗겨진 꼴을 보니 정말 고소하구나."라고 욕을 했는데, 그 말이 채 끝나기도 전에 그 말가죽이 땅바닥에서 날아오르더니 소녀를 뒤집어씌웠다. 그리고는 뜰 밖으로 나가 바람처럼 몇 바퀴 돌고는 눈 깜짝할 사이에 먼 들판 저쪽으로 사라져 버렸다. 딸의 친구들은 어찌할 수 없어 아버지가 돌아오기만을 기다릴 수밖에 없었다.

이 말을 들은 아버지는 부근을 샅샅이 뒤져보았으나 찾을 길이 없었다. 며칠 뒤 아버지는 큰 나무의 나뭇잎 사이에서 온몸이 말가죽으로 둘러싸인 딸을 찾아냈으나 그녀는 이미 꿈틀꿈틀 움직이는 벌레 모양의 생물로 변해 있었다. 그 벌레는 말 모양의 머리를 천천히 흔들면서 입에서 희게 빛나며 기다랗고 가는 실을 토해내 사방의 나뭇가지를 휘감는 것이었다. 호기심에 찬 사람들이 모여들고 그 광경을 보고는 이 이상한 생물을 '누에蠶'라고 불렀으니 그녀가 토해낸 실이 그녀 자신을 휘감는다는 뜻이었다. 그리고 그 나무는 '뽕桑'이라 불렀는데 이 나무에서 어떤 사람이 젊은 목숨을 잃었다는 뜻이다.

이상이 누에의 기원에 관한 전설이다. 황제가 치우에게 이기고 난 뒤, 잠신은 그녀가 토해낸 실을 황제에게 바쳐 그의 승리를 축하했다. 황제는 이 아름답고 희귀한 물건을 보자 이 실로 옷감을 짜게 했다. 그 실로 짠 비단은 가볍고 부드럽기가 하늘의 구름 같기도 하고 또 흐르는 물결 같기도 하여 그 이전의 모시나 삼베 등과는 비교할 수도 없었다. 황제의 신하인 백여伯余가 이 비단으로 옷을 만들었는데 황제는 비단으로 제왕의 예복과 모자를 만들어 착용했다. 그리고 황제의 부인인 누조嫘祖는 모든 여자들 중에서 가장 존귀한 황후였는데도 친히 누에를 쳤다. 잠신이 황제에게 바친 것과 같은 아름다운 실을 토해내게 해 비단을 짰는데, 누조가 양잠養蠶을 시작하자 백성들도 뒤따라 시작해 누에는 점점 많아지게 되었다. 이로 인해 온 중국에 누에가 퍼져 나갔고, 뽕을 따고 누에를 기르고 옷감을 짜는 일은 중국 고대 부녀자들의 전문적인 일이 되었다.(袁珂『中國神話傳說』에서 인용)

기증설도 寄贈薛濤

원진(元稹)

금강錦江 미끄러질 듯 부드럽고 아미산蛾眉山 빼어나게 아름답다,

그 정령精靈이 탁문군卓文君과 설도薛濤를 낳았던가.

말솜씨는 마치 앵무새 혀를 훔친 듯 교묘하고,

글솜씨는 봉황새 털처럼 다르다네.

어지러이 몰려들었던 시인詩人들 모두 붓을 꺾었고,

찾아 들었던 관리들 전근轉勤오기만을 바란다네.

헤어진 뒤 그리워해도 안개 가득한 강이 갈라놓았네,

창포菖蒲 꽃 만발할 때면 오운체五雲體로 쓴 그대의 시를 본다.

금강 활니아미 수 환출문군 여설도
錦江[1]滑膩蛾眉[2]秀 幻出文君[3]與薛濤[4]

언어교투앵무설 문장분득봉황모
言語巧偷鸚鵡舌 文章分得鳳凰毛

분분사객다정필 개개공경욕몽도
紛紛辭客多停筆 個個公卿欲夢刀[5]

별후상사격연수 창포화발오운 고
別後相思隔烟水 菖蒲花發五雲[6]高

1 錦江(금강) : 강 이름. 사천성(四川省) 성도(成都) 평원현(平原縣)에 있다. **2** 蛾眉(아미) : 산 이름. **3** 文君(문군) : 탁문군. **4** 薛濤(설도) : 당대(唐代) 기녀(妓女). 여류시인(女流詩人). 자(字)는 홍도(洪度). 장안(長安, 지금의 西安市)사람이다. 여설 참조. **5** 夢刀(몽도) : 관리(官吏)가 승진(昇進)해서 전근(轉勤)할 때 치르는 의식. 여기서는 관리들

이 설도가 있는 사천지방(四川地方)으로 가고 싶다는 뜻으로 사용되었다. **6** 五雲(오운) : 오운체(五雲體). 당대(唐代) 서예가(書藝家) 위척(韋陟)이 자기가 쓴 '척(陟)' 자는 다섯 송이 구름과도 같다고 했는데, 당시 사람들이 그의 붓글씨를 칭송해 순공(郇公) 오운체라 했다.

감상

금강錦江의 강물은 기름처럼 매끄럽고 아미산은 비할 수 없이 수려하다. 아마도 이 산천山川의 영기靈氣가 탁문군과 설도를 낳았나 보다. 그들의 말솜씨는 앵무새 혀처럼 교묘하고 그들의 시문은 봉황 깃털처럼 진귀하다. 많은 시인들이 그대의 작품을 한 번 본 뒤로 다시는 시를 쓰지 않겠다며 붓을 꺾었고, 그대와 교류했던 관원官員들 모두 다시 촉蜀으로 전근 오길 원한다. 그대와 이별한 후 안개 가득한 강이 우리를 가로막고 있다. 그대가 좋아하는 창포菖蒲 꽃 다시 피어 그대가 내게 보낸 시를 다시 읽어 본다. 수려한 오운체五雲體의 글씨가 그리움을 짙게 한다.

이 시는 평성平聲 호운豪韻의 칠언율시이다.

여설

설도의 생년生年에 관해서는 설이 분분하지만 대체로 770년(唐 大歷 5) 장안에서 태어났다고 하는 설이 유력하다. 어려서 부친인 설운薛鄖이 성도成都의 관리가 되자 아버지를 따라 성도에서 자랐다. 어려서부터 총명하여 아홉 살에 시를 지었다고 한다. 얼마 있지 않아 설운이 죽었고, 설도의 시명詩名은 점점 널리 퍼졌다. 쾌활하고 개방적인 성격의 설도는 사람들과 교제를 즐겼다. 10세 때에는 문인이나 성도의 관원들과 몰래 함께 술 마시고 시를 지으며 교류했다.

설도가 16세가 되던 해에 위고韋皐가 사천절도사四川節度使로 부임했는데 위고는 설도의 명성을 듣고 공개적으로 그녀와 함께 술을 마시며 시를 화창했다. 이렇게 하여 설도는 가기歌妓가 되었다. 그러다가 몇 년 후 설도가 20세 때 위고에게 죄를 지어 송주松州(지금의 四川省 松潘縣)로 쫓겨가게 되었다. 당시 설도가 무슨 죄를 지었는지에 대해서는 설도의 〈십리시십수十離詩十首〉에 드러나 있다. 어떤 사람들은 설도가 이 시를 원진元稹에게 보냈다고도 하는데 여러 가지 정황으로 미루어 볼 때 위고에게 보낸 것이 맞는 것 같다. 설도는 송주松州로 가는 도중에 용서를 구하는 시를 지어 보냈는데, 그 시가 〈벌부변상위상공이수罰赴邊上韋相公二首〉이다. 설도는 또 송주에 도착한 후 오언절구 〈벌부변유회상위상공이수罰赴邊有懷上韋相公二首〉를 지어 보냈다. 위고는 설도의 시를 보고 마음이 풀어져 그녀를 다시 성도로 불렀다. 또 양갓집 부녀의 신분을 회복시켜 주기도 했다. 이후 설도는 성도 서쪽 교외 완화계浣花溪 가에서 살았다. 그런데 완화계 주변에는 제지업을 하는 사람들이 많았다. 그래서 그녀는 지장紙匠들에게 부탁해 심홍색深紅色의 작은 전지箋紙를 주문해 그 종이에 소시小詩를 썼다. 이 종이가 후대에까지 알려진 '설도전薛濤箋'이다.

위고가 사천에 재임한 기간은 설도가 16세에서 37세까지의 21년간이었다. 이 기간 동안 설도는 위고의 막부幕府에서 막료幕僚들은 물론 손님들과 시를 화창했는데, 그중에는 당대唐代 정계의 우두머리가 된 사람도 있고 후에 시명을 날린 시인들도 있었다. 당시 설도와 시를 화창했던 시인들로 원진·두목杜牧·유우석劉禹錫·장호張祜·장적張籍·우승유牛僧孺·영호초令狐楚·배도裴度·무원형武元衡·이덕유李德裕 등이 있다. 위고가 죽고 난 후 807년(唐 憲宗 元和 2) 무원형이 사천절도사四川節度使가 되었는데 그는 설도의 재능을 아껴 조정에 알려 교서랑校書郎의 관직을 하사해 달라고 상소문을 올리기도 했다. 실제로 교서랑의 벼슬을 설도가 받은 것은 아니지만 당시 설도의 명성이 얼마나 알려졌는지 말해 준다. 그리고 이 때문에 설도를 '여교서女校書'라 칭하기도 했다.

809년(唐 元和 4) 3월 원진이 30세의 나이로 동천감찰어사東川監察御使가 되어 재주梓州(지금의 四川省 三臺)에 주둔했다. 원진은 오래 전부터 설도의 명성을 들었던 터라 엄수嚴綏를 설도에게 보내 재주로 오도록 청했다. 당시 설도의 나이는 40세였고 원진의 아내 위총韋叢이 세상을 떠난 뒤였다. 두 사람은 이후 서로 사랑하게 되었고 늘 시詩를 화창하며 함께 있었다. 그러나 곧 원진이 동천절도사東川節度使 엄려嚴礪를 탄핵하면서 조정 대관大官들의 비위를 건드려 장안으로 소환당했다. 장안으로 소환당해 가던 도중 부수역敷水驛에서 환관宦官 유사원劉士元과 다툼이 있었다. 이 일로 원진은 810년(唐 元和 5) 2월 강릉부江陵府의 참군參軍으로 폄적당하고 말았다. 원진과 설도는 겨우 3개월을 함께 지내고 헤어졌다. 두 사람이 헤어진 후 시를 주고받을 수 있었지만 다시 만나지는 못했다. 원화元和 5년, 연꽃이 아직 지지 않았을 무렵에 설도는 〈증원이수贈元二首〉를 지어 보냈는데 이 시에서 설도는 자신과 원진의 정情을 부부夫婦의 정으로 묘사하고 있다.

〈증원贈元〉시를 받은 후 원진이 설도에게 편지를 보냈는지 아니면 연인을 그리워하며 시를 썼는지 알 수가 없다. 다만 10년이 지난 821년(唐 長慶 元年) 장안의 한림원翰林院에 있을 때 7율 〈기증설도寄贈薛濤〉를 지어 옛 연인 설도에 대한 정을 표현했다.

설도의 무덤은 현재 성도시成都市 망강루공원望江樓公園 동쪽의 사천대학四川大學 내에 있다. 또 망강루공원 내에는 설도의 고적古迹이 많이 남아 있다. 설도정薛濤井과 망강루와 음시루吟詩樓 등이 있다. 망강루는 숭려각崇麗閣이라고도 하는데 청淸 광서연간光緖年間에 건축되었고, 음시루는 숭려각 옆에 설도를 기념하기 위해 지은 건물로 원래는 성城 서북쪽에 있던 것을 공원公園 내로 이전했다. 전설에 의하면 설도는 설도정薛濤井의 물을 길어 심홍색深紅色 소전小箋을 만들었다고 한다. 매년 음력 3월 3일 우물의 물이 넘쳐 흐르는데, 흰색 종이에 이 물이 묻으면 심홍색 설도전薛濤箋으로 변한다는 말이 있다. 그런데 원대元代 이전에 설도가 우물물을 길어 전지箋紙를 만들었다는 기록이 없는 것을 보면 명대明代 이후 사람들이 꾸며낸 이야기인 듯하다.

백거이 白居易

772～846

당대唐代의 시인詩人. 자字는 낙천樂天, 호號는 향산香山. 섬서성陝西省 태원太原 사람이다. 『백씨장경집 白氏長慶集』 71권이 있다.

장한가 長恨歌

백거이(白居易)

한漢나라 황제 미인을 좋아해 경국지색만을 그리워하나,
천하를 다스린 지 몇 해가 지나도 얻지 못했었네.
양씨楊氏 집안 한 여자아이 이제 막 성장했는데,
깊은 규방에 파묻혀 남들은 몰랐었네.
하늘이 주신 아름다움 저버리기 어려운지라,
하루아침에 뽑히어 임금님을 곁에서 모시네.
눈동자 굴려 한번 웃음에 교태는 백 가지,
후궁의 미녀들 얼굴을 들 수도 없네.
봄 날씨 쌀쌀하면 임금님이 하사하신 화청지華淸池에서 목욕하니,
매끄러운 온천 물 흰 살결 씻어 내리네.
귀엽고 연약하여 힘이 없는 듯 시녀들 부축 받고 몸 일으킬 때는
비로소 새 은총을 받을 때인가 보다.
검은 머리 꽃 같은 얼굴 머리 위에 금보요金步搖가 한들한들,
부용장芙蓉帳 따뜻이 봄밤을 보낸다.
봄밤은 너무 짧아 해 솟은 뒤에야 일어나니,
이로부터 임금님 조회朝會에 참석지 못하네.
임금님 기쁨 받들어 모시고서 잔치하니 한가로이 쉴 틈도 없고,

봄이면 봄 따라 놀고 밤이면 온 밤을 임과 함께 보낸다.
후궁의 미녀들 3천이나 되지만,
3천이 받을 총애 한 몸에 다 받았네.
금옥金屋에서 화장하고 어여쁘게 모시는 밤엔,
옥루玉樓의 잔치도 끝나고 봄과 함께 취했더라.
형제 자매 모두 사대부에 오르니,
화려한 광채가 온 집안에 일어나더라.
마침내 천하에 부모 된 사람들,
아들 낳으면 싫어하고 딸 낳아야 좋다 하네.
화청궁華淸宮은 높고도 높아 청운이 들어오는 듯,
곳곳에서 신선의 노랫소리 바람 타고 들려 오네.
느린 노래 느린 춤사위 관현악에 어우러지니,
하루가 다해도 임금님 더 보시려 하네.
어양漁陽에서 안록산의 반란 소식 땅을 울리며 들려오니,
〈예상우의곡霓裳羽衣曲〉도 놀라 그쳤더라.
구중궁궐九重宮闕에 전쟁의 연기와 티끌 날아오르고,
천승만기千乘萬騎가 서남西南으로 달려가네.
수레와 깃발은 흔들흔들 가다가 서고 가다가는 다시 서고,
서쪽으로 도성都城 문 백여百餘 리里를 나오더니,
어찌 하리요! 육군六軍이 멈추어 서네,
힘써 버틴 양귀비도 말 앞에서 죽는구나.
꽃 비녀 던져도 줍는 이 아무도 없고,
취교翠翹도 금작金雀도 옥소두玉搔頭마저도.
임금님 차마 보지 못해 얼굴을 가리고,
돌아보니 피눈물이 두 볼에 흘러 내리네.

그제야 누른 먼지 휘날리며 길을 떠나니 쓸쓸한 바람이 일고,
사다리 길 지나 구불구불 검각劍閣을 오르네.
아미산 아래 지나가는 이도 드물고,
깃발도 빛을 잃고 햇볕도 색이 바랬다.
촉蜀 땅은 강물이 푸르고 산도 푸른데,
거룩하신 임금님 아침에도 저녁에도 그리워하시네.
행궁行宮에서 달을 보면 귀비貴妃로 마음이 아파 오고,
밤비에 들려오는 풍령 소리는 단장성斷腸聲이라네.
하늘이 돌고 땅이 돌아 세상이 바뀌어 황제 수레 돌아오실 제,
이곳에 이르자 멈칫멈칫 차마 가지 못하네.
마외역馬嵬驛 언덕 아래 진흙땅에
옥안玉顔은 보이지 않고 쓸쓸한 무덤만 보이네.
군신君臣들 서로 쳐다보며 눈물 훔치지만,
동東으로 도문都門 보며 말을 따라 돌아갈 뿐.
돌아오니 어원御苑과 지당池塘 모두 그대로인데,
태액太液에 부용芙蓉, 미앙未央의 버드나무 모두 예나 다름없네.
부용芙蓉은 귀비貴妃의 얼굴 같고 버들잎은 귀비의 눈썹 같은데,
이를 보며 어찌 눈물 아니 흘리리오!
춘풍春風에 복숭아꽃 오얏꽃 피는 날도
가을비에 오동잎이 지는 날에도,
서궁西宮과 흥경궁興慶宮엔 가을 풀만 가득하고,

낙엽이 계단 가득 붉게 뒤덮여도 쓰는 이 없네.
이원梨園의 자제들은 백발이 새롭고,
초방椒房의 태감太監도 궁녀도 모두 늙어 버렸네.
궁전에 저녁이 드니 반딧불이 날아 그리움에 서러움이 일고,
외로운 등불 앞에서 심지가 다 타도 잠은 오지 않는구나.
느릿느릿 종소리 긴긴 밤에 처음 들려오니,
밝디 밝은 별들에 날이 새려 하는구나.
원앙 기와 차가운 곳에 서리꽃이 무겁게 얽히어 있고,
비취翡翠 이불 차가운데 뉘와 함께 같이 할꼬?
내가 살고 그대 죽은 지 아득히 해를 넘겨도,
혼백 이제껏 꿈에도 오지 않네.
임공臨邛의 도사道士도 서울의 나그네도,
정성을 다해 귀비貴妃의 혼백을 부르네.
잠 못 이루는 그리움에 시름 가득 군왕이 가슴 아파
마침내 방사方士시켜 열심히 찾게 하였더라.
구름에 오르고 안개를 타고 번개같이 내달려
하늘에 오르고 땅에도 들어 곳곳을 찾아 다녔네.
위로는 푸른 하늘 저 끝까지 아래로는 황천까지
두 곳 다 아득하기만 하고 혼백은 보이지 않네.
홀연히 바다에 신선의 산이 있고,
산山은 아득히 하늘 사이에 있다 하네.
영롱한 누각 위로 오색 구름 피어오르는
그 가운데 아리따운 신선이 많은데,
그중에 한 사람 자字는 태진太眞,

눈 같은 살결에 꽃 같은 얼굴, 아마도 양귀비일까.
황금 문루 서상西廂에서 옥문을 두드려
소옥小玉에게 시켜 쌍성雙星에게 일렀더니
한漢나라 천자天子의 사신使臣이란 소식 듣고
구화장막九華帳幕 깊은 곳에 잠자던 혼이 놀라네.
베개 밀치고 옷을 쥐고 허둥지둥 일어나서는,
주렴과 은병풍銀屛風이 차례로 열리네.
막 잠에서 깨었는지 검은 머리 한 쪽으로 쏠렸고,
화관花冠이 기운 채로 내당內堂에서 내려오네.
바람 불어 신선神仙의 소매 나풀나풀,
예상우의무霓裳羽衣舞를 추는 듯하네.
옥 같은 얼굴 외로움과 쓸쓸함인지 눈물이 주룩주룩,
배나무 한 가지에 봄비를 머금은 것 같더라.
정 가득 바라보며 임금님께 감사타고,
한 번 이별하니 목소리도 얼굴도 모두 아득하다 하네.
소양전昭陽殿에서 두 사람 은애恩愛 끊어졌지만,
봉래궁蓬萊宮에선 장생불사長生不死하리라.
고개 돌려 아래 인간 세상 내려다보니,
장안은 어디 갔는지 티끌과 안개만 보이네.
그 옛날 신물 가지고서 깊은 정 보이려고,
금합金盒과 금차金釵를 부쳐 보내오니
금차는 다리 하나 남겨 두고 금합도 한 조각을 남겼더라.
금차는 황금을 쪼개었고 금합은 뚜껑을 나누었네.
다만 그 마음 금합과 금차같이 굳다면,
천상天上에서나 인세에서나 만날 날이 있으리라.

이별에 앞서서도 은근히 거듭 소식 전하는데,
말 가운데 담긴 약속 두 사람은 알리라.
어느 해 칠월칠석七月七夕 장생전長生殿에서
한밤중 아무도 없을 때 사사롭게 했던 말씀.
하늘에서 비익조比翼鳥가 되고,
땅에선 연리지連理枝가 되자던,
하늘은 길고 땅은 오래 다할 날이 있으련만,
이들의 한恨 잇고 이어져 다할 날이 없으리라.

한황 중색사경국 어우다년구부득
漢皇[1]重色思傾國[2] 御宇多年求不得

양가유녀 초장성 양재심규인미식
楊家有女[3]初長成 養在深閨人未識

천생려질난자기 일조선재군왕측
天生麗質難自棄 一朝選在君王側

회모 일소백미생 육궁분대 무안색
回眸[4]一笑百媚生 六宮粉黛[5]無顏色

춘한사욕화청지 온천수활세응지
春寒賜浴華淸池[6] 溫泉水滑洗凝脂[7]

시아부기교무력 시시신승은택시
侍兒扶起嬌無力 始是新承恩澤時

운빈 화안금보요 부용장 난도춘소
雲鬢[8]花顏金步搖[9] 芙蓉帳[10]暖度春宵

춘소고단일고기 종차군왕부조조
春宵苦短日高起 從此君王不早朝

승환시연무한가 춘종춘유야전야
承歡侍宴無閑暇 春從春游夜專夜[11]

후궁가려 삼천인 삼천총애재일신
後宮佳麗[12]三千人 三千寵愛在一身

금옥 장성교시야 옥루연파취화춘
金屋[13]妝成嬌侍夜 玉樓宴罷醉和春

자매제형개열토 가련 광채생문호
姊妹弟兄皆列土 可憐[14]光彩生門戶

수령천하부모심 부중생남중생녀
遂令天下父母心 不重生男重生女

여궁 고처입청운 선악풍표처처문
驪宮[15]高處入靑雲 仙樂風飄處處聞

완가만무 응 사죽 진일군왕간부족
緩歌慢舞[16]凝[17]絲竹[18] 盡日君王看不足

어양비고 동지래 경파예상우의곡
漁陽鼙鼓[19]動地來 驚破霓裳羽衣曲[20]

구중 성궐연진생 천승만기 서남행
九重[21]城闕煙塵生 千乘萬騎[22]西南行[23]

취화 요요행부지 서출도문백여리
翠華[24]搖搖行復止 西出都門百餘里

육군 불발무내하 완전 아미 마전사
六軍[25]不發無奈何 宛轉[26]蛾眉[27]馬前死

화전 위 지무인수 취교 금작 옥소두
花鈿[28]委[29]地無人收 翠翹[30]金雀[31]玉搔頭[32]

군왕엄면구부득 회간혈루상화류
君王掩面救不得 回看血淚相和流

황애산만풍소색 운잔 영우 등검각
黃埃散漫風蕭索 雲棧[33]縈紆[34]登劍閣[35]

아미산하소인행 정기무광일색박
峨嵋山下少人行 旌旗無光日色薄

촉강수벽촉산청 성주조조모모정
蜀江水碧蜀山靑 聖主朝朝暮暮情

행궁 견월상심색 야우문령 장단성
行宮[36]見月傷心色 夜雨聞鈴[37]腸斷聲

천선일전 회용어 도차주저불능거
天旋日轉[38]迴龍馭[39] 到此躊躇不能去

마외 파하니토중 불견옥안공사처
馬嵬[40]坡下泥土中 不見玉顔空死處

군신상고진점의 동망도문신마귀
君臣相顧盡霑衣 東望都門信馬歸

귀래지원개의구 태액 부용미앙 류
歸來池苑皆依舊 太液[41]芙蓉未央[42]柳

부용여면류여미 대차여하불루수
芙蓉如面柳如眉 對此如何不淚垂

춘풍도리화개일 추우오동엽락시
春風桃李花開日 秋雨梧桐葉落時

서궁남내 다추초 낙엽만계홍불소
西宮南內[43]多秋草 落葉滿階紅不掃

이원자제 백발신 초방 아감 청아 로
梨園子弟[44]白髮新 椒房[45]阿監[46]青娥[47]老

석전형비사초연 고등도진미성면
夕殿螢飛思悄然 孤燈挑盡未成眠

지지종고초장야 경경성하욕서천
遲遲鐘鼓初長夜 耿耿星河欲曙天

원앙와 랭상화중 비취금 한수여공
鴛鴦瓦[48]冷霜華重 翡翠衾[49]寒誰與共

유유생사별경년 혼백부증래입몽
悠悠生死別經年 魂魄不曾來入夢

임공 도사홍도객 능이정성치혼백
臨邛[50]道士鴻都客 能以精誠致魂魄

위감군왕전전사 수교방사 은근멱
爲感君王展轉思 遂教方士[51]殷勤覓

배공어기분여전 승천입지구지편
排空馭氣奔如電 升天入地求之徧

상궁벽락 하황천 양처망망개불견
上窮碧落[52]下黃泉 兩處茫茫皆不見

홀문해상유선산 산재허무표묘간
忽聞海上有仙山 山在虛無縹緲間

누각영롱오운기 기중작약 다선자
樓閣玲瓏五雲起 其中綽約[53]多仙子

중유일인자태진 설부화모참치시
中有一人字太眞[54] 雪膚花貌參差是

금궐 서상고옥경 전교소옥 보쌍성
金闕[55]西廂叩玉扃[56] 轉教小玉[57]報雙成[58]

문도한가천자사 구화장 리몽혼경
聞道漢家天子使 九華帳[59]裏夢魂驚

람의추침기배회 주박 은병이리개
攬衣推枕起徘徊 珠箔[60]銀屛迤邐開

운빈반편신수각 화관부정하당래
雲鬢半偏新睡覺[61] 花冠不整下堂來

풍취선메표표거 유사예상우의무
風吹仙袂飄飄擧 猶似霓裳羽衣舞

옥용적막누란간 이화일지춘대우
玉容寂寞淚闌干[62] 梨花一枝春帶雨

함정응제 사군왕 일별음용량묘망
含情凝睇[63]謝君王 一別音容兩渺茫

소양전 리은애절 봉래궁 중일월장
昭陽殿[64]裏恩愛絶 蓬萊宮[65]中日月長

회두하망인환 처 불견장안견진무
回頭下望人寰[66]處 不見長安見塵霧

유장구물 표심정 전합 금차기장거
唯將舊物[67]表深情 鈿合[68]金釵寄將去

차류일고합일선 차벽황금합분전
釵留一股合一扇 釵擘黃金合分鈿

단교심사금전견 천상인간회상견
但敎心似金鈿堅 天上人間會相見

임별은근중기사 사중유서량심지
臨別殷勤重寄詞 詞中有誓兩心知

칠월칠일 장생전 야반무인사어시
七月七日[69]長生殿[70] 夜半無人私語時

재천원작비익조 재지원위연리지
在天願作比翼鳥[71] 在地願爲連理枝[72]

천장지구유시진 차한면면무절기
天長地久有時盡 此恨綿綿無絶期

1 漢皇(한황) : 당(唐) 현종(玄宗) 이륭기(李隆基)를 뜻함. 당의 문학가들은 흔히 '한제(漢帝)' 라는 말을 사용해 당의 황제(皇帝)를 비유했다. **2** 傾國(경국) : '경국지색(傾國之色)' 의 뜻. 즉 절세(絕世)의 미녀

(美女). **3** 楊家有女(양가유녀) : 양씨(楊氏) 집에 딸이 있다는 뜻으로 양옥환(楊玉環), 즉 양귀비(楊貴妃)를 뜻함. **4** 眸(모) : 눈동자. **5** 粉黛(분대) : 여인들의 화장용품 '화장 분(粉)' 과 '눈썹 먹(黛)'. 이 시에서는 비빈(妃嬪)을 뜻한다. **6** 華淸池(화청지) : 여산(驪山) 서북쪽 기슭에 있는 화청궁(華淸宮) 내의 온천(溫泉). **7** 凝脂(응지) : 응지, 기름이 엉긴 듯 하얗고 부드러운 피부. **8** 雲鬢(운빈) : 새털구름처럼 무성한 여인의 머릿결. **9** 金步搖(금보요) : 위쪽에 금화(金花)와 진주를 장식한 고대 부인들의 장식품. **10** 芙蓉帳(부용장) : 부용화를 장식한 휘장. 커튼. **11** 專夜(전야) : 매일 밤 현종과 함께 밤을 지내다. **12** 佳麗(가려) : 미녀. **13** 金屋(금옥) : 황금 지붕을 이은 집. **14** 可憐(가련) : 화려하다. 아름답다. **15** 驪宮(여궁) : 여산(驪山)의 화청궁(華淸宮). **16** 慢舞(만무) : 느린 춤동작의 아름다움을 형용한 시어(詩語)이다. **17** 凝(응) : 엉기다. 여기서는 흩어지지 않고 엉겨있는 듯한 느릿느릿한 음악 소리를 형용한 말이다. **18** 絲竹(사죽) : 관현악(管絃樂). **19** 漁陽鼙鼓(어양비고) : 동한(東漢) 초년(初年) 어양태수(漁陽太守)가 일으킨 반란을 뜻하나, 이 시에서는 안록산(安祿山)이 일으킨 난을 뜻한다. 후한서 팽총전『後漢書 彭寵傳』. **20** 霓裳羽衣曲(예상우의곡) : '무지개 치마와 새 날개옷' 이라는 뜻으로 무곡명(舞曲名)이다. **21** 九重(구중) : 고대(古代) 경도(京都)에는 구중문(九重門)을 설치했다고 한다. 이 시에서는 수도 장안(長安)을 뜻한다. **22** 千乘萬騎(천승만기) : 천대의 승차(乘車)의 수레와 만필(萬匹)의 기마군(騎馬軍)의 뜻으로, 곧 당(唐) 현종(玄宗)의 군대(軍隊). **23** 西南行(서남행) : 안록산(安祿山)이 난을 일으키자 현종(玄宗)은 사천(四川)으로 피난했는데 방향이 먼저 서쪽으로 갔다가 다시 남쪽으로 가야 사천이었기 때문에 '서남행(西南行)' 이라 표현했다. **24** 翠華(취화) : 취조(翠鳥). 물총새의 깃털로 지붕을 장식한 황제가 타는 수레. **25** 六軍(육군) : 황제의 군대. 현종(玄宗) 때 좌우용무(左右龍武)와 좌우우림(左右羽林)의 사군(四軍)이 있었으나 지덕(至德) 이후 좌우신무이군(左右神武二軍)이 더해져 육군이 되었다. **26** 宛轉(완전) : 멈칫거리다. 죽음에 이른 양귀비(楊貴妃)의 처참한 모습을 형용한 시어(詩語)이다. **27** 蛾眉(아미) : 가는 눈썹, 미인을 칭함. **28** 花鈿(화전) : 구슬과 보석을 장식한 고대 부인들의 금속 장식. **29** 委(위) : '버리다(棄)' 의 뜻. **30** 翠翹(취교) : 물총새(翠鳥) 꼬리 모양의 머리 장식. **31** 金雀(금작) : 고대의 비녀 이름. 봉황(鳳凰)새 모양의 금비녀로 금봉차(金鳳釵), 봉두차(鳳頭釵)라고도 한다. **32** 玉搔頭(옥소두) : 옥으로 만든 비녀, 즉 옥잠

(玉簪)을 뜻함. **33** 雲棧(운잔) : 높이 구름 속에 걸려 있는 잔도(棧道). **34** 縈紆(영우) : 꾸불꾸불하다. **35** 劍閣(검각) : 사천과 섬서(陝西)를 잇는 고대의 도로. 지금 사천성(四川省)에 있다. **36** 行宮(행궁) : 황제(皇帝)가 외출했을 때 머무르는 궁전(宮殿). **37** 夜雨聞鈴(야우문령) : 밤비에 방울 소리를 듣는다. '영(鈴)'은 '풍경(風磬)'을 뜻함. 현종(玄宗)이 사천(四川)으로 피난 가던 도중 비가 내려 며칠을 지체하게 되었다. 잔도(棧道)에서 풍령(風鈴) 소리를 듣고는 양귀비 생각에 〈우림령곡(雨林鈴曲)〉에 한(恨)을 담았다는 기록이 있는데, 이 시구에서는 밤 행궁(行宮)에서 들리는 풍령 소리가 곧 잔도(棧道)에서 듣던 풍령 소리 같다는 표현이다. **38** 天旋日轉(천선일전) : 하늘이 돌고 해가 옮겨간다. 시국(時局)이 호전됨. 구체적으로 곽자의(郭子義)가 장안(長安)을 수복했다는 뜻이다. **39** 龍馭(용어) : 용(龍)이 끄는 수레. 황제의 수레가 달린다. 구체적으로 당(唐) 현종(玄宗)이 장안(長安)으로 돌아왔다는 뜻이다. **40** 馬嵬(마외) : 지명(地名)으로 양귀비(楊貴妃)가 죽은 곳. 『신당서(新唐書)』〈양귀비전(楊貴妃傳)〉에 757년(至德 2) 12월, 현종이 촉(蜀)에서 장안(長安)으로 돌아오다 마외(馬嵬)를 들려 귀비(貴妃)의 장례를 치렀는데 땅속에서 향낭(香囊)이 나와 현종(玄宗)이 슬픔을 감추지 못했다는 기록이 있다. **41** 太液(태액) : 연못 이름. 한대(漢代) 장안(長安)에 태액지(太液池)가 있었는데 성제(成帝)와 조비연(趙飛燕)이 늘 이곳에서 놀았다고 한다. 당(唐)나라 때도 태액지가 있었다. **42** 未央(미앙) : 한(漢)의 궁전(宮殿) 이름. 미앙궁(未央宮). 여기서는 당(唐)의 왕궁(王宮)을 뜻한다. **43** 西宮南內(서궁남내) : 당(唐)나라 때 흥경궁(興慶宮)을 남내(南內)라 했고, 태극궁(太極宮)을 서궁(西宮)이라 했다. **44** 梨園子弟(이원자제) : 당대(唐代) 궁정(宮庭)에서 가무(歌舞)를 연출하는 예인(藝人). **45** 椒房(초방) : 한(漢) 미앙궁(未央宮) 초방전(椒房殿). 후비(后妃)가 거처하는 전각(殿閣)이다. **46** 阿監(아감) : 궁중(宮中)의 여관(女官). **47** 青娥(청아) : 소녀(少女). **48** 鴛鴦瓦(원앙와) : 원앙(鴛鴦)처럼 짝을 이룬 기와를 일컫는 말. **49** 翡翠衾(비취금) : 비취조(翡翠鳥)를 수놓은 이불. **50** 臨邛(임공) : 옛 현명(縣名). 지금의 사천성(四川省) 공래현(邛崍縣). **51** 方士(방사) : 도사(道士). **52** 碧落(벽락) : 도교(道敎)에서 동방(東方)의 제일층(第一層) 천(天)을 '벽락(碧落)'이라 한다. **53** 綽約(작약) : 『장자(莊子)』〈소요유(逍遙游)〉의 '작약약처자(綽約若處子)'에서 비롯된 말로 몸매와 자태가 부드럽고 아름답다는 뜻이다. **54** 太眞(태진) : 양옥환(楊玉環)의 도호(道號). **55** 金闕(금궐) : '궐(闕)'은 문(門) 위의 관

루(觀樓). 금으로 만든 관루(闕樓). **56** 玉扃(옥경) : '경(扃)' 은 문(門). 옥으로 만든 문. 도교(道敎)에서는 천당(天堂)에는 두 개의 궁궐이 있고, 좌측에는 금궐(金闕), 우측에는 옥경(玉扃)이 있다고 전해진다. **57** 小玉(소옥) : 고대(古代) 신화(神話) 중의 선녀(仙女). 이 시에서는 양옥환(楊玉環)이 여선(女仙)이 된 후 데리고 있었던 비녀(婢女)를 뜻한다. **58** 雙成(쌍성) : 고대(古代) 신화(神話) 중의 선녀(仙女). 이 시에서는 양옥환(楊玉環)이 여선(女仙)이 된 후 데리고 있었던 비녀(婢女)를 뜻한다. **59** 九華帳(구화장) : 많은 무늬를 수놓은 주렴. **60** 珠箔(주박) : 주렴(珠簾). **61** 新睡覺(신수각) : 막 잠을 깨다. **62** 淚闌干(누란간) : 눈물 자국이 가로 세로로 남아 있다. '난간(闌干)' 은 눈물이 그렁그렁하다는 뜻. **63** 凝睇(응제) : 주시(注視)하다. **64** 昭陽殿(소양전) : 한(漢) 궁전명(宮殿名)으로, 여기서는 당(唐)의 궁궐(宮闕)을 뜻한다. **65** 蓬萊宮(봉래궁) : 신화전설(神話傳說) 중 선녀(仙女)의 신궁(神宮)으로, 여기서는 태진(太眞)이 거처하는 곳이다. **66** 人寰(인환) : 인간(人間) 세계(世界). **67** 舊物(구물) : 현종(玄宗)과 양귀비(楊貴妃)의 옛 정(情)이 담긴 물건. **68** 合(합) : 함, 그릇(盒)의 뜻. **69** 七月七日(칠월칠일) : 민간전설(民間傳說)에 7월 7일은 천상(天上)에서 견우(牽牛)와 직녀(織女)가 서로 만난다고 한다. **70** 長生殿(장생전) : 화청궁(華淸宮) 내에 있는 전각. **71** 比翼鳥(비익조) : 날개를 나란히 해야 날 수 있는 새. **72** 連理枝(연리지) : 뿌리가 다른데도 가지는 서로 얽혀서 자라는 나무.

화청지(華淸池)

감상

이 시의 내용은 크게 네 단락으로 나눌 수 있다. 첫 번째 단락은 '한漢나라 황제 미인을 좋아해 경국지색만을 그리워하나(漢皇重色思傾國)' 부터, '하루가 다해도 임금님 더 보시려 하네(盡日君王看不足).' 까지이고, 두 번째 단락은 '어양漁陽에서 안록산安祿山의 반란 소식 땅을 울리며 들려오니(漁陽鼙鼓動地來)' 에서, '동東으로 도문都門 보며 말을 따라 돌아갈 뿐(東望都門信馬歸).' 까지이다. 세 번째 단락은 '돌아오니 어원御苑과 지당池塘 모두 그대로인데(歸來池苑皆依舊)' 부터, '혼백 이제껏 꿈에도 오지 않네(魂魄不曾來入夢).' 까지이고, 네 번째 단락은 '임공臨邛의 도사道士도 서울의 나그네도(臨邛道士鴻都客)' 부터, 끝까지이다.

첫 번째 단락에서는, 양옥환楊玉環이 당唐 현종玄宗의 눈에 들어 궁궐로 들어가는 과정과 궁궐로 들어간 후의 정황을 표현했다. 당 현종은 여색을 탐해 경국지색을 찾았으나 찾지 못하다가 양옥환이 자라 현종의 눈에 들어 궁궐로 들어가게 되었다. 양옥환은 천하의 미녀로 고개 돌려 한번 웃음 지으면 궁궐 안의 모든 여인들은 빛을 잃을 정도였다. 양옥환은 화청지華清池에서 목욕하곤 했는데 그 모습이 마치 온천물에 기름처럼 하얗게 엉겨 있는 피부를 씻어 내는 것과도 같았다. 현종은 양귀비楊貴妃가 목욕하는 모습을 보길 좋아해 이로부터 현종의 총애가 시작되었다. 현종은 양귀비의 구름 같은 머리를 빗기고 금보요金步搖를 장식케 하고는 이른 아침부터 밤늦게까지 함께 환락歡樂을 즐겨 아침에 일어나지 못해 정사를 돌보지도 않았다. 일년 사철, 하루 종일 황제를 모시고 환락을 즐기느라 한가한 시간이 조금도 없었으니, 궁궐 안에 수많은 여인 중 현종의 총애는 양귀비 한 사람에게 쏟아졌다. 귀비의 형제자매 모두 대관大官이 되고 부자가 되었으니 세상에 아름다운 딸을 낳는 게 사내아이 낳는 것보다 낫다는 말이 만들어질 정도였다. 양귀비를 위해 지은 여산驪山의 궁전은 구름을 뚫을 정도로 높아 미묘한 음악 소리 바람 타고 산 위에서 흘러나왔고, 황제는 악공樂工의 반주에 맞춰 양귀비가 추는 〈예상우의무霓裳羽衣舞〉를 이른 아침부터 밤늦게까지 보았으면서도 또 보려고 한다.

둘째 단락은, 양귀비의 죽음과 당 현종이 난을 피해 도망가는 정황을 서술하고 있다. 안록산安祿山이 어양漁陽에서 반란을 일으켜 대지를 진동하는 고성鼓聲이 〈예상우의곡霓裳羽衣曲〉에 취해 있던 현종의 궁전을 때렸다. 전란戰亂이 일어 장안성長安城은 연기로 뒤덮였는데 현종은 금군禁軍의 호위 속에 양귀비와 양씨楊氏 일가一家 모두 데리고 서남쪽으로 도망간다. 그러나 장안에서 백 리도 못 가 황제의 친위군이 멈춰 서서는 나라를 망친 원흉을 처단하라 요구한다. 말 앞에서 목이 매달려 죽는 양귀비의 모습을 현종은 바라볼 수밖에 없었다. 머리에 단 여러 장식품들 이리저리 흩어지는데 마음은 장식이라도 주워 담고 싶었지만 얼굴을 가린 채 눈물 흘리며 바라볼 뿐이었다. 한여름 뜨거운 바람이 온 하늘에 누렇게 흙먼지를 일으키는데 굽이굽이 잔도棧道를 따라 검각劍閣에 이르렀다. 사천四川의 고산孤山 인적도 드물고 황량하며 암담한 태양은 찢어지고 흩어진 깃발을 비춘다. 촉蜀땅의 청산녹수青山綠水도 밤낮으로 귀비 생각을 떠올리게 할 뿐이다. 도중에 달이 밝으면 상심이 더해지고, 밤비 내려 종소리 들려오면 아픈 마음 달랠길 없었다. 장안이 수복되어 돌아가는 길에 양귀비가 죽었던 마외파馬嵬坡를 지나면서 차마 발걸음을 떼어 놓지 못했다. 이젠 어디에서도 양귀비를 볼 수 없어 황제와 시종侍從들 울면서 장안으로 돌아왔다.

세 번째 단락은, 현종의 고적하고 처량한 처지와 심정을 묘사하고 있다. 장안에 돌아와 보니 연못과 화원花園은 여전해 태액지太液池의 연꽃과 미앙궁未央宮의 버드나무는 더욱더 무성했다. 아리따운 연꽃은 귀비의 얼굴을 닮았고 가늘고 길게 뻗은 버드나무가지 양귀비의 눈썹 같아 보는 이의 마음만 아프게 할 뿐이다. 오얏꽃 배꽃 피는 봄이 지나고 철이 바뀌니 가을비에 오동잎 떨어진다. 태극궁太極宮과 흥경궁興慶宮 황량하여 낙엽이 계단을 뒤덮었다. 이원梨園의 자제 백발이 되었고 궁내의 태감太監과 궁녀들도 모두 늙었다. 해질 무렵 날아다니는 반딧불이 마음을 더욱 쓰리게 하고 외로운 등불 기름이 다해도 잠을 이루지 못한다. 북소리 길게 이어지더니 어느새 여명이 밝았는데 차가운 원앙 기와엔 서리가 쌓였고 비취 이불 있어도 함께 잠잘 사람이 없으니 차갑기만 하다. 귀비야! 너와 생이별한 지 벌써 몇 해가 흘렀구나. 꿈속에서 혼백이라도 만날 수 있으면 좋으련만!

네 번째 단락은, 당대唐代에 민간에 널리 퍼졌던 양귀비에 관련된 신화 고사를 담고 있다.

장안의 임공현臨邛縣에서 한 도사道士가 왔는데 죽은 사람의 혼백魂魄도 불러낼 수 있다고 한다. 현종이 귀비 생각에 잠 못 이루자 도사는 전력을 다해 사방四方을 찾아 다녔다. 구름을 타고 허공에 올라 섬전閃電처럼 천하를 찾아 헤맸다. 위로는 천정天頂에, 아래로는 지부地府에도 갔었지만 아무데서도 양귀비를 찾을 수 없었다. 그러다 바다에 산山이 하나 있다는 말을 들었는데 그 산은 아득히 하늘 아래 있다고 했다. 오색五色 구름 휘감긴 영롱한 누각에 아름다운 신선神仙이 살고 있는데, 그 중 한 사람 이름이 태진太眞으로 눈 같은 살결, 옥 같은 얼굴이 혹시 양귀비가 아닐까 생각하게 하였다. 금궐金闕 서쪽으로 가서 옥석원玉石院 문을 두드리고 쌍성雙星과 소옥小玉에게 태진太眞에게 전하라 일렀다. 당 황제가 보낸 사자가 왔다는 소식에 급히 옷 걸쳐 입고 침상에서 일어섰는지 진주 휘장에 은빛 반짝이더니 겹겹이 쳐진 병풍이 걷힌다. 방금 일어났는지 묶은 머리 한쪽으로 기울었고 화관花冠도 기운 채 아래로 내려왔다. 바람에 옷소매 펄럭이는 게 마치 옛날 '예상우의무霓裳羽衣舞'의 자태였다. 눈물 흘리는 태진의 모습 마치 봄비 머금은 배꽃 같았다. 깊은 정情 담아 임금님께 감사 인사 전하고는 사라졌는데 이후로 그 목소리, 웃는 모습 다시 볼 수 없었다. 소양전昭陽殿에서 나누었던 은애恩愛는 이제 사라지고 나 혼자 봉래궁蓬萊宮에서 긴 시간 보내야 하는구나. 고개 돌려 저 멀리 인간 세계 바라보니 아득히 안개가 장안을 가렸다. 귀비는 정을 보내려는지 옛날의 기념품인 금차金釵와 금합金盒을 임금님께 전해 달라고 부탁하면서 금차의 다리 하나를 남기고 금합의 한 조각은 떼어 놓았다. 사랑이 금합처럼 변치 않는다면 천상에서나 세상에서나 반드시 만날 수 있을 것이다. 헤어질 때 사자에게 거듭해서 하는 말, 현종과 태진 두 사람은 서로 뜻을 알 수 있겠지. 그 해 7월 7일 장생전長生殿에서 아무도 없는 깊은 밤 이렇게 맹세했었다 한다. '하늘에서 비익조比翼鳥가 되고, 땅에서는 연리지連理枝가 되자던.' 하늘이 비록 길고 땅이 비록 오래 된다 해도 끝이 있는데, 이 두 사람의 슬픈 사랑은 끝이 없구나.

이 시는 인구에 회자하는 명시로 806년(唐 元和 元年) 시인이 주질현盩厔縣(지금의 陝西省 盩厔) 현위縣尉에 임명되어 진홍陳鴻·왕질부王質夫와 함께 선유사仙遊寺를 유람하다 당 현종과 양귀비의 고사를 듣고 지은 시이다. 시인은 정련된 시어, 우미優美한 형상形象과 서사와 서정을 결합시키는 표현 수법을 사용해 당 현종과 양귀비의 비극悲劇을 서술했다.

이 시는 장편 칠언고시이다. 1~8구는 입성入聲 직운職韻, 9~12구는 평성平聲 지운支韻, 13~16구는 평성 소운蕭韻, 17~18구는 거성去聲 마운禡韻, 19~22구는 평성 진운眞韻이고, 23~26구는 거성 우운虞韻과 거성 어운語韻을 통용通用했다. 27～28구는 평성 문운文韻이고, 29～32구는 입성 옥운屋韻과 입성 옥운沃韻을 통용通用했다. 33～34구는 평성 문운文韻, 35～38구는 상성上聲 지운紙韻, 39～42구는 평성 우운, 43～46구는 입성 약운藥韻이고, 47～50구는 평성 청운靑韻과 평성 경운庚韻을 통용했다. 51～54구는 거성 어운御韻, 55～56구는 평성 미운微韻이고, 57～58구는 거성 유운宥韻과 상성 유운有韻을 통용했다. 59～62구는 평성 지운支韻이고, 63～66구는 상성 호운皓韻과 거성 호운號韻을 통용했다. 67～70구는 평성 선운先韻, 71～74구는 거성 송운送韻이다. 75～78구는 입성 맥운陌韻과 입성 석운錫韻을 통용通用했고, 79～82구는 거성 산운霰韻, 83～84구는 평성 산운刪韻이다. 85～88구는 상성 지운紙韻이고, 89～92구는 평성 청운靑韻과 평성 경운을 통용通用했다. 93～96구는 평성 회운灰韻이고, 97～100구는 상성 어운語韻과 상성 우운麌韻을 통용했다. 101～104구는 평성 양운陽韻이고, 105～108구는 거성 어운御韻과 거성 우운遇韻을 통용했다. 109～112구는 거성 산운霰韻, 113～120구는 평성 지운支韻이다.

여설

양귀비는 당 포주蒲州 영락永樂(지금의 山西 芮城) 사람인데 처사處士 양원염楊元琰의 딸로 소자小字는 옥환玉環이다. 궁녀로 들어간 후 현종의 총애를 받아 귀비에 봉해졌다. 뿐만 아니라 3명의 언니들도 한국부인韓國夫人·괵국부인虢國夫人·진국부인秦國夫人에 봉해졌다. 안록산安祿山의 난 후 군사들이 양씨 일가를 처형했는데 그때 마외파馬嵬破에서 자살했다. 민간 전설에는 그때 죽지 않고 일본으로 갔다는 이야기가 전해지기도 하는 등 양귀비와 관련해서 '꽃으로 추악함을 감추었다(借花遮醜).', '부용장 안에서 춤춘다(芙蓉帳裏跳舞).', '귀비가 교자를 찐다(貴妃蒸餃).', '노산에서 도고가 되었다(盧山當道姑).' 등 수많은 이야기가 전해진다.

중국 전통 연극에서 화단花旦이 무대에 오르면 늘 "비단치마 끈 바짝 조이고 귀밑머리에 꽂은 꽃 바로 하네.(緊緊羅裙帶兒, 穩穩靈角花兒.)"라고 노래하는데 자세히 살펴보면 화단은 좌측 귀밑머리에 두 송이의 꽃을 꽂고 있을 것이다. 그런데 이 꽃을 꽂는 관습이 양귀비에게서 비롯되었다.

당조唐朝 이전에 여인들은 머리에 꽃을 꽂지 않았다고 한다. 양귀비는 경국지색傾國之色이었지만 황음무치荒淫無恥해 안록산과도 사통私通하고 있었다. 어느 날 대낮에 두 사람이 침대에서 뒹굴고 있는데 갑자기 황제인 현종이 도착했다고 전했다. 그런데 안록산이 급히 옷을 입느라 손으로 양귀비의 좌측 귀밑에 상처를 내고 말았다. 양귀비는 잠시 당황했으나 이내 냉정을 되찾아 피를 닦아내고 정원에 만발한 장미 두 송이를 머리에 꽂아 상처를 가렸다. 현종은 옮게 화장한 얼굴에 장미 두 송이를 꽂은 모습이 마치 물에서 갓 핀 부용芙蓉과도 같다며 너무나 좋아했다.

이 양귀비의 임기응변이 민간에 전해져 '빈화鬢花'가 부녀들의 머리 장식으로 유행했고, 희극戲劇의 화단들도 좌측 머리에 꽃을 꽂게 되었다고 한다.

양귀비는 요염한 춤과 노래로 현종의 마음을 사로잡았다. 현종은 양귀비의 요무姚舞를 보기 위해서 중국 전역에서 꽃을 구해 오는 등 안하는 일이 없었다. 그런데 추국秋菊이 지고 나자 더 이상 꽃이 없었는데 마지막으로 부용강芙蓉江 가에서 부용화를 꺾어올 수 있었다. 때는 늦가을로 달빛 아래서 춤추기에 날씨가 춥다고 생각한 양국충楊國忠이 큰 휘장을 만들어 휘장 위에 부용화를 가득 장식해서 현종에게 바치니 매우 기뻐하며 양국충에게 상을 내리고, 그 휘장을 '부용장芙蓉帳'이라 부르게 하였다. 그 후 현종은 이 휘장을 흥경궁興慶宮에 걸어 두고 밤마다 양귀비의 요염한 춤을 감상했다고 한다.

현종은 간신 양국충의 말만 믿고서 국정을 도외시하다 안록산이 난을 일으키자 어찌할 도리가 없었다. 대장 곽자의郭子儀를 불러 안록산의 반란을 진압하라고 명하자, 곽자의는 '천자天子께서는 양씨 형제의 참언讒言만을 믿다가 안록산의 반란을 맞게 되었으니 병사들의 사기를 높이기 위해 그토록 아끼시던 부용장을 주셔야 하겠습니다.' 라고 했다. 현종은 깜짝 놀랐지만 어쩔 수 없었다. 곽자의는 '부용장'을 받자마자 조정의 문무대신과 현종 앞에서 갈기갈기 찢어 버린 다음 출정을 했다. 귀비는 나중에 이 일을 알고 수치스럽고 부끄러웠지만 어쩔 수 없는 일이었다.

전하는 말에 의하면, 양귀비는 여지荔枝뿐만 아니라 교자餃子를 매우 즐겨 먹었다고 한다. 어느 날 속이 비칠 듯한 얇은 교자에 싫증이 난 양귀비를 위해 주방에서 돼지고기와 봄 부추를 이용해 살찐 개구리 모양의 교자를 만들어 바치고는 밖에서 양귀비의 동정을 살피고 있었는데, 의외로 양귀비는 한 입 물다 말고 교자를 땅바닥에 내던지며 "이 교자를 만든 놈을 당장 목을 쳐라"는 호통을 쳤다. 내심 상을 기대하던 요리사는 단오절端午節 종자粽子처럼 묶여 오문午門 밖에서 목이 달아날 지경이었다. 바로 그때 현종이 〈예상우의곡霓裳羽衣曲〉 곡보曲譜를 들고서 흐뭇한 표정을 지으며 귀비에게 오고 있었다. 목이 달아날 지경에 처한 요리사는 현종의 비위를 맞춰 다른 교자를 만들 시간을 벌 수 있었다. 현종이 적笛을 연주하며 귀비에게 춤을 추도록 했으나 귀비는 꼼짝도 하지 않았다. 이에 현종이 그 연유를 묻자, 귀비는 "살찐 개구리 모양의 교자를 먹었더니 신첩臣妾이 살이 쪄 몸을 움직일 수가 없습니다."라고 했고, 이에 현종은 "요리사에게 다시 교자를 만들도록 명을 내렸는데 그 교자를 먹으면 그대의 몸은 풍만해지지만 제비처럼 가벼워질 것이다."라고 하자, 귀비는 곧 현종의 적笛에 맞춰 〈예상우의곡〉을 연습하기 시작했다. 요리사는 양귀비가 〈예상우의곡〉을 연습한다는 말을 듣고는 밖에서 몰래 훔쳐보다 한 마리 봉황鳳凰과도 같은 귀비의 춤추는 모습을 보고는 봉황 고기를 사용해 교자를 만들어야겠다는 생각이 떠올랐다. 그러나 봉황새 고기는 구할 수가 없었기 때문에 닭날개 고기를 사용해 봉황새 모양의 교자를 만들어 양귀비에게 바쳤다.

이 봉황 모양의 교자를 본 귀비는 "이것은 내가 후일 황후皇后에 봉해진다는 사실을 의미하는 게 아닌가"라고 내심 생각하며 매우 기뻐 요리사에게 많은 상을 내렸는데 후인들이 이 교자의 이름을 '귀비증교貴妃蒸餃'라 지었다고 한다.

또 마외파馬嵬破에서 양귀비가 죽지 않고 도망쳐 노산盧山의 선고仙姑가 되었다는 이야기도 전해 온다.

안록산이 반란을 일으키자 현종은 양귀비를 데리고 사천으로 피난가게 되었는데 도중 마외파에 이르자 현종의 호위군들이 양귀비의 처형을 요구하며 멈추어 섰다. 현종은 어쩔 수 없이 양귀비가 죽는 걸 내버려 둘 수밖에 없었다. 그런데 양귀비의 처형을 책임진 장군이 양씨네 친척의 친구였다. 그 장군의 도움으로 양귀비와 비슷하게 생긴 궁녀를 대신 처형하고 양귀비 일행은 구사일생 목숨을 건질 수 있었다. 양귀비 일행은 한낮에는 몸을 숨기고 밤새 걷길 몇 개월 만에 노산에 도착할 수 있었다. 양귀비는 노산의 아름다운 풍경을 감상하다 문득 이 세상의 부귀와 영화는 모두 맛보았으니 이 아름다운 곳에서 조용히 반평생을 보내는 것도 괜찮을 것 같은 생각이 들어 도교道敎 도관道觀인 옥청궁玉淸宮의 도장道長을 찾아가 출가해 도고가 되길 청했다. 옥청궁의 도장은 양귀비의 신세 내력을 다 듣고서는 출가를 허락하고 '수안修安'이라는 도호道號를 주었다. 이로부터 양귀비는 도교의 제자가 되어 노산 옥청궁에 머물게 되었다.

양귀비가 목숨을 건져 도망간 사실은 아무도 몰랐다. 안사安史의 난이 평정된 후 장안으로 돌아온 현종은 양귀비가 예전에 쓰던 물건을 볼 때마다 귀비 생각을 지울 수가 없어 마외파에 있는 시신이라도 황궁으로 이장하기 위해 사람들을 보냈다. 그런데 이장하러 갔던 이들이 옷과 유물만을 가지고 와서는 묘안에 시신이라곤 없었다고 보고하자 이상하게 생각한 현종이 수소문 끝에 양귀비가 노산으로 도망갔다는 이야기를 들을 수 있었다.

마음이 급해진 현종은 도사道士 장삼풍張三豊과 왕민王旻을 노산에 보내 양귀비를 찾도록 했다. 현종의 밀지密旨를 받고 노산에 간 장삼풍과 왕민은 1년 6개월 간 노산의 9궁宮8관觀72좌座 명암名庵을 다 찾아다녔지만 양귀비를 찾을 수 없었다. 양귀비를 찾지 못한 채 장안으로 돌아가기 전날 장삼풍은 태을원군사太乙元君祠의 정전正殿 앞에 앉아 고민하다 그럴듯한 거짓말이 생각난다.

장안에 도착한 장삼풍과 왕민은 현종에게 양귀비를 만났으나 귀비가 "원래 태을원군이 하세下世해 양옥환楊玉環으로 태어났었는데 이제 다시 신神이 되어 다시 만나지 못하니 건강을 조심하십시오."라는 말을 전하면서 같이 오지 않았다고 거짓말을 했다. 이 말에 낙심한 현종은 그날부터 병석에 누웠는데 병석에서도 늘 양귀비 생각을 지우지 못하다가 사람들을 보내 노산 서쪽 기슭 여고산女姑山에 있는 서한西漢 때 지은 태을원군사를 중수重修하고 진흙으로 만든 태을원군상太乙元君像에 금칠을 하게 했다고 전하는데, 이 이야기는 후대로 전해져 백거이의 〈장한가〉에 인용되기도 했다.

이처럼 수없이 많은 전설과도 같은 고사를 남긴 현종과 양귀비의 애정 고사는 이후 시 · 소설 · 희곡 등 셀 수 없을 만큼 많은 문학 작품으로 다시 살아났으니 양귀비는 정말 죽지 않았다고 할 수 있다.

백거이는 〈장한가〉에서 민간의 전설을 이용하여 현종과 양귀비의 아름답고도 슬픈 사랑을 노래한 반면, 그의 시우詩友였던 원진元稹의 〈연창궁사連昌宮辭〉 역시 현종과 양귀비의 고사를 주제로 했음에도 불구하고 〈장한가〉와는 상이한 태도를 담고 있으며 질박한 풍격을 내비친다. 〈연창궁사〉는 이렇다.

연창궁連昌宮에 푸른 대나무 가득한데,	連昌宮中滿宮竹(연창궁중만궁죽)
오랜 세월 인적 끊어지니 무성해 무더기를 이루었다.	歲久無人森似束(세구무인삼사속)
또 담 위엔 빽빽한 복숭아 나뭇잎,	又有墻頭千葉桃(우유장두천엽도)
바람에 흔들리다 붉은 꽃잎 우수수 떨어진다.	風動落花紅蔌蔌(풍동낙화홍속속)
궁궐 옆에 살던 노인 울며 내게 하는 말	宮邊老人爲予泣(궁변노인위여읍)
소년 시절 음식 진상하느라 들어갔었네.	少年進食曾因入(소년진식증인입)
그때 상황上皇 망선루望仙樓에 계셨고,	上皇正在望仙樓(상황정재망선루)
양귀비楊貴妃는 그와 함께 난간에 기대 서 있었소.	太眞同凭欄干立(태진동빙란간립)
누각 앞이나 위에나 취주翠珠 장식한 궁녀였는데,	樓上樓前盡珠翠(누상루전진주취)
그 광채 현란하여 천지를 비추었다오.	炫轉熒煌照天地(현전형황조천지)
물러 나왔을 땐 꿈을 꾸었는지 바보가 되었는지,	歸來如夢復如癡(귀래여몽부여치)
무슨 겨를에 궁중의 일 소상히 말할 수나 있었겠소?	何暇備言宮裏事(하가비언궁리사)
동지冬至 지나가고 일백 예순 날 한식이 되었을 때	初過寒食一百六(초과한식일백륙)
점사店舍엔 연기 없어 궁궐의 나무 푸르기만 했었소.	店舍無烟宮樹綠(점사무연궁수록)
밝은 달 깊은 밤에 비파 뜯는 소리 들리더니,	夜半月高弦索鳴(야반월고현삭명)

하회지賀懷智의 비파 소리 온 궁궐 뒤덮었다오.	하 로 비 파 정 장 옥 賀老琵琶定場屋
고력사高力士 전지傳旨 받아 염노念奴를 찾으니,	역 사 전 호 멱 염 노 力士傳呼覓念奴
염노는 이미 몰래 짝과 함께 잠자리에 들었는데.	염 노 잠 반 저 랑 숙 念奴潛伴諸郎宿
한참을 찾다가 또 재촉하니,	수 유 멱 득 우 련 최 須臾覓得又連催
특별히 칙령으로 거리에서 촛불을 밝혔었소.	특 칙 가 중 허 연 촉 特敕街中許燃燭
염노 졸린 눈으로 홍사紅絲 주렴 사이로 일어나,	춘 교 만 안 수 홍 초 春嬌滿眼睡紅綃
구름처럼 쪽진 머리 매만지고 다시금 차려 입었소.	약 삭 운 환 선 장 속 掠削雲鬟旋裝束
한 마디 노래하니 구천을 비상하는 듯,	비 상 구 천 가 일 성 飛上九天歌一聲
이십오랑二十五郎 취주악 반주 소리소리 뒤쫓았소.	이 십 오 랑 취 관 축 二十五郎吹管逐
순식간에 〈양주涼州〉 곡조 한 가락 끝마치고,	준 순 대 편 량 주 철 逡巡大遍涼州徹
여러 가지 〈구자龜玆〉곡이 이어졌소.	색 색 구 자 굉 록 속 色色龜玆轟錄續
이모李暮 궁성 옆에서 적笛을 누르며 듣고 있다,	이 모 엽 적 방 궁 장 李暮擪笛傍宮牆
몰래 신곡 여러 곡조를 얻었소.	투 득 신 번 수 반 곡 偷得新翻數般曲
이른 새벽 황제 수레 행궁行宮을 떠나자,	평 명 대 가 발 행 궁 平明大駕發行宮
만인 춤추고 북 치며 도중에서 환송했지.	만 인 고 무 도 로 중 萬人鼓舞途路中
관가의 의장대 기왕岐王 · 설왕薛王 위해 길 비키고,	백 관 대 장 피 기 설 百官隊仗避岐薛
양씨楊氏 세 자매 수레 바람처럼 지나갔소.	양 씨 제 이 차 투 풍 楊氏諸姨車鬪風
다음 해 10월 경도가 파괴되고,	명 년 십 월 동 도 파 明年十月東都破
안록산安祿山이 어로御路를 지나갔다오.	어 로 유 존 록 산 과 御路猶存祿山過
몰아치는 수탈에 감히 감추지도 못하니,	구 령 공 돈 불 감 장 驅令供頓不敢藏
만백성 소리 없이 눈물만 흘렸다오.	만 성 무 성 루 잠 타 萬姓無聲淚潛墮

낙양洛陽 · 장안長安 수복한 지 6, 7년,
兩京定後六七年(양경정후육칠년)

옛집 찾아 연창궁連昌宮 앞에 왔다오.
却尋家舍行宮前(각심가사행궁전)

장원은 불에 타고 말라버린 연못만 남았고,
莊園燒盡有枯井(장원소진유고정)

행궁行宮 문은 닫혔고 나무만 어렴풋이 보일 뿐.
行宮門閉樹宛然(행궁문폐수완연)

이후 여섯 황제 지났건만,
爾後相傳六皇帝(이후상전육황제)

이궁離宮에 안 와 문은 오랫동안 잠겼다오.
不到離宮門久閉(부도리궁문구폐)

왕래하는 청년 장안을 이야기하는데,
往來年少說長安(왕래년소설장안)

현무루가 만들어진 후 화악루를 버렸다 하오.
玄武樓成花萼廢(현무루성화악폐)

지난해 칙사 왔는데 대나무를 베기 위함이요,
去年勅使因斫竹(거년칙사인작죽)

우연히 문이 열려 잠시 좇아 왔소.
偶値門開暫相逐(우치문개잠상축)

잡초가 즐비해 연못을 덮어 버렸고,
荊榛櫛比塞池塘(형진즐비색지당)

여우, 토끼 겁이 없이 나무 옆에 웅크리고 있소.
狐兎驕癡緣樹木(호토교치연수목)

무사舞舍 이미 무너졌지만 기부基部는 아직 남아 있어
舞榭歌傾基尙在(무사가경기상재)

꽃무늬 창은 유원한데 창사窓紗는 아직 녹색 빛깔.
文窓窈窕紗猶綠(문창요조사유록)

분칠한 담에 먼지, 꽃 비녀는 녹슬었고,
塵埋粉壁舊花鈿(진매분벽구화전)

까마귀 풍경을 쪼니 그 소리 주옥이 깨지는 듯.
烏啄風箏碎珠玉(오탁풍쟁쇄주옥)

상황上皇은 계단 앞의 꽃을 좋아하시어서
上皇偏愛臨砌花(상황편애림체화)

그 어탑御榻 아직 계단 아래 비스듬히 놓였소.
依然御榻臨階斜(의연어탑림계사)

뱀이 제비집에서 기어나와 머리를 쳐들고,
蛇出燕巢盤鬪拱(사출연소반투공)

대전 문의 향안香案에는 곰팡이가 생겼소.
菌生香案正當衙(균생향안정당아)

침전을 지나니 이어진 단정루端正樓인데,
寢殿相連端正樓(침전상련단정루)

옛날 양귀비 머리 감고 이 누각 위에 올랐었지.	태진소세루상두 太眞梳洗樓上頭
새벽 해 나오지 않았는데 주렴에 그림자가 지고,	신광미출렴영흑 晨光未出簾影黑
지금도 산호 염구簾鉤 걸려 있소.	지금반괘산호구 至今反挂珊瑚鉤
옆 사람에게 하나하나 알려 주니 통곡하느라,	지사방인인통곡 指似旁人因慟哭
궁문을 나설 때도 여전히 눈물 가득하오.	각출궁문루상속 却出宮門淚相續
이후로 궁문은 또 잠겨	자종차후환폐문 自從此後還閉門
밤이면 여우나 이리 대문을 기어 오를 뿐이라오.	야야호리상문옥 夜夜狐狸上門屋
노옹의 말을 듣고 심골이 저려 물었네,	아문차어심골비 我聞此語心骨悲
태평성대 누가 가져 왔고 전란은 누가 일으켰소?	태평수치란자수 太平誰致亂者誰
노인 하는 말, 촌로村老가 어찌 분별이나 있겠소,	옹언야부하분별 翁言野父何分別
이목耳目에 담았던 거 그대에게 말할 뿐.	이문안견위군설 耳聞眼見爲君說
요숭姚崇·송경宋璟이 재상이었을 땐,	요숭송경작상공 姚崇宋璟作相公
황제께 절절하게 간언했었지요.	권간상황언어절 勸諫上皇言語切
음양陰陽이 조화로우니 오곡五穀이 풍성했고,	섭리음양화서풍 燮理陰陽禾黍豐
사린四隣이 화목하니 병졸을 보지 못했었지요.	조화중외무병융 調和中外無兵戎
장관은 청렴하고 태수는 자애로워	장관청평태수호 長官清平太守好
관원을 뽑는 것도 백성들을 위해서 했지요.	간선개언유상공 揀選皆言由相公
개원開元 말에 요숭·송경이 죽자,	개원지말요송사 開元之末姚宋死
조정은 점점 양귀비 마음대로였답니다.	조정점점유비자 朝廷漸漸由妃子
안록산은 궁중에서 양자로 자랐고,	녹산궁리양작아 祿山宮裏養作兒
괵국虢國 부인 문전은 성시처럼 붐볐었소.	괵국문전료여시 虢國門前鬧如市

권력을 농락한 재상 이름은 기억하지 못하지만,	롱 권 재 상 불 기 명 弄權宰相不記名
어렴풋이 이씨李氏와 양씨楊氏가 아닌지요.	의 희 억 득 양 여 리 依稀憶得楊與李
국사國事는 전도되고 사해四海가 동탕動蕩에 빠지니,	묘 모 전 도 사 해 요 廟謨顚倒四海搖
오십 년 동안 상처와 흉터만 생겼다오.	오 십 년 래 작 창 유 五十年來作瘡痏
지금 황제 신성하고 승상은 현명하니,	금 황 신 성 승 상 명 今皇神聖丞相明
조서詔書 내려오자 오吳·촉蜀 지방 평안하오.	조 서 재 하 오 촉 평 詔書才下吳蜀平
관군은 또 회서의 도적 오원제吳元濟를 잡았다니,	관 군 우 취 회 서 적 官軍又取淮西賊
이 적 역시 제거해 천하는 평안하리니.	차 적 역 제 천 하 녕 此賊亦除天下寧
연년세세 궁궐 앞길에 씨 뿌리고 밭 갈았는데,	연 년 경 종 궁 전 도 年年耕種宮前道
올해는 자손에게 그만두라 했었소.	금 년 불 견 자 손 경 今年不遣子孫耕
노인의 심경 황제의 행차를 보고자 함이고,	노 옹 차 의 심 망 행 老翁此意深望幸
국가 화평和平에 주력하니 군사는 필요없소.	노 력 묘 모 휴 용 병 努力廟謀休用兵

비파행琵琶行 병서并序

백거이(白居易)

원화元和 10년 나는 구강군九江郡 사마司馬로 좌천되었다. 다음 해 가을 분포湓浦 나루터에서 손님을 보내는데, 배 안에서 밤에 비파 타는 사람이 있어 그 소리를 들었더니 꽤 경성京城의 맛이 있었다. 그 사람에게 물었더니 본래 장안의 악기樂妓로 일찍이 목穆과 조曹라는 비파의 명인에게서 배웠는데, 나이 들고 모양이 추해져 장사꾼에게 몸을 맡겨 아내가 되었다고 한다. 그래서 그에게 술을 내오라 하고 몇 곡조 빠른 곡을 연주하라 시켰더니 연주를 마치고는 슬픈듯 어려서 즐거웠던 일과 지금 흐르듯이 초췌한 얼굴로 강호江湖를 옮겨 다니는 신세를 이야기하더라. 나는 조정에서 물러난 지 2년이 되었으나 줄곧 마음이 편안했는데 그의 말이 내 마음을 흔들어 이날 밤에야 비로소 쫓겨난 자의 심정을 갖게 되었다. 이 때문에 장구長句의 노래를 그에게 주니, 무릇 616 언言에 제목을 〈비파행琵琶行〉이라 했다.

원화십년 여좌천구강군 사마 명년추 송객분포구 문선
元和十年 予左遷九江郡[1]司馬[2] 明年秋 送客湓浦口[3] 聞船

중야탄비파자 청기음 쟁쟁 연유경도성 문기인 본장안창녀
中夜彈琵琶者 聽其音 錚錚[4]然有京都聲 問其人 本長安倡女

상학비파어목조이선재 년장색쇠 위신 위고인부 수명주 사
嘗學琵琶於穆曹二善才[5] 年長色衰 委身[6]爲賈人婦 遂命酒 使

쾌탄수곡 곡파민연 자서소소시환락사 금표륜 초췌 전사
快彈數曲 曲罷憫然[7] 自敍少小時歡樂事 今漂淪[8]憔悴 轉徙[9]

어강호간 여출관이년 념연자안 감사인언 시석시각유천적의
於江湖間 予出官二年 恬然自安 感斯人言 是夕始覺有遷謫意

인위장구가이증지 범륙백일십육언 명왈 비파행
因爲長句歌以贈之 凡六百一十六言 命曰〈琵琶行〉.

이 밤 심양강潯陽江 가에서 손님을 보내는데,
솔솔 가을바람에 단풍잎 흔들리고 붉은꽃 흔들린다.
주인은 말에서 내렸고 손님은 배 타려 할 제,
술 한 잔 하려 해도 음악이 없구나.
취해 노래해도 기쁘지 않아 아프게 이별하는데,
망망한 강물에 명월이 잠겼더라.
홀연 강에서 비파 소리 들려와
주인은 돌아갈 길 잊었고 손님도 떠나지 않네.
소리 좇아 작은 목소리로 물었네. '비파 타는 사람 누구냐' 고
비파 소리 끊어지더니 대답 또한 느릿느릿.
배 가까이 옮겨가 그 사람을 맞이하곤,
술 더 내오고 등불 밝혀 다시 잔치를 연다.
천 번 외치고 만 번을 부르니 그제서야 나오는데,
비파 안고 얼굴을 반쯤 가렸네.
목축木軸을 옮기고 현을 퉁기어 두세 소리 울리는데,
곡조가 안 끝났어도 정이 가득하네.
한 줄 한 줄 눌러가니 나지막한 소리마다 슬픔이고,
불우한 한평생 하소연하는 듯하구나.
고개 숙이고 손 뻗으며 계속 연주하는데,
마음속 무한한 심사 다 쏟아 붓는 듯하구나.
왼손은 가볍게 두드리고 느리게 문지르며 오른손은 위로 아래로 퉁겨 올리고 내리며,
처음엔 〈예상우의곡霓裳羽衣曲〉, 다음엔 육요六幺를 연주한다.

대현大絃 소리는 소나기 오듯 시끌시끌,
소현小絃 소리는 소곤소곤 속삭인다.
시끌시끌, 소곤소곤 뒤섞어 연주하니,
큰 구슬 작은 구슬 옥 쟁반에 떨어지듯.
꾀꼴꾀꼴 꾀꼬리 소리 꽃 아래로 미끄러지듯,
졸졸졸 샘물 소리 얼음 밑에서 흘러가는 듯.
얼어붙은 샘물 차갑고 껄끄러운지 비파 현絃 엉겨 끊어지고,
끊어져 잘리니 비파 소리 점점 그친다.
그윽한 슬픔 남 모르는 한恨 달리 일어나니,
비파 소리 없어도 울릴 때보다 더 슬프다.
갑자기 은병銀甁이 깨진 듯 샘물이 솟아나듯,
철기가 뛰쳐나오고 창과 칼이 부딪쳐 울어대듯.
곡조 끝나고 발撥로 비파를 가로질러 휙 한번 그으니,
명주가 찢어지듯 네 현이 한소리를 내네.
동쪽, 서쪽 배에 탔던 사람 아무 말이 없고,
강 가운데 가을달만 하얗게 밝았다.
가만히 발을 거두어 현 사이에 꽂고,
의상을 정돈하고 얼굴을 가다듬어,
스스로 말하길 저는 본래 서울의 가녀歌女로,
하마릉蝦蟆陵 아래서 살았답니다.
13세에 거문고 다 배우고,
교방제일부敎坊第一部에 이름을 올렸는데,
한 곡조 타고 나면 악사들도 탄복하고,
화장하고 나설 때면 가녀歌女들이 질투했었소.
오릉의 젊은이들 다투어 예물 보내,

비파 한 곡조에 명주, 비단 셀 수 없었다오.
금옥金玉 장식한 비녀 박자 치다 부서지고,
붉은 비단 치마 술 엎질러 더럽혔소.
금년에 기뻐 웃고 다음 해에도 그렇게,
봄바람 가을바람처럼 한가로이 지냈는데.
동생은 군에 가고 자매들은 죽어 갔고,
저녁 가고 아침 오더니 안색이 시들어 가더이다.
문 앞은 냉랭하고 찾아오는 수레 드물어져
늙어 시집가 상인의 아내가 되었답니다.
장사꾼들 돈은 귀하나 헤어짐은 가벼워
지난달에 부량浮梁으로 차를 사러 가 버렸소.
강나루 오고 가며 빈 배만 지키는데,
뱃전에 달은 밝고 강물은 차갑구나.
깊은 밤 홀연히 젊은 날을 꿈꿀 때면,
꿈에서도 울고 울어 눈물이 분에 묻어 온 얼굴에 퍼진다오.
나 비파 소리 듣고 나서 이미 탄식했었는데,
또 이 이야기 듣고 나서 다시 탄식하네.
실의에 타향을 떠도는 우리들,
오늘 만나 왜 하필 서로의 신세를 알게 되었나!
나도 지난해에 황제 계신 장안을 떠나
심양성潯陽城에 귀양 와서 병들어 누웠다네.
심양 땅 외진 곳 음악이 없는 터라,
일년 내내 사絲와 죽竹소리 듣지 못하네.
집 근처 분강湓江 땅 낮고 습하여
누른 갈대 마른 대 집을 에워싸고.

그 안에서 밤낮으로 무엇을 듣겠는가?
두견새 피울음 소리, 원숭이 슬피 우는 소리밖에.
봄날 강가 꽃 피는 아침, 가을 밤 달 뜨는 때에
가끔 술 가져와 혼자서 잔을 기울였네.
어찌 산가山歌, 촌적村笛도 없단 말인가?
뒤섞이고 갈라지는 소리 오래 듣고 있을 수도 없지만.
오늘 저녁 그대 비파 소리 들으니,
신선의 음악을 들은 듯 귀가 잠시 밝아졌다오.
사양 말고 다시 앉아 한 곡조 타 주시면,
그대 위해 악보 맞춰 〈비파행〉을 지으리다.
내 말 듣고 감격하여 오랫동안 서 있더니,
자리에 다시 앉아 현을 당기니 음은 높아지고 곡조는 빨라진다.
처량하고 처량한 게 전과 같지 않아
모든 사람 다시 듣고 얼굴 가려 눈물 흘린다.
좌중座中에서 눈물 제일 많이 흘린 사람,
강주江州 사마司馬 푸른 적삼 눈물에 젖었다네.

심 양 강 두 야 송 객 풍 엽 적 화 추 슬 슬
潯陽江[10]頭夜送客 楓葉荻[11]花秋瑟瑟

주 인 하 마 객 재 선 거 주 욕 음 무 관 현
主人[12]下馬客在船 擧酒欲飮無管絃[13]

취 불 성 환 참 장 별 별 시 망 망 강 침 월
醉不成歡慘將別 別時茫茫江浸月

홀 문 수 상 비 파 성 주 인 망 귀 객 불 발
忽聞水上琵琶聲 主人忘歸客不發

심 성 암 문 탄 자 수 비 파 성 정 욕 어 지
尋聲暗問[14]彈者誰 琵琶聲停欲語遲[15]

이선상근요상견　첨주회등　중개연
移船相近邀相見　添酒回燈[16]重開宴

천호만환시출래　유포비파반차면
千呼萬喚始出來　猶抱琵琶半遮面

전축발현　삼량성　미성곡조선유정
轉軸撥絃[17]三兩聲　未成曲調先有情[18]

현현엄억　성성사　사소평생부득지
絃絃掩抑[19]聲聲思　似訴平生不得志

저미　신수　속속탄　설진심중무한사
低眉[20]信手[21]續續彈　說盡心中無限事

경농　만연말　부도　초위예상　후육요
輕攏[22]慢撚抹[23]復挑[24]　初爲霓裳[25]後六么[26]

대현　조조여급우　소현　절절여사어
大絃[27]嘈嘈如急雨　小絃[28]切切如私語

조조절절착잡탄　대주소주락옥반
嘈嘈切切錯雜彈　大珠小珠落玉盤

간관　앵어화저활　유열　천류수하탄
間關[29]鶯語花底滑[30]　幽咽[31]泉流水下灘

수천랭삽현응절　응절불통성점헐
水泉冷澀絃凝絕[32]　凝絕不通聲漸歇

별유유수암한생　차시무성승유성
別有幽愁暗恨生　此時無聲勝有聲

은병사　파수장병　철기돌출도창명
銀瓶乍[33]破水漿迸　鐵騎突出刀鎗鳴[34]

곡종수발　당심화　사현일성여렬백
曲終收撥[35]當心畫[36]　四弦一聲如裂帛

동선서방초무언　유견강심추월백
東船西舫悄無言　唯見江心秋月白

침음방발삽현중　정돈의상기렴용
沈吟放撥揷絃中　整頓衣裳起斂容[37]

자언본시경성녀　가재하마릉　하주
自言本是京城女　家在蝦蟆陵[38]下住

십삼학득비파성　명속교방제일부
十三學得琵琶成　名屬敎坊第一部[39]

곡파증교선재복 장성매피추랑 투
曲罷曾教善才服 妝成每被秋娘[40]妬

오릉연소 쟁 전두 일곡홍초 부지수
五陵年少[41]爭[42]纏頭[43] 一曲紅綃[44]不知數

전두운비 격절 쇄 혈색나군번주 오
鈿頭雲篦[45]擊節[46]碎 血色羅裙翻酒[47]汚

금년환소부명년 추월춘풍등한도
今年歡笑復明年 秋月春風等閑度

제주종군아이 사 모거조래안색고
弟走從軍阿姨[48]死 暮去朝來顏色故

문전냉락차마희 노대가작상인부
門前冷落車馬稀 老大嫁作商人婦

상인중리경별리 전월부량 매다거
商人重利輕別離 前月浮梁[49]買茶去

거래 강구수공선 요선월명강수한
去來[50]江口守空船 繞船月明江水寒

야심홀몽소년사 몽제장루 홍난간
夜深忽夢少年事 夢啼妝淚[51]紅闌干

아문비파이탄식 우문차어중즐즐
我聞琵琶已歎息 又聞此語重喞喞[52]

동시천애륜락인 상봉하필증상식
同是天涯淪落人 相逢何必曾相識

아종거년사제경 적거와병심양성
我從去年辭帝京 謫居臥病潯陽城

심양지벽무음악 종세불문사죽성
潯陽地僻無音樂 終歲不聞絲竹聲

주근분강지저습 황로고죽 요택생
住近湓江地低濕 黃蘆苦竹[53]繞宅生

기간단모문하물 두견제혈원애명
其間旦暮聞何物 杜鵑啼血猿哀鳴

춘강화조추월야 왕왕취주환독경
春江花朝秋月夜 往往取酒還獨傾

기무산가여촌적 구아 조찰 난위청
豈無山歌與村笛 嘔啞[54]嘲哳[55]難爲聽

금야문군비파어 여청선악이잠명
今夜聞君琵琶語 如聽仙樂耳暫明

막사갱좌탄일곡 위군번작비파행
莫辭更坐彈一曲 爲君翻作琵琶行

감아차언량구립 각좌 촉현 현전급
感我此言良久立 卻坐[56]促絃[57]絃轉急[58]

처처 불사향전 성 만좌중문개엄읍
淒淒[59]不似向前[60]聲 滿座重聞皆掩泣

좌중읍하수최다 강주사마청삼 습
座中泣下誰最多 江州司馬靑衫[61]濕

1 九江郡(구강군) : 강주(江州). 지금의 강서성(江西省) 구강시(九江市). 원래 수조(隋朝)의 군명(郡名)이었는데 742년(唐 天寶 元年) 심양군(潯陽郡)으로, 758년(乾元 元年) 강주(江州)로 개칭되었다. 2 司馬(사마) : 자사(刺史)의 부직(副職)으로 본래 군사(軍事)를 담당했으나 백거이(白居易)가 사마가 되었을 때는 아무런 실권이 없었다. 3 湓浦口(분포구) : '분구(湓口)' 라고도 하는데 분수(湓水, 지금의 용개하〈龍開河〉)의 출구(出口). 4 錚錚(쟁쟁) : '갱장(鏗鏘)' 하고 맑은 비파 소리. 5 善才(선재) : 당(唐)나라 때 고명한 악사(樂師)의 총칭. 6 委身(위신) : 몸을 맡기다('托身'), 즉 '출가(出嫁)' 의 뜻이다. 7 憫然(민연) : 슬픈 모양. 슬픔에 말을 못한다는 뜻. 8 漂淪(표륜) : 처지가 비참하게 되어 실의에 빠지다. 9 轉徙(전사) : 거처를 정하지 못하고 여기저기를 전전하다. 10 潯陽江(심양강) : 심양군(潯陽郡)을 지나는 장강(長江)을 일컫는 이름. 11 荻(적) : 갈대. 12 主人(주인) : 백거이(白居易)를 가리킴. 13 管絃(관현) : '관(管)' 은 소(簫)·적(笛) 등의 관악기. '현(絃)' 은 금슬(琴瑟), 비파(琵琶) 등의 현악기. 여기서는 주악(奏樂)을 뜻한다. 14 暗問(암문) : 낮은 목소리로 묻다. 15 遲(지) : 머뭇머뭇 결정하지 못하다. 16 回燈(회등) : 등에 기름을 넣고 심지를 올려 등불을 밝게 하다. 17 轉軸撥絃(전축발현) : 현축(絃軸)을 돌리며 현(絃)의 소리를 조정하다. 18 先有情(선유정) : 정식으로 연주하기 전에 현을 맞추느라 울리는 소리에도 감정이 담겨 있다. 19 掩抑(엄억) : 낮은 소리, 침울한 소리. 여기서는 낮고 침울한 소리. 20 低眉(저미) : 아래를 내려다보다. 정신을 집중해서 연주하는 모습의 묘사. 21 信手(신수) : 손에 따라. 22 攏(농) : 연(撚). 왼손으로 현을 당기고 오른손으로 현을 문지르는 지법(指法). 23 抹(말) : 도

(挑). 발(撥)을 사용해 연주하는 방법. 오른손으로 현을 퉁기면서 내려 갔다가 다른 손으로 퉁기며 올라오는 발법(撥法). **24** 挑(도) : 발(撥)을 사용해 연주하는 방법. **25** 霓裳(예상) : 악무(樂舞) 이름. 〈예상우의곡〉. **26** 육요(六幺) : '녹요(錄要)', '녹요(綠腰)' 라고도 하는데, 당시 장안(長安)에 유행했던 곡조(曲調) 이름. **27** 大絃(대현) : 비파에는 굵기가 서로 다른 네 줄의 현이 있는데, 대현은 '조현(粗絃)' 으로 다른 말로 '노현(老絃)' 이라고도 한다. **28** 小絃(소현) : 가는 줄. 비파의 '세현(細絃)' 으로 다른 말로 '자현(子絃)' 이라고도 한다. **29** 間關(간관) : 새 울음소리. **30** 滑(활) : 유창하게 미끄러지듯 나는 소리. **31** 幽咽(유열) : 시냇물이 흐르는 소리. **32** 凝絕(응절) : 비파(琵琶) 현(絃)이 엉겨 끊어지다. **33** 乍(사) : 갑자기. **34** 刀鎗鳴(도창명) : 철기(鐵騎), 철갑 기병이 달리고 칼과 창이 부딪치는 소리. 이 시에서는 비파(琵琶)를 멈추었다가 갑자기 내는 소리를 뜻한다. **35** 收撥(수발) : '발(撥)' 은 비파를 연주할 때 사용하는 공구〔撥子〕로 상아(象牙)나 우각(牛角)을 사용해서 만들었으며 대패처럼 생겼다. '수발' 은 연주를 끝냈다는 뜻이다. **36** 當心畫(당심화) : 비파의 현 중간 부분을 힘껏 한번 긋는다는 뜻이다. **37** 斂容(염용) : 연주할 때의 격동적인 정태를 거두고 얼굴빛을 단정하고 공경하게 했다는 뜻이다. **38** 蝦蟆陵(하마릉) : 지명(地名). 장안(長安) 동남쪽 곡강(曲江) 부근으로 당시 유명한 유락구(遊樂區). **39** 教坊第一部(교방제일부) : '교방' 은 당대(唐代) 가무(歌舞)와 기악(器樂)을 관장하던 관청이고, '제일부' 는 교방 중 가장 우수한 예인(藝人)들로 구성된 가무 연주 단체. **40** 秋娘(추랑) : 장안(長安)의 유명한 악기(樂妓)로, 여기서는 미모와 재능을 겸비한 명기(名妓)를 통칭하는 말로 사용되었다. **41** 五陵年少(오릉연소) : '오릉(五陵)' 은 한대(漢代) 5명의 황제릉(皇帝陵), 곧 장릉(長陵) · 안릉(安陵) · 양릉(陽陵) · 무릉(茂陵) · 평릉(平陵)인데 모두 장안(長安)에 있고 능 부근에 귀족 부호들이 모여 살았다. 이 시에서 '오릉연소' 는 부잣집 자제를 뜻한다. **42** 爭(쟁) : 다투다. 여기서는 '다투어 선물을 보내다(爭送)' 의 뜻. **43** 纏頭(전두) : 옛날 가무자(歌舞者)들이 머리를 묶는 데 썼던 비단이나 명주로 만든 장식품. 이 구절은 악기의 연주 후 귀족 자제들이 앞 다투어 명주나 비단으로 사례했다는 뜻이다. **44** 紅綃(홍초) : 붉은색 견직물(絲織品). **45** 鈿頭雲篦(전두운비) : 금이나 보석으로 상감(象嵌)한 구름 모양의 머리 장식. **46** 擊節(격절) : 박자를 맞추다. **47** 翻酒(번주) : 술을 뿌리다(潑酒). **48** 阿姨(아이) : 창녀(唱女)의 양모(養母). **49** 浮梁(부량) : 현명(縣

名). 지금의 강서성(江西省) 경덕진(景德鎭)으로 당시 유명한 차엽(茶葉)의 집산지였다. **50** 去來(거래) : '내(來)'는 어조사(語助辭)로 '떠난 후'의 뜻이다. **51** 妝淚(장루) : 화장한 뒤 눈물을 흘렸다는 뜻. **52** 喞喞(즐즐) : 탄식 소리. **53** 苦竹(고죽) : 대나무의 일종으로 '산병죽(傘柄竹)'이라고도 하는데 쓴맛이 있어 식용으로 사용치 않는다. **54** 嘔啞(구아) : 시골 사람이 연주하는 '적(笛)' 소리가 뒤섞여 맑지 않다. **55** 嘲哳(조찰) : 산가(山歌) 소리가 번잡하고 세쇄(細碎)하다. **56** 卻坐(각좌) : 다시 앉다(回座). **57** 促絃(촉현) : 금현(琴絃)을 팽팽하게 하다. **58** 急(급) : 빠른 박자. **59** 淒淒(처처) : 슬픈 정조(情調). **60** 向前(향전) : 방금 전. **61** 靑衫(청삼) : 청색관복(靑色官服).

감상

이 시는 세 단락으로 나눌 수 있다.

첫 번째 단락은, 시의 연기緣起와 비파녀琵琶女의 뛰어난 연주 기술을 묘사했다. 단풍잎 붉게 물들고 가을바람 소슬하게 불어 대는 저녁 무렵 심양강潯陽江에서 손님을 배웅했다. 말에서 내려 손님과 함께 배 위에 올라 이별주離別酒를 기울였다. 노랫가락도 없는 이별주에 가슴만 쓰라려 멀리 강물을 보았더니 달그림자 강물에 떠 있다. 막 이별하려는데 갑자기 배 위에서 비파소리 들려 갈 길도 잊고 음악 소리에 빠져든다. 비파 소리 쫓아가 누구인가 물었으나 비파 소리만 멈출 뿐 아무 대답도 없다. 비파 소리 들리던 그 배 가까이 다가가 비파녀를 초청하여 등불 다시 켜고 술과 안주 새로 준비했다. 여러 번 청했더니 그제서야 모습을 보였는데 그래도 부끄러운지 얼굴을 반쯤 가렸다. 우선 현축絃軸을 돌려 비파 줄을 맞추고 몇 음을 뜯었는데 곡조를 연주하지 않았어도 정情이 배어 나왔다. 한 줄 한 줄 눌러가며 낮은 소리 내는데 소리마다 침울한 정이 담겨 마치 불우한 인생을 하소연하는 듯했다. 비파녀 고개 숙인 채 계속 연주하는 모습 마치 지난 과거 다 이야기하려는 듯하구나. 왼손은 가볍게 두드리고 느리게 문지르며 오른손은 위로 아래로 퉁겨 올리고 내리며, 먼저 〈예상우의곡霓裳羽衣曲〉을 연주하고 이어 장안에서 유행하는 〈육요六么〉곡을 연주한다. 조현粗絃의 낮은 음 마치 소나기 오는 듯하고, 세현細絃의 가는 음 소곤거리는 듯하다. 조현 · 세현의 비파 소리 함께 어우러지니 마치 옥玉 쟁반에 크고 작은 구슬이 구르는 소리인 듯 들린다. 그 소리 또 꾀꼬리 꽃 아래서 지저귀는 듯하고 샘물이 여울로 흘러가는 듯하다. 차갑고 껄끄러운 샘물처럼 슬픔에 목이 메고, 비파 현 엉켰는지 비파 소리 점점 줄어든다. 그런데도 또 다른 정情과 한恨 일어나 비파 소리 크게 울릴 때보다도 더 슬프다. 비파 소리 돌연 높아지는데 은병銀瓶이 갑자기 깨지는 것 같고, 철기군마鐵騎軍馬 돌진하고 칼과 창이 부딪치는 소리 같다. 비파 연주 끝마치며 비파 가운데를 획 그으니 4현이 함께 비단이 찢어지는 듯 울린다. 동쪽과 서쪽 2척의 배엔 침묵만 흐르고 큰 강 가운데 가을달만 비춘다.

두 번째 단락은, 비파 타는 여인의 처량하고 슬픈 신세 한탄을 묘사했다. 비파녀 천천히 비파 뜯던 발撥을 거두어 현絃에 꽂고 옷매무새 가다듬었는데 연주할 때와는 얼굴 모습까지 달라졌다. 그러고는 자기 신세 털어놓는다. "저는 본래 장안 사람인데 집은 장안성長安城 동남쪽 하마릉蝦蟆陵 부근입니다. 13살에 비파 타는 재주를 배워 교방敎坊에서도 제일 비파를 잘 탔었습니다. 악곡을 연주하면 유명한 선생님들도 탄복했고 화장하고 나서면 아름다운 장안의 유명한 악기樂妓 추랑秋娘도 질투할 정도였습니다. 오릉五陵의 귀족 자제들도 제 비파 소리 듣기를 좋아해 한 곡조 끝내면 내리시는 비단 선물 셀 수 없이 많았지요. 금옥金玉으로 장식한 비녀를 박자를 치다 부수기가 일쑤였고 붉은 비단 치마에 술을 쏟아 더럽힌 적도 많았습니다. 해마다 기쁨과 즐거움 속에 봄이 오는지 가을이 왔는지 모르고 지났습니다. 형제들은 군대에 간 후 소식이 끊어졌고 어머니 이미 돌아가

셨고 저도 점점 늙어갔습니다. 즐겁게 즐기시던 손님들도 오지 않으시니 문전에 인적이 끊어져 저는 어쩔 수 없이 상인의 아내가 되었습니다. 남편은 돈 버는 데만 열중하는지라 헤어져 지내는 게 보통 일이 되었습니다. 지난달에 또 부량浮梁에 차를 사러 갔는데 남편이 떠난 후 저는 강어귀에서 빈 배를 지키며 차가운 강물에 비친 달만 쳐다보며 지냈답니다. 어쩌다 갑자기 꿈속에서 젊은 시절 떠올리게 되면 꿈속에서도 눈물 줄줄 흘리며 울기도 했습니다."

세 번째 단락은 비파녀의 신세를 들은 백거이가 자신의 신세를 생각하다 느낀 동병상련의 아픔을 묘사했다. 비파 연주 듣고서 이미 가슴이 저렸는데 그대의 신세 한탄 듣고 나니 더욱 가슴이 아파옵니다. 우리 똑같이 천애天涯 바닷가를 떠도는 신세 생면부지生面不知에 이렇게 만날 줄 누가 알았겠소! 나는 작년에 장안을 떠나 심양성潯陽城으로 왔는데 병이 걸려 힘들었다오. 심양성 벽지僻地에서는 음악을 듣지도 못한지 1년 동안 피리소리, 비파 소리 들어보지도 못했소. 내가 사는 집은 강가에 가까운데 지세가 낮아 습기가 차고 집 주변엔 갈대와 고죽苦竹이 가득합니다. 여기서 하루 종일 들리는 게 무엇인지 아시오? 꾀꼬리 우는 소리 아니면 구슬픈 원숭이 울음소리라오. 따뜻한 봄이 되어 꽃이 피거나 가을달이 하늘에 떠오르면 늘 혼자 술잔을 기울였었소. 설마 여기라고 산가山歌나 피리소리 들리지 않겠소만, 사실은 그 소리 어지럽게 뒤섞여 잠시도 듣고 있기 힘드오. 오늘 저녁 운이 좋아 그대의 비파 연주 들었는데 하늘나라 선녀仙女의 음악이 내 이목耳目을 새롭게 해준 것 같소이다. 그대 사양하지 말고 다시 앉아 한 곡조 연주해 주시오. 나는 그대 위해 〈비파행〉 곡조에 맞춰 가사歌辭를 지으리다. 비파녀 이 말 듣고 감동했는지 오랫동안 가만히 있다 더욱 높은 음조로 비파를 뜯기 시작했다. 그 처량한 비파 소리 조금 전의 연주와는 크게 달라 듣는 이들 모두 눈물을 흘리네. 그중에 누가 가장 가슴이 아플까? 강주사마江州司馬 백거이 청삼靑衫은 이미 눈물에 다 젖어 버렸네.

이 시는 칠언고시로 2구 또는 4구마다 전운轉韻했다. 1~2구는 입성入聲 맥운陌韻과 입성 질운質韻을 통용通用했고, 3~4구는 평성平聲 선운先韻, 5~8구는 입성 설운屑韻과 입성 월운月韻을 통용했다. 9~10구는 평성 지운支韻, 11~14구는 거성去聲 산운霰韻, 15~16구는 평성 경운庚韻, 17~20구는 거성 치운寘韻, 21~22구는 평성 소운蕭韻, 23~24구는 상성上聲 우운麌韻과 어운語韻을 통용했다. 25~28구는 평성 한운寒韻, 29~30구는 입성 설운屑韻과 입성 월운月韻을 통용했다. 31~34구는 평성 경운庚韻, 35~38구는 입성 맥운陌韻이다. 39~40구는 평성 동운東韻과 평성 동운冬韻을 통용했다. 이후 41~58구까지 운각韻脚 여女는 상성 어운, 부部는 상성 우운, 부婦는 상성 유운有韻, 거去는 거성 어운御韻, 방房·주住·도度·투妬·수數·고故는 거성 우운遇韻이며 우운을 위주로 어운語韻·우운·유운有韻·어운御韻을 통용했는데 이처럼 상성과 거성을 통압通押하는 경우는 고시古詩에서도 보기 드문 용운법用韻法이다. 59~62구는 평성 선운先韻과 평성 한운寒韻을 통용했다. 63~66구는 입성 직운職韻, 67~82구는 평성 경운庚韻과 평성 청운靑韻을 통용했다. 83~88구는 입성 집운緝韻이다.

여설

이 시는 당대唐代의 칠언가행七言歌行으로 〈비파인琵琶引〉이라고도 한다.

815년(唐 憲宗 元和 10) 백거이白居易는 태자좌찬선대부太子左贊善大

夫를 역임했는데 이 자리는 실은 아무런 할 일이 없는 한직이었다. 이 해 6월 재상宰相 원무형元武衡과 어사중승御使中丞 배도裴度가 새벽에 자객을 만나, 원무형은 피살되고 배도는 중상을 입었다. 그 자객은 대담하게도 '누구든지 나를 잡으려는 자가 있으면 내가 그 자부터 먼저 죽여 버리겠다'는 소문을 퍼뜨렸다. 조정의 고위 관료들은 아무 일도 없는 듯 미동도 하지 않았고 어떤 이들은 정말로 자객에게 협박당하기도 했다. 이에 백거이는 매우 분개해 즉시 자객을 체포해야 한다는 상소문을 올렸는데 정권을 장악하고 있던 재상은 이상스럽게도 백거이의 기개를 칭찬하지 않았다. 칭찬하기는커녕 동궁東宮의 말직에 있는 자가 간관諫官들이 조정에서 의논하기도 전에 상소문을 올렸다고 비방했다. 이로 인해 백거이는 그 해 8월 강주江州(지금의 江西省 九江市) 사마司馬로 폄직되었다.

816년(唐 元和 11) 백거이가 가을밤에 분포구湓浦口에서 손님을 배웅하다 비파를 잘 타는 여자를 만났는데 그 여자는 원래 장안의 기녀였으나 늙어 상인의 아내가 되어 이곳저곳을 떠돌아다니는 신세였다. 이에 백거이는 장안에서 멀리 떨어진 이곳으로 폄적된 자신의 신세를 생각하며 시를 지었다고 한다.

송인宋人 홍매洪邁는 『용재수필容齋隨筆』 권6과 권7에서 〈비파행琵琶行〉의 고사는 허구이며 '백낙천白樂天의 의도는 자신이 천애天涯를 떠돌고 있는 한恨을 직서直敍하려는 것이었다.(樂天之意, 直欲抒寫天涯淪落之恨.)'라 해석했고, 『당송시순唐宋詩醇』 권22에도 같은 평가를 하고 있다.

이로 볼 때 비파녀는 허구의 인물로 시인은 비파녀의 비참한 신세의 자술과 천애 떠돌아다니는 신세 한탄을 통해 자신의 비분悲憤을 표현하려 했던 것 같다.

이 시는 비유比喻와 선염渲染 등의 수법을 사용해 변화무쌍한 음악 형상을 표현해 고대 시가 중 음악을 묘사한 시 중 절창絕唱으로 꼽힌다. 그렇기 때문에 또 한 편의 장편 서사시인 〈장한가〉와 병칭竝稱되어 당唐 선종宣宗 무렵에는 "어린아이는 〈장한가〉를 부를 수 있고, 수염 난 어른들은 〈비파행〉을 부를 수 있다.(童子解吟〈長恨〉, 髫兒能唱〈琵琶〉篇)"라는 말이 나돌 정도로 널리 유행해 후세 서사시敍事詩에도 큰 영향을 끼쳤다.

현재 강서江西 구강시九江市에 있는 비파정琵琶亭은 후인들이 백거이의 〈비파행〉 시를 기념하여 지은 것이다.

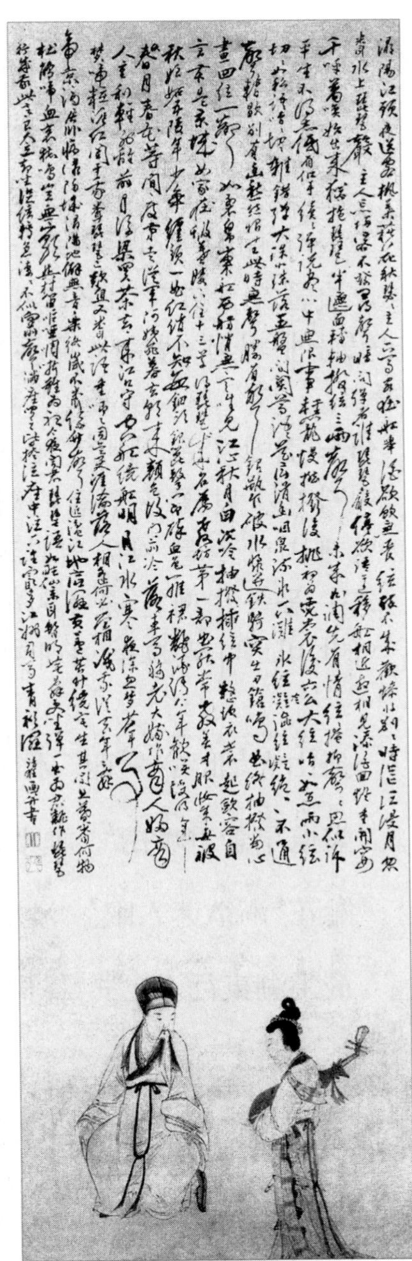

비파행(琵琶行)

전당호춘행 錢塘湖[1] 春行

백거이(白居易)

고산사孤山寺에서는 북쪽, 가정賈亭에서는 서쪽으로
호숫물 언덕까지 차오르고 안개가 낮게 깔렸다.
곳곳에 아침 앵무새 다투어 햇볕 내리쬐는 가지에 둥지 틀고,
어느 집에서 온 제비인지 집 짓느라 진흙 쪼고 있다.
어지러이 핀 꽃은 점점 사람의 눈을 홀리고,
낮게 자란 풀들 겨우 말발굽을 파묻네.
호수 동쪽이 제일 좋아 차마 떠나지 못하고,
파란 버드나무 그늘 아래 백사제白沙堤 있네.

고 산 사 북 가 정 서 수 면 초 평 운 각 저
孤山寺[2]北賈亭[3]西 水面初平[4]雲脚[5]低
기 처 조 앵 쟁 애 수 수 가 신 연 탁 춘 니
幾處早鶯爭曖樹[6] 誰家新燕啄[7]春泥
난 화 점 욕 미 인 안 천 초 재 능 몰 마 제
亂花[8]漸欲迷人眼[9] 淺草才能沒馬蹄
최 애 호 동 행 부 족 녹 양 음 리 백 사 제
最愛湖東行不足[10] 綠楊陰裏白沙堤[11]

1 錢塘湖(전당호) : 서호(西湖). 항주시(杭州市)에 있는 호수. **2** 孤山寺(고산사) : 서호(西湖)의 외호(外湖)와 내호(內湖) 사이에 있는 작은 산을 고산이라 하는데, 이 산 위에 있는 절. **3** 賈亭(가정) : 정자 이름. 당(唐) 덕종(德宗) 정원연간(貞元年間) 항주자사(杭州刺史) 가전(賈全)이 서호(西湖)에 세운 정자로 가공정(賈公亭)인데 '가정(賈亭)'이라고 약칭한다. **4** 平(평) : 언덕과 높이가 같아 평평하다. **5** 雲脚

(운각) : 지면에 운기(雲氣)가 접근한다는 뜻. **6** 曖樹(애수) : 햇볕을 향한 나무. **7** 啄(탁) : 쪼다. 이 시에서는 제비가 진흙을 물어 둥지를 만든다는 뜻. **8** 亂花(난화) : 여러 가지 꽃. 잡화(雜花). **9** 迷人眼(미인안) : 사람의 눈을 어지럽게 한다. **10** 行不足(행부족) : 즐거움이 한이 없어 떠나고 싶지 않다는 뜻이다. **11** 白沙堤(백사제) : 단교제(斷橋堤). 백거이(白居易)가 항주자사(杭州刺史)로 있을 때 전당문(錢塘門) 밖 석우교(石雨橋)에서 무림문(武林門)까지 제방을 쌓았는데, 이 단교제를 백거이가 쌓은 제방으로 오인해 역시 '백제'라 한다.

고산사(孤山寺)

감상

고산사孤山寺 북쪽, 가정賈亭의 서쪽의 호수 면에는 호안湖岸까지 물이 올라왔고 낮게 비안개가 호수면湖水面에 깔려 있다. 일찍 나온 앵무새는 앞 다투어 양지 바른 가지 위로 찾아들고, 어느 집에서 날아온 제비인지 새로 둥지를 짓고 있는 듯 진흙 입에 물고 간다. 빽빽하게 핀 꽃들 사람들의 눈을 어지럽게 하고 파란 키 작은 풀들도 말발굽을 덮었다. 내가 제일 좋아하는 서호西湖의 동쪽 호수, 그중에서 녹색 버드나무 우거진 백사제白沙堤는 돌아갈 생각조차 잊게 한다.

823년(唐 長慶 3) 백거이는 항주자사杭州刺史에 임명되었다. 항주의 서호는 산수가 아름다워 시인빈객詩人賓客들이 잊지 않고 찾는 곳이었다. 이 시는 이른 봄 서호에 나들이 갔다가 지은 경치를 묘사한 시이다.

이 시는 평성平聲 제운齊韻의 칠언율시이다.

여설

서호를 전당호錢塘湖라고도 부르게 된 데에는 서호에 쌓은 제방塘과 관계가 있다. 송대宋代 조언위趙彦韋의 『운록만초雲麓漫抄』 권 5에서 '제삼문第三門을 전당문錢塘門이라 하는데 현縣의 관아官衙가 있었다. 자고自古로 주민들이 제방을 쌓아 전호錢湖의 물을 비축했기 때문에 전당錢塘이라 부르게 되었다.(第三門日錢塘門, 乃縣庁在焉. 蓋自前古以來, 居人築塘以備錢湖之水, 故日錢塘.)' 라는 기록이 있다. 서호西湖를 원래 '전호錢湖'라 했는데 옛부터 제방堤防을 쌓아 전호의 물을 가두어 두었고 이 때문에 전당문이라는 명칭도 전당호錢塘湖라는 명칭도 만들어진 것 같다.

백거이가 항주자사를 역임해서인지 항주의 명승名勝 전당호에는 백거이가 항주에 있을 때 호수의 범람을 막기 위해 쌓았다고 하는 '백제白堤'가 오늘날까지도 남아 있고, 또 영은사靈恩寺 뒤 북고봉北高峰에는 도광법사韜光法師와 백거이의 이야기가 전해온다.

전당문을 지나면 긴 제방이 호수를 향해 비스듬히 뻗어 있는데 이것이 백제이다. 당시 백거이는 농업용수를 마련하기 위해 서호에 제방을 쌓아 호수를 상하上下 두 개로 나누었는데 이 제방을 사람들이

백공제白公堤라고 불렀다. 그런데 사실은 백공제가 백제는 아니다. 백제는 백사제로 이미 옛날부터 있던 제방이었고 백거이가 쌓았던 백공제는 대략 전당문에서 무림문武林門까지 지금의 백사로白沙路 일대一帶인데 지금은 흔적을 찾을 수도 없다. 그러나 백성들을 위해 수리 시설을 정비했던 백거이를 기려 백제를 백거이가 자사로 있을 때 쌓은 제방이라 여기고 있고, 백성을 위했던 그의 이름은 청사靑史에 길이 남아 있다.

그리고 영은사에서 북고봉으로 오르는 산길을 한참 걸어가면 산허리에 '도광韜光'이 있다. '도광'은 산간에 있는 마을로 원래 이름은 '소구오巢拘塢'인데 당대唐代의 고승高僧 도광이 머물렀기 때문에 붙여진 이름이다. 도광은 원래 사천에서 수행하다 후에 스승을 떠나 천하를 유람했는데 그는 '소구오'에 이르자 사부師父가 그에게 했던 "'천天'이 나오거든 계속 앞으로 가고 '소巢'가 나오거든 멈추어라.(遇天可前, 遇巢卽止.)"는 당부를 기억하고 그곳에 머물렀다. 그때 백거이가 항주자사로 임명되어 두 사람은 시우詩友가 되었는데 어느 날 백거이가 시를 지어 보내 도광을 초청했다.

백옥白屋의 술과 음식 향기롭고,	백옥음반향 白屋飮飯香
훈채葷菜·전죽饘粥은 집에 들이지 않습니다.	훈사불입가 葷泗不入家
샘물 걸러 갈분葛粉을 맑게 하고	여천징갈분 濾泉澄葛粉
손 씻고서 등화藤花를 땄습니다.	세수적등화 洗手摘藤花
청개淸芥에 시든 잎 따내고	청개제황엽 淸芥除黃葉
붉은 생강에 자색紫色 싹이 돋았습니다.	홍강대자아 紅薑帶紫芽
선사禪師와 함께 식사할 명命이라면	명사상반식 命師相伴食

재齋 끝난 후 한 사발 차를 마심이 어떠하오! 　齋罷一喫茶

도광은 이 초청을 거절하는 회신을 시로 지어 보냈다.

산승山僧은 성격이 거칠어 숲과 샘을 좋아하고, 　山僧野性好林泉
늘 바위산을 향해 돌을 베고 잠 잔다오. 　每向岩阿依石眠
소나무 심어 옥 장식 말 재갈 묶어둘 수 없으니, 　不能栽松陪玉勒
오직 물을 끌어들여 금련金蓮을 심을 뿐이네. 　惟能引水種金蓮
백운을 잠깐 청봉青峰에 내려오게 할 수 있으나, 　白雲乍可來青峰
밝은 달은 푸른 하늘에서 내려오게 하기 어렵네. 　明月難教下碧天
성시成市에선 석장錫杖 쥐고 허공을 날 수 없으니, 　成市不堪飛錫去
아마도 방해될까 앵무새 지저귀는 취루 앞에 섰네. 　恐妨鶯赧翠樓前

현재 도광韜光에는 두 사람의 시구를 딴 '금련지金蓮池'와 '일구정一鷗亭'이 남아 있고, 도광의 객청客廳에는 초당初唐 시인詩人 송지문宋之問의 명시구名詩句가 남아 있다.

누대樓臺에 올라서 창해의 태양을 보고, 　樓觀滄海日
문에 서서 절강浙江의 파도 소리를 듣는다. 　門聽浙江潮

'서호십경西湖十景'의 하나인 '도광관해韜光觀海'는 송지문宋之問의 이 시구에서부터 비롯된 것이다. 민간에는 이 대련對聯을 낙빈왕駱賓王이 지었다고도 한다. 송지문이 강남에 폄적되었을 때 야심한 밤에 영은사靈恩寺에 들러 밝은 달을 보다 첫 연聯은 "취령鷲嶺 우거진 봉우리 높기도 하고, 용궁龍宮은 쓸쓸히 제 모습 숨기고 있다.(鷲嶺郁岧嶢, 龍宮隱寂寥.)"라고 떠올랐으나 아무리 고심해도 둘째 연은 여의치 않았다. 그러다 선방禪房 앞에서 등불을 켜고 명상에 잠겨 있던 노승을 만났는데, 그 노승이 "젊은이는 깊은 밤에 잠은 자지 않고 힘들게 시를 읊는데 무엇 때문이오."라고 물었고, 송지문은 "제가 시를 배운 적이 있어 시제는 떠올랐는데 시흥이 일어나지 않습니다."라고 했다. 노승은 제1연을 한참 동안 음미하더니 "그대는 어찌해서 '누관창해일樓觀滄海日, 문청절강조門聽浙江潮' 라는 구절로 시를 이어가지 않았는가?"라고 물었다고 한다. 송지문은 노승이 말해준 시구가 너무나 훌륭해 다음 날 다시 찾아갔으나 노승은 이미 떠난 뒤였다. 그때 노승이 바로 낙빈왕駱賓王인데 서경업徐敬業이 무측천武則天을 토벌하려다 실패한 뒤 낙빈왕은 도망쳐 승려가 되어 이 산 저 산을 편력하고 있다고 말해 주었다. 이 이야기는 만당晩唐 이래 꽤 알려진 이야기이지만 사실과 부합하지는 않는다. 무측천武則天의 집권 초기 당唐의 개국명장開國名將 서적徐勣의 손자 서경업徐敬業이 당왕실唐王室을 회복하고자 군사를 일으켰을 때 '초당사걸初唐四杰'의 한 사람이었던 낙빈왕은 막료가 되어 〈토무조격討武曌檄〉이라는 명문名文을 지었다. 이 글을 보고 그 문채文彩에 깊이 감동한 무측천은 재상에게 왜 이와 같은 인재를 등용치 않았느냐고 질책했다는 일화가 전한다. 낙빈왕이 서경업의 막료로 반란에 가담한 것은 사실이지만 낙빈왕은 전장戰場에서 사망했다.

향산사이절 香山寺[1]二絕

백거이(白居易)

1

텅 빈 문에 정적만이 감돌고 노부老夫는 한가로우니,
짝 지은 새들은 구름 따라 갔다가 다시 돌아오네.
집에 술을 빚어 병에 가득, 서가書架엔 만권서萬卷書가 있는데,
반백半白에 생계를 옮겨 향산에 들어왔다.

공문적정노부 한　반조수운왕부환
空門寂靜老夫[2]閑　伴鳥隨雲往復還
가온 만병 서만가　반이생계입향산
家醞[3]滿缾[4]書萬架　半移生計入香山

1 香山寺(향산사) : 절 이름. 낙양(洛陽) 용문현(龍門縣) 동산(東山).
2 老夫(노부) : 백거이를 가리킴. 3 家醞(가온) : 집에서 술을 빚다.
4 滿缾(만병) : 병에 가득 차다.

2

소나무가 자라 애풍암愛風巖 위 지붕처럼 덮었고,
연월담戀月潭 가에 모난 산석山石이 자리 잡았다.
또한 구름과 샘과 함께 인연을 맺었으니,
그대 인생 마땅히 이곳의 산승山僧이 걸맞소.

애풍암 상반송개　연월담 변좌석릉
愛風巖[5]上攀松蓋[6]　戀月潭[7]邊坐石稜[8]

차공운천결연경 타생 당작차산승
且共雲泉結緣境 他生⁹當作此山僧

5 愛風巖(애풍암) : 산봉우리 이름. **6** 攀松蓋(반송개) : 소나무 가지가 자라 지붕 모양을 이루었다. **7** 戀月潭(연월담) : 연못 이름. **8** 石稜(석릉) : 모가 많이 난 산석(山石). **9** 他生(타생) : 그대의 인생. 여기서는 백거이(白居易) 자신을 뜻함.

감상

찾는 이 없어 대문 앞에 정적만 감돌고 노부는 한가롭기 그지없으며, 하늘에는 새들만 짝지어 왔다갔다 한다. 옛부터 살던 집에 술도 가득하고 책도 만권萬卷이나 있지만, 만년晩年에 향산사香山寺로 거처를 옮겼다. 애풍암愛風巖 위에 소나무 가지가 자라 지붕처럼 덮었고, 연월담戀月潭 가에 모가 많이 난 산석山石이 놓여 있다. 나는 구름과 샘과 인연을 맺기로 마음먹고 향산香山으로 거처를 옮겼으니, 내 인생 응당 산사山寺의 승려僧侶가 걸맞소.

833년(唐 太和 7) 백거이의 나이 62세 때 지은 시이다. 이때 시인은 향산에 은거하며 불교에 심취했었는데, 이때 지은 시들은 이전의 시와 달리 세속적 가치를 초월한 한적한 정서를 노래하고 있다.

1수는 평성平聲 산운刪韻 칠언절구이고, 2수는 평성 증운蒸韻 칠언절구이다.

여설

낙양洛陽 서산西山의 석굴군石窟群에서 용문교龍門橋를 거쳐 이수伊水를 건너면 용문龍門의 동산東山에 이르게 되는데, 이 동산은 일명 향산이라고도 한다. 그리고 이 산에는 북위시대北魏時代에 창건된 향산사香山寺가 있다. 당대唐代 이후 이 향산사香山寺는 시인 백거이

白居易로 인해 더욱더 명성을 얻게 되었다.

향산의 남단에는 당唐나라 때 만들어진 석굴사石窟寺가 수없이 들어서 있는데 그 중 간경사看經寺, 뇌고대擂鼓臺 그리고 만불구萬佛溝의 소상塑像이 가장 유명하다. 간경대看經臺는 무측천武則天이 당唐 고종高宗을 위해 만든 동굴이다. 633년 당 고종이 죽자 무측천은 태후로서 조회를 주관하며 나라를 다스렸는데, 684년 동도東都 낙양洛陽을 신도新都로 개명하고 같은 해 간경대를 건설하기 시작해 20년 만에 준공했다. 무측천은 정치적 필요에 의해 숭불억도崇佛抑道 정책을 강력히 시행했다. 삼국시대三國時代 도교도道教徒가 조작한 〈노자화호경老子化胡經〉은 이이李耳가 서역西域 유사流沙에 이르러 문도門徒 윤희尹喜에게 천축국天竺國에서 갱생更生토록 명해 석가모니가 되었다는 내용을 담고 있다. 이처럼 도교의 태상노군太上老君이 천축불교의 선조가 되었다는 내용을 담은 이 책은 이후 수많은 불교도들의 비난을 받았다. 기원 690년 승僧 법명法明 등 10인이 〈대운경大雲經〉을 무측천에게 바쳤는데 그 내용은 미륵彌勒이 하세下世해 무측천이 되고 당唐의 천자天子가 되었다는 것이다. 이에 무측천은 〈대운경〉을 천하에 반포하고 불교를 도교보다 중시했으며 전국의 〈노자화호경老子化胡經〉을 불살라 버렸다. 간경사看經寺 내의 네 벽 아랫부분에는 〈역대법보기歷代法寶記〉에 근거해 가섭迦葉에서 달마達摩에 이르는 29명의 나한羅漢이 법보法寶를 계승하는 모습을 새겨 두었는데, 조상彫像은 평균 1.8m로 자태姿態와 신정神情이 각기 달라 뛰어난 석각石刻으로 꼽힌다. 뇌고대와 만불구의 소상은 모두 밀종密宗과 관련이 있다. 밀종은 '밀교密教'라고도 하는 불교의 일파로 당唐 현종玄宗 개원연간開元年間 인도印度에서 전래되었는데, 자칭 수법신불守法神佛 대일여래大日如來가 심오한 비밀교지秘密教旨를 전수했다고 해서 붙여진 이름이다. 뇌고대는 690년(唐 天授 元年) 무측천이 향산을 순행했을 때 이곳에 뇌고사擂鼓寺를 창건했기 때문에 붙여진 이름이다. 뇌고대에는 세 개의 동洞이 절벽에 나란히 있는데, 북동北洞의 주상主像이 밀교의 최고불 대일여래불大日如來佛이고, 중동中洞의 네 벽에는 15,000여 개의 소좌불小坐佛이 있어 서산西山 만불동萬佛洞과 구분해 '대만오불동大萬吳佛洞'이라고 부른다. 뇌고대 아래 동서 방향으로 깊고 넓은 만불구가 있는데 그 안의 불감佛龕은 모두 북산애北山崖에 있다. 만불구를 따라 동쪽으로 가다 보면 구구溝口가 있는데 이곳이 '구고관음감救苦觀音龕'이다. 중간 부분은 무측천 때 뚫은 '고평군왕동高平郡王洞'이고, 가장 깊은 곳은 당唐 현종玄宗 때부터 문종文宗(712~840) 때까지 만들어진 천수관음상千手觀音像을 새긴 노천 마애상감磨崖像龕이다. 그러나 가장 눈길을 끄는 것은 고평군왕동高平郡王洞 동쪽의 〈서방정토변西方淨土變〉 부조浮彫로 백거이가 비용을 충당했다고 전한다.

백거이(772~846)는 당대의 시인 겸 정치가요 학자로 유불도儒佛道에 능통했던 인물이다. 만년에 백거이는 낙양洛陽 향산에 은거하며 자호自號를 향산거사香山居士라 했다. 백거이가 만든 〈서방정토변西方淨土變〉은 비록 그의 사상적 좌절을 반영하고 있기는 하지만, 세속에 영합하지 않겠다는 의지를 표현하고 있다. '정토'는 불경에서 아미타불阿彌陀佛이 주재하는 서방 극락세계極樂世界로 불도들이 추구하는 고통이 없는 영원한 낙원이다. 정토종淨土宗은 중국에서 가장 많은 신도를 가진 불교의 종파이다. 백거이는 〈서방정토변〉의 제시題詩에서 극락세계에 대한 염원을 표현했다.

극락 세계 맑고 깨끗한 땅에서는,	극락세계청정토 極樂世界淸淨土
악惡이 없어 중생衆生들과 고통스럽다 말하지 않네.	무제악도여중고 無諸惡道與衆苦

원하기는 나처럼 늙고 병든 사람들,	원여아신노병자 願如我身老病者
무량수불無量壽佛 이곳에서 함께 사세나.	동생무량수불소 同生無量壽佛所

백거이는 만년에 향산 용문龍門 서애西崖의 향산사香山寺에 머물렀는데, 향산사는 516년(北魏 熙平 元年)에 창건해 무측천武則天 때 여러 차례 중수를 거쳤으며 '용문십사龍門十寺' 가운데 으뜸이다. 무측천은 늘 이곳에서 군신들을 만나곤 했다고 전한다. 어느 해 봄 석루石樓의 보수공사가 끝나자 문무백관을 모아 놓고 시를 짓도록 했는데 송지문宋之問의 시에 마음이 흐뭇해진 무측천이 금포錦袍를 하사했다. 이 일이 당대 문원文苑에 오르내렸던 '향산사에서 시를 지어 금포를 빼앗았다(香山賦詩奪錦袍).' 라는 고사이다.

그런데 백거이가 낙양洛陽으로 옮겨왔을 때 향산사香山寺는 거의 폐허나 다름없었기 때문에 묘지명墓地銘을 지어 주고 받은 보수 6, 70만전을 원진元稹을 통해 보내 향산사를 보수했다. 그는 또 호고胡杲 · 유진劉眞 · 승僧 여만如滿 · 이원상李元爽 등과 '향산구로시사香山九老詩社'를 조직해 9명의 성명과 연령, 그리고 얼굴 생김새를 돌에 새겨 '구로도九老圖'라 했다. 청淸 강희연간康熙年間 백거이를 기념하기 위해 향산에 '당백문공사唐白文公祠'와 '구로당九老堂' 등을 건축했다. 현재 향산사는 비록 청대淸代 이후에 지은 건물이지만 여전히 옛 모습을 간직하고 있다. 그 앞엔 백거이사白居易祠가 있고 사당 내부에는 백거이와 '구로회九老會'의 일화逸話를 적은 청대의 비갈碑碣과 시문詩文이 수없이 남아 있다.

백거이는 향산에 머무는 동안 백성들을 위해 많은 일을 했는데 그가 수집한 270권의 불경과 자기가 편찬한 시문전집詩文全集을 다섯 벌 초록하여 동림사東林寺 · 남선사南禪寺 · 성선사聖善寺 · 향산사香山

용문석굴(龍門石窟) 전경

寺 · 이도리履道里의 다섯 곳에 보관시켜 지금도 그의 시문집은 완전한 상태로 전해진다.

백거이가 죽은 후 그의 유족들은 검소하게 장례를 치르라는 그의 유언대로 향산 북단 비파봉琵琶峰에 안치했다. 비파봉은 마치 비스듬히 놓인 비파 모양으로 생겼다. 전설傳說에 의하면, 문수보살文殊菩薩이 위魏 효문제孝文帝가 불심佛心이 두터워 용문龍門 서산西山에 고양동古陽洞을 건축한다는 소문을 듣고는 특별히 여러 선녀악대仙女樂隊를 데리고 와 구경한 적이 있는데, 이때 비파를 타던 선녀와 한 청년이 사랑에 빠져 백년가약을 맺게 되었다. 이 일을 알게 된 문수보살은 비파선녀琵琶仙女를 붙잡기 위해 많은 선녀를 보냈지만 그 선녀는 비파를 내던지고 청년과 함께 향산 북쪽 봉우리로 사라져 버렸다고 한다. 그때 비파선녀가 던진 비파가 비파봉이 되었다는 이야기이다.

신풍절비옹新豊[1]折臂翁

백거이(白居易)

신풍新豊의 노옹 나이는 여든여덟,
머리카락도 눈썹도 수염도 마치 눈 내린 듯하네.
손자의 손자 부축 받고 찻집에 가는데,
왼팔은 어깨에 달렸지만 오른팔은 잘려 버렸네.
팔 잘린 지 몇 년인가 노인에게 묻고,
팔 잘린 연유가 무엇인지 또 물었네.
나는 본래 신풍현新豊縣 사람이라오,
태평성대에 나서 전쟁이란 없었소.
이원제자들의 풍류 소리만 들었지,
깃발이나 창 · 화살은 몰랐었소.
난데없이 천보연간天寶年間에 징집령徵集令이 내리니,
장안長安에 장정 셋 중에 한 사람은 뽑혀 갔었소.
뽑아서는 어디로 몰아갔는가?
5월에 만리萬里 멀리 운남雲南으로 보냈다네.
운남에는 노수瀘水란 강이 있다 하고,
산초 꽃 질 때면 장기瘴氣가 일어난다 하였소.
대군이 걸어 강을 건너니 물이 끓어 오르는 듯했고,
건너기도 전에 열에 두셋은 죽었다네.
남촌에도 북촌에도 슬픈 곡소리 배어 나오고,
자식은 어버이와, 남편은 아내와 작별했소.
모두들 말하길 운남으로 갔던 사람

천만이 넘는데 돌아온 사람 하나 없다네!
이때 내 나이 스물넷,
병부첩兵符牒에 이름이 있었소.
밤 깊어 아무도 모를 제,
몰래 큰 돌로 내 팔을 잘라 버렸소.
활 당기고 깃발 드는 일 모두 감당치 못하니,
그제야 운남 원정을 면했다오.
뼈가 부서지고 살이 찢어졌으니 어찌 아프지 않겠소만,
그날로 귀가할 수 있었지요.
팔 잘린 지 이제 예순 해,
팔 하나 병신이지만 한 목숨 부지할 수 있었소.
지금도 비바람에 으스스한 밤이면,
팔이 아파 날 새도록 잠 못 이루기도 하오.
아파서 잠 못 이뤄도 끝내 후회하지는 않는 것은,
이 늙은이 혼자 살아남은 게 즐겁기 때문이오.
그렇지 않았다면 그때 노수瀘水 가에서,
죽어 혼이 떠났어도 뼈를 거두지도 못했을 것이고,
응당 운남의 귀신이 되어 고향을 그리며,
만인총萬人塚 위에서 훌쩍훌쩍 울고 있었을 것이오.
이 노인 말 그대는 들으시오.
그대는 듣지 못했는가?
개원시대開元時代 재상宰相 송개부宋開府는
변방에서 공을 세워 상을 주지 않아도 쓸데없는 전쟁을 막았음을.
또 듣지 못했는가?

천보天寶의 재상 양국충楊國忠은,
황제의 은총을 입고자 변경에서 전공을 세웠음을.
변방에서 공을 세우기 전에 백성들의 원망을 샀으니,
신풍의 팔 끊어진 노인에게 물어 보시오!

신풍노옹팔십팔 두빈미수개사설
新豐老翁八十八 頭鬢眉鬚皆似雪

현손부향점전행 좌비빙견우비절
玄孫扶向店前行 左臂憑肩右臂折

문옹비절래기년 겸문치절하인연
問翁臂折來幾年 兼問致折何因緣

옹운관속신풍현 생봉성대 무정전
翁云貫屬新豐縣 生逢聖代[2]無征戰

관청리원가관성 불식기창여궁전
慣聽梨園歌管聲 不識旗槍與弓箭

무하 천보대징병 호유삼정점일정
無何[3]天寶大徵兵 戶有三丁點一丁

점득구장하처거 오월만리운남행
點得驅將何處去 五月萬里雲南行

문도운남유노수 초화락시장연 기
聞道雲南有瀘水 椒花落時瘴烟[4]起

대군도섭수여탕 미과십인이삼사
大軍徒涉水如湯[5] 未過十人二三死

촌남촌북곡성애 아별야낭부별처
村南村北哭聲哀 兒別爺娘夫別妻

개운전후정만자 천만인행무일회
皆云前後征蠻者 千萬人行無一回

시시옹년이십사 병부첩 중유명자
是時翁年二十四 兵部牒[6]中有名字

야심불감사인지 투장대석추절비
夜深不敢使人知 偷將大石搥折臂

장궁파기 구불감 종자시면정운남
張弓簸旗[7]俱不堪 從茲始免征雲南

골 쇄 근 상 비 불 고　차 도 간 퇴　귀 향 토
骨碎筋傷非不苦　且圖揀退[8]歸鄕土

차 비 절 래 육 십 년　일 지　수 폐 일 신 전
此臂折來六十年　一肢[9]雖廢一身全

지 금 풍 우 음 한 야　직 도 천 명 통 불 면
至今風雨陰寒夜　直到天明痛不眠

통 불 면　종 불 회　차 희 노 신 금 독 재
痛不眠　終不悔　且喜老身今獨在

불 연 당 시 노 수 두　신 사 혼 고 골 불 수
不然當時瀘水頭　身死魂孤骨不收

응 작 운 남 망 향 귀　만 인 총　상 곡 유 유
應作雲南望鄕鬼　萬人冢[10]上哭呦呦

노 인 언 군 청 취　군 불 문 개 원 재 상 송 개 부
老人言君聽取　君不聞開元宰相宋開府[11]

불 상 변 공　방 독 무　우 불 문 천 보 재 상 양 국 충
不賞邊功[12]防黷武[13]　又不聞天寶宰相楊國忠

욕 구 은 행 립 변 공　변 공 미 립 생 인 원
欲求恩行立邊功　邊功未立生人怨

청 문 신 풍 절 비 옹
請問新豐折臂翁

1 新豐(신풍) : 현명(縣名)으로 지금의 섬서성(陝西省) 임동현(臨潼縣) 경내에 있다. **2** 聖代(성대) : 당(唐) 현종(玄宗) 개원연간(開元年間)과 천보(天寶) 전기(前期)의 태평성대(太平聖代). **3** 無何(무하) : 오래지 않아. **4** 瘴烟(장연) : 장기(瘴氣). **5** 水如湯(수여탕) : 강물이 끓는 것 같다. 수많은 군대가 강을 건너는 모습의 묘사. **6** 兵符牒(병부첩) : '첩(牒)'은 공문서의 일종으로, 여기서는 징병자의 명단을 적은 책. **7** 簸旗(파기) : 깃발을 흔들다(搖旗). **8** 揀退(간퇴) : 신병을 선발하면서 몸이 성치 않은 사람은 탈락시킨다는 뜻. **9** 一肢(일지) : '한 팔(一臂)'의 뜻. **10** 萬人冢(만인총) : 만 사람이 묻힌 무덤. 백거이자주(白居易自注)에 '운남에 만인총이 있는데 선우중통과 이복이 군사를 모았던 곳으로 지금도 무덤이 남아 있다.(雲南有萬人, 卽鮮于仲通李宓曾覆軍之所, 今冢猶存.)'는 기록이 있다. **11** 宋開府(송개부) : 송경(宋璟). 당(唐) 개원연간(開元年間)의 재상. **12** 邊功(변공) : 변방의 전쟁에서 세운 공로. **13** 黷武(독무) : 무력(武力)을 남용(濫用)하다.

감상

신풍의 늙은이 88세인데, 머리카락, 눈썹은 물론 수염까지 하얗다네. 어린 현손玄孫 부축 받으며 가게 앞을 걸어가는데 왼팔은 현손의 어깨를 껴안았지만 오른팔은 잘려 없네. 내가 오른팔 어쩌다 잘렸습니까, 잘린 지 얼마나 되었습니까 하고 물었다네. 이에 늙은이가 말해 주길, 나는 신풍현新豊縣사람인데 개원開元 성세盛世에 태어났소. 어려서는 이원梨園의 음악과 노랫소리만 들었지, 군기나 칼 · 화살은 본 적도 없었다오. 누가 알았겠소? 천보天寶 말년에 징집령徵集令이 떨어져 한 집에 남자가 셋이면 한 명은 군대에 뽑혀 가게 될 줄을, 군인들 어느 곳의 전쟁터로 보내는지 궁금했더니 만리萬里를 걸어 오월에 운남雲南으로 보낸다고 하더이다. 운남에는 노수瀘水가 있어 산초꽃 질 때면 장독이 안개처럼 일어난다는 소문이 무성했는데, 대군이 열탕熱湯 같은 노수를 건너느라 적병을 만나기도 전에 반이나 장독瘴毒으로 죽었다고 했소. 징병할 때면 온 마을에 울음소리 가득했는데 그건 아이들이나 아낙네들 이게 곧 사별이라는 사실을 알았기 때문이었소. 전후 몇 차례 운남으로 간 군인들이 천만이 넘었는데 돌아온 사람 하나도 없었으니까 말이오. 그때 내 나이 24세, 당연히 군대에 나가야 했었소. 깊은 밤에 몰래 돌로 내 팔을 잘라 버렸소. 활을 당기지도 군기를 들지도 못하니 운남으로 가서 죽지 않을 수 있다고 생각했기 때문이었다오. 고향에 남아 있기 위해 뼈가 부스러지고 살이 찢기는 아픔을 참았다오. 내 팔을 잘라낸 지 벌써 60년이나 되었고 비록 이처럼 팔 하나는 없어졌지만 이렇게 살아 있지 않소? 날씨 흐리고 비라도 내리면 잘린 팔이 아파 잠도 잘 수 없지만 그래도 난 후회하지 않아요, 왜냐하면 이렇게 살아 있으니까. 그렇지 않았다면 노수가에서 죽어 시신마저 강가에 나뒹굴었을 것이오. 존귀한 황상皇上! 이 늙은이 말 좀 들어 주시오. 개원시대 현명한 재상 송경宋璟이 변경에서 전공 세운 장군에게 일부러 상을 주지 않았더니, 장군들이 공을 세우려고 불필요한 전쟁을 벌이지 않았다고 합니다. 천보연간天寶年間 간상奸相 양국충楊國忠은 황제의 환심을 사려고 변방에서 전쟁을 일으켰는데 이기기는 고사하고 백성들만 희생되었습니다. 나 같은 80 먹은 팔 잘린 늙은이가 바로 좋은 그 일을 몸으로 말해주고 있지 않습니까?

이 시는 백거이 '신악부新樂府'의 제9수로 751년(唐 天寶 10)과 754년(唐 天寶 13)에 일어났던 남조국南詔國과의 두 차례의 전쟁을 주제로 쓴 시이다. 시인은 스스로 병신을 만들어 병역을 피함으로써 살아남을 수 있었던 절비옹折臂翁의 자술을 통해 전쟁이 백성들에게 끼친 해악과 통치자의 죄악을 폭로했다.

장단구長短句 악부시樂府詩로 1~4구는 입성入聲 힐운黠韻과 설운屑韻을 통용通用했고, 5~6구는 평성平聲 선운先韻, 7~8구는 거성去聲 산운霰韻, 9~14구는 평성 경운庚韻과 청운靑韻을 통용했다. 15~18구는 상성上聲 지운紙韻, 19~22구는 평성 회운灰韻, 23~26구는 거성 치운寘韻, 27~28구는 평성 담운覃韻, 29~30구는 상성上聲 우운麌韻, 31~34구는 평성 선운先韻, 35~36구는 거성 대운隊韻과 상성 회운賄韻을 통용했다. 37~40구는 평성 우운尤韻, 41~43구는 상성 우운麌韻, 44~47구는 평성 동운東韻이다.

여설

백거이는 809년(唐 元和 4) 장편長篇 〈신악부新樂府〉 50편을 지었는데 서序에서 자신의 창작 동기를 '군주와 백성을 위해 사물과 사건을 기록한 것으로, 글을 짓기 위해서 짓지는 않는다.(爲君, 爲民, 爲物,

爲事而作, 不爲文而作也.)' 라고 밝혔고, 이 시에서도 '변방에 대한 침공을 경계한다(戒邊攻也)' 라는 소서小序를 덧붙여 천보연간天寶年間에 자행되었던 변방 소수민족에 대한 무자비한 침략과 학살을 공개적으로 비판했다. 이 시에서 언급된 운남雲南의 큰 전쟁은 당唐과 남조국南詔國과의 전쟁이다.

대리현大理縣과 하관下關市 사이에 아름다운 백족白族 촌장村庄이 있는데, 이를 태화촌太和村이라 한다. 그리고 이 부근에 남조국南詔國 초기初期의 수도首都 태화성太和城 유지遺址가 있다. 태화성에 최초로 거주했던 사람들은 서이하만西夷河蠻이라 불리는 부족이었다. 당시 이 일대에는 6촌村의 꽤 큰 부락이 있었고, 이 부락의 우두머리를 '조詔' 라 했는데 '이어夷語' 로 '왕王' 의 뜻이다. 이 여섯 부락 중 피라각皮羅閣이 우두머리로 있던 부락이 있었다. 피라각은 당 왕조王朝의 지원 아래 738년(唐 開元 26) 무력으로 다른 다섯 부락을 정복하고 태화성을 차지했다. 이에 당 왕조는 그를 '운남왕雲南王' 으로 봉했다. 이로부터 '남조국' 이 정식으로 수립되었다. 피라각은 동東으로 '이해洱海' 에 접해 있고, 서西로는 해발 4,500m의 험준한 창산蒼山에 막혀 있는 군사 요새인 태화성으로 천도하여 수도로 정했다.

태화성은 40여 년간 남조南詔의 수도였기 때문에 도시가 상당한 규모로 발전했었다고 한다. 『남조야사南詔野史』에 "골목과 거리는 모두 돌을 깔아 만들었는데 높이가 일 장丈 남짓으로 몇 리나 끊기지 않고 이어져 있었다.(巷陌皆壘石爲之, 高丈餘, 連延數里不斷.)"라는 기록이 이를 입증한다. 또 남조는 산 위의 온천溫泉을 개발해 이용했다고 하는데 아쉽게도 이 모두를 현재는 찾아볼 길이 없다. 현재 남북 양쪽으로 진흙으로 만든 성벽만이 남아 있는데 비교적 보존이 잘된 곳은 성벽의 높이가 3m에 이른다. 왕궁은 사라지고 없지만 당시 남조왕궁南詔王宮 문전에 서 있었던 남조덕화비南詔德化碑가 남아 있다.

또 불정봉佛頂峰 위에 오르면 과거 금강성金剛城이라 불렸던 작은 성의 벽이 남아 있고, 금사도金梭島에는 3,600m²의 토대가 남아 있는데 아마도 당시 남조의 피서궁避暑宮이 이곳에 있었을 것이다. 현재 성지城地 어디에서든지 와당瓦當과 자와字瓦 등 남조의 문물을 발견할 수 있다.

도대체 1100년 전 이곳에서 무슨 일이 벌어졌기에 상당한 규모의 도시가 흔적도 없이 사라지고 무너진 성벽과 허물어진 비석만이 남아 있을까 하고 의문을 가질 수 있을 것이다. 이런 의문에 남조덕화비가 역사의 증인으로 대답해 준다. 남아 있는 비문碑文은 당시 이곳에서 벌어졌던 잔혹했던 당과 남조의 전쟁상戰爭狀을 후인들에게 말해 주고 있다.

때는 이융기李隆基 집정 후기로, 당 왕조는 소수민족에 대해 '오랑캐들끼리 서로 싸우게蠻夷相攻' 하는 정책을 시행했다. 이는 소수민족의 세력을 약화시키기 위한 것이었기 때문에 날로 강성해져 자신들의 세력 범위를 확대하려고 했던 남조국과 당 사이에는 충돌이 불가피한 것이었다. 전쟁의 직접적 원인은 당조唐朝가 파견한 운남태수雲南太守 장건타張虔陀였다. 당시 남조국은 피라각이 죽고 그의 계자繼子 각라봉閣羅鳳이 왕위를 계승한 상태였는데, 장건타는 도리어 황제에게 피라각의 적자嫡子 성절誠節을 왕으로 옹립해야 한다고 주장함으로써 각라봉과 장건타는 불구대천의 원수가 된다. 2년 후 각라봉이 처자를 동행하고 성도成都로 가는 도중에 요안姚安을 경유하게 되는데 장건타가 각라봉의 처자를 모욕하고 또 재물을 빼앗자 각라봉은 일거에 군사를 동원해 장건타를 죽여 버린다. 현존하는 남조덕화비에는 장건타의 죄상을 여섯 가지로 열거하고 있다. 그러나 사건 발생 후 당조唐朝의 간상奸相 양국충楊國忠은 751년(唐 天寶 10) 선우중통鮮于仲通에게 6만 군사로 남조를 공격하도록 명령한다. 사정이 급박함을 느낀 각라봉은 군영에 사자使者를 보내 사죄하고 화친을 청하지만 선우중통은 사자를 가두어 버리고 대군을 태화성 아래까지 진격시켜 양면에서 태화성을 공격할 준비를 하게 되고 각라봉은 황급히 토번吐藩에 구원병을 요청한다. 남조와 토번의 협공으로 당군唐軍은 전멸하고 선우중통만이 겨우 목숨을 부지한 채 도망칠 수 있었다. 백거이는 〈만자조가蠻子朝歌〉에서 당시 상황을 '선우중통은 6만의 병졸을 이끌고 남만南蠻을 공격했으나 전군이 몰살해 지금의 서이하西洱河 강가에서 활에 맞고 칼에 베어 죽은 시체가 가득했다.(鮮于仲通六萬卒, 征蠻一陣全軍沒, 至今西洱河岸邊, 箭孔刀痕滿枯骨.)' 라고 묘사했다. 남조왕南詔王은 토번과 동맹함으로써 찬보종贊普鍾에 봉해졌는데, 이는 '토번왕의 동생'이라는 뜻이니 결국 토번의 형제국兄弟國이 된 것이다.

그런데 당 왕조는 남정南征이 실패했음에도 이임보李林甫 · 양국충楊國忠 등이 실패의 진상을 숨긴 채 도리어 승리했다고 강변하면서 선우중통의 관작을 높여줄 정도로 부패했다. 이어 754년(唐 天寶 13) 정병精兵 10만이 운남군도독雲南郡都督 겸 시어사검남류후侍御使劍南留後 이복李宓과 광부절도사廣府節度使 하리광何履光의 지휘 아래 재차 남조를 침공했다. 백거이는 〈신풍절비옹新豊折臂翁〉에서 당시의 정황을 '난데없이 천보연간天寶年間에 징집령徵集令이 내리니, 장안에 장정 셋 중에 한 사람은 뽑혀 갔었소. 뽑아서는 어디로 몰아갔는가? 5월에 만리萬里 떨어진 운남雲南으로 보냈소. 운남에는 노수瀘水란 강이 있다 하고, 산초꽃 질 때면 장기가 일어난다 하였소. 대군이 걸어 강을 건너니 물이 끓어오르는 듯했고, 건너기도 전에 열에 두셋은 죽었소. 남촌에도 북촌에도 슬픈 곡소리 배어 나오고, 자식은 어버이와 남편은 아내와 작별했소. 모두들 말하길 운남으로 갔던 사람 천만이 넘는데 돌아온 사람 하나 없다네!(無何天寶大徵兵, 戶有三丁點

一丁. 點得驅將何處去? 五月萬里雲南行. 聞道雲南有瀘水, 椒花落時瘴烟起 大軍徒涉水如湯, 未過十人二三死. 村南村北哭聲哀, 兒別爺娘夫別妻 皆云前後征蠻者, 千萬人行無一回!)' 라고 묘사했듯이 이복이 이끄는 당군唐軍은 천신만고 끝에 태화성에 도달했으나 남조와 토번의 군사들은 당군이 당도하기만을 기다리고 있었으니 더욱 더 참담한 패배를 당할 수밖에 없었다.

당唐과 남조南詔의 전쟁은 한족漢族과 변방 소수민족 간의 갈등을 더욱 증폭시켰을 뿐만 아니라 백성들에게는 더할 수 없는 고통을 안겨다 주었다. 그리도 군사력의 증강에 온힘을 쏟아 부은 당조唐朝 역시 국세가 약해지게 되었다. 당唐과 남조의 전쟁이 있은 지 1년 만인 755년(唐 天寶 14) 안록산安祿山과 사사명史思明의 반란이 일어나 당 현종은 사천四川으로 피난했고, 마외역馬嵬驛(지금의 陝西省 興平縣)에서 호위 부대의 병변兵變이 일어나 간상奸相 양국충楊國忠은 분노한 병사에 의해 살해되고 '돌아서 한 번 눈웃음 지으니 백 가지 교태가 나타났다(回眸一笑百媚生).' 라고 일컬어졌던 양귀비 역시 죽음을 당하게 된다.

두 차례 승리를 거둔 남조는 냉정하게 처신하며 당왕조唐王朝에 대해 항상 경건한 태도를 유지했는데 전쟁으로 사망한 당군의 시체를 거두어 용미하龍尾河(지금의 西洱河)에 무덤을 만들고 '만인총萬人塚'이라 했다. 수년 후 각라봉閣羅鳳은 태화성太和城 왕궁 앞에 '남조덕화비南詔德化碑'를 세워 자신이 당唐과 전쟁을 벌이게 된 것은 부득이한 일이었음을 밝혔고 자기의 신하들에게 이후 당의 사신을 초청해 이 비석은 자신의 죄과를 씻기 위한 것임을 설명하라고 당부하기도 했다. 이것은 전쟁의 승리자인 남조국 역시 아무런 이익이 없었기 때문이다. 오히려 토번에게 종속되면서 과중한 세금을 부담하게 되었을 뿐이었다.

기원 779년 각라봉이 사망하자 그의 손자 이모심異牟尋이 남조왕南詔王이 되었고, 남조와 토번 연합군 20만이 세 길로 나뉘어 사천四川을 공격했다. 이때 중원中原은 내란이 끝난 지 여러 해가 지난 터라 당唐 덕종德宗은 이성李晟과 5천 정병을 남하시켜 사천에 주둔했던 당군唐軍과 연합하도록 했다. 당군은 남조·토번 연합군과 맞서 '참수된 수급이 6천이고 생포되거나 부상당한 자는 셀 수 없을(斬首六千給, 擒生捕傷甚衆)' 정도의 대승을 거뒀다. 남조는 이 패배로 국세가 약화되었고, 이모심은 당의 침공이 두려워 태화성을 버리고 마침내 양의미성羊苴咩城으로 천도했다.

이모심이 취할 수 있는 마지막 선택은 당과 화친하는 길밖에 없었다. 793년 이모심은 삼로사자三路使者를 당에 파견하면서 견서絹書 한 통과 면綿·당귀當歸·주사朱砂와 금을 넣은 금합金盒을 가지고 가게 했다. 면은 '유복柔服'을, 당귀는 '중신귀순重新歸順'을, 주사는 남조의 적심赤心을, 금은 당에 귀의하는 마음이 금과 같이 영원함을 표시했다. 당은 남조의 간절한 화의 요청을 받아들여, 다음 해 사자를 남조에 파견하고 점창산點蒼山 아래서 협정을 맺어 우호 관계를 회복시켰다. 이로써 40여 년에 걸친 당과 남조의 전쟁이 막을 내리게 된다.

천도한 후 태화성은 날로 황폐해져갔고 잘못된 전쟁의 산 증인인 남조덕화비南詔德化碑만 천여 년간 비바람 속에 서 있다. 게다가 민간에는 비석 가루가 병을 고친다는 말이 퍼져 앞을 다투어 비석을 깨 가져가는 바람에 당시 5천여 자이던 비문이 지금은 겨우 2백여 자만 해독할 수 있는 지경이 되었다.

동림사백련 東林寺[1] 白蓮

백거이(白居易)

동림사東林寺 북쪽 연못물은
맑고 맑아 바닥까지 보인다.
그 가운데 흰 부용芙蓉이 자라는데,
연꽃 봉우리가 삼백이네.
백일白日 비칠 때는 광채를 발하고,
맑은 바람 불제 향기를 발산한다.
은銀 주머니 찢어졌나? 향기가 새어나고,
옥반玉盤이 기울었나? 이슬이 굴러 흐른다.
세속에 찌든 내 눈이 부끄러워
이 옥 같은 꽃봉오리 눈에 들어온다.
이제야 알겠다, 붉은 연꽃이
공연히 '청정淸淨'이란 이름 얻지는 않았음을.
여름날 꽃받침 펼치고서 아직 쉬지 않고,
가을에 열매 맺고서야 겨우 마쳤네.
깊은 밤 중승衆僧이 잠들었을 때
홀로 일어나 연못을 맴돈다.
한 송이 꺾어서
장안성長安城으로 부치고 싶다네.
다만 산에서 내보내기 두려운 것은,
인간 세상엔 씨 뿌려도 자랄 수 없기 때문이네.

동림북당수 담담 견저청
東林北塘水 湛湛[2]見底淸

중생백부용 함함 삼백경
中生白芙蓉 菡菡[3]三百莖

백일발광채 청표 산방형
白日發光彩 淸飈[4]散芳馨

설향 은낭파 사로 옥반경
洩香[5]銀囊破 瀉露[6]玉盤傾

아참진구안 견차경요 영
我慙塵垢眼 見此瓊瑤[7]英

내지홍련화 허득청정명
乃知紅蓮花 虛得淸淨名

하악 부미헐 추방 결재성
夏萼[8]敷未歇 秋房[9]結纔成

야심중승침 독기요지행
夜深衆僧寢 獨起繞池行

욕수일과자 기향장안성
欲收一顆子[10] 寄向長安城

단공출산거 인간종불생
但恐出山去 人間種不生

1 東林寺(동림사) : 절 이름. 여산(廬山)에 있다. 2 湛湛(담담) : 맑다. 3 菡菡(함함) : 연꽃 봉우리. 4 淸飈(청표) : 맑은 바람. '표(飈)'는 표(飇)의 속자(俗字). 5 洩香(설향) : 향기가 새다. '설(洩)'은 '새다'는 뜻. 6 瀉露(사로) : 이슬을 쏟다. 7 瓊瑤(경요) : 아름다운 옥구슬. 여기서는 '이슬'의 뜻. 8 夏萼(하악) : 여름의 꽃받침. 9 秋房(추방) : 가을에 맺은 열매. 10 顆子(과자) : 꽃송이.

감상

동림사東林寺 북쪽 연못 물은 너무나도 맑아 바닥까지 훤히 보인다. 연못 가운데 피어난 흰 연꽃 봉오리 연못을 다 덮었다. 그 연꽃 햇살이 비칠 때는 광채를 발하고 바람이 불면 향기를 흘려 보낸다.

은 주머니 같은 꽃술이 찢어졌는지 향기가 새어 나오고, 옥쟁반 같은 연꽃잎이 기울었는지 이슬이 굴러 흐른다. 옥 같은 연꽃 봉우리를 보고 있으니 속세에 찌든 내 눈마저 부끄러워지는 것 같구나. 이에 '홍련화紅蓮花'가 '청정淸淨'이란 이름을 왜 얻었는지 알겠더라. 여름에도 지지 않고 꽃받침 넓게 펼치고, 가을이 되어서야 꽃이 지고 열매 맺는다. 밤이 깊어 모든 승려 잠들었을 때 나 홀로 일어나 연못을 맴돈다. 연꽃 한 송이 꺾어 장안성에 보내고 싶지만, 꽃송이 산에서 내보내기 두려운 것은 영욕에 찌든 인간 세상에서는 심어도 자라지 않기 때문이라네.

이 시는 〈심양삼제潯陽三題〉 중 한 수로 815년(唐 元和 10)에서 818년(唐 元和 13) 사이 강주사마江州司馬를 지낼 때 지은 평성平聲 경운庚韻과 청운靑韻을 통용한 오언고시이다. 백거이는 서序에서 창작 동기를 설명했다.

여산廬山에는 계수나무가 많고, 분포湓浦에는 수죽修竹이 많고, 동림사東林寺에는 백련화白蓮花가 있는데, 모두 곧고 빼어나기가 남다른 식물들이다. 비록 궁궐의 정원이나 관청 안이라도 이 모두가 있을 수는 없다. 대저 물건이 많으면 천하게 여긴다고 남방인南方人들은 이것들을 귀중하게 생각지 않아 계수나무 잎으로 밥을 짓고 대나무는 잘라 버리고 연꽃은 백안시했다. 내 이것들이 북쪽에서 자라지 않았던 게 안타까워 세 가지 제목으로 시를 지어 노래한다.

여산다계수 분포다수죽 동림사유백련화 개식물지정경
廬山多桂樹, 湓浦多修竹, 東林寺有白蓮花, 皆植物之貞勁
수이자 수궁유성사중 미필능진유 부물이다위천 고남방
秀異者, 雖宮囿省寺中, 未必能盡有. 夫物以多爲賤, 故南方
인불귀중지 지유증찬기계 전기기죽 백안어련화자 여석
人不貴重之, 至有蒸爨其桂, 剪棄其竹, 白眼於蓮花者. 予惜

기불생어북토야 인부삼제이언지
其不生於北土也, 因賦三題以唁之.

위의 서에서 밝힌 것처럼 〈심양삼제〉 중 나머지 두 수는 여산의 계수와 분포의 대나무다. 곧 〈여산계廬山桂〉와 〈분포죽湓浦竹〉이 그것이다.

여산계廬山桂

달 중에 드리워진 계수나무는,	언건월중계 偃蹇月中桂
뿌리 내려 청천靑天에 의지했다.	결근의청천 結根依靑天
천풍天風이 달을 맴돌아 일어나더니,	천풍요월기 天風繞月起
계수나무에 불어대 인간 세계로 내려왔다.	취자하인간 吹子下人間
나풀대며 떨어져 어느 곳에 기탁할까?	표령위하처 飄零委何處
이에 광려산匡廬山으로 떨어지네.	내락광려산 乃落匡廬山
돌 위에 계수나무 자라게 했는데,	생위석상계 生爲石上桂
그 잎은 푸른 이끼를 자른 것 같다.	엽여전벽선 葉如剪碧鮮
가지와 줄기는 나날이 장대해지고,	지간일장대 枝幹日長大
뿌리도 날로 굳건해진다.	근해일뢰견 根荄日牢堅
천상의 달 가운데로 돌아가지 못하고	불귀천상월 不歸天上月
텅 빈 산중에서 늙어간다.	공로산중년 空老山中年
여산에서 함양咸陽까지	여산거함양 廬山去咸陽
3, 4천 리 길.	도리삼사천 道里三四千
옮겨 심은 이 아무도 없는데,	무인위이식 無人爲移植

상림원上林園에 들어갔구나. 득입상림원 得入上林園

붉은 꽃 피우는 나무에 미치지는 못하지만, 불급홍화수 不及紅花樹

온실 앞에서 오랫동안 자라고 있다. 장재온실전 長栽溫室前

분포죽 湓浦竹

심양潯陽의 10월 하늘, 심양시월천 潯陽十月天

날씨가 따뜻하다. 천기잉온욱 天氣仍溫燠

서리 내려도 풀들이 죽지 않고, 유상불살초 有霜不殺草

바람이 불어도 낙엽 지지 않는다. 유풍불락목 有風不落木

동신冬神의 기력이 약한지, 현명기력박 玄冥氣力薄

초목들 겨울에도 여전히 푸르다. 초목동유록 草木冬猶綠

누가 기꺼이 분포 가에서, 수긍분포두 誰肯湓浦頭

눈 돌려 장죽長竹 돌볼까? 회안간수죽 迴眼看修竹

이리 보고 저리 보는 사람 기유고반자 其有顧盼者

힘써 베고 또 묶는다. 지력참차속 持力斬且束

푸른 낭간琅玕 자르고 쪼개어 부벽청낭간 剖劈青琅玕

집집마다 지붕을 덮었다. 가가개장실 家家蓋牆室

내 듣기로 분수汾水 일대에서는, 오문분진간 吾聞汾晉間

대나무를 옥만큼 귀히 여기지 않는다 하네. 죽소중여옥 竹少重如玉

어찌해서 가볍고 천하게 여길까, 호위취경천 胡爲取輕賤

이렇게 서강곡西江曲 만들어 부를 수 있는데. 생차서강곡 生此西江曲

여설

여산廬山의 동림사東林寺는 너무나도 유명하다. 국내외에 명성이 드높은 동림사는 여산 북쪽 기슭에 자리잡고 있다. 동림사는 여산의 주요 명승지일 뿐만 아니라 중국문화사에서도 중요한 지위를 차지하는 문화 유적이다. 호적胡適은 동림선사東林禪寺가 중국의 '불교화'와 불교의 '중국화'를 대표하는 사찰이라고 평가했다. 동림사를 창건한 사람은 동진東晋의 고승高僧 혜원慧遠이다.

혜원(334~416)의 속성俗姓은 가賈이고, 안문雁門 누번樓煩(지금의 山西省 寧武) 사람이다. 그는 환관宦官의 집안에서 태어나 어려서부터 유학을 익혔는데 이러한 유학의 기초로 인해 불교의 '중국화'를 이룰 수 있었다. 혜원은 21세 때 태행산太行山과 항산恒山 일대에서 불경을 전파하던 도안화상道安和尙을 따르면서부터 60여 년에 이르는 불교도의 생활을 시작했다.

381년(東晋 太元 6) 중원中原은 전란이 빈번해 도안화상道安和尙은 제자를 각지에 보내 불교를 전파했는데, 혜원은 홀로 광동廣東 나부산羅浮山에 가게 되었다. 그 도중 구강九江을 지나다 '여산은 넓고 한적해 마음을 쉴 수 있겠다.(廬山閑曠, 可以息心.)'라고 생각해 여산에 거처를 정했다고 한다.

전설에 의하면, 혜원이 처음 여산에 도착했을 때 서북쪽 기슭에 정사精舍를 지으려고 했는데 물이 없었다. 이에 혜원이 석장釋杖을 들고 땅을 두드리며 기도하자 말이 끝나기도 전에 지표를 뚫고 맑은 샘물이 쏟아져 나왔다고 한다. 이 샘이 바로 동림사東林寺 문수각文殊閣 옆에 있는 '고룡천古龍泉'인데, 일명 '탁석천卓錫泉'이라고도 한다. 심양에 큰 가뭄이 들었을 때, 이 고룡천에서 신룡神龍 한 마리가 나와 심양성에 비바람을 몰아왔다는 전설도 전한다.

태행산(太行山)

그런데 물만 없었던 것이 아니라 절을 짓는 데 필요한 나무도 없었다. 그러다 혜원은 잠들었고 산신령을 만나 목재를 마련해 사찰을 짓게 되는 꿈을 꾸다 깨어나 보니 거센 비바람이 몰아치고 있었다. 다음 날 아침, 날이 개어 문을 열고 나온 혜원의 눈앞에는 전에는 없었던 큰 저수지가 있었고, 그 옆에 곧고 굵은 나무들이 쉬지 않고 솟아오르고 있었다. 이곳이 지금의 '출목지出木池' 인데, 혜원은 출목지의 목재로 불전을 지어 그 이름을 '신운전神雲殿' 이라 했다.

당연히 이 이야기는 신화이다. 광동廣東 조양潮陽의 영산사靈山寺에도 이와 같은 전설이 전한다. 사실은 혜원이 처음 여산에 왔을 때 서림사西林寺에 잠시 머물렀었다. 서림사는 동림사東林寺 서쪽에 있는 사찰로 동림사보다 7년 일찍 창건되었다. 역대 문인학사들이 이곳에 머물러 많은 사적을 남기고 있는 절이기도 하다. 소동파蘇東坡의 걸작 〈제서림벽題西林壁〉도 서림사 벽에 씌어져 있던 작품인데 애석하게도 현재 이 절은 흔적을 찾을 수 없고 천년 고탑古塔 '천불탑千佛塔', 일명 서림탑西林塔만이 남아 있다. 후에 혜원의 제자가 날로 늘어나 서림사에 다 수용할 수 없게 되자 자사刺史 환윤桓尹이 새 사찰을 지었는데 서림사의 동쪽이라고 해서 동림사라 부르게 되었다.

혜원은 동림사에서 다방면의 종교활동宗敎活動을 수행했는데 그는 불교 '정토종淨土宗'을 창립하고 '출세주의出世主義'를 주장해 극악한 죄인이라 할지라도 세속의 모든 것을 버리고 '아미타불阿彌陀佛'을 진심으로 외우면 서방 극락세계極樂世界인 '정토淨土'에 진입할 수 있다고 선양宣揚했다. 이 종파는 유학과 현학玄學을 불학佛學에 융화시켰기 때문에 중국화된 불교라 할 수 있다. 또 신분 고하를 막론하고 모든 이들을 흡수할 수 있었기 때문에 중국 사회에 널리 퍼져 중국을 불교화시킬 수 있었다.

혜원은 '정토종'을 창립한 후 저서를 통해 교의敎義를 밝혔고 국내외의 많은 승려들이 동림사에 운집해 혜원을 추종했다. 혜원과 동림사의 명성은 중국은 물론 해외에까지 전해졌다. 동림사의 승려 지은智恩이 일본으로 건너가 불경을 강의함으로써 혜원의 정토종이 정식으로 일본에 전해졌다. 현재 일본 동림교東林敎는 여전히 여산 동림사의 혜원을 시조로 모시고 있다.

그러나 혜원은 고행만을 일삼은 승려가 아니라 세속 사회와도 깊은 관계를 맺었다. 그래서 황실 귀족이나 문인학사 등 어떤 이들도 동림사의 빈객이 될 수 있었다. 그러나 혜원은 세속과 교류하면서도 인격을 잃지 않았다고 한다.

혜원의 교우에 관한 이야기 중 가장 흥미로운 이야기는 '호계삼소虎溪三笑'에 관련된 고사이다. 호계는 동림사 산문山門 밖에 있는 계천溪川으로 남쪽에서 서쪽으로 흘러간다. 시내 위에는 돌로 만든 아치형 다리가 있는데, 이것이 호계교虎溪橋이다. 송대宋代 진순유陳舜俞의 〈여산기廬山記〉에 혜원화상慧遠和尙은 여산에 거주한 지 30년 동안 산에 그림자도 비치지 않았고 속세에 흔적도 없을 정도로 전심으로 수행에 몰두해 손님을 배웅할 때도 호계를 넘어서지 않았다고 전해진다. "다리를 넘어서면 호랑이가 갑자기 으르렁거렸는데 도정절陶靖節·육수정陸修靜을 배웅할 때는 자기도 모르게 다리를 건너 호랑이가 표효하는 일이 잦아 서로 쳐다보며 대소大笑했다.(過則虎輒鳴吼, 常送陶靖節·陸修靜, 不覺過溪. 虎鳴吼. 相向大笑.)"라는 기록이 있다.

송대宋代 석각石恪의 〈삼소도三笑圖〉, 소식蘇軾의 〈삼소도서후三笑圖書後〉, 황정견黃庭堅의 〈삼소도찬三笑圖贊〉 등과 후대에 건축된 동림사 '삼소당三笑堂'은 모두 이 고사에 연원이 있다.

그러나 낭만이 가득한 이 고사는 사실이 아니다. 당시 혜원은 80여 세로 이미 세상을 떠났고 도연명陶淵明은 50세, 육수정陸修靜은 겨우 10여 세였으니 세 사람이 함께 웃을 수는 없었다. 또 '삼소'의 주인공들 중 혜원은 불제자佛弟子이고 도잠陶潛은 유교, 육수정은 도사道士이었으니 더욱더 가능성이 없는 일이다. 아마도 이 고사는 유불도儒佛道 삼교三教가 혜원에 의해 융합되었다는 사실을 설명하기 위해 꾸며졌을지도 모르는 일이다.

십년삼월삼십일별미지어풍상, 십사년삼월십일일야우미지어협중정주 이릉삼숙이별,언부진자이시종지, 인부칠언십칠운이증, 차욕기소우지지여상견지시, 위타년회화장본야 十年三月三十日別微之於澧上, 十四年三月十一日夜遇微之[1]於峽中停舟, 夷陵三宿而別, 言不盡者以詩終之, 因賦七言十七韻以贈, 且欲記所遇之地與相見之時, 爲他年會話張本也

백거이(白居易)

풍수 주막 앞에 봄 햇살이 사그라질 때,
통천通川으로 떠나는 그대를 말에 태워 배웅했었는데,
밝은 달밤 이릉夷陵 협구峽口에서
여기서 그대를 만난 건 우연이었다네.
헤어진 지 5년 만에 비로소 얼굴을 마주하니,
함께 노닐며 3일 밤을 잤는데도 배를 돌리지 않았지.
해질 때부터 앉아 긴 탄식만 했고,
날 샐 때까지 이야기하다 끝내 잠을 이루지 못했었지.
이가 흔들거리고 귀밑머리 세어 이제 곧 50이지만,
관하關河는 아득히 3천 년을 갈마들며 흘렀구나.
공허한 우리 생애 푸른 강물 위에 내맡기고
고향 생각, 나라 걱정 모두 헛된 세월 옆에 내던집시다.
지난 일 아련한 게 모두 꿈만 같고,

함께 놀았던 옛 친구들 이제 늙어 반쯤은 죽었다네.
술 취하니 슬픔이 눈물 되어 봄 술잔 속에 떨어지고,
새벽 촛불 앞에 턱 괴고 앉아 괴롭게 시를 읊조리네.
좌절하고 실의에 빠져도 관직이 싫으냐고 묻지 말게나,
또한 맑고 아름다운 시편을 들을 수 있으니까 말이오.
헤어진 후 시 짓는 버릇만 있었는데,
늙어가며 어쩐 일인지 다시 술병을 기울인단 말인가?
각자 임금님 뜻 받들어 모름지기 가서 살면 되는 것,
헤어지기 아쉬워 다시 이별연離別宴을 열었다오.
황우협黃牛峽 북쪽으로 노를 저어 가,
백구애白狗崖 동쪽에서 대자리를 말고 이별했지.
신녀대神女臺엔 구름이 한가로이 에워쌌고,
사군탄使君灘 물결 쏴쏴 급히 흘러간다.
날도 어두운데 바람 쓸쓸히 불어대니 양류楊柳도 수심에 겨운 듯,
달이 문안하는 한밤에 두견새 울음소리 울려 퍼진다.
연못 바닥에 가라앉은 태양 만장萬丈 깃발처럼 보이고,
한 줄기 흰 비단처럼 계곡 중에 하늘이 열렸다.
그대 진秦 땅으로 되돌아가 무더운 남방을 떠나지만,
나는 장기瘴氣 가득한 충주忠州를 향해 간다오.
죽지 않으면 반드시 만날 날이 있겠지,
또 어느 곳에서 다시 몇 년 뒤인지 알 수 없지만?

풍수 점두춘진일 송군상마적통천
澧水[2]店頭春盡日 送君上馬謫通川[3]

이 릉 협 구 명 월 야　차 처 봉 군 시 우 연
夷陵峽口明月夜　此處逢君是偶然

일 별 오 년 방 견 면　상 휴 삼 숙 미 회 선
一別五年方見面　相携三宿未迴船

좌 종 일 모 유 장 탄　어 도 천 명 경 미 면
坐從日暮唯長歎　語到天明竟未眠

치 발 차 타 장 오 십　관 하 초 체 과 삼 천
齒髮蹉跎[4]將五十　關河[5]迢遞[6]過三千

생 애 공 기 창 강 상　향 국 구 포 백 일 변
生涯共寄滄江上　鄉國俱抛白日邊

왕 사 묘 망 도 사 몽　구 유 령 낙 반 귀 천
往事渺茫都似夢　舊游零落半歸泉

취 비 쇄 루 춘 배 리　음 고 지 이 효 촉 전
醉悲灑淚春盃裏　吟苦支頤[7]曉燭前

막 문 용 종 오 관 직　차 청 청 취 호 시 편
莫問龍鍾[8]惡官職　且聽清脆[9]好詩篇

별 래 지 시 성 시 벽　노 거 하 증 갱 주 전
別來只是成詩癖　老去何曾更酒顚[10]

각 한 왕 정 수 거 주　중 개 리 연 귀 유 련
各限王程[11]須去住　重開離宴貴留連

황 우 도 북 이 정 도　백 구 애 동 권 별 연
黃牛渡[12]北移征棹[13]　白狗崖[14]東卷別筵

신 녀 대 운 한 료 요　사 군 탄 수 급 잔 원
神女臺[15]雲閑繚繞　使君灘[16]水急潺湲[17]

풍 처 명 색 수 양 류　월 조 소 성 곡 두 견
風凄暝色愁楊柳　月弔宵聲哭杜鵑

만 장 적 당 담 저 일　일 조 백 련 협 중 천
萬丈赤幢[18]潭底日　一條白練峽中天

군 환 진 지 사 염 요　아 향 충 주 입 장 연
君還秦地辭炎徼[19]　我向忠州入瘴煙

미 사 회 응 상 견 재　우 지 하 지 부 하 년
未死會應相見在　又知何地復何年

1 微之(미지) : 원진(元稹 : 779~831)의 자. **2** 灃水(풍수) : 강 이름. 『청통지(淸統志)』 〈서안부(西安府)〉에 "풍수는 종남산 풍욕에서 발원

한다(灃水源出終南山豊峪)", 『구지(舊志)』에 "호현(鄠縣) 동남쪽 종남산에서 발원하여 북으로 경현(徑縣) 동쪽을 지나고, 또 북으로 장안현(長安縣) 서쪽을 지나고 다시 북으로 함양현(咸陽縣)에 이르러 동남쪽으로 방향을 바꿔 위수(渭水)로 흘러간다. 그래서 '풍(灃)' 이라고도 하고 또 '풍(酆)' 이라고도 한다(出鄠縣東南終南山, 北流徑縣東. 又北流經長安縣西. 又北至咸陽縣東南入渭. 一作灃, 又作酆)"라는 기록이 있다. **3** 通川(통천) : 통주(通州)로 가는 강. **4** 蹉跎(차타) : 이빨이 빠지고 흔들거린다. **5** 關河(관하) : 함곡관(函谷關) 등의 관문(關門)과 황하(黃河). 여기서는 험준한 진령(秦嶺)을 흐르는 황하를 뜻한다. **6** 迢遞(초체) : '초(迢)' 는 아득하다, '체(遞)' 는 갈마들다의 뜻. **7** 支頤(지이) : 손으로 턱을 괴다. '지(支)' 는 지탱하다, '이(頤)' 는 턱의 뜻. **8** 龍鍾(용종) : 좌절해서 실의에 빠지다. **9** 清脆(청취) : 소리가 맑아 듣기에 아름답다. **10** 酒顚(주전) : 술병을 기울이다, 곧 술을 마시다. **11** 王程(왕정) : 왕명에 의한 부임(赴任). **12** 黃牛渡(황우도) : 황우협(黃牛峽). 『청통지(清統志)』 〈의창부(宜昌府)〉에 "황우산(黃牛山)은 동호현(東湖縣) 서북(西北)쪽 팔십리(八十里) 지점에 있는데 황우협(黃牛峽)이라고도 한다.(黃牛山在東湖縣西北八十里, 亦稱黃牛峽.)"고 씌어 있다. **13** 征棹(정도) : 노를 젓다. **14** 백구애(白狗崖) : 백구협(白狗峽). 『청통지(清統志)』 〈의창부(宜昌府)〉에 "백구협은 귀주(歸州) 동남쪽 십오리(十五里) 지점에 있는데 구협(狗峽)이라고도 한다.(白狗峽在歸州東南十五里, 亦稱狗峽.)"고 씌어 있다. **15** 神女臺(신녀대) : 신녀묘(神女廟). **16** 使君灘(사군탄) : 여울 이름. 『태평환우기(太平環宇記)』 권 149에 "사군탄은 주(州) 동쪽 이리(二里) 지점의 대강(大江) 가운데 있는데, 옛날 양량(楊亮) 익주(益州)에 부임했을 때 배를 타고 이곳을 지나다 배가 전복되었기 때문에 붙여진 이름이다.(使君灘在州東二里大江中, 昔楊亮赴任益州, 行船至此覆, 故名之.)"라는 기록이 있다. **17** 潺湲(잔원) : 물이 흐르는 소리와 모양. **18** 赤幢(적당) : 붉은 기. 여기서는 맑은 강물에 비친 태양 빛이 강바닥에서 수면까지 이어져, 마치 만장 길이의 붉은 기처럼 보인다는 표현이다. **19** 炎徼(염요) : 남방의 열대 지역.

감상

풍수灃水가 주막에서 헤어짐이 아쉬워 봄 햇살이 사그라질 때까지 술을 마시고서야 통천通川으로 떠나는 그대를 말에 태워 전송했었네. 달 밝은 오늘밤에 이릉夷陵 입구에서 우연히 그대를 만났구려. 헤어진 지 5년이 지나 겨우 다시 만났으니 함께 3일을 지냈는데도 그동안 쌓인 정 다 풀지 못해 뱃머리를 충주忠州로 돌리지 않았었소. 또다시 헤어져야 한다는 생각에 해질 때부터 앉아서 탄식했고 날 샐 때까지 이야기하다가 끝내 밤을 새우고 말았다. 우리 나이 곧 50이 되려 하니, 이도 흔들리지만 관하關河는 3천 년을 한결같이 갈마들며 흘러갔다오. 우리도 공허한 생각 푸른 강물 위에 띄워 보냅시다. 고향 생각, 나라 생각 모두 흘러가는 세월에 맡깁시다. 지난 일들 이제는 꿈처럼 아련하기만 하고 함께 놀았던 친구들 이제는 반은 이 세상 사람이 아니오. 술에 취해 보지만 슬픔은 깊어만 가 그 슬픔이 눈물 되어 술잔 위에 떨어진다네. 새벽이 와도 잠을 이루지 못해 촛불 앞에 턱 괴고 앉아 있다 시를 읊조린다. 친구여! 비록 좌절하고 실의에 빠지더라도 벼슬자리도 싫다고 하지는 맙시다. 아무리 괴롭고 힘들어도 우리 둘은 아름다운 시를 들을 수 있으니까. 그대와 헤어진 후 괴로울 때나 그리울 때나 버릇처럼 시를 지었는데 늙어가면서 웬일인지 시 대신 술잔만 기울이게 되었다오. 우리 둘 임금님 뜻 받들어 어디에서든 살면 그만인 것을, 그래도 헤어지기 아쉬워 이별연離別宴을 열었다오. 황우협黃牛峽 북쪽으로 노를 저어 가며 배 위에서 이별연을 열었소. 백구애白狗崖 동쪽에서 대자리 말아 걷고 그대를 떠나보냈소. 신여봉神女峰엔 구름이 유유히 흘러가다 봉우리를 에워쌌고, 사군탄使君灘 물결은 쏴쏴 급히도 흘러가네. 그대를 떠나보내는 내 심정을 아는지 날 어두운데 바람마저 쓸쓸히 불어대니 버드나무도 수심에 겨운 듯하고, 중천에 달이 나와 내게 문안하는 밤에도 두견새는 울어댄다. 밤이 가고 날이 밝았다. 강물은 어찌나 맑은지 해가 강바닥에 가라앉은 듯 수면 위로 만장萬丈이나 되는 붉은 깃대를 세운 듯하고, 서릉협西陵峽 중천中天에 구름이 걷히니 하늘이 마치 한 줄기 흰 비단 같구나. 그대는 무더운 남방을 떠나 옛 진秦나라 땅으로 떠나갔지만 나는 장기瘴氣 가득한 남쪽 충주忠州로 떠나야 하오. 내가 죽지 않으면 만날 날이 있겠지. 언제 어느 곳에서 우연히 만나게 될지 알 수는 없지만 말이오.

819년(唐 元和 14) 3월, 시인이 강주江州(지금의 江西 九江市) 사마司馬에서 충주忠州(지금의 四川 忠縣) 자사刺史로 전임되었는데 전임 길에 동생 백행간白行簡과 함께 이릉夷陵에 들렀는데 원진元稹 역시 통주通州(지금의 四川 達縣)사마에서 괵주虢州(지금의 河南 靈寶縣) 장사長史로 전임되어 가는 도중에 우연히 이릉에서 두 사람이 만나 함께 지난 회포를 풀고 헤어지면서 못 다 푼 정을 담아 지은 시이다.

이 시는 평성平聲 선운先韻의 칠언고시이다.

여설

삼유동三游洞은 서릉협西陵峽 중 등영협燈影峽 하류 강북 쪽에 있다. 서릉협 입구를 등지고 아래로 뇌계牢溪를 마주 보고, 동쪽으로는 남진관南津關에 접해 있다. 당대唐代 이전 삼유동은 이름 없는 석회암石灰巖 동굴일 뿐이었다. 삼유동이라는 명칭의 유래에도 상당히 재미있는 고사가 깃들여 있다.

819년(唐 元和 14) 3월, 백거이白居易가 강주사마江州司馬에서 충주자사忠州刺史로 전임되었는데 동생 백행간이 동행했다. 이때 원진 역시 통주사마에서 괵주장사로 전임되었다. 이릉에서 서로 만난 세 사람의 배가 협구峽口를 지날 때 갑자기 산간에서 물 흐르는 소리가 들려 소리를 좇아 언덕 위로 올라갔더니 가파른 괴석이 깎은 듯이 첩첩이 서 있는 게 보였다. 높이 산천에서 마치 술이 쏟아지는 것 같기도 하고 은사銀沙가 떨어지는 것 같기도 했다. 그 특이하고 장려한 경색에 시인들은 빨려들듯이 기어서 올라갔고 그곳에서 사람이 다녀간 흔적조차 없는 산동山洞을 발견했다. 이곳은 지세가 험준하고 아래로 깊은 계곡이 100장丈이나 되었기 때문에 사람들이 쉽게 오를 수 없었다. 동굴 안으로 들어서자 넓게 펼쳐지면서 높고 낮은 암석이 종횡으로 잘린 듯 자리 잡아 천자백태千姿百態를 연출하고 있었다. 그들은 기쁜 마음에 떠날 줄을 몰랐으니, 보기 힘든 경관을 보고 어찌 시를 남기지 않을 수 있었겠는가? 그래서 세 사람은 각기 고조古調 이십운二十韻을 지어 석벽石壁에 썼고, 백거이는 또 한 편의 서序를 지었지만 현재 시는 실전되고 서문만 전해지는데 그 중의 "우리 세 사람이 처음 이곳에서 노닐었으니 삼유동이라 하자.(以吾三人始游, 故目爲三游洞.)"라는 구절에서부터 '삼유동'이라는 명칭이 생겼다.

삼유동은 백거이·백행간·원진 세 사람이 유람한 후 명성이 드높아졌다. 역대 시인들이 수없이 이곳을 찾았는데 1059년(北宋 嘉祐 4) 소순蘇洵이 소식蘇軾·소철蘇轍을 데리고 과거에 응시하기 위해 변경卞京으로 가는 도중에 이릉을 찾아 '삼유동'을 유람했다. 한겨울이었음에도 불구하고 즐거움이 줄어들지는 않았고, 심지어 그들은 이불을 가지고 와 삼유동에서 하룻밤을 머물렀다. 동洞 안의 꽤 평평한 석벽에 '삼소三蘇' 제시題詩를 지어 이 유람을 기록했는데 지금도 소순·소식·소철의 시가 전한다.

소씨蘇氏 삼부자의 이곳 여행은 유일한 삼인행三人行이었고 유일한 동행화창同行和唱이기도 했다. 삼유동은 소씨 삼부자로 인해 더욱더 명성을 떨치게 되어 후인들이 삼유동을 유람하면 백씨형제白氏兄弟와 원진의 유람을 '전삼유前三游'라 하고, 소씨 삼부자의 유람을 '후삼유後三游'라고 한다.

삼유동 앞쪽으로 백여 걸음을 내려가면 반산半山 허리 현애懸崖에 유일한 소담沼潭이 있다. 담수는 거울처럼 맑아 바닥이 보일 정도이고 아무리 가물어도 물이 마른 적이 없기 때문에 예전에는 '신수神水'라 칭했었다. 1170년(南宋 乾道 6) 육유陸游가 '삼유동'을 유람했을 때 여행 도중 내내 이 물을 떠서 차를 끓였고 시 한 수를 지었는데 후인들이 암벽에 새겼다고 한다. 이후 이 샘의 이름이 널리 알려져 사람들은 '육유천陸游泉'이라고 부르길 좋아했다.

삼유동 옆에 산정山頂으로 통하는 샛길이 있다. 산정에는 원주형의 석대石臺가 있는데 넓이는 직경 80m 정도이고 표면에 1척 가량 퇴적층이 있다. 전하는 말에 의하면, 삼국시대三國時代 촉한蜀漢 장무연간章武年間(221～223) 장비張飛가 의도宜都(지금의 宜昌) 군수郡守로 임명되었을 때 만들었던 뇌고대擂鼓臺 유지라고도 하고 삼국시대 촉장蜀將 유봉劉封이 수로를 통해 사천四川의 촉蜀으로 진군하는 오군吳軍을 막기 위해 이곳에 진지를 쌓았다고도 한다. 근래에 이곳에서 대량의 한대漢代 벽돌과 기와蓋瓦와 화살촉箭鏃이 발견되어 이곳이 군사 진지였음을 분명히 해주었지만 장비가 세운 뇌고대인지는 분명하지 않다.

이하李賀

790~816

당대唐代의 시인詩人. 자字는 장길長吉. 세칭世稱 귀재鬼才라 불렸다. 『창곡집昌谷集』이 있다.

나부산인여갈편 羅浮山人與葛篇 이하(李賀)

가볍고 부드럽고 강우江雨처럼 투명하게 짰으니,
6월 우중雨中 난대蘭臺의 바람처럼 시원하겠다.
박라博羅 노선老仙이 골짜기에서 들고 나오는데,
천년千年 된 석상石床에서 귀공鬼工의 울음소리 들렸다.
독사毒蛇도 한숨 쉬며 골짝 습한 곳에 머물고,
물속 고기는 먹이 찾지 않고 모래 머금고 서 있다.
상수湘水에 비친 1척尺 갈포를 자르고 싶으니,
오吳의 아낙네야 칼이 무디다 말하지 말게나.

의의 의직강우공 우중유월난대 풍
依依[1]宜織江雨空 雨中六月蘭臺[2]風
박라노선지출동 천세석상 제귀공
博羅老仙持出洞 千歲石床[3]啼鬼工[4]
독사농허 동당습 강어불식함사립
毒蛇濃噓[5]洞堂濕 江魚不食銜沙立[6]
욕전상중일척천 오아 막도오도삽
欲剪湘中一尺天[7] 吳娥[8]莫道吳刀澀[9]

1 依依(의의) : 가볍고 부드럽다. **2** 蘭臺(난대) : 전국시대(戰國時代) 초국(楚國)의 궁전명(宮殿名). 송옥(宋玉)이 『풍부(風賦)』에서 초(楚) 양왕(襄王)이 난대궁(蘭臺宮)에서 노닐 때 시원한 바람이 불자 마음까지 상쾌해졌다고 묘사했다. '난대풍(蘭臺風)'의 의미는 난대에 부는 시원한 바람의 뜻이다. **3** 千歲石床(천세석상) : 산골짜기에 오랜 시간 물이 흘러 표면이 매끄럽게 침상처럼 된 돌. 이 시에서는 갈포(葛布)를 짜는 기계를 뜻한다. **4** 鬼工(귀공) : 귀신의 재주. 직공(織工)의 기예가 비범함을 표현했다. **5** 濃噓(농허) : 깊게 탄식하다. **6** 銜沙立

(함사립) : 날씨가 더워 수중의 물고기도 먹이를 찾아다니지 못하고 물속 모래를 머금고 섰다. **7** 湘中一尺天(상중일척천) : 백옥색(白玉色) 갈포(葛布)가 상수(湘水) 물에 투영됐다는 뜻이다. **8** 吳娥(오아) : 강절(江浙) 일대(一帶)의 여자. 강절 일대는 삼국시대(三國時代) 오(吳)의 영토였다. **9** 澀(삽) : 칼이 무디다.

감상

갈포 葛布는 마치 강에 가랑비가 내리듯이 세밀하고 투명하게 짰기에 가볍고도 부드러워 이 옷을 입으면 6월 우중에도 시원할 것 같다. 나부노인 羅浮老人이 골짜기에서 갈포를 들고 나올 때 오래 된 돌덩이 같은 베틀에서 베를 짰던 기술자 아까워 우는 소리 들리는 듯하다. 날씨가 얼마나 더운지 독사도 산골짜기 습지에서 꼼짝 않고, 강물 속 물고기들도 먹이 먹을 생각을 잊은 채 모래만 머금은 채 가만히 있다. 상수 강물에 한 폭 갈포처럼 비친 햇살 자르고 싶지만, 오 吳 지방의 아낙네들 칼이 무디다고 말하지는 말게나.

나부산은 지금의 광동성 廣東省 박라현 博羅縣과 증성현 增城縣 사이에 있는데 나부산인 羅浮山人의 신분은 분명치 않다. 시제 詩題의 '나부산인'과 시 詩 중의 '박라선로 博羅仙老'로 볼 때 산 위에 사는 노인인 것 같다. 이 시는 시인이 나부산인에게서 갈포를 받고 난 후 기이한 상상력을 발휘해 지은 시이다.

이 시는 평성 平聲 동운 東韻과 입성 入聲 집운 緝韻을 통용 通用한 오언고시이다.

여설

광동성 혜주 惠州 서북쪽 멀지 않은 곳에 나부산의 산문 山門이 있는데, 산의 주맥 主脈은 박라현 서북에서 용문 龍門과 증성 增城 두 개의 현縣을 거쳐 500리나 뻗어 있다. 하늘에서 내려다보면 산맥이 마치 천여 송이 연꽃처럼 이루어져 있어 『원화지元和志』에는 '하늘에 닿을 듯 솟은 봉우리 432봉이다.(峻天之峰, 四百三十有二.)' 라고 적고 있다. 주봉主峰은 비운정飛雲亭인데 해발 1296m이다. 나부산은 '영남제일산嶺南第一山'이라 불릴 만큼 웅위雄威한 기상을 자랑한다. 또 나한羅漢 · 복호伏虎 · 적수滴水 · 통천通天 등 72곳의 석실유암石室幽岩과 도원桃源 · 야악夜樂 · 호접蝴蝶 · 수렴水濂 등 18개의 동천洞天, 충허冲虛 · 백학白鶴 · 황룡黃龍 · 구천九天 · 소료酥醪라 불리는 5곳의 도관道觀, 화수華首 · 용화龍華 · 명월明月 · 보적寶積 · 연선延禪으로 명명된 5곳의 불사佛寺가 이 산에 있다. 자연경관이 수려할 뿐만 아니라 종교의 성지로도 유명한 이 산에는 수많은 문인 묵객이 올라 시를 지었다.

나부산은 본래 두 개의 산이었다고 한다. 전설에 의하면, 나산羅山은 옛부터 있었고 부산浮山이 동해에서 솟아 올라 나산 동북쪽에 붙어 봉우리가 횡단하듯이 두 산을 연결시켰다고 하는데 나산과 부산의 결합에 관한 이 고사는 신기한 이야기가 아닐 수 없다.

동해용왕東海龍王 오광敖廣에게 청룡공주青龍公主라는 딸이 있었고 남해용왕南海龍王 오흠敖欽에게는 소황룡小黃龍이라는 아들이 있었다. 두 사람은 첫눈에 반해 백년가약을 맺었으나 부모의 명을 따르지 않고 정情을 통한 사실을 알게 된 완고한 양쪽 부친이 크게 노해 용녀龍女는 봉래선산蓬萊仙山 왼쪽의 고도孤島에 구금拘禁당하고 소황룡은 쇠사슬에 묶여 나산 아래 만장萬丈 깊이의 우물에 갇히게 된다.

청룡공주青龍公主는 식음을 전폐하고 밤낮으로 소황룡을 그리워하며 울었는데 공주의 눈물이 바다에 떨어져 바닷물이 짠맛이 나게 되었고 바다를 향해 한숨을 쉬었더니 거센 파도가 일었다고 한다. 그녀의 열렬한 사랑에 감동한 거령구巨靈龜가 비바람이 몰아치는 깊은 밤에 신력神力을 펼쳐 고도를 등에 지고 풍랑을 헤치며 남해로 헤엄치기 시작했고, 이 소식을 들은 소황룡은 용감하게 쇠사슬을 끊고 고정古井을 탈출해 용녀와 재회했는데 그 찰나에 천지가 갈라지고 뇌전雷電이 진동하더니 나산과 부산이 하나로 합쳐져 나부산이 되었고 소황룡은 나산의 주봉主峰 비운정飛雲亭으로, 청룡공주는 부산 정상에 솥〔鼎〕의 다리처럼 솟아 있는 상계삼봉上界三峰으로 변했다고 한다.

지리학자들의 의견에 의하면 7천만 년 전부터 나부산은 남해 변에 자리잡고 있었다고 한다. 그때는 중생대 쥐라기와 백악기白堊紀로 조산운동造山運動과 화산활동火山活動이 극렬했던 시기였다. 지질 운동의 결과 지표면이 갈라지면서 거대한 화강암이 융기하여 높고 험준한 산맥을 형성했는데 비래봉飛來峰이나 비래석飛來石 등도 이러한 지질 운동의 결과라고 한다.

나부산에는 원래 9관觀18사寺가 있어 신선고사神仙故事가 전해오는 도가道家의 승지勝地이다. 산 앞쪽에 있는 충허관冲虛觀 외에 서쪽으로 백학관白鶴觀과 황룡관黃龍觀, 북으로 다산관茶山觀·소료관酥醪觀 등이 단정하면서도 웅장한 자태로 자리잡고 있다. 나부산은 '신선동부神仙洞府'란 칭호를 얻을 만큼 많은 도교道教 유적遺跡과 고사故事를 간직하고 있어 그 영향은 멀리 동남아시아까지 미칠 정도였다. 이러한 도관道觀과 불사佛寺는 이미 대부분 파괴되었지만 동쪽 기슭에 있는 충허관만은 하늘을 찌를 듯이 치솟아 수목 가운데서 1,600여 년을 이어오고 있다.

충허관은 동진東晋 갈홍葛洪(284~363)이 창건한 네 개의 암자 중 남암南庵으로 그가 단련하고 약초를 캤던 장소였다. 갈홍은 강소江蘇 구용인句容人으로, 자는 치천稚川이고, 호는 포박자抱朴子이다. 그의 조부 갈계葛系는 삼국시대 대홍려大鴻臚·보오장군輔吳將軍 등을 역임했고, 부친父親 갈제葛悌는 오국吳國에서 태수太守를, 진晋에서 대도독大都督을 역임했다. 갈홍도 초년에는 유학儒學으로 이름을 떨쳤고 문무文武와 재략才略을 겸비했던 인물이었다. 진晋 혜제惠帝 때는 전공戰功을 세워 복파장군伏波將軍에 봉해지기도 했으나 관록官祿에 뜻을 두지 않고 '신선수양법神仙修養法'을 좋아해 낙양洛陽 일대를 전전하며 연단煉丹과 제약製藥 방면의 방술方術을 수집하다 종조부從祖父 갈현葛玄의 도제徒弟 정은鄭隱에게서 신선神仙의 도道를 배우게 되었다. 후에 광주廣州로 와 남해태수南海太守 포정鮑靚을 스승으로 삼았다. 포정은 갈홍의 재능을 인정하고 자기의 딸 포고鮑姑와 혼인케 했고, 갈홍과 포고는 함께 연단鍊丹과 제약製藥에 전력을 다했다고 한다. 광동廣東에서 몇 년을 생활한 후 갈홍은 강소江蘇의 고향으로 돌아왔는데 그때 진晋 원제元帝 사마예司馬睿가 등극해 갈홍을 승상丞相에 임명하고 관중후關中侯라는 관작官爵을 내렸지만 갈홍은 선도仙道의 저술에 열중할 뿐 그밖의 일은 안중에도 없었다. 이후 갈홍과 포고는 자식과 조카들을 데리고 다시 광주로 갔다가 광주자사廣州刺史 등악鄧嶽의 만류로 나부산에 머물게 되었다.

나부산 백련지白蓮池 가에 갈홍은 남암南庵 '도허都虛'를 짓고 암자 좌측에 '단방丹房'을 만들었다. 단방의 주변에는 여덟 장 높이의 담을 쌓고 단방의 네 모서리에는 보검寶劍과 고경古鏡 등을 걸었다. 연단조煉丹竈는 화강석으로 된 8각형 기좌起坐에 방위에 따라 건乾 · 곤坤 · 진震 · 손巽 · 감坎 · 이離 · 간艮 · 태兌의 팔괘八卦 도형을 새기고 끝 부분에는 학 · 기린 등 영금靈禽 · 이수異獸 · 가수嘉樹의 도안을 조각했으며, 사각의 석주石柱 위에는 날갯짓하며 날아갈 듯한 용龍을 부조했다. 송대宋代 소동파蘇東坡는 이 연단조煉丹竈에 '갈홍단조葛洪丹竈'라 이름 붙였고 청淸 건륭연간乾隆年間 광동독학廣東督學 오홍吳鴻은 '치천단조雉川丹竈'라 이름 지었다.

갈홍은 연단조 위에 태상노군太上老君의 호로葫蘆 · 약표葯瓢와 같은 '금정金鼎'을 두었는데, 이를 '미제로未濟爐'라고 하며 바닥 부분은 세 개의 다리가 있고 윗부분은 관형罐型으로 되었다. 호로葫蘆 가운데는 움직일 수 있는 손잡이가 있었고 뚜껑은 연꽃 모양이었다. 연단을 할 때는 성심을 다해 149일 간 아홉 번 반복해서 연단해야 비로소 금단金丹을 만들 수가 있었다고 한다.

갈홍은 유황硫黃·단사丹砂와 석錫 등의 여러 광물질을 재료로 복잡한 제련 과정을 거쳐 미려한 금색 유화고석편상硫化高錫片狀 결정結晶을 만들었는데, 이 현부액懸浮液이 갈홍이 심혈을 기울여 제련한 금액이며 그의 연단 이론에 의하면 8세기 경 아랍의 연단술사煉丹術士보다 400여 년이 앞선 것이라고 한다.

연단조 우측에는 조어대釣魚臺라고 하는 거석巨石이 있는데 이곳은 갈홍이 약초를 수집했던 곳이다. 갈홍은 깊은 의학 지식을 가지고 있었기 때문에 단방丹房에 입실하는 틈틈이 산에 올라 약초를 캐고 각종 약초에 대한 감별 작업을 했다. 『포박자抱朴子』〈선약편仙藥篇〉에는 복령茯苓·지황地黃·황정黃精·창포菖蒲 등 많은 약초의 특성과 효능에 대해 기록하고 있다. 갈홍이 장기간의 의학 경험을 통해 저술한 『주후비급방肘後備急方』과 『금궤약방金軌藥方』은 중국의 진귀한 의학 저술로 오늘날까지도 실용적 가치가 남아 있다.

기원 363년 갈홍은 나부산 충허관沖虛觀에서 81세로 병사했는데 그의 죽음에 관해서도 세간에는 전설이 전해진다.

갈홍은 임종 시에 제자 안해군安海君과 망세望世 등을 불러 몇 대째 전해오던 『영보경靈寶經』·『태평경太平經』·『침중오행기枕中五行記』·『안마경按摩經』·『황백요경黃白要經』·『백호부白虎符』·『오악진형도五岳眞形圖』 등의 도가경전道家經傳과 『포박자抱朴子』·『신선전神仙傳』 등의 저술을 건네 주었다. 얼마 있지 않아 그들은 광주자사廣州刺史 등악鄧嶽에게 스승을 찾아 멀리 떠난다는 편지를 보내어 등악이 급히 달려와 그들을 전송했다고 한다. 또 갈홍은 목욕沐浴 훈향薰香한 후 주명동朱明洞 조두단朝斗壇에 앉아 진경眞經을 묵송默誦했는데, 앉은 지 하루가 지나자 잠이 들듯이 죽었다고 전해온다. 일생을 연단鍊丹과 장수長壽를 연구했던 갈홍이지만 죽음을 면할 수는 없었다. 그래서인지 도가道家에서는 갈홍은 죽은 게 아니라 몸에서 벗어나 승천했다고 이야기한다. 심지어 백성들이 갈홍을 배웅하기 위해 몰려 들었으나 갈홍의 도포만 볼 수 있었고 그 도포도 순식간에 조각조각 찢어져 수천의 채색 나비로 변해서 날아갔다고도 한다.

갈홍이 죽은 후 405년 처음으로 '갈홍사葛洪祠'를 창건했고, 당唐 현종玄宗 천보연간天寶年間에 확장해서 '갈선사葛仙祠'라 명명했다. 1087년(宋 元祐 2) 철종哲宗은 '충허관'이라는 편액扁額을 하사했다. 이처럼 당송시대唐宋時代가 충허관이 가장 흥성했던 시기로 여러 곳에 분관을 만들어 항주杭州 서호西湖의 황룡동黃龍洞, 홍콩香港 구룡九龍의 황대선관黃大仙觀이 모두 충허고관冲虛古觀의 분관分觀이다.

충허관은 지금까지 여러 차례 전화를 거쳐 현존하는 건물은 청淸 동치연간同治年間에 중수한 것이다.

포박자(抱朴子)

몽천夢天

이하(李賀)

달에선 토끼와 두꺼비 울어대니 하늘색도 처량하고,
운루雲樓 반쯤 열렸는지, 달빛이 누벽樓壁을 비스듬히 비춘다.
옥륜玉輪 같은 달에 이슬이 굴러 둥글게 빛나는 달을 적시고,
계수桂樹나무 향기 가득한 작은 길에서 월중 선녀를 만났다.
삼신산三神山 아래 창해상전蒼海桑田의 변화가 이어지는데,
인간사 천년의 변화 달리는 말처럼 빠르구나.
중주中州 대지大地를 내려다 보니 아홉 점 연기 같고,
한 웅덩이 바닷물 마치 잔 속의 물처럼 흘러간다.

노토한섬 읍천색 운루 반개벽사백
老兎寒蟾[1]泣天色 雲樓[2]半開壁斜白[3]

옥륜 알 로습단광 난패 상봉계향맥
玉輪[4]軋[5]露濕團光 鸞珮[6]相逢桂香陌

황진 청수 삼산 하 갱변천년여주마
黃塵[7]淸水[8]三山[9]下 更變千年如走馬

요망제주 구점연 일홍 해수배중사
遙望齊州[10]九點烟[11] 一泓[12]海水杯中瀉

1 老兎寒蟾(노토한섬) : 고대 전설에 전해지는 달에 산다고 하는 토끼와 두꺼비. 달이 오래 전부터 있었기 때문에 늙은 토끼라고 표현했고, 또한 달은 날씨가 춥다고 생각하여 추워하는 두꺼비라고 표현했다. 2 雲樓(운루) : 달나라에 있다고 하는 궁전. 월궁(月宮). 3 壁斜白(벽사백) : 월광(月光)이 운루(雲樓) 벽에 비스듬히 비춰 한 조각이 밝게

빛난다. **4** 玉輪(옥륜) : 옥으로 만든 둥근 수레바퀴. 이 시에서는 달빛을 뜻함. **5** 軋(알) : 구르다(輾). **6** 鸞珮(난패) : 난조(鸞鳥) 모양의 장식을 하다. 이 시에서는 허리에 옥패(玉佩)를 찬 월중선녀(月中仙女)를 뜻한다. **7** 黃塵(황진) : 육지(陸地). **8** 清水(청수) : 해양(海洋). **9** 三山(삼산) : 삼신산(三神山). 『신선전(神仙傳)』에 나오는 바다의 삼좌(三座)의 신산인 봉래(蓬萊)·방장(方丈). 영주(瀛洲)를 뜻한다. **10** 齊州(제주) : 중주(中州), 즉 중국(中國). **11** 九點烟(구점연) : 고대(古代) 중국을 구주(九州)로 나누었는데 천상(天上)에서 본 구주는 마치 아홉 점의 연기(煙氣) 같다는 뜻이다. **12** 一泓(일홍) : 한 개의 웅덩이.

감상

달에 있는 늙은 토끼와 추위에 떠는 두꺼비 함께 우니 하늘빛도 처량하게 보인다. 월궁月宮이 반쯤 열렸는지 달빛이 누대樓臺 벽에 비스듬히 비춘다. 옥쟁반 같은 달에 이슬이 굴러다녀 그 빛을 적시고, 계수나무 향기 묻어나는 좁은 길 위에서 난조鸞鳥를 장식한 옥패玉佩 찬 선녀仙女를 만났다. 아래로 지구를 내려다보니 삼신산三神山 아래 푸른 바다 분간할 수 없을 정도로 변해 버렸구나. 인간 세계는 마치 달리는 말처럼 빨리 변화한다. 멀리 중원 땅을 바라보니 마치 9점의 연기 같고, 한 웅덩이 바다 역시 땅 위에 한 잔 물 엎어진 것같이 흘러가는구나.

이 시는 하늘에 올라 월궁에서 노닌다는 환상적 내용을 담은 시로 고대 유선시游仙詩의 일종이다. 전4구에서는 월궁에 가기까지의 과정을 묘사했고, 후4구에서는 월궁에서 본 인간 세계를 묘사하고 있어 낭만주의적 색채가 농후하다.

이 시는 입성入聲 맥운陌韻과 상성上聲 마운馬韻을 통용通用한 칠언고시이다.

여설

산동성山東省 성도省都인 제남濟南의 남문南門을 지나면 불산가佛山街가 불산로佛山路와 이어져 있어 한걸음에 천불산千佛山 아래에 도착할 수 있다. 옛날엔 제남濟南의 삼대명승三大名勝으로 대명호大明湖와 박돌천博突泉과 더불어 화불주산華不注山이 꼽혔었다. 그러나 화불주산의 여러 명승지名勝地가 큰 비로 훼손되기도 했고, 또 벽지僻地에 자리 잡아 교통이 불편하기 때문에 왕래가 편리한 천불산이 삼대명승에 포함되는 경우가 많다.

천불산은 태산泰山의 여맥餘脈으로, 옛날에는 역산歷山이라 불렀고 또 미계산靡笄山이라는 이름도 있는데, 이는 제진齊晋 간間의 '안지전鞌之戰'도 천불산 아래서부터 불붙기 시작해 '진晋이 제齊를 정벌하기 위해 미하靡下에서 전쟁을 일으켰다(晋伐齊戰靡下)'고 해서 붙여진 이름이다. 전설에 의하면, 순舜이 백성들을 위하여 직접 이곳에서 농사를 지었다고 해서 '순경산舜耕山'이라고 부르기도 한다. 산상山上에는 순묘舜廟가 있고 현내縣內에는 순정舜井이 있으며, 박돌천 가에는 순의 두 아내인 아황娥皇과 여영女英의 사당이 있어 순이 분명히 이곳에서 생활했음을 증명해 준다. 또 어떤 이는 '천불千佛'은 '천불遷祓'의 음전音轉으로 매년每年 9월 9일 중양절重陽節에 제남인濟南人들은 부정을 씻어 버리기 위해 이 산에 오른다는 사실이 이를 말해 준다고 한다. 그러나 중양절에 산에 오르는 풍속은 이곳뿐만 아니라 중국 전역에 있는 풍속이다. 『구지舊志』에 의하면, 천불산千佛山에 수隋 개황연간開皇年間 불상을 만들고 절을 지어 '천불사千佛寺'라 명명해 천불산이라는 이름을 얻었다고 간단하게 적고 있다.

산길을 올라 아영지娥英池, 당괴정唐槐亭을 지나고 사면정四面亭에서 굽은 길을 올라가면 '제연구점齊煙九點'이라는 패방牌坊을 발견할 수 있다. '제연구점'이란 만당晩唐의 시인 이하李賀가 지은 〈몽천夢天〉이라는 시에서 비롯되었다. 이하는 〈몽천〉에서 시인이 꿈속에서 노닐었던 기이한 환경을 묘사했는데, 청인淸人 왕기王琦는 이 시를 "구주九州는 요활遼闊하고 사해四海 비록 광대廣大하지만 천상天上에서 내려다보면 한 점 연기나 한 잔 술에 불과하니 꿈속 세상을 노니는 게 진정 호걸이다.(九州遼闊, 四海廣大, 而自天上視之, 不過點煙杯水, 夢中之游眞豪矣.)"라고 해석했다. 시詩 중의 '제주齊州'는 중국대지中國大地를 뜻한다. 고대古代 중국은 기冀·연兗·청靑·서徐·양揚·형荊·예豫·양梁·옹雝의 9주州로 나뉘어져 있었는데 멀리 하늘 위에서 내려다보면 아홉 개의 연기처럼 보일 것이다. 제남濟南의 고칭古稱 역시 제주였고 도시가 형성될 때 '제연구주齊煙九州'라는 이하의 시구를 생각하면서 조경造景을 했으므로 '제연구점齊煙九點'은 천불산千佛山 이북의 군산群山이 제남濟南을 에워싸고 있는 모습을 개괄하는 말이다. '구점九點'은 실수實數가 아니라 제남 북쪽 평원 위의 십여 개의 작은 산을 일컫는데, 앞에서 언급했던 화산華山·작산鵲山·안산鞍山 이외에 광산匡山이 있다.

광산은 북마안산北馬鞍山 서남쪽에 있는데 원래는 광산筐山으로 모양이 광주리처럼 생겼다고 해서 붙여진 이름이다. 두보가 이백을 생각하며 쓴 시 중에 "광산 독서처讀書處에 백발노인 즐겨 돌아오네.(匡山讀書處, 頭白好歸來.)"라는 구절이 있는데, 제남濟南의 호사가好事家들이 생각하기에 이백이 천보天寶 초년初年 제남을 유람하다가 도교道敎에 가입했다고 하고 또 작산호鵲山湖를 유람하고 화불주산華不注山에도 올랐으니 광산에서 머물렀다고 해도 믿을 것이라 생각해서 '광筐' 자에서 '죽竹'을 빼고 '광匡'으로 개칭했던 것 같다. 누가 세웠는지는 모르지만 광산匡山의 정상에는 사묘祠廟와 비석이 있고 거기엔 '이백독서처李白讀書處'라 적혀 있다. 이 일화逸話는 호사가好事家들이 지어낸 이야기일 뿐이지만 이후로 끊이지 않고 전해졌던 것인지 금대金代 문학가 원호문元好問은 이를 풍자하는 시를 짓기도 했다.

광산에 독서당이 있단 말 들었는데,	匡山聞有讀書堂 (광산문유독서당)
산 앞을 지나가다 한바탕 웃고 말았다.	行過山前笑一場 (행과산전소일장)
아쉽다, 세상에 이백이 없으니,	可惜世間無李白 (가석세간무이백)
금인 중에 하지장賀知章은 그 얼마인가!	今人多少賀知章 (금인다소하지장)

조금 더 올라가 '운경선관雲徑禪關' 방坊을 지나면 흥국사興國寺 북문北門이 눈앞에 나타난다. 흥국사는 627~649년(唐 太宗 貞觀年間)에 창건되어 송대宋代에 확장되었고, 명청대明清代에도 중수重修 확장擴張된 제남濟南 불교 사원 중 최대의 규모를 자랑하는 사찰이다. 훼손과 복원을 거듭해 옛 모습을 찾을 길은 없지만 산문山門에 새겨진 대련對聯만이 옛날을 말해 준다.

저녁 북소리 새벽 종소리가 세간世間에 명리名利를 좇는 이들 일깨우고,	暮鼓晨鍾驚醒世間名利客 (모고신종경성세간명리객)
독경讀經 소리 부처 호령이 고해苦海의 꿈속을 헤매는 이들을 불러온다.	經聲佛號喚回苦海夢迷人 (경성불호환회고해몽미인)

절 안 남쪽 언덕의 천불애千佛崖는 천불산千佛山의 정화精華라고 할 수 있는 곳이다. 수隋 개황開皇 7년부터 20년 간(587~600) 조성된 부조불상浮彫佛像은 1400여 년 동안 그 모습을 유지해 낙양洛陽의 용문석각龍門石刻·돈황벽화敦煌壁畵·영은사靈恩寺 거불巨佛과 더불어 명성을 얻고 있다. 그 중 극락동極樂洞의 관세음觀世音·아미타불

阿彌陀佛 · 대세지삼존大勢至三尊 조상造像이 가장 훌륭한 작품이다. 더욱 큰 석각불상石刻佛像을 보려면 천불산 동쪽의 불혜산佛慧山을 올라야 한다. 이 산 문필봉文筆峰에 개원사開元寺 유지遺址가 있는데 이 유지 남쪽에 당송唐宋 양대兩代에 걸쳐 조성된 대불흉상大佛胸像이 있다. 불상의 머리 부분만 해도 높이가 7척, 넓이가 4척이니 문자 그대로 '대불두大佛頭'라 할 수 있다. 문필봉 서쪽 황석애黃石崖에도 북위北魏 때 조성된 석조군상石造群像이 있다.

북극동北極洞 동쪽에 검루동黔婁洞이 있는데, 검루는 춘추시대春秋時代 제국齊國의 고사高士로 이곳에 은거했다고 전해 온다. 노국魯國과 제국이 앞다투어 그를 초빙하려 했으나 거절하자 제 위왕威王이 친히 가르침을 받기 위해 산을 방문하면서 멀리에서부터 말에서 내려 신발마저 벗은 채 걸어서 오곤 했는데, 제왕은 늘 전쟁에서 패배했을 때 검루를 찾았지 전쟁에서 승리하고는 찾아오지 않았다고 한다.

동진東晋의 시인 도연명陶淵明의 시 〈찬검루贊黔婁〉에 "빈천貧賤을 편안히 받아들인 이 자고自古로 검루밖에 없었네. 높은 관작官爵 나는 영예로 여기지 않아, 해진 옷도 여전히 적다네.(安貧守賤者, 自古有黔婁. 好爵吾不榮, 弊服仍不周.)"에서 '폐복잉불주弊服仍不周'라는 구절은 검루가 죽은 후의 일을 가리킨다. 검루는 비록 학문과 식견이 뛰어났지만 너무나 가난해 장례를 치를 때도 이불이 짧아 맨발과 헝클어진 머리가 다 드러났다고 한다. 그래서 어떤 사람이 이불을 비스듬히 당기자 온몸을 가릴 수 있었는데, 이를 보고 검루의 부인이 "비스듬히 덮느니 바로 덮어 짧은 것보다 못합니다. 선생께서 생전에 명리를 위해 기울었던 적이 없는데 돌아가신 뒤 이불을 기울인다는 것은 선생의 뜻이 아닐 것입니다.(斜之有餘, 不如正之不足, 先生生前不斜, 死後斜者, 不是先生之意.)"라고 했다 하니, 검루에 검처黔妻라 하겠다.

두목杜牧

803~853

당대唐代의 시인. 자字는 목지牧之, 호號는 번천樊川이다. 섬서성陝西省 장안長安 사람이다. 『번천집樊川集』 22권이 있다.

청명 淸明

두목(杜牧)

청명절에 비가 어지러이 내리는데,
길 가는 사람들 혼이 빠졌는가?
술집이 어디인지 물어 보았더니,
목동이 멀리 살구꽃 핀 마을을 가리키네.

청명시절우분분　노상행인욕단혼
淸明時節雨紛紛　路上行人欲斷魂[1]
차문주가하처유　목동요지행화촌
借問酒家何處有　牧童遙指杏花村[2]

1 斷魂(단혼) : 상심(傷心)한 모양. **2** 杏花村(행화촌) : 살구꽃 피는 마을. 두목(杜牧)의 시 〈청명(淸明)〉의 영향으로 중국 각지에 행화촌이라는 지명(地名)이 생겼는데, 중국의 명주(名酒)인 분주(汾酒)는 산서(山西) 분양(汾陽) 행화촌에서 제조한 술이다.

감상

청명절에 비까지 부슬부슬 내리니 길 가는 사람들 옷이 젖고 길에는 진흙이 튀어 오른다. 잠시 쉬려고 앞에 있는 목동에게 어디에 술집이 있냐고 물었더니, 목동은 멀지 않은 곳의 술집 깃발 가리키며 앞쪽의 행화촌 안에 있다고 하네.

두목은 844년(唐 會昌 4) 9월, 황주자사黃州刺史에서 지주자사池州刺史로 전임되었는데, 이 시는 두목이 지주자사로 있을 때 지은 작품으로 귀지현貴池縣 서쪽 행화촌을 배경으로 지은 시이다. 세세하게 묘사하지는 않았지만 행화촌의 정경을 핍진逼眞하게 묘사해 송宋 장택단張擇端의 명화名畫 〈청명상하도淸明上河圖〉와 비교해 보는 것도 흥미로울 것이다.

이 시는 평성平聲 원운元韻의 칠언절구이다.

청명상하도권(淸明上河圖卷) 북송(北宋) 장택단(張擇端)

여설

두목의 시 〈청명清明〉이 노래하는 행화촌을 사람들은 대개 산서성山西省 분양현汾陽縣으로 알고 있으나 실은 그렇지 않다. 두목이 묘사한 행화촌은 안휘성安徽省 귀지현貴池縣 서쪽 제산齊山 부근에 있다. 이곳은 살구나무가 숲을 이룬 가운데 주루酒樓의 깃발이 펄럭이는데, 명대明代 지주태수池州太守 고원경顧元鏡이 만들고 청조淸朝의 군수郡守 안민顔敏이 보수한 행화촌방杏花村坊이 여행객을 맞이하며 천평호반天平湖畔에 접한 백포白浦의 언덕 위에 서 있는 육각 행화정杏花亭 내에는 두목의 시 〈청명〉이 적힌 편액이 걸려 있다. 몇 발자국 옆 황공주로黃公酒壚 옆에는 명明 이기양李岐陽이 표제表題한 '두자사행춘처杜刺史行春處'라는 석비石碑가 서 있다.

사실 중국 전역에서 행화촌이라는 지명은 셀 수 없이 많다. 그중에서 가장 유명한 곳이 산서성 분양현 북쪽 15리 거리에 있는 행화촌이다. 이곳은 분주汾酒와 죽엽청竹葉靑으로 유명한데 1500년의 양조 역사를 자랑하고 있다. 최근 여러 가지 이유를 들면서 분양의 행화촌이 두목의 시 〈청명〉에 언급된 행화촌이라고 주장하는 이들이 속출하고 있는데 두목의 생애와 사적을 세심하게 살펴보면 그는 병주并州(지금의 山西省 汾水) 일대에 간 적이 없다.

그렇다면 안휘성 귀주貴州의 행화촌이 당시 목동이 가리켜 주었던 곳이 과연 맞는가?

먼저 사적의 기록을 살펴보면, 『강남통지江南通志』에 두목이 지주자사로 있을 때 〈청명〉 한 수를 지었는데 이 지역을 가리키며 부근에 두호杜湖 · 동남호東南湖 등의 명승지가 있다고 적고 있고, 『지주부지池州府志』와 『귀지현지貴池縣志』 등에도 행화촌을 분명히 귀지라고 기록하고 있다.

두 번째로 시인의 행적을 살펴보면, 두목은 844년(唐 會昌 4) 9월 황주자사에서 지주자사로 부임해 2년을 역임했는데 당시 지주池州의 치소治所는 추포현秋浦縣이었고 이곳이 현재의 귀지이다. 시인은 귀지에서 두 번의 청명절을 보냈는데 이 기간이 두목에게는 회재불우懷才不遇의 비애를 삭히던 시절이었기 때문에 그가 행화촌에서 술을 벗 삼았을 가능성이 매우 크다.

셋째, 귀지 행화촌에서도 역대로 명주名酒가 생산되었다. 당시의 '황공주로'가 곧 유명한 주가酒家였다. 『지주부지』에 "옛날에 황공주로가 있었는데 나중에 없어졌다. 남은 우물이 백성들의 밭 안에 있는데 그 위에 '황공주로'라는 글자가 새겨져 있다.(舊有黃公酒壚, 後廢, 餘井圈在民田內, 上刻'黃公酒壚' 字.)"라는 기록이 있고, 『귀지현지』에서는 그 우물을 "향기로운 샘물 술과 같았고, 아무리 마셔도 마르지 않는다.(香泉似酒, 汲之不竭.)"라 했으니 향천의 술은 분명 명주였을 것이다.

이상의 세 가지 점으로 보아 목동이 가리킨 곳은 분명히 귀지 행화촌이며 『사해辭海』나 『중국명승사전中國名勝辭典』에서도 이를 따르고 있다.

그러나 이에 대해 반론을 제기하는 사람들도 있는데 그들은 두목의 시 〈청명〉이 황주에서 지주로 부임하는 도중에 창작되었다면 응당 9월이었을 것이고 그렇다면 청명절과는 시간적으로 큰 차이가 있으며, 술을 그토록 즐겼던 시인이 어째서 성 서쪽 수리數里 거리에 있는 행화촌에 좋은 술을 판다는 사실을 몰랐으며, 두목이 정말 술을 마시고 싶었다면 시종을 보낼 것이지 직접 술을 사러 갔을까 등의 이유를 들어 귀지의 행화촌이 아니라고 주장한다.

이처럼 두목이 〈청명〉에서 묘사한 행화촌이 과연 어디인지 정확하게 밝히기 위해서는 더욱 더 세심한 관찰이 필요할 것이다.

과여산작 過驪山作

두목(杜牧)

진시황秦始皇 동순東巡 길에 주정周鼎을 찾았다고 하여
유방劉邦과 항우項羽가 쳐다보느라 목을 치켜들었다.
천하를 평정하는 것이 실로 어렵고 힘들었는데,
길가의 가난하고 고통 받는 백성들이 해냈다네.
백성들 어리석다 하지만 시황이 더 어리석어
천리千里 함곡관函谷關에 홀로 갇힌 독부獨夫가 되었다.
목동이 낸 불이 구천九泉 아래까지 번져
관棺이 타 재가 되었는데 시신屍身은 아직 마르지 않았더라.

시황동유출주정　유항　종관개인경
始皇東游出周鼎[1]　劉項[2]縱觀皆引頸
삭평　천하실신근　각위도방궁백성
削平[3]天下實辛勤　却爲道旁窮百姓[4]
검수불우이익우　천리함관수독부
黔首不愚爾益愚　千里函關囚獨夫[5]
목동화입구천저　소작회시유미고
牧童火入九泉底[6]　燒作灰時猶未枯

1 周鼎(주정) : 주(周)나라를 상징하는 쇠로 만든 솥. 기원전 219년(秦始皇 28), 진시황은 동순하면서 팽성(彭城, 지금의 江蘇省 徐州市)을 지나다 사수(泗水)에 주(周)나라가 전국시대(戰國時代)에 만든 구정(九鼎)이 가라앉아 있다는 말을 듣고 천 명의 군졸을 시켜 찾았으나 찾지 못했다. '주정'은 통치권력(統治權力)을 상징하는 주조(周朝)의 중기(重器)로 모두 아홉 개이다. 여기서는 정권(政權)을 뜻한다. **2** 劉項(유항) : 유방(劉邦)과 항우(項羽). 『사기(史記)』 〈고조본기(高祖本紀)〉에 "고조는 항상 함양(咸陽)에서 부역을 했는데 진시황제를 보고

는 탄식(歎息)하며 '아아, 대장부란 응당 이런 사람이구나!' 라고 했다(高祖常繇咸陽, 縱觀秦始皇帝, 喟然歎息曰 '嗟乎, 大丈夫當如此也!')" 라는 기록이 있고, 『사기』〈항우본기(項羽本紀)〉에 "진시황제가 회계(會稽)를 유람하고 절강(浙江)을 지날 때 항량(項梁)과 항적(項籍)이 함께 그를 봤는데 항적이 왈(曰), '저 사람의 자리를 내가 빼앗아 대신해야지!' 라고 했다(秦始皇帝游會稽, 渡浙江, 梁與籍俱觀. 籍曰 '彼可取而代也!')" 라는 기록이 있다. **3** 削平(삭평) : 깎아서 평평하게 한다는 뜻으로 천하를 평정함을 비유한 말이다. 진(秦)은 헌공(獻公)·효공(孝公) 때부터 제후국(諸侯國)을 침략하기 시작해 진시황이 육국(六國)을 멸망시키고 천하를 통일하는데 1백여 년이나 걸려 사마천(司馬遷)은 『사기(史記)』에서 "대개 통일이란 이처럼 어려운 것이다!(蓋一統若斯之難也!)" 라 했다. **4** 道旁窮百姓(도방궁백성) : 길가의 가난한 백성이란 뜻으로 유방(劉邦)과 항우(項羽)를 의미한다. **5** 獨夫(독부) : 홀로 된 사람이란 뜻으로 잔인하고 포악해 백성들의 신망을 잃은 제왕을 의미한다. 주희(朱熹) 『사서집주(四書集註)』〈맹자(孟子)〉에 "사해가 모두 귀의하면 곧 천자가 되고, 천하가 모두 등을 돌리면 곧 독부가 된다(四海歸之, 則爲天子 ; 天下叛之, 則爲獨夫.)" 라는 기록이 있다. **6** 牧童火入九泉底(목동화입구천저) : 목동이 지른 불이 황천 속까지 들어간다. 『한서(漢書)』〈유향전(劉向傳)〉에 "진시황제를 여산(驪山) 언덕에 묻었는데, ……항적(項籍)이 그 궁실(宮室)과 전각(殿閣)을 불태웠다. 그 후 목동이 양을 잃어 버렸는데 그 양이 그 구멍으로 들어가 목동이 횃불을 들고 비춰 양을 찾다가 실수로 불을 내 그 관이 타 버렸다.(秦始皇帝葬驪山之阿, ……項籍燔其宮室營宇, 往者咸見發掘. 其後牧兒亡羊, 羊入其鑿, 牧者持火照求羊, 失火燒其藏槨.)" 라는 기록이 있다.

감상

진시황 동방東方을 순행하고 주대周代의 구정九鼎을 진의 수도 함양에 옮겼다. 유방과 항우 길가에서 목을 쳐들고 진시황의 위용을 바라본다. 백성들 진시황을 받들어 천하를 평정하느라 정말 힘들었지만 지금 그 백성들 가난하고 고통 받는 길가의 백성들일 뿐이네. 백성들이 어리석다 하지만 가장 어리석은 사람 진시황 자신이어서 갖가지 폭정으로 민심이 떠나가니 함곡관函谷關에 갇힌 폭군이 되어 버렸다. 목동이 횃불 켜고 능陵 안에서 양을 찾다가 폭군의 시신마저 재로 만들어 버렸다네.

『번천문집樊川文集』의 〈상지기문장계上知己文章啓〉에 의하면, 825년(唐 敬宗 寶歷 元年) 두목의 나이 23세 때 "보력연간寶曆年間에 궁실宮室을 크게 증축하고 성색聲色을 널리 즐겨 이에 〈아방궁부〉를 지었다.(寶曆大起宮室, 廣聲色, 故作 〈阿房宮賦〉.)"는 기록이 있다. 진조秦朝 통치자의 황음무도荒淫無道한 생활을 폭로한 이 부賦는 실은 '옛 일을 통해 현재의 상황을 풍자하려는(借古諷今)' 의도로 지어져 당唐 경종敬宗에 대한 경고였다.

이 시는 상성上聲 경운梗韻, 거성去聲 경운敬韻, 평성平聲 우운虞韻을 통용한 칠언고시이다.

여설

여산驪山은 진령秦嶺 종남산終南山의 한 봉우리로 해발 1250m이며 서안西安에서 약 30km 떨어져 있다. 여산이란 이름은 섬서성陝西省의 산 이름 중에 가장 오래 되었는데 상商(기원전 16~11세기)나라 때 이곳에 여융국驪戎國이 있었기 때문에 여산이라 부르기 시작했다. 세인들은 멀리서 보면 마치 한 필의 흑색 준마가 쉬고 있는 듯한 모습이어서 흑마라는 뜻의 '여驪' 자와 '산山' 자를 붙여 '여산' 이라 부른다고 말하기도 한다. 또 전설에 의하면, 신선 여와女娃가 애마愛馬 '여驪' 와 함께 여기에 살다가 여와가 죽자 말이 앉아서 화석이 되어 '여산' 이 되었다는 전설이 서려 있기도 하다.

여산은 지리적 원인과 광산鑛山으로 인해 많은 별명이 있다. 미옥

美玉과 황금이 많이 생산되는 부근의 난전산藍田山과 같은 산줄기이기 때문에 '난전산'이라고도 하고, 산이 소재한 임동현臨潼縣이 당대唐代에는 '회창현會昌縣', '소응현昭應縣'이라 개명되었기 때문에 '회창산會昌山', '소응산昭應山'이란 별명도 있다. 또 여산 인근에 온천이 많기 때문에 '부도산浮闍山'이라고도 한다. 상고시대上古時代부터 전설에는 여산에 많은 선인선녀仙人仙女가 있었는데 하늘을 막았다는 여산노모驪山老母, 온천溫泉의 신神인 원명씨元冥氏의 아들 임부壬夫, 염제炎帝의 후예인 축융씨祝融氏의 딸 정가丁歌 등이 그들인데 그들에 관한 수많은 고사가 여산에 신비감을 더해 주었다.

수려한 산세에 온천이 있었기 때문에 주진周秦 이래 역대 제왕들은 여기에 행궁行宮과 별관別館을 지어 피서지避暑地나 승한지勝寒地로 이용해 왔다. 그렇기 때문에 천여 년 동안 이곳에서 많은 역사의 한 장면이 연출되었다. 주周 유왕幽王의 '봉화희제후烽火戲諸侯'의 일에서부터 '서안사변西安事變'에 이르기까지 여산은 명실상부한 역사의 증인이다.

여산 북쪽 기슭에 협곡이 하나 있는데 『수경주水經注』에는 이곳을 '여와씨곡女娃氏谷'이라고 지칭했다. 전설에 의하면, 아주 오래 전에 수신水神 공공共工과 화신火神 축융씨祝融氏가 천하를 독점하기 위한 싸움을 일으켰는데, 패배한 공공이 수치심과 분노를 참지 목하고 불주산不周山을 들이받아 서천西天 모서리를 지탱하고 있던 천주天柱가 부러지는 바람에 하늘이 북쪽으로 기울어지면서 동남쪽 땅이 무너져 큰불이 나고 홍수가 났다. 이러한 참상에 마음이 아팠던 여와女娃가 여산에서 오채석五彩石을 만들어 하늘을 막아 인류를 재앙에서 구했다고 한다. 이로부터 여와는 '여산노모驪山老母'라 불렸고 사후에는 여산의 남쪽(지금의 藍田縣)에 묻혔다. 여와를 기념하기 위해 후인들이 여산 산허리에 사묘祠廟를 지었는데 이것이 여산 제이봉第二

峰에 있는 노모전老母殿이다.

여와의 모습에 대해서 역대 신화 전설에는 갖가지 말들이 있다. 동진東晋의 문학가이자 훈고학자인 곽박郭璞은 여와는 '인면사신人面蛇身'의 신이라 했고, 현대 중국 신화학자인 원가袁珂도 『산해경교주山海經校註』에서 여와를 '사신인두蛇神人頭'의 미녀로 묘사했다.

또 한 가지 진시황에 관한 전설이 있다. 진시황이 통일패업統一霸業을 완성한 후 위하渭河를 건너 아방궁阿房宮을 건축하려고 여산까지 직통하는 80리 각도閣道를 만들라고 명령했다. 전설에 의하면, 어느 날 진시황은 마차를 타고 여산을 유람하던 중 우연히 아리따운 미녀를 만나자 그를 희롱했는데 이 여인이 신녀神女인지 누가 알았겠는가? 이 신녀가 제왕의 얼굴에 침을 뱉자 진시황의 온 얼굴에 종기가 생겨 고통을 참을 수 없는 지경에 이르렀다. 비록 천자天子의 신분이었지만 용서를 구할 수밖에 없었고 이에 신녀가 온천수로 씻어 주자 악창惡瘡이 곧 나았다는 말이 전한다. 이 고사는 비록 꾸며낸 말이기는 하지만, 그 후로 여산의 온천이 종기를 치료한다는 소문이 원근에 퍼져나갔다. 실험에 의하면, 여산의 온천은 섭씨 43도로 '여름에는 차갑고 겨울에는 따뜻하고 향기로운' 상품의 온천수라고 한다. 화학 실험에 의하면, 온천수에는 10여 종의 광물질이 포함되어 관절염 · 풍습병 · 소화불량 · 피부병 등에 현저한 효과가 있다고 한다. 이 때문에 일찍이 북위시대北魏時代 원장元萇이 〈온천송溫泉頌〉에서 여산온천廬山溫泉을 '자연이 주신 약방藥房, 하늘과 땅이 내린 의원(自然之經方, 天地之元醫)'이라 칭송했었다.

여산의 최고봉은 서수봉西銹峰인데 이곳에 서주西周의 봉화대烽火臺 유지遺地가 있다.

봉화대는 '낭연대狼烟臺'라고도 하는데 고대古代의 군사 경보 시설이다. 서주西周 때 매년 서북의 융적戎狄 등 소수민족이 침입하여 서수봉 정상에 군사를 주둔시키고 시초蓍草와 낭분狼糞을 준비해 연기를 피워 적의 침입을 알렸다고 한다. 낮에는 '낭분'으로 연기를 피워 올리고 밤에는 시초로 불을 피워 경보했는데 일단 경보가 전달되면 신속하게 전해져 후방의 각 제후諸侯들까지도 신속하게 징병해 구원병을 파견할 수 있는 제도였다고 한다. 그러나 서주 말년 유왕幽王은 주색에 빠져 미녀 포사褒姒를 웃게 하려면 '봉화烽火 불을 올려 제후들을 놀려야 한다(擧烽火戲諸侯).'는 간신奸臣의 말을 믿고 거짓으로 봉화를 피워 급히 호경鎬京으로 제후들을 달려오게 만들었고 대군이 낭패에 빠지자 포사는 웃었다고 한다. 이 일로 간신 괵석부虢石父는 천금千金의 상을 받았는데 이 고사가 '봉화희제후烽火戲諸侯'의 유래이다. 여러 번이나 거짓으로 봉홧불을 피워 제후들을 희롱하자 제후들은 더 이상 봉화를 통한 경보를 믿지 않게 되었고 나중에 서융西戎이 정말 침략했는데도 군대를 출동시키지 않아 유왕과 간신들은 여산 아래서 함께 도륙屠戮 당했고 주왕실周王室은 멸망을 고하게 되었다.

어떤 이는 서수봉의 봉화대 유지는 '망경루望京樓' 유적이라고 한다. 왜냐하면 서주西周의 국도 호경鎬京은 서안西安 서쪽이기 때문에 유왕이 7, 80리나 떨어져 있는 여산에 가서 봉홧불을 피우라고 명령했을 리 없다는 것이다. 그러나 세월이 흐르면서 진위眞僞를 분간할 수 없게 되어 버렸다. 도리어 이 고사로 인해 '관중팔경關中八景' 중의 하나인 '여산관조驪山觀照'의 명성마저도 가리게 되었다. 청대淸代 문인文人 주집의朱集義는 〈관중팔경도關中八景圖〉에 "유왕 한恨을 남긴 채 황대荒臺에 묻혔는데, 취백창송翠柏蒼松 빼어나 무리를 이룬다. 저녁 하늘 붉은 노을 한 점, 마치 봉화가 서쪽에서 피어 오르는 듯하구나.(幽王遺恨沒荒臺, 翠柏蒼松銹作堆. 入暮晴霞紅一片, 尙疑烽火自西來.)"란 제시題詩를 쓸 정도다.

행원 杏園[1]

두목(杜牧)

밤새 내린 보슬비 꽃잎을 씻어 내렸고,
공자의 준마駿馬 말발굽에 꽃잎이 튀어 오른다.
초췌한 모습으로 행원杏園에 간다고 탓하지 말게,
온 성에 어사화御賜花 꽂은 사람 얼마나 되는가?

야 래 미 우 세 방 진　　공 자 화 류　보 첩 균
夜來微雨洗芳塵[2]　公子驊騮[3]步貼勻[4]
막 괴 행 원 초 췌 거　　만 성 다 소 삽 화 인
莫怪杏園憔悴去　滿城多少揷花人[5]

1 杏園(행원) : '살구나무 정원' 이란 뜻으로, 당대(唐代) 장안(長安)에 있었다. 여설 참조. 2 芳塵(방진) : 꽃잎. 3 驊騮(화류) : 준마, 명마. 류(騮)는 류(騮)의 속자(俗字). 4 步貼勻(보첩균) : 발을 옮길 때마다 길에 떨어진 꽃잎이 붙었다 떨어졌다 하다. 5 揷花人(삽화인) : 머리에 어사화를 꽂은 사람, 곧 과거에 급제한 사람.

감상

밤새 보슬비 내려 꽃잎이 떨어져, 공자가 타신 준마駿馬의 말발굽에 길바닥에 떨어진 꽃잎이 튀어 오른다. 내가 비록 초췌한 모습으로 행원杏園에 간다고 뭐라 말하지 말게나. 그래도 난 이번에 과거에 급제한 30명 중 한 사람이니까.

이 시는 평성平聲 진운眞韻의 칠언절구이다.

여설

서안西安 자은사慈恩寺와 곡강지曲江池 사이에 유명한 행원이 있다. 행원은 다양한 모양의 살구나무가 어우러진 경치가 아름다워서 붙여진 이름이고, 또 자은사慈恩寺 남쪽에 있어 '남원南園'이라고도 한다.

행원이 유명해진 것은 '행원연杏園宴' 때문이다. 수대隋代에 시작된 과거제도가 당대唐代에 들어서는 성숙된 단계에 접어들었다. 이 과거를 통해 천하의 모든 인재를 불러 모을 수 있었기 때문에 당唐 태종太宗은 '천하의 영웅은 모두 나의 과녁 안으로 들어온다(天下英雄入吾的中).'라는 명언을 남겼다. 당대 과거科擧에는 '명경明經'·'진사進士'·'준사俊士'·'명법明法'·'명자明字' 등 여러 과목이 있었는데, 그 중 가장 중요한 과목은 명경과 진사과였고 둘 중에서도 진사과進士科 고시에 합격하는 것을 가장 큰 영예로 여겼다. 그리고 일단 진사과에 합격하게 되면 봉건통치계층封建統治階層에 진입했고 사회에서도 진사 출신 관원官員을 매우 존중했다. 그래서 이 과목에 응시하는 사람이 제일 많았고 따라서 합격하기도 제일 어려웠다. 수천이 응시해서 2, 30명이 합격하는 정도였으니 나이를 잊은 채 재삼재사再三再四 응시하는 사람들도 허다했다. 그래서 당대唐代에 '명경과明經科엔 30에 합격해도 늙은 나이고, 진사과는 50에 합격해도 젊은 편이다.(三十老明經, 五十少進士.)'라는 말이 나돌 정도였다. 당대唐代의 변새시인邊塞詩人 맹교孟郊 역시 여러 차례 시험에 떨어지다 '지천명知天命'의 나이인 50세가 되어서야 진사가 되었다.

진사시進士試는 매년 가을에 개최되었는데 여러 번의 예비시험을 통과해야만 했다. 상서尙書 예부禮部가 주관하는 성시省試에 합격한 후에야 이부吏部가 주관하는 진사고시進士考試인 관시關試에 응시할 수 있었다. 이때쯤이면 이미 다음 해 2, 3월이 되었을 것이고 관시에 합격한 사람들은 주위의 찬사를 한 몸에 받으며 '관연關宴' 에 참가하게 된다. 그리고 이들을 위한 경축연을 벌이던 장소가 바로 행원이다. 같은 해 진사가 된 사람들 중에서 특히 영준한 두세 명을 '탐화사探花使' 로 선출하고는 그들의 인도로 만발한 꽃들을 감상하기도 해 '관연關宴' 을 '탐화연探花宴' 이라고 했다. 봄은 백화가 만발한 계절이기 때문에 진사들에게 어떤 꽃을 상으로 내리느냐에 따라 '탐화연' 은 각기 다른 이름을 가지게 되는데 장안성長安城 영달방永達坊의 영달정永達亭에서 연회를 열고 목단牧丹을 상으로 내리면 '목단연牧丹宴' 이라 했고, 숭성사崇聖寺의 불아각佛牙閣에서 앵화櫻花를 상으로 내리면 '앵화연櫻花宴' 이라고 했다. 물론 호수와 꽃이 어우러진 행원에서 연회가 열릴 때가 가장 많고 또 가장 좋아했기 때문에 '행원연杏園宴' 의 명성은 천하에 알려지게 되었다.

산행 山行

두목(杜牧)

멀리 늦가을의 산에 돌계단이 비스듬히 있고,
흰 구름 이는 곳에 인가가 있다.
수레를 세운 것은 저녁 무렵 단풍 숲을 좋아해서라네,
서리 내린 단풍잎은 2월의 봄꽃보다 붉었구나.

원상한산 석경사 백운생처유인가
遠上寒山[1]石徑斜 白雲生處有人家
정거좌 애풍림만 상엽홍어이월화
停車坐[2]愛楓林晚 霜葉紅於二月花

1 寒山(한산) : 늦가을의 산. **2** 坐(좌) : '~하기 때문에', '~하기 위하여' 의 뜻. '인(因)' 과 같은 뜻.

감상

늦은 가을 꼬불꼬불 산길을 따라 산을 오르니, 저기 흰 구름이 만들어질 것 같은 곳에 인가가 있다. 단풍 숲의 가을 풍경을 좋아하기 때문에 수레를 세우고 경치를 감상한다. 저 이슬 내린 붉은 잎은 2월의 봄꽃보다 더 아름답다.

이 시는 평성平聲 마운麻韻의 칠언절구이다.

여설

두목이 담주潭州(지금의 長沙市) 악록산岳麓山을 유람하면서 지은 시이다. 그래서 악록산 산기슭에는 후인들이 두목의 시구를 따서 '애만정愛晩亭'이란 정자亭子를 건축했다.

악록산 아래 광장에서 오른쪽으로 계곡을 따라 1리쯤 올라가면 푸른 기와, 붉은 기둥의 작은 정자가 있는데 이것이 악록산 청풍협淸風峽 애만정이다. 애만정 주위는 온통 단풍나무로 둘러싸여 있어 봄이면 온갖 새들이 지저귀고 가을이면 단풍이 아름답게 물들어 수많은 관광객들이 찾는 명승지가 되었다.

애만정이란 이름은 바로 두목의 〈산행山行〉의 '정거좌애풍림만停車坐愛楓林晩'에서 따왔다. 이 정자는 원래 홍엽정紅葉亭이라 불렀는데, 1792년(淸 乾隆 57) 악록서원장岳麓書院長 나전羅典이 지었다. 나전은 청대淸代의 유명한 경학가經學家로 27년 간이나 악록서원을 맡아 인재를 양성했다. 나전은 악록서원에서 제자들을 양성하는 한편 꽃을 키우고 학을 기르면서 지냈는데, 악록산의 아름다운 경치에 감동해 수려한 정자를 짓고 악록산의 아름다움을 표현한 대련對聯을 정자에 걸었다.

그런데 홍엽정을 애만정으로 고쳐 부르게 된 것은 청대 시인 원매袁枚 때문이다. 원매가 어느 해 늦가을에 악록산에 유람 왔다가 나전을 방문했다. 웬일인지 모르지만 나전은 성령파性靈派의 맹주였던 원매와 만나길 꺼려 원매의 방문을 거절했다. 후에 원매가 홍엽정을 유람하다가 이 정자는 애만정이라 부르는 게 가장 좋겠다는 글을 썼었는데, 나전羅典이 이 말을 듣고는 즉시 정자의 이름을 고치고 원매를 만났다고 한다. 이 이야기가 진실인지는 알 수가 없다. 그러나 이 고사故事를 통해 옛사람들이 정자의 이름을 짓는 데도 얼마나 정성을 기울였는지 짐작할 수 있다.

이상은李商隱

813~858

당唐나라 말기 시인詩人으로, 자字는 의산義山. 하남성河南省 심양沁陽에서 태어났다. 『이의산시집李義山詩集』이 있다.

주필역 籌筆驛[1]

이상은(李商隱)

원숭이나 새들도 제갈량諸葛亮의 편지를 두려워했고
풍운風雲도 언제나 그의 군영을 호위할 것 같았다.
부질없이 제갈량이 신필을 놀려 출사표를 올리게 했고,
결국 후주後主 유선은 항복하여 낙양洛陽으로 보내졌네.
관중管仲과 악의樂毅의 재주에 부끄럽지 않았는데,
관우 · 장비와 더불어 천명天命이 다했으니 어쩌겠는가?
옛날 성도의 무후사를 지나가면서
제갈량의 〈양보음〉 읊조리니 한이 서려 있는 듯.

원 조 유 의 외 간 서　풍 운 장 위 호 저 서
猿鳥猶疑畏簡書　風雲長爲護儲胥[2]

도 령 상 장 휘 신 필　종 견 항 왕 주 전 거
徒令上將[3]揮神筆[4]　終見降王[5]走傳車[6]

관 악 유 재 원 불 첨　관 장 무 명 욕 하 여
管樂[7]有才原不忝　關張[8]無命欲何如

타 년 금 리 경 사 묘　양 보 음 성 한 유 여
他年[9]錦里[10]經祠廟[11]　梁父吟[12]成恨有餘

1 籌筆驛(주필역) : 역(驛)의 이름. 당(唐) 면곡현(綿谷縣)으로 지금의 사천(四川) 광원현(廣元縣)과 섬서(陝西) 양평관(陽平關) 사이의 조천역(朝天驛). 제갈량(諸葛亮)이 위(魏)를 정벌하기 위해 출사할 때 이곳에 군대를 주둔시켰다고 전한다. 현재의 사천성(四川省) 광원현 조천역이다. **2** 儲胥(저서) : 적을 방어하기 위해 설치한 울타리나 목책(木柵). **3** 上將(상장) : 상장군(上將軍). 여기서는 제갈량(諸葛亮)을 뜻한다. **4** 揮神筆(휘신필) : 신필을 휘두르다. 이 시구에서는 제갈량이 지은 〈출사표(出師表)〉를 뜻한다. **5** 降王(항왕) : 촉한(蜀漢) 후주(後主)

유선(劉禪). 263년(魏 景元 4) 사마소(司馬昭)가 등애(鄧艾)·종회(鍾會)를 보내서 촉(蜀)을 정벌했는데 등애(鄧艾)가 성(城) 북쪽에 이르자 후주(後主) 유선(劉禪)이 성 밖으로 나와 투항했다. **6** 走傳車(주전거) : '전차(傳車)'는 고대 '역참(驛站)'에 준비되어 있는 장거리용 수레. '주전거(走傳車)'는 유선이 투항한 후 가족을 데리고 '전거'를 타고 위(魏)로 갔다는 뜻이다. **7** 管樂(관악) : 관중(管仲)과 악의(樂毅). 관중은 춘추시대(春秋時代) 제국(齊國)의 명재상(名宰相)으로 환공(桓公)을 도와 패업(霸業)을 이루었고, 악의는 전국시대(戰國時代) 저명한 군사가(軍事家)로 연(燕) 소왕(昭王)을 보좌해 제군(齊軍)을 대파했다. **8** 關張(관장) : 관우(關羽)와 장비(張飛). 관우의 자(字)는 운장(雲長)이고, 장비의 자(字)는 익덕(益德)인데 두 사람 모두 촉한(蜀漢) '호랑이처럼 용맹한 다섯 명의 장수(五虎將)'에 속한다. **9** 他年(타년) : 왕년(往年). **10** 錦里(금리) : 원래 성도(成都) 이남의 금강(錦江) 유역(流域) 일대(一帶)를 가리키나, 여기서는 성도의 별칭(別稱)으로 사용했다. **11** 祠廟(사묘) : 무후사(武侯祠). 제갈량(諸葛亮)의 사묘(祠廟). **12** 梁父吟(양보음) : 고대(古代) 악곡명(樂曲名). 『삼국지(三國志)』 〈제갈량전(諸葛亮傳)〉에 '밭이랑에서 힘들게 밭 갈면서 〈양보음〉을 즐겨 불렀다(躬耕溝畝, 好爲〈梁父吟〉)'고 했다.

감상

제갈량 군영軍營의 유적들은 사람들을 숙연하게 만들어 부근의 조수鳥獸들은 지금도 군령의 위엄을 두려워하고, 하늘의 풍운風雲도 지금까지 당시의 군영을 호위하는 듯하다. 제갈량諸葛亮의 신묘한 필치도 모두 헛된 것, 결국 촉蜀나라는 멸망하고 후주後主 유선劉禪은 항복하고 말았네. 일족이 전거傳車에 실려 낙양洛陽으로 압송되었다. 제갈량은 관중管仲이나 악의樂毅에 비견되는 기재였지만, 용맹한 장수將帥 관우와 장비가 죽고 나니 그도 어쩔 도리가 없었다. 몇 년 전 성도성成都城 남금리南錦里의 무후사武侯祠를 조문하고 옛날 제갈량이 즐겨 불렀던 〈양보음梁父吟〉과 비슷한 〈무후묘고백武侯廟古柏〉을 지었는데 옛일을 생각하니 오늘이 아파와 여한餘恨이 끝이 없구나.

855년(唐 大中 9) 겨울, 유중영柳仲郢이 장안으로 돌아올 때 이상은이 수행했는데 그 도중 주필역籌筆驛을 들려 옛일을 기리며 지은 시이다. 이 시는 삼국시대三國時代 촉蜀의 명재상名宰相 제갈량을 기리고 있는데, 뛰어난 재략才略을 가지고 있었으면서도 공업功業을 이루지 못했던 제갈량을 통해 촉한蜀漢의 패망에 대해 깊은 아쉬움을 표현하면서 당시의 현실에 대해 심각한 우의寓意를 덧붙였다.

이 시는 평성平聲 어운魚韻의 칠언율시이다.

여설

주필역籌筆驛은 지금의 사천성四川省 광원현廣元縣 북쪽에 있다. 삼국시대 촉한 제갈량이 위魏를 정벌하기 위해 군사를 주둔시켰던 곳으로 알려져 있다.

중국의 역대 문신 · 무인의 묘는 수없이 많지만 제왕帝王의 능에 같이 봉사奉祀되는 경우는 매우 드물다. 사천四川 성도成都에 촉한 황제皇帝 유비劉備의 '소열묘昭烈墓'가 현존하는데 사람들은 이를 도리어 제갈량을 기리는 '무후사'라 부른다. 이는 역사 인물에 대한 평가가 지위地位의 고하高下에 의해서만 결정되지 않는다는 사실을 말해 준다. 무후사 내에 적혀 있는 시에서도 '문門의 현판에는 소열묘昭烈墓라고 크게 씌어져 있으나 세인들은 모두 무후사라 불렀다. 공훈功勳이 명위名位보다 우선하기 때문인데 승상丞相의 공功 백대百代에 이어지리.(門額大書昭烈墓, 世人都道武侯祠. 由來名位輸勛烈, 丞相功高百代思.)'라 말하고 있다.

제갈량은 촉국蜀國의 승상으로 20여 년간 나라를 다스리면서 민심을 크게 얻었기 때문에 중국 사람들의 마음속에 지혜智慧의 화신化神으로 자리잡게 되었다. 그런데 유비劉備는 신발을 팔고 돗자리를 짜서 생계를 이어가던 필부匹夫였다가 병사를 이끌고 각지에서 전쟁을 치르면서 온갖 좌절을 겪고는 마지막에 사천四川에 자리잡고 촉국을 건립하여 위魏·오吳와 함께 삼국시대를 열었으니 역사적 영웅임에 틀림없다. 그러나 유비에게 제갈량과 같은 인재가 없었다면 황제皇帝가 될 수 없었을 것이다. 게다가 유비는 친한 사람에게는 한없이 너그럽다는 치명적 약점을 가지고 있었다. 그가 제갈량의 의견을 무시하고 관우에게 형주荊州를 방어하라고 파견했지만 결과는 대패였다. 유비의 최후 역시 그의 약점에서 비롯되었다. 제갈량의 권고를 듣지 않고 대군을 동원, '오吳나라가 조조曹操를 막게 한다(吳抗曹).'는 국책을 깨뜨리면서까지 관우의 원수를 갚는다고 오나라를 공격하다 자신이 백제성白帝城의 고혼孤魂이 되는 비극을 당하게 되었다. 이러한 원인들로 인해 후인들은 삼국 촉蜀의 역사를 평가하면서 대체로 제갈량을 예찬하는 반면 유비를 폄하했다.

그러나 봉건 예교관념에 따르자면 황제는 '진명천자眞命天子'로 지고무상至高無上의 신분이기 때문에 유비와 제갈량을 결코 같은 반열에 올릴 수는 없다. 그럼에도 세인들은 이러한 '명위名位'와 '훈열勳烈' 간의 모순에도 불구하고 제갈량이 죽은 후 각지에 사당을 세워 그를 기념하려고 했었다.

그러나 촉한의 일반 백성들은 조정의 의례를 따르지 않았다. 대개 묘를 만들지 않고 심지어 길거리에서 제사를 지내기도 했는데 이러한 촉한인蜀漢人들의 풍습은 봉건 예법을 따르던 조정의 입장에서는 큰 난제였다. 이로 인해 섬서陝西 면현勉縣 정군산定軍山 아래 제갈량의 묘 옆에 무후사를 건립하는 절충안을 내놓게 되었다.

이러한 예의관념禮義觀念은 촉이 멸망한 지 40년 후 비로소 타파되어 성도성成都城 내에도 무후사를 건립되었다. 성도성의 유지遺址는 지금의 동성근가東城根街에서 완화계浣花溪에 이르는 지역이다. 후에 언제인지 무슨 이유인지는 모르지만 무후사를 시내에서 남쪽 교외 유비의 능묘陵墓 부근으로 옮겼다. 이 이전移轉은 적어도 당대唐代 이전에 이루어진 것 같다.

『삼국지三國志』에 유비가 223년 4월 백제성白帝城에서 서거한 후 성도로 옮겨 매장하고서 '혜릉惠陵'이라 했다고 전한다. 이 혜릉 서쪽(지금의 天南郊公園 兒童園 일대)에 고백古柏이 울창하게 둘러싼 무후사가 있다. 두보杜甫 · 유우석劉禹錫 · 육유陸游 등 저명한 당송唐宋 시인들이 이곳을 찾았었다. 무후사와 유비묘劉備墓가 앞뒤로 나란히 위치하고 있어 세인들은 제갈량에 대한 존경심을 더욱 더 표현할 수 있게 되었다고들 말한다.

명대明代 초년, 주원장朱元璋의 제11자子 주춘朱椿이 사천四川의 촉헌왕蜀獻王에 봉해졌는데 그는 일개 대신大臣의 사祠와 황제의 묘가 나란히 있는 것은 예의 제도에 어긋난다고 생각해 무후사를 폐지하고 유비묘 내에 있던 조상彫像 동쪽에 제갈량을, 서쪽에 관우와 장비를 함께 두었다. 그러나 후세 민간에서 이곳을 유비묘라 칭하지 않고 무후사라 부르게 될 줄은 촉헌왕蜀獻王도 상상치 못했을 것이다.

명말明末 전란 중에 소열묘昭烈墓는 완전히 파괴되었는데, 1672년(淸 康熙 11) 폐허 위에 사묘祠廟를 중건重建했다. 포정사布政司 송가발宋可發은 '중수비기重修碑記'에서 "유비묘 옆에 무후사를 건립하는 것은 군신君臣의 의義에 부합하지 않는다. 그러나 제갈량을 다른 문신文臣이나 무장武將과 동일하게 대우하는 것은 민심民心에 역행하는 일이기 때문에 묘전廟殿에 군신君臣을 함께 봉사하는 절충안을 취할 수밖에 없었다."라고 당시의 정황을 적고 있다. 군신을 함께 봉사奉祀하는 방법은 봉건 예교관념에는 어긋나지만 그는 민의民意를 따를 수밖에 없었다. 사실 혜릉惠陵 옆에 중건한 건물은 무후사武侯祠이지 소열묘昭烈廟가 아니다. 왜냐하면 전통 중국의 사묘祠廟 배치

방식을 보면 후전後殿이 주 건물이기 때문이다. 비기碑記 역시 '중건 제갈충무후사비기重建諸葛忠武侯祠碑記'라 부른다.

그러나 1756년(淸 乾隆 21) 사천四川 포정사布政司 주완周琬은 무후사의 명칭을 변경한다. 도광연간道光年間 사묘를 보수하면서 세운 석비石碑의 비명을 '중수촉한소열묘비기重修蜀漢昭烈廟碑記'라 했다. 사묘를 보수하는 이들이 의도적으로 제갈량전諸葛亮殿을 유비전劉備殿에 비해 왜소하게 만들고 대문에 '한소열묘漢昭烈廟'라는 편액을 걸었지만, 이 모두가 백성들의 제갈량에 대한 흠모의 마음을 변하게 하지는 못했고 '무후사'라는 호칭을 없애지도 못했다.

무후사(武侯祠)

초궁 楚宮[1]

이상은(李商隱)

상수湘水의 물결 깊고도 맑은 게 눈물 색 같고
길 잃은 초국楚國의 원혼 한을 풀기엔 요원하네.
단풍나무에 걸터앉은 밤 원숭이 울음소리에
이끼 두른 산귀山鬼가 말 건네며 부르네.
헛되이 구천九泉으로 돌아가 썩어 버리니 다시 부르기 어려운데,
하물며 물고기 뱃속에 장례葬禮 지냈으니 어찌 쉬이 부르리?
고향에 세 집만 있다 해도 제수祭需를 준비하는데,
오색 실 누가 아끼랴, 교룡蛟龍이 두려워할 터인데.

상 파 여 루 색 류 류　초 려 미 혼 축 한 요
湘波如淚色漻漻[2]　楚厲[3]迷魂逐恨遙
풍 수 야 원 수 자 단　여 라 산 귀 어 상 요
楓樹夜猿愁自斷　女蘿[4]山鬼[5]語相邀
공 귀 부 패 유 난 복　갱 곤 성 조 기 이 초
空歸腐敗猶難復　更困腥臊[6]豈易招[7]
단 사 고 향 삼 호 재　채 사 수 석 구 장 교
但使故鄉三戶在　彩絲誰惜懼長蛟[8]

1 楚宮(초궁) : 초(楚)나라의 궁전. 2 漻漻(류류) : 맑고 깊은 모양. 『설문해자(說文解字)』에 "유(漻)는 맑고 깊다(漻, 淸深也)"는 뜻이라 했다. 3 楚厲(초려) : 초(楚)나라의 병자(病者), 곧 굴원(屈原)의 원혼(怨魂). 4 女蘿(여라) : 나무 위에 나는 이끼. 5 山鬼(산귀) : 초국(楚國) 전설(傳說)의 산림(山林)의 여신(女神). 6 腥臊(성조) : 비린내. 여

기서는 물고기나 새우 같은 수중 동물을 뜻한다. **7** 招(초) : 부르다. 여기서는 '혼을 부르다(招魂)'는 뜻. **8** 彩絲誰惜懼長蛟(채사수석구장교) : 『속제해기(續齊諧記)』에 굴원(屈原)이 5월 5일 멱라강(汨羅江)에 투신해 초인(楚人)들은 매년 이날 죽통(竹筒)에 쌀을 채워 강물에 던지며 제사(祭祀)를 치렀다. 한(漢)나라 때 어떤 사람이 대낮에 자칭 삼려대부(三閭大夫)라 하는 사람을 만났는데 그 사람이 "매년 교룡(蛟龍)이 제수(祭需)를 훔쳐 가서 잃어 버렸다. 만약 올해도 제사를 지내려면 나뭇잎을 쪄 그 위를 막고 오색실로 묶어라, 이 두 가지를 교룡이 싫어한다.(常年所遺, 并爲蛟龍所竊, 今若有惠, 可以楝樹葉塞其上, 以五色絲縛之, 此二物蛟龍所憚.)"라고 했다는 기록이 있다.

굴원(屈原)

감상

깊고도 맑은 상수湘水 강물은 여전히 굴원屈原이 흘린 눈물 같으니, 상수를 유랑하던 굴원의 원혼 한을 풀기엔 아직도 요원하다. 강가에 서 있는 푸른 단풍나무 그 가지 위에서 울어대는 밤 원숭이 울음소리 굴원의 한을 더욱 깊게 할 뿐이고, 단지 이끼 두른 산귀山鬼가 말 건네니 말동무할 수 있을 뿐이구나. 땅에 묻혀 육신이 썩어 버려도 그 영혼 다시 부르기 어려운데, 상수 깊은 물에 몸을 던져 물고기 밥이 되어 버렸으니 혼인들 어찌 쉽게 부를 수 있으리오? 굴원의 고향에 일가친척 세 집만 남아 있어도 제수祭需는 준비할 수 있을 터인데, 오색실인들 누가 아깝겠는가? 제수 음식 교룡蛟龍이 훔쳐 먹지 못한다는데.

848년(唐 大中 2) 여름, 시인이 계주桂州(지금의 廣西省 桂林)에서 장안長安으로 돌아오는 길에 담주潭州(지금의 湖南省 長沙) 등지를 들렀을 때 지은 작품으로 굴원을 조문하는 내용을 담고 있다.

이 시는 평성平聲 소운蕭韻과 평성 효운肴韻을 통용한 칠언율시이다.

여설

호남성湖南省 장사長沙 일대에 남아 있는 굴원屈原의 사적 중 귤자주橘子洲가 있다. 이 귤자주를 소재로 굴원은 〈귤송橘頌〉이라는 시를 남겼는데 이상은李商隱도 아마 귤자주를 유람하며 굴원을 생각했던 것 같다.

귤주는 귤자주라고도 하며 사주沙洲 끝 부분에 '수륙사水陸寺'가 있어 '수륙주水陸洲'라고도 하는데 장사시長沙市 서쪽 상강 중류에 있는 유명한 명승지이다. 상강대교湘江大橋에서 조두潮頭로 통하는 갈림길이 있는데 이 길로 약 10화리(華里, 1華里가 약 500m) 정도 가면 폭이 가장 좁은 곳은 40m 정도이고, 가장 넓은 곳은 100여m나 되는 옥대玉帶 같은 것이 상강湘江 가운데 떠 있는 모습이 보인다.

귤주는 귤의 생산지로 유명해 『태평환우기太平寰宇記』에 "귤주는 장사현長沙縣 서남쪽 10리쯤에 있는데 강에 때때로 큰 홍수가 나면 다른 사주沙洲는 모두 잠기지만 이 귤주만은 물에 잠기지 않고, 탐스러운 귤이 많아 붙은 이름이다.(橘洲在長沙縣西南十里, 江中時有大水, 諸洲皆沒, 此洲獨浮, 上多美橘, 故名.)"라는 기록이 있다.

이미 주周나라 때부터 귤은 천자天子에게 진상하는 공물이었고 전국시대戰國時代를 거쳐 진한秦漢에 이르러서는 대량으로 재배하기 시작했다. 『사기』〈화식전貨殖傳〉에 "강릉에 귤나무 천 그루가 있으면 그 사람은 천호千戶의 봉토를 가진 제후諸侯와 같다.(江陵千樹橘, 其人可與千戶侯等.)"는 기록이 있고, 『양양기구전襄陽耆舊傳』에는 삼국시대三國時代 오吳 지방地方의 이형李衡이라는 사람에 관한 이야기가 실려 있는데 그 사람은 매번 가산을 탕진해 처자도 그의 말을 따르지 않을 지경이었다. 그 때문에 비밀리에 10여 명의 사람을 무릉武陵 용양龍陽의 범주泛洲에 보내 천여 그루의 감귤을 심고 나서 임종하면서 아들에게 "내 사주沙洲에 천 개의 목노木奴가 있으니 너는 의식衣食을 탓하지 않고 한 해에 여러 필의 비단을 풍족히 쓸 수 있을 것이다.(吾洲里有千頭木奴, 不責汝衣食, 歲上匹絹亦當足用.)"라는 유언을 남겼는데 아들은 부친의 말뜻을 이해할 수 없어 모친에게 물었고 이형의 처자는 한참을 생각한 후에야 강릉에 천 그루 귤나무를 심으면 봉군가封君家라는 사마천司馬遷의 말을 생각해낼 수 있었다. 후에 감귤나무가 자라자 과연 1년에 비단 몇천 필을 살 수 있는 정도로 부호가 되었다고 한다.

감귤을 대규모로 재배하기 위해 한무제漢武帝 때 '귤궁橘宮'을 설치해 전문적으로 남방에서 올라오는 공물인 귤에 관한 사무를 처리하도록 했다.

천여 년 동안 귤은 문인들이 가장 애송했던 대상이 되었다. 최초로 귤을 묘사한 작품은 응당 굴원이 지은 〈구장九章〉의 '귤송橘頌' 편이다. 이후로 다 열거할 수 없을 정도로 많은 문학가들이 귤을 소재로 가작을 남겼다.

한대漢代 이후 중국의 감귤은 인도 · 동남아시아 · 일본 · 조선으로 전래되었다. 송宋 이후 육로를 통해 유럽으로도 전해져 현재 세계 각국의 감귤은 대부분 원산지가 중국이기 때문에 농학자農學者들은 중국을 '감귤의 나라'라 부르기도 한다.

『안자춘추晏子春秋』의 "회수淮水 남南쪽에서 생산된 것을 귤이라 하고 회수 북北쪽에서 생산된 것을 탱자枳라 한다. 잎은 비슷하지만 그 맛은 다르다.(橘生淮南爲橘, 生於淮北則爲枳. 葉徒相似, 其實味不同.)"라는 기록에서 알 수 있듯이 회북淮北에서 생산되는 탱자는 약용으로 사용될 뿐이기 때문에 진정한 귤의 원산지는 회남淮南지방이다. 귤자주橘子洲 일대 내지는 전체 호남성湖南省이 모두 귤 생산지이다.

귤주는 상강湘江의 토사가 퇴적되어 형성되었는데 그 시기는 『상중기湘中記』의 기록에 의하면, 남조南朝 진대晋代로 추정된다. 그 후 이 사주는 상주上洲 · 중주中洲 · 하주下洲의 세 개로 분리되었다가 현재는 하나로 연결되었다. 그러나 우두주牛頭洲 · 수륙주水陸洲 · 부가주傅家洲 등의 명칭은 당시 상주 · 하주 · 중주에서 비롯되었다. 하나로 이어진 귤자주는 마치 길게 이어진 섬長島처럼 보인다. 오랜 세월 장사長沙와 깊은 관계를 맺어왔기 때문에 '장도長島'를 장사의 대명사로 사용하기도 한다.

곡강 曲江[1]

이상은(李商隱)

태평성대太平聖代에 끝도 없이 비취색 수레가 지나갔건만,
부질없이 깊은 밤 허공에선 원혼怨魂의 슬픈 노랫소리 들려온다.
금수레 탄 절세미녀絶世美女 돌아오지 않는데,
옥전玉殿 옆 개울은 여전히 하원下苑으로 물결 일으키며 흘러간다.
죽음을 앞두고 화정華亭의 학 울음소리 들었던 일 생각했고,
늙어서 왕실을 걱정하다 동타銅駝를 보고 울었다.
하늘이 내려앉고 땅이 변해 비록 마음은 슬프지만,
오늘 상춘傷春의 한에 비하면 슬픔도 아니지 않느냐?

망단 평시 취련 과 공문자야 귀비가
望斷[2]平時[3]翠輦[4]過 空聞子夜[5]鬼悲歌

금여 불반경성색 옥전유분하원 파
金輿[6]不返傾城色 玉殿猶分下苑[7]波

사억화정 문려학 노우왕실읍동타
死憶華亭[8]聞唳鶴[9] 老憂王室泣銅駝[10]

천황지변 심수절 약비상춘 의미다
天荒地變[11]心雖折 若比傷春[12]意未多

1 曲江(곡강) : 장안(長安) 교외(郊外) 두릉(杜陵) 서북(西北) 5리(里) 지점에 있는 유람지(遊覽地). **2** 望斷(망단) : 한껏 바라보아도 보이지 않는다. **3** 平時(평시) : 태평성대(太平聖代). **4** 翠輦(취련) : 지붕을 물총새 깃털로 장식한 수레. '연(輦)'은 고대(古代) 사람이 끌던 수레였는데 후대(後代)에는 왕실(王室)에서 주로 사용하게 되었다. **5** 子

夜(자야) : '반야(半夜)' 의 뜻이기도 하고, 또 고악부(古樂府)에 〈자야가(子夜歌)〉를 뜻하기도 한다. 여기서는 두 가지 의미를 모두 사용해 눈앞에 가득한 곡강(曲江)의 황량한 광경을 묘사했다. **6** 金輿(금여) : 금장식을 한 수레. **7** 下苑(하원) : 곡강(曲江) 남쪽 기슭에 있는 황가(皇家)의 원지(苑池). **8** 華亭(화정) : 계곡 이름. 육기(陸機)의 고택(古宅) 부근에 있는데 지금의 상해(上海) 송강(松江)이다. **9** 聞唳鶴(문려학) : 학(鶴)의 울음소리를 듣다. 서진(西晉)의 육기는 고향을 떠나 강남(江南) 낙양(洛陽)에서 벼슬을 하다 진의 내전에 참가했었는데 성도왕(成道王) 사마영(司馬穎)이 장사왕(長沙王) 사마의(司馬義)를 물리친 후 환관 맹구(孟玖)의 참언을 믿고 육기를 주살(誅殺)했다. 죽음에 이른 육기가 탄식하며 "화정(華亭)의 학이 우는 소리 어찌 다시 들을 수 있으리오!(旣而嘆曰 '華亭鶴唳, 豈可復聞乎!)" 라 말했다는 기록이 『진서(晋書)』〈육기전(陸機傳)〉에 있다. 이 시구는 육기의 전고(典故)를 통해 '감로지변(甘露之變)' 으로 환관(宦官)이 대신(大臣)들을 주살하는 당시의 상황을 풍자했다. **10** 泣銅駝(읍동타) : 구리로 만든 낙타를 울린다. 서진(西晉)이 멸망하기 전 삭정(索靖)은 천하에 큰 난리가 있을 것이라는 사실을 알고 낙양 궁문 앞의 동타(銅駝)를 가리키며 "네가 형극(荊棘) 가운데 있는 게 보이는구나!(會見汝在荊棘中耳!)" 라 탄식했다는 이야기가 『진서(晋書) · 삭정전(索靖傳)』에 실려 있다. 이 시구는 삭정의 전고(典故)를 통해 당(唐) 왕조(王朝)의 운명에 대한 근심을 표현했다. **11** 天荒地變(천황지변) : 하늘이 기울고 땅이 뒤집히는(天傾地覆) 변고(變故). **12** 傷春(상춘) : 봄날이 쉬이 지나감을 아파한다.

감상

옛날 황제가 곡강曲江에 행차했을 때의 성황盛況은 다시 볼 수 없으니, 이 얼마나 황량한가! 깊은 밤 원혼의 슬픈 노랫소리만 들릴 뿐이다. 옛날 금으로 장식한 수레 타고 왔던 절세의 미녀 한번 가고 나니 다시는 오지 않는다. 황궁皇宮의 옥전玉殿 앞에 여전히 곡강지曲江池로 흐르는 개울물만 흘러가고 있다. 옛날 육기陸機가 죽음에 이르러 슬픔에 탄식했어도 다시는 학 울음소리 들을 수 없었다. 나 이

제 늙어 황실의 쇠락을 걱정하다 보니 궁궐 문 앞에 서 있는 동타銅駝가 가시덤불 속에 파묻혀 있구나. 하늘이 내려앉고 땅이 변하는 전란 속에 허물어져 가는 나라의 운명이 나를 슬프게 하지만 오늘 쉬이 지나가 버리는 봄날에 대한 안타까움에 비하면 그리 아프다 할 수도 없지 않느냐?

이 시는 '감로지변甘露之變'을 노래한 시로 비애를 함축적으로 표현하여 내용이 더욱 심각하고 정조가 침통하다. 시인은 '자야귀가子夜歸歌'·'화정학루華亭鶴淚' 등의 전고典故를 운용해 감로가 변하는 시기, 환관에 의해 사대부들이 죽어가는 정치 현실을 반영하면서 시인의 고통스러운 내심을 표현했다.

이 시는 평성平聲 가운歌韻의 칠언율시이다.

여설

서안西安 자은사慈恩寺 동남쪽 1리里 거리에 당대唐代의 '제성승경帝城勝景'으로 알려진 곡강지曲江池와 부용원芙蓉園이 있다. 오늘날의 곡강지는 울퉁불퉁한 밭이나 깊이 파인 웅덩이 그리고 붉은 기와를 인 농가에 불과해 왕년의 '곡강의 수만 송이 꽃들과 샘물(曲江數萬花泉水)'의 경관은 몽롱한 기억 저편으로 사라져 버렸다.

당대唐代엔 서안성西安城 동남방에 극히 화려하고 아름다운 원림園林이 있었지만 2000년 전 이곳은 광야 가운에 큰 저수지가 하나 있었을 뿐이었다. 당시 이 일대를 기주隑州라 칭했는데, '기隑'는 '만곡彎曲'의 뜻이다. 저수지의 모양이 만곡형彎曲型이었기 때문에 속칭이 '곡강曲江'이었다. 진한시대秦漢時代 이곳엔 황족皇族들이 휴식을 하거나 사냥을 할 때 사용하는 이궁離宮인 의춘원宜春園과 금원禁苑, 즉 상림원上林苑이 있었다. 그런데 이곳에 부용芙蓉이 매우 많았기 때문에 수당대隋唐代에는 황가皇家의 정원을 부용원芙蓉園과 부용지芙蓉池로 개칭했다. 또 의심이 매우 많았던 수隋 양제煬帝는 '곡강'이라는 이름이 불길하다고 해서 이름을 부용원과 부용지로 바꾸었다는 말도 있다. 당 현종玄宗 개원연간開元年間(713~741) 저수지를 종남산終南山의 의곡義谷과 연결시켜 계곡 물을 끌어들였다. 이로써 이전엔 아무런 눈길도 끌지 못했던 저수지가 남북으로 길게 운치 있게 굽어 물결이 일렁이는 대호수가 되었고 다시 '곡강'이라는 명칭을 되찾게 되었다. 이로써 '곡강'은 더 이상 저수지의 모양에서 비롯된 말이 아니라 부용원과 행원杏園을 포괄하는 당대 장안長安의 명승 중의 명승이 되어 수많은 시문詩文 속에서 오르내리게 되었다.

곡강지는 당인唐人의 손에 의해 시정詩情과 화의畵意가 넘치는 곳으로 변했다. 약 12경頃에 이르는 호수에는 수없이 많은 연꽃이 떠 있고 물가에는 창포菖蒲와 고미菰米 같은 수초가 무성했으며, 약 7리나 되는 호수 둘레에는 중앙 정부의 각성各省과 부府가 지은 연회용 정사亭榭나 별관別館이 즐비했다. 이처럼 당대의 곡강지는 자연 경관과 호화로운 건축물이 서로 조화를 이루는 이채로운 경관을 자랑했다.

당나라 때 곡강을 유람한다는 것은 누구나 즐거워하는 일이었다. 매년 2월 1일 중화절中和節, 3월 3일 중원절中元節과 과거고시科擧考試의 결과를 발표하는 날은 연회가 끊이지 않아 '장안이 거의 반은 빌(長安幾於半空)' 정도였다고 한다.

운치가 넘치는 곡강의 일사逸事 중 또 한 가지는 이곳이 청춘 남녀가 짝을 만나기 좋은 장소라는 사실이다. 비록 봉건시대 청춘 남녀들은 자유로이 연애하거나 결혼할 수는 없었지만 주희朱熹가 성리학을 제창하기 이전인 당나라 때는 비교적 자유로웠다. 그래서 젊은 남녀가 곡강에서 함께 놀이를 즐기거나 꽃을 감상하는 일이 흔했다.

더욱 풍류와 운치를 느낄 수 있게 해주는 것은 '곡강류음曲江流飮'이다. 만약 당신이 호반에서 꽃을 감상하고 있는데 졸졸 흘러가는 수면 위에 꽃잎과 나뭇잎이 떠 있는 가운데 술잔이 떠 있다고 상상해 보라! 원래 이것은 풍류문사風流文士들이 연회를 열다 흥이 오르면 술을 가득 채운 술잔을 물 위에 띄우고 자기 앞에 술잔이 멈추면 그 사람이 술을 한 잔 들이켜고는 즉흥시를 한 수 읊는 놀이를 한 데서 유래한다. 이 유명한 '곡강류음'이 '장안팔경長安八景' 가운데 하나다. 그런데 이러한 놀이는 당대 장안에서 처음 한 것이 아니라 일찍이 동진시대東晋時代 왕희지王羲之(303~361년)가 즐겨했던 놀이였다. 왕희지는 정원에 '유상정流觴亭'을 만들고는 시우詩友인 사안謝安·손작孫綽·왕헌지王獻之 등 10여 명과 함께 이른바 '술잔을 띄워 놓고 시로 내기를 해서(流觴賽詩)' 벌주罰酒를 마시며 놀았다. 그런데 당대 제왕들이 가장 숭배했던 서예가가 왕희지였기 때문에 자연히 왕희지에 관한 일사佚事들이 당대 문인사회文人社會에도 널리 전해져 이러한 풍속이 성행했던 것 같다.

'곡수류상曲水流觴'의 놀이가 처음 시작되었던 때는 왕희지가 활약했던 남조南朝 동진시대東晋時代 훨씬 이전부터이다. 『형초세시기荊楚歲時記』에 『속제해기續齊諧記』의 기록을 인용해 주공周公이 낙양洛陽을 도읍으로 정한 후 '유수범주流水泛酒'의 놀이를 성대하게 베풀었다는 기록이 있고, 진秦 소왕昭王(기원전 306~302년) 역시 이러한 놀이를 즐겼다고 한다. 그리고 이 풍속이 경축일慶祝日이나 음력 3월에 불길한 기운을 씻어 버리기 위해 몸을 씻는 풍속과 결합해 후대에 전해지게 되었고 당대에도 온 장안 사람이 이러한 놀이를 즐겼다. 특히 득의양양한 과거 급제생들이 즐기는 주요 놀이 중의 하나였다.

계림 桂林[1]

이상은(李商隱)

산이 짓눌러서인지 성이 협소하고,
망망한 강물 마치 땅과 함께 떠 있는 듯하다.
동남東南으로 경애璟崖 절경絶境과 통해 있고,
서북西北 성城머리엔 높은 누각樓閣 있네.
절벽을 가득 채운 청풍수青楓樹는 풍신楓神이 보호하고,
백석담엔 교룡蛟龍이 옮겨 왔나 보다.
이 먼 벽지僻地에 도대체 무얼 기도하는지,
소고簫鼓 소리 쉬지 않고 울리네.

성 착 산 장 압　강 관　지 공 부
城窄山將壓　江寬[2]地共浮

동 남 통 절 역　서 북 유 고 루
東南通絶域[3]　西北有高樓[4]

신 호 청 풍 안　룡 이 백 석 추
神護青楓岸　龍移白石湫[5]

수 향 경 하 도　소 고 부 증 휴
殊鄕竟何禱　簫鼓不曾休

1 桂林(계림) : 지명(地名). 현재 광서자치구(廣西自治區) 계림시(桂林市). 『구당서(舊唐書)』〈지리지(地理志)〉에 '강 언덕에 계수나무가 많고 다른 나무는 자라지 않아 진(秦)나라 때 계림군(桂林郡)을 설치했다.(江源多桂, 不生雜木, 故秦時立桂林郡也.)' 라고 기록하고 있다. 2 江寬(강관) : 강이 넓다. 여기서는 도처에 강이 많다는 뜻이다. 『방여승람(方輿勝覽)』에 "계주(桂州)에는 상(湘) · 이(灕) 이강(二江)이 있고 또 여강(荔江)과 양강(陽江)이 있다.(桂州有湘灕二江, 荔江, 陽江.)"는 기록이 있다. 3 絶域(절역) : 변경(邊境). 『방여승람(方輿勝覽)』에 "계

주(桂州)는 남으로 경애(瓊崖)에 접해 있다(桂州南按瓊崖)."라고 했으니, 이 시구에서 절역(絕域)은 '경애'를 가리킨다. '경애'는 지금의 해남도(海南島)이다. **4** 高樓(고루) : 높은 누각, 『계해우형지(桂海虞衡志)』에 "북쪽 성에 옛부터 누대(樓臺)가 있었는데 이름을 설관(雪觀)이라 한다(北城舊有樓曰雪觀)."라는 기록이 있다. 이 시구의 고루(高樓)는 이 '설관'을 뜻한다. **5** 白石湫(백석추) : 연못 이름. 『명일통지(明一統志)』에 "백석추(白石湫)는 계림부성(桂林府城) 북쪽 7리 지점에 있는데, 속명(俗名)은 백석담이다(白石湫在桂林府城北七里, 俗名白石潭.)"라는 기록이 있다.

감상

사방에 높은 산이 에워싼 계림桂林은 마치 산이 짓눌러서 성城이 좁은 듯 보인다. 도처에 흐르는 강들은 마치 땅 위에 떠 있는 듯하다. 동남東南쪽으로 해남도海南島의 절경이 이어지고, 서북西北쪽으로 성 머리에는 설관루雪觀樓가 서 있다. 절벽에 빽빽이 서 있는 청풍수靑楓樹는 나무의 신이 보호하는지 무성하게 자랐고 백석추白石湫 연못 물은 교룡蛟龍이 옮겨올 정도로 깊고 푸르다. 장안長安에서 멀리 떨어진 남쪽의 이 외진 곳에서 나는 무얼 바라는지, 소고簫鼓 소리 쉬지 않고 들린다.

이 시는 이상은이 계림에서 벼슬을 하면서 고향에 대한 그리움을 표현한 작품이다. 이상은은 계림의 '황벽荒僻'에 대한 묘사를 통해 고향에 대한 그리움을 우회적迂廻的으로 표현했다.

이 시는 평성平聲 우운尤韻의 오언율시이다.

여설

계림시桂林市 고성古城 내에 있는 독수봉獨秀峰은 '독특하고 빼어나 다른 산들과는 차이가 있다.(凝秀獨出, 頗與衆山遠.)'라고 일컬어지는 독특한 풍격風格으로 유명하다. 1712년(淸 康熙 51) 광서廣西 포정사布政使 황국재黃國材는 '남천일주南天一柱'라 예찬했고, 1845년(淸 道光 25) 광서廣西 포정사布政使 장상하張祥河는 '자색紫色 옷에 금색金色 허리띠紫袍金帶'를 한 것 같다며 계림의 산수山水를 예찬했다.

독수봉에는 많은 고적이 남아 있는데 가장 오래된 유적인 '독서암讀書岩'은 1500여 년 전 남조南朝의 문학가 안연지顔延之가 계림태수桂林太守로 있을 때 독수봉 근처에서 독서하며 시문을 지었던 곳이다. 그는 "홀로 빼어나지 않았다면 높이 성읍城邑 사이에 솟았겠는가.(未若獨秀者, 峨峨聳邑間.)"라고 계림을 예찬했는데 '독수봉獨秀峰'이란 명칭은 여기서 비롯되었다. 송宋 원우연간元祐年間 계주지주桂州知州 손람孫覽이 안연지를 기리기 위해 안연지가 독서했던 독수봉獨秀峰 아래 암동巖洞의 입구에 '안공독서암顔公讀書岩'이라는 다섯 글자를 새겼다.

독수봉에는 독서암讀書岩 이외에 두 개의 암동巖洞이 있는데 그 중 하나가 태평암太平岩으로 명明의 제10대 정강왕靖江王 주리도朱履燾의 이름을 따서 붙여진 이름이다. 주리도는 '담도선인澹道仙人'이라 자칭하며 사작嗣爵을 버리고 '태평성세太平盛世'를 선양했다. 독수봉 서동西洞을 '태평암太平岩'이라 개명하고 태평암시太平岩詩를 지어 지방의 문무 관리와 승려들과 화창해 화답시和答詩가 20여 수에 이르는데 이 작품들은 모두 태평암에 새겨져 있다.

독수봉 정상에서 산 아래를 내려다보면 장방형長方形의 고성古城이 독수봉을 둘러싸고 있는 모습인데 이 고성을 계림 사람들은 '왕성王城' 혹은 '황성皇城'이라 불렀다.

이 왕성의 역사는 북경의 역사보다 길다. 기원 1368년 주원장朱元璋은 명조明朝를 수립한 후 '중건종친이번왕실重建宗親以藩王室'의 정책을 시행했다. 주원장의 질손姪孫 주수겸朱守謙이 정강왕靖江王에 봉해졌는데 그의 번국藩國이 광서廣西 계림桂林이었다. 당시 명明 태조太祖는 왜 자신의 아들을 제쳐 두고 겨우 5, 6세밖에 되지 않은 질손姪孫을 번왕藩王에 봉했을까? 원래 주원장의 형제는 네 사람이었는데 3형제는 모두 주원장이 의군義軍을 일으키기 전에 죽었고 그 중 두 사람은 후손도 없었다. 장형長兄만 후손인 주문정朱文正을 두었는데 주문정이 안휘성安徽省 동수桐樹에 폄적되었다가 어린 아들 주수겸만을 남기고 죽었다. 이후 주수겸을 주원장이 황궁皇宮에서 키웠고 주원장은 그를 매우 아껴 어린 나이에도 불구하고 전례를 깨면서까지 정강왕에 봉했던 것이다.

그런데 이 주수겸이 그 아비의 성격을 이어받아 '음락淫樂'을 일삼다가 '월인越人'들의 원성을 살 줄 누가 알았겠는가? 주원장은 어쩔 수 없이 그를 불러 훈계했는데 주수겸은 이에 대한 불만을 시로 써내는 등 안하무인이었다. 이에 주원장이 노하여 그를 서인庶人으로 강등시켰다. 비록 나중에 작위爵位를 회복했지만 끝내 그 본성이 변하지는 않았고 얼마 있지 않아 주수겸은 남경南京에 구금되어 있다 죽었다. 제1대 정강왕의 비참한 최후는 정강왕부靖江王府에 불길한 그림자를 드리우는 사건이었다.

정강왕부는 원元 순제順帝의 만수전萬壽殿을 증축하여 만들었다. 언뜻 보기에도 이 왕부王府에는 '황제'의 기세가 내비친다. 왕부는 번왕부藩王府의 체제에 따라 건축되는 것으로 남경南京 명내궁明內宮의 축소판이다. 1372년(明 洪武 5) 건축을 시작하여 홍무洪武 25년 준공했으니 장장 20년이 걸린 대공사였다. 왕부王府의 둘레가 3리나 되고 동서남북에 네 개의 문이 있다. 동문은 지금의 동화문東華門이고 서문은 지금의 서화문西華門, 남문은 지금의 정양문正陽門, 북문은 지금의 광서사범대학교廣西師範大學校 후문後門이다. 당시 성내에 있던 40여 동의 건물도 규모가 웅장하고 화려했다. 후궁의 정원은 독수봉獨秀峰 아래와 연결되어 있었고 월아지月牙池를 파 독수봉 아래의 맑은 물을 끌어들였다. 지금도 호숫가에는 나무가 푸르게 우거졌다. 그러나 이 화려하고 웅장한 왕부王府의 주인들의 운명은 이와 크게 달랐다.

제8대 정강왕 주방녕朱邦寧은 '음행淫行을 일삼고 사람들을 해쳐(淫縱害人)' 민원民怨이 들끓게 해 가정황제嘉靖皇帝의 질책을 받아 겨우 작위爵位를 유지했고, 제13대 정강왕인 주형가朱亨嘉는 광서廣西의 패왕覇王을 자처하며 숭정제崇禎帝가 죽은 후 '감국監國'을 자칭하며 군사를 일으켜 남명南明의 융무조정隆武朝廷과 황위쟁탈전皇位爭奪戰을 벌였다. 그러나 그는 주원장의 직계 자손이 아니었기 때문에 많은 지지를 얻지 못했고 왕성은 황성이 될 수 없었다. 주형가가 꾸었던 황제의 꿈은 길지 못해 곧 붙잡혀 복건福建에서 죽었다. 그렇다면 왕성이 언제 황성이 되었는가? 명말明末 청병淸兵의 압박하에서 융무隆武·소무정권紹武政權이 이어졌고 청淸 순치順治 3년 계왕桂王 주유낭朱由榔이 조경肇慶에서 연호를 영력永歷이라 하며 황제를 자처했다. 다음 해 조경성肇慶城이 함락되자 영력황제永歷皇帝가 계림桂林으로 도피했는데, 그때 비로소 왕성이 황성이 되었다. 그러나 그것도 잠시, 1650년 청조淸朝 정남왕定南王 공유덕孔有德이 계림으로 진군하자 영력황제永歷皇帝는 전주全州로 도망갔고, 마지막 정강왕靖江王 주형가朱亨嘉는 목을 매고 자살했다. 250여 년을 유지했던 정강왕부는 이로써 왕부 정침正寢으로서의 수명을 다했다. 황궁皇宮이 정남왕부定南王府로 다시 개칭되었는데 2년 후 이정국李定國이 이끄는 대서농민군大西農民軍의 공격으로 공유덕孔有德은 왕부에 불을 지르고 자결했다. 이로써 화려하기 그지없던 일대의 왕성, 황성이 연기 속으로 사라져 버렸다.

순치順治 14년 정강왕부의 유지는 공원貢院이 되어 문인들의 집합지가 되었다. 이상한 일이지만 계림에 최초로 세워진 학관이 바로 이곳에 세워졌었다. 당唐 대력연간大歷年間 계림 관찰어사觀察御使로 부임했던 이창李昌이 이곳에 선니묘宣尼廟(孔廟)를 만들었었다. 이 지역에 '문곡성文曲星'의 영령英靈이 있는지 계림 출신인 진계창陳繼昌이 청清 가경연간嘉慶年間 향시鄕試 · 회시會試 · 전시殿試에 연속 장원해 당시 양광兩廣 총독總督 완원阮元이 구왕부舊王府(貢院)의 단례문端禮門에 '삼원급제三元及第' 방坊을 세워 격려했다고 한다.

청말清末 과거가 폐지되고 공원은 자의국恣議局으로 바꾸었는데 1921년 손중산孫中山이 북벌할 때 계림에 집합해 구왕부舊王府는 북벌군의 대본영이 되었다. 현재 독수봉獨秀峰 동남쪽 기슭에는 손중산선생孫中山先生을 기념하는 기념 석탑과 앙지정仰止亭이 서 있다.

唐書本紀卷第一
監修國史推誠守節保運功臣特進守司空兼門下侍郎同中
書門下平章事上柱國譙國公食邑五千戶食實封四百戶臣
劉　昫　等奉勑修
皇明奉　勑提督南畿學政山西道監察御史餘姚聞人詮校刻
蘇州府儒學訓導門人嘉興沈桐同校
高祖
高祖神堯大聖光孝皇帝姓李氏諱淵其先隴西狄道人涼武昭王
暠七代孫也暠生歆歆生重耳仕魏爲弘農太守重耳生熙爲金門
鎭將領豪傑鎭武川因家焉儀鳳中追尊宣皇帝熙生天錫仕魏爲
幢主大統中贈司空儀鳳中追尊光皇帝皇祖諱虎後衛左僕射封
隴西郡公與周文帝及太保李弼大司馬獨孤信等以功參佐命當
時稱爲八柱國家仍賜姓大野氏周受禪追封唐國公謚曰襄至隋
文帝作相還復本姓武德初追尊景皇帝廟號太祖陵曰永康皇考

구당서(舊唐書)

항아 姮娥[1]

이상은(李商隱)

운모雲母 병풍 가운데 앉으니 촉영燭影이 그윽하고,
긴 은하수 점점 떨어지니 새벽 별도 사라진다.
항아姮娥는 영약靈藥 훔친 일 당연히 후회하지만,
벽해碧海 같은 푸른 하늘에 밤은 깊어간다.

운모병풍 촉영심 장하 점락효성 침
雲母屛風[2]燭影深 長河[3]漸落曉星[4]沉

항아응회투령약 벽해청천야야심
姮娥應悔偸靈藥 碧海靑天夜夜深

1 姮娥(항아) : 달 속에 있는 선녀. 상아(嫦娥)라고도 함. 2 雲母屛風(운모병풍) : '운모(雲母)'는 광물의 일종. 운모로 만든 병풍은 매우 진기한 물건이었다고 한다. 『서경잡기(西京雜記)』에 조비연(趙飛燕)이 황후(皇后)가 된 후 한(漢) 성제(成帝)가 그녀의 동생 조합덕(趙合德)에게 운모 병풍 한 폭을 보냈다는 이야기가 실려 있다. 3 長河(장하) : 강. 큰 은하수. 4 曉星(효성) : 새벽 별, 곧 금성(金星, 啓明聖)으로 새벽녘에 동쪽에 뜬다.

감상

운모병풍雲母屛風 치고 초연히 앉아 있으니 타다 남은 등불 점점 깊고 그윽해진다. 긴긴 은하수銀河水 이미 점점 기울어 떨어지고, 새벽 별도 아래로 떨어져 자취를 감추었다. 항아姮娥야, 너도 그때 불사不死의 영약靈藥 훔쳤던 걸 후회하고 있겠지. 지금 푸른 바다 같은 하늘을 밤마다 마주 대하고 있을 너의 마음 그 얼마나 고적하겠니?

이 시는 고적孤寂한 월궁月宮에서 홀로 지내는 항아의 신세를 영탄詠嘆하면서 시인 자신의 상처傷處 받은 정情을 표현했다.

이 시는 평성平聲 침운侵韻의 칠언절구이다.

여설

항아는 달 속에 있다고 전해지는 선녀仙女다. 『회남자淮南子』〈남명편覽冥篇〉에 "예羿가 서왕모西王母에게 부탁하여 불사약을 얻었는데 항아가 그것을 훔쳐 먹고 달로 달아나 버렸다.(羿請不死之藥於西王母, 姮娥偷以奔月.)"라는 고사가 있다. 그러나 '항아가 달나라로 도망갔다(姮娥奔月)' 는 고사는 전국시대戰國時代 초기에 씌어진 책인 『귀장歸藏』에 처음으로 보인다. 『귀장』에 "옛날에 항아가 서왕모에게 불사약을 얻어 먹고 달로 도망쳐 달의 정령이 되었다.(昔姮娥以西王母不死之藥服之, 遂奔月爲月精.)"라는 내용이 있다. 그 뒤 후한의 장형張衡이 『영헌靈憲』이라는 책을 쓰면서 이 신화를 기록했는데 "예가 서왕모에게 부탁해 불사약을 얻었는데 항아가 그것을 훔쳐 먹고 달로 도망쳤다.(羿請不死之藥於西王母, 姮娥偷之以奔月.)"라고 되어 있다. 청淸나라 때 엄가균嚴可均이 『전상고삼대진한삼국육조문全上古三代秦漢三國六朝文』을 편집하면서 『영헌靈憲』에 나오는 내용을 모두 『귀장歸藏』에 넣고 "『귀장』의 문장임에 틀림없다"고 했다. 사실 『영헌』에 나오는 내용은 『귀장』의 일문逸文과 비교해 보면 내용과 형식이 매우 비슷하다.

이처럼 '항아분월姮娥奔月' 에 관한 고사는 이미 전국시대戰國時代 초기부터 신화화神話化되기 시작해 이후 아름답고 풍부한 상상으로 오랜 세월 동안 사람들의 입에 오르내리게 되었다.

항아는 상아嫦娥라고 쓰는데 본래는 하늘나라의 여신으로 예羿의 아내였다. 남편인 예가 천제天帝의 명으로 인간 세계의 재앙을 없애기 위해 인간 세계로 내려올 때 함께 인간 세계로 내려왔다. 예가 인간 세계의 백성들을 위해 일곱 가지 재앙을 없애주자 백성들은 그의 공덕에 감동해 칭송하는 소리가 사방으로 퍼져 나갔고, 마침내 예는 인간 세계의 영웅이 되었다. 예는 천제의 명을 완수하고 상림桑林에서 잡은 산돼지를 잘게 다져 쪄서 천제에게 바쳤으나 웬일인지 천제는 기뻐하지 않았다. 천제의 아들들인 10개의 태양을 쏘아 그 중 9개를 떨어뜨렸으니 백성들에게는 큰 공이겠지만 천제에게는 큰 죄였기 때문이다. 아들을 잃은 천제의 비통함은 점차 원한으로 변해 예는 하늘로 돌아가지 못하고 지상에 살게 되었다.

그런데 본래 하늘나라의 여신이었던 항아는 지금의 남편인 예 때문에 다시는 하늘로 돌아갈 수 없게 되었으니 예와 사이가 틀어질 수밖에 없었다. 게다가 지상에서 살다가 죽게 되면 지하의 유도幽都에서 시커먼 귀신들과 함께 생활을 해야 한다는 사실을 도저히 견딜 수 없었다. 그래서 그들 부부는 죽지 않고 영원히 살 수 있는 방법을 강구하게 되었고, 그러던 중 곤륜산崑崙山 서쪽에 살고 있다는 서왕모가 불사약을 가지고 있으며 그 약을 먹으면 영원히 살 수 있다는 말을 듣게 되었다.

예는 불굴의 의지로 물과 불의 난관을 뚫고서 곤륜산 위로 올라가 요지瑤池 근처의 동굴에서 서왕모를 만날 수 있었다. 예는 자신이 온 뜻을 정중하게 서왕모에게 말했고, 서왕모도 인간들에게 큰 공을 세운 예의 불행한 처지에 동정심을 느꼈는지 불사약이 들어 있는 호리병을 건네 주면서 "이 약은 당신 부부가 함께 먹어도 영원히 죽지 않을 만큼 충분한 양입니다. 만일 한 사람이 혼자서 다 먹는다면 하늘로 올라가 신神이 될 수 있는 희망이 있지요"라고 했고, 또 "이 약을 잘 보관하십시오, 이것이 마지막 남은 약이기 때문입니다."라고 당부했다.

예는 기쁨에 넘쳐 집으로 돌아와 항아에게 약을 잘 보관하게 하고 날을 받아 함께 먹기로 했다. 그런데 예는 결코 하늘로 다시 돌아가고 싶지 않았다. 그런데 항아는 생각이 달랐다. 그래서 그녀는 예가 집에 없는 틈을 타서 혼자서 약을 먹기로 결심을 했다. 그러나 아직 그녀는 담이 크지 못했기 때문에 신중을 기하기 위해 '유황有黃'이라는 무당을 찾아가 길흉을 점쳐 보기로 했다. 유황은 거북 껍질과 시초蓍草로 점을 쳤는데 점괘가 "그녀가 혼자서 멀고 먼 서방西方으로 가게 되네. ……운명이 이미 정해져 있는 걸, 이후로 크게 흥하리라."라고 나오자 결심을 굳히고 예가 집에 없는 어느 날 혼자서 호리병 속의 약을 몽땅 삼켜 버렸다. 그러자 항아의 몸이 점점 가벼워지더니 하늘로 날아오르기 시작했다. 항아는 하늘나라에 가자니 남편을 배반했다는 비웃음이 걱정되었고 또 남편인 예가 찾아올지도 모른다는 생각에 월궁月宮으로 가 잠시 숨어 지내기로 했다.

그런데 월궁에 도착하자 항아의 몸에 변화가 생기기 시작했다. 등이 아래로 오그라들고 배와 허리는 팽팽하게 부풀었으며 입은 넓게 되었고 눈도 커졌다. 목과 어깨는 한데 붙어 버렸으며 피부에도 동전 모양의 울퉁불퉁한 흠집이 생겼다. 놀라 비명을 질렀으나 이미 목소리도 나오지 않았고 구원을 요청하려 했으나 땅 위에 쪼그리고 앉아 팔짝팔짝 뛰는 흉한 두꺼비로 변해 버린 뒤였다.

'항아가 달로 도망쳤다'는 전설의 내용은 이상과 같은데 후대後代에 나온 전설傳說은 비교적 관대해 월궁으로 들어간 항아가 이상한 생물로 변하지 않고 본래의 아름다움을 그대로 지니고 있었다고 한다. 그러나 일년 내내 약을 찧는 흰 토끼와 계수나무 한 그루 외에는 아무 것도 없는 월궁에서 쓸쓸하게 지낼 수밖에 없었다. 그러다 얼마 후 선도仙道를 배우다 잘못을 저질러 월궁으로 쫓겨 와 계수桂樹를 베는 벌을 받고 있는 오강吳剛이라는 자가 오게 되었지만 외로움과 쓸쓸함은 다를 바 없었다. 그녀는 인간 세계로 내려가 남편에게 자신의 잘못을 빌고 용서를 구한 뒤 전처럼 자신을 사랑해 달라고 하고 싶었지만 이미 소용없는 일이었다. 항아는 이제 영원히 월궁에서 살 수밖에 없었다. 이상은의 시 〈항아〉의 "항아가 월궁에서 후회하네, 푸른 하늘에서 밤마다"는 항아에 대한 시인의 연민과 조롱이다.(袁珂 『中國神話傳說』에서 인용)

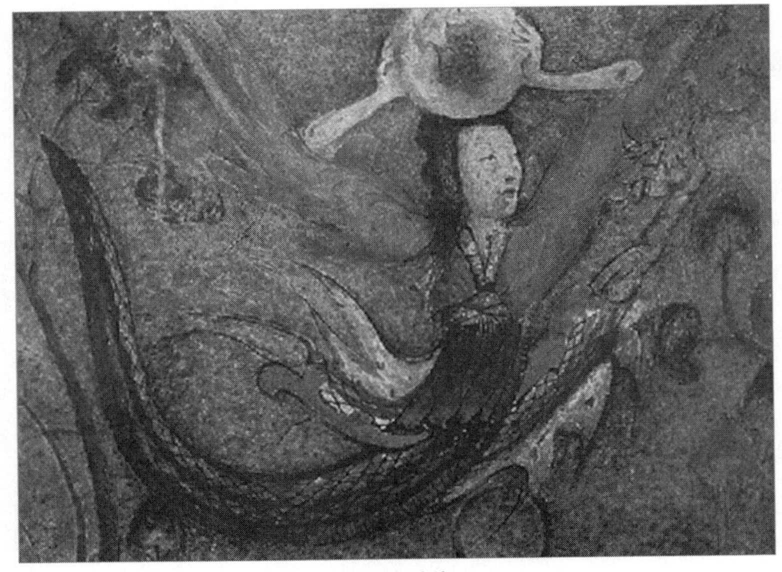

항아(姮娥)

송시 宋詩

960~1279

꽃빛 짙게 무르익고 버드나무잎 얇을 때
꽃 앞에서 술 따르며 내 갈 길 송별하네.
나 또한 잠시 여느 때처럼 취할 테니
악기로 이별의 노래 연주하게 하지 마라.

매요신梅堯臣

1002～1060

송대宋代의 시인詩人. 자字는 성유聖俞. 선성宣城 사람이며, 선성의 옛 이름이 완릉宛陵이어서 완릉선생 또는 매완릉梅宛陵이 불린다. 『완릉선생집宛陵先生集』이 전한다.

도자陶者

매요신(梅堯臣)

도공陶工의 집 문 앞은 흙이 없을 정도인데,
집엔 기와 한 조각 이지 못한다.
손가락에 진흙 한 점 묻히지 않으면서
즐비하게 늘어선 대궐大闕 같은 집에 산다네.

도 진 문 전 토　옥 상 무 편 와
陶盡門前土　屋上無片瓦
촌 지 부 점 니　인 린　거 대 하
寸指不霑泥[1]　鱗鱗[2]居大廈

1 霑泥(점니) : 진흙을 묻히다. 2 鱗鱗(인린) : 고기비늘처럼 늘어서 있는 모습. 즐비(櫛比)하게 늘어서 있다.

감상

도공의 집 문 앞의 흙은 도자기를 만드느라 다 써 버릴 정도인데, 정작 도공의 집은 기와도 덮지 못할 정도로 가난하다. 그러나 부자들은 기와 한 조각 손수 만들지 않았는데 즐비하게 늘어선 대궐 같은 집에 산다네.

이 시는 오언절구의 간결한 형식으로 봉건사회의 기본적 모순 상황을 비판했다. 도공은 문 앞의 흙을 다 파내 전와磚瓦를 만들지만 자기들은 모옥茅屋에 살고, 손에 흙 한 줌 묻히지 않는 귀족들은 즐비하게 늘어선 기와집에 산다는 사실의 대비를 통해 봉건시대 하층 민중과 지배 계층 간에 존재하는 모순을 폭로하고 있다.

이 시는 상성上聲 마운馬韻의 오언절구이다.

여설

지금 강소성江蘇省 파양호鄱陽湖 동쪽 경덕진景德鎭은 도자기 산지로 세계적 명성을 얻고 있다. 경덕진의 경덕景德은 송宋 진종眞宗 조항趙恒의 연호年號이다. 진종의 연호를 진鎭의 명칭으로 사용하게 된 데는 이유가 있다.

경덕진의 옛 명칭은 신평진新平鎭이었고 지리적으로 창강昌江의 남쪽에 있어 창남昌南이라고도 했다. 『부량현지浮梁縣志』에 의하면, 이곳에서는 한대漢代부터 고령토高嶺土를 이용해 도기陶器를 만들었다고 하는데 육조六朝 진조陳朝(557～589) 동진東晋 사람 조개趙慨에 의해 신평진의 도자기는 혁혁한 발전을 이루게 된다. 지방의 관리직에 있던 조개는 민간에 전해지던 도예陶藝 기술을 관찰 연구한 후 신평진의 토양과 물이 도자기를 만들기에 가장 적합하다는 결론을 얻어 관직을 버리고 신평진으로 갔다. 그가 도착한 날 마침 도기 가마가 고장나 사람들은 '가마의 신이 돕지 않는다(窯神不佑)'며 가마신窯神에게 제사를 지내느라 정신이 없었다. 그런데 실은 도기 가마가 고장이 난 게 아니라 통풍이 잘 안 되는 상태였다. 조개가 고장난 가마를 이리저리 살피고는 허리에서 칼을 빼 여기저기에 구멍을 내자 통풍이 되며 불이 활활 타오르기 시작했고 그 안의 도기도 순청색純青色을 내기 시작했다. 이 일로 인해 후인들은 조개趙慨를 '우도신佑陶神'이라 숭배하면서 지금까지도 제사를 지내고 있고 도예 기술도 점차 발전하여 도기에서 자기로 발전하게 되었다.

이후 신평진의 도자기 제조 기술은 비약적인 발전을 하게 되지만 교통이 불편하다는 지리적 위치 때문에 경쟁력이 그다지 제고되지는 못했다. 북송北宋 연간의 중국의 5대 명요(名窯 : 官窯 · 汝窯 · 鈞窯 · 寶窯 · 歌窯) 중 절강浙江 용천龍泉의 가요歌窯를 제외하고는 모두 북쪽 지역에 자리잡고 있었는데 그 이유는 도자기의 소비층이 주로 황실 귀족이었기 때문이다. 남송대南宋代에 경제의 중심이 남방으로 옮겨오면서 송宋 진종眞宗 경덕연간景德年間(1004~1007)에 이르러서야 신평진에서 황실용 자기御瓷를 공납하기 시작했다. 빛이 투과될 정도로 엷으면서 촉감이 부드럽고 청아한 윤이 나는 신평현의 자기瓷器에 감탄한 남송 조정은 관원을 파견해 자기 제작을 감독하고 '경덕요景德窯'를 건립하고 생산된 자기에 '경덕景德'이라는 글자를 새겨 넣도록 했다. 이 신평진의 자기가 큰 호응을 얻은 후 신평진을 '경덕진景德鎭'으로 개명하게 되었고 뒤이어 북방의 도공들이 남쪽으로 이주해 와 경덕진은 중국 최고의 도자기의 중심지가 되었다.

경덕진의 도자기가 극성을 이룬 때는 명청대明清代이다. 명대明代 '선덕요宣德窯'에서 생산된 청화자기青花瓷器는 '전에 없던 신기한 도자기의 시대를 열었다(開一代未有之奇).'는 칭호를 얻었던 명품이다. 청화青花는 착색제를 사용해 도자기에 채색 장식을 한 후 다시 백색 혹은 담청색 투명 유약을 발라 1,300도의 고온에서 한번 구워 만든 도자기로 흰 바탕에 푸른 꽃의 색채가 청아한 아름다움을 발하며 오래 두어도 변색하지 않는 특징을 지닌다. 청清 건륭시대乾隆時代에 만들어진 청화자기青花瓷器는 경덕진 자기 가운데 최고로 꼽히는 명품이다. 당시 경덕진은 '중앙의 한 주는 자기를 만들었기 때문에 상인들이 전부 모여들었고 2, 3백 곳 민간의 가마는 한 해가 다 끝날 때까지 서로 가마에서 나는 연기를 볼 수 있었다.(中央一洲, 緣瓷産其地, 商販畢聚, 民窯二三百區, 終歲烟火相望.)'는 말이 나돌 정도로 번성했는데 당시 황실에 진상하기 위해 만들었던 청화자기는 그중에서도 최고의 명품이라 할 수 있다.

자기의 생산은 경덕진을 번영시켰으며, 오늘날 경덕진 중산로中山路와 중화로中華路가 주된 자기 거리이다. 당시 경덕진은 호북湖北의 한구漢口, 광동廣東의 불산佛山, 하남河南의 주선진朱仙鎭과 함께 중국 4대 명진名鎭으로 꼽힐 정도로 번성했었다.

현재 경덕진에는 관광객들을 위해 명청明淸 황실 가마御窯와 민간 가마民窯의 구조를 모방해 고대 도요지陶窯地를 복원했다. 경덕진 전역에 흩어져 있는 고대古代 도요지는 방대한 규모로 그 가운데 가장 오래된 도요지는 호전湖田 도요지이다. 호전 도요지는 경덕진 동남쪽 5km 지점에 있는데 요당窯堂, 고정古井 주변에 오대五代·송宋·원元·명明·청대淸代 도자기 조각이 층층이 쌓여 700여 년 동안 지속된 도자기 생산의 역사를 대변해 주고 있다.

宛陵先生文集卷第一
和謝希深會聖宮
三后威靈遠層巒棟宇興衣冠漢原廟歌舞魏西陵日
月融光盛山河王氣增叢楹琢文石連網絡朱繩碧瓦
寒鋪玉重欄瑩鏤冰粹儀神霧擁法衮繡龍升星斗羅
容衛軒墀侍股肱宸蹤耀璇牓瑞羽集觚稜閟殿深珠
箔雕垣界綺縢笙從緱嶺咽雲傍帝鄉凝龜組恭來詣
貂璫肅奉承欲知歸厚意孝德自烝烝
右丞李相公自洛移鎮河陽
侯服齊三輔天臺聳百僚新章刻銅虎舊德冠金貂巳
作歌襦化方期執玉朝雙鞬辭洛宅千騎向河橋鼓角

완릉선생문집(宛陵先生文集)

구양수歐陽修

1007～1072

송대宋代의 시인詩人. 자字는 영숙永叔. 스스로 취옹醉翁 또는 육일거사六一居士라 불렀으며, 영길永吉(지금의 강서성江西省) 사람이다. 『구양문충공문집歐陽文忠公文集』이 전한다.

별저 別滁[1]

구양수(歐陽修)

꽃빛 짙게 무르익고 버드나무 잎 엷을 때,
꽃 앞에서 술 따르며 내 갈 길 송별하네.
나 또한 잠시 여느 때처럼 취할 테니
악기樂器로 이별의 노래 연주하게 하지 마라.

화광농란유경명　　작주화전송아행
花光濃爛柳輕明[2]　酌酒花前送我行
아역차　여상일취　막교현관작리성
我亦且[3]如常日醉　莫教弦管作離聲

1 別滁(별저) : 저주(滁州)와 헤어지며, 저주는 지금의 안휘성(安徽省) 저주시(滁州市). 2 輕明(경명) : 엷고 투명하다. 여기서는 막 돋아난 버드나무 잎이 엷고 투명하다는 뜻. 3 且(차) : '잠깐' 또는 '다만'의 뜻. '성여(聖如)'로 된 판본도 있다.

감상

꽃의 빛깔 농염濃艶하게 무르익고 버드나무 새잎 엷고 투명할 때 저주滁州를 떠난다. 저주의 관리와 백성들 꽃 앞에서 술을 따라 건네며 양주揚州로 가는 나를 전송한다. 저주를 떠나려니 만감萬感이 교차하지만 잠시 예전처럼 술에 취할 테니, 이별의 노래는 연주하지 말게나. 이별의 노랫소리 들리면 가슴속에 감춰 둔 아쉬움 더 이상 숨길 수 없으니까.

구양수歐陽修는 저주에 좌천되어 2년여 동안 지방관을 지내다 1048년(宋 慶曆 8)에 양주로 옮겼는데, 이 시는 그때 지었다.

이 시는 평성平聲 경운庚韻의 칠언절구이다.

여설

저주滁州는 역사상 수많은 문인 명사들이 거쳐 갔던 곳으로 유명하다. 당송시대唐宋時代 위응물韋應物 · 이신李紳 · 이덕유李德裕 · 왕우칭王禹偁 · 구양수歐陽修 · 신기질辛棄疾 등이 저주의 관직을 지냈고, 또 왕안석王安石 · 증공曾鞏 · 송렴宋濂 · 문징명文徵明 · 이몽양李夢陽 · 왕세정王世貞 등도 이곳을 들러 시문詩文을 남겼다. 특히 송대宋代 구양수는 저주에 폄직된 기간 동안 취옹정, 풍락정을 짓고 〈취

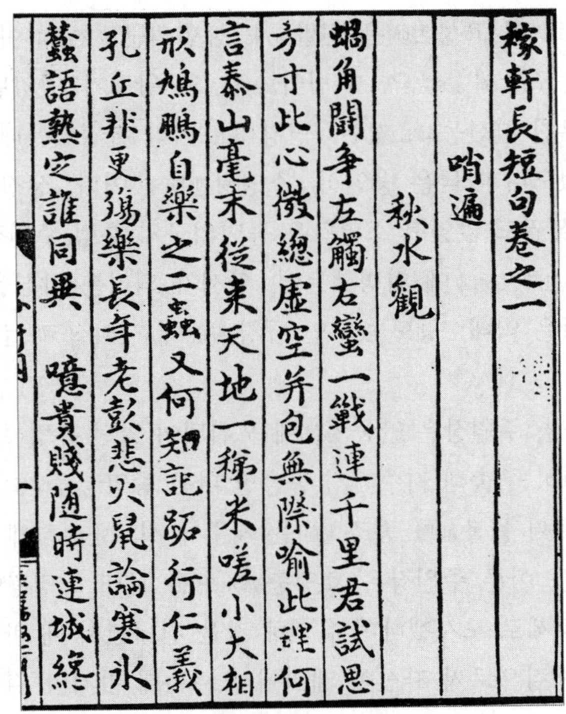
稼軒長短句卷之一
哨遍
秋水觀
蝸角鬪爭左觸右蠻一戰連千里君試思方寸此心微總虛空幷包無際喻此理何言泰山毫末從來天地一稊米嗟小大相形鳩鵬自樂之二蟲又何知記跖行仁義孔丘非更殤樂長年老彭悲火鼠論寒氷蠶語熱定誰同異 噫貴賤隨時連城纔

신기질(辛棄疾)의 사집(詞集)

옹정기醉翁亭記〉·〈풍락정기豊樂亭記〉를 지어 '저주의 산수山水는 구양수의 문장文章으로 더욱 빛을 발했다(滁州之山水得歐公之文而愈光).' 라는 말이 만들어질 정도였다.

저주 기차역에서 서남西南 쪽으로 10여 리쯤 가면 '봉래산蓬萊山 다음에는 별다른 산이 없다(蓬萊之後無別山).' 라고 불리는 낭야산琅邪山이 있다. 이 산의 원래 명칭은 마타봉摩陀峰이었는데, 후에 낭야산으로 개명되었다. 동진東晋 때 낭야왕 사마예司馬睿가 이 산에 살았는데 황제가 된 후 산 이름을 낭야로 고쳤다고도 하고, 서진西晋 진동대장군鎭東大將軍 낭야왕 사마주司馬伷가 대군大軍을 이끌고 오를 정벌했을 때 오왕吳王 손호孫皓가 이곳에서 국새國璽를 바쳤기 때문에 낭야琅邪로 개명했다고도 한다.

역사적으로 이 고성古城은 원말元末 농민의군農民義軍이 옹립했던 용봉龍鳳 송조황제宋朝皇帝 한림아韓林兒의 왕조가 있었던 곳이다. 한림아의 부친 한산동韓山童은 '명왕明王' 이라 자칭했는데 불행하게도 피살되었으니 아들은 당연히 '소명왕小明王' 이다. 상징적인 왕일 뿐 아무런 실권도 없었던 소명왕은 농민의군의 수령 주원장朱元璋을 좌부대원수左部大元帥에 임명했는데, 황제가 되려는 야심을 품고 있었던 주원장은 역대 '왕도王都' 인 남경南京에 자리잡고 날로 세력을 키워갔다.

1363년 2월, 주원장은 안풍安豊에 포위되어 있던 유명무실한 황제 소명왕을 친히 구출해 저주까지 봉송한 다음 종양궁宗陽宮에 가두어 버렸다. 이로써 용봉龍鳳 송조宋朝는 저주에 정도定都하게 되었다. 4년 후 대업을 이룬 주원장은 요영충寥永忠을 보내 소명왕에게 남경까지 모셔 황제로 모시겠다며 유인해 강을 건너면서 배 바닥에 구멍을 내 수장시킴으로써 자신이 제위에 오르는데 마지막 걸림돌을 제거했다.

풍락정유춘삼수 豐樂亭[1]游春三首

구양수(歐陽修)

1

푸른 나무 뒤섞인 곳에 산새들 우짖고
비 갠 뒤에 바람 부니 꽃이 떨어지며 휘날리네.
새는 노래하고 꽃은 춤추며 태수는 취해 있는데,
다음날 술 깨었을 땐 봄은 이미 돌아갔겠지.

녹 수 교 가 산 조 제 청 풍 탕 양 락 화 비
綠樹交加[2]山鳥啼 晴風蕩漾落花飛
조 가 화 무 태 수 취 명 일 주 성 춘 이 귀
鳥歌花舞太守[3]醉 明日酒醒春已歸

1 豐樂亭(풍락정) : 정자 이름. 저주(滁州) 서남쪽 풍산(豊山) 북쪽 산기슭 낭야산(琅邪山) 계곡 시냇가에 있다. 이 정자는 1046년(宋 慶曆 6) 구양수(歐陽修)가 지주(知州)를 지낼 때 지었다. 2 交加(교가) : 나뭇가지가 엇섞여 포개지다. 3 太守(태수) : 지방관. 구양수(歐陽修) 자신을 말한다. 한대(漢代) 군(郡)의 지방장관을 태수라 하였고, 당(唐) 때에는 자사(刺史)라 하였으며, 태수라는 호칭을 사용하기도 하였다. 송조(宋朝)에는 주(州)의 군사를 맡고 있는 이를 지주(知州)라 하였다. 시에서 태수라고 한 것은 한당(漢唐)의 것을 빌려 쓴 것이다.

2

봄 하늘 구름 맑고 깨끗하며 햇살 반짝이는데
행인의 옷깃 들풀이 끌어당기고 옷에 떨어진 버들 솜 털어
낸다.

정자 서쪽까지 걸어오면 태수를 만나겠지,
술에 흠뻑 취해 가마 타고 꽃 꽂고 돌아오는 태수를.

춘 운 담 담 일 휘 휘　초 야 행 금　서 불 의
春雲淡淡日輝輝　草惹行襟[4]絮拂衣[5]

행 도 정 서 봉 태 수　남 여　명 정 삽 화　귀
行到亭西逢太守　籃輿[6]酩酊揷花[7]歸

4 惹行襟(야행금) : 행인의 옷소매를 끌어당기다. 행은 행인(行人), 금(襟)은 옷소매의 뜻. **5** 絮拂衣(서불의) : 버들 솜이 옷에 붙어 털어 내다. **6** 籃輿(남여) : 대를 엮어 만든 가마. **7** 揷花(삽화) : 꽃을 꽂다.

3

청산青山에 나무 붉게 물들이며 날이 저무는데
먼 교외의 풀색은 푸르름 한이 없네.
노니는 이는 봄이 지나가려 해도 상관치 않고
정자亭子 앞을 오가며 떨어진 꽃을 밟고 다닌다.

홍 수 청 산 일 욕 사　장 교 초 색 녹 무 애
紅樹靑山日欲斜　長郊草色綠無涯

유 인 불 관 춘 장 로　내 왕 정 전 답 낙 화
游人不管春將老　來往亭前踏落花

감상

푸른 나뭇가지 뒤섞여 엉켜 있는 곳에서는 산새들 울어댄다. 내리던 비 멈추고 바람이 나무를 휩쓸 듯 불어오니 꽃이 떨어져 날린다. 새는 노래하고 꽃은 춤추는 계절에 태수는 술에 취해 있다. 태수 내일 술 깼을 땐 새가 노래하고 꽃이 춤추는 이 봄은 이미 지났겠지.

봄의 구름은 맑고도 맑아 햇살이 눈부시게 비친다. 무성하게 자란 들판의 풀들 행인의 발걸음 더디게 하고 눈이 내리듯이 날려 옷에 묻은 버들 솜 털어 낸다. 풍락정豐樂亭 서쪽까지 걸어가면 태수를 만날 수 있겠지. 태수는 늘 정자亭子에서 술 마시고 꽃구경하다 가마 타고 돌아오니까.

날이 저물어 청산靑山의 푸른 나무가 석양夕陽에 붉게 물들지만 멀리 들판의 풀들은 변함없이 푸르다. 정자에서 노니는 이, 꽃 피는 봄이 지나가는 줄도 모르고 땅에 떨어진 꽃잎 밟으며 정자 앞을 오간다.

이 시에서 풍락정의 봄 경치를 뽑아, 1수에서는 봄을 아쉬워하는 마음, 2수는 봄에 취한 모습, 3수는 봄을 사랑하는 정情을 썼다.

3수의 시는 모두 앞 2구에서는 경치를 썼고, 뒤 2구에서는 정을 표현했다. 경치는 아름답고 다채로운 모습이고, 정감情感은 명랑 활발하면서 심후함이 함축되어 있어 긴 여운이 느껴진다.

1, 2수는 평성平聲 미운微韻의 칠언절구, 3수는 평성 마운麻韻의 칠언절구이다.

여설

저주滁州에서 6, 7리쯤 낭야산琅邪山을 산행山行하다 보면 물 흐르는 소리가 들리기 시작하는데, 이는 두 봉우리 사이 '양천釀泉'에서 물이 솟아나는 소리이다. 작은 석교石橋를 건너면 3척 남짓의 방형方型 샘이 있는데 이 물이 산을 휘감아 돌아서는 계곡으로 흘러간다. 샘 주변에 청淸 강희康熙 40년 지주知州 왕사괴王賜魁가 세운 '양천釀泉'이라 새겨진 비석이 서 있다. 옛날 구양수가 이곳에 들렀을 때 백성들이 '양천'의 물을 마시는 것을 보고 물었더니, 한 노인이 "돈도 없고 차를 끓일 시간도 없지만 '양천'의 물을 마시니 편하고 시원

합니다."라고 답했다고 한다. 이에 이 '양천'의 물맛에 반한 구양수는 막료들과 회의를 할 때면 '양천'의 샘물을 마시면서 '위정자爲政者가 백성들과 같은 것을 먹고 마셨다(與民同味).'고 한다.

송宋 인종仁宗 경력연간慶曆年間 강직한 성격의 구양수는 좌승상左丞相 하랄夏辣의 미움을 사 저주滁州에 폄적되었다. 저주에 온 후 구양수는 낭야사琅邪寺 주지 지선智仙과 교유했는데 지선은 산록 가에 양정凉亭을 지어 구양수가 쉴 수 있도록 해 주었다. 이에 구양수는 지선의 후의에 감사하며 친히 '기記'를 지었는데 이게 그 유명한 〈취옹정기醉翁亭記〉이다. 구양수는 자주 벗들과 함께 이 정자에서 술을 즐겼는데 세간에 "태수太守는 손님이 오면 이곳에서 술을 마셨는데 조금만 마시면 술에 취했고 나이도 제일 많아서 자호自號를 취옹醉翁이라 했다.(太守與客來飮於此, 飮少輒醉, 而年又最高, 故自號曰醉翁也.)"라는 말이 나돌았고 '취옹정'이라는 명칭도 이에서 비롯되었다. 그러나 구양수는 술에 취한 것도 아니고 산수의 아름다움에 취한 것도 아니었다. 그는 술자리 중에도 항상 백성들을 생각하며 공무를 처리했다고 한다.

저주 일대엔 구양수가 〈취옹정기〉를 고쳐 쓰게 된 이야기가 널리 알려져 있다. 구양수가 글을 지은 후 바로 각인刻印하지 않고 6장을 베껴 쓴 후 아랫사람에게 각 성문에 붙이도록 하자, '대인大人의 문장을 왜 성문에 붙입니까?'라고 물었으나 구양수는 웃음만 지을 뿐 대답을 하지 않았다고 한다. 얼마 후 또 사람을 보내 '저주 태수 구양수가 어제 〈취옹정기〉를 지었으니 문무관리文武官吏·상인·백성들은 와서 보고 고치시오!'라 소리치게 했다. 하루가 지나도 아무도 구양수의 글을 고치지 않자 득의양양得意揚揚해서 "저주는 사면四面이 모두 산山이다. 동쪽은 오룡산烏龍山, 서쪽은 대풍산大豊山이다…… (滁州四面皆山. 東有烏龍山, 西有大豊山……)"라고 하며 〈취옹정기〉를 암송하고 있는데, 웬 나무꾼이 "역시 태수의 학문은 심오해.

나는 산들이 저주를 에워싸고 있다는 것만 아는데……"라 중얼거리며 지나갔다. 이 말에 구양수는 "저주를 에워싸고 있는 것은 모두 산야山野이다. 그 서남쪽의 여러 봉우리들은 ……(環滁皆山野. 其西南諸峰……)"이라고 글을 고쳤다고 한다.

취옹정 뒤쪽에는 '이현당二賢堂'이 있는데 당堂 앞에 남송南宋 순희淳熙 연간年間에 저주태수를 지냈던 위여공魏汝功이 새긴 '이현당'이란 제자題字가 남아 있어 이것이 남송南宋 순희연간純熙年間에 건축되었음을 알 수 있다. '이현' 중 한 사람은 분명 구양수이고, 또 한 사람은 저주태수滁州太守를 지냈던 왕우칭王禹偁이다.

흔히 취옹정과 함께 언급되는 정자가 풍락정인데 저주성滁州城 서쪽 반산半山에 있다. 구양수가 저주에 부임한 지 2년째 되던 해 반산 부근에서 자미천紫微泉을 발견하곤 샘 옆에 정자를 지었다. 구양수는 〈풍락정기豊樂亭記〉에 "내가 저주를 다스리기 시작한 다음 해 여름 처음 저수滁水를 마셨는데 물맛이 달았다. 저주 사람 여러 명에게 물어 보고 저주 남쪽 100보步 거리에 샘을 찾았다. 위에는 반산이 우뚝 솟아 있고 아래엔 깊은 골짜기가 깊이 감춰져 있다. 가운데 맑은 샘이 용솟음하듯 뿜어져 나온다. 좌우를 굽어보고 쳐다보며 경치를 즐겼다. 이에 말라 버린 샘에 돌을 파고 구석진 곳에 정자를 세우니 저주 사람들이 그곳에 와서 놀았다.(修旣治滁之明年夏, 始飮滁水而甘. 問諸滁人, 得於州南百步之近. 其上則豐山聳然而特立；下則幽谷窈然而深藏；中有淸泉, 滃然而仰出. 俯仰左右, 顧而樂之. 於是疏泉鑿石, 闢地以爲亭, 而與滁人往游其間.)"라는 글에서 '풍락정'의 '풍락豊樂'은 '한 해의 산물이 풍성해지고(歲物豊盛)', '백성들과 함께 즐거워한다(與民同樂).'는 뜻임을 짐작할 수 있다.

현재 정자는 이미 사라지고 비각碑閣만 남아 있는데 비각 가운데 소동파蘇東坡가 쓴 구양수의 〈풍락정기〉가 가장 유명하다.

저주태수로 좌천되어 정자를 지어 술을 마시며 시름을 달랬던 구양수는 3년 후인 1048년 다시 양주揚州로 이임하게 된다. 그는 또 촉망蜀罔에 평산당平山堂을 지어 산을 벗하며 가슴속의 울분을 삭혔다고 한다. 당시의 생활을 『피서록화避署錄話』에서 "구양수는 매년 여름 늘 이른 새벽 손님을 데리고 놀러 갔는데 소백호邵伯湖에 사람을 보내 연꽃 천여 송이를 따서 100여 개의 화분에 나누어 심고 손님과 함께 그 사이에서 놀았다. 술을 마실 때는 기녀를 보내 꽃 한 송이를 손님에게 전하고 순서대로 그 잎을 따서 잎이 하나도 없게 되면 그 사람이 술을 마시곤 했는데 왕왕 깊은 밤 달을 이고서 귀가했다.(歐公每暑時, 輒凌晨携客往游, 遣人至邵伯取荷花千餘朶, 揷百許盆, 與客相間. 遇酒行, 卽遣妓取一花傳客, 以次摘其葉, 盡處以飮酒. 往往浸夜, 載月而歸.)"라 적고 있다.

구양수가 죽은 지 10년 뒤 소식蘇軾이 양주태수揚州太守로 와서는 구양수를 기리며 〈서강월西江月〉을 지었다고 한다. 소문蘇門의 제자 진관秦觀 역시 구양수를 회고하며 '나그네가 만약 정자에 올라 그 아름다움을 논한다면, 반드시 회동淮東 제일관第一觀이라 할 것이다.(游人若論登臨美, 須做淮東第一觀.)' 라는 시를 남겼는데, 시 중 '회동제일관' 이라는 구절을 청초淸初 서예가 장형張衡이 평산당平山堂 동원東園 담에 서각書刻했다. 또 평산당平山堂에는 송대宋代 산문사가散文四家 범중엄范仲淹 · 구양수 · 왕우칭王禹偁 · 소식蘇軾의 〈악양루기岳陽樓記〉 · 〈취옹정기醉翁亭記〉 · 〈황망죽루기黃罔竹樓記〉 · 〈방학정기放鶴亭記〉 중의 명구名句를 집성한 대련對聯이 남아 있다.

평산당平山堂 뒤에는 소식이 구양수를 기리기 위해 지었다는 곡림당谷林堂이 있고 그 뒤에는 청淸 양회운사兩淮運使 구양정용歐陽正墉이 지은 구양사歐陽祠가 있는데, 구양사 후벽 중앙에 있는 석각화상石刻畵像은 광선의 굴절에 의해 가까이 가서 보면 수염이 검은 색인데 멀리서는 흰색으로 보이는 기이한 화상畵像이다.

왕안석 王安石

1021～1086

송대宋代의 시인詩人. 자字는 개보介甫. 임천臨川(지금의 강서성江西省 임천 臨川) 사람이다. 『왕문공문집王文公文集』 등이 전한다.

도원행 桃源行

왕안석(王安石)

진秦의 궁궐에선 사슴을 말이라 우겨도 그만이니,
진인秦人 절반이나 장성長城 아래서 죽어 갔다.
험한 때를 피했던 사람 상산옹商山翁 그들만이 아니었고,
도원桃園에 복숭아나무를 심은 이도 있었다.
이곳에 와 복숭아나무 심고 봄이 몇 번 지나갔는지,
꽃을 따고 열매 먹고 가지는 땔감이었다.
아들 손자 자라서도 세상과는 동떨어져
부자父子는 있어도 군신君臣은 없었다.
어부 배 타고 흘러가다 헤매다,
꽃 사이에서 서로 보고 놀란다.
세상이 옛날에 진秦이란 나라가 있었는지 어찌 알겠으며,
산속에서 지금은 진조晋朝인지 어찌 짐작하겠는가?
장안長安에 전운戰雲이 분다는 소릴 듣고서야,
봄바람에 고개 돌리는데 수건이 젖는다.
순舜임금 같은 성군聖君 한번 갔으니 언제 다시 오려나,
천하天下에 진秦 같은 잔혹한 세상 몇 번이나 거쳐야 하나?

망이궁 중녹위마 진인반사장성하
望夷宮[1] 中鹿爲馬[2] 秦人半死長城下

피시부독상산옹 역유도원종도자
避時不獨商山翁[3] 亦有桃源種桃者

차래종도경기춘 채화식실지위신
此來種桃經幾春 采花食實枝爲薪

아손생장여세격 수유부자무군신
兒孫生長與世隔 雖有父子無君臣

어랑양주미원근 화간상견경상문
漁郎漾舟迷遠近 花間相見驚相問

세상나지고유진 산중기료금위진
世上那知古有秦 山中豈料今爲晋

문도장안취전진 춘풍회수일점건
聞道長安吹戰塵 春風回首一霑巾

중화 일거녕부득 천하분분경기진
重華[4]一去寧復得 天下紛紛經幾秦

1 望夷宮(망이궁) : 진(秦)의 궁전 이름. 섬서성(陝西省) 경양(徑陽) 동남쪽에 있는데, 진(秦)의 환관 출신 재상(宰相) 조고(趙高)가 진(秦) 2대 황제 호해(胡亥)를 시해했던 곳이다. 2 鹿爲馬(녹위마) : 사슴을 말이라 하다. 『사기(史記)』 〈진시황본기(秦始皇本紀)〉에 의하면, 진(秦)의 재상(宰相) 조고(趙高)는 난을 일으키기 전에 대신들이 자기에게 동조할지 시험하기 위해 사슴을 말이라 했는데, 모두가 묵묵부답이거나 혹은 말이라며 조고(趙高)에게 아부했다. 후에 조고는 황제를 시해하고 난을 일으켰는데 이후 '지록위마(指鹿爲馬)' 는 시비(是非)를 뒤집는 말을 비유하는 말로 사용되었고 이 시에서는 정치적 혼란을 뜻한다. 3 商山翁(상산옹) : 진말(秦末) 한초(漢初) 상산(商山, 섬서성 상현 동남쪽)에 은거했던 동원공(東園公) · 녹리선생(甪里先生) · 기리계(綺里季) · 하황공(夏黃公)으로 이들은 모두 머리카락과 수염이 희어 이들을 '상산사호(商山四皓)' 라 칭한다. 4 重華(중화) : 순(舜)임금의 별명(別名).

감상

진秦나라 망이궁望夷宮에선 조고趙高가 사슴을 말이라 해도 조정의 대신들 아무런 대꾸하지 않았고, 진시황秦始皇은 장성長城을 쌓느라 백성들 반을 죽게 했다. 진나라 말기末期에 험악한 시대를 피해 은거했던 사람들로 상산商山의 사호四皓뿐 아니라 도원桃源에 복숭아나무 키우며 숨어 산 사람도 있었다. 도원에 나무 심고 은거한 후 세월이 얼마나 흘렀는지 알 수 없다. 꽃을 따고 열매로 배 채우고 나뭇가지는 땔감으로 사용하면서 지금까지 지내왔다. 이곳에 와서 태어난 아들 손자 이제는 다 자랐지만 세상과 동떨어져 산 지 오래되니 항상 자식들을 아껴 주는 아비는 있어도 신하들 목숨 앗아 가는 임금은 없다. 어부가 길을 잃고 헤매다 도원으로 오게 되면 꽃 사이로 이들 보고 서로 놀란다. 속세에 사는 사람들 옛날에 무도無道하기만 했던 진秦이란 나라가 있었는지 어떻게 알겠는가? 산중山中 도원에 사는 이들 지금이 진조晋朝인 줄 어찌 짐작인들 하겠는가? 서한西漢의 수도 장안에 전운戰雲이 있다는 소식 듣고 난 후에는 봄바람만 불어도 고개 돌려 눈물 흘린다. 순舜 임금 같은 성군聖君 돌아가시고 나니 다시 만나기 정말 어렵구나. 천하를 혼란에 빠뜨린 진나라와 같은 왕조 또 몇 번이나 더 겪어야만 하는가?

1500년 전 '다섯 말 쌀을 위해 허리를 굽힐 수 없다(不爲五斗米折腰).' 라며 기개를 지켰던 도연명陶淵明은 부패한 동진東晋 사회에 대한 불만과 자신의 정치적 이상을 '도화원桃花源'을 통해 표현했다. 도연명陶淵明의 〈도화원기桃花源記〉(并〈桃花源詩〉) 이후 현실 생활에 만족할 수 없었던 문인 작가들은 물론 세인들까지도 자신들만의 이상 세계를 도원현桃源縣 도화원에 기탁하기 시작했고 당대唐代 이후 도화원은 명승고적名勝古跡이 되었다.

이 시는 칠언고시로 1~4구는 상성上聲 마운馬韻, 5~8구는 평성平聲 진운眞韻, 9~10구는 거성去聲 문운問韻이고, 11~12구는 평성 진운眞韻과 거성 진운震韻을 통용通用했다. 13~16구는 평성 진운眞韻이다.

여설

'도화원'을 배경으로 한 작품 중 왕유王維의 〈도원행桃源行〉, 한유韓愈의 〈도원도桃源圖〉와 왕안석王安石의 〈도원행桃源行〉이 가장 유명하다. 이 3수의 시는 '도원桃源'의 고사를 시의 주제로 사용했지만 서로 다른 예술적 정취와 창작 특색을 띠어 성당盛唐·중당中唐과 북송北宋 시풍詩風의 연변을 보여 주기도 한다.

동진東晋 문학가 도연명의 작품에 등장하는 도원은 호남성湖南省 도원현桃源縣 성城 서남쪽 15km 지점의 도화원이다. 동서東西 7리, 남북南北 9리 넓이의 산자락 위에 해를 가릴 듯 대나무, 복숭아나무가 가득하고 도화관桃花觀을 중심으로 고 건축물이 숲 속 여기저기에 흩어져 있다.

현재 도화원에는 남선주纜船洲·도화계桃花溪·산문山門·국포菊圃·비랑碑廊·방죽정方竹亭·진인고동秦人古洞·천구전千丘田·우선교遇仙橋·집현사集賢祠·도화관桃花觀·섭풍정屧風亭·수원정水源亭·향로교向路橋·연지관延至館·활연헌豁然軒 등의 명승이 있다.

도화원 산문山門 밖의 남선주纜船洲는 무릉武陵의 어부가 닻줄을 묶었던 곳으로 알려져 있다. 이곳을 『도원구지桃源舊志』에선 '남선주攬船洲'라 했는데, 이 이름 "'남선주攬船洲'란 어부가 배를 묶어 두고 골짜기로 들어가 붙여진 이름이다. 세간에 전하기는 어부가 이곳으로 돌아와 배를 찾았더니 배가 이미 썩어 버렸기 때문에 '난선주爛船洲'란 이름이 붙여졌다.(作攬船洲, 以漁郎纜船入洞, 故名. 流俗相傳, 漁郎返至此尋船, 船已爛, 故又名爛船洲.)"라는 『십도지十道志』의 기록에서 비롯되었다. 남선주攬船洲 입구에 도화계桃花溪가 있는데 당시 어부들이 길을 잃어 버렸던 바로 그곳이다. 당대 시인 장욱張旭의 〈도화계〉는 이곳의 경치를 운치 있게 묘사했다. 도화계는 세월이 지나 이제는 작은 개울로 변해 버렸다. 그러나 도연명이 "복숭아나무 숲을 이룬 좁은 언덕에는 수백 보를 걸어도 다른 나무는 한 그루도 없다. 방초芳草 아름답게 가득하고 복숭아꽃 어지러이 떨어진다.(桃林夾岸, 數百步中無雜樹, 芳草鮮美, 落英繽紛.)"라고 묘사했던 아름다운 경치는 지금도 여전하다.

산문山門으로 접어 들어 궁림교窮林橋 · 국포菊圃 · 시비랑詩碑廊 · 방죽정方竹亭 · 우선교遇仙橋 · 수원정水源亭을 지나면 진인고동秦人古洞에 이른다. 고동古洞의 입구는 두 사람이 겨우 들어설 수 있을 정도로 협소하지만 동굴 안으로 들어서면 앞이 탁 트인다. 진인고동秦人古洞은 도화동桃花洞이라고도 하는데 원래 도화담桃花潭 근처 산허리에 있었다고 전한다. 『도화원지桃花源志』에 의하면, "지난해 중승中丞 곽공郭公이 이곳을 유람하다가 선동仙童이 향香을 들고 동굴 입구에서 나와 맞이하더니 곧 구름을 타고 유유히 가는 모습을 보았다. 곽공이 '이곳은 진정 선경仙境이며 범인凡人들에 의해 더럽혀져서는 안 된다.' 라며 감탄하면서 말하고는 돌 빗장으로 막았는데 오늘날까지 열었던 사람이 없다.(往歲有中丞郭公遊覽於此, 見一仙童持香出洞相迎, 卽乘雲撲撲而去. 郭公嘆曰 : '此眞仙境也. 不當爲凡人汚瀆'. 遂以石蓋固, 溫今未有開者.)"라고 한다. 후대에 무수한 사람들이 동굴 입구를 열고 '선경'을 보려고 했지만 아무도 열지 못했다. 이에 사람들은 동굴 입구에 '벽개진면목劈開眞面目'이란 다섯 글자를 새기고 도화담 위에 따로 동굴을 팠는데, 이것이 오늘날의 진인고동秦人古洞이다.

도화원의 주건축물은 도화관桃花觀이다. 도화관 내부의 기둥엔 진秦에서 진晋 태원太元에 이르는 500년의 역사와 명산名山을 묘사한 시들을 개괄한 장련長聯을 걸어 두었다.

삼십 동洞엔 달리 하늘이 있어 도연명은 기記를, 왕유王維는 행行을, 태백太白은 서序를, 한유韓愈는 가歌를 지었다. 어부나 나무꾼, 은자나 신선 모두 명산名山의 지기知己이다.

삼 십 동 별 유 일 천 　연 명 기 　망 천 행 　태 백 서 　창 려 가 　어 랑 초
三十洞別有一天, 淵明記, 輞川行, 太白序, 昌黎歌, 漁郎樵
야 은 야 선 야 　도 시 명 산 지 기
也隱耶仙耶, 都是名山知己.

대련對聯 중 '연명기淵明記'는 도연명의 〈도화원기〉를 '망천행輞天行'은 왕유의 〈도원행桃源行〉을 의미한다. 가장 흥미로운 것은 '창려가昌黎歌'인데, 한유는 평생 도화원에 들른 적이 없으면서도 도화원을 제재題材로 장편長篇 가행歌行을 지었다는 사실이다. 805년 10월, 유우석劉禹錫이 개혁정책의 실패로 낭주朗州, 지금의 상덕 지방 사마司馬로 좌천된 후 자주 도화원을 찾아 산수를 즐기며 유람하고 시사詩詞를 짓기도 하고 비문碑文도 남겼다. 그는 중추中秋가 되면 늘 도화원에서 달밤을 즐기며 밤을 지새웠다고 하는데 그가 지은 '도원가치桃源佳致'의 석비는 지금도 도화원 부근 500m 지점의 상검로湘黔路에 서 있다. 그는 또 생견生絹에 도화원의 전경을 생생하게 담아 한유에게 보냈고, 한유는 이 시를 읽고 도화원의 아름다움에 취해 〈도원도桃源圖〉를 지었다.

왕유(王維)의 망천도(輞川圖)

명비곡明妃[1]曲 2수二首

왕안석(王安石)

1

명비明妃 처음 한漢나라 궁궐 떠날 적에
아리따운 얼굴에 눈물 가득하고 귀밑머리 드리워졌다.
창백한 얼굴로 머뭇머뭇 제 모습 되돌아보니,
군왕君王인들 어찌 마음 가라앉힐 수 있을까?
돌아와서는 괜히 화공을 탓하면서
이런 미인 평생 본 적 없었다 하네.
그 자태와 느낌 결코 그릴 수 없는 것이었으니,
그때 모연수毛延壽는 억울하게 죽었다.
한번 가고 나면 다시 돌아오지 못하니,
안타깝게도 한나라 궁궐에서 입었던 옷 해졌네.
고향 소식 묻고 싶어 소식 전하지만,
매년 기러기만 날아갈 뿐이라네.
만리萬里 멀리 있는 가족들에게 소식 전하며,
흉노匈奴 땅에 잘 있으니 걱정 말라 했었다.
그대 보지 못했던가!
지척咫尺에 있던 아교阿嬌에겐 장문궁長門宮이 닫혔음을,
살아감에 뜻을 잃으니 남북南北도 없더라.

명 비 초 출 한 궁 시　누 습 춘 풍 빈 각 수
明妃初出漢宮時　淚濕春風鬢脚[2]垂

저회 고영 무안색 상득군왕부자지
低徊[3]顧影[4]無顏色 尙得君王不自持[5]

귀래각괴단청수 입안 평생미증유
歸來却怪丹靑手[6] 入眼[7]平生未曾有

의태유래화불성 당시왕살 모연수
意態由來畫不成 當時枉殺[8]毛延壽[9]

일거심지갱불귀 가련착진한궁의
一去心知更不歸 可憐着盡漢宮衣

기성욕문새남사 지유연년홍안비
寄聲欲問塞南事[10] 只有年年鴻雁飛

가인만리전소식 호재전성 막상억
家人萬里傳消息 好在氈城[11]莫相憶

군불견 지척장문폐아교
君不見 咫尺長門閉阿嬌[12]

인생실의무남북
人生失意無南北

1 明妃(명비) : 왕소군(王昭君). 이름은 장(嬙), 소군(昭君)은 자(字)이다. 진대(晋代)에 사마소(司馬昭)의 이름을 피휘(避諱)하여 명군(明君)으로 불렸고 이로 인해 후인들이 명비(明妃)라 부르게 되었다. **2** 鬢脚(빈각) : 귀밑머리. **3** 低徊(저회) : 배회하다, 머뭇거리다. **4** 顧影(고영) : 자신의 그림자를 뒤돌아보다. **5** 不自持(부자지) : 스스로 자제할 수 없다. **6** 丹靑手(단청수) : 화가. **7** 入眼(입안) : 눈에 들어오다, 곧 보이다의 뜻. **8** 枉殺(왕살) : 죄 없이 살해되다. **9** 毛延壽(모연수) : 화가의 이름. **10** 塞南事(새남사) : 변방의 남쪽. **11** 氈城(전성) : 유목민이 거주하는 막사(幕舍), 즉 흉노(匈奴)의 궁궐. **12** 咫尺長門閉阿嬌(지척장문폐아교) : 장문(長門)은 한(漢)의 궁명(宮名), 아교(阿嬌)는 한무제(漢武帝)의 비(妃) 진황후(陳皇后)의 아명(兒名). 한무제의 황후 아교가 황제에게 버림받고 장문궁(長門宮)에 유폐되었다.

2

명비 明妃 처음 흉노 匈奴 사내에게 시집갈 적에
흉노 수레 백량 百輛이 뒤따라도 주변엔 호희 胡姬 뿐이네.

가슴에 품은 뜻 말할 곳 아무 데도 없어,
비파琵琶로 전해 보지만 그 마음 명비만 알 뿐이네.
춘풍春風처럼 부드러운 손에 황금 발목撥木을 쥔 채,
비파琵琶 타며 날아가는 기러기 바라보는데 옆에서 호주胡酒를 권하네.
그 모습에 한漢나라 궁녀 몰래 눈물 흘리고,
사막의 행인도 고개 돌려 본다.
한왕漢王의 은혜 저절로 엷어지며 흉노의 은혜 깊어지니,
세상의 즐거움이란 서로 마음을 아는 데 있는 법이네.
가련하게도 청총青冢 이미 잡초에 파묻혔지만,
슬픈 비파琵琶 소리는 아직까지 남아 있네.

명비초가여호아 전차 백량개호희
明妃初嫁與胡兒 氈車[13]百輛皆胡姬

함정욕설독무처 전여비파심자지
含情欲說獨無處 傳與琵琶心自知

황금간발 춘풍수 탄간비홍권호주
黃金杆撥[14]春風手 彈看飛鴻勸胡酒

한궁시녀암수루 사상행인각회수
漢宮侍女暗垂淚 沙上行人却回首

한은자천호자심 인생낙재상지심
漢恩自淺胡自深 人生樂在相知心

가련청총 이무몰 상유애현류지금
可憐青冢[15]已蕪沒 尚有哀弦留至今

13 氈車(전차) : 흉노의 수레. **14** 杆撥(간발) : 비파를 연주하는 데 사용하는 발목(撥木). **15** 青冢(청총) : 왕소군(王昭君)의 무덤.

감상

명비출새도(明妃出塞圖)

명비明妃가 한나라 궁전을 떠나 흉노에 시집가는데 귀밑머리 드리워진 아름다운 얼굴 눈물이 가득했다. 떠나야만 하는 신세에 얼굴도 창백해졌고 한 걸음 떼어 놓고 머뭇거리며 한漢나라 궁전에 걸쳐 있는 자신의 그림자 뒤돌아본다. 이 모습 바라보는 임금님 마음인들 어찌 아프지 않겠는가? 명비 보내고 돌아오신 임금님 괜히 화공畵工을 나무라네. 네가 그린 그림과는 달리 명비처럼 아름다운 여인 본 적이 없었다 말씀하시네. 아무리 뛰어난 화공이라도 명비의 고상한 자태와 분위기는 그릴 수 없는 것이나 임금님 크게 노했으니 화공 모연수毛延壽는 억울하게 죽음을 당할 수밖에 없었다. 멀고 먼 흉노匈奴 땅에 한번 가고 나면 돌아갈 수 없다는 사실 알고 있었지만 그래도 혹시 돌아갈 날 올까 한나라 궁전에서 입던 옷 간직하고 있었는데, 이제 세월이 흘러 그 옷 다 해어졌다. 떠나온 고향 소식 궁금해 매번 인편에 소식을 전하지만, 기러기 소식은 가져오지 않고 무심히 날아간다. 이젠 만리萬里 멀리 가족에게 소식 전할 때 흉노 땅에 잘 있으니 걱정하지 말라면서 눈물 보이지 않는다. 임금님 마음 떠나 버리니 황후도 장문궁長門宮에 유폐幽閉되는데 긴긴 세월 멀리 흉노 땅에 있는 데야 말할 필요가 있겠는가? 살아감에 뜻을 잃었는데 이 몸 한나라 궁궐에 있은들 흉노에 있은들 어떻겠는가?

명비 흉노 왕에게 시집갈 때, 한나라 임금님 보내기가 아쉬워 수백

냥 혼수婚需 하사했지만 시중드는 이들 모두 흉노의 여자들이었다. 가슴에 품은 한 하소연할 사람 한 사람도 없어 비파 뜯어 그 마음 실어 보지만 흉노 사람들 비파 소리 아름답다 말할 뿐이다. 아름다운 얼굴 부드러운 손에 황금으로 만든 발목撥木을 쥔 채 깊은 한 비파 소리에 실어 보지만 슬픔만 더해간다. 남으로 날아가는 기러기도 부러워 넋을 잃고 쳐다보는데 권하는 호주胡酒에 시름만 더해간다. 그 모습에 함께 따라온 한의 궁녀宮女 몰래 눈물 흘리고, 사막을 지나던 행인조차 고개 돌려 쳐다본다. 세월이 흐르면 한나라 임금님께 받은 정 점점 엷어지고, 흉노 땅에서 입은 은혜 저절로 더해간다. 세상사 즐거움이란 서로의 마음을 아는 데 있는 법이다. 가련타! 명비의 무덤 이미 잡초에 파묻혔지만, 슬픈 비파 소리 아직까지 들리는 듯하다.

이 시는 1059년(북송 가우 4)에 지었다. 북송北宋 때 요遼와 하夏가 번갈아 가면서 침략하였고, 경우景祐 연간 이후에는 북방 지역이 조용한 날이 없을 정도였다. 이에 시인들이 한을 통해 북송北宋의 현실을 표현할 때면 늘 명비를 떠올릴 수밖에 없었다.

1수는 칠언고시로 1~4구는 평성平聲 지운支韻이고, 5~8구는 상성上聲 유운有韻과 상성 유운宥韻을 통용通用했고, 9~12구는 거성去聲 마운禡韻과 평성平聲 미운微韻을 통용通用했으며, 14~16구는 입성入聲 직운職韻이다.

2수는 칠언고시로 1~4구는 평성 지운支韻, 5~8구는 상성 유운有韻, 9~12구는 평성 침운侵韻이다. 매 4구마다 전운轉韻했다.

여설

왕안석은 명비明妃를 '애국愛國'·'순결純潔'의 인물로 묘사했는데, 당시 시의생施宜生·장원張元 등이 북송北宋에서 요하遼夏로 투항해 북송北宋으로서는 큰 골칫거리였음을 감안한다면 왕안석이 '은원恩怨에 따라 변심하지 않는 인물'로 묘사한 명비는 현실적 의의를 지닌다.

왕안석이 〈명비곡明妃曲〉을 지은 후 매요신梅堯臣·구양수歐陽修·사마광司馬光·유창劉敞 등이 화작和作했는데 그것이 구양수의 〈화왕개보명비곡이수和王介甫明妃曲二首〉·〈재화명비곡再和明妃曲〉, 매요신梅堯臣의 〈화개보명비곡和介甫明妃曲〉 등이다. 또 유창이 〈소군사昭君辭〉를 짓자 매요신이 〈의운화원보依韻和原甫 '소군사'〉를 지어 화작和作하는 등 왕소군王昭君을 주제로 한 시는 무수히 많다.

소군의 묘는 현 몽골의 수도 호화호특呼和浩特시 남쪽 교외 9km 지점에 있다. 북쪽으로는 대청산大青山이 솟아 있고, 남쪽엔 대흑하大黑河가 흐르며 눈앞에 광활한 토묵천土默川 평원平原이 펼쳐져 있는 곳이다. 두보杜甫는 〈영회오수詠懷五首〉 기삼其三에서 "황궁皇宮을 떠나니 길이 북방北方 사막沙漠으로 이어졌고, 외로운 청총青塚에 석양夕陽이 비친다.(一去紫臺連朔漠, 獨有青塚向黃昏.)"라고 해 소군昭君의 무덤을 '청총'이라 했는데, 옛날 호화호특을 '청성青城'이라 했던 것도 녹림綠林과 청전青田 외에 청초青草가 무성한 소군의 무덤으로 인해 붙여졌다는 말도 전해진다.

왕소군 묘는 진시황秦始皇이나 한무제漢武帝·당태종唐太宗의 능묘陵墓처럼 벽돌을 쌓아 만들었다. 높이가 33m, 면적이 1.5경頃이나 되며 무덤 위엔 푸른 나무가 겹겹이 우거졌고 아래엔 화초가 무성해 멀리서 바라보면 그 모습이 아침·낮·저녁에 세 번 변한다고 한다. 능원陵園에 들어서면 정면에 계단으로 연결된 2층 평대平臺가 있고, 1층의 금색 찬란한 석비石碑에는 몽고문蒙古文과 한문으로 왕소군이 흉노로 시집와 한과 흉노가 화친을 맺게 된 역사를 적고 있다.

왕소군의 이름은 장嬙이고, 자字가 소군昭君으로 서한西漢 자귀秭

歸(호북 흥산현) 사람이다. 그녀는 아리따운 평민 소녀로 어렸을 적에 궁녀가 되었다. 기원전 33년(한 경영 원년) 흉노의 군장君長 호한야呼韓邪가 장안長安에 와 한의 공주를 아내로 삼고 화친하길 청한다. 호한야는 이름이 계후산稽候姍인데 흉노의 14대 군장君長으로 재능이 출중하여 신망을 크게 받고 있던 인물이었다. 그가 한과 화친을 청했던 데는 이유가 있었다. 당시 흉노는 빈번한 전란과 재해로 경제적으로 파탄에 빠졌고, 통치 집단 내부적으로도 5명의 군장들이 서로 다퉈 호한야는 남쪽을 차지했고 질지郅支는 북쪽을 차지해 대립하고 있었다. 기원전 51년(한 선제 감로 3), 왕소군을 아내로 맞이해 한과 화친하기 18년 전에 질지는 호한야에게 패해 남쪽으로 이주하면서 한조漢朝에 귀의했다. 기원전 36년(한 원제 건소 3), 한은 질지가 통치하던 북방의 흉노족을 멸망시켰다. 같은 해에 호한야는 흉노를 통일했는데 그는 늘 질지처럼 자신도 한에 의해서 멸망당하지 않을까 또 질지의 잔당들이 다시 재기하지 않을까 두려워했다. 이런 이유로 그는 한과 화친함으로써 자신의 지위를 공고히 하려고 했다. 그리고 한 역시 100여 년에 걸친 흉노와의 전쟁을 종식시키기 위해 화친을 원하고 있었다. 한 원제元帝의 명령으로 미모와 재능을 겸비한 궁녀를 멱라 공주의 신분으로 호한야에게 시집 보낼 준비를 했는데, 그때 궁중에 들어온 지 수년이 되었지만 황제의 얼굴 한 번 보지 못한 채 지내던 왕소군이 소식을 듣고는 자신이 흉노의 왕에게 시집가겠다고 자청했다.

떠나는 당일 드러난 소군의 미모에 궁중의 모든 여자가 실색할 정도였고, 이날 처음 왕소군을 직접 보게 된 원제 역시 보내고 싶지 않았으나 어쩔 수 없는 상황이었다. 안타까운 마음에 수많은 예물을 흉노로 떠나는 왕소군에게 하사했다고 한다. 또 야사野史에 의하면, 모연수毛延壽가 뇌물을 받고 왕소군의 얼굴을 일부러 추하게 그렸다는 사실이 밝혀져 죽임을 당했다고도 한다.

왕소군은 흉노에 간 후 '영호 연지(寧胡 閼氏 : 황후)' 에 봉해졌는데 흉노 부녀자들에게 길쌈과 바느질은 물론 농사 기술을 가르치며 호한야를 내조해 흉노를 발전시키는 데 큰 공헌을 했다. 그는 호한야와의 사이에 한 명의 아이를 낳았는데, 3년 후 호한야가 죽자 흉노의 풍속에 따라 호한야 전처의 아들인 복주루復株累에게 개가해 딸 둘을 낳았다. 왕소군의 영향으로 그의 후손들은 흉노와 중국의 화친을 위해 노력해 왕소군이 시집간 후 60여 년 간 한 번의 전쟁도 없었다.

왕소군의 이야기는 후대 문인 · 사대부 · 시인 · 화가와 극작가들의 작품 속에 얼마나 많이 사용되었는지 셀 수도 없을 정도인데 대부분 이국으로 시집가 나라와 가족 생각에 눈물 흘리는 비극적 인물로 묘사되었다.

내몽고內蒙古 자치구自治區 내에 왕소군의 묘라고 알려진 곳이 10여 곳이 넘는데 어느 곳이 과연 왕소군의 묘인지 설이 분분하지만 남북조南北朝 이전의 사서史書에서는 왕소군 묘墓에 관한 기록이 없고 호화호특呼和浩特을 여행했던 역도원酈道元의 『수경주水經注』에도 이에 관한 기록이 없다. 중국의 문헌 가운데 왕소군의 묘를 언급한 최초의 기록은 당唐 두우杜佑의 『통전通典』이다. 이후 송宋 · 원元 · 요遼 · 청淸 등의 사서에서 호화호특呼和浩特 남쪽 교외를 왕소군의 묘라 적고 있다. 이들 사서의 기록에 의하면, 소군묘昭君墓 옆의 들에는 작은 호수가 있었고 앞에는 석호石虎 · 석마石馬 · 석사자石獅子 · 석당石幢이 있었다고 한다. 또한 묘 위에는 작은 정자亭子가 있었는데, 그 안에 불화佛畵와 주포綢布 · 두맥豆麥 등을 소장하고 있었으며 묘 옆에는 둘레가 1장이나 되는 큰 버드나무가 있었다고 한다.

왕소군 묘는 오랫동안 보수하지 않아 비석 몇 개만 남아 있었을 뿐 폐허로 변해 버렸는데 1945년 중국 정부 수립 이후 폐허로 변해 버린 능원陵園을 다시 보수했다.

소식 蘇軾

1037～1101

송대宋代의 문학가文學家. 자字가 자첨子瞻, 자호自號는 동파거사東坡居士이다. 미산眉山(지금의 사천성四川省 미산眉山) 사람이다. 시문집『동파칠집東坡七集』112권이 전한다.

동파 東坡[1]

소식(蘇軾)

빗물이 씻어 내린 동파東坡의 달빛 맑은데,
시장 사람들 발걸음 끊어지자 시골 사람들이 오간다.
동파에 오르는 길, 험한 바위 언덕길 개의치 않고,
탁탁 지팡이 끌리는 소리 즐긴다네.

우 세 동 파 월 색 청　시 인 행 진 야 인 행
雨洗東坡月色淸　市人行盡野人行
막 혐 낙 확　파 두 로　자 애 갱 연　예 장 성
莫嫌犖確[2]坡頭路　自愛鏗然[3]曳杖聲

1 東坡(동파) : 지명. 황주(黃州) 황강성(黃岡城) 동쪽에 있다. 여설 참조. 2 犖確(낙확) : 길이 바위가 많고 험하다. 3 鏗然(갱연) : 지팡이 끌리는 소리, 탁탁.

감상

비 개인 뒤 떠오른 순백純白의 달은 푸른 하늘 뚫고서 동파東坡에 빛을 비춘다. 시장 사람들 달 구경하고 떠나자 시골 사람들 모여들어 달 구경 한다. 동파에 오르는 길 울퉁불퉁 바위 가득하고 험한들 어떠하리. 지팡이 짚고 오르는 길, 탁탁탁 지팡이 끄는 소리 도리어 즐기면서 동파에 오른다.

소식蘇軾은 송宋 신종神宗 원풍元豊 초년初年 황주黃州로 좌천되어 정신적으로나 육체적으로 고통스러운 나날을 보내고 있었는데, 당시 자신의 생활과 그 삶 속에서 느낀 감정을 이 시에 담았다. 이 시

외에도 '동파'를 소재로 한 시詩로 〈동파팔수東坡八首〉가 더 있다.

이 시는 평성平聲 경운庚韻의 칠언절구이다.

여설

시제詩題 '동파'는 황주黃州 황강성黃岡城 동쪽에 있는 지명으로 경관이 빼어난 명승지도 아니고 선인들의 사적이 남아 있는 곳도 아니다. 동파의 적벽赤壁은 황주黃州(지금의 황강현)성 서북쪽 장강長江 변에 있는데 황갈색에 모양이 코와 비슷하게 생겨서 '적비산赤鼻山' 혹은 '적비기赤鼻磯'라 한다. 또 적색 바위 언덕이 마치 벽처럼 솟아 있어 적벽이라 불린다. 소동파蘇東坡 이전에 이곳에 약간의 건축물이 있었으나 강 아래 경치를 감상하는 곳으로만 여겼고, 당대唐代 일부 문인들이 이곳을 삼국시대 적벽대전赤壁大戰이 일어났던 곳과 연계시키기도 했으나 그다지 주목을 받지 못했다. 이 황강黃岡 적벽赤壁이 세상 사람들에게 알려지기 시작한 것은 소동파의 사詞 〈염노교念奴嬌 · 적벽회고赤壁懷古〉에서 비롯된다.

1079년(송 원풍 2) 4월, 소동파는 서주지주西州知州에서 호주지주湖州知州로 이임했다. 왕안석王安石의 신법新法에 반대했던 그는 신법과 신법파 인사들을 비난하는 시문을 짓는데 이 글이 상대방을 격노케 해 '시문을 지어 조정과 대소 신료들을 비방하는데 두려워하거나 꺼려하지 않았다.(作爲詩文毁謗朝廷及中外臣僚, 無所畏憚.)'라는 죄명으로 호주湖州에서 붙잡혀 변경卞京의 어사대御史臺 감옥에 4개월간 갇히게 되었다. 소식의 간관諫官 갈력라竭力羅를 신문해 죄명을 날조해 거의 죽음에 처할 지경이었으나 당시의 원로 중신 오충吳充 · 범진范鎭 등과 신종神宗의 조모祖母 태황태후太皇太后 조씨趙氏의 도움으로 그 해 11월 검교상서檢校尙書 수부원외랑水部員外郎 황주단련부사黃州團練副使에 임명되어 황주黃州로 가게 되었다. 이 일이 당시 조야朝野를 진동시켰던 '오대烏臺(어사대시안御史臺詩案)' 사건이다. 송조宋朝가 개국한 이래 조정朝廷을 비판했다는 이유로 투옥되었던 첫 번째 사람이 소식이다. 〈계어사대옥기자유이수系御史臺獄寄子由二首〉는 소식이 어사대 옥중에서 동생 소철蘇轍에게 보냈던 시이다.

어사대의 차사差使에 의해 황주黃州로 압송된 후 소식은 정혜원定惠院에 머물다가 얼마 후 이강離江 가의 임고정臨皐亭에 거처하게 되었다. 소식이 황주단련부사黃州團練副使에 임명되었다고는 하나 허관말직虛官末職에 불과할 뿐이고 연금 생활이나 다름없었다. 공문서에 서명할 수 없는 것은 물론이고 수입도 없어 경제적으로도 매우 힘들었다. 이를 안타깝게 여긴 옛 친구 마정경馬正卿이 그를 대신해 수십 무畝의 황무지를 마련해 주어 소식은 이 황무지를 개간하면서 시름을 달랠 수 있었다. 그런데 이 땅이 동쪽을 향한 비탈이었기 때문에 '동파東坡'라 불렀고, 자신도 '동파거사東坡居士'라 자칭했다. 소식은 이곳에 다섯 채의 집을 짓고 '동파설당東坡雪堂'이라 이름을 지었는데 설당雪堂의 벽에 소식이 그림을 그리기도 했다. 이후 이곳에 많은 문인 화가들이 다녀갔는데 대서화가大書畵家 미불米芾이 이곳에 와 그를 예방하기도 했고 소식이 죽은 지 70여 년 후 육유陸游도 이곳을 방문하기도 했다.

생사에 달관한 소식은 황주에서 시와 술을 벗삼아 유유자적한 생활을 즐겨 많은 일화를 남겼다. 오늘날에도 황주를 찾는 관광객들은 '동파병東坡餅'과 '동파육東坡肉'을 맛볼 수 있는데 이 음식들도 소식과 관련이 있다.

적벽대전이 호북湖北 포기蒲圻의 적벽에서 일어났음을 몰랐을 리 없지만 소식은 옛 풍류 인물의 공업功業을 기리면서 내심의 비애悲哀를 담아내기 위해서 황강黃岡 적비기赤鼻磯를 배경으로 글을 썼다.

漢江(한강) 赤壁圖(적벽도)

같은 해인 원풍元豊 2년, 7월 16일과 10월 15일 다시 적벽기 아래 장강長江에 배를 띄워 유람하면서 그 유명한 〈전적벽부前赤壁賦〉와 〈후적벽부後赤壁賦〉를 지었는데, 이 작품들은 후세 희곡 · 회화 · 조각 등의 제재題材로 사용되는 등 큰 영향을 끼쳤다.

황주에서의 소식의 생활은 적벽에 무한한 풍채를 더해 주었고 이로 인해 이곳을 유람하는 문인명사文人名士들이 많아졌으며, 청대清代 사람들이 '황주적벽黃州赤壁'을 '동파적벽東坡赤壁'이라 칭한 후 오늘날까지 사용되고 있다.

동파적벽의 작은 바위 위엔 1당堂 · 1전殿 · 2각閣 · 6정亭이 있는데 명칭은 대부분 소식의 시문에서 따왔다. '일부정一賦亭'은 전후前後 〈적벽부赤壁賦〉에서 비롯되었고 뇌강정擂江亭은 '한 동이 술을 달빛 서린 강물에 도로 부었다(樽還擂江月).'란 시구에서 비롯되었다. 또 '파선정坡仙亭'은 '날개가 돋아 신선의 경지에 올랐다(羽化而登仙).'의 뜻에서 이름을 취했고, '문학정問鶴亭'은 '마침 외로운 학이 강을 가로질러 날아온다.(適有孤鶴, 橫江而來.)'에서 뜻을 취했다.

이 건축물들은 소식과 관계 있는 문물들로 아직도 잘 보관되어 방문객들을 부르고 있다.

징매역통조각 澄邁驛[1]通潮閣[2]

소식(蘇軾)

1

지친 객客은 근심스레 돌아갈 길 아득하다는 말 들었네,
장교長橋를 굽어보며 날아갈 듯이 서 있는 누각樓閣이 눈에 들어온다.
가을 부들 가로지르는 백로白鷺 넋을 잃고 쳐다보다,
어느 새 만조晩潮가 되어 푸른 숲에 해 비껴 떨어진다.

권객 수문귀로요 안명 비각 부장교
倦客[3]愁聞歸路遙 眼明[4]飛閣[5]俯長橋

탐간백로횡추포 불각청림몰만조
貪看白鷺橫秋蒲 不覺青林沒晩潮

1 澄邁驛(징매역) : 해남도(海南島) 징매현(澄邁縣)에 있는 역. **2** 通潮閣(통조각) : 징매현(澄邁縣) 서쪽에 있는 누각(樓閣), 통명각(通明閣)이라고도 한다. **3** 倦客(권객) : 피로한 손님, 지친 손님. 여기서는 소식 자신을 뜻함. **4** 眼明(안명) : 눈이 밝다, 눈에 쏙 들어온다. **5** 飛閣(비각) : 지붕이 날아갈 듯한 누각.

2

해남도海南島의 마을에서 여생을 보내려 했는데
천제天帝가 무양巫陽을 시켜 내 혼을 부르네.
까마득히 하늘 낮아지고 송골매도 가물가물 사라지는 곳에
푸른 산이 한 가닥 머리칼처럼 놓인 곳, 저기가 바로 중원

中原이라네.

여생욕로해남촌　제견무양 초아혼
餘生欲老海南村[6]　帝遣巫陽[7]招我魂
묘묘천저골 몰처　청산일발시중원
杳杳天低鶻[8]沒處　靑山一髮是中原

6 海南村(해남촌) : 해남도(海南島)의 마을. **7** 巫陽(무양) : 무녀(巫女)의 이름. 『초사(楚辭)』 〈초혼(招魂)〉에서 천제(天帝)가 굴원(屈原)의 영혼이 그의 몸에서 벗어난 것을 가엾이 여겨 무양(巫陽)에게 명령하여 영혼을 도로 불러오게 했다는 시구(詩句)가 있는데, 해남도(海南島)로 유배가 있던 소식(蘇軾)이 다시 조정(朝廷)의 부름을 받아 해남도를 떠나는 상황을 이에 비유했다. **8** 鶻(골) : 송골매.

감상

해남도海南島 귀양살이에 지친 나그네 누군가 무심결에 내뱉은 돌아갈 길 막막하다는 소리 듣고서 근심이 더해간다. 수심에 겨워 걷다 보니 장교長橋를 굽어보며 날아갈 듯이 서 있는 통조각通潮閣이 눈에 들어온다. 통조각 난간에 기대어 가을 부들 가득한 들판을 가로질러 날아가는 백로白鷺를 넋이 빠진듯 쳐다본다. 내 눈 날아가는 백로를 좇느라 만조晩潮가 되어 남은 햇살 푸른 숲만 비치는 줄도 몰랐다.

해남도 작은 마을에서 여생餘生을 보내려 했었는데 천제天帝가 무양巫陽을 보내 굴원屈原의 영혼을 부르듯이 조정朝廷의 부름이 있네. 내가 돌아갈 곳은 까마득히 하늘이 낮아져 땅과 맞닿은 곳, 송골매도 가물가물 사라지는 그곳이네. 푸른 산이 한 가닥 머리카락처럼 보이는 그곳 중원中原이라네.

소식蘇軾은 1100년(송 원부 3) 5월, 만 3년에 걸친 담주儋州에서의 귀양살이를 마치고 광서성廣西省의 염주廉州로 가는 길에 해남도 북쪽의 징매역澄邁驛을 지나면서 통조각에 올라 바다 건너 본토本土를 바라보며 시 2수를 지었다. 바다 건너 북쪽 중원으로 돌아가게 된 작자의 심정을 절절히 써내었다.

1수는 평성平聲 소운蕭韻의 7언절구, 2수는 평성 원운元韻의 칠언절구이다.

여설

해남도海南島 해구시海口市 오공사五公祠 유원지 입구에 소공사蘇公祠의 정문이 있다. 문 앞엔 작은 석조물과 화분들이 줄지어 서 있고 정문엔 '소공사'란 현판이 걸려 있는데 정원을 지나면 소공사 대당大堂이다. 대당 앞엔 두 그루의 큰 나무가 마주 서 녹음綠陰을 드리우고 있고, 대당으로 오르는 계단에는 백화百花가 만발하다. 사당祠堂 앞에는 기와를 이은 목조 건축물이 하나 있는데 그 안엔 소동파蘇東坡·구준丘浚·해단海端과 해남도로 귀양 왔던 오공五公의 비각碑閣과 석각상石刻像이 있다.

오공사는 당송시대唐宋時代 해남도로 귀양 왔던 5명의 명신名臣을 기념하기 위해 1706년(청 강희 45) 건축한 사당으로 '해남제일루海南第一樓'라 불린다. '오공五公'은 당대唐代의 이덕유李德裕(787~850)와 송대宋代의 이강李綱(1085~1140)·조정趙鼎(1085~1147)·이광李光(?~1155)·호전胡銓(1102~1180)이다.

소공사는 해남도 사람들이 북송北宋의 대문호 소동파를 기념하기 위해 지은 사당이다. 그 좌측에는 동작정洞酌亭·동파매시처東坡埋詩處·부율천浮粟泉이 있고, 우측엔 해남제일루海南第一樓·관가당觀稼堂·학포당學圃堂·오공정사五公精舍가 있다. 소공사 주변에는 무성한 숲 이곳저곳에 계간溪澗·패방牌坊·공교拱橋·지당池塘·소도小

島 · 원정圓亭 등이 있어 해남도 제일의 명승名勝이라 할 만하다.

소식은 호주湖州 · 황주黃州 · 혜주惠州로 폄적貶適되었다 61세 때인 1097년(송 철종 소성 4) 7월, 다시 창화군昌化郡(지금의 담현)으로 귀양 갔고, 죽기 반년 전인 1101년에야 사면되어 고향으로 돌아가던 도중에 상주常州에서 병으로 죽었다.

소식은 해남도에 좌천된 후 섬 곳곳을 두루 돌아보았는데 경도瓊島를 답사하는 도중에 경산瓊山을 들렀다가 황량한 산허리에서 두 곳의 샘을 발견했다. 군수였던 육공陸公은 그 일을 기념하기 위해 이곳에 정자亭子를 지었다. 1101년 소식이 사면되어 귀향하면서 샘물을 맛보기 위해 다시 이곳에 들르자 육공은 소식에게 정자의 이름을 지어 달라고 청했고, 소식은 그 자리에서 '동작정洞酌亭'이라 이름 짓고 4언시言詩 〈동작정洞酌亭 · 병서并序〉를 지었다. 소식이 떠난 후 해남도 사람들은 그가 두 차례나 머물렀던 객사客舍를 '동파독서처東坡讀書處'라 이름 지었고 소식이 상주常州에서 죽었다는 소식을 듣고는 '동파독서처'를 소공사와 동파서원東坡書院으로 만들었다. 해남도의 주민들이 소식을 이렇게 받드는 이유는 그가 3년 동안 교육, 문화 사업에 진력해 그 후 162년 간 진사進士가 12명이나 배출될 정도로 해남도가 문화적으로 발전했기 때문이다.

이 때문에 여러 차례 보수와 중건을 거듭하여 오늘날까지도 소공사가 보존되어 있다. 현재의 동작정은 1915년 중건했고, 1950년 이후 대대적인 보수를 거쳐 현재의 모습을 유지하고 있다.

해남도에는 부율천浮粟泉이란 샘이 있다. 부율천에는 '해남제일천海南第一泉'이란 별칭이 있다. 1097년(송 철종 소성 4) 소식이 담현儋縣으로 귀양 가는 도중에 이곳에 투숙했다가 백성들이 혼탁한 강물을 식수로 사용하는 광경을 목도하고 안타까이 여겨 주위 지리를 살펴 한 지점을 가리키며 '이곳을 파면 두 개의 샘을 얻을 수 있을 것이다' 라고 말하곤 떠났다. 사람들이 그가 말했던 지점을 파니 과연 지척을 사이에 두고 물맛이 서로 다른 두 개의 감천甘泉이 나왔다고 한다. 한 곳은 물이 맑고 한 곳은 물이 탁해 맑은 곳은 부율천浮栗泉이라 했고, 탁한 곳은 세심천洗心泉이라 불렀다. 이후 두 곳의 샘물은 해남의 명승이 되었는데 아쉽게도 세심천은 원말명초元末明初 매몰되었고 현재 부율천만 남아 있다. 1793년(청 건륭 58) 지부知府 섭여란葉汝蘭이 부율천을 방형方型의 고정古井으로 고쳤는데 지금도 이 고정엔 맑은 물이 흘러나오고 있다.

율천정栗泉亭은 육각형의 작은 정자로 부율천 위쪽에 있다. 명 만력萬曆 14년(1614년), 군수 옹여우翁汝遇가 건축했는데 공사 당시 땅을 파다 '하늘이 내린 샘이 흘러 말라 다시 수리하러 온 신세, 혹 옛 친구 만날까 생각하려니, 두 사람 성씨姓氏는 초두자草頭字를 쓰는 사람이리라.(泄盡先天泌, 再修來身世, 若思逢故友, 二姓草頭人.)' 란 소식蘇軾의 시구詩句가 새겨진 돌 벽돌石磚을 발굴하고는 자신과 소식이 전생에 인연이 있다고 억지 해석을 했다고 한다. 율천정은 그가 이임할 때까지 완공되지 못했다. 신임 지부知府 사계료謝繼料가 공사를 계속해서 율천정을 완공했다.

세심헌洗心軒은 장방형長方型의 평범한 집인데 부율천 위쪽에 있으며, 원래의 명칭은 '식원정食源亭' 이다. 1793년(청 건륭 58) 지부 섭여란이 소식이 이곳에 묻었던 시를 보곤 자신의 성姓인 '섭葉' 과 소식의 '소蘇' 는 모두 '초草' 자 부수이기 때문에 자신과 소식은 전생의 고우故友라 해석하고는 식원정食源亭을 중수하고 세심정洗心亭으로 개명했다. 1915년 관찰사 주위조朱爲潮가 이 정자를 넓혀 집으로 고치고 '세심헌' 이라 헌액했는데, 이 명칭을 지금까지 사용하고 있다.

동파서원은 담현儋縣 중화진中和鎮 동쪽에 자리 잡고 있는데 소식이 담현儋縣에 귀양 와 백성들과 함께 직접 농사 짓고 학문을 강의했던 곳이다. 서원 내에는 재주정載酒亭 · 재주당載酒堂 · 오당감奧堂龕이 있는데 모두 역사가 유구한 고건축물들이다.

재주정載酒亭은 2층의 소박하지만 기세가 웅장한 정자亭子로 정자 내에 '인어人魚가 돌아갈 일 잊어 버렸다(人魚忘返).' 라는 현판이 걸려 있다.

재주정載酒亭 뒤에 재주당載酒堂이 있는데 소박하기 그지없는 건물이지만 수백 년 동안 수많은 문인묵객文人墨客들이 찾았던 명승지이다. 재주당載酒堂 내엔 〈파선립극도坡仙笠屐圖〉와 '재주당시載酒堂詩' 석각石刻이 남아 있다.

〈파선립극도〉는 소식이 여자운黎子雲을 찾아가는 도중에 비를 만나 농가에서 죽립竹笠을 빌려 머리에 쓰고 나막신을 신고 허리 굽혀 바지 가랑이를 걷어 올리는 모습을 담고 있다. 이밖에 〈과해도過海圖〉 · 〈취주도醉酒圖〉 등 8폭의 석각화石刻畫가 재주당載酒堂 내에 있는데 모두 해남海南 담주시절儋州時節 소식蘇軾의 생활을 엿볼 수 있는 그림들이다.

담주儋州 사람인 여자운黎子雲의 집터가 재주당載酒堂 앞쪽에 있었는데 후인들이 이곳을 확충해 재주당을 만들었다. 소식 부자父子가 담주儋州에 좌천되었을 때 처음에는 주관州官 장중張中의 배려로 관가官家에서 마련해 준 집에 머물렀으나 후에 조정에서 파견된 관리가 소식 부자를 내쫓아 곤란한 지경에 빠지게 되자 여자운 형제가 자신들의 집에 그들을 머물게 했다. 이에 소식은 한대漢代 양웅揚雄의 '재주문자載酒問字'의 전고典故를 이용해 이곳을 '재주당'이라 명명했다.

대전大殿과 대전 앞 양편의 이방耳房은 현재 전시관으로 사용되고 있다.

재주당 뒤엔 소식의 신위神位를 봉안하고 있는 오당감奧堂龕이 있고 그 좌우에 있는 낭사廊舍가 재주당과 연결되어 있어 동파서원의 전체적 구조가 방형을 이룬다.

이밖에 성도成都에도 소식의 사당祠堂이 있다. 성도에서 악산樂山(아미산)에 이르는 도로 중간 지점에 미산眉山 삼소사三蘇祠가 있는데 이는 '삼소三蘇'라 병칭竝稱되는 소식, 부친 소순蘇洵, 동생 소철蘇轍의 고거故居이다.

'삼소三蘇' 모두 시문詩文에 뛰어났지만 소순蘇洵은 생전에 말직을 지내다 58세로 죽어 미산眉山 토지향土地鄕 가용리可龍里에 묻혔고, 시호諡號는 '문안공文安公'이다. 소식은 병부상서兵部尙書·예부상서禮部尙書 등 요직을 거치기는 했지만 수차례 좌천되었다. 1101년(송 원부 4) 사면되어 귀향하는 도중 상주常州에서 병사해 하남河南 섬현陝縣 소아미산小蛾眉山으로 이장했는데, 시호는 '문충공文忠公'이다. 소철은 소식보다 요직을 거쳤지만 그 역시 소식의 필화筆禍에 연루되었고 74세에 죽어 형과 같이 하남 섬현 소아미산에 묻혔고, 시호諡號는 '문정공文定公'이다.

세 사람이 죽은 후 사람들은 '일문삼걸一門三杰'을 기념하기 위해 수차례 소씨蘇氏의 고거故居를 중건했는데 그 중 명明 홍무연간洪武年間에 가장 대대적인 보수 및 신축 작업을 거행했다. 계현당啓賢堂·목가산당木假山堂과 대전大殿 등을 설치하고 삼소사三蘇祠라 칭했는데 아쉽게도 1644년(명 숭정 17) 10월 농민의군農民義軍 장헌충張憲忠이 미주를 공격할 때 불타 없어졌다. 그 후 1662년(청 강희 원년) 미주의 주목州牧 조혜아趙惠芽가 잡초만 무성하게 자란 삼소사三蘇祠 터에 들렀다가 그 자리에 삼소사를 중건했고 옹정雍正·건륭乾隆·광서光緖 삼대三代의 확장 보수 작업을 거쳐 제 모습을 찾게 되었다.

이사훈화장강절도화李思訓[1]畵長江絶島畵[2]

소식(蘇軾)

산은 푸르고, 강물은 끝이 없다,

대고산大孤山·소고산小孤山이 강 가운데 있네.

길조차 끊어진 무너진 절벽엔 원숭이도 새들도 없고,

오직 나무만 높이 치솟아 길게 하늘을 떠받친다.

손님 실은 배는 어디에서 오는가?

어부의 노랫소리 강 가운데서 울려 나온다.

모래사장에 미풍微風이 불고 눈앞의 고산孤山에 아직 닿지 않았구나,

고산은 한참 전부터 일렁이는 파도에 배와 함께 높아졌다 낮아졌다 한다.

높고 험한 두 산에 구름이 쪽찐 머리처럼 걸렸고,

거울 같이 맑은 강물에 새로 화장한 얼굴이 비친다.

배 안의 장사꾼아 아름다운 경관에 딴 생각 품지 마라,

소고산은 작년에 팽랑彭郎에게 시집갔단다.

산창창 수망망 대고 소고 강중앙
山蒼蒼 水茫茫 大孤[3]小孤[4]江中央

애붕로절원조거 유유교목참천 장
崖崩路絶猿鳥去 惟有喬木攙天[5]長

객주하처래 도가 중류성억양
客舟何處來 棹歌[6]中流聲抑揚

사평풍연 망부도 고산구여선저앙
沙平風軟[7]望不到 孤山久與船低昂[8]

아아 량연환 효경 개신장
峨峨[9]兩煙鬟[10] 曉鏡[11]開新粧

주중고객막만광 소고 전년가팽랑
舟中賈客莫漫狂 小姑[12]前年嫁彭郎[13]

1 李思訓(이사훈) : 당대(唐代)의 화가(畵家). 자(字)는 건견(建見). 여설 참조. 2 長江絕島畵(장강절도화) : 이사훈(李思訓)이 그린 그림으로 장강(長江)의 대고산(大孤山)과 소고산(小孤山)의 풍경(風景)을 그렸다고 하는데 현재는 전하지 않는다. 3 大孤(대고) : 산 이름. 강서성(江西省) 호구현(湖口縣) 동남부 파양호(鄱陽湖)에 있는 산으로 파양호 호숫물이 장강(長江)으로 흘러가는 곳에 있다. 4 小孤(소고) : 산 이름. 안휘성(安徽省) 숙송현(宿松縣) 성 동남쪽 60km지점의 장강(長江) 가운데 있다. 5 攙天(참천) : 하늘을 찌를 듯이 높이 솟아 있다. '참천(參天)' 의 뜻이다. 6 棹歌(도가) : 어부의 노래. 7 風軟(풍연) : 바람이 약하다. 8 低昂(저앙) : 높아졌다 낮아졌다. 9 峨峨(아아) : 높고 험준하다. 10 煙鬟(연환) : 안갯속에 묻힌 소고산. 11 曉鏡(효경) : 거울 같이 맑은 강물. 12 小姑(소고) : 소고산. 13 彭郎(팽랑) : 소고산 맞은편의 팽랑기(澎浪磯). 팽랑기(澎郎磯)라고도 한다. 기(磯)는 강가에 있는 자갈밭을 뜻함.

감상

그림 속의 산은 푸르고 강물은 망망대해茫茫大海처럼 끝이 없다. 강 옆의 절벽은 무너진 듯 산길조차 끊어졌으니 원숭이도 기어오를 수 없고 새들도 날아 앉을 수 없을 것 같다. 절벽 위에 자란 나무 하늘 높이 치솟아 하늘을 뚫을 것 같다. 손님 실은 저 배는 어디에서 오는가? 사공의 노랫소리 강 가운데서 울려 퍼진다. 강가에 평평하게 깔린 모래사장에는 미풍微風이 불어오고, 고산孤山은 눈앞에 보이는데 아직 도착하지 않았다. 물결이 일렁이니 한참 전부터 고산이 높아졌다 낮아졌다 한다. 높고도 험한 소고산小孤山 · 대고산大孤山 정상에는 구름이 쪽찐 사람의 머리카락처럼 걸쳐 있고 거울 같이 맑은

가릉강(嘉陵江)

물에 새롭게 단장한 고산의 모습이 비친다. 배 안의 장사꾼아! 아리따운 여인처럼 수려한 고산에 딴 마음 품지 마라! 고산은 작년에 팽랑기澎浪磯에게 시집가 버렸단다.

이 시詩는 잡언고시로 평성平聲 양운陽韻이다.

여설

당대唐代의 산수화山水畵는 화성畵聖 오도자吳道子로부터 시작되었다고 말할 수 있다. 그러나 오도자의 산수화는 대부분 실전失傳되어 현재 그 실체를 알 수가 없다. 오도자가 황궁皇宮의 대동전大同殿에서 하루만에 〈가릉강산수도嘉陵江山水圖〉를 완성했다는 일화가 전해지지만 그 작품은 전하지 않고, 그 밖의 그림들은 대부분 불상佛像을 그린 것들이다. 따라서 당대의 산수화 화법畵法을 발전시키고 독창성을 발휘하면서 명실상부 산수를 그렸던 화가로는 이사훈李思訓 부자父子와 왕유王維라고 하는 게 타당하다.

중국의 산수화는 이 시기부터 남종南宗과 북종北宗으로 양분되는데, 이사훈李思訓은 곧 북종 산수화의 시조이다. 이사훈은 채색彩色을 위주로 산수를 표현하는 화법을 사용했기 때문에 후대의 평자들이 그의 그림을 '청록색靑綠色으로 바탕을, 금벽색金碧色으로 무늬를 그렸다.(靑綠爲質, 金碧爲紋.)' 라고 평가했다. 이사훈의 산수화는 섬세한 필치로 화려하고 농염한 채색을 위주로 했기 때문에 '청록산수靑綠山水' 혹은 '금벽산수金碧山水' 라는 이름이 붙게 되었다. 이에 비해 왕유王維는 수묵水墨으로 입체감 있게 주름을 그리는 화법인 수묵준법水墨皴法으로 산수를 그렸기 때문에 수묵화로 대표되는 남종의 시조가 되었다.

이사훈은 당조唐朝의 황족으로 651년(당 고종 영휘 2)에 태어나 718년(당 현종 개원 6)에 죽었다. 이사훈은 좌우림대장군左羽林大將軍을 지냈고 팽국공彭國公에 봉해졌으며, 개원연간開元年間에는 우무위대장군右武衛大將軍을 지냈다. 그러나 그의 관직이 아니라 산수화에서 보인 뛰어난 성취로 인해 그의 이름은 지금까지 전해지고 있다.

이사훈의 집안은 모두 그림에 뛰어난 재질을 보였다. 그의 아들 이소도李昭道, 동생 이사회李思誨, 조카 이임보李林甫, 이임보의 조카 이주李湊 등이 모두 서법書法과 회화繪畵로 명성을 떨쳤다. 그 가운데 이사훈 부자가 가장 뛰어났다. 이사훈은 '금벽산수金碧山水'의 시조이고 그 아들은 이를 계승했다. 이사훈은 장군將軍이었기 때문에 후인들이 '대이장군大李將軍'이라 칭했고 그 아들은 장군은 아니었지만 그의 아버지와 함께 '소이장군小李將軍'이라 불렀다.

'금벽산수'는 이사훈 부자의 독창이 아니다. 이미 수대隋代의 유명 화가인 전자건展子虔에서부터 시작되었다. 전자건은 청록색을 사용하여 산수를 그렸고, 이사훈 부자는 모두 전자건의 문하에서 그림을 배웠다. 이사훈 부자가 당대唐代에 뛰어나 산수화를 대량으로 창작했고 또 큰 영향을 미쳐 '금벽산수화金碧山水畵'가 당唐 일대一代를 통해 크게 성행하게 했기 때문에 그들을 '금벽산수'의 시조라 부르게 된 것이다.

과대유령 過大庾嶺[1]

소식(蘇軾)

오직 한 가지 걱정은 잘못으로 얻은 오욕汚辱,
몸과 마음을 비워 깨끗하게 하리라.
광대廣大한 천지天地의 문門에
오직 나만 홀로 이 밤에 와 있다.
오늘 대유령大庾嶺을 오르다 보니,
내 신세 영영 잊어 버렸다.
선인仙人이 내 머리를 어루만져 주었으니,
머리 묶고서 장생長生의 도道를 얻으리라.

일념실구오 신심동 청정
一念失垢汚 身心洞[2]淸淨

호연천지려 유아독야정
浩然天地閭[3] 惟我獨夜正

금일령상행 신세영상망
今日嶺上行 身世永相忘

선인부 아정 결발수장생
仙人拊[4]我頂 結髮受長生

1 大庾嶺(대유령) : 고개 이름. 광동성(廣東省) 남웅현(南雄縣) 북쪽에 있다. 여설 참조. 2 洞(동) : 비우다. 3 天地閭(천지려) : 천지(天地)의 문. 여기서는 대유령(大庾嶺) 관문(關門)을 뜻한다. 4 拊(부) : 어루만지다.

감상

줄곧 나의 실수로 얻게 된 오욕汚辱을 걱정했었는데, 이제 몸과 마음을 비워 깨끗하게 해야겠다. 광활하게 펼쳐진 대유령大庾嶺의 관문關門은 마치 천지天地의 문門과도 같은데, 이 밤에 오직 나만이 이곳에 있다. 오늘 대유령을 올라오다 보니 멀리 남방으로 폄적貶謫당한 내 신세 영영 잊어 버릴 수 있었다. 마치 선인仙人이 내 머리를 어루만져 주는 것과도 같아 머리 묶고서 불로장생不老長生의 도道를 닦아야겠다.

이 시는 거성去聲 경운敬韻, 평성平聲 양운陽韻과 경운庚韻을 통용한 칠언고시이다.

여설

매령梅嶺, 즉 대유령大庾嶺은 광동성廣東省 남웅현南雄縣 북쪽에 있으며 오령五嶺의 하나이다. 오령은 강서성江西省·호남성湖南省·광동성廣東省·광서자치구廣西自治區 등 4개 성省 사이에 있는 대유령·월성령越城嶺·기전령騎田嶺·맹저령萌渚嶺·도방령都龐嶺의 다섯 고개로 이 고개를 경계로 장강長江과 주강유역珠江流域이 나누어진다. 그 가운데 대유령이 가장 동쪽에 위치하고 있기 때문에 '동교東嶠', 혹은 '태령台嶺'이라 부르기도 하며 진秦나라 때는 '새토塞土'라 불렀다.

전설에 의하면, 진시황秦始皇이 백월百越을 정벌하기 위해 남정南征하면서 군사를 다섯 갈래로 나누어 진군했다. 그때 대유령 위의 길로 진군하던 군대는 길이 너무 험준해 더 이상 진군하지 못하고 철군했다고 한다. 한나라의 유방劉邦도 장군將軍 매현梅鋗을 파견했으나 이곳에서 더 이상 남쪽으로 진군하지 못하고 정수湞水 가에 성을 쌓고 백성들을 편안히 살게 했다. 이로 인해 이곳을 매령梅嶺이라 부르게 되었다. 또 한漢 무제武帝가 직접 남정南征하면서 유승庾勝 형제를 파견해 이 일대를 지키도록 했다. 유승은 고개 위에 주둔해 '대유大庾' 라 불렀고, 동생은 고개의 동쪽 40리里 지점에 주둔해 그곳을 '소유小庾' 라 부르게 되었다. 또 어떤 이는 고개 위에 매화나무가 많았기 때문에 '매령' 이라 부르게 되었다고도 한다.

당나라 때 개통된 역도驛道를 통해서 대유령을 넘을 수 있다. 이 역도는 넓이가 5척에 불과하지만 당대唐代 이후 남북 교통에 없어서는 안될 중요한 길이다. 이 길을 개통시킨 사람은 당대의 명재상名宰相 장구령張九齡이다. 장구령은 716년(唐 開元 4) 대유령 남과 북을 잇는 새 역도의 건설을 현종玄宗에게 보고하고 직접 이 일을 추진했다. 또 장구령은 역도를 건설하게 된 과정과 경과를 〈개대유령로기開大庾嶺路記〉에 상세하게 기록했다.

이 대유령이 개통된 후 남북의 교통이 매우 편리해졌다. 아랍 · 페르시아 · 인도의 상인들이 구름처럼 광주廣州에 몰려 들었고 당나라 말기에는 광주에 거주하는 외국 상인이 10만 호戶나 되었다고 한다. 뿐만 아니라 장안에 과거를 보러 가는 선비나, 남방南方으로 부임하는 관리들은 물론 산수를 만유漫遊하던 시인들도 이 길을 이용했다. 당대의 한유韓愈, 송대宋代의 소식蘇軾 등도 남방으로 폄적되어 가면서 이 길을 지났고, 또 대유령을 넘을 때의 심정을 시로 남겼다. 또 탕현조湯顯照의 희극 〈목단정牧丹亭〉에도 남자 주인공이 광동廣東 곡강曲江에서 매령을 넘어 장안으로 과거에 응시하러 가는 장면이 있다.

이 험준한 산령山嶺의 최정상에 있는 관루關樓가 매관梅關이다. 관루의 북면에는 강서성江西省을 의미하는 '남월웅관南粵雄關' 이란 네 글자가 적혀 있고, 남면에는 광동성廣東省을 뜻하는 '영남제일관嶺南第一關' 이란 글자가 적혀 있다. 이 때문에 옛사람들은 이곳을 일컬어 '일보과양성一步跨兩省' 이라 했다. 또 매령의 남북은 기후 차가 심해

'남지기락南枝旣落, 북지시개北枝始開' 란 말을 할 정도였다. 그래서 만들어진 말이 '일관격남북一關隔南北' 이다.

사서史書의 기록에 의하면, 매관을 건축한 사람은 송대宋代 채항蔡抗 · 채정蔡挺 형제이다. 1063년(송 가우 8) 채항이 광동전운사廣東轉運使에 임명되었고, 동생 채정은 강서제형江西提刑으로 부임했다. 두 사람이 월粵과 공贛을 대표해 오대五代 이래 끊어진 매령로梅嶺路를 복구하고 군사와 세금 징수를 위해 관루關樓를 설치하여 두 성省의 경계로 삼기로 했다. 이 두 형제의 협상으로 만들어진 매관이 오늘날 우리가 볼 수 있는 관문關門이다.

증공曾鞏

1019～1083

송대宋代 문학가文學家. 자字는 자고子固. 건창建昌 남풍南豊(현재의 강서江西) 사람이어서 세칭 남풍南豊 선생이라 한다. 『원풍유고元豊類稿』가 전한다.

감로사다경루 甘露寺[1] 多景樓[2]

증공(曾鞏)

아름다운 경치 이 누각 안에 담아 두려고 했나,
난간에 기대었더니 사방이 훤히 보인다.
구름에 물빛이 흩어지는데 자주색 비취빛으로 떠올랐고,
하늘은 청홍색 青紅色 산 기운을 머금었다.
강 위로 들려 오는 종소리 범패 梵唄 소리 회남 淮南의 월야 月夜를 생각케 하고,
만리 萬里 멀리 범선은 바다 밖에서 불어오는 바람을 실어 온다.
늙어 옷소매에 흙먼지 남아 있지만,
마음만은 어둠을 뚫고 날아가는 기러기를 부러워한다.

욕 수 가 경 차 루 중　도 의 난 간 사 망 통
欲收嘉景此樓中　徒倚欄干四望通
운 란 수 광 부 자 취　천 함 산 기 입 청 홍
雲亂水光浮紫翠[3]　天含山氣入青紅
일 천 종 패 회 남 월　만 리 범 장 해 외 풍
一川鍾唄[4]淮南[5]月　萬里帆檣海外風
노 거 의 금 진 토 재　지 장 심 목 선 명 홍
老去衣襟塵土在　只將心目羨冥鴻[6]

1 甘露寺(감로사) : 절 이름. 강소성(江蘇省) 진강(鎭江) 북고산(北固山)에 있다. 여설 참조. 2 多景樓(다경루) : 누각(樓閣) 이름. 감로사(甘露寺) 내에 있다. 여설 참조. 3 紫翠(자취) : 자주색과 비취색. 4 鍾唄(종패) : 범종(梵鐘)과 범패(梵唄). 5 淮南(회남) : 회수(淮水)의 남쪽. 6 冥鴻(명홍) : 어둠을 뚫고 나는 기러기.

감상

감로사甘露寺 다경루多景樓는 산과 강 아름다운 풍경 모두 담으려고 했는지 북고산北固山 높은 곳에 자리잡았다. 난간欄干에 기대었더니 사방이 훤하게 뚫렸다. 구름에 물빛이 어지럽게 흩어진 그곳에 자주색 · 비취색 누각樓閣이 떠 있는 듯하고, 하늘은 석양에 청홍색靑紅色으로 물든 산 기운을 머금었는지 하늘마저 청홍색으로 물들어 있다. 달빛 아래 한 줄기 범패梵唄 소리 들리니 회남淮南 들판의 고요한 정적靜寂을 생각게 하는데, 만리萬里 멀리까지 이어진 범선帆船이 바닷바람을 실어 보냈는지 여기가 장강長江 가임을 깨닫게 한다. 이제 늙었어도 옷소매에 흙먼지 묻힌 채 앞날을 도모하고, 마음만은 어둠을 뚫고 높이 천공天空을 비상하는 기러기를 부러워한다.

증공曾鞏은 중년 이후 고향을 떠나 지방관을 지냈는데 진강鎭江을 지나던 중 다경루에 올랐다가 그 풍광에 감탄해 칠언율시를 지었다.

다경루 아래로 내려다보이는 장려하고 광활한 경관이 나이 들어 이곳저곳을 떠다니느라 피곤에 지친 시인의 마음을 움직여 여전히 미래에 대한 목표를 간직하겠다는 의지를 되살렸다.

이 시는 평성平聲 동운東韻의 칠언율시이다.

여설

강소성江蘇省 진강鎭江 서쪽 교외 북고산北固山의 원래 이름은 토산土山인데, 육조시대六朝時代 양무제梁武帝가 이곳에 올라 아래로 강의 전경全景을 바라보았다고 해서 '북고北顧'라는 이름이 생겨났고 이후 음이 잘못 전해져 '북고北固'가 되었다. 북고산의 전前 · 중中 · 후後 세 봉우리 중 주봉主峰인 후봉後峰 위에 감로사甘露寺가 있다.

감로사가 언제 건축되었는지는 정확히 알 수 없지만, 절 안에 소양蕭梁 때의 가마솥鐵鼎이 있어 소양시대蕭梁時代에 건축된 것으로 보이는데, 사서史書의 기록에 의하면 당대唐代 승상丞相을 지냈던 이덕유李德裕가 창건했다고 하고 이덕유도 시 중에서 감로사를 창건했다고 자술하고 있다.

감로사가 천하에 명성을 떨치게 된 것은 유비劉備와 손권孫權의 여동생 손상향孫尚香의 결혼에 관련된 고사 때문이다. 애초 주유周瑜는 유비와 손상향을 결혼케 할 생각은 없었다. 단지 결혼을 핑계로 유비를 동오東吳로 유인한 다음 억류할 생각이었는데 제갈량諸葛亮이 눈치를 채고 유비와 손권의 어머니 오국태吳國太를 감로사에서 만나게 함으로써 이 결혼을 성사시켰다고 한다. 『삼국지연의三國志演義』에 나오는 이 이야기는 매우 흥미롭지만 사서史書의 기록과는 다르다. 손권은 진심으로 유비와 연합하려 했고, 감로사 역시 이후 몇백 년이 지난 후에야 지어진 절이다. 다만 북고산 전봉前峰에 동오東吳의 철옹성鐵甕城이 있기 때문에 성혼成婚한 후 손권과 유비가 후봉後峰에 올라 대사大事를 논의했을 가능성은 충분히 있다. 지금 감로사에 당시 두 사람이 앉았다고 하는 '한석狠石'이 남아 있기도 하다. 여하튼 감로사는 유비와 손권의 고사故事와 더불어 유명해져 많은 문인들이 이곳에 들러 시사詩詞를 남겼는데, 송대宋代 시인 소식蘇軾도 〈감로사〉란 시를 남겼다.

송대 화가 미불米芾이 '천하강산제일루天下江山第一樓'라 칭송했던 다경루가 감로사 부근에 있다. '다경루'라는 명칭은 '여러 경관景觀이 창문에 걸려 있다(多景懸窓蓬).'는 뜻이다. 송대의 수많은 문인 명사들이 이곳에 들러 시사詩詞를 남겼는데, 육유陸游 역시 다경루를 배경으로 〈수조가두 · 다경루水調歌頭 · 多景樓〉를 지었다.

황정견 黃庭堅

1045～1105

송대宋代 문학가文學家. 자字는 노직魯直. 자호自號는 산곡노인山谷老人, 부옹涪翁이라고도 하며, 홍주洪州 분녕分寧(지금의 강서성江西省 수영현修永縣) 사람이다. 『산곡내집山谷內集』 30권, 『외집外集 14권, 『별집別集』 20권이 전한다.

화답등봉왕회지등루견기 和答登封[1] 王晦之[2]登樓見寄[3]

황정견(黃庭堅)

현루縣樓 앞에 서 있는 숭산崇山 36봉우리 차가운데,
왕찬王粲은 여기에 올라 바라보며 홀로 난간에 기대어 섰었다.
조용히 앉았는데 봄비 한 차례 뿌리다 멎고,
천리 멀리 벗을 생각하는데 석양이 진다.
보내온 시 읽으며 함께 취하지 못함이 한스럽고,
헤어진 뒤 그대 여유롭게 지낸다니 기쁘구려.
눈을 들면 모든 게 즐거움을 앗아가니,
언제나 돌아가 큰 물고기 잡으려나?

현루 삼십육봉 한　왕찬 등림독의란
縣樓[4]三十六峰[5]寒　王粲[6]登臨獨倚欄
청좌일번춘우헐　상사천리석양잔
淸坐一番春雨歇　相思千里夕陽殘
시래차아부동취　별후희군능자관
詩來嗟我不同醉　別後喜君能自寬
거목진방인작락　기시귀득조예환
擧目盡妨人作樂　幾時歸得釣鯢桓[7]

1 登封(등봉) : 지명(地名). 하남성(河南省) 숭산(崇山) 남쪽 10리 쯤에 있는 현(縣). 2 王晦之(왕회지) : 황정견(黃庭堅)의 친구로 하남성(河南省) 등봉현(登封縣)의 관리로 있었다. 3 見寄(견기) : 삼가 보낸다. '견(見)' 은 경의를 표시하는 조사(助詞). 4 縣樓(현루) : 등봉현(登封縣)의 성루(城樓). 5 三十六峰(삼십육봉) : 오악(五岳) 가운데 중악(中

岳) 숭산(嵩山)의 36개의 주요 봉우리. **6** 王粲(왕찬) : 동한(東漢) 말년의 문학가. 건안칠자(建安七子)의 한 사람. **7** 鯢桓(예환) : 큰 물고기 이름. 일설에 '예(鯢)'는 고래이고, '환(桓)'은 '환반(桓盤)'의 의미라고 하기도 한다.

감상

엽현葉縣의 현루縣樓는 높이 솟아 차갑게 느껴지는 숭산嵩山의 36 봉우리를 마주보고 있다. 그대가 왕찬王粲처럼 누대樓臺 난간에 기대 북쪽을 바라본다고 한번 상상해 보라. 조용히 앉아 있는데 한 줄기 비가 쏟아져 내린다, 석양이 막 지려 하니 천리千里 멀리 있는 친구가 생각난다. 그대의 시를 받아 읽고 있노라니 함께 술에 취할 수 없음이 한스럽기만 하다. 헤어진 후 마음 편하게 지낸다니 정말 기쁘다. 눈을 들어 사방을 둘러보니 모두가 나의 즐거움을 앗아가는 것들 뿐이다. 언제 큰 바다로 돌아가 고래를 잡을 수 있을까?

이 시는 1071년(송 희영 4) 봄, 27세의 황정견黃庭堅이 엽현葉縣 현위縣尉라는 미관말직에 있을 때 지은 시로 젊은 시절 품고 있었던 높은 의기意氣와 광활廣闊한 기상氣象을 담고 있다.

이 시는 평성平聲 한운寒韻 칠언율시이다.

여설

하남성河南省 등봉현登封縣 동쪽 4km 지점 태실산太室山 남쪽 기슭에 거대한 묘廟가 자리 잡고 있는데 뒤로는 황개봉黃蓋峰, 앞으로는 옥안산玉案山, 서쪽으로는 망조령望朝嶺, 동쪽으로는 목자강牧子崗 등 군산群山에 둘러싸여 경관이 절묘한 이곳이 바로 중악묘中岳廟이다. 중악묘는 진秦나라 때 건축되었는데, 원래의 이름은 태실사太室寺로 태실산신太室山神에게 제사 지내는 장소였다. 당시에는 규모가 오늘날처럼 거대하지 않았는데 원봉元封 원년(기원전 110) 한漢 무제武帝 때 확장되었다.

한무제는 장생불로長生不老를 위해 여러 곳의 신선神仙을 찾아다녔는데 방사方士의 말을 듣고 하남河南 구씨현緱氏縣을 순시했으나 선인仙人을 만나지 못했고 방사 공손경公孫卿과 함께 태실사에서 제례를 올리게 되었다. 당시 무제가 산 정상에 올랐을 때 수행원들이 홀연 산이 '만세萬歲'라고 외치는 소리를 들었기 때문에 무제는 이 봉우리를 '만세봉萬歲峰'이라 하고, 거기에 만세정萬歲亭을 짓고 봉우리 아래에 만세궁萬歲宮을 지었다고 한다. 또 태실사를 확장하고 이 산의 벌목을 금지했고 산아래 300호를 신사神寺의 봉공으로 하사했다. 또『시경詩經』의 '숭고한 산 험준하기가 하늘에 닿았다.(崇高維岳, 峻極於天.)' 라는 구절을 인용해 '태실산'을 '숭고산崇高山'이라 명명했는데, 대개 '숭고산'을 '숭산崇山'으로 줄여 부르게 되었다.

숭산은 또 오악五岳 중 중악中岳이라 불리는데 전설에 의하면 중악신中岳神이 거처하는 산이라고 한다. 중악신은 당대唐代에 '천중왕天中王'이라 불렸고 송대宋代에는 '중천숭성제中天崇聖帝'라 불렸는데, 역대 황제들은 사직을 보호하기 위해 앞다투어 중악신中岳神에게 제사 지내기 시작했고 이로 인해 태실묘太室廟 역시 중악묘中岳廟로 개칭되었다.

숭산의 중악묘와 소림사少林寺 등은 유불도儒佛道 삼교三教가 발흥했던 곳이기도 하다.

소림사는 등봉현登封縣 서북쪽 13km 지점 소실산小室山 음오유봉陰五乳峰 아래 울창한 고목古木들 속에 자리한 금빛 찬란한 고찰로 불교 선종禪宗이 창시된 곳이다.

소림사의 내력에는 전설이 있다. 옛날 소실산에는 일년 내내 시들지 않는 꽃과 푸름을 유지하는 등藤나무가 있었고 산 아래 측백側柏

나무 푸른 가운데 '죽림사竹林寺' 라는 사찰이 있었는데, 이 절에는 생식을 하며 수련에 열심인 '도제道齊' 라는 화상과 늘 광주리를 등에 매고 땔감을 하거나 풀을 캐러 다녀 '도감道監' 이라 불리는 동자승童子僧이 있었다. 어느 날인가 '도제' 가 산에서 이리저리 선초仙草를 찾아다니다 '도감道監' 의 웃음소리가 들려 가 보니 '도감' 이 눈처럼 하얀 어린아이와 놀고 있었다. 그런데도 전날보다 더 많은 풀을 캔 것을 보고 그 연유를 물었더니 삼왜蔘娃, 오래 된 선삼仙蔘이 변신한 아이가 도와 주었다는 이야기를 듣게 되었다. '도제' 는 그 아이가 바로 3000년 만에 꽃을 피워 열매를 맺는 선삼이라는 사실을 알게 되었고 몰래 '도감' 을 뒤따라가 이 선삼을 차지해 먹으려고 했다. 그래서 마침내 그 선삼을 캐다가 솥에서 세 시간을 찌자 그 향기가 천지에 진동하기 시작했고, 이 사실이 알려져 백련사白蓮寺의 화상和尙까지 찾아오게 되자 그는 도제徒弟들에게 사찰의 문을 봉쇄하도록 명하고 혼자서 이 선삼을 먹으려고 했다. 그러나 선삼의 향기에 이끌린 도제들이 참지 못하고 선삼을 먹어 버렸고 '도감' 은 자기의 친구를 해치려는 '도제' 가 미워 남은 삼탕蔘湯을 전부 문밖으로 버렸는데, 그때 갑자기 우레 소리가 들리면서 금광金光이 온 절을 뒤덮고 절이 서서히 하늘로 솟아오르기 시작했다. '도감' 과 선삼을 먹은 10여 명의 화상和尙은 모두 신선이 되었는데 한 사람 마음이 악했던 '도제' 만 땅으로 떨어져 온 몸이 조각이 나 죽었고, 후세에 죽림사를 기념하기 위해 원래 자리에 그 모습대로 소림사를 지었다고 한다. 지금도 소림사에서는 깊은 밤에 하늘에서 죽림사를 어렴풋이 볼 수 있다는 말이 전해진다.

숭산의 제 6동천洞天은 주周나라의 왕자 진晋이 신선이 되어 승천했다고 전해지는 곳이다. 진晋은 주 영왕靈王, 기원전 571~545년의 태자로 이수伊水와 낙수洛水에서 노닐며 생笙을 불어 봉황鳳凰의 소리를 내곤 했는데, 부구공浮丘公이라는 도사道士를 숭산에서 만났다고 한다. 30년 후 숭산에 진이 나타나 가족들에게 7월 7일 구씨산緱氏山에서 자신을 기다리라는 말을 전했는데, 과연 그날 백학白鶴을 타고 나타나 산에 며칠간 머물다 떠났다고 한다. 이후 도교의 창시자 장도릉張道陵이 숭산에서 은거하며 수련을 쌓아 중악묘는 가장 오래된 도관道觀 가운데 하나가 되었다.

중악묘는 처음엔 만세봉 위에 있었으나 동한東漢 때 태실산 아래로 옮겼고, 북위北魏 때 옥안산玉案山으로 옮겼다가 또 준극봉峻極峰으로 옮겼고, 당唐 현종玄宗 때 현재의 황개봉黃蓋峰 아래로 옮겼다.

중악묘는 약 10km²의 부지에 남북으로 6,500m인데 최남단에 동한東漢 때 유적인 태실궐太室闕이 있고, 북쪽으로 중화문中華門·요참정遙參亭·천중각天中閣·배천작진방配天作鎮坊·숭성문崇聖門·화삼문化三門·준극문峻極門·숭고준극방崇高峻極坊·중악대전침궁中岳大殿寢宮·어서루십일진御書樓十一進이 줄지어 서 있으며 중악묘 후문을 나서 좁은 길을 따라 황개봉黃蓋峰에 오르면 황개정黃蓋亭이 있다. 황개봉은 북위北魏 때 중악묘가 있던 곳으로 그때의 유적 중 현재 황개정만이 남아 있다. 정자에 서면 중악묘의 전경이 내려다보이고 멀리 숭산의 여러 봉우리가 한눈에 들어온다.

묘 내에는 비석碑石이 숲을 이루고 측백側柏 고목古木이 비석처럼 서 있다. 현재도 한漢·송宋 때의 고목 3백여 그루가 있는데 그 모양이 특이해 '와양백臥羊柏'·'후백厚柏'·'하화백荷花柏' 등의 별명이 있다.

또 묘 앞뒤에도 2백여 그루의 천년고목千年古木이 서 있는데 그 가운데 가장 유명한 나무가 준극봉峻極峰 아래 숭양서원崇陽書院에 있는 두 그루 '장군백將軍柏'이다. 기원전 110년 한무제가 신하들을 이끌고 중악에 제사 지내러 왔다 이곳을 지나면서 거대한 측백나무를 보고는 '대장군大將軍'이라는 벼슬을 내렸다. 그 뒤에 또 더 큰 나무가 있었지만 '이장군二將軍'이란 벼슬을 줄 수밖에 없었다고 한다. 이 두 그루의 나무는 서주시대西周時代 혹은 그 이전에 심은 것으로 추정되니 대략 수령이 3천여 년이나 되는 나무이다.

숭산에는 '장군백' 보다 더욱 오래된 '계모석啓母石'에 대한 전설이 전해진다. '계모석'은 '장군백' 동쪽 약 1㎞ 지점에 있는 만세궁 동쪽에 있다. 이 거석巨石에는 하조夏朝 우왕禹王에 관한 고사가 서려 있다. 전설에 의하면, 오랜 옛날 하夏나라에 홍수가 범람했을 때 우禹는 부친의 명으로 치수治水에 골몰하느라 30세가 되서야 결혼을 했다고 한다. 결혼 후 우는 북소리로 신호하여 아내에게 공사장으로 밥을 가지고 오게 했었는데, 어느 날 우가 곰으로 변신하여 막 산을 가르고 돌을 파내다 실수하여 아래로 돌을 떨어뜨리고 말았다. 우의 아내는 북소리를 듣고 밥을 내가다 이 광경을 보고는 놀라 몸을 산 아래로 숨기면서 급한 나머지 거석巨石으로 변신하고 말았다. 당시 우禹의 아내는 임신을 하고 있었고 우가 '내 아이를 돌려 줘!(還子我)' 라고 소리치자 갑자기 돌이 갈라지더니 우의 아이가 그 속에서 나왔다고 한다. 이에 이 돌을 '계모석'이라 부르기 시작했고, 우는 아들의 이름을 '계啓'라 지었다고 한다.

하우夏禹 때의 도성都城은 등봉성登封城에서 동남쪽으로 약 18㎞ 지점에 있는 고성古城이다. 그곳에는 원대元代 천문학자 곽수경郭守敬이 창건한 현존하는 중국 최고의 천문대天文臺인 관성대觀星臺가 있다.

진사도 陳師道

1053~1102

송대宋代의 시인詩人. 자字는 무기無己 또는 이상履常이며, 자호自號는 후산거사後山居士이다. 팽성彭城(지금의 강산江蘇 서주시西州市) 사람. 『후산선생집後山先生集』이 전한다.

송오선생알혜주소부사 送吳先生[1]謁惠州[2]蘇副使[3]

진사도(陳師道)

명성名聲을 들은 터라 기쁘게 만나려 한다니,
기호嗜好는 달라도 충성스럽기는 매한가지다.
내 모습 또한 내 자식에게 부끄러운데,
사람들 중 누가 공公을 용서한단 말이오?
우리 나이 더하면 백 살, 귀밑머리 하얗지만,
만리萬里 길에 가을바람이 불어온들 어떠리.
끝내 절개를 지켰던 임안任安도 있었다 말들 하니,
나도 의연한 독옹禿翁이 되겠소.

문 명 흔 식 면　이 호 유 동 공
聞名欣識面　異好有同功
아 역 참 오 자　인 수 서 차 공
我亦慚吾子　人誰恕此公
백 년 쌍 백 빈　만 리 일 추 풍
百年雙白鬢　萬里一秋風
위 설 임 안 재　의 연 일 독 옹
爲說任安[4]在　依然一禿翁[5]

1 吳先生(오선생) : 오원유(吳遠游). 이름은 복고(復古). 자(字)는 자야(子野). **2** 惠州(혜주) : 지명(地名). 지금의 광동성(廣東省) 혜주시(惠州市). **3** 蘇副使(소부사) : 소식(蘇軾). 이 시를 지을 당시 소식(蘇軾)이 혜주부사(惠州副使)로 있었기 때문에 소부사(蘇副使)라 했다. **4** 任安(임안) : 사람 이름. 『한서(漢書) · 곽거병전(霍去病傳)』에 한(漢) 무제(武帝) 때 무제(武帝)의 누나였던 평양장공주(平陽長公主)의 가기

(家妓)였던 위소아(衛少兒)의 사생아 거병(去病)이 무제(武帝)의 총애를 받으면서 대장군(大將軍) 위청(衛靑)은 한직으로 밀려나게 되자, 위청(衛靑)을 따르던 많은 사람들이 거병(去病)의 주위에 몰려들었으나 임안(任安)은 끝내 거병(去病)을 찾지 않았다고 한다. **5** 禿翁(독옹) : 늙은 대머리 노인. 이 시에서는 관직을 잃은 관리.

평양장공주(平陽長公主)의 묘(墓)

감상

오원유吳遠游는 오래 전부터 동파선생東坡先生의 명성名聲을 들어왔다고 합니다. 오원유는 재야의 선비이고 저 후산後山 진사도陳師道는 공맹孔孟의 도道를 말하는 선비인지라 본시 성향이 다르지만 선생 같은 현인賢人을 흠모하는 정情은 매한가지입니다. 두려워 함께 가지 못하는 제가 제 자식을 생각하면 부끄러울 뿐이지만, 붕당朋黨에 타협하지 않고 절개節介를 지켰던 공公을 세상에 그 누가 파면할 자격이 있단 말입니까? 공의 나이 58세, 내 나이 42세이니 합하여 백 살이고 둘 다 세파世波에 시달리느라 귀밑머리 하얗게 세었지만, 서울에서 만리萬里 떨어진 이곳에 가을바람 스산하게 불어온들 어떻겠습니까? 끝내 절개를 지켰던 임안任安도 있었다고 하니, 저도 끝까지 절개를 지키려 합니다.

이 시는 당시 혜주惠州로 소식을 찾아가는 오원유를 전송하면서 시인 역시 관직에서 쫓겨나더라도 소식에 대한 우정을 저버리지 않겠다는 굳은 마음을 표현했다.

이 시는 평성平聲 동운東韻의 칠언율시이다.

여설

진사도陳師道는 중년에 이르러서야 소식의 추천으로 서주교수徐州教授가 되었다. 2년 후 소식이 필화로 한림원翰林院에서 축출되어 항주杭州로 좌천되자, 그는 주위의 비난과 손가락질을 무릅쓰고 병가를 청해 소식을 남경南京까지 배웅한다. 5년 후 소식이 다시 영해군절도부사寧海軍節度副使로 좌천되어 혜주惠州로 가게 되고, 진사도 역시 소식蘇軾의 붕당朋黨으로 몰려 영주潁州 교수직教授職에서 파직되었다.

광동성廣東省 혜주에 서호西湖가 있고 서호 가에 사주탑泗州塔이 있다. 사주탑은 혜주 서호 최고의 건축물로 평호平湖와 풍호豊湖 사이 사산泗山 위에 있다. 이 사주탑 정면에 고산孤山이 있는데 북송시대北宋時代 이 산 위에는 서선사栖禪寺가 있었고 절 옆에 육여정六如亭이란 정자가 있는데 사실 이곳은 북송北宋 소식의 애첩愛妾 왕조운王朝雲의 무덤이 있던 자리이다.

소식의 혜주 시절 고사는 거의 대부분 왕조운과의 일화들이다. 왕조운이 죽은 후 백학봉白鶴峰의 처소를 사람들은 '조운당朝雲堂'이라 불렀다고 한다. 1074년 항주통판杭州通判을 지내던 38세의 소식은 조운을 첩으로 삼았다. 조운의 성은 왕씨王氏이고, 자는 자하子霞로 절강浙江 항주杭州 사람이었는데, 소식과 조운은 이후 한시도 떨어져 지내지 않을 정도로 사랑했었다고 한다. 조운이 소식을 따라 혜주로 옮겼을 때 조운은 32세였고, 소식의 나이는 57세였다. 두 사람은 연정만이 아니라 종교적으로도 결합되어 있었다. 소식과 조운은 함께 영생을 추구하며 방생지放生池를 만들었고 다음 해 3월에는 강 동쪽 3장丈 높이 토구土丘에 집을 지었는데, 이를 '조운당'이라고 명명했다.

1096년(소성 3) 조운은 34세의 나이로 병사했고 소식은 서선사 동남쪽 송림松林 중에 장지를 정했는데 승려들이 무덤 위에 정자를 짓고는 육여정이라 이름 지었다. 여기서 '육여六如'란 조운이 임종시 외웠던 금강경金剛經의 사구게四句偈에서 따온 말이다.

조운은 혜주에 귀양 와 경제적 정신적 고통에 시달리던 소식에겐 유일한 안식처와도 같은 존재였기 때문에 소식이 받은 충격은 엄청났다. 그는 〈도조운悼朝雲〉 등 여러 수의 시사詩詞를 통해 조운의 죽음을 애도하기도 했다.

당시의 서선사는 이미 허물어져 흔적조차 찾을 수 없고 왕조운의 무덤 역시 이미 송대宋代에 훼손되었다. 최근에 묘와 정자를 중수했고 묘 옆에 비랑碑廊을 설치해 소식의 묵적墨迹을 보관하고 있다.

이청조李淸照

1084~1151?

남송南宋의 여류 사인詞人. 자호自號는 이안거사易安居士이고, 제남濟南(지금의 산동山東) 사람이다. 『수옥사漱玉詞』가 전한다.

제팔영루 題八詠樓[1]

이청조(李淸照)

팔영루에 풍류의 시들은 천여 년을 이어오는데,
강산은 뒷사람들에게 수심만 남겨 놓았네.
무강 務江 의 물은 강남 江南 삼천리와 통하고,
그 기세 氣勢 는 강 江 가의 양절 兩浙 14주를 압도하네.

천 고 풍 류 팔 영 루　강 산 류 여 후 인 수
千古風流八詠樓　江山留與後人愁
수 통 남 국　삼 천 리　기 압 강 성 십 사 주
水通南國[2] 三千里　氣壓江城十四州[3]

1 八詠樓(팔영루) : 누각 이름. 절강성(浙江省) 금화(金華)에 있는 누각(樓閣)으로 본래 이름은 '원창루(元暢樓)'이다. 양(梁) 심약(沈約)이 동양태수(東陽太守)로 있을 때 제시(題詩)를 지었고 후인들이 팔영루(八詠樓)로 개명했다. 금화(金華)는 무주(務州)이다. **2** 南國(남국) : 강남(江南) 지방. **3** 十四州(십사주) : 14 고을. 『송사(宋史)』 〈지리지(地理志)〉에 "절동(浙東), 절서(浙西) 양절(兩浙)은 평강(平江)과 진강(鎭江) 2부(府)로 나누어지고, 항주(杭州)·월주(越州)·호주(湖州)·무주(務州)·명주(明州)·상주(常州)·온주(溫州)·대주(臺州)·처주(處州)·구주(衢州)·엄주(嚴州)·수주(秀州) 12주(州)가 있다.(兩浙路轄府二, 卽平江鎭江, 州十二, 卽杭越湖務明常溫臺處衢嚴秀.)"라는 기록이 있는데, 2부(府) 12주(州)이기 때문에 14주(州)라 했다.

감상

천년 옛날부터 팔영루八詠樓에서 풍류風流를 즐겼던 시인들의 시가 지금까지 전해지는데, 오랑캐에게 빼앗긴 이 강산江山 후손들에겐 근심만 남겨 두었다. 팔영루 옆을 흐르는 무강務江의 강물 강남江南 3천 리에 이어지고, 세차게 흐르는 강물의 기세는 강을 따라 펼쳐진 절동浙東·절서浙西의 14주州 전부를 압도한다.

이 시는 1135년(송 소흥 6) 금화金華로 피난 와 팔영루에 올랐을 때 지은 시이다. 1구에서는 역사를 회고하고 이어 현실을 개탄했고, 3, 4구에서는 금화金華 14주州의 기세를 표현해 시인의 남송南宋에 대한 우국지정憂國之情을 나타냈다.

이 시는 평성平聲 우운尤韻의 오언절구이다.

여설

금화시金華市 동남쪽 강가의 팔영루八詠樓는 동남 연해 지역에서 가장 유명한 누각으로 무강이원務江二源(의오강, 무의강)이 그 아래를 휘감고 도는 빼어난 경치 때문에 역대 문인文人들의 발길이 잦았던 곳이다.

팔영루의 원래 이름은 현창루玄暢樓이며 493년(제 영명 2) 동양태수東陽太守 심약沈約이 지었다. 누각이 완성된 후 심약이 지은 〈현창루팔영玄暢樓八詠〉은 일시에 명성을 얻었다고 한다. 송宋 지도至道 연간年間 팔영루로 개명했고 원명元明 양대兩代에 화재로 완전히 소실되었다가 청대淸代에 중건했다.

1천여 년간 문인들이 이 누각에 올라 수많은 서정시를 남겼는데 심약의 8수시 〈등루망추월登樓望秋月〉·〈회포임춘풍會圃臨春風〉·〈세모민쇠초歲暮愍衰草〉·〈상래비락동霜來悲落桐〉·〈석행문야학夕行聞夜鶴〉·〈신정청효홍晨征聽曉鴻〉·〈해패거조시解佩去朝詩〉·〈피갈수산동被褐守山東〉은 그의 시 가운데서도 절창으로 손꼽힌다.

송조宋朝의 사인詞人 이청조李淸照는 빼앗긴 조국 산하에 대한 그리움을 노래한 〈제팔영루題八詠樓〉를 지었고, 원대元代 서예가이자 문학가인 조맹부趙孟頫도 〈동양팔영루東陽八詠樓〉를 남겼다.

팔영루는 역대 문인들뿐만 아니라 영웅들과도 많은 인연이 있다. 명대明代 척계광戚繼光은 금화金華에서 의병義兵을 모집하고 팔영루에 올라 지시를 내렸다고 하고, 명말明末 병부상서兵部尙書 주대전朱大典도 군사를 이끌고 청군淸軍에 맞서다 팔영루에서 죽었다고 한다. 또 태평천국太平天國의 시왕始王 이세현李世賢도 일찍이 팔영루 위에서 태평군太平軍을 사열하고 청淸을 정벌하기로 맹세한 후 봉건 왕조와 제국주의의 침략을 징벌하겠다는 의지를 담은 사시史詩를 지었다고 한다.

또 팔영루와 깊은 인연이 있는 사람은 원말 주원장朱元璋이 지휘하던 농민군의 대장 호대해胡大海이다. 그는 금화 사람은 아니지만 이 지역 사람들은 그에 대해 호감을 가져 그가 금화金華 북산北山 출신이며 주원장의 요청으로 산에서 나와 상우춘常遇春과 무예武藝를 겨루었다는 등의 고사가 전해진다. 사실 호대해胡大海는 강소江蘇 북부의 사홍현泗洪縣 출신으로 주원장의 농민군에 참가해 절강浙江·금화를 점령하는 데 큰 공을 세웠던 인물이다. 주원장이 대군을 이끌고 금화를 떠날 때 호대해는 금화진金華鎭에 남아 절동浙東 지방을 방어했는데, 1632년 팔영루 앞 팔영탄八詠灘에서 열병하다 적의 암습을 당해 죽었다. 5년 후 주원장이 건강建康, 지금의 남경에 명조明朝를 수립한 후 호대해를 월국공越國公에 봉했다. 지금 금화시金華市 북쪽 5리 지점의 축풍정祝豊亭에 호대해의 의관묘衣冠墓가 있다.

팔영루 앞에는 무강務江의 모래사장인 팔영탄이 있는데, 무강은 이곳을 지나면서 강폭이 넓어져 물이 완만하게 흘러 고운 모래가 넓게 깔려 있다. 현재 팔영탄은 넓은 면적에 지형이 평탄해 여름엔 수영장으로 이용되기도 하고 군중들의 집회장소로 사용되기도 한다.

육유陸游

1125～1210

송말宋末의 애국시인愛國詩人. 자字가 무관務觀, 자호自號가 방옹放翁이며, 월주越州 산음山陰(지금의 절강성浙江省 소흥시紹興市) 사람이다. 『육방옹전집陸放翁全集』이 전한다.

검문도중우미우 劍門道[1]中遇微雨

육유(陸游)

옷에는 여로旅路의 먼지와 술로 얼룩진 흔적
먼 길에서 돌아오니 넋 나가지 않는 곳 없다.
이 몸도 분명 시인詩人이 아니겠는가?
가랑비 속 나귀 타고 검문劍門으로 들어가네.

의 상 정 진 잡 주 흔 원 유 무 처 불 소 혼
衣上征塵[2]雜酒痕 遠遊無處不消魂[3]
차 신 합 시 시 인 미 세 우 기 려 입 검 문
此身合[4]是詩人未 細雨騎驢[5]入劍門

1 劍門道(검문도) : 검문관(劍門關)으로 가는 길. 검문관은 사천성(四川省) 검각(劍閣) 동북쪽에 있는 관문(關門). 2 征塵(정진) : 원정(遠征) 길에 묻은 먼지. 3 消魂(소혼) : 흠뻑 빠져 넋이 나가도록 만들다. 4 合(합) : '응(應)'의 뜻으로 '분명, 틀림없이'의 의미이다. 5 騎驢(기려) : 당나귀를 타다.

감상

중원中原을 되찾으려고 30년 간 남북南北을 분주히 다니느라 옷에 진흙 먼지 가득 묻었는데, 이제 황제皇帝께서 성도成都로 가라 하네. 변방邊方에서 돌아오면서 검문劍門을 지나노라니 혼魂이 빠진 듯 암담하기만 하다. 이 몸도 분명 시인이 아닌가? 철기鐵騎 타고 전장戰場을 질주할 것이 아니라 많은 시인들처럼 만산이 겹겹이 이어진 검문관劍門關으로 나귀 타고 들어가 보자.

이 시는 1172년(남송 건도 8) 겨울에 지어진 것이다. 사천선무사四川宣撫使 왕염王炎과 함께 실지수복失地收復의 의지를 불태우던 중, 9월에 임안臨安의 조정은 왕염王炎을 임안의 추밀원樞密院으로, 육유陸游는 성도부로안무사참의관成都府路安撫司參議官으로 전임轉任시켰다.

건도建都 8년 11월, 육유는 가족을 이끌고 성도成都로 떠나 세모歲暮가 되어서야 도착하였다. 9월 임안으로부터의 명령서를 받고 난 이후 성도에서 멀지 않은 검문관까지 이르는 동안, 그는 여전히 실의에 빠져 술로 위안을 삼았던 것 같다. 당시 성도는 남송南宋의 도읍이었던 임안 다음으로 번화한 도시였으며 그곳의 안무사按撫使는 육유의 친구이자 시인인 범성대范成大였다. 전선戰線에서 후방後方으로, 전쟁터에서 번화한 도시로의 전임은 육유의 일신에게는 안락함을 가져다줄 수 있었지만 그의 심정은 더할 수 없이 괴로웠다. 중원中原을 수복할 수 있다는 희망을 품고 있던 육유에게는 이 일은 '청천벽력青天霹靂'과도 같은 일이었으며, 그만큼 그를 실의에 빠지게 하였다. 그런 실의를 품고 새 부임지로 가던 도중 느낀 감회를 읊은 시가 바로 이 작품이다.

이 시는 평성平聲 원운元韻의 칠언고시이다.

여설

검각劍閣 검문관劍門關은 사천성四川省에 있다. 당唐의 시인 이백李白이 '검각劍閣은 높고도 험준해 장부丈夫 한 사람이 막으면 만 명萬名 장부라도 열지 못한다.(劍閣崢嶸而崔嵬, 一夫當關, 萬夫莫開.)'라 했을 정도로 험준한 산 위에 위치한 검문관은 넓이가 20m이고 길이가 500m나 된다. '안사지난安史之亂'으로 강산과 미인을 잃고 장안으로 돌아오던 현종玄宗은 검문관을 지나며 "구름이 가로 걸린 험준한 검각에 천자의 수레 사냥 갔다 되돌아온다. 짙푸른 병풍屛風같은 절벽 천인千仞이나 이어졌는데, 붉은 산 오정五丁이 열었다.(劍閣橫雲峻, 乘輿出狩回. 翠屛千仞合, 丹山五丁開.)"라는 시를 읊었다. 기원전 37년 진秦 혜왕惠王이 촉蜀을 정벌할 때 험준한 검산劍山으로 인해 어려움을 겪자 금은金銀과 미녀美女로 촉왕蜀王을 유혹했는데 어리석은 촉왕은 미녀를 영접하기 위해 장사壯士 오정五丁을 보내 길을 열었고 이 틈을 타 진국秦國의 장의張儀 등이 촉蜀을 멸망시켰다. 이후로 오늘날까지 검문 일대에는 '오정이 산길을 열었다(五丁開山).'의 전설이 전해지고 있다.

역사적으로 검문관은 촉의 방패와 같아 촉을 차지하려면 먼저 검문을 점령해야만 했다. 반대로 촉 지역에 도읍을 정했던 수많은 왕조들은 검문관을 지키는 데 주력할 수밖에 없었다. 최초로 검문관을 이용했던 군사가軍事家는 제갈량諸葛亮이다.

제갈량은 촉한蜀漢의 승상丞相이 된 후 조위曹魏의 공격을 방어하기에 골몰했는데, 당시 촉의 국경은 한중漢中이었고 검문은 성도를 통해 한중으로 갈 수 있는 요지였으며, 또 장안에서 성도로 갈 때도 반드시 이 길을 거쳐야만 했기 때문에 검문의 방어에 주력하게 되었다. 제갈량은 험준한 산세를 이용해 협곡 양쪽 산에 돌을 쌓아 문을 만들고 이곳을 지키도록 했다. 당시는 무기라고 해야 창이나 칼 등이 고작이었기 때문에 검문 입구는 '한 사람이 능히 백만百萬을 막을 수 있는' 유리한 지형이었다. 또 제갈량은 고대古代 진이 촉을 정벌할 때 뚫었던 잔도棧道를 대대적으로 정비하고 확충했는데 이 길이 '검각도劍閣道'이다. 검각도는 성도에서 한중으로 이어지는 대동맥이다.

제갈량이 죽은 후 그의 유지를 이은 촉한蜀漢의 대장군大將軍 강유姜維가 검문관에 주둔했던 263년, 위魏나라의 장수 등애鄧艾와 종회鍾會가 병사를 이끌고 촉을 공격했으나 강유姜維는 검문관에서 위군魏軍의 기세를 꺾을 수 있었다. 등애가 음평陰平을 건너지 못했다면,

무능한 유선劉禪이 강유에게 투항을 명하지 않았다면, 종회鍾會의 10만 대군이라 할지라도 검문관에 한 발도 들여놓지 못했을 것이다. 유선의 명으로 항복할 수밖에 없었던 강유와 부하 장수들이 칼로 바위를 내리치며 통곡해 그 울음소리가 10리 밖에까지 들렸다고 한다.

현재 검문관 최정상에는 강유성姜維城이 있다. 강유성은 삼국시대 강유가 검문을 지키며 종회의 10만 대군을 막았던 곳이다. 강유성 아래에 후인이 그를 기리기 위해 지은 강공사姜公祠가 있다. 그리고 강공사에서 멀지 않은 곳에 강유묘姜維墓가 있는데 비석에 '한대장군강유지묘漢大將軍姜維之墓'라고 적혀 있다. 그런데 이 무덤은 강유의 의관衣冠을 묻은 묘일 것이다. 강유는 성도成都에서 죽었는데 몇 백 리 밖의 검문관에 매장했을 리가 없기 때문이다.

검문관 동쪽 절벽 위에 인적이 닿을 수 없는 동굴이 하나 있는데 이곳을 '공명서상동孔明書箱洞'이라 한다. 전설에 의하면, 제갈량이 오장원五丈原에서 임종하면서 일생 동안 자신이 지은 24편 10만여 자의 서간書簡을 전부 강유에게 주었고, 강유는 위魏에 투항하고 검문관을 떠날 때 이 서간을 동굴에 감추었다고 한다.

제갈량이 설치한 검문관은 남으로 서촉西蜀을 굽어보고 북으로 농진隴秦에 이어진 천혜의 군사 요새로 수백 차례의 전쟁이 이곳에서 벌어졌지만 검문관 외부에서 정면으로 공격을 해 승리한 경우는 한 번도 없었다.

그런데 이 군사 요새는 어떤 한 사람에 의해 만들어진 게 아니라 수천만 년 전 지구상에 일어났던 조산운동造山運動에 의해 만들어졌다. 7천만 년 전 백악기白堊期 말末 사천분지四川盆地가 습곡상승褶曲上昇하면서 검문산 전체가 용문산龍門山의 습곡褶曲현상에 의해 수백 장丈 높이 치솟게 되었고, 이로 인해 단열면斷裂面은 협곡이 되었는데 '천하天下의 험지險地 검문관劍門關'도 이때 형성되었다.

춘유春游 4수四首

육유(陸游)

1

헤치며 나아가는 방주方舟 호수 위에 녹색 파도 일으키고,
기마騎馬 행렬 밟고 지나가니 꽃길이 붉게 물든다.
70년 새 사람들은 죽고 또 바뀌었는데,
방옹放翁은 예전처럼 춘풍春風에 취한다.

방주 충파호파록 연기답잔화경홍
方舟[1]衝破湖波綠　聯騎蹋殘花徑紅
칠십년간인환진 방옹의구취춘풍
七十年間人換盡　放翁依舊醉春風

1 方舟(방주) : 방형(方形)의 배.

2

한식寒食 날인데 하루 종일 하늘이 흐렸고,
남쪽 동오東吳 땅인데도 봄추위가 매섭다.
성城 남쪽 풀밭에 앉아서도 술 마실 수야 있지만,
어찌 술 배가 바다처럼 넓기야 하겠는가?

숙식 종래소천색 동오황시족춘한
熟食[2]從來少天色　東吳況是足春寒
성남자초 가통음 안득주장여해관
城南藉草[3]可痛飮　安得酒腸如海寬

2 熟食(숙식) : 한식(寒食). 3 藉草(자초) : 풀을 깔고 앉다. 풀 위에 앉다.

3

난정蘭亭의 길에서 봄옷으로 갈아입고,
매시梅市 다리 옆에서 석양을 보낸다.
수선水仙에게 들었는데 방옹放翁인지 알 수 없고,
가벼운 배 낙엽 같고 노는 나는 듯하다.

난정 로상환춘의 매시 교변송석휘
蘭亭[4]路上換春衣 梅市[5]橋邊送夕暉
문유수선옹시부 경주여엽노여비
聞有水仙翁是否 輕舟如葉櫓如飛

4 蘭亭(난정) : 소흥(紹興) 난정(蘭亭). 5 梅市(매시) : 절강성(浙江省) 소흥(紹興) 경내(境內)에 있는 지명(地名). 한대(漢代) 매복(梅福)이 왕망(王莽)의 난(亂)을 피해 회계(會稽)에 왔었는데 이후 많은 사람들이 그를 추종해 도시를 이루게 되었고, 이에 '매시(梅市)'라 부르게 되었다고 한다.

소흥(紹興)

4

심가沈家의 정원 꽃들은 지금도 변함없이
아마도 그때의 방옹放翁을 알아 보겠지.
아마 미인美人도 죽어 흙이 된다면,
아련한 옛꿈에 이리 분주하지는 않을 것을.

심 가 원　리 화 여 금　반 시 당 년 식 방 옹
沈家園[6]里花如今　半是當年識放翁
야 신 미 인 종 작 토　불 감 유 몽 태 신 신
也信美人終作土　不堪幽夢太新新

6 沈家園(심가원) : 심씨(沈氏) 네 정원.

감상

녹색 파도 일으키며 방주는 호수를 헤치며 나아가고, 길가에 기마騎馬 행렬 꽃잎을 밟고 지나가니 길이 온통 붉게 물든다. 내 나이 70, 가까웠던 사람들 이제는 죽고 없지만 난 아직도 예전처럼 봄바람 불어오면 마음이 싱숭생숭.

한식寒食 날인데도 하루 종일 하늘이 흐리고, 따뜻한 남쪽 동오東吳 땅인데도 봄추위가 몸도 마음도 시리게 한다. 성城 남쪽에 풀 위에서도 술을 마실 순 있지만, 술 배가 얼마나 커서 술을 또 마시겠는가?

날씨 따뜻해져 난정蘭亭 길가에서 봄옷으로 갈아입었고, 매시梅市 다리를 지나는데 해 기울어 석양夕陽이 비친다.

이 시는 시인이 죽기 한 해 전인 1209년 지은 시로, 31세 때 심원沈園에 봄나들이 갔다가 만났던 사랑하면서도 헤어질 수밖에 없었던 전처前妻 당완唐琬과의 만남을 배경으로 하고 있다.

1192년(송 광종 소희 3), 육유陸游의 나이 68세에 쓴 〈우적사남유심씨원서禹迹寺南有沈氏園序〉에 '우적사禹迹寺 남쪽에 심씨沈氏의 작은 정원이 있는데 40년 전 내가 담에 짧은 사詞를 적어둔 적이 있었다. 우연히 다시 들르니 정원의 주인이 이미 세 번이나 바뀌었고 그 사詞를 읽으니 마음이 창연해진다.(禹迹寺南有沈氏小園, 四十年前嘗題小詞壁間, 偶復一到, 園已三易主, 讀之愴然.)' 라는 구절이 있는데, 육유는 이처럼 일생 동안 당완唐琬과 해후했던 소흥紹興 심원을 가슴에 묻고 살았던 것 같다.

그래서인지 시인은 인생을 마감하기 얼마 전에 첫사랑에 대한 그리움을 또 한 수의 시로 남겼다.

1수는 평성平聲 동운東韻, 2수는 평성 한운寒韻, 3수는 평성 미운微韻, 4수는 평성 동운東韻의 칠언절구이다.

여설

육유陸游는 20세부터 시명詩名을 얻기 시작해 29세 때 항주杭州에서 진사고시進士考試에 응시했으나 시험관이던 진회秦檜의 손자 앞에서 실지失地 회복을 주장하다 진회의 노여움을 사 복시覆試에서는 제외되었다. 이로 인해 진회가 죽을 때까지 기용되지도 못하는 등 문학가로서의 명성에 비해 관운은 불우했다.

또 육유는 개인적으로도 실연失戀의 아픔을 겪었는데 주밀周密의 『제동야어齊東野語』 권1, 진곡陳鵠의 『기구속문耆舊續問』 권10, 유극장劉克莊의 『후촌시화속집後村詩話續集』 권2 등의 기록에 의하면, 1144년(송 고종 소흥 14), 이종 사촌(表妹)인 당완唐琬과 결혼해 둘 사이의 금실이 좋았다고 한다. 그런데 육유의 어머니는 질녀인 당완을 미워했고, 육유는 어머니의 명을 거역할 수 없어 결혼한 지 3년 만에 이혼하게 되었다. 그 후 육유는 왕씨王氏와 재혼하고, 당완은 조사정趙士程에게 개가했다. 두 사람이 헤어진 지 10여 년이 지난 1155년(송 소흥 25) 육유가 31세 되던 해 봄, 세 아이의 아버지인 그는 심원에 봄나들이를 갔다가 당완을 만났다. 당완 역시 남편 조사정과 함께 심원에 왔다가 육유를 보고는 하인을 시켜 술과 음식을 보냈지만 두 사람이 함께 자리할 수는 없었다. 당시의 예법으로는 두 사람이 한 마디 말도 건네지 못했을 것이다. 이에 육유는 당완과 행복했던 시절을 회고하며 옛 연인을 만났지만 함께 할 수 없는 슬픔을 담은 사詞를 한 수 지어 심원 벽에 적었는데, 그 사가 곧 〈차두봉釵頭鳳〉이다. 당완도 이 사詞를 보곤 슬픔을 감추지 못해 사詞로 화답했다.

10여 년만에 만났지만 말 한 마디도 제대로 건네지 못했고, 몇 년 후 당완은 이별의 한을 품은 채 죽었으니 두 사람의 해후는 육유에게 쓰라린 상처를 되살리기만 했을 뿐이었다. 이후 그는 여러 번 심원을 방문해 시를 남기는 등 이별의 한을 안고 일생을 보낸다.

육유가 75세 되던 1199년 다시 심원에 들려 당완에 대한 그리움을 담은 시를 지었고 4년 후에 또다시 〈심원沈園〉 2수를 지었다. 심원의 풀 한 포기 꽃 한 송이도 당완을 생각하게 했을 뿐만 아니라 꿈속에서도 헤어진 연인을 찾아 헤매었다. 81세 되던 해 심원을 거니는 꿈을 꾼 후 〈12월 2일 밤 꿈속에서 심원의 정자에서 노닐었다(十二月二日夜夢游沈氏園亭)〉를 지었고, 1209년 그가 죽기 1년 전에도 심원을 잊지 못해 〈춘유春游〉 4수首를 지었다.

송대宋代 심원은 월越 지방에서 가장 유명한 원림園林의 하나였으나 이후 쇠락衰落해 갈대가 어우러진 호로병葫蘆瓶 모양의 연못만이 남게 되었는데 최근 복구 작업이 진행되고 있다고 한다.

문군정 文君井[1]

육유(陸游)

내 혼백 서주西州에 떨어져 술에 취할 수밖에
술 익을 때면 몇 번이나 금대에 오른다.
파란 신 신고서 구속에서 벗어나 웃음 지며,
또 문군정文君井 가로 왔다.

낙 혼 서 주　니 주 배　　주 간 기 도 상 금 대
落魂西州[2]泥酒杯[3]　酒梲幾度上琴臺[4]
청 혜　자 소 무 기 속　　우 상 문 군 정 반 래
靑鞋[5]自笑無羈束　又上文君井畔來

1 文君井(문군정) : 탁문군의 우물. 우물 이름. 여설 참조. 2 西州(서주) : 지명(地名). 지금의 신강자치구(新疆自治區) 토로번(吐魯番). 3 泥酒杯(니주배) : 술에 취하다. 4 琴臺(금대) : 누대(樓臺) 이름. 여설 참조. 5 靑鞋(청혜) : 푸른 색 신발.

감상

내 혼이 이곳 서주西州에 떨어졌으니 술잔 기울이며 근심을 풀겠네. 술 익을 때면 늘 성도成都 금대琴臺에 와서 놀았다. 청혜靑鞋 신고서 모든 구속拘束 떨쳐 버리고 또다시 탁문군卓文君의 우물가에 와서 놀련다.

이 시는 평성平聲 회운灰韻의 칠언절구이다.

여설

성도成都에는 저명한 고적古迹 금대琴臺가 있다. 이곳은 서한西漢

의 문학가 사마상여司馬相如가 금琴을 연주했던 곳으로 알려져 있다. 사마상여가 금을 연주해 탁문군卓文君의 마음을 빼앗았다는 이야기는 서한西漢 이후로 수많은 사람들의 입에 오르내렸던 애정고사愛情故事이다. 사마상여가 부賦를 지어 한漢 무제武帝의 총애를 받기 이전에는 매우 가난하게 살았다. 당시 임공臨邛, 지금의 사천성 공래邛崍 현령縣令 왕길王吉이 사마상여의 친구였다. 왕길이 사마상여를 불러 임공에 머무르게 했는데, 그때 대부호였던 탁왕손卓王孫이 잔치를 열면서 왕길과 사마상여를 초청했다.

왕길이 잔치에 온 손님들에게 사마상여를 금琴의 대가大家로 소개하면서 연주를 청했다. 탁왕손에게는 아름다운 딸이 있었는데 그녀가 바로 탁문군이었다. 탁문군은 17세에 과부가 되어 친정에서 살고 있었다. 탁문군은 평소에 흠모했던 사마상여가 왔다는 소식을 듣고 잔치가 열리는 대청 뒤 휘장에 숨어서 그 모습을 훔쳐보고 있었다. 막 연주를 시작하려던 사마상여도 휘장 옆으로 드러난 탁문군을 보고 한 눈에 반해 〈봉구황鳳求凰〉 한 곡조를 연주하며 탁문군에게 사랑의 노래를 불렀다. 당시 사마상여가 불렀던 노래가 〈금가琴歌〉이다.

탁문군 역시 재색을 겸비한 여인이었기 때문에 사마상여가 사랑을 고백하고 있다는 사실을 금방 알아 차렸다. 그날 밤 탁문군은 사마상여가 머물고 있던 숙소로 달려갔고 둘이서 성도成都로 도망가 버렸다. 딸이 사마상여와 함께 도망갔다는 사실을 알게 된 탁왕손은 크게 노해 딸을 만나지도 않았고 아무런 도움도 주지 않았다. 사마상여와 탁문군은 가난으로 성도에서 살 수 없게 되자 다시 임공으로 돌아왔다. 두 사람은 옷가지를 팔아 작은 술집을 임공에 차렸다. 이 소식을 들은 탁왕손은 수치심에 이후로 두문불출하며 아무도 만나지 않고 있다가 친구의 권유로 어쩔 수 없이 두 사람에게 경제적으로 도움을 주게 되었다. 그러나 그 후로도 탁왕손은 딸 부부와 왕래하지는 않았다.

현재 공래현邛崍縣의 문군공원文君公園 안에 문군정文君井이라는 오래된 우물이 있다. 바로 이 우물이 옛날 탁문군과 사마상여가 술집을 할 때 사용했던 우물이라고 전해 온다.

후에 사마상여가 지은 〈자허부子虛賦〉가 한漢 무제武帝의 인정을 받게 되었고, 이 일로 그는 부富와 명예를 한꺼번에 얻게 되었다. 현재 성도 북쪽 10리쯤에 '승선교升仙橋'와 '송객관送客觀'이 있다. 당시 장안으로 가던 사마상여가 이곳에 경유하면서 다리 앞에 있던 문에 '불승고거사마不乘高車駟馬, 불과여하不過汝下'라는 글을 남겼다고 한다. 장안으로 간 사마상여는 무제의 총애를 얻어 중랑장中郎將이 되었고 이어 흠차대신欽差大臣의 신분으로 사천四川으로 금의환향錦衣還鄉하게 되었다. 당대唐代 시인詩人 잠삼岑參과 왕준王遵이 '승선교'에 얽힌 사마상여의 고사를 생각하며 〈승선교〉라는 시를 남기기도 했다.

그러나 이것도 잠시, 얼마 안 있어 사마상여는 병으로 사직하고, 탁문군과 사마상여는 장안 교외의 무릉현茂陵縣, 지금의 섬서성 흥평興平 부근에 살았다. 사마상여가 무릉현茂陵縣의 처녀를 첩으로 삼으려고 하자 탁문군이 〈백두음白頭吟〉을 지어 사마상여의 마음을 되돌려 놓았다는 고사도 전해 온다. 탁문군이 헤어질 마음을 담은 이 시를 읽은 사마상여가 매우 감동해 첩을 들이지 않고 탁문군을 다시 사랑했다는 이야기이다.

그런데 최근의 연구에 의하면 〈백두음〉은 탁문군이 지은 시가 아니고 당시 민간에서 유행했던 민가民歌라고 한다.

당대唐代 성도成都 서남쪽에는 사마상여의 구택舊宅이 있었고 집 안에 사마상여가 금琴을 연주했던 금대琴臺가 있었다. 당대唐代 시인詩人 두보가 이곳을 들렀다가 사마상여와 탁문군의 이야기가 생각나 오언율시 〈금대琴臺〉를 지었다. 또 잠삼岑參도 이곳에서 오언고시 〈사마상여금대司馬相如琴臺〉를 지었다.

애영 哀郢[1] 2수 二首

육유(陸游)

1

멀리 상商나라 주周나라를 이어 왕업王業이 가장 길고,
북北으로 제진齊晉과 동맹하여 국세가 천하天下를 쟁패爭霸했다.
장화궁章華宮의 가무 사라지니 소슬하기만 한데,
운몽택雲夢澤은 여전히 물안개에 덮여 끝없이 푸르렀다.
잡초에 덮인 고궁엔 기러기만 날아 오르고,
허물어진 무덤 도굴 당하고 여우의 은신처가 되었다.
〈이소離騷〉로 굴원屈原의 한恨을 다 씻어 내지 못했는데,
지사가 천추千秋의 한을 품고 눈물 흘려 옷을 적신다.

원접상주조 최장 북맹제진세쟁강
遠接商周祚[2]最長 北盟齊晉勢爭强

장화 가무종소슬 운몽 풍연구망창
章華[3]歌舞終蕭瑟 雲夢[4]風烟舊莽蒼

초합고궁유안기 도천황총유호장
草合故宮惟雁起 盜穿荒冢有狐藏

이소 미진영균 한 지사천추루만상
離騷[5]未盡靈均[6]恨 志士千秋淚滿裳

1 哀郢(애영) : 영도(郢都)를 기리며, 전국시대(戰國時代) 초(楚)나라의 도성(都城). 지금의 호북성(湖北省) 강릉(江陵) 북쪽이다. 2 祚(조) : 황제(皇帝)의 자리. 3 章華(장화) : 누대(樓臺) 이름. 장화대(章華臺). 초(楚) 영왕(靈王)이 건축했다. 4 雲夢(운몽) : 연못 이름. 운몽택(雲夢澤). 5 離騷(이소) : 전국시대(戰國時代) 굴원(屈原)이 지은 장편(長篇) 서정시(抒情詩). 6 靈均(영균) : 굴원(屈原)의 자(字).

2

형주荊州의 시월은 이른 매화 피는 봄이구나,
흘러가는 세월은 정말 산비탈을 구르는 바퀴 같구나.
천지天地가 무슨 마음으로 장사壯士를 힘들게 만들었나?
강호江湖에는 옛날부터 유랑流浪하는 신하들이 있었지.
저녁 무렵 장정長亭에서 술을 쏟으며 통음痛飮하고,
원통하고 분해 부르는 슬픈 노래에 흰머리만 생긴다.
장화궁章華宮에 조문하려 해도 물을 곳이 없네,
폐성廢城의 가시나무 · 개암나무 이슬에 젖어 있다.

형주 시월조매춘 조 세진동하판 륜
荊州[7]十月早梅春 徂[8]歲眞同下阪[9]輪

천지하심궁장사 강호종고저기신
天地何心窮壯士 江湖從古著羈臣[10]

임리통음장정모 강개비가백발신
淋漓痛飮長亭暮 慷慨悲歌白髮新

욕조장화무처문 폐성상로습형진
欲弔章華無處問 廢城霜露濕荊榛

7 荊州(형주) : 지명(地名). 전국시대(戰國時代) 초(楚)가 있었던 곳으로 지금의 호북성(湖北省)과 호남성(湖南省) 일대이다. **8** 徂(조) : 지나가다, 흘러가다. **9** 阪(판) : 산비탈. '하판륜(下阪輪)'은 속도가 빠름을 뜻한다. **10** 羈臣(기신) : 추방 당해 강호(江湖)를 유랑하는 신하(臣下). 여기서는 굴원(屈原)과 육유(陸游) 자신을 뜻한다.

감상

초楚나라는 멀리 상주商周 양대兩代의 왕업王業을 이어받아 나라의 전통傳統이 유구하고, 전성기에는 제진齊晋과 동맹하여 진秦나라와 자웅을 겨루었다. 옛날 장화궁章華宮에서 추었던 가무歌舞 이젠

형주성(荊州城)

이미 멈추어 적막하기만 한데 유명한 초楚나라의 호수 운몽택雲夢澤의 기상氣象은 예나 다름없이 바람에 물안개 가득하고 광활하다. 옛날 영도郢都 궁전宮殿의 구지舊址는 이젠 잡초로 가득해 기러기떼 날아오르는 것만 보인다. 벌써 도굴 당한 황량한 무덤은 여우 · 토끼의 은신처가 되었다. 〈이소離騷〉 노랫가락에 굴원屈原의 한恨을 다 풀어내지도 못했는데, 육유陸游 또한 눈물 흘리며 굴원과 같은 망국亡國의 한恨을 노래한다.

형주荊州의 10월, 이른 매화 막 피기 시작하는 초봄이 되었구나. 세월은 산비탈에 바퀴가 구르듯이 정말 빨리 지나간다. 하늘이 무슨 마음을 품었기에 굴원과 같은 장사壯士를 곤궁하게 만들었던 말인가? 자고로 굴원과 같은 신하들 대부분 고향을 떠나 강호江湖를 유랑한다네. 우국憂國의 한 씻을 길 없어 초저녁 장정長亭에서 통음痛飮하고, 슬픈 노래 부르다 보니 절로 흰머리가 생긴다. 장화궁章華宮에 조문弔問하려 해도 물을 곳 없네. 허물어진 성城 안에 가시나무 이슬에 젖어 있구나.

1수는 상성上聲 양운養韻, 평성平聲 양운陽韻을 통용한 칠언고시이고, 2수는 평성 진운眞韻의 칠언고시이다.

여설

형주성荊州城에서 북쪽으로 5km쯤 가면 춘추전국시대春秋戰國時代 남방南方 최대의 도시였던 초나라의 성도成都, 초기남고성楚紀南故城이 있다. 이 이름은 성城이 기산紀山의 남쪽에 있기 때문에 붙여진 이름이다. 또 초楚나라 사람들은 도성都城을 건축한 지방을 모두 '영郢'이라 불렀기 때문에 '기영紀郢'이라고도 부른다.

저장하沮漳河가 기남성紀南城 서쪽을 감싸고 흐르고 성 동쪽에는 하수夏水와 양수揚水가 한수漢水와 합류한 데다, 성 북쪽으로는 중원中原과 직접 이어지는 길이 있어 이 성은 교통이 매우 편리했다. 군사적으로도 파촉巴蜀을 가로막고 있고 오월吳越에도 영향력을 미칠 수 있어 이곳을 차지하는 나라가 중원中原을 쟁패할 수 있었다. 경제적으로도 드넓은 강한평원江漢平原이 있어 농산물이 풍부했다. 기원전 689년, 초楚 문왕文王 때 초나라는 단양丹陽에서 기영으로 천도했는데 그 후 세력이 날로 커졌다. 비약적인 발전을 거듭한 끝에 백 년도 안되어 '황폐한 오랑캐 나라(蠻荒之國)'에서 '춘추오패春秋五霸'의 일원이 되었다. 그리고 장왕莊王 때에는 '오패' 가운데서도 최강국이 되었다. 초나라의 정치 · 경제 · 문화의 중심지가 곧 기영이었다. 한대漢代의 환담桓譚이 『신론新論』에서 번화한 '기영'의 모습을 "초나라의 수도 기영에는 수레가 서로 부딪치고 걸어갈 때 사람들의 어깨가 스치고 시장의 길들이 서로 교차한다. 아침에 나올 때는 옷이 깨끗했는데 저녁에 들어갈 때는 옷이 다 떨어진다는 말을 할 정도이다.(楚之紀郢, 車轂擊, 民肩摩, 市路相排突, 號爲朝衣鮮而暮衣弊.)"라 묘사했다.

기원전 278년, 진秦의 장군 백기白起가 기영을 점령했고 초나라의 경양왕頃襄王은 진陳, 지금의 하남성 회양으로 천도했다. 굴원屈原의 〈애영哀郢〉은 바로 이 역사적인 사실을 노래한 시이다. 이후로 초국楚國의 성도成都 기영은 폐허가 되어갔다. 이 상전벽해桑田碧海와도 같은 변화는 수많은 시인들의 정서를 움직여 굴원 이후 당대唐代와 송대宋代의 많은 시인들이 폐허가 되어 버린 '기영'을 노래한 '애영'시를 지었다.

범성대范成大

1126～1193

남송南宋의 시인詩人. 자字는 치능致能, 자호自號는 석호거사石湖居士. 평강平江 오군吳郡(지금의 강소江蘇 소주시蘇州市) 사람이다. 『석호거사시집石湖居士詩集』 34권이 전한다.

악주남루 鄂州[1]南樓[2]

범성대(范成大)

누가 중추절中秋節 밤에 옥적玉笛을 부는가?
황학黃鶴이 돌아오면 예전에 노닐었던 이곳을 알겠지.
한양수漢陽樹 다정多情하여 북쪽 모래톱을 가로질러 뻗어 있고,
촉강蜀江은 말없이 남루南樓를 껴안고 있다.
삼경三更 깊은데도 하늘에 등불을 밝힌 듯하고,
만리萬里 멀리서 오는 배 깃발 높이 걸어 달까지 흔드는 듯하다.
차라리 웃으면서 노향鱸鄉에 낚싯대 걸어야겠다,
무창武昌의 물고기 맛있으면 오래 머무를 텐데.

수 장 옥 적 롱 중 추　황 학 귀 래 식 구 유
誰將玉笛弄中秋　黃鶴歸來識舊游

한 수 유 정 횡 북 저　촉 강 무 어 포 남 루
漢樹有情橫北渚　蜀江無語抱南樓

촉 천 등 화 삼 경 시　요 월 정 기 만 리 주
燭天燈火三更市　搖月旌旗萬里舟

각 소 노 향　수 조 수　무 창 어 호 편 엄 류
却笑鱸鄉[3]垂釣手　武昌魚好便淹留[4]

1 鄂州(악주) : 지금의 호북성(湖北省) 무창(武昌). 2 南樓(남루) : 무창(武昌) 황곡산(黃鵠山) 정상에 있는 누각으로 '백운루(白雲樓)'·'안원루(安遠樓)' 라고도 한다. 3 鱸鄉(노향) : 농어가 나오는 시골. 범성대(范成大)의 고향(故鄉)인 동오(東吳). 4 淹留(엄류) : 오래 머물다.

감상

중추절仲秋節 밤 황학루黃鶴樓 가까운 남루南樓에 올랐더니 어디선가 옥적玉笛소리 들린다. 황학黃鶴이 돌아오면 예전에 노닐었던 이곳도 알아보겠지. 남루 앞으로는 멀리 한양漢陽이고, 서쪽 · 북쪽으로는 장강長江 지류支流가 에워싸고 있다. 한양의 나무들 남루를 생각해서인지 북쪽 모래톱 가로질러 남루로 뻗어 있고, 촉강蜀江은 남루를 껴안듯이 흐르고 있다. 삼경三更 깊은 밤인데도 악주鄂州에 켜진 등불 마치 하늘에 등불을 밝힌 듯하고, 멀리 보이는 배들의 깃발이 펄럭이니 마치 하늘에 떠 있는 달까지 흔들리는 듯하다. 그래도 차라리 웃으면서 농어 맛있는 내 고향 동오東吳에 낚싯대 드리운 은자隱者가 되겠다. 악주鄂州의 물고기라도 맛있으면 오래 머물겠지만.

1177년(순희 4), 범성대范成大는 사천四川에서 동귀東歸해 8월 중추절 전날 악주에 도착했는데 중추절 밤 그곳 관리의 초대로 남루南樓에 올라 노닐다가 이 시를 지었다.

이 시는 평성平聲 우운尤韻의 칠언율시이다.

장강만리도(長江萬里圖)

여설

남루南樓는 동진시대東晋時代 무창武昌에 주둔했던 정서장군征西將軍 유량庾亮이 올라 유명해진 누각인데, 『세설신어世說新語』〈용지容止〉에 "유태위庾太尉는 무창에 있을 때 공기 맑고 경치 아름다운 가을밤이면 은호殷浩·왕호지王胡之 등과 함께 남루에 올라 시를 읊었다.(庾太尉在武昌, 秋夜氣佳景淸, 佐吏殷浩. 王胡之之徒, 登南樓詩詠.)"라는 기록이 있다. 당시 유태위가 올랐던 남루를 고증해 보면 무창성武昌城의 초루楚樓로 지금의 호북성 악성현 남쪽에 있다. 지금의 무한시 황학산(혹 황곡산) 위에 지은 남루는 '백운루白雲樓', 혹은 '잠루岑樓'라 한다. 세상 사람들이 이 누각樓閣을 유량이 올랐던 남루라 하기도 하는데 이는 잘못 알려진 것이다. 범성대가 올랐던 누각은 『오선록吳船錄』의 "임오壬午년 말 마침내 남루에 모였는데 남루는 악주의 치소治所인 무창 황학산 위에 있었다.(壬午晩, 遂集南樓, 樓在州治黃鶴山上.)"라는 기록을 감안한다면 황학산 위의 남루南樓였을 가능성이 크다.

중양후국화 重陽[1]後菊花 2수 二首

범성대(范成大)

1

적막한 동쪽 담 아래 이슬에 젖은 국화菊花,
예나 다름없이 금빛 보조개가 모래를 비추고 있다.
세상의 여인네들 고운高韻이 없어
중양절重陽節 하루 꽃을 보며 복을 빌 뿐이네.

적 막 동 리 습 로 화 의 전 금 엽 조 니 사
寂寞東籬[2]濕露花 依前金靨[3]照泥沙
세 정 아 녀 무 고 운 지 간 중 양 일 일 화
世情兒女無高韻 只看重陽一日花

1 重陽(중양) : 중양절(重陽節), 음력 9월 9일. 2 東籬(동리) : 국화(菊花). 3 金靨(금엽) : 금색 보조개. 여기서는 노란색 국화를 금빛 보조개에 비유했다.

2

중양절重陽節이 지났어도 국화가 여전히 새로운데,
술꾼이나 시객詩客 중에도 묻는 이가 끊어졌다.
흡사 은퇴한 관리 수레를 걸어 놓은 뒤로,
세리勢利만을 좇아 친분을 쌓던 사람들 발걸음 하지 않는 것과 같네.

과료등고 국상신 주도시객단지문
過了登高[4]菊尚新 酒徒詩客斷知聞

흡여퇴사 수거 후 세리교친부도문
恰如退士[5]垂車[6]後 勢利交親不到門

4 登高(등고) : 중양절(重陽節). 고대에는 중양절에 높은 곳에 올라 재난(災難)을 피하는 풍속이 있었기 때문에 '등고(登高)'가 중양절(重陽節)을 뜻하는 말로 흔히 사용되었다. **5** 退士(퇴사) : 관직에서 물러난 선비. **6** 垂車(수거) : 수레를 걸어 놓다. 고대에 대신들은 조회에 참가할 때 수레를 탔는데 나이가 많아 은퇴하면 더 이상 조회에 참가하지 않는다는 뜻으로 수레를 문 앞에 걸어 두었다.

감상

적막한 동쪽 담 아래 이슬에 젖은 국화는 예나 다름없이 금빛 보조개 같은 모양을 한 채 모래를 비추고 있다. 세상의 여인네들은 초연하지 못해서 중양절重陽節의 고사故事만 생각한다. 국화菊花를 감상하지는 않고 중양절 하루만 국화를 보며 복福을 빌 뿐이다.

중양절이 지나도 국화꽃은 여전히 새로운데, 술꾼들 국화주 마시지 않고 시인들 중양절 국화를 감상하고 노래하지 않는다. 마치 관리들이 수레를 문 앞에 걸어 은퇴했다고 알리고 나면 권세權勢와 이익利益만을 좇아 친분親分을 맺던 세상 사람들 문 앞에 발걸음도 하지 않는 것과 같다.

이 시는 1186년(남송 순희 13) 범성대가 석호石湖에 은거할 때 지은 시이다.

1수는 평성平聲 마운麻韻의 칠언절구이고, 2수는 평성 문운文韻과 원운元韻을 통용通用한 칠언고시이다.

여설

전설에 의하면, 지금의 하남성 여남汝南 사람 환경桓景이 법술法術을 배우기 위해 몇 년간 비장방費長房을 사숙했다. 그런데 어느 날 비장방이 "올해 9월 9일에 네 집에 큰 재난이 있으니 곧 집으로 돌아가라, 가서 붉은색 주머니를 만들고 그 안에 수유茱萸를 가득 채워 식구들 모두 어깨에 걸치게 해라. 그런 후에 높은 산에 올라 국화주菊花酒를 마시면 화禍를 면할 수 있다."라고 환경桓景에게 말했다. 환경은 즉시 집으로 돌아가 비장방의 말대로 했다. 저녁이 되어 집으로 돌아와 보니 집안에 남아 있던 닭 · 개 · 소 · 양이 모두 죽어 있었다. 환경이 비장방에게 이 사실을 말하자는 비장방은 "가축들이 너희 식구를 대신해서 죽은 것이다."라고 말했다고 한다. 이후로 음력 9월 9일이면 높은 산에 올라 술을 마시는 풍속이 생겼다. 고대에 '구九'는 '양陽'이었는데 9월 9일은 '양陽'이 두 번 만났기 때문에 '중양重陽'이라 부르게 되었다.

또 『서경잡기西京雜記』에 한漢 고조高祖의 비妃 척부인戚夫人의 시녀 가패란賈佩蘭이 궁중에서 쫓겨난 후 부풍扶風 사람 단유段儒의 아내가 되었는데 궁중宮中에서는 중양절이 되면 국화주를 마시며 장수長壽의 발복發福을 기원한다는 말을 했다는 기록이 있다. 『속진양추續晋陽秋』에 도연명陶淵明이 9월 9일 술을 마시지 않고 집 옆의 국화밭에서 국화를 꺾고 있었는데 흰옷을 입은 왕홍王弘이 술을 보내 와 술을 마셨다는 기록도 있다.

그래서인지 송대宋代에는 중양절에 국화를 감상하고 국화주를 마시는 풍속風俗이 성행했다. 9월 9일은 가을이 무르익는 시기로 국화가 만발해 봄과는 또 다른 풍취를 자아낸다. 그래서 역대로 많은 시인들이 중양절의 풍취를 시로 표현했다.

양만리 楊萬里

1127～1206

송대宋代 시인詩人. 자字는 정수廷秀, 호號는 성재誠齋이며 길주吉州 길수吉水(지금의 강서江西) 사람이다. 『성재집誠齋集』 133권이 전한다.

오경과무석현기회범참정우시랑 五更過無錫縣[1]寄懷范參政[2]尤侍郎[3]

양만리(楊萬里)

소주蘇州에서 석호石湖 노인老人 만나 보려
소주에 왔지만 너무 일찍 떠나 버렸다.
석산錫山에서 우무尤袤를 보려 했는데,
석산을 지나는 줄 알지도 못했다.
일어나니 영대靈臺는 어디쯤인가?
혜산惠山은 어느 곳인가 고개 돌린다.
인생만사人生萬事 기약할 수 없으니,
원망스럽지만 상주常州를 향한다.

소주욕견석호로 도득소주발갱조
蘇州欲見石湖老[4] 到得蘇州發更早

석산 욕견우량계 과각석산원부지
錫山[5]欲見尤梁溪[6] 過却錫山元不知

기래영대 재하허 회수혜산 역하처
起來靈臺[7]在何許 回首惠山[8]亦何處

인생만사불가기 앙연각향상주거
人生萬事不可期 怏然却向常州去

1 無錫縣(무석현) : 지명(地名). 지금의 강소성(江蘇省) 무석시(無錫市). 2 范參政(범참정) : 참지정사(參知政事)를 지냈던 범성대(范成大). 3 尤侍郎(우시랑) : 예부시랑(禮部侍郎)을 지냈던 우무(尤袤). 4 石湖老(석호로) : 범성대(范成大). 범성대는 만년에 고향 오군(吳郡, 지금의 강소성 소주) 석호(石湖)에 은거하며 석호거사(石湖居士)라 자호(自號)했기 때문에 '석호노(石湖老)'라 했다. 5 錫山(석산) : 무석

(無錫)의 별칭. **6** 尤梁溪(우량계) : 우무(尤袤). 양계(梁溪)는 무석현(無錫縣) 서수(西水)의 이름으로 그 발원지는 혜산(惠山)인데 우무가 무석현(無錫縣)에 살았기 때문에 '우량계(尤梁溪)' 라 했다. **7** 靈臺(영대) : 소주성(蘇州省) 서남쪽에 있는 영암산(靈岩山)을 뜻함. **8** 惠山(혜산) : 산(山) 이름. 무석성(無錫城) 서쪽에 있는 산으로 강남(江南)의 명산으로 꼽힌다.

혜산(惠山)

감상

소주蘇州에 들렀을 때 석호石湖 가에 은거하는 범성대范成大를 만나려 했으나 소주를 빨리 떠나게 되어 만나지 못했다. 소주에서 배를 타고 무석無錫에 들러 우무尤袤를 만나려 했었는데, 잠들었다 눈을 뜨니 이미 5경更, 배는 무석을 지나 계속 가고 있다. 소주 영암산靈岩山은 어디쯤인가, 무석의 혜산惠山은 어디쯤인가 고개 돌려 찾아본다. 범성대와 우무를 만나지 못해 안타깝지만 인생만사人生萬事 본시 기약할 수 없는 법. 뱃머리는 상주常州로 향한다.

이 시는 광종光宗 소희紹熙 원년(1190) 시인이 무석을 지나다 범성대와 우무를 기리며 지은 시이다.

이 시는 칠언고시로 매每 2구마다 전운轉韻했다. 1~2구는 상성上聲 호운皓韻, 3~4구는 평성平聲 지운支韻, 5~6구는 상성 어운語韻, 7~8구는 거성去聲 어운御韻이다.

여설

강소성江蘇省 무석시無錫市 서문西門을 나서자마자 고개를 들면 고탑古塔이 솟아 있는 석산錫山이 눈에 들어온다. 전설에 의하면, 운몽택雲夢澤에 사는 용왕龍王의 아홉 아들은 힘이 한이 없어 공을 한번 차면 무석無錫까지 날아가 떨어져 산山이 될 정도였다. 하루는 아홉 마리 용龍이 운무雲霧를 타고 날아와 풍우風雨를 불러 수중水中에서 공을 차며 즐겁게 놀아 무석은 물바다가 되어 버렸다. 이에 아홉 청년이 사방의 농민들을 데리고 석산에 올라 산을 파내 주석朱錫을 없애 버렸다. 주석으로 만든 공인 석구錫球가 없어지자 아홉 마리 용은 흥興이 사라진 듯 잠들었고 깨어나 보니 물이 빠져 용궁龍宮으로 돌아갈 수 없게 되었다. 어쩔 수 없이 그 자리에 누워 버렸는데, 이 아홉 마리 용이 구룡산九龍山으로 변했다고 한다. 구룡산을 또 혜산惠山이라고도 하는데 이 산에 머물렀던 승려 혜초慧招의 해음諧音에서 비롯된 명칭이다.

무석이란 이름은 석산에서 비롯되었다. 『석금현지錫金縣志』에 의하면, 주진시대周秦時代 이곳에는 석연錫鉛이 많이 생산되어 석산이라 불렀다고 하며 진말秦末 더 이상 석연이 생산되지 않게 되자 '석산에 주석이 없다(錫山無錫).'라 했고, 이에서 무석이란 이름이 생겨나 진秦 회계군會稽郡의 한 현縣이 되었다고 한다.

석산과 혜산 사이에 거울같이 맑은 호수가 있는데 이곳은 원래 진왕오秦王塢라 불렀다. 전설에 의하면, 진시황秦始皇이 영기靈氣가 서린 이곳에서 영웅英雄이 출현하게 되면 제왕帝王의 기업基業을 위태롭게 할까 두려워 사람들을 시켜 석산과 혜산 간의 지기地氣를 자르기 위해 땅을 파 호수를 만들었다고 한다.

명대明代 호광제학부사湖光提學副使를 지냈던 추적광鄒迪光이라는 사람이 있는데 이 사람이 혜산 아래 우공곡愚公谷의 주인이다. 그는 10년을 하루같이 돌을 쌓고 연못을 파며 우공愚公이 산山을 옮기듯 10여 년의 각고 끝에 마침내 '원園'을 완성했는데 이로 인해 그는 '우곡愚谷'이라 불리기 시작했고 더욱 어리석게도 이후 누구나 마음대로 즐길 수 있게 해 사람들은 이곳을 '우공곡愚公谷'이라 불렀다. 현재 우공곡에 당시의 고적으로는 '용봉천龍縫泉'·'석공타리처石公墮履處'와 백옥란白玉蘭만이 남아 있고, 태백전泰伯殿·화효자사華孝子祠·쌍룡천雙龍泉·사패루四牌樓 등은 최근에 재건한 건물들이다.

우공곡에서 멀지 않은 서쪽에 유명한 '천하제이천天下第二泉'이 있는데 당唐 대력연간大曆年間 무석령無錫令 경징敬澄이 이 샘을 팔 때는 후세에 이렇게 유명해질 줄 몰랐을 것이다. 무석 출신의 당대唐代 시인 이신李紳은 이곳에서 〈별천대別泉臺〉라는 시를 지었는데 소서小序에 "혜산 서당 앞 송죽 아래 시원한 샘이 있는데 가히 인세의 영액靈液이라 할 정도이다. 물이 맑아 기골肌骨을 비추고 근심을 씻어주는데 이 물로 차를 끓이면 차맛이 향기롭다.(惠山書堂前, 松竹之下, 有泉有爽, 乃人間靈液. 淸鑒肌骨, 漱開神慮, 茶得此水, 皆盡芳味也.)"라고 했을 정도이다. 이 혜산의 샘물이 '차신茶神' 육우陸羽 등에 의해 '천하제이천天下第二泉'이라 명명된 후 큰 명성을 얻어 수많은 문인

묵객들이 찾아왔는데, 송대宋代 시인 소식蘇軾도 혜산에 들렀다가 "홀로 하늘의 작은 달을 데리고, 인간 세계 제이천을 시음한다.(獨携天上小團月, 來試人間第二泉.)"라고 노래했다. 이 '이천二泉'의 물은 후에 황실皇室에 공물로 바치기도 했는데 송宋 고종高宗은 금에 쫓겨 남하南下하면서 이천수二泉水의 맛을 잊지 못해 이곳에 정자와 비석을 세웠다고 한다.

이천의 상上·중中·하下 3지池 가운데 상지上池는 정자 중에 있는데 제일 먼저 팠던 직경 4.5척尺의 8각角 원형 샘으로 물맛이 가장 좋다고 한다. 중지中池는 방형方型으로 상지上池에서 2척 정도 떨어진 곳에 있는데 물맛의 차이가 있다. 하지下池는 장방형長方型의 가장 큰 샘이다.

이천의 남쪽에 죽로산방竹爐山房이 있다. 전설에 의하면, 명明 태조太祖 주원장朱元璋이 혜산사惠山寺에 들렀을 때 성해화상性海和尙이 대나무를 3등분해 차로茶爐를 엮어 차를 쪘다고 한다. 뛰어난 차맛을 본 주원장이 성해性海에게 "차는 무슨 차인가? 어떤 물을 사용했나? 어떻게 끓였는가?(茶何茶? 用何水? 如何煮?)"라고 묻자, "차茶는 설랑산雪浪山 위의 우전차이고 물은 약빙동의 이천수이며, 세 조각 죽엽으로 새 차를 끓였습니다.(雪浪山上雨前茶, 若冰洞中二泉水, 三片竹葉煮新茗.)"라고 답했고, 이에 주원장朱元璋이 '당신은 신선神仙이 될 수 있을 거요!'라 말하고 갔는데 정말로 성해는 신선이 되었다고 한다. 성해화상이 정말로 신선이 되었는지는 알 수 없지만 표면은 대나무로 엮고 안에 흙을 채워 넣고 노심爐心에 동책銅柵을 넣어 차를 끓이는 위쪽은 둥글고 아래쪽은 네모난 죽로竹爐를 만들었던 것은 사실이고, 당시의 유명 화가畵家 왕불王帯이 친구와 함께 죽로를 소제小題로 '죽로제영竹爐題詠' 4권을 그려 이 그림 역시 죽로 못지않은 진기한 물건이 되었다.

1595년, 명 신종 만력 말년 추적광이 우공곡을 만들 때 성해화상이 머물렀던 혜산사惠山寺 미타전彌陀殿을 '죽로산방竹爐山房'으로 개명했는데 이후 이 죽로와 그림은 사람의 운명運命을 결정하기도 했다.

청초淸初 무석 출신 문사였던 고정관顧貞觀이 재상宰相의 아들 납란성덕納蘭性德의 집에서 왕불王芾의 그림을 얻어 다시 산방山房에 가져다 놓았는데 청淸 건륭乾隆 40년 겨울 무석지현無錫知縣이 이 그림을 새로 표구하기 위해 현縣으로 가져왔다. 그런데 불이 나 그림이 타 버렸다. 이 때문에 무석지현은 해임되었고 건륭황제乾隆皇帝는 왕불王芾을 방문해 '죽로사도竹爐四圖'를 그리게 하고 친히 제화시題畵詩를 지었다. 또 6황자皇子 홍오弘旿와 동호董浩에게 죽로도竹爐圖 2, 3, 4권卷을 나눠 그리게 하고 친히 '돈환구관頓還舊觀', '생면중개生面重開', '미회기흥味回寄興', '청풍재읍淸風再揖'이라는 제목題目을 4권의 죽로도竹爐圖에 써서 죽로산방竹爐山房에 소장케 했다.

그러나 청淸 함풍咸豊 10년 죽로산방은 전란으로 파괴되었고 동치同治 3년 무석 사람 진상업秦湘業이 상해上海에서 건륭乾隆의 어필화御筆畵를 찾아내어 황부돈사원黃埠墩寺院의 주지에게 조심해서 보관케 하였다. 이 그림을 보관하기 위해서 이미 환속했던 화익륜華翼綸이 재차 출가出家해 청淸 광서光緖 말년末年 죽로산방을 중건하고는 도권圖卷과 제화시題畵詩를 '우추당雨秋堂' 벽에 새겼는데 아직까지도 전해진다. 이 우추당雨秋堂은 현재 죽로산방의 맞은 편에 있다.

주희朱熹

1130～1200

남송南宋의 사상가思想家, 문학가文學家. 자字는 원회元晦, 중회仲晦이고, 호는 회암晦庵·둔옹遯翁이며, 휘주徽州 무원婺源(지금의 강서江西) 사람이다. 『주자대전朱子大全』, 『주공문공집朱文公文集』 등이 전한다.

춘일 春日

주희(朱熹)

맑은 날 꽃을 찾아 사수泗水 가에 왔더니
끝없는 광경 일시에 새롭다.
한가로이 거닐다 동풍東風이 얼굴에 닿는 줄 알았다,
만자천홍萬紫千紅 필경 봄이로구나.

승일 심방 사수 빈 무변광경일시신
勝日[1]尋芳[2]泗水[3]濱 無邊光景一時新
등한식득동풍면 만자천홍총시춘
等閑識得東風面 萬紫千紅總是春

1 勝日(승일) : 원래는 '명절' 혹은 친지들이 모이는 날의 의미이나, 이 시에서는 갠 날(晴日)의 뜻으로 사용되었다. 2 尋芳(심방) : 꽃을 찾다. 여기서는 성인의 도(道)를 구한다는 뜻. 3 泗水(사수) : 강 이름. 여기서는 '공자(孔子)의 문하(門下)' 라는 뜻.

감상

맑은 날 옛날 공자가 제자를 가르쳤던 사수 가에 와 옛 성인의 도를 찾아본다. 눈앞에 펼쳐진 광경 일시一時에 새롭게 느껴진다. 동풍東風 불어 꽃들이 만 가지 자태 천 가지 색을 보이니, 만자천홍萬紫千紅 가운데 있는 나 한가롭게 꽃구경을 하다가도 바람 부는 줄 알았다.

이 시는 평이한 시어와 생동적이고 유려한 표현으로 주희朱熹의 시 가운데 드물게 보이는 수작이라고 할 수 있다.

그러나 이 시가 담은 속뜻을 파악하기란 쉽지가 않아서 많은 사람들의 오해를 불러일으킨다. 주희가 이 시를 쓸 당시엔 이미 송왕조宋王朝가 남하한 뒤로 사수泗水 일대는 금金이 차지했었다. 게다가 주희는 그곳에 간 적이 없는데 어떻게 봄을 감상할 수 있겠는가? '사수'는 춘추시대春秋時代 노魯나라에 속했고, 공자孔子는 수洙 · 사泗 지역에 거처하면서 제자들을 교육시켰다.

따라서 이 시에서 '사수'는 '공자의 문하門下'를 의미하고, '심방尋芳'은 '성인聖人의 도道를 구한다'는 의미로 해석할 수 있다.

이 시는 평성平聲 진운眞韻의 칠언절구이다.

여설

남송南宋의 주희朱熹는 이학자理學者이자 문학가文學家로서뿐만 아니라 교육자敎育者로서 여러 곳에 서원書院을 설립해 후학들을 지도했다. 주희의 부친 주송朱松은 정화현政和縣의 현위縣尉를 거쳐 이부랑吏部郎을 역임했었는데 진회秦檜의 정책에 반대하다 폄적貶適되어 건양建陽에서 아들의 교육에 전념했다. 그때 주희朱熹가 11세 되던 해였다.

주희는 18세에 건구향建甌鄕의 거인擧人이 되었고 다음 해에 진사進士가 되었으며, 24세 때 벼슬길에 올라 동안현同安縣 주부主簿가 되었다. 4년 후 숭안崇安에서 돌아와 무이산武夷山에 집을 짓고 저술과 교육에 종사했다. 30세에 이학자理學者 이동李侗에게서 수학했고 이후 이정二程(정이와 정호)의 제자가 되었다. 이후 20여 년 동안 여러 차례 조정朝廷의 부름을 받았으나 거절하고 건양 후산后山의 한산정사寒山精舍, 운곡雲谷의 회암晦庵 등에서 저술에 몰두했다.

1179년(남송 순희 6), 주희가 외직外職을 맡아 남강南康, 지금의 성자현星子縣 태수로 가게 되었는데 이때 백록동서원白鹿洞書院을 중건

하였다. 백록동서원은 여산廬山 오로봉五老峰에서 남으로 10여km 지점의 후병산後屏山 남쪽 해회사海會寺 아래에 있다. 『백록동지白鹿洞志』에 의하면, 백록동서원의 이름은 당조唐朝의 자사刺史 이발李渤에서 비롯되었고 송대 이학자 주희에 의해서 명성을 얻게 되었다.

백록동白鹿洞은 당唐 이발이 독서했던 곳이다. 정원연간貞元年間 이발은 섭涉과 여산廬山에 은거하며 흰 사슴 한 마리를 기르며 길들였는데 사슴이 늘 이발을 따라다녀 사람들이 백록선생白鹿先生이라 불렀다. 보력연간寶曆年間 이발이 강주자사江州刺史가 되자 그 서원 터에 대를 짓고 물을 끌어들여 꽃을 심어 마침내 백록이란 동명洞名이 붙여졌다 …… 남당南唐 승원연간升元年間 그곳에 학생들이 모여 배움의 터를 세워 …… 여산국학廬山國學이라 불렀다. 송초宋初에 서원書院을 설치하니 휴양睢陽·석고石鼓·악록岳麓의 세 서원書院과 함께 천하에 명성을 떨쳤다.

백록동자 당리발독서처야 정원중 발여섭은려산 축일
白鹿洞者, 唐李渤讀書處也. 貞元中, 渤與涉隱廬山, 蓄一
백록심순 상수지 인칭백록선생 보력중 발위강주자사
白鹿甚馴, 嘗隨之, 人稱白鹿先生. 寶曆中, 渤爲江州刺史,
취기서원지창대 인류식화 수이백록명동 남당승원
就其書院地創臺, 引流植花, 遂以白鹿名洞, …… 南唐升元
중 즉기지취도건학 호왈여산국학 송초치서원 여휴
中, 卽其地聚徒建學, …… 號曰廬山國學. 宋初置書院, 與睢
양 석고 악록삼원병명천하
陽·石鼓·岳麓三院并名天下.

북송北宋 말년末年 빈번한 전란戰亂으로 백록동서원은 부서졌다. 1179년(남송 순희 6), 주희가 남강태수南康太守로 있으면서 친히 서원 터를 둘러보고는 조용하고 또 경관이 아름다워 강학講學을 하거나 저술에 몰두하기에 좋은 장소였기 때문에 백록동서원을 중건하기로 결정하고 황제皇帝에게 직접 글을 올렸다. 유학儒學을 진흥하여 봉건 통치를 강화하려는 생각을 품고 있었던 황제는 서원에 갖출 서적과 친필 현판扁額을 하사했다.

서원이 중건된 후 주희는 오늘날의 학생 수칙인 '백록동규白鹿洞規'를 제정했는데 여기에는 주희의 교육사상이 반영되어 있다. 그는 치학治學의 요점을 '널리 공부하고 세심하게 물어 보고 신중하게 생각하며 분명하게 밝혀야 하고 독실하게 행한다.(博學之, 審問之, 謹思之, 明辨之, 篤行之.)'라고 개괄했는데 이 간단한 치학治學 요점이 남송南宋 이후 700여 년간 지켜진 중국인들의 교육 원칙이다.

그리고 주희가 중건한 백록동서원은 '강학식講學式' 서원의 모범이 되었고 이후 많은 서원에서 주희를 봉사奉祀하고 있다는 사실이 이를 증명해 준다.

백록동서원은 원래 산동山洞이 아니라 사면이 산에 둘러싸여 있었기 때문에 붙여진 이름이었다. 현재 볼 수 있는 주자동朱子洞 뒤의 산동山洞은 명明 가정연간嘉靖年間 남강태수南康太守 왕진王溱이 굴착한 것이고 석록石鹿은 지부知府 하준何濬이 만들었다. 이것들은 전고典故에 따라 후인들이 만들어낸 고적古迹으로 이 또한 사람들의 눈길을 끈다.

또 주희가 만년에 머물며 유학儒學을 강의했던 건양현建陽縣 서남쪽 고정촌考亭村 부근에 고정서원考亭書院의 흔적이 남아 있다. 1194년 주희는 고정에 '죽림정사竹林精舍'를 짓고 저술에 몰두하는 동시에 문도文徒를 불러 유학을 강의했다. 얼마 후 '죽림정사'는 '창주정사滄州精舍'로 이름이 바뀌었는데 사방에서 학자들이 모여들어 일시에 고정학파考亭學派를 이룰 정도였다.

1244년, 남송南宋 이종理宗으로부터 '고정서원' 네 글자의 현판을 하사 받은 이후 그 명성을 천하에 떨치게 되었다. 고정서원에는 원래 명륜당明倫堂 · 연거묘燕居廟 · 청수동清邃洞 · 취성정聚星亭과 천광운영정天光雲影亭 등의 건물이 있었고 긴 역사 동안 성쇠를 거듭했는데, 최전성기 때는 서원 소유 토지가 500여 무畝나 되어 그 수입으로 서원을 운영할 수 있었다고 한다.

현재 고정서원 터는 수몰되어 버렸고 석비방石碑坊만이 물 위로 드러나 있다.

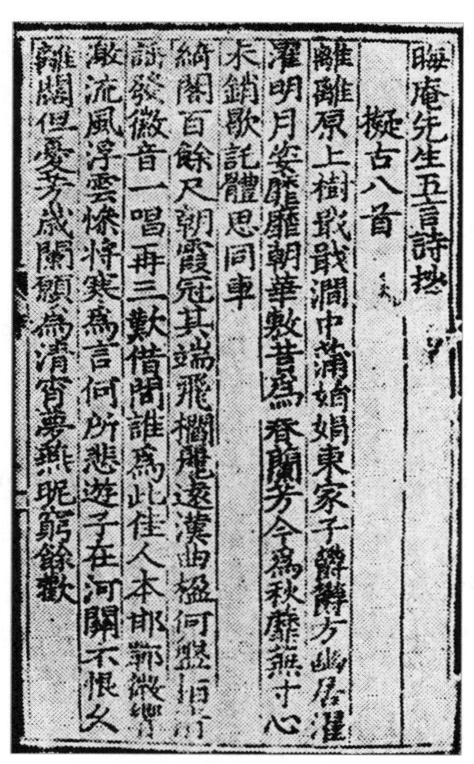
晦庵先生五言詩抄

擬古八首

離離原上樹戢戢澗中蒲娟娟東家子鬱鬱方幽居濯濯明月姿靡靡朝華敷昔爲春蘭芳今爲秋蘼蕪寸心未銷歇託體思同車

綺閣百餘尺朝霞冠其端飛欄曜遠漢曲檻何盤[illegible]詩發微音一唱再三歎借問誰爲此佳人本邯鄲微響激流風浮雲悵將寒爲言何所悲遊子在河關不恨久離闊但憂芳歲闌願爲清宵夢燕昵窮餘歡

회암선생오언시(晦庵先生五言詩)

유극장劉克莊

1187～1269

남송南宋 말末의 시인詩人. 자字는 잠부潛夫, 자호自號는 후촌거사後村居士이며 보전莆田(지금의 복건福建) 사람이다. 『후촌선생대전집後村先生大全集』 196권이 전한다.

북래인 北來人[1] 2수 二首

유극장(劉克莊)

1

동도 東都 일을 말하려 하니
센 머리만 더해집니다.
능침 陵寢 엔 말 석상 잔해가 되었고
황폐된 궁전 동타 銅駝 에 눈물 짓네요.
판단컨대 오랑캐 운세란 오래기 어렵고
변방의 정세란 잘못 전해 들리기 쉽지요.
손이 시린 옛 서울의 여인네는
옷과 머리 모양 여전히 선화식 宣和式 이랍니다.

시설동도 사 첨인백발다
試說東都[2]事 添人白髮多
침원 잔석마 폐전읍동타
寢園[3]殘石馬 廢殿泣銅駝[4]
호운점난구 변정청이와
胡運占難久 邊情聽易訛[5]
수량구경녀 장계 상선화
手涼舊京女 粧髻[6]尚宣和[7]

1 北來人(북래인) : 북쪽에서 온 사람. 여기서는 금(金)이 점령한 북송(北宋)의 수도 변경(卞京)에서 남송(南宋)으로 도망 온 사람을 뜻함. 2 東都(동도) : 동쪽 수도. 여기서는 북송의 수도 변량(卞梁)을 뜻함. 3 寢園(침원) : 북송 황제의 무덤을 뜻함. 4 廢殿泣銅駝(폐전읍동타) : 진(晋)의 색정(索靖)은 낙양(洛陽) 궁궐 대문의 청동(青銅) 낙타(駱駝)가 가시덤불 속에 파묻힌 것을 탄식하였는데, 여기서는 금(金)나라

사람들의 수중에 함락되었음을 뜻한다. **5** 易訛(이와) : 와전(訛傳)되기 쉽다. **6** 粧髻(장계): 옷치장과 상투. 옷과 머리 모양. **7** 宣和(선화) : 송(宋) 휘종(徽宗)의 연호이다(1119~1125년). 비록 땅은 오래전에 함락되었지만 백성들은 아직도 북송의 풍속과 관습을 보존하고 있다는 뜻이다.

2

열 식구가 동시에 떠났건마는
이제는 외기러기 되어 홀로 난답니다.
굶주림에 버려진 사찰 채마밭 김매고
가난으로 오랑캐 옷 입고 있지요.
저택엔 가무와 악기 소리 들끓고
전장戰場엔 척후 기병 드물답니다.
늙은 몸은 민閩 땅에서 죽어 가는데
취란翠鑾타고 돌아오심 보이지 않네요.

十口同離仳[8]　今成獨雁飛
飢鋤[9]荒寺菜　貧著陷蕃衣[10]
甲第[11]歌鐘沸　沙場探騎稀
老身閩地[12]死　不見翠鑾[13]歸

8 離仳(이비) : 이별. 비(仳)는 '떠나다(別)'의 뜻. 북송에서 남방으로 도망쳐 나온 사람이 원래 열 명의 식구였다는 뜻이다. **9** 鋤(서) : 호미. 김매다. **10** 陷蕃衣(함번의) : 금인(金人) 통치 지역에서 입었던 금(金)나라 옷. 남송(南宋)으로 도망쳐서 돌아왔지만 가난으로 아직도 금나라의 옷을 입고 있다는 뜻으로 제1수의 7, 8구(句)와 대조를 이룬다.

11 甲第(갑제) : 제일의 저택, 또는 과거의 장원급제. **12** 閩地(민지) : 민(閩) 지방, 민은 지금의 복건성(福建省) 일대이다. **13** 翠鑾(취란) : 황제의 수레. 유극장(劉克莊)이 이 시를 지은 시기와 휘종(徽宗) 흠종(欽宗)이 금(金)으로 잡혀간 때(1127년)와는 시간적으로 적어도 90여 년의 차이가 있으니, 이 두 황제가 살아서 취란을 타고 돌아오는 것은 불가능한 일이다. 따라서 이 시에서 '취란'은 두 황제의 생환을 말한 것이 아니라 옛 강토 회복을 상징한다.

감상

금에 빼앗긴 변량卞梁의 일을 말하려 하니 참을 수 없는 슬픔에 센 머리가 늘어날 것 같습니다. 능원陵園 안의 석마石馬는 이미 조각조각 부서졌고 궁문 밖의 동타銅駝는 잡초 속에 버려져 이를 보며 망국亡國의 한恨에 눈물 흘리고 있습니다. 변량은 이미 파괴되었지만 유민遺民들의 신념은 변하지 않았으니 아마도 금金나라의 운세運勢도 오래 가지는 않을 것입니다. 게다가 변방邊方에서 전해 오는 남송南宋에 불리한 소식들은 요언謠言이니 믿지 마세요. 변량에 남아 있는 부녀婦女들 비록 힘들고 처량하지만 옷차림, 머리 모양 옛날 송宋 때와는 같으니 고국故國을 생각하는 마음 변함이 없는 것 아닙니까?

변란變亂을 피해 일가一家 열 식구가 함께 변량을 떠났는데 뜻하지 않게 환란을 당해 이제 나 혼자 남았으니, 고독하고 외로운 내 신세 마치 무리 잃은 기러기 같습니다. 오갈 데 없는 신세 버려진 절에 기거하지만 먹을 것이라곤 채마밭에서 기른 푸성귀뿐이고, 입고 있는 옷은 피난 올 때 입었던 금인金人들의 옷입니다. 남송南宋에 와서는 눈에 보이는 것 한심하기 그지없습니다. 힘있는 자들 국사國事는 돌보지 않고 밤새 춤추고 잔치 열면서 변방에 척후병은 보내지도 않습니다. 이렇게 해서는 지금의 편암함도 유지하기 어려운데 어떻게 나라를 되찾겠습니까? 이제 늙어 민閩 땅에서 죽어 가는데 나라를 되찾아 수레 탄 황제皇帝 오시는 모습은 볼 수가 없습니다.

이 시는 대략 1206년(송 영종 개희 2)에서 1234년(송 이종 단평 원년) 사이에 지은 것으로 추정된다.

제1수는 금金에 점령 당한 이후의 북송北宋의 도읍지였던 변량의 상황을 북래인北來人의 입을 빌려 표현했고, 제2수는 북래인이 남송으로 오게 된 경위와 남송에 온 이후의 느낌을 적고 있다. 주인공이 자신이 겪은 일을 직접 이야기하는 형태를 취하였고 대비對比의 수법으로 북송유민北宋遺民의 생활과 남송대南宋代 권신權臣의 안일함을 표현한 점 등은 두보杜甫의 〈삼리三吏〉, 〈삼별三別〉과 같은 분위기를 보여준다.

1수는 평성平聲 가운歌韻, 2수는 평성 미운微韻의 오언율시이다.

여설

송宋나라의 능원陵園은 북경北京의 명십삼릉明十三陵이나 청淸나라의 동릉東陵처럼 화려하지도 않고, 서안西安의 진릉秦陵·한릉漢陵처럼 웅장하지도 않지만 웅혼雄渾하고 소박素朴한 경관을 유지한 채 지금도 낙양洛陽 동쪽 공현鞏縣 경내에 자리잡고 있다.

이 송릉宋陵은 공현鞏縣의 서촌西村·지전芝田·효의孝義·회곽진回郭鎭에 걸친 약 150km²의 땅에 분산되어 있다. 『송사宋史』에 의하면, 조광윤趙匡胤은 평야 지역인 변경에서 산하가 아름다운 낙양洛陽으로 천도하기 위해 먼저 황릉皇陵을 낙양 공현鞏縣으로 정했으나 번화한 변경에 미련이 남은 대신들의 반대로 천도하지 못했다고 한다.

북송北宋의 9명의 황제 가운데 금金의 포로로 잡혀가 막북漠北에서 죽은 휘종徽宗과 흠종欽宗을 제외한 7명의 황제가 이곳에 묻혔다. 게다가 963년(송 건덕 원년) 조광윤趙匡胤은 그의 아버지 조굉은趙宏殷

을 변경 동쪽에서 이곳으로 이장해, 이곳을 '칠제팔릉七帝八陵'이라 부른다. 팔릉 외에도 21명의 황후, 140여 명의 황실 자손, 7명의 훈신勳臣과 200여 명의 종친宗親이 이곳에 묻혀 거대한 고묘군古墓群을 이루고 있다.

송릉은 4개의 구역으로 나누어진다. 첫 번째 서촌릉구西村陵區에는 북송의 개국 황제인 태조太祖 조광윤의 영창릉永昌陵과 2대 황제인 조광윤의 동생 조광의趙光義의 영희릉永熙陵, 그리고 그들의 아버지인 조굉은과 어머니 두씨杜氏가 합장된 영안릉永安陵, 조광윤의 원배부인原配婦人 하황후賀皇后와 두 아들 조덕소趙德昭·조덕방趙德芳의 묘지가 이곳에 있다. 두 번째 채장릉구蔡莊陵區는 현성縣城에서 북쪽으로 약 9리쯤 떨어져 있는데 3대 황제 진종眞宗 조항趙恒의 영정릉永定陵이 있고, 이 북쪽에 이후릉李后陵, 서쪽에 유후릉劉后陵·양후릉楊后陵이 있다. 이곳에 묻혀 있는 이후李后와 유후劉后의 이야기는 경극京劇 〈타룡포打龍袍〉·〈우황후遇皇后〉, 예극豫劇 〈이묘환태자狸猫換太子〉의 소제가 되기도 했다. 진종眞宗의 총애를 받았던 유황후劉皇后는 아이를 낳지 못하자 태감太監 곽괴郭槐와 결탁하여 몰래 '살쾡이狸猫'를 이비李妃 소생의 태자太子와 바꾸어 놓고 괴물을 낳았다고 모함해 궁宮 밖으로 쫓아낸다. 쫓겨난 이비는 거지가 되어 힘들게 살아가다 20년이 지난 다음 포공包公을 만나 억울한 누명을 풀게 된다는 이야기이다. 유황후가 이비의 아이를 차지했다는 이야기는 허구가 아니라 사실인데, 이 아이가 바로 송宋 인종仁宗이다. 당시 이비는 유황후의 권세에 눌려 아무 소리도 못하고 지내다가 죽어서도 한낱 궁녀처럼 들판에 묻혔다. 유황후가 죽은 후 대신들이 인종에게 이 비밀을 밝히게 되었고, 인종은 자신을 자책하며 생모인 이비를 황후로 추존追尊해 영정릉永定陵으로 이장했다. 이 일은 인종 초년의 일이고 포공은 이로부터 34년 후에 중용되었던 인물이다. 따라서 희곡戲曲의 내용 중 포공과 관련된 이야기는 완전히 허구이다. 그러나 희곡에서 포공을 거론한 것은 우연이 아니다. 포공인 포증包拯은 합비合肥 사람으로 승상丞相을 지냈던 사람인데, 개봉부開封府의 관리로 있을 때 여러 차례 백성들의 억울함을 풀어 주었다고 한다. 희곡에서처럼 신통력을 지닌 것은 아니지만 백성들을 위해 일했기 때문에 사람들은 그를 포청천包青天이라 불렀고 여러 곳에 사당祠堂을 지어 그를 기념하기도 했다.

세 번째 능지陵地인 현성릉구縣城陵區에는 4대 황제 인종仁宗 조정趙禎의 영소릉永昭陵과 황후皇后 조씨曹氏의 능陵, 5대 황제인 영종英宗 조서趙曙의 영후릉永厚陵과 황후皇后 고씨릉高氏陵이 있다. 네 번째 능지陵地 팔릉릉구八陵陵區에는 6대 신종神宗 조욱趙頊의 영유릉永裕陵과 황후皇后 진씨陳氏·주씨朱氏의 능과 금金에 포로로 잡혀간 휘종徽宗의 황후 왕씨王氏의 능, 7대 황제 철종哲宗 조후趙煦의 영태릉永泰陵과 황후 유씨劉氏의 능이 있다.

북송北宋 황제皇帝의 능도 다른 왕조王朝와 마찬가지로 화려하기 그지없는 능원陵園을 지었지만 그다지 오랫동안 유지되지 못했다. 1130년(남송 고종 건염 4), 금조金朝에 의해 '대제황제大齊皇帝'로 옹립된 북송의 항장降將 유예劉豫가 아들 유린劉麟을 보내 송릉宋陵을 약탈하고 도굴했다. 이후 악비岳飛의 군대가 송릉을 수복했지만 남송의 조정은 선조의 침릉寢陵을 돌볼 여유가 없었기 때문에 이후 송릉은 점점 황폐해져 갔다.

1950년 이후 도굴 당한 흔적을 없애고 석조물을 보수하고 묘지墓誌와 비각碑閣을 세우는 등 보수 작업을 진행해 오늘날의 모습을 되찾았다.

현재 송릉에 남아 있는 유물 중 700여 건의 석조石彫만이 유일한 실물實物로 고대古代 송릉의 화려함과 북송北宋 석조예술石彫藝術의 진면목을 보여 주고 있다.

문천상 文天祥

1236~1282

남송南宋 말末의 애국시인愛國詩人. 자字는 송서宋瑞, 또는 리선履善, 자호自號는 문산도인文山道人, 부구도인浮丘道人. 강서성江西省 길주吉州 여릉廬陵(지금의 강서성江西省 길안현吉安縣) 사람이다. 『문산선생전집文山先生全集』 20권이 전한다.

과영정양過零丁洋[1]

문천상(文天祥)

고생을 무릅쓰고 황제를 배알하러 경서를 들고 떠났는데,
동분서주東奔西走 4년 동안 전쟁이 빈번했다.
버들개지 광풍狂風에 날리듯 산하山河가 무너지고,
정처 없는 신세 세찬 비에 떠도는 부평초浮萍草 같다.
황공탄惶恐灘 머리를 지나며 근심스레 말했고,
영정양零丁洋에 고독한 신세를 한탄했다.
자고自古로 인간사 죽음을 면할 수는 없지 않는가?
일편단심一片丹心을 남겨 사책史册을 밝히리라.

신고조봉 기일경　간과요락 사주성
辛苦遭逢[2]起一經[3]　干戈寥落[4]四周星[5]

산하파쇄풍표서　신세부침우타평
山河破碎風飄絮[6]　身世浮沈雨打萍[7]

황공탄두설황공　영정양리탄영정
惶恐灘頭說惶恐[8]　零丁洋里嘆零丁[9]

인생자고수무사　유취단심조한청
人生自古誰無死　留取丹心照汗靑[10]

1 零丁洋(영정양) : 광동성(廣東省) 주강(珠江) 입구에 있는 바다. 2 遭逢(조봉) : 송(宋) 이종(理宗)과의 만남. 1256년(宋 理宗 寶祐 4) 문천상(文天祥)은 예부고시(禮部考試)에 참가해 집영전(集英殿)에서 이종을 만났는데, 이종이 친히 문천상을 일등으로 선발했다고 한다. 3 一經(일경) : 한 권의 유가 경전. 4 寥落(요락) : 많다. 5 四周星(사주성) : 4주년의 뜻. 1275년(宋 德祐 元年) 정월(正月) 황제(皇帝)의 조서(詔書)를 받들어 문천상이 의병궐기(義兵蹶起)한 후 원군(元軍)에 붙잡혀 영정양(零丁洋)을 지날 때까지의 기간이 4년이다. 6 飄絮(표서) :

바람에 날리는 버들개지. **7** 萍(평) : 부평초(浮萍草). **8** 惶恐灘頭說惶恐(황공탄두설황공) : 처음의 황공(惶恐)은 강서성(江西省) 만안현(萬安縣) 경강(京江)에 있는 모래사장으로 원명(原名)은 황공탄(惶恐灘)이다. 문천상이 군사를 일으키면서 이곳을 지나갔다. 마지막의 황공(惶恐)은 불안하고 근심스럽다는 뜻이다. **9** 零丁(영정) : 홀로 외롭다. 문천상이 홀로 외롭게 북방으로 압송된다는 뜻. **10** 汗靑(한청) : 종이가 없던 고대에는 대나무 조각(竹片)에 글자를 새긴 다음 엮어서 책을 만들었다. 이때 죽편(竹片)을 연기로 그을려 말렸는데, 이를 한청(汗靑)이라 한다. 한청은 죽편을 건조시켜 부식을 막기 위해 했다. 여기서는 사책(史冊)을 뜻한다.

감상

고생고생 경서經書 한 권 들고서 과거에 참여했고 궁전宮殿에서 이종理宗황제를 만나 과거에 급제했는데, 그 후로 동분서주東奔西走 4년간 전쟁터를 떠돌았다. 송宋나라의 산하山河는 이미 조각나 광풍狂風 같은 원元나라 군대 앞에 흩날리는 버들개지 같은 신세이고, 전쟁으로 머물 곳 없이 떠도는 송宋의 백성들 마치 거센 비에 꺾어지는 부평초浮萍草 같은 신세이다. 군사 일으켜 황공탄惶恐灘을 지날 땐 나라의 대사大事를 걱정했었고, 이제 포로가 되어 영정양零丁洋을 지나니 내 신세 고독하다. 예로부터 인간 세상 죽지 않을 수는 없는 것이니, 절개 지켜 단심丹心으로 사책史冊을 밝혀 천세千歲에 전하리라!

이 시는 문천상文天祥의 대표작 중 한 수로 1279년(남송 상흥 2) 원군元軍의 포로가 되어 영정양을 지나면서 지은 시이다. 후에 원元의 원수元帥 장홍범張弘范이 해상에서 저항을 계속하고 있던 남송南宋의 장수將帥 장세걸張世杰에게 항복을 권유하는 글을 쓰도록 핍박하자 문천상은 이 시를 보내 자신의 절개를 나타냈다고 한다.

이 시는 평성平聲 청운靑韻의 칠언율시이다.

여설

광동성廣東省 중산현中山縣 남쪽에 영정산零丁山이 있는데 이 산 아래 바다를 영정양零丁洋이라고 한다. 남송南宋 말년 문천상文天祥은 원元나라 군사들에게 잡혀 이곳을 지나다 조국 산하를 노래한 이 〈과영정양過零丁洋〉을 지었다.

문천상은 20세에 장원급제해 1275년 공주貢州 지부知府가 되었는데 당시 원병元兵이 대거 강남江南에 침입하자 강서모의군江西募義軍의 일원으로 북진하며 원군元軍을 막았다. 다음 해 원군元軍이 송宋의 수도 임안臨安, 지금의 절강 항주로 진격해 오자 문무백관들이 우왕좌왕하는 가운데 홀로 우승상추밀사右丞相樞密使의 신분으로 담판을 하기 위해 원元의 진영으로 찾아갔다. 고정산皐亭山에서 원군元軍 통수統帥 백안伯顔과 벌인 논쟁에서 문천상은 기개를 굽히지 않았다. 그러나 그때 남송南宋의 좌승상左丞相 오견吳堅과 가여여경賈餘與慶 등은 이미 원에 항복하고 말았다. 그는 나라를 팔아 먹은 자들을 욕하며 여러 번 자결하려 했으나 뜻을 이루지 못하고 도리어 백안의 배려로 항복을 구걸했던 남송 조정朝廷의 '소청사訴請使'와 함께 동행하게 되었다. 그러던 도중 진강鎭江을 지날 때 야밤에 탈출에 성공해 이름을 바꾸고 풀뿌리를 캐 먹고 노숙하며 구사일생으로 영가永嘉(지금의 온주)와 삼산三山(지금의 복주)으로 갈 수 있었다.

그러나 그때 남송의 어린 공제恭帝 조습趙㬎은 태황태후太皇太后와 함께 원에 항복했고, 공제의 이복형제인 조하趙昰가 복주福州에서 단종端宗으로 옹립된 상태였다. 문천상은 그곳에서 단종을 보좌하며 군사를 모집해 또 다시 원에 항전했다. 1278년(남송 서종 상흥 원년), 광동성廣東省 해풍海豊에서 원의 습격을 받아 병사들은 전멸되고 그는 포로가 되었다.

다음해 원은 애산厓山, 지금의 광동 신회 남해로 그를 압송했다. 원군元軍은 그곳에서 남송 최후의 근거지를 공격했으나 송의 완강한 저항에 고전을 거듭하자, 원에 항복한 송장宋將 장홍범張弘范이 문천상을 핍박해 애산의 장수 장세걸張世杰에게 항복을 권유하는 편지를 쓰게 했다. 그러나 문천상은 〈과영정양過零丁洋〉 시를 적어 보여주며 순국殉國의 의지를 보였다고 한다.

그러나 애산의 송군宋軍마저 패해 송조宋朝는 멸망하고 말았다. 문천상은 연경燕京, 지금의 북경으로 압송되었는데 도중에 자결하려고 했으나 뜻을 이룰 수 없었다.

1279년(원 지원 16), 문천상은 연경燕京에 도착했다. 연경에 구금되어 있는 동안 원 세조世祖는 그를 회유하기도 하고 고문하기도 했으나 끝내 그의 절개를 꺾지 못했다. 그런 후 그는 병마사兵馬使의 토뇌土牢에 수감되는데 그가 갇혔던 토뇌는 몸을 겨우 움직일 정도로 좁은데다 빛도 들어오지 않고 습기가 차는 등 사람이 지낼 수 없을 정도였다. 그러나 문천상은 그 안에서도 〈정기가正氣歌〉를 지으며 지조를 지켰다.

1283년(원 지원 19) 12월 9일, 문천상은 연경으로 압송된 지 3년 만에 원元 세조世祖의 마지막 회유도 거절한 채 끝까지 의를 지키다 옥중에서 죽었다. 그간에 문천상의 시들이 이미 연경 전역에 널리 알려져 있었다고 한다.

명초明初 홍무연간洪武年間에 이곳에 사당祠堂을 지었고 이후 여러 차례 중수重修를 거쳐 현재까지 북경北京의 좁은 골목 안에 문승상사文丞相祠가 보존되어 있다.

임경희 林景熙

1242~1310

남송南宋의 애국 시인. 자字는 덕양德陽, 호號는 제산霽山으로 서안부瑞安府 평양현平陽縣(지금의 절강성浙江省 창남현蒼南縣)에서 태어났다. 『임제산집林霽山集』 등이 전한다.

소소소묘 蘇小小[1]墓

임경희(林景熙)

부채 들고 풍류를 즐기던 옛 집이 생각나건만,
언덕 위에 달이 떨어지니 갈가마귀 울어댄다.
꽃다운 혼이라도 황토黃土가 되기 싫었던지,
마치 연지臙脂처럼 반쯤은 꽃나무가 뒤덮었다.

가선 풍류억구가 일구낙월기제아
歌扇[2]風流憶舊家 一丘落月幾啼鴉
방혼 불긍위황토 유환연지 반수화
芳魂[3]不肯爲黃土 猶幻燕支[4]半樹花

1 蘇小小(소소소) : 육조시대(六朝時代) 남제(南齊)의 명기(名妓). 여설 참조. 2 歌扇(가선) : 노래 부를 때 사용하는 부채. 3 芳魂(방혼) : 꽃다운 영혼. 여기서는 소소소(蘇小小)의 영혼(靈魂)을 뜻한다. 4 燕支(연지) : 연지(臙脂).

감상

부채 들고 노래하던 그 옛날의 풍류는 소소소蘇小小의 옛 집을 생각나게 하는데, 지금 죽어 땅속에 묻혀 있다. 무덤 위에 달이 떨어지니 갈가마귀 구슬피 울어댄다. 소소소의 아름다운 영혼은 죽어서도 황토 흙은 되기 싫었나 보다. 무덤의 반은 꽃이 연지臙脂처럼 뒤덮고 있다.

이 시는 평성平聲 마운麻韻의 칠언절구이다.

소소소(蘇小小)의 묘(墓)

여설

서호西湖 내에 있는 고산孤山에는 서랭교西冷橋가 있는데 그 부근에 모재정慕才亭이 있다. 그런데 모재정은 소소소묘蘇小小墓의 유지遺地로 알려져 있고 예전에는 정亭 가운데 소소소의 묘가 있었다고 한다. 소소소는 육조시대六朝時代 남제南齊의 명기名妓로 전당錢塘, 지금의 절강성 항주에 살았는데 시화詩畵에도 뛰어났다.

재색을 겸비한 가기歌妓인 소소소로 인해 전당錢塘의 귀공자들은 앞다투어 그녀의 집을 찾아 일년 내내 수레 소리가 끊이지 않았다. 그런데 이상한 것은 하루 종일 손님들 앞에서 노래하면서도 그녀의 얼굴에 웃음기라곤 없다는 사실이었다.

비바람이 몰아쳐 손님이 뜸했던 어느 하루 소소소는 난간에 기대 긴 한숨을 짓고 있었는데 곁에서 보고 있던 허마마許媽媽가 소소의 기분을 풀어주기 위해 말을 건넸다.

"저쪽으로 몇 집 건너에 장생張生이라는 선비가 살고 있는데, 자기가 돈이 없어 아가씨의 노랫소리를 듣지도 못하면서, 도리어 아가씨 노래를 듣기 위해 오는 공자들에게 백성들의 고혈을 빨아서 주지육림酒池肉林에 빠진 놈들이라고 욕을 한답니다."

"게다가 며칠 전에 담 너머에서 풍악 소리를 듣고는 '현음이 약해 크지 않고 노랫소리는 맑지만 울리지 않으니 분명 억지로 얼굴에 웃음을 짓기 때문이다.(弦音脆而不宏, 歌聲清而不揚, 定是强顔歡笑.)' 라고 했다니 정말 웃기지 않습니까?"

소소소는 말이 끝나기도 전에 두 눈을 반짝이며 "그 사람이 내가 억지웃음 짓는다는 걸 어떻게 알았을까? 아마도 정말로 음악에 정통한 사람일 거야. 혹시 그 사람 어디 사는지 알아?"라고 허마마에게 물었다. 허마마는 소소가 가난한 서생에게 마음이 끌린 것을 눈치채고 "아가씨는 성내는 물론이고 인근 수백 리 멀리까지 명성이 자자하신데 그 가난한 서생을 찾아갔다가 소문이라도 나는 날이면, ……"이라며 소소소를 만류했으나 소소소는 즉시 단장하고 장張선비 집으로 갔다.

장선비와 마주 앉은 소소소가 먼저 "상공께서 첩의 금성琴聲이 부족하다고 말씀하셨다는 말을 들었습니다. 제게 가르침을 주십시오." 라고 하자, 선비는 "그대의 악곡樂曲은 너무나 뛰어나 탄복할 지경이었소, 그렇지만 곡曲 중에 슬픔이 담겨 있었소. 무슨 말 못할 사정이라도 있소?"라고 대답했다.

이에 소소소가 자신의 신세를 말하기 시작했는데

"원래 고소인姑蘇人으로 남편이 병사들을 거느린 장군이었는데 전쟁에 패주敗走하여 참수형을 당하고, 저도 벌을 받을 처지가 되어 야밤에 어머니와 함께 친척이 있는 항주杭州로 도망왔습니다. 그런데 친지는 만나지 못하고 어머니는 중병을 얻었습니다. 살길이 막막하던 차에 우연히 객점客店에서 허마마를 만났고 그 인연으로 어릴 적에 부모로부터 전수 받은 금기서화琴棋書畵의 재주를 팔아 살아가게 되었는데, 얼마 전에 어머니께서 돌아가시고 나자 천애天涯 외톨이가 된 제 신세가 한스러워 금琴이나 노랫소리에 슬픔이 가득하게 되었습니다."

이후로 두 사람은 서로 자주 왕래하게 되었고 날이 갈수록 두 사람의 정은 깊어갔다. 그 후 장선비는 소소소의 도움으로 과거 시험을 치러 서울로 떠났는데 수년이 지나도 장선비의 소식은 오지 않았다.

다시 수년이 흘러 장선비를 그리워하며 한숨으로 지새던 소소소 앞에 과거에 급제해 관리가 된 장선비가 나타났다. 소소소는 그제야 만면에 웃음을 가득히 머금고 눈물을 흘리며 거문고를 잡고 노래했다.

신첩臣妾은 유벽거油壁車를 타고,	妾乘油壁車 (첩승유벽거)
낭군님은 청총마靑驄馬를 타셨네.	郎乘靑驄馬 (낭승청총마)
어느 곳에서 마음을 함께 할까?	何處結同心 (하처결동심)
서릉교西陵橋 옆 잣나무 아래로다.	西陵橋柏下 (서릉교백하)

그러나 두 사람의 기쁨은 오래가지 못했다. 온 성내에 소소소가 뇌물로 장선비의 벼슬을 샀다는 소문이 파다하게 퍼졌다. 평소 소소소에게 연정을 품고 있던 부잣집 공자가 고의적으로 소문을 퍼뜨린 것이었다.

사랑하는 장생의 앞길을 막을 수 없었던 소소소가 선택할 수 있는 길은 한 가지뿐이었다. 그녀는 한을 품은 채 깊은 밤 목매어 목숨을 끊을 수밖에.

장생은 시신을 부여안고 통곡했지만 이미 죽은 그녀는 돌아올 수 없었다. 서호西湖 가에 무덤을 쌓고 묘 주위에 송백松柏을 심었는데 이후 수많은 시인들이 이곳을 찾아 소소소의 아름다운 사랑에 가슴 아파하며 시를 지었다고 한다.

명대明代 학자學者 원굉도袁宏道는 '서릉교는 일명 서랭교라고도 한다. 혹은 소소가 연인과 마음을 함께 하기로 약속한 곳이라고도 한다.(西陵橋一名西冷. 或曰卽蘇小結同心處.)' 라고 고증했고, 서랭교라는 이름 역시 소소소와 관계가 있다고 했다.

소소소는 재색을 겸비해 많은 사람들이 흠모했지만 그 운명은 풍소청馮小青과 비슷해 유적도 남아 있지 않고 전설만 전해질 뿐이다. 풍소청은 이름이 현현玄玄인데 전설에 의하면 항주인杭州人 풍씨馮氏의 첩이었다고 한다. 강도江都, 지금의 양주 사람으로 시화詩畵에 뛰어나 본처의 투기로 고산孤山 들판 근처에 갇혀 있다 억울하게 죽었는데, 그때 나이가 18세였다. 죽은 뒤 고산에 묻혔다고 전해진다. 명대明代의 문학가文學家 탕현조湯顯祖는 〈목단정牧丹亭〉에서 소청小青의 고사를 인용했다.

차가운 비 내리는 창가에 빗소리 들리지 않는데,	냉우유창불가청 冷雨幽窓不可聽
등불 밝혀 한가로이 〈목단정牧丹亭〉을 읽는다.	도등한간목단정 挑燈閑看牧丹亭
인간들 역시 자신에겐 어리석은 법,	인간역유치어아 人間亦有痴於我
가슴 아파한 사람 소청小青 하나만이 아니네!	부독상심시소청 不獨傷心是小青

뿐만 아니라 명明 서사준徐士俊이 지은 잡극雜劇 〈춘파영春波影〉도 풍소청馮小青의 이야기를 각색한 작품으로 소소소와 풍소청의 고사는 아름다운 서호西湖의 경관에 사랑 이야기를 더해 주었다.

원시 元詩

1279~1368

영웅은 이미 죽었는데 탄식한들 무엇하리.
천하가 나누어지니 이제 의지할 데 없네.
서호를 향해서는 이 노래를 부르지 마오.
물빛 산색도 슬픔을 이기지 못하네.

원호문元好問

1190～1257

금金의 문학가. 자字는 유지裕之, 호號는 유산遺山. 태원太原 수용秀容 (현재의 산서山西 흔현欣縣) 사람이다. 『원유산선생집元遺山先生集』 40권이 전한다.

기양岐陽[1] 3수三首

원호문(元好問)

제1수

앞장섰던 기병 군영軍營에 당도했으련만 소식은 없고,
몽고군蒙古軍 북풍北風처럼 쳐들어와 잔꾀와 솜씨를 부리네.
삼진三秦의 험준한 지세 예나 지금이나 다름없는데,
천리千里 멀리서 온 소식 과연 거짓인가 정말인가?
오만한 고기떼같이 사람도 바닷물도 말리고,
분명 뱀과 개같이 철산鐵山을 에워쌌으리라.
막다른 길에 몰렸던 완적阮籍처럼 기묘한 계책이 없으니,
공연히 기양岐陽만 바라보며 눈물이 옷을 적신다.

돌기 련영조불비 북풍 호호발음기
突騎[2]連營鳥不飛[3] 北風[4]浩浩發陰機[5]

삼진 형승무고금 천리전문과시비
三秦[6]形勝無古今 千里傳聞果是非

언건 경예 인해학 분명사견철산 위
偃蹇[7]鯨鯢[8]人海涸 分明蛇犬鐵山[9]圍

궁도노완 무기책 공망기양루만의
窮途老阮[10]無奇策 空望岐陽淚滿衣

1 岐陽(기양) : 기산(岐山)의 남쪽. 2 突騎(돌기) : 돌진하는 기병. 3 鳥不飛(조불비) : 새가 날지 않는다. 여기서는 소식이 오지 않는다는 뜻. 4 北風(북풍) : 북쪽에서 부는 바람. 여기서는 북쪽에서 쳐들어 온 몽고군(蒙古軍)을 뜻한다. 5 陰機(음기) : 잔꾀와 솜씨(機巧). 6 三秦(삼진) : 진(秦)의 고토(故土). 『사기(史記) · 진시황본기(秦始皇本紀)』에 의하면, 진(秦)이 망한 후 항우(項羽)는 그 땅을 삼분하여 진

(秦)의 항장(降將) 장감(章邯)을 옹왕(雍王), 사마흔(司馬欣)을 새왕(塞王), 동예(董翳)를 적왕(翟王)에 봉했기 때문에 삼진(三秦)이라 한다. **7** 偃蹇(언건) : 높이 치솟은 모양. 여기서는 오만한 모습을 뜻한다. **8** 鯨鯢(경예) : 큰 물고기. **9** 鐵山(철산) : 쇠로 이루어진 산. 여기서는 몽고군(蒙古軍)이 금(金)의 영토 봉상현(鳳翔縣)을 쇠로 된 산처럼 물 샐 틈 없이 포위하고 있음을 표현한 말이다. **10** 老阮(노완) : 완적(阮籍). 『진서(晋書)』〈완적전(阮籍傳)〉 "완적은 수레를 타고 갈 때 지름길로 가지 않았는데 수레바퀴 흔적이 없어지자 통곡을 하면서 돌아왔다.(阮籍行車不由徑路, 車迹所窮, 就痛哭而返.)"라는 기록을 인용했다.

제2수

험난한 진秦 땅 풀도 누워서조차 자라지 못했고,
10년 동안 융마戎馬는 장안長安을 어둠 속에 갇히게 했다.
서쪽 기양岐陽 바라보지만 소식은 없고,
농수隴水 동東으로 흘러가는데 울음소리 들리네.
들판의 덩굴 풀도 가슴 아픈지 백골을 감싸고,
지는 해 웬일인지 텅 빈 성을 비추네!
누구와 함께 하늘에 물어볼까,
왜 치우蚩尤 같은 자들을 보내고 다섯 병기兵器를 만들었는지!

백이관하 초불횡 십년융마암진경
百二關河[11]草不橫　十年戎馬暗秦京[12]

기양서망무래신 농수 동류문곡성
岐陽西望無來信　隴水[13]東流聞哭聲

야만유정영전골 잔양하의조공성
野蔓有情縈戰骨　殘陽何意照空城

종수세향창창 문 쟁견치우 작오병
從誰細向蒼蒼[14]問　爭遣蚩尤[15]作五兵[16]

11 百二關河(백이관하) : 백이(百二)는 이백(二百)으로 해석하기도 하고, '이이적백(以二敵百)' 의 뜻으로 해석하기도 한다. 관하(關河)는 섬서(陝西)의 동관(潼關) · 대산관(大散關)과 황하(黃河) · 위하(渭河) 등을 뜻한다. **12** 秦京(진경) : 진(秦)나라의 서울인 함양(咸陽). 섬서성(陝西省)의 중심지인 장안(長安) 일대는 주(周) · 진(秦) · 당(唐)의 수도였다. 이 시에서는 섬서성과 그 인근 지역을 뜻한다. **13** 隴水(농수) : 위수(渭水)의 상류를 일컫는 말로 감숙성(甘肅省) 동부를 지나간다. **14** 蒼蒼(창창) : 푸르다. 하늘의 푸른색을 뜻하는 말인데, 여기서는 푸른 하늘(蒼天)을 뜻함. **15** 蚩尤(치우) : 전설(傳說) 속의 인물. 『사기(史記)』〈오제본기(五帝本紀)〉에 "치우(蚩尤)가 난을 일으키자 황제(黃帝)는 장수(將帥)와 제후(諸侯)를 불러 탁록(涿鹿)의 들판에서 싸워 마침내 치우를 사로잡아 죽였다.(蚩尤作難, 黃帝征師諸侯, 與蚩尤戰於涿鹿之野, 遂禽殺蚩尤.)"라는 기록이 있는데, 이 시에서의 치우는 몽고군(蒙古君)을 뜻한다. **16** 五兵(오병) : 모(矛) · 극(戟) · 궁(弓) · 검(劍) · 과(戈)의 다섯 종류의 병기.

제3수

아홉 마리 호랑이 진관秦關을 지킨다 좋아했건만,
겁 많은 초楚나라와 제齊나라 시체가 되었네.
우공禹貢이 밭을 일구었어도 섬서陝西가 으뜸이었고,
한漢나라의 국경은 천산天山에 닿았었다.
북풍北風은 슬픈 노래처럼 매섭게 불어오고,
위수渭水 세차게 흘러 백골白骨도 한기寒氣를 느끼네.
화산華山 삼천육三千六 봉우리 여전히 장검長劍처럼 솟았는데,
하늘에 닿을 듯 선인장 텅 비어 할 일 없이 서 있는 게 안타깝구나.

탐탐구호 호진관 나초 잔제 기 상간
耽耽九虎[17]護秦關[18] 懦楚[19]孱齊[20]機[21]上看

우공토전추육해 한가봉요 진천산
禹貢土田推陸海[22] 漢家封徼[23]盡天山

북풍엽렵 비가발 위수소소전골한
北風獵獵[24]悲笳發 渭水瀟瀟戰骨寒

삼천육봉 장검재 의천선장 석공한
三千六峰[25]長劍在 倚天仙掌[26]惜空閑

17 九虎(구호) : 변방을 지키는 장수(將帥), 즉 금(金) 선종(宣宗) 흥정(興定) 2년 진관(秦關) 등의 아홉 곳에 배치했던 수어사(守御使). **18** 秦關(진관) : 진(秦)의 관문(關門). **19** 懦楚(나초) : 나약한 초(楚)나라. '초(楚)'는 1127년 금(金)이 송(宋)의 항신(降臣) 장방창(張邦昌)을 왕으로 세워 하남(河南) 일대(一帶)에 세웠던 괴뢰국(傀儡國). **20** 孱齊(잔제) : 나약한 제(齊)나라. '제(齊)'는 1130년 금(金)이 송(宋)의 항신(降臣) 유예(劉豫)를 왕으로 세워 산동(山東) 일대에 세웠던 괴뢰국(傀儡國). **21** 機(기) : 고대에 시체를 옮기는 용구. **22** 陸海(육해) : 섬서성(陝西省) 일대. 지세(地勢)가 높고 평탄(平坦)하며 산물이 풍요한 지역이라는 뜻으로, 『한서(漢書)』〈동방삭전(東方朔傳)〉에 섬서성(陝西省)을 '천하육해지지(天下陸海之地)'라 했다. **23** 封徼(봉요) : 국경(國境). **24** 獵獵(엽렵) : 바람이 부는 소리. **25** 三千六峰(삼천육봉) : 화산(華山). 화산의 봉우리가 모두 3천 6봉이라는 말이 전한다. **26** 仙掌(선장) : 화산(華山)의 동봉(東峰)을 선인장(仙人掌)이라고 하기도 한다.

감상

앞장서 나갔던 군병 우리 군영軍營에 도착했을 시간인데 웬일인지 아무런 소식이 없고 북풍처럼 매서운 몽고군蒙古軍 우리 앞에 당도해서는 온갖 잔꾀와 술수를 부린다. 예나 지금이나 관중關中 땅은 지세가 험준해 금군金軍이 질 리가 없는데 천리千里 멀리 봉상현鳳翔縣에서 온 패전敗戰의 급보 믿을 수가 없다. 몽고군 오만 방자한 고래처럼 사람을 무차별 살륙殺戮하고 사악한 뱀이나 사나운 개처럼 봉상현을 겹겹이 포위했겠지. 사마씨司馬氏의 폭정暴政에 늘 막다른 길에 갇힌 시인의 슬픔을 노래했던 완적阮籍의 심정과도 같은 나, 적을 막을 대

책이 없기 때문에 공연히 기산岐山 남쪽만 바라보며 눈물 흘린다.

험준한 진秦땅은 몽고군의 말발굽에 풀조차 자라지 않고, 10여 년에 걸친 침략으로 장안은 모든 게 파괴되었다. 서쪽으로 기산을 쳐다보지만 아무런 소식이 없고 동으로 흘러가는 농수隴水에 울음소리 전해 온다. 들판의 풀들도 마음이 아픈지 백골白骨을 감싸는데 무심한 석양夕陽은 텅 빈 성을 비춘다. 왜 치우蚩尤와 같이 포악한 몽고군을 보내어 전쟁을 일으켰는지, 산 사람 아무도 없으니 누구와 함께 하늘에게 물어 볼까?

관중 땅 지키라고 배치했던 9명의 수어사守禦使만 믿고 기뻐했건만, 나약한 초楚나라나 제齊나라 모두 몽고군에게 전멸 당했네. 우공禹公이 밭을 일구면서도 섬서陝西 관중 땅을 최고라 했고 한漢나라는 흉노를 물리치고 이 땅을 차지했었다. 세차게 불어대는 북풍北風에 시신들의 슬픈 노랫소리 들려오는 듯하고, 위수渭水 물 차갑게 흘러가니 강가의 시신인들 춥지 않겠느냐? 화산華山 3천 6봉우리 장검長劍처럼 치솟았건만 하늘에 닿은 선인장仙人掌 아쉽게도 이제 아무런 소용이 없구나.

당시 변경성卞京城 중에서 좌사도사左司都事의 직책을 맡고 있었던 시인은 변경이 함락되기 전날 저녁에 이 시를 지었는데, 10여 년간 이어진 몽고군의 침략상을 뒤돌아보며 멸망하는 금金에 대한 안타까움을 표현했다.

1수는 평성平聲 미운微韻의 칠언율시, 2수는 평성 경운庚韻의 칠언율시이다. 3수는 평성 한운寒韻과 평성 산운刪韻을 통용한 칠언고시이다.

여설

원호문元好問은 여진女眞·몽고족蒙古族이 서로 중원을 놓고 패권을 다투었던 격변의 시대를 살았다. 기양岐陽은 섬서성陝西省 봉상부鳳翔府인데, 시에서 반영하고 있는 전쟁은 1231년(금 애종 정대 8) 몽고군이 봉상鳳翔 일원을 침공하면서 일어났던 전쟁이다. 1231년 4월 원호문은 남양현령南陽縣令으로 있었는데 그때 봉상현鳳翔縣이 함락 당했다는 소식을 듣고 망국의 한을 시로 표현했다.

몽고는 1222년(금 선종 원광 원년) 금金의 하동河東, 지금의 산서 일부로 섬서에 근접해 있는 곳과 섬서성 일대를 10여 년에 걸쳐 침략했다. 다음 해 봉상을 침공했었다 점령하지는 못했고, 1227년(금 애종 정대 4) 조하洮河와 서녕西寧을 점령했고, 12월에는 몽고병蒙古兵이 경조京兆, 장안에 입성했는데 금은 동관潼關을 방어했다. 1229년(정대 6) 6월 몽고는 남벌南伐을 꾀했고, 10월에는 경음慶陰으로 진주하자 금이 청완사請緩使를 보냈으나 거절당했다. 1231년 4월엔 봉상, 9월에 하중河中이 함락됐고 결국 1229년 2월에 금은 몽고에 항복했다.

원호문은 금조金朝가 멸망한 후 원조元朝서 벼슬을 하지 않고 고향에 은거하며 금조金朝 사료의 수집 정리에 몰두했다. 그는 원元이 '금국실록金國實錄' 등의 자료 제공을 거부하자 민간에서 유관有關 사료를 수집하여 마침내 백만百萬 여자餘字에 달하는 금金의 사서史書『임진잡편壬辰雜篇』과 금시총집金詩總集『중주집中州集』을 완성했는데, 세인世人들은 정사正史와 구별하여 그가 저술한 사서를 '야사野史'로 불렀고 그가 저술 작업을 했던 정자를 '야사정野史亭'이라 했다. 현재의 야사정은 당시 원호문이 손수 지은 것이라고 한다.

원호문의 묘墓는 흔주시忻州市에 있다. 태원太原에서 오대산五臺山으로 가는 도중에 흔주시가 있다. 흔주시에서 동남쪽으로 7km 떨어진 한암촌寒岩村에 '야사정野史亭'이라는 정자가 있는데 그 주변 느릅나무가 드리워져 있는 고묘古墓가 있고, 무덤 앞에는 '시인원유산지묘詩人元遺山之墓'라는 일곱 글자가 적힌 비석碑石이 서 있다.

조맹부 趙孟頫

1254~1322

원元의 시인詩人 · 서화가書畵家. 자字는 자앙子昂. 호號는 송설도인松雪道人 · 수정궁도인水精宮道人. 호주湖州(현재의 절강성浙江省 오흥현吳興縣) 사람이다. 『송설재문집松雪齋文集』 10권, 『외집(外集)』 1권.

악악왕묘 岳鄂[1]王墓

조맹부(趙孟頫)

악비岳飛 무덤 위엔 풀이 무성하고,
황량한 가을 석수石獸가 웅크리고 있네.
남南으로 피난 간 군신君臣들 사직社稷을 저버렸고,
중원中原에 남은 늙은이들만 악왕鄂王의 군기軍旗를 기다렸네.
영웅英雄은 이미 죽었는데 탄식한들 무엇하리,
천하天下가 나누어지니 이제 의지할 데 없네.
서호西湖를 향해서는 이 노래를 부르지 마오,
물빛 산색山色도 슬픔을 이기지 못하네.

악 왕 분 상 초 이 리　추 일 황 량 석 수 위
鄂王墳上草離離[2]　秋日荒凉石獸危[3]

남 도 군 신 경 사 직　중 원 부 로 망 정 기
南渡君臣輕社稷　中原父老望旌旗[4]

영 웅 이 사 차 하 급　천 하 중 분 수 부 지
英雄已死嗟何及　天下中分遂不支

막 향 서 호 가 차 곡　수 광 산 색 불 승 비
莫向西湖歌此曲　水光山色不勝悲

1 岳鄂(악악) : 악(岳)은 악비(岳飛). 송(宋) 영종(靈宗) 때 악비를 악왕(鄂王)으로 추봉(追封)했다. 2 離離(이리) : 풀이 무성하다. 3 危(위) : 우뚝 솟다. 4 望旌旗(망정기) : 깃발을 바라보다. 1140년(南宋 紹興 10) 악비(岳飛)의 군대가 주선진(朱仙鎭), 하남성 개봉시 서남에 진군하자 하남(河南)의 백성(百姓)들은 열렬히 환영하며 모두들 '악(岳)'자 적힌 깃발을 흔들었다고 한다.

악비(岳飛)

감상

악비岳飛의 무덤 위엔 풀이 무성하게 자랐고 황량한 가을 무덤을 지키는지 석수石獸가 웅크리고 서 있다. 남南으로 피난 간 송宋의 벼슬아치들 사직社稷을 저버리고 금金에 화의和議를 청했지만 중원中原에 남아 있던 송宋의 늙은 백성들 악비장군岳飛將軍이 군기軍旗를 휘날리며 중원中原을 수복하기만 기다렸었다. 영웅은 이미 죽었는데 탄식한들 무엇하리, 천하가 나뉘어졌으니 이제 의지할 곳도 없다. 악비 무덤가 서호西湖를 향해서는 망국의 한을 노래하지 말게나. 참고 있는 서호 푸른 물빛, 푸른 빛 산색山色도 그 슬픔을 이기지 못할까 두렵네.

송조宋朝 황실의 후예로 망국의 아픔을 겪었던 시인이 원元에 출사出仕했으니, 봉건 예교禮敎 관념을 따르자면 변절자이다. 그런 시인이 서호 가에서 만고의 충신 악비의 무덤 앞에서 조문했으니 그 심경이 얼마나 복잡했겠는가? 시인은 송宋을 망하게 한 진회秦檜 · 조구趙構 무리를 질책했지만 원의 녹을 받는 천추千秋에 씻을 수 없는 대죄를 지은 시인의 심정이 편할 리 있었겠는가? 자신을 뒤돌아보고 악왕묘鄂王墓의 처량하고 엄숙한 기운을 견딜 수 없었던 시인은 그 심경의 고통을 '막향서호가차곡莫向西湖歌此曲'이라 표현했다.

이 시는 평성平聲 지운支韻의 칠언율시이다.

여설

송宋 소흥紹興 11년 12월 29일(1142년 1월 27일), 남송南宋의 명장名將 악비岳飛가 간신奸臣 진회秦檜의 음모에 의해 살해되어 항주杭州 서하령西霞嶺 아래 묻혔다. 항주시杭州市 서호西湖 북쪽의 북산北山에 올랐다 남쪽으로 내려오다 보면 수목이 빽빽하게 우거진 틈새로 남송의 명장 악비의 무덤이 있다.

악비는 모반을 꾀했다는 진회의 모함으로 억울하게 죽음을 당했던 장수로 그의 애국심과 기개를 말해 주는 고사故事가 수없이 많다. 심문을 당하면서 모반이라는 죄명을 추궁하자 분을 참지 못한 악비가 윗도리를 찢었는데 그의 등에 새겨져 있는 '정충보국精忠報國'이라는 네 글자가 나타났다. 이 글자는 악비의 어머니가 아들의 등에 새겨 주었다고 한다. 심문관審問官이었던 하주何鑄도 이를 보고는 감동해 악비를 석방하려 했으나 진회는 심문관을 심복인 만사우萬俟禹로 교체해 결국 '아마 그럴지도 모른다(莫須有)'는 죄명을 씌워 대리사大理寺의 풍파정風波亭에서 살해했다. 그때 악비의 나이 39세였고, 양자養子 악운岳雲과 부장部將 장헌張憲도 함께 죽임을 당했으며 가솔들은 영남嶺南으로 유배당했다.

후인後人들은 악비가 '막수유莫須有'의 죄목으로 죽임을 당했기 때문에 그 일을 일러 '삼자옥三字獄'이라 한다. '막수유'란 현대 중국어로 '아마 그럴지도 모른다(恐怕有)', '혹시 있을지도 모른다(也許有)'의 뜻이다. 악비를 가둔 후 진회는 장준張俊·만사우萬俟禹를 교사하여 죄명을 만들고 증거를 날조했는데, 금金이 회서淮西를 침입했을 때 응전應戰하지 않고 출병을 지체했으며, 장헌張憲이 양양襄陽에서 반란을 꾀할 때 악운岳雲이 조정의 기밀을 전해 주었기 때문에 참형시켜야 한다고 했다. 한세충韓世忠이 진회에게 진상眞相을 힐문하자 '악비의 아들 악운과 장헌 간의 서신이 비록 분명치는 않으나 그 일은 혹시 그럴지도 모른다.(飛子雲與張憲書雖不明, 其事體莫須有.)'라 했고, 한세충韓世忠은 "혹시 그럴지도 모른다는 말 한 마디로 어찌 천하인들을 설복說服할 수 있겠는가?(莫須有三字, 何以服天下?)"라 했다고 한다.

악왕묘岳王墓 내부의 서남쪽에 악분岳墳이 있는데 묘비墓碑에 '송악악왕묘宋岳鄂王墓'라 적혀 있다. 이것은 악비가 피살된 지 36년 후 송宋 영종寧宗이 추봉追封한 것이다. 악분은 원래 지금의 소경사昭慶寺 부근에 있었다. 악비가 처형된 후 대리시大理寺의 옥졸獄卒인 외순隗順이 위험을 무릅쓰고 시신屍身을 수습해 전당문錢塘門 밖 구곡총사九曲叢祠 부근에 매장했었다. 1162년(紹興 32), 송宋 효종孝宗이 즉위해 악비의 관작官爵을 복권시키고 장례葬禮를 거행했다.

악분 앞에는 무덤을 향해 꿇어앉아 있는 진회·왕씨王氏(진회처)·장준張俊·만사우萬俟禹의 철상鐵像이 있는데, 이 네 사람은 악비를 살해한 원흉들이다. 명明 홍치연간弘治年間 참정參政 주목朱木이 악묘岳墓를 보수하면서 진회부부秦檜夫婦의 철상鐵像을 주조했었는데 얼마 지나지 않아 사람들에 의해 부서졌다. 1531년명 정덕 8년 도지휘都指揮 이융李隆이 동상을 만들면서 만사우萬俟禹를 더했으나 10년이 지나지 않아 어디로 갔는지 없어졌다. 명明 만력萬曆 22년

1594년 안찰부사按察府使 범래范來가 다시 이들의 상像을 만들면서 장준張俊을 더해 모두 네 개의 철상을 만들었다.

청대淸代 완원阮元도 항주지사杭州知事로 있을 때 철상을 주조했는데 호사가好事家들이 왕씨王氏의 목에는 "아! 남편이 비록 양심을 잃었더라도 현처가 있었다면 어찌 이렇게 되었겠는가?(咳! 僕本喪心, 有賢妻何至若是?)", 진회의 목에는 "아! 아내가 비록 말이 많았더라도 늙은 역적逆賊이 아니었다면 어찌 오늘에 이르렀겠는가!(嗟! 婦雖長舌, 非老賊不到今朝!)"라 적힌 소패小牌를 만들어 걸었다고도 한다.

마지막에 철상으로 만들어진 장준은 원래 악비와 같이 금金에 항쟁한 명장名將이었다. 묘내墓內의 북랑北廊에 악비가 쓴 〈송자암장선생북벌送紫岩張先生北伐〉이라는 오언율시 시비각詩碑閣이 있는데 이것은 악비가 장준을 위해 쓴 시라고 한다. 장준은 전당錢塘의 명기名妓 장농張穠을 첩으로 두었는데 장농은 사서史書에 능통해 장준이 금金과 싸울 때 곽거병霍去病·조운趙雲 등을 이야기하며 항금抗金의 뜻을 다지는 편지를 보냈다고 한다. 장준이 그녀의 서신을 조정에 올려 고종高宗이 친히 상을 내리는 등 장농張穠은 한세충의 부인 양홍옥梁紅玉과 비견되는 여인이었다. 이처럼 대의大義를 고수했던 장준이 어째서 진회의 무리에 가담해 충신忠信을 음해陰害했고 천여 년 동안 악비 무덤 앞에 무릎 꿇고 앉아 있는지 알 길이 없다.

현재 남아 있는 철상은 1979년 하남성河南省 탕음湯陰에 있는 악비기념회관岳飛紀念會館 내의 철상을 기초로 다시 주조한 것이다. 간신들의 오명은 만년萬年이 지나도 씻어지지 않아 세인世人들은 이름을 지으면서도 간신들의 이름에 사용된 자字들은 사용하지 않았다.

악묘 정면에 소제蘇堤와 금사제金沙堤에 둘러싸인 잔잔한 호수湖水를 악호岳湖라 하는데, 이는 악묘로 인해 붙여진 이름이다.

명시 明詩

1368~1644

추풍 불어대는 강어귀에 뱃전 두드리는 소리,
멀리 떠나온 객 돌아가려 하지만 아득하네.
이 강물 만 리 천지를 흘러 내려가는데
백 년 세월 중양절을 몇 번이나 지났던가?

양기 楊基

1326～1378

명초明初의 시인詩人. 자字는 맹재孟載, 호號는 미암眉庵. 『미암집眉庵集』이 전한다.

등악양루망군산 登岳陽樓[1]望君山[2] 양기(楊基)

동정호洞庭湖는 물안개도 없고 저녁 바람도 고요한데,
평평하게 펼쳐진 봄 호수의 물 하얀 비단처럼 맑다.
군산君山은 한 점으로 파랗게 보이는데,
상녀湘女가 맑은 거울 마주보며 머리 빗듯 솟았네.
거울 속에 핀 연꽃처럼 밤에도 지지 않고,
물빛과 산색 둘 다 유유하네.
곧장 춘강春江으로 흘려보내
악양성岳陽城의 만고萬古의 근심 씻는다.

동 정 무 연 만 풍 정　춘 수 평 포 여 금 정
洞庭無煙晩風定　春水平鋪如錦淨

군 산 일 점 망 중 청　상 녀 소 두 대 명 경
君山一點望中靑　湘女[3]梳頭對明鏡

경 리 부 용 야 불 수　수 광 산 색 량 유 유
鏡裏芙蓉夜不收　水光山色兩悠悠

직 교 류 하 춘 강 거　소 득 파 릉 만 고 수
直敎[4]流下春江去　消得巴陵[5]萬古愁

1 岳陽樓(악양루) : 하남성(河南省) 악양현(岳陽縣) 서문루(西門樓). 아래로 동정호(洞庭湖)가 내려 보인다. 2 君山(군산) : 일명 동정산(洞庭山), 혹은 상산(湘山)이라고도 하는데 실은 동정호(洞庭湖)에 있는 작은 섬들이다. 3 湘女(상녀) : 요(堯)의 딸, 순(舜)의 처인 아황(娥皇)과 여영(女英). 순(舜)이 남순(南巡) 중에 붕어했다는 소식을 듣고 슬픔에 잠겨 상수(湘水)에 빠져 죽었는데, 그 후 상수(湘水)의 신이 되었다고 해서 상비(湘妃)라 한다. 4 直敎(직교) : 직(直)은 곧장, 곧 바로의 뜻. 교(敎)는 '～시키다, ～하게 하다'의 뜻. 5 巴陵(파릉) : 고

도명(古都名), 지금의 악양시(岳陽市). 진대(晋代)엔 이곳에 파릉현(巴陵縣)을 설치했고, 송대(宋代)엔 이곳이 파릉군(巴陵郡)의 치소(治所)였다.

감상

동정호洞庭湖 바람도 잦고 안개도 끼지 않아 봄 호수의 물은 마치 흰색 비단처럼 맑다. 그 가운데 군산君山은 파랗게 점 하나처럼 서 있는데, 마치 아황娥皇과 여영女英이 맑은 호숫물이 거울인양 머리 빗는 것처럼 서 있다. 맑은 거울 같은 호수에 핀 연꽃 밤이 되어도 지지 않으니 물색과 산빛 둘 다 은은하다. 호숫물 곧장 봄의 장강長江으로 흘려 보내 악양성岳陽城에 깃들인 만고萬古의 한 씻어 낸다.

악양岳陽은 옛날 파릉군巴陵郡으로 남북교통南北交通의 요지이다. 남南으로는 소상瀟湘, 북北으로는 무협巫峽과 통해 남북을 왕래하던 시인 묵객들이 악양루岳陽樓에 올라 동정호洞庭湖를 바라보며 수많은 명작을 남겼다.

양기楊基의 이 시는 대부분의 지면을 군산君山의 묘사에 할애해 저녁 무렵 안개 낀 동정호의 경관을 묘사하고 나서야 시선을 유유히 흘러가는 동정호의 물결과 파릉군으로 옮겨왔다.

이 시는 거성去聲 경운敬韻과 평성平聲 우운尤韻을 통용한 칠언고시이다.

여설

악양루岳陽樓는 악양시岳陽市 서문西門의 구성舊城 위에 있다. 황학루黃鶴樓 · 등왕각滕王閣과 함께 강남江南의 삼대명루三大名樓로 꼽히며 동정호 · 상강湘江의 최고 명승지라 할 만하다. 악양루는 두보

杜甫의 '오언절창五言絶唱' 훨씬 이전부터 그 자리에 있었다. 『파릉현지巴陵縣志』에 의하면, "악양루는 또 노숙이 열병하던 누각이다(岳陽樓又魯肅閱兵樓也)."라고 했으니, 악양루를 창건한 사람은 삼국시대三國時代의 명장名將 노숙魯肅이며, 그의 무덤 역시 악양루 부근에 있다. 그러나 악양루라 불리게 된 것은 716년(당 개원 4)이다. 당시 중서령中書令 장열張說이 악양岳陽에 와 열병루閱兵樓를 중건重建하면서 천악산天岳山의 남쪽, 양지陽地에 있다고 해 '악양루'라 명명했다고 한다.

768년(당 대력 3), 10여 년 전에 관직을 버리고 호북湖北의 강릉江陵·공안公安을 떠돌던 두보가 악양岳陽에 왔다. 그 해 겨울 화갑華甲이 가까운 두보는 병든 몸을 이끌고 악양루에 올랐다가 만감萬感이 교차해 〈등악양루登岳陽樓〉를 지었다. 이 시를 지은 지 2년 후 두보는 가난과 병病으로 상강湘江의 배 속에서 세상을 떠났기 때문에 사람들은 이 시의 '늙고 병들어 외로이 배에 있다(老病有孤舟).'를 두보의 '절창絕唱'이라 하였다. 이에 사람들은 악양루에 '회보정懷甫亭'을 지어 두보를 기념했다.

현재의 악양루는 비록 청淸 동치연간同治年間에 중수重修한 건물이긴 하지만 여전히 북송시대北宋時代의 풍모風貌를 지니고 있다. 악양루에서 내려다 보이는 경관景觀은 실로 '먼 산을 머금고 장강을 삼켰다.(銜遠山, 呑長江.)'라고 할 만큼 광활하다. 그중에서도 동정호 중에 위치한 수많은 작은 봉우리들의 모습은 가히 절경絕景이라 할 수 있다.

군산君山은 호산湖山이라고도 하고, 또 동정산洞庭山이라고도 하는데 동정호에 있는 면적이 약 3.5km² 밖에 안 되는 작은 섬으로 크고 작은 72개의 봉우리로 이루어져 있다. 이 작은 산에는 이비묘二妃墓·유의정柳毅亭, 용연정龍涎亭, 진시황봉산인秦始皇封山印 등 수많은 명승지名勝地가 남아 있다. 그 가운데 가장 유명한 것이 군산의 동쪽 기슭에 있는 이비묘二妃墓이다. 이비二妃란 요堯의 딸이고 순舜의 비妃이었던 아황娥皇과 여영女英이다. 순이 제위帝位에 오를 수 있게 내조했던 아황과 여영은 순이 창오蒼梧의 들판에서 세상을 떠나자 군산에서 식음을 전폐하고 통곡하다 피를 토하며 죽었다고 한다. 이비가 흘린 눈물이 군산의 대나무에 점점이 묻었는데 바람이 불어도 씻겨지지 않았다고 한다. 이로 인해 군산의 대나무를 '상비죽湘妃竹'이라 부르기 시작했는데, 이를 또 반죽斑竹이라 칭하기도 한다. 군산엔 이비의 슬픈 전설이 담긴 '반죽' 이외에도 기기한 모양의 대나무들이 뒤엉켜 절경을 이루고 있다. 또 전설에는 이비가 상강湘江에 몸을 던진 후 상수湘水의 여신女神이 되었다고 한다. 『사기史記』〈진시황본기秦始皇本紀〉에 의하면, 시황始皇이 상산사湘山寺에 이르러 강을 건너려 할 때 돌연 태풍이 불어 건너지 못했는데 이곳에 이비를 장례 지냈기 때문이라는 사람들의 말을 듣고는 상산湘山의 나무를 다 베어 버렸다고 한다. 『동정호지洞庭湖志』에 의하면, 진시황은 이비가 다시 환란患亂을 일으키지 못하게 군산의 석벽石壁에 '봉산인封山印'이라 각인케 했다고 하는데, 이 '봉산인'은 지금도 군산의 용구龍口 동쪽 석벽石壁에 길이 1.2m, 너비 0.8m로 선명하게 새겨져 있다.

청말淸末 어떤 사람이 이러한 전설을 근거로 군산 동쪽 기슭에 이비묘二妃墓를 수축修築했고, 1979년 이를 중수重修했다. 묘 앞의 비석엔 '우제이비지묘虞帝二妃之墓'라 적힌 묘비가 서 있고, 20m쯤 앞에는 한 쌍의 인주引柱가 세워져 있는데 거기엔 '이비의 영혼 천 년 동안 남아 산죽의 뭇 반점은 한 사람을 그리는 눈물이다.(君妃二魄芳千古, 山竹諸斑淚一人.)'라는 구절이 적혀 있어 이비의 고사故事를 짐작게 해주고 있다.

고계 高啓

1336~1374

원말명초元末明初의 시인詩人. 자字는 계적季迪, 호號는 청구靑丘. 장주長州(지금의 강소江蘇 소주시蘇州市) 사람이다. 『청구시집靑丘詩集』이 전한다.

등금릉우화대망대강 登金陵[1] 雨花臺[2] 望大江

고계(高啓)

큰 강이 만산萬山 가운데서 흘러오고,
산세도 계속 강을 따라 동東으로 간다.
용처럼 치솟은 종산 홀로 서쪽을 향해
큰 물결 헤치며 장풍에 올라 타려 한다.
강江과 산山이 서로 잘났다 양보하지 않고,
뛰어난 지세地勢 천하 장관이라 다투어 자랑한다.
진시황秦始皇은 하릴없이 여기다 황금을 묻었던가,
상서로운 기운 지금도 왕성旺盛하네.
내 답답한 마음 어떻게 풀까,
술에 취해 성남대城南臺에 오른다.
앉아서 되새기는 건 아득한 만고萬古의 뜻,
멀리 해 지는 안개 낀 황야에서 느껴진다.
석두성石頭城 아래엔 물결 소리 노한 듯 울리니,
천군만마千軍萬馬 그 누가 감히 건너겠는가?
황기黃旗 낙양洛陽에 올랐지만 정녕 어떠했는가?
쇠 빗장이 강을 가로질렀으나 단단하지 않았네.
삼국三國인지 아니면 육조六朝시대인지
풀만 무성한 궁궐 어찌 이리 쓸쓸한가?
영웅이 나타나서는 천하天下를 할거割據하는 데 힘썼다지만,

전쟁으로 혈류血流와 한류寒流를 몇 번이나 겪었던가.
난 이제 남국南國에서 성인聖人을 만났으니,
환란患亂이 일찍이 끝나고 쉴 수 있겠지.
이후로 사해만방四海萬邦이 길이 한 가족인데,
장강長江을 경계로 남북南北을 가르지 말자.

대 강 래 종 만 산 중　산 세 진 여 강 류 동
大江來從萬山中　山勢盡與江流東

종 산 여 룡 독 서 상　욕 파 거 랑 승 장 풍
鍾山[3]如龍獨西上　欲破巨浪乘長風

강 산 상 웅 불 상 양　형 승 쟁 과 천 하 장
江山相雄不上讓　形勝爭夸天下壯

진 황 공 차 예 황 금　가 기 총 총 지 금 왕
秦皇空此瘞黃金[4]　佳氣葱葱至今王[5]

아 회 울 색 하 유 개　주 감 주 상 성 남 대
我懷鬱塞[6]何由開　酒酣走上城南臺

좌 각 창 망 만 고 의　원 자 황 연 락 일 지 중 래
坐覺蒼茫萬古意　遠自荒烟落日之中來

석 두 성 하 도 성 노　무 기 천 군 수 감 도
石頭城[7]下濤聲怒　武騎千群誰敢渡

황 기 입 락 경 하 상　철 소 횡 강 미 위 고
黃旗入洛[8]竟何祥　鐵銷橫江[9]未爲固

전 삼 국 후 육 조　초 생 궁 궐 하 소 소
前三國後六朝　草生宮闕何蕭蕭

영 웅 승 시 무 할 거　기 도 전 혈 류 한 조
英雄乘時務割據　幾度戰血流寒潮

아 금 행 봉 성 인 기 남 국　화 란 초 평 사 휴 식
我今幸逢聖人起南國　禍亂初平事休息

종 금 사 해 영 위 가　불 용 장 강 한 남 북
從今四海永爲家　不用長江限南北

1 金陵(금릉) : 남경(南京)의 옛 이름. **2** 雨花臺(우화대) : 남경(南京)

취보산(聚寶山) 위에 있는데, 전설(傳說)에 의하면 양(梁) 무제(武帝) 때 운광법사(雲光法師)가 여기서 불경(佛經)을 강의하는데 하늘에서 비가 눈송이처럼 떨어졌다고 해서 우화대(雨花臺)라 불렀다고 한다. **3** 鍾山(종산) : 산 이름. 남경(南京) 동북(東北)쪽에 있는 산으로, 일명 자금산(紫金山)이라고도 하는데, 산세(山勢)가 동(東)에서 서(西)로 마치 용(龍)의 몸처럼 꾸불꾸불하다. **4** 瘞黃金(예황금) : 황금을 묻다. '진이 천하를 통일했는데 기운(氣運)을 볼 수 있는 사람의 말이 강동에 천자의 기운이 있다.(秦并天下, 望氣者言, 江東有天子氣.)' 라는 말을 듣고 진시황(秦始皇)이 금옥보화(金玉寶貨)를 이곳에 묻어 왕기(王氣)를 막으려고 했었지만 진(秦)은 이대(二代)만에 망했다. **5** 王(왕) : 왕성(旺盛)하다. **6** 鬱塞(울색) : 답답하다. **7** 石頭城(석두성) : 남경(南京)의 고성(古城). **8** 黃旗入洛(황기입락) : 황색 깃발이 낙양(洛陽)에 들어가다.『삼국지(三國志)』〈오지(吳志)〉'삼사주전(三嗣主傳)' 에 기록되어 있는 오주(吳主) 손호(孫皓)의 고사로, '황색 깃발과 자색 수레 지붕이 동남쪽에 보이니 마지막에 천하를 얻는 자는 형양(衡陽)의 군주(君主)이다.(黃旗紫蓋見於東南, 終有天下者, 衡陽之君乎.)' 라는 요언(謠諺)을 믿고 부모처자(父母妻子)와 후궁(後宮) 수천을 데리고 낙양(洛陽)으로 진군했다가 대설(大雪)을 만나 많은 병사를 잃고 철군했고, 280년 진(晋)이 오(吳)를 공격하자 손호는 투항하고 가족들은 서쪽의 낙양(洛陽)으로 도망갔다고 한다. **9** 鐵鎖橫江(철소횡강) : 강을 가로질러 쇠사슬을 두다. 280년(晋 太康 元年) 진(晋) 무제(武帝)는 오(吳)를 치기 위해 왕준(王濬)을 보냈는데 오는 장강(長江) 곳곳에 쇠사슬을 설치하여 오나라 군선(軍船)의 동진(東進)을 막으려 했다. 진은 이 사실을 정탐해 큰 배를 이용해 쇠사슬을 제거하며 쳐들어가 마침내 오를 멸망시켰다. 그래서 이 시에서 '견고하지 못하다(未爲固)' 라고 했다.

감상

도도히 흐르는 장강長江은 만산천학萬山千壑 가운데서 흘러나오고 강 양편의 산세 강물 따라 굽이굽이 동으로 흐르는데 용이 홀로 꿈틀거리듯이 오직 종산鍾山만이 서쪽에 우뚝 솟았다. 그 모습은 마치 장풍長風에 올라타 거센 파도 헤치며 장강을 당기며 서쪽으로 향하는

석두성(石頭城)

듯하다. 지세地勢 뛰어난 금릉金陵은 산도 강도 예나 다름없이 견고한 철옹성鐵甕城이다. 진시황秦始皇이 황금을 묻으면서 막으려 했던 금릉의 황기皇氣는 아직도 왕성한 게 지금도 사라지지 않았다. 나라를 걱정함에 답답해지는 내 마음 어떻게 풀까? 술에 취한 채 우화대雨花臺에 올라 앉아서 해 지는 안개 낀 황야荒野를 바라보며 그 속에서 역사의 의미를 되새긴다. 석두성石頭城 아래 장강 물결 진노한 듯 넘실대니 천군만마千軍萬馬인들 어찌 쉽게 건널 수 있겠는가? 황색 깃발 낙양洛陽에 나부끼면 형양衡陽의 군주가 천하를 얻는다는 요언謠言을 믿었던 오吳의 군주君主 비참하게 패주敗走하지 않았는가? 장강을 가로막은 쇠사슬만 믿고서 방심했던 오吳나라도 진晋 무제武帝에게 정복되지 않았던가? 앞의 삼국시대三國時代이건 뒤의 육조시대六朝時代이건 모두 지난 과거일 뿐이고 그때의 화려한 궁궐 지금은 풀만 무성해 황량한 폐허로 변해 버렸다. 당시의 수많은 영웅들 천하를 할거했다지만 그들이 세운 왕조는 모두 백성들의 고혈膏血로 이루어졌을 뿐이다. 이제 성인聖人을 만나 남쪽에 나라를 세웠으니 전화와 난리 일찍 평정하고 고통 받던 백성들 쉴 수 있겠지. 이후로는 사해만방四海萬邦이 한 가족처럼 지내며, 장강 남과 북이 싸우고 피 흘리지 않았으면 좋겠다.

이 시는 1369년(홍무 2) 고계高啓가 『원사元史』 편찬 작업에 참여했을 때 지은 시이다. 당시는 명明이 개국한 지 얼마 지나지 않은 때여서 나라 전체가 막 피어나는 왕성한 기운이 넘치던 시기였고, 시인 역시 무한한 미래를 꿈꾸던 젊은 시절이었다.

금릉金陵을 무대로 명멸해 갔던 수많은 왕조王朝를 회고하면서 명왕조明王朝의 창성昌盛에 대한 기대감을 잊지 않고 있는 것은 바로 그런 이유 때문일 것이다.

이 시는 잡언고시로 1~4구는 평성平聲 동운東韻이고, 5~8구는 거성去聲 양운漾韻, 평성 양운을 통용했다. 9~12구는 평성 회운灰韻, 13~16구는 거성 우운遇韻, 17~20구는 평성 소운蕭韻, 21~24구는 입성入聲 직운職韻이다.

여설

중원中原에서 남쪽으로 오월吳越을 지나 다시 동東으로 천리千里를 가면 회수淮水에 이르는데 이곳에 사대고도四大古都의 한 곳 남경南京이 있다. 동으로 흐르는 장강長江 물줄기를 따라 천고千古의 풍류인물風流人物, 역사유적歷史遺蹟이 흘러갔다. 이곳은 손오孫吳 · 동진東晋 · 송제양진宋齊梁陳 · 남당南唐 · 명明 · 태평천국太平天國과 신해혁명辛亥革命 이후의 수도首都였으니 남경南京의 고성古城은 수많은 왕조王朝의 비밀을 간직하고 있다 말할 수 있다.

기원전 333년 초楚 위왕威王은 오吳를 멸한 후 지금의 청량산淸凉山에 성城을 쌓았는데 금릉산金陵山, 자금산으로 인해 금릉읍金陵邑이라는 이름을 얻게 되었다. 또 전설에 의하면, 초楚 위왕威王이 사자산獅子山 북쪽의 '용만龍灣'에 황금黃金을 묻어 '왕기王氣'를 다스렸다고 해서 '금릉金陵'이라 불렀다고도 한다. 서기 211년 동오東吳의 손권孫權이 경구京口에서 말릉秣陵으로 옮겨온 다음 해 이 읍邑의 성 위에 석두성石頭城을 건축했는데, 석두성이란 이름은 석두산石頭山, 청량산에서 유래한다. 성 서쪽 벽의 사력암沙礫岩이 풍화작용으로 요철凹凸이 생겨 흉악한 짐승의 모양을 만들어내 '귀검성鬼臉城'이라고도 한다. 당시엔 장강이 성 바로 아래로 지나고 있었기 때문에 석두성은 군사요지軍事要地일 뿐만 아니라 장강의 주요 포구 중 한 곳이었다. 손권孫權이 만병萬兵을 이끌고 이주夷州, 지금의 대만성으로 항해했던 곳인 동시에, 손권의 후예인 손호孫皓가 두 손을 스스로 묶은 채 서진西晉의 군대 앞으로 나가 굴복했던 곳이기도 하다.

이제 석두성과 함께 명멸했던 그들은 역사와 함께 사라지고 장강만이 예나 다름없이 동쪽으로 흘러가고 있을 뿐이다.

남경南京 시내에는 아직 명明 주원장朱元璋이 축조했던 남경고성南京古城의 흔적이 남아 있다. 당시 주원장은 원말元末의 거인擧人 주승朱升의 건의로 둘레가 67리里나 되는 중국제일남경성, 내성이 40리 외성이 20리인 거대한 벽돌 성을 건축했는데 1369년(홍무 2)에 시작해 1373년(홍무 6)에 완공했다. 남경고성南京古城에는 그 크기만큼이나 문이 많아 내성의 문이 13개, 외성의 문이 11개이다.

그 가운데 취보문聚寶門, 중화문은 명조明朝 왕궁王宮의 정남문正南門이다. 높이가 12척尺, 폭이 2장丈인 이 문은 마치 쇠처럼 반짝이는데 외국에서 진상한 자오석子午石으로 만들었다고 한다. 취보문이 있는 곳은 옛날 진회秦淮 간間의 교류가 이루어졌던 고도古都이다. 이곳은 지반地盤이 약해 침하沈下를 막기 위해 거석巨石으로 지반을 다졌고, 그때 사용했던 돌을 맞은편에 있는 취보산聚寶山에서 옮겨왔기 때문에 문을 취보문이라 불렀다고 전한다. 이 취보산은 손오시대孫吳時代에 석자강石子崗이라 불렀는데 육조시대六朝時代엔 그 위에 사원림寺院林이 있었다. 전하는 바에 의하면, 양대梁代 고좌사高座寺의 운광법사雲光法師가 산정山頂에서 설법說法하는데 하늘이 감동하여 꽃이 비처럼 떨어져 온 산을 화려하게 뒤덮었다고 한다. 당인唐人들이 이 고사故事로 인해 이곳을 우화대雨花臺, 우화석雨花石이라 개칭했다. 우화대는 장강과 진회하秦淮河의 상인들이 만나 교류하던 곳이었기 때문에 인공으로 돌을 쌓아 만들었던 곳이고 오색 빛을 띠는 돌들도 장강長江 물결에 의해 씻겨졌기 때문이다. 강崗 동쪽에 '강남제이천江南第二泉'이라는 글씨가 새겨져 있는데 남송南宋의 시인 육유陸游가 이곳에 놀러 왔다 차 맛을 보고는 이렇게 명명했다고 한다.

고안 孤雁

고계(高啓)

애초 형양衡陽에서 짝들을 잃어버려
멀고 먼 옛 길 홀로 날아간다네.
서신을 물고 농상隴上을 지나려니 두렵기만 해,
허공虛空 헤치며 날아야 하니 무리 짓기 어렵다.
구름 밖에서 황급히 무리들을 불러 봐도
달빛 가운데 홀로 남아 그림자를 위안 삼는다.
오리나 갈매기와 함께 묵을 순 없고,
깊은 밤 갈대밭은 춥기만 하다.

형양 초실반 구로원비단
衡陽[1]初失伴 舊路遠飛單
도롱 장서겁 배공작진난
度隴[2]將書怯 排空作陣難
호군운외급 조영월중잔
呼群雲外急 弔影月中殘
불공부예 숙 겸가 야야한
不共鳧鷖[3]宿 蒹葭[4]夜夜寒

1 衡陽(형양) : 지명(地名). 호남성(湖南省)의 형양현(衡陽縣)으로 형산(衡山) 남쪽이라는 뜻이다. **2** 隴(롱) : 감숙성(甘肅省) 일대(一帶). 농산(隴山)이 있다. **3** 鳧鷖(부예) : 오리와 갈매기. 『시경(詩經)』 〈대아(大雅)〉의 편명(篇名). **4** 蒹葭(겸가) : 갈대. 『시경(詩經)』 〈진풍(秦風)〉의 편명(篇名).

감상

외로운 기러기 남쪽 형양衡陽 회안봉回雁峰에서 짝을 잃어 북쪽에서 지금껏 날아왔던 만리萬里 먼 길을 홀로 날아가야만 하니 얼마나 처량한가. 서신 지닌 채 농상隴上을 넘어서 막북漠北 흉노 땅 소무蘇武에게 날아가야 한다. 높이 천공天空을 비상해야 하니 의지할 건 자신뿐 함께 할 이 아무도 없다. 구름 위까지 날아 올라 날개 아래 망망한 운해雲海를 바라보다 무리를 불러 봐도 아무도 대답하지 않으니, 실망한 기러기 해지고 달 떠오르면 달빛에 비친 자기 모습으로 위안을 삼는다. 아무리 외로워도 기러기는 기러기, 오리나 갈매기와 함께 무리 지을 수는 없는 법, 홀로 잠드는 갈대밭은 밤이 깊어질수록 추워지는구나.

시제詩題 〈고안孤雁〉에서 '고孤'는 대개 고독, 외로움, 처량함 등을 연상시킨다. 1연聯에서 3연聯까지 시인詩人은 짝 잃은 외로운 기러기의 형상을 묘사하고 있어 4연에서도 향수에 젖은 나그네의 심정을 토로하겠거니 짐작하기 쉽다. 그런데 예상과는 달리 시인은 깊은 밤 차가운 갈대밭에서 자더라도 오리나 갈매기와는 함께 할 수 없다고 해 '고孤'를 '고고孤高', '고오孤傲'로 해석했다.

이 시는 평성平聲 한운寒韻의 오언율시이다.

여설

오악五岳의 하나인 남악南岳 형산衡山 입구엔 고진古鎭 남악南岳이 있다. 남악진南岳鎭의 좁은 길을 걸어가다 보면 웅장한 고대 건축물을 볼 수 있는데, 이것이 호남성湖南省 최대의 고대 건축물인 형산衡山 남악대묘南岳大廟이다.

형산이라는 이름은 지리地理와 별자리에 관계가 있다. 또 진성軫星

옆에 인간의 수명을 관장한다고 하는 장사성長沙星이 있는데, 형산도 고대古代에 장사성에 있었기 때문에 형산을 '수악壽岳'이라고도 불렀다.

남악대묘는 총 98,500m²에 영성문迎星門 · 규성각閨星閣 · 정천문正川門 · 어비정御碑亭 · 가응문嘉應門 · 어서루御書樓 · 정전正殿 · 침궁전寢宮殿 · 북후문北後門 등으로 이루어져 있고 붉은색 담으로 둘러싸여 있어 북경北京의 고궁故宮과도 흡사하다. 이 남악대묘에서 제사 지내는 신神은 남악南岳 형산衡山의 남악사천소성제南岳司天昭聖帝인데 이 악신상岳神像은 정전正殿 중앙에 자리 잡고 있다.

남악대묘의 북문北門을 나서 케이블카를 타고 30리 산길을 오르면 남악 형산 72봉 가운데 최고봉인 축융봉祝融峰에 오른다. 한유韓愈는 이 봉우리를 '만장고봉萬丈高峰'이라 노래했지만 사실 축융봉의 높이는 해발 1,290m에 불과하다. 축융봉 정상에 서면 아래로 부용芙蓉 · 천주天柱 등 16봉峰이 새의 몸처럼 이어져 있고, 남쪽으론 석름石廩 · 관음觀音 등 12봉, 북쪽으로는 자개紫蓋 · 향로香爐 등 16봉峰이 마치 새가 날갯짓하듯 펼쳐져 있다. 그 사이로 축융봉이 새 머리처럼 솟아 있다. 형산의 경관을 청대淸代 위원魏源은 〈형악음衡岳吟〉에서 "항산恒山은 걸어가는 것 같고, 태산泰山은 앉아 있는 것 같고, 화산華山은 서 있는 것 같은데, 오직 형산衡山, 남악만 나는 것 같다.(恒山如行, 岱山如坐, 華山如立, 嵩山如臥, 惟有南岳獨如飛.)"라고 묘사하기도 했다.

축융봉 정상에는 철와鐵瓦 구조의 축융전祝融殿이 있는데, 이는 상고시대上古時代 축융씨祝融氏를 기념하기 위해 지었던 건물이다. 전설에 의하면, 고대에 몇 명의 축융씨가 있었는데 모두 형산과 관련이 있다. 불로 백성들을 교화해 백 년 간 천하를 다스리다 사후에 형산 남쪽에 묻혔다는 축융씨祝融氏, 황제黃帝의 6명의 재상宰相 중 한 사람이었던 축융祝融, 제곡帝嚳의 화관火官으로 축융이라는 이름을 받았던 중려重黎 등이 모두 불火과 관련이 있다. 형산 역시 점성학적으로 '이궁離宮'에 속하는데, 이 이궁은 팔괘八卦의 '화火'에 해당하기 때문에 축융씨의 전설이 형산을 배경으로 만들어졌던 것 같다.

축융봉 위에는 망일대望日臺 · 망월대望月臺가, 사자암산獅子岩山에는 고대사高臺寺가 있는데 그 중 고대사는 남악 최고의 절경으로 알려져 있다. 고대사 주변엔 관음암觀音岩 · 벽라봉碧羅峰 · 연하동烟霞洞 · 관음천觀音泉 · 개운정開雲亭 등이 있다. 그 중 개운정은 한유韓愈를 기념하기 위해 지었던 정자亭子이다. 당唐 덕종德宗 정원연간貞元年間 감찰어사監察御使였던 한유가 양산陽山, 지금의 광동 양산 현령縣令으로 좌천된 적이 있었는데 2년 후 사면되어 당唐 순종順宗 때 강릉江陵, 지금의 호북 강릉 법조참군法曹參軍이 되어 가을에 형주衡州를 거쳐 남악에 오른 적이 있었다. 당시 한유는 일출日出을 목도하고 시흥詩興이 일어 지은 〈알악묘수숙악사제문루謁岳廟遂宿岳寺題門樓〉에서 형산의 '운개雲開'를 빌려 정치적 '운개雲開'를 묘사했었다. 이에 후인後人들이 운개루雲開樓와 운개정雲開亭을 지어 한유를 기념했는데 현재의 운개중학雲開中學, 운개관雲開館 등의 명칭도 모두 이에서 비롯되었다.

형양衡陽을 찾는 이들은 아마도 대부분 차창 밖을 주시하며 허공을 가로질러 우뚝 솟은 봉우리를 찾으려 할 것이다. 그들이 찾으려는 봉우리는 바로 남악 72봉 가운데 으뜸이라는 회안봉回雁峰이다. 사실 회안봉은 고작 몇십 미터 높이의 작은 돌무더기로 형양시衡陽市 중산남로中山南路 남단南端의 안봉공원雁峰公園 내에 있다. 이 돌무더기가 남악 72봉 가운데 제일봉第一峰이 된 이유는 알 수 없다. 그런데 회안봉이 이름을 얻게 되고 또 명성名聲을 떨치게 된 것은 모두 홍안鴻雁 때문이다. 회안봉이라는 이름을 가지게 된 유래에 대해서는 두 가지 설이 있는데, 하나는 가을에 기러기가 남쪽으로 날아가다 이 봉우리에 이르면 더 이상 날아가지 않고 부근의 사주沙州에서 봄까지 머물렀다 다시 북쪽으로 돌아가기 때문이라고도 하고, 또 기러기가 북쪽으로 이동하다 회안봉 부근의 미자당未紫塘에서 몸을 씻기 때문에 붙여진 이름이라고도 한다. 이밖에 이 산의 모양이 기러기와 비슷해서 회안봉이라 불렀다는 설도 있다.

기러기는 계절에 따라 이동하는 철새로 이동할 때 순서대로 열을 짓는 습성이 있어 일찍부터 사대부士大夫들에게 칭송을 받아왔다. 기원전 100년(한 무제 천한 원년), 소무蘇武가 흉노에 사신으로 갔다가 북해변北海邊에 억류되어 19년을 양羊을 기르며 지내고 있었다. 기원전 81년(한 소제 신원 6년), 한漢은 흉노에 사신을 파견했는데, 그 사신은 소무의 계책대로 선우單于에게 천자天子가 숲에서 사냥을 하다 기러기를 잡아 기러기의 발에 백서帛書를 묶어 소무 일행에게 연못가에서 기다리게 했다고 말하자, 선우單于가 대경실색하며 신神의 도움이 있는 게 아닌가 생각하여 그 즉시 소무를 귀국케 했다고 한다. 이후로 홍안鴻雁은 편지를 의미하는 말로 사용되었을 뿐만 아니라 문인들의 시와 민간의 전설에 자주 등장하게 되었다. 또 '형양안단衡陽雁斷' 이란 성어成語 역시 이에서 유래하는데 소식을 전해 주는 기러기가 회안봉에서 더 이상 날아가지 못하니 소식이 두절되었음을 뜻하는 말로 사용된다.

회안봉이라는 명칭의 유래에 대해서 대부분의 사람들은 첫 번째 가설에 따라 신비스럽게 해석하며 의인화해 왔다. 이 회안봉은 당대唐代에 들어 더욱 유명해져 형양을 찾는 이들은 누구나 회안봉을 찾곤 했었다. 그들은 또 '회안回雁'에 자신의 처지를 담아 조국과 고향을 그리는 마음을 담은 시를 지었다. 왕발王勃의 "기러기 무리 추위에 놀라, 형양의 포구에서 소식이 끊어졌다.(雁陣驚寒, 聲斷衡陽之

浦.)", 두보의 "만 리를 날아오는 형양의 기러기, 올해도 북에서 돌아온다. 쌍쌍이 객들을 쳐다보며 높이 오르고, 하나하나 사람들 뒤에서 날아간다.(萬里衡陽雁, 今年又北歸, 雙雙瞻客上, 一一背人飛.)" 등은 모두 인구에 회자되는 시구들이다.

회안봉 정상頂上에는 역대로 건축물이 꽤 많았다. 513년(양 천감 12), 이곳에 절을 지어 승운선사乘雲禪寺라 했는데, 이 절을 당대唐代에 안봉사雁峰寺로 개명했다. 이 절은 수불전壽佛殿이라고도 하는데 전각殿閣의 규모가 웅장해 호남제일湖南第一의 고찰古刹 중 하나이다. 그런데 아쉽게도 안봉사는 전화戰火로 모두 소실되고 현재 '상달上達'이란 글자가 새겨진 비석碑石만 남아 있다. 이 '상달'이란 글씨는 청초淸初의 학자 왕부지王夫之의 글씨라고 알려져 있다. 현재에도 회안봉은 정대亭臺와 누각樓閣, 그리고 궁관宮觀이 남아 있는 작은 돌 무더기에 불과하지만 경관은 빼어나다.

이동양李東陽

1447~1516

명明의 시인詩人. 자字는 빈지賓之, 호號는 서애西涯. 다릉茶陵(지금의 호남湖南) 사람이나 어려서 북경北京으로 이주했다. 『회록당집懷麓堂集』 100권이 전한다.

유악록사 游岳麓寺[1]

이동양(李東陽)

높은 봉우리에 올라 초강楚江 가를 굽어보니,
꼬불꼬불 산길 몇 번이나 굽이쳤는가?
만 그루 소나무 전나무 따라 두 갈래 길 한데 모이고,
사방四方 비바람 몰아치는 산속에 초라한 승려僧侶 한 사람.
편평한 모래 낮은 풀 멀리 하늘까지 이어져 있고,
상수湘水 건너에 해 지는 외로운 성城.
계북薊北 · 상남湘南이 모두 눈에 들어오는데,
자고鷓鴣소리 속에 홀로 난간에 기대 있다.

위 봉 고 감 초 강 간 노 재 양 장 제 기 반
危峰高瞰楚江[2]干[3] 路在羊腸第幾盤[4]
만 수 송 삼 쌍 경 합 사 산 풍 우 일 승 한
萬樹松杉雙徑合 四山風雨一僧寒
평 사 천 초 련 천 원 낙 일 고 성 격 수 간
平沙淺草連天遠 落日孤城隔水看
계 북 상 남 구 입 안 자 고 성 리 독 빙 란
薊北[5]湘南俱入眼 鷓鴣[6]聲裏獨憑欄[7]

1 岳麓寺(악록사) : 호남성(湖南省) 장사시(長沙市) 상강(湘江) 서안의 악록산(岳麓山)에 있는 절. 268년(晋 泰始 4)에 건립되었다. 2 楚江(초강) : 상강(湘江). 광서성(廣西省)에서 발원하여 호남성(湖南省)으로 유입되는 호남성 최대의 강(江). 3 干(간) : 물가(岸)의 뜻. 4 第幾盤(제기반) : 몇 번이나 돌았는가. 기(幾)가 '몇'의 뜻이고, 반(盤)이 '돌다'의 뜻이다. 5 薊北(계북) : 고지명(古地名). 하북성(河北省) 계현(薊縣) 일대(一帶)로 후대엔 하북성(河北省) 북부(北部)를 지칭했으며, 이 시에서는 북방(北方)을 뜻한다. 6 鷓鴣(자고) : 메추라기.

악록사(岳麓寺)

7 憑欄 (빙란): 난간에 기대다.

감상

악록산岳麓山 높은 봉우리에 올라 아래를 내려다보니 초강楚江 일대가 모두 눈에 들어온다. 악록사岳麓寺에 오르는 길 꼬불꼬불 작은 산길 몇 번이나 휘돌았는가? 온 산이 소나무 삼나무로 빽빽하게 뒤덮였는데 나무 사이로 나 있는 두 갈래 작은 길이 절 앞에 이르자 하나로 합쳐졌다. 사방의 산에서 비바람 몰아치는데 빈한한 승려 1명 악록사에 있다. 장사長沙의 광활한 모래밭에 키 작은 풀들이 하늘 끝까지 이어졌고 상강湘江 너머 바라보니 고적한 장사성長沙城 석양 남은 빛 속에 있다. 메추라기 울음소리 들려 오는데 악록사 난간에 기대 홀로 서니 멀리 북쪽 하북河北 지방과 상강湘江 남쪽이 모두 눈에 들어온다.

명明 성화成化 8년 26세의 한림원翰林院 편수編修 이동양李東陽이 부친과 함께 고향 다릉茶陵, 장사 부근으로 친척을 방문하는 도중에 악록사에 들렀다가 이 시를 지었다.

이동양은 북경北京에서 태어나 자랐고 이후에도 북경에서 관직 생활을 해 이때가 처음으로 고향을 방문하는 길이었다. 그가 처음 접해 본 상강과 악록사의 풍광風光은 얼마나 아름다웠겠는가! 게다가 곧 북경으로 돌아가야 하는 그에게 고향의 경관은 더더욱 아름답게 느껴졌을 것이다.

멀리 하늘 끝을 바라보니 남방의 광활한 대지를 보는 것처럼 북경北京과 장사長沙가 모두 시인의 눈에 들어오는 것 같고, 고향에 대한 그리움이 시인의 마음을 움직일 때 들려오는 자고鷓鴣소리는 시인을 붙잡는 것처럼 들렸을 것이다.

이 시는 평성平聲 한운寒韻의 칠언율시이다.

여설

장사시長沙市 상강湘江 서안西岸에 자연의 풍광이 어우러진 산봉우리가 있는데 이 산이 악록산岳麓山이다. 악록산은 남악南岳 72봉峰 가운데 하나로 서한西漢 이래 명사들의 발걸음이 끊이지 않아 많은 유적을 남겼다. 지금도 악록산에는 애만정愛晩亭·악록서원岳麓書院·악록사岳麓寺·망상정望湘亭, 당唐 이옹李邕의 악록사비岳麓寺碑, 송각宋刻 우왕비禹王碑 등 많은 유적이 남아 있어 많은 이들이 찾는 곳이다.

그 가운데 악록사는 268년(진 태시 4)에 건축되었다. 전각殿閣이 화려하고 웅장해 '한위漢魏 최초의 명승지이고, 호상湖湘 제일의 도량道場(漢魏最初名勝, 湖湘第一道場)'이라 일컬어졌다. 애석하게도 대부분의 고건축물은 전화로 소실되고 장경각藏經閣과 당대唐代 이옹李邕이 짓고 쓴 악록사비岳麓寺碑, 일명 북해비만 남아 있는데, 이 비석은 후에 악록서원岳麓書院으로 옮겨졌다.

악록산 산자락 아래 호남대학湖南大學이 있는데 이 대학 교정엔 천여 년 전에 세워진 학교인 악록서원岳麓書院이 자리잡고 있다. 악록서원은 976년(북송 개보 9) 담주태수潭州太守 주동朱洞에 의해 설립되었다. 설립 당시의 규모는 강당講堂이 5동, 숙사宿舍가 52칸이었다. 가운데 강당講堂이 있고 동서로 숙사가 배치되었다고 하는데 이 서원의 구조가 지금도 보존되어 있다. 남송南宋 진종眞宗이 악록서원장岳麓書院長 주식周式을 초빙하기도 했는데, 이는 드문 일이었기 때문에 악록서원의 명성은 날로 더해져 마침내 남송南宋 사대서원四大書院의 하나가 되었다.

악록서원의 전성기는 남송南宋 때였다. 1131년(북송 고종 소흥 원년)부터 이학가理學家 장식張栻이 이곳에서 강의했고, 3년 뒤 주희朱熹가 그 명성을 듣고 복건福建에서 장사長沙까지 와서 서로의 의견을 나누었다고 한다. 주희와 장식은 삼일 밤낮을 쉬지 않고 토론하는 등 두 달간 서로의 의견을 주고 받았다고 한다. 이 기간 동안 천하의 학자들이 모두 악록서원에 운집해 '일시에 가마와 말이 무리를 이루어 연못물을 금방 마르게 할(一時輿馬之衆, 飮池水立乾)' 정도로 성황을 이루었다고 한다. 두 달 후 장식과 주희는 함께 형산衡山을 유람하고 149수首의 시詩를 남겼다. 주희는 악록서원에서 강학講學하는 동안 '충효렴절忠孝廉節'이라는 글씨를 썼는데, 이 글씨는 아직 악록서원에 남아 있다.

세월이 흘러 악록서원은 이제 역사적 소명을 다하고 호남대학 교정 심처에 유적지로 남아 있을 뿐이지만 옛 풍모는 여전하다. 서원의 강당은 '충효렴절당忠孝廉節堂'이라고도 하는데, 이는 주희의 글씨에서 비롯된 이름이다. 또 강당의 정면엔 '남도정맥南道正脈'이라는 금金으로 쓴 현판이 걸려 있는데, 이는 청淸 건륭제乾隆帝가 쓴 글씨이다.

구일도강 九日[1]渡江

이동양(李東陽)

추풍秋風 불어대는 강어귀에 뱃전 두드리는 소리,
멀리 떠나온 객客 돌아가려 하지만 아득하네.
이 강물 만리萬里 천지天地를 흘러 내려가는데,
백 년 세월 중양절重陽節을 몇 번이나 지났던가?
물안개 너머 나무색 과보瓜步가 떠오르고,
성城 위 산자락이 건강建康을 에워쌌다.
곧장 진주眞州를 지나 동쪽으로 내려가
깊은 밤 등불 아래서 유양維揚에 묵는다.

추풍강구청명랑 원객귀심정묘망
秋風江口聽鳴桹[2] 遠客歸心正渺茫
만리건곤차강수 백년풍일기중양
萬里乾坤此江水 百年風日幾重陽
연중수색부과보 성상산형요건강
烟中樹色浮瓜步[3] 城上山形繞建康[4]
직과진주 갱동하 야심등영숙유양
直過眞州[5]更東下 夜深燈影宿維揚[6]

1 九日(구일) : 음력 9월 9일 중양절(重陽節). **2** 桹(랑) : 뱃전을 두드려 소리를 내는 목봉(木棒). **3** 瓜步(과보) : 진명(鎭名). 강소성(江蘇省) 육합현(六合縣) 동남쪽 과보산(瓜步山) 아래에 있는 진(鎭)으로 동으로 장강(長江)에 접해 있다. **4** 建康(건강) : 지금의 강소성(江蘇省) 남경시(南京市). **5** 眞州(진주) : 지금의 강소성(江蘇省) 의정현(儀征縣)으로 장강(長江) 북쪽 언덕에 있다. **6** 維揚(유양) : 지금의 강소성(江蘇省) 양주시(揚州市).

감상

가을바람 쓸쓸하게 부는 강어귀엔 어부들이 뱃전을 두드리는 소리 들린다. 멀리 떠나온 나그네 돌아가려 하니 갈 길이 아득하기만 하구나. 만리萬里를 흘러 내려가는 이 강물은 지금까지 중양절重陽節을 몇 번이나 맞았을까? 물안개 너머 저쪽 나무색 어렴풋이 보이는 곳에 과보진瓜步鎭이 떠 있고 고성古城 위 산자락이 건강建康을 에워쌌다. 곧장 진주眞州를 지나 동쪽으로 내려가 밤 깊어 등불이 하나 둘 켜졌을 때가 되어서야 유양維揚에서 하룻밤을 묵는다.

1480년(명 성화 6), 이동양李東陽은 응천應天, 강소성 남경 향시鄕試의 고관考官으로 가게 되었다. 향시鄕試의 방榜을 내걸고 난 후 남경南京에서 강을 건너 양주揚州로 북상하던 중 중양절을 맞게 되자 향수에 젖어 이 시를 지었다.

이 시는 평성平聲 양운陽韻의 칠언율시이다.

여설

강소성江蘇省 진강鎭江에서 북쪽으로 과주瓜州를 지나 고운하古運河를 따라 북상北上하면 멀리 동쪽 강안江岸에 탑이 하나 보이는데 그곳이 바로 양주揚州다. 고대古代 양주는 장강長江을 무대로 장사를 하는 상인들이 모여들어 한밤에도 불이 꺼지지 않고 불야성을 이루어 '양주성揚州城을 취해 황제가皇帝家를 이루고(欲取撫城作帝家)' 싶다는 말이 나돌 정도였다. 역사의 흐름에 따라 왕조王朝가 바뀌어 양주 또한 역사의 무대 뒤로 사라져 갔지만 청사靑史에 수많은 인물과 유적을 남겼다.

양주시揚州市의 북쪽 광저문廣儲門 밖 북쪽 언덕 위에 매화령梅花嶺이 있다. 원래는 공지空址였으나 1592년(명 만력 20) 양주지부揚州知

府 오수吳秀가 성호城壕를 만들며 파낸 흙을 여기에 쌓아 흙 언덕이 만들어졌고, 후에 매화梅花 수백 그루를 심어 꽃 피는 계절이 되면 언덕 전체가 매화로 뒤덮여 장관을 이루게 되었다. 오수吳秀는 '평산별서平山別墅'라 이름 지었으나 세인世人들은 습관적으로 '매화령'이라 불렀다. 동성파桐城派의 주요 문학가인 요내姚鼐가 이곳에 '매화서원梅花書院'을 열고 제자들을 교육하기도 했다. 또 이곳엔 명말明末 청군淸軍에 맞서 양주를 지키며 양주와 운명을 함께 했던 명장 사가법史可法의 고사故事가 담겨져 있는 곳이기도 하다. 사가법은 '내가 죽으면, 매화령 위에 묻어 달라.(我死, 當葬梅花嶺上.)'는 유언을 남겼다고 전해진다. 사가법이 자신을 매화령에 묻어달라고 유언을 남겼던 것은 송말宋末 원군元軍에 맞서 양주를 방어하다 목숨을 잃은 송宋 명장 이정지李庭芝와 무관하지 않다.

1275년, 원元나라 군대가 양주를 공격했을 때 송의 장수 이정지와 도통都統 강재姜才가 성을 수비하고 있었다. 원군元軍은 강공强攻이 실효를 거두지 못하자 회유책으로 포로로 잡은 송의 장수를 성 아래로 보내 항복을 권유하게 했으나 성 아래로 갔던 송의 장수는 도리어 이정지를 격려했다고 한다. 이때 원군은 진강鎭江에서 병사를 삼분三分하여 임안臨安으로 진격하여 남송南宋을 멸망시킨 뒤였다. 원군은 남송南宋의 태후太后에게 항복을 권유하는 조서詔書를 보내게 했으나 이정지는 이에 따르지 않고 사신使臣마저 죽여 버렸다. 원나라 군대에 에워싸인 상황에서 오직 양주만이 버티고 있는 상황이었다. 1276년 5월, 송宋 서종瑞宗이 복주福州에서 즉위해서는 이정지를 좌승상左丞相으로 임명했고 그는 왕을 보호하기 위해 남하南下하다 태주泰州에서 포위당해 어쩔 수 없이 성을 내줄 수밖에 없었다. 이후 강재는 병을 얻어 포로가 되었고 이정지는 강에 몸을 던졌으나 죽지 않았다고 한다. 후대에 두 사람의 충렬忠烈을 기리기 위해 매화령에

쌍충사雙忠祠를 지었다.

매화령에 묻어 달라고 유언했던 사가법 역시 쌍충사에 모셔져 있는 남송의 두 명장과 비슷한 운명을 걸어갔다. 당시 청군淸軍이 북경北京을 점령하고 있는 상황에서 주전파였던 병부상서兵部尙書 겸 동각대학사東閣大學士 사가법은 양주독사揚州督師로 쫓겨났고 남명南明의 조정朝廷에는 간신들만 우글거리고 있었다. 1645년(청 순치 2) 4월 15일, 양주가 청군에 포위되었는데도 각 진鎭의 병사들은 출동하지 않아 사가법은 4천의 군사로 양주를 지킬 수밖에 없었다. 이렇게 버티길 10여 일, 양주는 청군에 함락 당하고 말았다. 양주가 함락 당하자 사가법은 부하 장수들의 만류를 뿌리치고 스스로 목숨을 끊어 지조를 지켰다고 한다. 그가 죽은 후 사가법의 부장 사덕위司德威가 의관衣冠만을 거두어 매화령 위에 묻어 유언을 지켰다고 한다. 사가법의 순국 후 장강長江 남북南北에는 그가 아직 죽지 않았다는 말이 번지기 시작해 각지에서 항청의군抗淸義軍이 궐기하기도 했다. 〈양주십일기揚州十日記〉는 이때의 사실을 기록한 글이다.

청淸 건륭연간乾隆年間에 사가법에게 '충정忠正'의 시호를 하사하고 매화령에 '사공사史公祠'를 건축했다.

이몽양李夢陽

1475~1529

명明의 문학가. 자字는 천사天賜 또는 헌길獻吉, 호는 공동자空同子. 경양慶陽(지금의 감숙甘肅) 사람이나 후에 하남河南의 부구扶溝로 이주했다. 『공동집空洞集』 66권이 전한다.

정생지자태산 鄭生[1]至自泰山

이몽양(李夢陽)

어제 그댄 태산泰山에 올랐다니
어느 봉우리가 빼어났소?
장인봉丈人峰이 정말 있던가요?
대부송大夫松은 과연 어떤가요?
새 나는 파도보다 낮게 해가 떠오르고,
산에 벼락 내려치니 굴속에 용龍이 깨어난다.
누가 천하天下가 작다고 했소,
왕도王道 미치지 못한 곳 또한 봉토封土라오.

작여등동악 하봉시절봉
昨汝登東岳[2] 何峰是絶峰
유무장인석 기허대부송
有無丈人石[3] 幾許大夫松[4]
해일저파조 암뢰기굴룡
海日低波鳥 岩雷起窟龍
수언천하소 화외역왕봉
誰言天下小 化外亦王封

1 鄭生(정생) : 정작(鄭作). 정작의 자(字)는 의술(宜述)이고, 안휘(安徽) 흡현(歙縣)사람이다. 또 방산(方山)에서 독서에 열중했다고 해서 호(號)를 방산자(方山子)라 했다. 그는 중년(中年) 이후 책을 덮고 상업에 종사했는데 이몽양(李夢陽)의 문하에 초대될 정도였으니 이몽양과 그와의 관계가 밀접했음을 알 수 있다. 가정(嘉靖) 5년(1526년)에 죽었다. 이몽양은 그와 여러 편의 시문(詩文)을 증답(贈答)했고 시집(詩集) 『방산자집(方山子集)』을 편찬하고 또 〈방산자집서(方山子集序)〉를 쓰기도 했다. **2** 東岳(동악) : 태산(泰山)의 별칭(別稱). **3** 丈

人石(장인석) : 태산(泰山)의 정상인 옥황봉(玉皇峰) 서북쪽에 있는 당(唐) 현종(玄宗) 때 정일(鄭鎰)의 고사(故事)와 관련이 있는 산봉우리.
4 大夫松(대부송) : 진시황(秦始皇)이 비를 피해 대부(大夫) 벼슬을 받았다고 하는 소나무.

감상

그대 어제 태산泰山에 올랐다고 하는데, 어느 산봉우리가 절경絶境인가? 태산 서쪽의 최고봉 장인석丈人石은 있던가? 진시황秦始皇에게 대부 벼슬 받았다는 대부송大夫松은 어떻던가? 태산 위에서 일출을 보았더니 바다와 해가 맞닿았고 그 위로 파도를 희롱하듯이 해조海鳥가 날아다닌다. 태산 바위에 내리치는 벼락 마치 동굴 속의 용龍을 깨울 듯하다. 누가 천하가 작다고 했던가? 대명大明의 영토 중에는 태산처럼 황도皇道가 미치지 않는 곳도 있는데.

이 시는 태산의 명승名勝을 묘사해 시의詩意 면에선 독특한 점이 없다. 다만 표현 기교 면에서 질문 형식을 취하고 있다는 점이 특이하다. 정생鄭生이 거쳐왔다고 하는 태산의 명승에 대해 질문하는 형식을 취하고 있는데, 이는 장인석이나 대부송 등 태산의 명승을 서술식敍述式으로 묘사하는 것에 비해 천하절경天下絕景 태산의 면모를 더 부각시키는 효과를 거둘 수 있다.

이 시는 평성平聲 동운冬韻의 칠언율시이다.

여설

태산泰山은 오악五岳 중 하나인 동악東岳이지만 '대종岱宗' · '오악독존五岳獨尊' · '산지태산山至泰山, 천하무산天下無山'이라 일컬어졌으니 오악 가운데서 으뜸이었다. 사실 태산의 주봉主峰 옥황봉玉皇峰은 높이가 1,545m밖에 안 돼 오악 가운데 높이로는 세 번째이고 중국의 다른 높은 산들과 비교하자면 보잘것없는 산에 불과하다. 그럼에도 불구하고 태산이 역대로 숭고한 지위를 차지했던 것은 역대 제왕들이 이곳에서 봉선고제封禪告祭를 지내어 인간과 하늘이 교통交通하는 성지聖地로 알려져 왔기 때문이다.

봉선封禪이란 고대 중국의 제왕들이 직접 주관하는 제례로, 봉封은 하늘에 지내는 제사이고, 선禪은 땅에 지내는 제사이다. 일반적으로 봉은 태산에서 거행되었고, 선은 태산 근처의 작은 산들인 운운산云云山·정정산亭亭山,·양보산梁甫山·사수산社首山 등에서 거행되었다. 대개 '봉'과 '선'은 동시에 거행되었는데 당시 통치자들은 하늘을 중요시했기 때문에 '봉'이 '선'에 비해 장중하고 엄숙했다.

태산에는 상上·중中·하下 세 개의 묘廟가 있었다. 상묘上廟는 정상에 있던 동악묘東岳廟, 중묘中廟는 왕모지王母池 부근에 있던 대악관岱岳觀이었는데, 현재 하묘下廟인 대묘岱廟만 남아 있다.

제왕의 선제禪祭는 대묘岱廟 정양문正陽門 밖의 요참정遙參亭에서부터 시작된다. 제왕은 먼저 요참정에서 간단한 의식을 거행한 후 대묘에 들어와 정식正式 대제大祭를 거행했다. 대묘에 들어서면 배천문配天門 동쪽에 한백원漢柏院이 있는데 원내院內에 있는 5그루의 한백漢柏에서 유래한 명칭이다. 이 한백은 한漢 무제武帝가 태산에서 봉선제封禪祭를 거행하면서 심었다고 한다. 또 당송금명청唐宋金明淸 시대의 비석碑石이 남아 있는데 그중에는 기원전紀元前 209년 진秦의 이대二代 제왕帝王 호해胡亥가 태산에서 봉제封祭를 거행할 때 반포했던 조서詔書를 이사李斯에게 쓰도록 해 세웠다는 '이사비李斯碑'를 비롯하여, 1784년 태안泰安 지현知縣 하인린何人麟이 세웠다는 당대唐代 시성詩聖 두보杜甫의 〈망악望岳〉 시비詩碑 등이 있다.

배천문配天門 북쪽이 인안문仁安門인데 이 문으로 들어가면 대묘의 주 건축물인 천황전天皇殿이 나타난다. 이 천황전은 고대 제왕이 동악 태산에 제사지내던 곳으로 북경北京의 고궁故宮, 곡부曲阜 공묘孔廟의 대성전大成殿과 함께 중국의 삼대三大 궁전양식宮殿樣式 건축물로 꼽힌다.

대묘를 지나 태산로泰山路를 따라 북쪽으로 가면 대종방岱宗坊이 나타나는데 태산에 오르는 등산로는 여기서 시작된다. 이곳에서 북쪽으로 가다가 태산로와 환산공로環山公路가 교차하는 곳에서 동북쪽으로 가면 왕모지王母池에 도착한다. 이백李白이 〈유태산游泰山〉이라는 시에서 "아침에 옥녀지에서 물을 마시고, 저녁엔 천문관에 몸을 맡긴다.(朝飮玉女池, 暝投天門關.)"라고 읊었듯이 고대 제왕들이 태산을 오를 때 쉬었다 갔던 곳이다. 왕모지 북쪽에는 호산虎山 댐이 있다. 이 산의 이름은 공자孔子의 '가혹한 정치가 호랑이보다 무섭다(苛政猛於虎).' 라는 명구名句에서 비롯되었다. 과연 이 산에는 호랑이가 많았던지 1748년(청 건륭 13) 건륭황제乾隆皇帝가 태산에 왔다 호랑이를 만나 활로 잡고는 "건륭제乾隆帝가 활을 쏘아 호랑이를 잡은 곳(乾隆射虎處)"이라는 석비石碑를 세웠다고 하는데 그 비석碑石은 현재 찾을 길이 없다.

등산로登山路의 일천문一天門 북쪽에는 '공자등림처孔子登臨處' 라는 석방石坊이 있고 이 석방과 홍문궁紅門宮, 두모실頭母室을 지나면 동북쪽으로 좁은 길이 나오는데 이곳이 그 유명한 석경욕石經峪이다. 석경욕 일명 쇄경대刷經臺에는 크고 작은 돌에 천자千字의 금강경문金剛經文이 새겨져 있는데 어느 시대 누구의 작품인지 고증할 길이 없다.

석경욕 서쪽을 지나면 '고산유수孤山流水' 정亭이다. 1572년(명 융경 6) 만공萬恭이 짓고는 석벽石壁에 〈고산유수정기孤山流水亭記〉를 새겼다. 헐마외歇馬嵬를 지나 곧장 걸어가면 호천각壺天閣이고 그 서북쪽이 '회마령回馬嶺' 방坊이다.

중천문中天門을 지나면 '오송정五松亭'이고 정자亭子 남쪽에 오대부송五大夫松이 있다. 『사기史記』 〈진시황본기秦始皇本紀〉에 의하면, 진시황秦始皇이 산에 오르다 폭우를 만나 이 나무 아래서 비를 피했기 때문에 이 나무에 오대부五大夫라는 작위爵位를 내렸다고 한다. '오대부'는 진대秦代 관제官制의 제9위에 해당하는 관직명官職名이기 때문에 '오대부송五大夫松'이 5그루의 소나무를 뜻하는 게 아니다. 산아래 보조사普照寺에도 '일품대부一品大夫' 송松이 있는데, 이 명칭은 황제가 봉封한 것이 아니라 이 소나무의 원래의 이름이다.

오송정五松亭에서 18구비를 올라가면 남천문南天門이고 동쪽 끝이 벽하사碧霞祠이다. 벽하원군碧霞元君은 태산의 여신女神이다. 송대宋代 이전에는 줄곧 '동악대제東岳大帝'가 태산의 유일한 산신山神으로 숭배되었으나 송宋 진종眞宗이 태산에서 봉선제를 지내다 사람 모양의 돌을 하나 발견했는데 주위의 신하들이 이 석상石像이 금동옥녀金童玉女와 비슷하다고 하자 진종眞宗은 크게 기뻐하며 석상을 천산옥녀벽하원군天山玉女碧霞元君이라 봉封하고 성제聖帝의 딸이라 칭했

태산십팔로(泰山十八盤路) 남천문(南天門)

다. 또 옥玉으로 이 석상을 만들고는 '소진사昭眞祠, 지금의 벽하사'를 지었는데, 이후로 벽하원군을 태산의 여신으로 받들게 되었다.

벽하사에서 곧장 산정山頂으로 올라가면 태산의 최정상인 옥황봉玉皇峰이다. 이 이름은 산정에 있는 옥제관玉帝觀에서 유래했다. 옥황봉 대문大門 아래엔 황백색의 무자비無字碑가 정상을 덮개처럼 덮고 있다. 이 비석은 한무제 원년 4월 태산에서 봉선제를 거행하면서 남긴 유적으로, 무제의 공덕功德은 무량無量하기 때문에 글로 표현할 수 없다는 뜻에서 한 글자도 새기지 않았다고 한다.

옥황봉 서북에 있는 거석봉巨石峰은 '장인봉丈人峰'이라고도 하는데, 이는 당唐 현종玄宗과 관련된 고사故事에서 비롯되었다. 봉선제를 지내기 전 당 현종은 중서령中書令 장열張說을 봉선사封禪使로 임명했고 장열이 이 틈을 타 사위인 정일鄭鎰을 구품九品 소리小吏에서 오품五品 대관大官으로 승진시켰다. 영민했던 당 현종은 정일을 잘 알고 있었기 때문에 그가 갑자기 승진하자 이상하게 여기고는 그 이유를 캐물었으나 정일은 대답하지 못했다. 그때 궁중宮中의 소축小丑 황번작黃幡綽이 "이는 태산의 힘입니다(此泰山之力也)"라고 했는데, 이 일이 궁중宮中에 전해진 이후로 장인丈人을 '태산'이라 부르게 되었다. 그런데 태산을 '동악'이라고도 불렀기 때문에 장인을 '악부岳父' 혹은 '악장岳丈'이라 부르게 되었고 이 호칭은 지금까지도 사용되고 있다. 옥황봉 서북쪽의 '장인봉'이란 이름도 당 현종과 정일의 고사故事에서 유래한다.

하경명 何景明

1483~1521

명明의 문학가文學家. 자字는 중묵仲默, 호號는 대복산인大復山人. 신양信陽(지금의 하남河南) 사람이다. 『대복집大復集』 38권이 전한다.

죽지사 竹枝詞[1]

하경명(何景明)

무산巫山 열두 봉우리 가을 풀이 누렇게 시들었고,
구당협瞿唐峽 냉연冷烟 낀 물 위에 한월寒月이 비친다.
청풍淸風 불어대는 강 위의 고주孤舟의 손님에겐,
원숭이 울음소리 안 들려도 단장斷腸의 슬픔이 인다.

십이봉 두추초황 냉연한월과구당
十二峰[2]頭秋草黃 冷烟寒月過瞿塘[3]

청풍강상고주객 불청원제역단장
淸風江上孤舟客 不聽猿啼亦斷腸

1 竹枝詞(죽지사) : 대나무가지의 노래 : 민가체(民歌體)의 하나로 당인(唐人)들이 여인의 정(情)이나 이별(離別)의 향수(鄕愁)를 주로 표현했었는데 후대(後代)에 풍속(風俗)과 인정(人情)을 표현하기도 했다. 2 十二峰(십이봉) : 사천(四川) 무산현(巫山縣) 무산(巫山)의 12봉(峰). 원(元) 유훈(劉壎)의 『은거통의(隱居通議)』에 의하면, 12봉의 명칭은 독수(獨秀) · 필봉(筆峰) · 집선(集仙) · 기운(起雲) · 등룡(登龍) · 망하(望霞) · 취학(聚鶴) · 서봉(栖鳳) · 취병(翠屛) · 반룡(盤龍) · 송만(松巒) · 선인(仙人)이다. 3 瞿塘(구당) : 구당협(瞿塘峽). 삼협(三峽)의 하나.

감상

배를 타고 구당협瞿唐峽을 지나노라니 양쪽으로 펼쳐진 무산巫山 12봉우리엔 풀들이 이미 시들어 누렇게 물들었고 차가운 안개 낀 구당협 물 위에는 한월寒月이 비친다. 나그네의 심정 어찌 쓸쓸하지 않겠는가! 맑은 바람 일어대는 강 위의 외로운 배 한 척, 나그네에겐 원숭이 구슬픈 울음소리 들리지 않아도 장腸을 끊는 듯한 슬픔이 일어난다.

구당협(瞿唐峽)

이 시는 시인이 배로 구당협을 지나면서 지은 기행시紀行詩인데 구당협의 처량한 풍경을 빌려 자신의 심경心境을 표현했다.

이 시는 평성平聲 양운陽韻의 칠언절구이다.

여설

구당협瞿唐峽을 떠나 대녕大寧 하관곡河寬谷으로 들어서면 수려한 무협巫峽으로 들어서게 된다. 무협은 청대淸代 허여룡許汝龍이 "아래로 무협에 배를 띄웠지만 마음은 열두 봉우리에 있네.(放舟下巫峽, 心在十二峰.)"라 노래했듯이 강 양쪽에 높이가 100여m에 이르는 12개의 봉우리가 기기묘묘한 형태로 솟아 있는데 이 무산巫山 12봉峰 중에서 신녀봉神女峰이 가장 눈길을 끈다.

청석동靑石洞 맞은편의 신녀봉 정상 측면側面에 석주石柱가 있는데 멀리서 보면 가녀린 소녀가 서 있는 것처럼 보여 '신녀봉'이라는 이름이 붙여졌다. 또 해가 질 때 가장 늦게까지 저녁노을이 남아 있어 '망하봉望霞峰'이라 불리기도 한다.

이 '신녀봉'을 무대로 역대 시인묵객詩人墨客들은 물론 민간에서도 수많은 이야기들이 만들어졌는데 전국戰國 말년末年 신녀神女를 온유하고 사랑스런 '산귀山鬼'로 묘사한 굴원屈原의 시와 민간에서 전승되는 '신녀조우치수神女助禹治水'의 고사故事가 가장 유명하다.

전설에 의하면, 서왕모西王母의 22녀女 요희瑤姬가 동쪽을 유람하다가 무산巫山 상공에서 거대한 이무기가 백성들을 해치는 것을 보고는 이무기를 죽여 백성들을 구했는데 시체가 장강長江을 가로막는 바람에 큰 수해가 나 백성들은 도탄의 지경에 빠졌다. 이에 하우夏禹가 달려와 산을 가르고 돌을 깨어 강이 흐를 수 있게 했는데, 이때 요희瑤姬가 하우에게 '치수천서治水天書'를 주고 또 하우가 삼협三峽을 뚫는 것을 도왔다고 한다. 삼협이 뚫리자 강물이 점차 동쪽으로 흘러 사천四川 지방은 '산청수수山青水秀'의 '천부지국天府之國'으로 변했다고 한다. 삼협이 개통된 후에도 물살이 거세 배가 침몰하자 요희는 무산에 머무르면서 뱃길을 인도했는데 이에 요희가 머물렀던 봉우리를 신녀봉이라 불렀다고 한다.

삼협과 신녀봉에 얽힌 아름다운 전설은 이밖에도 수많은 명승고적名勝古迹을 만들어 냈는데, 신녀봉 맞은 편 비봉봉飛鳳峰 아래 수서대授書臺와 신녀묘神女廟가 있고 신녀봉 근처의 고도산高都山 위엔 초왕대楚王臺와 고당관高唐觀이 있다. 수서대授書臺는 신녀神女가 하우夏禹에게 책을 주었던 곳인데 후인들이 신녀를 기리기 위해 수서대授書臺 밖에 신녀묘神女廟를 지었다. 이 신녀묘를 육유陸游가 〈입촉기入蜀記〉에서 "무산 응진관을 지나며 진인의 사당을 배알했다.(過巫山凝眞觀, 謁廟眞人祠.)"라고 묘사했듯이 송대宋代에는 '응진관'이라 불렀는데 여기에도 고사故事가 있다. 하우가 수서대에서 요희를 처음 만날 때 신녀는 가벼운 구름 같다가 홀연 비가 되고, 용이 되어 날아오르다가 갑자기 학으로 변해 날갯짓하는 등 모습을 드러내지 않아

하우는 신녀를 괴팍하고 교활한 사람으로 생각했다. 이때 신녀의 시동侍童이 "성왕聖王은 공기空氣가 엉겨 진신眞身이 되었고 도와 합체를 이루었습니다.(上聖凝氣爲眞, 與道合體.)"라면서 신녀의 실체를 말해 주었다고 한다. 이에 신녀묘를 '응진관'이라 부르게 되었다. 그런데 사실 '응기凝氣'는 무협巫峽의 수증기이다. 무협 양안은 산봉우리가 겹겹이 솟아 있고 협곡이 좁은데다 일조량이 적어 수증기가 증발하지 못하기 때문에 순식간에 구름이 끼고 비가 내리기 일쑤다. 게다가 총 연장 42km 무협 전역에 걸쳐 운무雲霧가 바람에 이리저리 흩날리고 있으니 이런 고사故事가 만들어질 만도 하다.

초왕대楚王臺는 초楚 양왕襄王이 꿈에서 신녀를 보았다는 장소인데 여기에도 고사故事가 있다. 초楚의 사부가辭賦家 송옥宋玉이 초 양왕과 함께 고도산高都山을 유람하다 산상山上의 고당관高唐觀에서 '운기雲氣'가 비등하며 순식간에 변하는 모습을 보고는 송옥에게 기이한 변화의 원인을 물었다고 한다. 이에 송옥은 옛날 초楚 회왕懷王이 고당高唐을 유람했을 때 '무산지녀巫山之女'라고 하는 부인을 만나 하룻밤을 보냈는데 다음 날 아침 그 부인은 "첩은 무산의 남쪽 고산 험한 곳에서 아침엔 구름이 되고, 저녁에는 지나가는 비가 되어 아침이나 저녁이나 대 아래에 있겠습니다.(妾在巫山之陽, 高山之峻, 旦爲朝雲, 暮爲行雨, 朝朝暮暮, 陽臺之下.)"라는 말을 남기고 떠났다고 답한다. 양왕이 이야기를 듣고 난 후 송옥에게 〈고당부高唐賦〉를 짓도록 했고 양왕도 그날 밤 꿈속에서 신녀를 만났다고 한다. 이에 송옥은 또 명命을 받들어 〈신녀부神女賦〉를 지었다고 한다. 이 고사故事는 후대 문학가들이 즐겨 사용하기도 했는데 당대唐代 시인 이상은李商隱의 〈과초궁過楚宮〉 역시 신녀의 고사를 소재로 했다.

이 전설은 수천 년 동안 전해져 오지만 실은 송옥의 허구에 후인들의 윤색이 더해져 문학가들이 즐겨 사용하는 전고典故가 된 것이다.

양신 楊愼

1488～1559

명明의 문학가文學家. 자字는 용수用修, 호號는 승암升庵이다. 『승암집升庵集』 81권이 전한다.

무제 無題[1]

양신(楊愼)

막수莫愁의 집은 석두성石頭城 호반에 있는데,
가녀린 허리 15세에 완사浣紗를 알았네.
대청 아래 석류나무엔 말이 묶여 있고
문 앞 버드나무는 갈가마귀 가려 준다.
경양루景陽樓 기녀들 화장 끝마치자 금성이 떠올랐고,
벽월璧月이 비스듬히 기우는데 자야가子夜歌는 끝나지 않았다.
어찌 믿겠는가? 자대紫臺에 있는 황제를, 이 밤 북쪽 땅에서,
옥안玉顔에 구슬 같은 눈물 흘리며 비파를 타게 될지.

석두성반막수가 십오섬요학완사
石頭城畔莫愁家[2] 十五纖腰學浣紗[3]

당하석류감계마 문전양류가장아
堂下石榴堪系馬[4] 門前楊柳可藏鴉

경양 사파금성출 자야 가잔벽월 사
景陽[5]事罷金星出 子夜[6]歌殘璧月[7]斜

긍신 자대 현삭 야 옥안주루읍비파
肯信[8]紫臺[9]玄朔[10]夜 玉顔珠淚泣琵琶[11]

1 無題(무제) : 마땅한 제목이 없을 때 쓰는 제목. 2 莫愁家(막수가) : 막수(莫愁)의 집. 막수(莫愁)는 고악부(古樂府)에 나오는 가녀(歌女)로 원래 낙양(洛陽)에 살다가 남경(南京)으로 시집와 호숫가에 살았는데 그 호수를 막수호(莫愁湖)라고 부른다. 3 浣紗(완사) : '서시(西施)가 비단을 빤다(西施浣紗)' 는 전고(典故)를 인용한 말로 무종(武宗)을, 서시(西施)와 염정(艶情)에 빠져 나라를 망하게 한 오왕(吳王) 부차(夫差)에 비유한 표현. 4 系馬(계마) : 말을 매어 두다. 양(梁) 간문제(簡

文帝)의 "의성(宜城)의 온주(醞酒) 지금 막 익었으니, 안장(鞍裝) 내리고 말 매어 두고 잠시 머물까 하오.(宜城醞酒今行熱, 停鞍系馬暫栖宿.)"라는 구에서 나온 말로 하룻밤 창가(娼家)에 머무른다는 뜻. **5** 景陽(경양) : 남조(南朝) 제(齊) 무제(武帝)가 지었다고 전하는 누각(樓閣)으로 경양루(景陽樓)에 종(鍾)을 설치했는데 궁녀(宮女)들이 그 종(鍾) 소리를 듣고서 일찍 일어나 화장을 했다고 한다. **6** 子夜(자야) : 자야가(子夜歌). 기루(妓樓)에서 흔히 불렀던 노래. **7** 璧月(벽월) : 구슬 같은 달. **8** 肯信(긍신) : 어찌 믿을 수 있겠는가. **9** 紫臺(자대) : 황제(皇帝)의 거처. 여기서는 황제(皇帝)를 뜻함. **10** 玄朔(현삭) : 북쪽. **11** 泣琵琶(읍비파) : 비파를 뜯으며 울다. 『고금악록(古今樂錄)』에 의하면, 한(漢) 무제(武帝) 때 오랑캐와 화친하기 위해 강도(江都) 왕건(王建)의 딸 세군(細君)을 공주(公主)로 만들어 오손왕(烏孫王) 곤막(昆莫)에게 시집보냈는데 가는 길에 비파(琵琶)를 연주해 위로했다고 한다.

감상

석두성石頭城 호숫가에 막수莫愁라는 기녀의 집이 있었다네. 오왕吳王 부차夫差를 패망케 했던 기녀妓女는 열다섯 가녀린 나이에 비단을 빨았던 서시西施라 하네. 양梁 간문제簡文帝는 "의성宜城의 술이 익었으니 대청 아래 석류나무에 말고삐 매어 두고 창가娼家에 하루를 묵은들 어떻겠느냐", "창가를 나설 때는 문 앞 버드나무가 갈가마귀조차 가려 주는데"라고 노래했었다. 제齊 무제武帝가 향락을 일삼던 경양루景陽樓 기녀들은 새벽이 될 때까지 화장을 다시 고쳤었고, 구슬 같은 달이 서쪽으로 기울 때까지 기녀들의 자야가子夜歌 노랫소리 끊이지 않았었다. 어떻게 믿겠는가? 음락淫樂만을 일삼는 황제를! 북쪽 오랑캐에게 시집갔던 서한西漢의 오손공주烏孫公主, 왕소군王昭君 같이, 이 밤 북쪽 땅에서 옥玉 같은 얼굴에 눈물을 흘리며 비파를 뜯게 될지도 모르는데.

이 시는 무제시無題詩로 다른 무제시와 마찬가지로 시의詩意가 명확하지 않다. 그런데 시의 원주原注에 "정축년에 하중묵 · 장유광 ·

도양백과 함께 지어 여기에 추록한다.(丁丑歲同何仲默·張愈光·陶良伯作, 追錄於此.)"라고 해 양신楊愼 외에 당시當時의 시인이었던 하경명何景明·장함張含 등이 이 시를 함께 지었음을 밝히고 있다.

양신楊愼과 하경명 등이 이 시에 담고자 했던 것은 바로 명明 무제武帝의 음행淫行이었다. 봉건전제군주封建專制君主를 공개적으로 비난할 수는 없었기 때문에 이 시는 '막수莫愁'·'서시완사西施浣紗'의 전고典故 등을 통해 표현하고 있다.

이 시는 평성平聲 마운麻韻의 칠언율시이다.

여설

야사野史에 의하면, 1517년(정덕 12) 8월 명明 무제武帝가 급히 미복으로 갈아입고 평창平昌으로 출행出幸하려 했는데, 대신大臣들의 간언諫言에도 불구하고 궁宮을 나섰으나 거용관居庸關의 순안어사巡按御使 장흠張欽이 원칙대로 관문關門을 굳게 닫아 돌아왔던 일이 있었다. 며칠 후 무제는 한 태감太監에게 장흠을 대신해 관문을 지키도록 하고는 밤에 관문을 나가 선부宣府, 하남성 선화현에 가곤 했다. 무제는 선부에 갈 때면 늘 강빈江彬 등을 데리고 다니면서 민가民家의 부녀건 기녀건 가리지 않고 음락淫樂을 일삼았다. 간신奸臣 강빈은 무제를 위해 선부에 '진국장군부제鎭國將軍府第'라는 행궁行宮을 지었으니 무제의 음행淫行은 끝이 없었다. 만명晩明 심덕부沈德符의 〈야획편野獲編〉에 의하면 무제의 황당한 음행은 큰 파장을 일으켜 조야朝野를 진동시켰다고 한다.

막수호莫愁湖는 남경南京 제일의 명승지名勝地로 알려진 곳이다. 이 호수에는 낙양洛陽의 미녀 막수莫愁의 고사故事가 깃들여 있다.

전설에 의하면, 남제南齊 때 낙양에 막수라는 여인이 있었는데, 집안이 가난하여 아버지의 장례 치를 돈조차 없었기 때문에 몸을 팔아서 아버지의 장례를 치를 수밖에 없었다. 마침 건업建鄴, 지금의 남경의 부자富者 노원외盧員外가 낙양에 왔다 막수를 보고는 돈을 주고 사서 며느리로 삼았다. 그런데 막수는 고향에 홀로 계신 어머니와 돌아가신 아버지 생각에, 더더구나 헤어진 연인 생각에 항상 우울하기만 했다. 마음씨 착한 막수는 늘 고향 사람과 이웃을 도와주곤 했는데 이에 노원외가 이유 없이 모함하자 막수는 모욕을 참지 못하고 호수에 몸을 던져 죽었다고 한다. 이에 세인들이 막수를 기리기 위해 노가盧家의 화원花園과 석성호石城湖를 막수호라 이름 지었다. 이후로 막수호라는 이름이 먼 곳에까지 알려졌고 막수의 아름다운 이야기도 끊임없이 전해지면서 여러 이야기들이 더해졌다.

화원의 울금당鬱金堂이 당시 막수가 거처했던 곳이라고 하는데 이 이름은 당唐 심전기沈佺期의 시구詩句 '노가소부울금향盧家少婦鬱金香'에서 비롯된 것이다.

육조시대六朝時代 장강長江 입구에서 진회하秦淮河까지 제방堤防을 축조했기 때문에 이 지역地域을 횡당橫塘이라 불렀다. 북송北宋 때 〈태평환우기太平寰宇記〉에 '석성서유호石城西有湖, 명막수名莫愁'라는 기록이 막수호에 관한 최초의 기록이니 막수호가 원림園林으로 명성을 얻게 된 것은 4, 5백 년 전부터이다.

명대明代에 막수호는 개국공신開國功臣 서달徐達의 원림園林이 되었다. 당시 명明 태조太祖 주원장朱元璋이 이곳에 와서 바둑을 두며 시간을 보냈다고 한다. 한번은 주원장이 바둑 고수였던 서달에게 세 판을 이기고는 매우 기뻐하며 승기루勝棋樓와 막수호를 서달에게 하사했다. 승기루라는 명칭도 이 고사에서부터 비롯된 것이다. 지금도 누각 안에 명초明初 서달과 주원장이 바둑 둘 때 사용했다고 하는 바둑판이 놓여 있다.

사진 謝榛

1495~1575

명明의 문학가文學家. 자字는 무진茂秦, 호號는 사명산인四溟山人. 임청臨淸(지금의 산동山東) 사람이다. 『사명산인집四溟山人集』 24권 등이 전한다.

거용관 居庸關[1]

사진(謝榛)

발해渤海 근처 유주幽州와 연주燕州 땅,
만궁彎弓 찬 호협豪俠이 있다네.
말 먹이는 곳의 가을은
북방北方에선 군사를 일으킬 때라네.
고갯길도 끊어져 구름만 날아오고,
변방의 관문 조도鳥道는 시간만 더디네.
그때는 조정朝廷에 위상魏尙이 있어
다시 이곳에 깃발을 꽂았다네.

공해 유연 지 만궁 호협아
控海[2]幽燕[3]地 彎弓[4]豪俠兒

추산목마처 삭새 용병시
秋山牧馬處 朔塞[5]用兵時

영단운비형 관장조도지
嶺斷雲飛迴 關長鳥度遲

당조유위상 부차주정기
當朝有魏尙[6] 復此駐旌旗

1 居庸關(거용관) : 만리장성(萬里長城)의 관문(關門) 이름. 여설 참조. **2** 海(해) : 발해(渤海). **3** 幽燕(유연) : 고대(古代)의 지명(地名)으로, 지금의 하북성(河北省) 북부(北部)와 요녕성(遼寧省) 일부(一部) 지방이다. **4** 彎弓(만궁) : 구부러진 활. **5** 朔塞(삭새) : 북방(北方)의 변새(邊塞). **6** 魏尙(위상) : 한(漢) 문제(文帝) 때 운중(雲中), 지금의 산서성 대동시 태수(太守)로, 변방을 잘 방어해 흉노가 감히 침범하지 못했다고 한다. '위상(魏尙)' 은 범칭(汎稱)일 수도 있고 구체적 인물을 지칭할 수도 있다. 융경연간(隆慶年間)엔 척계광(戚繼光)이 계북총

병(薊北總兵)으로 있었는데 거용관(居庸關) 역시 그의 관할 지역 내에 있었기 때문에 그를 지칭하는 말일 수도 있다.

감상

거용관居庸關은 창망滄茫한 연산산맥燕山山脈을 뒤로 하고 발해渤海 부근 광대한 유주幽州와 연주燕州 땅을 마음대로 주무른다. 예로부터 유주와 연주에는 만궁彎弓 찬 호협豪俠이 많았다. 진한시대 이후 천여 년 동안 천고마비天高馬肥의 계절이면 북쪽 오랑캐가 군사를 일으켜 쳐들어 왔다. 깎은 듯한 절벽 하늘 끝까지 치솟아 구름이 감쌌고 변방의 관문 길게 이어져 하늘을 나는 새도 넘어가는데 오랜 시간이 걸릴 정도이다. 험준한 산세 침입을 막아 주지만 더욱 중요한 건 정병精兵의 양성養成이다. 한문제 때 운중雲中에는 위상魏尙 같은 장수將帥가 있어 흉노匈奴가 감히 침략하지 못했고 그곳에 한漢나라의 깃발을 꽂을 수 있었다.

사진謝榛은 연燕 지방을 장기간 유람했기 때문에 변방의 풍광과 방위에 대해 특별한 느낌을 가지고 있었을 것이다. 이 시詩는 거용관의 웅장한 경관을 묘사하면서 그 병사들의 공적을 노래했다.

이 시는 평성平聲 지운支韻의 오언율시이다.

여설

거용관居庸關은 군사 요지로 지세가 매우 험해 만리장성萬里長城의 주요 관문關門 중 하나로, 북경시北京市 창평현昌平縣 서북西北쪽에 있는데, 군도관軍都關·계문관薊門關이라고도 한다. 또 거용관은 뒤로는 연산산맥燕山山脈, 앞으로는 발해渤海에 인접한 광대한 유연幽燕 지방이 있어 지리적으로도 매우 중요한 위치에 있다. 이로 인해 진한秦漢 이래 북방 이민족들의 침범이 끊이지 않았던 곳이 바로 여기다.

북경北京에서 만리장성을 구경하려면 대부분 팔달령八達嶺으로 간다. 도중途中에 명십삼릉明十三陵의 수고水庫 · 정릉定陵 지하궁전地下宮殿 · 장릉長陵의 대전大殿 등을 돌아볼 수도 있다. 그런데 팔달령은 실은 거용관의 외관外觀일 뿐이다.

북경을 벗어나 남구南口를 지나면 협곡峽谷이 나타나는데 거용관은 그 협곡 중에 있기 때문에 '관구關溝'라 칭하기도 한다. 장장 15km의 협곡엔 네 개의 중관重關과 72경景이 있다.

남구는 거용관의 '사중관四重關' 중 제일관第一關이다. 해발 103m이다. 현재 남구진南口鎭의 성벽은 잔해殘骸와 곧 무너져 내릴 것 같은 성문城門만 남아 있다.

협곡으로 들어가 얼마 가지 않아 남쪽으로 흐릿하게 72경의 하나인 '이룡희주二龍戲珠'가 나타난다. 이룡은 협곡 양쪽의 큰 산을 뜻하고, 희롱하는 '주珠'란 남구진南口鎭 근방에 홀로 서 있는 구릉丘陵이다. 두 개의 산과 하나의 구릉이 천신天神이 배치한 듯 두 마리 용龍이 구슬을 가지고 노는 듯한 모습을 해 고인古人들이 '이룡희주'라 불렀다고 한다.

거용관은 만리장성의 중요 관문關門으로 북경에서 약 120리 떨어져 있기 때문에 북경의 서북西北 지방을 방어하는 진지이다. 거용관이라는 이름은 '사거용도徙居庸徒'에서 비롯되었는데 '용도庸徒'는 '용공庸工'을 뜻한다. 전설에 의하면, 진시황秦始皇이 만리장성을 건조할 때 징발했던 인부들이 대부분 이곳에 살았기 때문에 붙여진 이름이다. 이후 지명地名이 서관西關 · 납관관納款關 · 군도관軍都關 등으로 바뀌었다가 요대遼代부터 거용관이라 칭했고 이 명칭名稱이 지금까지 사용되고 있다. 명나라 때 만리장성을 구진九鎭으로 구분해

'구변九邊' 이라 칭하며 분할해서 방어하게 했는데, 거용관에서 산해관山海關까지 약 1200리 장성長城은 계진薊鎭에 속하며 당시 총병관總兵官은 왜구倭寇를 무찌르는 데 공을 세웠던 척계광戚繼光이었다.

거용관의 중심에는 현재 정밀하게 조각된 백옥白玉의 석대石臺가 보존되어 있는데, 이를 운대雲臺라 한다. 이 석대는 원래 1345년(원 지정 5)에 만들어진 '과가탑過街塔' 이라고 불렀던 삼좌三座의 석탑石塔이었으나 원말명초元末明初 때 훼손되었다. 후에 이곳에 사원寺院을 중수했고, 1439년(명 정통 4) 다시 중수重修하고는 '태안사泰安寺' 라 칭했는데, 1702년(청 강희 41) 화재로 소실되었다. 현재 남아 있는 운대雲臺는 원명元明 양대兩代에 만들어진 삼탑三塔과 사원寺院의 기좌基座 부분이다.

거용관 운대 부근에 거용관 72경景 가운데 '백봉총白鳳塚' · '용문분설龍門噴雪' · '당대백과수唐代白果樹' 등이 있는데 그 가운데 가장 유명한 것은 '선인침仙人枕' 이다. 거용관 길가에 있는 거대한 돌인데 모양이 선인仙人의 베개와 같다고 해서 '선인침' 이라 불렸으며 거대한 돌 위에 '선침仙枕' 이란 두 글자가 새겨져 있다. 이 '선침석仙枕石' 에서 멀지 않은 곳에 '사중관四重關' 중 '제삼관第三關' 인 상관上關이 있고 여기서 앞으로 계속 가면 72경 중 '선인교仙人橋' · '금어지金魚池' · '탄금협彈琴峽' 등이 있고, 또 '관음각觀音閣' · '미륵석상彌勒石像' · '석불사石佛寺' 등의 명승고적이 있다. 석불사를 지나면 청룡교靑龍橋 일대에 이르는데 이곳이 팔달령八達嶺의 주봉主峰으로 해발 550m이다. 팔달령은 관구關溝의 제사관第四關으로 '남구南口' 와 마주보고 있기 때문에 '북구北口' 라고 한다. 관루關樓의 성은 해발 600여m에 달하는데 그 부근에 72경 가운데 '천험구天險溝', '망경석望京石' 이 있다.

왕세정 王世貞

1526~1590

명明의 문학가. 자字는 원미元美, 호號는 봉주鳳州. 태창太倉(지금의 강소江蘇)사람이다. 『엄주산인사부고弇州山人四部稿』 174권이 전한다.

등태백루 登太白樓[1]

왕세정(王世貞)

옛날에 듣길 이공봉李供奉은
홀로 이 누樓에 올라 길게 소리쳤단다.
이 땅을 한번 돌아본 후로,
고명高名이 백대百代에 남아 있다.
흰 구름 낀 바다에 서광曙光이 비치며
밝은 달 떠올라 천문天門에 가을이 찾아오네.
다시 찾는 이 찾아 보려 했는데,
제수濟水가 유유히 흘러간다.

석 문 이 공 봉　장 소 독 등 루
昔聞李供奉[2]　長嘯獨登樓
차 지 일 수 고　고 명 백 대 류
此地一垂顧　高名百代留
백 운 해 색 서　명 월 천 문 추
白雲海色曙　明月天門[3]秋
욕 멱 중 래 자　잔 원 제 수 류
欲覓重來者　潺湲[4]濟水[5]流

1 太白樓(태백루) : 누각(樓閣) 이름. 여설 참조. 2 李供奉(이공봉) : 이태백(李太白)이 한림원(翰林院) 공봉(供奉)을 지낸 직후 산동(山東) 임성(任城)에 왔기 때문에 이공봉(李供奉)이라 했다. 3 天門(천문) : 태산(泰山)의 동(東)·서(西)·남(南) 삼천문(三天門). 4 潺湲(잔원) : 물 흐르는 소리. 5 濟水(제수) : 강 이름. 황하(黃河)는 남(南)과 북(北)의 두 갈래로 흐르는데, 그 중 하북(河北)부분은 하남(河南) 제원현(濟源縣) 서쪽 왕옥산(王屋山)에서 발원하여 동남쪽으로 온현(溫縣)을 거쳐 황하(黃河)로 합류하고, 하남(河南)부분은 처음부터 황하(黃

河)의 지류(支流)와 이어져 있는데 하남성(河南城) 형양현(滎陽縣) 북쪽에서 발원하여 산동성(山東省)을 거쳐 바다로 흘러간다.

감상

옛날 이태백李太白은 한림공봉翰林供奉의 벼슬을 내던지고 산동山東·하남河南·하북河北 일대를 유람하다가 한 차례 임성任城에 은거했었다. 그때 홀로 태백주루太白酒樓에 올라 길게 소리쳤었다고 한다. 이백李白이 이곳을 한번 돌아본 이후로 그 명성名聲 백대百代에 이어지고 있다. 내가 이 누대樓臺에 올랐더니 아득한 바다에 달 떠 있고 서광이 몽롱하게 비치는 게 마치 이태백이 부르는 듯하다. 구름 타고 천계天界의 문門에 들어섰더니 밝은 달이 나를 맞는다. 나처럼 태백루에 다시 올랐던 사람 찾아보려 했으나 내 눈길 유유히 흘러가는 제수濟水 강물을 뒤쫓는다.

이 시는 1553년(명 가정 32) 무렵 지었다. 이때 왕세정王世貞은 북경北京에서 형부원외랑刑部員外郎의 벼슬을 하고 있었는데 출장 가는 길에 태창太倉의 친척을 방문할 수 있었다. 그 해 가을 운하運河를 통해 북으로 가는 도중 제녕주濟寧州, 지금의 제녕시를 지나다 태백루太白樓에 올라 이 시를 지었다.

당시 왕세정은 이반룡李攀龍과 함께 문단의 맹주였다. 그가 태백루太白樓에 올라 전대前代 시인의 족적을 따라가다 시상詩想이 떠올라 지은 시다.

이 시는 평성平聲 우운尤韻의 칠언율시이다.

여설

남경南京에서 45km 떨어진 장강長江 하류下流에 마안산시馬鞍山市

가 있다. 전설傳說에 의하면, 초패왕楚霸王 항우項羽가 해하垓下, 지금의 안휘성 영벽현에서 유방劉邦과 결전을 치른 후 안휘安徽 오강烏江, 지금의 안휘성 화현으로 도주해 자살했는데 줄곧 그와 전장戰場을 누볐던 오추마烏騶馬가 슬피 울다 죽어 그 안장鞍裝이 산으로 화해 마안산馬鞍山이 생겼다고 한다. 옛 전장戰場이었던 마안시는 현재 신흥 철강 도시로 변모했고 수려한 풍광風光으로 많은 관광객들이 찾고 있다.

채석기采石磯는 마안산시 서남쪽 5㎞ 지점에 위치한 취라산翠螺山의 한 봉우리다. 채석기는 높이 약 50여m로 깎아지른 듯이 치솟아 양자강 남안南岸에 인접해 있다. 채석기는 악양岳陽의 성릉기城陵磯, 남경南京의 연자기燕子磯와 함께 '장강삼기長江三磯'라 불렸는데 그 가운데 험준한 산세山勢나 수려한 풍광風光으로 보아 채석기가 으뜸이라 할 수 있다.

채석기의 옛 이름은 '우저기牛渚磯'인데, 이 이름은 『여지지輿地志』의 '금우출저金牛出渚'의 전설에서 유래한다. 또 채석기라는 명칭은 이곳에서 오색채석五色彩石이 생산되기 때문에 붙여진 이름이다. 세간世間에 전하는 말에 의하면, 삼국시대三國時代 손권孫權 적오연간赤烏年間(238~250)에 취라산翠螺山 광제사廣濟寺의 승려가 우물을 파다 오색찬란한 돌을 발견하고는 향로香爐로 만들었는데 이후로 '우저기'에서 '채석기'로 이름이 바뀌었다고 한다.

당唐 이백의 시 〈채석기〉, 청대淸代 황경인黃景仁의 〈태백루太白樓〉에서, 욱달부郁達夫의 소설 〈채석기〉에 이르기까지 수많은 문학작품은 물론 묵적墨迹에까지 '채석기'에 관한 고사가 남아 있다. 뿐만 아니라 이곳은 역대 병법가兵法家들이 모여들었던 곳이기도 하다. 삼국시대 동오東吳의 명장名將 주유周瑜와 육손陸遜이 '채석기' 일대에 주둔했었는데 현재도 남아 있는 '사근정思瑾亭'은 주유周瑜

의 공업功業을 기리기 위해 세워졌던 건물이다.

육조六朝의 여러 왕조가 금릉金陵, 남경을 도읍으로 삼았기 때문에 채석采石은 '육조시대六朝時代 수도首都의 서남쪽 방어막(六朝京畿之西南屛障)'이 되었다. 뿐만 아니라 장강長江 양안兩岸을 이어주는 지리적 위치로 인해 각지의 상인들이 모여들던 상업과 교통의 요지였다. 당시 채석기가 얼마나 번성했는지 배들이 채석기의 절벽에 부딪쳐 생긴 흔적을 지금도 발견할 수 있을 정도다. 최근 채석기는 도현塗縣에서 마안산시로 편입되면서 옛 채석공원采石公園도 면모를 일신해 태백루太白樓·이백의관총李白衣冠塚·아미정蛾眉亭·연서정燃犀亭·회사정懷謝亭·횡강관橫江館·취월재醉月齋·취라헌翠螺軒 등의 고적도 복원되었다.

태백루太白樓는 채석기에서 가장 유명한 고적으로 무창武昌의 황학루黃鶴樓, 동정호반洞庭湖畔의 악양루岳陽樓, 장강변長江邊의 등왕각滕王閣과 함께 '삼루일각三樓一閣'으로 병칭竝稱된다. 이 누각은 이백李白을 기념하기 위해 건축했다. 이백은 안휘安徽 당도當塗, 옛 태평부에서 적막하고 빈곤하게 말년을 보내다 죽었는데 그 기간 동안 여러 편의 시에서 '채석기'를 노래한 〈야박우저회고夜泊牛渚懷古〉·〈우저기牛渚磯〉·〈자모죽慈姥竹〉·〈망부산望夫山〉 등의 수많은 명작을 남겼다. 이 위대한 시인을 기념하기 위해 당唐 원화연간元和年間(806~820) 이곳에 누각을 건축했다. 태백

태백루(太白樓)

루太白樓의 주루主樓는 삼층三層 양원兩院으로 이루어져 있다. 양쪽에 상방廂房과 정원庭園을 두고 안에는 계화桂花·옥란玉蘭·종려棕櫚 등을 심어 푸름이 뚝뚝 떨어지고 꽃향기가 몸에 스며드는 것 같다. 후루後樓는 지세地勢에 따라 축대를 쌓아 만들어 앞쪽 두 개의 누각樓閣과 하나로 이어져 있다. 일루一樓에는 이백이 채석기를 만유漫遊하는 모습을 그린 큰 병풍屛風이 펼쳐져 있고, 이루二樓 삼루三樓에는 이백의 모습을 생생하게 되살린 황양목黃楊木으로 만든 이백상李白像이 있다. 태백루에서 보는 장강長江의 경관 또한 천하 절경이다. 태백루 서쪽엔 동오東吳 적오赤烏 2년에 건축한 '채석원采石院'이 있는데 송대宋代에 '광제사廣濟寺'로 개칭되었다. 일년 내내 참배객參拜客이 끊이지 않는다고 한다. 태백루 서쪽 장강변長江邊에 표면이 편평한 거석巨石이 있는데 돌 위에 '연벽대聯壁臺' 세 글자가 적혀 있고 '사도思道'라는 서명도 있다. 연벽대는 하늘을 찌를 듯 솟아 있는 절벽 위에서 새가 날갯짓하는 것처럼 강 쪽으로 뻗어 있어 가히 천하장관이라 할 만하다. 이곳은 이백이 달을 잡기 위해 강으로 뛰어들었다는 전설이 전해져 '촉월대觸月臺', '사신애舍身崖' 등으로도 불리는 곳이다.

시제詩題의 '태백루'는 제녕濟寧, 산동성 제녕시의 태백주루太白酒樓이다. 당대唐代 시인 이태백의 유적지 중 한 곳이다. 이태백은 천보天寶 원년元年 황제의 부름을 받고 장안에 가 한림공봉翰林供奉을 제수받았으나 권신귀족權臣貴族들과 화합하지 못하고, 천보天寶 3년 '사금방환賜金放還'하여 산동山東·하남河南·하북河北 일대를 유람하다 한 차례 임성任城, 제녕주濟寧州에 은거했었다. 당시 태백이 제녕주의 남성南城 위에서 술을 마시며 시를 지었기 때문에 후인들이 이곳을 '태백주루太白酒樓'라 불렀고, 후대 시인묵객詩人墨客들이 자주 유람하는 명승지가 되었다.

원굉도 袁宏道

1568~1610

만명晩明의 시인詩人. 자字는 중랑中郎. 공안公安(지금의 호북성湖北省) 사람이다. 『원중랑전집袁中郎全集』 40권이 전한다.

유호포천 游虎跑泉[1]

원굉도(袁宏道)

송간松澗에 놓인 대나무평상 정결淨潔하기만 한데,
늙은 중 얼굴 보니 절 또한 빈한함을 알겠다.
허기진 새와 향적미香積米를 함께 나누고,
도인道人의 땔감은 지는 꽃잎으로도 늘 족했다.
비문碑文 첫머리를 보니 개산開山조사의 게어偈語임을 알았고,
아궁이엔 식은 재만, 대전大殿에는 천신상天神像이.
맑은 샘에서 서너 잔 물을 길어
띠풀과 씀바귀를 쪄서도 신선한 차茶맛을 볼 수 있다.

죽 상 송 간 정 무 진　승 로 당 지 사 역 빈
竹床松澗淨無塵　僧老當知寺亦貧

기 조 공 분 향 적 미　낙 화 상 족 도 인 신
饑鳥共分香積米[2]　落花常足道人薪

비 두 자 식 개 산 게　노 리 회 한 호 법 신
碑頭字識開山偈[3]　鑪裏灰寒護法神[4]

급 취 청 천 삼 사 잔　모 차 팽 득 여 상 신
汲取清泉三四盞　茅茶[5]烹得與嘗新[6]

1 虎跑泉(호포천) : 항주(杭州) 옥황산(玉皇山)에 있는 샘. 항주(杭州) 삼대명천(三大名泉)의 하나. 2 香積米(향적미) : 승려(僧侶)의 식사거리로 마련된 쌀. 3 開山偈(개산게) : 개산조사(開山祖師)의 게어(偈語). 4 護法神(호법신) : 불법(佛法)을 호위하는 천신(天神). 5 茅茶(모차) : 띠풀과 씀바귀. 6 嘗新(상신) : 신선한 맛을 보다.

호포천(虎跑泉)

감상

소나무 그늘 드리워진 맑은 계곡 가에 대나무 평상平床 놓였는데, 그 평상에 티끌 하나 없이 깨끗하다. 평상平床의 주인 늙고 수척한 승려僧侶인지라 그 절 역시 곤궁하겠지. 이 절 위를 날아다니는 새도 굶주렸는지 향적미香積米를 쪼아 먹고, 마당에 떨어진 꽃잎을 쓸어 모으면 주방의 땔감으로 언제나 족할 것 같다. 절 뒤로 돌아가 오래된 비석碑石 앞에서 발걸음을 멈추었다. 이끼를 닦아내고 비문碑文을 살펴보니 이 절을 창건한 고승高僧의 글이다. 다시 되돌아 나오니 대전大殿에 호법천존護法天尊이 신령神靈을 발하며 서 있는데 아궁이엔 식은 재만 있다. 맑은 샘물 서너 잔만 있으면 띠풀과 쑥바귀를 쪄서도 신선한 차 맛을 볼 수 있겠다.

호포천虎跑泉은 항주杭州의 명승名勝이다. 원굉도袁宏道는 '호포천'이라는 시제詩題의 시를 지으면서 이에 관련된 고사故事는 한 마디도 언급치 않았다. 또 한 연聯 또는 한 구句에서도 표현하는 대상이 빨리 변해 시정詩情의 일관성이 부족하고 시의 의미意味를 파악하기가 쉽지 않다. 전체적으로 〈유호포천游虎跑泉〉은 원굉도袁宏道의 작품 가운데서도 수작秀作이라고는 할 수 없다.

원굉도가 위와 같은 시를 지은 것은 의식적으로 당시唐詩와 다른 풍격風格의 시를 지으려 했기 때문이 아닌가 싶다. 그는 "시는 반드시 성당을 본받고 문장은 진한을 본받아야 한다.(詩必盛唐, 文必秦漢.)"의 복고주의에 극렬하게 반대했던 문학가였는데, 시우詩友였던 장헌익張獻益이 조심스럽게 당시唐詩와 비슷한 시를 쓸 것을 권유했을 때 원굉도가 보였던 민감한 반응이 이를 말해 준다. 그는 『해탈집解脫集』 권卷4에서 "최근 서호西湖에서 지은 여러 작품들은 더욱 거칠고 어지럽게 느껴진다. 당시唐詩에서 점점 멀어질수록 나 자신은 더욱 더 만족스럽다.(近日湖上諸作, 尤覺穢雜, 去唐愈遠, 然愈自得意.)"라 했는데 이 작품 역시 '근일호상제작近日湖上諸作'의 하나다.

이 시는 평성平聲 진운眞韻의 칠언율시이다.

여설

항주杭州 서호西湖 남쪽 옥황산玉皇山 서쪽 기슭엔 백학봉白鶴峰이 있는데 여기에 '천하제삼天下第三'이라 일컫는 호포천虎跑泉이 있다. 이 샘은 호포사虎跑寺 내에 있는데 절의 원래 이름은 대자정혜사大慈定慧寺로 당唐 원화元和 14년(819년)에 창건되었고 호포천에 관련된 고사故事도 그때의 이야기에서 유래한다. 당시 이곳에서 참선參禪하고 있던 성공대사性空大師는 물이 없어 다른 곳으로 떠나려 했다. 그런데 그날 밤 어떤 신인神人이 나타나서 "스님이 오신 후로 우리가 입은 은혜가 너무나도 큰데 어찌해서 버리고 가시려 합니까? 남악에 동자천이 있는데 호랑이 두 마리를 보내 옮겨오면 되니 스승님은 걱정하지 마십시오.(自師來, 我等受惠甚大, 爲何抛棄而去? 南岳有童子泉, 遣二虎移來便是, 師父不必憂慮.)"라 말하곤 떠났다. 과연 다음 날 두 마리 호랑이가 땅을 파헤치더니 샘물이 솟아 나오기 시작했고, 후에 대사가 남악에서 온 사람에게 동자천이 어떻게 되었냐고 물었더니 점점 샘이 말라 이젠 샘물이 나오지 않노라 대답했다고 한다.

목 마른 호랑이가 본능적으로 샘물을 찾았다는 사실은 그럴 법한 일이지만 호포천 샘물이 솟구치면서 만들어 내는 '마치 꽃과도 같은 모양의 물줄기水花'는 정말 신기하다.

송대宋代에 절이 법운조탑원法雲祖塔院으로 개명改名되었는데 샘의 명성名聲이 너무나 자자해 '호포사虎跑寺'라 부르는 사람이 많았다. 절 내에는 고대古代 명사名士들의 석각石刻이 다수 보존되어 있는데 현재 소동파蘇東坡의 〈병중유조탑원病中游祖塔院〉 시詩도 석각되어 있다.

호포천 동쪽 동물원으로 갈라지는 길을 따라 산길을 오르면 봉황령鳳凰嶺 용정龍井에 이르게 된다. 옛날부터 세인世人들이 '용정차엽호포수龍井茶葉虎跑水'를 쌍절雙絕이라 불렀듯이 용정수龍井水와 호포천은 옥천玉泉과 함께 항주의 삼대명천三大名泉으로 알려져 있다. 용정龍井은 용추龍湫, 용천龍泉이라고도 하는데 큰 가뭄이 들어도 이곳의 샘물은 마르지 않자 옛사람들은 이곳의 샘이 바다와 연결되어 용龍이 살기 때문이라고 여겨 용정이라 불렀다고 한다. 용정은 차茶의 명산지로 이곳에서 생산되는 차를 '용정차龍井茶'라 한다.

종성 鍾惺

1574~1625

만명晩明의 시인詩人. 자字는 백경伯敬. 경릉竟陵(지금의 호북성湖北省 천문현天門縣) 사람이다. 『은수헌집隱秀軒集』 32권 등이 전한다.

무자비 無字碑[1]

종성(鍾惺)

어인 일인지 말세末世인 듯한 일이 벌어지더니,
도리어 노끈 묶어 뜻을 전했던 상고시대上古時代와 비슷했다.
백성은 알아서는 안 된다며
어리석게 하려고 조급했었나.
은연중에 내보인 것은
이 뜻이 곧 분서焚書이었던가.

여하계세 사 반근결승 초
如何季世[2]事 反近結繩[3]初
민불가사지 극극 욕기우
民不可使知 亟亟[4]欲其愚
은연시래자 차의즉분서
隱然示來者 此意卽焚書

1 無字碑(무자비) : 글씨가 없는 석비(石碑). 백석비(白石碑), 또는 석표비(石表碑)라고도 함. 진시황(秦始皇)이 태산(泰山)에 올랐을 때 옥제관(玉帝觀) 앞에 세운 석비로 황백색(黃白色) 돌에 한 글자도 새기지 않았다고 한다. 2 季世(계세) : 말세(末世). 여기서는 진시황 재위 때를 뜻한다. '계세사(季世事)'는 진시황(秦始皇)이 재위하면서 시행했던 '분서갱유(焚書坑儒)'와 같은 문화말살정책 등을 뜻한다. 3 結繩(결승) : 문자(文字)가 만들어지지 않았던 상고시대(上古時代)에 끈을 묶는 모양과 수 등을 통해 의사를 전달하던 방법. '결승초(結繩初)'는 상고시대(上古時代)를 뜻한다. 4 亟亟(극극) : 급히.

감상

진시황秦始皇이 황제皇帝일 때 책을 불사르고 선비를 생매장하며

무자비(無字碑)

마치 세상이 말세가 된 듯한 일들이 벌어졌는데 당시의 상황은 마치 노끈을 묶어 의사를 전달하던 옛날 상고시대上古時代와 비슷했다. 백성들을 알지 못하게 하고 백성들 어리석게 만들기에 급급했다. 진시황이 태산泰山에 무자비無字碑를 세운 게 아마도 '분서갱유焚書坑儒'를 의미하는 게 아니었나 생각해 본다.

이 시는 작자가 태산에 올라 전설 속의 '무자비'를 보고서 느낀 감정을 표현한 시이다.

진시황은 천하를 통일한 후 기원전 213년 이사李斯의 건의를 받아들여 '이고비금以古非今', '혹란검수惑亂黔首'를 금하기 위해 대대적인 '분서갱유'를 실행하여 사상의 통일을 꾀했다. 이 '분서갱유'라는 우민정책愚民政策은 진대秦代의 문화예술文化藝術을 피폐하게 만들었다. 시인은 진시황이 한 글자도 적지 않은 '무자비'를 태산에 세운 것은 '분서焚書'를 생각하고 있었던 게 아닌가 의심하고 있다. '무자비'는 곧 '분서'로 대표되는 진시황 우민정책愚民政策의 상징象徵일 수 있다.

이 시는 평성平聲 어운魚韻과 우운虞韻을 통용通用한 오언 육구의 시詩이다.

여설

중국中國 전역全域을 통틀어 보아도 무자비無字碑의 개수는 많지 않다. 그 가운데 호사가好事家들의 관심이 집중되어 왔던 무자비는 태산泰山 옥황봉玉皇峰에 있는 비석과 서안西安 건릉乾陵에 있는 비석이다.

태산의 정상頂上 옥황봉 아래엔 황백색黃白色의 무자비가 있다. 이 무자비 옆에 후인後人들의 시비詩碑가 두 개 있는데 이 시비들은 무자비에 대한 후인들의 생각을 담고 있다. 왼쪽의 비석은 명대明代 장전張詮이 쓴 것으로 "소매에 오색五色 명문장名文章을 담아 진왕의 무자비를 보수하려고 왔다.(袖携五色如椽筆, 來補秦王無字碑.)"라고 해 이 비석을 진시황이 세운 것이라 했고, 오른쪽의 비석은 곽말약郭沫若이 썼는데 "글자가 없는 비석을 어루만지며 한무제 때를 회고한다.(摩撫碑無字, 回思漢武年.)"라고 해 한무제가 세운 것이라 했다. 이 비석에 대해 명말明末의 고고학자 고염무顧炎武는 "태산의 정상에 있는 무자비에 대해 세간世間에서는 진시황이 세운 것으로 알려져 있는데, 이사李斯의 전서篆書는 높이가 4, 5척에 불과하고 명문銘文도 진秦 2세의 조서詔書를 두루 갖추고 있기 때문에 이런 대비大碑를 세우기에 적당치 않다. 알아본 바에 의하면, 송대宋代 이전에는 진시황이 세웠다는 말도 없었다. 『사기史記』를 반복해서 읽어 본 결과 한무제가 세웠다는 사실을 알게 되었다.(岳頂無字碑世傳爲秦始皇立, 李斯篆書, 高不過四五尺, 而銘文并二世詔書咸具, 不當又立此大碑也. 考之宋以前亦無此說. 因取史記反復讀之, 知爲漢武帝所立也.)"라고 고증했고, 명말明末의 학자學者 사조제謝肇淛는 이것은 비석이 아니라 진시황이 태산에서 봉선제封禪祭를 거행할 때 세웠던 '망표望表, 고대 봉선제를 지낼 때 세웠던 나무로 만든 표지'의 일종이라 고증했으니 이 무자비의 정확한 실체는 아직도 의문에 잠겨 있다.

이에 비해 서안西安 건릉묘乾陵墓 앞에 있는 거대한 석비石碑는 측천무후則天武后가 세웠다고 한다. 건릉乾陵 주작문朱雀門 밖에 동쪽과 서쪽에 2개의 석비가 있는데, 서쪽에 있는 비碑는 '술성기비述聖記碑'라 하며 높이가 6.3m, 넓이가 1.85m로 7개의 돌을 쌓아 만들었기 때문에 '칠절비七節碑'라고도 한다. 이 비석이 7개의 돌을 쌓아 만든 이유는 일월日月과 금목수화토金木水火土의 오대행성五大行星을 더한 7이라는 수數에서 비롯되었다. 즉 당唐 고종高宗의 문치文治와 무공武功이 일월日月과 오대행성五大行星처럼 위대함을 상징하기 위해서 7개의 돌을 사용했다. 비석에는 측천무후가 지은 8천여 자의 글이 중종中宗 이욱李昱의 서체書體로 새겨져 있는데 비문 전체에 금분金粉을 칠해 1천여 년이 지난 지금까지도 금광金光을 발하고 있다. 동쪽에 있는 석비의 크기는 '술성기비述聖記碑'와 비슷한데 모양은 완전히 다르다. 비석의 윗부분에는 8마리의 이룡螭龍이 뒤엉켜 있고 비碑의 양 측면에는 용을 새겨 놓았다. 그런데 이 비석엔 비문이 한 글자도 적혀 있지 않다.

진한秦漢 무렵부터 세계世系나 공덕을 밝힌 글을 돌에 새겨 후세後世에 영원히 전하기 위해 비석을 세우기 시작했다. 그런데 과연 측천무후가 후인들이 자신의 공과功過에 대해 거론치 못하게 하기 위해 일부러 비문을 새기지 말라고 유언했는지 알 수 없는 일이다. 후대 학자들이 『논어論語』〈태백泰伯〉편의 "백성들이 적합한 말이 없어 이름 붙이지 못했다(民無得而稱焉)."의 의미로 비문이 한 글자도 없는 비석을 '무자비'로 명명했음을 감안한다면 이 비석이 세워진 연유緣由에 대해 다시 한 번 생각해 볼 만한 일이다.

당대唐代에 세워진 이 무자비는 천여 년 동안 무수한 사람들의 관심을 끌었다. 처음엔 비석에 아무런 글자도 없었으나 송금시대宋金時代에 누군가가 13줄의 글자를 새겨 넣었다. 한문漢文도 있고 보기 드문 여진문女眞文도 새겨져 있다. 또 명明 가정연간嘉靖年間에 새긴 글도 있는데 "건릉의 송백은 전화戰火를 당했어도, 들판에 소와 양이 가득하고 봄풀도 가지런하다. 오직 건릉乾陵 주변 사람들만이 옛 덕을 생각해, 매년 보리밥이나마 무후武后를 기린다네.(乾陵松柏遭兵難, 滿野牛羊春草齊. 惟有乾人懷舊德, 年年麥飯祀昭儀.)"에서 소의昭儀는 측천무후를 뜻하니 적어도 건릉 부근의 백성들은 일대一代의 여걸女傑 무측천武則天을 회고해 왔음을 알 수 있다.

진자룡 陳子龍

1608～1647

만명晩明의 시인. 자字는 와자臥子, 호號는 대준大樽. 송강松江 화정華亭(지금의 상해시上海市 송강현松江縣) 사람이다. 『백운초려거고白雲草廬居稿』 등이 전한다.

추일잡감 秋日雜感

진자룡(陳子龍)

길 가며 노래해도, 앉아 소리쳐도 홀로 슬픈 가을에,
해무海霧와 강 구름이 해질 무렵 수심을 더해 준다.
하늘도 믿을 수 없어 술에 취한 것 같고,
가련타! 근심을 묻을 곳 아무 데도 없으니.
해바라기 핀 우물에 새로이 귀신이 늘어나고,
적막한 과전瓜田이 옛날의 제후諸侯를 알아보네.
강호江湖는 말에게 물을 먹인다는데,
창랑滄浪 어느 곳에 고깃배 묶어 두리오?

행음좌소독비추 해무강운인모수
行吟坐嘯獨悲秋 海霧江雲引暮愁

불신유천상사취 최련무지가매우
不信有天常似醉 最憐無地可埋憂

황황규정 다신귀 적적과전 식고후
荒荒葵井[1]多新鬼 寂寂瓜田[2]識故侯[3]

견설오호 공음마 창랑 하처착어주
見說五湖[4]供飮馬 滄浪[5]何處着漁舟[6]

1 葵井(규정) : 우물에 난 해바라기. **2** 瓜田(과전) : 오이 밭. 과전(瓜田)의 출전은 진(秦)이 망한 후 동릉후(東陵侯) 소평(邵平)이 장안(長安)에서 참외를 심어 살아갔다는 고사이다. 이 시에서는 명(明)이 망한 후 평민에서 귀족까지 모든 사람이 고통을 겪고 있음을 뜻하는 표현으로 사용되었다. **3** 故侯(고후) : 옛날의 제후(諸侯). 장안(長安)에서 참외를 심어 살아갔다는 동릉후(東陵侯) 소평(邵平). **4** 五湖(오호) : 강호(江湖). **5** 滄浪(창랑) : 푸른 물결. 강 이름. **6** 着漁舟(착어주) : 고깃배 어디에 댈까. 『초사(楚辭)』 〈어부(漁夫)〉인데 현재 강호(江

湖)는 청(淸)이 점령하고 있으니 은거하기도 힘들다는 의미와 항청복명(抗淸復明) 활동의 근거지를 찾을 수 없다는 두 가지 의미로 해석할 수 있다.

감상

만물萬物이 시드는 가을은 안 그래도 사람을 슬프게 하는데, 나라가 망해가는 참담慘憺한 상황 속에서 앉으나 서나 슬픈 노래만 흘러나올 수밖에 없다. 남명南明의 군사 동남東南의 해안과 중원中原의 강가에서 청淸나라 군대와 혈전血戰을 거듭하는데 해 저물어 가니 수심愁心만 더 쌓인다. 하늘이 무심치 않으니 청병淸兵이 중원 땅 오랫동안 차지하지는 않으리라 믿고 또 믿지만 가장 안타까운 것은 강산江山이 청병淸兵에게 짓밟혀 내 우수憂愁 묻을 곳 하나 없음이다. 들판 우물은 풀이 뒤덮었으니 모두들 청병의 칼날 아래 귀신이 되었기 때문이고, 나라가 망하니 제후諸侯도 오이 키우며 살아갈 수밖에, 그를 알아주는 이 아무도 없다. 강호江湖 천지天地 모두 청병이 차지해 5개의 호수는 청병淸兵의 말 물 먹이는 데 쓰이고, 나는 배 띄워 은거隱居하려 하지만 배 댈 곳도 없다.

이 시는 진자룡陳子龍 후기後期 시의 대표작이라 할 수 있는데, 시제詩題 아래의 자주自注에 "오吳땅에서 과객이 되어 시 10수를 지었다(客吳中作十首)."라고 했듯이, 1646년(청 순치 3) 진자룡의 조모祖母 고안인高安人이 별세해 절강浙江 · 송강松江 사이를 왕래했다. 송강에서는 늘 승사사僧舍寺에 머물렀는데, 그때 이 시를 지었다.

명明이 멸망한 후 각지에서 반청의군反淸義軍이 봉기했으나 모두 다 실패로 돌아가 명왕조明王朝 부활復活의 길이 요원해진 상황하에서 쓸쓸한 경관을 바라보는 시인의 심중心中에 무한한 감개가 일었을 것이다.

이 시는 평성平聲 우운尤韻의 칠언율시이다.

여설

'창랑滄浪'을 한수漢水나 한수의 지류支流로 해석하기도 하고 지명地名으로 해석해 호북성湖北省 균현均縣 북쪽이라고도 하고 또 푸른색으로 해석하기도 한다. 이후로 '창랑'은 지명이나 강 이름으로 자주 사용되었는데 그 중 가장 유명한 것은 남송南宋 시인 엄우嚴羽의 창랑각滄浪閣과 소주蘇州 창랑정滄浪亭이다.

세칭世稱 '철성鐵城'이라 하는 복건성福建省 소무현邵武縣 부둔계富屯溪 가에 창랑각이 있다. 창랑각은 남송南宋의 애국 시인 엄우嚴羽의 유적遺蹟이다. 엄우는 자기가 자랐던 고향에 대한 그리움을 항상 가슴에 담고 살아 어릴 적 마을 앞 계천溪川의 이름을 따서 호號를 '창랑滄浪'이라 했다고 한다. 이후 경도京都에서 살아가면서도 자신의 시집 두 권을 『창랑음滄浪吟』이라 이름 지었고 시가이론서詩歌理論書 역시 『창랑시화滄浪詩話』라 했는데, 이 모두 자신이 어릴 적 뛰놀았던 계천의 이름을 딴 것이다.

엄우는 생전에 소무昭武로 남침南侵하는 원元의 군대를 막아냈던 애국지사이다. 관군과 함께 성을 지키며 항전抗戰하길 몇 개월, 중과부적衆寡不敵으로 성이 함락되었으나 엄우는 끝내 굴복하지 않고 항전하다 깊은 산에 숨었다고 한다. 소무성昭武城을 '철성鐵城'이라 일컫는 이유가 바로 여기에서 비롯된다. 산으로 도피한 엄우에 대해서 일설一說에는 절강浙江의 산지山地에서 원군元軍과 싸우다 결국 붙잡혔다고도 하고, 또 민북閩北의 산림에 출몰하여 원군을 기습했는데 산중山中에서 병으로 죽었다고도 한다. 또 어떤 이들은 깊은 산에 은거해 다시는 세상에 나오지 않았다고도 한다. 설이 분분하지만 이후 아무도 엄우를 찾지 못했던 것만은 분명하다.

후세 사람들이 엄우를 기념하기 위해 누각을 건축하면서도 '창랑'이라 이름 지었다. 창랑각이 계천 변에 건축된 데에는 그만한 이유가 있다. 송宋 소정연간紹定年間 엄우는 원군과 싸우다 부상을 당해 요양차 이곳에 와서는 초석礁石 위에 앉아서 낚시로 소일했다고 한다. 창랑각에서 조금 떨어진 곳에 당시 엄우가 낚시를 했던 조어대釣魚臺가 아직도 남아 있다.

또 엄우가 시를 수창酬唱했던 시화루詩話樓 터가 소무현昭武縣 내에 있다. 송宋 희종연간熙宗年間, 이 현縣의 군학교직郡學教職이던 절강浙江의 시인 대식운戴式雲이 늘 이곳에서 명사들과 함께 시를 논했었다고 한다. 현재 이 시화루는 아쉽게도 소실되고 그 터만 남아 있다.

현재의 창랑각은 아편전쟁阿片戰爭 때 영국에 대항해 싸웠던 임칙서林則徐의 후손인 임양광林揚光이 고향 사람들과 함께 애국시인 엄우를 기리기 위해 시인이 자주 거닐었던 계천 가에 중건한 건물이다.

소주蘇州의 창랑정은 소주 최고의 원림園林으로 오대五代 이후 명성을 떨쳐왔다. 일설에는 오대 오월吳越 광릉왕光陵王 전원왕錢元王의 지관池館이라고도 하고, 일설에는 그의 측근 손승우孫承佑의 별장別莊이라고도 한다. 창랑정에 대한 비교적 분명한 역사는 북송北宋 시인 소순흠蘇舜欽으로부터 시작된다.

경력慶曆 4년(1044년), 소순흠은 경사京師에서 진주원進奏院을 주관하며 관례대로 신후神后에게 제祭를 드리고 연회를 베풀었는데, 초청받지 못했던 태자중사太子中舍 이정李定이 이 일로 원한을 품고 조정에서 거짓말을 퍼뜨리며 그를 모함했다. 소순흠은 이미 귀양 가 있던 범중엄范仲淹의 추천을 받아 관직에 올랐고 장인丈人인 두연杜衍이 재상宰相이 되었기 때문에 사람들의 입방아에 자주 오를 수밖에 없었다. 그 해 11월 소순흠은 관직을 박탈당했고, 다음 해 4월 소주로 이주해 성城 남쪽에 폐원閑院을 사들여 '창랑정'이라 이름 지었는데 이후로 이 원림이 사람들에게 전해져 명성이 높아졌다.

남송南宋에 이르러 창랑정은 한세충韓世忠의 소유가 되었고 원명대元明代에 창랑정은 이미 파괴되어 승려들이 거처하는 곳으로 변했다. 명明 귀유광歸有光의 〈창랑정〉에 "소자미가 처음으로 창랑정을 지었는데 마지막에는 선사가 거처해 이 창랑정이 대운암이 되었다. 대운암의 승려 문영은 독서와 시를 좋아했고 옛 일을 찾아내어 허물어진 잔해 중에서 자미가 지었던 건물을 되살렸으니 이 대운암이 창랑정이다.(蘇子美始建滄浪亭, 最後禪者居之, 此滄浪亭爲大雲庵也. 大雲庵的和尙文瑛讀書喜詩, 尋古遺事, 復子美之構於荒烟殘灰之餘, 此大雲庵爲滄浪亭也.)"라는 기록이 있다. 승려 문영은 창랑정을 중건重建했기 때문에 창랑승滄浪僧이라 불리기도 한다. 현재의 창랑정은 청淸나라 때 중수한 것으로 예전의 면모와는 크게 다르다.

창랑정(滄浪亭)

청시 淸詩

1644~1911

아득하기만 한 세상사에 이룬 일이 없고,

많은 것이 사람에게서 기인하니 재주도 없애 버렸다.

지난날의 영웅들 불러도 다시 일어나지 않고,

허공에 노래 불러 고금대를 조문한다.

전겸익 錢謙益

1582～1664

명말청초明末淸初의 문학가. 자字는 수지受之, 호號는 목재牧齋. 상열常熱(지금의 강소江蘇) 사람이다. 『초학집初學集』 110권 등이 전한다.

천도폭포가 天都瀑布歌

전겸익(錢謙益)

천도봉과 여러 봉우리들 서로 멀리까지 뒤쫓고,
여러 봉우리 길게 이어져 틈도 보이지 않네.
산허리에 흰 구름이 허리띠처럼 둘렀고,
구름 층층이 쌓인 곳에 산봉우리 겹겹이 서 있다.
봉우리 속에 또 산봉우리 있어 준법으로 그린 것 같더니,
잠깐 사이에 한 데 모여 뒤섞여 버렸다.
층운層雲이 모여 들더니 비가 퍼붓듯이 쏟아져,
계곡에 비가 내리니 온 세상을 뿌옇게 만들었다.
이때도 물살이 아직 거세지 않은데도,
강물은 솟아오르며 뒤집히려 한다.
한참을 많은 비가 내려 물이 가득 고이자,
천도봉天都峰에서 폭포수가 아래로 쏟아져 내린다.
처음엔 목말랐던 용이 힘차게 솟아오르는 것 같더니,
돌을 멱라 쇠뇌처럼 던지는지 우르릉 쾅쾅 떨어졌다.
이제는 큰물에 성난 용龍이 화를 삭였는지,
꼬리 아래로 백장百丈 큰 물줄기를 뿜아 내렸다.
더욱 의심스러운 것은 군룡群龍들이 서로 고개를 돌리는지,
산山을 옮기고 골짜기를 밀어낼 것 같은 굉음轟音이 깊은 계곡에 울린다.
사람들은 빗물이 바람의 힘을 빌려 흩날린다지만,
세차게 내린 빗물 뒤집히며 바람을 일으키는지 어찌 알겠

는가.

미친 듯한 벼락 어디에서 일어나는가?
그 역시 바람과 빗속에서 일어나지.
큰 소리와 함께 파랑波浪이 일어나니 초목이 옆으로 누웠고,
높이 치솟아 초목을 씻어 내리며 강심江心도 격하게 출렁인다.
연못 속의 늙은 용龍이 또 놀라 잠이 깼는지,
물살 끝자락 뿜어 올라 높은 창 동쪽에 들이친다.
산기슭에 철썩철썩 급류가 몰아치니 지축地軸이 흔들리고,
그 물결 황해黃海 바다로 되돌아갈까 두려운지 허공虛空으로 떠오른다.
한낮이 되자 비가 그치고 큰 구름이 피어 올라,
천 가닥 흰 비단처럼 온 산을 뒤덮었다.
난간에 기대어서 가슴을 펴 두드리고,
앉아서 큰 여울 내는 소리 듣고 흘러가는 모습 바라본다.
시상詩想이 다했다고 쳐다보고 놀라지 마라,
노부老父는 삼일 동안 마치 귀가 먼 것 같았다.

천 도 제 봉 요 상 종　연 면 역 속　무 하 봉
天都諸峰遙相從　連綿嶧屬[1]無罅縫[2]

산 요 백 운 출 의 대　운 생 첩 첩 산 중 중
山腰白雲出衣帶[3]　雲生疊疊山重重

봉 내 유 봉 류 준 염　수 유 옹 합　잉 혼 동
峰內有峰類皴染[4]　須臾蓊合[5]仍混同

증 운　취 족 우 결 류　계 산 천 수 제 명 몽
曾雲[6]聚族雨決溜[7]　溪山天水齊溟濛[8]

시 시 수 세 유 미 웅　강 하 욕 결 번 분 옹
是時水勢猶未雄　江河欲決翻坌壅[9]

양구　우족수적후　폭포도사　천도봉
良久[10]雨足水積厚　瀑布倒寫[11]天都峰

초의갈룡보　분박　결석투포　성궁륭
初疑渴龍甫[12]噴薄[13]　抉石投奅[14]聲䃔礲[15]

부의수격룡요　노　졸　미하발백장홍
復疑水激龍抝[16]怒　捽[17]尾下拔百丈洪

갱의군룡호전투　이산배곡굉　원궁
更疑群龍互轉鬪　移山排谷轟[18]圓穹[19]

인언수차풍력횡　나지수급번생풍
人言水借風力橫　那知水急翻生風

격뢰광뇌하처기　발작역재풍수중
激雷狂雷何處起　發作亦在風水中

파랑훤회　초목아　수교　헌파　심　충충
波浪喧豗[20]草木亞[21]　搜攪[22]軒簸[23]心[24]忡忡[25]

담중노룡우경오　연랑창용헌　분동
潭中老龍又驚寤　緣浪窗涌軒[26]濆東

산근　삽랍　지축진　선공황해부허공
山根[27]颯拉[28]地軸震　旋恐黃海浮虛空

정오　우지운융융　천조백련　회충융
亭午[29]雨止雲戎戎[30]　千條百練[31]回沖融[32]

빙란심감　서당용　좌청도뢰　간분충
憑欄心坎[33]舒撞舂[34]　坐聽濤瀨[35]看奔衝

악이　막아　시사궁　노부　삼일유이롱
愕眙[36]莫訝[37]詩思窮　老夫[38]三日猶耳聾

1 嶧屬(역속) : 연이어 있는 산의 무리. 2 罅縫(하봉) : 틈을 꿰매다. 3 出衣帶 (출의대): 허리띠를 두르다, 흰 구름이 산허리를 허리띠처럼 둘렀다. 4 皴染(준염) : 준법(皴法)으로 그리다. 준법은 화법(畫法)의 하나로 동양화에서 산 · 암석 · 폭포 · 나무 등의 굴곡을 가벼운 필치로 입체감 있게 주름을 그리는 화법이다. 5 蓊合(옹합) : 모여 있다. 6 曾雲(증운) : 겹겹이 쌓인 구름(層雲). 7 決溜(결류) : 쏟아 붓듯이 흐르다. 여기서는 구름 속에서 비가 쏟아 붓듯이 내린다는 뜻. 8 溟濛(명몽) : 흐릿해 분명하지 않다. 9 坌壅(분옹) : 물이 모여서 솟아오르다. 10 良久(양구) : 오랫동안. 11 寫(사) : 물을 쏟다(瀉). 12 甫(보) : 겨우, 이제야. 13 噴薄(분박) : 물이나 해가 힘차게 솟아오르는 모

양. 여기서는 폭포가 세차게 쏟아진다는 뜻이다. **14** 砲(포) : 돌 쇠뇌. **15** 硿礲(궁릉) : 돌이 아래로 떨어지는 소리. **16** 拗(요): 손으로 자르다. 여기서는 억제(抑制)하다의 뜻이다. **17** 捽(졸) : 잡아 뽑다. **18** 轟(굉) : 굉음. **19** 圓穹(원궁) : 둥근 하늘. 여기서는 계곡(溪谷)을 뜻한다. **20** 喧豗(훤회) : 굉음(轟音) 소리. **21** 亞(아) : 눌리다. 압(壓)의 뜻. **22** 搜攪(수교) : 어지럽게 요동(搖動)치다. **23** 軒簸(헌파) : 요동치다. **24** 心(심) : 가운데, 중심. **25** 忡忡(충충) : 격동하다. **26** 軒(헌) : 창이 있는 작은 집. **27** 山根(산근) : 산기슭. **28** 颯拉(삽랍) : 물이 부딪혀 나는 소리. **29** 亭午(정오) : 정오. **30** 戎戎(융융) : 크다. 여기서는 구름이 크게 엎어져 있는 모양을 뜻한다. **31** 百練(백련) : 백색 천. **32** 沖融(충융) : 넓게. **33** 心坎(심감) : 가슴(心中), 마음. **34** 撞舂(당용) : 두드리다. **35** 濤瀨(도뢰) : 큰 물결과 급류. **36** 愕眙(악이) : 놀라 눈여겨 보다. **37** 訝(아) : 이상하게 생각하다, 놀라다. **38** 老夫(노부) : 늙은이. 여기서는 전겸익(錢謙益)을 의미한다.

천도봉(天都峰)

감상

천도봉天都峰 주변의 여러 산봉우리들이 아득히 멀리까지 서로 뒤쫓듯이 이어져 있는데, 마치 틈을 실로 꿰맨 듯하다. 산허리를 둘러싼 흰 구름은 마치 허리띠를 두른 것 같다. 구름이 층층이 피어나고 산들은 또 겹겹이 이어졌다. 산봉우리 안에 또 산봉우리 주름이 잡힌 것처럼 보이더니 어느새 한 곳에 모여서 뒤섞였다. 층운層雲 낮게 끼더니 물을 퍼붓는 듯 폭우가 쏟아지고, 폭우 내리는 계곡은 시야가 뿌옇게 변해 아무것도 분간할 수 없다. 이때는 아직 강물이 그렇게 거세지는 않았는데 계곡에 흐르는 물 끓는 것처럼 솟구치고 마치 뒤집혀질 것 같다. 한참 동안 비가 엄청나게 내려 계곡에 물이 가득 차자 천도봉 아래로 폭포수가 떨어진다. 폭포수 처음엔 목 말랐던 용이 허공에 치솟아 오르듯이 떨어지다가 계곡 바닥의 돌을 긁어 돌 쇠뇌를 쏘아내듯 굉음을 내며 떨어진다. 이제는 물을 뒤집어쓰고 화가 났던 용龍이 화가 가라앉았는지 꼬리를 아래로 길게 뽑아 내린 것처럼 폭포수 100장丈 아래로 떨어진다. 정말 용들이 서로 고개를 쳐드는지 산을 울리고 계곡을 밀어낼 것 같은 굉음이 울려 퍼진다. 사람들이 비바람이 몰아칠 때 비가 옆으로 뿌리는 건 바람 때문이라고 말하는 걸 보면 폭포수가 높이서 떨어질 때는 바람을 일으킨다는 사실을 모르는 것 같다. 미친 듯이 떨어지는 벼락은 또 어디에서 발생하는가? 벼락 또한 바람과 빗속에서 만들어진단다. 큰 소리 울리며 파랑波浪이 일어 계곡 옆의 풀과 나무들이 눌려 옆으로 누웠고, 계곡물이 초목을 씻어 내리며 높이 치솟고 강심江心도 격동한다. 연못 속에 잠자고 있던 늙은 용이 다시 잠에서 깨었는지, 물살 끝 부분이 내가 머문 숙소 동쪽 창문에 들이친다. 산기슭에 철썩철썩 계곡물이 부딪치니 지축이 흔들리는 것 같고, 황해黃海 바다로 흘러가는 게 아쉬운지 허공으로 치솟아 오른다. 정오正午가 되자 비가 그치더니 구름이 피어 올라 천 가닥 흰 비단처럼 온 산을 뒤덮는다. 난간欄干에 기대어 서서 가슴을 활짝 펴 손으로 툭툭 치고 나서 가만히 앉아 콸콸 흘러가는 계곡물 쳐다본다. 시상詩想이 다했다고 쳐다보다 놀라지는 말아라. 난 3일 동안 굉음 울리며 흘러가는 계곡 물소리에 마치 귀가 먼 듯이 다른 소리는 들리지도 않는다.

이 시는 평성平聲 동운東韻과 동운冬韻을 통용한 칠언고시이다.

여설

천도봉天都峰은 황산黃山의 최고봉으로 높이가 1,810m이다. 또 천도봉은 매우 험준해 정상에 올라갈 수 없었기 때문에 옛사람들은 천상天上의 도시, 신선神仙이 사는 도시라 여겨 '천도天都'라 부르게 되었다.

사실 그 이전에는 황산 자운봉紫雲峰 아래에 있는 온천인 '탕천湯泉'까지 오르는 사람이 대부분이었다. 당시의 시인들 역시 멀리서 천도봉을 바라볼 수밖에 없었기 때문인지 천도봉을 묘사한 시들이 대부분 '망천도봉望天都峰'을 노래하고 있다. 또 천도봉을 등정할 수 있는 사람은 신선에 가까운 도사道士들 뿐이라는 말도 만들어졌다. 전설에 의하면 천도봉의 천문감天門坎, 천도봉에 이르는 굴을 화산華山에서 온 5명의 도사들이 뚫었다고 한다. 도사들은 천도봉의 아름다운 경관을 감상하고 이후로 천문감이 막히지 않도록 하기 위해 금계金鷄로 변하여 날마다 천문감 앞에서 울었다고 한다. 천문감이 열린 이후로 비로소 사람들이 천도봉에 오를 수 있게 되었다. 현재 대금계大金鷄가 천도봉 서쪽 반산사半山寺 맞은 편 높은 절벽 위에 서 있는데 실은 돌덩이일 뿐이다.

명대明代의 서하객徐霞客(本名 宏祖)과 동시대의 고승高僧 보문화상普門和尙이 천도봉을 최초로 등정한 사람으로 알려져 있다. 서하객은 1618년(명 만력 46), 두 번째로 황산黃山을 유람했다. 정오쯤에 서하객이 문수원文殊院에 도착했는데, 문수원의 중이 천도봉은 가깝지만 길이 없고 연화봉蓮花峰은 멀지만 길이 있어 오를 수 있다라고 말하면서 내일 다시 천도봉에 오를 것을 권했지만 서하객은 승려의 말을 듣지 않았다. 서하객은 깍은 듯한 절벽 사이의 돌산을 기어올라 마침내 천도봉 정상에 올랐다. 하산할 때는 날도 이미 저물었고 온 몸에 힘이 빠져 거의 구르듯이 내려왔다고 한다. 서하객의 〈유황산일기游黃山日記〉에 천도봉 등정의 과정이 상세하게 기록되어 있다.

그런데 서하객이 천도봉을 등정하기 전에 보문화상普門和尙이 이미 천도봉을 등정했다. 그는 1606년(명 만력 34), 오대산五臺山에서 황산黃山으로 와 산 위에 법해선원法海禪院, 지금의 자광각慈光閣을 창건했는데 그를 따르는 도제徒弟들이 운집했다고 한다. 현재 자광각 마당에 당시 승려들이 사용했던 부엌인 '천승조千僧竈' 터가 남아 있다. 1614년(명 만력 42), 보문화상이 제자들과 함께 천도봉에 올랐다는 기록이 『황산지黃山志』에 있다.

보문화상이 천도봉 등산로登山路를 개척한 후 수많은 사람들이 천도봉을 등정했다. 1937년 정상頂上에 이르는 1,400개의 돌계단인 천제天梯가 만들어져 지금은 어린아이나 부녀자들도 힘들이지 않고 천도봉 정상에 오를 수 있게 되었다.

오위업 吳偉業

1609～1671

명말청초明末清初의 시인. 자字는 준공駿公, 호號는 매촌梅村. 태창太倉(지금의 강소성江蘇省) 사람이다. 『매촌가장고梅村家藏稿』 58권 등이 전한다.

원원곡圓圓曲[1]

오위업(吳偉業)

황제는 그날 매산煤山에서 세상을 떠나셨지만,
산해관에서 남하한 오삼계吳三桂가 적들을 물리치고 북경을 되찾았네.
육군六軍이 모두들 통곡하며 흰 상복喪服을 입었는데,
오삼계吳三桂만 노발대발 화냈던 건 홍안紅顔의 진원원陳圓圓 때문이었나.
포로가 된 진원원을 내가 그리워한 게 아니라오,
역적 이자성李自成이 패망敗亡한 것은 주색酒色에 빠졌기 때문이니,
섬전閃電처럼 황건적黃巾賊을 휩쓸고 흑산黑山을 정리하면,
울음 그치고 군주君主와 부친父親을 만날 수 있을 거요.
처음에 서로 만난 곳은 전굉우田宏遇의 집이었는데,
공후公侯 집의 춤추고 노래하는 기녀 꽃처럼 아름다웠다네.
전가田家에선 공후箜篌 타던 기녀妓女를 주겠다고 허락할 수밖에,
장군將軍을 기다렸다 맞이하여 유벽차油壁車 타고 가네.
집은 본래 소주蘇州의 완화리浣花里이고,
원원圓圓의 어릴 적 이름은 교라기嬌羅綺라네.
꿈속에서 부차夫差의 궁원宮苑에서 노닐었는데,
부차가 일어서서 궁녀 원원을 껴안았다 하네.
진원원의 전생前生 연꽃 따던 서시西施와 흡사하네,

문전門前에 횡당수橫塘水가 흘러간다.
횡당수에 두 개의 상앗대 날듯이 저어 가는구나,
세도가勢道家 어느 집에서 강제로 태우고 가는가?
이때야 박명薄命함을 어찌 알았겠는가?
이때야 단지 눈물 적시고 있었을 뿐이겠지.
주후周后의 집안 기세가 하늘에 닿을 듯 궁중과도 연이 있었는데,
맑은 눈동자 새하얀 이의 진원원 아끼지 않았다.
궁궐에서 돌아와 전비田妃 사가私家의 가기歌妓로 파묻혔으나,
새 노래 배워서 좌중座中을 뒤흔들었다.
손님들 술잔을 날리다 보니 붉은 해 저물어 가는데,
한 곡조 슬픈 음악 누구에게 하소연하나?
하얀 얼굴의 통후通侯 가장 나이가 어렸는데,
꽃나무 가지를 골랐는지 몇 번이나 되돌아 봤다네.
얼른 새장 속의 어여쁜 새 데리고 가려고 했는데,
얼마나 기다리면 은하수를 건널 수 있을까?
한스럽구나 군영의 편지 당도했는데 죽음을 재촉한다 하네,
괴롭지만 뒷날의 약속 남기고 떠났으나 사람을 그르치고 말았네.
그리워하는 마음 깊어 둘이서 약속했지만 서로 만나기는 어렵고,
하루아침에 개미떼처럼 역적들 장안長安에 가득 찼다.
가련한 아낙네는 누각 위에서 버드나무만 보아도 수심 가득하고,

하늘 저 끝에서 흩날리는 버들개지로 볼 뿐이네.
여기저기 녹주綠珠를 찾느라 집을 에워쌌고,
호되게 호통 치니 강수絳樹가 꽃무늬 장식한 난간欄干에서 나오네.
만약에 장사壯士들과 병사들이 승리하지 않았다면,
어떻게 한 필 말을 타고 미녀가 돌아왔겠는가?
그 미녀 말 위에 올라타고서 군영軍營으로 들어온다 전해 오는데,
구름 같은 머리는 흐트러졌어도 놀란 마음은 가라앉았다.
촛불 밝히고 전장에서 미녀美女를 맞았는데,
머리 빗고 장식했어도 온 얼굴에 눈물 자국 남아 있네.
대군大軍이 풍악 울리며 진천秦川으로 향하는데,
금우도金牛道 위에 수레 천 대가 가고 있다.
구름 자욱한 사곡斜谷에 그림 같은 누각樓閣이 솟았고,
산관散關에 달이 떨어지면 화장 거울 다시 열었다.
전해 온 소식 고향 마을 곳곳에 가득하다,
아구나무 붉은 잎에 열 번이나 서리가 내렸으나,
기녀를 가르쳤던 선생은 아직 살아 있다며 기뻐하고,
완사녀浣紗女의 동료들 함께 갈 수 없을까만 생각하네.
옛날 둥지에서 함께 진흙을 물어 나르던 제비였는데,
나뭇가지 위를 날아다니는 봉황으로 변했다네.
오랫동안 술동이 앞에 두고 늙음을 슬퍼하는데,
누구는 남편이 후왕侯王의 자리에 올랐다네.
당시에는 완사녀浣紗女의 명성 쌓이고 쌓여
귀한 외척 명문대가에서 모두들 불렀었네.

명주 한 필 받을 때마다 수심은 열 배나 쌓였고,
관산關山을 떠도느라 허리는 나뭇가지처럼 가늘어졌다.
광풍狂風에 날려 떨어지는 꽃 신세라 잘못 원망했었는데,
한없이 따사로운 봄색이 천지에 찾아 왔구나.
일찍이 듣기로 경국지색 소교小嬌는,
주유周瑜가 큰 명성을 얻도록 한 적이 있었다더라.
처자가 어찌 대계大計와 관계가 있겠냐만은,
어찌 하리요! 영웅들이 정이 많은 것을.
모든 식구 백골이 회토灰土가 되었어도,
일대의 미녀 그 이름 역사에 올랐다.
그대 보지 못했는가,
관왜궁館娃宮에 처음엔 원앙鴛鴦이 잠들었고,
서시西施는 꽃보다 아름다웠었던 걸,
향경香徑에 진토塵土만 일어나니 새들도 울어대고,
향섭랑香屧廊에 사람이 사라지니 이끼만 공연히 푸르구나.
진악秦樂이 우조羽調로 변했다가 궁조宮調로 옮겨가지만 수심은 더해가고,
옛 양주곡梁州曲에 맞춰 아름다운 노랫소리 어여쁜 춤이 어우러진다.
그대여 새로 오궁곡五宮曲을 노래하지 말게나,
한수漢水 강물 같은 수심 밤낮으로 흘러간다.

정호 당일기인간 파적수경 하옥관
鼎湖[2]當日棄人間　破敵收京[3]下玉關[4]

통곡육군 구호소 충관일노위홍안
慟哭六軍[5]俱縞素[6]　衝冠一怒爲紅顔[7]

홍안유락비오 련 역적 천망자황연
紅顏流落非吾[8]戀 逆賊[9]天亡自荒宴[10]

전소 황건 정흑산 곡파군친 재상견
電掃[11]黃巾[12]定黑山[13] 哭罷君親[14]再相見

상견초경전두 가 후문 가무출여화
相見初經田竇[15]家 侯門[16]歌舞出如花

허장척리 공후기 등취 장군유벽거
許將戚里[17]箜篌伎[18] 等取[19]將軍油壁車[20]

가본고소 완화리 원원소자 교라기
家本姑蘇[21]浣花里[22] 圓圓小字[23]嬌羅綺

몽향부차원 리유 궁아옹입군왕기
夢向夫差苑[24]里游 宮娥擁入君王起

전신합 시채련인 문전일편횡당 수
前身合[25]是采蓮人[26] 門前一片橫塘[27]水

횡당쌍장거여비 하처호가 강재귀
橫塘雙槳去如飛 何處豪家[28]强載歸

차제기지비박명 차시지유루점의
此際豈知非薄命 此時只有淚霑衣

훈천 의기련궁액 명모호치무인석
熏天[29]意氣連宮掖[30] 明眸皓齒無人惜

탈귀영항 폐량가 교취신성경좌객
奪歸永巷[31]閉良家 教就新聲傾座客

좌객비상홍일막 일곡애현향수소
座客飛觴紅日莫[32] 一曲哀弦向誰訴

백석 통후 최소년 간취화지루회고
白皙[33]通侯[34]最少年 揀取花枝屢回顧

조휴교조 출번롱 대득은하기시도
早携嬌鳥[35]出樊籠[36] 待得銀河幾時渡

한살군서저사최 고류후약장인오
恨殺軍書抵死催 苦留後約將人誤

상약은심상견난 일조의적 만장안
相約恩深相見難 一朝蟻賊[37]滿長安[38]

가련사부누두류 인작천변분서 간
可憐思婦樓頭柳[39] 認作天邊粉絮[40]看

편색녹주 위내제 강호강수 출조란
遍索綠珠[41]圍內第[42] 強呼絳樹[43]出雕欄

약비장사전사승 쟁득 아미 필마환
若非壯士全師勝 爭得[44]蛾眉[45]匹馬還

아미마상전호 진 운환 부정경혼정
蛾眉馬上傳呼[46]進 雲鬟[47]不整驚魂定

납거 영래재전장 제장만면잔홍인
蠟炬[48]迎來在戰場 啼粧滿面殘紅印[49]

전정 소고향진천 금우도 상차천승
專征[50]簫鼓向秦川[51] 金牛道[52]上車千乘

사곡 운심기화루 산관 월락개장경
斜谷[53]雲深起畫樓 散關[54]月落開粧鏡

전래소식만강향 오구 홍경십도상
傳來消息滿江鄉 烏桕[55]紅經十度霜[56]

교곡기사련상재 완사녀반억동행
教曲伎師憐尚在 浣紗女伴憶同行

구소공시함니연 비상지두변봉황
舊巢共是銜泥燕[57] 飛上枝頭變鳳凰[58]

장향존전 비로대 유인부서 천 후왕
長向尊前[59]悲老大 有人夫婿[60]擅[61]侯王

당시지수성명루 귀척명호진연치
當時只受聲名累 貴戚名豪競延致

일곡명연만곡수 관산표박요지세
一斛明連萬斛愁 關山飄泊腰肢細

착원광풍양낙화 무변춘색래천지
錯怨狂風颺落花 無邊春色來天地

상문경국여경성 번사주랑 수중명
嘗聞傾國與傾城[62] 翻使周郎[63]受重名

처자기응관대계 영웅무내시다정
妻子豈應關大計 英雄無奈是多情

전가백골성회토 일대홍장조한청
全家白骨成灰土 一代紅粧照汗青

군불견 관왜 초기원앙숙
君不見 館娃[64]初起鴛鴦宿

월녀 여화간부족 향경 진생 조자제
越女[65]如花看不足 香徑[66]塵生[67]鳥自啼

섭랑 인거태공록 환우이궁 만리수
屧廊[68]人去苔空綠 換羽移宮[69]萬里愁

주가취무고양주 위군별창오궁곡
珠歌翠舞古梁州[70] 爲君別唱吳宮曲[71]

한수동남일야류
漢水東南日夜流

1 陳圓圓(진원원) : 명말(明末) 소주(蘇州)의 명기(名妓). **2** 鼎湖(정호) : 호수 이름. 지금의 하남성(河南省) 문향현(閿鄉縣) 남쪽 형산(荊山) 아래에 있다. 전설의 황제(黃帝)가 승천한 곳. 후대의 시문(詩文)에서는 황제(皇帝)의 죽음을 뜻하는 전고(典故)로 사용되었고, 여기서는 명말(明末) 이자성(李自成)이 북경(北京)을 공격하자 매산(煤山)에서 자살한 숭정제(崇禎帝)를 뜻한다. **3** 破敵收京(파적수경) : 적을 물리치고 북경(北京)을 수복했다. 오삼계(吳三桂)가 청병(淸兵)을 이끌고 북경을 공략하여 이자성(李自成)을 몰아냈다. **4** 玉關(옥관) : 옥문관(玉門關). 여기서는 산해관(山海關)을 뜻한다. **5** 六軍(육군) : 황제(皇帝)의 군대(軍隊). 여기서는 오삼계(吳三桂)의 군대(軍隊)를 뜻한다. **6** 縞素(호소) : 흰옷, 즉 상복(喪服)을 뜻함. **7** 紅顔(홍안) : 진원원(陳圓圓). **8** 吾(오) : 오삼계(吳三桂). **9** 逆賊(역적) : 이자성(李自成). **10** 荒宴(황연) : 술자리에 빠지다, 즉 주색에 탐닉하다. **11** 電掃(전소) : 섬전(閃電)처럼 쓸어내다. 여기서는 섬전처럼 신속하게 진격(進擊)하다는 뜻이다. **12** 黃巾(황건) : 황건군(黃巾軍). 여기서는 이자성(李自成)의 군대를 뜻한다. **13** 黑山(흑산) : 한말(漢末)의 농민의군(農民義軍)인 흑산적(黑山賊). 한 영제(靈帝) 때 장연(張燕)이 이끌던 농민군(農民軍)이 하북(河北) 흑산(黑山) 일대에서 활동했기 때문에 그들을 흑산적(黑山賊)이라 했는데, 여기서는 이자성(李自成)의 군대를 뜻한다. **14** 君親(군친) : 군왕(君王)과 부친(父親), 즉 숭정제(崇禎帝)와 오삼계(吳三桂)의 부친 오양(吳襄). **15** 田竇(전두) : 황제(皇帝)의 외척(外戚)들인 서한시대(西漢時代) 무안후(武安侯) 전분(田蚡)과 위기후(魏其侯) 두영(竇嬰). 당시 숭정제(崇禎帝)의 외척으로 주후(周后) 집안의 주규(周奎)와 전비(田妃) 집안의 전굉우(田宏遇)가 있었는데, 여기서는 전굉우를 뜻한다. **16** 侯門(후문) : 공후(公侯) 귀족의 대문. 귀족의 집. 여기서는 전굉우의 집을 뜻한다. **17** 戚里(척리) : 한대(漢代)

장안성(長安城)의 제왕(帝王)의 외척(外戚)이 거주하던 곳. 여기서는 숭정제(崇禎帝)의 외척(外戚)인 주규(周奎)가 살던 곳을 뜻한다. **18** 箜篌伎(공후기) : 공후(箜篌)를 타는 기녀, 즉 진원원(陳圓圓)을 뜻한다. **19** 等取(등취) : 취하기를 기다리다. **20** 油壁車(유벽거) : 기름칠한 수레. 고대에 부녀(婦女)들이 타던 벽을 기름칠한 화려한 장식의 수레. **21** 姑蘇(고소) : 지금의 강소성(江蘇省) 소주(蘇州). **22** 浣花里(완화리) : 마을 이름. 당대(唐代)의 명기(名妓) 설도(薛濤)가 살았던 백화담(百花潭)을 일명 완화리(莞花里)라고 한다. 진원원(陳圓圓)의 원적(原籍)도 소주(蘇州)이기 때문에, 여기서는 진원원의 거처를 의미한다. **23** 小字(소자) : 어릴 때 이름. **24** 夫差苑(부차원) : 오왕(吳王) 부차(夫差)와 총희(寵姬) 서시(西施)가 함께 즐겼던 궁원(宮苑). **25** 合(합) : 꼭 같다. **26** 采蓮人(채련인) : 연꽃을 따는 사람, 즉 서시(西施). **27** 橫塘(횡당) : 지명(地名). 지금의 소주(蘇州) 서문(胥門) 밖에 있다. **28** 豪家(호가) : 귀족들의 집. 여기서는 외척(外戚)들의 집을 뜻한다. **29** 熏天(훈천) : 하늘을 그을리다. '세력이 크다'는 뜻이다. **30** 宮掖(궁액) : 황제(皇帝)의 비빈(妃嬪)들이 거처하는 곳. **31** 永巷(영항) : 궁중에 궁녀(宮女)들이 거주하는 곳. **32** 莫(막) : 저녁. 막은 '모(暮)'의 뜻이다. **33** 白皙(백석) : 희고 맑다. 여기서는 피부가 하얗고 깨끗하다는 뜻이다. **34** 通侯(통후) : 한대(漢代) 제후(諸侯) 가운데 최고의 지위. 여기서는 오삼계(吳三桂)를 뜻한다. **35** 嬌鳥(교조) : 아리따운 새. 여기서는 진원원(陳圓圓)을 뜻한다. **36** 樊籠(번롱) : 새장. 여기서는 외척 전굉우(田宏遇)의 집을 뜻한다. **37** 蟻賊(의적) : 이자성(李自成)의 군대가 개미처럼 수가 많다는 뜻이다. **38** 長安(장안) : 북경(北京)을 뜻함. **39** 樓頭柳(누두류) : 누각 위의 버드나무. 왕창령(王昌齡)의 〈규원(閨怨)〉에 나오는 시구(詩句)의 뜻을 차용했는데, 여기서는 원원(圓圓)이 이미 오삼계(吳三桂)의 첩이 되었음을 뜻한다. **40** 粉絮(분서) : 버들개지. **41** 綠珠(녹주) : 진(晋) 석숭(石崇)의 가기(家妓). **42** 內第(내제) : 내실(內室). **43** 絳樹(강수) : 위(魏) 문제(文帝)의 가기(家妓). **44** 爭得(쟁득) : 어떻게. **45** 蛾眉(아미) : 미녀, 즉 진원원(陳圓圓)을 뜻한다. **46** 傳呼(전호) : 호출하다. **47** 雲鬟(운환) : 고대 부녀들의 머리 장식. **48** 蠟炬(납거) : 촛불. 납촉(蠟燭)의 뜻이다. **49** 殘紅印(잔홍인) : 남아 있는 붉은 자국, 즉 남아 있는 눈물 자국. **50** 專征(전정) : 마음대로 출정하다. 독자적으로 출정하다. **51** 秦川(진천) : 지명(地名). 섬서(陜西) · 감숙(甘肅) · 진령(秦嶺) 이북(以北)의 평원(平原). **52** 金牛道(금우도) : 고대의 잔도(棧道) 이름. 석우도(石牛道), 포사도(褒斜道), 포성도(褒城道)라고도 하는데 섬서성(陝西省) 미현(眉縣)과 포성(褒城) 사이에 있다. **53** 斜谷(사곡) : 골짜기 이름. 지금의 섬서성(陝西省) 미현(眉縣) 서남쪽에 있다. **54** 散關(산관) : 관문 이름. 즉 대산관(大散關), 섬서성(陝西省) 보계시(寶鷄市) 서남쪽 대산령(大散嶺) 위에 있다. **55** 烏桕(오구) : 나무 이름. 아구나무. **56** 十度霜(십도상) : 서리가 열 번이나 내리다. 즉 십 년을 뜻한다. **57** 銜泥燕(함니연) : 진흙을 입에 물고 있는 제비. 여기서는 미천한 신분을 뜻한다. **58** 鳳凰(봉황) : 봉황새. 여기서는 봉황처럼 고귀한 진원원(陳圓圓)을 뜻한다. **59** 尊前(존전) : 술동이 앞에. 존(尊)은 술동이(酒樽)의 뜻이다. **60** 夫婿(부서) : 장부(丈夫). **61** 擅(천) : 거주하다. **62** 傾國與傾城(경국여경성) : 나라를 망하게 하고 한 성을 망하게 할 만큼 아름다운 미녀(美女), 즉 주유(周瑜)의 아내 소교(小嬌). **63** 周郎(주랑) : 삼국시대(三國時代) 오(吳)의 주유(周瑜). 여기서는 오삼계(吳三桂)를 뜻한다. **64** 館娃(관왜) : 관왜궁(館娃宮). 오왕(吳王) 부차(夫差)가 서시(西施)를 위해 지은 궁전(宮殿). **65** 越女(월녀) : 월(越)나라의 여자, 즉 서시(西施). **66** 香徑(향경) : 길 이름. 채향경(采香徑). 현재 소주시(蘇州市) 서쪽에 있다. **67** 塵生(진생) : 흙먼지가 일어난다. **68** 屧廊(섭랑) : 향섭랑(香屧廊). **69** 換羽移宮(환우이궁) : 우조(羽調)로 바꾸었다 궁조(宮調)로 옮겨가다. 우(羽) · 궁(宮)은 오음계(五音階) 중 두 가지 음. **70** 古梁州(고양주) : 옛 양주(梁州) 땅. 또는 〈양주곡(梁州曲)〉. **71** 吳宮曲(오궁곡) : 오왕(吳王) 부차(夫差) 때의 궁곡(宮曲).

감상

황제黃帝가 정호鼎湖에서 승천升天하셨는데 숭정제崇禎帝는 이자성李自成이 쳐들어왔던 그날 매산煤山에서 자결했다네. 오삼계吳三桂가 청병淸兵을 이끌고 산해관山海關에서 남하南下하여 이자성의 군대를 물리치고 북경北京을 되찾았네. 황제의 육군六軍은 모두들 상복喪服 입고 통곡했는데 오삼계만 노발대발 화를 냈던 것은 인질이 된 진원원陳圓圓 때문이 아니었던가?

내가 인질로 잡힌 홍안紅顔의 진원원을 그리워해서 화냈던 것은 아니오. 역적들이 주색에 빠졌으니 저절로 패망할 것이고 섬전閃電

진원원(陳圓圓)

처럼 역적 이자성의 농민군을 섬멸하면 울음 그치고 황제와 부친을 만날 수 있지 않겠소?

오삼계와 진원원이 처음 만난 곳은 전굉우田宏遇의 집이었는데, 춤추고 노래하는 모습이 꽃처럼 아름다웠다. 외척 전굉우 집의 가기歌妓였던 진원원을 오삼계에게 허락하니 진원원 기다리다 화려한 수레 타고 장군을 맞이했다.

진원원의 집은 본래 설도薛濤가 살던 완화리浣花里가 있는 소주蘇州이고 어릴 때 이름은 교라기嬌羅綺였네. 진원원은 오왕吳王 부차夫差의 궁원宮苑에서 노닐었는데 원원을 본 부차가 일어서서 끌어안는 꿈을 꾸었다고 하네. 진원원의 전생은 연꽃 캐던 서시西施와 흡사하네, 원원의 집 문 앞에는 횡당수橫塘水 흘러간다. 상앗대 두 개를 저으며 날듯이 횡당수를 헤쳐 가는 배 한 척은 어느 세도가勢道家의 사람인데 진원원을 강제로 데리고 가는가? 이때야 진원원이 자신의 박명薄命함을 알았겠는가? 억지로 끌려가니 눈물이 옷을 적시었다. 진원원을 데리고 간 그 사람 기세가 하늘에 닿을 듯하여 궁중의 황제와도 관계가 밀접했다. 진원원을 황제에게 바쳤으나 반짝이는 눈 하얀이 아름다워도 황제 눈에는 들지 못했네. 세도가로 되돌아 와서는 전굉우 늙은이를 시중들며 그 집에 갇혀 버렸지만, 노래 선생에게 새로 노래 배워서는 오삼계를 사로잡아 버렸고 이로써 진원원의 운명 또한 변했단다.

손님들 밤이 되도록 술잔을 내던지며 호탕하게 술 마시는데 진원원의 슬픈 노래는 오삼계에게 하소연하는 것인가? 손님 중에 하얀 얼굴 오삼계가 가장 젊었는데 꽃가지를 꺾었는지 몇 번이나 원원에게 눈길을 주었다. 한시라도 빨리 나를 이 집에서 데리고 가 주었으면 바랐다. 언제 은하수 건너 오삼계를 만날 수 있으리요? 한스러운 서신書信 군대에서 왔는데 전세가 죽음을 재촉하듯 급박하여 괴롭지만 후일의 약속 남기고 떠났더니, 이게 오삼계의 일생을 그르치고 말았다. 그리워하는 마음 깊고도 깊지만 다시 만나기는 어렵기만 한데, 하루아침에 개미떼처럼 많은 이자성의 군대가 장안성長安城에 가득 몰려왔다. 가련하구나, 진원원은 누각 머리에 버드나무 색을 보다 장부丈夫 떠나보낸 걸 후회하는 신세가 되었구나. 역적들 눈에 진원원은 하늘가에 흩날리는 버들개지처럼 하찮게 보인다네. 이자성의 수하手下 유종민劉宗敏이 집을 포위하고 협박하니 진원원 꽃무늬 장식한 난간으로 걸어 나올 수밖에 없었다. 만약 장수와 병사들이 목숨 걸고 싸워 적들을 물리치지 않았다면 어찌 진원원이 말을 타고 돌아올 수 있었겠는가? 미녀는 말 위에 올라타고 군진軍陣으로 들어가는데 구름같이 다듬었던 머리 모양이 흐트러졌어도 놀랐던 마음은 이제 안정을 되찾았다. 오삼계는 전장戰場인데도 촛불 환하게 밝히고 진원원을 영접하지만, 머리 빗고 장식했어도 얼굴에 눈물 자국이 아직 남아 있다. 오삼계의 군대 풍악 울리며 섬서성陝西省 진천秦川으로 이자성을 쫓아가면서 진원원을 데리고 갔다. 금우도金牛道 위에 수레가 천대나 뒤따랐고 사천四川 사곡斜谷에서는 진원원을 위해 흰 구름 자욱한 곳에 화려한 누각을 지었다네. 매일 달이 떨어지면 거울 앞에 앉아 머리 빗고 화장하는 한가로운 생활을 했다네.

진원원의 소식 고향에 전해져 모르는 사람이 없다. 세월은 벌써 10년이 지나 아구나무에 서리가 10번이나 쌓였는데 옛날 노래를 가르쳤던 선생은 진원원이 아직 살아 있다면서 흐뭇해하지만 기루妓樓에 함께 있었던 기녀들은 자기들도 진원원처럼 영화를 누리고 싶어만 한다네.

"옛날에 모두 다 미천한 신세 진흙 입에 물어 날라 둥지를 만들던 제비 같았는데, 진원원만 나뭇가지 위를 비상하는 봉황으로 변했다네. 옛날에 함께 지냈던 동료들 지금까지 술 마시며 늙음을 한탄하는데, 진원원은 남편이 후왕侯王이 되어 온갖 부귀영화 다 누린다네." 옛날에 명성이 온 나라에 떨쳐 황제의 외척, 대갓집에서 모두 진원원을 불러 가무를 즐겼었다. 노래와 춤을 팔아 명주 한 필 받았지만 수심은 그보다 열 배는 쌓여 갔고, 관산關山을 떠돌아다니느라 원래 가는 허리 더욱 가늘어졌다. 세파世波에 밀려 인질로 갇혔으니 떨어지는 꽃 신세처럼 되었다가 이제는 후왕侯王의 첩이 되어 청운青雲에 오르고 천지를 뒤덮는 봄빛을 누리게 되었구나. 예전에도 경국지색의 소교小嬌가 주유周瑜에게 오명을 쓰게 만들기는 했었지만 진원원과 오삼계도 마찬가지가 아닌가! 처자가 대계大計에 관계해서는 안

되는 일이지만 어찌 하리요, 오삼계나 주유周瑜 같은 영웅들 여인에 대한 정이 깊은 것을. 온 가족이 몰살되고 흙으로 변해도 그 여인들 역사서에 오명을 길이길이 남긴다. 그대 보지 못했는가! 관왜궁館娃宮에서 부차夫差와 서시西施 원앙처럼 지냈었고 서시의 미모는 꽃보다 아름다웠지만, 이제 서시가 노닐었던 채향경采香徑엔 흙먼지만 일어 새가 울어대고, 서시가 죽고 나니 향섭랑香屧廊엔 공연히 이끼만 가득 끼었지 않느냐?

운남雲南 오삼계의 집에서는 진악秦樂이 흥겹게 울리고 '양주곡梁州曲'에 맞춰 가무歌舞가 어우러지지만 진원원의 수심은 만리萬里에 가득하다. 이제 다시 오궁곡吳宮曲을 노래하지 마라! 그 노랫소리 듣다 보면 수심愁心이 한수漢水처럼 끝없이 솟아난다.

이 시는 칠언고체시이다. 1~8구는 평성平聲 산운刪韻과 거성去聲 산운霰韻을 통용通用했고, 9~12구는 평성 마운麻韻, 13~22구는 상성上聲 지운紙韻과 평성 미운微韻을 통용했다. 23~26구는 입성入聲 맥운陌韻, 27~34구는 거성 우운遇韻, 35~42구는 평성 한운寒韻과 평성 산운을 통용했다. 43~50구는 거성 경운徑韻, 거성 진운震韻, 거성 경운敬韻을 통용했다. 51~58구는 평성 양운陽韻, 59~64구는 거성 치운寘韻과 거성 제운霽韻을 통용했다. 66~68구는 평성 경운庚韻, 69~70구는 평성 청운青雲, 71~74구는 입성 옥운沃韻, 75~80구는 평성 우운尤韻이다.

여설

운남성雲南省 곤명시昆明市 북쪽 상산商山 아래 연화지蓮花池 가에 석비石碑가 하나 서 있는데 그 위에 진원원의 상像이 새겨져 있다.

전설에 의하면, 이곳이 오삼계의 첩妾 진원원의 묘墓이고 진원원이 머리 감았던 곳이라고 한다. 도광道光의 『곤명현지昆明縣志』에 "성城 북쪽 가까운 곳에 상산사商山寺가 있는데, 노인들의 말에 의하면 원원의 무덤이 있고 그 옆이 원원이 머리 감고 화장 했던 곳이라고 한다.(在城北近商山寺, 父老有云圓圓墓焉, 其旁卽梳粧臺遺地.)"라는 기록을 감안하면 어느 정도는 신빙성이 있는 것 같다.

진원원은 명말청초明末淸初의 미녀로 이름은 원沅, 자字는 원분畹芬이며 강소성江蘇省 무진武進 사람이다. 아버지가 노래를 매우 좋아해 늘 가수를 집으로 초대해 노래를 들었다고 한다. 진원원 역시 아버지의 영향을 받아 글을 배우자마자 노래를 공부했다. 뒤에 아버지가 죽고 진원원은 가기歌妓로 전락했는데 18세에 소주蘇州에서 연극의 여자 주인공으로 출연해 명성을 얻어 '옥봉여우진원원玉峰女優陳圓圓'이라 불렸다고 한다.

1642(명 숭정 15), 숭정제崇禎帝의 총비寵妃 전귀비田貴妃의 부친인 전굉우田宏遇가 소주에서 가기歌妓를 물색하다가 진원원을 발견하고는 많은 돈을 주고 사서 데리고 갔다. 다음 해에 진원원은 오랫동안 눈독을 들이고 있었던 오삼계에게 팔려 가는데 산해관山海關의 전황戰況이 긴박해지자 오삼계가 총병總兵으로 부임하면서 군중軍中에 가기歌妓를 데리고 갈 수 없어 아버지인 오양吳襄의 집에 맡겨 놓고 갔다. 오양은 당시 경영도독京營都督으로 경성京城을 지키는 장군이었다. 그런데 얼마 후 이자성李自成이 북경北京을 공격해서 점령했고 숭정제는 매산煤山에서 자살했다. 이자성 수하에 유종민劉宗敏이라는 부장副將이 있었는데 그는 옛날에 전굉우의 수하에 있었던 사람이었다. 그는 승리감에 도취되어 주색酒色에 파묻혀 지냈는데 진원원에 대한 이야기를 듣고는 당장 사람을 보내 오양을 잡아들였다. 오양은 갖은 고문을 당한 끝에 결국 진원원을 넘겨 주고 말았다.

그때 오삼계는 산해관山海關 밖에서 약 5만의 정예 병사들을 이끌고 있었다. 이자성은 오양과 진원원을 인질로 잡고서 오삼계에게 귀순을 권유했다. 또 이와 동시에 청淸의 예친왕 다이곤多爾袞이 보낸 편지가 오삼계에게 도착했는데, 편지에는 만약 오삼계가 군대를 이끌고 투항하면 오양 부자와 그들의 군대를 요동遼東 땅에 주둔하도록 허락할 것이며, 또 오삼계를 번왕藩王에 봉하겠다는 내용이 적혀 있었다. 그러나 부친과 애첩이 북경北京에 있었기 때문에 어쩔 수 없이 북경으로 진군했다. 도중에 오삼계는 북경에서 피난 온 가솔家率을 만나 그로부터 부친이 인질이 되었다는 소식을 들었으나 자신에게 투항을 권유하려는 이자성의 술책으로 여기고 계속 진군했다. 그러나 이자성 수하의 유종민이 애첩인 진원원을 차지했다는 소식을 듣고는 곧 산해관으로 회군했다. 오삼계는 회군하면서 "대장부가 자기의 여자 하나를 보호하지 못하고서야 어떻게 얼굴을 들고 다니겠느냐!"라고 말하면서 회군했다고 한다.

오삼계는 3명의 부장副將을 청淸의 예친왕 다이곤에게 보내 청병淸兵의 입관入關을 청했다. 강성해진 청은 오래 전부터 산해관을 뚫고 장성長城을 우회해서 북경을 공격할 준비를 하고 있던 터였다. 이때 오삼계가 귀순하겠다는 이야기는 가뭄 끝에 내리는 비와도 같은 반가운 소식이었다. 청의 군대와 오삼계의 군대를 합쳐 20만의 군사가 이자성을 공격했다. 이자성의 6만 군대는 사력을 다해 싸웠으나 적병 중에 호발胡髮의 병사가 있는 것을 보고 "이게 어떻게 된 일이냐!"라고 소리쳤지만 이미 때는 늦었다. 북경을 버리고 서쪽으로 후퇴할 수밖에 없었다. 이자성은 후퇴하면서 오양과 그 가솔 30여 명을 모두 처형했다. 그런데 웬일인지 진원원은 목숨을 건질 수 있었다.

오삼계는 북경으로 돌아오자마자 진원원을 되찾았다. 청조淸朝가 건립된 후 오삼계는 평서왕平西王에 봉해졌고 최선두에 서서 남명南

明의 군대를 진압했다. 사천四川과 귀주貴州를 거쳐 운남雲南으로 진군해 남명南明의 마지막 황제인 주유랑朱由榔을 곤명昆明 금선사金蟬寺에서 처형함으로 큰 공을 세웠다.

오삼계는 곤명昆明에서 호화롭고 사치스러운 생활을 향유했다. 그는 진원원을 위해 북문 밖에 원원園苑을 만들고 '야원野苑'이라 이름 지었다. 이 원원園苑을 또 '안부원安阜園'이라고도 부른다. 오삼계는 진원원 이외에 두 명의 첩妾을 더 두었는데 그 이름이 참 이상하다. 한 명은 팔면관음八面觀音이고, 다른 한 명은 사면관음四面觀音이다.

오삼계와 진원원의 최후에 대해서는 설이 분분하다. 오삼계의 세력이 너무 커지자 청왕조淸王朝는 위협을 느껴 번진藩鎭을 없애려 했다. 유건劉健의 『정문록庭聞錄』에 "신유년辛酉年에 성城이 함락되었는데 원원은 그 전에 죽었고, 팔면관음은 수원장군綏遠將軍 채육영蔡毓英에게 귀의했고, 사면관음은 정남장군征南將軍 목점穆占에게 귀의했다.(辛酉(강희 20년, 1681년)破城, 圓圓先死, 八面歸綏遠將軍蔡毓英, 四面歸征南將軍穆占.)"는 '삼번지란三藩之亂'에 관한 기록이 있다. 이에 의하면, 곤명昆明이 함락되기 하루 전날 진원원이 이미 사망했다. 도광道光의 『곤명현지昆明縣志』와 다른 사서史書에는 오삼계가 난을 일으키려 할 때 진원원은 실패할 것을 이미 알고 말렸으나 듣지 않자 화를 피하기 위해 삭발하고 비구니가 되었다고 한다. 이름을 '적정寂靜'으로 바꾸고 호號를 '옥암玉庵'이라 했는데, 처음에는 굉각사宏覺寺에 있다가 후에 곤명昆明 서쪽 교외의 삼성암三聖庵에 있었다. 진원원은 암자 안에서 채식을 하고 불공을 드리며 지내다가 강희康熙 28년 병으로 죽어 상산사商山寺 옆에 묻혔다고 한다.

타루 墮樓[1]

오위업(吳偉業)

금곡원金谷園의 미녀 가는 허리 사랑스럽고,
피풍대避風臺 위의 미녀처럼 오수의五銖衣를 입었구나.
가벼운 몸 날려 사랑했던 낭군郎君 앞에서 죽으니,
한 송이 아름다운 꽃도 땅에 떨어지니 사라진다.

금곡 장성애세요 피풍대 상오수 교
金谷[2]糚成愛細腰 避風臺[3]上五銖[4]嬌
신경호향군전사 일수농화도지소
身輕好向君前死 一樹穠花到地消

1 墮樓(타루) : 누각에서 떨어지다. 여기서는 석숭(石崇)의 애첩(愛妾) 녹주(綠珠)가 누각에 떨어져 자살한 고사(故事)를 뜻함. 2 金谷(금곡) : 금곡원(金谷園). 서진(西晋) 석숭(石崇)이 지었다고 하는 정원으로 하남성(河南省) 낙양시(洛陽市) 서북쪽에 있다. 3 避風臺(피풍대) : 바람을 피할 수 있는 누대(樓臺). 영원(伶元)의 『비연외전(飛燕外傳)』에 의하면, 비연(飛燕)이 몸이 가벼워 바람을 이기지 못하자 황제(皇帝)가 칠보(七寶)로 피풍대(避風臺)를 만들어 주었다고 한다. 4 五銖(오수) : 다섯 가지 구슬로 장식한 옷(五珠衣). 고대(古代) 전설(傳說)의 신선이 입었던 옷.

감상

석숭石崇의 애첩愛妾 녹주綠珠 아름다운 금곡원金谷園에서 노니는데 가는 허리 예쁘기도 하구나. 바람에 날릴까 봐 오수의五銖衣를 입었던 비연飛燕처럼 녹주도 바람에 날릴 듯하구나. 가벼운 몸을 누각樓閣 아래로 날려 사랑했던 낭군郎君 앞에서 자살하니, 살아서는 아름다운 꽃과도 같았으나 땅에 떨어져 죽은 뒤에는 다시 필 수 없구나.

이 시는 평성平聲 소운蕭韻의 칠언절구이다.

여설

진晋 무제武帝 때 대사마大司馬 석포石苞의 아들 석숭石崇이 교지交趾, 지금의 광서성 남부 태수太守로 부임했다. 석숭은 부임 축하연에서 취록색翠綠色 치마를 입은 가기歌妓를 보고는 첫 눈에 반했다. 그 가기는 얼굴이 예쁠 뿐만 아니라 춤과 음악에도 능했다. 옥피리玉笛를 불면 그 소리가 마치 사람의 영혼을 빼앗아 가는 듯했다. 석숭은 많은 명주明珠를 주고 그 가기를 사들여 첩으로 삼고 녹주綠珠라는 이름을 지어 주었다.

석숭은 외직外職을 마치고 교지交趾를 떠나 낙양洛陽으로 이임하면서도 녹주를 데리고 갔다. 낙양 서쪽 교외에 아름다운 원림園林을 사들여 금곡원이라 이름 지었다. 현재의 낙양 기차역 일대가 금곡원金谷園 유지라고 전해 온다. 석숭은 원림園林 내에 화려한 집을 짓고 녹주가 거처하게 했는데 이 집이 녹주루綠珠樓이다. 그는 또 10여 명의 가기歌妓를 사들여 그곳에 머물게 하면서 공무가 끝나면 늘 금곡원에서 녹주와 10명의 가기들과 더불어 시와 음악을 즐기며 놀았다.

석숭은 가황후賈皇后와 가밀賈謐과 밀접한 관계였기 때문에 관직이 날로 높아졌고 재물도 엄청나게 모아 '천하수부天下首富'라 불릴 정도였다. 당시 진晋 무제武帝 사마염司馬炎의 외삼촌인 왕개王愷 역시 권세를 이용해 재산을 모아 엄청난 부를 쌓고 있었다. 하지만 석숭의 재산은 나라를 살 수 있을 정도라는 말을 들을 만큼 많았다.

그러나 가황후가 황제의 총애를 잃고 폐위廢位되었고 조왕趙王 사마윤司馬倫이 조정의 실권을 장악하게 되자 석숭의 30년 권세도 일순간에 허물어졌다. 사마윤은 먼저 가밀賈謐과 그의 일당을 모반죄謀叛罪로 몰아 모두 처형했고 이어 석숭도 목숨을 잃을 지경이었으나 다행히 목숨만은 건졌다. 이후로 석숭은 녹주와 함께 하루 종일 금곡원에서 풍류를 즐기며 지냈다.

그런데 조왕 사마윤의 수하에 손수孫秀라는 장군이 있었는데 그는 색귀色鬼라 할 정도로 여자를 밝혔던 인물이었다. 그는 일찍부터 녹주의 미모에 대해서 듣고 있었지만 그때는 미관말직微官末職인지라 감히 얼굴도 한 번 볼 수 없었다. 그러나 지금은 석숭石崇은 실각했고 자신은 조정의 실권을 장악한 사마윤의 심복이었다. 그는 사람을 석숭에게 보내 녹주를 자기에게 보내라고 요구했다. 석숭은 손수의 비위를 건드릴 수도 없고 그렇다고 녹주를 보내 주기는 아까워 온갖 궁리를 하다가 묘안을 생각했다. 손수를 초대해 잔치를 열어 여러 가기들에게 춤을 추게 해 손수의 눈을 어지럽게 한 후 가장 아름다운 가기를 녹주라고 속여 그에게 보내려고 했다.

그러나 손수는 교활한 인물이었다. 가짜 녹주를 보고 의심이 들어 캐물으니 가짜 녹주가 바른대로 말할 수밖에 없었다. 손수가 대노하여 병사들을 시켜 금곡원을 포위한 후 석숭에게 녹주를 내놓으라고 협박했다. 그렇지 않으면 금곡원의 개 · 돼지 한 마리도 살아 남지 못할 것이라면서 협박하니 석숭도 어쩔 수가 없었다.

석숭이 녹주에게 "가짜 녹주를 손수에게 보내고 너를 내 곁에 두려고 했는데 이제 어쩌면 좋으냐?"라고 처량하게 말하자, 녹주는 눈물을 쏟으며 절하고는 "황폐한 땅의 가기였던 저는 대인大人의 은혜로 온갖 부귀영화를 누렸습니다. 저는 비록 연약한 아녀자이지만 죽음으로 대인의 은혜를 갚겠습니다."라고 말했다. 그러고는 누각 아래로 몸을 던져 자살했다.

손수가 더 이상 참지 못하고 금곡원의 문을 부수고 녹주루綠珠樓 아래에 당도했을 때 녹주의 옥향玉香은 이미 사라지고 없었다. 손수는 화를 참지 못하고 석숭을 잡아 가두었다. 사마윤과 손수는 진晋 무제武帝에게 석숭이 가황후를 폐위시킨 황제에게 불만을 품고 있다고 무고해 참수형을 당하게 했다. 이후 사마윤과 손수는 석숭의 모든 재산을 차지해 버렸고 금곡원 역시 폐허가 되었다.

공정자 龔鼎孳

1615~1673

명말청초 明末淸初의 시인. 자字는 효승孝升, 호號는 지록芝麓. 안휘安徽 합비合肥(지금의 안휘성安徽省 합비시合肥市) 사람이다. 『정산당집定山堂集』이 전한다.

상사장과금릉 上巳[1]將過金陵

공정자(龔鼎孶)

제1수

교기 蟂磯 근처 배 한 척 안개 낀 강은 넓고 넓어
채석 采石 구름 갠 봉우리는 비취색 소반처럼 솟았다.
천기 天氣 특히 아름다운 이때 상사일 上巳日 이 되어
바닷바람 불어 객을 장간 長干 으로 보낸다.

교기 일도수운관 채석 청봉용취반
蟂磯[2]一棹水雲寬 采石[3]晴峰涌翠盤
천기수가방계회 해풍취객도장간
天氣殊佳芳禊會[4] 海風吹客到長干[5]

1 上巳(상사) : 음력(陰曆) 삼월(三月) 상순(上旬)의 사일(巳日)을 상사(上巳)라 했는데, 옛 풍속에는 이날 강변에서 몸을 씻고 조상에게 제사를 지냈다. 위진(魏晋) 이후 상사(上巳)는 삼월초삼일(三月初三日)로 정해졌고, 후대엔 이날 강변이나 교외에서 잔치를 열어 봄을 즐기는 날로 변했다. **2** 蟂磯(교기) : 산(山) 이름, 안휘성(安徽省) 무호(蕪湖) 서쪽 태강(太江) 중에 있는데, 산에 영택부인(靈澤夫人)의 묘가 있다. 영택부인(靈澤夫人)은 삼국(三國) 촉한(蜀漢) 유비(劉備)의 부인으로 동오(東吳) 손권(孫權)의 동생인데, 후인들이 이곳에 사당(祠堂)을 짓고 영택부인(靈澤夫人)이라 칭했다고 한다. **3** 采石(채석) : 산 이름. 안휘성(安徽省) 당도(當塗) 서북쪽에 있다. **4** 禊會(계회) : 상사(上巳)에 강에서 몸을 씻고 조상에게 제사 지내는 것. **5** 長干(장간) : 금릉(金陵)의 마을 이름.

난정(蘭亭)

제2수

난간欄干에 기대 춘풍春風을 맞노라니 〈옥수玉樹〉 노랫소리 떠돌고,
텅 빈 강에 쇠사슬만 남아 있고 들판엔 연기도 꺼졌다.
난정蘭亭을 생각하니 망국亡國의 한恨이 솟아나고,
유수流水와 청산靑山은 여섯 왕조王朝를 보냈구나.

의함춘풍옥수 표 공강철쇄야연소
倚檻春風玉樹[6]飄 空江鐵鎖野烟消
흥회무한난정 감 유수청산송육조
興懷無限蘭亭[7]感 流水靑山送六朝[8]

6 玉樹(옥수) : 음락(淫樂)만을 일삼다 멸망한 진후주(陳後主)가 지었다는 〈옥수후정화(玉樹後庭花)〉라는 망국지음(亡國之音). **7** 蘭亭(난정) : 절강성(浙江省) 소흥시(紹興市) 서남쪽에 있는 정자. 동진(東晋)

9년(353) 상사일(上巳日)에 왕희지(王羲之)와 손작(孫綽) 등 41인이 모여 이곳에서 수계(修禊)를 지내고 〈난정집서(蘭亭集序)〉를 지었다.

8 六朝(육조) : 동오(東吳) · 동진(東晋)과 남조(南朝)의 송(宋) · 제(齊) · 양(梁) · 진(陳).

감상

넓고 넓은 장강長江에 안개 자욱한데, 내가 탄 배는 영택부인靈澤夫人 묘가 있는 교기산蟂磯山을 지나간다. 구름 서린 채석기采石磯는 비취색 소반小盤처럼 솟아 있구나. 장강을 유람하다 날씨 화창한 상사일上巳日을 맞았구나. 장강에 부는 바람 내가 탄 배를 금릉성金陵城 장간長干 마을로 밀어 보낸다.

왕희지(王羲之)

옛 왕조王朝의 누각樓閣에 올라 난간欄干에 기대어 서니 진陳 후주後主 당년當年에 음락淫樂을 일삼을 때 지었다는 노래 〈옥수후정화玉樹後庭花〉가 아직도 흘러나오는 듯하고, 텅 빈 강江에 동오東吳 손호孫皓가 설치했던 쇠사슬은 아직 남아 있지만 오吳나라 군영軍營에서 피어오르던 연기는 꺼져버렸다. 상사일上巳日에 난정蘭亭에서 놀이하던 동진東晋의 왕희지王羲之 이젠 죽어 없고 동진東晋도 패망했음을 생각하니 망국의 한이 솟아나네.
장강의 흐르는 물과 푸른 산은 벌써 여섯 왕조의 흥망을 겪었구나.

이 시는 공정자龔鼎孶가 음력陰曆 삼월 삼일 금릉金陵을 지나가다 여섯 왕조의 도읍이었던 금릉金陵의 옛 역사에 빗대 명明 망국의 한을 표현한 시다.

두 번째 시는 동오東吳의 멸망과 남조南朝 진陳의 멸망에 관련된 고사를 통해 남명왕조南明王朝의 멸망을 거론했다. 남명의 홍광제弘光帝는 금릉에서 즉위했지만 고토故土를 회복할 생각은 않고 향락을 일삼아 장수도 병사들도 모두 실망하고 떠나 버려 파죽지세破竹之勢로 남하하는 청병淸兵에 힘 한번 써 보지 못하고 그냥 멸망하고 말았다.

시인은 동오와 진陳의 고사를 통해 남명이 너무나 쉽게 멸망하게 된 까닭을 암시하는 동시에 안타까움을 표현했다.

1수는 평성平聲 한운寒韻, 2수는 평성 소운蕭韻의 칠언절구이다.

여설

난정蘭亭은 소흥성紹興城 서남쪽 12.5km 지점에 있는 난저산蘭渚山 기슭에 있다. 월왕越王 구천勾踐이 이곳에 난초蘭草를 심었다는 말이 전해 왔기 때문에 한대漢代에 역정驛亭을 세우면서 '난정'이라 했고, 이곳이 유명해진 것은 왕희지王羲之의 〈난정집서蘭亭集序〉 때문이다.

동진東晋 영화永和 9년(353년), 모춘暮春 3월 3일, 왕희지는 사안謝安·손작孫綽 등 42인의 명사名士와 함께 수계修禊 풍속에 따라 난정에서 굽이치며 휘도는 개울물에 술잔을 띄우는 '유상流觴'을 즐기며 술잔이 돌아와도 시를 짓지 못하면 벌주 삼배를 마시며 시를 화창和唱했다. 이때 42인이 모두 37수首의 시를 지었고 왕희지가 서序를 지어 직접 썼다고 한다.

'유상流觴'의 풍속은 주대周代부터 시작되었다. 주대는 무술巫術이 유행했던 시대였기 때문에 매년每年 춘삼월春三月 상사일上巳日이 되면 질병과 재난을 물리쳐 달라는 염원을 빌기 위해 강가에서 의식을 거행했는데, 이 의식을 수계라 한다. '계禊'는 청결을 뜻하기 때문에 강가에서 수계를 치르면서 몸의 찌꺼기와 때를 씻어 냄으로써 재난을 물리칠 수 있다고 믿었다. 이로부터 강가에서 연회를 즐기는 풍속이 생겼고 이후 흥미를 더하기 위해 술잔을 강물에 띄워 자기 앞에 오면 술을 마시는 '유상流觴'의 풍속도 더해졌다. 이처럼 '유상'의 풍속이 동진 때 왕희지에 의해서 처음으로 시작된 것은 아니지만 왕희지의 〈난정집서〉 이후로 세인들에게 알려져 이후 황가皇家의 귀족들 역시 시재詩才는 보잘 것 없더라도 이 놀이를 즐겼다. 현재 북경北京 고궁古宮의 건륭화원乾隆花園과 중남해中南海, 향산香山 담자사潭柘寺 등에서 바위 위에 구불구불한 작은 물길을 볼 수 있고 계상정禊賞亭, 유환정流環亭이라 불리는 정자들을 볼 수 있는데, 이 모두는 난정에서 즐겼던 '유상' 놀이의 유풍遺風이다.

왕희지의 〈난정집서〉는 왕씨王氏 집안의 가보였다. 이후 왕지영王智永에게 전해졌는데 그가 자식을 낳지 않고 출가한 후 제자 변재辨才에게 전해졌다. 변재는 서화書畵에 뛰어난 사람이었기 때문에 〈난정집서〉를 아무에게도 보여주지 않은 채 소중히 보관했다고 한다. 왕희지의 서법書法을 좋아했던 당唐 태종太宗은 '변재'의 수중에 〈난정집서〉가 있다는 말을 듣고 갖고 싶었지만 뜻을 이룰 수 없게 되자 어사御使 소익蕭翼을 월주越州에 보냈다. 소익은 서생書生 행세를 하며 이왕二王, 왕희지와 왕헌지의 서첩書帖을 가지고 변재를 방문했는데 변재는 소익의 비범함에 감동해 함께 술을 마시다 술이 취하자 자기도 모르게 〈난정집서〉 진본이 있는 장소를 발설해 버렸고 소익은 변재가 외출한 틈을 타 〈난정집서〉 진본을 손에 넣을 수 있었다. 변재는 그 사실을 알고는 놀라 죽었다고 한다. 당 태종은 〈난정집서〉를 얻은 후 한시도 손에서 떼지 않고 있다가 임종 때 함께 묻어달라고 유언했다. 이로써 '천하제일행서天下第一行書'는 소릉昭陵에 묻혀 버렸다. 후세後世에 전하는 작품들은 모두 당인唐人들의 모사본模寫本인데 그 가운데 구양순歐陽詢의 '정무본定武本', 풍승소馮承素의 '신룡본神龍本'이 가장 유명하다.

〈난정집서〉 진본은 비록 사라졌지만 난정은 더욱 유명해졌다. 현재의 난정은 이미 진대晋代의 난정이 아니다. 영화永和 연간年間 이후 난정은 여러 차례 옮겨졌는데, 태수太守 왕희지王羲之가 먼저 난정을 감호鑒湖로 옮겼고 군수郡守는 또 아무런 이유 없이 천주산天柱山으로 옮겼다. 북송北宋 때 난정은 산음山陰 천장사天章寺 부근에 있었는데 병란兵亂으로 파괴되었고, 명明 가정嘉靖 27년(1548년) 소흥紹興 지부知府가 천장사天章寺 북쪽에 중건했다. 학자들 사이에 난정의 위치에 대해 이견이 많았지만 후대 황제들은 모두 이곳을 난정으로 생각해 여러 사적을 남겼다. 청淸 강희제康熙帝는 친히 '난정' 두 글자를 써서 정자에 걸었고, 또 〈난정서蘭亭書〉를 지어 정자 옆의 비석에 새겼으며, 건륭제乾隆帝는 친히 이곳에 들려 몇 수의 시를 지었는데 매 수마다 옛날 왕희지의 연회를 언급했다. 이로써 이곳이 난정蘭亭으로 확정되게 되었다.

증가자남귀 贈歌者南歸

공정자(龔鼎孳)

영락零落을 오래 한탄恨嘆하다 몸을 낙양洛陽에
초췌한 얼굴 서로 보일까 비단 수건 가렸다.
뒷마당에 꽃이 지니 단장斷腸의 슬픔이
나 또한 진陳의 궁궐에서 길 잃은 사람이리라.

장한표령입락 신 상간초췌엄라건
長恨飄零入洛[1]身 相看憔悴掩羅巾
후정화낙장응단 야시진궁실로인
後庭花落腸應斷 也是陳宮失路人

1 入洛(입락) : 낙양(洛陽)에 들어가다. 낙(洛)은 서진(西晉)의 수도(首都) 낙양(洛陽)을 뜻한다. 오(吳)가 망하자, 육기(陸機)는 동생 육운(陸雲)과 함께 서진(西晉)에 투항하여 공명(功名)을 얻었다.

감상

이신貳臣의 욕辱을 입은 내 신세 오랫동안 한탄하다 내 한 몸 의지할 곳은 그래도 오吳나라 육기陸機가 투항했던 낙양洛陽밖에 없다네. 내 초췌한 얼굴 남들이 볼까 봐 비단 수건으로 얼굴을 가렸다. 명조明朝는 이미 멸망하고 궁궐 뒷마당에 아름답게 피었던 꽃도 시들었다. 나 또한 단장斷腸의 슬픔을 안고 살아가니 명조의 궁궐宮闕에서 길 잃은 사람이라네!

이 시는 오가 망한 후 다시 서진西晉에서 공명을 추구했던 육기의 고사에 빗대어 자신의 실절失節을 자책하면서도 한편으로는 음락淫

樂을 일삼다 멸망한 진후주陳後主의 고사를 교묘히 결합해 자신의 행동을 합리화시켜 '나 또한 진陳의 궁궐에서 길 잃은 사람'이라는 모순된 심리를 표현했다.

이 시는 평성平聲 진운眞韻의 칠언절구이다.

육기(陸機)

여설

공정자龔鼎孳는 명조明朝의 신하였으나 이자성李自成이 북경北京에 진주한 후 이자성에게서 '대순왕조大順王朝'의 명을 받고 '직지사直指使, 간관'이 되었다. 그 후 청병淸兵이 입경入京하자 다시 투항해 청조淸朝에서 이부급사중吏部給事中을 지내게 된다. 이후 부침이 있었으나 강희제康熙帝 때 형부상서刑部尙書에 오른다. 청조는 한인관리漢人官吏들을 항상 감찰해 조금이라도 반청反淸의 기미가 보이면 극형極刑에 처했는데, 공정자는 세 왕조를 섬긴 인물이었기 때문에 반청인물로 애초에 분류되지 않았다.

그는 숭정崇禎 7년, 진사進士가 된 후 곤란한 문인들에게 도움을 베풀며 문인들과 교류하다 전겸익錢謙益·오위업吳偉業과 함께 강좌삼대가江左三大家로 불리었다. 그러나 그의 성취는 두 사람에 미치지 못한다. 이 세 사람은 모두 명조明朝의 유신遺臣으로 청조淸朝에 출사했던 사람들이면서 이후 자신들의 변절을 자책하고 후회하며 보냈는데 공정자의 시에 나타나는 망국의 한은 이런 모순된 심리를 말해준다.

진회하秦淮河의 옛 명칭은 회수淮水이다. 진시황秦始皇이 동순東巡하던 중 이곳에 들렀다가 모양이 궁인宮印과 비슷한 방형方形의 산山, 방산을 보고는 '방산方山을 뚫어 도랑을 만들어 왕기王氣를 파하라.(開鑿方山, 斷壟爲瀆, 以破王氣.)'는 명령을 내린 이후로 '진회秦淮'라 불렸다는 전설이 전한다. 진회하는 남경南京의 주요 하천으로 길이가 110km나 되며 외하外河와 내하內河로 나뉘어져 있다. 그 중 내하는 '육조금분六朝金粉'의 '십리진회十里秦淮'라고 일컬어졌던 번화한 곳이었는데, 그것은 공원貢院이 세워졌기 때문이다. 공원貢院은 과거科擧를 치렀던 시험장이다. 명청대明淸代엔 삼 년마다 한번씩 공원에서 회시會試를 거행했는데 회시는 3월에 거행되어 '춘규春闈'라 했다. 전국 각지의 거인擧人들이 이곳에 모여 회시를 거쳐 전시殿試에 참가할 수 있는 자격을 얻기 위해 애썼고 전시에 급제하면 진사가 되었다. 향시鄕試는 지방의 고시로 8월에 거행되었기 때문에 '추규秋闈'라 불렀는데 이 시험에 급제하면 '거인擧人'이 되고 회시에 참가할 자격을 얻었다. 봉건시대에 황제가 과거를 통해 선비를 임용하는 것이 각 지방의 명산물을 바치던 것과 마찬가지라는 뜻에서 과거시험장을 '공원貢院'이라고 불렀다. 이곳은 명대明代 공원 진회하 가에 세워지면서 선비들이 운집했고 덩달아 기루妓樓가 흥성하기 시작했다.

그런데 명말청초明末淸初 진회하에 망국의 한을 안고 살았던 기녀妓女들이 있었다. 세칭 남경南京 사대명기四大名妓로 불렸던 고횡파顧橫波·동소완董小宛·이향군李香君·유여시柳如是는 절세의 미인들로 망국의 한을 가슴에 담고 복사復社와 동림당東林堂 선비들과 교유하며 시국時局을 근심했던 기녀들이었다. 그 중 고횡파顧橫波는 공정자에게 시집가 일생을 마쳤고 동소완은 모양冒襄의 첩이 되었으며, 이향군은 후방역侯方域의 첩이 되었고 유여시는 전겸익錢謙益에게 몸을 맡겼다. 그 가운데 이향군은 당시 가장 인기 있는 기녀였는데 공상임孔尙任이 지은 『도화선桃花扇』의 여자 주인공의 모델이 되기도 했다. 그는 가난한 집에서 태어났으나 연꽃처럼 어여쁜 여인으로 자라 미향루媚香樓를 지켰으며, 권신과 간신의 극심한 당쟁 속에서 일편단심一片丹心 복사復社를 지원했었고 명明이 멸망하자 불문佛門에 몸을 맡겼다고 한다. 『도화선桃花扇』에서는 그녀가 남경南京 서하산西霞山에서 불가佛家에 귀의했다고 묘사하고 있고 세간世間엔 서하산西霞山에 이향군이 머물었던 보정암保貞庵이 있었다는 말이 전해오지만 사실인지는 알 수 없다. 한 가지 확실한 것은 사모봉紗帽峰 좌측에 이향군의 묘가 있다는 사실이다. 현재 남경시南京市 공원가公園街 서쪽 단교斷橋를 지나면 대석패가大石牌街가 나오는데 이 일대가 옛 미향루 터이다.

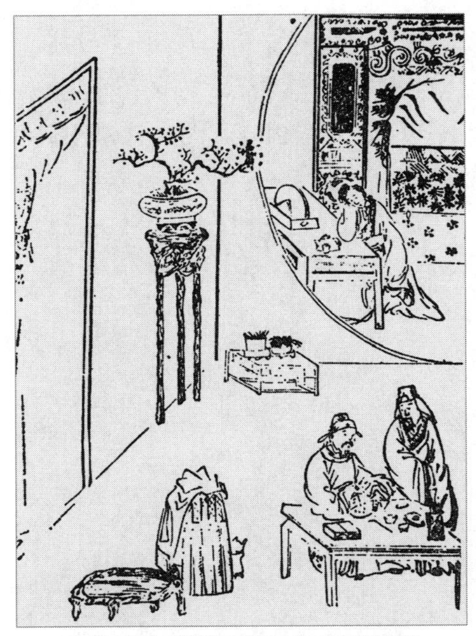

도화선전기(桃花扇傳奇) 기선(寄扇)

시윤장 施閏章

1618～1683

청초淸初의 시인. 자字는 상백尙白, 호號는 우산愚山. 선성宣城(지금의 안휘安徽) 사람이다. 『시우산선생학여문집施愚山先生學餘文集』이 전한다.

전당관호 錢塘觀湖

시윤장(施閏章)

빗속인데도 동해 바다 경치 끝없이 펼쳐지고,
파도는 강 위 관조대觀潮臺까지 날아 올랐다.
소리는 질풍처럼 달리는 일천一千 기마騎馬 같고,
기세氣勢는 만산萬山을 말 듯하다.
기암절벽 뒤집혀 무너질까 근심스러운데,
작은 배이어선지 강을 거슬러 올라간다.
오자서伍子胥의 한이 남아서인가,
언제나 사람을 슬프게 하네.

해색우중개　도비강상대
海色雨中開　濤飛江上臺
성구천기질　기권만산래
聲驅千騎疾　氣卷萬山來
절안수경복　경주고소회
絕岸愁傾覆　輕舟故溯洄
치이　유유한　종고사인애
鴟夷[1]有遺恨　終古使人哀

1 鴟夷(치이) : 오자서(伍子胥)의 시신을 담아 전당강(錢唐江)에 버렸다고 하는 가죽부대.

감상

가을비 내리는데 동해 바다의 경치는 더욱 아련하게 펼쳐지고 파도가 말려 올라 강 위 관조대觀照臺까지 들이친다. 파도 소리는 천 마리 말들이 질풍처럼 달리는 듯하고, 그 기세는 만산을 싸서 누를 것 같다. 깎아지른 절벽 파도에 무너질까 걱정되고 강물은 역류해서 작은 배는 강을 거슬러 올라간다. 전당강錢塘江 파도 거세게 출렁이는 건 오자서의 한이 남아서인가? 이곳을 지날 때면 늘 슬픔이 찾아온다.

시인은 전당강에서 벌어지는 자연의 기경奇景을 묘사하면서 마지막에는 억울하게 죽어 전당강의 신神이 되었다고 하는 오자서伍子胥의 전설을 인용하여 세상사에 대한 한을 드러냈다.

이 시는 평성平聲 회운灰韻의 오언율시이다.

여설

1666년(강희 7), 시윤장施閏章이 항주杭州 일대를 유람하다 익히 들어왔던 8월 전당강錢唐江의 대조大潮를 목도하고 지은 시이다. 매년 음력陰曆 8월 8일 전후에 항주만杭州灣 전당강 포구는 해조海潮와 강수江水가 서로 뒤섞이며 요동쳐 물결이 만장萬丈 높이 치솟는 자연自然의 기경奇景을 연출한다. 『오월춘추吳越春秋』와 『사기史記』〈오자서열전伍子胥列傳〉에 의하면, 오왕吳王 부차夫差에게 월국越國의 침략에 대비하라고 간언諫言했다가 부차의 노여움을 사 결국은 죽게 되는 오자서伍子胥가 자살하기 전에 가족들에게 “내가 죽으면 내 눈을 고소성姑蘇城 남문 위에 걸어 두어라, 월越의 군사들이 오吳를 궤멸시키는 모습을 내 눈으로 볼 수 있도록.”이라 말했다고 한다. 이에 오왕은 오자서의 시체를 가죽부대에 남아 전당강에 버렸는데, 후에 오자서는 조신潮神이 되어 백마가 끄는 마차를 타고 전당강의 거센 물살 위를 달렸다고 한다. 이로 인해 전당강의 거센 파도를 ‘오자서조伍子胥潮’라고 칭하기도 한다.

전당강은 1년에 한 차례 세인世人들의 주목을 집중시킬 만한 장관壯觀을 연출한다. 조수의 활동이 가장 왕성한 8월 18일 무렵 강물과 바닷물이 뒤엉키며 파도가 높이 용솟음치는 장관을 연출한다. 전설에 의하면, 8월 18일이 조신潮神의 생일이라고 하기도 한다. 최근 지리학자들은 전당강에서 일어나는 해수海水의 역류 현상은 지형적 요인 때문에 발생한다는 사실을 과학적으로 검증했다. 지형地形이 바다와 접해 있는 전당강의 하구河口는 국자 모형인데, 바깥쪽 입구는 넓고 안으로 갈수록 좁아지면서 하구 부분은 얕고 사초가 가로놓여 있기 때문에 물결이 역류하며 용솟음치는 현상이 일어난다는 것이다. 항주만은 넓이가 100km에 달하지만 갈수록 폭이 좁아져 감포鑑浦에 이르면 폭이 20km로 줄어들며, 해녕염관海寧鹽官에는 겨우 3km로 좁아져 물결이 층층이 쌓인 듯 최고로 8.92m까지 높이 치솟았던 경우도 있었다.

송대宋代엔 관조대觀潮臺가 강간江干의 육화탑六和塔 일대에 있었으나 현재는 해녕염관으로 옮겼는데 항주杭州에서 기차를 타면 1시간 30분이면 도착할 수 있다. 해녕염관은 전당강의 파도를 구경하기에 가장 좋은 곳으로, 파도가 밀려올 때 동쪽에서 강물과 하늘이 이어진 수평선 무렵에서 은색 실처럼 드러나기 때문에 해녕염관에서 보는 전당강의 파도를 '일선조一線潮'라고 한다. 이밖에 염관에서 동쪽으로 7km쯤에 팔보八堡에서도 동쪽과 남쪽에서 흐르던 강물이 빙산이 부서지듯 부딪치는 장관을 볼 수 있다. 염관 서쪽 11km 지점의 노염창老鹽倉에서는 역류하는 강물을 볼 수 있다.

이처럼 동쪽에서부터 서쪽으로 강물을 따라가면 전당강의 기경奇景을 감상할 수 있는데, 먼저 팔보八堡에서 동남의 강물이 서로 부딪치는 광경을 보고는 다시 염관鹽官에서 '일선조'를 보고 마지막으로 노염창老鹽倉에서 '반두조反頭潮'를 볼 수 있다.

왕사정 王士禛

1634~1711

청淸의 시인. 자字는 이상貽上, 호號는 완정阮亭 · 어양산인漁洋山人. 원명原名은 사진士禛이나 옹정雍正 연간年間 세종世宗의 휘자諱字를 피해 사정士禎으로 고쳤다. 『어양산인시집漁洋山人詩集』 22권 등이 전한다.

추류秋柳 4수四首

왕사정(王士禛)

제1수

가을은 오는데 어디서 내 마음 달랠까?
백하문白下門에 서풍西風 불고 석양夕陽이 비춘다.
다른 날 뜻밖에 봄 제비 그림자 보일지,
지금은 초췌하고 저녁 연기만 남았어도.
수심만 자아내는 거리에선 황총곡黃驄曲 들리고,
강남江南 오야촌烏夜村은 꿈에서도 멀리 있네.
바람 불 땐 슬픈 적笛소리 듣지 않으리,
옥문관玉門關 애원哀怨은 끝내 말하기 힘드네.

추래하처최소혼 잔조서풍백하문
秋來何處最銷魂 殘照西風白下門[1]

타일차지춘연영 지금초췌만연흔
他日差池春燕影 祇今憔悴晩烟痕

수생맥상황총곡 몽원강남오야촌
愁生陌上黃驄[2]曲 夢遠江南烏夜村[3]

막청림풍삼농적 옥관애원총난론
莫聽臨風三弄笛[4] 玉關哀怨總難論

1 白下門(백하문) : 육조시대(六朝時代) 건강성(建康城 : 금릉, 지금의 남경)의 서문명(西門名). 백문(白門)이라 줄여 부르기도 한다. **2** 黃驄(황총) : 당(唐) 태종(太宗)의 애마(愛馬). 고구려(高句麗) 침공 도중에 죽었는데 태종(太宗)은 매우 애석해하며 악공들에게 〈황총첩곡(黃驄疊曲)〉을 만들도록 했다고 한다. **3** 烏夜村(오야촌) : 범성대(范成大)의 『오군지(吳郡志)』에 의하면, 진(晋) 목제(穆帝)의 비(妃) 하준녀(何

准女)가 태어난 날 저녁 많은 새들이 날아들어 울어대 사람들이 기이하게 여겨 그곳을 '오야촌(烏夜村)'이라고 불렀다고 한다. **4** 三弄笛(삼농적) : 농(弄)은 취주(吹奏)의 뜻. 세 곡조(曲調)의 적(笛) 연주.

제2수

아름다운 이슬 차가운 게 서리가 되려 하고,
만 가닥 실처럼 버드나무 가지 옥당玉塘을 쓸어 간다.
포구浦口의 푸른 연잎 아낙네의 거울 같고,
강가의 황죽黃竹은 처녀의 상자 같네.
괜히 판저板渚 나루터, 수제隋堤 물만 아름답다 하네,
화려하게 차려 입은 귀족공자貴族公子 보이지 않으니까.
만약 낙양洛陽의 경승지를 가 보려 한다면,
은근히 영풍방永豊坊을 다시 물어야지.

연 연 양 로 욕 위 상　만 루 천 조 불 옥 당
娟娟凉露欲爲霜　萬縷千條拂玉塘
포 리 청 하 중 부　경　강 간 황 죽 녀 아 상
浦里靑荷中婦[5]鏡　江干黃竹女兒箱
공 련 판 저　수 제　수　불 견 낭 야 대 도 왕
空憐板渚[6]隋堤[7]水　不見琅邪大道王[8]
약 과 낙 양 풍 경 지　함 정 중 문 영 풍 방
若過洛陽風景地　含情重問永豊坊[9]

5 中婦(중부) : 중부(中婦)는 둘째 며느리, 또는 중년의 부인이라는 두 가지로 해석할 수 있다. **6** 板渚(판저) : 판성저구(板城渚口). 고대(古代)에 황하(黃河) 중류(中流)에 있던 나루터. 지금의 하남(河南) 형양현(滎陽縣) 사수진(汜水鎭) 동북쪽에 있다. **7** 隋堤(수제) : 수(隋) 양제(煬帝) 때 건설한 운하로 제방 위에 도로를 만들고 버드나무를 심었다고 한다. **8** 琅邪大道王(낭야대도왕) : 동진(東晋)의 대사마(大司馬) 환온(桓溫). 감상 참조. **9** 永豊坊(영풍방) : 당대(唐代) 낙양(洛陽)의

방리명(坊里名).

제3수

동풍東風 불어 버들개지 봄옷에 들러붙고,
쓸쓸하게 탄식하던 풍경風景과는 다르구나.
부여궁扶荔宮의 꽃 가꾸지도 않고,
영화전靈和殿에 옛사람 드물구나.
남南으로 가는 기러기 만나 보니 모두들 쓸쓸한 외톨이,
서西로 날아가는 새에게 밤에 날지 말라 말은 잘하네.
지난날의 풍류 매승枚乘에게 물어보지,
양원梁園의 풍류를 회고하니 옛 바람은 어긋났구나.

동풍작서습춘의 태식소조경물비
東風作絮襲春衣 太息蕭條景物非
부려궁 중화사진 영화전 리석인희
扶荔宮[10]中花事盡 靈和殿[11]裏昔人稀
상봉남안개수려 호어서조막야비
相逢南雁皆愁侶 好語西鳥莫夜飛
왕일풍류문매숙 양원 회수소심위
往日風流問枚叔[12] 梁園[13]回首素心違

10 扶荔宮(부려궁) : 한(漢)의 궁성(宮城). 11 靈和殿(영화전) : 남조(南朝)의 궁전(宮殿). 12 枚叔(매숙) : 매승(枚乘) 자(字)가 숙(叔)으로 한조(漢朝)의 유명한 사부작가(辭賦作家)이며, 한(漢) 무제(武帝) 때 양효왕(梁孝王)에 봉해졌다. 13 梁園(양원) : 양(梁) 효왕(孝王)이 지은 궁원(宮苑)으로 지금의 하남성(河南省) 상구(商丘) 근처에 있다.

제4수

도근桃根과 도엽桃葉 옛날 즐거웠던 시절을 늘 그리워하

지만,
보이는 건 온통 황량한 들판 그것마저 연기처럼 사라지려 한다.
가을색 띠었어도 내게는 여전히 아름다우니,
봄이 오면 규방閨房의 여인들도 깊은 정情을 쏟겠지.
위魏 문제文帝도 새로이 수심愁心에 쌓여 오늘을 슬퍼하지,
옛일을 기억하며 공손公孫의 구사를 생각하겠는가?
어찌 기억하겠는가! 장안성長安城 청문靑門의 주락고珠絡鼓를,
지는 해가 소나무 가지를 비춘다.

도 근 도 엽 정 상 련　조 진 평 무 욕 화 연
桃根桃葉正相憐　眺盡平蕪欲化烟

추 색 향 인 유 의 니　춘 규 증 여 치 전 면
秋色向人猶猗旎　春閨曾與致纏綿

신 수 제 자 비 금 일　구 사 공 손 억 왕 년
新愁帝子[14]悲今日　舊事公孫[15]憶往年

기 부 청 문 주 락 고　송 지 상 영 석 양 변
記否靑門[16]珠絡鼓[17]　松枝相映夕陽邊

14 帝子(제자) : 제자(帝子)는 위(魏) 문제(文帝) 조비(曹丕). 조비(曹丕)의 『유부(柳賦) 서(序)』에 "옛날 건안(建安) 5년 선왕(先王)께서 원소(袁紹)와 관도(官渡)에서 싸웠는데 그때 버드나무를 심기 시작했다. 이후로 15년이 지났는데 버드나무를 보고 느끼는 바가 있어 이에 이 부(賦)를 짓는다.(昔建安五年, 上與袁紹戰於官渡, 時與始植斯柳, 自彼溫令. 十五載矣. 感物傷懷, 乃作斯賦.)"고 씌어 있다. 15 公孫(공손) : 한(漢) 선제(宣帝). 『한서(漢書) · 휴홍전(眭弘傳)』에 "효소(孝昭) 때 상림원(上林苑)의 큰 버드나무가 사고로 잘려 넘어져 고목(枯木)이 되었다. 벌레가 나뭇잎을 갉아먹은 게 글자 모양을 만들었는데 '공손(公孫) 병기(病己)가 일어선다' 였다.(孝昭時, 上林苑中大柳事斷枯臥也, 有蟲食樹葉成文字, 日 : '公孫病己立')"라는 기록이 있는데 公孫은 宣

帝이고 病己는 宣帝의 名이다. **16** 靑門(청문) : 진한시대(秦漢時代) 장안성(長安城) 성문(城門) 이름. **17** 珠絡鼓(주락고) : 보주(寶珠)로 장식한 북.

감상

쓸쓸한 가을인데 내 마음을 어디에서 달랠 수 있을까? 화려했던 성도 금릉金陵 황량한 백하문白下門 서풍이 불고 석양夕陽이 비춘다. 황량한 금릉金陵, 저녁이면 밥 짓는 연기만 모락모락 피어오르지만, 가을이 지나고 봄이 오면 이곳에도 좋은 소식 가지고 제비가 날아올지 모르지 않느냐? 수심愁心만 자아내는 참담한 금릉의 거리에서 당唐 태종太宗이 애마愛馬를 그리며 지었다는 '황총곡黃驄曲' 들려오고, 진晋 목제穆帝의 황후皇后가 태어났던 곳 강남江南의 오야촌烏夜村은 꿈속에서도 찾을 수 없구나. 쓸쓸한 바람 불 때는 슬픈 적笛 소리는 듣지 않겠다. 옥문관玉門關의 슬픈 사연은 말하기도 힘들다.

대명호大明湖 호반의 만 그루 버드나무 가지는 아래로 축 늘어져 옥석으로 만든 제방을 쓸어 가고, 나뭇잎에 맺힌 아름다운 이슬 서리가 되려 한다. 낙양성洛陽城 포구浦口의 푸른 연잎은 아낙네의 거울 같고, 강가의 황죽黃竹은 처녀들의 바구니 같은데 이젠 아름다운 부녀婦女들 보이지 않네. 화려하게 차려 입은 귀족 공자公子들은 보이지 않으니 괜히 판성板城 나루터 수제隋堤 가의 꽃길이 아름답다 말하네. 만약 낙양의 경승지景勝地를 가 보려고 한다면, 은근히 영풍방永豊坊이 어디인지 다시 물어야 한다.

버들개지 바람에 날려 옷에 달라붙는 아름다운 봄은 쓸쓸한 풍경에 탄식만 하던 가을 풍경과는 다르겠지. 부여궁扶餘宮의 기초이목奇草異木 가꾸지도 않고 영화전靈和殿에도 옛사람들은 이제 없구나. 남으로 가는 기러기 같은 나그네들 모두 다 쓸쓸한 외톨이 신세이고,

좋은 말로 서쪽에 있는 장부 그리며 편지 띄우지 말라고 하네. 지난 날의 풍류 매승枚乘에게 물어 보아라, 걱정 없이 풍류를 즐겼던 양원梁園을 회고해 보니 그때의 심원心願이 이루어지지 않았구나.

홀로 남은 도근桃根과 도엽桃葉 즐거웠던 때를 그리워하지만 이젠 화려한 날은 가고 눈에 보이는 건 전부 황량한 들판뿐, 이제 그것마저 연기처럼 사라지려 한다. 옛날 화려했던 버드나무 이제 가을 색을 띠었지만 내게는 여전히 아름다우니, 다시 화려한 시절이 오면 규방의 여인들도 깊은 정을 쏟겠지. 그러나 화려한 날은 가고 오지 않는구나. 위 문제 버드나무 심을 때의 심정은 잊고서 오늘을 슬퍼하며 새로이 수심이 쌓여 〈유부柳賦〉를 지었고, 아무도 공손公孫의 옛 일을 기억하지 않는다. 어찌 기억하겠는가! 한漢의 장안성長安城 청문靑門에 보옥寶玉으로 장식한 주락고珠絡鼓가 걸려 있었다는 사실을, 석양이 소나무 가지를 비춘다. 다시는 화려한 날은 오지 않으리.

〈추류秋柳〉 4수首는 청조淸朝 왕사정王士禎의 시풍을 여실히 보여주는 대표작 중의 하나다. 1657년(청 순치 14) 가을, 24세의 왕사정은 향시鄕試에 참가하기 위해 산동山東 제남濟南에 있었는데 당시 제남濟南에는 명사들이 구름처럼 운집했다. 하루는 대명호大明湖 수정水亭에서 연회가 있었는데, 정자亭子 밖에는 버드나무 수천 그루의 가지가 거의 물에 닿아 잎이 누렇게 변해 가을을 물들이며 흔들리고 있었다. 그 모습에 왕사정은 시흥詩興이 일어 단숨에 이 시를 지었고 주위 여러 사람이 칭찬하며 화시和詩를 지었다. 후대에 왕사정이 시단詩壇의 맹주가 된 데에는 이 날의 〈추류秋柳〉 시가 상당한 작용을 했다.

시 앞머리에 소서小序가 있는데 시인의 시흥詩興이 잘 드러나 있다.

옛날 강남왕자江南王子는 낙엽을 보고 마음이 움직여 슬퍼했고 금성사마金城司馬는 버드나무 가지를 만지다 상심해 눈물 흘렸다. 나는 본시 한이 많고 성격이 감개할 때가 많아 양류楊柳에 마음을 실었는데 〈소아小雅 · 출거出車〉의 복부僕夫처럼 비추悲秋를 기탁하고 멀리 상고湘皐를 되돌아보게 되었다. 우연히 40구 시를 지어 동인들에게 보이니 나를 위해 화시和詩를 지었다. 정유년丁酉年 가을 북저정北渚亭에서 지었다.(昔江南王子, 感落葉以興悲；金城司馬, 攀長條而損涕. 僕本恨人, 性多感慨. 情寄楊柳, 同〈小雅〉之僕夫, 致托悲秋, 望湘皐之遠者. 偶成四十, 以示同人, 爲我和之. 丁酉秋日, 北渚亭書.)

강남왕자는 육조六朝 양梁 간문제簡文帝 소통蕭統을 의미하고 금성사마金城司馬는 동진東晋 때 대사마大司馬를 지냈던 환온桓溫이다. 소통의 〈추흥부秋興賦〉는 가을의 처량한 경색에 비애悲哀의 감정을 의탁했고, 환온桓溫은 늙은 양류楊柳의 모습을 통해 시들어 가는 자신의 생명을 표현했다. 왕사정은 〈추류秋柳〉와 금릉金陵을 비유하며 아름다운 시절은 쉬이 흘러가 버린다는 비애와 세상사에 대한 환멸을 표현했다. 이것이 〈추류秋柳〉 4수의 공통 주제라 할 수 있다.

1수는 평성平聲 원운元韻, 2수는 평성 양운陽韻, 3수는 평성 미운微韻, 4수는 평성 선운先韻의 칠언율시이다.

여설

산동성山東省 제남濟南은 '가정마다 샘물 집집마다 수양버들(家家泉水, 戶戶垂楊)' 이라는 말이 있을 정도로 샘이 많아 '천성泉城' 이라 불리기도 하는데 '제남' 이라는 지명은 '제수濟水의 남쪽' 에 도시가 위치했기 때문에 붙여진 지명이다. 흑호천黑虎泉, 박돌천毫突泉 등이 운집해 있는 대명호大明湖 일대가 제남의 고시가지古市街地이다.

북위北魏 역도원酈道元의 『수경주水經注』엔 '박돌천毫突泉 북쪽은 대명호이고, 서쪽은 대명사大明寺이다.(其水毫突泉北爲大明湖, 西卽大明寺.)' 라는 기록이 있는데, 이에서 대명호라는 이름이 대명사에서 유래했음을 알 수 있다. 대명호에는 동문東門·서문西門·남문南門의 세 개 문이 있는데 그 가운데 남문이 정문이다. 정문으로 들어가 서쪽으로 가면 송대宋代의 대사인大詞人 신기질辛棄疾을 기념하기 위한 가헌사稼軒祠가 있다. 이 사당祠堂은 원래 이홍장李鴻章의 '이공사李公祠' 였는데 1961년 '가헌사' 로 바뀌었다. 신기질辛棄疾은 위대한 사인詞人일 뿐만 아니라 금金의 침공에 항거해 직접 의병義兵을 조직해 항전에 나섰던 인물이다.

가헌사 왼쪽 가까운 곳에 하원遐園이 있는데 이곳은 1901년 산동山東 제학사提學使 나정균羅正鈞이 수립한 산동성립도서관山東省立圖書館의 일부분이다. 하원遐園의 회랑回廊을 따라 가면 호수湖水가의 포구가 나오는데 이곳에 역하정歷下亭으로 가는 배가 있다. 역하정은 북위北魏 연간年間에 세워졌는데 원래는 오룡담五龍潭 근처에 있었다. 당唐 천보天寶 4년(745년) 두보가 산동山東 임읍臨邑에 있는 동생 두영杜穎을 찾아가는 도중 제남에 들렀을 때 북해태수北海太守이자 서예가書藝家인 이옹李邕이 역하정에서 두보를 위해 연회를 베풀었는데, 그때 두보가 지은 〈배이북해연역하정陪李北海宴歷下亭〉이라는 시를 보면 그때까지는 역하정이 원래의 위치에 있었음을 알 수 있다. 북송北宋 이후에야 역하정이 대명호 가로 옮겨졌고, 강희康熙 32년(1693년) 이흥조李興祖가 돈을 모아 대명호 가운데 역하정을 다시 세웠다. 역하정에서 배를 내려 동쪽으로 가면 동쪽으로 회천당淮泉堂이 있고 그 부근에 추류원秋柳園이 있다. 추류원은 청淸의 대시인大詩人 왕사정王士禎으로 인해 명명된 곳이다. 왕사정은 소년 시절 대명호반大明湖泮의 북저정北渚亭에서 독서했고 〈추류秋柳〉 시로 시명詩名을 떨쳤기 때문에 후인들이 이곳을 '추류원'이라 이름 붙여 왕사정을 기념했다고 한다.

회천당에서 호수의 제방을 따라 남쪽으로 가면 송대宋代 제남태수濟南太守를 지냈으며 당송팔대가唐宋八大家의 한 사람인 증공曾鞏을 기리는 남풍사南風祠가 있다. 증공은 강남江南 남풍南豊사람으로, 제남태수로 있는 동안 선정을 베풀어 이임離任할 때 백성들이 그의 앞길을 가로막고 떠나지 못하게 해 한밤중에 몰래 떠나왔다는 이야기가 전한다. 청대淸代 강남江南 남풍南豊 출신인 탕세배湯世培가 지현知縣을 지내며 대명호에 동향同鄕의 대문호大文豪 증공을 기리는 사당祠堂을 지었는데, 이 사당祠堂이 지금의 남풍사이다.

다시 동쪽엔 명대明代 병부상서兵部尙書를 지내며 연왕燕王 주체朱棣와 건문제建文帝의 숙질간에 벌어진 황위 다툼에서 시종 정통 황실의 건문제를 도왔던 철현鐵鉉을 기리는 '철공사鐵公祠'가 있다. 이 철공사 서쪽엔 '소창랑小滄浪'이 있는데 소주蘇州 창랑정滄浪亭에 비해 자연스러운 운치가 있다.

현재의 대명호는 약 1,500여 년 전의 『수경주』에 기록되어 있던 대명호가 아니다. 수당隋唐 이전의 대명호는 지금의 오룡담五龍潭 일대이고, 지금의 대명호는 수당隋唐 이전에 역수피歷水陂라 불렀던 곳이다. 고대古代의 대명호는 역수피 북쪽에 있었고 지금보다 더 큰 호수로 작산호鵲山湖 혹은 연자호蓮子湖라 했다. 남송南宋 때 소청하小淸河를 건설하며 대명호는 점점 수량이 줄어들기 시작해 금대金代엔 역수피가 대명호로 불리게 되었다.

공상임 孔尚任

1648~1718

청대清代의 문학가文學家. 자字는 빙지聘之, 호號는 동당東塘. 산동山東 곡부曲阜(지금의 산동성山東省 곡부현曲阜縣) 사람이다. 『관리신지闕里新志』 등이 전한다.

조춘과유리창 早春過琉璃廠[1]

공상임(孔尚任)

화사하고 즐거운 북경의 봄,
광휘光輝 속에 기상이 넘쳐 흐른다.
담비 모피, 비단이 가득하고,
궁성의 문에도 수많은 사람들이 왕래한다.
시절은 상원절上元節 저녁이 가까워,
유리창琉璃廠의 광경 정말로 화려하다.
늘어선 가게마다 보주寶珠 같은 등이 걸렸고,
미풍微風에 패환佩環이 소리내며 흔들린다.
마노瑪瑙로 만든 소반小盤처럼 투명한 등燈도 있고,
산호망珊瑚網이 찢어진 듯 산호초 같은 것도 있다.
화산華山의 연뿌리 같기도 한 등,
선인장仙人掌처럼 높이 걸려 있는 등도 있다.
송이송이 핀 부상화扶桑花 같은 등燈은,
두 개의 눈동자처럼 오색五色으로 빛난다.
금색 고기 속에 옥호玉壺 모양 등燈이 들어 있는지,
비늘과 지느러미 붉게 빛난다.
등燈 하나가 물고기 한 마리를 비치니,
고기는 한 마리인데 그림자는 두 개가 생겼다.
그밖에도 피리도 많고,
호로 모양 빙당氷糖장수 북 치고 소리 지르며 휩쓸고 다니다.

하늘 보며 화각華角을 불어대면서,
막대 모양 빙당氷糖을 길게도 뽑아냈다.
온갖 휘황찬란한 경물景物들
태평성대를 함께 보고 즐긴다.
큰 시장에 아이들도 모여 들었고,
보주寶珠 값은 날마다 비싸진다.
인파의 손에 쥐었던 채운등彩雲燈도 사라지고,
그 사람 웃고 울며 백은白銀을 써 버린다.
나도 비록 반백半白의 늙은이지만,
한 해가 짧다고 걱정한다.
길가에 수레를 세우니,
봄바람이 모피 옷에 불어온다.
황제의 능력이 얼마나 되기에,
이곳에서도 태평성대 노랫소리 들을 수 있다.

희희 제리 춘 광휘등만상
熙熙[2]帝裏[3]春 光輝騰萬象[4]

금초 나기 조 천문경래왕
金貂[5]羅綺[6]稠[7] 千門競來往

시절핍원소 승절 유리창
時節逼元宵[8] 勝絕[9]琉璃廠

열사 현주등 미풍패환 향
列肆[10]懸珠燈[11] 微風佩環[12]響

통투마노 반 쇄쇄산호망
通透瑪瑙[13]盤 瑣碎珊瑚網[14]

태화 우 여련 경 출선인장
太華[15]藕[16]與蓮 擎[17]出仙人掌[18]

타타부상화 오색쌍모 황
朵朵扶桑花[19] 五色雙眸[20]晃[21]

금어저옥호 인렵 홍분랑
金魚貯玉壺[22] 鱗鬣[23]紅分朗

일등조일어 어단영즉량
一燈照一魚 魚單影則兩

기여취기다 호로 성고탕
其餘吹器多 葫蘆[24]聲鼓蕩

화각 앙천명 빙주 추일장
畫角[25]仰天鳴 冰柱[26]抽一丈

각종현물화 태평공관상
各種炫物華[27] 太平供觀賞

대시집군아 보가일일장
大市集群兒 寶價日日長

입수채운소 소체철 백강
入手彩雲消 笑涕撤[28]白鏹[29]

아수반백 인 역발소년양
我雖頒白[30]人 亦發少年痒

정거항구 변 춘풍취학창
停車巷衢[31]邊 春風吹鶴氅[32]

제력하유재 차처간격양
帝力何有哉 此處看擊壤[33]

1 琉璃廠(유리창) : 지명(地名). 북경시(北京市)에 있는 상가(商街)로, 일명(一名) 창전(廠甸)이라고도 한다. 원래는 해왕부(海王府)였는데 원(元)나라 때 유리요장(琉璃窯廠)이 이곳에 만들어졌고 명청대(明淸代)에 오색유리와(五色琉璃瓦)를 만드는 공장을 이곳에 증설하여 붙여진 이름이다. **2** 熙熙(희희) : 화목하고 즐겁다. **3** 帝裏(제리) : 경성(京城), 즉 북경(北京). **4** 光輝騰萬象(광휘등만상) : 만상(萬象)에 광휘(光輝)가 비춘다. **5** 金貂(금초) : 금색 털의 담비. 모피(毛皮)로 옷을 만드는 데 사용된다. **6** 羅綺(나기) : 단, 비단. **7** 稠(조) : 빽빽하다, 많다. **8** 元宵(원소) : 음력 정월 15일을 상원절(上元節)이라 하고 이날 저녁을 원소(元宵)라 한다. **9** 勝絕(승절) : 매우 좋다. **10** 列肆(열사) : 줄지어 늘어선 점포. **11** 珠燈(주등) : 보옥(寶玉)으로 장식한 채색(彩色) 등(燈). **12** 佩環(패환) : 중간에 구멍이 뚫린 옥기(玉器). **13** 瑪瑙(마노) : 광물 이름. 귀중한 장식품을 만드는 데 사용한다. **14** 珊瑚網(산호망) : 산호(珊瑚)를 채취하는 그물, 옛날에는 쇠그

유리창(琉璃廠)

물로 산호를 채취했다고 한다. **15** 太華(태화) : 산 이름. 태화산(太華山), 또는 화산(華山), 섬서성(陝西省) 화양현(華陽縣) 남쪽에 있다. 전설에 의하면 정상에 있는 연못에 천엽연화(千葉漣花)가 있는데 이 꽃을 먹으면 신선(神仙)이 된다고 한다. **16** 藕(우) : 연우(蓮藕), 연뿌리. **17** 擎(경) : 받들어 올리다. **18** 仙人掌(선인장) : 산봉우리 이름. 화산(華山)의 산봉우리, 봉우리 옆에 흔적이 있는데 밑에서 보면 사람의 손바닥처럼 보여서 붙여진 이름이다. **19** 扶桑花(부상화) : 꽃 이름. **20** 眸(모) : 눈. **21** 晃(황) : 빛나다. **22** 玉壺(옥호) : 옥으로 만든 주전자. 여기서는 옥색처럼 흰색으로 빛나는 주전자 모양의 등을 뜻한다. **23** 鱗鬣(인렵) : 금어(金魚)의 비늘과 목 부근의 지느러미. **24** 葫蘆(호로) : 식품 이름, 빙당호로(氷糖葫蘆). 산사자(山査子), 또는 해당화 열매를 꼬치에 꿰어 설탕물을 발라 굳힌 과자. **25** 畵角(화각) : 악기 이름. 고대 군중(軍中)에서 사용하던 취주악기(吹奏樂器). 여기서는 완구(玩具)를 뜻한다. **26** 冰柱(빙주) : 음식 이름. 얼음사탕(氷糖)으로 만든 막대 모양의 음식. **27** 物華(물화) : 아름다운 경물(景物). **28** 撤(철) : 소비하다. **29** 白鏹(백강) : 백은(白銀). **30** 頒白(반백) : 흰머리가 많다. **31** 巷衢(항구) : 대로(大路). 큰 길. **32** 鶴氅

(학창) : 학(鶴)의 털로 만든 옷. **33** 擊壤(격양) : 격양가(擊壤歌). 요임금 때 천하가 태평무사(太平無事)하여 노인들이 밭을 갈며 노래를 불렀다는 이야기가 있는데, 이로부터 격양가는 태평성대를 비유하는 말로 사용되었다.

감상

북경北京에 봄이 오니 화사하고 즐겁구나. 광휘光輝를 발하는 등불 아래 온갖 기상氣象이 넘쳐 흐른다. 금색 담비가죽, 갖가지 비단 가게에 넘쳐나고 궁성宮城의 문에 사람들이 경주競走를 하듯이 왕래한다. 상원절上元節이 다가오니 유리창琉璃廠의 모습 정말 절경이다. 줄지어 늘어선 가게마다 아름다운 구슬로 장식한 등燈이 걸려 있고 부드러운 바람 불어오니 등불에 달려 있는 패환佩環 흔들리며 아름다운 소리 울린다. 마노瑪瑙로 만든 소반처럼 투명하게 비치는 등도 있고, 산호珊瑚 그물이 찢어져 산호珊瑚가 흘러 나왔는지 산호 같은 등도 있다. 화산華山 정상에 신령스런 연꽃의 뿌리같이 생긴 등도 있고, 화산 선인장仙人掌처럼 높은 곳에 걸려 있는 등도 있다. 송이송이 부상화扶桑花같은 등은 마치 두 개의 오색 눈동자처럼 빛난다. 금색 물고기 속에 주전자 모양 등燈이 들어 있는지 비늘과 지느러미 붉게 빛난다. 등 하나가 금어金魚 하나를 비추는데, 물고기는 하나인데 그림자는 두 개이다. 그밖에도 피리도 많이 있고 호로 모양 얼음사탕 파는 장수 북치고 노래하며 이리저리 휩쓸고 다닌다. 고개를 쳐들고 화각畵角 피리 불어대면서 막대 모양 얼음사탕 길게도 만들었다. 길이가 1장은 되는 것 같다. 휘황찬란한 물건들 없는 게 없구나, 이곳에서 태평성대를 감상할 수 있구나. 큰 시장에 많은 아이들도 모여들었고, 보주寶珠 값은 날마다 오른다. 손에 넣었던 채운등彩雲燈 사라져 버리기도 하고, 사람들 울고 웃으며 백은白銀도 함부로 써 버린다. 나는 비록 반백半白의 노인이지만 한 해가 너무 짧다고 걱정한다. 길가에 수레 서 있고, 봄바람이 모피 옷에 불어온다. 황제의 능력 무한하여 이곳 유리창에서도 태평성대의 노랫소리 들을 수 있다.

이 시는 상성上聲 양운養韻의 칠언고시이다.

여설

북경시北京市 화평문和平門 밖의 유리창琉璃廠은 유구한 역사를 가지고 있다. 지금으로부터 1,000여 년 전인 요대遼代에 이미 이곳에 촌락이 형성되었다. 청대淸代 건륭연간乾隆年間에 출토된 묘지에 의하면 이곳은 요대에 해왕부海王府라 불렸는데 도성 교외의 사람이 거의 살지 않는 촌락이었다고 한다. 원대元代인 1277년 화평문 밖에 유리요창琉璃窯廠을 만들고 황실에서 사용하는 오색유리와五色琉璃瓦 등을 만들기 시작함으로써 '유리창'이라는 이름이 생겼다.

명明 영락제永樂帝가 북경北京으로 천도하기 전에 궁전宮殿, 지금의 고궁을 대대적으로 보수했는데 그 10여 년 동안 유리요창의 규모가 나날이 확장되어 북경北京의 5대창(나머지 4개는 신목창神木廠, 태기창台基廠, 왕요창王窯廠, 대목창大木廠) 가운데 하나가 되었다.

청대淸代 초기에 원래 지금의 등시구燈市口 일대에 있는 등시燈市가 이곳으로 옮겨오면서 유리요창 앞쪽의 공지에 거대한 시장이 형성되었는데 이를 '창전廠甸'이라 불렀다. 매년 춘절春節, 음력 1월 1일을 전후로 보름 동안 창전 앞의 탑이나 누각에 등을 걸었고 사람들이 운집하여 대성황을 이루었다. 매일 희곡이나 잡예雜藝를 상연하고 또 골동품이나 완구를 파는 상인들도 모여들었다. 1694년(청 강희 33), 유리와의 수요가 줄어들자 관부官府가 소유하고 있었던 유리요

창을 자영 상인들에게 넘겨주었다. 이로 인해 이곳에 계속 건물이 증축되었고 마침내 유리창은 춘절春節 때 창전 앞에서 열리던 시장에서 고정된 상가로 변모했다. 공정자龔鼎孳의 〈유리창등시琉璃廠燈市〉도 매년 유리창에 열렸던 등시의 성황을 묘사한 시이다.

이후 이곳은 문화 예술용품을 전문적으로 판매하는 상가로 변모했다. 1736년(청 건륭 원년)부터 계산하더라도 이 유리창의 역사는 270년이 넘었다.

청대淸代 중엽 이후 유리창은 독서에 필요한 '지필연묵紙筆硯墨'과 '금기서화琴棋書畫' 등 예술용품을 모두 갖춘 전문 상가로 발전했다. 그 중 유명한 것들이 영보재榮寶齋의 수인전지水印箋紙, 덕고재德古齋의 금석탁편金石拓片, 대월헌戴月軒의 낭호필狼毫筆 등이다.

현재 유리창의 여러 점포 앞에 걸려 있는 현판도 진귀한 문물들이다. 이 현판들은 대개 명가들의 글씨인데, 강유위康有爲·양계초梁啓超·반조음潘祖蔭·옹동화翁同龢 등이 직접 쓴 57개의 현판이 아직도 남아 있다.

현재 유리창은 다시 중건되어 수많은 가게에서 예전처럼 고서와 예술 용품 등을 판매하고 있다. 다만 1년에 한 번 열리던 '창전廠甸'은 지단공원地壇公園에서 거행된다.

사신행 査愼行

1650～1727

청대淸代의 문학가文學家. 자字는 회여悔餘. 호號는 초백初白. 절강성浙江省 해녕海寧 사람이다. 『경업당시집敬業堂詩集』 50권 등이 전한다.

무호관 蕪湖[1]關

사신행(査愼行)

어제 용강龍江을 떠났는데,
오늘 새벽 무호蕪湖에 닿았다.
순풍에 돛이 활짝 펼쳐지니,
잠깐 사이에 무호蕪湖 관루關樓를 지났다.
관리들 세금을 독촉하며,
강을 가로질러 오며 소리친다.
뱃사공 감히 앞으로 가지 못하고,
키를 돌리고 도르래만 돌리네.
내가 웃으며 관리에게 말하길,
내겐 기이한 물건 하나도 없다오.
호탕하게 붓으로 피리 불고,
파도에 배가 출렁이니 백권서百卷書만 눌린다네.
뱃머리에 작은 상자 두 개 있고,
선미船尾에는 술 한 주전자 있을 뿐,
이 외에 또 무슨 물건이 있으리오?
내 몸의 긴 수염이 있을 뿐이오.
앞에 선 관리 날 못 믿겠는지,
상자를 뒤집고 광주리를 넘어뜨린다.
버릴 물건 하나도 없는데도,
서로 쳐다보며 눈을 크게 뜬다.
술을 사도 세금을 내야 한다면서

몸을 돌려 마치 밀린 세금을 독촉하듯 한다.
재물이 있으면 관리들이 모두 다 거둬가고,
재물이 없는데도 관리들이 마음대로 빼앗으려 하네.
재물이 있건 없건 관리들의 수탈을 피할 수 없으니,
어찌 하리요! 긴 여행길이 서글프기만 하네.

작일출룡강 금신도무호
昨日出龍江[2] 今晨到蕪湖

순풍만범복 과관쾌수유
順風滿帆輻 過關快須臾[3]

관리책보세 절강대성호
官吏責報稅 截江大聲呼

주자 불감전 열타 전녹로
舟子[4]不敢前 捩舵[5]轉轆轤[6]

여소위관리 기화아즉무
余笑謂官吏 奇貨我則無

호음삼촌관 압랑백권서
浩吟三寸管[7] 壓浪百卷書

선두량건상 선미일주호
船頭兩巾箱 船尾一酒壺

차외갱하물 수신일장수
此外更何物 隨身一長鬚

이전불아신 도협 경광거
吏前不我信 倒篋[8]傾筐筥[9]

기손무일가 상고잉휴우
棄損無一可 相顧仍眭盱[10]

매주례색전 회신약책포
買酒例索錢 回身若責逋[11]

유화관진징 무화리횡주
有貨官盡徵 無貨吏橫誅[12]

유무량불면 하이위장도
有無兩不免 何以慰長途

1 蕪湖(무호) : 지명(地名). 지금의 안휘성(安徽省) 장강(長江) 남안(南岸)에 있다. 2 龍江(용강) : 강 이름. 강서성(江西省) 의춘현(宜春縣) 서북쪽 동목령(桐木嶺)에서 발원하여 동쪽으로 흘러 경강(京江)에 합류(合流)하는 강이다. 3 須臾(수유) : 잠시, 잠깐. 4 舟子(주자) : 뱃사공. 5 捩舵(열타) : 배의 키를 비틀다. 6 轆轤(녹로) : 도르래. 여기서는 배의 돛을 움직이는 도르래를 뜻한다. 7 三寸管(삼촌관) : 붓. 8 篋(협) : 작은 상자. 9 筐筥(광거) : 원형의 대나무로 만든 광주리. 10 睢盱(휴우) : 눈을 크게 뜨고 본다. 11 逋(포) : 체납한 세금. 12 誅(주) : 착취(搾取)하다.

감상

어제 용강龍江을 떠났는데 오늘 새벽에 무호蕪湖에 닿았다. 순풍이 불어 돛을 활짝 펴고 왔더니 잠깐 사이에 무호의 관루關樓를 지났다. 관리들이 강을 가로질러 다가오며 세금 내라고 소리친다. 사공이 감히 앞으로 나아가지 못하고 키를 돌리고 녹로만 돌리고 있다. 내가 웃으며 관리에게 '진기한 화물이라면 나는 없습니다' 말했다. 호탕하게 붓을 들어 시 지어 읊조릴 뿐이고 파도에 많은 책들만 이리저리 눌리기만 한다오. 뱃머리에 작은 상자 두 개 있고 선미엔 술 한 주전자 있을 뿐이오. 이것 말고 무엇이 또 있겠소. 내 몸에 달려 있는 긴 수염이 있을 뿐이오. 관리는 날 믿지 못하는지 앞으로 다가서며 광주리를 넘어뜨리고 상자를 뒤집었다. 버릴 것 하나 없는데도 관리들 눈을 크게 뜨고 쳐다본다. 술을 사도 세금을 내는 게 법이라면서 몸을 돌려 마치 밀린 세금 독촉하듯 하네. 재물이 있으면 관리들이 몽땅 거둬가고 돈이 없는데도 관리들이 마음대로 빼앗아간다. 재물이 있건 없건 관리들의 수탈 면할 수 없으니 긴 여행길 서글퍼진다. 어찌 하리요!

이 시는 평성平聲 우운虞韻과 상성上聲 어운語韻을 통용通用한 칠언고시이다.

여설

남경南京에서 장강長江을 따라 하류로 내려오면 채석기采石磯로 유명한 마안산馬鞍山이 있고 이어 무호시蕪湖市가 위치하고 있다. 무호蕪湖엔 붉은색으로 유명한 자산紫山이 있는데, 산정에 있는 일람정一覽亭에 오르면 아래로 온통 붉게 펼쳐진 산들을 볼 수 있다. 자산만 붉은 게 아니라 자산 주위의 적주산赤鑄山·화로산火爐山·마안산馬鞍山 등도 모두 붉은색을 띤다.

전설에 의하면, 고대古代 명검名劍으로 알려지고 있는 간장干將과 막야莫邪가 만들어진 곳이 여기라고 한다. 검은 중국의 전통 병기 중 가장 대표적인 것으로 신비적 색채를 많이 띠고 있다. 그 이유는 생산력이 미약했던 고대 사회에서 검을 주조한다는 것은 매우 위험하고 힘든 일이었기 때문일 것이다. 검을 한 자루 만들기 위해서는 장인의 피와 땀을 바쳐야 했고 이로 인해 검과 관련된 많은 이야기들이 발생했는데 간장과 막야의 고사도 그 가운데 하나이다.

간장과 막야는 부부 사이였는데 전국시대 화로산 봉우리 사이에서 용광로를 만들어 놓고 간장은 사대四大 명산名山에서 질 좋은 철광석을 구해 천시天時와 지리地理, 음양陰陽이 조화를 이룰 때를 기다렸다가 검을 만들기 시작했다. 그런데 그때 돌연 기온이 떨어지면서 용광로 내부 온도가 떨어지기 시작했지만 간장干將은 어쩔 수가 없었다. 그때 부인인 막야가 완철頑鐵을 정금精金으로 변화시키는 일은 목숨조차도 버려야 이룰 수 있는 힘든 일이라 격려했고, 간장은 옛날 스승들은 철광석이 녹지 않으면 자신의 몸을 용광로 불 속에 던져서라도 검을 만들었으니 이후로 검을 만들 때 목숨도 바치겠다는 결심을 다지기 위해서 상복을 입겠다는 이야기를 막야에게 하자, 그 말을 들은 막야는 자신의 머리카락과 손톱을 잘라 용광로 속에 던지고는 온 힘을 다해 석탄을 넣고 풀무질을 계속해 마침내 두 자루의 검을 완성할 수 있었다고 한다. 간장은 고로高爐에서 검을 꺼내어 두들겨 또 신선神仙의 쉬지焠池에서 식히는 힘든 일을 계속했는데 간장이 검을 식혔다고 하는 쉬검지焠劍池를 지금도 볼 수 있다. 또 검을 시험하기 위해 맞은편 산 위에 있는 거석巨石을 향해 내리쳤더니 거석이 두 조각으로 잘렸다고 하는데, 이 돌을 시검석試劍石이라 하고 시검석이 있던 산을 파산破山이라고 한다.

이 고사故事는 비록 전설傳說이지만 간장이라는 사람은 분명 실존 인물이었다. 『오월춘추吳越春秋』 권4에 "간장은 오吳나라 사람으로 구야자와 같은 스승에게서 배웠는데 모두 검을 잘 만들었다.(干將者, 吳人也. 與歐冶子同師, 具能爲劍.)"라는 기록이 있다. 후대後代에 '검을 잘 만들던 사람'의 이름이 보검寶劍의 명칭으로 변했고 간장이 만들었던 검에 대해서 『전국책戰國策』 〈조책삼趙策三〉에 기록이 남아 있다.

오吳 나라 간장의 검은 고깃덩이에 시험한다면 소나 말을 벨 수 있고 금속에 시험한다면 대야를 자를 수 있고 땅에 박힌 기둥과 부딪치면 기둥이 세 조각으로 갈라지고 자연석自然石을 때리면 돌이 산산조각이 난다.

부오간장지검 육시즉단우마 금시즉절반이 박지주상이
夫吳干將之劍, 肉試則斷牛馬, 金試則截盤匜, 薄之柱上而
격지 즉절위삼 질지석상이격지 즉쇄위백
擊之, 則折爲三, 質之石上而擊之, 則碎爲百.

홍승洪昇

1645～1704

청淸의 문학가文學家. 자字는 방사昉思, 호號는 패휴稗畦. 절강浙江 전당錢唐(지금의 항주시杭州市) 사람이다. 『패촌집稗村集』 등이 전한다.

조대釣臺[1]

홍승(洪昇)

높은 명예 버리고 도망가 속세의 진토를 멀리했고,
가죽옷 걸치고서 호숫가에서 홀로 낚싯줄 드리웠다.
천 년이 지나도 만나기 어려운 것 광무제光武帝도 마찬가지,
제위帝位에 오르기 전엔 친구였다고 기억할 뿐이다.

도각고명 원속진 피구 택반독수륜
逃却高名[2]遠俗塵 披裘[3]澤畔獨垂綸[4]
천추 일개유문숙 기득미시유고인
千秋[5]一個劉文叔[6] 記得微時有故人

1 釣臺(조대) : 엄광(嚴光)이 은거하면서 낚시를 했던 곳. 2 逃却高名(도각고명) : 높은 명예를 버리고 도망가다. 3 披裘(피구) : 가죽옷을 입다. 4 垂綸(수륜) : 낚싯줄 드리우다. 5 千秋(천추) : 천년(千年), 즉 긴 세월. 여기서는 매우 만나기 어렵다는 뜻이다. 6 劉文叔(유문숙) : 한(漢) 광무제(光武帝).

감상

높은 명예 다 버리고 도망가 은거하며 속세의 흙먼지 멀리했고, 가죽옷 걸치고 조대釣臺에 앉아 홀로 낚싯줄 드리우고 고기 잡으며 일생을 보냈다. 동문수학했던 한漢 광무제光武帝도 엄광嚴光을 만날 수는 없었으니, 광무제가 기억하는 것이라곤 옛날 공부할 때 한 친구가 있었다는 것일 뿐이다.

이 시는 평성平聲 진운眞韻의 칠언절구이다.

한(漢) 광무제(光武帝)

여설

엄자릉嚴子陵의 조대釣臺는 동려현성桐廬縣城에서 15km 떨어진 곳의 부춘산富春山 위에 있다. 배를 타고 풍광이 수려한 칠리탄七里灘을 지나가면 부춘산에 도착한다. 강을 따라 강가에 흰색 담과 검은 기와의 오래된 건물이 서 있는데 이 건물들이 엄선생嚴先生의 사당과 비랑碑廊이다. 산중에 동서東西로 2개의 큰 석대石臺가 있는데 서쪽의 석대는 남송南宋 말엽末葉 문천상文天祥이 죽자 그 제자 사고謝翶가 상심했던 곳이라 전하고, 동쪽의 석대는 엄자릉이 낚시를 했던 곳으로 알려져 있다. 이 두 곳을 '쌍대수조雙臺垂釣'라 합쳐서 부른다.

수조대垂釣臺는 동한東漢의 고사高士 엄광嚴光이 낚시를 했던 곳이라 전한다. 엄광은 자字가 자릉子陵이고, 회계會稽 여요餘姚 사람이다. 본래 성姓은 장莊씨인데 명제明帝, 유장劉莊을 피휘避諱하여 엄씨嚴氏로 고쳤다. 어려서 유수劉秀와 동문수학했다. 유수가 제위에 올라 광무제光武帝가 되자 그는 이름을 바꾸고 세상에 나타나지 않았다. 광무제는 엄광의 인품과 인덕人德을 늘 흠모해오다 마침내 화상畵像을 전국에 보내 그를 찾게 했다. 후에 제齊나라에서 '한 남자가 양가죽 옷을 입고 낚시를 하고 있다'는 상소가 전해졌다. 광무제는 그가 엄광인 줄 알아차리고 수레와 예물을 보내 그를 초청했으나 오지 않았다. 그 후로도 세 번이나 그를 초청했으나 번번이 거절할 뿐이었다. 또 그를 간의대부諫議大夫에 임명했으나 사양하고 부춘강富春江에 은거하며 낚시하고 농사를 지으며 일생을 마쳤다. 그가 은거했던 부춘강 아래 낚시터를 엄릉뢰嚴陵瀨라고 부르기도 한다. 송宋 경우연간景祐年間 범중엄范仲淹이 조대 밑에 엄선생사당嚴先生祠堂을 건축했다. 엄광의 사적에 대해서는 『후한서後漢書』〈일민전逸民傳〉에 기록이 있다.

정섭 鄭燮

1693~1765

청淸의 화가畵家, 시인詩人. 자字는 극유克柔, 호號는 판교板橋. 강소江蘇 흥화현興化縣 사람이다.『판교시초板橋詩草』등이 전한다.

과주야박 瓜州[1]夜泊

정섭(鄭燮)

누대樓臺 너머에는 갈대꽃이 눈처럼 피었고,
지척에 있는 금산金山엔 안개 걷히지 않았네.
어둠침침한 등불 멀리 어부네 집에서 반짝이고,
몽롱한 밤에 이야기하듯 객선客船이 가까이 왔다.
바람 불어 은은한 황계荒鷄 울음소리 들리고,
강물 흉흉하게 출렁이고 북두성 되돌아온다.
오초吳楚는 요충지라 철옹성鐵甕城이 가로막았고,
오경五更에 울리는 몇 마디 호각 소리 가슴이 저민다.

위화여설격루대 지척금산무불개
葦花如雪隔樓臺 咫尺金山霧不開

참담추등어사원 몽롱야화객선외
慘淡秋燈漁舍遠 朦朧夜話客船偎[2]

풍취은은황계 창 강동흉흉북두회
風吹隱隱荒鷄[3]唱 江動洶洶北斗迴

오초 인후 횡철옹 수성청각오경애
吳楚[4]咽喉[5]橫鐵甕[6] 數聲淸角五更哀

1 瓜州(과주) : 지명(地名). 과주(瓜洲)는 또 과부주(瓜埠州)라고도 하는데 강소(江蘇) 강도현(江都縣) 남쪽에 있다. 본래 강 가운데 사주(沙洲)가 있었는데 점점 사주(沙洲)가 길어져 '과(瓜)' 자(字) 모양으로 변해 과주(瓜州)라고 한다. 2 偎(외) : 가까워지다. 3 荒鷄(황계) : 3경(更) 이전에 우는 닭으로 옛날에는 그 울음소리를 흉성(兇聲)으로 여겨 상서롭지 못한 일이 벌어진다고 생각했다. 4 吳楚(오초) : 과주(瓜州)는 고대 오(吳)와 초(楚)의 영토였기 때문에 오초(吳楚)라 했다. 5 咽喉(인후) : 목구멍, 여기서는 지세가 험난함을 뜻함. 6 鐵甕(철옹) :

쇠로 만든 항아리. 여기서는 진강성(鎭江城)을 뜻함.

감상

가을밤에 뱃머리에 서서 바라보니 누대樓臺 너머에는 갈대꽃이 눈처럼 피었고 금산金山은 지척에 있는데 안개 자욱하여 제대로 보이지도 않는다. 멀리 강변의 어촌에는 침침한 등불이 켜져 있고, 근처에 포구를 건너는 객선客船이 마치 속삭이듯 은근하게 다가왔다. 강바람 불어 들판에서 닭 우는 소리 들려 오고 강물이 출렁이기 시작해 배마저 흔들린다. 밤하늘 바라보니 북두성 기울어진 게 밤이 깊었구나. 과주瓜州는 대운하大運河와 장강長江이 만나는 곳이라 강의 모양이 인후咽喉처럼 생겼다. 옛날 이곳에 철옹성鐵甕城을 쌓았었지. 밤이 깊어 5경이구나. 강 건너 중진重鎭을 보노라니 슬픔이 찾아든다.

정섭은 1735년(청 옹정 13), 과주 부근의 진강鎭江 초산焦山에서 공부한 적이 있었는데 금산金山과 마주보고 있었다. 과주의 생활은 시인에게 깊은 추억으로 남았는데 그중에서도 강물 소리, 물그림자는 오랜 세월이 흐른 후에도 잊을 수 없는 것이었다. 이에 1747년(청 건륭 12), 유현濰縣의 임지任地로 가는 중에 과주에서 보냈던 시절을 회고하며 이 시를 지었다.

이 시는 평성平聲 회운灰韻의 칠언율시이다.

여설

남경南京에서 배를 타고 동쪽으로 가면 '외로운 돛단배 멀리 그림자처럼 벽공이 다한 곳에 떠 있고, 장강長江이 하늘 끝에서 흘러가는 것처럼 보이는(孤帆遠影碧空盡, 唯見長江天際流)' 포구浦口가 나타나는데 이곳이 진강鎭江이다. 진강은 여러 차례 이름이 바뀌었는데 주방

朱方・단도丹徒・경구京口・남서南徐・윤주潤州 등으로 불렸으나, 진강이 장강에 위치한 큰 포구인 이곳에 걸맞는 이름이다. 북으로 장강 거센 물이 언덕에 부딪치고 동으로 운하運河가 휘돌아 모이는 곳에 위치한 진강은 산수가 모두 절경이다. 그중에 삼산三山이 유명한데, 금산金山과 북고산北固山은 동서東西로 마주하며 강가에 서 있고 초산焦山은 홀로 강江 가운데 있다. 초산焦山은 강 중에 있는 높이 150m의 산으로 나무꾼들이 이곳에 와서 땔감을 하곤 해 초산이라는 이름이 생겼다. 동한東漢 말년 초광焦光이 산중山中에 은거한 후 초산으로 개명되었다. 초광은 동굴에 머무르며 황제가 세 차례나 불렀으나 응하지 않았다고 하는데 지금 있는 삼조동三詔洞은 초광이 살았던 곳이 아니라 송대宋代 진종眞宗이 세운 것이다. 진종은 초광에게 용호단龍虎丹을 받는 꿈을 꾸고는 그가 영응진인靈應眞人이라 여겨 이곳에 삼조동사三詔洞祠를 세우게 했다고 한다.

흡강루吸江樓 서쪽에 세 칸짜리 작은 집이 있는데 문에 "집이 단아하면 되지 구태여 클 필요가 있나, 꽃이 많은 곳에서 향기香氣가 나지는 않는다.(室雅何須大, 花香不在多.)"라는 글귀가 적혀 있는데, 이 집의 주인은 청대淸代 양주팔괴揚州八怪 중 한 사람인 정판교鄭板橋이다. 정판교는 이 집에서 독서에 전념하면서 대나무와 난초 그림을 그리며 지내다가 1년 뒤에 진사進士가 되었다고 한다.

초산焦山은 비각碑閣으로 유명한데 서쪽 기슭으로 올라가다 보면 길옆에 지금까지 완전하게 보존된 마애석각摩崖石刻이 있다. 이 글은 남송南宋의 애국시인 육유陸游의 '초산제명焦山題名'이다.

육유는 진강을 세 번 방문했었는데, 이 제명題名은 1164년(송 융흥 2) 처음으로 진강에 왔을 때 남긴 글이다. 육유가 〈초산제명 焦山題名〉에서 이야기한 〈예학명瘞鶴銘〉의 일부가 정혜사定慧寺 동쪽의 보묵헌寶墨軒에 보관되어 있다.

보묵헌의 네 벽은 남조南朝에서 청대淸代까지의 260여 개에 달하는 고비석古碑石으로 가득한데 그중에서 가장 유명한 비석碑石이 '대자지조大字之祖'라 일컬어지는 〈예학명〉이다. 이것은 선학仙鶴을 애도하는 내용의 산문散文으로 '화양진일찬상황산초서華陽眞逸撰上皇山樵書'라 적혀 있어 글을 쓴 사람에 대해서는 이견이 많지만 고사故事를 종합해 보면 동진東晋의 왕희지王羲之인 것 같다. 이후 이 글을 새겼던 돌이 강으로 무너져 북송北宋 희녕연간熙寧年間에 장견張堅이 한 조각을 수집했고 남송 효종孝宗 순희연간淳熙年間에 풍자엄馮子嚴이 네 조각을 수집했을 뿐 나머지는 모두 강물 속에 잠겨 버렸다. 그러나 1713년(청 강희 52) 진붕년陳鵬年이 물속에서 다섯 조각을 건질 수 있었고 이 조각들을 1757년(청 건륭 22) 정혜사定慧寺에 보관토록 했다.

진강 서쪽 교외에 북고산이 있다. 이 산의 원래 이름은 토산土山인데 육조六朝 때 양무제梁武帝가 이 산에 올라 강의 경치를 보고는 '북고北固'라 개칭했다고 했다. 북고산北固山에 전前·중中·후後 세 개의 봉우리가 있는데, 주봉主峰인 후봉後峰이 장강에 접해 있어 경치가 아름다울 뿐만 아니라 이 산에 있는 감로사甘露寺에는 유비劉備의 결혼에 대한 고사가 담겨 있다. 적벽대전赤壁大戰 이후 위魏·촉蜀·오吳는 정립鼎立 상태에 있었는데, 주유周瑜는 손권孫權의 누이동생을 아내로 맞이하기 위해 온 유비를 억류시키려 했으나 제갈량諸葛亮의 계책으로 유비는 손권의 모친 오국태吳國太를 감로사에서 만나 설득함으로써 손부인孫夫人과 함께 형주荊州로 돌아갈 수 있었다는 고사가 있다.

그러나 사서史書의 기록에 의하면, 손권은 진심으로 유비와의 연맹聯盟을 원했고 아무런 술책도 쓰지 않았으며, 감로사 역시 몇백 년 후에야 창건된 절이라고 한다. 그러나 북고산의 전봉前峰은 손오孫吳

의 철옹성鐵甕城이 있었던 곳이기 때문에 손권과 유비 두 사람이 후봉後峰을 바라보며 대사大事를 의논했을 가능성은 충분히 있다. 유비는 성혼成婚한 후 손권과 함께 앉아 조조曹操를 대처할 계책을 논의했다고 하는 거석巨石이 현재 감로사 뒤의 한석狠石이다.

거석에 앉기 전에 두 사람이 칼로 돌을 베었다는 시검봉試劍峰이 있다. 유비는 검을 빼어 들기 전에 "이 칼에 돌이 두 조각으로 갈라진다면 형주로 돌아가서 공업功業을 세울 수 있을 것이다."라고 생각하며 돌을 내리쳤는데 과연 돌이 갈라졌고, 손권은 "만약 이 돌이 갈라진다면 형주를 되찾을 수 있을 것이다."라고 생각했었는데 손권의 칼날 아래에서도 돌이 갈라졌다고 한다. 과연 바람대로 유비는 형주로 돌아갔고 손권 역시 끝내 형주를 되찾았다. 현재 중봉中峰 서쪽 기슭에 사람 키 높이의 거석이 가운데가 칼로 자른 듯이 갈라져 있어 이 고사를 말해 주는 듯하다.

유비의 부인 손상향孫尙香은 남편을 따라 사천四川으로 가지 않았고 유비가 백제성白帝城에서 죽은 후 후봉 정상의 정자에 머물며 강을 향해 제祭를 지낸 후에 강에 몸을 던져 죽었다고 하는데 그 정자를 세인들은 제강정祭江亭이라 부른다. 이후 이곳에 북고산정北固山亭을 다시 세웠는데 남송의 애국사인愛國詞人 신기질辛棄疾의 사詞 가운데 〈영우악경구북고산정회고永遇樂京口北固山亭懷古〉라는 작품이 있다.

원매 袁枚

1716~1797

청淸의 시인詩人. 자字는 자재子齋, 호는 간재簡齋. 절강浙江 전당錢唐(지금의 항주杭州) 사람이다. 『수원시화隧園詩話』, 『소창산방집小倉山房集』 등이 전한다.

제유여시화상 題柳如是[1]畵像

원매(袁枚)

비단 한 폭에 예쁘게 화장한 여인의 그림,
옥玉 같은 얼굴에 구슬 모자, 옷깃에도 윤이 난다.
눈빛은 마치 달이 인간 세계를 비추는 듯하고,
봉황 장식 벗어질 듯 머리 위에 얹혀 있다.
황문黃門 진자룡陳子龍의 명첩名帖 품에 안고 잘못해서 몸 맡겼던 걸 후회하네,
홀로 남은 구슬 상서尙書 전겸익錢謙益이 허둥지둥 거두었네.
동림당東林黨 비가 있다면 전겸익도 그 위에 적히겠지만,
유여시柳如是의 장부 그 무리 중에서는 2류라네.
흡족한 듯 강운루각絳雲樓閣 3층을 올리고,
홍두산장紅豆山莊의 꽃나무 시들었다가 다시 살아나네.
유여시柳如是 문필도 뛰어나 시제자詩弟子로 자칭했고,
향불을 피우고 같이 부처를 모셨다네.
기원妓院에만 드나들고 조정朝廷에 발걸음을 끊었고,
아리따운 여시如是에게 정을 베풀었지 청사靑史를 가벼이 했네.
일엽편주一葉片舟에 몸을 싣고 황천탕黃天蕩을 지나는데,
옛날 양가梁家에도 기녀였던 양홍옥陽紅玉이 있었다지.
금고金鼓 친히 들고 독전했다면 신첩臣妾 역시 할 수 있는데,

어찌해서 강남江南에서 장수將帥가 나오지 않습니까?
명明나라 왕조王朝 연기처럼 먼지처럼 사라지니,
칼과 포승 쥐고 상서尙書에게 자결을 권했다네.
인생살이 이 순간에 어찌해서 귀순歸順을 하려 합니까?
온갖 말들 많았지만 이제는 모두 변절變節이라 합니다.
아쉽구나! 상서尙書는 너무나 오래 살았구나,
역사에서 사라지고 유여시柳如是의 그림만 남아 있다.

생초 일폭홍장 영 옥모 주관방수령
生綃[2]一幅紅粧[3]影　玉貌[4]珠冠方銹領

안파 여월조인간 욕탈난비 수절정
眼波[5]如月照人間　欲奪鸞鎞[6]須絕頂

회자 황문 회오투 유주 초초상서 수
懷刺[7]黃門[8]悔誤投　遺珠[9]草草尙書[10]收

당인비 상무쌍사 부누배중제이류
黨人碑[11]上無雙士[12]　夫淚輩中第二流

강운누각 기삼층 홍두 화지고부생
絳雲樓閣[13]起三層　紅豆[14]花枝枯復生

반관 자칭시제자 불향동시고선생
班管[15]自稱詩弟子[16]　佛香同侍古先生[17]

구란 원대조정소 홍분정다청사 경
勾欄[18]院大朝廷小　紅粉情多青史[19]輕

편주 동과황천탕 양가유개청루양
扁舟[20]同過黃天蕩[21]　梁家有個青樓樣[22]

금고친제첩역능 쟁내 강남불출장
金鼓親提妾亦能　爭奈[23]江南不出將

일조구묘 연진기 수악도승권공사
一朝九廟[24]烟塵起　手握刀繩勸公死

백년차제합 귀호 만론종금도정의
百年此際盍[25]歸乎　萬論從今都定矣

가석상서 수정장 단청 양여유지랑
可惜尙書[26]壽正長[27]　丹青[28]讓與柳枝娘[29]

1 柳如是(유여시) : 명말(明末) 청초(淸初)의 명기(名妓). 여설 참조. 2 生綃(생초) : 생견(生絹)으로 만든 얇은 비단. 3 紅粧(홍장) : 붉은 화장. 여기서는 여인의 짙은 화장을 뜻한다. 4 玉貌(옥모) : 미모(美貌). 5 眼波(안파) : 여자의 아름다운 눈. 6 鸞鎞(난비) : 머리 장식, 옛날 여인들이 머리에 꽂는 봉황 모양의 머리 장식. 7 刺(자) : 명첩(名帖). 8 黃門(황문) : 고대(古代)의 관직(官職) 이름. 여기서는 병과 급사(兵科給事) 진자룡(陳子龍)을 뜻한다. 9 遺珠(유주) : 유여시(柳如是). 10 尙書(상서) : 관직 이름. 전겸익(錢謙益)이 남명왕조(南明王朝)에서 예부상서(禮部尙書)를 지냈다. 11 黨人碑(당인비) : 송대(宋代) 채경(蔡京)이 세운 원우당적비(元祐黨籍碑). 12 無雙士(무쌍사) : 동림당(東林黨)의 영수 전겸익(錢謙益). 13 絳雲樓閣(강운누각) : 전겸익(錢謙益)의 장서루(藏書樓) 이름이 강운루(絳雲樓)이다. 14 紅豆(홍두) : 전겸익(錢謙益)이 만년에 홍두산장(紅豆山莊)에 은거했다. 15 班管(반관) : 반죽관(斑竹管), 즉 반죽(斑竹)으로 만든 붓. 16 詩弟子(시제자) : 유여시(柳如是). 유여시(柳如是)가 처음 전겸익(錢謙益)을 만났을 때 자기가 지은 칠율(七律)을 내보이며 가르침을 청한 적이 있기 때문에 '시제자(詩弟子)' 라고 했다. 17 古先生(고선생) : 부처. 도가(道家)에서는 부처를 '고선생(古先生)' 이라고 한다. 18 勾欄(구란) : 송원시대(宋元時代)의 대중 연예장. 후대에 기원(妓院)을 뜻하는 말로 사용되었다. 19 靑史(청사) : 사서(史書). 고대(古代)에 죽간(竹簡)에 역사를 기록했기 때문에 청사(靑史)라는 말이 생겼다. 20 扁舟(편주) : 작은 배. 21 黃天蕩(황천탕) : 지명(地名). 지금의 남경시(南京市) 부근에 있다. 남송(南宋)의 애국명장(愛國名將) 한세충(韓世忠)과 부인 양홍옥(梁紅玉)의 고사(故事)가 깃들여 있는 곳이다. 22 靑樓樣(청루양) : 기녀. 23 爭奈(쟁내) : 어떻게. 24 九廟(구묘) : 제왕(帝王)의 조상(祖上). 고대(古代) 제왕(帝王)이 조상에게 제사를 지낼 때 7인의 신위(神位)를 모셨는데 왕망(王莽) 이후로 9명을 모시게 되어 '구묘(九廟)' 라 한다. 여기서는 명(明)의 조정(朝廷)을 뜻한다. 25 盍(합) : 어찌하여, 어찌해서. 26 尙書(상서) : 전겸익(錢謙益). 27 壽正長(수정장) : 목숨이 정말 길다. 전겸익(錢謙益)은 82세에 사망했는데, 여기서는 변절해서 청에 투항한 전겸익을 비판하는 뜻이 담겨 있다. 28 丹靑(단청) : 회화. 29 柳枝娘(유지랑) : 유여시(柳如是).

감상

유여시(柳如是)

한 폭 비단 위에 아름답게 화장한 유여시柳如是의 초상화가 그려져 있네. 옥같이 하얀 얼굴에 보주寶珠를 장식한 모자를 쓰니 깃마저 윤이 난다. 맑은 눈빛 마치 달이 인간 세계를 비추는 듯하고 머리의 봉황 장식 벗겨질 듯 얹혀 있다. 처음에 정情을 주었던 진자룡陳子龍의 명첩名帖 품에 안고 혼자 가 버릴 사람에게 몸 맡긴 걸 후회하네. 홀로 남은 유여시, 상서尙書 전겸익錢謙益이 허둥대며 데려가네. 전겸익도 동림당東林黨의 일원이지만 절개節槪를 지키며 자결한 진자룡에 비교할 수는 없네. 유여시를 얻은 전겸익은 마음이 흡족한 듯 강운루각絳雲樓閣을 3층으로 올리고, 홍두산장紅豆山莊은 시들었던 꽃이 다시 살아난 것처럼 생기가 넘친다. 유여시는 글 솜씨도 뛰어나 전겸익과 처음 만날 때 시제자詩弟子가 되려 했었고, 이제 함께 향불 피우고 부처님을 모신다. 유여시를 얼마나 아꼈는지 조정朝廷 일도 등한시하고 나라도 생각하지 않고 자신의 명절名節도 생각하지 않았다. 작은 배 함께 타고 황천탕黃天蕩으로 가노라니 남송南宋 명장名將 한세충韓世忠과 그의 첩 양홍옥梁紅玉이 문득 생각나네. 그때 양홍옥도 그전에는 기녀妓女

였다네. 양홍옥이 금고金鼓 친히 들고 금金나라 군대와 싸웠다면 저 역시 할 수 있사온데, 이 강남江南에는 어찌해서 절개節概 있는 장수將帥가 나타나지 않습니까? 명明나라 연기처럼 흙먼지처럼 멸망하자 유여시 포승과 칼 손에 쥐고서 상서에게 자결하라 권하네. 인생의 결단을 내려야 할 이 시점에 어찌해서 청에 투항投降하려 하십니까? 상공相公에 대해 이런저런 말도 많았지만 이제 모두 다 변절變節이라 말하지 않습니까? 아쉽구나! 상서는 너무 오래 살아서인지 변절자란 오명汚名을 남기게 되었고 역사에 남아 있는 것이라곤 유여시의 초상화 한 폭뿐이구나!

이 시는 칠언고시로 1～4구는 상성上聲 경운梗韻과 상성 형운迥韻을 통용通用했고, 5～8구는 평성平聲 우운尤韻, 9～14구는 평성 경운庚韻, 15～18구는 평성 양운陽韻, 19～22구는 상성 지운紙韻, 23～24구는 평성 양운陽韻을 사용했다.

여설

유여시柳如是는 명말明末 진회秦淮의 명기名妓로 후에 전겸익錢謙益의 첩이 되었다. 전겸익은 원래 강동江東의 대명사大名士로 명조明朝에서 상서尙書를 지냈고 청조淸朝에도 출사했던 인물이다.

어느 날 전겸익이 유여시를 데리고 소주蘇州의 호구虎丘를 유람했는데 호구의 천인석千人石 위에 많은 선비들이 모여 김성탄金聖嘆의 말을 듣고 있었다. 김성탄은 소주에 살면서 청조淸朝에 항복한 인사들을 대담하고 신랄하게 비판해 '백비百批'라는 별칭을 얻고 있었다.

전겸익이 절세 미녀를 데리고 호구에 나타난 것을 본 김성탄이 큰 소리로 말했다.

호구(虎丘)

천인석 위에 천 사람이 서 있는데,	천인석상참천인 千人石上站千人
명조에도 벼슬 안했고 청조에도 벼슬 안했다.	불임청래불임명 不任清來不任明
무슨 연고로 우산의 전겸익은	연하우산전종백 緣何虞山錢宗伯
명조의 신하로 청조의 벼슬을 받았는가?	청조화령명조신 清朝花翎明朝臣

천인석 위에 모여 있던 많은 선비들은 이 시의 속뜻을 금방 알아차렸다. 모두들 고개를 돌려보니 과연 전겸익이 유여시의 부축을 받으며 오고 있었다. 선비들은 두 사람을 에워싸고 계속해서 이 시를 읊조렸다.

전겸익은 화가 나 안색이 하얗게 변했다. 다행히 청清에 투항한 한 명사名士가 나타나 전겸익은 곤경에서 벗어날 수 있었다.

처소處所로 돌아온 유여시는 상심한 나머지 저녁밥도 먹지 않았다. 자기 눈을 찌를 일이 아닌가? 차라리 농사꾼이나 상인의 아내가 되는 게 나을 뻔하지 않았는가? 사람을 잘못 본 자신을 탓할 수밖에 없었다. 유여시는 비록 청루青樓 출신의 기녀였지만 민족의 절개를 잊지 않고 있었다. 전겸익과 함께 구차하게 살아가느니 차라리 목숨을 끊는 게 낫다는 생각까지 했다.

전겸익이 "나는 거짓으로 투항한 것이다. 이번에 소주에 온 이유도 사람들을 모아 거사를 하기 위해서이다. 성현들의 책을 읽은 네가 어찌 큰 절개를 모른단 말이냐?"라고 하자, 유여시가 "그럼 대인大人께서는 왜 김성탄과 손잡지 않았습니까? 아까 보았듯이 많은 젊은 선비들이 그를 추종하고 있지 않습니까?"라고 대꾸했다.

이에 전겸익이 "여시야, 김성탄은 요사스러운 선비이다. 그는 인심을 선동하는 데 뛰어나기 때문에 그와 함께 일을 하면 필경 실패할 것이야!"라면서 변명했다.

그러나 유여시는 "제가 보기에 그 사람들은 기개가 있었습니다. 대인께서는 조건을 내걸고 따지기만 하십니다. 이제야 대인의 본 모습을 알겠습니다."라고 반박했다.

자신을 숭배했던 유여시마저 자신을 무시하자 전겸익은 급히 소리쳤다. "좋아! 내가 자결을 하면 그때는 내 단심丹心을 알겠느냐?"

그러자 기다렸다는 듯이 유여시가 "차라리 그렇게 하시지요! 대인께서 정말 자결하신다면 저는 평생을 수절하겠습니다. 왜 뛰어내리지 않습니까?"라면서 대들었다.

전겸익은 "내가 죽는 게 두려운 것이 아니라 네가 걱정되어 죽을 수가 없어"라면서 변명을 하기에 급급했다. 유여시는 이내 "그러면 같이 죽으면 되겠군요, 같이 뛰어 내리시지요."라면서 계속해서 추궁했다.

유여시는 정말 호수에 뛰어들려고 전겸익을 끌어 당겼다. 그런데 그때 하인이 밤참을 가지고 오는 바람에 전겸익은 또한번 곤경에서 벗어날 수 있었다.

이 일이 있은 후 전겸익은 유여시의 독촉을 계속 받았고 정말로 반청거사反淸擧事를 일으켰다. 이로 인해 유여시는 많은 사람의 찬사를 받게 되었다.

장문도 張問陶

1764～1814

청淸의 시인詩人. 자字는 중야仲冶, 호號는 선산船山. 사천四川 수녕현遂寧縣 사람이다. 『반산시초般山詩草』가 전한다.

노구 蘆溝[1]

장문도(張問陶)

노구蘆溝에서 남쪽을 바라보니 흙먼지 가득하다,
서리 차갑게 내려 나뭇잎 떨어지고 대막大漠이 펼쳐진다.
천해天海를 떠돌아다니니 시정詩情을 나귀등에서 얻게 되고,
관산關山의 가을 색은 빗속에서 찾아온다.
아득하기만 한 세상사에 이룬 일이 없고,
많은 것이 사람에게서 기인하니 재주도 없애 버렸다.
지난날의 영웅英雄들 불러도 다시 일어나지 않고,
허공에 노래 불러 고금대古金臺를 조문한다.

노구남망진진애 목탈 상한대막 개
蘆溝南望盡塵埃 木脫[2]霜寒大漠[3]開

천해시정려배득 관산 추색우중래
天海詩情驢背得[4] 關山[5]秋色雨中來

망망열세 무성국 녹록 인인시폐재
茫茫閱世[6]無成局 碌碌[7]因人是廢才

왕일영웅호불기 방가공조고금대
往日英雄呼不起 放歌空弔古金臺[8]

1 蘆溝(노구) : 강 이름. 무정하(無定河)라고도 한다. 여설 참조. 2 木脫(목탈) : 낙엽. 3 大漠(대막) : 대사막(大沙漠). 4 詩情驢背得(시정려배득) : 시정(詩情)을 나귀 등에서 얻는다. 당대(唐代) 시인(詩人) 가도(賈島)가 당나귀 등에 타고서 시를 지었다고 한다. 여기서는 장문도(張問陶)가 천해(天海)를 유람하면서 시를 지으니 당나귀 등에 앉아 시를 짓는 가도와 같다는 뜻으로 이 전고(典故)를 사용했다. 5 關山(관산) : 산 이름. 영하(寧夏) 회족자치구(回族自治區) 내에 있다. 6 閱世(열세) : 세상사를 겪다. 7 碌碌(녹록) : 돌이 많은 모양. 8 金臺(금

노구교도(盧溝橋圖)

대) : 황금대(黃金臺). 원래는 하북성(河北省) 역현(易縣) 동남쪽에 있다. 전국시대(戰國時代) 연(燕)나라 소왕(昭王)이 지었다고 하는데, 대 위에 천금(千金)을 두고 천하(天下)의 현사(賢士)들을 불러 모았다고 해서 붙여진 이름이다. 후세에 황금대란 이름을 붙인 누대(樓臺)가 많이 건축되었는데 북경(北京) 노구(蘆溝) 근처에도 황금대란 지명이 있다.

감상

노구蘆溝에서 남쪽을 바라보니 유주幽州의 벌판에는 흙먼지가 일어나고, 차가운 서리 내려 나뭇잎 떨어지는 삭막한 대막大漠이 펼쳐진다. 비가 내리니 관산關山의 가을 풍경 더욱 쓸쓸하지만, 천해天海를 떠돌아다닌 시인詩人의 시정詩情은 나귀 위에서 일어난다. 막막한 세상사 아무런 일도 이루지 못했구나. 세상사 수많은 일들이 사람과 사람의 관계에 의해 이루어지니 필요도 없는 재주, 없애 버렸다. 황금대黃金臺에 몰려 들었던 수많은 인재들 이제는 불러도 대답 없으니, 진자앙陳子昂처럼 허공을 향해 노래 부르며 고금대古金臺를 조문한다.

1784년(청 건륭 49), 장문도張問陶가 처음 북경北京에 왔을 때 지은 시이다. 당시 21세의 무명 시인이었던 장문도가 가을날 황금대 부근을 유람하다 지었다. 이 시는 평성平聲 회운灰韻의 칠언율시이다.

여설

노구교蘆溝橋는 북경北京 교외의 명승지로 북방北方 제일의 고교량古橋梁이다. 광안문廣安門 밖 서남쪽 15km 지점에 위치하고 있기 때문에 광리교廣利橋라고도 하는데 영정하永定河 양안兩岸을 가로질러 서 있다. 영정하는 옛날에는 노구하, 무정하無定河라 불렸는데 청淸 강희제康熙帝가 '영정하'란 이름을 하사했다고 한다.

이 다리는 북송대北宋代에 최초로 설치되었는데 그때는 목조木造 교량橋梁이었다. 북송대에 설치된 다리는 금대金代에 훼손되었다. 1189년(금 장종 때), 영정하의 물살이 빨라 석교石橋를 건설했다. 이후 원元·명明·청대淸代를 거치며 중수를 거듭하면서 현재까지 완전한 모습으로 보존되어 있다. 특히 명대明代에 이 교량을 보수하면서 200여 보마다 다리 난간에 석사자石獅子를 조각했다.

노구교는 북경北京과 서역西域을 연결하는 교통의 요지였고 또 남과 북을 잇는 육상 교통의 요지이기도 하다. 원대元代의 고화古畵 〈노구벌목도蘆溝伐木圖〉 역사박물관 소장품을 보면 노구교 양안兩岸에 다원茶園과 주루酒樓가 즐비하고 도로 위에는 수레와 말이 빈번하게 왕래해 그 모습이 마치 복잡한 시장을 연상케 할 정도이다.

노구교는 10개의 교각橋脚 위에 길이 265m, 폭 8m의 흰색 돌로 만들어졌다. 교면 위의 석조 난간의 석주石柱 윗면에 석사자石獅子를 정교하게 조각했다. 다리 끝 부분에 한 쌍의 석수石獸가 난간을 막고 서 있는데 동쪽은 돌 코끼리이고, 서쪽은 돌사자이다. 또 두 개의 화표華表, 고대 궁전이나 능 따위의 건축물 앞에 아름답게 조각하여 세운 장식용 돌기둥이 다리 끝에 우뚝 솟아 있는데 윗부분에 조각된 망천후望天候, 하늘을 향해 고개를 쳐든 개 상像은 마치 살아 있는 듯하다. 또 다리 옆에는 4개의 석비石碑가 있다. 그 중 다리 동쪽의 돌로 된 정자亭子 안에 서 있는 대형 석비에는 '노구효월蘆溝曉月'이란 청淸 건륭황제乾隆皇帝의 어필御筆이 새겨져 있다. 이 '노구효월'은 '연경팔경燕京八景'의 하나로 금나라 장종章宗이 명명한 후로 수많은 사람이 찾았다. 또 송대宋代 이래 시에서 언급되기도 했는데, 송대 유영劉永이 지은 〈우림령雨霖鈴〉에 나오는 '금소주성하처 양류안 효풍잔월(今宵酒醒何處 楊柳岸 曉風殘月)'의 시경詩境 역시 바로 이곳을 묘사했다.

그렇지만 노구교가 사람들의 눈길을 끌게 하는 것은 무엇보다도 난간의 석주石柱에 조각된 석사자石獅子 때문이다. 북경北京의 민간에는 '노구교에 사자가 몇 마리인지 정확하게 셀 수 없다'라는 말이 나돌기도 할 정도이다. 280개의 석주 윗부분에 사자가 한 마리씩 조각되어 있지만, 큰 사자 위에 또 작은 사자를 조각했고 혹은 사자 등에 또 한 마리의 사자를 조각하는 등 천자백태天姿百態의 사자가 조각되어 있기 때문에 이런 말이 생겼을 것이다.

1964년의 조사에 의하면, 노구교에 조각된 사자의 수는 난간欄干 석주에 큰 사자가 281마리, 작은 사자가 198마리이고, 교량 동쪽의 난간에 2마리, 화표華表에 4마리, 모두 485마리이다.

노구교는 중국 중세 역사의 문물일 뿐만 아니라 중국과 일본의 전쟁의 역사를 담고 있기도 하다. 1937년 7월 7일 일본군이 먼저 이곳을 침략하면서 중일전쟁이 일어났다. 당시 이곳을 수비하던 29명의 사병이 필사적으로 항전했으나 전원이 전사했다.

황준헌 黃遵憲

1848～1905

청말清末의 문학가文學家. 자字는 공도公度. 광동廣東 가응주嘉應州(지금의 광동성廣東省 매현梅縣) 사람이다. 『인경려시초人境廬詩草』가 전한다.

장사조가의택 長沙[1] 弔賈誼宅[2]

황준헌(黃遵憲)

차가운 숲 속에 해가 지니 우물 속 물살이 가라앉네,
사람이 가고 나니 긴 한숨 소리 들리는 듯하다.
초楚나라 사당祠堂에서 하늘을 부르며 다시 물었고,
흐르는 상수湘水 물에서 굴원屈原을 조문弔問했으나 강물은 대답 없네.
유생儒生은 처음 나왔어도 시무에 꿰뚫었고,
나이가 어렸어도 군중을 놀라게 하며 원로들을 압도했네.
오랫동안 그대를 위해 눈물 흘리며 술잔을 올렸네,
기재가 어찌해서 같은 시기에 태어났을까?

한림일박 정파평 인거유문태식성
寒林日薄[3]井波平 人去猶聞太息聲

초묘 욕호천재문 상류공조수무정
楚廟[4]欲呼天再問 湘流空弔水無情

유생수출통시무 년소군경압노성
儒生首出通時務[5] 年少群驚壓老成[6]

백세위군유주루 기재 하황병시 생
百世爲君猶酒淚 奇才[7]何況并時[8]生

1 長沙(장사) : 지명(地名). 지금의 호남성(湖南省) 장사시(長沙市). 2 賈誼宅(가의택) : 가의(賈誼)의 집. 호남성(湖南省) 장사시(長沙市) 서북 탁금방(濯錦坊)에 있다. 가의는 서한(西漢)의 정치가(政治家)로 낙양(洛陽) 사람이다. 3 日薄(일박) : 해가 지다. 4 楚廟(초묘) : 초(楚)나라의 사당(祠堂). 굴원(屈原)이 추방된 후 마음을 달래지 못해 초나라 선왕(先王)과 공경(公卿)들의 사당에 들러 탄식했다고 한다. 5 儒

生首出通時務(유생수출통시무): 가의(賈誼)가 처음 한(漢)나라 조정(朝廷)에 나아갔을 때 시무(時務)에 정통했었다. 1896년(청 광서 22) 7월 23세의 양계초(梁啓超)가 변법(變法)을 고취하는 〈시무보(時務報)〉를 주편했는데 양계초의 글이 독자들의 큰 호응을 얻었다. 여기서는 이 사실을 비유적으로 묘사했다. **6** 老成(노성) : 나이가 많아 세상 경험이 풍부한 사람. **7** 奇才(기재) : 재능이 출중한 사람, 즉 양계초(梁啓超)를 뜻한다. **8** 并時(병시) : 동시(同時).

감상

가의賈誼 고택古宅의 차가운 숲에 해마저 지니 우물 속의 물들도 잠잠해진다, 가의는 죽어 없지만 아직 가의의 긴 한숨 소리 들리는 듯하다. 굴원屈原이 추방되어 울적한 마음 달랠 길 없어 초楚나라 사당에서 무정한 하늘을 부르며 물었었지. 가의는 굴원이 몸을 던진 상수湘水가에서 굴원을 조문했지만 흐르는 강물은 정情이 없는지라 대답 없이 흘러가기만 했다.

양계초(梁啓超)

가의가 처음 한漢나라 조정朝廷에 나왔을 때 시무時務에 정통했듯이, 양계초梁啓超가 펴낸 〈시무보時務報〉 또한 국가대사國家大事에 정통했기 때문에 23세의 양계초 모두들 놀라게 하고 원로元老들을 능가했다. 긴 세월이 지나도 수많은 사람들 굴원을 생각하며 눈물짓고 사당에 술을 올리는 건 굴원의 애국심을 그리워하기 때문이겠지. 양계초 같은 인재가 어찌하여 나와 같은 시대에 태어났을까?

이 시는 평성平聲 경운庚韻의 칠언율시이다.

여설

가의賈誼는 18세에 백가서百家書에 통달한 천재로 한漢 문제文帝 때 박사博士가 되었던 뛰어난 학자였다. 한문제는 가의의 자질을 알아보고 1년도 안되어 태중대부太中大夫을 맡겼고 장차 그를 공경公卿에 임명하려고 했었다. 그러나 당시 조정朝廷 대신大臣들의 참언讒言으로 가의는 장사왕長沙王의 태부太傅로 부임했다.

가의는 소상강瀟湘江을 건너면서 자신의 답답한 심정을 굴원屈原에 빗대어 표현한 〈조굴원부弔屈原賦〉를 짓기도 했다. 가의가 장사長沙로 온 지 몇 년 지나지 않은 어느 해 장사왕은 말에서 떨어져 죽었고 이에 가의 역시 슬퍼하다 몇 년 만에 죽었다.

호남성湖南省 장사 남문 밖 백사가白沙街 동쪽에 백사정白沙井이라는 샘이 있다. 이 샘은 제남濟南의 박돌천亳突泉, 항주杭州의 호포천虎跑泉, 귀주貴州 누박천漏亳泉과 더불어 '천하사대명천天下四大名泉'이라 일컬어지는 '장사제일천長沙第一泉'이다.

백사정에는 네 개의 우물이 나란히 이어진 형태인데, 우물 하나의 길이가 약 2척이고 깊이는 1척 남짓이다. 우물의 입구는 비록 크지 않지만 춘하추동春夏秋冬 사계절 내내 마르지 않고 항상 넘쳐흐르며 항상 같은 깊이를 유지한다. 더욱 희한한 것은 샘물의 맛과 효능이다. 『상성방고록湘城訪古錄』에 '그 샘은 감미롭고 맑은 향이 있는데 여름에 차갑고 겨울에 따뜻하며 끓여서 차를 우려도 샘물의 향기가 변하지 않는다. 술을 빚으면 초가 되지도 않고 술 지게미가 되지도 않으며 장을 담가도 부패하지 않는다. 약으로 사용해도 그 맛이 변하지 않는데 토사곽란吐瀉癨亂엔 한 번만 마시면 낫는다.(其泉淸香甘美, 夏冷而冬溫. 煮爲茗, 芳矯不變. 爲酒不酢不滓. 漿者不腐. 爲藥不變其氣味. 更亂吐瀉, 一飮良已.)' 라 적고 있는데 정말로 백사정의 물이 이런 효능이 있다면 영약靈藥이나 다름없다.

사람들은 왜 '백사수白沙水'를 이처럼 신비스럽게 여길까? 그것은 수질뿐만 아니라 고인들의 관념과 관계가 있다. 『사기史記 · 천관서天官書』에 '하늘에 열수列宿가 있고, 땅에는 주성州城이 있다.(天則有列宿, 地則有州城.)' 라는 구절이 있는데 고인들이 천상天上의 별자리와 지상地上의 주성州城을 연계시키려 했음을 알 수 있다.

사람들은 천상의 별자리에 상호 대응하게 지상地上의 주국州國을 배치했는데 이를 '분야分野' 관념이라 한다. 호남성湖南省의 별들은 익翼 · 진軫 두 개의 별자리에 속하기 때문에 왕발王勃의 〈등왕각서滕王閣書〉에 '성분익진星分翼軫, 지접형려地接衡廬' 라는 명구도 이에서 비롯되었다. 별자리 '진軫' 부근에 소성小星이 하나 있는데, 이게 '장사성長沙星' 이며 고인들은 이 별이 인간의 수명과 자손의 번성을 좌우한다고 생각했다. 그리고 이 장사성과 대응하는 지상의 지점이 백사정白沙井이다. 문인들은 이 백사정을 '성천부윤星泉溥潤', '옥례유감玉醴流甘' 이라 예찬했다.

백사정이 수명을 관장하는 장사성長沙星과 대응한다면 그 물을 마시면 장수할 수 있다고 알려졌을 것이다. 이런 심리로 장사인長沙人들은 이 물을 길어 식용으로 사용했다. 또 『장사현지長沙縣志』에는 이 샘을 전全 성민城民들이 마실 수 있었다고 기록하고 있다. 그러나 청淸 광서연간光緖年間 선화善化(후에 장사에 편입됨) 지현知縣이 백사정을 '관정官井', '민정民井' 으로 구분하면서 물의 사용을 제한하기 시작했다. 또 민국초년民國初年 호남군벌湖南軍閥들이 백사정 옆에 비를 세워 '관정官井은 군사용으로만 사용할 수 있다'고 고시하고 위반자는 엄벌에 처했다. 그리고 민정에서 물을 길으려면 반드시 도수회挑水會에 가입해야만 했는데 가입하기 위해서는 물값을 지불해야만 했다. 그 지역의 호족들이 백사정 가에 용왕사龍王祠 소석묘小石廟를 짓고는 신권神權을 이용해 백성들이 물을 먹을 수 있는 권리를 박탈해 버린 것이다.

사실 백사정은 넘치지도 마르지도 않으면서 물맛이 감미로운데 그것은 장사성의 영기靈氣 때문이 아니라 독특한 지질 환경에 의해 결정된 것으로, 땅속으로 스며들면서 여과되어 감미로운 물맛을 만들어 내게 된 것이다. 화학적 분석에 의하면 백사정의 물은 무기염과 광물질이 풍부해 인체에 유익하고 치아를 청결케 해주어 술을 빚거나 차를 끓이기에 좋은 물이라고 한다.

백사정의 물을 이용해 빚은 술은 예부터 유명했다. 진대晋代 문학가 사혜련謝惠連이 부에서 '음상오지순뇌飮湘吳之醇酹'라 했고, 두보杜甫는 〈발담주發潭州〉에서 '야취장사주, 효행상수춘(夜醉長沙酒, 曉行湘水春)'이라 했다. 두목杜牧의 〈송설종유호남送薛種游湖南〉에도 이 백사정의 물로 빚은 술을 '추래미갱향秋來美更香'이라 했다.

오랫동안 장사長沙 지방 사람들에게는 전통 양조주釀造酒가 전승되어 왔는데 '백사액白沙液'이 그 결정이다. '백사액'은 향기가 독특한데 노주대국瀘州大麯의 짙은 향이 나면서도 모태주茅苔酒의 '장향醬香'도 느낄 수 있어 '장두농미醬頭濃尾'라 예찬 받고 있다.

현재 백사정은 장사시長沙市의 중점 문물 보호 단위로 지정되어 유지 보수되고 있다. 백사정에서 멀지 않은 곳에 몇 집의 차관茶館이 있는데, 여름날 이곳에 들러 차관茶館에 앉아 백사정 물에 우려낸 청차靑茶를 마시면 아마도 신선이 된 듯한 즐거움을 느낄 수 있을 것이다.

중국 명시 감상 中國 名詩 鑑賞

초판 1쇄 발행 2014년 3월 31일
초판 2쇄 발행 2019년 11월 20일

공 저 | 이석호 · 이원규
발행자 | 김동구
디자인 | 이명숙 · 양철민
발행처 | 명문당(1923. 10. 1 창립)
주 소 | 서울시 종로구 윤보선길 61(안국동)
우체국 010579-01-000682
전 화 | 02)733-3039, 734-4798(영), 733-4748(편)
팩 스 | 02)734-9209
Homepage | www.myungmundang.net
E-mail | mmdbook1@hanmail.net
등 록 | 1977. 11. 19. 제1~148호

ISBN 979-11-85704-00-5 (03820)
35,000원